中南天使
CHINA SOUTH ANGEL
爱格
Aigirl

山河盛宴 贰

上

天下归元 著

CNS PUBLISHING & MEDIA
湖南文艺出版社
HUNAN LITERATURE AND ART PUBLISHING HOUSE

图书在版编目（CIP）数据

山河盛宴贰 / 天下归元著. -- 长沙 : 湖南文艺出版社，2021.9
ISBN 978-7-5726-0298-6

Ⅰ. ①山… Ⅱ. ①天… Ⅲ. ①长篇小说－中国－当代
Ⅳ. ①I247.5

中国版本图书馆CIP数据核字(2021)第149837号

山河盛宴贰
Shanhe Shengyan Er

作　　者：天下归元
出 版 人：曾赛丰
责任编辑：李　阔
监　　制：邓　理
策划编辑：翟羽茜
封面设计：杨　平
封面绘制：符　殊
版式设计：谭琼玉
出版发行：湖南文艺出版社
（长沙市雨花区东二环一段508号　邮编：410014）
网　　址：www.hnwy.net
印　　刷：湖南天闻新华印务有限公司
经　　销：新华书店
开　　本：1690mm×2330mm　1/16
字　　数：1449千字
印　　张：74.5
版　　次：2021年9月第1版
印　　次：2021年9月第1次印刷
书　　号：ISBN 978-7-5726-0298-6
定　　价：128.00元

山河盛宴

浅斟风云梦一盏，
乱烹朝堂如小鲜。
但凭苍生笑任性，
围炉打马伴花前。

目录

上

第一章

你拥有便是我拥有

“金吾卫拱卫天京，父皇还是留着自己用吧。”燕绥的拒绝里隐隐带着无限的嫌弃。

可惜皇帝要的就是他嫌弃，也不理会他，忽然又道：“今日唐孝成上了折子，说是唐羡之之死乃身边护卫将领疏忽，泄露唐羡之行踪所致，唐家已经下令将那将领满门抄斩。”

这话一出，连燕绥的脸色都变了。

文臻一脸蒙。唐羡之明明是因为火山爆发而死，和他随身的护卫将领有什么关系？

皇帝又道：“那位将领是曾怀。”

文臻没听过这名字，却直觉这里头有文章，再看燕绥时，果然看出几分难得的凝重来。

“对了，探子说，唐家把唐羡之归葬起凤山。”

文臻决定回去看看起凤山在哪里。

这三句话平平无奇，但里头可能有一盘棋。

皇帝带着已经快要睡着的德妃走了。德妃走的时候还看了一眼蛋糕，对文臻道：“明年本宫寿辰，你若不敬献蛋糕，以后也不要进宫了。”

文臻含笑应是。心想，这口锅应该是你自己背，谁叫你个性古怪，今年说是因为又老了一岁心情不好，都不许人贺寿的？

皇帝德妃走了，她才舒一口气，笑着对燕绥伸展开双臂道：“吓死宝宝了，快来点抱抱。”

下一秒她被燕绥揽入怀抱里，他用双臂环住她，将她整个人都架了起来，甩手往旁边榻上一扔。

文臻受到了惊吓，又想难道现在酒才是真的上头了？用力去推他，就听他道：“你这个没完没了要人命的，你方才想对父皇说什么？嗯？终身不嫁？好啊你终身不嫁！”

“行啊。”文臻不动了，在他身下懒洋洋地道，“我知道你有气，如果你这样能消气并且赞同我刚才那想法的话，给你也未尝不可。”

燕绥正在解文臻衣服扣子的手停住，文臻抬眼看他，两人目光在半空中交汇，从文臻架起的胳膊下只能看见她半边眸子，两人的目光碰了碰，又碰了碰，半晌都逸出一声无奈的叹息。

燕绥手指又动了，却是帮文臻把解开的扣子又一颗颗系回去，动作很慢，很有耐心，指尖时不时擦到她的肌肤。

文臻也不动，两人之间有些许接触实在不必大惊小怪，窗户纸早已捅破，唯一的分歧不过是怎样达到最后的目标。他恨她的多思多虑心硬如铁，想要一蹴而就。她叹他的无所畏惧心思散漫，不敢就此放手。

燕绥忙着捯饬，文臻忍不住“扑哧”一声笑出来。

这笑声随即被堵住，燕绥俯下脸，半晌才呢喃道：“换成以前我必要当场说，东堂人才无数，何须你一个女子拼命，为此甚至连姻缘都不要？如今这话我不说了，晓得你不喜欢。我知道你想要活出人样，想要靠自己行走东堂，我不拦你，我陪着你便是。可是如今我懂得了顾念你的不喜欢，你能不能也稍稍想着我也有不喜欢？”

“殿下……”文臻捧着他的脸道，“你今天真好，值得表扬。只是你的喜欢太恣意太放肆，所以我才要约束谨慎。如果我们都锋芒毕露，整个东堂都容不下我们。殿下，甜甜，我不要你失去家人，失去东堂，失去你本该拥有的一切。同样，你拥有便是我拥有，只有我们两个都强大，我们才有更多的话语权。”

燕绥沉默了一下，有些名词虽然陌生但也能听懂，好半晌，才拥紧了她，道：“我不觉得。拥有你便是有了一切，别的何足道哉！”

“殿下你这话可别再说，小心给陛下德妃听见。”

“听见便听见。”

“殿下你今天很任性啊。”

“这不是被拒绝又被拒绝再被拒绝后憋闷嘛。”

“那殿下我有一个建议……”

“嗯？”

“哎，手拿开让我说……殿下的精力既然这么无处发泄，那就抱着西班牙语做四十个深蹲吧！”

最后燕绥也没抱西班牙语做深蹲。

文臻心里庆幸，毕竟今晚本该有一场狂风暴雨般的争吵，她不怕争吵，她只是不想破坏了这个难得的庆生宴，好在燕绥在慢慢改变自己，开始不仅接纳她这个人，还学着接纳她的思想和意见，学会在不能接受的时刻保持沉默，听她说话。

她叹口气，开始收拾行李。

皇帝动作很快，已经下了旨撤回了她的赐婚，又下旨撤长川易勒石刺史位，着令易家上下全数移居中州，此事交由新任刺史执行，新任刺史是厉以书。

厉以书是勋贵子弟，天京府少尹的差事十分锻炼人，而他也懂实务。这人虽有点憨，但骨子里继承其父之风，狠得下心也放得开手。只是年纪着实轻了些，本担不起这一州刺史的重任，但朝中实在无人敢去长川，厉以书又主动请缨，上书之后又自请面圣，和陛下谈了一夜。

去长川这一路，可想而知不会安生。朝廷虽然只是经略长川，但是其余世家不可能不闻风而动，除了季家离得远一点，紧邻的西川和只隔一州的唐家，难免都想分一杯羹。所以派去的队伍不仅需要强大的领队，不拖后腿的组员，还需要所有的成员关系良好，能够完美配合，齐心协力。

从这一点来说，厉以书是个好人选。他和燕绥和文臻关系都不错。

第二日，皇帝便下了旨意。

旨意上，屁股还没坐热的司农监文臻又成了长川别驾，同刺史一起去长川，不过司农监的职务并没有免去，依旧挂着，反正皇家种植园短期内也不可能完工开放，她的官署和府邸都需要时间建成，与其一直留在天京住在宜王府碍人眼，还不如走远一些清净，等到从长川回来，差不多也正好展开自己的种植园赚钱计划。

文臻已经给皇帝递了折子，对之后的种植园做了规划，建议将这种植园冠以皇家之名后再开放。留出一块空地用来打猎、跑马、烧烤，推出展示项目和游乐项目。展示项目包括新兴农作物的参观，参加七彩花田是要买门票的。游乐项目就多了，比如可以现场掰玉米挖红薯，可以现场烧烤，旁边的五架山下可以打猎，人工湖可以自己垂钓，还有一些游乐设施。旁边修了一排农庄小木屋和树屋，非常别致，供人住宿，夜里可以开篝火晚宴。有专门的纪念品商场和小吃店，有江湖捞进驻保证众人饮食。

有在农场看中特殊珍稀的花和作物的人，也可以在农场包一小块地，算作自己的专属田地，有专门的农民专家帮忙种植，产出全部归自己。这一小块田价格不菲，文臻刚提出这个想法时候众人都觉得荒唐，何必非要去种植园弄一块地？当然，后来天京富商的趋之若鹜狠狠打了他们的脸，不过这也是后话了。

这个种植农场想要发挥最大的价值，成为文臻想要的天京官员富豪游乐宴客的首选之地，首先就是要镀一层金。

这个金也很好镀。文臻已经和皇帝说好了，种植园开放那日请太子挂牌，他亲自剪彩，种植园冠名皇家，可以来玩来享用，但里头的作物产出一律不能带出去。因为这是皇家的东西，皇家的东西怎么可以随便分享？

既然是皇家种植园，能不能进自然还要看资格，第一批进园的人要进行资格审查，原则上只接受在京三品以上官员和皇商级别的人士。

这个超级金卡VIP资格有专门的认定方式，一旦资格被确认，种植园会派人将资格证明送上门，那是漳县顶级绣娘亲自手绣的作品，每个人的都不一样，有荷包、锦囊、扇袋、瓔珞、腰带等等，都是有价无市，独一无二。

漳县的漳绣全国闻名，向来承接皇宫刺绣业务，寻常人有钱也买不到。而且因为前段时间绣娘闹事，漳县现在已经没有绣庄了，那东堂三大名绣之一，著名的“平齐顺匀，鲜活如真”的漳绣已经成为绝响。

没想到现在种植园这么财大气粗，居然拿漳绣来做会员证！

一时间天京豪贵趋之若鹜，纷纷打听如何能弄到一个这样的会员证，但是文臻定的规矩很死，只有固定的人才能拿到，一人一证。而且会员证不可转让，一旦转让或者遗失，自动取消会员资格，再想拿到比登天还难。

文臻接收那批绣娘之后其实并不想开绣庄。物以稀为贵，漳县的漳绣因为那一次闹事，绣娘走了大半，等于已经消失了。灭绝了的东西价值总是成倍上涨的，还不如让它成为无法购买的稀世绝品。

当然，财还是要发的，起始资金投入后，文臻的目标是农场自身维持开支运转并有盈余，不用朝廷的钱，以免朝中有些人总议论。

第一批会员证路子堵住，目的就是为了第二批会员证的售卖，这一批把门槛降低，但也低不到哪儿去。对家世、地位、财富都有要求，且设定了每年的最低消费额。第三批则开放给各行各业的顶尖人士和对国家发展有贡献的人士，每年的最低消费额会略低一些。

会有以皇帝墨宝作为主图案的会员证。

但可以想见，这种类似于身份地位认证的玩意儿会引得很多人削尖脑袋去抢。

有皇家头衔，有绝响漳绣，市面上绝无可能买到，这是可以当作荣耀和传家宝来炫耀的东西。就冲这个，大家也要努力掏钱啊。

种植园一开始需要钱，但是这钱也不是度支尚书拨款的，文臻亲自写了计划书，拿去各家游说。以股份分红的形式集资。御史令蒋鑫当先掏了钱，文臻认为这还是沾了老太太的光。

鼎国公、厉响也送了银子来，银子数目还不小，自从厉笑去了一趟海上，厉响原本有些疏远的态度隐然又有了变化，显得更亲热了一些。

李相拿了些银子，主要是感谢文臻在红薯和玉米上的贡献。他对这个种植园能自己挣钱依旧存疑，毕竟谁家没有田？

几个年纪小的皇子、公主、皇孙凑了一笔银子也入了股，年轻人不管那许多利益立场，只知道文女官的赚钱主意很新鲜。他们管了一段时间夜市，对经营实务都有了一定了解，又对文臻描述的种植园颇有兴趣，都想凑个热闹。

文臻还收到了一笔她没想到的款项，来自姚太尉，老头子依旧不怎么理她，但是给钱并不含糊。

单一令也入了一点股，文臻也觉得自从福寿膏事件后，单一令态度也不大一样，时常提点两句，让她总有种面对师父的感觉。

至于燕绥自然是技术入股，他手下的工字队是种植园设计建造的主力部队。

文臻和燕绥将这些事都安排得明明白白，也就准备上路了。

文臻去宫里交计划书的时候，“无意中”和小宫女嬛嬛见了一面，皇后在寿辰后又“病了”，凤坤宫一直宫门紧闭，容妃暂摄六宫事物。皇后宫里的宫女也被遣散了一部分，大部分黜落至冷宫，嬛嬛因为伶俐，被容妃宫里要了去，做个外院跑腿的宫女。

文臻感激她上次在太子东宫提醒自己的恩惠，有让英文探查过这小宫女有什么需要帮助的事宜，英文很快查出这小宫女外头有一位寡母，生活很是孤苦。文臻便命人给嬛嬛寡母重新安排了住处，添置了伺候的人，给了些银两，又给她安排了在附近江湖捞帮忙择菜的活计，拿一份丰厚的薪水，也叮嘱了江湖捞掌柜记得适当关照她，这一系列事儿做得自然，她也没和嬛嬛提起，本就是对善意的回报，无须特意表功。

但是嬛嬛着实聪慧，得到寡母的消息后，大抵也明白了是文臻的帮助，因此也一直打听着，趁着文臻进宫，便和她“偶遇”了。

这小姑娘很擅长打听消息，悄悄告诉文臻，当日宜王殿下寿辰，陛下曾往唐太后宫里请安，当时闻良媛也在慈仁宫里抄经。

文臻总算确认了到底谁在燕绥生辰那天撺掇了皇帝过府。

闻近纯托庇于太后，太后行事诡异，却又是和谁有关联？

文臻已经出宫，再想了解宫里的事总是不大方便，只能先放手。这些都是深宫妇人，只能在屋子里阴谋盘算，她还真没把这些人放在眼里。

临行在即，需要准备的东西挺多，她算着来回加上办事的时间，最起码要半年才能回到天京，趁着远去长川，她打算也在那里撒下江湖捞的种子，选了一批经验老到的掌柜和伙计一并带着。听说路上还会路过东堂有名的美食之城，方便的话在那里直接开个分店。

江湖捞在天京及周边城池已经开到了第十家，而且马上文臻的第一家零食店也即将开张，名字已经定好了，叫“小食春秋”。

目前东堂的杂食店基本都是家庭作坊类的，一家擅长一种手艺，买糕点要跑南门大街薛家铺，买瓜子要去九里城十里香，非常不方便。文臻的铺子有市面上所有的零食品种，有礼盒装也有散装，种类多样，丰俭由人，可以预见开业后绝对不用愁生意。

同时文臻也在预备着开连锁便利餐厅，热锅炒菜，每日菜单几十种，定制特殊的保温餐台，所有菜都以精钢大盘盛好，备好巴掌大的小碟子和托盘，进门也是一道流水线，取托盘，选菜，从凉菜、素炒、荤炒、汤、小菜，一直到最后的米饭和结账，台子前走一圈，便可以端着自己的饭菜去旁边餐桌上吃，经济便利，并且文臻准备尝试外卖业务，给天京百姓提供更多的便利。

这些事情都需要人去做，易人离是要和她一起去长川的，文臻就把君莫晓留下了，请求皇帝允许君莫晓入宫陪伴闻老太太，皇帝同意了。

君莫晓武功不弱，有她的武功，有老太太的头脑，文臻总算放心了些。

闻近檀需要留下负责各处店面的事务，一部分绣娘也在帮忙。另外，周沅芷这位非常实际的大家小姐发现了天京居，也想暗中入个股。零食铺子就是她的建议，文臻干脆把她拉来帮忙管理，但周沅芷毕竟不是太熟的人，各家店面的事务自然不能全部交给她，因此闻近檀必须要留下主管。

皇帝给她安排的护卫也向她报到了，是从皇帝亲卫龙翔卫中挑选的三十八人，领头的一位队正名叫耿光，三十余岁，木讷少言，出身平常。大概也是因为这种性格和出身，所以在满是勋贵子弟的龙翔卫中难以出头，被派来做这样别人不愿意做的差事。

文臻观察了一下这人，虽然不够灵活精明，但态度认真，一板一眼，是个颇为忠厚肯干的人，她挺满意。她身边不缺灵活的人，忠厚的人反倒更令人放心一些。

她也是从这批原龙翔卫口中知道了一个八卦，太子把他的新任小舅子闻少诚塞进了龙翔卫，而且直接就挂了一个队正的职衔。

龙翔卫是皇帝亲军，天生等级规制最高，队正已有五品武官衔，所以龙翔卫都盛传这位小舅子的姐姐很得太子宠爱，就是太子妃的弟弟都没能进龙翔卫呢。

文臻想，果然是挺受宠爱的，还真把闻少诚那个文不成武不就的家伙给塞进龙翔卫去了。

闻近纯明里暗里给她搞了那么多事，也该还点礼物给人家了。

第二章

醋霸王

趁着龙翔卫的人刚来报到，还没出发，她让耿光带着人先回去。

耿光带的三十八人中有一个叫陈小田的，是个诸般玩乐方式都精通的本地地头蛇，天京有哪些好去处，但凡好玩好吃好乐好看，哪怕在最不起眼的犄角旮旯里，他也能给你找到。文臻便派了个任务给他，让他在出发前和闻少诚结成友好互助关系，务必要让他全方位感受到来自新同事的温暖和天京的繁华有趣。

龙翔卫多是富家子弟出身，会玩的人有很多。但是这个陈小田能玩出的花样与众不同。文臻关照了他，不要带闻少诚去秦楼楚馆，不能聚赌博戏，但凡听来不够正当的玩乐，都不要带他沾染。

只带他玩那些高雅的、有益的，但是又十分费钱且讲究资历身份和格调的，一直玩到他完全沉溺，无法自拔为止。

陈小田心领神会，果然很快就和闻少诚打得火热，带他去的地方都是天京贵族子弟凭身份才能入的高级私密场所，玩的也是蹴鞠、马球、水球、洞球，以及天京贵族子弟间用来比试计数能力的水晶牌子戏等。

龙翔卫的俸禄不低，但是那些游玩所在光是一个进门资格就所费甚巨，更不要说玩乐本身的花费，以及应酬、请客饮宴等各种开支。

闻家房头多，闻少诚的爹也没出仕，领着族中分配的银子过活，那例银还没文臻拿的多——至今闻家还在给文臻每年送来一笔银子，是闻家老祖宗给文臻这个最后一个徒儿的体己。

以闻夫人的性格，不会拿自家的银子贴，肯定会找自己的太子宠妃女儿要。

闻良媛很快就要为钱发愁了。但是为钱发愁只是第一步，文臻要的可不仅仅是让闻近纯愁一愁钱的事。慢慢来，她对闻少诚的搞事的能力很有信心。

文臻知道自己还有隐在暗处的敌人，每次布置不同的局，撺掇不同的人和她作对，有针对性地进行反击，但再周密的局总有蛛丝马迹，总能等到的。

她有点时间便加紧练武，针已经化了四根，基本都是在逆境险境中被撞碎了炼化的。她终究是练武天资不好，起步太迟，想要靠自己的能力炼化实在有点难度，这也让她对于寻找幕后人积极性不高——她需要极度的刺激和险境来碎针，有敌人才有各种波折，但是这种放纵本身是极度危险的，一不小心也会丢掉小命，只有尽量提升自己的能力，应付各种变故才有更多的回旋余地。

其间她去见过齐云深，上一次见她还是从乌海回来之后，当时齐云深在她身上也不知道闻到了什么，很感兴趣的样子，还特地答应她说要想法子研究怎么能尽快炼化她体内的针。这次再去，齐云深淡漠了许多，再没有上一次的兴奋，只扔给她一个册子，说是尽快炼化的办法没找到，但是想到了一个可以防止碎针后让碎片四处乱窜甚至逆行入脑的法子。

这一点对文臻很重要，她失去了味觉，最近虽然恢复了一点，但是还是比以前差了很多。这也罢了，但下次碎针，如果再逆行入脑，伤到关键处那就太可怕了。

但是齐云深的法子她也不敢随便用，得等有空和燕绥研究了才行。燕绥此次愿积极去长川，她听中文说，长川在东堂川地古早的时候属于蛮荒瘴疠之地，多山脉，多奇花异草，多诡异传说，多邪术异说，而长川易家因为遗传病的原因经常搜集这些东西。燕绥早就想去一趟，看能不能找到帮助她解决问题的办法。

皇帝对长川十分上心，特地又调了一批天机府中人从建州出发，建州离长川远，大抵要快到长川的时候才能会合。安排各项事务，忙忙碌碌又过了个把月。

十一月初三，前往长川的皇子车驾和刺史队伍，及拱卫军队三千人，浩浩荡荡出了天京平临门。

此时已初冬，路上短则一月余，长则两月，等到了长川就到了隆冬了。

所以众人的行装都很厚，唯独燕绥还是衣袂飘飘，这人好像不为寒暑所侵。

文臻则做好了全副武装，这一路都很可能没安宁日子，她得做好一切准备。

带着许多人从天京去长川，只能走陆路官道，经过定州、徽州、池州，然后从西川境内穿过，直抵长川。

官道上旌旗飘扬，队伍一眼看不到头，沿途都有当地官府派兵再护送，按说这一路都应该是安全的，但是文臻心里总是不安。她这次出行带了两个侍女都是以前的绣娘。一个叫采桑，一个叫采云。那个采云也是精挑细选出来的，为人十分谨慎细心。

为了安全，她和燕绥、林飞白、厉以书、易人离五个人是单独开小灶的，所有食材由文臻自己带着，用完了再沿路寻找可靠人家购买，也由文臻带着两个侍女亲自掌勺。

厉以书、易人离欢欣鼓舞，林飞白觉得这样太辛苦，燕绥对此很不满——为什么还要分给那两个人吃？

忍耐了两天之后，第三天晚上他忍无可忍，拽着文臻去了打尖所在地后面的一座小山。

山势平缓，此时还没完全入冬，山中物产丰富，跟随燕绥出来的中文、德语、英文、日语已经打好了猎，抓好了鱼，采完了全山可以吃的果子和山菇，甚至捡好了足可以烧一天一夜的柴火，一副准备进行大型野餐的架势。

文臻叹口气，只得令采桑、采云帮忙打下手。她在那些猎物堆里走了一圈，还有一些菇类，看起来十分美味，文臻蹲下身翻捡了一阵，拨出一堆浅青色的山菇，笑道："这玩意可不能吃。"

语言护卫们便凑过来问怎么了，这菇看起来并不艳丽，正常得很。文臻摇头，这东西她在闻家毒经上看见过介绍，确实有毒，毒性不猛烈，吃了以后会有点晕，上吐下泻，看起来像比较普通的食物中毒，但隔上几个时辰就会发挥出第二层毒，那种毒容易致幻，令人做出各种奇怪行为。

更可怕的是，中毒后的人呼吸出的气体，吐出的口水，都能令旁边的人也中毒，传染力极强，且发作时间不定，会成为一枚埋伏在体内的不定时炸弹。

语言护卫们听她这么一说，赶紧扔了。文臻又问这东西多不多，这东西本生于湿热南地，在这里发现倒也很奇怪。

中文便道："也就发现这几朵，因为看起来特别鲜嫩才采了。"

文臻便让人去搜山，又派人下山去关照护卫队的厨子不可随意取材烹制，很快护卫们便回报说护卫队都是吃的储备粮。去搜山找这菇的人一无所获，可见确实是少见的例外，文臻便放下心，选了几条一看就非常肥美的鱼，一堆不大的螃蟹，几条鳝鱼，一只野兔。

她本来还想再多选一点，毕竟护卫丫鬟们也有不少人，结果燕绥说够了，等到护卫丫鬟们把食材都归置好，殿下一弹指，大家都流着口水消失了。

文臻翻白眼，对殿下的小气和护食十分不齿。

但想着这几日出门赶路，不可能像在府里一样享受，这身娇肉贵的家伙也难免不乐意，总要给人家一点甜头。

她出门带锅具一向都是特制的轻盈便携的款式，野菜爆炒，鳝鱼切段红烧，其余的鱼和野兔都用来烤制。文臻自从味觉受损，现在做菜的习惯都是浓油赤酱，味道浓厚。

易人离以自己“在闻家住久了擅长厨艺”为名，非要过来给文臻打下手，在打下手的过程中，剥了两头蒜，拔了三根葱，吃了一碗炖肉、八个小螃蟹和一条大鳝鱼……还没开席已经吃饱，捧着肚子去消食了。

馥郁香气传开，整座小山枝摇叶晃，隐隐间似乎有无数生物闻香而动。

忽然有喊声传来，文臻探头一看，厉以书正抱着一个盒子往山上奔呢。还没到地儿就被日语拦住，日语粗声粗气：“厉大人，我家殿下和文大人正在讨论朝廷大事，请不要打扰！”

“我也有朝廷大事啊——”厉以书把盒子拍得很响，“天京急报，要当面立即向殿下禀告！”

日语犹疑地看过来，燕绥慢条斯理给文臻装了一碗汤：“叫他滚。”

“真的是急报！八百里加急——”

“让厉大人进来啊，万一真有急事呢。”文臻忍不住说。

“扯淡。”燕绥头也不抬，“就是想分一杯羹。”

“别这样。”文臻笑，“咱们一起吃饭的机会很多，误了事多不好。再说，他在旁边转来转去说有急事，你能吃好？你吃不好我不是白做了？”

殿下笑一声，不说话了。

日语让开路，厉以书狂奔而来，凑到火堆旁边一嗅，将怀中盒子往屁股底下一垫就开吃。

紧急文书呢？

“紧急文书啊，说了怕影响胃口，吃完再讲。”厉以书眨眼。

没多久，林飞白背剑而来，日语照样阻拦，林飞白言辞如刀：“我的职责就是保护他们三人，如何能不至？”

“你在一箭之地外守护我三人便可。”燕绥给自己装了好几只螃蟹。文臻忍笑站起来，安抚殿下：“算啦，多一个人两个人不都一样？不然你看林飞白真的要练箭了！”

那两人转头一看，林飞白真的正在缓缓摘下身后大弓，看样子打算对着这边的火堆练箭呢。

给他练起来，这饭也别吃了。

燕绥也不说话，把席上所有自己和文臻喜欢的都圈好了，然后看见文臻拉着林飞白过来。林飞白站在火堆边，并不坐下，也不看燕绥，冷冷道：“我说了，我需要恪尽职责，你三人在哪儿，我就该在哪儿。如此而已，殿下放心，我对你的食物没有兴趣。”

燕绥抬头看了他一眼，十分鄙视的模样。

文臻却似乎没听出来，用力拉林飞白坐下：“既然来了怎么能不尝尝我的手艺？你来品评一下我最近手艺进步没有。尝尝这个小螃蟹，壳薄黄满，鲜肥无比，那壳裹了面粉炸得香脆，记得一定要吃掉……咦，小螃蟹呢？殿下你要不要这么小气！”

燕绥将整盆香炸小螃蟹都抱在怀里当零食慢慢吃，他掀起眼皮看她一眼，闲闲道：“做人不要太博爱太热情，容易引得阿猫阿狗都跟着，明白不？”

“不明白！”文臻竖眉，抢过螃蟹盆儿，给林飞白倒了一碟，又张罗着安排碗筷，给他介绍每种食物的风味。

林飞白便也坐下，虽然没说话，却也没拒绝她的安排，眉梢眼角皆是淡淡笑意。

燕绥把一只螃蟹咬得粉身碎骨。

文臻其实是在为他考虑，他性格恶劣到处树敌，她自然要甜美迎人为他弥缝。林飞白也是实力人物，人品过硬，大家立场一致，一路同行数月，自然要好好相处。既然林飞白有那么点心思，一味避着反而更令人多想，不如坦坦荡荡中表明自己同样坦荡的态度，林飞白那么聪明的人一定懂得珍惜这样的友谊，不会轻易越雷池一步。

对不同的人要采取不同的态度，比如对唐羡之就不能这么热情。

想到唐羡之，文臻心中便一痛。她急忙丢下在吃的东西，把已经处理好的鱼拿去烤，鱼肉串在枝条上，被火舌舔得冒油，文臻坐在火堆边，慢慢转动着树枝。

忽然中文走过来，递给燕绥一封书简，道：“急报。”

燕绥展开看了看，道：“曾怀家眷们被流放苦役，陛下令我派人去接回来。”

中文道：“属下立即安排。”

燕绥却似乎在思索什么，片刻后摇了摇头，道：“先派人去暗中守着，注意不要让人死了就行。”

中文有一瞬间的愕然，但他于公事从不质疑主子，点头应命而去。

文臻觉得这名字耳熟，想起来这是上次燕绥生日的时候，皇帝亲口提起过被唐家以泄露唐羡之行踪为借口杀了的唐家将领。

当初听那几句话时便有疑问，此时正好问清楚。

“殿下，曾怀是谁？”

燕绥似乎早就在等她询问，答得很快：“定阳州西境驻军统领，负责定阳一带的戍卫。”

“当日出行乌海，这个人并不在船上吧？”她记得当时拱卫唐羡之的将领都跟着唐家姓唐，是唐家的家生奴才出身，她又问：“他一个定阳边军统领，不在定阳守卫，跑海上去做甚？那他就不可能泄露唐羡之的行踪，何况唐羡之的死因你我都知道，不存在泄露行踪致死的情况，那么唐家这么做是什么意思？”

默默听着的林飞白忽然冷笑一声：“什么意思？揪出内奸，杀鸡儆猴的意思。”

文臻恍然，果然和她猜想的差不多。

“曾怀是朝廷打入唐家的最高等级的内应，为了布置这个内应，我前后花了好几年工夫，而且这并不是个简单的内应。”燕绥淡淡道，“驻守和定阳接壤的衡州的边军统领厉向达和曾怀是死对头，曾怀当年就是被厉向达追杀，才逃入唐家三州之地，求唐家庇护的。所以唐家才会把曾怀派到定阳西境，觉得就冲着两家的死仇，曾怀也会把定阳守好，绝不让厉向达有一丝机会。”

文臻忽然想到了什么：“难道这死仇其实是假的？”

“是的，不仅是假的，而且曾怀其实是厉老将军的亲生子，也是厉以书的表哥。”

“当初我寻找内应人选的时候，鼎国公亲自推荐了曾怀。曾怀本是厉向达的私生子，表面上其母族和厉家有一些旧仇。私下里却其实早已认祖归宗，因为这一层难得的遮掩，我便同意了鼎国公的举荐。由厉向达和曾怀演了一出戏，然后曾怀投奔唐家，一步步做到定阳边军统领。当然也有朝廷出力。”

结果，费尽心思培养出来的高级内应忽然就被杀了。

“那么厉老将军……”

“受此打击，一病不起，对外还得掩饰着，毕竟不能确定唐家是因为发现曾怀身份杀他呢，还是因为别的原因。但厉老将军年纪大了，一直也对这个私生子心怀愧疚，本想着他完成内应任务回来补偿他，结果……”结果永远也没有机会补偿了，这叫人情何以堪。

强权博弈之间，多少人的悲欢瞬间发生又瞬间成尘。

“厉老将军如果撑不下去，衡州就得换将，无论换谁，必将引起动荡。唐家就可以乘虚而入。”

一箭双雕，唐家这一手不可谓不狠。

唐家一直行事低调，这又是谁忽然展露凶悍的獠牙？

“既然是如此的忠心臣子，家眷遭此惨祸，还不知道要受多少欺辱，为什么不赶紧接回来？”

“就这么接回来，等于承认曾怀是内应，既然已经付出了这许多代价，就不能这样白白铩羽而归。”

“可是曾怀都死了，难道还要让他的家人继续承担代价吗？”

“曾怀的死依旧有文章可以做。唐家应该在试探，曾家有几子颇为英锐，如果他们能熬过这一关……”

文臻忽然打断了燕绥的话：“殿下，没有道理让曾家人还继续作出这样的牺牲。”

“你可知道当初为了让曾怀在川北步步高升，朝廷付出了多大的代价，又有多少人承担并牺牲？”

“但那也不能……”

这回是燕绥打断了她的话：“蛋糕儿。天下博弈，国土之争，注定白骨垒道，血流漂杵。总会有人因此死去，而活着的人要做的，就是令他死得其所。”

“一个人为国捐躯已经足够，凭什么还要他一家子为国牺牲？曾家人都挂了‘我是牺牲品’的标签吗？”文臻皱眉盯着他，“如果是你，你为朝廷嗝屁了，朝廷还想我再接下你的事业，你会怎么做？”

燕绥一脸不解：“我如果娶了你，又怎么肯再去冒险做朝廷的细作？”

林飞白听了这话忍无可忍，转身想走。

她揉了揉眉心，只好换个角度说：“好，先不争论这个。我只想请求你把选择权给曾家人好不好？他们如果想报仇，还想寻找机会，就让他们留下，暗中保护他们；如果他们想回来就接回来。行不行？”

燕绥挑了挑眉，终究没有再说什么，给火堆添了点柴，文臻就算他默认了。

“对了，陛下那一天提起起凤山……”

“起凤山就在定阳西境，离衡州不远。”

唐羡之归葬，怎么会不葬在川北主州，而跑那么远？

文臻心里乱糟糟的，此刻忽然才感觉到，朝廷和刺史之争已经迫在眉睫，而其间的残酷自己还没能适应。

唐家这一次出手得十分地干脆狠辣，又是谁的手笔？

她无意识地转动着柳枝，想起自己在东堂第一次烤鱼，似乎是在一座无名山里为唐羡之而烤……

她有些失神，直到燕绥忽然道“你在想什么呢？怎么有点煳味儿”时才霍然惊觉，有一边的鱼肉已经有点焦黄了。

这对于她来讲真是不可饶恕的巨大失误，赶紧起身去找葱，准备挤点汁抹在鱼身上去除焦味。林飞白接过了烤鱼的任务，文臻走出几步找山葱，看见天光下是同样暗淡的层层山影。山间松涛如浪涛层叠起伏，夜归的鸟不知在哪棵树上哑哑地叫，远处溪流潺潺浸润青苔。

在这样声音杂乱而又静寂的夜里，她抓着一把野葱又出了神，隐约似乎听见了一声低笑。

第三章

羡之别怕

这一声惊得她浑身一震，立即退后一步，靠着一棵树，睁大眼睛四处张望。

身后的篝火灿烂地燃着，厉以书分外酣畅的咀嚼声传来。

文臻回到篝火旁坐下，林飞白看了她一眼，燕绥则道："你脸色怎么有点白？"

"哦，有点冷。"

"靠近点坐。"燕绥立即把她往自己面前挪。

文臻现在也习惯了他时时刻刻地秀恩爱，抵抗了他过于亲密的行为，也就靠在他身边坐了，一条烤鱼递到面前，她正要拿，燕绥已经把那鱼推开去，把汤碗凑到她嘴边："喝点汤热热身。"

文臻只好对林飞白抱歉地笑笑，又拧了拧燕绥的大腿。她就着燕绥的手喝了几口汤，无意中眼一抬，却发现离自己大约十丈距离远处的一棵树上，一排虫子正非常迅猛地向树下冲。

她的眼睛擅长微视，能发现细小之物，这种情况下反而发挥不了作用。

燕绥发现异常朝那边看了看。随即林飞白便起身大踏步过去了，只有厉以书浑然不觉，大吃大嚼。过了一会儿林飞白回来，摇了摇头，文臻便知道他没有发现。

林飞白又道："这周围我上山前已经布了护卫团团围住。"

言下之意就是不可能有人能潜入了，文臻摇摇头，笑道："许是我疑神疑鬼。"

但她终究是存了心事，脑海中总萦绕那一声若有似无的笑。

再说真要有人笑，为什么燕绥和林飞白却听不见呢？

她失去了兴致，燕绥和林飞白自然看得出来，正准备结束这野餐，忽听脚步杂沓，却是师兰杰和中文同时出现。

两人都在主子上山后负责山下护卫的管理工作，此时联袂出现显然有情况，果然离得老远中文便道："殿下，山下护卫有人中毒！"

几人赶紧起身下山，师兰杰交代了一下情况，说是护卫们埋锅造饭，按照在京中的编制分队吃饭，结果有好几个小队有人中毒，却不知是怎么中毒的。

中文和师兰杰都是经常处理各种事务的，已经将护卫们都驱赶进自己的帐篷，不允许任何人走动出入，语言护卫队和三纲五常在外围看守住他们，由医官统一治疗。

那些人情况并不严重，只略有些虚弱，医官也道中毒不深，像是吃了些不洁食物。回头查果然带来的粮食里有霉粮，负责军需的粮草官去购时例行揩油，高价买了过期的食物，这事儿当然由林飞白按规矩处理，当即把那军需官绑起来军法处置，又派人去重新采购新鲜粮食。

深夜，众人见那些士兵已经无事便出了帐篷，燕绥一直没进帐篷，嫌弃味道不好，远远地等着。

文臻此时也困倦了，正要和他说明情况去睡觉，忽然营门外又一阵急促的脚步声。

有快马来报，京中因为金吾卫抽调人员执行长川保卫任务，按例需要从旗手和羽林中抽调人员进行补充，顺便将拱卫京畿的三卫进行一次人员调动换防。也就是在这样的调动中发现了金吾卫中存在细作，人员不纯，因此姚太尉着人快马来报燕绥，建议燕绥和林飞白立即清查随行金吾卫，或者就近重选护卫，重新安排金吾卫的护卫任务，将金吾卫调到外围，以免生出事端。

文臻在一边听着，总觉得这事儿有些太巧，金吾卫早不出事晚不出事，偏偏在他们离京两三日后传来这种消息。现在这个地方还在天京周围，物资人员丰富，可以适当盘桓清洗，也可以就近在定州补充。因为定州离天京最近，有十分精锐的京军驻扎，可以在京军中重新选人上路。

不知怎的，她总觉得这事情走向有些熟悉。

文臻走出帐篷，看着远处山峦叠影如海浪，忽然想起自己一直有的怪异感觉是什么了。

这有点像当初唐羡之携她一路奔行海上成婚引燕绥来追，一路削弱燕绥的力量的那种风格啊。

想要在长川搞事，人不能少，金吾卫却一开始就出了岔子，内忧外患，平白便失去了重要力量。

她忍不住对那幢幢黑影张望，好像忽然那里头就能跳出一个人影来似的。

她站了一会儿，就被燕绥派人叫回去休息了。等到睡了一夜起来，林飞白等人刚刚处理完金吾卫的事情，最终决定不从本地京军中选人补充，也不留下金吾卫慢慢清洗筛查，更不耽误此行行程，只将三千护卫放在外围做些探路之类的事情，一路前行一路观察便是。

反正除了厉以书，燕绥和林飞白的武力值都高得很，足以自保，护卫更多的是充门面之用。这一路观察处理，等到了长川，哪些人能用多半也就清楚了。

长川进入十二月就会连日暴雪结冰封路，所以路程不能耽搁，不然恐怕过年都到不了。而这次去接任刺史讲究的是个速度。之前朝中特地放出风声要让易德中去，易德中出事之后此事就搁置了下来。已近冬月，按照惯例，朝中不会在这时候作出任何大的变动，所以长川的警惕性一定已经降到了最低，而每年冬天因为气候原因，长川大部分精力也集中在储粮过冬加固城防防治雪灾等杂务上，道路结冰封锁，对于武器马匹等物资的制造运输也会造成困难，所以这时候的长川必然是抵抗力相对最低的时候，想要一举拿下，就要抓紧时间，尽早赶到。

文臻一直在思考上次凤袍事件幕后人到底是谁。易德中知道了太多本不该他知道的信息，背后一定有人在指导。而皇后明显偷鸡不着蚀把米，凤袍被人下了第二层毒，这个下毒的人是谁？文臻打探过制作凤袍的所有环节，怀疑凤袍确实是还在漳县的时候就有人重新做了手脚。

她怀疑做手脚的人是方袖客。

那个女子说是唐羡之的手下，可文臻事后问过唐羡之，唐羡之的眼神却有些奇怪。

以唐羡之的智慧，又怎么可能在漳县留下一个会对自己阳奉阴违的属下？

除非这个属下被李代桃僵了。

文臻一直在思考方袖客的身份，她有个大胆的猜想，但这个猜想要等到了西川才能验证了。

第二日继续启程，林飞白管理有方，整个队伍并没有因为昨晚的事故发生而受影响，那些受伤中毒的护卫都坐车在后头跟着，由专门的医官照顾。

据说那毒并不怎么厉害，其实大家都恢复了，按说该回到自己队伍里，但燕绥并没有同意，让再观察两日。

白天赶路时，文臻除了做饭，大部分时间都窝在自己的马车里，整天写写画画。

当晚再次错过宿头，同样找了个背山面水的地方就地扎营。

宜王殿下这次出来，风格依旧奢华。两辆大车可以折叠收拢。折叠的时候就是一辆比较大的马车，到了晚间放下支架就是间不小的屋子。麻雀虽小五脏俱全，空间利用非常合理精致。

这车有两辆，殿下一辆，另一辆是文别驾的。而且两辆车中间可以相连，连在一起可以从这间走到那间。

厉以书委屈巴巴地去住帐篷，想要和林飞白同仇敌忾诉苦，结果发现林飞白经常抱个剑睡在高处，像是不怕冷的钢筋铁骨打造的机器。

文臻一开始没注意这种情况，这一晚觉得有点闷睡不着，开了下窗，然后就见树梢上垂下一个脑袋来，吓了她一跳。

随即她才认出，那是三纲五常里的一个护卫。

“你就睡在这里？”她愕然看着对方身下光秃秃的树枝。

那人呵呵一笑，摸摸头：“我们出外行军都这样睡，在高处可以望风，周围数里之外的风吹草动都瞒不过我们。我这还是有树枝睡，侯爷直接就睡在石头上呢。”

文臻顺着他指的方向看到不远处半山一块巨石之上，林飞白正盘膝坐着。

文臻皱眉看了一阵，这样过夜怎么行？

三纲五常护卫已经缩了回去，文臻想了想，从自己马车里拿了一床被子和一些零食出来。

下车的时候她发现燕绥好像不在车里，心中庆幸。

不然这被子就送不成了。

她原本想叫两个丫鬟把被子送去，敲敲两个丫鬟住的大车没有动静，想着原本足不出户的绣娘长途跋涉很辛苦，也就放弃了，自己抱着被子往那山上走。

她走到一半的时候，看见林飞白忽然下了石头，一个转身转到石头后面了。

文臻察看过地形，记得石头后面有小路，往下有溪水也有自然形成的坑，她犹豫了一下，心想林飞白莫不是去小解？她用被子挡住自己，打算把被子送到石头上就走。

到了石头那里，她把被子铺好，林飞白还没回来，石头背后却隐约有一点奇怪的声音，文臻心一跳，便想起前天晚上自己也曾听过山间笑声，顿时便有些不安。

文臻看见林飞白一角雪白的衣裳，好像正蹲在溪水边洗脸，她放下心，便喊了一声：“林侯，我给你把被子放在石头上啦。”

林飞白并没有回答，身体微微颤动，文臻又听见那奇怪的声音了，像是从喉间发出的低喘，又像是濒临崩溃时的低咆。

仔细辨认，这声音应该就是林飞白发出来的。

文臻顿住脚步，林飞白不对劲！

文臻有种很奇怪的感觉，好像那些声音并不是发自周围，只出现在自己耳朵里，越来越响。

她往林飞白那里走，还不忘记回头对底下喊一声：“快来人上来看看，林侯好像不对劲！”

喊完她也没回头，顺着往下的路走到溪水边，林飞白还蹲在那里，她便拍了拍他的肩。

这一拍，林飞白猛地伸手抓住了她的手，反手就是一个过肩摔！

文臻还没反应过来，忍不住发出一声尖叫。

林飞白似乎也很快反应了过来，好在此时他还抓着她的手，顺势便把她向后一带，文臻的身体在半空中翻了一百八十度，然后又重重砸回他的怀里。

林飞白直接被砸倒，抱着文臻落入溪水。

林飞白浑身颤了颤，看见身前的文臻，那少女雪白的脸近在眼前，红唇娇嫩如一瓣初绽的花。

他一直有点迷乱的眸子微微一亮，随即猛地将文臻向岸上一推。

溪边一棵树上，忽然飘下来一道黑影。那道黑影十分修长，姿态有种奇妙的柔曼飘逸感，眼神却冷漠森然，似永冻的雪湖，凝冰的深渊。

他毫无声息就到了林飞白上方，手中冷电一闪，正对着下头林飞白的天灵盖。

林飞白此时正在清醒和迷茫的交界之地，虽有所察觉，但动作却慢了一步。

文臻忽然扑了过来。

她眼前的世界已经变了——深邃的山洞，灼热的山火，赤红的岩浆在远处如火龙奔腾而来，而对面站着的是头发已经燎起来的唐羡之。

唐羡之身后还有无数乱舞的小人儿，那些小人儿行迹诡异，将唐羡之牢牢拽住，眼看着那岩浆便到了唐羡之身后——

“羡之！”文臻扑过来，撞上林飞白，再次和他相拥着落到溪水里。

林飞白天灵盖的银光微微一颤，失了准头，没入溪水。

树上那道修长的黑影顿了顿，随即转身，树梢被他踩得缓缓垂下，眼看就要接触到水面。

文臻的眼睛直勾勾盯着林飞白，身下是冰冷的水，她的感官里却是四周火焰肆虐，红浆奔涌。

那些小人儿却还缠在唐羡之身上，要抬着他往岩浆的方向去，唐羡之在小人儿的束缚中挣扎，文臻大急，扑上去逮着那些小人儿就一顿狠揍，那些小人儿赖在唐羡之身上下不来，文臻就上手去扯。

“走开，走开！混账东西！放开唐羡之！”

月色昏暗，溪水反射着幽光，文臻骑在林飞白身上，撕破了他的衣领，又撕掉了他的里衣。

树梢上的那个人在水面上悠悠荡荡，他手中武器明光闪烁，低头看着她的举动，有些发怔。

溪水里林飞白也在发怔，衣服被撕，他顿时被吓醒了大半，一睁眼就看见头顶黑影，隐约银光一闪——

他猛地抱住文臻就地一滚，银光再次没入水中不见。

头顶上的人似乎冷笑了一声，从树梢上一朵云一般落下来，抬脚就踩向文臻头颅。

林飞白身后的剑自动弹出，直射那人双腿。

那人跃起，半空中踏着林飞白的剑，脚尖一点，长剑飙射而回，擦着文臻的发髻而过。发簪被击断，长发垂落，连同一角衣领也被割破，衣服顿时散开了一些。

此时有脚步杂沓而响。

那人眯眼向前方看了看，似乎笑了一下，转身消失在黑暗中。

等到燕绥赶来的时候，看见的就是衣衫不整，全身湿透的林飞白和文臻抱在一起。

这画面实在令人难以愉悦，以至于跟在后面的中文看见的第一瞬间便转身拦住了后面的师兰杰等人。

擅长处理各种意外的中文压着闲杂人等向后退，把地盘交给了殿下一个人。

燕绥看一眼溪水，然后走过去，一把拎起林飞白往旁边溪水里一扔。

林飞白整张脸浸入溪水。

燕绥抱起文臻正要往回走，结果就听见那丫头大喊一声：“羡之别怕，我来救你！”

第四章

生平只好这一口

燕绥脸黑了。

“怎么就不走呢？”文臻还在和那群小人儿撕扯，抓住燕绥的领口下狠手撕，“都滚！羡之招你们惹你们了要缠着他不放！”

一群护卫愕然看着从溪水中站起的林飞白，衣领已经被撕开了，里衣也破了，腰带也斜了半边。

燕绥无视林飞白，把文臻扛起来转身便走。

林飞白在他身后咳嗽一声，燕绥就好像没听见。

林飞白又犹豫了一下，才道：“你不要误会她。她和我都中了毒，方才不过是……”

燕绥停住脚，没回头，半晌淡淡道：“你哪来的自信觉得她需要你帮忙解释？”

林飞白垂下眼，冷然道：“你又是哪来的自信觉得自己可以让人放心？”

“我不需要让谁放心。”燕绥扛着文臻离开，“她把心放在我这里就行。”

他带着文臻大步走开，留下林飞白长久地望着溪水，那里的银光已经不见，他转身朝黑暗里看了看，又回到大石处小心地抚了抚文臻留下的被子。

他先前在石上打坐，忽然便觉得眼前发晕，景色变幻，却又无法呼喊出声，心知着了道，便想着去溪水边清醒一下，然而蹲在水边的时候忽然就看见水里出现了文臻，她在水中盈盈对他笑，姿态不同于平日，眉梢眼角，春光蜜意，无比撩人。

他只觉得丹田一热，浑身气息流窜，竟然不能自控。幸亏他内力深，自幼修炼得心神稳固，隐约知道不好，便坚持着没往前去，跪在溪水边调息，只能慢慢等那幻觉过去。那溪水流荡，恍惚中，文臻也在妖娆曼舞，他低着头不敢看，好不容易感觉好了些，结果文臻真的来了。

听见她声音那一刻他便知道糟了，更糟的是她也中毒了，而且因为内力体质不如他，发作得比他还厉害。

那一番纠缠厮打，她迷乱了，他则在迷乱中起伏，如今回头再想，那些肌肤相触，呼吸幽微的瞬间，似要印刻于脑海中，触及了便是一阵颤抖。

他回望那溪水，想起先前阴错阳差因为她而两次失手的那道银光。

就在方才，她大抵又救了他两次吧？

燕绥扛着文臻回到房车那里，采云已经烧好了热水。

燕绥抱着文臻长驱直入，在两个丫鬟出声之前便道："出去。"

两个丫鬟随即一声不吭退了出去，采桑还小心地关好了门。燕绥抬手就把文臻扔进了澡桶。

文臻犹自死死抓着他的领口，先前的力气已经散了许多，但还在不死心地嘟囔："敢弄走唐羡之，我撕了你——"

燕绥眉毛挑了挑，低头看她抓的手指，忽然解开领口的扣子。

文臻顺手就将他的外袍给扯了下来，非常潇洒地抬手一扔，欢呼："赶走了！"

那可恶的小人儿终于被她从唐羡之身上撕下来了，唐羡之能得救了！他得救了，她就没那么重的包袱了，可以欢快地和燕绥在一起了！

"还有一个！"眼前还有一个小人儿在晃，文臻一把抓住。

燕绥看了看自己被她抓皱的里衣领口，拨开她的狼爪，慢条斯理地再次解开里衣扣子，然后再次被文臻抢过，将燕绥的里衣也抛到了九霄云外。

下一瞬，"哗啦"一声，燕绥进了澡桶。

在文臻的认知里，便是有一个讨厌的小人儿忽然和她挤到了一起，她大怒，一把揪住那可恶的小人儿要把他再次扔到千里之外。

可惜这回这个小人儿特别的滑，像块玉石一样抓不住。

燕绥不急不忙把她的衣裳都给扔出了澡桶，自己又出了水。

结果就在出水背对她这一刻，屁股忽然一痛，身后一声欢呼："抓住你了！"

燕绥缓缓回头，就看见某个不要脸的黑心蛋糕紧紧抓着他一边屁股。

她为外人和他吵架，纠缠林飞白的账还没算呢！

一直惦记着尊重、理解、多为她考虑，结果现在她得寸进尺！

燕绥将她从水里拎起来，悍然还击，文臻一颤，倒没觉得痛，就是浑身忽然一热，隐约有点奇异的感觉升起，两颊便晕染了一片红。

燕绥唇角一扯。

先前营中那批之前上吐下泻的护卫出现了幻觉。他看见林飞白和文臻便明白这两人着了道。

他已经问过中文，得知之前那毒菇的事情，看来之前那毒菇还是混入了护卫的饮食，然后令一部分人中毒，但下手的人真正目的并不仅仅像他和文臻之前猜想的，是为了分散护卫力量或者为了安排细作混入队伍，还有一重打算在几个主事人身上。

护卫中毒，他们几人自然要去查看慰问，免不了要进帐篷近距离接触，而那些中毒的人吐出的气息和飞沫才是真正的后续杀手。

事必躬亲，和护卫接触最多的林飞白中了招，然后懂医理，打下手帮忙的文臻也中了招。

厉以书只走了过场，所以发作较轻，只在自己帐篷里发疯。

他和易人离，一个嫌脏不肯进帐篷，一个没有归属感不管这些事，因此都没受到影响。对方也没指望靠这个就将他们一网打尽，最主要的目标应该就是林飞白。

平日里独来独往的林飞白是最好下手的目标。

但最终林飞白没事，是文臻阴差阳错救了他，还是有别的原因?

燕绥有点走神，也就没发觉某人做的事。

等到他察觉腰上有些异样，一低头便看见文臻抱住了他的腰。

她已经从澡桶里站了起来。她的衣裳是他亲手做的那件，他对自己的手艺非常满意。

他喉咙里忽然有点发干。他要如何抵抗?

生平只好这一口，遍历春光也枉然。

他胳膊一紧，就要将她从水中捞起。文臻忽然一笑，双臂用力将他一推。

燕绥赤脚站着向后一滑，他还抱着她，两人便滑冰一样滑出去，燕绥犹自将她抱紧，低头找准了她的唇便要狠狠采撷。

文臻笑着，双手环紧了他的脖子，低声呢喃了一句话：“可算把你给救了，这下我就能……”

燕绥停住动作。他的唇停留在文臻唇的上方，眼眸盯着文臻微微合起的眸子，睫毛悄然颤动如羽翼，哪怕没有睁开眼，也能感觉出这一刻面上的轻松和喜悦。

是因为内心里一直执着于唐羡之的死，如今终于在幻境里将他解救，因此分外欢喜吗?

燕绥细细地查看着文臻眉梢眼角的细微神情。

他素来是极其自信的人，从不疑神疑鬼，他信小蛋糕儿待他不同，绝非唐羡之之流可比。他信文臻视唐羡之如友如恩人，朋友和恩人的死亡难免要有几分伤心。

他劝解过自己，曾经因为过于自我险些失去她，因此要学会理解尊重和不干涉。

他也在努力地践行这个沉默的承诺。

然而终究意难平。

他将文臻抱到床上，拿干净布巾给她把头发和全身都擦干净，在被子底下给她换好干净里衣，又换一床干燥的被子。

他将马车门关上，不允许人打扰她，自己解开两辆马车的连接锁扣，命中文将自己的马车赶远一点，不要忘记加派人手保护她的马车。

他的马车一直到了僻静的山坳才停下来，那里靠近溪水。然后他跳进溪水，在十一月冬夜的寒风中，洗了一个彻彻底底的冷水澡。洗澡的时候他在水底寻觅了一通，并没有发现什么痕迹。

天快亮的时候他才上来，直接钻进了马车。

文臻做了一夜春梦。

她早上醒来时神志倒是清醒许多了，但对昨晚的事情记忆不大清楚。

为什么做春梦也不大清楚，她有点怀疑，但是又确定自己没有受到侵犯。

时辰还早，她打算洗完衣服再去烧早饭。在冰冷的溪水里搓衣服的时候，她下意识地在溪水里找，却又不知道自己在找什么。

后头采桑向她打招呼，文臻赶紧把衣服往下藏，胡乱应一声，心里生出淡淡的尴尬。只是以前从未有过这种情况，好端端怎么就这样了？

她带着狐疑的心情回去，颇为精心地做了热干面和牛肉锅贴，芝麻酱的香简直可以飘出十里，下饭小菜是腌角豆，绿褐色的角豆选豆子最饱满的，腌制出来清脆微酸，十分下饭。

文臻敲着锅喊人吃饭，燕绥却没来。

文臻愕然，也没心思吃早饭了，端了碗面条往燕绥的车子走，然后才发现昨晚燕绥的车子竟然没和自己的车连在一起。

中文告诉她殿下去护卫营了，文臻便更诧异了。她一路到了护卫营，那边也在吃早饭，几口大锅，热腾腾的粥和半个人头大的馒头包子。

她看见燕绥坐在一边，左手一碗粥，右手一个巨大的包子。这让文臻再次受到了惊吓，他怎么可能放弃自己做的美食，去吃他口中的“猪食”？

她愣在路边，那边燕绥眼角瞟到她了，原本拿在手里没动的粥碗立即送到嘴边。

文臻眨巴眼睛看着，转头看了看陪她过来的中文。

中文咳嗽一声，纠结了半天，终于还是望着天道："昨晚文大人你中了毒，和林侯有些误会，是殿下来救你的。"

文臻还在看他，一定还有内情。

"林侯和文大人都跌到了溪水里。"

燕绥如果这点信任都没有，那也别谈恋爱了。

"那个，文大人好像还喊过唐羡之。"

文臻皱皱眉，她明确说过不爱唐羡之，只是碍于恩情心下愧疚，他这么点信心都没有？她心底也泛起淡淡的怒气，冷笑一声，也不走，把托盘随手塞给中文，道："既然有人不吃，那你吃了。"然后她抱臂远远看着燕绥吃饭。

燕绥本来只是做给某人看，咬牙咽下了一口，想着等文臻一走就给扔了，结果那个黑心蛋糕儿会读心一样，就不走了。

骑虎难下的殿下只好咬牙，一口粥一口包子。

文臻笑一声，道："殿下胃口倒好。殿下胃口既然这么好，那以后倒也不用我费心做殿下的份了。中文记住了啊，以后配食材少算一份半。"

中文端着香喷喷的早饭，忍受着人间最残酷的酷刑，不敢吃也不敢答应。

文臻拍拍手就走了，她刚走，燕绥就从椅子上迅速站起来，走到无人处。

中文也不敢跟过去，也不敢去看。

不就是去吐了。

过了一会儿，燕绥从隐蔽处出来，面色如常，走过中文的身边。

中文小心翼翼地问："殿下你不吃？"

殿下不回答。

中文心花怒放："那我吃了啊，浪费了怪可惜的。"

殿下回头看了他一眼。

中文被那一眼看得浑身一颤，急忙大声道："殿下放心，我不吃，我已经吃过早饭了！文姑娘给的早饭您就算不吃，也轮不到我们吃！"

燕绥这才又回头走了，中文含泪咽着唾沫，充分领会了殿下的精神，将早饭原封不动地送了回去。然后被文大人冷笑着，往山坳里一倒，说喂野狗。

中文含泪看着几条野狗冲出来抢食，第一万次在心里呐喊——

老子就算做条狗，也不想来在你们当中被虐成狗！

第五章

小情侣冷战

燕绥和文臻陷入了冷战。

冷战的主要内容包括视而不见，拒吃“嗟来之食”，晚上睡觉不连车，早上起来不道早。

语言护卫们聚在一起就此现象进行了充分详细的讨论，最后得出结论：殿下是傻子。

视而不见，文姑娘毫不在意，你背后偷偷看了几万眼。

拒吃“嗟来之食”。人家没有嗟，你也没有食，护卫营的大锅饭吃不下，怎么办？饿着。

真是公主的身子丫鬟的命。

晚上睡觉车不连，然后夜夜都失眠。

早上起来不道早，别人饭都吃不好。

日子往前走，路继续赶，两个灵魂人物不对付，除了林飞白还是冰冷如剑一切如常，其余人都活得毫无存在感。

文臻也懒得理会燕绥，她最近肋下总是隐隐作痛，感觉有针要发作了，这就说明她练功化针的进度并没有追上这针发作的速度，这让她心中忧虑，不知道如果真的追不上，这根针发作了会导致什么后果。这让她没有心思关心其余的事，每日有空便是加紧练功闭门不出，倒显得越发冷漠了。众人都以为她这次来了脾气，就越发凛然。

燕绥和她冷战，饮食方面就受了影响，日子有些难过，很少吃什么东西。虽说他以前也经常不吃东西，他们无尽天本就有一门辟谷之术，可以多日不食，还有利于体内除秽。燕绥离开师门时候还早，没怎么用心练过。但人都是由奢入俭难，被文臻这么喂了快一年，辟谷能力直线下降，每天都觉得饿。进入池州境内一处繁华市镇时，燕绥一改往日不入城池的习惯，下令全部于城外就地休整，自己带着人就进了城。

进城干吗？觅食去也。

池州境内的这座小城名叫昌平，据说算是一个美食之都，盛产名厨。

所以街上遍地食肆，到处酒楼，据说还有很多私宅也有拿手菜，美食都在深巷里。

燕绥去城里一刻钟后，文臻和易人离带着耿光、陈小田等护卫，以及从天京跟过来的江湖捞的掌柜伙计也去了昌平城。路途已经走了大半，带来的食材基本消耗完了，得去采买食材，顺便考察一下昌平有无合适的店面，打算定点开个分店。

厉以书没来，今早他刚收到家信，说是因为易燕然身体不是太好，西川易家想提前让易铭接刺史位和家主位，已经向中书省递了折子。易家的规矩是先成家才可以接家主位，易铭是有未婚妻的，易燕然当即去信给厉笑父亲，得到厉家首肯，送厉笑入西川完婚，事情是在厉以书出发以后发生的。但因为厉家早就有了准备，所以厉笑也和厉以书差不多时间出发，只是路线不同。

此事这么急迫，很可能易燕然的身体状况不是一般的不好。

因此厉以书急着翻行囊准备贺礼，要安排人快马送过去，没空出门。

燕绥得到这个消息的时候，露出了满意的神情。

一进城，燕绥就发现城里特别热闹。

街上人流密集，各处酒楼茶肆也是生意爆火，整座城都似乎飘着煎炒烹炸的香气。

中文打听了一下才知道，原来这七日都是昌平的“丰馔节”。七日之内，四里八乡都会携带自己的美食前来交流。明日最后一日是评比，在交流评比中表现突出的，会由当地美食商进行表彰。这表彰包括精神表彰也包括物质奖励，目的就是鼓励各家各户开动脑筋发挥智慧，做出惊天地泣鬼神的美食来。

当地算是临近长川的地域，气候最好的一处城池，所以种出来的菜蔬，养出来的牲畜，乃至用来烹调的水、米与烧火的柴等，都比别处出色。有着诸般优势，此地就成了美食的发源地。当初东堂出现夜市，这边也是最早响应的。短短半年，不仅夜市，白天的美食活动也十分丰富热闹，由此美食商会也应运而生，当地官府对这一块也颇为扶持，远近城池都有所耳闻。

燕绥一进城池，先领了旗帜，每人十面。德语插在肩头，看上去像个地方戏班的角儿。

城里几乎每条街都有各种食物摊，大酒楼将各种菜品做成模型直接在店面外展示，甚至临街的住户都会拿出自己的拿手菜展示一二。每家展示的摊子前都有简易的碗筷，备上一桶水，各人自行品尝，完了自己洗碗。

除了昂贵的肉类，大部分便宜的吃食都不要钱，但有吃着觉得特别好的，便扔一面旗。最后一日的评比就建立在旗帜多寡的基础上。

燕绥闻着香气，觉得越发饥肠辘辘，但这种吃东西的法子他实在敬谢不敏，这碗筷居然混用，那一桶水洗了多少碗？

语言护卫们可没他这么讲究，这几天跟着主子吃大锅饭，吃得叫苦连天，之前主子虽然小气，又怕文大人劳累，不许文大人做他们的饭，但是文大人心善，总会给他们留一些。如今主子生气，文大人虽然待他们如常，但他们哪敢偷吃？语言护卫们看着这满街吃食眼睛发光，一路走一路吃，一路顺便聊。

他们这一群人很是显眼，护卫们多身材高大。燕绥更是风姿玉立，映丽华容，几乎他往哪里一站，哪里便有了光，人们便逐光而来。

德语一边啃着羊肉串，一边问那位用柳条串肉串的老汉："大爷，你们这里的饮食之道可着实讲究，这可是家家厨子户户香啊。"

"那是。不过其实去年还没这么讲究呢，人数得比这少一半。商会给的花红也只有今年的一半。这也不奇怪，厨艺这事儿，是烧钱的事，咱们还没富裕到可以讲究吃食的地步呢。"

"那怎么忽然就这么热闹了？"

"还不是那个文大人。"

"啊？"

德语愕然抬头，正看见他家殿下漫不经心的目光扫了过来。

"哪个文大人？"

"就是那个虽为一介女子，但只凭厨艺便入了朝堂升至三品的那位啊。现在到处都是的夜市，不就是因她而兴起的？一个女娃娃厉害哟。"

德语又看一眼他家殿下，殿下眉目颇舒展，显然心情不错。

"那和咱们丰馔节有什么关系哟？"

"你这娃子怎么脑子这么不开窍？一个厨子，还是女子，能有这般成就，别的厨子自然也心热啊。尤其咱们这里历来水好土好出产好，最出好厨子，早年也出过御厨，现在还是东堂各大世家选厨子的首选地。人家能做到的，咱们凭什么做不到？"

"哦，是想栽培出更多的好厨子，被选上当御厨，光宗耀祖啊。"

"不想当御厨的厨子不是好厨子。"老头来了句颇有哲理的话。

德语深以为然。殿下也深以为然。

"诸位觉得我这羊肉串怎么样啊？值不值得一面旗？"

“值！”德语笑眯眯地拔下一面旗子插在老头的笸箩上，“鲜香热辣，比我们在天京吃的还好！”

“诸位公子是天京人啊！”老头眼一亮，“那你们一定见过那位文大人了？”

“见过……”德语瞟到他家殿下神情，立马改口，“没有没有，天京那么大，哪能人人都能碰见呢。”

“这样啊，真可惜，还想问问你们吃过文大人的菜没有呢，是不是像传说中那样，吃了神清气爽，可以延年益寿呢。”

“这个……”德语又看了一眼他家殿下，吃了多少次了也没见神清气爽，倒是经常被气得让人怀疑要短命。

正要说话，对面来了人，正是文臻。

这是这段日子以来两边人第一次“狭路相逢”。

文臻也看见燕绥了，和殿下笑眯眯打个招呼。燕绥微微眯起眼，看着文臻走过来，后头还跟着一个阴魂不散的林飞白。

在文臻抵达他面前，德语即将回答老头问题时，他忽然道：“文大人的菜？吃过许多次。吃完何止神清气爽，简直要白日飞升。”

文臻停住脚步，看一眼旁边一脸蒙的老头，大概也就明白了刚才可能正说到她。她翻个白眼，不理燕绥，招呼德语：“德语啊，羊肉串好吃吗？”

“好吃。”德语回答。

“给你家主子多来点，这东西呀，那味儿啊，特别适合他。”文臻笑盈盈，眼角对羊肉串一瞥，昂首挺胸，和燕绥撞肩而过，差点把自己撞得趔趄。

燕绥听出她含沙射影说自己骚，微微哼一声，眼角扫了扫文臻前行的方向，脚步最终还是往相反方向去。还没走出几步，听见身后文臻问那老丈买食材，结果那老头怒骂一声：“俺这羊肉好容易从坝上扛回来的，不卖！”

那边文臻不知道说了什么，老头更怒了：“你个丫头片子，懂什么羊肉懂什么制炊？滚开！”

殿下面色如常，但眼底好像荡漾着幸灾乐祸的微笑。

殿下每逢自己吃了瘪就希望文大人吃更多的瘪，难怪文大人和他没个安稳的时候。

真是不懂怎么讨女人欢心！

殿下啊，你那脑袋里少一根叫爱情的弦！

语言护卫们叹着气，为自家殿下不开窍的脑袋忧心忡忡，不知不觉地发现他家殿下的行走路线有点奇怪，越走越偏僻，忽然在一户人家面前停住了脚。

那户人家看着是大户人家，院墙足足占了一整条巷子，但看大门门楣的制式，显然不是官宦人家，想必是财力雄厚的富户。

众人到了面前才发现，食物几乎也占满了一条街，食物香味也更浓郁，而且明显看起来也比别处精致。

更重要的是，这家门口没有挤那么多人。有专门的桌子给人坐下品尝，桌子上还有遮风挡雨的棚子，碗筷瞧来甚是干净，且有专门的人伺候着等候收拾碗筷，不至于一桶水洗百家碗了。

篷子下只有三四个人在品尝，他们衣饰光鲜，坐姿端正，吃起东西斯文优雅，倒像赴宴。

这情况分明有些奇怪，燕绥却好像没看见，他只在棚子前停住脚步，中文等人便赶紧进去，用专门的布将桌椅板凳擦了又擦，又拿出专门的碗筷来，等着燕绥点选。

燕绥看了一圈，微微皱了皱眉。

他闻香而来，但真到了面前，看着那些食品又失去了兴趣。

别人做的食物，他心理上便先开始抗拒。他站了一会儿，微微拧眉思索。

身后似乎有人轻轻地抽气。

燕绥没有回头，他知道身后一直有人跟，对方没有武功，还是女子，自然不会太放在心上。

语言护卫们看一眼殿下身后，巷子口有个姑娘，就是先前在殿下面前晃过好几回的，身后还跟着丫鬟，显然是个大家小姐，此刻正望着燕绥，又看看那大门，颇有几分惊喜之色。

今日是本地最重要的节日之一，女子也可获准上街闲逛，只是多披着一件斗篷。

语言护卫们也不会关心没有杀伤力的人，他家殿下被人从小看到大，人看他与猪看他是一样的。

燕绥随便点了几样吃食，德语便去取了来，放在桌上。

蟹粉溜黄菜、千层七彩糕、鸡丝云耳面、燕窝攒丝鸽蛋。

这家显然是豪门了，毕竟大部分人家财力有限，拿出来的都是小吃小炒，这种拿燕窝鸽蛋之类的名贵食材来飨宾客的，可见豪富。

燕绥看了半晌，勉强挑了一筷面，还没入口就皱了皱眉——时间有点长，面条有点坨了。

他觉得扫兴，正要搁下筷子，冷不防身后有人笑道："这位公子可是觉得这面不合胃口？"

那语声颇为动听，是个年轻女子，燕绥回头，就看见披着银红披风的少女正笑盈盈看着自己。

那女子有一头好头发，光泽青幽，如缎如绸。面貌不算十分出色，却笑容亲切，看人的时候眼神专注，神情中微微的仰慕之意，令人瞧来舒坦。

这只是护卫们的感受。燕绥只瞥了一眼，他就已经转过头去。

女子却并不气馁，反而笑容更柔和，道："放在家门外面的食物，难免口味要差一些。公子如不嫌弃，寒舍内花厅另外还有一桌大厨巧手臻品席面，公子可愿赏光？"

燕绥还没答话，四周的几个人已经纷纷射来艳羡的目光，有人忍不住道："韩小姐亲自邀请，这位公子当真好口福。"

又有人凑近身来，笑道："赶紧答应了吧。韩老爷是咱们昌平美食商会会首，这昌平所有美食都要经韩府品评，在这门口的已经是佳品，能入内花厅的才是绝品。"

护卫们的目光对那女子扫了扫。

难怪并不避忌男人却又能做得坦荡不落痕迹，原来是成功商户之女。

耳濡目染，行事自然不同。

那女子又道："公子不必多虑。今日家父随府尊出城拜会过路贵人，这府中事务由我主持，别的不说，这最好的自然都可奉与公子。"

那女子已经含笑示意，燕绥听着这内花厅的似乎尚可一吃，也便起身随那女子进府去。

文臻和燕绥擦肩而过后，继续买食材。

但是和之前一样，各种碰壁——小城物资供应本就不如大埠丰足，因为这丰馔节的关系，很多人家都为这七日节日事先准备食材，将集市几乎一扫而空。临时采买，一来极贵，二来也品种数量很少。文臻又是个买菜讲究的，哪里肯将就，因此一路寻过去，偏偏每家的菜都是自己有用的，也以为文臻是竞争对手，自然不愿提供，有的人不仅不给，还冷嘲热讽，一条街逛下来，生了一肚子气。

最后还是一个老婆子看不过去，给文臻指了一条路——丰馔节是本地大户韩府所倡，韩府的食材才是最多的，另外，如果明日能够在评比中获胜，也可获得食材奖励。

文臻蹲在那老大娘家的摊子前面吃馄饨，与她闲聊，想要问清楚韩府的情况。那婆子也健谈，连韩府如何起家都说了出来。说是韩家早先救了一位告老的御厨，后来那位御厨出于感谢留在韩家，还收了好些资质出众的徒弟。结果有一年，某个大世家出行的队伍路过，他家的夫人看中了其中一个徒弟的手艺，便请了去做家厨。后来又某一年，这个大世家请了几大世家赴宴，这位厨子大放光彩，引得人们交口称赞，之后另外几个大世家也派人来了昌平，请了韩府教出的厨子去做主厨，韩府也由此和几大世家都搭上了线。韩府眼看着就兴盛起来，不仅财源不断，还得了当地官府及周边大户护佑，如今别说在昌平，便是在定州、徽州也是数得出的大户。

文臻原本随意听听，渐渐便慢下了筷子。

这韩府不简单啊。

等婆子走开，文臻便问易人离：“你原来府中用过昌平的厨子？”

第六章

殿下vs绿茶

“不太记得了。”易人离皱眉思索，把筷子转得飞快，还不忘记对一个上菜的汉子眨眨眼，“长川易家嫡支旁系加起来十几房，占据了长川千顷地，大小庄园几十，厨子更是不计其数。何况我早年一直都在天星台，专门研究各种异术奇药，等闲见不得外人，不过倒确实听说府里厨子有从外地带来的。你知道的，长川易家家大业大，便是这些仆佣也须得知根知底，所以也就早年带回来一两个，还非得厨艺非常出众才行，后来就锁死门路，再不允许外人执役。想来如果韩府真的有人去了易家做厨子，现在也已经是多年老人了。”

林飞白原本就只随便吃两口，一直在听他们说话，此时也道：“如果韩府真的有厨子在长川易家执役多年，倒是可以打听一二。”

易人离和文臻都点头。在有兵有权的长川易家的地盘上想要夺取易家的权力，难度好比登天，首先想要进易家的内部就是个难题，为此但凡有一丝可能也不能放弃。

“那就更得去韩府看看了，最好还能搭上关系。”文臻站起身，“走。”

几人给婆子留下一面旗，换来了婆子热情地指点如何进韩家的门——韩家作为本地美食商会会首，今日大开府门，迎美食入门。只要能提供新鲜吃食，便可入大门。如果能出令众人认可的名菜，又可入内厅，入了内厅就有了更多机会取胜，一旦取胜，便有机会见韩家当年那位老御厨，得其指点。

对文臻来说，她只想知道有没有韩家人去长川易家做厨子，或者有什么机会能结识这个厨子罢了。

按照婆子指的路，文臻来到韩家门口，也看见了那一排的菜肴，想来有点野心的，都把自己的手艺亮到了韩家面前。

她从棚子前经过时，听见里头几个人讨论刚才有个公子哥儿被韩家小姐看中，请去了内厅，想来今晚便可登堂入室了。

众人用暧昧的语调描述了那位公子靠脸得来的好运气，发出一阵窃窃的笑声。

文臻的思维有一瞬间飘到了某人身上，随即便自我否定了，没那么巧吧？

她想进门，随即便被拦住，韩家门客请她出示自己的拿手菜。

文臻根本没买到食材，巧妇难为无米之炊，她也不急，和门客道："烦请先生拿来纸笔，我有拜帖奉上，想来贵府主人看了拜帖，也便让我进去了。"

那门客狐疑地看她，还是拿来了纸笔。文臻一挥而就，将纸张递给那门客，那门客便捧着往内厅去了。

韩家小姐亲自引着燕绥往里走。

她先是道："请问公子贵姓？"护卫们都皱着眉头，心想，燕这个姓并不多见，殿下可能随便说个姓。

燕绥道："姓文。"

韩芳音："见过文公子。"

韩芳音一路很有主人风范，给燕绥介绍园中风景，指着一个池子中央一块位置非常靠中心的石头道："这块石是安州千里水运而来的秀石，有'瘦、透、漏、秀'之美名，虽是石头，却价比白银，一块巨石足有千斤，是府尊和家父结拜时所赠。"

她虽语气平静神态谦虚，眼神却不免自得，微笑着侧过脸，等着这位客人惊讶的眼神。

燕绥一眼没看。

"公子请看那绿菊，乃京中名品，需温室养护，千枝选一朵，由名匠培育而成。其色清碧，如流波远山。一朵便值千金。"

燕绥瞄了一眼："这花不错。"

韩小姐精神一振——园子介绍了半天，此刻才得这佳客一句赞美，由不得她不兴奋。

"公子若喜欢，我愿以此花赠……"

"我夫人喜欢油炸了吃。"

韩小姐："……"

半晌，她无声吸一口气，嫣然道："未承想公子已经婚配。"

燕绥淡淡道："自无须和外人多说。"

韩小姐掩唇一笑："公子对夫人真是挂念。方才瞧公子饥肠辘辘，我还以为公子无人照顾。这就是姐姐的不是了，公子既有如此佳偶，怎可还这般疏于照应？"

燕绥不答话，无须和外人多说。

他不答话，韩小姐也不再说，指着前方笑道："内花厅便是那里。公子等会儿若尝着什么喜欢的都不妨和我说，我让人给公子多做些。"

燕绥转头看一眼中文，中文会意，提了提手中准备好的盒子，道："属下会记得带回去。"

他看一眼韩小姐，又加了几个字："给夫人。"

韩小姐又窒了一窒，随即含笑看着燕绥："姐姐真是好福气，得公子这般情深义重的夫婿。芳音好生羡慕姐姐。"

燕绥挑眉："谁是你姐姐？"

韩小姐："……"

前方是几级台阶，上了台阶穿过白纱帘便是内花厅。韩小姐当先亲自引路，上到最后一级台阶，忽然身子向燕绥一歪。

燕绥完美闪避。

韩小姐便滚成了一圈。

女子叫声一片，韩小姐忍着痛，犹自望着燕绥，哀呼："公子，烦请您扶我一把。"

她左边是丫鬟，面前是意大利语，她非要喊和她隔三个人的燕绥。

燕绥当然听不见。

他撩开白纱帘，直奔内花厅美食。

内花厅地方不小，一条长桌上都是各色菜品，琳琅满目。燕绥进去的时候，众人忍不住注目，他气度实在不凡，众人也不敢过来攀谈。

在场多为这昌平美食商会的成员，大多都是家大业大的富户，也有当地官员，平日往来多。大家都知道韩家这位小姐是个人物，母亲早丧，自小便女代母职，早早跟着父亲抛头露面经商，也代替母亲履行后院管理之责，招待往来女眷，内外诸般事务都来得，在本地很是有名。

按说这样的人物多半会有铁娘子之名，偏偏这位姑娘平日行事并不显山露水，人缘颇好，诸事通达。只是年纪不小，尚未婚配，据说是因为看不上昌平的豪门子弟，一心要找一位绝世男儿，方能配得上自己。

平日里这位韩小姐对昌平的公子哥儿们不假辞色，如今亲自引领燕绥进门，这些贵客早得了自家仆役私下通报，因此都目光灼灼看燕绥。

燕绥从容地坐着，由着韩小姐一瘸一拐地亲自带人去给他取食。

众人都皱眉，看不惯这骄矜做派，韩小姐的几个丫鬟也在一边轻轻扯她衣角，道：“小姐，这人虽然生得一副好相貌，但性子着实不好。可不值当您这般纡尊降贵。”

另一个丫鬟道：“是啊小姐，厅中这许多人瞧着呢。这人这么不识抬举，可别传出什么不好听的话来。”

还有个丫鬟道：“小姐您如何对这人这般另眼相看，也不过是个相貌好些的绣花枕头罢了。这昌平哪家公子不为您神魂颠倒？何必平白受这人闲气呢，再说人家有夫人了。”

韩芳音回头看了一眼众人目光之中坦然自若的燕绥，轻轻摇了摇头，道：“不，他没有夫人。”

“小姐你怎么知道？”

“他说有夫人的时候，他那几个护卫神情很是奇异，这夫人显然是临时杜撰的。”

“那不也是拒绝小姐了吗？您还理他作甚？”

韩芳音掩唇一笑：“你们呀，就只会看张脸看个脾气。”

丫鬟们再问，她就只笑不答了。

她自幼随父经商，同时主持中馈，既有走南闯北的见识，也有闺中女子的细致。相比于大门不出二门不迈的小姐们，她见过太多人和事，自然形成了自己的一套看人的技巧。

她看见这个男子的第一眼，就知道他必然身份不凡，且一定出身天京。

他那几个护卫穿的靴子的滚边用的都是天京墨锦。

她介绍园中风物，这驰名两州的园子，别说入他眼了，连他护卫眼底都是讥诮之意。

有些东西是装不来的，下属的眼界宽，主人的眼界自然更不同凡响。

出身天京，用得起护卫，已经不是普通富户的范畴。

她不缺钱，不想嫁与门当户对的商户，韩家想要更上一层楼，唯有与官宦世家联姻，而昌平本地的官宦她都看不上。

她韩芳音聪敏能干，本该配世上更高贵的男儿。为此一再蹉跎，渐渐也开始有些心焦。

却在此时碰见他，如何舍得放过？

她微笑着精心挑选可能适合他口味的菜肴点心，她微微颦眉，显出一点隐忍的疼痛来，脸上却挂了大方亲切的笑向着燕绥走去。

燕绥向着侍女们手中的托盘看去。

韩芳音眼底掠过一丝无奈，在燕绥身边坐了下来，给他介绍这里头的各种食物。

燕绥看了半天，慢吞吞地挑了一个蟹黄小笼汤包。

韩芳音急忙亲自给他安排醋碟，又命人取切得细碎的姜米来。

此时有小厮进来，低声和侍女通报，又递上一张纸，侍女便来请示韩芳音。

“小姐，外头有人想进内花厅，却做不了菜，递上这帖，说是您瞧了一定会让进的。”

韩芳音专心地慢慢将姜米倒入醋碟，一边漫不经心地道：“没见我在招待贵客？让他等着吧。”

侍女便将那帖往旁边桌子上一扔，传话的小厮自然领会，低头退了出去。

文臻很快便得到了拒绝，这让她皱了皱眉。

不应该啊，只要真的对厨艺有兴趣有了解，她刚才写的帖子就不该被弃如敝屣啊。

她此刻全部心思都在进府见那老御厨上。

易人离看她一眼，起身走了出去，过了一会儿扛了一个大袋子回来。文臻打开一看，里头是一口锅，一个小炉子，几样调料，还有一些冷饭和鸡蛋。

“好说歹说，借了一套家伙，不过你出手，便是白粥也没人比得上。”易人离舔舔嘴唇，“我到现在还记得你有次炒蛋炒饭，啧啧，那个香味……”

“确实够了。”文臻开始点火热锅，顺嘴问，“这地方的人忒小气，你从哪儿弄来这么一整套的？”

“就刚才吃馄饨的婆子那里。”

“人家怎么肯？她不要做生意了？”

“哦，我说我看上了她女儿。她一高兴，就把剩下的东西都给我了。”

“你怎么知道她家有女儿且未嫁？”

“我看到了啊。”

“在哪儿呢，那摊子不就一个婆子和一个小二。”

“就那个小二啊。”

“你确定？那个小二腰围三尺，身高丈八，好像还有胡子，你确定你没看错？”

“是腰围三尺身高丈八还有浓密汗毛如胡子，可是人家确实是女的啊。”

“怎么看出来的？”

“胸啊！”

“那姑娘如此其貌不扬，你说你喜欢，人家就信了？”

“怎么不信？你没看见吃饭的时候，我一直对她笑吗？要不然你以为那婆子肯和你说那么多？”

文臻忽然很为长川易家的女性们感到担忧。

文臻的蛋炒饭已经做好了，还没出锅，棚子里的人全部丢下饭碗出来了。

这条巷子原本都是韩家的，清净，此刻巷子口不断有人涌进来，渐渐便堵了路口，路口一堵，看热闹好奇的人也就变得多了，里头的人拼命抽动鼻子，在外头的人拼命踮脚，拍前头人的肩："怎么了怎么了？这什么味道？好香好香！"

文臻颠着锅，鸡蛋和葱花的浓郁香气越发爆开，那炒饭透着金光。

蛋炒饭本就是平凡菜品，香气特异，传说很多大家族考厨师，只考两道菜——蛋炒饭和青椒肉丝。

蛋炒饭粒粒金黄，青椒肉丝断生清脆，看似简单，实则最考验厨师对火候的掌控。

等到蛋炒饭开始装盘，府门再次打开，里头有人道："我们家老先生请这位姑娘进去。"

文臻装了一盘蛋炒饭，随人进入府中，耿光要跟却被人拦住，道："只能厨子本人入内。"

文臻便示意耿光退到一边，笑着进了府。

她身影刚刚消失，身后围观的人一声欢呼，抢起了蛋炒饭。

易人离看看蛋炒饭，看看文臻，正纠结间，看见林飞白的身影在墙头一闪而过，知道他已经亲自跟过去保护。这才笑着坐下来给自己盛了一碗炒饭，正要开吃，不料身边忽然伸过来一只脏兮兮的小手，在他碗里猛地抓了一把饭，转身就逃。

易人离一愣，此时大家都在抢饭，小乞丐灵活又狡猾，不抢饭碗只抓饭，生生给他得了手。

易人离低头看饭碗，里头的饭少了大半，还落了好些泥巴，不禁气笑了："玩起爷当年的把戏来了！"

他起身将碗一扔便去追，身边还有林飞白手下的护卫以及耿光等人，众人看他连个小乞丐都要计较，都摇摇头，也不跟随，就在这门口守着，等主子和文姑娘出来。

那边文臻跟着进了府，那迎门的小厮带着她绕过花园，七拐八弯，到了一处僻静院落，院子门开着，里头仆役往来不绝，手上都端着各色菜肴。庭前坐着一位老者，半闭着眼睛，那些菜不断地送上来，他便轻轻一嗅，有时候皱眉挥手，有时候微微点头，有时候睁开眼睛看一下。

老者皱眉挥手的菜，丫鬟们直接端出去倒入门外一口大缸；令老者微微点头的菜，便捧出去往另一个方向去了，老者睁开眼睛看上一眼的菜，则留在老者身边。

老者身边还有一个案几，上头寥寥几盘点心菜肴，瞧来都非常精致。相比之下，放在中间的文臻的蛋炒饭便显得有些过于简单了。

文臻让两个丫鬟留在院子外等候，自己进了院子，也没有出声打扰，而是站在一边，也微微闭上双眼，嗅着那从身前飘过的各种菜肴的香气。

那老者本没有理会她，看她如此做派，倒来了兴致，微微睁眼看她。

随即他对着面前一份菜式微微点头，那侍女便端了菜往院门方向走，经过文臻身边时，微微闭目的文臻忽然睁开眼，皱了皱眉，有点诧异地看了老者一眼。

正迎上那老人审视的目光。

两人目光一碰，老人眸光一闪，道："这位姑娘似乎有话说？"

第七章

三十年老醋轮流吃

文臻瞟一眼那菜，是一道盐水鹅腿，看似简单，却做得皮色洁白，肉质微粉，汤汁透明，香气馥郁，显然手艺很好。

“打扰老先生。”文臻笑着施礼，“我只是觉得老先生许是已经闻了这许多菜，可能有点倦了。”

“你是暗示老夫闻错了？这道菜不堪送上内花厅品评？”老者眉头微微一皱。

这人和闻家那位很有厨子风范的老祖宗截然不同。

文臻心情颇好，还是笑眯眯道：“不不不，我在明示，老先生倦了，所以想把棒子交给我了。”

老者一怔，随即笑了起来，点了点头道：“果然妙手多半配慧心，姑娘果然是能炒出这般蛋炒饭的人物。”

文臻听见蛋炒饭便笑，指了指那鹅腿，道：“老先生故意考我呢，也不先打个招呼。”

“打了招呼还算什么考你？你倒说说，这道卤水鹅腿明明肉嫩汁美，有何不妥？”

“就口味来说并无不妥。”文臻摇摇头，“只是选材错了。夏不吃脯，冬不食腿。夏天时候鹅比较瘦弱，鹅脯不如鹅腿；冬天鹅肥少骨，鹅脯更加丰腴美妙。所以这位的卤水虽然做得不错，但最基本的选材功夫都没过关，白瞎了好卤汁。”

“那我再考考你，如若你面前两只鹅腿，一左一右，你吃哪只？”

“左腿。”

“为何？”

“鹅日常闲立，以左腿着地，右腿则搁于左腿上，左腿承重日久，则肌肉丰聚，筋道有力，其味胜于右腿。”

“若吃鱼呢？”

“冬上夏下。冬气在上，腴在腹下；夏气在下，鳍脊在上。”

这话的意思就是冬天吃鱼要吃鱼肚子，肥美腴嫩；夏天吃鱼要吃鱼鳍部位，此乃精华所在。这是根据时令节气而来的吃鱼之法，文臻自《礼记》里学来。

老者招招手，道：“确实倦了，仿佛鼻子也不是自己的了，你来帮我吧。”

仆役上来给文臻搬凳子，免不了用无比艳羡的眼神看她，大有“你被老先生看中了就要有机会成为御厨或者给大世家们争相邀请了”的意思。文臻也不谦让，坐下便开始帮那老者筛选，那老者则端起蛋炒饭开吃，一脸偷得浮生半日闲的模样。

文臻闻菜速度比老者快多了，有时候菜还没端上来她就摇了头，那些仆役们神色犯难，显然其中有关系户，文臻直觉这其中有问题。

显然这老者便是韩家供奉的那位退休御厨，承担今天的选菜的任务，文臻一出手，工作效率加倍。很快两人便结束事务喝上了茶，聊了几句，文臻便把话题带到了当年被选拔出来的厨子名单上。

老者姓王，名近山。这世上凡是在某事上出类拔萃者，多半都会有些痴劲儿，这位的痴劲儿就体现在，他对关于厨艺和菜式的事情记忆超群，能记得十年前丰馔节上选出的菜式有哪几种，却对自己哪些徒儿去了哪个世家记不清，只隐约记得第一个被路过世家选上的厨子去的是唐家，因为唐家的五公子喜欢他的双色雪球。之后才有唐家宴请各大世家之事，确实有弟子去了易家，但不记得是长川，还是西川，也不记得那弟子姓甚名谁了。

文臻没想到这位老先生的记忆如此不靠谱，本在庆幸此行顺利，此时却不禁有些失望。

那老者也有些歉意，正要道歉，却见文臻要了纸笔，写了一个帖子给他，道：“先前欲以此物敲开韩府的门，却不料被人拒之门外，如今便拿来谢老先生。”

纸上写着：活鱼长途运输不死之法。

文臻笑道：“昌平处于内陆，多山少水。方才我在集市逛了一圈，见鱼类甚少，显然本地出产少，且运输不便。如今有了此法，想来韩家菜谱上的内容便可更丰富一些。”

王近山十分欣喜，连声道谢，这下便更愧疚了一些，苦思一阵，一拍脑门道：“你既赠我此帖，我便也回你一帖。我那些弟子虽是离开多年，但未必就没留下一丝情分，我且修书一封你带去，想必还能给老夫一点面子。”

文臻要的就是这个，当即看那老者写信，王近山对着信纸，提笔忘字，纠结半天道："我忘记他们的名字，这抬头称呼没法写啊。"

"简单。"文臻笑道，"便写：'吾儿，为师念你久矣！'"

最后老先生还是没扛住文臻的人情债和厚脸皮，含泪写下了这封非常肉麻的信。

一世英名付诸流水。

信写好了，文臻收起，便要告辞，王近山忽然又一拍脑门，道："想起来一件事！"

"去易家的那位弟子好像有些口吃。之所以记得这个，是因为当时易家的管家来选人，诸位弟子争竞，最后这位口吃的弟子做了一道上桌后鱼嘴还可以自动张合的口吃鱼，那管家引以为奇，便要了他去。"

文臻哈哈一笑，心想果然还是和菜有关才记得。

她便道谢告辞，王近山送出几步，忽然又一拍脑门，道："还有件事，那做口吃鱼的弟子家中十分贫寒，人却非常孝顺，他当时家中有老母，老母不便远行，他就想不去了。他母亲却不愿意他为了自己失了前程，便假意发怒驱赶他出门，他无奈，只得将母亲托付给韩府和自己的好友，才洒泪而别。为此他还特地给韩府留了自己的厨艺心得供后来子弟学习，也给好友留了银子。"

文臻记下了，心想倒也不妨找找这个老妇人，正想出门，这回又被拦下了，却不是因为王近山拍脑门。

来的是一个小厮，脸上神色不大好看，硬邦邦地和文臻道："姑娘方才帮了韩府的大忙，我们小姐连同昌平府尊公子请您去内花厅一叙。"

文臻在嗅菜，燕绥在吃菜。

小笼汤包做得很好，褶子如菊花，面皮洁白透明，隐约可见里头金黄的汤汁。鲜香之味隐隐而来，端上来的时候，燕绥眉头一皱，筷子"啪嗒"一搁。

韩芳音莫名其妙，中文微笑："对不住，我家公子吃东西只吃双数。这笼里五个包子甚是不对称。"

韩芳音立即命人重新安排，想着这习惯好像有些熟悉。

燕绥垂下眼皮，想着某人虽然可恶，但确实从一开始认识，就从未犯过他任何忌讳。

这一点说起来简单，其实很难，毕竟谁也不能一个照面便摸清别人的禁忌，总要有个适应的过程。

这么一想感觉更饿了。燕绥看一眼那包子，却还是不想下筷子。

"摊得不够扁。"

别人听了莫名其妙，语言护卫们自然理解是什么意思——文臻做的蟹黄汤包，皮薄到在笼里的时候完全是摊开的。

韩芳音笑："确实还欠着点手艺，想不到公子如此精通此道，想来公子府中定然此物常备。如此芳音也算公子的知己呢，竟然便选了公子喜欢的。"

燕绥夹起一个包子，摇头："汤包提起应如囊如珠，这就是个荷包。"

韩芳音掩唇笑："公子真是雅谑。说起荷包，倒是没见公子佩荷包。按说咱们东堂，成婚男子都有夫人绣荷包，公子怎么没有？不会是尊夫人不擅刺绣吧？"

燕绥依旧只看着汤包，他皱皱眉，用筷子尖微微挑了一个小口，里头热气散出，闻着倒是不错，他来了兴致，低头轻轻一吸。

韩芳音一眨不眨地看着他，刚压下心底的心花怒放，便看见燕绥皱眉，将方才喝下的那口汤都吐在了侍卫及时递上的锦帕上。

接汤的中文急忙将帕子扔了。

韩芳音目光落在那方昂贵的帕子上，才着急地问："公子，怎么了？可是不合胃口？"

燕绥道："水。"

水送上来，燕绥漱口三次，道一声："腥。"

这包子的蟹黄不像文臻做的那样留在褶口，微微透一点金红的蟹黄，更增食欲，而是都拌在了肉馅里。虽然味道鲜美，但一来蟹黄被肉汁浸透失了原味；二来这蟹黄也隐隐有一点腥气，想来这厨子整治螃蟹没有文臻的讲究。

文臻有专门的三种刷子刷螃蟹，保证螃蟹的清洁不留死角，且会在烹制取黄前喂螃蟹喝一点点酒，以淘米水浸泡一刻钟后再肚皮朝上下锅。所谓食不厌精脍不厌细，食材相差无几，烹饪方法各有千秋。

燕绥这边因为韩芳音的另眼相看，早就是这厅中众人频频注目的角落，他这一吐一扔，动静很大，有人便挂不住脸了，当即便有一个锦袍少年走了过来。

那人年纪不大，随从不少，往这边走来的时候便有人低声劝说。

"赵公子还是别去了吧，韩小姐在那儿呢。总得给韩小姐几分面子。"

"不过是一个不晓事的路过野客，自然吃不出咱们赵府大厨佳馔的美妙滋味，您可千万别为不相干的人伤了和韩小姐的情分。"

"您堂堂府尊之子，和这种人计较，只会失了身份……"

那赵公子神情犹疑，脚步渐缓，忽然又有人进来，在他耳边低声说了几句，那赵公子失声道："什么？剩下两道都被否了？连内花厅都没进，直接倒了？"

旁边那些清客门人都有些意外，讷讷对视不敢言。

这丰馔节比试表面上是公平竞争，可是哪有真正的公平，多少总要让出些名额给那豪门家族。这赵公子是新任府尊之子，也带了家中的厨子前来参加评比。倒不是冲那丰厚的花红，而是这次比试还有一个没有对外言明的目的，就是之前被各大世家要去的韩府厨子。有的年事已高，快要退休，有的性情耿介，不懂钻营，对韩家帮助不大，韩家想趁这个机会再选几位优秀的厨子，想办法送到几大世家去，好让那好处能长长久久绵延。

东堂有律令，规定了皇宫御厨出宫养老之后是不能再为其余任何家族执炊的。东堂厨艺最出名的世家闻家又只为皇宫服务不肯降格。所以王近山挑选并教出来的弟子便是整个东堂除了皇宫范围外，最为优秀的厨子。那几个大世家吃惯了韩府出来的厨子的手艺，轻易也不愿意换人，韩府已经打点好那几家管厨房的管家，就等选出人来好好调教一阵再送过去了。

唐、季、易三大世家何等的庞然大物，但凡有些联系便有不少的好处，只是寻常人也攀附不上。赵府尊老家族人在西川，想要通过这个机会和西川易家搭上线。那就得先保证自己的厨子能中选，而只有能留在王老先生院子中的菜才是真正内定了。内花厅的菜还需要经过大家筛选，所以赵公子的希望寄托在自家厨师送上的卤水鹅腿和蟹粉黄菜之上，并且也打点好了，迎合了王老先生的口味，本以为十拿九稳，谁知道竟然就出了岔子。

待他搞清楚怎么回事，一张脸早就气得面目狰狞。

“哪来的贱人指手画脚？外地人？王老头子疯了，把这么重要的事交给一个外地女人？去，把人给我请过来！我倒要当面问问清楚，谁给她的胆子代王近山评选的！”

小厮们赶紧飞奔着去了，赵公子怒了一阵，忽然看见那边燕绥若无其事，竟然又在韩芳音的含笑指引下尝起下一道菜，顿时怒从心起，大步上前，抬手就去打燕绥筷子上的鱼丸：“什么混账玩意，也敢在这里装模作样！”

他出现得突然，燕绥筷子一抬，正要出手，韩芳音忽然扑了过来，挡在燕绥身前，叫道：“不可对我的贵客无礼！”

燕绥手中的鱼丸被她这一撞，弹了出去，落在韩芳音手腕上，引得她一声尖叫。

韩芳音手腕上一点红印，露出一脸忍耐的表情，颤声道：“无事……无事……”她不顾自己的“伤势”，转头捉住燕绥手腕，一脸焦急地道，“公子你怎么样？公子你没烫伤吧？”

她的丫鬟正围着她问她：“小姐你怎么样，小姐你手腕烫伤了！哎呀小姐你多少顾着一点自己啊！”

文臻便是在此时出现的。她一眼就看见了人群中央那位招蜂引蝶的家伙。

语言护卫们本来都只是好笑地看着，欣赏着某人的戏，忽然眼角扫到文臻出现，中文一个箭步将燕绥的爪子从韩芳音手中硬生生拉了出来，大声道："我们公子没事，韩小姐请注意分寸，男女授受不亲！"

燕绥瞟他一眼，转头也看见了笑眯眯一副观摩模样的文臻。

他手指一动，再看一眼某人脸上那令人恼恨的笑便停住了，随即温和地对韩芳音道："无事。倒是韩小姐似乎受了伤？"

韩芳音大喜，有意无意将那只有一点红印的手腕往他眼前搁，笑道："不妨事的，只要公子没有受伤就好。公子真是个体贴人呢。"

燕绥不动声色往后坐了坐，瞄一眼对面，文臻还在笑眯眯地看着，只是那笑里有杀气。

韩芳音见他不接话，有点失望，面上却笑容依旧，转头去看那赵公子，那笑意便淡了一些，却仍是站起身来，亲切圆润地道："赵公子，你火气太大啦，烫着我啦。"

那赵公子见烫着她了，怒气都化为忐忑，此刻见她并不生气，埋怨娇嗔倒更像是在冲自己撒娇，一时心中微荡，想着她果然还是向着自己的，顿时神情缓和了许多，哼了一声道："还不都是这些人不识抬举，倒连累了你，烫得严重吗？我给你瞧瞧！"说着便去抓韩芳音手腕。

韩芳音一缩，赵公子脸色一变，韩芳音已经在他耳边低笑娇声道："这么多人瞧着呢。你堂堂男儿怎可这般拘泥于小节。"说着轻轻在他肩背上一推。

赵公子被推得神魂颠倒，怨气消了大半，转过身看见站在内花厅门口的文臻，顿时脸色一沉，指着文臻便骂道："哪里来的乱七八糟的玩意，敢在韩府品评厨艺。还不赶紧赶出去，她点评过的都不作数！"

韩芳音皱了皱眉，她已经听小厮说起过刚才王老先生那里发生的事，心里也有点怨怪老王任性，这品评一事何等事关重大，怎好随意交给外人。

赵公子骂了文臻还不解气，又道："这蟹黄汤包，卤水鹅腿，都是我府中厨子所作。方才谁故意作践我家汤包的，一并滚了。"

文臻一听便知道他说的是谁，瞟一眼燕绥，眉毛一扬。

她已经见到了王老先生，达成了此行的目的，只是忽然对那个韩小姐有了些兴趣，当面撬她墙脚的姑娘难得，怎么能不会一会？

文臻便笑道："这位是韩小姐吧？我是堂堂正正凭蛋炒饭被请进门的，品评菜式也是受王老先生的邀请，那就代表了王老先生认可了我的技艺。就这么一句话否决，那韩府主办这丰馔节，选拔优秀厨子的意义又何在呢？"

韩芳音盯着文臻。

如果她刚才没看错的话，这位姑娘一进门，文公子身边的护卫表情就不对了，仿佛他们本就是认识的。

她心中响起警报，脸上却笑得更加可亲，从容地道："丰馔节有规矩，向来由王老先生主评，那是因为老先生御厨出身，厨艺为世人所公认，他评出来的结果才能令大家都服气。而姑娘一介过路客，只拿出来一盘蛋炒饭如此简单的食物，凭什么就能认为自己足够服众呢？"她状若有憾地道，"毕竟，姑娘你又不是闻家人，又不是那位以御厨之身成三品大员的文大人。"

她话音刚落，众人便开始笑，有人大声道："韩小姐这话说得对。一个过路客人凭一盘蛋炒饭就想品评天下名厨，还真以为自己是文臻文大人吗？"

第八章

绿茶

韩芳音正要说话，忽听外头喧哗，有人喊着府尊和老爷回来了，急忙出去迎，刚走到门口，就见韩老爷连同赵府尊垂头丧气地回来，看她看过来便摇摇头。

韩芳音知道今日父亲和府尊是听说了宜王殿下携新任长川刺史出行路过此地，特地前去迎接拜会，看脸色便知道吃了闭门羹，正要和父亲说一下方才的事，韩老爷已经意兴索然，摆了摆手，道："这里的事儿我就不管了，你且看着办吧，不要让人闹了丰馔节，影响咱们选人便行。"

韩芳音便领命回来，微带歉意却又斩钉截铁地对文臻道："方才我命人去查看了姑娘所品评的菜式，显然有失公允，令许多佳肴沧海遗珠。姑娘此举已经搅乱了我丰馔节的规则，我们需要重新筛选，增加了许多麻烦，所以姑娘还是要给出一点交代的。"

"什么交代？"

"姑娘留下一道厨艺秘方以作赔偿，再和因你的不公点评落选的厨子及其主家赔礼也便行了。"韩芳音道，"毕竟他们也不能算寻常厨子，都是高手，是要选去各大世家主厨的人物，怎可被你轻侮？"

文臻眼睛一亮。她还不知道还有这事！

这可比千辛万苦去联系一个还不知道肯不肯帮忙的厨子要更直接有效啊。

"韩小姐，你这么说我可不服气。"她笑嘻嘻地道，"你说我品评不公，可我觉得我品评得公平得很。你说我不能服众，可你又凭什么说我不行？就凭你这张嘴吗？"

"那么这位姑娘你又凭什么说你品评公平呢？一道蛋炒饭吗？"

"我可以拿出更好的菜式来证明自己有这个实力。你们既然在竞争，那我可以参与竞争。”

“不可以。”韩芳音温柔地道，“能进入内花厅和王老先生院子的厨子本身已经经过选拔，是家世出身技艺俱佳的人选。听姑娘口音是外地人，来历不明的人不能参加选拔。”

“有点不讲道理啊。”文臻笑。

韩芳音并不动气：“道理总是掌握在更有实力的人手中。”

文臻笑着点头：“好，好。”忽然一指燕绥，“如果这位公子也想参加你们的厨师选拔呢？”

韩芳音怔了怔，第一次不知该怎么回答：“公子也会厨艺？”

燕绥掀起眼皮看一眼文臻，懒懒道：“算是会。”

“公子会做何菜？”

“蛋糕蛋塔蛋包饭，珍珠奶茶雪媚娘。”

这些都是什么？

“未闻世上有此菜，文公子可否解释一二？”

燕绥给她一个“这都没吃过，你也配谈厨艺”的眼神。

文臻怔了怔，再一看燕绥垂下的眼皮，每根睫毛都透着不情愿，忽然有点想笑。

“请问公子厨艺师承何人？”

“我家厨娘。”

“我家夫人。”

燕绥和中文同时开口。

“尊夫人真是有趣，就是好像懒了些。”韩芳音掩口笑道，“岂不闻君子远庖厨？这等事本该她伺候夫君的啊，怎好让夫君下厨房？文公子真是温柔体贴好男儿，令人心生仰慕，只是小女子有点为文公子不值呢。”

韩芳音真情实感地开始忧愁文臻将的这一军，她认定燕绥是个人物，并根据他出现的时间，怀疑他可能是宜王殿下或者长川刺史身边的随从官员或者将领，必定出自天京豪门，那拒绝别人可以，拒绝得罪了他，之前做的这许多工夫就白费了。

她想了想，道：“规矩便是规矩。自然不能有所偏颇。不过如果两位真心想要参与比试为自己正名，那么还有一个方式也可以入选进行最后的竞争。”她一指外头，“昌平人口八万，普通百姓以得旗多少论英雄。而丰馔节的规矩，只要得旗足够多，是可以直接获选的。”

“需要多少？”

韩芳音笑容可掬：“也不算多，十中有一便可。”

众人原本有点紧张地盯着韩芳音，听见这句之后都肩膀一松，露出一抹意味深长的笑容。

还以为韩小姐会色令智昏，没想到韩小姐的厉害名声不是白来的，便是这种情形下也没忘记扎好篱笆门。

普通民众美食以得旗多少论输赢，但是当人人都是参与者竞争者，人人都抱着出人头地一鸣惊人的欲望，都恨不得自己的旗越多越好，又怎么舍得把旗给别人？

如此一来旗帜的获得就会极为分散，很难让人放弃自己的利益去成全别人。

何况现在天色已晚，明日便是正式品评，人家七天积累，这边不过一夜，哪里来得及攒旗？

最后还有最重要的一点。

攒旗取胜，其实只要百分之一，便可直接入选最优那一级。

毕竟八万人口，韩芳音不动声色提了十倍，八千旗，意味着最起码八千份食物，那么也就是说，食材、用具、规模都是惊人的。

这个数据，绝无人能在一夜之间做到。

众人纷纷露出赞誉欣赏和微带讥诮的笑容，前者是给韩芳音的，后者是给文臻的。

众人都等着看文臻露出为难神色。

然而，文臻连眉毛都没动一丝，声音甜美而又坚决："好！"

韩芳音微带讥嘲地笑了笑，并不出言挖苦，也没留客。那赵公子还想让文臻道歉，韩芳音拦住他，笑道："公子少安毋躁，明日场合更盛，有什么事大家看得更明白，不是更好？"

赵公子转怒为喜，笑道："对对，明日叫她当着全昌平百姓的面给我赔礼！"

韩芳音又转向燕绥，嫣然道："文公子，天色已晚，这城中人流如潮，道路拥挤，怕是不大安全，不如就在韩府暂歇。有些什么需要，韩府也可助公子一臂之力。"

赵公子脸色微变，韩芳音已经对他眨了眨眼，悄声笑道："留住他，免得出去惹是非。"

赵公子被哄得屁颠颠去另一边了，文臻此时正经过，听见这句，笑着看一眼韩芳音，道："哎呀韩姑娘，你这话就说得不对了。这城中明明百姓安居治安良好，你看我这样一个孤身女子你都放心我一个人离去，这位公子还带着几个五大三粗的护卫呢，能出什么事？被人套麻袋揍？还是被绿茶婊请去畅谈人生？"

护卫们一边委屈地对手指，一边在心里狂笑！

韩芳音听出文臻话里的嘲讽，偏偏脸色丝毫不变，像没听懂般笑道："我并不明白你在说什么。你一个来历不明且形迹可疑，似乎有意搅乱我丰馔节的外来客，我们不追究你的责任已经是宽宏大量，难道还要留你住宿？”

“不不不，你这里我不敢住。绿茶很忙，又要安抚备胎，又要勾搭新欢。怎么敢再占用你宝贵的时间。”文臻笑，“您忙您忙，告辞告辞。”

她看也不看燕绥一眼，笑眯眯走了出去，韩方音凝视着她的背影，抿唇笑道：“这位姑娘真是怪有意思的。”转头又要和燕绥搭话，却见燕绥已经起身跟着文臻出去了。其余护卫也跟着，中文留在最后，自动承担起给主子弥缝的任务，和韩芳音说了几句客气话才告辞。

文臻出了韩府的门，就看见林飞白易人离都在门口等她，她本来想等燕绥出来嘲笑几句的，结果一看易人离的脸色，便问：“怎么，出事了？”

易人离摇头又点头，道：“去前面客栈说，我订了房间。”

文臻便忘了燕绥，匆匆随他去了。

燕绥一边走一边思考小蛋糕有没有听懂他的暗示，出来时发现文臻早没影了。

宜王殿下站在冬日瑟瑟的寒风里。

文臻跟着易人离一直到了客栈，打开房门，房门里两个瑟瑟发抖的人惊惶地抬起头来。

里头那个孩子一看见开门就“哇”的一声哭了：“别打我，我下次再也不偷了，我只是太饿了。”

一个衣衫褴褛的老妇人则颤颤巍巍抱住他，一边抚摸他的头发安抚一边满面哀求之色地道：“几位贵人行行好，不要为难这孩子，他只是想给老婆子偷一口食啊。”

易人离苦笑摇头，房间里闹得不堪，文臻问：“怎么回事？”

“这小崽子偷抓了我的蛋炒饭，我一直追到一个破庙里，里头一堆小乞丐，特别能嚷，再嚷下去就要把官差引来了，我气不过，就把人拎了出来，结果那老婆子死抓着不放，只好也一并拎出来。本来就想吓吓他们就算了，结果倒给我听了个故事。”易人离一条腿踩在椅子上，冷笑道，“听说了一个儿子博得前途将老娘托付给本主和好友，结果本主冷漠，好友吞占儿子寄来的银钱，还将老人赶出去的故事。若不是这老婆子往日很是照顾这些乞儿，得了这些乞儿报恩，将她藏在破庙里乞食给她吃，估计也早就没命了。”

文臻越听越耳熟，道：“这婆子的儿子莫不是个外派往世家的厨子吧？”

易人离道：“猜对了。而且还是去长川易家的。”

这可真是峰回路转，得来全不费工夫。文臻大喜，又问那狼心狗肺的所谓好友是谁。

“那位好友原本也只是个普通厨师。这老妇人的儿子石头去易家做厨子时候，也将自己的厨艺心得都给了好友一份，每月寄回来的银钱也很是丰厚，这人又有钱又有了技艺，苦练了一阵，现在是昌平府尊家的大厨。”

文臻立刻就笑了。

这位大厨就是内定要获选并送往世家的厨子，如果是打算送往易家的，那位石头兄发现自己辛苦多年，老娘和前途都给这白眼狼害了，不知道会是什么心情。

真是冥冥之中有天意。偏偏那小乞丐就抓了易人离碗里的饭。

“你去安抚一下，这老婆子和这小乞丐大抵吃了许多苦头，神经兮兮的，怎么劝说都没用。”易人离苦着脸。

文臻蹲在那大娘身前只说了一句话：“府尊家那位大厨即将取代你家石头了。大娘，你想不想帮儿子，想不想报仇？”

老婆子很快安静了下来，文臻又让店家送上食物，两人便吃得什么也顾不得了。

文臻便坐在一边看他们吃，对那名叫小猴子的小乞丐道：“小猴子，你有多少同伴？都来帮我一个忙，回头再请你们吃鸡腿好不好？”

“两个鸡腿！”

“成交！”

文臻便给了他一些糖，小猴子吃饱喝足一抹嘴，干劲十足地去找他的朋友了。

文臻又让陈小田就近找个面食店的店家商量，借点米面蔬菜，说好了按市价付钱，而且摆摊每得十面旗分对方一面。

之前他们找食材处处碰壁，如今店家一听说可以分旗，虽然意外，没想到还有这种操作，但也爽快地答应了。

文臻又让耿光去找一辆大车来，随时流动，将借来的炊具米面蔬菜往上一搬。

又让人回去城外营地拿她的小菜来，顺便把两个丫鬟带来。文臻出行，又跟着燕绥，是以各种小菜和她自己制作的调料都齐全。

她一边从容布置，一边和留下保护她的林飞白说了此行韩府见闻，说到八千旗的任务。

林飞白的关注点却有点偏，忽然问她：“可看见燕绥？先前我在韩府好像看见了他的护卫。”

“哦。看见了。”文臻挥挥手，“不用愁他。他倚红偎翠，吃香喝辣，正快活似神仙呢。”

话音未落，快活神仙进来了。

快活神仙进门就扫了一眼，文臻正和林飞白谈笑风生，顿时气得要下凡。

那可恶的凡人还看都不看他一眼，问林飞白："可要喝绿茶？"

林飞白目光从燕绥越发淡定的表情上掠过，道："我于此道一般，好像殿下擅长。"

"殿下确实擅长。殿下慢慢喝。"文臻笑嘻嘻地出门去了，留下燕绥看一眼林飞白，面无表情地道，"卷草终于送出去了？怎么送的？我猜猜，硬塞强丢再加上侍卫哭惨才把你家传家宝送出去了是吧？"

文臻这两天和燕绥赌气，就把卷草翻出来戴上了。

林飞白冷冷看他一眼："总比为送个礼钻厕所爬屋顶来得好一些。"

"赖在我府里倒便宜你偷窥了。果然还是跟在德妃娘娘身边教养得好，诸般技艺都精绝。"燕绥微笑，"赶明儿我和蛋糕儿成婚，宜王府得扩建，林侯到时候打算住在哪里？主宅耳房怎么样？不仅方便偷窥还方便偷听。"

林飞白忽然一笑，只是那笑容怎么看都讥诮满满："挺好，那我便等着了。希望殿下能早日成婚，可千万莫像上次那样。"

燕绥笑："我好歹还有理由追逃妻，连理由也没有的人怎么办？要不要自杀？"

客栈里。燕绥和林飞白从两岁相识起第一万次相杀，客栈外文臻万事俱备。

乞丐是每个城池里对道路最熟，流动最快，传达信息最准确方便的利器。很快，小乞丐们就把"来了个流动餐车卖火面，从城西会一直走到城东，面条油大干香能着火！快去尝尝火面！"这样的广告投放到整个昌平。

昌平已经吃了六日，吃到很多人对食物都失去了兴趣，这时候什么山珍海味也提不起太大兴趣，倒是面条能着火还能吃这种噱头勾起了人们的注意力。文臻安排小乞丐散布的信息里详细说明了餐车是流动的，遵循一定的路线，迟早会到自己面前，那便等着便是。

酉时初，"绿茶火面"正式挂牌营业。

赖宣传之功，开张伊始，就已经排了很长的队。

大车前只象征性放两张桌椅，大车面对着食客，诸般材料备齐，采云采桑忧心忡忡地问："姑娘没有桌椅如何待客？姑娘咱们这食具好像太小……"

一旁的大筐子里放着餐具，都是酒楼特制的盛调料的小碗小碟，文臻让陈小田以极低的价格从周边的酒楼搜罗来了这些袖珍碗碟。

耿光等人看了却觉得头大——这么一点只能装一口面，八千份食材的问题是解决了，本来他们都觉得八千份食物绝无可能，没想到文大人才智出众主意多，居然想出一口面的主意，但一口面怎么够吃？

文臻面前作料盒一字排开：自己精制的小磨麻油、八角、腌制的细脆白菜丝、炒得极其香脆的芝麻花生、已经用油浸泡出香的核桃、辣椒粉、辣椒酱、花椒、自制鸡精、自制酱油、自制鲜菌菇酱、葱、切碎的板油渣、亲手晾晒的菠菜叶干、炒香的肉末……林林总总怕是有几十种。

采桑、采云一路都在跟文臻学厨艺，因此打下手也很熟练。按照文臻教的，将以上的作料按顺序炼燃面油，鲜板油在锅里化开的香气便已经传出了两条街，再加上那些文臻亲手调制的作料，等那一大锅燃面油熬好，满街的人都在骚动，恨不得扑上去把那油先喝上一碗。

迫不及待的附和声里，文臻已经揉好了面，案板上揉好的面团微微发亮，揉面时几乎不掺水，只加一点鸡油，切成的面条圆润挺硬，筋道十足，下锅煮，面汤清亮面条滑爽，断生后捞起，然后进入最重要的甩干环节。

燃面以干香可燃闻名，最关键的就是不能有水分，面条能不能在那一甩间彻底去除水分，就看厨师的臂力和技艺了，这对文臻自然不是问题。长筷卷起面条，手臂一扬，面条在空中画出一道弧度，一点细微的水雾晕开，在夜晚小街满街昏黄的灯光下晕出朦胧的水色。

案台上小调料碟早已一字排开，文臻那一卷面条甩干，手臂又一扬，众人也没看清怎么动作的，那些小碟子里就已经多了一小团面条 ，微微卷着，晶莹发亮地盘在碟子里。

燃面油流水一般从第一个流到最后一个，每个碟子里油刚过面，青翠鲜红，五色鲜亮，像一盏盏小彩灯，香气浓浓地爆开来，满街的人都开始往这边挤。

文臻衣袖又一扬，手中火折子迎风一亮，一路点下去，幽蓝火光一个接一个跃起，一排五彩小油灯便幽幽在案板上亮起来，远远望去像繁星落在了身边。

人群激动起来，蜂拥上前，采云、采桑流水般将那小碟子传下去，文臻拿着根长筷子站在肉酱盆子旁，每个小碟子传过眼前便点上一点肉酱。

这种非常具有节奏感的流水作业，赏心悦目，令人沉溺，昌平的老百姓没见过这样的做派，几乎所有人都看着她们的动作入了迷。只觉得便是不吃，只这样看也能看上三个时辰。

首先是入目，面条根根分明，金黄油润，剔透晶莹，点点翠绿葱花和金红肉臊深黑菌菇点缀其间，便如五色琉璃；其次是闻香，在众人想来香气应该非常复杂，油香挂帅，所有的肉香、菇香、椒香、酱香都臣服于浓墨重彩的油香，将那纷繁香气约束于其中，只幽幽散一点令人探索的余味；最后是入口，果然先是五味丰富辣味尤甚，油香在口中爆开，然后便是肉臊的腴香，菌菇的鲜美，酱料的醇厚，花生碎、芝麻碎、核桃碎的干果香……但是这些都无法喧宾夺主地掩盖属于面条的香，最后铺底的是几条酸白菜丝，清脆白菜丝微微的酸香正好将燃面略微的油腻中和，是一种美食境界里最为讲究的层次感。

唇齿间最后剩下让人回味无穷的辣。此时便有人搬过来一个大桶，桶里是海带大骨汤，无须排队去舀，桶身上接好几个管子，可容五六人同时团团围住用碗去接，一拉之间便正好一小碟，管子完了放回便可。这一招也是新奇，众人正辣得脸门都在发麻，来上一口，汤鲜润清淡，顿时将口中辣味冲淡，直到此时那般不知怎么生成的紧迫感才稍稍松懈，抹一把汗，这才注意到原来手中的碟子竟然小得令人发指！

顿时怨声载道。

一片吵吵嚷嚷里，文臻开始捋袖子，抓起擀面杖，敲在面锅上，“当”的地一声巨响，声传三里。

所有杂音都被震住，文臻大喝：“还想不想吃火面！”

“想！”

“想就排队，下面，一面旗换一碗面！除了第一批尝新的，没有免费的了！”

“什么样的碗！”

“就这个！”

“就这么一小口要换一面旗？太黑心了吧！”

“行，不换就不换，不换就撤摊！”

第九章

三美斗帅

一阵安静后，杂音又出现。

“别啊，这么好吃的面本来也该给旗的。”

“就是。虽然少了点，毕竟是精华啊。值，我觉得值。”

“管你们觉得值不值，你们觉得不值的赶紧走，位置让出来，我们来迟一步，等了多久了！”

还有人抱了一大捧旗过来，往负责收旗的伙计面前一堆：“十五面，给我换个大碗！”

这一下提醒了众人赶紧去收集更多的旗，当然更多的人还是站在原地不动，攥紧手中宝贵的旗。

眼看大家大部分都接受了，文臻让人重新安排排队，一边含笑道：“方才得罪诸位乡亲。实在是我们本是外地人，路过而已。外地人在你们昌平这两天想要买到食材有多难你们也清楚，我也想给各位多吃几口，奈何东西少人多，只能吃个新鲜了。”

便有人问：“你一个外地人这是想来参加丰馔节？你这手艺没话说，但是外地人不得推举很难进韩府大门，要靠旗进门得最起码八百面呢。”

有人嗤笑这盛况八百有何难，文臻想，那韩小姐真是个绿茶，笑道：“我们外地人要和你们本地人争这个做甚？我们有自己的事要做，又不能选了去做世家名厨。实在是今日碰见一件事儿，如鲠在喉，不出手不平啊。”

自然便有人问怎么回事，文臻便说自己本是寻友，好友石头去了长川易家做大厨，临行将老母托付给韩府和朋友，结果韩府不闻不问，好友侵吞财物，导致老母露宿街头，靠乞丐养活，自己既然得知此事，自然不能不管，知道石头那朋友已经成了府尊家的大厨，得韩府庇护，便去韩府寻找，结果韩府不容，她连那人面都没见着，她想要参加丰馔节，但韩府小姐称一夜得八千旗才能入府比试，她只好临时摆摊，因为一夜间实在无法筹措那许多材料，才不得不这般小气云云。

众人听完瞠目结舌，昌平就这么大，很多事大家都听说过，都知道李家石头去做世家大厨的事。有人骂韩府凉薄，石头在众学厨弟子中天分最高，帮韩府争过好多次脸面，韩府在他走的时候也信誓旦旦要帮他照顾老母。结果偌大人家一个守诺言的都没有。有人骂石头那朋友无耻，能让石头托付老母交情定非寻常，如何能这般狼心狗肺。还有很多人骂韩小姐真是越来越精明，石头缝里也要榨油，一夜八千这不是明摆着不让人进门吗？

伙计便给大家指那石头的母亲，老妇人闲不住，出来帮忙，文臻没拦，目的就是要给众人看见这老妇人的瘦弱褴褛，果然这一幕很有冲击力，当即便有人振臂高呼：“一夜八千有何难？众位兄弟，速速将此事传扬出去，今夜便是唤来全城百姓，把之前发出去的旗再抢回来，也得把这口气给出了！”

当即便有人道：“不用抢，我这几天得了七十面旗都在这里了！”此人抱了一盒子旗过来，往地上一搁，道，“也不用你给我七十倍的面，来一个大碗，我给一家子都尝上就行！”

文臻还没接话，易人离从里头蹿出来，大声道谢，变戏法一样变出一条长鞭，第一声“啪”，抽出一个特大海碗；第二声“啪”，面锅里刚刚煮好的面条便飞上了天；第三声“啪”，面条在空中齐齐一震，水落如雨，瞬间变干，落入碗中。采桑、采云浇上更丰富的调料，更兼奉送小菜一碟卤蛋咸鸭蛋各一个，以鼓励这位精神可嘉的先驱。

三声鞭响清脆明亮，鞭技精湛好看，面条令人眼馋，赠品令人心动，更不要说易人离容颜美好，乌黑的眸子星光流转，看一眼都能醉人。

那人张着嘴，捧着托盘，整个人都被这种奇异的力度与充满彪悍气质的美给震住了。恍惚间，他觉得自己不是在街边买小吃，而是在华堂看高手演出。

文臻忽然便来了灵感，转身冲到客栈里，一把将正在和护卫讨论之后的行进方案的林飞白扯了出来，林飞白莫名其妙，还没来得及问，文臻已经大声道：“兄弟，帮个忙，不管用什么方式，一定要吸引来更多的女性，来，哥们就靠你了！”

林飞白似乎对这个任务有点接受不了，还没来得及说话，对面的门开了，探出了燕绥的头。

林飞白也不试图挣脱文臻了，干脆利落应了一声：“好。”

文臻也没看见燕绥，拖着他一阵快跑。今晚虽说她手段百出，但古代不是人流量大的现代，一夜八千旗她也没底，因此能利用的力量必须要完全利用上。

她听见林飞白答应，倒是喜出望外，连忙大声道谢，林飞白问她：“怎么不去请殿下？殿下容姿，才是无人能及。”

“殿下何许人也，只适合坐在内花厅由绿茶伺候着吃小笼包，怎么能干这么降格的事？可别为难人了。”文臻把林飞白拖跑了。

林飞白想这是他今天第三次听见绿茶这个词了，对着站在门边的燕绥笑了笑。

燕绥想把他那张脸皮剥下来，钉在木板上，送给神将。

文臻把林飞白拖出去，往案板边一站。林飞白才是个君子远庖厨的，从来不进厨房，此刻对着那锅，冷峻的面容微微抽搐，好一会儿才道：“我来下面条？”

“不用不用！像易人离那样就行！”

林飞白看一眼易人离。

易人离正在那甩鞭，一大群少女聚集着迷地盯着他的每一个动作，四周都仿佛飘着星星和粉红泡泡。

易人离怡然自得，越发卖力。

林飞白的羞耻感爆棚。林侯有个优点也是武将世家的通病。所谓千金一诺，言出必行。林飞白愣了半晌，终于还是一咬牙，铿然拔剑。

他的长剑“雪隐”，以如雪如月，锋刃明洁闻名，舞动时雪光点点，十分美妙。

他一拔剑，本就有很多少女在偷偷看他，这下都围拢来。

林飞白脊背笔直，目不斜视，文臻揉好面将面团往空中一扔，林飞白长剑一闪，顿时面团被切成无数细丝，根根圆润挺硬，长短粗细，毫无二致。

无数面条如柳叶丝雨飘落锅中，热气蒸腾也掩不住林飞白的俊挺眉目，易人离不甘示弱地挤过来，三声脆响，面条甩干，林飞白再出剑，剑上起了雪雾，和面条接触的刹那便实现了降温，等到面条进入一字排开的碟子时，已经温度适宜正好入口。

这一切都很完美。

除了林飞白的表情和站在屋顶上的师兰杰。

师兰杰幽幽地看着他家的少主人，神将之子，少年封侯的东堂俊杰，现在在一口大锅前，用他出必见血、宝贵无比的名剑给一群村姑切面。

德妃娘娘如果看见，一定会安排这锅滚开的面汤给文姑娘洗澡吧？

神将如果看见……

师兰杰想了一下，觉得神将应该很高兴。

神将已经无数次吐槽儿子是小古板，没意思，不讨喜，太沉闷，没有继承半点他的风流雅趣，讨不到老婆万人嫌了。

神将看见侯爷肯在姑娘面前花蝴蝶一样展示剑术一定会心花怒放，会和文臻一起品评儿子切面凉面的身姿和技术，说不定还会点个单，比如要求用那招特别花哨的“千树万树梨花开”来切面。

师兰杰觉得神将和文姑娘有很大的概率会成为知己。

经过文臻出手，易人离甩干，林飞白降温的这一口火面，说价值连城也不为过。

几乎所有人在那一口面入口时，表情都显出了如入仙境的满足。

流动餐车不需要流动了，满城百姓闻风而来，将整条小街堵得水泄不通。

其中最起码有一半是姑娘，姑娘们比汉子们还要大方，汉子们好歹还要吃一口面条，姑娘们还没吃，便将那旗子如抛绣球一样抛出去。

还分成了两支队伍，一部分将旗投到易人离面前的筐子里，一部分将旗投到林飞白脚下。

易人离面容漂亮有少年感，眼眸灵动闪星光，唇角笑容总斜着三分弧度，在文臻看来是三分油滑，在没见过世面的姑娘眼里却是邪魅诱惑，是那种气质有点矛盾的风流美少年形象。

林飞白则如长剑般锋锐，剑身薄透明亮，如初冬第一场雪，那般森然的凉意里还透出几分未至凛冬的淡淡暖意，是令人看了一眼便不能忘怀，想看第二眼却不敢再看的类型。

昌平的男子们觉得今日饱了一辈子的口福，昌平的少女们则感觉今日饱了一辈子的眼福。

忽然有人尖叫：“快看，快看，客栈里又出来一个！”

不甘寂寞的殿下从客栈里走了出来。

殿下穿衣素来喜欢锦缎厚重而样式飘逸，那般华丽又闪耀的衣料，行动之间如波纹粼粼微光闪烁，又透出几分慵懒矜贵。

文臻冷笑，看着某人像只花孔雀一样，一遇刺激就开屏！

燕绥走过来，看一眼流动餐车处热火朝天的景象，文臻手脚不停地在揉面。

她从开摊到现在一直在揉面，手也是酸了。眼看人流量越来越多，名气已经传遍全城，便打算叫江湖捞的备用白案师傅过来接手。

燕绥在一群少女的惊呼中走过来，抽出几条长长的绸巾，朝文臻看了一眼，文臻还愣着，燕绥就转开眼，抬手将绸巾蒙住口鼻，只露出一双睫毛长而浓密眼皮宽而流畅的眼眸。

他举起双手时衣袖滑落，露一双腕骨精致线条流畅劲瘦有力的手臂，满街的姑娘瞬间都红了脸。

燕绥慢条斯理又以剩下的两条绸巾绑住过于宽大的衣袖。

文臻望天，认真想象了一下，如果旗子真的不够，是不是最后让燕绥脱一下衣服。

也不用多，上半身应该就够了，倒三角的体形很有诱惑力的。

思路从倒三角身材很快便要往下走，她却被燕绥拎到一边。

燕绥顺手接过了她手中的面团。

文臻怔怔地看着燕绥，面团在他指掌间弹起，那双手洁白如玉，指节修长，指甲如贝。

面团像一朵多变的云在他指掌间翻腾。

姑娘们的目光无法从他的手上撕下来。

面团圆溜溜像一颗巨大的金丹，这简直是另一种奇景，很多男子也聚拢了来看。

燕绥眼皮不抬，扬手将面团扔上半空，林飞白出剑，雪花点点，面团化为面条落入锅中，易人离甩鞭，面条出锅，再一甩鞭将面条甩干，林飞白的剑在此时又丝毫不差地到了，面条的热气瞬间消散大半。燕绥手中多了一根柳枝，柳枝嫩绿，枝尖还有三片翠叶，燕绥手指一转，柳枝翻转间，那些面条次第落入排开的碟子里。燕绥锦衣大袖拂动之间，柳枝从肉臊盆子上掠过，碟上面便多了一点肉臊，燕绥衣袖再一拂，油灯里的火便被移出了一小团，柳枝蜻蜓点水般从那些面条碟上掠过，燕绥轻轻一抖灭去火焰抖落油星，柳枝未焦，三叶翠绿如故。

满街的喧闹在此刻忽然消声，每个人都屏息凝神，不敢眨眼，怕错过这一幕奇景。

热气蒸腾白烟袅袅间，三人的配合与手法皆妙到巅峰。

而那些碟子明显比之前更加齐整。每碟里面条的形状、多少、大小、色泽，连其上点缀的肉臊的位置形状，都一模一样。

人们对面条的分量和旗帜的收取再无任何异议，交旗拿面。

此时有已经开吃的人忽然叫："这些面条都一样长！"

众人望去，便见那人身边站着他的兄弟，两人同时用筷子叉起自己碗里的面条，叉出长长的一根面条，两个人碗里的面条果然是一样长短！

他这么一喊，更多人站在一起开始比对，果然长短分毫不差。

这简直就是神迹。

忽然一个女子笑道："哎呀，练了这么多年，终于练出这眼力了，甜甜啊，恭喜你啊。"

好几天来第一次听见甜甜这个称呼的某人终于转过眼来，心情好了一点，顺手端起一碟已经灭了火焰的面条，示意文臻张嘴。

文臻张嘴，被塞了一嘴的面条，她嚼了嚼，笑嘻嘻比了个大拇指。

几天的冷战到此刻终于有破冰迹象，燕绥心情很好地瞟她一眼，心想她忙到现在，还没来得及吃上一口面呢。

只是这面条说到底还是三人合作，有点不爽。

文臻看看此刻情形，已经不会有人舍得离开这餐车了。

刚才那一口面其实和她揉出来的面有点差距，燕绥再聪明能干，在不熟悉的领域总不能一出手就超过她，但他的容颜和绝妙手段弥补了这面的不足，生生让人们忘记追究面条口感有差距。

文臻放下心来，便伙同几个护卫把装旗的筐搬进客栈里。简单清点了一下，旗已经六千多。

文臻粗略算了一下，觉得八千面旗还是没问题的。

这一夜不仅仅是八千面旗的收获，还顺便把韩府打压了一下，明日的最后选拔众人一定会去围观，已经处于不利位置的韩府和府尊想要搞什么都会受到民意的冲击，赵府那位大厨想要取代石头是在做梦。

文臻放下心来，便安排人看着旗，自己借了客栈厨房，做了些东西。

她做饭的时候，听着外头声响热烈，满意地笑了笑。

客栈顶头的最高一间屋子的屋瓦上蹲着几个男子，正在看着底下百年难得一遇的热闹景象。

几人目光阴鸷，皱着眉头。

一人道："他们方才又搬了一批旗进去，双人抱的箩筐足足搬了三筐，怕是有几千之数。"

另一人道："丑时了，一夜八千，看来竟然能成。"

先前那人道："小姐让我们来盯着，我还不以为然，觉得小姐太过于谨慎，一夜八千神仙也做不到。如今可是服了，这外地客，妖风不小啊。"

另一人道："你是服气小姐还是服气这几个人。"

那人道："都服。都不是简单角色，那几个做面条的男子你们看见没，不是一般的练家子。所以等会儿，不要想着抢走旗子，要我说就地烧了算了。"

"小姐可是说要将旗都拿回去的……"

"小姐的话有你的命重要？"

"先前那丫头一边卖面一边骂韩府了，小姐要知道了，怕不得弄死这几个外乡人。"

"那就先别给小姐知道，别给自己找事。"

"是。"

第十章

这条街上最受宠的仔

文臻笑着邀请干活的人轮流去吃点夜宵，休息一下。

人太多，夜这么深了还排成长龙，旗子雪片似的砸过来。

众人见忙碌，都不肯回去吃，她拉着林飞白先进去了，她一动手，林飞白也便收剑跟她走了。

燕绥瞟了一眼。

屋顶上的人正准备下去烧旗，一看林飞白来了，只好缩回去。

这家伙剑厉害，不能惹。

过了一会儿，林飞白回来，把易人离也换了回去。

燕绥又瞟了一眼。

林飞白吃完走了，屋顶上的家伙又招呼着准备下去。

结果易人离来了，只好再缩回去。

这家伙鞭子狠，也不能惹。

过了一会儿，易人离满嘴油光笑嘻嘻地出来。文臻来拉燕绥衣襟。

燕绥站着不动。

文臻又拉，笑嘻嘻地道："不去啊？不去你想好了啊，你这样会失去我的美食的。"

燕绥盯了她一眼，见她对第三个才来叫他依旧没有任何反省之意，有心想再一次拂袖而去，但最终还是扔了面团，跟着文臻走了。

进了门，就是一大桌菜肴，但文臻并没有停留，直接拖着燕绥进里间去了。

里间一个托盘上放着炸鸡卷、炸鸡翅、炸鸡块配珍珠奶茶的美式快餐。

筋道的薄面饼裹了香脆金黄的炸鸡、黄瓜条和酸脆白菜梗，浇上文臻自制的甜面酱——东堂版老天京鸡肉卷。炸鸡翅炸鸡块还是用文氏调料腌过的，裹了咸蛋黄和面粉，炸出来外脆里嫩，香气入骨。珍珠奶茶自然是另一份相互呼应的心意。

燕绥很满意。

行程中多有不便，有这么一份奶茶，他就是这条街上最受宠的仔。

他来之前已经仔细扫视过，确定林飞白和易人离应该吃的是外间一份份的夜宵，珍珠奶茶有且只有一份。

殿下很满意。

殿下浑身充满了干劲，感觉还可以再揉一千个面团。

屋顶上，几个人第三次想要下来时看见燕绥进门，终于有点急了。

这些人来来去去的，什么时候才能结束？

尤其最后一个进去的，别人都很快出来，他怎么半天不出来？

小姐还在府里等回报，他们不敢多耽搁，正心急如焚，忽听底下门响，燕绥和文臻终于出门。

几人大喜，找准那间堆满装旗箩筐的房间，蹿到筐子前，扔了几个火把，生怕烧得不够快，又加了好些助燃物。

眼看那火猛地蹿起，几人见事成，都长舒一口气，正要出去，忽然发现门被反锁了！

几人大惊，扑到窗前想从窗子出去，结果手刚碰到窗扇，白光一闪，剧痛袭来，再看自己的双手，已经多了十个洞。

几人万分惊恐，大火已燃，门窗俱锁，外头的人一声不吭，也不喊人救火，这是要把他们关屋子里活活烧死吗？

任务自然没有小命重要，几人无奈，只得自己大喊："走水啦！走水啦！救命啊！救命——"

外头似乎有人在笑，有人声音甜美温软："哟，稀奇，放火的人喊救火。"

声响惊动了外头的百姓，这边客栈的门大开，所有人都被惊动赶来救火，文臻和易人离在外大喊："不好啦，咱们放旗子的房间被烧啦——"

众人皆惊，也顾不上吃面，都涌进来帮忙灭火。人多好办事，分分钟便灭了火，将几个烧掉了眉毛头发的狼狈人搀出来，那几个人捂住头脸含糊道谢，还想蒙混过关，冷不防听文臻道："咦，你们是谁？怎么会出现在我们的房间里？"

众人这才发觉，这几个人出现得蹊跷。文臻等人先前一直都在街面上卖面，人人脸熟，现在她的人都在客栈门外，这几个救出来的人是谁？

有眼尖的便道：“那不是韩府的张队长吗！”

几人暗暗叫苦，人一认出来，怎么回事也就水落石出了，当即有人怒道：“韩府还要不要脸了！”

更多人上去就打，有人大骂：“我求爹爹告奶奶才让我娘把全家的旗都给了我，就给你们烧了！你们居然敢烧！”

“为了拿回我的旗，我和我发小打了一架！乡亲们，这几个混账行子忒过分，不配咱们救他，扔回火场去！扔回去！”

“对，扔回去！”

韩府护卫们纷纷磕头：“各位乡亲，我们也不想来烧啊，我们也是吃韩府的饭，上头的命令违拗不得啊，不然我八十老娘七岁孩儿谁来养活啊。”

“乡亲们真是爱憎分明义薄云天！”眼看那些人真拖着韩府护卫要走，文臻忙上来拦住，“只是这一扔回去性质就不同啦，就是杀人啊。为这么几个腌臜人物担上官司可不值得。要我说就该交给官府，按律治罪也就够啦。”

“姑娘一看就是天京上都那边的人吧？奉公守法，规矩得很，却不知道咱们这小地方啊，官儿可没天子脚下那么规矩。咱们的府尊老爷和韩府的老爷，好得就快穿一条裤子啦。”

文臻摆手：“不至于，不至于。”

她就是要扔给府尊。这么多人押送过去，群情愤怒，府尊是管还是不管？管，得罪韩府；不管，得罪百姓。无论哪头，都必定落不了好。

既然苦主坚持，别人也不好多说，当真便捆了几人要送去官府，人被推走之前，文臻忽然一拍脑门，恍然道：“刚才忙着抓贼，倒忘记和乡亲们说一声。”说着一拍掌。

那失火的房间隔壁的门开启，几个护卫搬了几个大筐出来，里头满满的旗子。

“一个都不能少。”文臻笑吟吟地道。

来帮忙的百姓们十分意外，都纷纷拍手庆贺，便有人将那几个韩府护卫给拖到官府，人来得多，鼓敲得急，府尊不能不接，等人到了官府，焦头烂额的就是赵府尊了。

人们经过这夜诸般精彩刺激，余兴不休，竟然就这么狂欢了一夜，吃空了文臻周围所有粮油店的米面，连带周边其余商贩的生意都红火了一整晚。最初给文臻提供面粉的店老板一晚上清空了所有库存，笑得见牙不见眼。

天快亮时，文臻统计了一晚的收获，去掉分给粮油店老板的旗，她这里还有一万二千三百四十一面旗。

韩府消息很灵通，几乎在那几个人被抓获送往官府时就得到了消息。

韩芳音一直没睡，在等那边的消息，听见这个出乎意料的后续愣了很久。

等她想着再派人去，想办法控制事态的时候，文臻所在的那条小街灯火通明，百姓遍布，已经无法混进去了。

韩府老爷为此大骂了韩芳音一顿，并和匆匆赶来的赵府尊商议了半夜。

天快亮的时候，文臻已经带着旗和百姓等在了韩府的门口。

今天也是丰馔节的最后一天，文臻原本不打算参加这最后的比试。但现在不同了，很明显韩府对长川易家有人员输送，她想要这个名额，也想帮石头惩治了韩府和他那朋友，卖足了人情。将来如果自己真能混进去替代石头最好，不能混进去替代，石头肯帮忙，也有助益。

叫了很久韩府大门才开，门一开，就可以看见里头的护卫站满院子。

韩府前来的管家面带微笑，态度亲切，意思明确——只许亲手赢来旗子的厨子入内，其余无关人等一律不接待。

这让百姓们想要冲进韩府，大骂韩府无情，想要把那个吞了好友银两的无耻朋友拖出来揍的美好愿望落了空。

韩府里面不仅加派护卫，外头也有整队的衙役守卫，摆明了你敢冲我就敢打。

寻常百姓敢打土豪，却不敢和官府对抗，只好都留在门外，用眼神给予文臻精神鼓励。

更多人忧心忡忡，韩府的意思就放那小姑娘一个人进去？一介弱质女流，孤身入虎穴，出了什么事怎么办？

管家冲着文臻笑了笑："这位姑娘，听说需要比试厨艺的是你？请进来吧。"

文臻瞟一眼那装旗的筐子，管家不仅没有点数，连看都没看。

她心中有数，笑一笑，招呼燕绥易人离林飞白："走吧。"

易人离和林飞白一人拿了两个筐要进门。

门口护卫一拦："只能这位姑娘进。"

"我得有人帮忙抬旗筐。"

"无妨。韩府自然有人帮忙。"便有两个护卫上前来要拿筐。

林飞白站立不动，两个护卫伸手去抓，没抓动，两人对视一眼，双腿下沉，双手用力抓住箩筐两边："拿来！"

筐子破裂，林飞白还是一动不动，那两个护卫失手，踉跄后退好几步，撞在门口石狮子上。

韩府管家脸色微微一变，怒道："这位姑娘，你这是何意？"

“何意？就是不信任你的意思。”文臻笑道，“昨晚派人来我这儿烧旗，在场乡亲们都看见了。现在数都不数，就想叫我把旗交给你们？当我傻呢？”

“我不懂姑娘的意思，什么烧旗不烧旗。”管家板着脸道，“韩府何等声势地位，还会赖你们的账不成？”

这话引起一片嘘声。

“我一向比较相信白纸黑字。要么，当着所有人的面点数，白纸黑字写明，你这位管家画押，我把旗交给你们，要么就我们抬进去——对了，提醒管家一句，不管需不需要人抬旗，这几位都有资格进府，因为我用以得旗的火面是我们四人共同制作而成，在场百姓都可证明。”

“对！是他们四人合作的！缺一不可！”

“火面绝世无双，都赖这四人技艺非凡，我可是一步不挪看了一整夜！”

管家铁青着脸，退后一步：“那就进来吧！”

百姓欢呼声里，文臻四人进府，大门立刻重重关上了。

走不了几步，便有人过来说：“听闻昨日火面十分惊艳，其中有位小哥的甩鞭干面手艺非凡，我们昌平面食联盟对此十分仰慕，请这位公子前去赐教。”

说着，便有两三个人上来围住了易人离，面带笑容滔滔不绝地赞美，并表示这也是厨艺比试的一环，既然做面食，就要先经过面食联盟的评判。

易人离带笑容跟他们去了。

剩下三人再转过一个回廊，便有三五人上前作揖，道林飞白昨夜那飞剑降温思路独特，昌平侠客联盟因此有所领悟，想要以此研究出一种武术和厨艺相互糅合相辅相成的全新大道，需要和这位首创此法的公子一起研究讨论，力争开辟美食和武侠结合的新流派。此乃造福百姓之创举，不过涉及武艺可能有刀剑切磋，公子如果害怕便请自便云云。

来人一改先前那一批的谦恭之态，显出几分轻蔑来，激将法用得十分熟稔。

林飞白冷冷听完，二话不说便和他们走了。

文臻和燕绥走了又一个拐角，已经到了府中近中心的位置。又有人来道，府中厨神王老先生听说燕绥能把面团揉得滚圆，分出的面条根根长短粗细完全一样，引以为奇技，想要一见奇人。老人家年纪大了，行走不便，不然是打算亲自来见公子的。想来公子人品高贵，尊老悯幼，定然不忍令我家长者奔波失望。

殿下不能这辜负这难得的吹捧，因此表情满意地也跟着走了。

不管用什么语气方式理由，都有一个中心意思，就是这也是整个厨艺比试的一环，不去不行。

现在就剩下文臻一个人，跟着韩府引导的人前行。

等到引路的人终于停住脚步，文臻就看见前方高台上有人。

高台对着一道围墙，围墙上有门，看那门的制式，像是出入宅院门户的大门，感觉像是韩府的后门。

高台上已经站了好几个人，都在居高临下地俯视她。

高台之下还有一排椅子，昨天见过的“韩绿茶”小姐也在座，前头两位分别是两位中年人，应该就是赵府尊和韩老爷，其后那些老老少少的，应该就是这昌平有头有脸的人物。

见她来了，其余人都坐着不动，上首那两位冷冷看她一眼便转过头。

倒是韩芳音，态度如常站起身，对文臻笑着一指，道：“比试还请上高台。说到底厨艺高下非一家之言，得千万人见证是不是？”随即又莞尔道，“只是我却没那眼福了，有事少陪，这位姑娘你且请吧。”

文臻看了她一眼，这位韩小姐不管人怎么样，也当得起精明能干四字。

看着韩芳音四面致意一番便匆匆离去，文臻抬脚便上了高台。

易人离跟着那群人去了一个单独的院子。

那院子里并没有所谓的面食联盟，也没人向他请教如何用鞭子就能甩干面条的水分。

只有一个华服少年叉着双腿抓着个鞭子站在院子里，身后跟着一大群打手一样的人物。

只有一个青衣男子站在稍远一些的地方，神情有些倦怠，气度却颇不凡。

易人离目光从那人身上掠过，那人却似乎在开小差，并没有注意到他。

那华服少年见易人离走神，顿时觉得不满，手中长鞭一甩，对着易人离的脸就抽。

易人离猝不及防，忙乱中团团一翻，衣袂飞舞间人已经转过一圈，长鞭游蛇般从他颊边掠过，鞭梢甩在旁边一棵小树上，“咔嚓”一声，树断。

易人离落地，那少年将鞭子一收，狂笑：“还说你鞭子出神入化，却原来也不过是吹出来的草包，本来还想，如果真有点本事，要了来做个外院护院也可以，现在，啧啧……”

旁边的打手们也便笑了起来。

“秋少爷您开什么玩笑啊，易家护院何等身份，这小子哪配。”

“就是，使鞭子也要看鞭子在谁手中啊，鞭子在秋少爷手中是游龙，在这小子手中就是鼻涕虫。”

易人离眉毛一挑："易家？"

"叫你小子知道，你面前的这位是长川易家外院副总管丘老爷的独子。咱们的丘秋少爷这次亲自来监督韩府选新厨子。听说你鞭子使得不错，你赶紧给少爷好好使一遍，咱们少爷瞧着好了，说不定能给你个外院护院家丁做！"

"怎么样，听见易家，腿软了吧？不过就你这种身份，可能都不知道易家是什么家族，咱们长川易家，祖辈从龙，分封川地，世袭刺史，独掌长川军政大权，长川八百里城池，千万百姓尽归我易氏门下，易家是长川无可替代的王！"

"哦，原来这位丘秋公子家是长川王啊，失敬失敬。"易人离一抱拳，笑得流里流气。

"你这小子耳朵怎么长的，我们说的是易家！"

"啊，是易家。那这位丘公子神气什么？方才怎么说的……易家外院副总管的儿子？那不就是个不姓易的奴才？啧啧，白瞎了我的景仰，差点以为易勒石是你爹呢！"

"你！"

那一边一直神游的汉子听见易勒石的名字转头看了易人离一眼，这一眼便一愣。

第十一章

我家夫人会心疼

丘秋厉声道："不识抬举是吧！那就打出去！敢在本少爷面前大放厥词，刚才说了几个字，就抽他多少下！"

"说了几个字啊，你们不记得吧？要不要我帮你们数一数？我也不大记得了，最后一句好像是'差点以为易勒石是你爹'？几个字？来来来，快抽，一边背一边抽啊！"

"你找死！"丘秋的长鞭被易人离一手抄住，丘秋拽不动，易人离嗤笑一声，手一抖，长鞭一阵急速抖动，丘秋手臂被猛地弹开，整个身子倒飞而起，嵌进了身后一丈远处一棵树枝叶间。

刹那间，丘秋受惊一阵乱挣扎，树叶纷飞，连着一根树枝坠落，完美避过众人仰头来接的手，重重摔在地上。

丘秋惨叫："我腿断了！阳南岳你就干看着！我爹平日里给你的好处是太少了吗，快来救我，还不快点杀了这个小兔崽子！"

易人离笑着叹气："你好吵。"

他上前一步，长鞭弹起，精准地绕过那群打手，缠向人群中丘秋的脖子——

忽然一只手抓住了他的鞭梢。

易人离的目光落在那只手上，手上青筋凸起，青筋的颜色呈现诡异的深蓝色，显然是用毒的手。

他抬起眼，迎上阳南岳微带思索的目光。

易人离使力，阳南岳也使力，双方僵持不下，鞭子渐渐绷得笔直。

丘秋在众人搀扶下爬起身，看着两人角力，脸色忽转狞恶，悄悄转向易人离背后，慢慢拔出了靴筒里的匕首，慢慢举起——

他正对着阳南岳，阳南岳看见他的动作，目光微微一闪，有些犹豫。

丘秋的手已经缓缓高举到易人离的头顶，飞快插下——

阳南岳正准备呼喝，易人离忽然松手，阳南岳收力不及，踉跄后退。

易人离将鞭子抄到手，正好避过丘秋对准天灵盖的这一插。顺势右腿向后猛弹，匕首落地，易人离足尖如刀尖，以一种人体几乎达不到的角度，狠狠点向丘秋咽喉。

他这一脚力度太狠，长发飞起，露出里头隐约的几根白发。

对面，踉跄落地的阳南岳抬头看见这一幕，大惊失色。

他扑上去，大叫："少主住手！"

易人离微微一震，足尖便换了方向，擦着丘秋咽喉而过。

丘秋被那群打手扶起，想起刚才听见的那个词，抚着喉咙怔怔地道："你喊他什么？"

易人离对着阳南岳拍拍手："看在你方才好像想示警的分上，饶他一命。"

阳南岳却好像根本没有理解他在说什么，怔怔地看着他，好半天才道："少主人……"

"我叫易人离。"易人离眯眼注视着他，"我瞧你有点眼熟，但记得你以前好像是内院天星台的人，怎么越混越惨，都沦落到给外院一个副管家的儿子当打手了？"

阳南岳的脸色惨白，低头不语，那边丘秋已经大叫起来："什么混账话！我爹对他有扶持之恩！不是我爹的话，他现在还是个看守天星台不力被罚守骨牢的罪人！"他顿了顿，终于反应过来，瞪大眼睛道，"少主人？哪个少主人？阳南岳，他是你哪个少主人！"

阳南岳一声叹息："我是易家的家奴，我能喊谁少主人？"

丘秋像被一道雷劈在头顶，猛然张大了嘴。

易人离这里上演一场尴尬认主，林飞白那里就比较省事。

说刀剑切磋就刀剑切磋，昌平武道联盟的一群"大侠"们，连装个样儿都不屑。

剑怎么能拿来切面？拿剑来切面就是对剑不尊重，这样的人怎么配站在他们面前？

和这样的人自然也不用谈什么武林规矩，一起上给他个教训算完。

昌平小地方，弄个武道联盟其实很有喜感，究其原因，只是因为有人想当盟主，而这位想当盟主的人有此野心，是因为他出身颇有些不同。

丘秋大声喊了出来："竖子狂妄！竟敢出手如此狠毒！你且等着，我表兄邱统领不会放过你！"

林飞白剑转入鞘，不予理睬，转身便走。

师兰杰顶天立地地出现，幽幽问：“哪位邱统领啊？”

“徽州驻军总统领邱同！咱们东堂神将林帅的最亲密部下！邱家军就驻扎在离此地七百里处，三日三夜可至！你这等行事凶厉，欺压本地良善商户的恶徒，邱统领决计不饶！”

林飞白就好像没听见，笔直地走了出去。

师兰杰幽幽叹口气，拍拍那“盟主”的肩，诚恳地对他道：“上次我从文大人那里听来一个词，觉得很适合你——你好，猪队友。”

易人离和林飞白打架的时候，燕绥的待遇截然不同。

他自然没有去王老先生的院子，引路的人把他带去一座十分精致的独院，无论从位置还是布置来看，很明显都是属于女子的闺房内院。

这位女子是谁，自然呼之欲出。

韩芳音抄近路等在了院子里，已经早早命人烹茶待客。

燕绥看着还不错的茶点，便坐了下来。

他一坐下，韩芳音便提起桌上精致的白玉双耳小酒壶亲自给燕绥斟酒，笑道：“文公子，昌平有酒名藏芳，以冬日梅上雪所酿，最是清冽醇美，您可千万别错过了。”

她旁边一个伶俐侍女便笑道：“这酒名暗合我家小姐闺名，最得我家小姐喜爱了。”

韩芳音微微红了脸颊，笑斥道：“小玉莫要胡言乱语。”

侍女满怀信心地看着小姐给燕绥斟酒，然后燕绥忽然一弹壶嘴。

韩芳音手中酒壶被震开去，那一弹仿佛有回旋之力，里头酒液晃荡不休，韩芳音努力盖紧盖子，还是从已经变形的壶嘴里溅出少许酒液，湿了手指。

那点酒液很少，她也没在意，愕然看着燕绥。

“不喝。”

今天跟来的只有中文，中文跟木头一样站在他身后，扮演一个木讷且忠诚于女主人的侍卫，干巴巴地道：“韩小姐，我家公子不喝酒。我家夫人说了，男人不可以在外面喝花酒，不怕我家公子喝醉干坏事，就怕我家公子喝醉被人干坏事。”

小玉厉声道：“你怎么说话呢！什么乱八七糟的喝花酒！”

“花下喝酒啊。”中文慢吞吞地道，“不然是什么？”

韩芳音咳嗽一声，已经恢复了笑容，命人换茶，道：“小玉退下，怎可对贵客不敬！”

茶立刻便上了，韩芳音正要斟茶，燕绥又一弹指，茶水便倒不出来了。

“茶也不喝。”中文说，“茶水使人羸瘦。公子瘦了我家夫人会心疼。”

韩芳音手上有丘秋赠的一种药，丘秋是长川易家的家生奴才，长川易家最喜搜罗各种奇奇怪怪的药物，这次就赠了她一种，叫“密罗香”。

密罗香是一种透明的，无形无质的东西，可以随着任何物体的形状改变，适合下在任何液体里，除了有一点点的香气之外，神仙也看不见。

这东西只是会引发人更为暴烈的情绪，将人内心深处的所有不甘愤怒都点燃。

如果他真有所谓的夫人，那两人之间哪怕是一点点过去的小龃龉，今日也会劈头盖脸砸到对方脸上，砸出情谊的裂痕。

就算没有，他发怒，暴躁，总会泄露一些关于身份的内容，甚至还可能有一些不能说的机密。

那么她一来可以验证心中疑惑确定他的身份；二来可以掌握秘密；三来如果他真的身份尊贵，那么现在只有这药还可以帮她挽回。她可以安抚发泄过后懊悔和疲惫的他。

一个男人，在狂暴发泄过后的疲惫和懊恼中遇见温柔如水的女人，心态自然不同。

那一小块密罗香贴着她的袖口，她举着手臂，笑着给燕绥介绍一盘点心。

说了半天，燕绥终于勉为其难地拈了一块慢慢吃了，韩芳音心中慢慢松了一口气。

吃了就好。

点心自然没毒，但是盐重，很干，吃了以后会特别容易渴。

所以，可以上汤了，这回他一定会喝。

一个侍女端来咸菜豆腐豆瓣羹，咸菜用特殊的方法腌制保存，青翠欲滴；豆腐切成如指甲大的小薄片，细嫩如玉；豆瓣也是春天里采摘晒干保存，嫩绿里浅浅一点黄，依旧蕴藏着满满的春天的清新味道，入汤之后清香扑鼻，是一道简单却暗藏心思，平凡又惹人食欲的汤。

韩芳音亲自去接那汤，如法炮制，衣袖一垂，密罗香便滑入汤中，消失不见。

韩芳音隐约觉得，密罗香好像形状有一点不一样，但随即觉得自己多虑了，这东西如水无形，只能逐渐在水中化掉，根本谈不上什么变形。

她使个眼色，侍女便走上前，笑道：“婢子僭越，尝尝这汤还烫否。”

说着便用汤勺取了一勺汤先喝了，道声正好，盈盈退下。

果然，这回侍女试毒了，那边燕绥才接过了韩芳音递过去的勺子。

韩芳音唇角一勾，笑容得体。

燕绥似乎有些渴了，连喝了三口汤，韩芳音放下心，心里盘算着他发作起来自己该如何表现。

忽听燕绥道：“韩小姐你掩唇低笑时模样最好。”

这是发作了吗？

韩芳音惊喜抬头，下意识手指掩唇低笑：“公子说笑了。”

燕绥根本没有看她，早已站了起来，向外走去。

她赶紧站起，忽然脑中轰然一声，像有一股烈火从天灵盖猛然蹿下，剑一般劈裂脑壳直穿胸臆，整个人瞬间崩溃，只剩下了生来至此的无数愤怒、不甘、恼恨、憎恶……种种剧烈的、无法抑制的恶毒的情绪缠遍了全身。

她顷刻间忘记了一切，叫了一声，便奔了出去。

燕绥还留在原地，不急不慢地拿勺子舀了一勺汤，燕绥一抖，那勺子里就只剩下小小的一块透明状物体。燕绥这才拿出一个小小锦囊，将那东西装了。

他先前对酒壶那一弹，把密罗香震得脱离出来，涌出一部分到了壶嘴，滴到了韩芳音手指上。

而酒中早就已经下了密罗香。

第十二章

绿茶翻车

文臻登上了高台。

台上有五张案几，每张案几后面都站了个厨子。

文臻上了高台才看见这高台离围墙很近，围墙后就是一大片空地，此刻那空地上站满了人，正张嘴看着台上。

原来把围观的百姓给转移到这里来了。

这个位置与此处的距离又安全，又能控制局势，只是这高台这么高，无论是出风头还是出丑，都能清晰入人眼。

五张案几上都有已经准备好的食物，香气馥郁，案几后的人忙得热火朝天。

高台不是很大，文臻只能站在五张案几的中间，要么转身对底下百姓，要么回头看五位厨师。

这是一个充满恶意的安排，但恶意并不仅止于此。

最中间案几后是一个高瘦的男子，像个公子哥儿，正冷冷打量着文臻，道："听说这位姑娘凭旗过关，怎么，来参加比试了？食材便在那里，你且自己选择烹制吧。"

说着一指高台角落的一堆菜蔬，那里有葱、蒜、姜等物，还有一个大盆装着海鲜水产。

文臻笑笑，对底下拱拱手，去查看了一下那些菜蔬，肉有羊肉，水果有柑橘，作料有葱、蒜、辣椒，水产有鲜鱼海虾，还有酒。算是十分齐全。

几个厨子都目光灼灼地瞧着她，看她选什么，文臻走了一圈，空手而回。

"怎么，这里的菜蔬您都瞧不上？"那高个子厨师阴恻恻道，"还是您技艺太过高超，只有龙肝凤髓，才配得上您的手艺？”

“我不会烧龙肝凤髓，我只会炒恶人肝，炖卑鄙心，煎黑肚肠。将那些背信弃义贪人钱财的黑心烂肚，化腐朽为神奇而已。”文臻笑眯眯瞟着他，“刘厨子，你想试试这手艺吗？”

高大男人一张端正的脸脸色难看，底下百姓一片哗然。

原来这位就是那个得了好友手艺还吞了好友钱财的府尊家厨子啊。

“我们现在是丰馔节选厨子！这儿不是给你胡言乱语的地方！能做就做，不能做就滚下去！”不等那刘厨子发作，底下一个站在府尊身边的管家模样的男子已经厉声发话。

“我能做，也不能做。”文臻冷冷俯视他，“就你们特地留下的那食材，我做了，立刻就给了你们理由淘汰我。当我是傻子呢？”

刘厨子和底下的几人都露出震惊之色。

她怎么知道的？

“丰馔节”原是本地传统，借丰馔节选拔大厨，一来显得隆重，二来有助于提高名声，三来也是府尊政绩，最后才是选拔真正人才。然而，目的是给世家输送厨子，自然是早已内定好了人选，毕竟这个人选将来需要承担纽带的责任，不是自己人不行的。

李石头为人木讷老实，只会烧菜，在易家很受欢迎，却不会讨好主子，这种人对韩府的帮助有限，而刘厨子承袭了李石头的手艺，和李石头有一层“托付老母”的好友关系，本身又高大英俊，韩府选中他，还有一层隐秘不可说的心思，所以对刘厨子的中选，势在必得。

而文臻横空出世，眼看要横生枝节，韩府自然不能允许。

所以留了菜蔬给文臻，但她如果真的做了，那就必输无疑。

长川易家有隐疾，不能吃鱼虾羊肉葱蒜等物，否则疾病会加重。

文臻如果拿这些食材做了菜，哪怕做出花儿来，一句“世家厨子不知主家忌口，不合格”便会落选。

但这姑娘竟然知道易家的忌讳，没上当！

不过，不上当也有不上当的做法。

高台下有一张小桌，桌后坐着两个老者，其中一个是王老先生，看来是裁判的身份。

此时另一位老者便皱眉道：“你既然不做，不管什么理由，便算你放弃，这是规矩。”

王老先生欲言又止。

从道理上讲，厨子不做菜自然算放弃比试。

底下赵府尊笑了笑，和韩老爷道：“令爱委实聪明。”

韩老爷捋须一笑：“自她长成，我确实省心许多。”

“我家定儿是个心实的，若是能有韩小姐这样的姑娘为贤内助，便是上辈子修来的福气啊。”

“府尊谬赞，府尊谬赞。”韩老爷笑得脸上生花，“府尊不嫌弃我们商户人家，芳音才是真正的有福气。”

赵府尊又想起什么，皱眉道：“咱们去了城外营地两次了，都没见着人，你说，不会是殿下对咱们昌平有意见吧？”

“应该不会吧。消息一到咱们就出城去拜会了，哪有半分不恭敬？说来也奇怪，殿下又不露面，又不离开，这是要做什么？不会来咱们昌平了吧？”

“你说笑了。咱们不是和厉刺史身边的人打听了吗？说是殿下携文大人去游枫山了，这时节枫山红叶如火，自然不能错过。”

“那就好，那就好。”

“今日这个女子似乎来者不善。”

“有府尊在，有我在，管她想要做什么。敢闹事，打出去就是！”

台上，文臻依旧笑嘻嘻地回答那位疾言厉色的裁判：“不参加就不参加呗，我又没兴趣做厨子。”

众人都愕然。

为了八千面旗忙了一夜，到头来不为争第一，那么跑来做甚？

“我只是来告诉你们，”文臻指指台上几人，“我做不了，你们更不配做！”

不等那几人驳斥，她已经走到第一张案几前。

“鲃肺汤。活水源地所产鲃鱼，常逆水跳跃，肺囊肥大鲜嫩，取肺切片以鸡汤汆制，细嫩鲜美。这一道菜可谓选料奇特。”

那厨子收回了还未出口的怒骂，洋洋得意地挺胸，眼神里却多了几分惊讶。

“别高兴得太早。选料奇特，没手艺还是白搭。鲃鱼肺上有一小块拇指大的苦胆，摘取时要极其小心，一旦弄破苦涩腥臭。”

“我挑了！挑得干干净净！”

“肺上的血筋你挑了吗？挑完之后你用吴州特产的吴绍黄酒浸泡三个时辰以上了吗？”文臻一嗅，“没有吧！血筋应该还剩一点点没挑干净，黄酒用的不是吴绍，应该是你们本地陈绍，有一点点的涩味，醇厚不足，时间也差了点，顶多两个时辰，所以这汤仔细品，一定会有一点点臊味。”文臻手指敲在碗边，“差评！”

两个裁判纷纷端过自己桌上那碗鱼汤，细细品刚才还赞不绝口的美味汤汁，半晌，王老先生点头，另一位老者皱眉。

文臻已经走到第二张案几前："鸭掌，去骨去筋，以调料腌制之后再以鲍汁炖煮遍浇，鲍汁金黄黏稠，再配上腴厚油润的鸭掌……不觉得腻吗？"

"教你一个鸭掌最出名也最讲究的吃法，省得总用那种暴发户的做法叫人看着嫌寒酸气。前头处理鸭掌方法一样，也是用吴绍黄酒泡到肥胀，去骨去筋，取云州最好的碎云火腿肥瘦各半，切成手指厚的片，再切冬笋片，用火腿片和冬笋片夹住鸭掌，以豆皮或者海带切丝卷起，铺在干菜上，小火蒸半个时辰就行。"文臻手指又"当"地一敲，"差评！"

底下王老先生眼睛发亮，找了纸笔来奋笔疾书，另一人眉头更深，看了一眼韩老爷和赵府尊。

不过短短半刻钟，文臻已经走到第三家，正是最中间的府尊家厨刘厨子的案几前，他冷着脸看着文臻过来，生怕她又先声夺人，不等她说话，抢先道："你算什么东西？我这菜不需要你点评！也轮不到你来点评！"

他这话说得狡猾，文臻却根本不理会，低头瞧一眼那菜，叹道："真恶心！"

"你说谁恶心呢！"

"我说你这菜！"

"这位姑娘！"底下那裁判不乐意了，大声道，"你说话怎么这般没教养？刘厨这菜叫爆炒山河肉。这肉吃在口中，鲜嫩香脆，滋味美妙难言，老夫平生从未吃过如此奇妙的肉。其火候、刀工、用料、摆盘……无一不完美，乃当之无愧的第一！"

他理直气壮，连王老先生都在连连点头，摇头晃脑道："此味只应天上有，人间哪得几回尝！"

虽说名额基本内定，但这两名裁判都是得过几大世家认可的前御厨，不得他们的荐书，没点真才实学，也不敢送去那样的世家。

又有人将刘厨那菜端出去给前头百姓品尝，众人一尝，神情惊艳，有人忍不住喊："这手艺不比那火面差啊！确实是好！"

"对，这肉感觉好特别，特别鲜嫩，吃着确实有种鲜活感呢！"

文臻低头嗅了嗅，"这应该是兔肉，肥嫩香美，只是为了取胜，为了显得自己与众不同，用这种可能带有病菌的原料来比试……亲，我劝你善良。"

话音未落，吐成一片。

两个裁判翻江倒海，外头的百姓怒极捋袖子开始爬墙，还有石头砸过来。

刘厨猛地掀翻了自己的案几，转头就往台下跑。

赵府尊霍然站起，大喊：“府丁！”

韩老爷也在喊：“来人！关紧门户，谁爬墙以私闯论处，尽管给我射下来！”

赵公子从他爹背后跳出来，一指文臻：“把这个女人拿下——”

在场的本地士绅们慌乱站起，韩府早已准备好的家丁半扶半拖把人往外撤。

更多的人跳上高台向文臻围过去。

忽然有一群人逆流而上，直奔高台，前头一人撒丫子快跑，后面一堆女人气喘吁吁地追。

“小姐！小姐！”

“小姐你慢一点！小心摔跤！”

“快来人挡住小姐，来人——”

人群瞬间安静，转头去看，最前面那个拎着裙子跑得钗横鬓乱，气喘吁吁的不是韩芳音吗？

韩小姐向来矜持端庄，谁也没见过她撒丫子狂奔的模样，一时连手头任务都忘记，傻傻地看着她。

韩芳音一路狂奔，经过赵公子身边的时候踉跄一下，赵公子急忙伸手去扶她：“芳音，你怎么啦？”

他扶她并无避讳，反正在场的本地人物都默认了韩芳音迟早要嫁入赵家的。

韩芳音一抬头看见他，蓦然跳起来，抬手就给了他一耳光：“呸！别碰我！癞蛤蟆想吃天鹅肉！什么玩意！”

赵公子、赵府尊、韩老爷：“……”

赵公子直接被打蒙了，捂住脸瞪了韩芳音好半晌。一开始想着是不是看错人了，确认没看错之后又想是不是自己出现幻听了，再多看几眼，忽然发现卸去脂粉，披头散发，又没了平日温柔优雅的韩芳音，原来并不怎么样啊。

他觉得自己是个白痴。

他内心情绪复杂，那边赵府尊已经奔来，愕然道：“韩小姐这是怎么了？是不是冲儿有什么地方得罪了你？老夫且让他和你赔……”

“呸！”韩芳音又给了他充满了鄙弃的唾沫，“什么府尊！什么大人！不过是个六品官，真当自己是个人物了！口口声声折节和我家结亲，骨子里还不是冲着我家的钱！真当自己是个什么高贵货色了！天京一块砖头落下来，你这样的官儿能砸死三个！”

赵府尊踉跄三步，扶住了柱子才拯救了自己的腿。

他还没听过这么狠的讥嘲。

这位韩芳音平日里大方能干，八面玲珑，每次见了执礼甚恭，每句话都贴心贴肺让人如沐春风，甜得像吃了一罐蜜糖。

原来心里竟然是这样想的？

“芳音！”韩老爷冲过来，脸色白得跟鬼似的，不顾一切去捂女儿的嘴，“你是失心疯了吗？你说的是什么浑话！还不快向府尊和公子请罪！”

韩芳音一甩头，避开她爹的手：“滚！”

“滚开！你当的什么爹！我娘死了你照顾过我一天吗？我要学画你不许，我要学琴你不许，眼皮浅心倒大，王家发了财要我巴结王家，李家出了人才要我拜访李家，赵家当了府尊你就想当府尊的亲家，可恨我娘怎么就没给你生出一窝女儿，方便你拿去卖！”

“啪！”

一巴掌抽得韩芳音身子陀螺般打了个转，飞出一颗带血的牙齿，一头栽倒在地。

四面瞬间安静了，一阵尴尬的沉默。

赵府尊和韩老爷面面相觑。

赵府尊毕竟是做官的人，适应力比较好，尴尬了一会儿，便道：“芳音可能中了邪，还是赶紧扶回房去。当务之急是把这里处理好。”

韩老爷一看，高台上厨子已经作鸟兽散，而两家护卫兵丁已经将文臻逼到后门处，不知道下一步该如何动作。外头一阵喧嚣，却是易家派来查看新任厨子的丘秋带人来了，那丘秋一脸愤怒，似乎也出了什么事儿，韩老爷一阵头痛，赶紧命人扶起韩芳音，结果韩芳音自己先爬了起来，那一巴掌打得不轻，她半边腮帮子已经肿起来了，一抬头正看见跑来的丘秋，立即口齿不清地叫：“还有你，装什么公子哥儿！不过是易家的一个奴才，也敢人五人六地要我捧着你，还调戏我！赶明儿你们家主起了身，看不治你们这群狐假虎威的刁奴！”

文臻目光一闪。

韩芳音的最后一句话很有内容啊！

朝廷邸报上的长川易家可没有任何动静，易勒石刚刚巡边一周回到主城，据说还亲自下令加强了和西川接壤之地的布防。长川易家的金背黑腹麒麟旗在边界飘扬，甚至连掌握长川当地各族的易家姻亲之族段氏的雪鸟旗都插满了各村寨。韩芳音这口气是易勒石不能理事很久了？

大家族家主的健康和动向向来是绝密大事，关系到世家本身和朝廷的态度和决策，甚至可动摇国本。朝廷在长川也不是没有探子，朝廷探子都没探出来的消息，竟然被丘秋无意中泄露给了韩芳音？但丘秋一个奴才之子是怎么知道这么要紧的事情的？

如果是真的的话，那今日可算有意外收获。

“我的姑奶奶你可闭嘴吧！”韩老爷急得扑上去，一把捂住女儿的嘴，几个孔武有力的婢子立刻上来，半拖半扶把韩芳音拉走。

一旁赵公子、丘秋脸色铁青，两人对望一眼，各自怒哼一声拂袖而去。

赵府尊脸色也很难看，指着文臻：“这是个妖女！蛊惑了韩小姐！探听了几位厨子菜肴的秘密，又污蔑刘厨子的山河肉带病菌，她就是来骗花红的！给本府拿下，严加拷问！”

文臻退后一步，撇撇嘴。真是不到黄河心不死。

她今日其实就是想看看这位府尊的为人，如果是被蒙蔽的，比试也给她一个公平的机会，那她就老老实实展示厨艺，去争一争那个去易家做厨子的名额，这样也可以和赵府尊私下谈好，有利于迅速打入长川易家。

毕竟赵府尊也好，韩老爷也好，一直还未和她直接接触，都是韩芳音在搞鬼，这两人应该并不清楚情况，不能预设立场。

她也不想直接亮明身份要求赵府尊配合，那样就看不到对方的真实为人了。

但是一进门看那架势就知道他们根本没打算去了解这所谓捣乱的人，绝不可能给她机会公平竞争。

于是她改变主意了，就让那个妄图鹊巢鸠占的刘厨去接李石头的班。等到李石头知道韩府和刘厨这样对待他，甚至易家可能都知道此事却不予理会，文臻很好奇他会怎么想怎么做。当然这样的前提是不能在赵府尊他们面前泄露身份，这样他们才能继续把刘厨送往易家。

赵府尊下令拿她，她便往后门处退，她的护卫们肯定会混在百姓中接应。

文臻退得更快，后背已经接触到后门，正要转身开门，忽然后门开了，文臻差点往后跌出去，身后伸出一只手将她扶住，急速往后移动，带着她汇入人群，同时一脚将那门踢上。

那手过来拉文臻的时候，文臻忽然心中一动，隐约觉得有什么异样，但那感觉一闪而过。身后的力道很大，而四面百姓正围过来。

身后那人还在把她往后拽，不知怎的那种异样感更浓——燕绥、林飞白和她的护卫好像都不会这么做，她便微微转了身子想要去看。

此时正好有百姓涌过来，有人伸手去抓她，手指勾到她的袖囊，掉下一个东西，却是她的司农监的令牌。

一个书生模样的人捡起来，下意识就念出了上面的字：“永裕十七年将作监制司农文臻。”

四面忽然安静。

第十三章

夫人歇息吧

文臻苦笑。

刚说不要泄露身份的，一眨眼就泄露了。

那书生念了一遍，还有点反应不过来，喃喃道：“这名字好生眼熟……啊，文臻文大人！”

他声音拔高，顿时周围的人都听见了，万众目光都瞬间砸在她身上。

在美食之都昌平，文臻这个名字如雷贯耳，几乎是所有食家的偶像。

“厨神文臻啊！”

“原来是她！难怪点评那些厨子那么犀利！”

“昨晚难道我们吃的是文大人做的面吗？”

“一夜八千面旗，一夜八千面旗！果然只有文大人能做到！”

“昨天文大人是不是来我这里买过菜？罪过罪过，早知道是您，那菜全送您啊！”

文臻苦笑，还没来得及说什么府衙的人已经追了出来，百姓们见状纷纷转身涌往后门，七嘴八舌地道：“你们在干什么？这是文臻文大人啊！丰馔节说起来还和她有关呢，她能来亲自评判一回咱们十年都脸上有光，你们还想对文大人不敬吗？走开！走开！”

府衙的人愣在那里，一时有点消化不了。

文臻抬头，看见韩芳音发直的眼睛。

她不知何时已经挣脱了丫鬟的钳制追了过来，手里还拿了一把锅铲，大抵是想把文臻用锅铲给灭了。但此刻她的表情好像被灭的是她自己。

她经过一番发泄，意识好像恢复了些，此刻脸上表情如天崩地裂，看了文臻一阵，又慢慢转头，看那边被人群暂时挡住的燕绥。

听见文臻的名字，再想不到燕绥是谁，那她就不是韩芳音了。

那一线希望终究破灭，一切不过是痴心妄想。

多么可笑。

她忽然捂住脸，尖叫一声，转身就跑，半路被大怒的丘秋抓住甩了两个耳光。

文臻注意力一直在她身上，防备她忽然出手，因此也就没注意到，人群的涌动，已经慢慢将她带向后方，同时也堵住了从韩府内各个方向赶来的燕绥等人。

文臻正要转身和拉住自己的人说不用再走了，在这里等燕绥等人就行，她刚转身，眼角只掠到对方黑色的衣角，忽觉腰间一紧，身子已经腾空而起。

文臻道："咱们不必跑这么快嘛，有百姓在那儿挡着，府衙的人不能把我们怎么样啦。"

忽然她发髻一紧，手指一颤，袖子一抖，腰间一送，靴子一震。

一双手分花拂柳般从她的发髻一直照顾到她的靴尖，细碎响动，一路走一路落了各种针勾、刀刺、药粉、药丸、纸片……连她头顶上的簪子发钗的尖端都全部被截掉了。

文臻目瞪口呆，然后苦笑。

好吧，她先前就发现人群里拽住自己的人不对劲，装作没发现，虚与委蛇准备下阴手，结果这人对她竟然好像无比了解，抬手之间，从头到脚，瓦解了她全部的武装。

那双手极轻，他的手从她耳垂上掠过，一对珍珠耳环落入他掌心，文臻还没来得及欢喜，他手指一弹，那对耳环里爬出一只小虫子，滚出几个芝麻大的丸子，掉下一段细细的金丝。

那雪白又可怕的手指最后掠过她的手背，然后她掉了一层假指甲。

最后的手段也被搜出来，文臻真的笑不出来了。

这人给她一种分外温柔的感觉，令她瞬间生出迷惑之感，无法判断这会是个怎样的对手。

那人将她揽在怀里，眨眼间搜遍了她身上的东西，顺手还给她罩了个当地人都常穿的灰扑扑的衣服。一只手揽住她，一只手散开她的发，文臻此时已经动弹不得，正觉得这个举动奇怪且暧昧，他已经抓住她的发，灵巧地盘成了一个发髻。

文臻叹为观止。

这髻她自己都盘不好，她就没见过一个男人能单手给女人盘髻的。

髻盘好后，他手顺势往她脸上一抹，她便觉得脸上好像多了一层胶质的东西，有点闷气，想来是面具了。

耳朵上微微一凉，却是戴了一对耳环，感觉像个小管子，沉甸甸的，经常撞在她脸颊上。有时候还能听到隐约的液体流动声，像那小管子里装了液体。

只不过一个转身的工夫，她已经被改装成了一个普通的妇人，她看不见自己现在的相貌，却看见耿光从人群中挤过来，四处寻找的目光毫无停顿地从她身上掠过。

此时这条街道上有太多的百姓，并且都陷入了发现她的兴奋和冲动之中，这使得分开人流变得分外困难，一些人兴奋完了，回头再找时才发现："咦，文大人呢？"

文大人此时依偎在男人的怀里，天气渐冷。男子体贴地护住了她的头，携着她顺着散开的人流，渐渐走入了某条巷子中。

燕绥站在高处，目光只盯着三两成行的人，吩咐中文："去看看所有两人或三人行，有搀扶动作，有衣饰遮掩的，不必管形貌和文臻是否相像。周边的屋子也都过去看一看，不能放过任何可疑人员。"

护卫们领命而去。

此时文臻已经进了一条小巷，那人从容地拥着她，随即便有人开门，一个老苍头欢喜地招呼道："公子和夫人回来啦。"

然后便有两个丫鬟迎了上来，从那男子手中接过她，笑盈盈道："夫人今日可尝着什么好吃食？"

另一人也笑："听说街上来了个外地的名厨，一手火面妙绝，夫人可尝着了吗？真的好吃吗？"

两个人言笑晏晏，真像是去迎出门看热闹的夫人，语气神情自然流畅，哪怕这院子里都是他们的人，也感情投入到位，绝看不出一丝异样。

她笑答："当然尝到了啊，那就是我做的嘛。"

话音未落，她感觉自己又不能说话了，忍不住用力地冲前方男子的背影翻了个白眼。

丫鬟们笑成一团，道："夫人依旧如此顽皮。"

那男子像背上有眼睛，忽然转过头来。

文臻屏住呼吸。

然后她看见了一张平常的脸，唯有那双眼睛分外清透明亮，似汇聚了这世间的光，近乎璀璨。

他开了口，声音却很好听，听得人耳朵都似在微微发痒。

他道："夫人逛街累了，早点安排歇下吧。"摆着一张冷漠的脸，却也是深情款款夫君口气。文臻听得满身不适，这些人都是东堂演艺学院出身的吗？

那俩丫鬟娇声应了，簇拥着文臻进屋，两人一左一右，攥住了她的手腕，文臻已经被那男人制住，这两人依旧很是小心。

进屋之前，那丫鬟还对外头喊了一声："伙房水烧好了吗？等会儿夫人要沐浴！"

一个小厮的声音立即接上："好了！夫人想要，随时都有热水！"

门关上。

此时林飞白麾下一名护卫正飞身掠过墙头，听见这句，谨慎地停了下来，伏在屋顶上，掀开瓦片向下看。

底下，灯光明亮，热气腾腾，满桌佳肴，一个女子正在吃饭，两个丫鬟不停给她布菜。女子对面的男子在慢慢喝茶。

那护卫轻轻盖上瓦片，转身消失在黑暗里。

屋瓦下，文臻搁下筷子，无声地叹一口气。

面前确实是一桌饭菜，两个丫鬟像真的是她的丫鬟，尽心尽力布菜，连虾壳都替她剥好。

文臻手腕能动，看样子是留给她吃饭的。

男子坐在对面，已经换了一身黑色镶银边的锦袍。

文臻忙碌了一夜，本就饿了，这桌上的菜居然还算对胃口，她也就多吃几筷，趁着这吃饭的时候思考一下自己的处境和对策。

看对方这风格，不像要对她不利，也或者是暂时不打算对她不利，想要稳住她，另外做些什么。

要么，就是这一批人只是个执行者，只需要困住她，在等待真正要对付她的人到来。

要么，就是这些人就是主谋，困住她利用她，真正的目标是别人。

但不管是哪一种，她都不能留在这里。

对面那男子在缓缓喝茶看书。

文臻想看他在看什么，也不掩饰，伸长脖子一瞅——《石猴传奇》。

还挺接地气的。

一个看《西游记》的绑匪，总让人感觉好像安全一点，她却没了食欲，将筷子一搁。

一个看《西游记》的绑匪，说明对自己做的事成竹在胸，无所畏惧。

直觉告诉她这是个难斗的敌人。

文臻下意识看了一眼桌上菜式，她忽然觉得不对。

油爆虾、辣子鸡、辣炒肉片、蒜油鳝丝、咸肉白菜煲……都是浓油赤酱，味道猛烈的菜。

她自从味觉受损之后，确实比较喜欢这种口味。

这是对方知道，还是巧合？

应该是巧合吧，毕竟家常菜式本就这些做法。

她放下筷子，便有人收拾桌子，有人打水来给她洗脸洗手，丫鬟去里间铺床，又请“老爷”去洗漱。

文臻受到了惊吓。

做戏还要做全套，难道“夫人”还要和“老爷”睡一张床吗？

就方才吃饭那一阵，这头顶屋瓦已经被掀开三回。她算过了，林飞白护卫一批，燕绥护卫一批，她自己属下一批，齐活了。

之后就没有动静了，想来找不到她一定会扩大搜索范围，不会总停留在附近。

这里离韩府其实很近，灯下黑。

她心中忽然涌起一阵疑惑，韩府真的只是因为给世家选厨子而发达的吗？真的和世家没有更深一层的联系吗？

“老爷”一身清爽地推门进来了。

当真洗漱过了。

文臻瞪着眼睛看他。

他很随意地吹了灯，道：“夜深了，夫人，歇息吧。”

夜深了，燕绥和林飞白在昌平城中心一座酒楼的屋脊上再次碰见。

燕绥原先一直在韩府附近，第一时间传令昌平城外的护卫队伍，秘密包围昌平城，务必让任何人不得出城。然后又让中文安排一批护卫，在昌平三处城门前布防，严控所有出城的人。

他已经对赵府尊亮了身份，浑身大汗的赵府尊按照他的要求下令城内所有的兵丁衙役留在原地，并控制了韩家所有人。

当晚实行宵禁，所有人等不得外出行走。

韩府灯火通明，所有人困在一个院子里。

以韩府为中心，已经经过了一轮秘密搜查，每家每户都不会放过。

所有事情几乎都在文臻刚刚被掳就已经进行。

赵府尊战战兢兢，从知道文臻身份起就已经腿软，被雷劈了一般，接着便听说文大人被掳了。

下一瞬间令朝野闻风丧胆的宜王殿下便站在了他面前。看着殿下淡漠却又散发无穷冷意的面容，他便觉得那寒气直渗入了骨髓里。

赵府尊再三请求调动全城兵丁衙役来寻找文臻，想要将功赎罪，燕绥却没理会。甚至直接下令将赵府尊控制在县衙里，连同他所有家属亲信，并让人传令留在昌平城外队伍中的书记官，直接上书朝廷请来罢黜赵府尊。

他不信这人，也不认为人多就好办事。人多只会更容易浑水摸鱼。

他站在午夜风中，微微闭眼，感受风里的气息。

他在文臻身上留了引子，他送她的所有礼物都用师门的独特香料熏染过，平常嗅不着太浓气味，但对他来说，却像是一缕细线，始终摇曳在他的天地里。

现在这缕线也断了。

而被掳走这一路，以文臻的手段和才智，本该留下各种蛛丝马迹。

但是一点都没有。

对方很厉害，很了解他和她。

对面，林飞白沉声道："全城人的墙头，几乎都听过了。"

他神情微微沉郁——今日本是说好的，燕绥的护卫在韩府里面，他的护卫在韩府外头的人群里，里外配合，随时准备保护接应文臻，结果百姓忽然涌上，将门边的护卫挤开，门又忽然开了，文臻瞬间被弄走，他的护卫当时匆匆一瞥，看见站在文臻身后的人，穿着打扮赫然是三纲五常的风格，还以为是同僚，结果便错失了先机。

而更糟糕的是，文臻不是柔弱女子，她身上能够对付敌人的玩意花样层出不穷，又善于伪装，心思灵活，个人安全其实是有保障的。

但文臻硬是无法出手，一点痕迹都没留下来，可见这出手之人必定非常厉害且非常了解文臻。

甚至可能也非常了解他和燕绥。

"那就直接搜。"燕绥回答的简单粗暴。

"不怕打草惊蛇？"

"他们一定还没出城，就在这城中，我们搜寻开始得很快，他们来不及转移。"

"如果有地道呢？昌平有能力从城中挖地道直接到城外的，只有韩府和府衙……"

"如果这地道不在韩府，在别处呢？"

林飞白沉默。寻人如果没能抓住先机，后头便是大海捞针了。

"既然先前听遍了周围的墙头没有异样，那就还在装作寻常百姓正常生活。夜深已睡，可我还没睡，那就都起来吧。"

燕绥一声令下，底下开始敲门。

一时间鸡飞狗跳，一家家民居次第都亮起了灯。

燕绥和林飞白的目光飞快地寻找还没亮灯的民居。

在这种情形下，不敢点灯的，多半心里有鬼或者屋里没人，无论哪一种，都算有了目标。

屋舍分布并不均匀，黑夜里需要非常强大的眼力注意力和观察力，燕绥和林飞白两人立在高处，各看一半，片刻后，燕绥目光落在西南角一处屋舍。

那间屋子好一会儿没有动静，然后便燃起了灯火。

看起来没有异常，但是燃起灯火的速度非常快，突然燃起了两处火头。

然后一处火头一闪，分外大，像是什么烧起来了，转眼又灭了。

几乎一瞬间，燕绥便掠了过去，林飞白也迅速反应过来跟了上去。

假老爷一脸从容说夫人歇息的时候，文臻忽然生出一种奇怪的感觉。

因为对方的态度太从容了，近乎温柔，她甚至能感受到一种隐隐的期待和欢喜。

这反而让她生出恐惧感，但是没有办法，人为刀俎我为鱼肉，还没到床边，她道：“我要睡里床！”

男子似乎愣了愣，文臻已经迫不及待往床上倒，男子只得弯身轻轻一推她肩头，文臻滚到了里床。

只这么一滚，她便确定了并不是她想的那样，床板是机关。

燕绥等人肯定要搜查全城，大抵就是要从床下翻落地道，所以文臻要滚床测试了一下。

机关大师燕绥教过她，再天衣无缝的机关都会和普通的物品存在区别。比如这种床板机关，睡上去的时候能感觉到轻微的边缘振动，那是因为必须要留下缝隙的缘故，用心感觉才能察觉。

就算床板没问题，床里头比较黑，也有利于干坏事。

她直挺挺在里床躺好，抬头看屋顶时，身边微微一重，那男子也上床了。

第十四章

别总对我的人献殷勤

文臻屏住呼吸，她没有洁癖，却不喜欢和人太近。

他身上有种微涩的清香。有那么一瞬间，文臻简直要沉溺在这股奇特好闻的气息里。

一开始她怀疑是那个幕后人出手，但现在她觉得不是。

从出天京开始，是有人试图对整个队伍下手。但从一开始她就觉得这回的对手换了。

如果是那个幕后人，一开始就会出手。

她唯一能动的只有手指，以极其缓慢的速度从自己腰后抽出一根针来。

她一直练武，最近已经能抽出两根沾满她身体毒素的“针”，这也是她藏得最深的杀手锏。

只是抽针时还是那么疼，她出了一身汗，眼前发黑。

身边的人忽然侧过身来，文臻心中一紧，以为他发觉了，却见他抽出袖子里的汗巾，手在空中一顿，然后缓缓擦了擦自己的脸。

文臻有点诧异，对方却没有进一步动作，两人都躺着，中间隔着一寸宽的距离，文臻隐隐听见不远处变得喧嚣，整个城好像都将被渐渐吵醒。

她知道燕绥等人开始动作了。

这间屋子还黑洞洞的，她悄然移动着手指，针尖向前，只要稍稍移动，就能扎到他肋下。

针尖和他衣裳只差牛毛般的距离时，窗子也被人迅速敲响。

男子霍然坐起。

文臻落空，懊恼地咬住嘴唇。

窗外有人低低道："老爷，外头有人在搜查，快到咱们家了。"

男子答非所问："怎么不点灯？"

外头人愣了愣，片刻，外头点起了灯。又有人开门，送了一盏灯进来。

男子似乎叹了口气。

文臻趁着这送灯进来，灯光闪动，男子注意力在灯上的时候，手指猛地一弹。

那针直射男子腰侧。

男子猛地向后一躺，避过那针，文臻的十指却先一步搁在了男子那边的床面上，男子一躺，便要截上她的指尖。

男子却像早有准备，躺下的同时已经拽住了她的臂膀，猛地抬手一抡。

文臻整个人被甩出去，飞出床，那拿灯进来的人下意识伸手一接，文臻半空中一偏头，撞上那盏油灯，灯砸在窗棂上，窗纸顿时燃烧起来。

那人便要去灭火，下一瞬，那根针扎入了他的脖颈。

一声闷响，文臻栽在地上，撞得屁股生痛。

床上那家伙真是一点也不怜香惜玉，扔她出来的力道好大。

她也顾不得疼痛，刚才这一撞，也不知道撞开了哪里的禁制，她身体能动了一点，抬头看窗纸上的火，已经被灭了。

也不知道方才有没有人在高处查看，有没有看见这一霎燃起的火头。

她百忙中，只来得及在门槛上刻下一个"文"字，身体便腾空而起，又回到了床上。

躺在床上的时候，她觉得肋下刺痛，不禁心中一沉。

肋下的那根针好像快要发作了。

而此时，大门也已经被敲响。

她又睡回了那男子身边，忽然床顶轧轧一响，两人整个身体开始缓缓向上移动。

这床竟然是个吊床。

这床板竟然有两层。

看起来普通但其实非常结实的帐子兜住了底，连带着一层床板，四柱是可以活动的，连根拔起，带着整个帐顶都开始上移，一直移到分外高的横梁之下，然后从屋子的四角伸出四根柱子，托住了这个小帐篷。

这帐篷底下是有床板的，床板的颜色和这屋顶的横梁承尘是一样的，从底下看就是屋顶。

屋顶上降下两块木板，将左右两侧也挡住了。

现在就相当于在屋顶上建了一个四面悬空全封闭的阁楼，文臻和男子就在阁楼中。

但是从底下看上去，这就是普通的富户人家做的屋顶花样。

文臻想，难怪刚才看屋顶感觉特别空，原来故意留着做机关的。

这想法也是够巧妙的了。

一般人都会认为床下有地道，谁会想到抬头去看？

不对……床下可能真的有地道！

文臻忽然想到了一个可怕的可能，浑身一冷，但她此时又动弹不得了，而那男子也静静躺在她身侧，似乎在享受此刻的睡眠，那股幽幽香气弥散得无处不在，文臻闻着竟然有些昏昏欲睡。

然后她隐约听见底下有声音，有人进门，似乎有惊呼，声音听来熟悉，有拔剑的铿然声响。

她跟木头人一样，在顶部的黑暗里心急如焚。

底下到底发生了什么？

然后她忽然听见一声轰然巨响。

底下，一开始敲门的还只是德语，随即后面便多了燕绥和林飞白。

院子里的人的表现如常。

主屋里的灯亮了，有个苍老的声音在问："这深更半夜的，怎么了啊？"

外头德语大声回答："韩府小姐的奸夫跑了！现在要搜人！"

德语抢在燕绥前面，先一步进了门，燕绥在他后面，看了一眼门边的窗户。

窗户的窗纸有点新，窗棂上有燃烧的痕迹。

林飞白的目光却落在地下，那里有一道擦痕，是先前文臻一路撞过去擦出来的灰迹。

他顺着那痕迹往前看了看，退后一步，脚后跟碰着了门槛。

他就势蹲下身，看见那个字，对回头的燕绥点点头。

燕绥一眼掠过，并没有上前察看。屋子里没有人，刚才那个苍老的声音的主人并不在，床上黑沉沉的，被窝凌乱，像是裹着一个人。

林飞白忽然眉心一跳。

一股熟悉到令人心惊的血腥味。

德语还在步步试探，忽觉身边一阵风过，林飞白已经抢上前，一把掀开那被窝。

被窝里滚出一个娇小的人影，灯光正正照上她的脸，弯眉笑眼，唇红如樱，赫然是文臻！

但再仔细一看，那眼眸无光，那红唇不过是因为染了血，而躯体僵硬挺直，赫然已经死亡！

林飞白身子一僵。

燕绥的眼神一凝。

那床上女尸忽然猛地一弹，双手伸出，看上去像是求救一样，林飞白下意识伸手去接。

燕绥喝道："别！"

但已经迟了，一声轻响，一道黑光破开那女尸身体而出，直奔林飞白心口。林飞白猛然后退，与此同时落后一步的师兰杰进来了，看见主子受袭，想也不想便拔剑掷出。

长剑如电，铿然和那黑光相撞。

燕绥一手抓住身边的德语向后掠出。

轰然一声巨响，伴随爆裂之声，黑烟滚滚而出，几乎将整间屋子都遮蔽了。

四人掠至屋外，林飞白胸口位置钉着一颗黑色的铁蒺藜。

那东西扎在肉中，每根尖刺都泛着蓝光，显见是有毒的，师兰杰急忙上前来要帮林飞白给拔了。

燕绥忽然仰头向天，似乎听见了什么，耸身欲起，正看到师兰杰的动作。

他忽然停住，拨开师兰杰，从德语身上拔下一柄匕首，顺着林飞白铁蒺藜边缘往里一插。

这一插入肉甚深，匕首入了半截，师兰杰大惊失色，德语也十分惊讶——文姑娘出事，大敌当前，怎么这个时候内讧了？

燕绥手中匕首轻轻巧巧转了个圈，硬生生将林飞白胸口一块肉连同那个铁蒺藜一起剜了下来。

这一道口子挖得很深，几乎可见白骨，瞬间血流如注。

林飞白低哼了一声，一言不发。

此刻他胸口生生开了一个洞，离心脏也就毫厘距离。燕绥手中多了一团带着铁蒺藜的肉，但拿起来看便知道，燕绥手劲巧极准极，一分也没多挖。

师兰杰急忙寻金疮药给林飞白包扎，奈何伤口太大，血流太猛，药粉刚抖上去就被血冲散，师兰杰又急又气，怒道："殿下你何至于下手这么狠！"

燕绥理也不理他，匕首平端，四处打量，好像在考虑该把这颗铁蒺藜扔哪里合适。

片刻后墙头人影一闪，燕绥手中匕首一弹，铁蒺藜飞出，又一声巨响，那边墙塌了半边，一道人影从墙上栽下。

师兰杰怔住。

这铁蒺藜里竟然也藏了火药！

方才如果他冒失去拔，别说林飞白必死无疑，在场的几人个个都要遭殃。

设计这个连环坑的人实在是心思太恶毒了，先弄个和文姑娘相似的假尸体夺人心神，然后炸了一个暗器之后，暗器里头还有暗器，里头的暗器其实也是炸弹，偏偏淬了毒。

如果不是殿下，可能刚才在那屋子里德语就要成为四大护卫首领中壮烈捐躯第一人了。

德语睁大眼睛观察四周，忽然惊讶道："那屋子里的女尸好像不见了！"

此时窗户都被炸坏，屋内一览无余，正看见床上空荡荡已经什么都没有了。

燕绥抬手锁了林飞白胸口几处穴道，止住血，示意师兰杰带他回营地疗伤。

林飞白笔直立着不动，师兰杰一脸为难，燕绥看也不看身后两人，道："我救了你一命，也不用你回报我什么，只求你别总对我的人献殷勤，成吗？"

月色下，林飞白本就失血苍白的脸，僵硬得似忽然挂了一层冰壳子。

他直挺挺地站在那里，看着燕绥又进了屋子，半晌抬手缓缓捂住胸口，咳了一声。

每咳嗽一声，指缝间便洇出血来。

师兰杰垂首立在他身后，不敢劝也不敢说话。

这么多年来，殿下的每一句话他们都不能接。

因为无论是玩笑还是戏谑，都藏着多年来无可化解越发深重的怨气。

他只得低着头，沉默着，将面如金纸的林飞白扶住，缓缓向外退去。

燕绥再次进了屋，德语抢先一步远远扔了颗石子击在床板上，果然床板一翻，露出底下一个洞。

德语这回很谨慎，再次投石探路，确定没问题了才上前看那洞，道："殿下，这儿有个阶梯下去。"

他做好了下洞的准备，毕竟绑匪也没地方去，上头方才他们一直监视着，直到这边爆炸声起才都下来。

燕绥却道："先别下洞，搜一下整间屋子。"

此时中文、英文、日语等人也赶来，将这屋子上下都细细搜索过，一无所获。

那自然是在床板下了。文大人肯定在这屋子里待过，然后不见了，从时间上来讲，也必然是在这屋子里走的，现在只剩了这一个出口。

德语和中文正抢着要下，忽见殿下忽然又抬头，看着屋顶。

护卫们也跟着看屋顶。

日语是个急性子，忍不住道：“殿下，情形紧迫，咱们是不是该早点下去？”

燕绥不理他，转头对德语道：“德语，先前你进屋，可还记得这屋顶什么模样？”

德语怔了怔，他先前进屋时注意力都在屋子里和床上，哪里会注意到屋顶模样？

眼角余光是有瞟到，但是好像……

德语忽然皱起眉，半晌才期期艾艾道：“没印象了，但是却觉得……好像此刻的屋顶特别的空。”

燕绥垂下眼睫，似乎在思考什么，护卫们都焦灼地看着他，不明白主子葫芦里卖的是什么药。

“觉得此刻的屋顶特别空……那是因为之前的屋顶是满的啊！”

这话一出，德语浑身汗毛一竖，其余人不明所以，但也觉得莫名心惊，都往上头看。

燕绥已经飘身而起，落在横梁上，细细查看了一圈后，竟笑了一声：“好，好。”

语言护卫们看着殿下那笑，又打了个寒战。

这都多久没看见过殿下这样的笑容了？有微微怒气，更多的是棋逢对手的兴奋。

“不用看那个洞了，那还是障眼法，人已经从上头走了。”

在护卫们意外的眼光里，燕绥已经上了屋顶。语言护卫们急忙也跟上。

他们都离开了屋子。

那个地洞口静静地敞开着。

过了一会儿，一声轻响，那床板自动轻轻合上了。

第十五章

谁比谁更狠

文臻是在第一声爆炸响起的时候，发现整个吊床动了。

那床很快升起，穿出了屋顶，头顶和两侧的罩子自动散落，等在屋顶的人迅速消失不见。

而此时，正是燕绥隐约闻声抬头，想要追去，却因为师兰杰冒失要拔林飞白的铁蒺藜而不得不先出手的时候。

现在文臻身下只剩下了一块床板，又听见声响，床板底下似乎伸出了什么东西，随即床板就在屋瓦上滑行起来。

屋瓦是很难滑行的，也不知道这东西怎么设计的。

那玩意就跟雪橇一样，载着文臻和那男子在屋顶上滑行，这里的民居都是普通民居，大部分屋瓦相连，偶有成规模有围墙的，那床板底下就能伸出两根长长的钩锁，而那围墙上也会冒出人来，一般是两人，接住钩锁一抡，就把这床板滑板给弹到了数丈之外的屋顶上。

便这么一程一程地接力下去，转眼便过了城中这一片。

在屋顶之上滑行，其实是一种非常奇妙的感受。床板像一个巨大的滑板，屋顶则成了波浪，高檐如波峰，低瓦似波谷，她迎风在波浪上起伏上下，时而俯冲向地面，时而奔袭向高天。

她的发被风扯起，落在身边人的肩上，她伸手去挽，心中却遗憾地想，如果此刻身边的人是燕绥便好了，他一定很喜欢这又畅快又有点刺激的玩意。

这么想的时候，便看了身侧的人一眼，不禁一怔。

身边人盘腿坐着，姿态很是端肃。微微仰着脸，鼻尖上落了一点星月之光。

文臻此刻才发现他的侧脸竟然骨相优美，月光镀亮那一抹精美的轮廓，隐约有点熟悉，但她还没来得及细看，他已经转过头来，将那张平庸至极的脸对着她。

文臻立即转开眼，她不想和这人对视。

她记得在床板滑行中，似乎听见了那间屋子里曾经发出巨大的响声。

人因此都聚集到了那里，更方便这边的人脱逃，她无法回头，心中难免担忧，害怕燕绥或者别人因此而受伤。

前方忽然没有了屋顶。

面前是一方水域，水平如镜。在水域的那头隐约可以看见城墙巍峨的黑影连绵。

床板此时正是一个下行的角度，直直向着那湖面猛冲过去，却在半空中发出连响，像是什么东西被收回。岸边依旧站着接应的人，手中钩索钩住了床板，往湖中一送。

床板已经到了湖中，接应的人臂力了得，生生将这床板抛得顺水滑出很远，抵消了绝大部分的冲力，连溅起的浪花都不大。

而在浪花溅起的刹那，身边的男子有意无意换了个姿势，衣袖展开。片刻之后，文臻看他又换回原来的姿势，半边衣袖已经湿了。

而她自己身上，滴水也无。

文臻只能认为这是巧合。

这床板真是多功能，在屋顶上像个雪橇，进了湖水就是小船。小船无需用桨，划得飞快，文臻原发现水下有黑漆漆的影子，确定底下有东西在推动小船前行。

她转头一看，竟然又有一个小船追了上来，船头的人对着她身边的男子躬了躬身，道："先生，我们奉二先生之命来接应。"

男子似乎皱了皱眉，道："谁准她过来了？都散了，这里我带着便行。"

两名男子道："后头追兵没有下洞，直接追来了，速度很快。二先生说您需要帮手，此女由我们带出去，若有追兵，烦您出手挡上一挡。"

男子依旧端坐不动，道："何必交错进行？人还是我带走。你们去挡后面的便是。"

那两人对望一眼，神色有些为难，但却不敢再说，只得躬身应了，小船渐渐落后。

这湖不算特别大，但床板小船飞速从湖面横穿而过，如果有人追上来，陆路必然要绕道，划船又划不过这自带天然动力的冲锋舟。

很快就到了湖的另一边，仰头已经可以看见不算特别高大的城墙，文臻看那湖水的位置，心中一动，想着这湖莫不是通向护城河？

一个念头还没转完，身边男子忽然伸手似乎要在床板下拿什么东西，但是还没来得及拿出来，忽然“咔嚓”一声，床板裂成两半，两人同时落水。

文臻感觉那男子在她肩膀上一拂，她胸口一痛，但疼痛随即消失。

她动弹不得，沉落水中，眼角余光瞥到有什么黑压压的东西一个翻身迎上了那男子，巨大的圆脑袋顶上了那人的胸口。

此处临近岸边，湖水并不深，她身上有避水珠，为了安全起见一直戴在头上，先前那人闪电般的搜身，搜光了她所有的杀手工具，却并没有取下这颗具有保护性的珠子。

身后水浪翻涌，那男子和水兽斗得正急，一时过不来，文臻有点诧异，想着这内陆城池里的小湖，何以会有巨大凶恶水兽？

多半和大型水域连通，从别处来的吧？

这附近倒确实有一道贯通东堂南北的水系，名唤寿江，是东堂第二大河流。

她缓缓沉落，眼见水底泥沙因为震动不断腾起，心中有些焦灼，希望这河底的淤泥不要太多太软，不然万一陷进去，堵住口鼻，不淹死也要闷死了。

她这么想的时候，忽然觉得右臂一松，好像能动了，心中一喜，看见前方出现一个黑黝黝的洞口，水流在那里变得湍急，旋转着被吸入洞中。

这莫非是个水下漩涡？连通着城外？

她可不想被卷进去，急忙用能动的一只右臂划水，但身子刚翻腾起来，身后忽然被什么东西猛地一撞，顿时身不由己被冲入了漩涡中。

刹那间天旋地转，四面都是水流声，浑身的肌肉骨头细胞都像旋转出了离心力要脱离身体而散进天地间。一片昏眩里肋下某处剧痛，像什么东西在那里横冲直撞要出来，她忽然想起那里有根针，咬着牙将肋下那位置对着翻滚最剧烈处撞。

每撞一下都痛不欲生，她死死抱着头，文臻觉得浑身无一处不痛，肋下有一处更是痛得无以复加，滋味十分熟悉。

针碎了。

她摊在水中，含泪吐一口气。

方才在那恐怖的漩涡里，她选择置之死地而后生，以方袖客给的碎针法运气，撞碎那针。

宁可冒险撞碎，也不能让事态发展下去，肋下的位置针碎之后，碎片能化入肌体，但如果是整针逆转发作，那刺破的就是内脏。

现在身处险境，要想自救，只能两害相权取其轻。

只是她之前都是被动碎针，从未自己自残一般地撞碎过，那滋味真是不想再尝第二次。

明明浑身疼痛，一点力气使不上，然而她还是立即咬牙勉强动了动手臂，惊喜地发现好像不仅手臂能动了，连双腿也能动了。

也不知道是因为在那样剧烈的甩动中撞开了封住的血脉，还是针的碎片撞开的。

她忽然看见一片黑影迅速卷来，然后衣领猛地被揪住，那双手铁钳一般，她根本挣脱不开。

她感觉到对方不是先前那个黑衣男子了。

她现在这种情况无法和人打斗，只得垂下手脚，装作还没解开禁制的样子。

拎着她的人步伐稳定有力，不急不慢，文臻偷偷睁开眼，看见那靴子不大，形状纤细。

是个女子，力气很大。

那女子对她毫无怜惜之意，拖着她在地面上走，地面的沙石草木，在文臻的手脚上很快磨出了很多细小的伤痕。

文臻不出声，顺手在地上捡了块石头攥在掌心。

那女子走了一段，停了下来，四面有围拢的脚步声，一个男声道："二先生，过了这片树林，就是长川刺史出行队伍的营地。"

文臻刚心中一喜，就听见女子道："那便绕过营地，不要惊动任何人。"说着便夹着文臻往山岗下走，文臻心中默默计算着距离，将掌心石头猛地往外一弹。

她双手垂下，这一弹用的是齐云深教的拳法，手掌不动石子已经弹出好远，给人感觉像是谁走路不小心踢到了石头，那尖石弹跳而下，正撞在营地的门口悬灯的立柱上。

女子及其护卫们都一惊，纷纷站定掩身屏息等候。女子从树后探头一看，却见营地安静得出奇，只远处隐约有几个影子晃动，不禁有些诧异，本想就这样离开，忽然心中一动，吩咐一名属下道："去探探这营地，是不是没人，为什么没人。"

那人领命而去，片刻后掠回，道："已经去看过营地了，确实没人。三千护卫大多被派出去，散开包围了昌平，营地里只有一些伙头兵和少量看守，现在正是防守最薄弱的时候。"

那女子"唔"了一声，声音冷沉，道："那么，从营地横穿而过最省时间。"

文臻一直仔细听她说话，但这声音并不熟悉。

一个男子犹疑道："二先生，咱们这样带她走，大先生那里……"

女子淡淡道："你想听他的便去找他。站在我面前，就给我少提他。"

那男子立即噤声。

文臻想，果然关系不好，且立场不大一样。

一个男人过来想要把她接过去，女子冷声道："不用。这女人狡猾，你们看不住。"

一名男子道："既然如此，咱们不如就地结果了她。"

女子目光闪亮，似乎对此提议很有兴趣，但想了想还是摇了摇头，道："留着做个饵。"

文臻心想以自己为饵是要钓谁？燕绥吗？

前方是星星点点的灯火，灯火背后是莽莽大山，前往长川的队伍营地便在中间。

此时昌平内外都被包围，插翅难飞，唯独这营地成了人的思维盲区。

只要穿过这片营地，进入大山，再想找人就难了。

但文臻要的就是那女人此刻横穿营地。

从营地走她才有自救的机会。

女子背着文臻快速地穿过营地，借着帐篷的掩护很快便到了营地的边缘。

那里停着两辆特别巨大，形制古怪的马车。

那便是燕绥和文臻的两辆东堂版房车了。

这马车有接水的装置，需要靠着水源，因此一般都停在营地边缘，比较平直的山脚下溪水边。

此刻两辆车因为文臻和燕绥的冷战，并没有拴在一起。

那女子忽然停步，凝视着那两辆马车。

文臻无法抬头看她的脸，却隐约觉得她周身散发着浓浓的煞气。

跟在她后面的几人也停了下来，莫名其妙兼心急如焚，其中一人小心地悄声提醒："小……"

女子转头看了他一眼。

那人连说话都结巴了："二先生，人随时会回来，此地不可久留。"

女子本来已经要移动脚步，听见这句话反而冷哼一声，忽然抬脚上了一辆车。

那辆比较大一点，看起来更精致一点，一般人会以为是燕绥的车，其实却是文臻的。

那女子上了车，底下的人便也要跟着，女子却喝道："不许上来！"

几个人只好停步，面面相觑。

那女子上车之后，左右环顾。

文臻隐约觉得她此时心情复杂，略带期待。

但随后，对方那微微有点雀跃的感觉便消失了，尤其是扫到车内明显华贵精美的女子风格的陈设后，就越来越阴沉，越来越愤怒，怒火飙到极致，又冷沉了下来，半晌，一字字道："原来是她的。"

她的手背按在车内的小而精致的洗漱台上，"咔嚓"一声响，那坚硬的玉石洗手台生生被她掰下一块来。

就在此时！

文臻忽然一跃而起，手中一根针猛地戳进她的后背，随即飞起一脚，将那女子踹下了车！

那女子本就站在车门口边缘，直接滚落至马车下。文臻早已扑到机关处关了门。

她还想再开几个机关，车子蓦然剧烈晃动，随即猛地冲了出去。

拉车的马被惊醒，受到惊吓，向外狂冲！

马车在狭窄的山道上狂奔，两边都是挂满藤萝的山壁。

这马车最起码需要两个人控缰，文臻现在这种状态根本无法去驾车，她也不敢出去，扑到后窗一看，果然看见那女子已经爬了起来，带着那几个黑衣人追了上来。

隔着剧烈颠簸的马车，可以看见那女子一张表情僵硬的脸，戴了面具，眼底火焰熊熊，那是愤怒。

文臻只看了一眼，便扑回车厢，拉开一个抽屉，抓出一把药来胡乱往嘴里塞，另一只手拉开另一个抽屉，把一些东西塞进了怀里，袖子里。

她浑身大汗淋漓，拼命压住那一阵阵涌来的昏眩感。碎针之后无法调养，现在那些碎片正在肋下那一处游离。

头顶上忽然一声响，她一抬头，就看见坚硬的马车顶上居然出现了一个脚印。

那女子一步上了马车顶，一脚踏陷！

文臻拿起拖把，用杆子那头猛地捣那脚印所在之处。

果然又一声响，那女子下意识跳到了另一边。

文臻狠狠掰下一个机关。车顶忽然从中间向两边分开，那女子原本站在车中间，分开之后会落入车里，但被文臻逼得跳到另一侧，因此分开的厚重的车板，便重重将她拍在了一边的山壁上。

等她灰头土脸从山壁上的藤蔓间挣扎出来，马车已经又飙出去一截，车顶也再次合拢。

文臻稍稍松一口气，但从前端瞭望窗一看，心又拎了起来。

这条路不对！

她记得这条路虽然相对平坦，但是尽头却是山崖。

如果没记错的话，中文去过那山崖，说是特别幽深诡秘，有风从崖底直吹。

对方既然有了针对她的计划，自然事先勘测过地形。

那女人又追了上来，更远一点，那批黑衣人也在追。

文臻看了看四周的地形，开启机关，车顶再一次打开。

她顺着上车顶的扶梯，爬上车顶，身后那女子看见，果然加快了速度。

那女子一脚踏上了车顶边缘，看见文臻怀里抱着的劲弩。

弩已经上弦，一声疾响，五箭如扇面飞射女子上中下三路。

女子一个凌空翻身，于半空中团团一转，五箭却毫无准头，从她头顶擦过，山壁上无数藤蔓被截断，纷纷扬扬落了女子一身。

女子只得伸手去拨，忽然脚下一空。

文臻射箭的时候，便同时打开了机关，车顶再次翻开。

女子反应也极快，伸手去抓文臻脚踝，文臻却在弩箭射出之后便毫不留恋地扔了弩弓，抓住了山壁上的藤萝。

女子的指尖擦过文臻的脚踝，随即落入车厢。

文臻一脚踢在车顶边缘，车顶再次轰然阖起。

再一脚踢在车后某处凸起。

水箱坠落，食物箱坠落，武器箱坠落，马车瞬间变轻，速度更快。

而这些重物坠落的同时，马车弹出钢条，将门和窗都封住，让人无法破门破窗而出。

马车一路向前，前方就是悬崖。

第十六章

倾心相救

文臻从山壁上跃下，飞快地掏出几卷纸，将其中一张贴地铺开。这里已经靠近崖边，道路变窄，那张纸几乎将这一块的地面铺满，是一张3D图，画的是悬崖的边缘。

一道嶙峋的断崖尖尖地凸出去。

断崖上还盘着一条巨大的怪蛇，立起来足有一人高，背上一圈一圈蓝色条纹，眼下各有一边折扇形状的褶皱，褶皱上花纹宛如人眼，诡异恐怖又丑恶。

文臻画这幅画的时候设想的就是逃亡中的危急时刻，自然要插上想象的翅膀，怎么恐怖怎么来。

那蛇盘踞在“断崖”边，身下碎石间是殷红血迹和森森白骨。

这边的崖和这夜色融为一体，而文臻画中的崖则是微微翘起的发红的岩石，因此在夜色中就能利用人的视觉错觉，重新造就一个红色的断崖，而后头真正的崖面很难被发现。

文臻刚把画铺好，就听见前方传来一声轰然巨响，马车坠落崖下，听见底下又是一声沉闷的巨响。

这崖够深。

文臻撒了一些沙土在画的四条边的边缘，以防来了风将画吹起露馅。

山路那头也出现了十几道黑影，那女人的手下追来了。

文臻抓着藤蔓蹿上山壁，她蹲下身捡弩弓时，运动剧烈，本就摇摇欲坠的避水珠坠落。

山间风大，她状态不好，并没有听见，站起身打量四周。

山壁上有一处凹陷，上头藤蔓树影垂落，勉强可藏一个她这么娇小的人。

她爬进去，蹲坐着，看着那十几人飞快上前，离那画越来越近。

文臻拎着一颗心——她现在绝没有力气从这么多人手下逃脱，全靠这画的障眼法。她对自己的画技有信心，这夜晚月光之下，山间雾气弥漫，就是站在面前也未必能一眼看出来。

那些人一边跑一边也注意四周景象，看见前方断崖，领头的人骇然道："停下！前方是断崖！"

那群人急忙停下，随即又惊叫："那是什么蛇？"

那些人赶紧停步，惊疑不定面面相觑，其中一人道："马车就是从这儿坠落的？"

另一人道："小姐呢？"小心翼翼走上前几步，探头道，"这崖看起来好深，小姐不会也掉下去了吧？"

立即有人摇头道："不可能，你看这蛇看起来好生怪异，不像寻常品种，莫不是小姐唤来的？既然小姐能唤来蛇，自然不可能在崖下。"

"小姐唤来的……"其余几人都打了个寒战，默默后退几步，又茫然四处张望。

文臻便在这时，向下山方向的密林里，掷出了弩箭。

弩箭掠动树叶翻飞，簌簌声响起，看上去像有人在林中穿行一样。

那些人便欢喜地呼道："小姐在那儿！"随即毫不犹豫离开这可怕的断崖，纷纷追去。

文臻无声松一口气，却不敢动，又等了一会儿，那些人已经走远了，便想慢慢爬下来，却因为提着的那一口气泄了，浑身竟是半点动弹不得，眼前也一阵一阵地发黑，眼看便要晕。

她身子猛地一挣，便觉得脑中像是有根弦断了。

山崖在冷月中静默，像一柄黑刀矗立于天地间。

这道断崖的上半截，几乎是直上直下的九十度。

此刻，一双血迹斑斑的手正抓着那些光滑的山石。

那手的主人似乎不知道痛，在这笔直的崖上一步步地往上爬。

她的呼吸渐渐粗重，显然也受了内伤。周身衣裳破碎，破碎的衣裳下露出模糊的血肉，像是全身都有伤。而两胁之下，分别有两道深重的血痕。

崖下漆黑一片，山风鼓荡，她抬起头，一张僵硬的苍白的脸，只眼眸似有黑色的火燃烧。

便是那火烧灼着她的心，使她的肉体爆发出往日不能有的力量，从崖下一步步爬了上来。

先前她被关在马车中，而马车狂奔向崖。那马车十分奇怪，门窗都被交叉的钢条封住锁死，直到马车下崖的那一霎，她拼命缩骨，硬生生从四分之一个窗户中将自己挤了出来。

为此两肋骨折，现在每吸一口气，每一个动作都像在受凌迟之苦。

也因此她无法大声呼喊，无法自救，只能一步步爬着苦捱。

但最令她无法忍受的，是她居然败给了文臻！

居然败给了那个武艺出身没有一样能和她比，却事事占上风的文臻！

如今竟然就连正面对抗都输给了她！

她咬牙，手指插入石缝，再拔出来时，指甲已经掉落。

她似已经忘记疼痛。

她不甘！

燕绥上了屋顶后，已经没有了那床板的影子。

护卫们在四处张望，他负手立着，道："看屋瓦。"

英文立即蹲下身看屋瓦，果然看见了长长的滑行痕迹，当即带着属下顺着痕迹一路找过去。

既然是追踪的好手，自然就很明白什么逃跑路线最容易被选择，英文所选择的路果然都能找到各种痕迹，以最快速度一行人追到了湖边。

英文找到一艘小船，燕绥上船前，看了一眼前方城门，忽然道："发信号，命令在这道城门附近搜索的护卫队，立即回到营地，先对营地进行搜索。"

英文依言发出信号，问燕绥："您是怀疑文姑娘可能被带到营地？对方这么大胆吗？"

然后他便遭受了殿下"你们这些愚蠢的人类"的眼神攻击。

倒是中文若有所悟。

"这里出去不远就是营地，对方应该是特意选择了这条路线，算准了我们的人一定都已经派出去，营地反而成了昌平城内外最空虚处。从营地直插而入，进入后头的寿山，山间道路千万条，那就无从找寻了。"

燕绥这才道："便是他不去，文臻应该也会带他去。"

中文也想不明白了，营地既然薄弱，无人可以阻拦，为什么文姑娘会想办法把人带那里去？

燕绥淡淡道："车。"

众人这才恍然大悟，那两辆车出自工字队之手，机关无数，只要能用到其中一部分，便有活命逃脱的希望。

众人过了湖，直接出城直奔营地，果然营地里刚刚回来一部分护卫，正乱着，说是马车少了一辆，但是却没有痕迹，一时不知往哪儿追。

马车狂奔自然有痕迹，只是被那群经验丰富的黑衣人给先处理掉了，这也是他们落后一步的原因，方便了文臻自救。

根据路边折枝的方向，地面草絮的倒伏，头顶树冠的擦痕，确认马车并没有出营，而是从营地后方的山路上崖了。

燕绥的衣袍在风中飞舞成一道蓝紫色的光，很快便掠过山道，将护卫们远远地抛下。

燕绥赶到的时候，正看见前方暗红色的断崖。那崖让他下意识停住脚步。

然后他等了等，就发现那蛇挺直身体的时间太长。

他慢步走过去，踏上红色断崖的时候，足下发出纸张摩擦的细碎声音。

果然是画。

小蛋糕是这自救成功了吗？

他的目光越过这幅画，落在前方真正的断崖上，地面上有深深的擦痕。

前方，真正的断崖处有一点幽光，正是文臻的那颗避水珠。

燕绥拈起那颗珠子，目光猛然投向前方崖下。

那里正伸上来一只带血的手！

燕绥的身形如电，刹那间便到了崖边，一眼看见那手的血肉白骨，心中便响起“砰”的一声。

那只手于空中抓挠，燕绥伸手去接，忍不住低声道：“文臻！”

那手一碰到他的手指，就死命攀上来抓住，瞬间就攀到了他的上臂。

听见这一声，那手微微一颤。

然后忽然猛地向下一拽，向后一甩！

燕绥半跪在崖边，因那手的攀附身子前倾，此刻被这突然爆发的力量一拽，身子便腾了空。

崖下那人嘶声尖笑：“就记挂着她是吗！她死了！在崖下！你也陪我一起下去吧！”

燕绥身子腾空，并不慌乱，手臂一抖便抖掉了那女子的手，靴底一道金光射出，一个小钩子钩住崖壁。

这时，不知从哪忽然蹿出一只猿猴一把拔出了钩子！

而此时那女子在身体落下之前抱住了燕绥的腿。

“一起吧！”她本想活，但是那一声“文臻”便如一把火烧过的刀，戳入了她正满是痛苦和裂痕的心，她淤积了太久的痛与恨便如火山一般爆发了。

你心心念念着她。

你来救的是她。

那就陪我一起死吧！

风声猎猎，两人一起坠落。

燕绥依旧不惊不急，衣袖间飞出锦带，他在落崖那一瞬已经看清了这周围的地形，半山之上毫无可攀援的地方，半山之下有崖石平台，也有崖缝间生出的矮松。

眨眼便到半山，然而他的锦带刚刚飞出，忽然鹰唳长空，一只巨鹰横空掠过，黑色的翅尖击散半山薄云，带走了一段蓝紫色的锦带。

燕绥再不顾空中发力会导致坠落更快，腿一抖，抱住他腿的女子便惊叫一声，撒手坠落。

死亦不与尔一处！

这崖极深，此刻也快到底，隐约已经能看见底部飘着碎冰的山涧。

燕绥闭上眼睛。以这种方式死在这里实在有点窝囊，不过如果蛋糕真的已经坠崖了，那也没什么不好。

下辈子还能遇见她吗？

风声鼓荡，天地都似在隆隆狂吼。

这狂吼声里，忽然似有一声鹰唳穿云破雾，刹那临近。

那鹰唳瞬间临近，以至于那声音听来刺耳得要破人耳膜，随即燕绥身下一震，触及硬滑而又微带温暖的背脊，身体忽然开始上升。

他霍然睁眼。身下颠簸倾斜，手指触及粗硬的羽毛，还有隐约一点丝滑绸缎——他竟然在刚才弄走他锦带的那只巨鹰背上！

燕绥霍然抬头。

此刻鹰顺着惯性上升，将他载往半山平台，透过隐约的晨光，可以看见崖边一个小小的人。

文臻死死抓住崖边，用尽全力鼓着腮帮，吹着嘴里那只口哨。

她晕去之后，忽然醒来，迷蒙间拨开藤蔓一看，正看见前方燕绥蹲在崖边。

她大喜，正要叫喊，却见燕绥忽然坠崖！

文臻惊得瞬间跌下，狂扑向崖边，看见燕绥钩子被一只猴子给掀了。

她也顾不得和猴子计较，心中若有所悟，怀里一阵乱掏，终于掏出一只哨子。

她没收过唐慕之的哨子，一直带着，但因为不会用，所以就放在自己马车的抽屉里。

这东西她并不会用，但此刻也只能死马当活马医了。

她注意观察过唐慕之吹哨时候的嘴唇动作，也曾就此请教过别人，易人离就曾告诉过她，长川易家喜欢研究各种邪术奇药，作为唐家的对手也研究过这哨声驭兽之术，有自己的一套并不成熟的方法，并随口教了她几句。

文臻自来到东堂，苦头吃得多，因此分外好学，易人离随口说了几句，她还努力研究了一阵，此刻也不知道能不能成。

她本就碎针受伤，而这种哨需要用内力来吹，每吹一下都内腑刺痛，喉间腥甜，没吹两下，唇间便飙出血来，但她没停。

那坏事的鹰终于被那哨声召唤，载着燕绥自崖底再升起。

文臻听见鹰唳，隐约看见底下一个小点在升，隐约见那鹰背着燕绥，心下一松，刚才拼命压下的喉间血瞬间上涌，那哨声便稍稍一变。

她心知不好，正想补救，忽听身后风声响，猛地回头，正见刚才坏事逃走的猴子又鬼魅般出现在她身后，伸臂一推！

文臻毫无防备地坠落。

她将嘴里的血吐尽，强忍高空坠落的昏眩失重感，继续猛吹。

她牢牢记住方才成功的那个调子，不能有丝毫差错，不然燕绥怎么应付那阴晴不定的猴子和鹰？

高空下坠还想吹哨子难如登天，她死死咬住两腮，以至于嘴角尽破。

文臻因为积血吹错了一个调，果然巨鹰忽然一个侧身，就要将燕绥扔下去。

燕绥却早就一手扼住它的脖子，那鹰身子一歪便不得不回归正常，眼看就要将燕绥送上平台，忽然燕绥抬头，就看见上头云雾破开，一个黑点流星般直坠而下。

燕绥扼住巨鹰脖侧使劲，逼着它再次飞起！

他少年师从海外门派，也骑过巨型水鸟，知道一点技巧。那鹰迎着文臻而去，两边将要遇上时，燕绥的腰带已经飞了出去，霍霍缠住了文臻的手腕。

下坠的冲力何其可怕，飞鹰连带燕绥，都被文臻下坠的巨大冲力带着往下猛坠。

燕绥在腰带飞出时便已经将腰带另一头缠住了巨鹰的翅膀，驭使那鹰横飞，减轻文臻下坠的冲力，但那鹰虽算得上体形巨大，翼展足有一丈，背却并不很大，带一个燕绥已经不堪重负。

燕绥忽然笑了笑，手上使力猛地一拽，文臻到了鹰背上，燕绥动作极快，腰带飞速缠绕，眨眼便将她绑在鹰背上。

文臻在极度的昏眩中勉强睁眼，她勉力向他伸手，他却向她挥挥手。

再然后她就看不见他了。

她落在鹰背上被捆好那一刻，燕绥撒手跳下了鹰背。

耳边风声猛烈，嶙峋乱石、山涧在眼前，而苍天在背后。

风像一只从天上伸下的巨手，用尽全力要将他推入地底。

几番挣扎，用尽心思，终究难逃这人心的恶和天意的冷。

但是没关系。

我的蛋糕儿，你好了，便好。

第十七章

为我好好醒过来

带几分惨烈的一声鹰唳，穿越山谷，随即一声巨响，乱叶与鸟羽飞散。

文臻被摔得满眼金星，缓了好一会儿，才将那绑缚松开，从鹰尸上滚下来，蓦然捂住了脸。

她想起来了，燕绥把鹰留给了她，自己跳下去了。

燕绥掉落的那个位置，底下却正正是碎石嶙峋的山涧。

她埋头，努力压下心头的悲伤，理清混乱的思绪，计算着燕绥掉落的大概位置。她从地下抓了一把冰凉的带着露水的树叶揉了揉脸，让自己更清醒些，又从怀里找药吃了。

肋下仍然痛得厉害，总之，但凡碎针，必在险境，必然没机会炼化，只能熬。

有根手指骨折了，她找了松枝做夹板给自己绑上。

她必须保持尽量好的状态，才能去救燕绥。

这崖下的树林积了无数枯枝，文臻花了小半个时辰才走出这个不大的树林，此时天已经亮了。

她顺着溪涧往印象中燕绥掉落的地方走，一颗心紧紧地揪着。

崖上是冬日凝霜，崖下溪水冰层已经很厚，文臻入过水，落过崖，衣裳半干不湿地贴在身上，冷意刺骨，不住颤抖。

她花了半个时辰，顺着溪涧走了好长一截，还发现了溪涧顶头是一个深潭。

她走了一圈，最终确定这附近没有燕绥。

她忽然想起燕绥的异能，急忙仰头向上看，果然看见临近崖的下部，植物变得特别的茂盛，有一片藤蔓长得快和对崖连起来了，却又像被扯破了，歪了半边。

她急忙赶过去，顺着那歪的半边，终于在一丛一人高的荆棘丛上，看见了燕绥。

文臻目瞪口呆地看着那荆棘丛，再看看从半山往下的各种疯狂生长的植物，从松树、藤萝到荆棘，心想殿下这运气实在也太不好了。但转念一想，这可能还是燕绥自己的选择，因为和周围那些软塌塌的植物比起来，这种枝干硬挺的荆棘是最有可能托住他的。

燕绥明显在昏迷中，她喊了几声，山谷里声音回荡把她自己都吓了一跳，燕绥却毫无反应。

这让她有些忧心，以燕绥的身体素质，被荆棘丛托住，就不该昏迷成这样。

她围着荆棘转了一圈，在燕绥头部的位置发现犹自顺荆棘丛潺潺而下的血滴。

文臻不再犹豫，找了些枯枝枯叶，点燃了荆棘。

荆棘在燃烧中不断下沉，到她手能够到的地方她便灭了火焰，将燕绥小心翼翼接了下来。

她抿着唇，保持动作稳定，一只手始终扶着他的头。她吸一口气，压下乱跳的心。

她挪得很慢，然后发现他右臂垂下的角度有点不自然，而左腿上是一道深可见骨的割裂伤。

至于其余擦碰不计其数。这面崖壁太过光滑，一直到中下部才有植物。

等到终于将燕绥平平稳稳挪下来，文臻已经出了一身大汗。

燕绥脸色苍白，文臻从未看过他的脸色那么难看，一时竟然觉得陌生，怔怔看了好半晌，才伸出手指去试他的呼吸。

她发现自己伸出去的手指在颤抖。

那有些急促微弱的微风轻轻拂在手指上时，文臻连心都要碎了。

她不敢耽搁，把烧过的荆棘丛推走，那一片地面平整干燥也温暖，正好给燕绥躺了。

她把怀里的瓶瓶罐罐都拿了出来，撕下算是最干净的内衣，给他包扎。他右臂骨折了，削了木板给他固定，其余不过是皮肉伤，后脑的伤也没有更好的办法处理。她担心他撞出淤血，造成影响，但这只能慢慢观察。

身上还扎了很多荆棘刺，也必须取出来，否则在这样的身体状态下伤口容易化脓。

文臻抬头看看上方，从发生事故到现在也有一段时间了，燕绥的护卫是一定跟着他的，为什么到现在都没有下崖来查看？

她隐约觉得可能被绊住了。

荆棘的刺原本不能被扎入身体，可惜在燕绥的意念催生之下，连刺都变成半指长的硬刺，将燕绥薄薄的锦袍扎得千疮百孔。

文臻只得先给他挑扎在手上的刺，一根刺穿透了指尖，几乎顶出了指甲，她小心翼翼轻轻抓着他的手指，将那刺拔出来。十指连心，连着的好像是她的心，刺还没出来，她眼底已经有盈盈的液体出来，纷乱地落在他的指尖。

她忽然感觉到极大的恐惧，她所知道的他永远强大，不为风雨所侵，冬日也只着薄裳，立于玉阙金宫之上，天下熙熙，以冷箭暗语袭他，纵衣角也不能伤。

怎么就这么无声无息躺在这里呢？

他到底伤到了哪里？会这样一直躺下去吗？还是会有更严重的后果？

他是这朝廷的盾，她以为能击杀他的只有他这样的矛，可当一日他终于倒下，那些被他所挡的恶意杀意，又会给他怎样的冲击？

泪水一滴滴落在那些一根根拔出的刺上。

她以为自己也很强大，习惯了面对困境，也习惯了面对一切困境都从容筹谋，而当此刻他这样在她眼前，她忽然就察觉了自己的恐惧和软弱。

忽然明白，以往那些勇气，那些临敌之前的侃侃，其实都是因为他在啊。

他是那样的人，无须太多言语，甚至不必出手，也让人觉得安心。

她一度这般自己毫无察觉地依赖着他，还假惺惺撑着自己身为现代人的独立和自尊。

直到今日，才如被惊雷当头劈闪电眼前过，一片雪亮里见心尘。

她过往十八年，没有机会懂爱，也不能懂爱，受过太多的伤害，反而害怕人间温暖，时刻竖着尖尖的刺，稍受惊扰便准备缩回壳中。

却也始终没有缩回，反倒一步步向前，不断递出试探的指尖。

是什么让她这么自私的人徘徊至今？

是爱啊！

是足够的爱才撑得她这薄凉心境的，也愿意陪他在这自己并不喜欢的锦绣牢笼里努力地活。

燕绥——

我为你留在这诡谲朝堂，为你日日如伴虎一般伴君，为你选择和这世间最强大的势力争斗，你能不能，为我好好地醒过来？

第十八章

相依为命

燕绥并没有醒过来，文臻本想在下面等援兵，但援兵迟迟未到。文臻身边的药并不足以对症治疗燕绥的伤，急需寻医抓药，当下便决定，再等半个时辰，还没人下来，就自己找路出去。

还没到半个时辰，忽然听见有人声，文臻心中一喜，站起身来正要叫喊，忽然看见林木中一抹黑色的衣角。

她心中一跳。

燕绥的属下从来不穿黑色，因为燕绥也嫌弃黑色太脏。

林飞白的手下倒是常穿黑色，但是他们的黑色袍角会压银边。

她自己的随从是龙翔卫出身，天京三大卫之首，一向自矜身份，都穿和皇家风范相配的淡黄色。这一袭没有压边的黑袍，看起来和昨晚掳掠自己的黑衣人颇为相似。

文臻立即踩灭火堆，将自己周围凌乱的各种痕迹用草把扫平。火堆旁边就是一个山洞，这地形是她看好的，就是方便出现异常情况时退守，那山洞很浅，不适宜长时间待着，但临时藏人没有问题。她将燕绥扶抱进去，靠山壁坐着。

那堆荆棘从昨天烧了一半，她并没有动过，此刻便照原样拖了来，挡在山洞口。

一切刚刚弄好，那脚步声已到近前，当先一人声音有点熟悉，道："就剩下这一片了，都四散开看看，尤其是溪涧那里，如果小姐从上头落下来，应该就在这附近。"

众人四散开寻找，纷纷回报说没有，那领头人四面看看，这里几乎一览无余，确实也没什么好找的，叹口气道："那便不在崖下，还是回去山上再找吧。"

众人便怏怏应是，其中一人走在最后，拖着长枪，正路过挡着荆棘的洞口，长枪一歪，将荆棘丛也拨得稍稍一歪。

一线光亮射入洞中，正照在文臻的脸上。

文臻心中一紧。

那人却并没有注意到，照旧往前走了开去，文臻刚松口气，悄悄伸手想将那点歪了的荆棘丛给拖回去，那人好像忽然反应过来，转身回头。

文臻赶紧缩手，那人回头对荆棘丛方向看了又看，终于还是拖着枪回来了。

文臻鼓起腮帮子，努力地吹口中的无声哨，她这哨声就像需要撞大运，时灵时不灵，有时还起反效果。

无声哨只对动物有效果的哨声，经过山洞的阻拦，也不知道能传出去多少。

那人不想靠近荆棘丛，手腕一掣，长枪如电般穿透荆棘，向里直刺！

那方向直冲着燕绥的心口！

文臻猛扑过去，覆在燕绥身上，嘴里的哨子猛吹。

外头忽然起喧嚣，有人在惊叫："那边！那边的猴群好像有异动！"

"小姐是不是在那里！"

"快去！"

又有人不耐烦地招呼这边："你磨磨蹭蹭做什么？还不快点，小姐在那边！"

长枪一顿，又猛地收了回去，那人快步走开，一边走一边还回头看，咕哝道："那山壁里好像是空的……"

"山壁里有凹陷不是很正常的事！那边猴群在闹，小姐一定在那儿，别人可没她的兽哨！"

人声渐渐远去。

文臻长吐出一口气，转回身摸摸自己的肩膀。

那里已经被长枪尖锐的枪尖顶得破了一个小洞，再往前送一点，她的肩就要穿了。

此地不可久留，听那些人的交谈，似乎燕绥和林飞白的护卫被对方派人缠住了。

文臻背起燕绥，一边背一边咕哝："看着一点不胖，怎么沉得跟猪似的，等你好了，再不给你吃蛋糕。"

她个子矮，燕绥却是身材高大颀长，腿不得不拖在地上，文臻又怕摩擦了他的伤口，想了想，最终还是又花费了点时间，做了个简易拖床，用藤蔓穿了，绑在肩上，拖着他顺着溪涧的方向走。

听说西川长川两地本就多山，山脉连绵能有上千里，能从西川直接走到长川，也不知道她什么时候才能走出去。

她一边走一边做记号，期待着护卫们能及时追上来。

她在出发前吞下了药囊里一颗药，她记得那颗药是燕绥师门在无尽天炼制的，一种可以激发体内潜能的药，但这种揠苗助长行为，往后必然会带来加倍的伤害，之前压下的伤越重，之后爆发得越狠。

这药燕绥并没有给她，她曾偷偷拿了，又被燕绥拿走，几次三番之后，她取了一颗放在自己的抽屉里，燕绥还没来得及拿回去。这回她身上的药被那神秘男子搜走，想办法回到房车之后，情况紧急只来得及随便抓了一把药，其中就有一颗这药。

可惜的是，没能抓到对症燕绥情况的药。所以现在她还能维持着体力，拉着燕绥走了好长一截，但她心知就算暂时压下伤痛，也不能太过放纵，不然什么时候爆发晕倒了，燕绥怎么办？

她一边走，一边吹着那无声的兽哨，指望着自己的哨艺能在这恶劣环境中迅速精进，忽悠来麋鹿之类的骑一骑。她有时候感觉身后有东西，回头总能看见各种兽影掠过，这些动物都似乎在窥伺她，并不上前。

身后聚集的窥伺的动物越来越多。当身后聚集的野兽太多，就会把她留下的记号给破坏掉。她回头看，果然身后走过的路一片狼藉。

文臻叹口气，时也，命也。

老天爷是公平的，她和燕绥占尽了上风，如今终于落了一次下风。希望这一次不会把性命也折腾掉。

雪毫无预兆地来，文臻在冬夜的风凛冽刮起的时候，找到了一个山洞，将燕绥拖了进去，生火烤起了兔子。

火焰烘烤下，燕绥的脸色似乎好了些，一眼看去，像在安静沉睡。文臻盯着他的睡颜半晌，把他的手端端正正放好。

燕绥不能吃东西，得喝点水，这深山老林的，也没合适的器具烧水。

正在纠结，忽然有东西砸得火堆火星四溅。

第十九章

贴身照顾

文臻一惊，刚要蹦起来，一只只毛茸茸的脑袋探进来——是猴子。

因为她那不成调的哨声，一直有野兽跟着，不靠近也不离去，相比之下，猴子比较不老实，这还挑衅上了。

文臻捡起洞口一个干瘪的野果砸过去，猴子一哄而散。

文臻想了想，便用藤蔓在洞口突出的石头上结了个网兜，自己从身上取了个小调料瓶，往网兜里一扔。

然后她拍拍手，回洞里去了。

随即便听见噼里啪啦的声响，果然那些爱模仿的猴子开始对着网兜练习投掷。

声音止歇，文臻出去看见满满一网兜的东西，大多是野果，还有药草样的东西，居然还有一只烂草鞋，最后她找到了一个精致的小酒壶。

这简直是莫大的收获。

她仔细闻了闻，确定没有问题，才用雪水洗干净了，又灌满了在火上烧，烧热了，才扶起燕绥的头，抱住他，将水一点一点喂给了他。

他的嘴唇干裂，热度很高，果然发烧了。

一壶水喂完，又烧了一小壶，她没动，将壶放在火堆边暖着，自己喝雪水。

又选择了味道最好的几颗野果细细碾碎了，喂给燕绥。

他额头很烫，需要降温。她准备去撕袖子，忽然突发奇想，背过身去脱了外衣，把那件燕绥亲手裁的内衣给解下来，沾了雪水，搁在他额头上，喃喃道："老娘牺牲了这许多，内衣都肯拿下来给你降温，你该会兴奋得醒了吧？"

粉紫色的内衣刺绣精美，沉甸甸地搁在他额头上，天然的好冰袋。文臻瞅了一眼，觉得怪有趣的，咕哝道："早知道穿越的时候带个拍立得。"

又等了一会儿，她怒气冲冲地将"冰袋"拿下来："这都不醒！不给你了！"

她发了阵呆，味同嚼蜡地吃了几块兔肉，将剩下的肉包好。裁了自己夹层的干净衣服，又解开燕绥的衣裳，准备给他擦身降温。

燕绥锦袍里头是一件轻薄的内袍，然后便是那套万用的运动背心。文臻看见那背心已经有点旧了，想着当初说要给他做套皮毛版的也没来得及，颇有些歉疚。

有些事如果不及时做，很可能就一辈子再也没机会做了。

这个想法让她打了个寒战，顿时不敢再想，赶紧给他擦身。

背上都是小小血洞，文臻由衷感到可惜，希望不要留下伤疤，便取了伤药细细抹了，他的肌肤如此细腻，手指摸上去竟然打滑，文臻细细数那些洞，越数越心里难受，嘴上却笑道："这些洞好像不是双数呢，好像还有些不对称，实在难看得很，喂，你要不要气得醒过来？"

燕绥没能醒过来，却在文臻一夜不眠不休的照顾中渐渐退烧。这让文臻松了一口气，重伤之后的高热是最危险的一关，熬过去，总能看见希望。

这一夜依旧没人寻来，雪在半夜停了，文臻觉得庆幸，因为这林间本就情况不明，雪没过膝，那行走就太艰难了。

她之前扎营的时候看过周边地图，记得这山周边临近市镇，按说只要走上一两天就能到。

这冰天雪地万一双方错了方向，那他们找到她不知道要等到什么时候，到时候她伤病发作，体力耗尽，燕绥怎么办？

在出发之前，她先是挖了一个坑，做好了一些准备，然后猛地吹哨，引得这山林间群兽躁动。猴子成群来砸东西，她没理；雪兔在脚下盘旋，簇簇拥拥，她没理；一只孤狼在远远的山岗间眺望，她心跳很急，却依旧没停止吹哨。

直到她听见低沉的脚步声，树木不断断折，猴子、兔子、狐狸等小型动物闻风四散，连那只孤狼都夹尾逃走，她才停下摸了摸自己酸痛的腮帮子。

空气中骚臭气味浓厚，难闻程度远超那些狐狸和狼。

她平静地站着，抓好了燕绥的匕首，她手上戴着卷草。

一棵树断裂，被踩在一个巨大的黑影身下，那黑影慢吞吞走近。

一只黑熊。

文臻吸一口气，一拳击在身边一块磨盘大的石头上，那石头携着细碎的雪花旋转飞出，砸向那熊的头颅。

那熊看着笨重，行动其实却很灵活，稍稍侧头，便躲过了这一击，发出一声怒吼，震得四面积雪伴碎叶萧萧下，再猛地向前一弹！

碎石乱飞，眨眼间巨大的身躯已到近前！

她猛然倒地，忽然，地面雪震荡起一尺高，她身侧一寸处已经多了一个坑。

那熊一击不中，越发暴躁，顺手抓起地上一截腰般粗细的断木，横抡过来。

文臻绕着树木转了一圈，已经到了树木之上。

那熊伸爪就来抓她，她在树上躲避不及，左臂之上鲜血飙射。

她犹自不逃，一个翻身落地，正在熊身阴影笼罩之下。

似可盖天的巨掌再次落下。

第二十章

为你筹谋

忽然一声闷响，那熊狂号一声，身体向前一栽。

文臻等的就是此刻——她掷出的石块是回旋的，被砸出去后一个回转，正砸在熊的后背，为了让熊不偏离石块回转的轨迹，她拼着手臂受伤，硬生生挺在原地。

熊栽倒的地方正是偏高的一处坡上，向着她的位置栽倒。

文臻猛地倒地，顺雪向下，熊和她同时往下栽，那白毛飘扬的、柔软的肚腹，就在她的上方。

那熊巨大的阴影已经笼罩在她头顶。

文臻便抛出了匕首，食指微微弯曲如凤喙，食指之上，卷草光泽幽淡。

然后她蹦了起来，一头正撞上黑熊肚腹，左手成拳，卷草狠狠往上一顶。

一声闷响，响在黑熊的腹中，熊号声惊天动地。文臻的拳头深深陷入熊的腹部，她向外拔，却拔不动，熊剧痛之下已经蹿起，竟把她身子也带起，然后又是一声惊天动地的狂吼，文臻高举着血淋淋的拳头跌落，手上卷草一霎间由带锯齿的圆盘状恢复成戒指模样。

而熊肚子上多了一个盘子大的洞，掉出一截肠子打在文臻脸上。

那腥臭恶心的味道难以描述，文臻险些吐出来，忍不住一个踉跄，而此时受伤濒临发狂的熊一个转身，巨大的巴掌扫过来，文臻余光扫到，只来得及身子一侧，感觉半个身体都麻木了，整个人如断线的风筝一样飞出去，撞在一棵树上，再重重落地。

文臻趴在雪上，动弹不得，咬牙挣扎使出最后一分气力，将身边一块石头抡了出去。

那石头砸向熊，熊受伤甚重，再没有先前的灵活，勉强挪了挪腰，依旧被石头擦到了伤口。

那熊支撑不住，倒在坡地，又是一声号叫，这回声音明显不同了。

文臻趴在雪地上，惨淡地笑了笑。

好了，终极目标达到了。

她在那坡地挖了个坑，布置了一些尖石，刚才濒危的时候，把匕首也扔进去插着了，就等着那熊来踩。以她现在的身体没有能力一战猛兽，靠的就是计算，和勇气。

诱熊上坡，再诱熊下坡，在这个过程中她不能偏离路线，虽然只是短短几个来回，但在这种狭窄地形定点和猛兽搏斗，本就是直面死亡。

所幸，成功了。

她在雪上趴了好久才缓过气来，胸腹间已经冻得发麻。抓起雪抹掉脸上腥臭的血，挣扎着爬起来，下到坑里查看，果然那熊已经死了。

折腾这许久，拼命诱了这猛兽来，为的主要就是熊皮。

燕绥现在情况不好，衣裳又单，无法抵御这大山里的严寒。

燕绥的匕首削铁如泥，她又是个手艺精湛的厨子，很快处理好了熊皮，用火烤过，前后两张，一张给燕绥垫着，一张给他盖着。

很快，许是暖和了许多，燕绥的脸微微有了一点血色。

她包扎好自己的伤口，把昨日吃剩的兔肉烤了烤。吃完拉起拖床继续上路，寂静的山林间不见人烟，只有床和靴子接触雪地的声音。

她辨认着方向，一路向北，算着应该再有半日就能靠近村镇，很快这附近就应该能看见猎户。

想到这里的时候她心中一动，觉得自己好像漏了什么事，嗯，猎户……

脚下忽然一空！

她猛然栽倒，倒下去的时候才想起来，自己遗漏的到底是什么事。

附近如果有猎户，就会出现猎户挖的陷阱布的网了！

她百忙之中只顾得上用肩膀顶住拖床，将拖床往前一带，正正架在陷阱上方，以免燕绥也跟着滑进来。

她自己则紧紧贴着陷阱的边缘滑了进去——一般陷阱都只是在底部中间部分插一些尖锐的物体，不会布置到边缘。

果然她贴边滑下去后，脚尖正抵住几根削尖的树桩边缘。

只是这样忽然滑下来，难免还是崴了脚，一时竟也爬不上去。

她准备休息一会儿再爬，正在此时听见脚步声，显然是有蛮力却没有武功的人。

这个时候出现在陷阱附近却没有武功的人，多半便是猎户了。

文臻立即靠住陷阱壁，哭哭啼啼叫唤，果然那边加快脚步过来了。

过了一会儿，架在陷阱上的床被人挪开，有人探头向下看。

文臻抬起头来，入目的是一张年轻而憨厚的脸庞，一张饱经野外风霜的标准猎户的脸。她仰起脸，带着哭音道：“这谁挖的陷阱？害我夫君晕倒了，害我跌断了腿，做这种事儿，不怕山神爷爷怪罪吗？”

那男子果然露出惊慌之色，道：“姑娘……不，夫人，这陷阱是我挖了打野兽的。我不知道这里居然还会有人来，对不住，我这就救你上来。”说着便赶紧放下绳子，将文臻拉上来，又去看燕绥，神色惊惶地道，“两位这是，我应该怎么……”

“我们是去走亲戚的，遇上强盗迷了路，然后又掉入你的陷阱，现在我夫君受伤，我也断了腿，我们走不了啊。呜呜……这可怎么办啊，这深山里有狼的，我们两个会被狼给吃了的。”

“夫人你别哭，你别哭……”那猎户搓着手，急忙道，“你要不嫌弃，前头就是我家，也有一些草药，给两位看看伤，休息一下再说。这林子里确实有狼，听说还有一头熊，可千万不能遇见了。”

文臻一怔，目光下意识落在燕绥盖着的熊皮褥子上。

那猎户一转眼也看见了，一时连要说的话都忘记了，文臻却已经怯怯道：“我家叔叔也是个猎户，是四里八乡的好手，他也打过熊，你瞧，这熊皮褥子和熊掌，便是他送给我们的。”

那猎户这才释然，立即便信了——这熊皮总不能是这个娇怯怯的小娘子打的吧？

文臻又和他聊了几句，她言辞伶俐，态度亲切却又十分善于迷惑人，一副可怜相，激得那猎户十分愧疚，再次提议要文臻去他家养伤。

文臻自然举双手双脚赞成他的提议，当即拖床的就变成这个倒霉猎户，文臻一瘸一拐地跟着。走了小半个时辰终于到了那猎户的家，山坳里的一个小院，三间简陋的屋子，院子里挂着兽皮兽骨，晒着菜干，屋子难免有些潮湿阴暗。

一个女子懒洋洋地出来，一边嗑着瓜子，一边尖声冲外头喝道：“大牛！怎么这么早就回来了？不是说让你去镇上打酒的吗，酒呢？”

那猎户大牛急忙道：“哎哎，出了点事，桃花，有人受伤了，赶紧来帮个手。”

那妇人吐出了瓜子皮，怒道：“帮什么忙！你别把什么乱七八糟的人都往家里带，猎物呢？你今天打到什么了？”

那妇人大步过来，一眼看见文臻，转向大牛，冷笑道：“好啊，我说怎么这么迟才回来，还敢不理我了，原来是勾搭到女人了！”

第二十一章

招蜂引蝶

大牛红了脸，恼怒道："你胡说什么！这位夫人和她夫君是不小心落到我陷阱里去的。桃花，来，帮个手，把这位公子抬进去。"

那桃花又恨恨骂道："还有个躺尸的……"一低头，看清了燕绥的脸，眼神顿时直了。

一直冷眼旁观的文臻，心中叹了口气。

这招蜂引蝶的脸哦。

桃花不说话了，也不骂人了，态度近乎殷勤地帮忙把燕绥抬了进去，甚至同意了大牛的提议，把自己朝阳的正屋让出来，给文臻安置燕绥。

大牛出去翻自己采来的草药，去烧水，熬粥，忙得团团转。那女人也不管，就一屁股在床边坐下，一边盯着燕绥的脸嗑瓜子，一边问文臻："这位公子是你夫君？"

文臻笑盈盈道："是啊。"

桃花看她一眼，撇了撇嘴，咕哝一声："凭你也配。"

文臻就当没听见，笑道："嫂子，能不能让让，我要给我家夫君检查一下。"

桃花屁股不动，目光在燕绥的锦袍、发冠、腰间玉佩上掠过，又转头看了文臻一眼，才慢慢站起身，扭着屁股出去了。

文臻听见她在外头摔打，不住呼喝着大牛做事。大牛忙得满头大汗，被支使得团团转。他送水进来时，文臻抓紧时间和他聊了几句，惊讶地发现，这里竟然已经是隋州境内，隋州紧靠着长川，也毗邻西川，之前队伍的行进计划是不打算从隋州走的，因为隋州多山，虽路近，却要走很多山路，没想到她落崖之后一番乱走，竟然抄了近路。

这样一来，很可能大部队就落在她后面了，因为大家必然还要在昌平找上一阵子，不大可能想到她已经误打误撞走了小道，已经先一步接近了长川。

事已至此，也没办法，文臻想着，先在这猎户家里休息几天，等燕绥醒来再说。

燕绥昏迷已有两日，没有醒来的征兆，她的一颗心也在慢慢地向下沉。

昏迷越久，可能对大脑伤害越大，醒过来的概率也就越低。

但她又想，燕绥和别人不同，他师从海外门派，无尽天一看就是修心的门派，心清气正，于欲望一道索求极低，这种人心神纯粹，善守灵台，他一定能醒过来的。

她要做的，就是在这段时间内保护他，守住他。

门响了，大牛又送了药草和粥进来，文臻端了粥喂燕绥。她只闻味道，便知道这猎户做饭手艺平平，锅底可能还有些焦了。

大牛看她犹豫，也隐约猜着她的意思。他虽是猎户，但也能看出这小夫妻两人气质容貌不俗，一看就是尊贵人儿，尤其那昏迷的公子简直如神仙一般。招待焦粥，实在是有些过意不去。

他并不是有意的，实在是被老婆嚷得发急。

此时外头又响起桃花叫他做肉去的呼喝声，大牛搓手，讪讪道："我家那口子每日顿顿要有肉，还爱喝两口酒，今日没来得及给她打酒。她脾气直，如果说什么冲撞了你们，还请别计较。"

她有点同情地看着大牛，谁知道大牛说着说着，脸竟然红了，满脸光亮地道："姑娘你可别误会了桃花，桃花其实人好得很，她是前头镇子上最漂亮的姑娘，我好不容易才娶到了她，花了我十几年的积蓄呢！"

文臻笑着点头，道："确实，桃花嫂子瞧着便是个可人儿。"

大牛便满脸红光地出去给他家的可人儿做饭去了。文臻隔着窗，时不时还能听见桃花喝骂大牛的声音，她听见大牛道："肉炖好了，给那姑娘也送一份去吧。"

"她一个丫头，又有伤，吃肉做甚！"

"这不大好吧。方才那粥都是焦的。"

"哪里有煳？便煳了又怎样？供他们住供他们吃，再给肉吃，不得赖上咱们！我说你怎么对人家小娘子这么上心？这才见几面就勾上了是吧？勾上了好啊，去啊，去睡她啊，我这就给你们腾位子！"

"哎呀，你小声，你小点声！"大牛似乎急得去捂桃花的嘴。

外头又传来桃花的骂声："蠢汉子！又在家里剥皮熬油！臭死了！都放地洞去！"

文臻站在窗前，轻轻笑一声，转身回来给燕绥喂粥。

她有点担心燕绥昏迷中也会挑食，还好，燕绥一开始确实不张嘴，但她只哄了一句，轻轻道："乖，吃吧，吃了就能醒来看到我了。"他便真的张开了嘴。

文臻忍住心里的酸楚，给他慢慢喂完了粥，擦干净唇角，才转头去翻那些药草，选了些对两人伤势有好处的留下。

这时候她便庆幸自己自来到东堂，一直勤勉学习，对这些药草的了解，一部分来自她背得滚瓜烂熟的闻家秘诀，一部分来自太医院三位师傅和齐云深的教导。

她发现了一种紫色的药材，便开门把大牛喊来，对大牛笑道："牛兄，你且记住，这紫卯其实可以做药材，也可以用来调味，加入野味中卤制，别有风味，你以后若是生计困难，可以用它拌一些常规调料来做卤味售卖，我保你生意兴隆。"

大牛笑着摸了摸头颅，道："现在的日子也过得去……"

文臻不过笑一笑，知道这山里猎户都谈不上眼界见识，只求一份安稳日子。在外头，不知多少人花万金求她一方，因为一旦得到，做个小营生是可以世代相传的，价值早已不是金钱能估的了。

大牛逃也似的走了，文臻自然理解这个妻管严。山里汉子能娶个老婆不容易。

看那桃花的姿态语言，那泼辣劲儿，不像什么良家姑娘，倒有点像经历过风尘的。

但文臻也不会理会这些。她有太多的重担要扛，他人的生活和悲喜，映照不进她的心田。她已经很疲乏了，便喝了几口粥，修炼一会儿，发现现在身体状况实在很差，也不知道能坚持多久。她又烧了水给燕绥擦身，燕绥那么讲究的一个人，可不能让他脏兮兮地睡觉。

正面擦过了，她将燕绥翻个身擦背。燕绥的背上有一道浅浅的伤痕，是上次她帮他缝合的，她的手指禁不住在那伤痕上轻轻抚过，觉得这样肌理洁白线条美妙的背留下伤痕实在遗憾。

手指触及伤痕边缘，她忽然觉得有点异样，不禁顺着那伤痕慢慢往下摸，隐约觉得指下似乎有东西，极细极细的长条，但是用肉眼看，那片肌肤光滑平整，没有任何痕迹。

她顺着那痕迹往下再往下……

忽然大牛端热水进来，一进门便傻在那里。文臻惊醒，迎上他的目光，再低头一看，才发现自己的手指不知何时正停留在燕绥的……屁股上。

大牛怔怔地看着她——他进门就看见这位看起来甜美端庄的夫人正扒了男人的衣服，手指还十分暧昧地从背脊一直流连到腰窝再到……

迎着他复杂的目光，文臻忽然笑了，拍了一下燕绥的屁股："怎么样，我夫君，臀翘吧？"

第二十二章

文臻说亲

大牛落荒而逃。

文臻笑了一阵，给燕绥把衣服穿好，望着他半晌，叹了口气。

“老虎屁股我都摸过了，你居然也没气醒。”

她摇摇头，取出随身的小刀小剪将燕绥的眉毛修了修，眉形是个很关键的东西，她把燕绥的眉毛修得柔和了一些，竟显出几分清逸稚嫩来，不由让她想起，他其实也才不过二十二岁。

她也不知道什么时候能和大部队会合，他这张脸这么招人，得稍微收敛一些。

她又取下他头上束发玉冠和腰间的玉佩，这些东西太招眼，准备明天让大牛去集市买套普通衣裳。

她刚才和大牛打听了一下，知道出山三十里有一个小镇叫千阳，是隋州西部的一个镇子，水陆通达，往东可进西川，往西便是长川，往北还能入长川最彪悍的十八部族地盘，四面行路客前往西川长川，都会从这里经过，因此很是繁华。

天刚刚擦黑，西屋便熄了灯。

燕绥的眉目在油灯下平静美好。

“燕绥，还记得你生日那天你对我说的好听话吗？有一句，关于你希望最狼狈的那一刻我在的那句，我当时就很有感触。

“你说那句话时，我当时就在想，你愿意把美好分享给我并不奇怪，每对情侣都是这样的。你愿意把最狼狈的一面交托给我，对你这样的人来说才是给出的最大的信任。

“你能这样沉睡，我想，是因为你相信我，所以才敢放心睡吧。

“那你就睡吧，多休息一会儿，这么多年，你也累了。但是你不要睡太久，你睡太久，我会担心，会害怕，会忽然涌上一阵疲倦，想要抱着你就地躺倒，做这山河之上一对白骨。

“燕绥，我们都还年轻，我还想和你大杀四方，拿下世家，走上巅峰，永不为任何人所制，然后，我想要一个盛大的婚礼，想要婚礼上和失散的朋友相聚，再和你生一堆孩子。

“燕绥，你说过，我的愿望，你首先会为我实现。

“燕绥，你忘记那句话了吗？我再背一遍给你听：我想要这一生，无论欢喜苦痛，智慧愚钝，无论记得还是遗忘，前行抑或后退，总有你相伴，总有你在那里。我愿我最好的一刻你在，最痛苦的一刻你在，最狼狈的一刻你也在。

“燕绥，我在。”

文臻对如豆孤灯念叨着燕绥的时候，“闻·教导主任·璎珞”老太太正和一群小姑娘联谊。

闻老太太被接进宫已经有一段日子了，适应良好。和当年在三水镇一样，卯时初便起，出德胜宫绕着外头的花园池子转一圈，出门的时候会给给她开门的小宫女塞一块点心，每天都不重样。

回来吃早饭，老太太食不言，饮食清淡，十分养生。

吃完早饭不久，便有不当值的小宫女带着自己的绣品或者看的书，来探望闻老太太。

闻老太太住在清心居，一群青春年少的小姑娘在那儿各自做活或低声玩笑，气氛很是和谐。

闻老太太刚来的时候，宫女瞧着这闻老太太精神矍铄，脊背笔直，不苟言笑，看着便是个不好相与的，自然也不会随便凑上去。

但没几日，一个受罚的小宫女因为闻老太太巧妙地解围，感激地去给闻老太太送点心，在闻老太太那里坐了一会儿，没多久，满面春风地出来了。

出来没几日，大家都觉得她好像有点不一样了，整个人气质和妆容，都显得特别精神，让人瞧着怪舒服的。去问了那宫女，才知道是闻老太太点拨了她几句，关于如何保持自身的仪态与什么样的妆容能提升气质。

后来便有人陆陆续续地以问安之名去探望闻老太太，发现老太太真是个妙人儿，见识非凡，心思细腻体贴，诸事见解看法与众不同，且关切都在不经意处，令人心中熨贴。姑娘们都是自幼离家，宫中生活步步惊心，谁都有难处和苦楚，如今遇上了老太太这么个通透的人精，谈谈心撒撒娇，忽然就有了在家时承欢长辈膝下的感觉，都忍不住往闻老太太那儿跑，每日清心居欢声笑语，俨然成了德胜宫自德妃入住以来最受欢迎的所在。

闻老太太一个月便获得了德胜宫上至大宫女下至扫地婢在内所有人的心，只除了德妃娘娘和德妃娘娘的死忠粉菊牙。

菊牙晚上去伺候德妃卸妆，看德妃正在看一本册子，德妃见她进来，放下册子瞧一眼，笑道："怎么了？这是谁给你气受了，脸跟挂霜的驴粪蛋一样。"

菊牙站到她身后，嗔道："娘娘见过我这么美的驴粪蛋吗！还不是那个闻老太太，我刚才路过清心居，她又替她那宝贝孙女吹上了！"

德妃笑了笑，将册子一合："哟，这是想替咱们未来的三皇子妃拉拢人心哪？"

菊牙："呸，想得美！"

"是挺美的。"德妃手指轻轻刮着那册子的边缘，她是宫中唯一一个不留指甲也不涂蔻丹的人，指甲晶莹如宝珠，幽幽发光。

"林擎还给我来信，提到这丫头，说想见见她。我猜他知道飞白把卷草送她的事了。"

菊牙更没好气了："林侯便是送了卷草也不代表什么！娘娘你可千万和神将说，别想太多！"

"林擎那个人，一旦起了兴趣，谁也拦不住他。"德妃又翻开册子，菊牙这才注意到这册子上居然是一幅一幅的小像，德妃翻了一阵，最后手指定在一张清秀的年轻人小像上，"就这个吧。"

"这是……"

"徽州边军统领邱同之子，同时也是大司空单一令的外孙。这个身份应当配得上那丫头了。正好邱同驻扎徽州也是为了钳制长川易家，文臻此次去长川也能遇上。"德妃起身，拿了手头的册子，又拿了另外一册，一起叠在菊牙手上，"走，我们去会会那位人见人爱的老太太。"

菊牙揣着册子，趾高气扬地跟在德妃身后。到了清心居，人还没进门，那边小宫女们便作鸟兽散，菊牙很是得意，觉得娘娘威风，德妃却意味不明地笑了一声。

世人便是如此，只看那表面。所以向来虚伪得人心。

德妃进门来，闻老太太起身行礼，德妃自然不会如皇后等人一般敬老亲自搀扶，只淡淡道："免了吧。老太太，本宫今日来，是来给你报喜的。"

第二十三章

选婿

猎户小屋内，文臻一直仰着头，话说完，泪水也就干了。

文臻低下头，将燕绥的手放进被子里，手上的伤痕已经开始愈合，那些荆棘刺看样子不会留下痕迹，这是个好兆头，预示着他的身体在自动运转着治愈自己。

她忽然停住手，窗下有轻微的脚步声，还有舌尖轻轻舔上窗纸的声音。

有人来偷窥了。

她站起身，端起桌上已经凉了的水，推开窗，将水泼了出去。

窗下传来一声尖叫，桃花衣衫不整地跳起来，一边拼命抖着身上的水，一边大喊：“你干什么！”

文臻瞧着她——偷窥的人还能这么理直气壮。

“桃花嫂子你怎么在这里？”她一脸讶然，“这半夜三更的，小心冻着。”

好半晌，桃花颤抖着道：“我……我如厕路过而已，你好端端地泼水做甚！”

文臻更惊讶了。

“我给夫君擦完身倒水啊，担心吵着了牛哥和嫂子，这才开窗倒水啊。”

她把“吵”字说得声音极重，奈何那位根本听不懂，桃花愤然把袖子一甩，道：“滚滚滚，住我家还敢泼我水，你吃了熊心豹子胆了。”

大牛赶过来，急忙把她往西间拉，红着脸和文臻道：“别和她计较……”

文臻笑笑，看着桃花骂骂咧咧被拉进去，不知还砸了什么东西，好一会儿才安静了。

她在窗前静静站了一会儿，开门出去，西间两个人已经睡了，桃花在打呼，睡梦里犹自骂人。

文臻负手立在院子里，看那一轮冷月如霜，她的脸颊也染了一层薄薄的霜色，透着杀气凛然的冷。

她背后的手指慢慢转动，指上卷草光泽幽幽。

桃花这样的人不能留。

一旦有敌人追索而至，她没有一丝保密的可能，甚至还有可能给她和燕绥带来危险。

她走了两步，已经到了西间的门口，木板门无声无息打开。

桃花正翻了个身，把腿架到了大牛的身上，大牛在睡梦中赶紧搂住她的腰，又把她往怀里紧了紧，生怕她会落到地上。

文臻站在门槛上，背后是一轮苍白的月。

夜风撩起她的发，掩住她乌黑的眼睛。

这一瞬间她忽然想起当初在宜王府内，和燕绥第一次同睡一床的场景。

想起那个睡得笔直，据说在她身边睡得特别好的人。

爱情不管是什么模样，在其中的人都应珍惜，旁观的人也无权践踏。

她站了良久，又慢慢地退了出去，一边退，一边在心中苦笑，笑自己心慈手软。

留下这个桃花，就好比留下一个不定时炸弹。

她退到院子中，仰天看月，一声唏嘘，就当是为还没醒来的燕绥积德吧。

屋内，大牛抱着桃花打呼，桃花又大大咧咧翻了个身，浑然不知就在方才，自己逃过一劫。

文臻回到屋子里，简单地擦了个身，和衣在燕绥身边休息，也不敢深睡，紧紧抓着他的手，手指不住摩挲着他的指尖。

燕绥觉得自己行走在景仁宫前的百丈长阶上。

汉白玉的台阶不断逶迤向上，似要一直没入云端。

台阶顶端，有几个身影，仿佛是父皇、母妃，还有似笑非笑把玩长枪的林擎。

却不见他的蛋糕儿。

他并不想上去，想去找他的蛋糕儿，但是脚下却似被人推着，不得不向上走。

行走间，还不断有人出没，不时飞有剑袭来，长枪攒射，他不断地向前，脚下渐渐积了白骨，血肉成泥。

到得后来，每一步都要从厚厚的血泥中拔出脚来，越走越沉重，越走越艰难。

等他终于走到可以看清殿上人的距离，忽然看见林擎背后闪出小蛋糕来。

不对，不是闪出来的，是被人扔下来的，一抹血色浮云掠过，他没看见是谁出的手。

他纵身要接，身后却有人忽然拉住他，他不断地倒退，离蛋糕儿越来越远。

文臻在睡梦中忽然觉得浑身很热。

像烙铁飞快地烙遍她全身，所经之处皮肤灼烫，连骨骼都似被烤焦，泛着难言的酸痛，她霍然睁开眼，睁开眼的一瞬间又猛然闭上。

太晕了，天旋地转。

她觉得不好，这模样不像是普通发烧。

她的手被燕绥死死抓住，一夜下来血脉不通，整个手掌都麻了，她只得慢慢抽出手，好半天才拉起衣袖，果然看见左臂上的那个伤口，红肿热烫一片，还渗出些淡黄的液体。

伤口恶化了，这山林野熊爪子不知道有多脏，她终究是中招了。

平日也罢了，可现在燕绥未醒，她要是晕倒，那两人就要交待在这里了。

她喉咙干渴得像是要裂了，伤口也烫得受不了，咬着牙在心里默念着：我不能倒。

文臻卷着衣袖，跌撞着起身，去够桌上的茶壶。步子就像踩在云端，忽然眼前一黑，身子一歪。

昏倒之前她只感觉自己的头好像撞到了桌角，似乎有隐约的碎裂声响在耳侧，下一瞬便陷入了黑暗中，最后一霎脑海中只有一个念头——

燕绥怎么办？

清心居里，闻老太太平静地扬起眉来。

她明明瞎了，却从来聚焦准确，德妃迎上她的“目光”，也微微扬起了眉。

她将一本册子往闻老太太面前一推：“老太太年高德劭，所以本宫今儿来呢，是有件事想要听听老太太的意见。”她指尖轻点那册子，“我们家燕绥啊，也到了选妃的年纪了，全天京的名门闺秀我选花了眼，想听听老太太的意见。喏，这有画像，您瞧瞧？”

她坦然叫瞎了眼的闻老太太看册子，闻老太太也当真坦然地对着册子“看了看”。唇角勾起一抹弧度，道：“民妇多年不在天京，又是盲目之人，这天京的闺秀还真是一个都不认得。殿下龙章凤姿，天人之貌，自然得配天京最好的女子。民妇可不敢置喙。”

“哦？”德妃唇角一勾，“老太太这话听来挺真心的。”

“再真心不过。”

“那就好。”德妃收起那册子，接过另一本，指尖一点，“一事不烦二主，我顺便给你家文臻也选了婿，老太太过个目？”

闻老太太脸上神情一瞬间颇为复杂，似乎很是欢喜，但随即转为无奈，最后又恢复为八风不动的平静，淡淡道：“劳娘娘费心。不过文臻仅仅一个普通外臣，婚姻之事如何能劳动娘娘？还是罢了吧。”

“老太太，本宫向来不喜欢那些虚情假意。本宫为什么要给文臻看人，你不会不知道，你既知道，就不必装傻了。这册子里头的人也都对得起你家文臻的身份。我给她精中选精，瞧中了邱同之子。邱同是林擎左膀右臂，其子才貌品性，便是林擎也曾赞过。怎么样？”

“不怎么样。”闻老太太掀起眼皮，淡淡地“看”了德妃一眼，“请恕民妇不能擅自做主文臻的婚事。”

“哦？难道还要她自己选婿吗？自己挑中谁便是谁？闻家的家风，还真是有意思啊。”

“娘娘说笑了。只是我家文臻和寻常女子不同，她为殿上之臣，远赴长川为国尽忠，可堪为女子楷模。如果瞒着她擅自为她定下亲事，一来辜负她这一路艰难；二来也失了陛下爱臣之意。想来这并不是陛下的意思。”

“如果我说，陛下是没说要为文臻选婿，却要本宫为燕绥操持选妃事宜呢？老太太，人不可太聪明，也不可不聪明。所谓闻弦歌而知雅意，是不是？”

一霎沉默。

第二十四章

拒婚

德妃并无占了上风的得意，只将那册子轻轻敲着桌边，有些出神。

闻老太太忽然又笑了笑："方才娘娘说到家风。民妇忽然想起多年以前，德妃娘娘和神将阁下也无父母之命，媒妁之言，然两情相合，生死相托，至今传为佳话。"

德妃敲册子的手一颤，册子落地。

她继续说了下去："民妇提起此事，并无讥讽娘娘当年没有家教的意思。只是感叹当年那个敢爱敢恨，特立独行，不拘礼法，不畏皇权的女子，如今看来，只能活在传说中了。"她空洞的目光如剑一般地射在了对面德妃的脸上，"所以今日，民妇瞧见的只是一位浸淫深宫，历遍人心，因此变得阴柔深沉，和其余那些深宫的妃子并无两样的宠妃。"

德妃脸上浅浅浮现了一丝无奈之色，语气却是肃杀的："老太太，你知道你在说什么吗？"

"民妇在顶撞并讥讽娘娘。"闻老太太面不改色地道，"并等着娘娘的雷霆之怒。"

"你是仗着文臻在为国奔走，陛下不会令功臣寒心，所以本宫不能也不敢动你，所以才这般肆无忌惮的吗？"

"并不是，民妇只是仗着面前的是秦侧侧。当年那个传说中的秦侧侧，无论出于任何理由都不会因此便杀了民妇。"

"何人能历经半生风雨，归来依旧是当年？"

"娘娘若不能，那也不过是娘娘的憾恨。民妇不过赔上一条命而已。"闻老太太平静地微微俯身，道："娘娘，既然您明白，那民妇也就透彻。民妇今日抗命，并不因为希望文臻嫁给殿下。相反，民妇一直希望文臻远离皇家。"

她不无怜悯地"看"了德妃一眼："但不管民妇怎么想，怎么希望文臻嫁个普通人，她的终身大事都不应该在此刻由娘娘和民妇决定。对朝廷，她是忠心有为的臣子，至今还在长川冰天雪地里历险；对闻家，她是尽心尽力的子孙，自幼未得闻家抚养，却予我等百倍回报。闻家不能这样辜负她。"

她坐直身体，又深深俯伏，对德妃缓缓拜下："娘娘，也许你确实不愿文臻为媳，也许你有难言之隐，但请娘娘想一想当年的秦侧侧，想想曾经的热血、许过的誓言、说过的话。这世间最艰难的并不是一死，而是背叛自己。恭送娘娘。"

德妃缓缓站起身，长长的裙裾拖曳而过，她步子似乎有些不稳，却拒绝了菊牙的搀扶。

她一言不发地走到门口，却忽然停下，半晌，幽幽说了一句："老太太，你很厉害。可是说不定有一天，你会后悔。"说完，离开清心居。

走出长廊的那一刻，她微微仰起头。

面上一凉。

只不过一场对谈的工夫，天光便已彻底暗淡，有细碎的雪花从黑灰色的天空旋涡里盘旋而下。

她仰着头，恍惚里想起多年前那场大火，散尽后的灰屑火星漫天飞舞里，有人从那一团白色烟火中走出，铁甲染血，眉目挂霜，然而依旧在对她笑，道："侧侧，我回来娶你了。"

天风卷着碎雪从发间穿过。

她拢起衣袖，怆然长叹一声："今年的雪来得真早啊……"

天光亮到刺眼。

这是文臻睁开眼的第一个感受。

她脑子昏昏沉沉的，下意识伸手去挡眼，恍然发现自己还躺在地上。

但状态却好了许多，那种灼热的疼痛都消减了许多。

文臻看看自己的伤口，果然伤口的红肿已经消了。

文臻绝不相信以自己现在的身体状态能自行抵抗杀灭病毒，那是什么原因令她醒转的？

她一转头，忽然觉得不对劲，伸手一摸耳垂。

左边耳垂上的耳环碎了。

这耳环是那个掳她的男子给她戴上的，当时她感觉那好像是一个流动着液体的水晶小管子，后来她一直在奔波逃命，也无暇去管这个耳环。

昨晚她卷起袖子准备去用凉水冰一冰灼热的伤口时，头撞在桌子角，将那耳环撞碎，液体滴落，正落在她的手臂上。

她因此得救。

文臻怔怔地摸着耳垂上已经碎了的水晶管子，半晌，才将那只耳环取了下来。

掳人的人，解除了她所有的武装，却给她留了治病救命的灵药？

有些事，简直不敢深想。

她怔了半晌，吸一口气起身，去看燕绥。

门帘响动，大牛探进头来，道："今日我要去镇上集市卖山货，姑娘你可需要什么东西？"

文臻急忙道："要的。"下床将那熊掌取出来递过去。

大牛受到惊吓，急忙道："这个不行，这个我不能要，这个太贵重了！"

文臻笑道："这不是给你的，是托你帮我在集市上卖了。我要买不少东西，总不能拿你的钱。你帮我买完东西，若还有多余的便归你，算是我们这几日投宿的用度，如何？"

大牛犹豫了一下，道："本就是我的陷阱伤了你们，在我家休养是应当的，不好再收钱。"

"但我们还要买东西啊，那个就不能再叫你出钱了。"文臻把熊掌塞到他手中，道，"烦你帮我买这些东西。"说着便递了个单子给他。

她是穷过的人，有钱之后随身总带着不少的银票银两，但是财不露白，给大牛这样的穷猎户会带来不安全因素，所以她早早备好了熊掌，就是为了此刻用的。

单子上画着她想要的东西。

这种猎户不会认得几个字，也未必能记得清楚她要带的东西，所以她便画上了。

大牛果然很是欢喜，赞道："姑娘，你画得真好，像真的一样！这样我就不会买错了。我就怕我会忘记要带的东西，我记性一向不大好。"

文臻一怔，看一眼，才发觉自己竟然又习惯性地用3D画法画东西了。

她觉得有点不妥，但此刻也来不及，随即她有了一个想法，便道："你按照这画买完之后，便想法子将这画卖出去吧。"

大牛一怔："卖？"

"对。"

大牛翻来覆去看画，觉得这么小小一张纸，画的东西也杂七杂八，虽然看起来有点和别的画不一样，但也不至于能卖吧？

“你且卖着试试看吧，也不会有什么损失，说不定有人喜欢呢？”

大牛想着也是，便收了在袖子里。他拎着熊掌出了门，桃花看见果然欢喜，本来不打算去集市的，当即催促大牛准备一下，套个板车，自己也要去。还破天荒地给文臻端来了一碗肉。

文臻笑着谢了，大牛又给她留下药草，指点她米面等物在何处，本来还要给文臻安排野味，结果桃花把野味几乎都收拾上了板车，大牛想说不敢说，只得讪讪搓手对文臻笑。

文臻也不计较，临走时她犹豫了一下：“大牛哥，如果遇上人和你询问这两日发生的事，或者打听我们，请不要和人说我们的事。我们在千阳镇得罪过人。”

她知道这么说并不妥当，但是不嘱咐一句心下也难安，只望大牛还有几分明白，懂得轻重。

大牛点点头，才和桃花套了板车走了。

文臻给燕绥换了药，熬了肉粥喂燕绥吃了。第三天了，燕绥依旧没醒，气色却好了一些。

文臻本想和大牛一起去集镇的，但是她状态实在不怎么好，需要休养一下，否则一出山，很可能面对的就是危险境地，燕绥怎么办？

她在大牛家留下了记号，但看来等自己人找过来的可能性不大。

最希望的是燕绥能在这两天醒过来，文臻心中总是不安，暗自下定决心，如果明日还不醒，就出山寻医。

大牛和桃花一路向山外行，路上为了熊掌卖的钱到底归谁吵了半天，最后再一次抵不过桃花的撒泼耍赖，大牛默认了可以从卖熊掌的钱中抽出大部分来给她买胭脂和新衣服。

桃花得偿所愿，十分欢喜，到了镇上，便拉着大牛直奔小镇东头一座堂皇府邸，也就是镇上大户孙老爷的府邸。

大牛原意是按老规矩在集市上售卖，顺便按照文臻的嘱咐，给她看看这镇上可来了什么特别的人物，见老婆拉着他往人少的地方去，有些不乐意，瓮声瓮气问她：“好端端地你去敲人家大户的门，不怕人家把你赶出去？再说你怎么知道孙府就需要熊掌，就能买咱的熊掌呢？”

“人家家大业大，见天吃燕窝，熊掌有多少买多少，你是不知道，孙老爷最爱收藏熊掌……快快快，早点卖了我还要去买衣裳！”

大牛给桃花推着往前走，艰难地转头问她：“你怎么知道孙老爷的喜好？”

“问那么多做甚！”

到了孙府，桃花带大牛熟门熟路地去敲后门，不多时有小厮开门，看见桃花，便笑了，道：“桃花姑娘今日来找我们总管？”

“说什么呢，我是来卖熊掌的。福子你瞧瞧，咱们这熊掌不错吧？”

小厮倒是欢喜，大牛讷讷地缩在后面，任老婆交际，桃花转了转眼珠，便凑上去道：“老爷在吗？要么，王总管在吗？”

小厮笑嘻嘻地瞧着她，看见这妇人今日涂脂抹粉打扮过了，便知道她心里想的是什么。

这妇人原先是这镇上青楼的姑娘，有一手内媚之术，当年孙府总管便是她的入幕之宾，孙府老爷也尝过滋味，后来她年老色衰便嫁了一个猎户，如今这是上门打秋风来了？

“老爷今日是没得空，有贵客要接待，王总管其实也忙，不过我可以帮你问问。”

小厮回来，笑嘻嘻让桃花进去，桃花便让大牛在外等着，说是要进去拿钱，妖妖娆娆地进去了。

孙府在这千阳镇上是首屈一指的大户，本镇百姓都知道孙府背后靠着大山，孙家是某个大世家的附庸家族，负责大世家在千阳附近一带的产业。近日孙府似乎有什么大事，提前好多日就张灯结彩，洒扫庭院，采办货物，忙得不可开交，但也没听说孙家本身有什么喜事。

今日一大早，孙府的门却是关上了，外头加派了很多护卫，听说是贵客到了。

按说此时的孙府护卫森严，人人忙碌，但是越是主子忙碌的时候，下人越有机会偷懒。那位王总管其实也就是个后院的管事，贵客进了府，他倒清闲下来，听说桃花来了，便将人召了来。

桃花跟着王管事一路遮遮掩掩地进去，发现孙府今日红毯铺地，纤尘不染，连路边树上都扎了绢花，缀了玉石小灯笼，比平日分外不同，禁不住问：“孙老爷是要办喜事吗？”

“不是咱们老爷办喜事，是咱们老爷上头的主子办喜事。”王管事笑道，“当然不是在咱府里办，只是少主人要成亲，新娘子从天京一路送过来，为表示尊重，少主人亲自迎出百里来接，顺便在咱们孙府歇个脚，这是咱们府里的荣耀，自然要布置得喜庆些，好让少主人和少夫人瞧着欢喜……哎，你且走这边，莫上主路，不要冲撞了贵人！”

不远处似有人声，正向这边行来，王管事急忙把桃花往旁边小路上拉。桃花的眼神黏在路边一棵树上装饰用的玉石灯笼上拔不下来，本想伸手揪一个，被拉得斜了身子，和玉石小灯笼失之交臂，不由得恼恨，一甩手道：“什么稀罕的！当我没见过好东西吗？我跟你说，我家里就有一块好玉！那玉比雪还白还亮，上头还有龙纹！”

“哧！”王管事不屑地笑，摇头道，“你便吹吧。一个山野猎户的家里哪来的上好玉佩？还龙纹，你晓得龙纹什么人能佩吗？也不知道是什么烂石头上刻条蛇你就当条龙！”

“怎么这么说话呢啊！瞧不起人是不是？我说那是龙纹那就是龙纹，和年历画上的一个样！”

“好好好，行行行，你家有！走走走，没看见那边来人了？快走！”

但王管事已经慢了一步，那边花树后过去的一大群人，当先一人停了步，忽然拐了过来，其余人自然都跟着。

桃花瞪大眼，看着对面行来的华服少年，觉得昨天那种目眩神迷的感觉又来了，眼前的这个也是美男子啊。

地位尊贵的少年竟然对着她笑，笑得潇洒又可爱，闪耀又艳丽。

“这位夫人，我想看一下你家的那块好玉，可以吗？”

第二十五章

诱饵

大牛等桃花进去了，为了节省时间，便先去集市上将猎物卖了，换了钱去买文臻需要的物品，又去医馆打听医生，想要按文臻的嘱咐请位大夫上山看病，但是因为他的猎物普通，钱不够，大夫不肯跋涉。大牛只得又出来，心想桃花卖熊掌，拿到的钱估计买了她的胭脂水粉衣裳也剩不下什么了，要么就先把那画儿试着卖了吧。

他也有几分小聪明，并不知道该卖给谁，就去了当铺，伙计看见一张纸，怒喝着扔出去，结果险些以为被东西砸到脸。做当铺的都有几分眼力，当即把东西又抓了回来，回头给掌柜看了也引以为奇，便收了，给了大牛一两银子。

大牛自然不明白这画的价值，见一张破纸能当一两银子喜出望外，拿了银子采买了文臻要的东西。买完东西赶回孙府，桃花还没出来，大牛不敢叫门，忐忑不安地在门口转，有点担心今天赶不回去。

忽然看见桃花出来，大喜迎上，正要问她熊掌卖了多少银子，却见她身后跟着一大群人。

桃花正喜滋滋地拿着一块金子在嘴里咬，向大牛招手："走走走，快回家去！"

大牛看她手中拿的竟然是金子，十分欢喜地道："既然有这么多钱，我们先去医馆一趟，去请一下大夫给……"

他顿住语声，看见有人套车过来，桃花身后跟着的一位公子哥儿上了车，桃花也爬上了第一辆，正招手示意他快上。

大牛有点蒙，车帘子忽然掀开，那个漂亮公子哥儿探出头来，道："贵府上有人生病了吗？"

大牛警惕地看着他，摇头道："没有。"又问桃花，"他们这是做什么？"

桃花道："我带他们去我家啊，看看那个玉佩……"

"什么玉佩？"

"看看那对小夫妻。"桃花改口，眼珠骨碌碌一转，笑道，"说是他们的朋友呢。你磨蹭什么，快来快来。"

大牛推开她的手，皱眉道："你莫要被人骗了，那对小夫妻肯定在千阳镇没有朋友的，有的话早来投奔了！你方才说玉佩，你是不是又打起人家玉佩的主意了？"

桃花撇撇嘴，只管拖了大牛要走，大牛却犯了脾气，站定了不动，忽然后头那公子哥儿下了车，笑吟吟过来道："大哥大嫂，怎么不走啊？"

大牛看他一眼，觉得这少年和住在自己家里的那对小夫妻确实也像同一类人。

那少年又笑道："大哥莫要多心。你们收留的确实是我的朋友。我带着人去，是想将他们接回来。那两位，一男高大，容貌出众，一女娇小，明眸善睐，可对？"

大牛听着，疑惑的目光投向桃花，少年又道："不是桃花嫂子告诉我的，我只是听桃花嫂子提起我那朋友佩戴的玉佩，才知道遇上了熟人。"

大牛那猎户脑袋转了转也没想出什么不妥的，只好上了车，又说要找大夫，少年越发笑容可掬，道已经带了大夫，一行人便往山里去。

马车走后不久，孙府后门的墙头上，忽然冒出一张脸，赫然是厉笑。

她趴在墙头，眉头微微皱起，半晌叹口气，道："又不带我！"

她坐在墙头，看着那车队的前行方向，愕然道："怎么这个时候出城？"

又想了一阵，她气鼓鼓地鼓着腮，道："这回我倒要瞧瞧你又想干什么！"下了墙，人影很快消失不见。

不多时，孙府内传来一声大喊："少夫人不见啦！"

连绵的山脉横亘于大地之上，自徽州至隋州，再跨越两川，将东堂西境和内陆划开。池州地界的山脉尤其险峻复杂，连接诸州，四通八达。

此刻那些山脉之上都有人影。

这几日，昌平城外的营地灯火通明，无人入睡。

殿下和文大人同时失踪，不啻于一个霹雳劈上所有人的头顶。每个人无所适从，易人离因为在韩府内多问了旧人几句话，没赶上文臻那一场比试，等他追出来的时候，韩府后门已开，文臻在人流中被卷走。

林飞白受伤，被师兰杰护送回去，终究因为不放心而半途折回，却已经无法追上文臻和燕绥，他十分后悔当时没有直接回营，否则就能撞上后来回到营地的文臻。

语言护卫们追上了，眼看着殿下一马当先，往营地后山的崖边奔。等他们到了，崖边已经无人。他们看见被撕破的文姑娘的那幅画，当即决定下崖去看看，结果系在树上的绳子居然被一只发疯的猴子给偷偷解开了，德语差点葬身崖下，还是当时在崖上守望的中文警醒，一脚踩住了绳子，众人都扑上来压住飞速下溜的绳子，才在最后一刻挽救了德语。

众人吸取教训，自己抓着绳子往下放，中文当先要下去，下到一半时绳子被天外飞刀给割断了。

幸亏中文留了心眼，拴了两根绳，还有一根隐蔽的，不然他也要壮烈牺牲了。

接连被偷袭两次，语言护卫们不得不先把上头的敌人先解决，正好也发现了黑影，便追了上去，却一直追不上，一直到天亮，其间还遇上几次障眼法，让他们觉得殿下就在前方，一鼓作气地追下去，跑出好远依旧无果，中文终于最先反应过来——这是被耍了吧？

对方似乎在带着他们兜圈子呢。

中文一拍脑门，觉得自己等人犯了愚蠢的错误。既然对方死活不想他们下崖，那殿下和文姑娘就很可能在崖下，当时他们应该坚持本心，继续下崖的。

但是已经晚了，在这样的山脉里兜圈子，下场基本上就是迷路，等到语言护卫好不容易找回来，已经是第二天的下午。

众人很是焦灼，不敢拔营就走，但也不能一直留在这里。而语言护卫是最早一批追出去的，只有他们才知道后山崖上曾经发生过事情。他们被引走之后，后续回来的易人离，三千护卫，林飞白护卫，都并不清楚营地里发生了什么，也就错失了第一时间下崖探查的机会。

语言护卫们回来后赶紧下崖，偏偏第二天开始下雪，什么痕迹都被掩盖了，还是非常善于追踪寻迹的英文在崖底发现了烧过的荆棘，还有一些隐约可见的血痕，可以看出有人在这里待过。后来又在已经结了很厚的冰的潭水里发现了文臻的马车。

但是大雪过后，想要顺着踪迹走已经不可能。

林飞白、厉以书、易人离商量之后，改换政策，调来地图，找来本地向导，选出精锐好手，分成三条路线，分开寻找。同时在这条山脉周边的所有城池镇子进行查找，重点在药铺客栈等处寻找线索。

林飞白为此甚至飞鸽传书，向两百里外的邱同驻军求助，邱同不敢怠慢，立即派出精锐地毯式搜寻，范围都快到长川边境了。地毯式的搜寻中发现了好几批窥探的探子，不外乎出自易家和唐家，干脆都一起解决了。

这一找就是三天，英文手下的护卫来回传递信息跑断腿，各种疑似线索的信息的筛选耗尽众人精力，依旧没能得到想要得到的信息。

林飞白坐在大帐中，几日几夜不眠不休，胸口的伤势没有得到很好的保养，包扎的绷带隐隐透出血迹来。他却像毫无所感，只一动不动研究地图。

易人离则还在那处崖下，文臻的马车已经被拖出来了，易人离将各种机关拆解，推测当晚可能发生的事。

他也好几日没睡，眼底都是血丝。

他觉得曾有人被困在马车内，这个人一定不会是文臻，以文臻对马车机关的熟悉程度，绝对不会在马车里陷入困境。但这个人却不见了。

这个人应该会在这崖上崖下留下痕迹，这个人也很可能是掳掠文臻的人，他对文臻有信心，她有能力把害她的人坑了。

找到这个人，最起码能知道当时发生了什么。

易人离从崖底开始，硬生生用双手一点点爬过了这道崖。

在崖的中上段，他在石缝里发现了沾着的血迹，还有卡住的断裂的指甲。

有人曾经从崖下往崖上一步步爬过。

他忽然发现崖侧一处茂密的藤蔓，在日光下，有一片奇异地闪着光，呈淡淡的蓝紫色。

像是一种蟒蛇身上的黏液，在爬过藤蔓时留下了痕迹，从那片蓝紫色的大小来看，这是条巨蟒。

他挪到那片痕迹下，又仔细地看了一阵，在那片藤蔓后面，发现一个窄小的洞。

易人离爬不进去，却在那个洞里发现人被拖拽的痕迹，回到崖上，由中文紧急调来附近的侏儒钻入洞中继续搜寻。

厉以书要守大营，安排四处搜索，林飞白带伤和易人离双双随着侏儒一路追踪，当晚在一条巨蟒的巢穴里，找到了正在里头养伤的唐慕之。

易人离看见她就两眼冒火，毫无顾忌地把她拖出来，本想动刑，被林飞白给拦住了。

和唐家的关系哪怕水火不容，也不能公开撕破脸。

林飞白冷冷看着唐慕之，眼底毫不掩饰对她的憎恨：“唐小姐，我知道你不肯说，我也不会逼你。昌平营地的辕门上便请你先站一站。你会受多少苦楚，就看你的同伙和部下怎么想了。”

说完便命属下将唐慕之绑在营地大门前，派了五百个护卫去看守，自己也不养伤，亲自仗剑守在一侧，四面灯笼点燃，黑夜里也亮如白昼。

这是要将唐慕之作为诱饵，引人自投罗网。

第二十六章

他的追寻

唐慕之身份在那里，她不可能一个人来刺杀文臻和燕绥，必然有同伙，唐慕之遇险后，被他们先一步找到，那些人必然要来营救。

既然四面撒网而不得，那就守株待兔。

然而，唐慕之在寒风中一整天，严阵以待的人们也没等到任何动静。

在营地斜对面，有一座不高的山峰，峰头圆润，如同寿星的光头，因此有名为老人峰。老人峰上多林木，林木间立着高高矮矮的人影。

最前方立着身影修长的男子正对着下方营地灼灼的灯火，灯火之下，唐慕之垂着脸的身影依稀可辨。

他身后的人都屏息低头，还有几个人跪在地上。

不知何时又飘起了雪，指甲大的雪花盘旋着落在他乌黑的发上，衬得他眉眼也似生霜。

一片静寂里，有人讷讷道："主子，已经一天一夜了。"

属下声音惶然，男子似乎轻轻笑了一下，众人顿时又低了头。

和长川易家合作，掳文臻逼杀燕绥，家族为此从长川易家得到了相当巨大的好处，结果六小姐横插一脚，想要杀文臻诱燕绥，导致原计划无法继续且功败垂成，六小姐自己还陷于敌手。

原本他们有先机可以救下六小姐，偏偏六小姐召唤巨蟒相救。他们并不清楚此事，搜寻耽搁了时间，后来还是主子来了，下崖发现了巨蟒的踪迹，但巨蟒带她逃生的路非常狭窄，他们这些男子都无法通过，因此失去了追踪小姐的机会。

现在整个昌平通往各处的道路都被封锁，整个山脉也到处都是搜寻的人，再留下去随时可能发生意外。

但六小姐必须要救，这一救，可以预料要面对的是什么。

对方还真是抛出了个难题。

男子看着底下，看似看着唐慕之，眼神却越过她，落在了那座崖边。

他被水兽耽搁，来迟一步，之后为了搜寻唐慕之和躲避敌方，一直在这深山之中没有离开。因为不断有人下崖，导致他一直没有机会下去。

身后的属下们还在等着他的决策。如今六小姐重伤，再不救恐怕就真没机会了。

他们终于等到主子开口：“既如此，那便散了吧。”

他转身走下山去。

“主子……”

他并没有回头，身影很快消失在雪花飘飞的夜色中，只有一句话散在风里。

“废物何须救？生死且独担。”

那座曾坠落三人，当地人不敢靠近的黑崖，这几日被来来去去的人把崖边的石头都磨光滑了。掘地三尺也一无所获，大家终于放弃了这里。

他独自一人来了这黑崖，也是选择了爬下崖，顺着一道道崖石摸下去。

他在半山停留，看见崖边突出平台上有断裂的松枝。

那平台四面溜滑，很难过去，他在长绳上不住摆荡，一直荡到似要飞到崖上，在最高点掠过平台松枝，手指一拈，指间拈了一片小小的绒羽。

他想了想，盘坐在平台上，取出一支黑色的笛子吹起。

并无笛声，却有回响。

不多时，四面簌簌而动，有猴群在山顶探头探脑，有巨蟒在山壁缓慢游动，有苍鹰的唳声清越凌厉，翅尖荡开山间浓雾，划一条冷白色的云轨，飞掠而来。

他收起笛子，坐上鹰背，一路向下，在靠近山壁下端的地方看见一些枯萎的藤蔓和各种植物。

这冬日山间，植物本就大多枯萎，但他认得出，枯萎也是有区别的。

只有具有强大信息网的人才会知道，宜王燕绥的异能是生长之能，可以激发植物的生机，过度激发之后便是加倍的衰减。

所以他催生过的植物会在一天之后开始焦枯，比寻常植物死去之后更干瘪。

燕绥果然落崖了。

燕绥怎么会落到这种地步？是因为文臻吗？

他落了地，崖底积雪已近膝。

他并没有在崖底停留，这里不会再有任何发现。

白雪皑皑，他缓缓行走，碎雪不断扑在他墨色的袍角。

他从寒月初升走到日上三竿，听苍狼说前天有人提供了它一顿大餐。

他跟着苍狼走，在一处山岗下，看见一具已经被群狼啃得只剩下骨架的熊尸。

他蹲下看那熊的尸体良久，从那切割熊掌干脆利落的技术上，看出是谁的手笔。

他站起身，遥望前方山脉在淡蓝天幕下隐隐的灰色轮廓。隔山隔水，他似看见想要见的人。

“还能有力气杀熊……真好。”

留在昌平营地的林飞白、易人离等人，将唐慕之吊了一天一夜之后，发现竟然始终没有人来救，反而有些骑虎难下了。

杀掉唐慕之容易，但是杀掉唐慕之的后果太严重，林飞白和易人离为此发生了很大的分歧。

易人离主张既然没用，不如杀了唐慕之给文臻报仇；林飞白则坚持先放下来，但依旧要看守好她，这么一个人质在手，说不定就能发挥作用；厉以书则是完全的朝臣思维，认为与唐家只要没公开撕破脸，朝廷便不能先动手，万一引发战争，普通臣子担不起这样的责任。

三人发生争执，又缺少了燕绥拍板，一时难以下决定，林飞白和易人离差点打起来，结果唐慕之竟然趁人不备逃了出去。

她原本被看守得很紧，哨子自然是被拿走了。但唐慕之也是个狠人，林飞白等人得到消息赶来的时候，发现看守被野兽撕得四分五裂，唐慕之原先所在的地上一摊血，里头半截被生生咬下的指骨，那骨节一看就是她自己的。

易人离看了那骨头的咬痕，猜测唐慕之很可能是咬下了自己的小指，用自己的一节指骨做了个骨哨。

未曾见一个女子可以对自己狠至如此。

林飞白第一次后悔，自己考虑太多，没有第一时间杀了她。

众人还为燕绥文臻焦头烂额，也没多少精力追击她。

也就是因为这个，三人最终达成了共识，确定了昌平周边绝对没有文臻、燕绥，当即下令拔营而起，一路赶路追索。

而千阳镇便在两日后的行程图上。

第二十七章

美丽恶魔

大牛在回去的路上渐渐感觉到不对劲。

无论是要看玉佩还是要看朋友，来这么多人都显得有点多了。

他半路说是闹肚子，下车之后，偷偷绕到车后想去偷听，还没蹲下来，前头车内的少年就笑吟吟在呼喊："牛哥，你在哪儿呢？咱们得快一点啦，不然天就要黑了！"

便有高壮的大汉过来，也不管他撒没撒尿，半强迫地把他抓起"请"回车里。

大牛在上车时无意中碰着了对方腰间，感觉什么东西坚硬冰冷，这让他打了个寒噤，想起了传说中的武器。

看朋友也是不需要带武器的。

他忽然想起文臻的话："我们在镇上得罪过人。"

大牛吸一口气，开始烦躁不安。前方出现岔路，车夫回头来问，桃花正要探头指路，大牛已经抢先一步探头道："向西向西。"

桃花乐得清闲，半闭着眼睛嗑瓜子，忽然睁开眼睛，道："不对吧，咱们进山只有一处有岔路，是向东，你咋说的是向西？"

"不能带他们去咱家，这群人是不是好人！"

"谁说不是好人的？他们还给了我钱呢！还答应我带他们到了地方，再给我一锭金子，金子啊！"桃花猛地坐起来："你这蠢货！"

她伸手就要掀帘子呼喊，大牛猛地捂住她的嘴。

桃花挣扎，但她哪里抵得过日日劳作的汉子的力气，桃花怒极，柳眉倒竖，拔起头上银簪就对大牛戳。

大牛猝不及防地松开手，桃花转身向外猛扑，大牛拽住她，再次腾身压了上来，桃花张嘴要尖叫，大牛猛地抬手。

“啪。”

一个巴掌扇得桃花都忘记了哭叫，她难以置信地瞪着大牛——这男人为了娶她，耗尽了二十年的积蓄，成亲之后把她捧在掌心，百依百顺，指东不敢打西，今儿这是吃了什么熊心豹子胆，发什么失心疯！

男人眼里全是血丝，眼神令她心头发紧，一时竟说不出话来。

“这群人是去杀那两人的！”大牛捂着她的嘴，“不能带他们去！”

桃花呜呜地道：“又不关你的事。”

“这种事我们不能做！”大牛只反复地道，“不能做！”

“说好了的事反悔人家会生气！”桃花瞪大眼睛，“那两人与咱非亲非故的，凭什么要为他们冒险！你放开我！你敢不听我的！你敢不听我的我就和你和离……”

大牛的手掌又猛地压在了她的嘴上。

他抵着妻子，对着她满是怒火的双眸，一字一字地道：“什么都可以依你，这个不行！”顿了顿，他又重复了一遍，“这个不行！”

桃花被他死死压着，险些窒息，只得应了，大牛这才松开她，又讨好地问她：“可伤着了？”桃花没好气地踢他一脚，转过身去坐着，半晌道：“一会儿那些人翻脸怎么办？”

“要么找个机会逃走？随便往哪个山窝子里一翻，地形我们熟，我闭着眼睛也能转回去，还保证比他们快。”

桃花没好气地又蹬了他一脚，心疼地道：“一块金子呢！”

忽然有人柔声道：“是啊，一块金子呢！”

两人都一惊，回头看去，却见车子不知何时已经停了下来。一个脑袋探了进来，正是那容貌出众到近乎美艳的少年，正笑吟吟看着他们。

虽然那笑璀璨光艳，既潇洒又诱惑，可是直愣愣看着他的两人，背上都出了一层汗。

那少年看他们不答，又笑了笑，看了一眼大牛，道：“牛哥很会翻山窝子？”

大牛还没来得及回答，他便笑道：“那便现在翻吧。”

话音未落，他手一抬，大牛一声惊呼，偌大的身子已经穿过车窗。

桃花猛扑到窗口，看见一棵被撞断的树，还有一个长长的斜坡，斜坡下头是一个很深的坑。

桃花浑身颤抖起来，想要惊叫，却不敢叫，猛地把手塞进了嘴里，眼泪流了满脸。

她惶然地回头看那少年，此刻幽暗灯火之下宛如恶魔。

“桃花嫂子。”那少年亲切地对她笑，“路一不小心弄错了是吗？那咱们重新走一遍？这回你不会再记错了吧？”

天已经黑了。

大牛夫妇还没回来。

文臻有点心神不宁，几次走出院子张望，这一片只有大牛家单独居住。

按说大牛夫妇回来得迟也正常，毕竟来回八十里山路，还要卖买东西，稍微耽搁就晚了。

可文臻还是觉得不安。

大牛走后她就翻墙出去，把院门上了锁，看起来像是这户人家没人一样。自己也和燕绥下了地窖。这山里人家都会挖个地窖存放些不易坏的菜蔬，只是都挖得比较浅，藏不了什么人。

她又找了大牛的衣服给燕绥换上，又拿来桃花的妆盒给燕绥化简易的妆。四天下来，燕绥瘦了一圈，文臻回想着当年从景横波嘴里听来的各种化妆技术和之前听英文讲起的一些改装术，细细给燕绥化了妆。

现在，燕绥是一个有些清瘦，皮肤微黄，眉毛细细弯弯的清秀男子。

依旧是好看的，但最起码认不出是燕绥了。

她又给燕绥换了药，燕绥的伤倒是恢复得很快，但还是没醒。

文臻托腮看着改装后的燕绥，喃喃道：“撞到脑袋了哦，也不知道你醒过来以后会是什么样儿，不会狗血失忆吧？千万不要，那个情节已经用烂了。”

脸有点麻木，她拍了拍脸，感觉自己的药效坚持不了多久了。

反正也是没事，她突发奇想，去桃花房里取了针线，又找了一个浅色的荷包在上面绣了几个字，然后挂在脖子上。

她给燕绥换了药，又喂了肉粥，喂了水，然后她把燕绥紧紧地绑在自己背上，出了地窖。

她给自己也换了桃花的衣裳，做了改装，把伤口重新用布条扎紧，把能用的武器都佩在身上。

做完这一切，她跳上院门，望向夜色。

然后她看见很远很远的地方，似乎有跃动的黑影。

时间回到大牛落下马车的那一刻。

厉笑在夜色中的山路中奔行，远远地追着那几辆大车。

她心情不好，今晚跟出来，更像是赌气。

已经快要成亲了，易铭还是那样若即若离，看似亲近实则遥远。大老远出西川来接亲，又好久没见着了，父母长辈不在面前，他也不和她私下见面，偶尔遇见了，还没说几句，便以各种理由走开，她倒不是想和未婚夫发展点什么，但这种躲避还是让人气闷。

今晚又是这样，明天就要出发，却招呼都不打一个便出了城。

她倒要瞧瞧他这是去干什么，是不是外面有别的女人了。

因为怕被易铭发现，她离得有些远，大车走过一个斜坡时，她便在坡下伏着。

然后她听见一声闷响，像什么东西撞在树上，一道人影便顺着斜坡滚了下来。

厉笑吓了一跳，还以为自己被发现了，赶紧冲过去一脚抵住——再滚下去就是深坑，没武功的人摔下去十有八九没命。

然后就着一点星月之光，她看见一张普通猎户的脸，嘴角泛着细细的血沫子，胸口凹陷了一块，看那样子怕是支撑不了多久了。

厉笑站着，心忽然凉了。

第二十八章

未婚夫的秘密

这人一看就是个普通百姓，易铭他们对一个手无寸铁的无辜百姓也下手这么狠吗？

脚腕忽然被人扣住，她低头一看，那猎户紧紧抓住她的脚踝，嘶声道：“求你……带我回家，我得去通知她……”

厉笑盯着他的眼睛，那眼神里满满焦灼和痛苦，她又看看车队消失的方向，最终将受伤的人架了起来，顺着他的指引蹒跚地走入一条隐秘的岔道。

文臻凝望着那道跃动的黑影，对方速度挺快，只是看起来有些怪异，过于庞大。

她那双利眼目力比常人要好，既然发现了异常情况，按说就该带着燕绥赶紧离开，但她刚刚挪动脚步，便又停住了。

她认出了那两人。一个是大牛，另一个竟然是厉笑。

这让她非常诧异，随即想起厉笑即将前往西川成亲的事情，算算时间和路程，很有可能成亲的队伍已经行到这附近。

那么，易铭在不在？这个想法让她心中微紧。

易铭如果来了，今夜绝无生路。

乌海之上，虽然她没有直接和易铭打交道，事后林飞白和燕绥却都和她说过要小心易铭这个人。

能让这两人特意提醒，西川易家的小公子就绝不会有负盛名。

而厉笑是易铭的未婚妻，她不能把燕绥的安危寄托在厉笑身上。

她下了墙，隐藏在门背后，听见那两人走近，大牛的步伐踉跄，还没到就在门口嘶声喊起来："姑娘，你快走……有人要来杀你们了……"

文臻心中一惊，还是没动，她怕有诈。

随即听见厉笑道："咦，果然是近路，他们竟然还没到！"

门外大牛声音渐渐虚弱，"这位姑娘，烦你进去和他们说……快走……"

门口厉笑却叹了口气，道："如果你的朋友现在还没走，那一定就走不了了。"她笑了一声，"那个家伙神神秘秘的，我是不知道他要做什么，但我知道他想做的，一定能做到。"

她语气听来有些不满。

文臻心中一动。

在乌海船上之时，她就发现那对未婚夫妻之间似乎有些问题。

同时她也隐隐约约想到一些事儿，有了一些猜测。

忽然厉笑轻喝一声："来了！"随即墙头人影一闪，厉笑已经夹着大牛翻了进来。

翻下来之后她看一眼大牛，叹口气，道："还是撑不住啊。"

她扛着大牛的尸首，想找个地方先把尸体放好再走，眼看就快走到地窖，忽然肩膀被人一拍。

厉笑惊得猛地一个翻身，她回头看见一个娇小的女子低头看着大牛的尸首。

厉笑紧紧盯着那女子，只觉得她抬头那一霎，眼底似乎有晶莹一闪，但随即消失。

她若有所悟，道："你便是这猎户死也要通知的朋友吧？快点走吧……"她忽然住口，摇摇头，道，"来不及了。其实就是你一看见我们就走也没用。他一旦真要抓你们，那肯定早早就派人堵住出山的所有通道了。"

她说完不看文臻，拍拍衣裳上的灰，转身准备走。

她不打算多管闲事。

嫁了易铭就是他的人，就得共进退，没有先背叛违拗他的道理。

她刚刚抬腿，就听见身后女子声音甜美，笑着问她："你想不想知道，你的未婚夫为什么总对你不冷不热，若即若离？"

易铭和他身后几十人站在破旧的大牛家小院门前。

桃花瑟瑟发抖，不住回头看黑暗的山路。院子锁着门，看上去没有任何人。

"我们走的时候没有锁门，他们可能已经走了。这位公子你派人回去救救我夫君吧，我已经带你到了地方了。"

易铭笑了笑，锁门才说明没走。

身边属下躬身请示，他点了点头，属下正要上前，忽然墙头扑下一个人影。

易家的属下急忙出手，谁知那人影胸前忽然弹出一截杆状物直射易铭胸口。

易铭退后半步，手中一截银亮短棍将那物打走，谁知那东西也不知怎的竟然钩在了他前襟衣裳上。前襟和里衣同时撕裂，里衣里头似乎还有些什么，易铭反应却很快，猛地一个旋身，衣袍飘飞间伸手一拢，再转回身时，裂开的前襟已经被一个夹子紧紧夹住。

这一下十分突然，易家属下都冲上来团团围住易铭。

易铭在人群中不动，忽然眯起眼睛，看着黑暗中的小院，眼神晦暗不明。

小院的门有很多裂缝，足够人趴在上面将外头的情形看清楚。

厉笑慢慢地从门缝前直起腰。

她回头看了一眼站在地窖口的文臻，文臻对她勾了勾唇，用口型问她："如何？"

厉笑的脸色很难看。

她不是傻子，和易铭订婚已久，也曾追随他走过大江南北，日常相处，遮掩再严密的人，也难免露出蛛丝马迹。厉笑其实很久之前心底就曾隐隐约约飘过一个可怕的猜想，只是心中始终不愿承认罢了。

若不是心中存疑，又怎么会今晚不顾一切地追过来？

但便是有心理准备，真的看见那一幕，她那一瞬间还是感到天旋地转，眼前发黑。

她是女子，她了解女子如何遮掩自己。

两大家族联姻，十余年芳心托付，一腔痴情，到此刻都成了笑话。

他怎么可以？怎么敢！他将厉家当成了什么？将她厉笑当成了什么？

一块助他瞒天过海走上易家最高峰的垫脚石吗？

她厉笑，把自己活成了世上最大的笑话。

厉笑浑身轻轻颤抖起来，她在一片茫然中回头，没看见地窖口的文臻，只看见地上一行字。

"不要轻举妄动。只要你帮我，我就帮你报仇。"

厉笑盯着那字，满腔的悲愤渐渐平复。

她冷静了许多。方才，她想就这样出去一刀捅穿易铭的心口。

此刻，她的护卫还没追上来，四周全是易铭的人。

易铭绝不会允许她揭穿自己最大的秘密。

刚才的试探也已经打草惊蛇，她无法出其不意杀了易铭。

她深吸一口气，忽然大步向前，打开门走了出去。同时大声喝道："是我！"

第二十九章

烈血报复

她从风雪中走出，一霎面容雪白。

易铭抬头看她，厉笑撞上那双微带审视的眼眸时，心头一紧，随即便竖起眉毛，一脸微怒，叉腰站在门口，脆声道：“阿铭，你竟然瞒着我，半夜三更偷偷摸摸和这女子相约！”

易铭怔了怔，好一会儿才反应过来，侧头啼笑皆非地看了看桃花。

厉笑继续大声指控：“生怕我知道，还约到这深山野岭她家里来相会，铭哥哥，你对得起我吗！”

她心头一酸，硬生生咬牙忍住。

桃花一直跪在一边，垂头看着大牛落地的尸首，她面容模糊，一双眸子却隐隐透着血一般的红。

她盯着易铭，忽然哑声一笑，对厉笑道：“小娘子好厉害，这竟然抓奸抓到深山野岭来了。别怨姐姐没教你，这女人得温柔小意才讨人喜欢。这么泼，难怪公子爷不喜欢你。”

她本是青楼艳女，业务熟练，此刻语气神情都十分令人入戏，厉笑却是知道这事是怎么回事的，有点讶异地看了她一眼，却看清了她眼底血红的恨意。

她心底冷笑一声。

看，多行不义的后果。

嘴里却立即接了上去：“呸，贱人，你也配和我姐妹相称！”抬起一脚便踢，桃花飞起，“砰”的一声落地，又顺着未化的雪滑出好远，眼瞧着看不见了。

厉笑冷笑，看也不看，她脚上使了巧劲，把桃花踢远一点，以免等会儿遭了易铭的毒手。

一转头扑到易铭身边，一把揪住了他前襟，怒道："咱们都快成亲了，你还敢在外头拈花惹草，你今日必得给我，给厉家一个交代！"

易铭听得"厉家"两字，眼神闪了闪，抓住她的手苦笑道："阿笑，你这是想哪儿去了，我怎么会和那等女子幽会。"

"那你深更半夜瞒着我跑这里来做甚？总不会是来杀人吧？这荒山野岭有什么值得你亲自出动的？"厉笑冷笑。

易铭不接，回头看了看，道："这么晚，你怎么一个人来了，你哥哥们呢？"

鼎国公厉响没有女儿，却有七个儿子，因此视儿子们如狗屎，却对兄弟家这个小女儿珍若拱璧，因此送嫁厉笑，除了厉以书要去当过渡刺史去不了西川外，他其余六个兄弟都被踢来送小妹。

鼎国公家的七个葫芦娃生下来就被耳提面命要保护小妹，又出身将门，除了喜欢读书的厉以书走了文官路子武功平平外，其余都一身的彪肉，一字排开不用文身也像路霸。

葫芦娃们虽然一身横肉，但鼎国公家教还不错，并不爱惹事，但这个准则在他们小妹身上不适用。

"我给哥哥们留书了，等他们来了揍你一顿！"厉笑冷笑。

她其实留下了记号给自己的护卫，哥哥们今天却不在，说是接到了三哥的信，然后便都出门了。厉笑也奇怪，一般哥哥们便是要出门，也会留几人在她身边，也不知道出了什么大事，哥哥们一起走了。

但这话她现在当然不会对易铭讲，这还要多谢易铭和她不亲近，他并不清楚她这边的情形。

易铭无奈地抚了抚厉笑的发，搂着她转了个身，顺势将她一直紧紧揪住自己夹子的手捋了下来，笑道："那我们便走吧，回头迎上大哥们，也省得他们夜里走山路。"

厉笑忍住想要踢开他的冲动，冷笑道："这么干脆？不和你的相好再聚聚？"

"笑笑，你又胡闹。你明知道我有了你，怎么可能看上别的庸脂俗粉。"易铭的语气宠溺，"我这是过来有事，听说这里有位旧友想来拜访而已。"

"里头没人。"厉笑撇撇嘴，"谁知道你说的是真是假。"她没有挣扎，任他揽着走，易铭对其余属下使了个眼色。

厉笑上了车，看了一眼那小院，放下帘子。

车子辘辘离开，却有十来人留了下来。

那些人对看一眼，正要进门，桃花却忽然从旁边爬了出来，道："你们要找的人不住在这里。他们受了伤，我夫君临走时，另给他们指了我们藏东西的一个洞，就在这附近。"

当先一人狐疑地看她一眼，冷哼一声道："谁信你这贱人！"

桃花却哑哑地笑起来，伸手道："答应我的金子给我，另外再给我一锭金子，我就带你们去。不然啊，你在这深山里转上一个月，你也找不到地方。"

当先那人盯着他，一偏头示意其余人进去，便有几人冲进了院子，简单找了一圈后道："没有人！"

"屋子里被子整齐，是冷的，油灯是冷的，厨房也没有开火痕迹。"

易家护卫头领这才信了，扔下两锭金子："人在哪里？"

桃花不顾那地面湿冷，一把抓住金子，贪婪地咬了咬，才呵呵地笑起来，蹒跚地爬起来向外走。

易家护卫将她围在中间，刀剑齐出，只要她稍有异动，便能成个筛子。

桃花一路发着抖，紧紧抓着金子，跌跌撞撞走上一条岔路。

易家护卫见她路途熟悉，跟着她走了一阵，在那院子不远处一处草丛里，桃花蹲下来掀开一个木头盖子，露出底下一个黑黝黝的洞口，有个梯子搭在洞口，桃花道："就在里面。"

领头的便示意一人留在上面，明晃晃的长剑对着桃花："你要耍什么花样，我们未必有事，先死的人是你。"

桃花讪笑，捏紧了手中的金子："你看我像是不要钱不要命的人吗？"

易家护卫哈哈笑起来，有人伸手捏了一把桃花的屁股，道："就算命不要，钱也是一定要的。"

桃花也不气，抛个媚眼儿："爷们若是这趟得了功劳，也给我沾沾光。"

护卫们便暧昧地笑着，顺着梯子下去，有人燃起了火把照明，抽抽鼻子道："还真有骚味儿。"

忽然有人踢到了什么，有东西洒了。

桃花忽然发疯一般扑过去，竟从怀里掏出一个迎风燃的火折子扔下去，立刻燃起大火。

有人惊叫："油！油！"

地洞里专门存放大牛用猎物熬的油，一点火星上去，都能瞬间烧光这地洞。

有人大叫："这贱娘们！上当了！梯子！梯子！"

桃花一把将梯子推倒，狠狠关上盖子，一边大笑一边整个人都扑了上去。

冰冷的剑锋穿透了她的后心。

那守在上头的最后一个人猝不及防，想也不想便是一剑。

桃花大口喷出血来，她大声惨叫，死死抱住那盖子，插上插栓。

只这片刻工夫，底下已经惨号声一片。

桃花却紧紧地按住那盖子，忽然转过脸来。

雪光月光下她的半边脸都是血，眼珠子也溅了黏腻的红，似恶鬼从泥地里爬了出来。

她吐出半边被敲碎的牙齿，喃喃道："杀我大牛，敢杀我大牛！我烧死你们！烧死你们——"

第三十章

公主病得治

文臻蹲在桃花的身边。

桃花死死地趴在那儿，底下忽然一声闷响，像是有人在大力顶盖子，力气很大，桃花的身子被生生震开。盖子还在震动，眼看要被人撞开。

文臻算着频率，在盖板稍稍隆起那一刻，忽然双手抓住匕首，用尽全身力气，狠狠往底下一插。

震动立即停止。

片刻，有重物坠地的声音，最后的惨呼也消失。

文臻默默地站了一会儿，回头看桃花，桃花还没死，唯一没有染血的一颗眼珠居然眼神清亮。

她颤抖着手伸过来，鲜血淋漓的掌心里是两块亮灿灿的黄金。

文臻垂头看着那两块黄金。

就是这点金子，葬送了十几条人命，葬送了大牛夫妇。

那颤抖的手指拼尽最后一点力气，把黄金往她手里送："我……大牛……葬。"

文臻点点头，握紧了她的手指，将那金子合拢在她掌心。

"我会将你和大牛合葬。以后有机会了，我还会给你们厚葬。你和大牛如果还有什么未了的事或者牵挂的人，我也会尽力找出，帮你解决帮你照顾，你去吧。"

桃花的手微微向下一垂，文臻半跪着没动。

深黑的夜色里，有雪盘旋着扑下来。

深山孤院前多了一座新坟。

文臻草草葬了人，做了记号，打算等到脱险后，再派人来厚葬。

薄雪之下矮矮两坟头，葬了一对昨日还鲜活的人。

风雪呜咽，文臻轻轻地叹了口气。

以为的姻缘情意，到头来不过欺骗。以为的薄情无义，到头来同死共棺。

这世上事，叫人从何说起。

她忽然抬起头。

风雪中，有几点灯光迅速地接近。

来了几个青衣男子，腰带上绣着“厉”字，显然是厉家的护卫，应该是厉笑派遣来的。

果然那几人递上一封信，字迹很潦草，想必是厉笑匆匆写就。

“你答应帮我的！那就随我来吧，我也可以帮你一次！”

最底下有厉家的徽记，文臻认得，知道这个做不了假。

来人态度谦恭，说是再走一截，待路途平坦便有车在等。文臻便去地窖扶了燕绥上来，也不要那些人帮忙，自己背着燕绥走了一截山路，上了车，一直行到了千阳镇。

路上文臻问了厉家诸兄弟的事，原以为厉家子弟都在，以燕绥和厉家的关系，他们也就安全了。谁知道昨夜厉家兄弟就离开了千阳镇，不知道因为什么急务都走了，只将大部分的护卫都留下保护厉笑，说了过几天就回。

文臻听了便苦笑，真是阴差阳错，这很明显是厉以书向兄弟求助，厉家兄弟们去找燕绥和她了。

厉家的护卫得了嘱咐，按文臻要求来，先给文臻找了个干净的客栈，文臻却要求先去医馆，便又去了千阳镇最好的医馆，大夫半夜被叫起，见一大群壮汉拍门，也不敢牢骚，给燕绥看了却也说不出所以然，只说可能壅塞血淤，得慢慢化解，也许很快就能醒来，也许需要很久，醒来以后会是怎样情状也说不好。

这和文臻自己把脉得来的结论差不多，她毕竟也跟着东堂最顶级的大夫学了一阵子。只是心里还抱着一丝希望，才到医馆试一试罢了，如今也不过如此，从医馆出来，便把大夫开的方子给扔了。

在成衣铺买了新制的衣服。回到客栈，她搓暖手指，才亲自给燕绥擦了身。她知道燕绥爱干净，这几日都是钻进被子里给他擦身换衣，如今已经练得颇为熟练，手伸进被子里，将衣服扔出来，再取了干净衣裤给换上，一刻钟就能换好。

她抬起他的腰的时候，只觉得掌下的腰似乎又瘦了几分，手指拂过胸腹之间，根根肋骨清晰分明，这让她心中一酸，恍惚想起那日给他过生日，他在水池里脱衣服，当时还有鲜明腹肌，瘦不露骨，这才几天睡下来，便耗损了这许多。

她用手指一根根量过他微微凸起的肋骨，低低道："瘦得丑死了。我跟你讲，你要是再不起来，再瘦下去，我可要移情别恋了，到时候你可别哭醒，哭醒也来不及了。"

燕绥眉目弯弯，半点哭的意思都没有，倒好像在笑。

"今天有两个人为我们死了。可能事情本来就是桃花惹出来的吧，但是我没想到最后她会那样为大牛报仇。燕绥，我本想先杀了桃花的，杀了她就不会被易铭给盯上了，你就安全了。可我下不了手。便是现在我也不后悔，大牛夫妻的命都因为我丢了，我还有什么可埋怨的呢。等咱们解决长川了，回头将他们厚葬吧。"

文臻出了一会儿神，无意识地缓缓抚摸燕绥温暖的肌肤。

"告诉你一个秘密，易铭是女的，他是方袖客。你猜我怎么知道的？他总给我一种熟悉感，姿态、神情、气质……一个人相貌衣着哪怕香气都可以改变，但细微表情很难变化，我和方袖客打交道的时候对她印象很深，待到后来见到易铭就总有种熟悉感，但真正让我确定易铭是方袖客的，是他和厉笑之间奇怪的关系。但凡这样遮遮掩掩若即若离的，多半是女扮男装忽悠人的。"

"原来你是这么猜出来的。"

身后传来声音让文臻一惊，现在客栈内外都是厉笑的人，能进来的自然只有厉笑。

厉笑一步跨进来，正看见文臻的手从被子下堂而皇之地抽出来，心中发酸，她看一眼床上的人，转向文臻："你是谁？"

她并不知道文臻、燕绥失踪的事，只是隐约觉得文臻熟悉。

文臻抽出汗巾擦掉脸上伪装，厉笑惊得退后一步："文大人你怎么会在这里？"

忽然她似想到什么，回头看向床上的燕绥，脸上的神情就更惊恐了，道："这不会是……"

"我们受到了唐家的伏击。"文臻言简意赅地道，"殿下为了救我而落崖，撞到了头。"

厉笑好半晌才消化掉这惊人的消息，忽然快步走回门窗处，细细检查了一下门窗，又扬声吩咐外头的守卫加紧戒备，有任何风吹草动不可轻忽。

文臻一直盯着她的举动，见她这般才稍稍放心。

她现在不敢轻易相信任何人。

"厉姑娘。"她轻声道，"殿下已经昏迷快五天了，我没有办法……你这里，可有什么好药吗？"

她寄希望于厉笑。燕绥身上没带他师门的药，她逃到马车上时也没来得及抓到什么好药，但是厉笑既然是方袖客的未婚妻，方袖客是方人和名义上的孙女，必然学会了那老怪医一手医术，按说也应该会有一些灵丹妙药，作为聘礼送给厉笑。

厉笑听她说了燕绥症状，思索一下道：“这似乎有点像血淤之症，我记得易铭给过的药当中似乎确实有对症的。对了，她还教过我一套金针散淤血的针法呢！”

文臻大喜，正要请她施术，却见厉笑为难地看她一眼：“那针是特制的，我前天拿出来看被戳了嫌烦，又扔回给了易铭，应该在他那里。”

文臻：姑娘你的公主病得治！

“怎么办？”厉笑愁眉苦脸地团团转，“没那套针不行啊，可我现在不敢，不想进他的卧房。他卧房里听说好多可怕的机关。”

“那就我进吧。”

第三十一章

不离不弃

大牛家小院的院门永远地锁上了。

只是文臻刚刚离开那座小院，新的足迹已经印在了小院门口。

这一夜最后一拨访客是一个人，黑衣如墨，黑笛垂着玉色的穗子，和这覆了白雪的黑山一般鲜明又肃杀。

连飘飞的衣袂都似云飞雾散。

小院的门在他面前缓缓开启，他在正屋里嗅见淡淡的熟悉的气息。

地窖里有人住过，碗里一点余粥晶莹剔透，是她才能熬出来的精彩。

出了院门，隐蔽处是一座新坟，有人细心地采了一株冬日也不凋谢的常青草放在坟头。

一定是文臻做的。

他顺着痕迹停留在那个土洞前，拂开特意捧过来的浮雪，底下是大片的血，旁边地面的木盖子上有对穿的洞和大量的血迹，打开那盖子，猎户用来储存杂物的地洞里弥漫着一股熟焦臭。他偏过头，等那一股含着血气的黑烟散尽，看了一眼里头的景象便不得不闭上眼。

不用多推测，也能知道这里曾经发生过多么惨烈的一幕。

他默默地看了一会儿，走到那狼藉的地洞去，很快蹭了一身的烟灰，手上动作却不停，抽出那尸体身上的刀，在自己手上一抹，染了一道鲜红的血迹，又将刀塞在尸体手中。

他将盖子劈碎，扔在一边。单手将尸体拎上来，打开地面的盖子，尸体斜斜地卡在洞口，手中的刀指着前方向下的位置。

那个位置往下是一条隐蔽的小道，被灌木树丛遮掩着，他顺着那道往下走，不断劈开荆棘，将手上的血洒了一路，有时还故意让那荆棘撕碎自己的袍角衣袖。

最后到一个小湖边，顺理成章失去踪迹，而这里和文臻下山的真正方向南辕北辙。

他做完了这一切才转身回去，小心地专门从石头上走，不留下任何痕迹。

天快亮的时候，易铭站在洞前。

微明的天色里，这艳丽潇洒的少年脸色难得这般难看。

洞里已经查看过了，看得他脸色发青，实在不明白自己一群精锐护卫怎么就落到了这个下场。

但死了的也就死了，不值得多看一眼，倒是这个死在洞口的人留下了线索。这位临死前也伤了对方，刀上有血，而这位忠心耿耿的护卫临死也没忘记用刀指向对方仓皇逃亡的方向。

前方灌木丛东倒西歪，易铭低头点头示意："追。"

顺着那路七拐八弯，易铭的护卫不断发现蛛丝马迹，越追越来劲。易铭却始终皱着眉头，越追越慢。

他觉得不对劲。看起来没有任何不对劲，但正因如此，很不对劲。

很难解释，这是聪明人在长久历练中锻炼出的直觉。

他忽然跃到一块大石上，远远望去，见山脚下一处湖泊粼粼闪亮，恍然醒悟。

上当了！

"不必再追！我们快点回孙府！"

孙府后门拐角处有个小门，斜对着一条热闹的小街，是孙府下人们为方便进出采买特意开的，被孙府主子们戏称为狗洞。

此刻那狗洞里探出一颗头来，四面望望，赶紧招呼："来，来，没人！"

文臻背着燕绥闪身进来。

厉笑看她一个矮个子背着燕绥，燕绥的两条长腿都要垂在地上，觉得滑稽。

没来由地，心底生出一丝感慨。

燕绥和文臻的事儿，她自然也听过八卦。八卦里都是说这位殿下如何被这不算绝色的文姑娘蛊惑，待她如何不寻常，却没听说过文臻为殿下做过什么。而这位文大人之前同意嫁给唐羡之，她心底也是不以为然的，总觉得要么是这位文大人无情，要么是殿下剃头挑子一头热，无论从身份还是文臻表现出来的态度来看，这段感情她都不看好。

然而如今，她知道了文臻这一路怎么过来的，看见了这种时刻下的她，很憔悴，很苍白，但眼神很亮，被掳、逃脱、落崖、救人并自救，和各种险境相搏，步步为营，不离不弃。

固然燕绥为她受伤，可若她有一分怯懦和逃避，燕绥早已没命。

世人只见浮华表象，却不知经得住危难考验的爱情，才是真正的爱情。

反观自己这十里红妆的送嫁，她只觉得心底的苦涩快要把自己淹没了。

她定定神，才道："果然这边没人，往右拐。"

先前她把易铭拖走，果然出山不久，易铭便找了借口要回去，她算着这时间也够文臻逃走了，而且她也先一步让自己的护卫去找文臻，肯定比易铭折回头要快，便假装恼怒，最后还是放他走了。

而文臻则觉得，所谓灯下黑，易铭回去扑空，就会算到她很可能来千阳，她要利用这个时间差，先进孙府把那套针拿到再说。

其实这很危险，因为易铭回去，很快就能发现护卫被杀，也立刻就能猜到他要找的人已经下山，会迅速反扑，而文臻已经在医馆耽搁了，去孙府很可能随时撞上易铭。

但文臻坚持，厉笑只得依她。

为确保安全还是走的小门，将燕绥安置在厉笑房间里，厉笑派亲信看守着。

文臻便换了丫鬟衣服，跟在厉笑身后，厉笑随便拿了一盘点心，往隔壁易铭院子里走。

这样直接过去，其实厉笑颇有些担心，她算着时辰，易铭现在应该回来了，这万一撞上……

但她没说什么，她现在算是明白了，这位文姑娘只是看着娇软。

结果有意外之喜，易铭不知道被什么绊住了，竟然没回来，他的院子有人看守，不过厉笑身为其未婚妻，自然畅通无阻。

到了门口，厉笑咬咬牙要先进去，文臻拉住了她。

"你回去帮我看着燕绥吧，这里我一个人来就够了。"

厉笑只得从后墙翻了出去回了自己院子，这边留下文臻，看了一会儿紧闭的门户，过了一会儿，走到窗边，猛地掀了一下窗。

果然里头"咔嚓"一声。

文臻这回再去大大方方推门，果然没有问题。

每个人机关的设置虽然风格不同，但总脱不了联动这一条，文臻听燕绥提过机关的诀窍，无论多么精巧的机关都有痕迹，制动距离越短，机关越有力高效，其开启或闭合所在越近。

所以她看见了门上的机关所在，并根据突出的形状，猜测出解除机关的开关应该在窗子处。

进门之前，文臻看了一下地砖的宽度，抽出从厉笑院子小厨房顺手拿出来的擀面杖，横在腰后。

进门之后，文臻看了一下方位，确定了最方便易铭行走的路线，深吸一口气，滚了过去。

在靠近易铭书案后方的多宝架的时候，有什么东西要开启，却被擀面杖架住，与此同时文臻伸手一撑擀面杖，已经蹿了起来。

她蹿到易铭椅子上蹲下，看见地上一块地砖凹下，却因为被擀面杖卡住没能彻底打开，一条缝隙里隐约有黑色的东西在蠕动，带壳坚硬，像蝎子的螯蜈蚣的足，却又喷出绿色的汁液来。

文臻摇摇头，回头看多宝架，这孙府的老爷想必不爱读书，多宝架上一览无余，没有厉笑说的装金针的檀木盒子。

文臻虽失望却不意外，便要到别的地方去找，忽然眼角一掠，觉得有本书看起来有点奇怪，她看了一会儿确定那里没机关，伸手拿了一本东堂常见的山川志。

正要放下，忽然又觉手感有点怪异，忍不住又摸了摸书封。

封面似乎有点厚。

她指甲慢慢地剔，渐渐分离出中间的一层，再慢慢地抽出来，是一个极薄的面具。

那面具手感令人非常不适，并不是不舒服，而且太熟悉，就像在摸人的肌肤。

这感觉让她起了一身鸡皮疙瘩，指尖捏着边缘将面具一展。

然后她听见了一声倒抽气的声音。

厉笑站在门口，望着她手中面具，脸色惨白。

文臻低头一看，也失了声音。

那竟然是人皮制作的，十分精美的，厉笑的面具。

第三十二章

少女情怀却成空

易铭随身带着一张厉笑的面具做甚？

文臻看向刚好进门来的厉笑。

文臻立即将面具收起，一转眼，忽然看见易铭床上挂帐子的金钩看起来有点别致。

再仔细看，金钩两边不是各一排针？有点弯曲的那种。

她对厉笑示意，厉笑目光呆滞地转过去，愣了一会儿才转头。

文臻大喜，急忙扑到床边，差点碰翻了床头一壶酒，也不知道易铭在床头放酒是要做什么。

她正要拿那金针，忽然听见院子外头有急促的脚步声。

厉笑也听见了，脸色一变，她还听见了易铭的声音！

此时再出去已经来不及了。

文臻低喝："进来！"

厉笑毫不犹豫一个飞扑进房，顺便用脚关起了房门。

文臻本想躲起来让她自己应付易铭的，结果厉笑也不知道是因为惊慌还是害怕面对易铭，竟然下意识猛扑，扑到了易铭的床底。

而此时易铭的脚步声已经到了门外。

电光石火之间，文臻的目光在面具和酒上扫过，已经有了主意。

她将那人皮面具往自己脸上一罩，又脱了外衣往床底下厉笑的手里一塞。外头罩衫是丫鬟的衣裳，易铭一看就能发现。

随即她抓起酒壶猛灌一口，喝的时候心里祈祷可千万不要有毒。

她在赌，易铭这样光明正大随便放在这里的酒一定不会有毒。

两件事刚做完，门开了。

易铭站在门口，一眼看见床上的“厉笑”，脸色一变。

文臻躺在床上，抓着那酒壶，对着易铭格格地笑：“好酒。”

她学厉笑声线，做出酒醉迷糊模样，一时还真难以辨别。

床底下的厉笑紧张得揪紧了自己的衣衫，心想这位文大人应变能力令人服气。

房内没点灯，只有外头风灯光线朦胧，易铭怔在门口，道：“你怎么在我这儿喝醉了？”

文臻在她床上滚了滚，哼哼唧唧地道：“铭哥哥啊，你今儿给我个明白话吧，你到底心里有没有我？”

易铭怔了怔，微微垂下眼睫，随即笑道：“你这傻姑娘，怎么又问这个傻问题。”

厉笑在床下猛地抬手捂住了自己的嘴。

这个问题，她确实问过，甚至那一回她也是借醉问出来的，然而她没有得到答案。

她不知道文臻是怎么猜出她的心事的，更没想到她居然在这种时候问了这句话。

这句话一出，能把易铭的疑心去掉一大半，可厉笑自己却觉得心酸，忍不住地浑身发颤。

是那时月下花前，借酒相问，虽有怨怪，其实依旧暗含期待。

可如今再听这话，回想前尘，真如噩梦一场，冷冷相望。

易铭走了进来闩上门，文臻心定了一半，这意味着自己没有暴露。

易铭走到床边，弯下腰来抱“厉笑”，柔声道：“笑笑，别闹了，我抱你回房去睡好不好？”

文臻猛地抱住易铭脖子，往下一拉，呢喃道：“不，我不走，我今晚不走了！”

易铭大惊，便要直起身子，文臻猛地一个翻身，骑在易铭身上，长发落下来，遮住了半边脸，语气幽幽又带着几分羞涩：“我们马上就要成夫妻了，何必还这么拘礼？你既说你喜欢我，那铭哥哥你不想要我吗？”说着便去解易铭衣扣。

易铭额上已见冷汗，横肘一格，道：“笑笑你喝醉了！”

文臻立即撒手大哭：“铭哥哥你果然不要我了，你在外头有野女人了！”

易铭只得哄她：“哪里有，笑笑你醉了，我去给你倒茶解酒好不好？”

文臻伸手又去撕易铭的衣裳：“没有野女人，怎么会拒绝我？你古古怪怪的，我今晚非要弄个清楚不可。”

易铭衣领被文臻撕裂，文臻醉醺醺探头张望，易铭的肘弯猛地抬起来，眼看就要击到她颈侧。文臻却在此时醉醺醺一偏头，正好躲过，犹自嘟嘟囔囔道：“他们说你不要我，就是不爱我。”

床底下，厉笑捂着嘴，眼泪却簌簌而下。

她想哭，又好笑，还觉得痛快。心情复杂得像要爆炸。

真是荒唐啊，这十年无望的爱恋。

又一声响，这回撕的缝隙更大，易铭猛地跳起来，掩住衣襟，大声道：“笑笑你醉了，我让婆子来把你抱回去！”跳下床三两步便打开门冲了出去。

她的身影刚刚消失，文臻便蹦了起来，一手将金针一抄，一边厉喝：“厉笑，上去！”

厉笑早已爬了出去，三两步上了屋顶，文臻也蹿了上去，从屋顶天窗翻出。

翻出去之后，眼看四面都有护卫，厉笑正发蒙，文臻一推她，道：“继续装发酒疯！”

厉笑立时醒悟，在屋瓦上蹦了起来，哭道：“我夫君不要我……我夫君骗我……”

她哭得情真意切，演得全情投入，东倒西歪，往屋檐边缘走，踩得屋瓦不住往下掉。四面护卫都赶紧过来救护，等厉笑将人都集中在屋顶正面，文臻趁机从屋顶背面溜走，走的时候还不忘记穿回她的丫鬟外衣。

后头的就交给厉笑自己发挥吧，狸猫已经换回了太子，易铭便是生疑也发现不了了。

她回到厉笑的屋子，过了一会儿，外头一阵吵嚷，果然厉笑被送了回来。易铭今天被厉笑闹了一场，句句切中她的软肋，哪里愿意再和厉笑独处，她急于和厉笑成亲，好继承家业和刺史位，连成亲的地方都在离千阳不远，刚刚进入西川境的尧城，哪里愿意这个时候再生波折。

好容易拿到了针，厉笑当即给燕绥施针，却又有些犹豫，文臻若有所觉，抬眼看她。

“听易铭说，这针法比较霸道，能够迅速清淤。但是因为太霸道了，不能确定在这个过程中会对脑袋和身体造成什么伤害，有可能会有短暂的变化，也不能确定会是什么变化。”

文臻吸一口气，她知道方人和的医术一向就是这样，只求结果，不管伤害，十分霸道，方袖客承他风格，出手自然也凌厉。

但她道：“这个时候醒来最重要。我给你护法。”

厉笑看看她苍白的脸，深陷的眼窝，她记得文臻一向粉嫩灵动，肌肤润泽，眼眸清亮，从未见过她这般模样，有心叫她好好休息，但知道说了也没用。她如今见人情意深重，心中便觉酸楚。她咬牙忍住，给燕绥施针。

一套针法毕，她已经出了一身大汗，这针法很是耗费力气。

文臻便让她休息，据厉笑说，这针便是有用，也不能一日奏效，得多施展几次才行，所以她现在也无法带燕绥离开。

厉笑已经派人去找厉家兄长们，把文臻燕绥的消息通报给他们，这样大部队那边也便能及时找过来了。

厉笑休息了，文臻却不敢休息，依旧和衣靠在燕绥床边，好几次梦见他醒来，对着她笑，睁开眼却总是收获失望。

她忍不住笑自己心急，这许多天都熬下来了，眼看要看到希望，却有点熬不住了。

天快亮的时候她打了个盹，梦见燕绥在一片浓雾中行走，万千兵戈铁甲从身边如钢铁洪流滚滚过，而身后玉阙金宫烈火熊熊，火中有人号哭，有人高声大笑。

她被那梦中的纷乱喧嚣惊醒，醒来才发觉四周也很纷乱喧嚣。

厉笑正在推她，语气惶然地道：“不好了，文臻，易铭他爹快要不行了，为了临死前完成家主和刺史之位的交接，已经赶到了最近的西川尧城，易铭要我立即出发，到了尧城就成亲！”

第三十三章

代嫁

一行车马在天刚蒙蒙亮的时候便出了千阳镇。

尧城离千阳不过百里，也靠近长川的西境。快马一日便可至。

大车肯定要慢很多，但易铭是机关名家，她的马车自然也不是凡品，居然做出了减震效果，以四匹平原健马拉车，速度简直可以用风驰电掣来形容。

文臻本来抱着燕绥待在厉笑的嫁妆马车里，厉笑出嫁，嫁妆丰厚，马车装了十几辆，但嫁妆马车是普通马车，速度比不上厉笑坐的马车，而燕绥是每天都要施针的，而且还必须晚上固定时辰施针。

所以嫁妆车队得了厉笑嘱咐，也拼命一般地赶车，马累死了就换，那样疯狂地赶路，文臻躲在绸缎堆里，一直紧紧地抱着燕绥的头。

她隐约感觉到，自己的药效可能在慢慢减退，身体内的疼痛越来越明显，燕绥再不醒，她可能就会倒下了。

厉笑住下之后，又偷偷溜到马车上给燕绥施针，拔下最后一根针的时候，燕绥身子忽然一弹。

文臻大喜，还以为燕绥醒了，扑上去看，结果看见厉笑脸色惨白，再一看燕绥，眼耳口鼻竟然都缓缓渗出血来。

文臻惊得浑身发冷，慌乱地道："这这这……这是怎么了？"

文臻眼前一黑，却还挣扎着去抓燕绥的手腕，掌下的脉搏跳动却和之前差不多，并未迅速虚弱，她稍稍松口气，猜测着这种情况，很可能是两种极端。

要么恶化了，要么就是有突破性进展了。

“怎么办？怎么会这样？”厉笑有些惊惶，“那还要不要继续？按说最起码要施三日针才可能有效果。可这样子太吓人了，要么……要么就别施针了吧，说不定等两日也就自己醒了。”

文臻沉思了一会儿，最终咬牙道：“继续。”

她要赌。她不信以燕绥的能力真的会一睡不起。

“万一反而伤害了殿下……”

“如果他因此出事，那我陪他一起便是。”文臻笑笑，眼睛一弯如月牙。

厉笑怔怔地看着她，把针扎完，文臻仔细观察着燕绥的气色，替他把被角掖好。

厉笑痴痴地坐在一边，看她平静细致的动作，眼底掠过一丝羡慕，半晌怏怏道：“明天黄昏就能到尧城，下车就要成亲，我……我……”

她忽然眼泪就流了满脸：“我不能嫁她啊！”

文臻心下恻然，握住了她的手。

是不能嫁。

易家何等家族，一旦嫁了，礼法上厉笑便永远是易家人。先别说易铭马上要成为家主和刺史，掌管西川，厉笑根本没有机会揭穿她的身份，便是揭穿了，易铭已经手握大权，她不认，不放，厉笑便永远要顶着那个笑话一般的易家夫人的身份。

她一辈子也就毁了。

“我们厉家姑娘出嫁前都要在祖宗牌位前发誓忠于夫家，不离不弃。违背的话祖宗便不认这不肖子孙……”厉笑抽噎得更厉害了。

“是不是只要嫁的不是你，你便不用受这所谓的誓言束缚呀？”

“是……可是……”

“那你便不嫁呗。”

“呃……”

“我代你嫁吧。”

长长的车队，前头出了镇子好几里，后头还在镇子中。

易铭打头骑马在前，她身边跟着好几个男子，正低声说话。

“大人估计也就这两日了，舟车劳顿眼见着更衰颓，几位族叔都很有意见，说您……”汇报的人犹豫着，不敢接下去。

“说。”

“说您不孝，父亲病重，不说自己快马加鞭先赶回去，还要劳动病重的老父跋涉，为此吵得很厉害，还是大人发了怒，说是自己的决定，那些人才住口……”

易铭没有表情地听着。

“我如果真的单枪匹马快马赶回，就真便宜他们了……都出发了？”

“都出发了，时间太仓促了，人又多，大人按您的意思，要求所有人都要参与喜宴，但不许多带随从，每人只带一人，其余由铁军随行护送。”

“这条有人反对吗？”易铭漫不经心地问。

“当然有，还是那批人，闹得很厉害。但是如您所料，大人一说不去参与婚礼的人就从易家除名，便都闭嘴了。”

易铭没说话，良久，仰天长长吁口气：“爹没两天好活了，还要为我，为这事再操心受气一回，我确实挺不孝的。”

“公子您可千万别这么说，大人最希望的就是您能顺利接位，将来保住甚至光大易家，他让我和您说，您的安排很好，他很满意，不要有负担，他多活少活两日没什么打紧。一切为易家好的，便是为他好了。他便是入了祖坟，也是欢喜的。”

易铭默然，她深黑的眼睫微微垂下，罩住流光溢彩的眼眸，那似笑非笑流转的目光底是难以察觉的冷。

她忽然换了语气。

“我们的新娘子一切都好吗？”

“很安分。”

“那便好。”

疯狂赶了两日路，次日黄昏，车队进入尧城，也正式进入了西川境。

城门早已大开，黄土垫道，净水洒街，尧城郡守带领尧城所有官员迎出十里。

一路上彩灯高悬，喜庆味道浓如年节。

文臻已经戴上了厉笑的面具，换上了她的嫁衣，坐在了九鸾飞凤的香车里。

面具是从易铭房间拿的，为避免被她发现，文臻还特意让厉笑安排了人，注意易铭的小厮替她把那本藏面具的书收在了哪个包裹里，并在行路中设计那小厮把那包裹给烧坏了。

易铭匆忙赶回，必然不会亲自收拾包裹，也来不及一一检点，便是问起这事，小厮怕担责任，也会想办法搪塞。

真搪塞不了被发现，文臻估计自己的境遇也该有转机了。

文臻垂头看着自己的大红嫁衣，琳琅首饰，心中有种啼笑皆非的感觉。

她是真的没想到居然这么快就二嫁了。

窗影里透着漫天的红影，燃烧的火把和朱红宫灯在夜色中如一串珊瑚链铺陈，前导的队伍逶迤成一条长龙，向前方一座巍峨的大宅行去。

尧城郡守将自己的府邸让了出来，作易燕然下榻和易铭成亲之用。

大宅门前站着很多迎亲的人，易家的亲友都已经到了，其中有个个子高高的男子，不住晃来晃去，嘿嘿傻笑，被人左右看守着，看起来很是扎眼。

文臻想起厉笑说的，西川易家不算易铭的话，易燕然有五六儿子，女儿无数，六个儿子死了三，还有一个生来资质不行，还有一个资质不错后来因为不知道什么事儿疯了。

易铭号称是小儿子，可自从出了头，其余人也就成了摆设。

豪门世家就是这样，不看血缘亲情，只看你作用几何。无用的人，连个符号都不算。

也不知道那几个儿子是怎么死的。

此刻前后左右行着的已经不是先前的厉家和易家的护卫，而是在进城之初，便换了全副武装的士兵，刀出鞘，箭上弦，铁甲遮面，气氛肃杀。

第三十四章

她将嫁人，你还不醒

若不是那表明喜庆的红色无处不在，她几乎以为自己是被押解进尧城的。

这是易铭发现她不对了，还是这场亲事本就存在着变数？或者易铭本就有别的打算？

朝廷经略几大世家，除了明面上的官方来往，私底下自然免不了各种动作。正如太子皇子乃至皇帝频频遭到暗杀，当年相王反叛也有世家捣鬼一样，朝廷也没少做反间、离间、暗杀、潜伏之类的事情，据她观察，这一处的事务是交给燕绥的。

燕绥不仅是挺向世家的一把刀，也是幕后经略世家的操盘者，他素日并不说这些，但文臻听单一令说过，如果不是燕绥一直在利用三大世家内部和外部的各种问题牵制他们，东堂可能早几年就要开始内乱了。

文臻只听单一令说过一件事，说唐羡之其实还有一位兄长，惊才绝艳，是曾经内定的继承人。他少年时和长川易家的一位嫡出小姐来往很密，唐家和易家也算门当户对，唐家族中原本对长川易家的人不大中意，觉得那个家族行事太疯，但唐孝成坚持，也便谈婚论嫁了，结果最后却发现是那小姐拿唐公子做跳板，为自己和易家博取利益，为此触怒了唐家的长老会，当即兴师问罪。谁知易家那边，从唐家拿到的东西却是个害人东西，损失惨重。于此，易家认为唐公子早就知道内情虚情假意欺骗易小姐，借刀杀人，唐家认为易家包藏祸心借联姻想要夺取唐家的好处。两家的关系到这里便崩了，唐公子和那位易家小姐固然劳燕分飞，唐易两家也彻底交恶。那位唐公子因此颇受长老会质疑，认为他耽于情爱，难成大器，当时唐羡之也已经渐显峥嵘，所有人的目光便转到他身上，那位曾经才华出众的唐家大兄长从此泯然众人。

为此那位唐公子情场事业俱失意，心理不平衡，闹出一些事来，唐孝成那时候接任家主不久，实力未足，和唐家内部享有大权的长老会颇多牵制，为这个儿子很是麻烦了一阵，间接导致有很长一段时间他困于这些事务，无暇去想雄图霸业。

单一令当时说的时候，断“啧啧”摇头，道这连环计策实在毒辣，离间了家庭、家族、父子、夫妻，令唐孝成疲于应付，精力分散，无暇顾及，说起来简单，但算尽了所有人的反应，下起来就是一盘大棋。

他问文臻：“你猜是谁干的？”

文臻猜了一大堆朝中以老奸巨猾闻名的臣子，连皇帝本人都猜过了，单一令都摇头，最后才道：“近在眼前的人你不猜？”

文臻：“燕绥那时才多大？！”

“十三四吧，刚从海岛回来。”

当时文臻默然了好久，直觉自己运气好，见到的都是某人无害贪吃的一面。

此刻她忽然想起这件事，再联想到之前和燕绥关于卧底曾怀的辩论，和此刻易燕然忽然的病重，这背后都有燕绥的手笔吧？

原来战争早已开始，在没有硝烟的版图之上。

她忽然很好奇，燕绥知不知道易铭是女的？知道的话，他会怎么做？

轿子跨过了高高的门槛，这场喜事不存在从娘家接亲的程序，新娘直接请入府邸，之后易燕然会出席嘉礼，接受新婚夫妻拜礼。

易铭厉笑早已订婚，成婚的诸般三媒六聘礼节都已完成，此刻偌大的庭院露天席面一眼望不见头，宾客如云，长长的红毯一直延伸至喜堂，喜堂上红烛高烧，龙凤喜幛老远便可见金光闪耀。

文臻的喜轿在三进院门前停下，一个满身红的老妇过来，用一面光亮的铜镜来回照了照轿子，文臻事先已经听过婚礼的流程，知道这是西川的婚礼风俗，谓之“亮轿”，取意光明照耀，吉祥如意。不过就看那婆子上上下下照镜子的劲头，和行动间练家子的轻捷，也不知道是真的讨吉祥呢，还是检查轿子这一路抬来有没有问题。

文臻下轿时，又有一位婆子抓着一个簸箕过来，里头是豆麦等物。这也是风俗之一，撒豆扬麦，祈求五谷丰登，吃穿不愁。不过看那婆子撒豆的时候手成鹰爪，以及扬谷的时候劲风，如果轿子里藏了人，这一通豆子谷子撒下来，什么杀手也成了筛子。

这两关过去，文臻才下了轿。文臻提裙跨过面前火盆，感觉那火的烟气似乎有点异样，也不知道又藏了什么花样。

顺着红毯走了一截，喜堂之前，红毯尽头，易铭红锦金冠，含笑相候。

透过霞影纱的红盖头，她看见身边站着的易铭。方袖客是个挺神奇的人，做少女的时候不会让你觉得她有男儿气，做男子不会让你觉得有一分女气，当真在两种性别间完美切换。

此刻她伸过来的手，修长莹润，也比一般女子的手掌大一些。

文臻亲热地把手交到她掌心，心想幸亏换了人，真要是厉笑来做这个新嫁娘，就她现在那心态，估计现在得捅出来一把刀。

厉笑此刻应该躲在放嫁妆的房里给燕绥施针，正是治疗的时辰。

进入尧城之后便笼罩在易家的势力之下。所以文臻和厉笑在路上就腾空了两口最大的箱子来藏身。新嫁娘到了以后，就要将嫁妆搬入固定的房间先锁上暂存，一时倒也安全。

进屋之后，文臻便觉得气氛压抑，因为这间不大的喜堂里的人实在太多。

整个喜堂里，贴墙站着一圈人，个个彪悍，虽然穿着像个贺客，但一看就是高手。

屋内气氛也很紧张，一列太师椅上坐着一排老人，另一边的人稍微年轻些，但都神情威重，显然地位不低，易铭携着文臻一路过去，也在一路和这些人点头示意，可见来者都是西川易家的高层人物。

文臻的目光落在正堂上座的老人身上。

那便是东堂四大封疆割据的刺史之一，西川无冕之王的易燕然了。

和想象中不同的是，易燕然身量瘦小，一袭锦袍裹在他身上空荡荡的，面容也十分清秀，看上去像个饱读诗书的老学者。此刻斜斜歪在太师椅上，并不是故作姿态，明显是体力不支。文臻看他眼下深黑，额角眉头有发青，心中不禁一跳。

果然是中毒！

看那枯槁模样，应该中毒已久，想必也费了很多心思，终究药石罔效。

此刻他目光虚浮地望着前方，胸脯起伏微弱又急促，一众宾客都有焦躁之色，有人咳嗽一声，司仪便急急道：“一拜天地。”

文臻和易铭一拜。

拜的时候她在想，上次拜天地的时候，燕绥撞断了唐羡之的船打断了拜堂，这次呢？

你可千万要气得起来打断啊！

厉笑听着外头的唢呐鼓乐之声，从箱子里爬出来，打开另一只箱子，燕绥在里头安安稳稳躺着。

箱子里事先放好了被褥，厉笑咕哝一声，取针给他治疗。

外头喜庆热闹，这放嫁妆的房间却冷冷清清，也不知道是不是这样热闹和寂寥的对比让人不安，她有些心慌，便絮絮叨叨和燕绥讲话。

“殿下啊殿下，你这几日睡得可真好，我瞧着，你居然还睡胖了。

“人也干干净净的，文姑娘也不怕麻烦，这种境地还要天天给你擦洗。真是笑话，昏着啥都不知道，有什么舒服不舒服的？她就是惯你！这男人啊，哪里能惯。这么宠着你，以后她日子怎么过？

“唉，我真是咸吃萝卜淡操心。她日子怎么过总比我好过，我都把日子过成了笑话了。殿下啊，你可别像易铭那样，满嘴花，三棍子打不出一句真话。一个女人拿我的青春作伐，又想要厉家的兵，又想要易家的权，凭什么啊，老天爷也是瞎了眼，怎么不劈死她！

“不过你们男人，尤其你，你比易铭身份还高，境遇还复杂，文大人嫁你的话，只怕日子也不好过。我听说她一直不愿嫁你，我爹我大伯他们都说她是个聪明人。可我这回瞧着，聪明人可傻得很，这一路为你吃了多少苦。女人啊口不应心，她才是真正把你放在心尖上的人呢，自己都快累死了，和各方敌人周旋护持你安稳到现在已经很对得起你了，还要管你昏得舒不舒服。真是傻！

“殿下啊，我们女人傻起来是真的不要命的。你的傻姑娘为了你又去闯龙潭虎穴了，你真的还不打算醒过来吗？”

燕绥觉得自己行走在一条黑暗的隧道里，脚下是黏腻的血泥，头顶是灼热的火焰，身边的白骨垒成的墙壁里，不时伸出鲜血淋漓的手试图将他拽住，这些手臂背后是一张张浮凸的脸庞，有的人看起来亲切，猛地撕下面具却脸上空荡荡毫无五官；有的人看起来冷酷，面具掉落后却是一张流着血泪的脸；有的人在他耳边号哭，诉说着争斗的无情和死亡的痛苦；有的人跪在他脚下，求他帮助他从每日的惊惶中解脱。他的耳中嗡嗡作响，无数声音飘近又飘远，在这样魔音一样的嗡嗡声里，一些事在淡去，一些事又鲜明起来，他隐约觉得自己有很重要的事，却记忆模糊混乱，他好容易跋涉出那地狱一般的隧道，前方脚下白云柔软，迤逦来去，他很累，很想躺在白云里睡个天荒地老，却被一股力量拉着向前去，与此同时还听见人絮絮叨叨地道：“那个傻姑娘去嫁人了，她要嫁人了哦，生米煮成熟饭你就没戏了哦，你还不醒过来吗？”

傻姑娘？谁？

他霍然睁开眼睛。

厉笑此时正叨叨着，转身去看外头忽然蹿起的烟花，一边看烟花一边回头道：“放烟花了，可能已经开始拜堂了，我说你……”

她声音忽然止住。

目光撞上一双深黑湛然的眸子。

这双眸子闭上天地静好，睁开鸡飞狗跳。

厉笑受到了严重的惊吓，一个猛子蹦起来，撞到上头堆的箱子，捂着额头痛得眼泪都下来了，忍不住抽噎道："殿下你……"

燕绥忽然伸手握住了她的手。

厉笑呆若木鸡，感觉挨了今天第二个霹雳。

然后她听见燕绥欢天喜地地道："蛋糕儿，是你一直守着我吗？真辛苦你了！"

厉笑："……"

第三十五章

殿下最拉风

“二拜高堂！”

司仪的声音有点像太监，尖细且有穿透力，一下便惊醒了文臻，她抬头看独自坐在左边上座的易燕然。

易燕然早年丧妻之后一直未娶，易铭是最后一个嫡子，后头的都是妾生的，自然没有夫人来受跪拜。

易燕然眼睛半合，由身边伺候的人扶着，微微坐起了一点，唇边露出一丝笑意。

看来他还真的是挺喜欢易铭。

身边有目光射过来，是易铭，文臻偏头看了看她，很自然地随着她一起下拜。

易燕然喉间发出一点声音，四面的宾客们没人看新人，都在紧张地盯着他。

明明是喜庆的日子，气氛却肃杀紧张。

没有人关心新人相貌如何，感情怎样，更不要说贺喜闹洞房，大家都灼灼地等着一个叱咤风云将近半个世纪的老人的死亡。

文臻忽然也觉得易铭，或者说方袖客怪可怜的。

她也是女孩子，成亲应该也是她人生中最重要的一刻，然而也就这么糟蹋了。

这真是她想要的吗？

她眼光在席上一掠，看见有几个人神情分外紧绷，且互相在使眼色，似乎在商量着什么。

只除了一个人，坐在那里始终自顾自傻笑，玩自己的手指，看那人年纪长相，应该就是传说中易燕然那个原本资质不错，后来疯了的儿子了。

二拜已毕，易铭很自然地伸手过来搀她起来，文臻无法拒绝，只得娇羞一笑。

然后她就觉得浑身一麻。

身边易铭在低笑，笑道："文大人，好久不见了，你好呀。"

文臻试了试，果然已经说不了话，便偏头对她一笑。

果然是瞒不过易铭的。

能做世家家主的人，哪里这么好骗。

只不过易铭也需要这场嘉礼，与其让已经知道真相性子又藏不住的厉笑大闹礼堂，不如借她来完成嘉礼，还顺手多掌控一个人质。

窗外燃起烟花，座上易燕然颤抖着手指，拿起桌上一个小盒子，往易铭面前递过来。

司仪高声传唱："赐礼——"

这忽然多出来的赐礼环节令在场宾客都面色微动，神色大变。

易铭伸手就去接。

文臻盯着那小盒子，心中遗憾，这她要能接过来多好。

易铭手指就要触及那盒子，忽然有人大声道："这个好玩！"

随即一只手猛地抓向那盒子，易铭伸掌去拍，那人却手肘一沉，将易铭手中盒子击落。

盒子落地，里头两枚印章骨碌碌滚开，一枚被易铭接住，另一枚正好滚到文臻脚下。文臻不动声色，用自己运气冲了一阵子勉强能动的脚尖，将那枚印章一拨，拨到了黑暗的墙角。

而此时众人注意力都在易铭易铿身上，也无暇顾及这枚印章的轨迹。

有人在喝叫："易铿，别闹！"

那个动手抓印章的，正是易燕然疯了多年的儿子易铿，此刻正偏着头笑嘻嘻地对着上前拦住他的人道："敬公婆茶赐礼物啊，那应该给新娘子啊。"

忽然有人道："我来给新娘子。"

文臻一听这声音，便觉得红烛亮到刺眼，烟花美到无边。一片五彩灿烂如霓虹，在眼前模糊地绽开，怎么看也看不清楚，却原来太多的泪涌出眼眶。

她无法回头，不知道燕绥现在在哪里，心里一个声音不断地呼喊：他终于醒啦。

满堂静默中，一个人在墙角捡起了什么东西，拿着那小小印章，走过来拍了拍文臻的肩，道："蛋糕儿，要不要？"

文臻顿时能说话了，含泪笑道："不要白不要！"

此时她才发现燕绥的神情和语气似乎都有了一些变化，看她时的眼神也颇有些奇怪，像是想要加深记忆一样。

她原本一直担心燕绥撞到头昏迷这么多天，会有后遗症。刚才听见那句蛋糕儿才心安，此刻却又有些不安心，伸手过去拉住了他的手，燕绥立即反手将她的手裹住，又拉起两人紧紧抓着的手看了看，眼神里那种茫然感又出来了，文臻低声问他：“喂，林飞白是谁？”

结果听见他懒懒的却又语气坚定地道：“拖油瓶！”

真是不知道是痴了还是傻了。

此刻喜堂中已经乱了，一部分人冲出来，要将易铿拉走，一部分人挡在易铿前面，似笑非笑看着易铭，不断有人缓缓站起，走到某一方的阵营里去，使两边阵营越发泾渭分明，最后只剩下几位老者狐疑地站着，望着这奇怪的情势，易铭却在看着文臻手里的印章。

文臻扬起手中的章，晃了晃，道：“家主印一枚，换快马一匹，干粮若干，以及不追不索，两两相安。你们俩谁答应，出城后这印我就给谁。”

易铭嘴角微勾，易铿偏头看着那印，文臻看着他那神情，心中也是一阵茫然，觉得事情好像并不是自己想的那样，这易铿好像真是个傻子啊，并不是韬光养晦来着？那一个傻子如何能有这许多拥护者，在这喜堂之上和易铭的人两相对峙呢？

身后的燕绥嗤笑道：“傻子有什么关系呢，傻子上位，更有实惠啊。”

“可是傻子是怎么笼络住这么多人的，而且看有些人的神情，对易铿颇为忠诚，不像是对傻子会有的，还有方才有人出手捣乱，也太巧了……这是怎么回事？”

身后的人没有回答，她一侧头，看燕绥皱着眉道：“这事好像是我先安排下的？”

文臻心里更愁了，这位的脑袋好像还是出问题了。

那边易铭却笑了，一抬手丢掉手里那一枚，从怀里抽出一个小盒子晃了晃，道：“我这里有真的，为什么要你那个假的？”说着偏头对易燕然的方向道，“爹，告诉他们你早就将印给了我，也好让这些傻子死心。”

她忽然顿住，半晌，她眨眨眼，又抿了抿嘴。

众人这才发现，椅子上的易燕然身体僵硬，两眼微张望着天顶，竟然是已经死了。

方才大家忙于划分阵营，竟没人知道他是什么时候死的。

一代煊赫人物，死得无声无息，死前还要目睹一场喜堂生变兄弟阋墙，实在也是凄惨了点。

燕绥笑道：“哦？原来我们这个是假的啊，那就毁了算啦。”说着指尖一弹。

也不知是谁喝了句：“且慢！”

燕绥就好像没听见，手上不停，又有人大喝道：“来人，备马！”

易铭冷笑："备什么马！你还真相信他们手里是真的啊？"

易铿那边有人硬邦邦地答："不管真假，只要有一丝可能，家主印就绝对不能落在任何外人手上！"

还有人喝道："这两人是谁？易铭，这两人是否和你勾结？"

文臻差点听得笑出来，易铭已经笑了起来，她笑着摇了摇头，并不答话，却对燕绥低声道："殿下，做个交易，彼此都不泄露对方身份，怎么样？"

燕绥瞟她一眼，又看一眼文臻，才慢慢地哼了一声。

文臻笑："多谢看重。"

易铿那边已经知道易铭是女子的真相，接下来等着易铭的将是一场艰难的战役，她已经没有多余的精力去对付文臻和燕绥。

而不揭露文臻燕绥的身份，那她还有机会去否认一个傻子的话，如果燕绥以宜王的身份喊破她是方袖客，那就等于板上钉钉了。

文臻调皮心起，忽然吹哨，窗外有飞鸟撞上来。

有人惊道："唐慕之！"

易铭立即退后一步，道："派人立即将喜堂周围十里的鸟兽都斩杀！"

易铭在易家果然很有威信和势力，这府里立刻响起各类鸟兽嘶吼之声，还有一连串的鸡叫，看样子短期之内尧城百姓要没鸡蛋吃了。

有人在门外大喝："马已备好！"

易家的宾客都眼神警惕地盯着燕绥和文臻，似乎在猜测他们是不是唐家兄妹。

现下自家大位未定，易铭也好，别有心思的易家人也好，都不愿意现在出头招惹唐家这样的敌人，因此都保持沉默。

易铿易铭一左一右，让出红毯位置，燕绥和文臻携手出门去，文臻看着自己深红绣金的裙裾摆动，旁边就是燕绥的黑靴，一时有些恍惚，产生了自己正和燕绥成亲的错觉。

然后她就发觉在这四面皆敌的紧张时刻，燕绥竟然走得十分悠闲。

"喂，你快点啊。"

"不急，不急。"

"这都什么时候了你还不急！"文臻快要急死了。

"让我感受一下，再感受一下……这不走红毯机会难得嘛。"

"……"

文臻想，这狗男人真是脑子撞坏了。

出了门，燕绥没让文臻立即上马，众目睽睽之下手指一拂马背，隐约叮当一声。

人群中有人脸色发黑，不知道自己那无比隐蔽的暗器设计怎么就被一眼发现的。

燕绥这才带着文臻上马，皱眉看看她的礼服，顺手扯下被文臻撩到脑后的红盖头，还有外头的那件红色深衣，劈头盖脸扔在易铭身上，道："自己用吧！"

也不见他扬鞭，马就忽然蹿了出去，大概为了取信于他们，马是好马，撒开蹄子转眼就出了府。身后马蹄声响，无数人翻身上马追了上来。

文臻回头看，有易铭的人，也有易铿的。

希望他们的战争更持久一点，破坏力更强一点，最好打到易家自己崩。

虽然身下颠簸剧烈，身后追兵无数，她却顿时放松下来，软软地靠在燕绥怀里，喃喃道："以前觉得你真像一个闲散亲王，啥事不干尽捣蛋，今儿才知道原来你真的没少搞事情。易家的事情，你布置多久了啊？"

她红色的衣袂在风中猎猎翻飞，有如柔软的手掌拂在燕绥脸上，身后是燕绥温暖的胸膛，那双有力的臂膀就在脑后，她忍不住靠过去。

燕绥似乎笑了笑，用臂膀掂了掂她的上身，忽然道："蛋糕儿，你这是瘦了？怎么摸着不如从前圆润了？"

文臻脑子昏昏的，正想着他也没捏自己的脸啊，眼睛一垂看见那家伙手臂搁的位置，顿时气得脑子清醒了大半。

要不是后头有追兵，她立马把这狗男人推下去。

马蹄疾响，此时已近城门，城门开启得奇慢无比，透过城门的缝隙看见还有一层吊门，目前只开了到小腿的高度。

开城门的两个士兵，好像三天没吃饱饭，一只手拉开铰链，一只手搁在腰间武器上。

燕绥忽然将文臻扶正，道："坐好了！"一只手往空中一抓，城门旁边的一只半人高的石狮已经被他凌空抓来，燕绥的手臂在日光下转出一个饱满的弧度，狠狠一抡。

一声巨响，两个士兵稻草一般向两边倾倒，城门被沉重的石狮狠狠砸开，去势不减，将吊门的底端也砸碎，犹自呼啸着穿过门洞，落在城门外的地面上。

整个地面都震了三震，文臻几乎被震得从马上跳起来，回头一看那些追兵，本已追近，被这一手吓得勒马停住不敢往前。

燕绥已经带着文臻如箭一般穿过门洞，穿过门洞的时候顺手抓起了另一个石狮，文臻以为他要回头去砸那些追兵，却见他并没有动手。

文臻有些不明白在这逃跑途中为什么还要拎这么碍事的东西，但燕绥做事必然有其理由，她此刻什么都不想思考，这男人醒了，这男人搞得定一切麻烦，她只需要躺平就好。

燕绥在经过吊门时猛地压低了文臻的身子，两人紧紧贴在马背上，文臻只觉得四周风声凌厉，身后似乎什么东西被撕裂了，想要抬头去看，却被燕绥压住动弹不得。

吊门外还有护城河，河上有吊桥，吊桥也在缓缓放下，但还没到位置，很明显易家的人追到了，吊桥也不会放好，吊桥不放好，燕绥就别想过河。

但燕绥瞬间踏过吊桥，他手中有沉重的石狮，马的重量，他的重量，石头狮子的重量，文臻的重量，再加上猛冲过来的冲力，冲上吊桥的时候，简直就像巨型压路机压了上去。

吊桥两边的铁拉索猛地被拽断，吊桥加速放下，砸落在河那面的时候发出轰然巨响，又一阵烟尘滚滚，声势惊人。

燕绥立即回身将石狮砸了出去，将此刻才回神追过来的追兵给吓得慌忙勒马。门洞狭窄，来不及策马躲避，追兵只能都跳下马飞快后撤，那一批被抛弃的马挤在门洞里动弹不得，正在此时石狮呼啸而至，那些马被砸死大半，顿时把门洞堵了个严严实实。

而马一踏上吊桥，已经遭受摧残的吊桥便不堪重负发出声响。文臻心惊胆战，总有种下一瞬就要掉到河里的错觉。城头不知谁在大声发令，有飞箭如雨射落，却追不上两人的速度，极致的风声里，文臻只能眯着眼睛，正看见疾驰中的燕绥垂下的手指将那枚印章弹进了水里。

然后燕绥抬起头，对着城头喝道："多谢礼送出城！印章归还，接着！"说着手臂一扬。

城头一阵骚动。

后头的追兵冲上城头找那个守将去夺印章。燕绥转眼间已经冲过吊桥，似剑一般穿越护城河。

文臻仰头望着燕绥，他精致的下颌微微扬起，长发与衣袂齐齐飞扬，轮廓俊美如神。

她和燕绥在一起后，见惯了他令人发指的闲散懒怠，能不说话便不说话，能不动手便不动手，连出手都没见过几次，更不要说今日这一连串的操作，帅得她再一次合不拢嘴。

她忍不住热泪盈眶发出"老母亲"慈爱的喃喃声："儿子终于长大了。"

燕绥顿了顿。

片刻后，他情真意切地道："娘，你怎么知道大的？"

第三十六章

洞房花烛夜

千阳镇上唯一一家当铺前，身着黑衣手持黑笛的人，正仰头看着一张挂在柜台上的画。

那画上画着一些简单的物事，衣服、妆盒，平平无奇，但每件东西都看起来生动如真，让人总担心那胭脂盒子会砸下来落在人头上。

不断有人路过，对这画“啧啧”称奇。

男子看了一会儿，走进当铺，对着老板一指那画，道：“这画我要了。”

黑衣男子走后不久，易人离和厉家的七个葫芦娃也到了千阳镇。

易人离搜寻的路线在千阳镇这里，正好遇上厉家兄弟，然后厉家兄弟又被自家报信的人追上，终于得到了文臻和燕绥的确切消息，易人离当即派人回去通知林飞白等人，自己跟着厉家兄弟回到千阳镇。

结果他们紧赶慢赶赶回镇上，却得到了易家提前迎娶，易铭和厉笑早上已经启程的消息。众人只好再一路追过去。

厉笑一直心惊胆战地待在那间放嫁妆的房间内。

殿下醒来后的表现，实在有点考验她的心脏。殿下好像什么都记得，但却搞乱了很多。他记得文臻，醒来一张嘴就是蛋糕儿，但是却把她认成了文臻。

殿下也记得他自己的身份，却不记得这回出来是要做什么。

问他厉笑是谁，他当着她的面评价说：“易铭的傻子未婚妻。”

问他易铭是谁，他道：“排行第六的那个傻儿子。”

厉笑默默地咽下血，很后悔给他施针的时候没有多捻几下，直接整痴呆了多好。

她默默抱着双膝，隔着窗户看着外头的火树银花不夜天。烟花在放，隐约还有些鸡飞狗跳的声响，算时辰拜堂应该完毕了，也不知道文臻那边怎么样了。

燕绥应该能解决吧。

她有点羡慕地垂下眼。

忽然在那片喧闹中听见一些不和谐的声音，比如呼喊、惨叫，甚至隐约听见刀剑入肉的声响，那种声音却让人头皮发麻。

这声响持续了很久，感觉蔓延到了整座宅子，连嫁妆房外都有，透过灯光火光，隐约可见跃动的身影，起伏的刀剑。

厉笑本想出去看看，现在反而不能动了，到处都在厮杀，出去就可能死得不明不白。

忽然那声音渐渐沉寂，一安静就安静个彻底，别说厮杀惨叫，连烟花的声响都没了。这沉静反而越发让厉笑不安，她正要起身去看看怎么回事，忽然一阵急促有力的脚步声接近，在她躲起来之前，“砰”的一声，房门被踢开。

易铭站在门口的阴影里。

她现在看起来和平时截然不同，那种潇洒风流之态，似乎都随这一阵带血的烟花散在风中，她立在月光和阴影的交界处，微微垂着头，深红的锦袍上布满一片片更深的红，有一些液体从袖角一滴滴垂落，从厉笑的角度只能看见她半边雪白的侧脸。

她忽然大步过来，双手一把抱起了厉笑。

厉笑怎么也想不到会是这个动作，惊吓之下大力挣扎，易铭的手却如铁钳，将她钳得死紧。

她的声音也冷冷响在厉笑耳边，厉笑从认识她以来，从未听她用这种语气说过话。

“我的新娘，今晚你如果不想好好和我过洞房花烛夜，那么明年我会记得给你的牌位上香。”

厉笑不敢动了，她浑身僵硬地被易铭抱出去，外头影影绰绰全是人，有人手里还抓着血淋淋的长刀，那群浑身飘散着血腥气的人，快步跟上了易铭的脚步，眼神却向着外围——外头远远的，还站着更多的人，用审视和疑惑的目光，看着他们新任的家主抱出了自己的新娘。

易铭微微低着头，冷然低声道：“抱紧我的脖子，看着我，像你以往那样！”

厉笑抿着嘴。

“我的人已经去接我的七个大舅子，不过我不保证能不能接到你面前。”

她笑了笑，语速很慢：“说不定就永远接不回来了。”

厉笑咬牙抬起头，盯着易铭的眼睛，半响，挤出一个略有点僵硬的笑来。

远远的，忽然有人大喊道："厉小姐！你知不知道易铭到底是男是女？"

厉笑震惊地盯着易铭，在她眼底看到一丝狠戾。

这神情让厉笑心惊。

她隐约明白了什么。

易铭的身份暴露了，在这节骨眼上。

这想必是殿下的手笔，他抛出了这个炸弹，所以能在身处易家主场的情况下带着文臻远走，将难题留给了易铭。

西川易家家族庞大，刺史和家主位意味着无上权威，易铭再才华出众，也难免有人心中不服。

这时候只要有人炸出这个秘密，易铭就必定陷入被动。

更何况，她刚才还看见易燕然被抬了出来，西川易家的家主，最宠爱易铭的人已经死了。

她盯着易铭的眼睛。

易铭的眼睛很红，满满血丝，眼底并没有焦灼恐惧，只满满的狠和冷。

她却从这狠和冷的眼神深处，看出一丝隐约的痛。

这世上最疼爱她的那个人死了。

而她没有时间悲伤。

厉笑觉得有点不能想象，她自小备受家人宠爱，如果换成她，此刻想必已经站不住。

她忽然想起初见易铭的那日也是一个冬日。

那时候她父亲还在与西川相邻的隋州任边军守将，和易燕然有些私交，带她去易府玩。

易家有一堆孩子，本支的旁支的远房的一大堆，但不管身体里流了多少易家的血，都一概地瞧不起一个五品副将的女儿。

她去的时候那群男男女女在玩击梃，这是西川独有的一种运动，就是将木制的瓶子放在桌子上，瓶子里装满了有颜色的液体，瓶子后是一片撑起的布。众人用包了软头的箭射击那瓶子，用箭把瓶子撞到布上，谁用箭泼出来的彩色液体最多，谁就算赢。

年轻人都争强好胜，大呼小叫，她觉得好玩，也在一边瞧着，颇觉手痒。

她出身武将世家，家族武风浓厚，她自小混在军营，拉弓射箭一把好手。

终于有人发现了她，她记得是易家五房的一个庶出小姐，素来眼高于顶的，见她跃跃欲试，便招呼她也去射，本来是想看她笑话，不想她一箭出，瓶子里的绿色颜料在布上泼出了一大片，将其余的色彩都盖了。

众人顿时都下不来台，互相使个眼色，便看似夸奖却喧喧闹闹地，将她簇拥到那桌子前，她浑浑噩噩被摆布着，张开双臂，两边手臂一边放着三个瓶子，头顶还顶着一个。

那群易家子弟嘻嘻哈哈笑着，开始拉弓射箭。

之前他们不管瓶子里颜料泼出来多少，都能击到那幕布上，此刻却忽然似手软一般，要么没射到瓶子而是射到她手臂，疼得她皱眉，要么就是射翻了瓶子却不能撞到幕布上，直接翻倒在她手臂上，将她的衣裳染得花花绿绿，最过分的是将她头顶上的瓶子打翻，颜料都泼在她脸上，那是一瓶靛蓝色的颜料，混着泪水从下巴滴落，落在衣服上，手上，她变得像个恶心的怪物，眼泪也因此流得更凶了。

忽然身后风声凌厉。

身后那幅五颜六色的巨大幕布，忽然四角断裂，然后被一支箭裹挟着，像一片巨大的彩云，猛地越过她头顶，向对面那些大笑的人罩过去。

她仰头，只看见一片彩色经纬间漏下五色的阳光，斑斓地照在她眼睫上。

这一切只发生在刹那间，那片五色阳光呼啸而过，瞬间便罩在那些男男女女身上，盖了个满头满脸，那些人尖叫挣扎，等他们终于挣扎而出，浑身也已和她一样，满是乱七八糟的色彩。

她忽然笑起来，笑得浑身颤抖，指着他们："该！"

那些人愣了半晌都开始大骂，有人怒气冲冲过来要揍她。

有一个人缓缓走了过来。像一缕月白色的风掠来，带着金秋的繁花烂漫芳香葳蕤。

她看着他的眉眼，仰望他在日光下扬起的浓密的长睫，觉得自己看见了这世上最美丽的少年。

那些咆哮着冲过来的人忽然停住了脚步，像看见了恶魔一般，不住地往后退。

那少年却没看他们，目光流转，落在她脸上。

他目光诚挚而温暖地落进她眼底，她觉得漫天的云都化成了花的模样。

他道："笑笑别怕，我是易铭。"

只一眼定十载相随。

要怎么绝情，怎么断裂，无论其间饱含多少欺骗，可那十年的追随是真的，十年的痴恋是真的，十年里付出的情感都是真的。

不是给出的一颗糖一块肉，能重新完整地夹回到自己碗里。

厉笑眼底忽然便有了泪。

她心里一千一万次咆哮，她是女的！我要揭穿她！我要让她去死！赔我这十年的梦和追逐！

话到了嘴边却变成一声笑。

她笑着，抱住易铭有些僵硬的肩头，一脸不可思议地偏头对黑暗中影影绰绰的人群道：“喂，方才哪位在说话？是昨晚睡多了梦还没醒呢？我夫君是女人？我夫君是女人我怎么不知道？你们想争易家的大权用什么理由都行，用这个……”她摇摇头，搂紧了易铭的脖子，“别跟他们废话了，铭哥哥，多谢你来救我，我们进洞房吧……”说着不胜娇羞地将脸埋在易铭肩上，却趁着天黑看不见，狠狠一口咬在易铭肩膀上。

易铭痛得浑身一抽，任她咬着，对那边笑道：“春宵一刻值千金，我就不陪诸位了。至于你那荒唐问题……”她眨了眨眼，“等明年生个小小易，你们能闭嘴不？”

那群人对上她的笑意，不禁退后一步。

就在刚才，易铭的五哥易铿指控易铭女扮男装，有相当一批人对此表现出兴趣，在喜堂向易铭发难，却被易铭二话不说，当即诛杀了反对最烈的人，并将易铿擒住关了起来，并且杀了易铿身边伺候的人。

在短短半个时辰内，这偌大府邸的主院内，鲜血流得漫过脚背。

易铭平日里潇洒自在，脾气极好，也没怎么见他积蓄势力，众人心中多半都有些轻慢，却没想到，不知何时，易家已经有这许多人效忠易铭。

很多人心中依旧不服，也有很多人疑惑，但总归小命更重要——他们当中相当一部分原本是有准备的，要在易铭成亲正式接位的时候发难，夺下易家大权。另一部分虽然没参与，但打算看风向，也不介意在风向转变之后，踩易铭一脚。

结果易铭忽然离开大本营，将婚礼定在了偏僻的尧城，还是临时通知，还不允许带护卫。所有人都仓促间被赶离主城，被易家家主主控的铁军前后包围在了尧城。

这种情况下，不管说什么做什么都显得被动。让易铿这个傻子试探一下，进可攻退可守。

所以一旦发觉易铭决心准备和手段足够，便赶紧退后一步，推到易铿身上，先保全自身。

何况新娘子是最亲近易铭的人，不可能发现不了易铭的真实身份，她的一腔痴恋至今不变，大家都看在眼里。

原来坚定的看法此刻也有些动摇了。

影影绰绰的黑影渐渐隐入了黑暗中。

易铭一笑，转身抱着厉笑离开。

“就怕啊……你们等不到那个时候喽。”

易铭抱着厉笑，一脚踢开了新房的门。

无论发生了什么，洞房花烛夜一定要度过，不然就算嘉礼未成，那些蠢蠢欲动的家伙就又有机会提出异议。

父亲为她殚精竭虑这许多年，她不能在最后一刻失败。

新房里居然还有婆子在撒喜果，看见易铭杀气腾腾地进来，居然也能扯出一脸笑容说几句例行的吉祥话儿才出去。案台上放着金秤杆，摆着交杯酒，诸事齐全。

厉笑看见的时候，有那么一瞬间啼笑皆非，随即又觉得心酸。

她期待了十年的婚礼，真到了这一日却什么都没有了。

易铭就像没看见那交杯酒一样，径直抱着她到床边，把她往床上一扔。

这一下实在很霸道很凶悍，厉笑忍不住发出一声尖叫。

易铭也不理会，跟着便上了床，手一挥帐子便落了下来，看上去很急迫，很像一个在成亲的重要日子里被人坏了兴致急于发泄愤怒的丈夫。

厉笑本就心神不定，被她这番动作吓到，明知道她是女的也忍不住惊恐地瞪着她，不住往床里缩，屁股不小心坐到一颗红枣，她忍不住又是一声惊叫。

易铭啼笑皆非地跪在床上，低声道："对不住，这洞房必须要弄一下，所有人都在盯着。"

她反手从袖子里拔出一把刀，又从被子底下抽出验贞的元帕，问她："用你的血，还是我的血？"

厉笑的脸慢慢红了，随即又转为惨白。

她知道现在大家对易铭的身份存疑，免不了要注意洞房这里，但被所有人盯着这样私密的事情实在是太难堪了，更关键的是，这洞房一过，她也就再嫁不出去了。

虽然她也不想再嫁了，但是这性质是不同的。

她到了此刻依旧在为易铭考虑，可她就是这么回报她的吗？

易铭垂下眼，似是不敢接她的目光，直到此刻，她脸上才终于露出一丝愧疚之色，道："笑笑，我总是在对不起你。但是，已经走到这里，我不能停了。"

厉笑冷冷看她一眼，一把夺过刀："那便我的吧！"

反手一刀便向易铭心口刺过去。

易铭垂着头，像是没看见，却在刀快要触及胸口时猛地一个翻身，同时抓住厉笑的手腕，反手一拎一甩，厉笑被甩进被褥里。

床在猛烈震动。

屋外有人对视了一眼。

厉笑的尖叫随即传来，屋外的人又对视一眼。有的人欢喜，有的人神情悻悻。

忽然一声巨响从头顶传来，众人愕然去看。

厉笑被甩在被褥上，易铭那一下不轻，厉笑摔得头昏脑涨，尖叫一声，哭道："你放开我！你放我出去！易铭！你要还有半点良心，今晚你就放过我！”

易铭不说话，长长的发垂下来，遮住眼神。

忽然头顶一声巨响，烟尘和瓦片四溅，有人落在紫檀木的床顶上，生生将床顶砸破一个洞，又落在床上，正落在厉笑和易铭之间。

易铭反应极快，一刀无声无息刺出，她半仰着头，星辉从头顶大洞落下来，在灰尘中氤氲如雾，她的眼神却在雾中永远清明。

那人动作却极轻捷，翻身抱住厉笑向外一滚，同时手中长鞭一甩，打掉了易铭手中的刀。

他落地，松开厉笑，头一抬，厉笑大叫一声。

竟然是易人离。

随即她便反应过来，忽然向前一扑，一把抱住了易人离，低声道：“带我走！求你！”

易人离低头看厉笑，正见那少女泪水盈盈的眸子，神情却坚决。

他有些恍惚。

追着成亲队伍一路来尧城，他和林飞白轻功好，先摸到了洞房所在，易家刚刚生乱，人们心思浮动，因此守卫也就难免有了松懈，他们两人趴在屋顶上，原本是想等人散了再找机会的，结果听见了底下异常的动静。

厉笑临走留书给兄长们，并没有提起易铭的性别问题，但也隐晦地表达了事情有变，这亲事不能成的意思。因此易人离也知道两人之间可能出了什么问题，听着底下的哭叫，忽然一阵血气上涌，也不顾林飞白的阻止便冲了下去。

此刻看着眼睛红肿苍白憔悴的厉笑，想起在船上初见那个有点小任性却也明亮鲜妍的少女，他有点不安。

对面，易铭无声无息地从床上下来，正用复杂的目光看着他们。

易人离有点尴尬，在人家洞房里搂着人家新娘好像不是一件太合适的事，他想掰开厉笑的手，厉笑却抱得死紧，这让他有点无奈，也因此确认了厉笑是受了大委屈了，她平日里并不是这样怯弱的人。

只是他张了张口，却不知道该怎么质问——人家这是洞房花烛夜，再怎么的都是情趣，他能说什么？

对面，易铭的眼睛很亮，忽然咧嘴笑了笑，扬了扬手中匕首，道：“做个交易怎么样？”

第三十七章

本王在此，轮到你吹

易人离警惕地盯着易铭。

“或者说，演场戏。”

厉笑回头去看易铭，易铭却转开了目光，只看着易人离，淡淡道：“也没本子给你，咱们随意演。故事的主题就一个，你深爱厉笑，却不得不眼看伊人嫁我，为此辗转反侧，忍不住在她新婚之夜跟踪窥探，却发现她的良人是个床上变态，你愤怒地为心爱的人出头，要将她救出我这魔头的魔爪。”

易铭对自己临时现编的剧本十分满意，问易人离：“你演好这个本子，我就让你们这对苦情鸳鸯走。怎么样？”

易人离打量了易铭半晌，确定这个家伙没有发疯，才一字字艰难地道：“不怎么样。”

厉笑垂下了头。

易铭耸耸肩道：“那你就等着被易家的人包围，救不走厉笑还是其次，自己也得交待在这儿。”

易人离蒙了一阵，有点反应不过来这剧情走向，转头去看厉笑，却见厉笑垂着眼，长长的睫毛耷拉着，那睫毛慢慢缀上了一些闪亮的东西。

他有点受不了。

从锦衣玉食公子哥到混迹陋巷小混混，无论境遇如何，他有一点始终没变过。

他受不了女人哭，尤其受不了原本天真快乐的女孩哭。

外头有骚动，人们听见巨响都奔了过来，对面易铭用匕首不紧不慢敲着掌心，露出似笑非笑表情。

易人离飞快地低声问厉笑："怎么了啊？"

厉笑哪里答得出口，只拼命摇头，摇落一地的泪水。

她哪里说得出口，要易人离顶着这样的名声把她救出易家。

易人离盯着那泪水看了一霎，忽然一个转身将厉笑抱起，纵身一跃已经上了床顶，又上了屋顶。

他一转身，易铭手中的匕首，飞快地对着自己的胸口插了下去。鲜血飞溅，随即便"大怒"喝道："何方恶客！敢闯我西川易家！"

易人离在屋顶上大喝："易铭，你真是寡廉鲜耻！厉笑这般好的女子，你如何能那般折磨她！"

说话间，他已经在林飞白接应下越过两重屋顶，易铭也从破洞里追出，捂着伤口大骂："胡言乱语！你活腻了是吗？为一个女人竟敢伤我！"

易人离咬牙大喝："你这禽兽，哪里配得上厉小姐！还敢那样对她，也不怕天打雷劈！"

厉笑的哭声适时响起。

底下的人懵懂地追过来，此时禁不住眼神乱飞，虽然只是寥寥几句话，实在信息太多，简直就是一场足可以编排三天的大戏。

易铭奋起直追，跌下去前，低声道："往东北方向走，那里竹林后有条夹道，走到尽头左拐有个门，就能出去了。"顿了顿，又低声道，"对她好一点。"

易人离脚步一顿。

厉笑听清了这句话不禁回头。

她看见易铭半跪着，捂着心口正抬头看她，她身后一轮半圆的月亮，中间明亮而边缘淡薄，她的脸也半明半暗。

她的眼神很复杂。

她忽然想起很多年前，有一次月下花前，易铭和她说："你看这月亮离我们很近，但其实可能它是在很远的地方。人也是如此，伴在身边的未必心在那里。心在那里的，往往不能伴在身边。"

她听见今夜，易铭对她说的最后一句话，是："笑笑，别怕。"

有人在月下和过往离别，有人在月下向未知处狂奔。

燕绥带着文臻一阵疯跑，真正的信马由缰。那马确实神骏，狂奔了一个多时辰，燕绥一手搂紧文臻，抱着她在冬夜的风中狂奔。马蹄践踏着未化尽的雪泥，散开的长发渐渐凝了霜。

这样的狂奔会留下很重的痕迹，然而他不想在意。

他脑子里有很多事在不断回旋，一些支离破碎，一些变得诡秘，在脑中模模糊糊地闪现。

这让他有点烦躁，他想要在这午夜里狂奔，松一松筋骨。

身后马蹄声渐零落，脑中的混乱也渐渐好了些，他勒马低头，看见怀中的少女已经闭上眼睛。

看上去像是陷入了沉睡，但是这种强度的奔驰中不可能睡着。

被颠昏了吧。

他皱眉，只觉得心头一揪，一种奇异的感觉慢慢泛起，他盯着文臻的脸，半晌，将她脸上的厉笑面具慢慢揭下，仔仔细细看着怀里人的容颜。

他的眼神如此用力，像是想将脑海中碎裂的记忆，对着这张脸慢慢拼起。

他现在的感觉很奇怪。

他认得这张脸，也记得小蛋糕是谁，甚至也记得和这张脸的主人之间有过的很多事，但是这三者之间，好像忽然很难自然地联系起来，需要再寻找机会连接一样，而那种记忆也是有点混乱的，比如他就记得有一次遭遇刺客，这丫头曾经在水里踩了他的头。

这让他感到十分奇怪——他怎么可能让她踩他的头？

那就是很喜欢很喜欢她了？

此刻马儿悠悠荡荡，他很自然地向后坐坐，把她的身子往自己怀里按了按，这样她躺得会更舒服一些。往后挪的时候，她的头发缠住了他的袖口，她微微皱了皱眉，似乎有点痛，他急忙把她的头发轻轻捞在手中，小心翼翼拢到她颈侧。

他将下巴轻轻搁在她头顶上。

马儿悠悠地踢踏，月亮在前方淡淡地亮，山路似乎没有尽头，闻遍天地的花香。

他只觉得此刻风光静好，于记忆中难得。

然后忽然惊觉，自己方才那一刻的所有动作如此自然，像是曾经现实里或者心里做了无数次。

那是他的身体语言，在意识还没确认之时，身体自然选择了她。

那就不仅仅是很喜欢很喜欢了。

路边有块平坦的石头，他抱了她下马，坐了下来，把她的脉，忍不住皱起眉，她的身体状况真是太糟糕了。有很重的内伤，事后又没调理，然后用了虎狼之药，硬生生压住。之后奔波劳累，殚精竭虑，伤势随着时间推移不减反增。

她不是被颠昏的，是虎狼之药的药性过了被反噬，又因为绷紧的心弦终于松了，才瞬间崩塌。

这崩塌的身体要想重建，可能需要很长时间。

先前时间紧迫，只听厉笑说，他和她与大部队失散，又被人追杀，她带着昏迷的他一路逃奔，坚持了很久。

现在，轮到他照顾她了。

他的掌心按在她前胸，正要闭上眼睛，忽然睁开。

风中有腥臊的气息，树丛里忽然游移出无数绿莹莹的光点。

远处隐隐有号叫声，苍凉而暴躁。

站在路边的那匹骏马，开始瑟瑟发抖，好像马上就要跪下去。

冬日饥饿的狼群是大山里最可怕的生物。

更可怕的是，更远的地方还有红色的眼睛、黄色的眼睛，在莹莹闪烁，逐渐接近。

风卷腥臭，满山兽动。

而他重伤初愈，还带着昏迷的文臻，要面对这满山兽群也便罢了，更可怕的是，兽群不会无缘无故而来，背后必然站着能够召唤无穷无尽助手的劲敌。

这几乎是生死之境。

他抱起文臻，扑向马匹，忽然树丛猛地一弹，几道灰影飙射而出，几乎刹那之间，就撕裂了那匹想逃却已经逃不动的马。

四面树丛里，仿佛整座大山的狼，都已经嗅见这里食物的美味，闻风而来。

燕绥抱着文臻站起，听了听一片寂静的山林中的动静，忽然开始唱歌，唱《东堂版甩葱歌》。

“是谁在陌生的东堂，对着这个世界在歌唱，又是谁在下水饺，叫你们一群馋猫都舞蹈。所有烦恼通通都抛掉，所有曾经向往统统都忘掉，我只做我想要，请你一定不要想太好。跳支甩葱舞，回去做卤煮，快点别挡路。跳支甩葱舞，我的厨房我的锅铲我做主。”

魔音就是魔音，脑子撞坏了都记得。

燕绥唇角含笑。

他还记得文臻唱这首歌的时候好像是喝醉了，醉得像只疯癫的猫，之前还有一段前奏，实在是难度太高，他唱不出来。他还记得她唱那歌的时候实在可爱，哪怕喝醉了酒胡言乱语都撩得人心花怒放。

他的声音原本微微有点低，像因为太懒散不想开口，总压着点声线，偶尔尾音微微扬起的时候，便显得又低又磁，十分勾人。

四面虽然还是一片寂静，好像只有燕绥的歌声，但寂静中似乎有什么东西的节奏被不断打乱，四面树丛里簌簌声越发剧烈，绿色荧光一闪一灭，群狼似乎也很烦躁，并没有立即扑出来。

燕绥又唱了第二遍，树丛中的骚动渐渐停止，原有的绿光开始往后退，似乎感觉到了危险。

燕绥便是在这个时候出手的。

他之前已经抱着文臻站起来，忽然一脚踢在那块巨石上，巨石呼啸飞出，撞断一棵大树，大树倒下的瞬间，一道黑影冲天而起。

他墨色的衣袂散在风中，唇边一支黑笛幽幽闪光，雪白的穗在唇角一荡一荡。

他似乎有些难受，皱着眉，咳了一声。

他还没落下，燕绥手掌对地面一拍。

一声闷响，整个地面似乎都在震动，那几条趴在马尸上啃食其肉的野狼齐齐惨号，被震出丈高，摔砸在四面八方。

那黑衣人只得放下笛子，却没后退，一脚踏碎马骨，无数骨片如暗器，呼啸反射向燕绥。

燕绥猛地将文臻甩出来挡暗器。

他甩得决然干脆，毫不犹豫，黑衣人一霎间连瞳孔都放大了。

黑衣人的身后披风横卷，兜头将暗器卷下，那披风十分宽大，顺便将文臻也罩住，一拉。

他披风兜头罩住文臻的时候，燕绥的假动作已经收回。

燕绥甩出文臻，手却始终没有放松，一个旋身，已经将文臻拉了回来，团团一转，换成自己的背对着黑衣人，那披风当头罩下，正将他和文臻都罩在其中。

像黑夜忽然沉沉罩下。

原本空无一物的披风底，忽然明光闪现，直射燕绥心口！

燕绥却在此时已经整个人倒撞出去，撞向黑衣人怀中。

黑衣人却像早已有防备，手掌已经等在那里，掌心里一枚短匕刃尖向外，燕绥这凶狠一撞，就像把自己的后心送上去。

燕绥又做了个要拿文臻垫背的假动作。

这回黑衣人已经不上当了，维持原动作一步不退。

然而燕绥要的就是这个。

他一脚蹬地，抱着文臻倒飞而起，半空中划过半圆轨迹，背心里竟忽然弹出一截尖锐的钢丝！

那钢丝还是黑色的，在夜色中难以辨别，无声无息顺着燕绥凶猛的倒翻动作，刺向黑衣人咽喉！

黑衣人感觉到极致的危险。

他疾退，捂住咽喉，有细微的血线从他指缝间飚出，将雪白的手染红。

燕绥翻身落地，文臻还抱在他怀里。

他很少出手，平日给人感觉懒散，真正动起手来却凶猛强悍，每寸肌肉都似乎要爆发出杀气。

本王在此，轮到你吹？

第三十八章

有事夫君服其劳

那黑衣人疾退，燕绥忽然低头，眼神一冷。

不知何时，文臻身上竟然拴了一道极细极韧的线！

现在黑衣人迅速后退，这道线便绷得死紧，如果燕绥不松手，文臻就会被勒成两段！

燕绥的手落了下去，光影一闪，手指从文臻身上拂过。

他松手，文臻便飞向黑衣人，黑衣人一手捂住咽喉，一手来接。

燕绥忽然恍然道："唐慕之！"

黑衣人一愣，手一顿。

便在此时文臻睁眼！

她一睁开眼，还没看清自己面前的人是谁，脑海里忽然冒出三个字，似是谁在她醒来前一刻将之灌入脑中，她下意识喊道："唐羡之！"

三个字一出，对面黑衣人再次伸出的手又一顿。

高手过招，须臾便是万年。

实在是惊吓太多。

文臻发现自己在空中飞，面前是那个掳走自己的黑衣人。

人的记忆本容易被最相似的场景唤醒，她几乎立刻回到了当初被掳的那一刻，想也不想一伸手，手上不知何时多了一柄匕首，直插黑衣人心口！

黑衣人猛地一个铁板桥向后仰倒，喉间鲜血喷出。

文臻那一刀划破他前胸衣襟向前直抵咽喉，男子抬起一臂击飞匕首，文臻却在那一霎趁势将匕首微微上挑。

冷月一弯，照亮一张略微苍白却依旧慑人心神的脸。

文臻的瞳仁瞬间都似乎放大了一圈。

连声音都忽然沙哑，喃喃道：“唐羡之！”

第二次叫这个名字，却已经和第一次截然不同。

文臻跌落他胸膛，下一瞬文臻收刀拼命向一边翻滚，燕绥已经上前一手将她抄回怀里。

等她再抬起头时，寂静的山道上除了满地的骨片零落的血迹，仿佛什么都没发生过。

文臻也不知道是刚才那一刀拼尽了余力，还是伤后受惊，又晕了过去。

燕绥抱着文臻，望着天尽头那一线渐渐铺展的鱼肚白。

那根神出鬼没的线已经不见，他的后背慢慢洇出一片狭长的殷红。

他似乎没感觉到背后伤口疼痛，只看着前方，晨曦之下的道路上，忽然出现长长的车队。

车队看起来很低调，没有明显的标识，也没有飘扬的旌旗，燕绥避到路边，目光落在前方车子前轮侧边一处不显眼的标记上。

他觉得这个标记很眼熟，虽然现在不记得是谁家的，但必然是大家族。

他低头看看文臻，她需要最充分的休息，最好的睡眠，最妥帖的照顾。

他等车队过去，抱起文臻，准备先找到附近的市镇再说。

他刚刚迈开步，不防身后是一个拐弯，拐角处忽然又蹿出一辆马车，那马车来势匆匆，猛地一转，车厢一甩，就把燕绥给逼到了路角。燕绥避无可避，第一反应就是用背抵住了马车，以免文臻被擦撞。背上伤口撞着车厢包铁的侧边，他吃痛地发出声音。

便是在此刻，他也没忘记在山壁上抓了一大把泥，飞快涂在自己和文臻的脸上。

马车立即停了下来，有人猛地掀开车帘，正看见被抵住的燕绥，惊得大叫一声：“祖母！我们压死人啦！”

前方那已经过去的车队立即就停下了，有人匆匆下车提着裙子往这边奔来。

燕绥忽然有了一个新想法。

他抱着文臻，眼一闭，装晕。

马车被挪了开来，燕绥和文臻双双“昏迷不醒”。一个真昏，脸白如纸；一个装晕，背后一片血迹，骨折之伤未愈，也很能唬人。

那马车上的小少年操着一口公鸭嗓子，大叫：“快把人搬上车，叫医官！叫医官！”

小少年已经跳下车去，看了看两人，选择先去抱文臻，结果没拉动，低头一看，燕绥把文臻死死抱在胳膊弯里呢。那少年此刻紧张，又去拉燕绥，结果也没拉动，那两人连体婴一样挂在一起。好在此时前方车队的护卫来人了，同时来的还有一位中年妇人，少年见了她便如见了救星，在车辕上跳脚道："张嬷嬷，你帮我和祖母说我真不是故意撞的，是这人傻兮兮地坐在拐角，那个角我这边根本看不见。"

那妇人端端正正行个礼，道："岑少爷，夫人说了，让把人送到前面去，至于你这边，回头把《清净经》再抄个百遍也就罢了。"

"祖母你不能这样啊。"那少年蹦起来，也不管燕绥文臻了，一溜烟钻到前头一辆大车里去了，随即便响起他撒娇求饶的动静。这边张嬷嬷也不管他，对四周随从道："夫人说了，既然伤了人，自然要负责到底，先腾一辆车出来给人看病养伤。"

众人便应了，一行人很有效率，当即便腾出马车，这车队有自己的随车大夫，又来给文臻燕绥看伤，稍后便向前头马车去回报。

大夫行到那辆依旧低调，四周护卫却非常严密的马车之前，恭敬垂首。帘子掀开，那少年探出头来问："怎么样怎么样？没死吧？"

"回岑少爷的话，人是无妨的。那位小哥只是皮肉伤，倒是那位姑娘麻烦一些，似乎受了内伤。"

"怎么会受内伤？我可没出我的隔山打牛神掌呀。"

"许是遭受到马车车厢的挤压。"大夫谨慎地答。

一个微微苍老的妇人嗓音传出："好生照顾。"

众人便领命而去。

马车内，锦褥绣垫，香炉烟气袅袅。帐幕边缘绣着金鳞黑腹的麒麟纹。

这看似朴实的马车内部，豪华却可比拟王侯。

座上垂首看书的老妇人穿一件石青色万字连绵寿纹裙，袖口处已经洗得微微发白，她年纪已经不轻，虽衣着朴素，却气度端然。

那少年牛皮糖一样地黏在她腿上，正和她絮絮地说方才迟了一步是去看溪水下猴子打架的，至于那两个人也没事，可别罚他了。

那老妇人放下书卷，看了看他，叹了口气，道："阿岑，怎么这个年纪了，还贪玩啊。"

她语气中并无责备，眉宇间却锁着淡淡的担忧。

那少年阿岑不服气地道："我没有贪玩，我文武功课都有每日完成的！"又摇晃老妇人的膝盖，"祖母，祖母，你且笑一笑嘛，我跑这么远来接你，很快就能到家了，你怎么还这么不欢喜呢。"

那妇人又拿起书，道：“我的家在青州……你去吧，莫要吵我。也别说《清静经》的事，你什么时候真抄过？不都是小庆替你抄吗？”

少年讪讪地笑一声，只得下车，回到自己车上，和自己的小厮小庆交代一声帮自己抄经，又和小庆说：“你说，祖母在外头这么多年，终于回家了，为什么还这么不快活呢？”

小庆垂下眼，不敢回答。

难道要他和少爷说，夫人和家主多年不合，为此长久独居青州，如今眼看家族出现危机，家主强制性地要求夫人回来，但夫人根本不想回那个家？

他还想多活几年呢。

他看着自家没心没肺的少爷，也有点愁。

族中都在传，因为少爷是男丁中病状较轻的，家主在无法选择的情况下，也把少爷选为继承人，以应对即将到来的风暴和安抚族中惶惶不安的人心。

就他来看，少爷这样的人做继承人，死得估计更快吧。

那少年百无聊赖地站着，经过花丛采一朵花，经过灌木丛抓一把灌木，然后把那花那灌木到处乱扔，却又扔不远，马车顶上很快堆满了乱七八糟的花木，他又指着那些残叶枯枝，大叫：“生长！”然后自己被自己逗乐，嘻嘻哈哈笑成一团。

小庆默默看着，摇摇头，认命地抱了扫帚去扫那些花枝。

听见身后少爷在问他：“哎小庆，你说，我什么时候才能练成宜王殿下那手世间万物皆为器的武功呢？又要怎么才能拥有令万物生长的能力呢？”

“少爷，你能令河水瞬间解冻，狂风平地刮起，能用耳朵听书，用手指读字，你已经很了不起了。何必长他人志气灭自己威风呢。”

身后的少年在快活地笑，小庆默默将马车顶上的灌木扫下来。

更重要的是，你何必崇拜一个即将毁灭你家族的敌手呢？

马车停了下来，一个大夫拎着药箱下了车，一边道：“无事了。”一边吩咐一旁的丫鬟，“那两人脸上身上都有泥，去打点水给擦洗一下吧。”

丫鬟便去打水，人一下车，燕绥便在晃动的马车里睁开眼。

马车很宽敞，文臻就睡在他对面，安安静静的，气色比先前好了一些。

他们的伤都处理过了。这车队果然不是一般人家，有专门的大夫，还有专门的懂医理的婢子给文臻做的包扎。

燕绥看了一圈，最终还是截掉了身上的包扎白布，取了一截四四方方的，给文臻和自己擦干净脸，在袖子里摸了摸，几次摸空之后又想了一会儿，最后才在贴身里衣的袖子贴边里摸出一卷薄薄的皮状物。

燕绥一向不喜欢袖子里带任何东西，但很多时候又喜欢甩掉护卫独往独来，护卫们为了他出行方便，又不影响他的穿衣感觉，没少费心思，在他衣服的各个角落里安排一些必要的用具，武器什么的不用，燕绥天资非凡，擅长以万物为武器，就没有他到手不会用的，但银票、面具之类的，中文会将银票折叠直接放进燕绥外衣的饰边，而英文则将面具做得尽量薄，卷起来，贴在燕绥内衣的袖口。

燕绥已经给文臻换了他的外衣，文臻那时候自然不可能搜到银票，里头的内衣却没换，但为了让面具在燕绥这儿尽量没有存在感，做得非常薄，容易露馅，需要再另行装扮。

燕绥之前装昏的时候已经看过，这里离水源有一段距离，丫鬟打水没那么快回来，因此不紧不慢在文臻怀里掏了掏，果然掏出一个简易的妆盒，里头有颜色深深浅浅的粉。

燕绥将文臻的脸擦干净，给她戴上厉笑的面具，但完全就用厉笑的脸是不行的，燕绥就着妆盒手指快速地抹弄，一张俏丽明媚的脸很快出现。

那张脸比厉笑的脸稍瘦，鼻子比她略高，唇要薄一些，眉毛要英气一些，明明只是改了些细节，但看来就比厉笑美上一个档次，也比文臻原先的脸更招眼一些。

至于他自己变了样子，肤色略沉了一些，但依旧眉目如画，细看竟然有点像易铭。

宜王殿下便是改装，也不肯委屈自己。

改好装之后便是看伤，文臻身上有很多细碎的擦伤，有根小指骨折了，没处理好，现在看来有点变形，想要不留下问题，只能断骨重新固定。

右臂上有一条很深的伤口，看样子会留下疤痕。

他的手指慢慢地在她右臂的伤口上抚过，一直游移到她的手指，抓住指根，轻轻一扳。

文臻的额头上瞬间出了一层汗，却并没有醒来。她身上的伤太多太重，以至于她进入深层昏迷，无法挣脱。

燕绥也不希望她醒来，睡眠本就是最好的养伤方式。

他手指十分稳定，重新给她上夹板，给她包扎的时候，他嘴唇紧抿，眼睫沉沉地垂下来，倒像是自己在疼。

他最后用那白布条儿给文臻打了个漂亮的蝴蝶结。他凑近蝴蝶结轻轻地吹了吹，真像一只白蝴蝶在飞舞，他笑了笑，吻了吻她上了夹板的手指。

然后他舒舒服服地躺下，挤在她那半边，一双长腿有点憋屈地搭在床边。他握住她的手，内力源源不断输送，帮助她调理体内的淤堵。

他又抓起她的指尖，在掌心轻轻地揉，从手掌慢慢揉到指尖，再揣进自己袖子里。

他做事一向凭心而行，对文臻，他哪怕很多记忆混乱了，但那种心情仍在，爱意仍在，留恋仍在，看见她就觉得心底温软，觉得天地明亮，想要抱住她，抚摸她，将她的每寸肌肤都收在掌心，和她交换体温，感受彼此的热度和温软。

他确定这是他所爱的。

如今便是重新再爱一次。

门帘一掀，丫鬟端着水进来，一抬头却撞上燕绥的目光，她痴痴看着燕绥干干净净的脸，惊讶之余，脸慢慢红了。

这样的情态对燕绥毫无触动，他搂着文臻，对她做了个噤声的手势，又示意自己要睡了。

他只一个动作，那丫鬟脸红得更厉害，一句都没问，忙不迭端着水退出去。

燕绥挑挑眉，搂着文臻沉沉睡去，醒来的时候车子已经停了下来，天色已晚，一行人要打尖。

车队的人包了这小镇上最好的客栈，也给燕绥文臻分了一间，燕绥“醒来”之后便和这车队的人说了，自己和文臻是夫妻，他叫大牛，文臻叫桃花，原是千阳镇的猎户，却因为得罪强梁不得不背井离乡，准备往长川投亲。

两人当时都穿着普通猎户的衣裳，倒也符合身份。

至于燕绥为啥知道大牛和桃花的名字，自然是厉笑匆忙中提了一嘴。

这车队的主人也没对此多说什么。

此时屋内一灯如豆，文臻安睡，燕绥坐在床前发呆。

他觉得自己好像有件事没做，却怎么都想不起来。

忽然有人敲门，打开门却是先前那个丫鬟，端着热水，这回神态自若了许多，垂着眼不敢直接看燕绥，笑道：“我们嬷嬷交代了，你家娘子身上又是土又是血的，该擦个身。你一个大男人大概做不惯这些，嬷嬷派我来帮忙。”

燕绥恍然大悟。

对啊。小蛋糕儿得洗澡啊！

他接过热水，道：“有事夫君服其劳，不劳烦姑娘了。”

那丫鬟抿唇一笑，目光在他脸上稍稍一停，道：“你家娘子是个有福气的。”说完要走，燕绥却忽然叫住她。

“敢问姑娘，一个人如果受伤生病，七八天没洗澡换衣，应该是个什么感受？”

他素来有洁癖，每日必定洗澡，有时候一天两三次，所以还真不知道七八天不洗澡该是什么味儿。

丫鬟惊道：“你这是打算让你娘子一直不擦身洗澡？那岂不是要臭了？虽说这冬天

也不流汗，可是受伤生病的人不一样。可不敢这么糟蹋。”

“哪能呢。我娘子不仅得洗澡，还得洗个痛痛快快的澡，烦请姑娘让店家再送些水来吧。”燕绥将门一关，转身举起胳膊，嗅了嗅自己。

随即他唇角一弯。

小蛋糕儿给他洗澡换衣了。

有句话叫，滴水之恩当涌泉相报。还有句话叫，来而不往非礼也。

因为撞到脑袋忽然十分通情达理的殿下，在这个推论中感觉到了十分的愉悦，并且兴致勃勃地向店家多要了水，准备亲自好好给小蛋糕儿洗个澡。

第三十九章

爷都惯着你

热气很快氤氲了整间屋子。

燕绥心情很好地开始给文臻解衣服。

半袖脱掉，里头的长裙脱掉，眼看就要到里衣，里衣为了帮燕绥包扎，被撕掉了整整一圈，以至于短得遮不住腰。

燕绥的目光在文臻的腰上落了很久。

他忍不住双手放上去，他手指修长，双手一拢，竟然还比文臻的腰宽那么一点。

手掌下触感细腻柔软，他唇角微微翘起，喃喃道：“看你的脸本来有点奇怪，觉得也不是国色天香，何以我就记得这么清楚，脑子都糊了，还记得你是最重要的。现在看身材嘛……还不错。”

窗户有点不严实，一阵风过，肌肤微微起了栗，燕绥才想起真正要做的事，赶紧去解她的里衣。

然后他的手指停住。

文臻脖子上挂着一个荷包，荷包上非花非草，绣着一排字：到此为止，不许揩油。

他的目光缓缓转到沉睡得一脸平静的文臻脸上。

真是未雨绸缪，心思缜密。

你怎么就知道我会揩你的油呢?

他伸手去拽那荷包，慢慢地，非常小心地解下那荷包。

将荷包拿在手中，果然那荷包上插着一根小针，那针将荷包的带子已经戳断一半，那么如果有人大力拽断带子，会导致手落到断口，被针戳到。

燕绥盯着那针，有些好笑，有些心酸。

看来小蛋糕儿并不仅仅是为了防他。

她是害怕自己随时会倒下，会遭到侵犯，如果是他，肯定不会动粗将荷包拽下来，如不是他，看见这荷包肯定会不以为然，一把拽下，然后中招。

燕绥叹了口气，将针收起，抚了抚她的发，道：“说到底还是男人不争气，不能让你舒舒服服做大小姐。不过没关系，从现在开始，你做大小姐，做蛀虫，做娇娇滴滴的小娘子，都行。”他刮一刮她的鼻子，唇角一弯，“爷都惯着你。”

他将荷包一扔，继续去扒文臻的衣服。

脱了上头的里衣之后，裙子还给她留着，准备进了澡桶之后再给她脱。

澡桶很小，他有点遗憾地看了一眼，只好将文臻一个人放进去，裙子甩出来。

甩出来的一瞬间，他脑海里有什么闪了一下，也是房间，澡桶，湿淋淋的少女，甩出去的衣服。

他感受了一下自己，然后确定这种事无法通过男人来评断，再看一眼文臻，少女的脸上湿漉漉的。

他的眼神落在她脖子上，脖子接近下颌处，微微泛着淡淡的红晕。

燕绥上上下下看了半天，最终叹了口气，坐了下来。

旁边还有一盆水用来洗头，他先解了文臻头发，头发有点打结，他小心翼翼地一点一点理顺，回想自己洗头时人家怎么伺候的，把她的头尽量搁在一个舒服的位置。

手指在发间穿梭，他的动作轻而温柔。

油灯将他和她的剪影映在窗上。

来来去去的丫鬟都艳羡地看一眼。

岑少爷正好也经过，伸长脖子看了好一阵儿，听丫鬟聚集在一起叽叽喳喳讨论那漂亮的小哥儿是如何的宠妻情深，看半天没明白那个影子是在做什么，怪模怪样的，妖精打架吗？

那影子慢慢地动，半天一个动作，他看得不耐烦，拔腿就走，一边走一边道：“也就这种小白脸才这么黏黏糊糊，看我们宜王殿下就从来不近女色！”

他怀着对自己毕生偶像不近女色风标独具的宜王殿下的无穷崇拜走开了。

屋内，不近女色的宜王殿下顺手摸了一把。

燕绥给文臻洗完头，用干净的布巾擦干，给她挽了个髻。他没给女人挽过髻，凭着想象给文臻扎了一个包包头，各留了一缕头发在鬓角，自己觉得很好看，欣赏了半天。

他可着心意玩了一阵，才给文臻洗澡。

只是殿下哪里会伺候人，一会儿就弄湿了衣裳，黏在身上很不舒服，干脆便脱了，光着上身，打算文臻洗完之后自己擦干了再穿。

他却没注意到，自己在窗户上留下了投影，且因为他们“小夫妻情浓”，这车队里的丫鬟都有些好奇，有事没事总找个机会过来看一眼，此时外头高高低低聚了好几个人都踮脚看着，忽然看见那俊俏哥儿脱衣，都羞红了脸，捂着脸说要走却又不舍得走，磨磨唧唧地互相推搡。

文臻便在这时候醒过来的。

睁开眼就看见线条流畅的手臂横在眼前，手臂上氤氲一层细密的水雾，越发显得肌肤润泽，腕骨精美，手指修长，骨节分明，让人想起力与美的完美融合，是属于男子的非常漂亮的手臂。

然后她才看见手臂背后宽阔的肩头，平直的锁骨，以及锁骨之下的……文臻猛地捂住鼻子。

要死，身体状况不行，连鼻血都比平时蹦跶得欢。

下一瞬间她对上有点陌生的脸，一开始以为是易铭，随即便认出燕绥微微有些愕然的眼神。

她才发觉自己目前的状态。

她目光如电，穿过长窗的一条缝隙，发现外头好像有人。

一阵嬉笑声里，似乎有人嬉闹将门撞开，一个少女踉跄着冲进来，一抬头。

电光石火间，文臻抓起浴桶旁边准备好的浴衣往燕绥胸前一挡。

动作迅速，姿势坚定。

像义士挡住怕被色狼偷窥的少女。

那少女一抬头，看见对面浴桶里，那个小媳妇自己光溜溜的，反而一把抓起衣服挡在自己夫君身上，顿时脸烧红了一大片，低头讷讷道：“大夫让我来送药……”忙不迭将药放下，一扭身逃出去了。

外头顿时又是一阵笑声，带着几分羞赧之意，随即人便散了。

文臻莫名其妙，手还举着。她刚刚醒来，脑子蒙着，一切都只是下意识动作，一抬头看见对面燕绥，双手撑在澡桶边，正俯视着她。

他这个角度，越发显得双臂修长，双肩微微耸起，从肩至腰的线条流畅修长，倒三角十分漂亮，文臻一边堵住鼻子，一边身体往下沉把浴衣慢慢地挪到了自己胸前，另一边眼神滴溜溜地将他从上看到下。

她听见燕绥问她：“你刚才挡住我干吗？”

就没见过在洗澡时有人破门而入不挡自己挡别人的！

文臻也在想这个问题，为什么她不先遮自己？是潜意识里觉得他被看了，自己更吃亏吗？

这是一种什么样的变态占有欲？

什么时候自己的醋性这么强了？

她一边茫然着，一边抹了一把鼻子，痴痴地道：“身材太好，看要给钱。”

敢情她觉得她自己可以免费看？

他忽然觉得有意思——当初自己就是这么喜欢上她的吗？

自醒来之后，他脑海里的屏障未去，完全服从记忆与本能待她，而这本能如此强大，他不禁有些惊讶和好奇，想知道是什么让他这般恋着她。撞乱了记忆，睁开眼第一时间依旧想着她。

她自然是与众不同的，他记得她足够出色，从厨子一直走上庙堂，深得父皇喜爱。

一介女子能做到这些已经够了不起。

但他绝不仅仅是因为这些就会被她吸引。

那么，还有勇毅——厉笑说，她在强敌环伺自身受伤和大队伍失散的情况下，护持着昏迷的他七天七夜，最终找到机会将他救醒。

但这也还不够。

他身份特殊，自小到大，也不是没人为护持他而牺牲。

他随即发觉了这七天里她是怎样的状态，而他自己又是如何被照顾得很好。

她是在最艰难的时刻不仅不离不弃，甚至还想着他的舒适的女子。

然后今天她在澡桶里醒来，不慌张，不失措，一瞬间便能准确判断情势，最后还能和他开个百无禁忌的玩笑。

她视他为珍宝，却又喜欢得并不卑微，她保持着自己的尊贵，无论江湖还是庙堂都能自在生光。

东堂，再没有这样的女孩。

燕绥微微地笑开来。

这样的她，再来一万次还是要喜欢的。

文臻仰头看着他，只觉得此刻的燕绥和平日的不大一样，眸光清澈却又眼波流转。

他之前总有种避世的、懒散的、空无的感觉，像不仅避让这世间，还避让这人群，避让这万物纷扰、天地尘埃。

后来对她表白，看她的时候便多了专注，专注到她忍不住窃喜，因为那天地里只留她一人。

但那专注里爱意有余，而欢喜不足，看她的每一眼都带着细微的希冀。

如今那希冀不见，她在他眼里看见更明朗的自己。

她仰头看他，看着他脸上有水珠渐渐汇至下巴，越过喉结颈项，缓缓流过胸膛……忽然觉得喉咙发干，忍不住咽了口唾液。

文臻城墙厚的脸皮也不禁热了。对面，燕绥微微一笑，神情愉悦，伸手将她揽起，文臻又是一惊，慌忙要去遮，一件白布浴衣已经当头罩下。

他隔着白布，十分利落地替她擦身子，擦到腰上的时候手指一停，问她："我帮你，还是你自己来？"

文臻清晰地感觉到他的手指隔着浴衣，勾住了自己的内衣边缘，连忙一巴掌拍掉他的狼爪："你摸哪儿呢！"

"你摸过我哪我就摸你哪。岂不闻来而不往非礼也？"

"谁摸过你了？"文臻死鸭子嘴硬，"证据呢？"

"证据是我的里衣换过了，从上到下，从里到外，从前到后……"

文臻听不下去了，打断他，"对，还从盘古开天地到宇宙毁灭呢！让开！我要睡觉！"

"你走得动吗？"燕绥抱臂倚在浴桶边笑。

文臻发现自己还真是走不动，全身都在痛，骨节像是生锈了，浑身一点力气都没有。

刚才沉浸在看见燕绥的欢喜里，一时忘记了疼痛，此刻安静下来，就觉得肋下刺痛，内腑撕裂的痛、手指尖锐的痛、手臂灼热的痛……各种各样的疼痛交织在一起，比寻常更痛上一倍，令人难熬得要发疯，她自觉自己小时候经常挨打，忍痛能力非凡，此时也有些撑不住，便笑一笑，道："有点冷。"然后将脸埋进了热水里。

她在水里眼泪"哗哗"地流，浑身微微地打颤……真是太痛了啊。

早知道这一路会这么痛这么辛苦，是不是当初她在研究所会放弃追寻自由？

但这个问题现在不会有答案了。

现在她有了他。

等到她哭个尽兴，那一波剧痛渐渐习惯，才抬起湿漉漉的脸来，对燕绥笑："现在好了。"

燕绥一直靠着浴桶看着她，目光始终落在她微微颤抖的肩头，却一言不发。

等她抬起头来，他才上前一步，连着浴衣将她抱起，送到床上，文臻裹着浴衣脱了湿衣服，又换上这边已经备好的换洗衣裳，燕绥上前来帮她把洗澡洗去的妆补好，她顺从地由他安排，精神稍稍恢复了些，才有心思去观察眼下的情形。

就她看来，燕绥恢复得挺好，没留下什么后遗症，和她对话什么的都很正常，顶多就是好像更放得开更甜了一点，当然这她乐见其成。

她又问了她昏迷后发生的事，不禁有些忧心。这一路阴差阳错的，燕绥那一阵策马狂奔，又不知道跑哪儿去了，本来大部队应该能追到千阳镇的，这下又要失去她和燕绥的踪迹了。

也不知道厉笑后来怎样了，燕绥之前在西川易家作的安排果然在易铭成亲的时候起了作用，但易铭也手段非凡，一着釜底抽薪，生生镇压了浮动的人心，如此一来，只要易铭还在做家主，厉笑就不得不做这个家主夫人。

一只手忽然伸过来，将她微皱的眉头抚平："本来就丑了，再皱眉更丑，就不怕嫁不出去？"

"怕，所以殿下你就放我自生自灭吧。"文臻垂下脸，没避开他的手，反而轻轻蹭了蹭，又看了一眼他的手指，还好伤口都愈合了，还是那双漂亮的手。

燕绥目光一闪，干脆在她身边坐下来，将手指伸给她："喏。"

"干吗？"

"舔吧。"

"……"

"不想舔？可我看你方才左瞧右瞧的，明明很想的模样。"

文臻瞪着燕绥，忽然又觉得这狗男人好像还是撞坏脑袋了。

燕绥顺手在她脸上抚了抚，躺下搂着她，将长腿长长地伸出去，一边不断地解开又捆上自己的衣袖绑带，一边道："让我放你自生自灭，你当初怎么不让我自生自灭呢？"

文臻懒洋洋躺着，道："谁说我不想的？这不是怕把殿下弄丢了没法向陛下交代嘛，你知道我这个人一向胆子很小的。"

"嗯，胆子很小的文姑娘，那你是怎么带我走出那座大山的？"

"也没费什么事，就做张拖床架拖着你呗，走了一阵子就遇上一个猎户，在他家躲了两天，就碰到厉笑了……"文臻想到大牛和桃花，心中一痛，勉强笑笑住了口。

燕绥转头看她，她也坦坦然对他笑，一张脸却白得毫无血色。

燕绥望她良久，忽然笑了。他素日很少笑，今晚笑得却多，文臻被闪花眼，只觉得小心脏扛不住，干脆闭上眼睛眼不见为净。

燕绥也不强迫她睁眼，十分自然地搂着她睡下，文臻也没矫情。她护着燕绥的时候假称夫妻，现在燕绥和她的身份必然也是夫妻，太讲究规矩反而不安全。

结果燕绥刚睡下，就又起身，观察床的大小，将她朝外挪了挪，又把她往里挪了挪。

再过了一会儿，他伸出去准备再挪她的手缩了回去，改为起来看门上的门闩。

宜王府的门如今都没有门闩，以前是有的，文臻来了之后发现门闩这种东西，会导致燕绥的强迫症发作，他会一遍遍去检查门闩，后来发展为看过门闩之后就舞一招剑再躺下，再后来一招变成两招，最后变成一整套剑法舞完他才能回床上睡觉。文臻有次半夜过来，看见他在床前舞剑，又好气又好笑，当即就让工字队拆掉了所有的门闩。后来燕绥便好了些。

但此刻，他又犯病了，起来看门闩，看完之后又起来，第三次起来的时候他选择绕床走了一周再躺下，但过一会儿他又起来了。

文臻直挺挺地睡着，营造出沉沉的鼻息，丝毫不表现出被影响的反应，希望他能尽快折腾完好安睡。

心底却翻江倒海。

燕绥的毛病好像变严重了。

第四十章

我媳妇和情侣装

他刚才搂着她说话时，不停地将手腕上的绑带解开又绑上，一直到每条带子都笔直整齐，就这样他还想拆，是她装困之后他才放弃的。

前阵子燕绥只要能睡在她身边，她就能很快入睡，可今天他一直在折腾。

是这次受伤所致，还是随着时日增长，他的问题本就是会越来越严重的？

他如此才智出众，朝廷经略世家几乎全是他一个人操持，进可应对世家，退可震慑群臣，这样的一个皇子，陛下为什么始终没想过让他做太子？

这个问题，细思恐极。

她禁不住打一个寒战，心里还想就这事再好好思索，但终究是扛不住身体的衰弱，很快便落入了一片黑暗中。

等她再醒来的时候，天光已经大亮，燕绥不在身边，他睡的那一半，床褥整齐，枕头方方正正，一丝褶皱也没有。

她叹了口气，正准备挣扎着起身洗漱，外头却有声音传来。

先是个年轻女子的声音："大牛，我们夫人昨夜感染了风寒，今日是走不了了。夫人让我们来问问，你家媳妇可醒了？"

然后她听见燕绥答："昨夜醒了，如今精神不错。请代我问夫人安。"

那丫鬟便又道："大牛，等会我们要去集市买些东西，瞧你身高腿长的，也去帮我们一把吧？"

文臻心想，又垂涎某人美色了，不怕被摔个跟斗就来吧！

结果她听见燕绥道："这个啊，我得问问我媳妇。"

那丫鬟笑道："问你媳妇做甚？她又去不了。咱们救了你，帮个忙也不肯？就在这镇子上，一个时辰就够了。这镇上今日正好逢集，你也可以给你媳妇买个花儿戴。"

燕绥道："是吗？那我去问问媳妇喜欢什么花样儿。"

那丫鬟"扑哧"一声笑了，又有些悻悻，道："你媳妇你媳妇，行了你先去伺候你媳妇吧。"

燕绥似乎也不介意，当真应了，文臻听见开门声，想装睡，想想还是算了，睁开眼笑眯眯地看着他。

燕绥立在门口，看着刚醒的文臻，她刚刚经过一场深眠，气色比昨日好了许多，颊上一抹微粉如新桃，眼眸乌溜溜的，晶莹水润，红唇微微有点厚，十分乖巧，引人采撷。

她散着头发，一缕青丝落在胸口，亵衣睡得微有些皱，露出里头一抹雪色，看得他心头一热，眼眸里便带了笑。

文臻却没注意这些，还没等他开口，便道："你媳妇不喜欢戴花儿，你媳妇也不喜欢你陪别人逛街。"

燕绥唇角一勾："那就不陪。你夫君只陪你好不好？"

文臻不过是开玩笑，没想到他打蛇随棍上，一句夫君无比顺口，一时倒不知道怎么接，半晌"扑哧"一笑，道："殿下，跌了一跤，怎么就把你给跌糊涂了？"

燕绥若有深意地笑："我倒觉得跌清醒了。"

又道："既然要停一日，又没什么事，听说这边镇上有集市，我背你去逛逛如何？"

文臻瞪大眼睛："我以为我们正在颠沛流离的和大部队失散的逃亡当中，难道不是吗？"

"当然不是，有我在，用得着逃亡吗？"燕绥顿了顿，忽然道，"大部队？"

文臻以为他是不明白这个现代口语，随口解释道："就是咱们那个浩浩荡荡，三千金吾卫，德容言工，三纲五常齐出动的刺史就任队伍啦。"

燕绥一笑，道："要他们这些废物何用？"

文臻看一眼他还不大灵活的手臂，提醒他一个伤员不要总吹牛皮。

燕绥却没这份自觉，道："出去逛逛还是其次，主要得找个机会确定咱们到底在哪里，以及这个车队到底是谁家的。"

他将昨天的情况和文臻说了。文臻也觉得，如果此地离长川已经不远，且这个车队从上至下，看行事人品都还不错，也颇有势力的感觉，不如混在其中走上一段。省得燕绥带着她这个累赘，孤身在外，如果像之前那样，总和大部队阴差阳错地错过，再出什么岔子反为不美。

“我看见车轮内侧有雪鸟标识。”燕绥道，“好像是长川易家门下附庸家族裔家的族徽。”

文臻知道长川易家这样的大家族旗下是有很多附属家族，但是这雪鸟标志真的是易家的吗？她为什么觉得哪里不对？

燕绥却已经站起身来，道：“别想那许多了，走，出去转转。”

他转身的时候，文臻才注意到他今天衣服已经换了，想必是这里周到的主人家的馈赠。文臻的眼神便不由自主落在他的宽肩窄腰长腿之上，脑海里不由自主掠过之前帮他擦身时的一些画面，赶紧捂紧了鼻子。

猎户衣服实在对不住那盛世美颜，文臻心里有点愁，心想这一打扮，人设也就崩了，但燕绥那个人，昏迷着也罢了，清醒了你要他再委屈着，她自己都觉得说不出口。

走神间，燕绥已经拿了她的衣服回来。文臻便看他，燕绥微微一挑眉：“昨儿看你穿粉色裙子挺好，正好那边来送衣服，便挑了一套粉色的，我便也要了同样的颜色。”又对她挥挥衣袖，“咱们配不配？”

“配，配一脸。”

真是无师自通，连情侣装都安排上了。

燕绥又亲自端水过来，要帮她洗漱，文臻把他赶出去了，倒不是不敢接受殿下的伺候，实在是怕没伺候过人的人会把柳枝给戳到她喉咙里去。

她一身内伤外伤，都需要时间将养，好在这次没有造成其他功能性的伤害，她在水底撞击碎针的时候，其实是用了方袖客给她的碎针心法的，间接也算对自己做了保护。只是终究耗损太大，现在还下不了床。

等她洗漱完，燕绥已经端了早饭来，一碗粥，一份拌三丝，一个咸鸭蛋，一碟核桃糕。

行路之中，又只勉强算客人，能有这般餐食算是相当不错。文臻的注意力却在咸鸭蛋上。

东堂原本没有咸鸭蛋，是她首创。她做的东西是真的都风靡天京，但是古代车马不便，信息流通缓慢，想要很快流传到千里之外的民间其实还有难度，只有高门贵族才会第一时间紧跟天京潮流，那么现在招待客人能拿出来咸鸭蛋，这家主人绝不会是小家族。

她还在思考这事，眼看燕绥拿起竹刀，对着那鸭蛋比了好一会儿，皱眉道：“这蛋空心处不均匀，蛋黄不在正当中，长得也有些蠢，我去叫她们换一个。”

文臻急忙捂住他的嘴，道：“我瞧着这蛋很好！青亮秀气端端正正，就这个！”

燕绥挑起一边眉毛，似乎笑了笑，文臻能感觉他嘴角动了动，又动了动，随即掌心微微一湿。

文臻愣了一下，急忙缩手。

他竟然吻她的掌心！

她垂下眼睫，感觉脸有些发热，知道自己大概率脸红了。

这让她心里有些滋味复杂，她还以为自己一辈子不会脸红呢。

在这次逃亡之前，她和燕绥其实也算确定了关系，她以为那便是谈恋爱了。但现在再回想，却发现那恋爱太过顺理成章，好像就是燕绥喜欢她了，而她不反感，有兴趣，然后也慢慢接受了，但接受之后的相处也像老夫老妻，温情多而激情少，而她在遇到艰难危险时，还总是第一反应考虑利弊，迫不及待地将爱情先抛出去。

现在想想，还真是怪对不起燕绥的。

倒是燕绥，对她的态度一直都有细微的变化，越来越有人味，越来越撩。

或者，她也应该改变自己了。

她幼时所处环境恶劣，比孤儿还不如，去了研究所也不过是另一个牢笼，因此养成了凡事多虑不愿交心的性情，对爱情也是如此，被动且自我保护意识太强。却没想过，想爱却又不愿全力投入去爱，是对另一个人的伤害。

如她这样的人还真是无趣，真是委屈了燕绥。

她抬眼笑了笑，正看见燕绥若有所思地盯着她，缓缓道："我怎么觉得，以前没看见过你脸红。"

文臻直觉这话有点奇怪，本来就没见过她脸红，燕绥这都不能确定吗？

"我有脸红吗？那是精神焕发！"她剽窃一句智取威虎山的词，怕燕绥还要纠结鸭蛋的问题，抢过竹刀，手起刀落，结果鸭蛋剖开的那一瞬间，燕绥便痛苦地扭过头去。

那鸭蛋剖的位置没问题，但蛋黄果然偏了。

文臻也不吭声，拿起就吃，等燕绥转过头来，那整只鸭蛋已经鼓鼓囊囊全部塞进了她嘴里，吃得太快，文臻被噎得翻白眼。

燕绥倒吓了一跳，赶紧去给她倒水，又给她拍背顺气，忍不住道："你吃这么快做甚？就算不噎，咸也咸死你了，这要变成蝙蝠了怎么办？"

文臻怔了怔，随即才反应过来，东堂的民谚里，老鼠吃多了盐会变成蝙蝠，燕绥这是在暗促促骂她呢。

她艰难地咽下嘴里的咸鸭蛋，翻个白眼："我变成蝙蝠，也要夜夜倒挂在你床头，看你……"

还没想好下面说什么，就听那人接道："看我睡觉？看我因为你做春梦？"

文臻又呛住了，这鸭蛋还挺咸，她斗不了嘴，就用眼神与他斗，但是还没斗几秒，燕绥忽然撩开她的头发，捏了捏她的耳垂，道：“哟，红了。”又端详了一下，笑道，“像个透明的红萝卜。”

文臻一把扯开他的领口，在他锁骨上摸了摸，哑着嗓子笑：“哟，这像什么？像根大葱？”

说完忍不住笑，笑得摇摇摆摆，身体晃啊晃满是得意。

她冰冷的小手忽然探入衣领，激得燕绥打了个寒战，一把抓住了她的手。文臻以为他要把自己的手拿出来，结果他抓着她的手慢慢下移，唇角一勾，笑得竟然一本正经：“这形容挺有意思，要不要把我全身上下都形容一遍，比如这里……”

他抓着她指尖按了一按，文臻赶紧缩手，脸这回真的烧起来了，比刚才烧得还狠，以至于好一阵子她脑子里都嗡嗡的。

这人耍起流氓来，实在太让人招架不住了。

燕绥也不把她硬拉回来，只斜靠在床头，微微勾着唇角，抱臂看着她：“不碰了？怎么不碰了？我身上可以形容的很多呢，比如腹肌……”

“你说要去集市的呢！再不去天就要黑了啊。”文臻赶紧哑着嗓子打断他的话。

正巧此时外头也有人敲门，先前那丫鬟脆生生道：“大牛，你们夫妻俩到底去不去集市啊？再不去天就要黑了啊。”

文臻“扑哧”一笑，赶紧把粥喝了。那鸭蛋可真咸，她担心今天一天都没法好好说话了。

燕绥起身，帮她擦了嘴，把衣服穿好，还要蹲下身给她穿鞋，文臻赶紧拒绝了，自己拿了鞋子穿好。

穿戴完毕，燕绥转身，一只手轻轻松松便把她安置在自己背上，文臻搂着他的脖子，想起前不久自己还一边咬牙忍住泪一边在深山老林里拖着生死不知的他，只觉得此刻哪怕依旧身处险地，护卫都不在，但已经快活如在天堂。

心中欢喜，忍不住也拨开他的长发，在他耳垂上轻轻咬了一下，笑道：“这现在也是个透明的红萝卜。”

燕绥正要背着她起身，身体一僵，转头看她，文臻能清晰地感觉到他背上的肌肉一紧，连带耳后那一片肌肤也变成了淡淡的粉色。

她又好笑又愕然，怎么，这个喜欢碰别人耳朵的人，自己耳朵才是最敏感的？

正想开玩笑，却听耳边呼吸忽然变重，耳鬓厮磨间他颈侧微热的肌肤擦过她的唇，柔软与柔软电光般擦过的时候，那身躯又是一阵绷紧。

燕绥背她的时候感觉到身上娇小身躯的柔软，散发着淡淡的香，美妙得难以描述。

燕绥整个上半身的肌肉都似乎变得敏感，能清晰地感应到每一处的细腻幽香，他禁不住地心猿意马，但想到她的身体状况，也只能勉力压抑，却想不到她忽然也妖媚起来，竟然主动来撩拨他。

真当他是吃素的?

燕绥想着小蛋糕儿以前是不是这样的，总感觉有点不一样，却又记不大清楚。脑子里掠过无数念头，这些念头很快占了上风，她好像有点不安，在他身上动了动，此时这动作便如轻轻蹭他。

他霍然一个翻身，文臻只觉得天旋地转，后背触及床板的时候才反应过来。

床板又是一震，燕绥单膝跪上来，低头看她。

文臻伸出双手抵住他，闭着眼睛，唇角一抹笑："这青天白日的你是要做什么？"

"怎么，不行吗？"燕绥垂头看她，"我要便要，管它天黑天晓。"

第四十一章

每时每刻拥抱我

“霸气！”文臻真心实意地赞美。

燕绥低头去吻她的眼皮。

文臻没动。

虽然她的身体状况并不适合剧烈运动，但她并没太放在心上。

她对贞操也没有婚后情结，她只坚持只给喜欢的人，无所谓早晚，也无所谓仪式和承诺。

多少人婚礼盛大，堂前许下誓言，最后都是劳燕纷飞。

只是虽然燕绥可以不管天黑天晓，别人还是在意的。

燕绥亲到她鼻尖的时候，外头的门板又催命般地响了起来。

这回又多了别人的声音：“大牛大牛，你到底去不去？再不去真天黑了啊！”

文臻手臂压在额上，低笑一声。

故事里，男女主的好事总是要被煞风景地打断个若干次的。

燕绥顿了顿，听见她的笑声，很是不快地回头看了一眼那门板。

他直起身转身去了里头的浴间。

文臻听见泼水的声音，过了片刻，还有一声又低又缓的闷哼声。

那声音带着微微鼻音，在屋内回荡，慵懒性感。

文臻刚才还坦然，此刻听着，反而脸红了。

燕绥过了一会儿才回来，这回很快背上她，打开门，外头丫鬟站了一堆，看这两人出来，都羞红了脸互相使眼色，还有好几个偷偷看燕绥，见他和文臻神情亲密，眼底隐隐有失望。

燕绥看惯了这种眼色，文臻也看惯了，她家甜甜就这么招蜂引蝶，他身上无论哪种气质，都天生诱惑力非凡，各种桃花，挤挤簇簇开在他走过的路上，一年四季无休。

其实今日众人也没什么事，这车队的主人，段氏夫人受了点凉，老毛病犯了，并不严重，便说连日赶路辛苦，让大多数人出去散散心。

燕绥背着文臻出门时候，正看见一个红衣少年前呼后拥，肩扛手提地过来，这些丫鬟看见他都十分欢喜，喊着“岑少爷” 迎上前去。那位岑少爷也十分像散财童子，从他那个大包裹里掏东西，给小红姐姐一朵绢花，给小秋姐姐一个簪子，一看就知道是在集市上买的，这孩子也十分嘴甜讨喜，众人都笑吟吟地谢了接下，岑少爷一路发过来，到了燕绥文臻这里，头也不抬下意识一递，嘴上道：“这个兔子怪好玩的……”一抬头却见人陌生，愣了一愣。

燕绥淡淡地俯视着他，等他自己走到一边去，谁知他愣了一下，低头在袋子里又掏了一阵，最后翻出一个比刚才要精致一点的兔子玩偶，递给文臻，道：“姐姐，这个兔子更好一些，你要不要？”

文臻弯起眼睛，正要道谢收下，结果燕绥手腕一推，道：“谢了，不要。”

那岑少爷自小也是被捧着长大的，哪经历过这种好意被拒绝的尴尬，一时愣在那里，忽然文臻伸手将那兔子接过去，道：“这兔子果然精致，谢谢小少爷。”

那岑少爷顿时喜笑颜开，道：“是吧？这只兔子有尖牙呢，我瞧着就比别的更好玩。还是你有眼光。”

文臻又笑看那兔子，果然画了一对小小的尖牙。她忽然想起自己那个燕绥送的满嘴珍珠利齿的噬人兔，颇觉心有灵犀，不禁一笑，还真有些喜欢了。便将兔子收进袖囊里。

岑少爷已经走了过去，一边走一边大声道：“咱不和那些小家子气的人一般见识，给你们瞧瞧，我今日在集市上买到了宜王殿下的画像呢！”

燕绥本来已经背着文臻要走开，听见这一句不禁侧头，文臻也好奇地看过去，一看之下，险些喷饭。

那纸上之人倒也身躯高伟，连燕绥喜欢穿的衣饰也颇有几分相似，奈何画人脸功力太差，远看青山绿水，近看龇牙咧嘴。

文臻本来还以为长川易家狗急跳墙，这是要到处散布燕绥画像抓捕他了，正想他们哪来的狗胆，没想到这画师的狗胆更大，把燕绥画成这青面獠牙的模样，也不怕殿下半夜敲他家门。

画这么丑，岑少爷还捧着画陶醉地欣赏，道：“殿下就是如此的英伟峻拔！你们没见呢，他的画像是和荼古、烈阳两位神君的画像放在一起卖的！”

文臻：“……”

燕绥：“……”

荼古、烈阳，两位神君，一位是传说中统领阴间群鬼的鬼君，一位是传说中曾位列仙班后背叛天庭被黜落大杀四方的恶神。

文臻悄悄在燕绥耳边道：“殿下还真是深受爱戴，久享盛名啊。”

她一边说一边笑，低笑时的气流拂动燕绥的发，弄得他微痒，反手一把按住了她的脑袋，往自己肩膀按了三次，道：“是吗？你也来拜一拜。”

文臻的额头撞在他肌肉紧实的肩背上，发出的低响还真像磕头，她更加想笑，头埋在燕绥肩背上笑，忽听后面岑少爷道：“我还买了一张文臻文大人的像！和食余的画像放一起的！说是拿回家供在食余神像下面，以后顿顿有胃口，吃啥啥香！”

文臻的笑声戛然而止。

什么玩意儿？

岑少爷还在后头兴致勃勃和小厮点评，那文臻大人画像瞧着也不怎么美丽，听着和宜王殿下有些首尾，但瞧着着实不太相配云云。

文臻现在哪里有勇气回头去看民间画师笔下的自己，看多了会对人生和自己的美貌产生毁灭性的破坏的。

她用额头撞燕绥，叫他快走，结果燕绥反而不走了，忽然转身，走到岑少爷身边，将那两张画像拿了，对着岑少爷一手一张摊开，道：“怎么不配了？明明很配。”

岑少爷一脸天真地仰头看着他，对他现学现卖的现代名词理解不了。

但还记得反驳他：“哪里配了？我们宜王殿下睥睨天下，这世上哪有女子能配得上他？”

燕绥眉毛一挑，正想和他讨论一下自家媳妇儿的绝世无双，却被文臻揪住肩背道：“还要不要逛街了？”又悄悄和他咬耳朵，“是你的小迷弟呢，大方一点好吗？”

“如果这世上倾慕我的人我都要另眼相看，我早累死了。”燕绥嘴上说得无情，却还是立即背着文臻走了。走好远还听见那个岑少爷在游说店家将那张宜王殿下的画像给贴在大门上……

镇上最热闹的一条街，离客栈也不远。

燕绥背着文臻一路走过去，路人侧头以视，两人都是心志强大的人，根本不理会。

小镇上的集市，卖的东西其实精美不到哪里去，文臻借着买东西的机会和人探听，才知道这里竟然已经是长川境内，是长川十一县之一的南都县下属的一个镇子，离长川主郡大抵还有三百里路。

没想到在尧城一阵乱闯，竟然真的闯到了相连的长川境内，这下难怪无法和大部队立即会合了，大队在失去主心骨的情况下，是不敢轻易进入长川的。

文臻在那儿发愁如何想办法联系到其余人，不想燕绥已经在一个摊子前停留开始挑挑拣拣，低头一看，这摊子上卖各种哨子，燕绥在看的那种像是用一种果子的核打磨制作的，大小形状，竟然有点像唐慕之用的那种哨子。

那哨子这次很帮了文臻的大忙，因此看见这个哨子便想买几个。燕绥却脸色不大好看，已经准备走开，摊主见他要走，急忙招揽生意："这位小哥，我这里的哨子好吹，响亮，你家夫人瘸了，就该买个哨子，万一什么时候召唤不便，吹个哨就行，多方便，是不是？"

文臻深以为然，赶紧掏钱，就听燕绥冷冰冰道："我媳妇不瘸，你眼瘸。"

文臻感觉摊主下一秒要跳出摊子揍人，文臻急忙抓两个哨子，扔下几个钱，催燕绥快走。燕绥现在倒是对她百依百顺，背着她汇入人流，饶有兴致地各处摊位都逛逛，这里买个糖葫芦，那里买个面人儿，现在长川境内，也有仿照天京夜市的那些游玩项目，射箭套圈之类的。文臻虽然是夜市的开创者，却因为诸事忙碌从来没有和燕绥一起逛过集市，看见射箭套圈便要玩。

有个套圈摊子上，居然有个半人高的布娃娃，也不知道是谁的创意，那娃娃大眼薄唇，眉毛弯弯，长得竟然有点像那个岑少爷。文臻见了来了兴趣，指着那娃娃道："套那个套那个，回头送给岑少爷！"

燕绥已经拿了圈子准备套了，听见这句反倒停住手："我套给你，你送给他？"

"这不是拿了别人的东西嘛，来而不往非礼也。"文臻说，"哎，别吃醋嘛，那么一个毛孩子值得你吃醋吗？小甜甜你要对自己有信心，你看看这整个东堂有人能和你比吗？"

殿下在这样极度恶心的吹捧中获得了信心和满足，点点头，准备套圈，结果摊主不乐意了。

"瞧你这样像个练家子啊，练家子可不能来玩这个，这不是欺负我们小本生意吗？"

燕绥看他一眼，顺手从他摊位上抽了一条干净手帕，往眼睛上一蒙。

摊主还没来得及表示满意，燕绥手中的圈子已经轻飘飘飞出去，套中了那个被摊主放在最远处的娃娃。

"不对啊，你这是方才看好了方位，不行不行，我得换个位置，换个位置你能套上我就给你！"

燕绥用圈子敲在掌心："行。"

摊主急忙把那个大娃娃抱到了一个角落，还悄悄地越出了画线最远范围，又在那娃娃前面放了一个瓶子。

不知何时，这四周聚集了很多人，其中大多数是女子，都在一眼一眼偷瞄燕绥。

一手托着背上女子，一手掂着圈子，穿着淡粉色，长身玉立的燕绥，实在是太招眼了。

摊主刚觉得万无一失地放好，燕绥的圈子又准准地越过整个摊子，眼看要套上那个大娃娃，摊主一急，这可是他的镇店之宝，就靠这个请人专门绣的套娃吸引众人，可不能被轻易套了去，急忙又悄悄去挪，不防那飞出去的圈子忽然敲在他脑袋上，他大叫一声，手中娃娃落地，圈子也正好准准地套在娃娃上。

这一下看着实在像是巧合，像是原本套不上，是他弄巧成拙。四周爆发一阵喝彩和讪笑，那摊主红了脸，只得将娃娃抱过来。

文臻眼看人越来越多，却不想太过显眼，虽然燕绥手法巧妙，看不出多少出彩处就赢了，但难保落到有心人的眼里，而且四周女子看燕绥的眼神实在太炽烈了，因此接了娃娃抱在怀里就要走。

却听见身后有人走过，一边走一边道："也没几分功夫，还要在这里招摇炫耀，招蜂引蝶。"

赫然是个女子的声音。

文臻诧异地看过去。向来燕绥所到之处，男人闻风远避，女子闻风而来，女人对他的宽容度就好比追星的粉丝，高得可以触及月球，真没想到这世上居然还有女子会批评燕绥。

文臻只看见一个背影，是个戴着斗笠的颇为高挑的女子，虽然穿着裙子，却是一袭黑裙，还是少女装扮，这打扮可真叫奇怪，东堂未嫁的少女不能穿黑，只有寡妇才穿。因此众人也难免注目，但她行走间姿态自然，脊背笔直，像是根本不将他人的目光放在眼里。

那女子和她擦身而过，看一眼燕绥，又和身边一个稍矮的女子道："这世上居然还有男子会穿这么做作的颜色！"

文臻简直要笑出来。

她听出来了，这还真不是人家故意想要吸引燕绥的注意，那语气中满满的嫌弃，是真的觉得做作。很想看看殿下此刻脸色，却看不见。

娃娃很大，她有点吃力地抱着，燕绥却忽然接过来，往腋下一夹。

"那样夹着会拖地上弄脏的！"

"怎么，像别的男人的娃娃你还打算抱在怀里呢？"燕绥转头看她，"你这样让我忽然有了个新想法。”

文臻眨眨眼睛，敢情就因为这个不给她碰娃娃的？这是一种什么样的吃醋精神？

“啥想法？”

“让人在你所有内衣上绣上我的肖像。”燕绥唇角弯的弧度很动人，“让你每时每刻都在拥抱我。”

你撞的真是脑袋吗？

你不会是把肾上腺素都给撞到每个细胞里了去吧？

燕绥从套圈摊子上走开，后头虽然跟着人，他不过三转两转，便已经甩掉了那些迷妹，转过一个弯，正看到射箭摊子前围了不少人，随即便有喝彩声传来。

这集市上的射箭倒也别致，是用丝线吊了铜钱，铜钱半空中悠悠荡荡，着实难射。

此刻文臻燕绥经过，人群正好露出一条缝隙来，文臻随意看了一眼，正看见一个黑影拉弓射箭，文臻不禁眉毛一扬。

她虽然不懂箭术，身边箭术独步天下的大家林飞白却见多了，听那箭出的风声便可以推测出膂力如何。方才这一箭，尖锐凌厉，几乎有了啸声，十分了得。

果然当一声轻响，众人欢呼：“中了！”

摊主便要上前给彩头，那射箭人却将弓一横，拒了，随手拈起那枚落地的铜钱，在手中抛了抛，转身便走。

这一转身，文臻便看清了她的脸。

黑裙，高挑，是方才那个批评燕绥的少女。

她为了射箭，已经取下了斗笠，此刻正面相对，出乎文臻意料。

原以为这么难得一个有个性看不上燕绥的女子，要么极美要么极丑，而且想必长相很有攻击性。不想这女子和这两种都不搭边，她发色稍浅，呈现一种淡灰色，原本是不大好看的颜色，好在她长发光泽明亮，泛着淡淡的银光，倒使她那一头异色长发显得神秘美丽。

她眉毛也是淡色的，斜斜一扫，唇很小，唇瓣微薄，脸色极其苍白，总体颜色都浅淡，容貌十分清丽文弱，和她那性格差别很大。

想象中的浓墨重彩艳丽容貌，却原来是一副娇怯怯的林妹妹长相。

她冷漠地看了文臻一眼，忽然道：“你腿坏了？”

文臻道：“没，我只是……”

“既然腿没坏，就不要赖在男人身上。一辈子靠人背，总有背腻你的一天。”女子道，“你可以去悦来客栈找我，我那里有大夫可以给你瞧瞧。”

文臻怔了怔，先捂住燕绥想要说话的嘴，然后才对她笑，笑得眉眼弯弯：“那真是太好了，我也想早点下来自己走，多谢你啊。”

她这么回答，女子才正眼看了她一眼，点了点头，转身就走。

她只一开始看了燕绥一眼，之后一眼也没瞧过去，这走得也毫不留恋。

文臻瞅着她的背影，觉得很有意思，伏在燕绥身上笑。

她原以为又是一出变了花样的狗血戏，却没想真遇到个特立独行的。

燕绥咬了咬她掌心，她才想起来自己还捂着燕绥的手，急忙放下手，笑道：“这姑娘让我想起一个人，说话方式真像啊。”

“谁？”

文臻不答，只笑，笑着笑着，眼底泛起一点晶莹。

像……太史啊。

这个发现让文臻心情既愉悦又复杂，觉得像太史，有心想结交，却又觉得也不是太像太史，太史不会主动批评谁，也不爱管闲事。也是啊，太史那样的人，上下五千年也找不出几个。

又逛了一会儿，文臻怕燕绥身上还有伤太过劳累，便要吃路边摊，燕绥又背着她走了好几家，最后选了一家看起来最干净的店坐了下来。

坐下来的时候，文臻把那个大布娃娃放在自己身边，打算让它陪自己吃饭，结果燕绥看了一眼，探身一把将那娃娃的脑袋打趴在桌上。

脑子真撞坏了啊。

娃娃的醋都吃。真幼稚！

这摊子上卖的是一种长川当地的小吃，叫石头蝴蝶馍馍，用的是当地独有的一种蝴蝶形的石头在鏊锅里垫底，再用面粉猪油豆油并各种作料揉面，加野葱烙熟。烙出来晶莹黄亮，呈蝴蝶形，十分好看。

这东西是咸香口味，因此摊子上还卖热腾腾的杂碎汤，用的是当地产的羊的杂碎，泡上专门炕制的薄米锅巴，入口杂碎香嫩锅巴微脆，口感十分鲜明有趣。

文臻向来愿意品尝天下美食，，一抬头看见燕绥端碗要喝汤，不禁一怔，还没来得及说话，就看燕绥一偏头，将那一小口汤吐了出来。

文臻诧然道：“你不吃内脏的啊，怎么今儿忽然想起来尝尝了？”

燕绥顿了一下：“这不是看你吃得香吗。”

文臻看着他，放下筷子：“你是不是还没恢复？”

第四十二章

爱的模样

“你看我像是没恢复的模样吗？没恢复我就该不认得你。”燕绥筷子点点她的碗，“胡思乱想了吧，再不吃锅巴就软了，要么我帮你吃掉？”

文臻夹了一筷子锅巴向前递，燕绥伸头来接，文臻把锅巴往自己嘴里一塞，笑道：“不给不老实的人吃！”

燕绥瞟她一眼，也呵呵一笑道：“你倒知道我不老实了，其实我的不老实还没施展呢。”

文臻愣了一下，随即反应过来，也不理他，只道：“咱们冲出尧城后是不是又发生了什么？还有当初我被绑走之后，你们发生了什么？”

燕绥便和她说了当日发生的事，文臻听到林飞白受伤的事不禁皱了眉，听到燕绥被唐慕之拉下崖，不禁摇头，长叹一声“烂桃花真要命”，又听说出了尧城遇上驭兽人的事，愕然道：“唐慕之？”

她已经想起来那一幕了，想了想却沉默了下去。

燕绥道：“唐慕之下场不会好哪里去。她被我拉下去，我也看见她擦撞到山崖，就算临时驭兽得救，也没办法那么快追上来。另外，当时你救了我一阵乱走，林飞白易人离他们都没能找到我们，唐慕之更没那个本事。”

文臻没说话。她醒来后想起那夜山道那一幕，常常恍惚以为是梦境，唐羡之就那样出现在她面前，还险些被她一刀剖胸，虽然后来她猜出这大概是燕绥的手段，他猜出了驭兽人是谁，将她送出的那一刻给她催眠了唐羡之的名字，使她下意识喊出，从而令唐羡之震惊失手。

燕绥善用万物，连人心也可用来攻击他人。

是啊，除了唐羡之，还能有谁呢。

她和燕绥还给护卫队留了记号，凭林飞白等人的能力到现在都没追上。而那个黑衣人竟然能一路追上来，还能在前头打埋伏。

唐羡之本就是她除了燕绥之外遇见的最厉害的人物，屋顶上走床这种事他也能做得出，林飞白在他手下吃亏再正常不过。

她却不知道该喜该忧。

是他吗？

还活着是很好很好的，是她一直期盼的。可是当这一天真的到来，她才惊觉，他的回归才是真正的决裂。

以那样的方式死遁，要的绝不仅仅是逃离朝廷的看守获得自由，那必然意味着旧事尽割裂，再回首便是新的一生。

这新的一生，便是争霸夺权，只谈家国不论情的新的一生。

也是她和他要真正举刀相对拼个你死我活的新的一生。

最后一面还为他痛哭，再次相见便已是敌人。

便如那天山道再相见，以一刀当胸开始，仿佛一个不吉的开端，笼罩在阴云密布的前路上。

她垂下眼，心中酸胀，好半晌，才笑一声。

挺好的。

本就该这样。

当初就说过，只要他能活下来，她便可卸下最重的负担，不必总因那内疚而夜不安枕。

但为何，心底依旧被怅然盈满？

人心啊，总是不足。

对面，燕绥一直在看着她，忽然道："你其实没伤到他，但他和我交手，被我藏于身上的钢丝划到喉咙，伤得不轻，也不知道会不会死。"

"是吗。"文臻垂着眼，静静地道，"情势已然不同，当初已算最后的告别，恩怨两清，再见便是你死我活。没什么奇怪的。"

"你不伤心？"

文臻抬起头，直视着燕绥的眼睛，他眸子澄澈又深邃，像星光在极远的地方闪烁，但一霎便可至她心底。

她将手慢慢地盖在燕绥的手指上，看着他，缓缓道："如果他真被你杀了，我会难过。这是对生命，对曾经的朋友必须的尊重和感情。但是我不会怪你，更不会觉得你杀得不对。因为大家已经是敌人，对敌人心软，就是对自己所爱的人残忍，我不会愚蠢到这个地步。”

燕绥静静地看着她，忽然唇角一弯，手指缓缓插进她的手指间，反手一握，十指相扣。

“如果咱们调换过来，是你遇见这种情形，你会杀他吗？”

文臻沉默了一会儿：“会。”

燕绥的眼睛灼灼亮了起来，如拨云见月，一片清辉。

“此时一片安宁，你这样问我我会犹豫。毕竟我欠他一条命。如果只有我和他遇上，不管立场对错如何，只要他不想杀我，我绝不会对他下杀手。如果他遇见绝境，同样我也会想办法把这恩情还上。但如果，生死之际，输了你会死，我必全力以赴，管他是谁。”

爱情是排他的，没有任何犹豫的余地。

我可以还他我的命，但我不允许谁拿走你的命。

她语气平静而坚定。

“全力以赴，管他是谁。”燕绥重复了一遍，一把将她抱起。

文臻吓了一跳：“你做什么，我还没吃完呢！”

“吃什么吃，回去吃我！”燕绥把她往背上一扛，丢了块银子在桌上，转身就走。

她只来得及在燕绥扛走她之前手一抄，把大布娃娃抄回去。这东西可是她联谊的重要礼品。

燕绥这回真不在集市上停留了，一路扛着她快走，文臻在他背上抿着嘴笑，想着那句“回去吃我”，越想笑得越浪，连浑身的不舒服都忘记了。

直到快看到悦来客栈的大门，才听见燕绥又说了一句话：“我不会腻的。”

文臻：“？”

“背你一辈子，我不会腻的。”

文臻这才知道他居然还记着刚才那个姑娘所说的话，停了停，将脸慢慢地靠在他背上。

“燕绥。”

“嗯。”

“你知道我现在在做什么吗？”

“你在笑。”

文臻脸紧紧贴在他背上，漾开一个大大的笑容。手指轻轻在他背上写字。

燕绥的步子忽然停了下来。

那细细的指尖隔着衣服，隔着肌肉血骨，画在心上。

所经之处，肌肤灼烫，血液沸腾。

他从来不知道，短短几字也能将一生的欢悦在这一霎聚集燃烧，化为世间最灼热的火，细细舔舐每个骨缝每寸肌肤，绕着心脏欢舞。

舞出的每个形状，都是爱的模样。

他护住文臻的手紧了紧，步子更加快了，恨不得一步回去悦来客栈，此时一切都正好，错过这良辰哪还有美景。

客栈倒是很快到了，结果在门口就被人拦住了。

是那个在那位夫人面前伺候的嬷嬷，等在门口，神情平静地道："我家夫人想见见两位客人。"

文臻仰起脸，正想着燕绥这时候肯定不乐意，不知道又要出什么幺蛾子，结果听见他道："哦，我问问我媳妇有没有精神见。"

那嬷嬷表情有点绷不住。

文臻急忙探头甜笑："夫人召唤，岂敢不从，本就该我们去拜谢夫人的。"

嬷嬷道："不敢，是我们岑少爷无意中误伤两位，自该好好照应。既如此，这便请吧。"

两人跟着那嬷嬷向内走，文臻便问夫人名讳，该如何称呼。

那嬷嬷道："我家夫人姓段。"

说话间到了段夫人的院子，有丫鬟迎上来打帘子让两人进去，文臻让燕绥把自己放下来，扶着他的手臂进门，眼角余光看见这些丫鬟们神情自若，不苟言笑，但并没有人多看燕绥，便是多看两眼，眼神中也没什么暧昧意味，心中倒觉得难得。

看来这位段夫人不是那种严厉苛刻的人，待下人很是松宽，丫鬟们才能行动举止间神态自如。但是从她屋里依旧规矩有序来看，这位夫人也很得众人爱戴，虽然待下人宽松，却并无人敢造次，可见御下有方，且选人眼光很好，身边大丫鬟都十分端庄。

文臻见过世上最尊贵的女人——见过了神秘古怪的太后，虚伪做作的皇后，跛扈桀骜的德妃，对这种真正具有大家风范的夫人十分有好感。

这好感在见到段夫人本人的时候达到了顶峰。

其时午后日光渐退，只一线微黄照着那榻上妇人，她微微垂眼，手中一卷边已经有点发脆的古籍，浅橙色光线下侧脸线条柔和，连眼角的鱼尾纹都显得脉脉。

那个岑少爷正在吃坚果，像只松鼠，偶尔吃得急了，落下些碎屑来，段夫人便抽出帕子，示意他自己把桌子擦干净，顺手点点他嘴角，让他别忘了擦嘴。

两人并不说话，互动也少，气氛却静谧从容，和这午后的风一般安然。

文臻站在门槛上瞧着，忽然想起闻老太太，心里有些羡慕也有些牵挂，想着老太太在妖妃宫里，也不知道过得怎样。

想来应该无妨，老太太在她心目中可厉害了，妖妃又怎样？老太太神挡杀神佛挡杀佛。

她停了一下，燕绥却是直接进门去，段氏夫人抬起头来，看见两人，目光微微一闪，随即笑道："两位请坐。"

那岑少爷看见文臻，眼珠转了转正要说话，忽然看见旁边燕绥夹着的那个娃娃，仔细看了一眼，猛地跳起来，道："你抱的那是什么？拿来我瞧瞧。"

他虽语气并不算尊敬，却也没有颐指气使的意思，只是单纯觉得好玩，文臻接过那娃娃，笑眯眯地道："小少爷觉不觉得这娃娃像一个人？"

岑少爷嚷道："像我啊像我啊！"

"所以便送给小少爷了哟。"

岑少爷欢呼一声，跳下来接过娃娃，段夫人一直笑看着，此刻咳嗽一声，岑少爷忙从口袋里掏钱，道："多少钱我给你。"

文臻推回他的钱袋，"我们套圈得来的，并不值什么。算是对小少爷送我兔子的回礼吧。"

段夫人便笑了笑，道："好了，云岑，既得了礼物，便回去吧。"

岑少爷便高高兴兴道了谢，抱了娃娃走了，出门去就听见他兴高采烈和门外的丫鬟道："姐姐你看这娃娃是不是很像我？真是缘分啊！我要拿去给十七姐看去……"

屋内，段夫人放下书，静静看了两人一会儿，道："大牛？桃花？"

文臻一听就笑了，笑容里含着几分黯然。燕绥勾了勾嘴角。

"明人面前不说暗话，不是大牛，也不是桃花。"文臻笑。

她和燕绥，尤其是燕绥，一身的容貌气度在那儿，装世家公子都显得降格，装猎户简直是等着被拆穿。

段夫人也笑了，并没有生气，只温和地道："请两位来是想问问，是打算和我这队伍一起走呢，还是有别的想法？"

"夫人此去何处？"

"长川主城。"

"好巧，我们也想去那里，夫人可否携我们一程？"

段夫人静静地注视他们："尔等前去长川，所为何事？"

燕绥一笑："讨生活而已。"

“既想一路同行，自然不能再遮遮掩掩，两位还不打算报上名讳吗？”

文臻望着这位温和却精明的夫人，还在思索能不能冒险，就听燕绥坦然道：“易铭，厉笑。”

真就这么冒充了。

她看燕绥改装的两人形象，就猜到他想扮易铭厉笑，只是这也太冒险了些。

但是回头一想，只有这样冒充才最稳妥。因为西川长川两家虽是一个易家，却是最水火不容，为了避免被暗杀，两边家族中人从不接近对方边界，绝无可能见过。

而易铭是她至今见过的所有人当中，唯一一个相貌和燕绥可以相提并论的人物，且也擅长机关，这下容貌到技能，都可对上。

易铭最近也被坑得分身乏术，已经不大可能蹚长川的浑水了。

至于她自己，长相和厉笑也有几分风格相近，年龄也相仿。

在对方认定自己两人不凡的情形下，除了这一对，再也找不到合适的一对男女可以冒充了。

只是，这位段夫人明显和长川易家关系匪浅，这么认了死对头的身份，固然更令对方相信，但也太不安全了吧？

文臻心中不安，却没说话，她信燕绥，哪怕燕绥错了，大不了两人再逃亡便是。

果然段夫人怔了怔，随即道：“两位不是正要成亲吗？”

燕绥道：“那不过是瞒天过海之计。我们已经秘密成亲。”

“那么易公子应该已经接任家主和刺史了。千金之体，亲自冒险入长川，易公子所图想必不小。”段夫人摇摇头，“实不相瞒，我和长川易家关系匪浅，不方便带公子前去长川主城。看在公子送阿岑礼物的分上，我也不为难公子，也不会泄露公子行踪，还请公子及夫人自便吧。”

燕绥坐着没动，斜靠在案几上，眯了眯眼。

他那一瞬间潇洒艳丽的姿态，还真有几分像易铭。

“夫人，我此去长川，并无恶意。不过想着两易原本为一体，何以生死不相往来数十年，以至于分崩离析，各自为政，独木难支，为朝廷分而治之。长川西川所治疆域，所统百姓，所储财富，所领英杰，若能合而为一，朝廷也好，唐家也罢，何足道哉？两易分则各自艰难苦厄，合则足可称霸天下，何必还拘泥于当年那点小恩怨，耿耿至今呢？”

段夫人抬起脸，神情第一次出现惊异之色，半晌才道：“所以？”

“所以我父被朝廷暗害，临终前终于放下旧怨，再三嘱咐我去长川，拜见我叔祖，当面商谈此事；所以我以家主刺史之尊，亲自赶赴长川，并向夫人坦陈此事，以表诚意；所以我在赶来途中，遭遇唐家刺客暗杀，才无奈和护卫失散，得与夫人这一段同路缘分。”燕绥道，“段夫人，若我想骗您，我只需不和您说我是易铭便可。不是吗？”

段夫人凝望着他，半晌道：“公子这想法若是真的，我倒也乐见其成。长川易家如今正面临莫大危险，此刻若能得西川援手，可谓幸事。”

燕绥微笑。

段夫人又轻喟道：“便是不为抵抗朝廷，两易也本该和好。本就是一家人啊。我做梦都想着当年西川饮冰河上的桃花。”

她神色有一瞬间的牵念和怅惘，随即便消失不见，看着燕绥，却又摇了摇头道：“只是兹事体大。长川易家内部也不是没人提过和西川重新合并，但是……”她摇摇头，“我还是不能带公子前往。现在的长川易家和当年不一样了，您此去非常危险，我不能令公子枉送了性命。”

“夫人也说，长川易家和当年不一样了，让我猜猜是哪里不一样了。嗯，是长川易家的恶病越发严重，已经快到家族灭绝的程度了，所以在这种情形下，长川易家越发警惕紧张，生怕我西川易家乘虚而入，修好合并为假，吞并抢夺为真，所以绝不会答应重修旧好，是吗？”

“传言里西川易家小公子才智绝伦，今日一见，果然名下无虚。”段夫人望定燕绥，忽然笑了，眼神欣赏，“原本我还有几分疑惑担心，只是一想，这个提议想在西川易家通过其实也是不容易的，初任家主，便能力排众议，定下足可影响西川易家未来的大策，且亲赴长川谈判，除了易铭，还有谁能有这般胆量和气度呢？”

文臻暗促促想，有啊，你面前就有一个。

装谁像谁，想骗谁骗谁。

真正的易铭可比不上燕绥，虽然确实聪慧，但绝没有燕绥这样的大局观。

只适合在西川易家范围内斗斗，现在想必还在焦头烂额地应付那些质疑她性别的反对派呢。

其实燕绥的想法如果易铭真的能做到，吞并了长川，那她就真的能永远站稳脚跟了。

可是，天下只有一个燕绥。

看样子这位段夫人并没有住在长川主城，一直在外独自居住，所以虽然匆匆赶回长川主城，但并不清楚宜王车驾发生的事，而且文臻也相信林飞白等人一定会将燕绥和她遇险与队伍失散的事瞒住，所以长川易家知道不知道不确定，但这位刚从外地回来的段夫人一定不知道，所以也就不会想到她和燕绥身上去。

“夫人谬赞了。”燕绥谦虚起来竟然也一副很诚恳的模样，“晚辈此来，自然携了十二分的诚意。长川易家目前最看重什么，晚辈便能提供什么。想来虽然谈合艰难，也未必完全没有余地。”

段夫人看他半晌，笑了笑，眉目深婉，“我先前已经说过了，两易重修旧好一直是我的梦想。一直以为今生无望实现，不想如今还有这样的机会。我便带你们去主城，进易家，并尽力保护和帮助你们。但是我有两个条件。”

第四十三章

隋丹高和文甜甜

“夫人请讲。”

“第一，不管最后和谈能否成功，是否需要经过流血和杀戮，我都希望你们能够尽量用和缓的方式来达到目的，不要伤害易家及其附属家族子弟。”

“只要他们不先伤害我们。”

“第二，如果之后长川发生了动乱，易家遭难，我希望你们看在今日这一番情分上，能够护持云岑，保他平安。”

“如夫人所愿。”

段夫人沉默了一会儿，似乎在思量什么，半晌幽幽道：“也不知这番是对是错……”

文臻默然，心想您还是太善良了一点。但是话说回来，在燕绥和她一定要对长川易家实施打击的情况下，段夫人结这个善缘不是坏事。

最起码燕绥方才那两个承诺，并不是谎言。

段夫人忽然道：“我常年居住在寺庙，修禅听经，多受方外名士、释家大能熏陶指教，于看人一道，略通一二。我见两位眸正神清，绝非恶人，因此愿和两位结这一段善缘，不求两位将来予我照拂，只需记着方才第二个条件便好。”

文臻听她话里话外的意思，竟然并不是十分相信燕绥的说辞，但是却相信她自己的眼光和直觉，凭直觉选择合作。

着实是个通透人物，也不知道是长川哪家的夫人。

燕绥神情也颇有几分尊重，竟对她欠了欠身，以示意对方放心。

室内的气氛微微放松下来，又聊了几句，文臻发现这位段夫人并不会武功，但确实博学多才，谈吐隽雅，隐然有几分出世气度，对世家的情形虽然了解，却透露出几分厌倦之意，似乎对这富贵乡并无眷恋。

欺骗这样的一位夫人，文臻便觉得有点亏心，没说几句便告辞，正要向外走，忽然外头一阵吵嚷，夹杂着少年变声期有点哑的嗓音，“十七姐你做什么！哎，你别扔啊！”

随即门“砰”的一下被撞开，一样东西滚了进来，正是文臻送给岑少爷的娃娃。

岑少爷也跌了进来，看样子他是刚才靠在门上的，结果门没关好。他落地便灵巧地一滚，一把抱住了娃娃，回头怒道：“十七姐你又多管闲事！”

一人大步跨了进来，冷声道：“玩物丧志！”

文臻一看便笑了，果然是那个外表文弱内心很酷的少女。

她说悦来客栈的时候，文臻便想八成是这家的了。

那少女进门来看见她和燕绥，也不意外，只略点一点头，又对段夫人施礼，却并不说话，只站在门侧，看着文臻燕绥。

文臻自然明白这是人家有话要讲，不想自己听的意思，便笑着点点头，向外走，倒是段夫人道：“秀鼎，见客怎可不通名？”

段夫人极其讲究礼仪，那少女秀鼎似乎对她十分尊敬，唇角往下一抿，依旧施了一个男儿礼：“易秀鼎见过二位。”

文臻想，易秀鼎？女子叫这名字也真是别致。

文臻含笑回了礼，道：“我叫隋丹高，他是我夫君文甜甜。当然，易小姐也可以叫我们桃花和大牛。”

燕绥：“……”

嗯，起名字你最强。

那边，段夫人忍俊不禁。

易秀鼎似乎对他们俩的名字也很无语。燕绥只随便一点头，便扶住了文臻，见文臻过门槛行动艰难，干脆又一把将她抱起。

文臻听得身后易秀鼎似乎又不以为然“哧”了一声。

燕绥刚迈出门，身后门便“砰”的一声重重关上。文臻从未见燕绥在女人面前这么不受欢迎，忍不住回头看，心情愉悦地笑。

随即便听见易秀鼎对段夫人道：“夫人，传灯长老命我来接夫人车驾，长老目前在合郡相候。”

段夫人道：“我又不是不认得回去的路，何必这般折腾。”

易秀鼎顿了一顿，缓缓道：“或许过了合郡，提堂长老也会来接。再往后，掌馈长老可能也想和您谈谈，如果不是问药和解经长老已经丢了性命，可能也想和您先见个面。”

说到这句的时候，文臻和燕绥已经走开去，文臻若有所思，道：“果然长川易家内部生乱了啊。”

燕绥似乎在走神，随口道：“嗯？”随即便反应过来，“嗯”了一声。

文臻有点诧异地看他，总觉得他哪里不对，道：“长川易内堂七长老，听这口气，已经死了两个啊。这消息你没接到吗？”

长川易家有内堂，由易家长辈或者功勋卓著者担任长老，一共七人，为传灯、提堂、掌馈、解经、理刑、求文、问药。平时族中诸般大小事务，都由家主和长老堂商议而决，这听来是颇为先进的家族管理方式，有点像现代议会制度，这原本是分裂前的易家的规矩。分裂后，西川易家一直很好地执行，长川易家则听说早期执行得很好，但易勒石渐渐病重，为人又冷戾狠毒，渐渐架空了长老堂，长老堂七位长老，要么成为易勒石的附庸，要么被架空，要么被控制，易家近十年，已经是易勒石的一言堂。

这些，普通朝臣都不知道，长川天高地远，盘查严格，信息控制也很严密，但燕绥想要知道自然没问题，这些都是文臻上路后，由燕绥提供的长川易家的资料，她自然熟记在心。

随即文臻便反应过来，这些事可能发生在他们出事后，那一路逃奔中，自然断了消息。

联想到被掳前韩芳音那句话，和此刻段夫人匆匆回赶的情况，显然易勒石是出事了，也不知这样对她和燕绥到底好不好。

“哎，这位段夫人真的是易家的人吗？我都没听过长川易家有这么个附属家族，一个小家族的夫人真的值得排名第一的内堂长老亲自来接吗？”

燕绥道：“媳妇儿，你脑子里都在想什么？”

文臻：“？”

“你难道现在想的不应该是怎么吃我吗？”

文臻：“……”

大白天脑子里就只有那些事儿的人也只有你了吧。

“想啊，煎炒烹炸，炖煮烫撺，总有一款适合你。”

“那还是我吃了你吧。我手艺也不错……嗯，我会揉面团呢。”

“揉面团”那三个字他声音忽然放低。

文臻却刹那间被烧着了，一股热气从胸腹间直冲上耳廓，连带半边脸都在发热。

某人现在真是太浪了！

分分钟撩得人生不如死！

燕绥还在她耳边一口一口地吹气，一边吹气一边笑，热气伴随着笑声撩着她的耳朵，文臻想那耳朵一定惨不忍睹，很怕自己一会儿就能烧得掉下来了。

笑声里，燕绥一脚踢开了房门，两步跨上了床，将文臻放在平平整整的床单上，自己一翻身上了床，双手撑着文臻身边两侧，低头看她。

他长长的发流水般落在她颊边，有些痒，她偏头咬住了一截黑发，轻轻一扯。

燕绥被她扯得头微微一偏，却并不回手去护自己的头发，反而顺着那一扯之力，俯下了头，一口亲在她腮帮子上。

然后他就不起来了，赖在她身上，又对称地亲了一口，手已经摸到她领口。

文臻握住了他的手。

并不是矫情什么，而是这青天白日，人来人往，实在时间地点场合都不是那么回事儿。

听说男人想这事儿向来不分时间地点场合，虽然这狗男人脑子撞成了激素脑，但这么久他也算够憋的，如今就这么打断了，文臻也觉得于心不忍，于是抓住他的手移了移，低声道："现在不是时候，晚上吧……要么我现在……嗯？"

燕绥盯着她的手，眼看那手微微抖颤却依旧十分坚定地往前而去，忽然笑了起来。

文臻正在给自己做心理建设，听见笑声睁开眼睛，却见他眼神清明，并无迷乱之色，这才知道他根本没那个意思，眼看他笑得暧昧，顿时恼羞成怒，猛地屈膝一顶。

燕绥却像早有预料，身子一歪，滚到她身侧，笑道："哎，你在踹什么呢？后半辈子不想好好过了啊？"

文臻没好气，怒骂："和猪过也不和你过！"

燕绥又笑，翻身亲了亲她颈项，道："你不和我过，我和你过。别生气啊，别扭头，那边我还没亲呢。别气啦，不是我不想吃你，也不是我不想……嗯，其实就是咱们现在谁也吃不着……"

他话音未落，房门被敲响，燕绥道："来了。"

果然门外随即传来易秀鼎一字一字吐字特别清楚的声音："夫人要立即启程，请两位速速准备。"

燕绥不理她，文臻只好应声。她又推燕绥，燕绥不情愿地起身，把她抱下床的时候又觉得床单被揉皱了，在那儿铺了半天床单，等到两人终于出门，已经是一刻钟之后。

原以为易秀鼎已经走了，结果她居然还笔直地站在门口。文臻想着刚才两人收拾行李还一阵黏黏糊糊，脸不禁一红。

燕绥倒是坦然，背着包袱抱着她，气定神闲地走过去，也不和她打招呼。

易秀鼎转头看了文臻一眼，再看看燕绥的衣裳，隐约明白了什么，眼神掠过一丝复杂之色。随即转头，冷淡地对文臻道："所有人都在等你们。"

文臻歉然道："对不住，是我耽搁了。"

她坦荡认错的态度，令易秀鼎脸色微霁，又道："做人当自爱。既知他人事急，就该行动迅速。做人也应有担当，该是谁的错，就是谁的。"

她后一句是看着燕绥说的，她在门外，明明听见的是文臻催促，而燕绥不急不忙。

燕绥就像没听见，早就擦身而过，文臻只得歉意地对易秀鼎一笑。

她原先有些怀疑燕绥是不是撞出了问题，待她有点和以前不一样，但看燕绥对别人，那还是目无下尘的德行。

门外已经备好了车，那岑少爷抱着大娃娃，欢天喜地地探头出来道："快快快，笑……桃花姐姐快来和我一车。"

在他遭受燕绥眼神杀之前，一个小厮的脑袋探出来，及时把他拉回去了。

文臻有些意外，她以为自己和燕绥的假身份只限于段夫人知道，没想到岑少爷也这么快知道了。

段夫人不是轻浮的人，看易秀鼎就好像不知道，这只能说明，这天真傻萌的岑少爷地位比想象中高。

车队很快启程，合郡离这里百里，今日是赶不过去的，眼看天色将晚，一行人错过宿头，最后只找到了一户大户人家的祠堂，将就过一夜。

以段夫人的身份，明知会错过宿头还趁夜赶路，可见主城情势已经很是紧张。文臻有些庆幸自己和燕绥这一番与队伍失散，反而以最快速度先到了长川。

此时已经是十二月，寒风呼啸，天色阴沉，似乎随时又要落雪，这家已经废弃的祠堂就一间，面积倒是不小，丫鬟护卫都在打扫，将最里头不漏风的地方清理出来，要让段夫人休息，其余人就只能在祠堂的角落将就一晚。

众人打扫卫生，寻找水源，打猎生火，忙得不可开交，燕绥明明也是青壮年，却守在文臻身边一步不走，等着众人生火送水，别人也罢了，易秀鼎冲他冷冷看了好几眼，他也当没看见。

段夫人的护卫进来，找到了挺多干燥的稻草，给段夫人铺完还剩下一些，那些人正要自己分了，燕绥过去，毫不客气地搬走了一大捆，众人对他怒目而视，有人忍不住道："年纪轻轻，自己又没断手断脚，怎么拉得下这脸净拿别人的！"

一片附和之声，夹杂着无数冷眼。

燕绥依旧像没听见，抱了稻草就走，他是真的不在意，寻常人的言语于他便如拦路蝼蚁张牙舞爪，不会多看一眼的。

文臻抿着嘴，她心里有点难受。

她知道他不在意，但这不代表她也可以不在意，燕绥这样的天之骄子凭什么要给这些人误会？

他不是懒得不肯动手，他是不敢离开她身边，段夫人是否真的相信他的说辞，其实两人是没有把握的。

她转头，对着那边灯下慢慢喝茶的段夫人笑了笑。

段夫人便放下茶盏，对她招招手，文臻慢慢走过去，段夫人拉着她的手，道："我这里避风，你和我一起睡吧。"

众人的窃窃私语顿时一停。

文臻在燕绥皱眉开口之前，笑得弯起眼睛："好啊。"

段夫人那里是最暖和的角落，火盆好几个，草垫子上铺了被褥，十分宽大，不需要再铺草堆。

燕绥顿了顿，也没把那堆草还回去，在斜对着文臻的一个角落铺了草堆，那里对着门，透风，没人肯去，所以他一人占了。

那里也是离文臻最近的地方。

他没还稻草，还自己占了，又引起一阵非议，只是这回声音小了好多，毕竟看见段夫人这样的人物居然肯和这小子的妻子同睡，可见对其之喜爱。

有人悄声道："难怪这么不知进退。原来是靠自己媳妇攀上了夫人。"

又有人笑道："这叫什么，裙带关系吗？"

一阵低低窃笑，忽然一双靴子停在他们面前，女子冷淡的声音在上方响起："很闲是吗？外头都布好防了吗？"

那些护卫们急忙跳起来，双手紧紧贴着袍子："十七小姐！"

易秀鼎浅淡的眸色毫无表情，淡淡道："想来你们这种只会嚼舌根的，也做不好布防一事。"她转头道，"云岑，你和我出去。"

易云岑笑嘻嘻地过来。

易秀鼎又转头看一眼燕绥，道："你也来。"

文臻一直关注那边，听见这句，急忙去推燕绥："去吧去吧，我在夫人身边呢。"

燕绥转头看她，看到她眼底的坚决之意，才慢吞吞道："媳妇叫我去，我就去。"

四周丫鬟都一笑，看文臻的眼神十分艳羡。

易云岑操着大嗓门道："要他干什么要他干什么？除了一张脸啥用也没！"

易秀鼎拽着他的发顶，喝一声："吵什么？"不停步地出去了。易云岑不矮的个子在清丽文弱的她面前，竟然没有挣扎的力气。

两人走出祠堂，还能听到易云岑乱叫。燕绥没什么表情地跟了出去。

易秀鼎出了祠堂便不再理会燕绥，带着易云岑直接往前走，这祠堂坐落在一片空地上，四面都是往下的山坡，视野极好，附近一览无余，倒也算得上安全。

要说唯一的不好，只能说在高处风太大。

因此易秀鼎出来安排护卫布防的时候，对着山坡底下说话很快声音就被风吹散，她便只得带着易云岑向下走了几步。

山坡上有一群守卫，山坡下又有一群，两层护卫万无一失，此处可能是因为两边都是窄窄的山面，这一片坡夹在中间，挡风挡雨，地面一层，都是原先茂盛的草木贴伏在地，走上去滑滑的，易云岑是个耐不住性子的人，当即往后一倚，顺着草滑了下去，倒把底下的护卫惊了一跳，猛地拔刀，直到看见随后跟上来的易秀鼎，才松懈下来。

易秀鼎眉头微皱:“大惊小怪做甚？”神色倒没有不满意，毕竟护卫警醒坡顶是件好事。

她在山坡底下转了转，看了看四周地形，越看越觉得，此处仰攻很难，视野又高，实在是个很安全的地方，布什么机关也没必要，就算有敌人也很难布埋伏和机关，也便满意地点点头。

家族中最近正乱，家主倒下，各大长老各怀心思，段夫人地位特殊举足轻重，虽然人人想拉拢，但能拉拢到段夫人的也只一人而已，一旦其余人发现自己已经没了机会，自然会干脆先下手为强，谁也捞不着。所以她不敢不上心。

她在山坡下走了几步，不知怎的，总觉得哪里不对劲，但又想不出，无意中一回头，却看见燕绥正站在山坡上，凝视着地面。

他的身影仰头看去十分高大，衣袂与长发在风中猎猎，露出的半边侧颜线条精美而利落，夜色幽深，剪一抹修长剪影，光胜明月，气度如神。

易秀鼎觉得自己并没有多想，却不由一直停在原地仰望，直到听到易云岑咕哝：“他在做甚？他是在听什么吗？”易秀鼎才恍然惊醒，这才发觉，那个名字怪怪的文甜甜微微偏头，好像是在聆听着什么。

易秀鼎下意识也屏住呼吸。

第四十四章

宠媳妇的文甜甜

易秀鼎下意识也屏住呼吸，仔细地听，然而耳边除了这山中各种自然的声音和四周的人声，并无异常。

她正疑惑的时候，忽见山坡上燕绥忽然手指一晃，手中多了一点火星，随即他将那火星对着地面一掷！

一声轻响，那光秃秃的地面忽然亮起了一道火线！

那火线速度极快，刹那间便已经蹿入坡下草丛，瞬间将那些半干的草燃起，却又凝而不散，迅速腾起一条火龙，从坡上卷到坡下，烧到半坡时，轰然一声响，黑烟滚滚，泥土四溅，地面瞬间多了个坑。

刹那间易秀鼎抬头，看定燕绥深邃的眉眼，连易云岑也张大了嘴，仰头用惊讶的眼神看着燕绥。

燕绥也在看着易秀鼎，忽然对她做了个挥刀的手势。

易秀鼎想也不想，头也不回，已经出鞘的刀穿过腋下，猛地向后一挥！

黑烟中红血飞溅，身后有人发出低沉的音，易秀鼎还是没回头，再猛然拔刀。

她一捅一拔，都非常果断狠戾。直到此时，易云岑才反应过来，发出一声惊叫。

易秀鼎这才回身，身后，果然是那个先前看见易云岑滑下来受惊要拔刀的护卫，此刻他的刀抓在手里，离易秀鼎不过毫厘距离，而他自己肚腹一个大洞对穿而过。

易秀鼎拔刀，这人便如破麻袋般跌落，鲜血喷了一地。

易秀鼎又一刀砍在地上，片刻，从草地中，挑出了一条长长的线。

那线在夜色中泛着黑亮的光，是那种能够助燃，燃烧中有滚滚黑烟的石液，另外可能还掺了毒物，烟色浓绿，气味难闻。

此时又有一批护卫从祠堂中奔出，是听见声响前来查看的，这些人是易秀鼎带来的自己的亲信，当即易秀鼎便命原先的守卫全部丢下武器，退到一边，由自己的护卫看守，剩下的人则围绕着整个山坡搜索，果然在整个山坡的四个方向，都找到了这种浸润了毒物和石液的黑线。

这些线埋在草丛里，于夜色中毫无痕迹，可以想象一旦被一起点燃，火一定会在几个眨眼之间就包围整个祠堂，让人根本来不及逃生。

不管有没有机会逃生，段夫人一定会被第一时间背出来，但这个火线每隔一段还拴了火弹子，烧到那里就会爆炸，易秀鼎算了一下，差不多就是大家第一反应抢出段夫人冲出来之后，就会遇上第一轮来自四面八方的爆炸。

这地形处处安全，唯一隐患就是火攻，先不说敌人眼光之利手段之高，对方还非常了解段夫人队伍的构成，连护卫的效率和反应都算了进去，并且在不动声色间，已经对段夫人的护卫进行了渗透。

易秀鼎一时有些难以置信，她能猜到出手的应该是另外几位长老之一，但是就她对另几位长老的印象而言，他们完全做不到这个程度。

午夜的风透心凉，她心想，怎么忽然蹿出来这么多厉害的人物？比如，方才这么隐蔽的手段，又在黑夜里，那位文甜甜是怎么发现的？

她下意识向上看，山坡上早已没有了那个文甜甜的身影。

易秀鼎处理好了外头的事，又带着易云岑细细地将四周又探查了一遍，确定没问题了才回到祠堂。段夫人已经得了她的回报，因为赶路精神不济，直接睡了。易秀鼎进门就下意识找文甜甜，结果并没有在他的铺位那里看见他，再一转眼，却见他就蹲在段夫人铺位旁边，正端着一盆热水，要给他那小娇妻洗脚，小娇妻似乎不乐意，又怕惊扰了段夫人，两人低声叽叽咕咕，推推让让，忽然那小娇妻“扑哧”一声，偏头对他说了什么，烛光下少女的笑容甜蜜乖巧，气韵温柔，整个人都欢喜明亮，似在发光。

而文甜甜不知道说了什么，少女不再说什么，低头“哧哧”地笑，文甜甜挪了挪身子，遮住了自己的小娇妻，有低微的水声响起。

易秀鼎的目光慢慢上抬，看着被烛光打在墙面上的影子，那两个影子渐渐合而为一，看上去像一朵怒放的花。

她忽然转身，走了出去，却并没有走远，就靠着祠堂的外墙，抱臂看着天上的月亮，过了一会儿，从袖子里抽出一根苦辛，在嘴里慢慢嚼着。

苦辛是长川独有的一种植物，晒成干枝后可以干嚼，气味辛辣中微香，可以提神，但嚼久了会上瘾。在长川，只有一些颓废且贫穷的男子会用此物麻痹自己。

易秀鼎这样的豪门大小姐却将这东西嚼得颇有滋味，那一截紫褐色的小棍子在嘴里翻搅，苦辣辛甜的奇怪味儿一阵阵向口腔涌来。

像这人生的滋味。

身后传来窃窃的私语声，是隔着一道门，睡在祠堂靠门口地方的几个丫鬟在夜谈。

“啊……好冷，这穿堂的风……”

“别吵，十七小姐回来，让你直接睡外头去。”

“你可别吓我……哎呀十七小姐怎么忽然来了，真是的，她一来，我连走路都不得劲儿……”

“是啊，这些年，她越来越吓人了，看人一眼，像冬天的白毛子风刮过来一样。”

“这不是人心里苦嘛，说是小姐，其实也就是个孤女。传灯长老收养了，说是视若己出地位不低，却不过也就是个冲锋陷阵的打手。本来还想到年纪了谈婚论嫁，结果三个未婚夫，一个早夭两个退婚……换我早就扔绳子上吊了，她还能活得这么硬气，也挺不容易。”

“是命苦啊。生在这样的家族，却没一个配得上地位的好命。易家那个病只传男不传女，偏偏就她得了！这还怎么嫁得出去？”

“我看她也不想嫁了，整日里东奔西跑，大概也就打算把命卖给长老堂，做一个彻头彻尾的冷情人罢了。”

“也是怪可怜的……”

易秀鼎毫无表情听了一阵，头一偏吐出苦辛根，直起身，一步跨回祠堂内。

私语声戛然而止。

段夫人睡了，其余人也便安卧，男人和女人住的地方用帘子隔开，中间的过道点着蜡烛。

易秀鼎的身影被烛光拖长了映在帘子上。

她缓步走在过道上，两侧都有人酣眠，左侧的文甜甜不知何时已经把自己的铺盖拖到他那小娇妻那里，两人头碰头睡着。段夫人一个人背对着他们安睡。

右侧易云岑蹬掉了自己当被子盖的大氅。

易秀鼎的目光在左侧两人身上顿了顿，又到右侧，给易云岑盖好大氅，将大氅的边角压在他屁股下，这才转身。

她并没有在祠堂内安睡。

这是属于人间的酣眠，没有她的地方。

她到了祠堂外，跳上屋顶，躺在冰冷的屋瓦上，从袖子里摸出一根新的苦辛，叼在嘴里，慢慢地嚼。

远处关山渡明月。

今时长风伴孤魂。

冷月高风之下，易秀鼎半眯着眼，仿佛睡着了。

忽然她又睁开眼，同时手已经警惕地伸到背后。

她随即停住手，看清了面前站着的人。

“文甜甜？”

这个名字说出口，她脸色又变得更冷一点，皱眉道：“做人能不能磊落一点，用个像样点的假名字不成吗？”

燕绥站在屋檐上，淡淡道：“易铭。”

易秀鼎并不意外地挑了挑眉，随即似乎想到什么，脸色淡了下来，转开了脸。

“原来是西川新刺史，失敬。”她道，“携新婚夫人来长川，有何贵干？”

“长川易家内乱了？”燕绥不答反问。

“与你何干？刺史大人此时出现在长川，难不成也想浑水摸鱼，分一杯羹？”易秀鼎说，“佩服。”

燕绥并没有理会她的讥嘲，走到她身边，从她手中抽了一根苦辛，易秀鼎脸色一变，刚要夺回，燕绥已经嚼了一下，笑了笑：“既苦又辛，回味却甜。易姑娘爱嚼这东西，可见内心野望并未灭。”

易秀鼎浅淡的眉毛一挑，似乎一下秒就要驳斥，但一抬头看见叼着苦辛立在月下衣袂翻飞的燕绥，忽然就别过了头。

静了一会儿，她冷冷道：“既然你能在这里留下来，想必夫人也已经接纳了你。看在你今日救了我和云岑的分上，便说与你也无妨，但是奉劝你一句，莫要自视太高，长川现在已经是一摊浑水，谁蹚进去，都难免一身脏。”

燕绥唇角一弯：“先听听看。说不定听了，我害怕了，也就抽身了。”

易秀鼎瞪着他，半晌才道：“家主两个月前，有一晚去天星台，去的时候很是高兴，但不知怎的当晚便出了事，天星台再次塌陷，问药长老当场死亡，家主走火入魔，浑身白化，畏光畏热，整日待在他自己的丹崖居闭门不出，一开始还管事，但发出的指令倒行逆施，长老堂这些年原本已经不管事，这下大家怨声载道，便有了心思，当即便去质问家主，当时丹崖居门关着，也不知道发生了什么，只知道又是一场大战，门再开，长老们就被赶了出来，其中解经长老和提堂长老都受了伤。但是长老们出来之后就宣布家主病了，事务由他们暂时代为处理，而家主也没发声，随即没过几天，长老堂也出了事，依旧是关起门来没人知道到底怎么回事，总之就是原本伤势不至于死的解经长老死了，提堂长老倒很快恢复了身体，还和传灯长老联手，压下了其余几位长老的纷争，但没多久，传灯长老也受到暗杀，家族中还有流言传出来，说这一系列的事件都是传灯长老的手笔，是传灯长老发现家主已经病入膏肓，因此采取趁机的夺权之举……总之乱了。”

“传灯长老这么急着请夫人回去又是为何？”

“按照易家规矩，长老堂出现人员消减要及时选人补上，段夫人有权推举两人，且夫人一身，维系着长川十八部族和易家的良好关系。之前因为家主胡乱下令，令十八部族混居，在十八部族的地盘分割和战后奖赏上又行事不公，已经引起了十八部族的愤怒。你也知道，朝廷已经下令撤易勒石刺史之职，皇三子燕绥亲自陪新刺史入川，摆明来者不善。燕绥那个人，你想必也打过交道，难缠得很。这个节骨眼上十八部如果闹事，咱们易家遭内外夹击，群龙无首，崩裂只是刹那间的事。”

“所以，传灯长老需要段夫人的那两个推举名额？而易家主也需要夫人尽快回去安抚十八部族？”

“谁都需要那两个名额，七人长老堂本就合纵连横，各有心思，一旦再有两个自己人，那便呈现绝对优势。毕竟易家有规矩，如果出现家主不能理事的情形，便由七人长老堂投票决定，以票数多寡而定。”

易秀鼎想着此刻长川易家的一团乱麻，心中叹了口气，易家已经到了这些年最危险的时刻，也正是因为之前也看出了这种危险，所以易家对周边世家，对朝廷，都冒险做出了一些举动，比如福寿膏事件，但是遇上了宜王燕绥和那个横空出世的厨子女官文臻，处处坏事，终究还是让朝廷发现了易家的问题，弄巧成拙地逼迫朝廷下定决心，首撤长川易勒石刺史之职。

也不知道燕绥等人到了哪里，之前一直有人追缀着他们的队伍，但是后来不知道是不是被发现了，一直没有消息传来。

按说唐家也应该有所动作，毕竟一旦裁撤了长川的人，其余世家便难免也被拿来开刀，此例不可开。而朝廷拿下长川，和徽州等地连在一起，进可取西川继而对阵川北，退可控中原，实力再长，其余世家的危机更甚。

也因此，易铭新婚燕尔，立足未稳，便亲自赶来了长川？

易秀鼎想着之前段夫人对自己的交代，示意自己可以将目前长川易家的形势和这两位新客人谈一谈。夫人虽然清心寡欲，不爱争权，但毕竟出身那样的家族，她将易铭带往长川有什么打算？还会发生什么变数？

转眼她又想到目前气氛奇怪的长老堂，一场内乱，权力像一块巨大的肥肉闪亮灼人，诱得每个人面目贪婪，都似乎不复原来的模样。

她在这里沉思着，没留神到燕绥已经下了屋顶，探头一看，祠堂门口正站着他那小娇妻抬头对他笑着，而他似乎责怪着什么，将那少女很自然地搂在怀里，抚了抚她的发，又脱下外衣给她罩上。

就这么两步路，也怕她受了风。

她看着两人依偎着进去，长长的影子在地面上绞缠如双生树。

转眼看见屋瓦上一层薄霜，倒映自己身影长长。

苦辛又咬在了嘴里，味道和这夜的月一样凉。

这一夜再无事发生。

段夫人着实是个沉得住气的，昨夜出了那乱子，她也能很快睡着。毫不担心地睡了一夜。文臻挺佩服，想着不会武功又娇娇弱弱的人，在长川易家八成活不下去，内心强大才是制胜法宝。

第二日继续赶路，午后到了合郡，入城之后便直接去了一家庄园，稍事休息后，段夫人接见了那位传灯长老。

文臻和燕绥自然不能参加，两人在院子廊檐下，这一处九曲回廊，就在进门处不远，是去往段夫人住处的必经之地，无论什么人要来见段夫人都必须经过这里。

两人便坐在回廊栏杆上，看硕大的雪花慢慢地飘下来。

又下雪了。

长川的雪花很大，有文臻半个手掌宽，落在掌心半天不化。

燕绥伸手将文臻伸出去的手拉回来，道："媳妇，小心受寒。"

文臻没好气地看着他，没人的时候也满嘴媳妇媳妇，是不是有点太入戏了？

"长川的雪真大。"她有点入迷地捧着一口热茶，目不转睛地看着那雪，没注意燕绥的一根手指点在茶盏底，那茶始终热气腾腾。

"以前我在研究所的时候，一到下雪，小透视就兴致勃勃要堆雪人。大波不喜欢冬天只喜欢赖床，从来不参加，太史倒不介意出来，她觉得下雪天出来活动活动很好，但是她从来不肯堆雪人，她也不堆造型，就把雪砌成一块一块的方砖，再垒起来，跟造碉堡似的，和小珂堆的胖乎乎插胡萝卜的雪人完全不是一回事儿。"

"那你呢，你喜欢堆什么样的？"

"下雪天是我练手艺的好时机。做冰雕，做雪雕，都是厨子磨炼的机会。有时候也会按照古书上说的，收集新雪，采覆雪的梅花试着酿酒。我酿的梅花酒很不错哦，大波经常拉着小透视偷喝。男人婆从来不喝，唯一一次给我们骗着喝了半杯，然后……哈哈哈哈哈。"

文臻唇角浮出微笑，看见对面回廊上，易秀鼎伴着一个身材高大微胖的老者走了过来，那老者虽冬日也着薄布衫，人看起来非常地有分量，走路却十分轻捷，他走过的雪面，几乎没有痕迹。

隔那么远，那老人似乎也感觉到有人在注视，转头看过来，文臻收回目光，才发现燕绥已经跳出回廊，在堆雪人了。

她笑了起来，大声道："我要堆个兔子！"

那边，传灯长老眼光刚掠过去，易秀鼎也发现了堆雪人的那对儿，她顿了顿，面无表情转开眼去。

传灯长老问她："何来陌生脸孔？"

易秀鼎答："阿岑鲁莽伤及人家，夫人救下，照护几天。"

传灯长老心中有事，放下心来，继续前行。

他们的身影匆匆转开去，片刻后，文臻道："你去吧。"

燕绥顿住手，看着她。文臻道："文甜甜，请你相信我好吗？我受伤都能把你拖着扛着躲过易铭和唐家，我护不了我自己？"

"不，"燕绥道，"是我离不开你，我有点害怕离开你。"

文臻"扑哧"一笑，跳进花园，捧一把雪兜头朝他泼去："滚吧。"

"衣服裹紧点，别受凉了。"燕绥看一眼裹得熊似的文臻，再看一眼四周确定无人，一个转身，已经消失在一片混沌的飞雪中。

他今日一身白色劲装，在这样的大雪里，如雪花一般飘起，隔一丈远就几乎看不见他了。

文臻则用斗篷挡住头，在花园里继续堆他刚才冒雪堆的那个雪人。

那个雪人，高大，白衣，腰细腿长，正伸手去采旁边一棵梅树上的梅花。

那就是个雪人燕绥。

燕绥无所不能，文臻巧手无双，两人合作堆的雪人燕绥，不走太近也看不出来是假的。

这样即使有人于风雪中从旁边回廊经过，一眼看去也是那宠媳妇的文甜甜又冒雪给媳妇采花。

金蝉脱壳，好让燕绥去听听传灯长老和段夫人说些什么。

文臻三两下把雪人的脸雕刻好，那晶莹剔透的容颜，还真有几分燕绥的神韵，不过文臻觉得，燕绥的容颜有这般剔透，却比这雪人更为润泽鲜活。

她越看越喜欢，便是个雪人燕绥，也希望能更漂亮些，伸手从旁边梅树上采了一枝带梅的花枝，斜斜插在雪人的唇上。

那雪人燕绥唇间叼一朵红梅，肤白花红，便多一分风流邪肆的美。

文臻忍不住退后一步多欣赏了一会儿，又用指尖细细描摹那精致轮廓，只觉心中喜欢，恨不得踮起脚亲上一口，随即想起热舌头可不能亲冰雪，不然小心粘住，忍不住又自嘲一笑。

笑自己盛太满快要溢出来的喜悦和爱恋，燕绥看见了不知道多得意。

这么想的时候，她忽然背后一僵。

有种……被盯视的感觉。

第四十五章

我舍不得

她僵硬着背脊，感受了一下，她现在勉强能行动，虽然施展不了武功，但自保手段还是有很多的，且这里是段夫人居住的内院，里外护卫三层，实在安全得很。基本上能惊动她的，也就能惊动段夫人了。

既然没有人被惊动，那对方就是此地主人或者客人，是得到允许接近的。

不是传灯长老，是谁？

僵持着也不是个事，既然没有第一时间动手，就暂时不会动手。

她缓缓转身。

斜对面依旧是长廊，朱红的檐角垂着的金铃上都覆了一层白，天地万物皆苍然，只有那人一抹墨色鲜明。

风雪呼啸扑入他衣襟，将他的腰间一支玉笛上雪白的穗子吹得斜飞而起，他面容隔着距离隔着风雪看不清，唯有一双眸子如长天月明。

文臻看着他，忽然就忘记了一切动作。

恍惚里无名青山深潭水碧，又转为火山深处赤红岩浆如烟花喷射。

生死原来不过是一场戏，再见便是如隔世。

她望定他，半晌轻轻道：“唐先生。”

对面唐羡之似乎微微震了一下，又似乎只是一片雪花落在他肩头。

文臻回到长廊上，平静地拍掉身上的雪，唐羡之一直在注视着她的动作，手指微微动了动，但最终站着不动。

文臻拍完了身上的雪，再次抬起头的时候，已经换了往日笑容。

说出的话却并不柔和。

“羡之，你今天来是要向段夫人揭穿我们吗？”

她换回了往日的称呼，唐羡之却并没有露出喜悦的神色。

文臻这种人，一个称呼在她那里也是百转千回，第一句是表明态度，第二句就是对战了。

“如果我说是呢？”

文臻有点诧异。

她发觉唐羡之的声音有点问题。

他可以拟音，但这次不像是拟音的问题，倒像是声带受了什么伤还没恢复，带着一点嘶哑，在这午后回旋的风雪里，沙沙的，反倒更多一分诱惑的意味。

看来燕绥那一击很重。

对面，隔着风雪，依旧可以看出唐羡之眼睛一眨不眨地盯着她。

文臻沉默了一下，依旧弯起眼睛：“是或不是，都是你的自由。”

“就这么无所谓吗？”对面的声音并没有被风吹散，“包括对我这个人？”

文臻眉头微挑，唐羡之真的有点不一样了。

以前他并不会如此咄咄逼人。

“这不是无所谓，这是无奈。”

“那么，不怪我吗？”

“怪你什么呢？怪你曾经救我一命吗？”文臻笑了。

但唐羡之已经不停息地问了下去。

“不怪我昌平城外掳走你？

“不怪我在你们出天京后以毒菇让你中招？

“不怪我在你初进宫的那一日吹箫引齐云深发疯攻击你？

“不怪我在你当初被燕绝接进京的路上派人在驿站刺杀并陷害你？

“不怪我当初在无名山下曾经想要杀你？”

风雪在这一刻都似乎停歇了，文臻睁大眼睛，不明白何以现在他竟然说出这一堆话来，她原以为像他们这样的人，很多事一辈子都要闷得烂在心里的。

她沉默了一会儿，忽然笑了一声。

“感觉你还没说完，比如驿站吃鸭翅那一晚，你没动杀机吗？比如无名山潭水初遇那一霎，你不想杀我吗？”

“呵。”对面，唐羡之也轻笑了一声，“你果然都知道。”

文臻有些怔忪。

是啊，都知道。

当初无名山下潭水初遇，她抱了他的大腿，当时隔着水波见那仙人风姿，其实，她是有过一丝春心萌动的。

毕竟那人温柔似水，风采如仙，能满足这世上所有少女思春的幻想。

但是那一丝旖旎心思很快就被现实的棍子给敲碎了。

无名山看似松散，其实戒备森严，闻家的护卫进入之后立即被灭口，她也险些被杀，很明显有人在此有秘密，并不允许人擅入，那么，唐羡之何以能在那里安然洗脚？

除非他就是那个在无名山有秘密的人，是主人，或者就和她套出来的话一样，是和主人有约的人，所以那两个追杀她的护卫才没有为难他。

当时隔着潭水，看见那两人似乎问了唐羡之什么，随后走开。并不是很熟的模样，那他就是和主人有约的另一方。

和人在那人迹罕至的山中鬼鬼祟祟密会议事，然后被她闯入。

她其实并没有发现什么，但是对方却认为她知道了什么。

对方要杀她灭口，他却留了她一命。

不是因为怜惜或者喜爱，唐羡之绝不是为了美色就忘记正事的人，何况她也没有多少美色，她还没他美。

他只是怀疑她身后另有人指使，想要再仔细观察，顺藤摸瓜罢了。

毕竟当时燕绥也在那附近出现过。

她下山时，觉得风吹草动，心神不安，为此不得不自己回了闻家，其实并不是她敏感，是当时确实她在被跟踪，稍有不慎，一条小命便会被了结。

从一开始，故事便并没有那么美好，以算计、怀疑、杀戮开端。

又凭什么期待美好的结局？

再后来，驿站也好，宫中也好，很多事当时蒙昧，但有了那样的开端，事后再倒推，也不是什么难事。

但她没有怨怼过。

立场不一，不论对错。她无心撞破，而他杀人灭口，如此而已。

所以当九里城他出手为她挡下杀招，她是诧异的。

之后她便也帮他解了围，算是对救命之恩的回报。

在她心里，恩怨从这一刻单独计算，之前的她便不想计较。

后来他的所有给予，她也感激。

哪怕那温柔表象下难掩强取豪夺的意味，她也不去多想。

然而终究是不能再喜欢，终究给不了他想要的。

他害过她，也救过她，甚至一边害她一边救她，恩怨纠缠，矛盾纠结，是非难断。到最后只能一别两宽。

雪花将他乌发点染微霜，他的肌肤比雪更白，那双眸子宁如静水深若长渊，通往神秘幽冥的另一边。

“我早就知道了。如果真的怪你，大概早就分道扬镳。可能你死我活的拼杀，还要来得更早一点。”文臻轻轻吹走一片扑面的雪花，“羡之，我有我要守护的一切，你有你要捍卫的家族。这是彼此的宿命。在这样宿命的安排下，一切行为都没有对错。

“没有对错，就只能从心而行。因为你，我和燕绥险些丧命，所以燕绥还了你一刀。你今日如果去向段夫人揭穿我们的身份。而我也一定用尽一切办法来阻止你。”

“你如何阻止呢？”唐羡之的笑容并不含讥讽，只带着淡淡的冷和倦，“你觉得现在还有什么手段能拦住我吗？”

文臻搓了搓冻得冰冷的指尖：“当然有。比如，我手里有一封你写给问药长老的信，内容是你和他密议如何以天星台实验为理由骗取易勒石的信任，趁机戕害易勒石身体，令他于不知不觉间中毒，神志昏聩，倒行逆施……你猜，段夫人会不会信？你再猜猜，段夫人如果看见这封信，还会相信你对我们的指认吗？”

唐羡之的眼光落在了她的手指上，声音听来却是平静的：“文臻，你觉得随便捏造一封信就能让段夫人相信那是出于我手吗？还是你以为……”他忽然笑了笑，微带讥诮，“当初我在一号院给你留下的信笺上的私印，可以拓印伪造印章来对付我？”

“不不不。”文臻摇头，“你唐羡之何许人也，就算待我不同，怎么可能把涉及你们唐家安危的个人私印就那样明显地留给我？你真正的标记……”她轻轻一笑，“不是在那玉佩里吗？”

唐羡之不说话了。

半晌，他道：“文臻，燕绥何德何能拥有你。”

文臻笑：“我又何德何能得人喜欢。”

“我不后悔掳走你。”唐羡之笑了笑，“文臻，你这样的女子和我同行便罢了，如若不能，也绝不可留给对手。”

“所以，你改变了主意，想杀了我吗？”

死一般的寂静。

天地间，唯闻风雪怒吼之声。

良久，一直垂着眼睛，却捏紧了手指的文臻，文臻听见他轻轻道：“我很想，但是我……舍不得。”

心上仿若被天降的雪团重重一击。

一霎间凉而微痛。

她抬起眼，便见朱廊九曲，雪落重檐，天地在一片混沌中仿若要归入寂灭，而那墨色人影，不知何时已经淡去。

回廊里只留一片未曾覆雪的湿润。

阑干上零落半片殷殷红梅。

文臻一直没有动弹，指尖上一根金针慢慢缩了回去。

她出了一点汗，后背此刻很凉。

方才，她其实并没有把握对付唐羡之。

那封信不会存在，那玉佩她也没拿。

当日她回天京，揣着一怀唐羡之死亡的疼痛，看见唐羡之留给她的玉佩和信笺，信笺上他的私印如此鲜明，像是要将这至关重要的东西送给她。

她却注意到那玉佩上的雕刻别有洞天，玉佩在一定角度下发出的光也与众不同。

所以才有了玉佩才是唐羡之信物的猜测。

但哪怕猜到了这些，她也从没想过去用。

唐羡之为她付出那许多，他“死”后留下的赠礼，她永远不会拿去对付他和他的家族。

哪怕因此要付出代价，要费更多的精力和时间去迂回周旋，她也有自己的坚持和原则。

之所以这么说，一来是为了解决今日的危机，玉佩不能用，诈一诈还是可以的；二来，也是希望既然已经彻底对立，便不妨绝情狠心一些，让唐羡之伤了心断了情，对他也比较公平。

看，她就是这么冷酷，唐羡之死后留给她的礼物，她只想着拿来对付他的家族。

生死搏杀之前，切莫谈情。

身后有细微的响动，随即温暖的大氅披上她的肩头：“怎么还站在这里？赶紧回去。”

一只手已经同时伸了过来，将她冰冷的手直接拉进了自己怀里焐着。

文臻弯起眼睛，向后一靠，促狭地在他衣服里面拉起他的里衣衣襟，将手按上他的腹肌，道：“我看看，这里有没有八个暖炉。”

燕绥猝不及防，被病得打一个寒战，忽然吸一口气。

然后文臻就发现，自己的手竟然被吸在他肌肤上拿不出来了！

她目瞪口呆，没想到世上还有这样的手段，好吧，诚然现在手感很好，但是这回廊也不是没人来，这要给人看见……更关键的是，为什么她的手还被他吸着慢慢移动？

狗男人，一天不骚他会死吗！

文臻用力往外拔，很担心拔太用力，自己会“啵”的一声弹飞到雪地里。

好在最近的燕绥比较体贴温柔，没真让她飞出去，他肚腹上的吸力忽然松了，文臻便自然向后倒，然后顺理成章地被他揽进怀中。

燕绥身上的热力传来，她窝在他怀里懒洋洋地不想动弹，轻轻道：“听到了什么？我们回去说吧。”

燕绥却道：“你没什么想要告诉我的吗？”

文臻睁开眼睛，看着他，燕绥的眸子清透，倒映这漫天皑皑的雪光。

她原本不想提自己刚和唐羡之斗智一回，靠唐羡之的心软和顾忌获胜，不是心虚，是怕他担心，也因为心情怅然不想提。

但世上又有什么事能真正瞒过燕绥呢？

“唐羡之来过。”

五个字就够了，燕绥能猜到唐羡之出现是要做什么，没做成自然也是因为她的阻止。

“嗯，所以我送了他一个礼物。”

文臻挑起一边眉毛。

“方才，近门花园处一群丫鬟在打雪仗，”燕绥慢吞吞地道，“所以我也扔了个雪团给他。”

“然后？”

“他接了。”

唐羡之会随便接人扔来的雪团？

“然后？”

“然后雪团碎了。”

“然后？”

“雪团里有一根弯起的兽骨刺。”

“然后？”

一根兽骨刺哪怕上了氰化钾，也伤不了唐羡之。

“那不是普通兽骨刺，是长川十八部族中，擅长以花鸟鱼虫作为进攻手段的呔族最擅用的手段之一。那兽骨刺是一种能发出蛊惑音的小兽的骨刺，传说里，那兽哪怕骨头在风中飞，也能发出你想要听见的声音。”

所以，唐羡之是听见了她扔雪球和他笑闹的声音，才去接雪球的？

燕绥还真是……坑。

“那骨刺伤了他？”

“没有。”

“嗯？”

“你一病也病傻了。那雪团里包裹着的十八部族独有的兽骨刺，寻常人拿不到的。以唐羡之的性子，看到这东西，十有八九就要怀疑我和十八部族已经有了首尾，甚至会怀疑十八部族近期闹事也有我在背后指使，那么，当他想在长川做些什么，遇上十八部族的人，行事和想法就会受到影响。”

文臻顿时明白了。

唐家不愿意朝廷拿下长川，也想在长川这锅乱粥里分一杯羹，那么，正在闹事，和长川关系恶化的十八部族便是攻略对象。

如果你打算和敌方可能攻略的对象拉关系，结果忽然发现对方可能和你的死对头有首尾，你还敢不敢继续？

如果你不敢继续，或者心存戒备，那么态度上必定会有些端倪。

听闻十八部族的人性格桀骜，疑心病重，一旦谈判中发现任何风吹草动，都有可能立即翻脸。

燕绥那根骨刺不是要伤唐羡之，而是要在他心上种下一根怀疑的刺。

换成平常人也许根本接收不到这一根骨刺暗藏的恶意，但是多思多虑的唐羡之一定会接收到，他的地位、身份，决定了他不得不遇事多想，哪怕并不十分相信，也不敢不谨慎。

燕绥自己多年与世家博弈斗争，同样一着举措牵连无数人身家性命，最明白那种步步为营的无奈。

不动声色间便连坑唐羡之，给他后头的部署埋雷。

这也只有燕绥能做到了。

文臻心绪复杂，以前在天京，真没觉得燕绥做过什么，也不大明白其盛名从何而来，如今才明白，天京掣肘太多，燕绥在她面前又锋芒隐藏，直到出了天京，来到敌方地盘，殿下毫无顾忌，才放手施为，弹指成谋。

她在那儿出神，燕绥也在沉思。

总想起方才飞雪之中，他从段夫人处潜行而出，为了遮掩行迹特意去前头转一圈，正看见少女们打雪仗，而那墨衣人飘然而过。

他便学文臻声音，笑一声，喊：“小心，接着！”

雪团飞出，本来唐羡之的衣袖已经无风自动，要隔空将雪团震碎，却忽然一停，头也不回手一抄，将那雪团接在掌心。

他看见雪团瞬间崩碎。

看见那一根银色的刺从弯曲状态转为绷直，弹红了唐羡之的掌心。

看见他一指弹飞那骨刺，目光顺着那刺飞去的轨迹微微扬起，像要穿透飞雪，看见时空尽头的命运。

然后那人飘然而去，明明一身墨色在雪中鲜明，却眨眼不见。

自始至终，唐羡之没有回头。

燕绥的目光落在雪地上。

唐羡之走过的雪地，最初毫无痕迹，然后一段凌乱，像是被风拂出了一个个浅浅的雪坑。

飞鸿落雪痕三两，难寻踪迹又东西。

第四十六章

怕老婆夫纲不振

雪越来越大，燕绥揽着文臻回房，将方才听见的消息和她分享。

传灯长老果然是来和段夫人联谊的，向她推荐了两个人选，一个是他的徒弟，一个是他的养子。传灯长老也很直白，表示只要段夫人把这两个名额给了他的人，他必定投桃报李，只要是夫人想得到的，他都可以做到。

半个月后，将进行长老选拔，希望夫人届时能给出宝贵的两票。

长老堂的候选人是由家主和段夫人提名。家主和段夫人各两个名额，长老堂前三位长老各一名额。现在家主的票能不能投出还是未知数，段夫人的票几乎就是制胜法宝。

提名之后会由家主，夫人，长老堂现存长老和十八部族族长投票。获支持率高者胜。同样，家主和夫人一票算五票。

这项规定制定的时候易勒石还算年轻，正当壮年，头脑清醒，但这套规定并没有真正实施过，一来当年的长老们年纪也不算大，都安安稳稳到了如今；二来易勒石后来发觉，这规则看似公平，却容易生乱。所以一直说想废除，却也一直没正式取消，以至于现在易勒石倒下，大家还得按照这规则来。

传灯长老还道，目前十八部族的族长及一部分族民都已经到了主城，十八部族这几年，因为和易家的关系等种种原因，主要分成了南北两派，关系十分不和，频频起纷争。南派以栗里族为首，和他关系向来还不错，到时候应该也会支持他。倒是北派以呔族为首的那八个部族，近来和提堂长老走得很近，提堂长老可能会撺掇他们向夫人索要名额，请夫人一定不要答应他们。

另外，理刑长老的兄弟易燕吾也是当前的一个热门人选，近年来很受易勒石器重，还曾经为家族的大业失去了一个儿子，想必等夫人回到主城，理刑长老也会上门拜访。

传灯长老和段夫人感叹了一下这些年大家的心路历程，燕绥才终于明白，为什么家主倒下，人们争夺的重心却集中在长老位置上。易勒石的儿子们基本都病得很重，孙子辈也都已开始发病，家族人心惶惶，为了安抚人心，延续希望，易勒石多年来都在寻找解决家族这个诅咒般的疾病的方法，为此不惜任何代价。屡次失败后，他才发觉家族中病比较轻的都被折腾重了，还不如赶紧保存实力。而且越是这种人心浮动的情况之下，家主本人的健康就越重要，才能倒是其次的，反正长老堂大部分是外姓，不受疾病影响，选一个健康的家主，再配备忠诚能干的长老堂，易家才能长久。

此时已经没有多少人选可选，易勒石倒下之前，就确定了易云岑和另一个偏支子弟易修年为家主继任人选，并将精力重点放在了长老堂的考验和长老的选拔上。

传灯长老告诉段夫人，在天星台出事之前，家主已经觉得现在的长老堂不足以托付新任继承人，有意重新选拔和清洗，只是未及开展便出了事。

传灯长老的礼物如流水般送上来，段夫人神情都是淡淡的，连手中书都没舍得放下，直到传灯长老表示，他的人在获得名额成功成为长老之后，他将带领其余几人，提议解除十八部族当年和易家定下的生死盟约，给十八部族自由，并允许一定程度上自治。

直到此时，段夫人才终于放下了书，抬起眼看了他一眼，并留下了礼物，表示会好好考虑。

燕绥便是在此时退出来的。

该听的都已经听到，文臻消化了一下这复杂的背景，半晌道：“段夫人到底何许人也？和长川十八部族又是什么关系？”

她随口问的，因为这些燕绥的情报网一定会有，她本该知道，结果出天京不久就和燕绥冷战，功课没来得及做完。

她早已发觉了，段夫人不可能是一个什么名不见经传的易家小家族的夫人，明显应该是易勒石的夫人，她隐约是记得易勒石的夫人出身不凡地位很高，但是夫妻不和，很少听见她的消息。

这个八卦燕绥应该知道。

结果燕绥并没有回答，忽然道：“我饿了。”

文臻下意识回答：“我去给你做，想吃什么？”

燕绥却道：“吃你的菜吃腻了，厨房有新鲜雪菇鸡，我们去弄点来，我做给你吃。”

文臻“扑哧”一笑，装模作样对天上看了看：“咦，天上也没出两个太阳啊。”

燕绥早已推着她往前走："等我做好，天上会出十个太阳和你抢我的美食。你信不信？"

"信……了你的邪。"

这么一打岔，文臻也把刚才的疑问忘了，两人转过回廊，正看见易云岑兴冲冲跑来，看见她就笑嘻嘻叫："桃花姐姐，桃花姐姐，我有大发现！"

不管她叫什么名字，易云岑都喜欢喊她桃花，说桃花姐姐一张脸就像桃花一样粉粉嫩嫩，世上没有别的名字比这个更配她。

燕绥每次听见这小子发自内心的"彩虹屁"，都鼻子不是鼻子眼睛不是眼睛。

易云岑也对他鼻子不是鼻子眼睛不是眼睛，本来上次燕绥出手已经刷出了他的好感度，结果燕绥就出手那么一次，又恢复了极度的淡漠和懒惰，整天赖在文臻身边，对他各种好奇的询问请教不理不睬，少年的玻璃心再次破碎，觉得自己那天晚上感觉到的这人高大神秘可比宜王殿下完全是在梦游，这厮连宜王殿下的手指尖都比不上。

他无视燕绥，将手中那个大娃娃往文臻手里塞："你看你看。你看这娃娃里头还有娃娃！"

文臻这才看见，敢情这个娃娃还是几层的，拉开一条隐蔽的暗扣，里头还套着一个比一个小的娃娃，原来还是个东堂版套娃。

难怪那摊主怎么也不想这个娃娃被套住，确实是很有创意很精致了。

她在那儿抱着有点像易云岑的娃娃，伸手进去摸到底有几层，易云岑也不知道是怎么想的，大抵真有点觉得这娃娃是自己的化身一样，抬起眼珠子悄悄瞅着，脸竟然慢慢红了。

燕绥漂亮的眼珠子瞟了过来，凉凉地看了这小屁孩一眼，忽然伸手抓起娃娃对雪地里一抛。

"哎，你做什么！"易云岑大惊，急忙跳出栏杆，将娃娃捡了回来，心疼地又拍又吹，又骂燕绥，"太过分了你！我警告你，不许动我的娃娃。你怎么动它，我就怎么对你！"

文臻一看燕绥似笑非笑的表情就知道某人要倒霉了。

"啊，是吗？"燕绥挑起一边眉毛，抓过那娃娃，抱住那娃娃的大腿，亲了亲娃娃的肚子。

易云岑："……"

燕绥还不放过他，长腿一抬，往易云岑面前一伸："嗯？"

来抱。

来亲。

文臻按住了肚子，忍笑忍得肚子痛。

宜王殿下坑人大招无数，技巧炉火纯青。

可怜温室里养大的娇弱小花，哪里经得起殿下一个回合的摧残。

片刻后易云岑大叫一声掉头便奔，连心爱的娃娃都不要了。

文臻笑了一阵，才揉着肚子将娃娃交给过路的丫鬟，嘱咐了送还给易云岑，回头拖着燕绥要走，却见那家伙犹自站着，长腿伸着，对她挑眉："嗯？"

"想得美！走啦走啦。"文臻捏了一把他的腿，果然好硬，手都捏痛了。

燕绥唇角一勾，一把将她抱起，年轻男女的身影蝴蝶般穿过走廊，洒落一地琳琅笑声。

远处暖阁里碧纱窗后，端着热茶一直看着这边的段夫人，唇角微微勾起。

"传闻易铭潇洒促狭，厉笑甜美伶俐，如今看来，果然可喜得很。"

她身边，易秀鼎目光深邃，冷冷盯着外头的回廊，一言不发。

那段燕绥文臻刚才待过的回廊上有一层薄雪，上头印一对脚印，一大一小，足尖相对，近到几乎没有距离。

她久久凝视那对脚印，良久才道："人间情爱，最是无用。"

段夫人转头看她，眼神悲悯，好一会儿才道："秀鼎，你还年轻，你不知道一生孤苦的磨心蚀骨滋味。你一个女子也不该承受这样为人奴役的命运。这次我回主城，一定会为你……"

易秀鼎打断了她的话。

"夫人，我生来灰发，是易家唯一一个受了诅咒的女子，父母因此早亡，我一个人过了七年。那时候我便发过誓，不求人间情爱，不求温暖家室，不求富贵荣华，不求万事顺遂，只求有人需要我，只愿自己不是废物。长老收留保护了我，使我免于早早成为雪下白骨。这是恩义，我愿以一生报答。婚姻也好，情爱也好，都是累赘，秀鼎，从未想过。"

室内一阵沉寂。

良久，风夹着雪，卷走了段夫人一声悠长的叹息。

当晚文臻并没有吃到燕绥亲手做的雪菇鸡。

据说是岑少爷一怒之下，化悲愤为食量，冲到厨房将三只雪菇鸡吃了个一干二净，结果闹肚子闹了半夜。

文臻虽然没吃鸡，但也没能睡着，事实上和燕绥同住这几日，她都没睡好。

燕绥的强迫症越来越严重了。

他总觉得门没关，一开始是关了门绕床走一遍，才能上床。随即走的遍数越来越多，他怕影响文臻睡眠，都是勉强直接上床，等她睡着后再下床去看门，去绕，文臻常常半夜睁开眼睛，看见一团白影绕着床边飘。

真是需要强大的意志力才能不受惊喊出来。

后来她也不受惊了，因为她睡不着了。

闭上眼睛就是燕绥像鬼一样地绕着床晃。

她也问过燕绥，门没关又怎样呢？你是强大的燕绥，又不是我们这些不会武功的小民，怕门没关小偷进来强盗进来，你在意什么呢？

结果人殿下说，是怕门没关好漏风，害她受凉。

文臻感动之余又生气，心想等身体好一点找个由头打架吵架分房睡算了。

也不知道什么时候能好，她这次受的伤太重，时间拖得太长，又不像上次有三大高手同时帮忙调理，这些天其实大部分时间都还在昏睡当中，昏睡当中都是燕绥帮她调理，所以他的气色也并不怎么样。

马上就快到长川主城，要直面最狂暴的风波，他们这种情况，再不和大部队会合，其实很危险。

文臻听着燕绥的衣袂带起风声一遍遍在耳边响，越听越心浮气躁，忽然一把抽出被子底下的匕首，腾地一下从床上蹦下来，三两步冲到门边，大喝：“整夜睡不着想出去找女人是吧？行啊，我这就把门拆了让你走，你走，你走啊！”

一边大喊一边三两下就把门板卸了，抱起来扔到了雪地里。

冬夜和冷雪的瘆人的寒气瞬间灌她一个透心凉，文臻打个寒战。

门板落在雪地上，砸到石头，砰然巨响。

这么大动静，段夫人一行人却静悄悄的，仿佛睡死了般，没有一个人起来看。

后背落进一个温暖的怀抱，燕绥走过来，将她揽入怀中，一直抱到床上。

门没了，冷风一直往里灌，屋内的温度一下下降了十几度，文臻却没感觉到多冷，因为燕绥一直把她抱在怀里，再用被子从头盖到脚，只露出了一双眼睛。

文臻在被子中攀着他的脖子，头靠在他胸膛上，大喊：“走啊，你怎么不走啊！”低声道，“燕绥，是不是这次受伤对你影响很大？”

燕绥大怒：“你闹什么！大半夜发什么疯？”轻轻抚摸着她的发，道，“有，喜欢你更多了一点。”

文臻大骂：“还好意思说我，做梦还在喊别人！你看看你，心不在焉、心猿意马、心神不宁、心急火燎！说，你在想谁！”她轻轻推燕绥，“燕绥你不要撩我，咱们说几句正经的成不成？”

“我倒是敢想呢！做个梦也能被拆门板，冻死我了！”燕绥怒气升腾，顺手拉了拉她的发，悄声道，“正经的就是，你别怕，过阵子就会好。”

“呸！”文臻柳眉倒竖，“冻死活该！”

“被强迫症逼死活该！”这一声是低低骂出来的，文臻愤愤地将燕绥一推，燕绥应声而倒，却并没有撒手，文臻被他抱在胸膛上，她叹息一声，听他沉稳有力的心跳。

“燕绥。”

“嗯。”

“你这个毛病是不是并不是生来的，是不是有药物的原因？”

“也许吧。”

“等长川事了，我们先去找药好不好？去找东堂的神医们……”

“东堂无人能解。”

“那我们就出国，去大燕、去南齐、去大荒……所有的国家都去，世间万物相生相克，有毒就有解药，我们去找好不好？”

“好。”

第二天起身，文臻接受了所有人怪异的目光洗礼。

看不出来甜美贤惠的小媳妇竟然是个醋坛子母老虎。

同时燕绥接受了所有人同情的目光洗礼，并被打上了诸如“怕老婆夫纲不振”之类的标签。这目光洗礼一直延续到众人上车。

传灯长老昨日已经赶回去，也许是雪大的原因，其余长老没有出现，段夫人一行人继续赶路。中途打尖的时候段夫人还笑着悄悄问了文臻夜里发作的原因，文臻一边道歉昨夜扰人清梦，一边鼓着嘴道并非夫君对别的女人起了心思，只是他总是思虑太重，夜来失眠，还要装睡，自己再三解劝无用，便胡乱发了脾气。

她这么一说，段夫人眼底微微的疑问也便散去了。

确实，易铭和厉笑不可能为了所谓的心猿意马闹别扭，只可能是这种藏在深处符合身份的原因。

文臻坑蒙拐骗张嘴就来，神情自然语气真挚，说得连自己都信了，到得后来拉着段夫人诉了一通易铭如何内忧外困，四周如何暗潮汹涌，连个傻子哥哥都被人当枪使来捅他，过得如何步步艰危。

反正这些事儿她也亲眼看见过，甚至亲身经历，段夫人这样的人，听得出那话里真实的感触，到后来物伤其类，也当真唏嘘了一阵，待文臻更亲热了几分。

雪大，行路慢，赶路又好几日，这一日午后，终于到了长川主城之外五十里。

雪天难行，算算天黑之前赶不到，路上没住处，段夫人下令最后一次打尖。

长川这边的积雪尤其大，文臻一天都在车上，窝在燕绥怀里昏昏欲睡，只知道马车走得很慢，终于停下之后，她急于呼吸一下新鲜空气，马车刚一停稳，便跳下了车，后头燕绥想喊，已经慢了一步。

“噗”的一声，文臻整个人没入了雪中，只露出半个乌黑的发顶。

先下车路过的易云岑笑得像只中了风的鸭子。

易秀鼎站在一边，也不禁唇角浅浅一弯。

四面的笑声此起彼伏。

埋在雪里的文臻：“……”

这个世界对矮个子的恶意实在太大了！

马车停在路边，路上其实还好，偏偏她晕头晕脑跳下来，跳进了路边松林旁厚厚的雪层中，她在雪中挣扎，一片笑声里忽然觉得头顶上的松树似乎动了动。

随即燕绥便赶了过来，将她从雪地里扒了出来。

大家都在笑，却又拼命忍着，怕文臻恼羞成怒。文臻却笑了起来，笑着团团拱手，道：“各位父老乡亲，大变活人杂技表演完毕。有钱的捧个钱场，没钱的捧个人场。谢谢，谢谢。”

笑声又起，这回畅快了许多。易云岑当先吹了声口哨，真扔了一颗金瓜子过来，文臻也老实不客气地接了，还将风帽啪地向后一甩：“谢少爷赏——”

易云岑笑得“嘎嘎”的。

其余人倒也不敢给她打赏，笑着拍拍手，夸一声姑娘有趣，各自干活。

易秀鼎虽然没有真的打赏，走开的时候眉梢眼角也挂着笑意。

走出几步，她禁不住回头，正看见那少女笑嘻嘻把那颗金瓜子扔给燕绥。

她心底微微感喟。世上女子何其多，但是能拿自己的缺陷来调侃的女子，她活到如今，也只见过这一个。

所以她才能得这许多宠爱，夫君死心塌地，同行不过数日，上至段夫人下至小厮，无人不喜。

易秀鼎大步跨入歇脚客栈，并不回头。

她也喜欢，但不羡慕。

人生在世，各有活法，热闹有热闹的灿烂，孤寂也有孤寂的清净。

就像天际的星，无论明亮或幽暗，都自在生光。

第四十七章

我是来提亲的

路边歇脚的客栈，不能和专门腾出的庄园比，十分简陋，还不如马车来得暖和舒服，因此文臻打算只去吃口热饭，回头还睡马车。

段夫人带着的大批护卫小厮，将客栈不大的厅堂挤得满满，原先的一两桌客人都被挤到了角落里。

燕绥嫌弃人多味儿不好，刚进来便出去了，远远地坐在马车边，一转头能看见文臻的地方。

文臻一个人，便和一个先来的酒客拼了桌。

随意叫了碗面条，观察了一下四周，文臻的注意力很快落在自己同桌身上。

无他，这家伙太能喝了。

文臻进来的时候他脚下已经堆了十几个酒坛子，文臻吃完面条之后那坛子已经摆满了桌子底，她快连脚都没地方放，只好踏着酒坛坐着。

那人戴着当地人常戴的笠帽，看不清颜容，文臻只能看见他一双手，手指修长，骨节分明，指腹有薄薄的茧，指甲被深黑的酒壶衬得修剪得很整齐。

喝酒时候的姿态很好看，也并不是特意摆出来的姿势，是一种举手投足间自己都不自觉的刚劲优雅。

当那人终于把脚下堆满酒坛之后，才一转头，下颌斜斜地支在手背，拇指食指一搓，道："小二，结账！"

动作十分利落痛快。

文臻瞪大眼睛。

刚才是一个响指？

古人会打响指？还是她遇上了穿越同道？

她沉浸在对这一个像响指的动作的震惊中，都没注意到那人和小二的对话，忽听那家伙惊道：“咦，我钱呢？我钱呢？”

一边浑身四处摸索。

文臻托腮看着他一这套路挺溜。

那家伙摸索了好一阵，小二的脸越拉越长，桌上的气氛越来越尴尬，文臻笑眯眯地看着，她不尴尬。

等她看不下去摸出钱来解围吗？

不不不，她觉得挺好看的。

不仅不想解围，她还笑眯眯道：“这位先生，瞧你这一身穿着打扮，也不像是喝得起这许多酒的人。啊，这酒还是长川名酿三分醉。您这是打定主意来吃霸王餐？”

小二的脸已经快要拉长到肚脐眼。

四处乱摸的男子停下手，忽然抬头对她看了看，文臻迎上一双深邃微弯笑意如酒的眼眸。那样的一双眼睛，令她见惯美男的强大心脏都不禁顿了顿。

他五官细看并不特别惊艳，眼角延展开微微细细的鱼尾纹，令她看出他已经不年轻，但岁月未曾损了他的颜色，反而令他较少年们更多了几分时光积淀的魅力风流。

他气质并不沧桑落拓，甚至在这个年纪还存有几分少年感，却又令人觉得世事到他眸前便通透明白，像山间云雾被天光照亮。

这是一个凭一个眼神便可以令人心底颤抖的魅惑男人。

这魅惑男人正弯着眼睛盯着她，就在文臻以为他要凭借自己的漂亮眼睛和天生气质魅力来蛊惑她的时候，对面男人忽然压低身子，双手按在桌上，凑近她，悄声道：“哎，姑娘。”

文臻笑眯眯看着他。

“借点钱成不？”

文臻：“……”美男，你这样会掉粉的。

她也悄声道：“我为什么要借给你？”

男子回手摸了摸自己的脸，有点不确定地道：“凭这张脸？”

文臻看一眼：“一般一般。”

美男并没有顺口接世界第三，也没有半分尴尬：“那……以身相许？”

文臻：“……”出口如此熟练，是否久经操练？

她又笑，站起，摇头，“要不起。一看就招蜂引蝶，男德不修。”

男子仰头看着她，似乎被她那句“男德不修”雷得不轻，连小二的责骂都没听见。

见文臻要走，他急忙道：“我可以和你订个契约，保证谨修男德怎么样？”

文臻还是摇头：“谨修男德怎么够，还要三从四德，八荣八耻。如此种种，全部履行到位，才可考虑。”

“三从四德我懂，八荣八耻又是什么？”男子虚心求教。

文臻已经确定了他不是穿越人，也便没了调笑试探的心思，笑了笑正要说话，那一边一直等着的小二已经不耐烦地道：“客官，麻烦快点付账，我还有很多桌要支应呢！”

看那男子一脸为难，便冷笑一声道：“没钱是吧？没钱还要充什么大爷喝这许多酒？没钱就把衣服扒了滚出去，还有剑也留下，滚吧！”毛巾往肩上一搭，看一眼还站在桌边的文臻，竖起眉毛道，“还有你，吃完还不赶紧走？让开！”说完推开文臻。

文臻重伤未愈，脚步虚浮，给这一掌一推，向后退去，眼看要撞到桌角，她急忙伸手去抓那小二想要稳住身体，身后男子轻轻伸出一指，抵在她腰后，文臻立时就站稳了。

站稳后她回眸笑了笑，以示感谢，男子立即收回手指，眼睛专注在自己面前，并没有多看她腰肢一眼。

文臻挑挑眉，心想其实是个君子呢。

君子还无意中救了小二。不然刚才她抓实了，那小二少不得要受点苦。

她文臻岂是可欺之人。

“哎，这位小二，莫欺少年……哦不中年穷啊。”她笑，“说不定人家有钱，只是和你开个玩笑呢。你这样咄咄逼人也不怕自己没台阶下？”

“有钱？玩笑？”小二鄙视地道，“他要有钱，我便给他赔礼，我脱光了，去外头雪地跑三圈！”

他心中有气，声音很大，四面都被吸引了看过来。

易秀鼎先是一掠而过，随即回过头，又看了一眼。

文臻道：“一言为定？”

“一言为定！”

文臻笑笑点头：“可惜，好像是没钱。”

她在小二狂笑声中往外走，走的时候将先前脚下一直踩着的酒坛一踢，踢上了桌，那酒坛里“当”的一声。

“这里头还有不少酒呢，既然要出去裸奔，还是喝了热热身吧！”

她走出去，稍稍一站，听见里头忽然一声惊呼，便笑了。

酒坛里放了银子，是她先前就放进去的，但如果那人不出那一指，她也未必会告诉他。

行走东堂，见多了各色伪装，她早已不会滥好心。看样子那家伙立刻就发现了。

燕绥坐在马车边等她，她过去，从怀里取出给他带的大饼，道："将就吃些。"

两人钻进马车时，她回头看了一眼，正看见里头一阵哄笑，随即，脱光了上身的小二哆哆嗦嗦地冲进了冬夜里。

她笑了笑，回身拉上了帘子。

睡到半夜，文臻睁开了眼。

燕绥在她身边安睡，身上捆着绳子。

燕绥受伤后旧病加重，始终无法安睡，这样下去迟早人会耗出问题。这是两人无奈之下商量出来的办法，用绳子捆上，约束住身体的行动，她再紧紧搂住燕绥，在他耳边唱歌。

随便唱。魔音贯脑，让他没法去胡思乱想就行。

文臻一开始对燕绥提出的这个办法表示怀疑，她知道自己唱歌有多难听，燕绥想要把她的歌声当催眠曲，简直是对催眠曲的侮辱。

但是燕绥坚持，她也只好试一试，抱着他的头乱七八糟地唱，居然真把他给唱睡着了。而且效果还不错，一开始要唱很多首，唱到她曲库告罄只能瞎编，燕绥才能睡着。今晚只唱了七八首，就感觉到他安静了。

文臻没有立即撒手，轻轻抱着他的肩，想着他小时候，是不是也曾期盼母亲抱着他哄他安睡，给他唱一首催眠曲。

不用猜测，绝对没有过。

他童年缺失了太多。虽说皇子天生难享父子温情，但是好歹娘娘们对自己的立身之本，还是关爱有加的，只有燕绥倒霉，遇上了一个不慕爱宠无谓尊位的德妃，什么品级依靠，在她看来都不如一个林擎美妙。

难为皇帝戴那么多年精神绿帽。文臻怀疑这两人其实还是有心结，说不定有燕绥之后并没有同床过。

所以燕绥成年后，看似不在意，其实内心深处，对那些象征着人间温暖的事物，总在潜意识寻找以弥补自身。

这也是他喜欢上她的一个原因吧。那些女子，包括唐慕之，其实都只是为他的地位权势和容貌所迷，谁也不明白他真正想要的是什么。

心底涌起浓浓的爱怜，她想亲亲他的头发和额头，又怕把他吵醒。

忽听车顶上一阵轻微的沙沙之声，像是又落雪了。

她有点内急，为了不惊动燕绥，花了半刻钟才挪出了自己，顺手把他的绳索解了。

轻手轻脚地下了车，正想着去哪里比较隐蔽，她的眼神忽然掠过一块山石，猛然大亮。正要过去看个仔细，忽然头顶又是簌簌一凉，她伸手一摸，摸到一根鱼刺。

她抬头，就看见头顶松树上，一张脸探了下来，先前那没钱付账的男子探头，对她做了个“还钱”的口型。

文臻朝那石头上的记号看了一眼，笑着仰头摇摇头，也做了个“不用了”的口型。

那人却一片雪花般落了下来，伸手一揽，便将她轻轻巧巧揽走了。

不知哪里有细微的动静，文臻在被带走之前，做了个手势，四面便又安静了。

那男子带文臻走了一截，在拐个弯就能看见车队的一个山窝里停下，那里背风，无雪，一侧有树挡风，相对比较温暖，此刻已经燃起了一个火堆，火堆旁有个男子，正在仔细地烤着一只乳猪。

那小猪被烤得金红油亮，不断有莹润金黄的油脂被烤出来，在火光下闪烁晶光，在这雪夜寒冬，简直可以诱人犯罪。

文臻重伤未愈，胃口很差，多日都没好好吃什么，此刻看见这个烤乳猪，眼睛瞬间亮了。烤乳猪的那个男人微微清瘦，一张脸棱角分明清癯俊秀，年纪也已不轻，气质却很宁静淡泊，神情很是严肃地专注烤着那乳猪，并没有第一时间理会文臻。

看见那男子过来，他就地欠欠身。

男子拍拍他的肩，在他身边坐下，又示意文臻坐，抽抽鼻子，夸张地笑道：“好香。你多年不操刀，没想到手艺还没丢。”

烤乳猪的男子“嗯”了一声。

文臻一直观察着这两人的举止，觉得有些有意思，感觉那烤肉男子是落拓男子的下属，但是也不像护卫那样毕恭毕敬，两人之间有种多年老友般的随意和亲近，却还保持一点谨慎和距离。

那落拓男子对她举了举手，道：“来，坐。今儿承了你的情，也没什么好回报的，烤只小猪给你吃。”

文臻觉得这口气，换成“杀个人给你瞧瞧”好像也没什么违和的。

“那就多谢啦。”她也就在那个已经安排好的草垫子上坐下，刚坐下，那男子便拿出一只酒葫芦，又变戏法一般取出一只巨大的杯子，满满倒了一杯，推给了她，笑道：“是好酒。不过随便你喝不喝。”

说完拿着那葫芦要往自己嘴里倒，身边那清癯男子默默地从袖子里掏出一个也很大的杯子，递到他面前。

男子怔了怔，脸上立即露出纠结的神色，好半晌才叹一口气，道：“一把年纪了，什么都有了，还要抢我的……”端着葫芦一脸不情愿地给那清癯男子倒酒，倒得小心翼翼，只倒了半杯便要停手，结果那清癯男子杯子一动不动，决不收回，他只好满脸痛苦地把杯子倒满。那清癯男子这才端走杯子，他忙不迭一口把葫芦里的酒喝尽了。

那清癯男子见状，道：“不留着点？”

男子道：“留什么留，他以后一辈子有着好酒喝呢！当然该先紧着我。”

文臻笑眯眯问：“怎么，咱们还有客人吗？”

男子一抹嘴：“没了。小姑娘，看你行事是个谨慎的，怎么半夜三更敢来和咱们喝酒吃肉的？”

“先生眸正神清，举止自在，并无杀气与恶意，我当然放心得很。只是敢问先生名讳？好方便称呼。”

男子对她举了举空了的葫芦：“长川易家，责在提堂，名周堂。这是我朋友童邱。”

“原来是易家提堂长老，难怪先前秀鼎小姐神色有异，失敬失敬。”文臻欠身行礼，目光落在周堂的颈侧。

再看周堂的脸，仔细看他好像就只一双眼睛特别出色，其余五官也就平平。

周堂好像没注意到她打量的目光，切下一块烤好的乳猪，道：“此处肉嫩脂薄，最适合你这种小姑娘吃，来，尝尝老童的手艺。”

文臻接了，果然味道不错，乳猪皮烤得金黄如薄纸一般，入口酥脆，舌尖一抿就碎了，薄薄的一层脂肪入口即化，令口感更加饱满香醇，底下的瘦肉呈现粉红色，嫩得简直不像肉，一块烤乳猪，皮的脆，脂肪的润，瘦肉的香，搭配出的美妙层次感，简直让人想紧紧抿住嘴巴，锁住那般的美味。

乳猪虽然不是周堂烤的，但他那神情比童邱还得意，笑问文臻：“怎么样？算得上一绝吧？传说中那个厨神文臻，我瞧着也比不上。”

“文臻要在这里，一定甘拜下风。”文臻捧场地连咬三口。

周堂哈哈笑，拍童邱肩膀。童邱看了她一眼，默默地又把旁边的鱼烤上了。

文臻终究胃口很差，吃了几口，也便停了下来，笑看那两人一人一只猪腿，吃得酣畅淋漓。

“提堂长老半夜寻我，当真只是为了还那酒钱的情吗？”

周堂停下手：“当然不是。”

文臻啃一口肉，一脸愿闻其详。

结果便听见他说：“我是来提亲的。”

第四十八章

集体相亲大会

文臻手里的猪肉差点掉地上，还是周堂眼疾手快一手接住，随随便便往她嘴里一塞：“哎，别浪费，吃口肉不容易。”

文臻机械地嚼两下，直着脖子咽了下去，才麻木地道：“周长老，虽然你很俊美，也很有本事的样子，但是抱歉，我对大叔没兴趣。”

周堂差点也把自己的烤肉喷出来，急忙三两口咽了，才道：“是吗？那太令我伤心了。不过还好，我和你不一样，我比较喜欢年纪大一点的。”

文臻看他表情，就知道自己会错意了，难得这家伙居然还记得给她面子，话说得周全。她脸红了一红，坦然道：“是我误会了。周长老请别介意。”

周堂注视着她，眼神颇深，随即笑了，用肩膀撞了撞她，悄声道：“说正事，我是觉得你是个有意思的好姑娘，来给我儿子提亲的，你要不要看看他的画像？”

“周长老，”文臻指指自己的妇人发髻，笑道，“本人好像已经嫁人了呢。”

周堂的表情就好像她说了个笑话。

“嫁人又如何？嫁人可以和离，可以再嫁。好姑娘就那么些，才不用管是谁家的，过了这村没这店，先下手为强。”

“周长老，你这已经不是先下手为强，是后下手不讲理。”

“佳妇难得，便是小小亏心也无妨。姑娘你信我，娶了……哦不，嫁了我儿，保你不会后悔。怎么样，要不要看看？他长得很不错的。”

“不了不了，我怕我看了惊为天人，从此自惭形秽，影响心理健康，最后得忧郁症，控制不住想自决。”文臻把他手中纸卷往外推，“令郎一定龙章凤姿，卓尔不凡，才貌出众，宜家宜室，配我这样的和离再嫁的，长老不觉得委屈，我都替他委屈，还是千万不要了。”

“你真的不看？”周堂很委屈地道，“要么你看看我，你看看我的眼睛。”他指着自己的脸，“你看看我这模样，我儿子也差不到哪去对不对？而且我性格随和，为人大度，绝没有一般家公的严厉苛刻，我夫人也长期在老家将养，不见外人，你嫁到我家，上无公婆需要伺候，下有夫君细致体贴，还有丫鬟婢仆伺候趋奉，诸事由你而决，想去哪里便去哪里，想做什么便做什么，你且想想，”他语气充满诱惑，像个准备蒙骗小姑娘的色狼，“这是何等的自由，何等的美妙，何等的难得……”

“周先生。”文臻交握住双手，凝视着周堂的眼睛，语气比他还诚恳，“建议你以后找儿媳妇千万不要用这种语气说这种话。你会让人感觉不是在找儿媳妇，而是在骗婚。那令郎这辈子可能就真找不到儿媳妇了。”

周堂：“……”

旁边的童邱忽然笑了一声，笑得周堂脸黑了一半。

童邱将刚烤好的鱼分他一条，又递了一条给文臻，才道：“那姑娘愿不愿意嫁给我儿？”

文臻：“……”

今天是集体相亲大会吗？

周堂怒喝：“老童！”

童邱不理他，依旧诚诚恳恳地对文臻道：“我儿虽不及周公子英俊倜傥，倒也算得上眉清目秀。且为人老实，是个懂体贴的。我夫人早逝，我也常年在外，你若嫁过来，也是你们小夫妻自己过。你觉得怎样？”

“听来真是令人动心啊。”文臻慢吞吞地道，“说起来，我那口子和两位的令郎比起来，真是被比得渣都不剩。也就皮囊差不多，但性子古怪，人又小气，还爱吃醋，还孤僻挑剔……”她咬一口鱼肉，眼睛弯起，“也就我能配他了。”

周堂和童邱对视一眼。

周堂忽然笑了，摇了摇头。

童邱垂下眼，低头继续烤蘑菇。

周堂叹息一声，一把揽住他的肩膀，抬手指着天际的星，道：“老童，你看天边的那两颗星，像不像此刻被拒绝的咱们两个？孤寂、空虚又寂寥……”

童邱肩膀一抖，抖掉他的手，呵呵一声，道：“我在地上活得好好的呢，谁要做天上的星？”

“比拟，比拟你懂不懂！”

文臻忍不住笑。

真是一对妙人。

周堂潇洒散漫自如风趣，魅力夺目，他的潇洒和易铭那种故作潇洒实则心思很深的风格不同，是从内而外骨子里长久存在的，天地之大，都在他心中，岁月更迭，都在他眼底，沧海云卷风变幻，不过是他随手拂过的猎猎战旗。

童邱则如山岳沉厚，寡言少语的表象底下，透着凌厉的寒意，举目之间，锋芒暗藏。

他们之间有种外人难以撼动的默契。

那边周堂已经结束了伤春悲秋，一点也没有被拒绝的沮丧，还兴致勃勃要接手烤鱼，被童邱拒绝。

周堂便找文臻说话，道："姑娘你不想嫁也罢了。我那儿子其实也就一副空皮囊，古板沉闷不讨喜，尿得很。之前他喜欢一个姑娘不敢说也不敢追求，只晓得暗促促送东西，送了还不敢讲。我去信鼓励他大胆一些，比如偷看洗澡，装醉误闯一下香闺什么的，也不知道他照办了没，估计是没有的，不然我孙子都该抱上了。唉，实在是虎父犬子，没有半点我当年的风范，想当年，我……"

童邱忽然看了他一眼。

周堂的话转得非常流利，流利得仿佛没停顿过："我追求我家夫人可顺利得很，一个月就让她点头嫁我了。你是女子，你说一个英俊少年，家世好，人品好，性格也勉强算不错吧，虽然比我差很多，但最起码忠诚老实，为什么就得不到人家芳心呢？"

文臻瞟着他，心想按你的法子，别说孙子，儿子恐怕都没了。

"周长老这话就差了。也不知道你儿子哪里不招你待见，给你贬低成这样。要我说，这么优秀的少年就该有无数少女喜欢，也一定有无数少女喜欢。但他喜欢的那个不一定就会喜欢他，这是命，是缘分不够，是没有在合适的时间遇见合适的人，获得合适的机缘，但绝不代表他不够好。只要他继续做他自己，不按您教的那样做，我保证他一定会得到属于他的幸福的。"

周堂托着下巴听她侃侃而谈，目光流转，童邱停止烤肉，抬头看了她一眼。

半晌周堂才道："没有在合适的时间遇见合适的人并获得合适的机缘——你瞧，一个人想和真正心爱的人在一起，其实是很难的啊。"

"是啊。"文臻笑，"凑齐这三个条件其实非常地难，所以我也非常地珍惜，也就只好扼腕和两位长者家中的好儿郎挥泪惜别了。"

周堂似乎还沉浸在那句话中，只随意摆了摆手，童邱却道："先前是我唐突了。就凭今晚姑娘字字珠玑，也只能是我家那不肖子配不上。"

周堂醒转一般，笑道：“是啊。该挥泪惜别的是他们。”

文臻只笑着摇头，并不谦虚也不多说，在这样的两个人面前，矫情只会招致厌弃。

她忽然有所感应，转头站起身，然后她就看见了燕绥。

燕绥大概是醒了，发现她不在，便攀上高树，四处搜寻。

他立在高处，衣袂散在幽蓝的天地间，身姿修长美妙。

文臻眼神里有自己还没察觉的迷醉。

周堂向后一仰，顺手又揽住了老友，瞧着镂刻在夜空里的燕绥身姿，懒洋洋点评道：“瞧，那边有个不怕冷站在高处的。”

童邱，“嗯。”

周堂：“看起来很骚。”

童邱：“有点。”

周堂：“身形挺好，但不如我。”

童邱：“呵。”

周堂：“不过身材好的脸一般都平常，除了我。”

童邱：“呵。”

文臻插嘴：“腰挺细。”

周堂：“哪有？还没我细。”

文臻：“姿态挺美。”

周堂：“有点娘。”

童邱：“呵。”

周堂：“他站那么高做甚？是要撒尿吗？”

文臻：“……”

文臻向前走了几步，站在高处好撒尿的燕绥便看见了她，当即便掠了过来，文臻下意识往前迎，忽听身后周堂带笑的声音传来：“小姑娘，今夜一聚，也算缘分。之后咱们还有再见的机会，你说要不要结个盟？”

文臻转眸笑道：“好啊。”

“那便一言为定了。”周堂上前一步，忽然笑道，“既然结盟，就该表示一下亲密无间的战友情啊。”说完上前轻轻一揽文臻的肩，头一偏，看上去要靠着她的颊。

文臻一愣。

她知道这人洒脱不羁，可也没想到不羁成这样，只是一抬头触及他目光，那如酒的眼神里笑意荡漾，还悄悄给她挤了挤眼睛。

他的手其实并没有直接接触文臻肩头，侧过的头离她颊侧也很远，不过如果角度不同，看来就颇暧昧。文臻顿时明白他又在作妖，退后一步，哭笑不得，一转头，果然燕绥比平常更快地掠了过来，人还没到，手中寒光便一闪。

周堂低低一笑，衣袂飞转，和童邱已经转眼不见。

他和童邱的身法看得燕绥眼神一闪，衣袖一挥丢掉冰棱，道：“是谁？”

“一个很有意思的人。”文臻久久望着两人背影，心想仰慕了那么久的人，原来是这样的啊。

和想象中不大一样，可是又觉得，这样的他才应该是他。

这样的光彩和魅力才符合那个铁血又柔情的奇男子。

才配让那个特立独行，哪怕长锁深宫也能为所爱坚持那一份坦然心性的女子。

燕绥看看她的眼神，再看看那人背影，斜睨着她：“半夜和陌生人出去？”

“他武功那么高，我不去成吗？”文臻耸耸肩，“我哪怕处于全盛时期，也不是他一合之敌，这样的人，想杀我早就杀了，何必费那许多事，所以我便去瞧瞧，他到底要做什么。”

如果周堂要对燕绥不利，她引走他也是一件好事不是吗？

燕绥静了一静，伸手抚了抚她的发，道：“别总想太多，别总为别人想，思虑太甚易苍老，变丑了配不上我怎么办？”

“你又不是别人。”文臻哈哈地笑，“现在我论容貌也配不上你啊。”

“你配得上这世上所有人。”燕绥揽着她走，“那两人到底和你说什么了？”

文臻想了想，觉得所有内容都不宜入燕绥之耳，正想怎么糊弄，一转眼看见那杯一直没喝的酒，端起来给燕绥看：“给了我这样一杯酒，我没敢喝，你瞧瞧？”

燕绥看了一眼，微微一怔，随即道：“这是好东西，你赶紧喝了。”

“不，我怕有毒，要么你先尝一口？”

燕绥垂眼，看着笑吟吟捧杯仰脸的文臻，她哪里是辨认不出这酒难得，只是留着等他来喝罢了。

他俯身，含了一口酒，文臻仰头看着他，眼睛弯弯，淡粉的唇色如花待撷。

燕绥忽然低下头，唇瓣落在她同样柔软的唇上。

文臻瞪大眼，下意识微微张开了唇，顿时一股清凉微辣的液体流入口中，瞬间便入喉入腹，体内热气缓缓氤氲，五脏六腑都似得到抚慰，隐痛渐消，舒服得她想叹息。

燕绥渡完这口酒，并没有立即离开，游移着细细品尝此刻她唇齿间甜美与清醇酒意混合的奇妙滋味，直到彼此的气息完美交融，都在芬芳酒韵中醺然似有醉意，才轻轻放开了她，再喝一口打算再来一次，文臻已经避了开来。

“一人一口，还想总占便宜咋的？”她瞪他。

“我怕有毒，要么你再尝一口给我？”

“好啊好啊。”文臻高高兴兴接过，燕绥反而眯起了眼睛，一脸怀疑地瞟着她，文臻含了一口酒凑近他，燕绥偏头微微张唇，却见文臻把酒给咽了，另一只手飞快地把酒往他嘴里倒。

燕绥怕酒洒了可惜，无奈喝了几口，便抓住了她的手，也不容她拒绝，把她抱在怀里，半强迫半哄地让文臻把剩下的都喝完了。

文臻拗不过他，喝完之后便觉得浑身舒泰，昏昏欲睡，听见燕绥轻声道：“睡吧，睡一觉起来便舒服了。”

他的手如杨柳春风拂面而过，文臻沉沉闭上眼睛，快要堕入么梦乡的时候，忽然想起一件重要的事还没告诉燕绥，也不知道他发现了没有，随即隐约听见燕绥怒喝：“什么！他竟然对你——”

她实在太困了，后面的话也没听见了，一片朦胧里最后一个念头是，燕绥这是怎么了？

不会又在坑人吧？

第四十九章

这个女人我要了

月光下积雪的山脉黑白相间，如一条黑甲巨龙在天际飞腾。

两道人影行走在白山黑水之间，都身量颀长，一人青衫落拓，一人黑衣沉厚。

周堂手里还抓着那个已经空了的葫芦，神情却和先前在文臻面前略有些不同，身形似乎也更高了些，暗淡天光下他眉宇间脱略气息未散，不笑的时候却多了几分高华气韵。

童邱走在他身后一步远的地方，像一个不离不弃的影子，但影子没有他那般的肃杀沉重气息，每一次呼吸都似乎携着铁血和寒意。

“是个好姑娘啊，也着实厉害。”

童邱深以为然地点头。

别的不说，能扛住自家老大不羁风格还能言笑自若的女子，就绝不是凡品。

他们就走遍大江南北，见惯各色女子的眼光，也没见过这么奇特的女子。

说她冷漠吧，她还是代老大出了钱；说她温暖吧，她看着老大那样的人遭遇尴尬也能含笑旁观。

她不和人争竞，也不主动出手，但谁要对她出手，下场绝对很惨。

她审时度势，都不用强迫，半夜三更叫她走她就走，叫她吃她就吃。遇上任何事，都能给出最精准的判断。

她看似谨守礼教，中规中矩，但没有任何一个中规中矩的淑女敢半夜来和老大及他这样的人喝酒吃肉，面对提亲面不改色，哪怕是拒绝，也每句话都叫人在无法反驳却又绝对不伤人自尊。

他不信她看不出自己和老大杀人如麻的气质，可是没感觉到她有一分在意。

足够强大的心理。

她甜美表象下是精钢薄刃，常人不见，隐藏不出，出也是温柔一刀，却足够一刀毙命，毙命了可能还不觉得痛。

“本来还有些不明白，看过她的画像，虽然相貌不错，但也没到能让他们这样趋之若鹜的地步，瞧我家那傻小子给折腾成那样，连一句话都不敢说明白，如今一见也便晓得了。”周堂感慨。

童邱道：“其实不必来看，就看这一路来她诸般种种，也便知道了。”

周堂点点头：“不容易啊。重伤之下，面对唐家、长川易家、西川易家同时出手，还能护持着殿下安然周旋脱险，此女聪慧坚毅，东堂再无第二。”

童邱点头，又摇头，道：“可惜了，我儿本有机会。”

“咄！”周堂冷笑，“你儿有什么机会？你儿能有什么机会？隔着千里之远，随便人一句话，你以为就能轮到你儿了？要轮，也是轮到我儿！”

“哦，随便人。”童邱点头，“回头我会记得和娘娘说的。”

“你便说呗。”周堂满不在乎，“她又不能到边关来揍我。”

他语气轻描淡写，随手从路边采了一根苦辛放嘴里嚼着。

童邱顿了顿，立即转了话题：“你行事越发不讲究了。就为了看看这个女子，抛下大军来长川易家也罢了，说到底也是经略长川。但还要迫不及待从易家跑出来看她，有必要这么急在一时？看了又怎么样？看了也不是你家的。”

周堂大概这一刀被扎得有点狠，声音也高了些：“怎么不能是我家的？只要我想，她迟早是我家的！”

“做你的梦吧！”

有一瞬间，周堂以为骂这句的是童邱，随即反应过来——伴随着这声怒喝，几声厉响，四面积雪被那风声卷起四散飞溅，碎雪里几道乌光，似时空黑洞被割裂般忽然出现，眨眼便到了周堂面前。

周堂的发生生被那箭的劲风吹得倒飞。也没见他动作，只仿佛全身筋骨肌肉都在瞬间奇妙地扭了扭，那些原本冲着他上中下三路的猛箭便如被水流荡开，擦身而过。

而童邱立定雪中，生生徒手劈掉了两支箭。

两人忙着对付这来势非凡的箭，周堂把箭引走，看一眼那箭，忽然明白了什么，喝道：“你小子——”

一道人影忽然从他身后扑了出来，人还在半空，一条长腿已经伸了出来，狠狠踢在刚引走飞箭还没来得及转身的周堂屁股上！

周堂本已经卸下心防，猝不及防挨这一踢，被踢得大叫，向后飞起丈高，半空中他急忙调整身形，没撞上后头的大树，猝然落地，就听“扑哧”一声，泥浆溅起半丈高。

这山路边竟然有个泥浆坑，上头因为下雪积了薄薄一层冰，此刻被踩碎，泥浆糊了周堂一身。

周堂吐着泥巴，从坑里出来，一边胡乱抹着大花脸一边大骂：“你这浑小子——”

他还没骂完，那道黑旋风又飙了过来，伸手就是一拳，揍向他那面目全非的脸。

怒声道：“竖子乃敢调戏女子！”

周堂手臂往上一架，两臂相交，震得地面都抖三抖，周堂还没来得及从泥坑里出来，这下又陷下去半尺。

奇怪的是童邱解决了他的箭，并没有过来，站在一边抱臂观战，一边唇角忍不住地翘起，瞧得津津有味。

周堂此刻也来不及骂损友，那黑旋风又是一拳倒砸而下，风声呼啸，周堂眉头一竖，忽然手臂以诡异角度一转，便攀着对方手臂到了他肩头，随即恨铁不成钢地道：“傻小子！”一转手猛地抓在黑旋风的肩头，黑旋风竟然给他整个人抡起，再摔砸到泥坑里。

把他摔进泥坑里那一刻，周堂已经踩着他的肩膀出了泥坑，在他肩膀上留下一个硕大的脚印，还恨恨地用力踩了一脚。

黑旋风被掼进泥坑的时候，一道莲青色影子忽然鬼魅般出现，本来要援救的，结果一看那脏兮兮的泥坑，顿时站住了，还后退了两步。

童邱抱臂看着周堂出来，对他弯弯嘴角，很不真心地赞道：“虎子！”

周堂吐出嘴里的泥浆，抓起一把雪，擦干净脸，才回头对着从泥浆坑里爬出来的人，道：“你的眼睛呢？长臀上去了？”

从泥坑里蹿出来的人傻在了泥坑里。

泥坑旁站着的人也傻在了那里，看看里头那个，再看看外头那个，好半晌才结结巴巴地道：“飞白……”

林飞白满是泥巴的脸上已经看不出表情，一开口泥巴就扑簌簌往下掉，声音里也像塞了泥：“你……你……你怎么会……”

周堂也抱起双臂，阴恻恻地道：“请叫我长老堂提堂长老，谢谢。”

林飞白那样子好像又被塞了一嘴泥巴。

好半晌他才怒道：“你怎可轻离大营……”

他不说这话还好，一说周堂顿时大怒，袖子一捋道：“还不是你不中用！追个女人都追不到！叫你带来给我瞧瞧也带不来，非要你老爹拉下老脸跑来见人家，好话说一堆帮你提亲……”

林飞白的脸瞬间扭曲了，失声道：“提亲？！”

周堂冷笑，一弹手指：“被拒绝了！”

林飞白脸上的表情也不知道是松一口气还是失望，看得周堂眉毛又挑了起来，冷笑道：“出息了啊。女人追不到，倒敢揍老子。”

林飞白脸色一阵红一阵白，辩白道：“我不是……我只是以为你调戏她……”

他之前终于追上文臻，给她留下了记号，还没来得及联系，就看见文臻被带走，文臻走的时候暗示他不要轻举妄动，他便远远地看着，周堂和童邱都是背对着他，他根本没看清人，后来文臻要走，他倒是把周堂要抱文臻要亲她的动作看了个清楚，本来还有些疑惑，结果燕绥带走文臻的时候，忽然来了一句“什么，他竟然把你——”

话说半句戛然而止，剩下全部自己脑补。

越补越愤怒，他看见文臻的时候，就为她的苍白憔悴震惊，不敢想象这段时间她身上发生了什么，又经历了什么，正在自责懊恼后悔之中，情绪不稳，被这一坑再坑的，又想到这人身份好像是长川易家的长老，如果真的对文臻图谋不轨，得早点解决，最起码也得教训一顿，叫他以后不能再惦记文臻，不然以后还有麻烦。

现在他再不明白怎么回事就不是林飞白了。

很明显是某人要捉弄燕绥，结果燕绥不仅发现某人的打算，还发现了他在旁边窥视，顺嘴把他给捉弄了。

林飞白默默。

从小到大，他被燕绥坑的次数数不胜数，但被坑到揍自己老子这种事……

林飞白也和他父亲一样，吐出了一口苦得要命的泥巴。

周堂一声声地在叹气，有些绝望地道：“你说你小时候也算聪明伶俐，也未见得比那小子差，怎么这越长越傻了呢？女人抢不过，斗智也斗不过，再输下去亵裤也得被他当掉。我跟你说，我昨晚见了文臻，委实是个好女子，我觉得配你合适，配燕绥那个又懒又坏的小子实在糟蹋，来，我再教你一个法子……”

林飞白一甩手，冷冷道：“你有什么能教我的？你又何曾斗得过，抢得过？”

周堂还没有反应，童邱已经怒喝道：“飞白！”

林飞白烦躁之下口不择言，话一出口就后悔了，但他的性子让他无法软下来，只得默不作声躬了躬，转身便走。

童邱上前一步，还要说什么，周堂已经抱臂嗤笑一声，摇了摇头。

又转头对身着莲青色长袍的少年道：“小司空，留下来吃个饭？”

司空昱如梦初醒，赶紧也深深一躬身，一声不吭一闪不见，连瞬移都用上了。

他们天机府的人，会轮番去边军中执行任务或者训练，没少和这位大帅打交道。

基本上都一个感触——想多活几年，最好离远一点。

两个孩子都跑走了，童邱才有点担心地回头看周堂。

周堂没什么异样，只是不知何时又把苦辛给嚼上了，他脸上还有没擦尽的泥巴，簌簌落在苦辛上，他也不管，"咔咔"地嚼得响。

童邱看了他一会儿，最终还是没把那句"你没事吧"问出口。

有些事是永久镂刻在心上的疤，哪怕被层层伪装包裹，依旧轻轻一动便要流血，对此最大的呵护，便是不去碰它。

半晌他道："何苦。"

他说得没头没脑，和他有多年默契的周堂却听懂了。

周堂嚼了一会儿，忽然含糊不清地道："情之一字，最是勉强不来。"

童邱道："你既然明白，为何还要教飞白努力呢？"

那丫头一看就心志坚毅，绝不是谁努力追求就会变心的，既然注定要收获失望，何必还这么死缠烂打？

"飞白心思坚执，虽不算嘴笨，偏偏于情感之事上显得又韧又钝，拿不起，也放不下，将来难免要多绊自己几个跟头，更怕……"周堂停住，笑了笑道，"还不如让他多碰几次壁，早些了结了好。这叫以毒攻毒。"

童邱呵呵一声，显然对他的谬论再次不以为然。

"说不定多碰几次，就情之所至金石为开了呢？那不就赚到一个媳妇了吗？"周堂忽然十分神往地道。

童邱回他一声更大的："呵呵！"

次日下午，文臻和燕绥跟随段夫人一行终于进入主城。

长川主城早已得了消息，城门大开，传灯长老亲率长老堂剩余长老和易家族人出城十里迎接，一路上旌旗飘扬，场面隆重。

跟在车队里的文臻一看这阵仗，便和燕绥咬耳朵："咱们弄错了吧？这位不是小家族的夫人对不对？"

"是啊，她是易勒石的夫人段氏。只是和易勒石不和，分居多年。偏偏又出身高贵，是长川十八部族原先的共主家族的长女。当年易勒石能够在和西川易家决裂后夺下长川，迅速划定自己的地盘，巩固对长川的统治，段夫人家族功不可没，没有十八部族的拥护，易勒石可没那么容易站稳脚跟，所以段夫人不肯冠夫姓，多年不肯回长川，对此易勒石也没办法。"

“奇了怪了，你既然这么清楚，之前为什么不和我说？”

“试试你能不能自己猜出来啊。”

文臻心想，我信了你的邪。

她抬头看了一下高处，也不知道林飞白和司空昱等人藏在哪里。

昨夜她在路边一块石头上发现了林飞白留下的记号，知道他已经找到了自己，只是没来得及说话，就被周堂给请走了，又被燕绥给弄睡了。早上醒来也没能见到面，燕绥表示他已经知道了，林飞白确实留下了记号，已经来会合。但是不是大部队。厉以书的刺史队伍还在道路上跋涉，易人离暂时留下保护他，林飞白带人提前追来，本来当初燕绥带着文臻乱跑，中间缺失了一段记号，林飞白也很难找到他们，但是在尧城附近遇见了司空昱带领的过来支援的天机府队伍，靠着那些人的天耳、通天眼、寻踪等奇特能力，硬生生将缺失的那一段路程找了出来，终于在主城之外的客栈看见了文臻。

文臻本想和林飞白司空昱等人打个招呼，结果燕绥表示媳妇养伤要紧，闲杂人等就别见了吧。

文臻也懒得和这占有欲爆棚的人计较，反正进了城总会见到的。

外头那一大堆人她也懒得去认脸，都交给“地主家的装傻儿子”去操心吧，她累了这一路，彻底躺平准备做“蛀虫”了。

主城里来迎接段夫人的队伍，以传灯长老为首，大多举止恭谨，保持安静。也有一两个神情淡漠，避在一边。

文臻特意掀开帘子看了一下，发现那位美大叔提堂长老不在，隐约听见身边有人八卦，说是提堂长老又和传灯长老吵架了，一怒之下没来。

文臻冷笑一声，心想：什么吵架，喝酒去了吧？

几位长老在前头和段夫人问候几句，便命人开城门。

城门开，这边的车驾还没起，忽然城门里头烟尘四起，马蹄声急，腾跃出一大群骏马来，马上都坐着彪悍的骑士，都不是东堂常见衣着，有的光头后脑勺结小辫，小辫上还缠着彩带，有的头发厚厚的顶着彩色高冠，有的短发插彩羽，有的长发垂重辫。衣着也是五花八门，色彩鲜艳，样式不同于内陆，但大多都在这寒冬里袒露半边或者全部胸膛，露出结实油亮的胸肌，有的人胸肌上还涂着赤红的颜料，一眼看过去还以为是被开膛剖肚了。

这样的各色装扮，应该就是传说中帮易勒石奠定长川统治基础的十八部族了。

这些人分成两列，从城门驰出，彼此之间互望一眼，各自“呸”一声，分道扬镳。

两列人卷两道烟尘如怒龙，转眼狂驰而出，看见段夫人的车驾也不下马，领头骑士举弓空弹，高喝：“恭迎哈巴桑回长川！”

后头一齐高喝："恭迎哈巴桑回长川！"

声音雄浑，烈马飞驰，惊得原本两边迎候的百姓纷纷后退。

两道灰龙从城门两侧飞出，包抄一般顺着段夫人的车队疾驰，两边领头骑士一声长喝："礼！"

骑士们齐齐张弓搭箭，彩羽如虹在空中交射，飙出无数艳丽的羽痕。

所有的车子都停了下来，众人四顾失色。

迎接不是这么迎接的，这已经接近示威了。

传灯长老脸色铁青，怒喝道："你们在做什么？"

没人理他，两侧的十八部族勇士们，隔着车厢，互相对视一眼，眼神里似有火星溅起，随即各自一扭身，催动快马，竟然反方向再次狂驰！

狂驰中他们再次弯弓如满月，再次激射飞箭，这回不再冲着车轮，而是冲着每辆车的车窗。

南北两派的部族，任何事都要一较高下，这迎接段夫人的仪式也要拼个箭法，每人都出了全力。

利箭呼啸，将车窗后的帘子带飞，露出车中人的脸。

不断有女子惊呼声响起。

骑士们哈哈大笑，大喊："既已归乡，何不面见！"

领头的两人已经错开，一人于车头，飞射段夫人的马车车窗。

一人于车尾，射的是燕绥文臻那辆。

也就这两辆情况不一样。

易秀鼎在段夫人的马车里，第一轮射箭时她淡淡的眉已经挑起，却忍着没有说话，第二轮直射段夫人车窗，她霍然抬手。

易秀鼎的手定在空中，两指间夹着一根黄色彩羽箭。

射箭的领头骑士骇然回首。

易秀鼎冷声道："对夫人无礼，断一腿！"反手一掷。

利箭激射的风声比先前更剧烈，那骑士惶然举弓要挡，但已经来不及，利刃刺入身体，骑士已经无声栽倒。

而车尾那箭擦窗而过。

车帘却没动，也没人出手，箭却忽然偏了方向，击在车辕上，火花四溅里飞箭弹起，半空里古怪地一扭，追到了射箭骑士的身后。

那骑士一箭出便觉稳操胜券，拍马回头，哪知道自己射出的箭已经悄悄跟回来了，蓦然觉得屁股处有点异样，随后四周大笑声起，回头一看却没发现什么，只觉得屁股处有什么东西，努力扭腰一看，脸顿时青了。

正是他射出去的那一支红羽彩箭，挂在他屁股上，只稍稍刺破了一点外袍，挂在腰部之下，随着马的奔驰不断跃动，看上去像忽然生了个甩来甩去的彩色尾巴。

哄笑声里那彪悍骑士脸色涨红，一把拔下箭，正要回头找人算账，忽然响起一声惊呼。

射箭技艺有高低，两边为了争高下难免手下无度，对射中，有两人互相看对方不顺眼，其中一人挑衅地隔着马车缝隙对对方射了一箭，对方见状自然不甘示弱也回射，两箭相交处正是马车前方，而此时，一个侍女正坐在车辕上，处于两箭碰撞的位置，一抬头便见左右两侧彩光袭来，惊得尖叫一声。

易秀鼎霍然回首，但她相隔甚远，已经来不及，一瞬间眉笼寒霜。

忽然一只拳头从马车中飞出，一拳击在那侍女的背心，那侍女却没有呼痛，那小小的拳头也十分奇异，仿佛粘在那侍女身上般，轻轻一抡，竟带着她风车般呼地转了一个圈，那姿势柔曼又劲道，说不出的好看。那个圈也转得非常奇妙，一圈转完，不仅正好错开了那箭，还恰恰让侍女的两只木屐底分别撞上了那两支箭，那两支箭交错飞回，撞回到那两个闯祸发愣的骑士身上，虽然力道不够没让两人受伤，却腾起一阵淡淡的烟灰。

但此时，所有人都看着那个白白小小的神奇拳头，这样转一圈之后，那侍女飘然坐回，毫发无损，连坐着的姿势位置都一模一样。

那小拳头这才缓缓收了回去。

而此时车帘因拳风飞开，露出帘后人的脸。

微微苍白，却令人觉得精致而俏丽，像尊小小的白玉神像，在轿子中沉沉的黑暗里发着光。

四面的气氛似乎有一霎的凝滞。

也许这凝滞从那一拳出现便开始，众人说不清这一拳的奇妙，只觉得那动作美妙，那感觉神奇，像看见一朵花柔软开放的全过程，天地造物，令人膜拜。

远处，接段夫人的人群中，一个少年目光灼灼地盯着轿子里的少女，忽然一拳击在掌心，狠狠对身后人道：“去打听打听她是谁，这个女人我要了！”

第五十章

窥视

少年身后人笑道："公子是咱们家未来的继承人之一，要这女子还不是小事一桩。之前六老爷好像提过一句这女人，说是岑少爷路上不小心误伤的一对普通夫妻，正好也要来长川探亲，段夫人便一起带过来了。"

"我的小乖乖，这么个粉雕玉琢的可人儿，易云岑那个傻子也舍得伤，这要归了我，我肯定每天都把我的小乖乖捧在掌心啊。"

"公子向来怜香惜玉，岂是那心智不全的易云岑可比？"

"你这话说得是。那个易云岑连敌人都敢公开吹捧，家主也不知道是受了谁的蛊惑，居然把他也定为继承人之一，和我平起平坐，简直是对我的侮辱。不说他了，我去问问燕吾叔，叫他想个法子帮我把这女人要过来。"

"不过公子，此女已经成亲了，她的夫君想必是个麻烦……"

"听话乖乖奉上便好，不听话嘛，杀了……"易修年忽然打住话头，盯着那马车车厢。

车厢里又伸出一只手，同样雪白，手指修长，是男人的手，轻轻一挥，帘子落下。

不知怎的，易修年看见那手和那手的姿势，便觉得这男子定也是个美人。

他忽然想到了什么，咧嘴笑了下，拉长声音，怪腔怪调地道："留着，说不定有大用呢。"

十八部族迎共主便如一场闹剧，轰轰烈烈开场，荒唐狼狈结束。

那两批骑士迎着段夫人车驾，有点仓皇地施礼，对望一眼，不再造次，退入城内。

文臻出拳救人后，因为重伤未愈有点气息不稳，燕绥一边说她多事，一边给她把脉调理气息。文臻笑眯眯听他念着，心情大好。

她发现自己虽然伤重恢复缓慢，但她的拳力流转更加如意，果然武技更上一层楼。只是不知道这次碎针还会不会留下还没发觉的伤害，但武力值上涨，在这危机四伏的敌营，总归是件好事。

队伍前头，易秀鼎缓缓将长剑挪到更易拔出的肩头位置，脸色冷峻。

她身边传灯长老叹道："我不过稍稍走开，十八部族便忽然又变了态度，这些人真是桀骜难驯，你永远不知道他们心里在想什么，也不知道他们下一刻会不会改主意，他们什么人的话都听，什么事都敢做……有他们搅和，咱们家要想渡过这次难关难了。"

易秀鼎冷冷道："连夫人都敢挑衅，果然是吃了熊心豹子胆了。"

"段家对十八部族的恩泽，毕竟是上一辈的事情。而段夫人当年避走青州，在十八部族看来也是丢下了他们，如今青年人上位，未受旧恩，心中有怨，对夫人缺乏应有的尊敬也难免，但只要夫人手中握着青螭刀，他们应该就不敢违背夫人。"传灯长老道，"只怕这些莽夫，被人挑唆，惹出乱子来，也不知道谁能拦得下他们。"

易秀鼎脑海中忽然掠过一张艳丽秀逸的脸，和那人散淡又高远的神情，心中微微一紧。

城门大开，长长的队伍被引导入内，四面百姓不断挤上前围观，大多人的眼神是陌生好奇的，有人向段夫人的车驾抛掷鲜花，路边还有不少十八部族装扮的男女，对着段夫人的方向施礼，多半都是老人。

文臻悄悄撩开帘子，看着外头的景象，北方大城的风格和天京的富丽精美温柔乡果然不一样，城墙高阔，青色墙面边缘饰以黑色图腾纹的墙砖，沉厚庄重，护城河宽达四丈左右，垛口和望敌台无数，老远便可见旌旗飘扬，长矛矛尖向天仿若要刺日，铁甲光耀，戒备森严。

入城道路也比天京宽阔，两边屋舍齐整，招牌布幅都颜色一致，且很新，似是近期经过统一修葺，务必要展示雄城气势，令人入城第一刻不禁肃然，觉得此城庄严雄伟。但文臻目光专门落在一些细节上，屋舍之间的隐蔽街巷很脏，积着污水和秽物，透过街巷看见的里头的屋舍就破烂了很多，街面上虽然看不见乞丐，但是那些阴暗角落里，不时能看见目光暗淡衣衫褴褛的乞讨者，时不时被路人呵斥着赶到一边，在寒风中颤抖。

忽然有一个妇人冲出来，在街头大叫："我的孩子啊——你们谁看见我的孩子了？"她不断拉住行人，拼命询问，再被行人漠然甩开，最后被几个冲过来的官差模样的人拉走。

四面的人依旧没有太多奇异的神情，似乎这样的事情很常见，摇摇头，叹息一声，继续往前走。

街道上还有很多身形高大彪悍的异族男子大步行走，不时和摊贩发生冲突，高处的酒楼里忽然就有酒坛砸下来，险些砸到路人，但那些人依旧麻木地在路上行走，连抬头都不曾。倒是酒楼里面吵得沸反盈天，过了一会儿，一个人砸下来了，四面路人散开，像怕被血溅到鞋子，但也没人去救，就任伤者躺在积雪未化的路面上，好一会儿才有店小二匆匆跑下来，动作麻利地将人抬走。

文臻轻轻皱起眉。

整座城，给人一种暴戾又隐忍，凶悍又麻木的奇怪感受。

像一座凶城。

这座凶城注定会发生很多事，希望最后鲜血不要流遍长街。

她忽然觉得似乎有人在看着自己，神色不动眼珠溜了一圈，没有发现，她手指一动，立即放下车帘。

车马斜对面一座酒楼上，靠窗的两人也收回了目光。

其中一个男子，头发花白，脸容却不甚老，一双细长鹰目微带阴鸷感，神情却颇温和。

易人离若在这里，便能认出，那是当初在千人坑想要劝他回去的易家男子，是在天京搞事的易云冲的父亲。

他对面一人，白衣似雪，玉冠束发，腰间一支玉笛晶莹雪白，风姿极美，脸上神情却很僵硬，唯有一双眼睛华光流转如明珠。

看样子很不走心地戴了面具。

他手中轻轻转着酒杯，侧首看着马车行进的方向，目光紧紧落在一人身上。

他对面的男子凝视着他，忽然笑道："听说段夫人带回来一对神秘男女，公子可认得？"

男子放下酒杯："哦？我为何要认得？"

"看公子眼神似有缱绻之意？"

"哦？"男子转过眼来，也瞧着他，"燕吾兄如此敏锐。那么请教一下，我这么瞧着你，你看到了什么？"

易燕吾对上他的目光，一时险些忘记怎么回答，好一会儿才讷讷道："公子真是风趣，呵呵，真是风趣。"

白衣男子一笑，转开眼光。

易燕吾悄悄摸了摸后背，就在刚才，他没来由地出了一身冷汗。

刚才那目光他其实也看出来了。

是杀气。

可他敢说吗？

听得对面人道："段夫人已经回来了，燕吾兄也该准备了。"

易燕吾犹豫了一下，"真要那么做吗？段夫人毕竟是十八部族共主……"

白衣男子忽然一笑，他唇角天生微微翘起，瞧着三分喜相。

他道："共主吗？"下巴对着下面一扬。

那群骑士回了城，下了马，犹自聚集在一起低声说话，忽然起了一阵骚动，似乎出现了分歧，随即先前那个屁股上被射了箭的男子，推开面前阻挡的几人，冲扑向段夫人的车驾，人还没到，已经大喊出声："哈巴桑！哈巴桑！你终于回来了！你再不回来，我们哈撒族的小牛们便再也没有了自己的草场了啊！"

他还没扑到马车边缘，后头便又腾身追来一个老者，一把拎住他往后一拽，道："兀阿！不要胡言乱语，惊扰夫人！"

那汉子反手便拔刀，头也不回就狠狠对老者劈了下来，"册那，还轮不到你呔族的人管我！"

那老者猝不及防，慌忙后退，退到街边，怒骂："兀阿你这个疯子！金草原的草场是家主亲自判给我们呔族的，你跑来夫人这里胡说什么！"

"呸，谁不知道家主被那群小人骗了的！那印章还不知道真假呢！"

酒楼上，易燕吾努了努嘴，道："这位，兀阿。哈撒族族长的儿子，南派十部中出名的勇士。十八部族中只长个头不长心眼的杰出子弟。"

白衣人转着酒杯："说得好像你们十八部族大多数人都能长心眼一样。"

易燕吾无言以对。

此时车队被阻拦，街边的人越来越多，众人都下了车，燕绥抱着文臻下车的时候，路边很多人都将目光落在他身上。

易云岑悄悄和文臻咬耳朵："南派和北派又斗起来了，不是为草场，就是为金钱女人，每年都闹个不休。当初祖母就是因为这些人才远避青州的，如今一回来又来了，真是一刻都不得清净！"

文臻笑道："就等着夫人呢，怎么舍得让她清净。"

家主倒下，长老堂长老之位空缺，传灯长老地位最高却并不服众，提堂长老行踪神秘，掌馈长老财富最甚立场不明，求文长老只爱诗词沉溺胭脂乡，理刑长老手段狠辣拥趸最多。但长老们互相掣肘，谁也不能轻举妄动。段夫人是目前地位最高的易家人，所有人都在盯着她，想要掌控她，或者毁了她。

有人趋奉以获取支持，慢了一步就只能刁难她了。

十八部族的共主段夫人刚回来就遇上部族分歧，众目睽睽之下，如何处理，会有很多文章可做。

十八部族早期各有草场地盘，但是世事会变，多年下来，有的部族兴盛，有的部族衰落，有的部族善于经营，有的部族行事痴愚，差距越来越大，强盛者自然野心膨胀，软弱者就会挨打。强盛者不满于当年均分的草场地盘，弱者却又不甘地盘被夺，生机灭绝，毕竟草场划分，当年是对着老天磕头发誓永不更替的。

这种多年历史遗留矛盾，一般都是私下糊弄解决，这次给你点补偿，下次警告他一番，根本没法彻底解决。

但此刻，这种根本没法解决的老问题被直接端到了刚回来的段夫人面前，就无法再用和稀泥的方式私下处理。

解决不好，不仅在百姓面前失了威信，还必将激怒十八部族的某一派。

“哈巴桑！”南派的兀阿趴在段夫人的车辕上，喊着十八部族对共主的敬称，孩子一般哇哇大哭，“您再不管，今年冬天我们就过不下去了啊……”

“兀阿！”传灯长老策马上前，怒道，“有什么委屈回府再说，在这大街上撒泼成何体统！”

“传灯！”兀阿却不怕他，将胸膛一挺，“回府说？多少次你和我们说回府说，然后呢？你给出说法了吗？给过一个明白吗？我族中老弱最多，草场却最小，还在被抢夺，这许多张嘴，这个冬天怎么过，你问过吗？”

他一把拨开传灯长老，伸手去掀段夫人车帘：“夫人！”

一只手伸过来，打下了他的手。

兀阿抬头，就看见易秀鼎苍白而冷漠的脸。

“惊扰夫人，滚开。”

“十七小姐！这就是你对十八部族的态度吗？当年如果不是我们……”

“当年如果不是你们，夫人能安稳度日，能不必远走，能不用操心得早早衰老，能过得比谁都好。”易秀鼎面无表情地伸手，毫不避讳地按在兀阿裸露的胸膛上，“所以，走开！”

她细白的手腕轻轻一转一挥，兀阿偌大的身躯就被狠狠推了出去，跌落长街远处，好半天都爬不起来。

长街一时寂静。

好一会儿后，蓦地街边冲出一堆老弱妇孺，也不上前，抱着兀阿便“哥哥弟弟侄儿阿爷”地喊着哭起来。

一时长街上泪雨纷飞，凄凄切切，夹杂着各种哭诉之声，乱成一片。

酒楼上，白衣人给自己缓缓斟了杯茶。

易燕吾看着下头，神情微微讥诮："十八部族，都是猪脑废物。兀阿还号称南派哈撒第一勇士，连一个易秀鼎都敌不过。"

白衣人抬头看他，笑了笑，柔声问："你敌得过？"

易燕吾噎住。

僵硬了一刻，他只得转移话题："都赖公子指点。果然，这个共主是不好做的，这个时候回来，十八部族随便一个矛盾推到她面前，她便没法子了。一个处理不好，命都保不住。"

"你以为我让你去挑拨兀阿闹事，是为了对付段夫人吗？"

"难道不是？"

"段夫人算什么。"白衣人伸指一弹杯沿，声音清越，他自己的语声却微微低沉，便是说着普通的话，听来也荡气回肠。

"我只是想看看，他会怎么做而已。"他缓缓站起身，目光落在那一对相拥的人儿身上。

易燕吾望着他，只觉得他的眼神似乎空无一物，又似乎散着淡淡的伤，烟气一般，看似转瞬不见，实则长久存在。

他忽然弹了弹手指，随即身后出现一名高个子男子，躬身等待他的命令。

"你下去，对着那人的方向走个来回。"他一指燕绥。

高个子男子脸色有点愕然，犹豫一下才道："公子，这位曾经见过我……"

当日东海之上，他曾是唐家这边的护卫领队，以那位过目不忘之能，一个照面就能认出来。

"去吧。"

男子毫不犹豫领命而去。

公子从没有错过，他听着便是。

易燕吾莫名其妙地看着白衣人，不知道他葫芦里卖的是什么药。

白衣人也不打算为他解惑，又从容地坐下了。

"我还想知道，他是不是终于开始变化了。"

第五十一章

殿下出马，雁过无毛

在长街上哭泣，比闹事更让人寸步难行。

几个弱小部族的人闻讯不断涌来，将长街堵个水泄不通，他们不再以武力阻挡，只是把住段夫人的轿帘，向她哭诉这多年来自己部族受到的不公对待和委屈。

这种情形，无法以武力驱赶，易秀鼎被人们有意无意挤到一边，咬牙忍着，胸口微微起伏。

几位长老在进行无用的劝说，易家子弟们大多淡淡旁观，易秀鼎四面一望，便知道这些人指望不上，不仅指望不上，保不准这些拦路的人当中，本就有易家的子弟。

易云岑操着公鸭嗓子试图劝解，还没说两句，便被人劈头盖脸嘲道："岑少爷，你可歇歇吧，文不成武不就的一个人，还真当自己是易家未来的家主？听说你还十分崇敬那个朝廷的皇子殿下？啧啧，真是让人想不通，这么一个不分敌我是非不明的人，是怎么成为家主继承人的？"

易云岑涨红了脸，怒道："说我可以，不许说宜王殿下！再说我崇敬的是宜王的才能品性，和彼此立场无干！"

"他人的才能品性，又与你何干？你这么崇敬敌人的才能品性，你倒是叫他来帮你解围啊，哈哈。"

文臻拍拍燕绥的肩："啧啧，迷弟为你受辱，怎么样，上去表现一下？"

燕绥眼皮都没抬："无聊。"

段夫人忽然掀开车帘，对燕绥招招手，燕绥走近，听她低声道："今日之事，进退不得，公子可有办法解决？"

燕绥微微一笑，道：“有。”

“今日之事，并非老身一人之事。公子要想两易合并，十八部族必须收服。怎么，公子还不愿意出手吗？”

“夫人要想安然进城保住易家，十八部族绝对不能成为阻碍。所以，夫人，我想要天星台的所有药物和多年研究的所有记录以及药方。”

“公子还真是雁过拔毛。”

“不，您客气了，大雁从来不敢从我的地盘过。”

“好，便应你所求。”

“我要一份十八部族草场地盘分布图。”

“好。”

地图很快拿来，燕绥将文臻交给易秀鼎，道：“我要帮你们易家做苦力了，你记得，如果发生什么事，死也要护住我媳妇。”

易秀鼎盯着他，嘴唇狠狠地抿了抿，一字一字地道：“我只会比她先死。”

燕绥忽然又一笑，拍了拍她的肩，道：“什么事都没有。别这么绷着，看着累。”

他拿着地图向前走，长腿细腰衣袂翩翩，四面的女子都在看他。

易秀鼎却低头看着自己的肩膀，刚才他轻轻拍过的地方。

不知道为何，她有点别扭，轻轻动了动肩膀，像是要把什么给抖下来。

四面有女子窃窃私语，她本来对这些无聊女人的言语听而不闻，此刻这些声音却一阵阵地钻进耳朵。

“哎，那小哥是谁？着实好相貌好身形！”

“就是就是，我活到现在，也没见过比他更好看的人呢。像画上的人儿！”

“画上的人儿哪有他好看，我觉得脸也罢了，但那气度姿态……像天上的神！”

“管他是人是神，反正都不是咱们的。”

“谁说不能是咱们的？说不定谁就合了他的缘分了呢？哎，你看我今天，这么巧穿了那件穿花金蝶裙，好看吧？他会喜欢吧？我往前站站，他会看见我的吧？”

“你那裙子俗气死了，倒是我这玉兰花绣鞋，是最好的绣娘绣的，他一定会喜欢……”

易秀鼎下意识低头，正看见自己积满灰的黑靴，和同样颜色的灰扑扑的衣角。

她看着那些少女摇曳的身姿，悄悄试着放松了一下身体，但随即不知哪里的一声尖叫，便让她立即又把自己绷成了上弦的弓。

文臻站在一边，目光一抬，忽然觉得向燕绥迎面走来的一个男子有点面熟，但燕绥没有反应，两人擦身而过。

文臻的角度看不见他全脸，正想仔细再看一下，却忽然被易秀鼎拉到自己的身后，道："别乱跑，站我身后。"

文臻的目光也便收回，落到她的肩膀上。

她看见燕绥拍易秀鼎的肩膀，倒没吃醋。只是有点讶异。燕绥伤后的行为，和以前有了不少不同，以前他绝不会主动接触人的，尤其是女人。

看他那样儿，没把易秀鼎当成女人，但这样也够人掉眼珠了。

她笑笑，站到易秀鼎身后，看那单薄的少女，侧身移了一步，将她整个人挡住。

她剑在手，浑身绷紧，像是一只随时准备扑出猎食的豹子。

如果此刻有箭向她射来，必先射向易秀鼎。

文臻忽然笑了，也拍了拍她肩膀，道："十七小姐，别听他玩笑，我不用你保护。你记住，任何时候你自己最珍贵。"

易秀鼎回头睨她一眼，粗暴地道："告诉了你，别乱动！"

文臻忍不住又笑了，上前一步，将下巴搁在她肩头，笑眯眯看前头的燕绥。

易秀鼎不防她忽然有这样的亲密动作，一时更加僵硬，木头一样站着，连动作都忘记了。

她自幼孤独，无父无母无亲无友，易家的人讨厌她也怕她，都说她是煞神克星，何曾与人有过这么亲密的行为。

她又动了动肩，心里恼火地想，这对夫妻真是莫名其妙，一个乱拍，一个乱靠！

想要把文臻甩下去，不知怎的却没动，随即她听见文臻道："哎哎，快看快看！"

长街上，燕绥携着地图上前，那群人还在哭泣，燕绥也不理他们，衣袖一拂，整理出一片没雪的干净地面，将地图往地上一铺。

人群止住了哭声，都愕然看着他。

"觉得草场分配不均是吗？"燕绥指指地图上已经用各种颜色标好的草场区域，"那就重新分配吧。"他修长指尖顶住哈撒族黄色的那一片区域的最边缘，"我的手指顶在这里，你们尽管上人，用拳头也好，手臂也好，把我的手指向外推，在地图上推出不管多远，那块地域便是你们的。怎么样？"

众人面面相觑，从没听过这么儿戏的分配草场的办法，有人哈哈大笑："胡扯什么！草场分配何等大事，轮到你说了算？"

燕绥回头看段夫人，段夫人沉默了一会儿，道："算。"

一霎安静，片刻后又有人道："那先去推手指的岂不是占了上风？谁先谁后？"

"抓阄决定。运气是老天的意旨，不是吗？"

兀阿粗声道："只要推动你的手指就行，推出多少算多少？你要耍赖怎么办？"

“我可耍不了赖。”燕绥一笑，“你们难道不信夫人？”

众人都默然。

能在这种时候来到长川主城的，都是十八部族中的重要人物，多年来和长川主事者打交道，相对于真正的牧民，都更加圆滑和通达世故，一听这话，也便明白燕绥的意思。这匪夷所思的方法虽然是他提出来的，决定却是段夫人当众下的，反悔也是段夫人的事，而众目睽睽之下反悔此事，段夫人也就别想再保护易家了。

只要推出手指就能获得草场！

这是千载难逢的好事！

兀阿第一个大步跨上前，猛地脱掉单薄的外衣，粗声道：“赌了！”

也不知道推个手指，他非得脱衣服做啥。

他身边一个老者去拉他，低声道：“事关重大，等族长来再做决定吧。”

“族长没来主城！等他到什么都来不及了！再说我为什么不能做主？族长不是说下一任哈撒族的主人就是我吗？”

老者翻个白眼，心想，族长和十六个儿子都说了这样的话好吗？

他还想劝说：“听说中原人多狡猾，诡计多端的，万一玩什么花样……”

“在绝对的武勇面前，什么花样都是金草原上蹦不高的秋虫！”

“我还听说，中原有些高手武功非常非常地高……”

“达拉长老！你是在侮辱我还是侮辱整个哈撒！你再拉着我的袖子，别怪我的刀拿你的手指祭刀！”

类似的对话发生在在场部族形成的一处处人群中。除了因为草场被不断侵夺冬天生存困难还在带领族人寻找食物的哈撒族族长不在外，其余的大大小小的族长都到了，商议一番后，大多十分心动。

他们的勇士怎么可能推不动这个小白脸的一根手指？

十八部族生来彪悍，驰骋白山黑水之间，大部分人没出过长川，在长川也因为势力不小行事凶悍颇受顾忌。长川的主事家族易家对他们采取怀柔笼络政策，时间长了，便养出骄横的性子。没见过山高的人也就不知道天有多远，在他们看来，自己族中的勇士便是这天下最强的斗士。

酒楼上，易燕吾盯着燕绥，道：“这人便是段夫人半路带回来的吧？消息说是普通猎户来长川顺路探亲，但这话可没几个人信。我们都猜测是段夫人从青州找来的帮手。公子，你知道这人是谁吗？”

白衣人沉默了一会儿，他一直看着易修年，那个脸色发青一看就是纵欲过度的少年一直盯着文臻，并不住地往文臻的方向移动。

他好一会儿目光才从易修年身上收回，道：“易铭。”

易燕吾目瞪口呆，愣了一会儿，才蓦然扔掉酒杯，起身就要往下走：“不行。如果是易铭的提议，那一定不能应承。西川易家的继承人怎么可能给这群傻大个占便宜！”

“回来。”

易燕吾停住，皱眉回头看白衣人。

白衣人慢条斯理给自己斟了杯茶。

“你现在要以什么身份去？怎么去？”

易燕吾愣住。

是啊，段夫人已经同意的事，其余易家人都不能干涉，他出头阻止就太招眼了。

如果去劝说那群蛮子呢？也不行。

他好不容易才和那群蛮子搭上线，把关系搞好，还指望后头按照公子的指导好好用用这批人。如今这批自大的家伙都觉得是个翻身的好机会，他去阻止这群头脑简单的家伙，一定会认为自己不怀好意，那之前的铺垫便都完了。

他站在楼梯口，进退两难。

白衣人却不紧不慢，喝完半杯茶，才道：“不用担心，什么事都不会发生。”

易燕吾愕然看着他。

白衣人笑笑：“十八部族不会得到草场，段夫人会因此进一步失去十八部族的爱戴和信任，所有人都不会于其中得益，除了我和他……因为说到底，他和我的目的都是一样的啊。”

易燕吾觉得这句话他就没听懂。

“你现在不用下去，等会儿，有人失败了，这些人的信心开始动摇之后，你再派人悄悄教他们几个有可能取胜的法子。既然无法阻止这些人犯蠢，那就干脆再推一把，让他们更感激你。”

易燕吾隐约明白了一些。

既然十八部族输定了，那不要勉强扳回吃力不讨好，在里头捞好处才是正经事。

“可是，既然出手的人是易铭，那这些汉子哪怕用手段也赢不了，万一输了，不会迁怒咱们出馊主意吗？”

白衣人看他一眼，他眼眸似乎带笑，内里却透着峭壁坚冰般的寒冷。

看得易燕吾心底也一冷，感觉自己说错了话。

哪有什么“咱们”。

他怎么配和这位说“咱们”。

“你的法子自然是好的。如果输了，只是他们的人太无用。正好，你可以古道热肠地给他们提供更多的帮助，比如在他们身边安排高手，比如送他们可以令实力增加的灵丹妙药。你不是正愁十八部族太过排外，心思又太浮，掌控艰难吗？”白衣人目光再次掠过底下某个角落，“正好，缺口这就打开了。”

易燕吾不说话了。

这位翻云覆雨，无论结果好坏，都可以成为他更进一步的踏脚石。

他看着底下兴奋的汉子们，心底寒意慢慢升腾。

他自认为自己也颇有城府心机，不然也不能在易家混到成为解经长老亲信，地位很高。但是这份聪明在这位面前总觉得不够用。

传说中的人物都是这样如渊之深如云之遮，如此可怕吗？

和他齐名的，即将到来的那位也是这样的吗？

长川易家，夹在这样的两个人之间，到最后真能留下一点渣滓，供他们啃食吗？

他忽然打了个寒战。

长街上放了一张长桌，桌上放了地图，原本搬了个木桌，但燕绥却让换了个镶铁的厚实长桌。

地图前，经过一轮抓阄，一个浑身肌肉虬结铁塔般的高大汉子，已经昂然站立。

燕绥随随便便站在他对面，淡淡道：“说好了，既然接受了这个办法，那不管结果如何，都不能再来夫人面前搅扰。”

“当然！”

这汉子是南派十部之一的赤那木族的勇士。

燕绥微微倾身，一肘支在桌上，洁白修长的手指轻巧抵在赤那木族被标成紫色的草场疆域的最边缘。这个姿势很是显身材，整条街的姑娘都盯着他的细腰长腿看。

只有易秀鼎转开了眼睛。

燕绥忽然回头，目光从满街少女脸上掠过，那些少女都瞬间红了脸。燕绥的目光很快滑过，最终落在文臻脸上，文臻没来得及把眼神从她上次对大牛夸赞过的部位上收回来，干脆大大方方对他一笑。

燕绥这才满意地转头，对面的汉子掀唇一笑，也将自己的手指伸了过来。

燕绥眉一挑：“我劝你用拳头，或者干脆用手臂。”

“用不着！”

一白一黑两根手指抵住，众人都屏息等着，那汉子桑纳吉是十八部族中有名的大力士，牛都能推出丈许远。因此十八部族中人都露出焦急之色，生怕他轻轻一推，这小白脸的手指就被推出很远，别人就分不到草场了。

兀阿身边的长老自我安慰般地道：“中原人敢这么说，武功自然不低，应该……不会被推太远吧。”

兀阿却烦躁地道：“怎么还不动！”

众人有些骚动，那两根手指抵在原处，不动丝毫，众人还以为还没开始，但明显桑纳吉手指在抖，再看他的脸，不知何时青筋暴起，牙关紧咬，连汗珠都滚了下来。

而对面燕绥，还是那个随意的姿势，另一只手还在一下一下点着桌面，好像在奏什么乐曲。

赤那木族族长焦急大叫：“桑纳吉你中午吃的小牛都从谷道里跑掉了吗？拿出你的力气来啊！”

桑纳吉大叫一声，忽然收手，换了拳头，道：“手指用不上力，换拳头！”

他说这话的时候脸色微红，显然也有几分羞耻，但草场重要，也顾不得了。

有人发出嘘声，但更多人焦急地靠近了些。

拳头换上，那根看起来十分精致的手指依旧一动不动，桑纳吉又大叫一声：“换手臂！再来！”

这下众人已经顾不得嘲笑他了，眼看他又换了手臂，粗壮的手臂像一个宽厚的板子，要将那手指往前推，而桑纳吉整个身子都压在了桌子上，肩头前耸，双腿后蹬，全身的力气都压在了手肘上，以至于肩头双腿在发抖。如果不是燕绥坚持要沉重的镶铁桌，这桌子恐怕早就压塌了。

四面的人已经紧张得忘记呼吸，死死盯着那根手指，眼看那手指好像微微动了一丝……

有人立即欢呼：“动了动了！”

但随即那欢呼便戛然而止。

那根手指指尖微抬，轻轻一弹。

桑纳吉大叫，手臂倒弹，打在自己脸上，整个人则向后弹起，在半空中一个翻滚，落于三丈之外，震得街边的人都似蹦了蹦。

众人：“……”

变戏法了吗？

怎么可能？

死一般的沉默之后，抓阄排第二的兀阿上前：“我来！”

他刚跨出一步，就被身后的长老扯住，长老在他耳边低声道：“这人有点邪，咱们可不能输……易先生方才派人给了咱们一个甲套，你把它套在指尖。”

兀阿有些莫名其妙，一回头看见长老鬼兮兮的表情，才明白他说的是要做手脚。

兀阿瞪他一眼，抬手拍掉长老从衣袖下偷偷伸出来的手，大步走上前去。

他没用手指，直接上了手臂。

然而他随即便知道自己很傻。

他面对的不是一根手指，像是整座山，那座山就在哈撒族可怜的草场边缘生根，别说他，全族的人都上来推也别想推走。

不仅推不走，他还恐惧地感觉到，那座山还在隐隐压着自己，要将自己往草场内部推。

山将移，是何等的雄浑浩瀚。

而那根手指所推及的地方，便是草场圈定的地方。

一旦被向里推，那现在的草场也保不住了！

兀阿脑子一醒，猛然撒手，大喝：“认输！我认输！”

那洁白手指果然一路顺地图横推而过，一直推到地图边缘！

第五十二章

配不配

兀阿出了一身冷汗。

围观众人出了更多冷汗。

虽然只是一根手指，推的只是地图，但众人恍惚之间，都好像看见掌管天命的巨手，一路摧枯拉朽，轰然而来，瞬间便卷过万里金色草原。

天命之下，众生难言。

兀阿及时认输，好歹保住了原本的地盘。

一阵凛然之后，众人又退一步，回头看抓阄排第三个的人是谁。

呔族的一个小辫男子脸色有点难看地走出来，伸出手指。

众人愕然。这位虽也是族中有名的勇士，可也不见得比前面两位更强，怎么忽然就敢这么托大了呢？

那人沉着脸，紧了紧手指，手指上和他指甲一般颜色的甲套，戴着有点不习惯。

听说，这甲套只要轻轻碰着了一丝，都不需要刺破皮肉，就能令对方身体绵软失去力气。

想象着那金刚一样连连挫败他人的手指，在自己的指下一路后退的痛快，他不禁咧嘴笑了笑。

对面的小白脸果然毫无所觉地伸出手指。

两根手指抵在一起。

他特意把自己的手指往下压了压，让甲套对着对方的指尖。

用力。

并没有想象中的入肉感。

对面那根手指忽然一震。

然后他就听见一声响动，掌下坚硬如铁的桌子忽然碎了一个洞，他的手指本就下压，正好插进了洞中，他下意识向外拔手指，“嚓”的一声轻响，手指拔出来了。

四面惊呼声起，他低头一看，脸色惨白。

地图上属于他们部族的区域上多了一个洞，洞中插着一个肉色的甲套。

他忘记甲套是套上去的，拔完自然会留下来。

正在心中惶然，拼命思索如何遮掩时，对面，燕绥指尖点点那甲套：“这位好汉，这指甲……是你的？你用力太过，把指甲盖给掀了？”

那汉子听见这句，顿时一喜，连忙点头，道：“是！是！我用力太过，把指甲盖掀了……”说着装模作样捂住手指，“啊，好痛！”

那甲套做得逼真，众人方才也没看清，此刻瞧着倒也有些信了。

酒楼上，低头斟茶的白衣人忽然一笑，摇摇头。

易燕吾一开始没反应过来，随即醒悟，骂一声：“蠢货！”

底下，燕绥衣袖一拂，在那甲套所在位置划了一条竖线，回头对传灯长老道：“烦请长老重新划定此族草场，便以这指甲所在位置为边缘。”

那汉子大惊：“你说什么！你疯了！那里只是我们原来草场一半位置！你为什么划去我们的草场，你是要和我们察雅族为敌吗？”

“脑子不好吗？”燕绥看也不看他，“约定怎么说的？你手指所在的位置便是边界。这不是你的指甲吗？指甲都留下来了，你想赖账？”

他指指那甲套，忽然嘴角一勾：“还是说，你打算又不承认这是指甲了？那请教一下，这是什么？”

那汉子瞬间脸涨得通红，这时才知道自己上了套，一时在否认指甲保住草场和放弃草场保住自己的名誉之间疯狂摇摆，吭哧半天还没能开口，燕绥已经挥挥手不耐烦地道：“下一个！”

那汉子踉跄一步退后，脸色灰白地垂下头去。

人群中兀阿脸色也很白，回头狠狠瞪了族老一眼。

如果戴上这甲套的是他，现在哈桑全族都可以去上吊了。

这一出戏，在场中有一半人看懂了，有一半人没看懂，看懂的人在慢慢后退，有人低声道：“我们放弃，不比了行不行？”

“放弃便意味着承认现有的草场疆域，并永不会为此再向夫人申诉。”

“是。”

赢不了，硬比还有可能失去原有的草场，谁又敢冒这个险呢？

也有人不信邪，又有人上去试了。这回用了拳头，但是刚碰上去，拳头里原本能弹出来刺进燕绥指尖的尖刺，就被弹回到自己掌心。

等这个家伙狂吼着捂着流血的掌心踉跄后退后，就再也没人敢上来推了。

燕绥理着袖子，立在风中，对着刚才凶悍现在沮丧的人群，笑问三声——还有勇士来否？

来否？

四面死寂，无人敢应。

勇士束手，百姓凛然，整座城都似在此刻不敢发声。

酒楼上，易燕吾脸色悻悻，果然自己教的手段无一成功。

十八部族从此失去了一个闹事的筹码，还被狠狠当众打了脸，当年易勒石花费数年才勉强安定十八部族，还要年年援助迁就，如今这男子当街以一根手指定了金草原。

白衣人却始终没有看这边，目光落在马车旁边的一个角落。

那里，易修年整整衣冠，面带笑容，走向文臻。

文臻正色迷迷地看着自家男人，哪里能注意到阿猫阿狗，倒是易秀鼎发觉了，转头警惕地盯过来。

易修年倒没有走太近，于三步外站定，对着文臻一个长揖："小娘子，在下这厢有礼了。"

文臻一时没反应过来这个小娘子的称呼，想了一会儿才明白她现在是妇人装扮。

她回头，看见对面的少年比易云岑略大一点，面貌尚可，和一群头发稀少花白的易家人站一起，他那一头黑发特别显眼，身体毛发，瞳孔颜色也是正常的。只是鼻尖特别尖细无肉，一双三白眼，眼白多眼珠小，瞧着便不大舒服。

看易秀鼎和易云岑的神情，想来和这位关系不怎么样。

看这人形貌，就知道他为什么能以旁系子弟的身份成为易家的继承人了。

他应该和易云岑一样，是易家难得的健康人，甚至状况比易云岑还好一些。易勒石对这一点非常有执念，为此再不管人品能力，直系旁系。

而这位看自己的神情……文臻扯了扯唇角。

易秀鼎皱起眉，上前一步，道："易修年，你过来做甚？"

易修年笑了笑，根本没看她，只对文臻道："小娘子脸生，第一次来长川？长川冬日也颇有些景致，梅桥挂雪，川溪垂月，清波潭对影，都是长川名景，如今也正是游览的好时节。小娘子若有意，在下愿为引路之人。哦，倒应教小娘子得知，在下长川易家外五房易修年，目前居住主宅，长川易家未来的主人。"

听见最后一句，易秀鼎眉一挑："长川易未来的主人？好大牛皮。"

易修年斜她一眼："放尊敬些。易家家主不是我的，还能是你后头那个傻子的？"

易秀鼎冷冷道："总之，便是外五房猪圈里的猪的，也不会是你这种人的。"

易修年神情阴鸷地盯着她，易秀鼎迎上他的目光，眼睛一眨不眨，两人对视半晌，最后还是易修年没扛住，转开目光，冷笑一声，从怀里掏出一块黑色的木牌递给文臻："这是我的信物，小娘子如果有需要，凭此物向易家任何一个下人询问，或者去任何一家店铺都有人帮你。"他忽然笑了笑，凑近文臻，低声道，"当然，也能第一时间找到我。"

他自以为魅惑地微微倾身，眼角上挑，撩着文臻，从文臻的角度正看见他好大一块眼白，黑眼珠子在里头挣扎，浮不出来。

易秀鼎的手伸过来，虚虚挡在他脑袋面前，道："易修年，你从小到大没学过自重两个字吗？"

易修年斜睨她一眼，笑道："易十七，你是不是做惯了狗，见谁都要拦一拦，咬一口？"

易秀鼎盯着他，眉端一拢，煞气四溢。

易修年笑道："哟，女煞星这是生气了，又要打打杀杀了吗？"

易秀鼎面无表情地道："打你也无妨，杀你也不难。"

易修年神色一冷，退后一步，像是要回头招呼人。

文臻忽然笑了笑，从易秀鼎身后走出来，接过了木牌，顺手塞进了袖子里。

易秀鼎霍然变了脸色。易修年眼底露出喜悦。

文臻就好像没看见她的表情，偏头看着易修年，笑道："易公子，多谢好意了。所谓来而不往非礼也，你既如此热情，我也应有所回报。"

不等大喜的易修年回答，她便正色道："我瞧公子有斜视之症，明明应该是在和我说话吧，可我总觉得你在对着十七小姐，向着岑少爷表白。这感觉实在不大好，让我颇有些担心，等你做了家主，你对着传灯长老发火，却看着提堂长老，嘴向着理刑长老，一下子就得罪了三个人，那得多亏呀。"

刚刚过来偷听的易云岑"噗"的一声笑了。

易秀鼎一咬唇，怕自己逸出笑声。

易修年的脸在一瞬间扭成了怪异的形状，袖子下的手骨格格响了一阵，有那么一瞬间，他很想一拳击出去，用自己最狠的力度把面前这个娇小的少女击飞出去，好教她说话不要这么极尽刻薄。

明明一张甜美灵俏的像个瓷娃娃，让人感觉非常好说话的脸，嘴里吐出来的话却每个字都像碎了的瓷片。

但他随即便看见文臻笑眯眯道："我认识专门治斜视的名医，公子如果需要记得找我，加油哦！"还对他捏了一下拳头。

易修年瞧着那姿势像是鼓气的意思，很是俏皮可爱，可话依旧那么恶毒，但是他目光落到那小小白白的拳头上，才刚要爆出的怒气，忽然便泄了。

他先前被这女子吸引，不就是因为那旋转如意的一拳吗？

这样的拳头能粘起一个人，带着她转一圈并击飞两支部族勇士的箭，如果落到他身上……

易修年白着脸，自己都没发觉自己退了一步。

酒楼上，将目光也移过来的易燕吾皱眉怒道："修年这拈花惹草的毛病，怎么还是改不掉！"

白衣人转着手中茶杯，若有所思地盯着易修年，他那眼神令易燕吾心底发慌，急忙道："还是因为太年轻。但我们既然选了他，还是给他机会慢慢来吧。"

白衣人这才转开目光，淡淡道："你怕什么？"

易燕吾舔了舔唇，干笑，觉得心里发紧，只得转开话题，看向文臻，犹豫地道："这是……厉笑？"

白衣人似乎在出神，半晌才"嗯"一声。

"厉家的千金倒和传说中有点不一样，这性子很深啊……不过和易铭倒真是挺配的。"

白衣人杯子靠在唇边，忽然停了手，抬眼看他："配？"

清清淡淡一句话，甚至反问的意思都听不出来，可易燕吾觉得那种胸腔窒息的感觉又来了，有点艰难地道："其实也不是很配……"

白衣人看他一眼，温和地笑了笑，又不理他了。

易燕吾坐下，悄悄抖了抖衣襟，里头热气蒸腾。

这简直是伴君如伴虎的感觉了。

这日子怎么过啊……

楼下，不敢直接对上文臻的易修年，一腔怒气无处发泄，自然要找个软柿子。

他退后一步，恰好踩到易云岑的脚，易云岑还没说话，他已经蹦了起来，回头怒骂："你瞎了眼，往人身后撞！"

易云岑皱眉道："我好好站在这里没动，到底谁撞谁？"

"自然是你这个什么时候都拎不清的糊涂人！"

易云岑脾气好，但终究是少年，被这样一再侮辱，也起了怒气，眉头一竖。

文臻忽然觉得脚底起了风。

她目光落在满地乱飞的碎雪上。

但这风随即停了，易秀鼎伸手过来，一把拎住了易修年的衣领，将他往外一抛，冷冷道："疯狗，回你的狗窝吠去！"

易修年已有防备，半空中狠狠踢向易秀鼎的脸："贱人，你才是疯狗！你是易家的小姐还是满地乱跑的野狗，什么人都这样不要脸皮地护着！怎么，瞧见人家夫君貌美，想要卖个好吗？"

易秀鼎霍然抬头。

一瞬间眼神如狼如鹰，疾光如电，盯得易修年踢出的脚都顿了顿。

然后易秀鼎猛然出手，一把抓住了易修年的脚踝。

瞬间骨裂声起。

酒楼上易燕吾"唰"地站起，道声"不好"破窗扑出。

白衣人正盯着文臻出神，见状一扬眉便要阻拦，却见底下文臻已经抬头，只得向后一缩。

易修年的脚踝落在易秀鼎手中，他也迎上了易秀鼎的目光。

一瞬间他心胆俱裂，忽然想起了易家关于易秀鼎的一些传说。

比如这位练武天资无人能及，比如这位心性冷硬，比如她虽然冷硬但轻易不发疯，但偶尔几次发疯——杀过长辈，杀过远亲，出手必定是死，如果不是传灯长老护着，理刑长老早就命刑堂拿问她了。

今天好像真的……惹到她了。

随即脚踝传来撕心裂肺般的剧痛。

易修年惨叫，不仅因为疼痛，还因为易秀鼎并没有放开，甚至手腕还有要拧转的迹象。

她这是要活活把他的腿拧下来吗！

他会死的！会死的！

易修年大声尖叫，声音大得要把自己的耳朵震聋了。

在自己的尖叫声里，他忽然听见一声甜美的笑声，一个人甜甜软软地道："十七小姐别生气，我帮你揍他。"

想象中的剧烈的痛没有继续袭来，他忽然脚底一震，随即整个人飞起，打着旋儿栽出去。

人在空中，却无法阻止地不断翻滚，像是有源源不断的柔绵又刚劲的力量，在不断拨弄着他，转到他头昏眼花，还隐约听见那少女笑道："修年少爷，我救了你哦，也不需要你报答我，我和十七小姐是闺蜜，一向不分彼此，你记得报答她就行。”

易修年气得心头一热，喷出一口血。

此时易燕吾才落下，文臻抬头看酒楼，酒楼窗口无人。

易燕吾落下的位置还是易修年先前被易秀鼎抓住脚踝的地方，但现在他已经被文臻送至两丈之外，那里，燕绥正好结束和十八部族的推手指游戏，一个转身，靴子正好踏在易修年胸膛上，将他那一口血生生地又踏了回去。

易修年惨叫都发不出来了，躺在地上不断地翻着白眼，燕绥好像才发现他，愕然低头，后退一步，道：“这位兄台这是怎么了，要五体投地表示对我的膜拜吗？客气客气，多谢多谢，只是挡着大家伙儿的路不太好，还是去路边吧。”顺脚把易修年踢到路边阴沟里。

易修年：“……”

这一对夫妻是魔鬼吗？

等易燕吾赶来，只能从阴沟里捞出臭烘烘的易修年，命人赶紧送去救治。

他在易家颇有实力地位，众人都知道他儿子易云冲之前死在天京，栽在燕绥文臻的手中，易云冲原本也是继承人人选之一，这下便泡了汤。后来易勒石定下的两位继承人都颇有争议，一个出自嫡系但是性情傻憨，一个出自旁支为人纨绔，要说优点也就是都算健康。既然有了继承人人选，众人纷纷站队，易燕吾便是易修年最坚定的支持者之一。

易燕吾素来圆滑，救走易修年，还不忘记去文臻面前道个歉，又和段夫人打了招呼才退走。此时燕绥重新上车，十八部族的人散开，百姓全部避到道旁，看向继续缓缓前行的段夫人队伍，眼神已经和先前不一样了。

无论如何，能在这下马威的一幕前全身而退，还把吵嚷已久的十八部族草场问题这么轻松地解决，段夫人已经快要被淡忘的光环，瞬间又恢复了一些。

车队继续前行，先前那被文臻救了的侍女才找到机会来道谢，文臻自然说无妨，那姑娘却坚持想要给文臻送些东西，还拿出自己的刺绣精美的荷包，表示自己手艺尚可，夫人如果有什么绣活要做，尽管找她。

文臻也不过随口应了，谁知道燕绥听到这个，探头出来，道：“既如此，你帮我绣些东西。”

文臻愕然看着他，燕绥递了张纸条给那侍女，文臻探头想看，早被燕绥又拉回了车厢，只好放弃。想着不管绣什么，只要不是他的亵裤，自己总能看见的。

不过也不对啊，他要是敢把自己的亵裤给别的女人绣……

呵呵。

那以后就不要穿亵裤了。

接下来一路畅通无阻，直到进入长川易家在主城的巨大庄园。那庄园几乎占据了半个主城的面积，像另一座内城，也有自己的城门，进城要验牌。现在正值冬季，无数民夫正在加固城墙，里层加砖也就罢了，外头居然是冰砖，将水倒入巨大的砖块模具，底下铺上滑轨，顺着滑轨一层层滑下去，自然就垒成了滑不留手的冰墙。

文臻经过城门的时候看了下，冰墙和实墙之间还有距离，两道墙之间是一道黑色的水幕，透着幽蓝的光，气味腥臭，一看就不是什么正经东西。

她仰起头，透明的冰墙在日光下灿烂到近乎逼人。

长川易家这个防备，算得上铜墙铁壁，杀气凛然。

第五十三章

史上最骚秀恩爱

长川易家这个防御，实在也可以算得上铜墙铁壁了。

可以想见，刺史队伍就算来了，一定会被接入长川主城，但却不可能进入内城。到时候里外一夹击，再多的护卫都扛不住。

这内城里面也有商户百家、酒楼茶肆，里头随便一个人都是易家嫡系旁系附属家族及有其他关系的人。

这个巨大的区域像一个圆形的千层蛋糕，一层层，依照和易家关系的远近分布，血缘关系越薄越住得远，越近越靠里，外头五层都算外院范围，也叫外五房，里头两层才是核心。

现在乃非常时期，每一层聚居地都有门户，有高墙，有专人把守，层层大门都开在一个方向，一条横贯全城的大道直穿到底，段夫人到的时候，层层大门打开，大道在夕阳的金光下无限延伸，气派非凡。

可以想见，按长川内城这样的设计，是完全可以当做城池来守的，如果以为进了主城就进入了易家核心那就太天真了。

走了足足一个时辰，才进入段夫人专属的院子“一泉居”。院子很大，用花墙自然隔出了很多个独立的小院。文臻和燕绥分到了西院三间屋，还带一个小花园，十分清幽雅静。

段夫人和随行的易家子弟，回来第一时间便是去探望昏迷已经很久的易勒石。文臻燕绥自然没去，段夫人身边的人安排事情一向妥当，热水热饭人一到便送了来，文臻今日出了手，比较疲倦，燕绥便逮着机会，亲自伺候她洗了个澡，两个人闹了好一阵，燕绥才将文臻抱上床，给她严严实实盖好，自己才去收拾了一下。

他回来的时候手里拿着几样武器，都是些质量不错但是很普通的刀剑之流，还有双节棍。

然后文臻就看见燕绥用折断的刀剑、削好的木条、钢珠、火折子、锁链、树枝等乱七八糟的物事，布置了一个几乎遍布整间屋子的联动的大型机关。

燕绥做机关都不用思考，随手取材，文臻虽然一直在一旁看着，也不大明白一些部分到底是用来做什么的，最后燕绥用一截拆双节棍剩下来的锁链卡在床边，套在了自己的手腕上。

那里做了一个小机关，文臻倒是看懂了，燕绥只要扯动那链子，头顶上就会有钢珠落下来，落在她头上。

燕绥夜间安静下来强迫症加重，总是想起身，钢珠落在他头上可能都阻止不了他，所以他把钢珠对着她脑袋。

只有怕吵醒她砸到她，他才能忍住不动。

文臻没说什么，抱着他脖子，道："睡吧。"

两人一直同榻而眠。文臻已经做好了一切准备，燕绥却忽然成了柳下惠，文臻猜他是担心她的身体，她觉得这样憋着反而更令他睡不着，有心分床睡，但是毕竟身在敌营，又怕人发现。

燕绥的气息平静，他一直这样，根本看不出一个长期失眠的人的烦躁不安。

文臻却有些烦躁不安，燕绥自从伤后进入长川，夜间的状态实在太差了，她很担心这样的内耗会影响他的状态，还担心这问题无法逆转，那最后……

长川的冬夜似乎特别宁静，最核心的主院远离城池的喧嚣。

文臻毕竟重伤未愈，困意很快袭来，睡着前犹自迷迷糊糊地想，撞到头为什么影响到这种长期潜伏的疾病，是不是还有什么别的诱因？

睡到半夜的时候，隐约听见院子里脚步声杂沓，似乎那群去探望易勒石的人回来了。她隐约听见嬷嬷迎候段夫人的声音，听见易云岑压低的公鸭嗓门，听见易秀鼎和别人不同的特别的脚步声，一路向自己这里而来。

文臻下意识等待，那脚步声却在快要接近自己屋子的时候停住，过了一会儿，她隐约听见衣袂带起的风声，还有靴子踏在屋瓦积雪上的声响，还有金属之物搁在屋檐上的声音。

不知怎的，她发现燕绥好像睡着了。他睡着的时候，气息反而会更短促一些。

这让她更加心安，很快也沉入梦乡。

一睁眼已经天光大亮，门外有人在轻轻敲门，燕绥正直起身来。

文臻十分诧异，燕绥好像在她身边睡了整晚？

门外的声音有点耳熟，好像是昨日她救的那个侍女。燕绥起身打开门说了几句，便端了个托盘进来，文臻还以为是早饭，探头一看，竟然是一对荷包和两副腰带。

这些东西燕绥又不是没有，这是叫人绣了什么？还这么急，连夜绣好了。

燕绥将东西拨了拨，道："虽然比不上绣娘，还将就。"顺手递了一个荷包和一副束腰给她。

文臻一瞧。

荷包上金线绣着几个十分招眼的字："我的她。"

腰带也是，扎好的腰带上会斜斜撇出一截垂在腰下，上头也写着"我的她。"

文臻："……"

文臻盯了一阵，去拿他那一套，果然大一点的荷包上和腰带上也是三个字，写着"她的我。"

没见过这么骚的秀恩爱。

昨天被刺激了吗？

这人心眼要不要这么小？她天天遇见他的烂桃花也没想过要把他绑在自己裤腰带上。

笑了一阵，她把束腰穿好，荷包佩上。

秀就秀吧，她家殿下看似目无下尘，其实内心里还住着一个没有安全感的宝宝呢。

她可不想失去这个宝宝。

抬头看燕绥，他也把那张扬的荷包佩上了，唇角微勾，眼眸中似盛满星辰。

也不知道是此刻心情好还是难得睡了个好觉，他看来剔透生光。令文臻也心生欢喜。

侍女来送早膳的时候，她也显得兴致勃勃，连连夸赞易家的饭食美味。

侍女便也显出几分得意来，道："咱们家的厨子都是特地选拔出来的名厨，自然做得一手好菜。听说姑娘你喜欢吃水鲜，我们夫人特地嘱咐了给您安排内厨房做水鲜最好的李厨。您吃着怎样？"

文臻自从跟随了段夫人的队伍，就一直吃得很少，段夫人为人细致体贴，曾打发人来问她想吃什么，还是燕绥道文臻自来喜欢吃鱼虾水鲜，只是这冬日行路多有不便，自不必麻烦了。

之所以这么说，只是因为文臻在韩府得知，李石头就善做鱼虾水产，当年就是以一道口吃鱼拔了头筹，这么多年，想必技艺更加精湛，两人留了这个铺垫，等到进了易家，机会自然便来了。

毕竟长川易家这么大，几千人，厨子有好几十人，要想专门找某个厨子其实很难。

文臻便笑盈盈就着易家厨师这个话题和她聊了几句，过了一会儿侍女收走了碗碟，她便道吃多了，要出去消食。

这一出门，那腰带荷包便十分惹人注目，一路上都能看见人们好奇地张望，人走过来悄悄探头，听见人走过去低低窃笑。

殿下容光焕发，文臻坦然自若。

大厨房却不在最里层，还在第六层的位置，与照管着内里两层的人员伙食的小厨房颇有一些距离。

段夫人常年茹素，有自己专门的厨师团队。内院也有自己的小厨房，为了安全，易云岑和易秀鼎的饮食也多半是那边负责。燕绥和文臻本该在小厨房吃，但一来为了李石头；二来厨房远一点，以后万一需要出来活动也方便找借口。

两人顺着道路散步，顺便查看一下易家的装备和地形，在段夫人的院子里倒还是行动自由，但是出了段夫人院子，立即便有人跟了上来，自我介绍说是内院副管家，客人初来，愿为向导。也不管文臻和燕绥如何地神情亲密不容外人插入，自顾自地跟在旁边。说是向导，看那神情也没真打算热情介绍，只随便指着某处亭子，干巴巴道一声“这是洗砚亭”，指一处小桥，说一声“这是映月桥”。随便说了几句，便道易家门禁森严，东边方向有竹林深井，请勿靠近；西边方向是刺史以前读书的院子，请勿靠近；南边方向通往长老堂，请勿靠近……

文臻听到后来，忽然笑道：“总之，就是哪里都最好别靠近，最好窝在段夫人院子里生青苔。”

她本是嘲讽，结果那副管家当真硬邦邦答：“姑娘说得不错。”

文臻笑笑，道：“哦，这就是长川易家的待客之道吗？”

那副管家冷冷瞟她一眼，道：“姑娘算是哪门子的客人？”

“我？”文臻指着自己鼻子，不可思议地道，“我是你们段夫人带回来的客人，怎么就不算了？”

那副管家又冷笑一声，道：“夫人自己还不能……”忽然敛容躬身，道，“大总管。”

文臻燕绥回头，便见一个头发花白的男子走了过来，身边还跟着几个人，这人倒是态度热情，笑道：“我说是谁，原来是两位这一大早出来赏雪。方才雪中遥看，真如神仙中人，我正说我们易家何时来了这般人物。”说着向两人施礼，又道，“昨日匆匆一面，未能寒暄。在下目前掌管这一府上的琐事。两位若有什么需要，尽管打发人来和我说，若是底下人伺候不周，也尽管责罚他们，可千万不要客气。”

文臻知道这位是易勒石的侄子，和理刑长老关系很好。易人离也告诉过她，这位曾经试图在千人坑对燕绥下手，之后又拉拢他回易家，在易家算是个八面玲珑的人物。

易燕吾客气话刚说完，燕绥便道："既如此，我便不客气了。易管家，这位内院副管家态度骄矜，对我妻子言语冲撞，伺候得实在不周得很。你瞧该怎么处罚才好？"

易燕吾："……"

哪有这样顺杆子爬的！

还有，他是易家子弟！只是掌管易家事务，不是管家！

文臻没去欣赏他的脸色，她总觉得有人在注视她，目光落在她腰间似乎有点力度，顺着目光方向看过去，却瞧见易燕吾身后几个人。

那几人面貌平凡，身量相仿佛，看上去也就是易燕吾的跟班，但看久了，文臻便看出其中一人，有些不一样。

这种感觉很难说清。长久居于高位的人，其气质、神情、风度、姿态等都会和常人有细微的区别，哪怕面貌泯然众人，也不能全数掩盖。文臻长期混迹高端场所，见惯这种人物，自然便练就了这样的分辨能力。

然后她注意到燕绥说到妻子两字的时候，对方看了燕绥一眼。随即便撇过头去，和别人一样，真心实意看燕绥鼻子不是鼻子眼睛不是眼睛。

易燕吾脸色变换了一阵，才换了一张笑脸，对那副管家喝道："不敬客人，行事无矩，还不去理刑处领罚！"

那副管家只得恨声应了，转身就走。

燕绥便笑着道谢，又道："不懂规矩的人自然要斥退，但是我们确实初来易家，向导还是需要的，省得不小心触犯了禁忌。要么易管家再给我们派一个引路人吧。"说着一指他身后，"我瞧这位形容猥琐，眼神谦恭，一看就是伺候人的，就他吧。"

文臻一瞧，呵，正是刚才她注意的那个。

易燕吾回头一瞧，脸色微变，转头来时已经笑意如常："文公子指派，本当应承。只是这几位我还另有要务要派……"

忽然他改了口，道："那好，来福，你便陪两位公子走走吧。"

文臻听见"来福"两个字，一阵咳嗽。

来福本人却毫无尴尬，十分自然且有风度地对两人伸手一引："两位贵客，请。"

接下来便是且行且珍惜的魔鬼时间。

来福侧着身子走在前头，道："两位贵客请看，这是易家琼林。林中诸树，主干都为白色，而叶片则有青红黄诸色，有的还会结红果，虽冬日而不败，色泽鲜明清亮，雪中尤其风光美妙。当年商醉蝉商大家曾慕名而来，并留下一画，名《琼林花霰》。"

燕绥道：“美吗？我觉得我和我夫人身上的荷包也很美，你瞧瞧？”

来福说：“两位请看，过了这桥便是易家听音阁，乃上代土木大师姚试石亲自设计。阁中有雕花槅扇八十一扇，两墙都是通透长窗，取四时风向，风自长窗过槅扇时，会因槅扇雕刻的不同花样发出不同声音，如箫如笛，如鼓如瑟，为易家一绝……”

燕绥：“能有我夫人给我唱的小曲儿好听吗？”

来福：“两位贵客请看，这是易家九曲莲塘。当然现在无缘得见莲花盛开水漫红云的美景，但是这九曲之水，也是我易家精心引城外寿水而来。整个莲塘，如果从高处看，正是一个篆体的易字……”

燕绥：“夫人，你还记得不，我给你亲手做的衣服上绣的也是莲花呢。”

文臻的内心十分复杂。

你可真是有脸。

我要不要谢谢你没说亵衣那两个字？

来福也不知道是涵养好还是智商低，燕绥无论说什么他都笑笑，来一句：“公子说笑了。”

听在文臻耳朵里没来由地觉得挺讽刺。

三人顺路走，前方是一座拱桥，拱桥一面为台阶，一面麻石平铺，平时走路无碍，这雪后下桥的那一片就很不方便了，易家的下人都绕着那桥走。

燕绥却道那桥上景致好，他家媳妇如果站上去一定美如画，非要从那儿走，照旧是来福带路，爬上拱桥时，来福正要尽职地介绍景致，燕绥的手指弹了弹。

来福脚下不知道踩到了什么，顺着拱桥滑了下去，那拱桥弧度不小，因此滑下的速度也很快，本来桥下也就是一片雪地，忽然一块石头滚了过来，正对着来福的腿裆。

下滑速度很快，不过眨眼之间，下滑的人习惯性会微微叉腿，这要撞上了……

这辈子媳妇是不要想了。

当然，如果有武功，这种事不可能发生。

文臻在这一瞬间捏紧了拳头。

她不知道自己到底想要看见什么。

第五十四章

读心

然而什么都没有发生，那石头停留在原地，来福仍旧一路惊叫着撞过去，眼看就要撞上。

文臻心中一紧，下意识拉了拉燕绥衣袖。

万一不是呢?

总不能毁人一生。

身边燕绥似乎叹息一声，衣袖一动。

石头滚了一下，正撞到来福脚底，弹射起来，又好巧不巧地弹到来福额头上，他再转过头来时，额头上起了一个青红的包。

不知怎的，文臻觉得他转过来时的眼神颇委屈，明明一张普通的脸，看着却并不违和，倒令人心中生出歉意来。

她慢慢地下了拱桥，见来福已经挣扎着爬起来，便掏出手帕递过去，笑道："擦擦脸吧。"

燕绥眉毛一挑，欲待阻止，最终却没说话。

来福感激地接过，道了谢，道："您真是好心人，此生定然福寿绵长。"

又讪讪地道："帕子被我弄脏了……"

"用完便扔了吧，这也不是我的帕子。不过是我常用来擦手的汗巾。"文臻笑笑，"今日园子我们已经赏过了，多谢你引导。你既受了伤，便早些回去休息吧。"

来福便道了谢，一瘸一拐地走了，燕绥过来，淡淡地看着。

"如何？"文臻凝视着他的背影。

燕绥没说话。

这便是不能确认了。

文臻心里叹息一声。

确实，方才真的是马上就能撞上了，那个时间距离，再自救可能都来不及。

像是一个不会武功的人。

如果真的是想的那个人，那也真的太狠。

文臻吸一口气，不想再纠缠于这件事。易家虽然大，但是人看起来特别少，主人们似乎很少出行。两人走到宽阔地带，一直到四周来往的护卫丫鬟渐多，文臻忽然抱住肚子喊痛。

这自然会引起众人注意，立即便有人上前问候。再加上殿下倾情演出，扮演了一个妻子生急病自己焦灼无比的“二十四孝夫君”，所以下人们很快明白了，这位夫人只是早上吃了点鱼汤面就出现了这种情况。

燕绥搀着文臻慢慢往回走，免不了要有一些丫鬟侍卫跟着，这边的动静便惊动了人，另一个方向，一个折梅花的丽人忽然停住了脚步，向这边看来。

熙熙攘攘的人群里她一眼发现了燕绥，眼睛一亮。

文臻被送回房，易家专门的大夫来看了诊，也说这胸闷呕秽，当是饮食不当所致，他却没发觉，燕绥全程牵着文臻的手，想要什么脉象就有什么脉象。

做早膳的厨子自然立即匆匆赶来。

李石头一脸惶恐地站在文臻对面，有些紧张地抠着手指。

文臻等大夫走了，关上门，走到他对面，忽然道：“李师傅，令堂托我向你问好。”

李石头霍然抬头。

“并问你是不是在易家过得不好，为何一去数年，毫无音信？”

李石头愕然瞪大眼睛：“怎么可能？我每隔三个月都给她捎去家书和信的，都在老刘那里，难道没收到……”随即用力摇头，“不可能！”

“在金钱面前哪有绝对的不可能。”文臻便将路过昌平，遇见李石头母亲，和刘厨子吞银钱的事儿说了。

李石头听着，只不断念叨着不可能。文臻和他细细描绘了刘厨子和他母亲的长相，说了事情经过，还提了李母的旧疾和平日的小毛病。

她没有来得及拿王近山的荐书，也没来得及带走李母或者拿到信物什么的，但是就凭这些细节应该就够李石头相信或者怀疑了。

李石头脸色变换，到得最后，愤然道：“刘新这个贼子……我把一身技艺都教了他，他怎么能这么对我！”

“如果我没猜错的话，韩府应该会给你来信，说近期会让刘新来探望你吧？”

文臻看韩府的布置，猜他们为了安稳过渡，一定会提前安抚李石头，果然李石头点点头。

“韩府的计划已经被我们打乱，刘新应该是来不了了，过几日我会把你母亲给你的家书给你，到时候你便明白了。”

“我现在便信姑娘了。”李石头垂下眼，低声道，“姑娘和我素昧平生，犯不着这样来骗我一个厨子。姑娘救了我老母，这是大恩，以后姑娘但有吩咐，小的在所不辞。”

文臻自然不可能现在和他提要求，倒是和他道歉今日惊扰了他一场，又打开门，红着脸说早上不止吃了鱼汤，还嘴馋，看见这边有种树上竟然有红果，一时好奇吃了一个，说着把事先从琼林里采下的红果给大夫看，大夫连连跌足，道这红果看着诱人，味道也尚可，但其实不能吃，轻则上吐下泻，重则行为失当，夫人幸好吃得少。

文臻便怒冲冲道：“都怪那家丁来福，给我介绍风景的时候只说那树上红果好看，可没说这不能吃。”

说着便看众人神情。

那大夫对来福这个名字没反应，人群里有人接了一句：“确实，是这奴才太过粗疏，我等会儿立即上报总管予以惩处。”

文臻一笑，赞：“易家果然家风严谨！”

她又当众给李石头赔礼，盛赞了他的鱼汤面精美香浓，约定明日再来一盅，又给了赏钱，才让他风风光光地回去。

事情进行得很顺利，她心情舒爽，便和燕绥商量，不知道林飞白有没有进这易家内院，要么留个记号彼此约见一下，也好把情报交流一下。

燕绥却道：“你累了一天，早些吃了安歇吧，回头我去会会他。”

文臻忽然想起那日她被掳在屋顶，听见底下似乎有人受伤，显然不是燕绥，便问是不是林飞白。

燕绥却道：“媳妇，你夫君不美吗？多看看不好吗？尽想着那些阿猫阿狗，何必呢？”

文臻气笑了，心想可不能让这家伙和林飞白碰面，晚上等他睡了再约吧。

冬天天短，很快就到了午饭时间，文臻吃完午饭再睡个午觉，就又到了晚饭的时间。

文臻和燕绥之后一直窝在屋子里没出去，也没去打听昨天段夫人她们见易勒石是个什么结果，当个安安分分的客人。

白天要好好睡觉，因为晚上要干活。

晚饭前，段夫人派了人请两人过去，简单地说了易勒石的情况。易勒石昏迷不醒，人事不知，目前整个易家大宅看似由幸存长老们共同负责，但长久以来都是易燕吾管理，里头人员多半是易燕吾安排提拔起来的。而最后两层的内院则一直由易勒石宠爱的如夫人季平云揽着一干事务。

长川易家和寻常贵族豪门家中不同，男女之防不甚严密，更多是按地位高低来决定住在蛋糕的哪一层，这一点和季家正好相反，季家男女之防特别严密，整个家族是一个圆形，男一半，女一半，连夫妻白日都不能相见，晚上见面还要换关防。

文臻和燕绥都知道段夫人多年不回，对易家的掌控力肯定已经不存在，看她自己也不太在意的模样，也就不再费心安慰。出了段夫人的门，看见易家夜里灯火处处，路上行走的人比白天多得多，但是那些人多半头发灰白，脸也特别白，在黑夜里像一片片斑驳的墙灰在移动，有些人甚至脸上已经开始烂了，夜里这样的一张张脸毫无生气地飘来飘去，一眼看上去鬼片似的。

文臻倒吸一口气，站在那里，这是她第一次直观地感受到长川易家的遗传病的严重性，也由此明白为什么这个家族越来越行事疯狂，为什么又对健康的子弟有那么大的执念。

实在是生活在这样的氛围内，人很容易疯。

身体忽然被拉进一个怀抱中，燕绥护着了她的头，道："别看了。"

他把她笼罩在自己的大氅里，匆匆回了院子，此时侍女来送晚饭，但看到了那么多烂脸，文臻毫无食欲，和燕绥随便吃了几口。

饭后，她双手捧着茶杯，和燕绥道："也不知道咱们的大部队到了哪里了，看长川这格局，这城不能随便进，一旦进了，很容易被两面夹击瓮中捉鳖，你若见了林飞白可得提醒一下，让大部队等一等，商量个章程再说。"

"他们想必暂时也进不来。不仅他们进不来，很可能这院子里的人也快出不去了。"

文臻一惊："为什么？"

"问你一个问题。如果我是易燕吾，我想扶持易修年上位成为我的傀儡，掌握易家实权，我首先要做什么？"

"争取长老堂支持，以及铲除对手。但他想铲除对手并不容易，毕竟易云岑一旦出事，嫌疑最大的就是他。很容易被人钻空子。"

"如果是你，你会怎么做？"

“栽赃，或者陷害。这事真要做很容易，但是想做得没有后患很难。”

“孺子可教。如果是我，我会先截断段夫人和外界的联系，趁着段夫人和十八部族之间关系还没回温的时候，抢先拿下十八部族。当段夫人及其党羽，哦，我是说那对姐弟以及我们都困在易宅内，他们就有了更多的时间和行动余地。而困住这一群人必须有个理由，让我猜猜，昨夜他们去看了易勒石，如果我没猜错的话，易燕吾可能会拿这个做文章，目标可能会是易秀鼎，一来解决一个保护段夫人的强战力，令她和段夫人生分；二来可以指向传灯长老，把传灯长老拉下马；三来易云岑会是此中的变数，他性子冲动，会很容易堕入对方的算计之中。”

“燕绥。”

“嗯。”

“你的大脑皮层是不是特别丰富，比平常人多十八个弯？”

“我的大脑皮层，每一层都只写着你的名字。”

文臻笑嘻嘻地叹口气。

殿下真是越来越撩了。

在尔虞我诈的阴谋分析中也不忘记来一句情话。

“为什么你会猜易燕吾那边会拿下十八部族？目前明明更应该争取的是长老堂的支持。”

“易燕吾并没有这个本事。我的猜想是他的背后有人，而且背后的人的真实意图他也未必摸得着。我只是在猜那个人的想法。如果我是他，我不在意刺史之位，反正我要了也没用，谁坐都可以。我要的是易家的矿产、资源、铁器、好马，所有对我有益的东西。”

文臻忽然感到凛然。

她忽然明了，燕绥和她现在要面对的已经不是一个易家，不是一个刺史之位。

易家也已经成了朝廷和世家争夺的肥肉，唐羡之这位门阀第一人，眼光太深格局太大，当别人还纠缠在内斗争权之中，他已经早早安定了唐家，目光始终投在别人的疆土之上。

“唐羡之想要的很多。

“他看似被逼乃至自愿留在天京，其实他留在天京是为了麻痹朝廷，同时为自己经营人脉。

“当他觉得差不多的时候，他便以退为进，忽悠陛下求娶你，换得离开天京的机会。海上成婚，成，则把我和世家年轻一代子弟，一网打尽；不成，他也获得了自由，可以去做自己想做的事。

“他半点亏都不肯吃，便是算计好的死遁，也要死之前先博一把你的愧疚，将来江湖再见，说不定就是一次生机。

“他做事从不只图一样。所以死遁一为自由，二为博你愧疚，三为步湛。

“步湛，是被他截胡的。那场赐婚，把我调虎离山，令我拒绝了带队谈判。一来再无人可以给他作梗，影响他的计划；二来我一旦拒绝谈判，当他截走步湛，我就会成为罪人。”

文臻搓了搓胳膊。

她觉得有点冷。

她从未想过，一场赐婚的背后藏着那许多的目的和博弈。

“我不知道他怎么和步湛谈判的，但他应该得到了尧国挖出重要矿藏的消息，并谈判截走了其中一部分的矿藏。

“我还怀疑他想要十八部族的好马。他拿下尧国的部分矿藏，一定不舍得用唐家的东西来换，他就喜欢从别人身上打主意。所以他盯上了长川。虽说季家马场才是第一，但季家太远，季家的马要自己用。长川十八部族的马更善山地作战，离川北和尧国也相对近，无论那马是他自己用还是送给尧国做交换，反正他不亏。

“所以如果我是唐羡之，我的首要目标是十八部族，然后是易家的大军。易家目前在长川的护卫军，由长老们共管。但易家驻扎在主城外百里的金麒军才是足可影响局势的关键。金麒军统领对易勒石忠心耿耿，调军只认虎符不认任何人。而虎符分成两半，半份虎符在易勒石处，无人知其所在，剩下半份虎符分成七块，七位长老一人一块，想要凑齐很难，一旦凑齐，整个长川就等于落入我手。我会直接摧毁长川，带走所有资源，把一个空壳和烂摊子留给易家残余或者朝廷。

“唐羡之比我们轻松多了。我们需要一个安定完整的长川，但他只需要抢夺和破坏就够了。

“对。所以他很可能会鼓动易燕吾对段夫人下手。自己趁机去十八部族卖好，先拿下十八部族。

“嗯，应该还会唆使十八部族起事，干脆杀了易家人和朝廷来使，做这长川的主人，省得处处为人所制。

“对于永远觉得自己受了委屈的十八部族来说，这个提议一定很有诱惑力。”

文臻叹了口气，往后一躺。

“大佬，读心术好玩吗？”

“好玩。你看，读来读去，唐羡之的心多黑。下次不要傻兮兮答应他的求婚了。”

“谁叫某人傲娇，还等着我去求婚呢。”

“想要吗？想要我现在就——”

“吃饭！”

筷子一阵乱响，笑语声起，将方才纵论人心时势的沉重冲淡。

不管对手多少，敌人多强，时局多乱，饭要吃，觉要睡，人要向前走。

也就洗洗睡了。

文臻躺下就听见风声尖利，如箫笛合鸣，听着身边燕绥有规律的呼吸，想着白天也没听见这样的风声，怎么到晚上就特别明显？忽然又听见有人上屋瓦的声音，随即又有武器搁在屋脊上的声音，想必爱睡屋顶的易秀鼎又睡屋顶了，但这次和昨天不一样，那尖利的风声仍在，文臻有点犯愁，想着燕绥今晚只怕又没得睡了。

燕绥忽然睁开眼，看一眼睡得笔挺的文臻，手一抬，文臻便不由自主真的堕入了黑甜乡。

燕绥则起身，看一眼窗外屋顶。那里有个黑影。

易秀鼎一向只睡屋顶，且所处的位置一定能照管整个院子。

她睡哪里燕绥不管，但是她那个位置离自己的屋子太近，万一发现什么就不好了。

燕绥想了想，去柜子里拿了床被子，上了屋顶。

易秀鼎披着黑色大氅，整个人似乎要融入黑夜里，正闭着眼睛嚼苦辛，忽然有所感应，睁开眼便看见了抱着被子的燕绥。

没等她问话，燕绥已经将被子抛了过来，易秀鼎猝不及防，只得接住。

“这大冬天的，睡在屋顶，总叫人担心，明早起来会不会看见一具冻尸。”燕绥指了指被子，转身便走。

易秀鼎抱着被子，难得地傻了一阵。

高天之下雪光明亮，照见她的脸。

她渐渐捏紧了被子角。

半晌，却并没有继续睡在屋顶上，也没有裹那被子，扛着被子下了屋顶，将被子放在燕绥屋子门口，回了隔壁以花墙分开的自己院子。

燕绥听着那动静，唇角一扯，转身从窗中跃出。

第五进院子里最大的一套独院是易燕吾的居处。

此刻他正端坐在油灯下，双手无意识地绞在一起，看着对面的男子。

男子一身普通青衣，形貌普通，正是白日里的家丁来福。

他正用一瓶药油，轻轻涂抹白日里手肘擦破之处，露出的手臂线条漂亮。

易燕吾看了一会儿，心里越发茫然了。

他不明白这位要做什么。

白天为什么要跟在自己身后，平白被那对厉害夫妇试探。

却听男子忽然道：“我近日要出去一趟，这里的事你自己处理吧。”

易燕吾第一反应竟是松了一口气，随即觉得这口气松得有点不大对，赶紧又咳嗽一声掩饰，道声好。又问：“先生你建议我软禁段夫人，可夫人那般地位，没有合适理由……”

“谁要你软禁段夫人？软禁易秀鼎、易云岑，不就等于软禁了段夫人？”

“这更没合适理由了……”

“怎么没有？昨日他们不是去探望家主了吗？如果家主出现什么变故，难道不是他们嫌疑最大吗？”

“段夫人自然是无辜的，她没必要对家主下手，可别人呢？出了事，你总要仔细查一查门户吧？”

“至于事情推给易秀鼎还是易云岑，这个不用我教你吧？”

“多谢公子！”

第五十五章

林擎vs燕绥

燕绥从夜色中的屋檐上掠过，听着屋檐下各种声音。

听见有人在床上辗转反侧。

听见有人在梦中格格笑着大喊自己头发黑了。

听见有人无声地喝着闷酒。

听见有人低声喃喃说要杀了她。

听见有人在唱戏，有人在笑着抛赏钱。

他忽然停下脚步。

前方的建筑已经塌了半边，但依旧可以看出非常地高，形状似塔似阁，原本应该最起码五六层，现在可以看见残破的墙壁，塌陷的楼梯，在夜色中宛如掉了牙犹自张嘴笑的老人。

是曾经发生事故的天星台，易人离少年时受苦的地方，也是易勒石最后出事的地方。

他来是想看看这里实验的痕迹，易家在这里做了很多秘密的试验，也尝试过无数的药物，哪怕已经塌了很多，也一定会留下痕迹。

他刚要上前，忽然停住脚步。

前方，天星台下忽然走出一个小小的身影。

看上去是个女童，十分瘦小，不过三四岁模样，绕着现在已经没有人迹的天星台转悠，仰头看着高处，嘴里念念有词。

这个时候，这种天气，怎么会有这么小的孩子独自在外面？

燕绥立着没动，却见那个娃娃从怀里掏出一样什么东西，蹒跚地向着天星台底部走去。

燕绥看见那东西，眉间一动，闪电般地掠下去。

那孩子却非常警醒，霍然转头，看见黑影掠来，露出受惊吓之色，却没有喊，下意识将那东西往衣袖里一塞。

燕绥劈手就去夺。

手指已经钻进那娃娃的衣袖。

他忽然像中了毒一样猛地拔出手，手指顺势一抖，将那娃娃的身子猛地抛了出去。

他拔出手的那一刻，那娃娃胸前弹出一截明晃晃的刀刃，离燕绥鼻尖只差毫厘——如果不是燕绥警觉，反应惊人，这一刀一定就能戳实在了。

毕竟谁也没能想到这么个路都走不稳的娃娃，也能有这样阴毒的手段。

那娃娃跌出，依旧没有尖叫，滚落一堆雪上，她打了个滚，转眼不见。

燕绥却没被那障眼法迷惑，衣袖一拂，雪堆散开，露出底下的灌木丛，灌木丛下有个小小的洞口。洞的直径非常小，而且滑梯一样往下，成年人根本下不去，那孩子转眼便滑了下去，她似乎确定燕绥和之前的所有人一样，拿她没办法，忍不住在地洞里发出格格的笑声，那声音粗糙，在地下的管道里听来沉闷诡异，像地底的野鬼在诡笑。

燕绥却唇角一勾，一眼看向了前方，天星台最底下进门处的残破的台阶，再次衣袖一卷。

那台阶石板忽然翻转，轰然一声插入地下。

随即一声尖叫，“砰”的一声，似乎有什么人撞上了那石板。

燕绥一眼便看出了那地下管道通往何处，并插下石板截断了管道，那娃娃滑下去，正撞上石板。

燕绥还不罢休，手指一弹，地面上一根虽值冬季也不凋谢的荆条立即野蛮生长，穿入那小小地洞，要将那娃娃钩出来。

隐约听得里头一声惊叫，荆条收回，并没有带出那娃娃。

燕绥听了一下，皱了皱眉。

底下还有别的洞。

他正在仔细听，忽然似有所觉睁开眼，转回头，就看见屋脊上多了一道人影，黑衣飘拂，手中一根黑色棍状物。

那人似乎正对着什么方向在说什么，一转头便看见了他。

看见他那人一怔，张嘴正要说什么，燕绥忽然飘身而起，人还没到，衣袖一挥，一团雪团半空炸开，将那人手中棍状物砸飞。

那人又是一怔，还未反应，燕绥已经到了他面前，轻飘飘一掌拍了出来，漫天忽然便似又下了雪。整个屋顶未化的积雪都倒飞而起，团团一转，似一只冰雪之桶，将黑衣人罩住。

半空中燕绥长衣飞散也像一团潇洒的云，云里探下一只雪白的手，拍向被罩住的人头顶。

不远处黑暗中一处回廊上，正在喝酒的两人也睁大了眼睛。

其中一人立即扔掉了手中酒壶，飞身要起，结果裤带被另一人拽住。

他回头，雪光下一张看似平庸的脸，气质却沉厚巍巍，是童邱。

抓住他的自然是这时候还不肯丢下酒壶的周堂。

童邱拍他的手："打起来了！你拦着我做甚？"

周堂抓着酒壶，津津有味地看着："是啊，打起来了，怪好看的，我们多看看。看这俩小子近日武功长进了没。"

童邱瞪着他："你疯了，你没发现不对劲吗？殿下怎么会忽然对飞白出手？而且不留余地，万一飞白出事怎么办？"

"飞白又不是一个人，殿下和他这样半真半假打过也不少次了，既然发现殿下不对劲，不多看看怎么知道到底为什么不对劲？"

"那你也不怕殿下吃亏？"

周堂一胳膊把童邱揽下来，夹在自己腋下，凑过去和他悄悄道："吃亏好啊。你知不知道自从他第一回和我见面就偷走我的厕纸害我蹲了一个时辰粪坑，我就很想看他吃亏一次。你可别拦，谁拦我和谁急。"

"你要不要脸！那次吃亏你不是早就报复了吗？他偷了你厕纸，你不是偷走了他所有裤子还打昏他的所有小厮，然后下令召开紧急军情会议了吗？"

周堂呵呵笑了一声，斜眼一瞟他："说话要凭良心啊。"

童邱不说话了，想想反正有这位没良心的在，总不会有什么事儿。也只好继续坐下喝酒看戏。

他喝一口酒，心想这家伙其实也没说错，那亏还真没报复回来。

谁能想到那家伙没裤子穿就不穿裤子，套个袍子就去开会，说要汇报重要军情，到大帅案前，不等大帅开口刁难他，先割断了大帅的裤腰带，然后和大帅说他觉得有更重要的军情要大帅亲自出门查看，大帅只好拎着裤子跟他到门外，结果这位殿下说他发现了一件非常可怕的事情。军营中的斥候体能和军事素质严重不达标，如此会严重影响消息的打探传递，他们这些将领自然不服气，谁不知道大帅麾下哪怕一个伙头兵，都比别的军营体能强，这位十三四岁刚刚从海岛回京的殿下，带着一群同样十三四岁只知道阿谀奉承的护卫，凭什么敢小瞧他们这些精兵骁将？

然后便要求比试，结果就是激将法之下还答应了赌注，输了就连将官带士兵一起，脱了裤子打板子，打完板子裸奔绕校场跑三圈。

然后就输了，大帅和殿下，一个空着袍子，一个拎着裤子，站在校场门口，看着一大群将领士兵光屁股跑步。

到这时候，再试图掀开殿下袍子取笑他已经毫无意义，毕竟一群跑步的光猪没有立场调笑一个围观的光猪。

至此，殿下报复了大帅，解救了自己，教训了一直暗中瞧不起他的诸位将领，震慑住了全军。

就这还没完，等到众人气息奄奄地跑得差不多，殿下把袍子一掀，露出光腿，十分诚恳地对众位已经累到没有力气震惊的将领士兵们道，自己毕竟师从名门，麾下也是名门教导出来的护卫，对上普通将领，有点胜之不武，因此也脱了裤子，自罚三杯，哦不，是跑三圈，以示和将士同甘共苦之意。

众人一听，又惭愧又感激，此时明明也快跑完，但殿下要跑啊，还是陪他们跑，自然不能就这么停下来，反正只是三圈，便陪着跑吧。

结果三圈跑完，殿下气息都没乱一丝，说："才热身，不够，再来三圈。"

众人舍命陪君子，再来三圈，以为该结束了吧，毕竟校场极大，三圈可不是小数。

结果人脸都不红，说再来三圈。

这时候已经有人死狗一样被拖下去，还有人被激起了意气，陪！就陪！

三圈跑完，殿下终于把衣服一甩，人们刚出一口长气，结果人来一句，有劲儿了！再来十圈！

众将领当场就瘫了。

自此妖风不再，在这位小殿下面前头也不敢抬。

当时他觉得，这是哪个旮旯里钻出来的妖怪啊。

脱他个裤子，他整了一个营地的人，还叫人家对他又尊敬又感激又佩服，连军心都顺便收拢了。

而拎了一早上裤子的大帅，临走时还被跑完面不红气不喘的殿下淡淡关心一句，叫大家不要怪大帅，大帅也准备脱裤子陪跑忏悔一下练兵不力的，只是年纪大了，怕冻出老寒腿，他给劝住了。

当时众位将领脸上那个表情哟。

童邱喝一口酒，笑笑，心想之后两人便是你来我往，各有吃亏之时，当时他还经常想，大帅和殿下才更像父子呢。反倒是飞白和大帅半点不像的。

但这些年听着殿下的消息，这次再见殿下，感觉和少年时完全不一样了。

之前听着的消息，感觉殿下出世感越发地浓，行事却越发入世，朝廷和陛下的种种束缚，令他再不能像当年一样随心所欲，恣意而行。

他选择了一条最艰难的路，几乎要与这世上所有人为敌。

这次再见他，却觉得他一直的那种空无感，在和那个女子一起的时候消失了不少，渐渐温暖。

只是大帅对此似乎并不乐观，他含笑喝酒时，眉宇间都似藏着淡淡忧色。

童邱看又在灌酒的林擎，想要劝他少喝点，但想到他在军中军纪严明，这么爱喝酒的人，滴酒不沾，也不容易，难得出来，放纵便放纵吧。

说到底，收服长川不能动用大军，连牵制都做不到，因为西番一到冬天就频频叩边，今年尤其剧烈，战线还拉得很长，从徽州拉到青州，大帅和他的大营都不能随便调兵。

大帅放心不下，亲自来看一眼，就怕这看了一眼，更放心不下了。

童邱的目光转向前方屋脊上的战场。

那里，燕绥和林飞白的打斗已经换了一种诡异的方式。

燕绥那一掌没能拍上林飞白的天灵盖。

因为林飞白周身的飞雪罩忽然散去，那罩子竟然像实物一般，被生生拽了出来，当头反向燕绥罩下。

却在罩向他那一霎瞬间散去。

飞雪散去遮挡燕绥视线那一瞬，一道人影鬼魅般出现，拽着林飞白就跑。

而空中一支去了箭头的箭，凭空出现，直射燕绥下盘。

而此时燕绥的身子忽然后仰，好像有人当面出拳一样，但是却看不到人影。

他让过这透明的一拳，人已经退后了一步，而此时另一个方向，忽然空中自燃起了一簇火焰，滑到了燕绥面前。

燕绥再次后退，眼看便要掉下屋檐。

他的身子落了下去。

落下去的那一霎，空中接二连三地出现人影。

最近的就在燕绥前方一步之遥，正收回拳头。

另一人飞射而来，手一招，那一支箭落地。

还有一人动作稍慢，但每走一步，空中便浮现一簇火焰，一路上便像星火渐次点燃，十分好看。

而林飞白和另一人已经出现在另一边屋脊。

天机府众人出手了，各自有瞬移控物之能。

众人神情刚刚一缓。

燕绥的身影忽然从檐下翻了上来!

他一出现，便抓起那个出拳的人，扔到那条火焰的轨迹上。

火焰被那人带出的风逼得倒退，正扑回那个会发出火焰的人身上。那人身上不断炸开火焰，他手忙脚乱连连后退，脚下一空栽下屋檐。

被扔出的那人的身体却撞在那个收回飞箭的人身上，撞歪了他正隔空驭物的手臂，半空中站在另一边的林飞白面前，忽然多了一支箭。

因为这支箭，林飞白和他那个瞬移的同伴不得不左右分开，因为方向问题，林飞白掠到了屋檐西侧。

而燕绥出了手便看也不看，一步便跨到了屋檐西侧。

他只出了一次手，却算好了全部的轨迹，在最终方向处等着林飞白。

只不过刹那之间。

合围之势便解，并随手反攻。

再次一掌拍向林飞白前心，淡淡道："唐羡之，你花样越来越多了。"

底下，周堂童邱霍然抬头。

周堂电射而出。

林飞白震惊，一抬眼对上燕绥杀气浓烈的眸子，才明白并不是之前的不当真的比试。

会死人的。

他拔剑，却已经慢了一步。

忽然人影一闪，撞上他背脊，他只感觉背脊被巨大的吸力吸住，随后身子猛地一翻，团团转了一圈之后弹射而出，天旋地转之间，他看见身后扑来小小的人影，将他甩开之后立即自己往前一钻，低喊："燕绥！"

燕绥手掌已经触及林飞白前胸，忽然他人不见了，一个瘦小的人影偏着身子，擦着他掌风撞进他怀里，他收势不及，掌风眼看要将屋脊扫塌半边。

这里是天星台附近，荒废的天星台守卫很少，众人又尽量收敛，减少了动静，才到现在没有惊动人，可如果屋脊被弄塌了，那就一定会闹起来。

人影一闪，周堂赶到，接下了这一掌。

一掌接下，燕绥抬头看一眼周堂，却没顾上说话，抱紧了怀里的人，紧张地道："蛋糕儿，你怎么样了？蛋糕儿！"

文臻咳嗽一声，忍了忍半边身子的麻木，尽量自如地抬起头，道："没事。"

却看见燕绥眼神深邃，里头似有无数情绪浮沉，疼痛、不解、震惊、失望、紧张……

她怔了怔，觉得有什么事情不对，却听燕绥缓缓道："蛋糕儿，你答应过我的，我和他生死之间，你必定心向着我。如今，你是……反悔了吗？"

文臻又一愣，心忽然一沉。

一直以来的猜测，终于被证实。

她道："燕绥，你……是不是记忆出问题了？"

不像是失忆，该记得的他都记得，他明明记得林飞白，先前还说要和他好好谈谈。

但是，他不记得林飞白的脸了？

燕绥一边给她把脉，一边抬眼看着四周的人，周堂、童邱、林飞白、司空昱，还有几个神情有点畏缩的青年。

都是熟悉的神情，陌生的脸。

但他知道已经露馅了。

文臻轻轻道："燕绥，这是林飞白。"

燕绥咳嗽一声，又一声。

半晌对林飞白道："被唐羡之炸了一个小伤，就让你退步成这样，真是将门虎女。"

林飞白脸上的表情简直堪称怀疑人生。

这位到底有没有问题？

刚发现他认错了人，结果他却记得之前发生的所有事。

这位怎么什么情况下都令人捉摸不透？

周堂脸上表情也很一言难尽，看着这屋顶上浓得夜风都冲不开的尴尬气氛，想了想，提议："来来来，难得人齐，正好我的屋子就离这儿不远，去我屋里……"

众人想着，喝茶？喝酒？说合？致歉？

却听他道："打牌！"

众人："……"

片刻后，一张牌桌果然支起。

在东堂，打牌是打马吊的简要说法，应该可以说是后世麻将的前身，比麻将要简单一些，目前还只在王公贵族之间流行。永裕帝怕此等博玩嬉戏之物流传到民间，会令百姓耽于玩乐，荒废百业农桑，因此对此有一系列的禁止政策。但东堂上层，大多都会打一手，毕竟喝酒玩乐这些事，才是拓展人脉加深感情办好正事的利器。

周堂、童邱、林飞白、燕绥四人一桌，文臻精神不济，裹了大氅观战，并且不坐在燕绥身后，要坐在周堂身后。

她对大帅兴趣满满，想看看传奇人物如何在牌桌上大杀四方。

因此对燕绥使的眼色视而不见，并且十分殷勤地亲自伺候大帅茶水，还给大帅掏摸着一包她随身带的点心，兴致勃勃地坐在大帅身边，伸长脖子给他看牌。

一副迷妹相。

正牌男朋友脸黑了。

大帅也老实不客气地笑纳，一边点评牛肉干不错，还可以试试开发一种苦辛口味的，一边洗着牌和文臻道：“你看，现在的有些年轻人一代不如一代，长辈吃点孝敬，也鼻子不是鼻子眼睛不是眼睛的。你看我儿子就姿态端正，心胸宽广，平日里不觉得，这一比，就看出高下了，哎，你瞧是不是？”

文臻忍笑看了他一眼，道：“是啊是啊，我瞧着特别感动。忽然也有心想要做个德智体美劳全面发展的好青年。所以我觉得刚才那牛肉干好像还不太完美，配不上大帅亲自品鉴，要么都还我去回锅吧。”

“哎哎，我不说了，我闭嘴吃还不行吗？拿回来！你这死丫头！”

殿下的脸色由阴转晴，看一眼旁边的司空昱和天机府的几个人，那几个人被大佬们的气场压得不敢上前，此时殿下一个眼风过来，赶紧上前伺候茶水。

燕绥坐在上座，也是庄家，一对三。

第五十六章

风云人物当如是

每人先取八张，剩余八张放在桌子中间。

“万贯！”林飞白出牌。

“殿下你是怎么回事？”

“十万贯！”燕绥不答反问，“易人离、厉以书、厉笑呢？”

“连贯子！”林飞白道，“易人离扮成你，在宜王车驾中慢慢走，吸引长川易家的探子的注意。自从进入长川，我们的队伍，先后经历了七次攻击，有时候是刺客，有时候是下毒，有时候是山匪打劫，有时候直接就是当地驻军刁难追击，其间厉刺史都受了点轻伤。好在有惊无险，都过去了。我带着天机府的人先一步赶过来。殿下，你们这一路发生了什么？文姑娘……文别驾为何这般憔悴？为什么你会把我认成唐羡之？唐羡之也来了？当初出手的是不是他？”

“九文！”燕绥推出一张牌，“传信厉以书，刺史队伍不要进长川主城，等我信号。”

“一索。”周堂道，“你觉得什么时候进城好？不进城要有个合适的理由。”

“九索。”燕绥道，“理由啊，简单。林飞白窥探文别驾起居，引发宜王大怒，两人大吵一场，林飞白负气带护卫离开。因军心不稳，暂缓入城。”

林飞白呛住，咳嗽。燕绥：“碰！胡了！”

林飞白：“……”

燕绥：“方才玩笑。你看这个怎么样——林飞白急于建功，行事冒进，和宜王发生冲突，被宜王逐出，因军心不稳，暂缓入城。”

林飞白：“……”

燕绥：“或者这样。林飞白想向其父借兵平长川，宜王怕西番乘虚而入不同意，林飞白和宜王发生冲突，被宜王逐出，队伍分成两派，人心不稳，暂缓入城。”

周堂撇嘴。

他算是看出来了，那位气不顺，当着他这做爹的面欺负他家宝宝呢。

不过也怪他家宝宝不争气，没眼色。文姑娘舍身救他，殿下正气不顺，还要第一句就道文姑娘憔悴，还一眼眼地偷瞄她。

是个男人都不会放过，何况殿下这种浑身流着醋液的。

“十万贯。”林飞白又打出一张牌，“殿下你们失踪后到底发生了什么？”

“百万贯。”燕绥道，“以方才的第三个理由，不入长川主城。具体的入城时机我会派人通知你们，届时你们要求长川主事者出城迎接，出城迎接就以我病了为由，要侍疾，把人扣下。没有人出城迎接就以长川刺史骄矜悖上为名，在城外宣读圣旨直接罢职。无人接旨，以飞箭射圣旨入城，再派方才天机府那个会隐身的，和会瞬移的，会摄物的，将圣旨隔空接下，一路送入长川易家的内院，记住，务必不能让任何人看见。”

“是。七索！”林飞白道，“那殿下你……”

“九索，碰。”燕绥道，“易人离如果熟悉长川易家内院，就让随便谁扮成他，他自己亲身前来，让他进府联系旧识。最好每个院子里都有能信得过的人。至于圣旨入城后放哪里最好，也听一下他的建议。”

“三十万贯。”林飞白道，“当初我们离开韩府时，将韩府的人全数控制押解回天京，以防消息泄露。其中有长川易家外院管事的儿子和他的护卫，和易人离熟识，这两人我们一直看守在队伍中，易人离可以和这两人一起混进去。不过殿下你们……”

“五十。”燕绥道，“等你什么时候能赢我再问我。”

“万贯。”周堂道，“目前，易家最需要解决的分别是十八部族、守军金麒军，以及长老堂。殿下打算从何处入手？”

“十万贯。天京春天的景致最好，我要和文臻今年好好赏一赏。所以一起解决。”燕绥道，“提堂长老，听说你和呔族那一系关系不错？”

“七十万贯，一条龙。”周堂道，“是啊，前几天还约喝酒来着。”

“没文，对胡。”燕绥道，“那便喝吧。把南北两派的关系再搞浑一些。如果我没猜错的话，有人可能想要和十八部族做交易，那我们便送这位一份大礼。”

“一索。”林飞白不说话了，似乎在专心算牌。

“六索。”燕绥道，“传灯长老有两个亲信作为长老备选，你们随便派谁去解决了吧。长老堂的位子，最后必须是我们的。”

“十索。”周堂道，“长川金麒军总领是易勒石的亲信，十万大军一直驻扎在城外五十里，任谁都拉拢不得，殿下打算如何处理。”

“百索，加杠花。”燕绥道，“不处理。西番骚扰牵制了我们的边军，我们便以其人之道还治其人之身便是。”他看一眼周堂，又瞟一眼林飞白，“不过有的人还是要处理的，蹲守在十八部族所住的西坊等他便可，那家伙一定不舍得放过十八部族这条大鱼。”

“千索。”周堂和林飞白对视一眼，又看一眼文臻，挑眉道，“这个我知道了。但是牵制金麒军不大容易。老邱要驻扎徽州，我目前在青州，两边都无法对金麒军进行牵制，除非……”

“一对。”燕绥道，“除非邱同犯了错误，被你扔到隋州去修筑工程，而隋州靠着寿山山脉，你们可以放出消息。”

“千索一对。”林飞白道，“放出消息说在寿山山脉里找到了秘密小道，可以横穿过山，直捣彦城县金麒军驻地。”

“一贯。林公子，你真不愧是令尊从小奶到大的，连牌都给你喂。”燕绥道，“牵制住金麒军就行了，之后该怎么做就怎么做。金麒总领是个死板人，不见虎符不动大军，那就按规矩来，他要虎符，就给虎符。”

“万贯。碰了！”周堂道，“我要提醒我嘴甜如蜜的殿下，虎符可能已经不齐，毕竟长老都死了两个。”

“虎符的事情我们负责。天机府的人不要离开易家大院，随时准备。不过睿智英明的提堂长老，你的万贯先前就出去了，哪来的第二个万贯？敢问你碰的到底是牌还是一张嘴皮子还是那双灵巧的会偷牌的手？”

文臻托腮在一旁瞧得笑眯眯。

瞧她家的小甜甜，不仅在朝堂纵横捭阖，在牌桌上也气吞万里如虎。

打牌精不稀奇，稀奇的是打牌的时候算牌、控场、斗嘴、抓老千，一心数用，还能轻描淡写就定下了对整个偌大长川的大策，情况复杂，势力交错纵横，乱麻一般的长川易家在他手下也不过是被翻洗的牌，轻轻巧巧便条分缕析，统观全局，离间、设陷、假动作、假消息、将计就计、釜底抽薪等诸般手段教人眼花缭乱，眨眼间布好了一盘大棋。

抬手翻云覆雨，覆手山河变色。

立于人间顶端的风云人物，当如是也。

更妙的是，这双手进可卷江山舆图，退可温柔替她洗头。

雪夜灯下一场牌，顶尖世家长川易家也不过是燕绥手中几张纸，随手就安排完了。

复杂的计策定下，牌局也赢了，燕绥算牌和他算计人一样，诡谲狠辣，除了周堂赢了一两把，没有别人的份儿。

周堂打牌透着一股随性的味儿，嘴里不停地嚼着各种干果点心，林飞白皱着眉头，他一把也没赢，本就不擅此道，再对上那两人，哪里还有出头的机会。

他瞟一眼文臻，又瞟一眼文臻，虽然一肚子话想问，但自觉自己没能赢，自然不能问，周堂在一边看着，丢了颗花生嚼得格格响，童邱无声地叹了口气。

老实成这样，怎么和殿下争女人哟。

还是文臻看不过去，笑问他："听说林侯之前受了伤，可大好了？"

林飞白的眼睛眼看着便亮了起来，但随即便转开目光，平平静静地道："没事。倒是你十分憔悴，想必还没大好。听说之前殿下曾经受伤昏迷，都赖你一路照顾。只是如今瞧着，殿下打牌搅事，胡乱出手，无事生非，精神奕奕，除了脑子似乎糊涂了一些外，其余倒也看不出什么来。"

周堂又嚼了一把花生——这傻小子虽然本性老实，但是却是从小养在宫中的，和殿下从小斗嘴到大，这嘴皮子倒练出来了。

听得人甚是满意。

燕绥扬扬眉，笑道："我什么时候糊涂过了？"

林飞白冷笑："你方才是把我当成唐羡之了吧？"

燕绥讶然道："有区别吗？不都是没眼色不识相，与嗡嗡嗡在耳边转的同一种物事吗？"

文臻咳嗽一声，道："林侯，你这件袍子想是新做的？"

她忽然问起林飞白的衣裳，林飞白愕然，周堂和童邱交换了一个眼色。

燕绥摸着下巴，看着林飞白，刚才差点出手弄死他那一刻的眼神又出现了。

林飞白愣了一会儿才答："好像是吧，我的衣裳都是身边人打理。"

"不是师兰杰吧？"

"不是，他不管这些。"林飞白低头打量自己的黑衣，这段时间他总是穿各种黑衣，从没在意过这些，他甚至不知道自己穿的是黑色的。

文臻是觉得他穿黑衣特别好看吗？

这个念头出来，他脸微微一热，急忙咳嗽一声，从内心里鞭挞了自己几下。

"那么，林侯，谁给你安排的衣服，还有那种细细的看上去像个笛子的短剑，你回头查问一下吧，这个人可能已经不干净了。"

林飞白蓦然一惊，他也是聪明人，随即便想到了什么，急忙肃然应是。

燕绥自然也明白文臻问这话什么意思。很明显，唐羡之也不知道怎么就看出了他记忆混乱兼不认脸的问题，买通了林飞白身边的人，给他穿上自己前阵子追杀燕绥时穿的那种黑衣，又给他配上短剑，诱使燕绥将林飞白误认成他，从而下杀手。

唐五真是手段千变万化，层出不穷，防不胜防，更兼眼光毒辣，也不知道他是怎么看出来他不认人了，明明到长川后都几乎没碰面。

燕绥却并不在意，他在最后一刻已经发现不对，不至于杀死林飞白，至于弄伤那家伙，他一点不过意都没有。

他轻笑一声，正要开启嘲讽模式，文臻一把拉着他便走："夜深了，咱们离开院子也太久了，小心被人发现。"一边又和周堂打招呼，一边又关照林飞白潜伏小心，对林飞白欲言又止想要谢她救命之恩的神情视而不见，不由分说把浑身随时随地散发毒刺的她家甜甜给拉走了，走了一会儿回头一看，看见林飞白带着那几个天机府的人又上了屋顶。燕绥也回头看了一眼，手指一弹，隐约那边有些什么动静，随即林飞白指了几个方向，那几个天机府的人便扑了下去。

对上文臻疑惑的目光，燕绥道："他们在排除机关，但就他们那点本事，找三天都不能找齐，还不是得我出手。"

文臻猜大概燕绥是以他的发春之能，指出机关的所在地。他是机关大师，自然能看出各处的机关布置，而不管怎样的机关，大多都要依托泥土，只要是泥土，也多半会有植物的种子存在，燕绥催生种子顶动地面，林飞白也就能察觉了。

易家这样的大家族肯定机关遍布，但有燕绥这样的既通机关又能催生种子的人形扫描仪兼挖掘机在，又有天机府的人帮忙，再多的机关也就是个摆设。

燕绥用大氅将她牢牢裹住，在屋脊上穿行，和她顺便说了自己去天星台原本想寻找些线索，毕竟最初易勒石出事的事发地就在那里，而且天星台一直以来作为易家的秘地，必然藏着秘密，易勒石是和天星台的掌管者问药长老一起出事的，也就是说，最熟悉这个地方的两个人都倒了，那其余人未必清楚天星台的重要性和秘密，只将其草草封锁关闭，便忙于争夺权力去了。

但是既然出了那么一出闹剧，文臻又来了，燕绥怕她受寒，只得先将她送回去。

他对自己为何对林飞白出手绝口不提，文臻也没问，这一路走来燕绥的异状她都看在眼里，他应该是记忆出现了错乱。所以他没有认出段夫人的标志，把林飞白当成了唐羡之，他在苏醒之后和唐羡之有过两次针锋相对，但两次都没看见唐羡之的脸，而林飞白身形和唐羡之有点相像，穿的也是上两次唐羡之穿的黑衣，连式样都差不多，所以成为了他下手的对象。

她先前发现他出去后便悄悄跟了出来，好险救下了林飞白，当时她撞在他怀里，才令他及时收手，那一刻她清楚地感受到了燕绥的杀机。

那时候周堂、童邱两人没有想到燕绥的这种情况，离得稍远，等发现再出手其实已经来不及了。

如果林飞白这衣裳打扮是有人有心安排的……

如果今天燕绥真杀了林飞白……

如果真当着林擎的面杀了林飞白……

文臻打了个寒战。

那么别说拿下易家，整个边关，乃至整个东堂，说不定都会陷入战火之中。

这又是唐羡之的手笔吗？

他发现燕绥的不对劲了？

文臻往燕绥的大氅里又钻了钻，燕绥以为她冷，将她又往怀里拢了拢。

长川易家虽然势力雄厚，但因病人才凋零，她和燕绥在与虎谋皮，却也没多少紧张感，然而如果还有一个手段高超的唐羡之在背后，那就等于腹背受敌了。

此时两人已经接近了段夫人的院子，却发现那里灯火通明，一片喧闹。

两人便转了个弯，从院子背面不显眼处偷偷进去，从窗子翻入，再将外袍扯松，做睡眼惺忪状，开门出去看。

文臻出门时，差点被一个东西绊了一跤，低头一看，门口放着叠得整整齐齐的一床被褥。

她有点诧异，不明白柜子里的被子怎么跑到地上来了，目光落在对面空荡荡的屋顶，随即反应过来，想必燕绥给易秀鼎送了被子，易秀鼎又还回来了。

文臻心里有点奇怪的感觉，看一眼燕绥，但此时也顾不上询问。

院子门口站着一队拿着火把的人，都是青色衣袍黑色衣带，衣襟上缀着刀和天平的标志，代表这是掌握易家刑罚的理刑长老门下子弟。

易家的理刑长老站在门口，这位掌管易家刑罚的铁面人物，长相和性格完全不一致，是一张田舍翁的团团脸，个子很矮，头颅溜光如鸭蛋，垂着早白的长眉，倒有点寿星翁的模样。

这人说话也笑眯眯的，声音不高，字字分明："小十七啊，大半夜把你叫起来，可扰了你清梦？其实也没什么事，有人向刑堂举告了一点小事，你且随我们去，说个明白可好？"

文臻第一次见识所谓大家族掌刑的人物，正想这位这么慈和，和传说中的刑堂长老不大一样，忽然身边风响，易云岑匆匆从她身边卷过，文臻一侧头就看见他脸色紧张，眼神难掩恐惧。

而笔直站在门口的易秀鼎，一动不动，握紧的拳也表明了她此刻的心情。

半晌，她道："谁举告了我？举告了我什么？你且说个清楚，我才能随你们去。"

易云岑大喊："不，不管谁举告了你什么，要说就在这里说清楚！不能去刑堂！去了刑堂的人就没有过完整出来的！"他忽然想起了什么，立即大声问，"长老，要十七姐去哪个堂？"

理刑长老还是那副笑眯眯模样，轻言细语地道："黑狱。"

易秀鼎身子一颤，易云岑倒吸一口长气，脸都青了。

刚被人扶出来的段夫人，听见这句也晃了晃，一把抓住了门边。

"黑狱……"易云岑怒道，"那种进去就出不来，出来尸首都不能全的地方，长老你叫十七姐去，她到底做了什么，要这么对她！"

理刑长老像是个迫不得已的下人一样，苦着脸摇头："事涉家主，自然去黑狱，我也没办法啊。"

"和家主有什么关系？家主还躺在他的魁阁里呢！"

"有人举告易秀鼎。昨日借探望家主之机，试图盗窃家主印章，以谋私利。"理刑长老笑脸忽然一收，淡淡道，"但凡事关家主都是家族重罪，必入黑狱。来人，带走！"

"慢着！"易云岑一步站到易秀鼎身前，"上下嘴皮子一翻，就要害人入黑狱，世上哪有这样的道理！昨日十七姐去探望家主的时候，夫人和我都在，她当时都没离开家主病榻，怎么去偷印章？她要偷印章做什么？这事又是谁举告的？站出来先对质！"

文臻在一边看着，摇摇头。

易云岑是个有胆气的，但终究缺乏经验，明知道这是有备而来的针对，一边周旋，一边就该去找外援，易秀鼎是传灯长老的人，第一件事就该派人去通知他，他却完全忘记了。

倒是段夫人出来看见这情形的第一眼，就让她的嬷嬷从后门走了。

可饶是如此，文臻依旧觉得，对方今晚要的不仅是拿下段夫人的有力保护者易秀鼎。

这事是冲着易云岑来的。

门口，理刑长老一改刚才的笑面虎风格，以一种令人难以忍受的轻蔑态度，看一眼易云岑。

"岑少爷，劝你莫要在刑堂面前摆你的家主继承人身份。别说你只是一个呼声不高的家主继承人，便是你真做了家主，长老堂也容不得你大呼小叫。"

"我没有大呼小叫，我只想要个公道！"

文臻动了动嘴唇。

燕绥拉了拉她的手指。

文臻垂下眼。

是的，她和燕绥应该做好旁观者。易家的所有人其实都是敌人，易秀鼎姐弟目前友善，可一旦得知她的真正身份，也必定刀剑相向。

对易家的对策早已定下，她要做的是推波助澜，而不是力挽狂澜。

文臻忽然有点后悔。

不该和段夫人一行同行这一路。

权力博弈，一旦掺杂了感情，便令人失了决断，变得踟蹰不前，左右为难。

第五十七章

我看好你们哟

门口，理刑长老已经不理易云岑，头一摆，道：“带走。”

又对走过来正要说话的段夫人道：“夫人见谅。请夫人放心，你也知道刑堂的规矩，有人举告呢，就必须查个清楚。小十七也是我看着长大的，不会冤枉她的。不过有件事得和夫人说清楚，因为此事可能还有牵扯，需要随时查问。请夫人和云岑及这院中的所有人，这几日暂缓外出。”

众人变了脸色，段夫人正要说话，想了想，终是没有开口。

易云岑失声道：“你这是要软禁我们？你怎么敢？”

“我不敢。”理刑长老笑眯眯道，“云岑，你知不知道，有人同时举告你和夫人给易秀鼎打掩护，意图窃取印章。我暂时是不信的，所以我就只请你们先留在院子里，对你们好，对大家都好。我是一番好心，云岑你可别任性，你再任性，难不成夫人的院子不想待，也想去黑狱逛逛？”

“去就去……”易云岑一句话还没说完，忽然被易秀鼎一脚踹倒，险些跌个大马趴。

他趴在地上，吐出满嘴的泥和雪，不可思议地大叫：“十七姐你疯了！”

易秀鼎目光冷硬：“别上小人的当！”

易云岑猛地蹦了起来：“可你也不能就这样被带走，你知不知道黑狱是什么地方！他们是要弄死你！”

易秀鼎不理他，却忽然望向理刑长老，唇角泛起一抹讥诮的笑。

“我不懂你们，敌人都逼到家门口了，长川易家都未必保得住了，你们还在内讧，在杀自己人，当真是不想长川易家再活下去了是吗？”

理刑长老还是那样慈眉善目地笑，道：“说什么呢，小十七，咱们都是一家人。你若没罪，七爷爷绝不会冤枉你，放心，别怕。”

易秀鼎冷笑一声，抬腿就走，却又忽然停步，转头看了文臻一眼，目光一移，又看了燕绥一眼。

随即她有些仓促地转开目光，大步便走，跨过门槛的时候，站在一边的理刑长老忽然低声在她耳边说了一句话。

易秀鼎浑身一僵，转头怒视，理刑长老已经笑着背手走了。

文臻悄声问燕绥：“他说了什么？”

燕绥慢吞吞地道：“他说：‘你说对了，长川易家未必保得了。就算朝廷不收，这病也迟早灭绝易家子弟。既然如此，何不多为自己打算？’”

文臻笑一声。

燕绥眼神深表赞同。

“咱们真的不救易秀鼎？这个理刑长老笑里藏刀，易秀鼎怕易云岑冲动惹事，痛快跟他走，一定会吃大苦头。”

“易秀鼎在易家吃的苦头越多，易家内讧越厉害，对我们才越有利。”

文臻低头叹息一声。

燕绥这样的人，全部的人间情感大概都只给了她，对于别人真是纯粹的政治思维，冷若凛冬。

她此刻因为先前那被子生起的一点意外和酸意都消失干净，心底反而泛起难言的怅然来。

有时候，还是希望燕绥的人情味更多一些。

她总是害怕燕绥会向深渊而行，在那样深邃的注视里，迷失自己。

易秀鼎被押解着出门时，正撞上飞奔而来的传灯长老及一干手下，两拨人在院子门口，隔着一盏风灯的灯光，各自站下了。

易秀鼎看着冬天跑得满脸热汗的传灯长老，眼睛很亮。

传灯长老怒道：“理刑，你半夜三更耍什么花样！还不赶紧把小十七放了！”

理刑长老一脸无奈地笑：“大长老，我能耍什么花样？我呢，不就是个苦兮兮的理刑长老？有人举告，我便不得不从热被窝里爬出来奔波，做这吃力不讨好的事儿。你看看我多难呀。”

“刑堂掌握在你手里，你一手遮天，什么罪名，什么举告，还不是你一句话的事儿！”

“大长老啊，你这话就说得差啦。要说一手遮天，这易家可轮不着我。要么你看看，这里头的才说得上一手遮天，大逆不道呢。”

理刑长老笑眯眯上前，亲自双手递上一份书简，传灯长老疑惑地看他一眼，当他的面，抽出一双手套戴上，才接过了书简。

就着风灯的光，他随便一翻，脸色就变了，猛地将书简一合，抬头死死盯着理刑长老。

理刑长老手指点点那书简，笑得意味深长：“您瞧见了吧？今日之事可不怪我，哎呀，这里头的记载可真是令人发指呀，据说还不止这些呢——”

他一偏头，嘴对易秀鼎努了努：“大长老，你说这样的举告，我该不该接呢？”

易秀鼎一直盯着传灯长老，传灯长老沉默一阵，转开了眼。

理刑长老那种慈眉善目却又令人不舒服的笑容再次浮现。

半晌，传灯长老后退一步，让开道路，并不看易秀鼎，涩涩地道：“既被举告，自当查清。还望理刑长老，能够秉持公心，公正以断。”

“那是自然，那是自然。”

易秀鼎不看他了，目光转向地面，定定地盯了一会儿，好像想在那里看出点花来。

路被让开，她不等催促，比先前更快地向前方黑暗走去。

忽然起了狂风，将风灯卷起，那光影便急速晃动，像无数蹑足在黑夜中窥视的鬼影。

夜有彻骨之冷，而风如夜梦之空。

段夫人院子门口，其余人还伫立着。

易云岑浑身发抖，如果不是被段夫人死死拉着，怕冲出去拽倒夫人，他早就狂奔而出。

段夫人一遍遍在他耳边道：“别气，别怒，别中了别人的计。你放心，我这就用青螭刀令请十八部族他们出面保下秀鼎。易家现在忙着争权夺利，都想拉拢十八部族，他们帮忙一定有用的。”

“夫人。”文臻走到她身边，轻声道，“我不明白，朝廷马上就要来人夺刺史位，易家危在旦夕，本该勠力同心，为什么这时候还要内讧还要争权夺利？争来家主之位又怎样？转眼不就又归了朝廷？”

段夫人静了静，道：“笑笑，你似乎对朝廷非常有信心。”

文臻心中一惊，反问道：“难道不该吗？朝廷此次来使并非弱者，宜王燕绥名动朝堂……”

“那又如何？再怎么强大，他是不掌军的皇子，陛下对他心存忌惮，不肯让他带兵，连林擎和邱同的边军都没允许他动用。他一人便是有通天之能，带着那绣花枕头没经过实战的三千金吾卫，就能和我多年经营十万大军的长川易家抗衡？能攻下这里外七层，内城外城，固若金汤的易家大院？能同时解决十八部族、易家上下及金麒军，和长老堂的错综复杂的势力？只要有一方按不下，长川易家就不能被完整收服，他能吗？”

文臻想，他能。

哪怕听起来再不可能，他也能。

他一场麻将已经把你们这引为依仗的强大三方都给安排了。

段夫人又若有所思地道：“就算他强到非人哉，他能吧。但所有易家人都认为，殿下要的只是刺史之位，而且也要一个安定的长川。易家掌控长川多年，掌握长川的军事民生所有方面，将易家连根拔起，不利于之后长川权力的平稳过渡，所以该抢的一定要抢。势力越多，将来无论是掌控长川，还是以此和十八部族，和殿下做交易都更有底气。不是吗？”

文臻想，道理上是的。

但是殿下是个按道理来做事的人吗？

不过长川易家这种的心态她倒是明白了。

在长川，他们就是皇帝。对皇权和皇子的了解本就不足，并没有对燕绥引起足够的警惕，也觉得庞大的易家会是永远的依仗，觉得在这样的势力根深蒂固的家族前，绥靖是唯一的选择。

他们却不明白，就算燕绥想要绥靖，深受福寿膏之害的群臣也不会允许。

段夫人忽然叹了口气，幽幽道：“权势永远没有性命重要，希望他们能早日明白。”她抬头看向文臻，“厉姑娘。很抱歉，我承诺庇护你们，但看现在的情势，能否做到还在所难料，而我还想请求你们的帮助。”

“夫人言重了。您说的是易姑娘吧？放心，我们会尽力的。夜里冷，夫人还是早些歇息，您若倒了，易家就会更乱了。”

段夫人也明白，点了点头，又拽着一直眼睛通红发呆的易云岑，由嬷嬷搀扶了进去了。文臻看向燕绥：“去看看易小姐吧，我担心她吃亏。”

燕绥不语。

“她那样的人外冷内热，宁折不弯，如果折了，真是太可惜了。”

燕绥这才道：“你在屋子里好好待着，不许再跟出去了，我便去看一眼。”

看文臻点头答应，他才飞身而起。

一闪过高墙，越过重重屋脊，顺着那批人的行路痕迹，一直跟着到了易家的刑堂。

易家刑堂在内外院交界处立了一道特别高的白墙，乍一看竟然像是骨头一层层垒成，隔着老远，白惨惨地令人发瘆。

连易家的护卫都绕着这道墙走。

易秀鼎抬起头，看着这个易家最凶恶的子弟也不敢靠近的地方，传说这里如同地狱，分皮、肉、骨、血、筋、干、黑七层。不需要动刑，只需要从第一进走到最后一进，就够令人崩溃了。

这座白骨丛生狱，负责关押并审问叛逆者、异见者、一切可疑者，死亡在此处并不是最可怕的结局，有时候还是痛快的解脱。

理刑长老上前，将手掌按在墙上一处微微凹下处，片刻，墙面开启，里头走出易燕吾。

他躬了躬身，一言不发地接过易秀鼎，理刑长老打个呵欠，道："折腾半夜，累了，我便先去睡了，这里交给你。"

"长老放心。"

理刑长老走几步，回头看看易秀鼎，对易燕吾道："不要弄死了，但让她安分一些。"

"弟子明白。"

理刑长老怜悯地拍拍易秀鼎的头，笑道："好好听你十叔的话，别倔强。"

易秀鼎闭上眼，不理。

她面前看上去是一座普通的几进院子，但是每道大门打开，看见的是鲜血、碎肉、骨头、各种奇形怪状的刑具，惨叫嘶喊的人们。

一个护卫刚刚缩到暗影里，就觉得一阵风从耳后过，然后便什么都不知道了。

七狱有个共同点，就是都有一个池子，里头是黑色的药水，尸体和各种物体，抛进去便会慢慢化去。

片刻后，池子里无声沉入一具躯体。

穿了护卫装的燕绥无声走出来，跟在易燕吾身后。

无人察觉。

易燕吾带着易秀鼎，从满地鲜血中走过。

第一进是一种枯干的皮色，地面也像是人皮的，凝结着一些斑驳的凝结的血块，令人浑身皮都似开始发麻。

第二进刑具更多，鲜血更厚，到处都是新鲜或者陈旧的红色，黑色的血痂盖着赤红的带着碎肉的新血，鼻端是满满的铁锈般的血腥气息。

第三进满目惨白色，如白骨之狱，白骨之上透着些边缘微红的孔洞。

一进比一进血腥更烈，刑具更可怕。

制造的心理恐怖更强烈，这样不断叠加的血腥压力，不断逼人陷入更深的恐惧。

等到了第七进。

忽然眼前一黑，什么都看不见了。

经历了前方巨大的心理恐怖，其实再见鲜血什么的已经麻木，但偏偏遭遇这种黑暗，这反而比杀戮更能击中人的恐惧，之前看见的种种般般都似潜伏在黑暗中，或号哭逼近，或蹑足而来。

便是连易秀鼎这样心志坚毅的人都浑身一颤。

易燕吾的声音便是在这时候响起来的：“下琵琶钉！”

尖锐破空声响起，易秀鼎霍然抬头。

琵琶钉是易家对付必死且武力高的仇敌重犯才会用的一种刑具，一尺双钉穿琵琶骨过，针过武功全废。

易秀鼎想退，可双臂已经被身后人锁死，动弹不得。

长针穿透血肉的钝响听得人耳中发麻，淡淡血腥气瞬间洇开。

易燕吾手在易秀鼎肩上一拂，感觉到微微凸出的针尖和黏腻的血。

室内微微亮了一点。

众人这时才勉强看清了室内轮廓，墙壁到地板乃至刑具都涂成了黑色，连墙上油灯的火焰都是黑色的，散发着浓重的血腥气味。地上白骨和刑具散落，墙上一排排的铁扣子，有的铁扣子之间，留下整整一个人形状的血痕，像是一个人在那里被慢慢把一身皮肉都撕了下来。

易燕吾命手下将易秀鼎肩后的长针扣在那铁扣子上，再将针掰圆了扣紧，笑道：“小十七，莫要乱动，这机关用铁制成，极其坚硬，且依附在你血肉上，一旦硬拽，你整个肩膀也会裂掉，到时候可别怪咱们都没法救你的命。”

易秀鼎一直一言不发，此时终于缓缓抬头，黑色烛火下一张分外苍白的脸，一字字地道：“既然说我有罪，那么审问的人呢，对质的人呢？”

易燕吾笑了笑，道：“小十七，你还真是天真。”

说完他关上门，锁好机关，点头示意护卫留在门口守卫，自己转身离开。

黑狱无须太多守卫，进门的机关每日一换，除了长老和他无人知道，闯到门口也进不去，进得去也解不下易秀鼎。

等到易秀鼎被折磨个半死，再来要供词，到时候根据需要，想要什么样的，就要什么样的。

黑色的牢狱恢复寂静，只有血滴在地上滴滴答答的响。

门口隐约有一点什么声音，但很快没了声响声。

没多久，又有脚步声响起，听上去有三四个人。

他一直走到门口，也没说话，只手中忽然响起一阵铃铛之声，那铃铛音色空灵如水音。

一响之后，他不耐烦地踢了踢门，示意打开。

护卫顿了顿，过了一会儿门开了。

那人领头，几人进门，直奔易秀鼎而去。

黑暗里易秀鼎霍然抬头，一声低喝："谁！"

那领头人嘻嘻一笑，道："来爱抚你的人。"

一阵沉默，随即易秀鼎寒声道："滚。"

"都这种时候了，还摆着架子？知不知道有多少人就讨厌看见你这目无下尘的德行？"那人含混着声音呵呵笑，"你骂吧，你多骂一声，我便让他们多宠爱你一次，你知道他们都是什么人吗？外城杂烂街上的叫花子，倒夜香的癞子，花柳街浪出一身花柳病的烂子，烂到一路走进来肉都扑扑扑地掉……怎么样，公子我对你好不好？听说你进了黑狱，我连夜花了好多工夫找来的呢，你等会儿可要记得好好享受享受……"

黑暗中淫邪的笑声低低响起，一股黏腻肮脏的味儿在逐渐逼近。

浓黑不见五指的环境令人恐惧，也能催生内心深处所有不可言说的欲望和黑暗，黑夜总让罪恶变得更加大胆，四周渐渐起了兴奋的呼吸声，如散发着恶臭的野兽，伴随着颤抖的手指攀向易秀鼎的衣角。

易秀鼎没有闭眼，她对着浓得化不开的黑，将眼睛睁到最大，眼眸里血丝瞬间便密布如血。

她生平第一次在颤抖，以至于肩头的扣环发出细微的叮铃声响。

密闭的室内好像忽然有了风，悠悠地荡。

第一只手猥琐地摸上来，腥臭的鼻息扑上来的时候，易秀鼎猛地闭眼，齿关向下猛咬——

宁死不可辱！

她用了全力，别说断舌，断刀都够了。

"咔"的一声，咬到的并不是自己柔软的舌头，而是薄薄的皮，其下是血肉，再然后是坚硬的骨，想象中的剧痛没来……她睁大眼睛，恍惚里明白了什么，咬得更加用力了。

黑暗中响起压抑在咽喉里的痛叫之声，似乎是有什么人要叫喊却被堵了回去。易秀鼎心中快意，下了死力气，那只手生生在她口中被咬断。

又是一声闷在咽喉里的惨号。

随即“扑通”一声，有人坠落在地，扭动着爬不起身。

一只脚忽然踢在那个花街里花掉了满身肉的烂子屁股上，将他踢到那人身上，一个声音平平静静地道：“愣着干什么？干活了。”

那人觉得有点不对劲，一摸，险些惊叫，声音还没冲出喉咙，便觉得屁股一凉，他腰带被割裂。

“每人三次，每次一刻钟，时辰不够就加次数。不要想着蒙混，你们时辰不到就停下来，屁股后头那东西就该干活了。”。

“这个……”那人结结巴巴地道，“男人……”

“男人怎么了？你既然是花街一霸，不知道在哪儿开门？”

黑暗中不知道谁在喘气。

几响脆响，传说中被扣进去就无法挣脱的琵琶钉解开了。

有脚步慢慢挪出门外的声音，几个最底层的人，绝望地听见门被关上的声音。

还是那低沉的声音，隔着门，漫不经心地道：“加油，我看好你们哟。”

第五十八章

平妻

门被关上。

燕绥立即想要撒开扶着易秀鼎的手，并且趁着外头的光亮，一把抽出了她肩膀上的针。

之前那针射来时他没帮她挡，只弹指令针尖稍偏，避过要穴。一来避免和易燕吾直接冲突；二来他还是觉得，让易秀鼎吃点苦头更恨易家，说不定有好处。

黑狱太黑，怕抽针抽不好，他不得不亲自扶易秀鼎出来，此刻手指隔空弹在易秀鼎肩膀上，带血的针飞出钉在墙缝里。

随即他松手，也不管人家现在有没有力气站立，随口道：“你应该能自己出去吧？我先走了。”

他挂念文臻，迅速转身，但随即背后一热一重。

易秀鼎扑过来，抱住了他。

段夫人的院子里，虽然已经安静下来，但每间屋子灯都亮着，似乎还在等人归来。

易云岑站在院子中央，听着外头动静，蓦然咬牙，蹿到墙边。

一阵风起，风极大，卷得外头一圈围得严严实实的护卫都不禁闭上眼睛，蒙头躲避。

他的脚尖已经蹬上墙壁，却忽然被一只手拽了下来。

易云岑回头，就看见文臻的脸，被风吹得眯着眼睛，手却抓得死紧。

易云岑心底发急，却知道她身体不好，不敢用蛮力，只得下来，正想掰开她的手指，却见文臻一拳击在他腰眼处。

他打着转飞起来，轻飘飘地被抛到了两丈外，在空中连转好几圈，落地时一阵头晕，然后被已经赶来的文臻三两下用腰带绑住了手，二话不说拖进了她和燕绥的屋子里。

易云岑又怒又急，却不好意思喊，在自己院子里被一个病恹恹的女子一拳头撂倒，打死他也没法求救。

文臻算准了他要面子，笑呵呵把他牵进屋子，按着他坐下，又塞块糖给他，道："想救你姐姐？莫急莫急，我夫君已经去救了。"

"他行吗？"易云岑瞪大眼，"黑狱机关重重，很可怕的！"

"没事没事，放心等着吧。"

易云岑不说话了，低着头，也不吃糖，文臻在他对面慢悠悠地吃零食，眼看着那垂下的头颅纷披的长发里，渐渐地，有一滴又一滴晶莹的落下来。

她转开眼光，又拈了一颗话梅。

好半晌，才听见那孩子吸了一下鼻子，含糊地道："都怪我，都是因为我……"

文臻笑了一下，道："遇见事先拼命往自己身上揽责任，对解决那事情本身有用吗？"

易云岑的头垂得更低了："那我去和他们说，我不要做这个继承人了……"

"然后他们觉得你学会耍心眼了，在以退为进，下手更狠了。"文臻点评。

"那我怎么办！"易云岑猛地抬头，"我要眼睁睁看着那些捍卫我的人不断被牺牲吗？"

文臻叹息一声，探身拍拍他的肩："来，吃糖，甜食会让人心情好哟。"

易云岑接过糖，觉得对世事，对眼前的人，都有种无能为力感，泄愤般地猛地将糖塞进嘴里，大口地嚼。

随即他听见文臻道："你知道问题出在哪里，知道该怎么做。只是你之前一直不愿去想而已。你已经被架在了火上，要么被烤熟，要么跳下烤架把别人架上去。少年，努力吧，不在沉默中爆发，就在沉默中灭亡。"

易云岑狠狠把糖咽下去，想了半晌，重重"嗯"了一声。

文臻本就想趁着今晚的事件和他谈谈。凡事得未雨绸缪，收回刺史权柄之后，确实还是需要熟悉长川熟悉易家的人帮忙，易人离离开易家太久，厉以书完全两眼一抹黑，纵观易家，病的病恶的恶，只有这少年心性纯良，资质也不错，如果能在掌握一定权力后和平归顺，对长川安稳过渡也是有好处的。

少流一点鲜血总是好的。

但这需要慢慢先种下种子。

她打算结束话题了，易云岑却不想走，低头沉思了一会儿，忽然道："我听祖母说了，你们想促成两易合并。但我瞧着这不可能。依我说，趁着还没闹大，你们便走吧，记得把十七姐也一并带走。"

文臻："嗯？"

"我十七姐能文能武，才能出众，也是易家人，能帮着你们。带她走吧，你看她过的是什么日子？她那性子留在这里就算不被人害死，也迟早会累死。"

"你倒是会安排，你问过你姐的意思吗？"

易云岑还沉浸在自己的思绪里："其实我姐出身易家很远很远的旁支，算不上有多少易家的血缘，这事大家都知道。咦，对了，十七姐向来对男子不假辞色，我倒觉得她待易铭哥略有些不同，要么让她改个姓，也嫁给易铭哥吧，我们易家的小姐不能为妾，做个平妻行不行？"他越想越觉得此事可行，兴奋起来，"如果我能做了家主，易铭哥娶了十七姐，那两易就真的可以谈合并的事情啦，你觉得好不好？"

"不好。"

文臻一瞬间险些以为这话是自己说的，随即反应过来，回头看去。

正看见鼻子是鼻子，眼睛不是眼睛的燕绥，以及面色冷硬，站在他身后一步之遥处的易秀鼎。

易云岑看见这两人也愣了愣，但他是个心大的，瞬间便忘记了自己刚才的胡说八道，跳起来便迎上去："十七姐，你回来啦！你没事吧！"

易秀鼎一言不发迎上来，扭住他耳朵就往外拽，易云岑大叫："十七姐你做甚！别扭啊十七姐，我痛！"

易秀鼎脚步不停地把他一路扭了出去，步子很快，也不知道为什么，下台阶的时候脚一滑，险些栽倒，易云岑发出一声惨叫，易秀鼎急忙松手，以免真把他耳朵扭下来。

易云岑捂着耳朵怒道："十七姐你用那么大劲儿做甚……"忽然他停住了。

易秀鼎侧对着他，笔直站着，不知何时，颊上蜿蜒一道晶莹的水迹。

易云岑愣怔地看着，一时反应不过来这是什么，主要他这么多年，从未看见过十七姐脸上出现这种东西，也不觉得十七姐脸上会出现这种东西。

他心忽然猛烈地跳起来，觉得自己犯了一个很大的错误。

易秀鼎立在阶前，天阶夜色凉如水，而心也似浸在凉水里。

这月色皎洁剔透，她却觉得沐浴在月光中的自己，从里到外肮脏透顶。

透过月光就好像看见先前的自己，极度的苦痛里，忽然就失去了控制，脑子里一片空白，等到从空白里醒转，她已经抱住了那人的腰。

他似乎有点僵硬，她嗅见他身上的淡淡的好闻的气息，似杜若，如松兰，微微硬朗却又馥郁的香气，黑狱的腥臭血腥气息都掩不住的高贵。

她的手颤抖起来，不敢相信自己竟然做出了这样的举动，下一瞬间，在她还没想好到底该怎么做的时候，他腰背一振，一股大力传来，她生生被弹开。

犹如当面一个耳光，打得她眼冒金星，她听见自己的后背撞在石壁上的声音，沉闷，连肺腑都似要呕出血来。

等她抬头，他已经出了黑狱的门，连一个背影都不给她留。

她怔怔地望着那连开的六扇门，各种混乱撞入眼帘。

此生以来从未如此嫌恶自己。

也不知道是怎么出刑堂的，浑浑噩噩一路回来，本想就这么赶紧回房门一关，结果又听见易云岑的那个提议。

简直又像一耳光，火辣辣扇在原来的伤痕上。

她不敢看那两人的神情，直到此刻出了门，一个踉跄后，忽然便觉得心上仿佛裂了一条缝。

她仰起脸。

十几年的孤寂苦痛伴随此刻的自弃，宛如滔滔长河，在这一霎，从那裂缝里汹涌地奔腾而出。

燕绥和文臻久久没有说话。

那对姐弟在阶梯上的一切举动两人都看在眼里，看见易云岑的怒骂和震惊，易秀鼎的松手，和背对他们的易秀鼎越发孤绝的背影。

文臻心中百味杂陈，也不知道该说什么，那人的痛哪怕隔着一道墙都如此鲜明，她连吃醋都觉得沉重。

却见燕绥脱了外袍，顺手扔了腰带，还要将这两件扔出去，文臻赶紧伸手拉住。

这要扔出去，外头那位还没走，看见了，估计也就活不成了。

她抢下衣服腰带，随手塞在燕绥看不见的角落，平日里少不得要装吃醋，此刻也不敢，生怕燕绥为了表明心迹，做出什么决绝的举动来，那就真的难堪了。

只是她虽然谨慎，燕绥却非同常人，脱了外衣后还没完，又脱里袍，还拉开门，看样子要探头出去唤人，文臻一把拉住他：“你要做什么？”

“洗澡。”

“这半夜三更的洗什么澡？”文臻拼命把他往后拉，心里又好气又好笑，“不用洗澡啊，脱了衣服不就行了？你回来衣裳是整齐的，人又没碰到你什么是不是？要么你看这样行不，我抱抱你亲亲你，用我的气息覆盖掉别人的，好不好？”

燕绥这才停手，斜着眼睛看她，这一霎月光在他脸上半明半暗，瞧着邪气又俊美。

文臻隐隐觉得他好像又发生了变化，身上多了一种烟气般的淡淡的邪和冷，像深山明月下幽黑的祭坛上的云雾。

随即他笑了，懒洋洋地道："如此甚好。"

文臻看着他迈着大猫一样的步子向自己行来，像一只华丽的豹子优雅地逼向猎物。

她忽然觉得自己上当了。

"我很好奇，用气息覆盖是怎么个覆盖法？"

燕绥满意地吃吃笑着，一斜身靠了上来，一手揽住她的肩，把她往怀里一带，半边脸颊往她面前一侧，笑道："来吧，来覆盖我吧！"

又一语双关。

文臻瞪他半晌，忍不住也笑了，凑过唇去，在他光滑冷洁的玉一般的肌肤上亲了一口。

这一口亲得有点用力，果然留下了一个红印，文臻嘻嘻一笑，爬起来捧着他的脸，笑道："不行，不对称。"

燕绥微笑望着她，微微仰起脸，乌黑的眼瞳里倒映着她的影子。

他这样仰起脸的姿态，脸型线条美妙精致，一双眸子辉光流转，瞧得人心要跳鼻血要流，文臻捧着他的脸，一时有点不舍得下口，装模作样对着另一边的红印比了半天，嘀嘀咕咕地道："种草莓得对准了，可不能歪了……"把唇凑上去，比了一比，又比一比，促狭地笑一声，"哎呀不对，再来！"

燕绥低笑一声，道："又使坏了是不是？"一个翻身，文臻已经在他身上，正好把唇印在那另一边脸颊上，肌肤的透骨香腻腻地传来，文臻笑着用力压了压，"哎呀不好，这边印子又重了，要不要那边再补一下'腮红'？"

"我来补吧！"

段夫人小院一室香暖，易家大院外的长街则灯火暗昧不明。

大路上已经没有了雪，地面却冻得梆硬，因此人走上去脚步声便有些短促，听来匆匆。

脚步声的主人是一个披着黑色大氅的男子，身段高大颀长，风姿优雅，脚步虽快，姿态却很从容。

他身后跟着一个提灯照亮的老仆。

这里是主城的西坊，历来是十八部族的族长和重要人物的聚居地。当年易勒石划这片地给十八部族的时候，部族间关系还不错，如今十八部族关系不和，渐分为两派，住在一起已经有些不安全。所以，哪怕易勒石因为十八部族的人多半性情暴烈，怕和他的百姓住一起容易引发矛盾，并不允许十八部族的人出去居住，还是有很多人搬了出去，尤其西坊关系不和的部族之间相邻的宅子，更是早就成了空房。

但今夜有些奇怪，那些往日黑沉沉的中间宅子，今日反而灯火通明，像在等待着什么人。

和西坊只有一条街道之隔的胭脂市，则红灯一片，远远地还有丝竹弹唱之声传来，隐约还有大片捧场叫好之声。

熟悉这一片花街柳巷的人都知道，长川的才子墨客们都爱逛胭脂市，有了好诗词都爱在胭脂市招摇。因为说不准就会被那个爱诗词也爱美人的长老堂求文长老遇见，就可一步登天，成为长川易家的座上宾。

走在路上的披着大氅的男子，对那勾人的胭脂乡看也不看一眼，身后老仆，晃晃悠悠提着灯笼。

灯笼的光斜斜映在地面，映得人影幢幢如鬼影。

大氅男子一瞟那灯光，似乎怔了怔，忽然一个大转身，拐上了去胭脂市的道路。

那老仆怔了一下，急忙跟上，手中灯笼一荡，隐约照见檐角的黑影。

大氅男子个子很高，脚步很快，转眼到了胭脂市，直奔方才呼喝声音最响的花楼，人还没到，已经大声道："我有佳词奉上，求文长老何在！"

里头立即有人应声："上来！"

两盏红灯迤逦而至，大红门扉开启，那大氅男子大步跨上台阶。

忽然一片剑光自门楼之上铺展而下，直扑男子面门。

旁边那老仆吓得腿一软，灯笼滚落在地，他慌忙去捡，脚下在台阶上绊了一个踉跄，竟滚入花楼里。

而大氅男子临危不乱，猛地退后，同时长臂一伸，一把将里头举灯出来迎接的人拽了出来，往飞身而下的刺客怀里一塞！

女子惊惶的声音能刺破人的耳膜，但是有人比她更惊。

刺客头上的风帽掉落，露出林飞白有些苍白的脸，他一低头就看见怀里衣着暴露的丰腴女人，手一抬就会擦着那些裸露的肌肤，这让他瞬间失了方才出剑的凌厉，怔在了当地。

只这么一怔，那大氅男子便飞身往后掠起，转眼出去好几丈。

一阵风过，又一道人影掠了过来，经过林飞白时，猛地一巴掌拍在他后脑勺上，怒道："女人都没摸过，没出息！"

林飞白清醒，一把推开那女人，正要向那大氅男子逃逸方向追，眼角忽然瞄见门楼里头那个提灯的老头已经站了起来，此时那老头腰也不佝偻了，姿态也不老迈了，明明长身玉立，飞身而起的身形看来更是十分熟悉，他一惊，急忙道：“上当了！障眼法！那个老仆才是唐羡之！”

他一边低喝一边掠向那老仆，手还没触及那老仆肩膀，老仆身子一弹，腋下一张，寒光爆射，林飞白听见身后一声惊叫，想起刚才出来接的两个妓女正在这暗器的射程之内。

路人无辜，怎可被牵连？

他不得不后退一步，抓起两人往旁边一扔，眼看那老仆射出暗器后便要逃开，飞身向前猛扑。

眼看就要扑到人，忽然身子一紧，后衣领被人抓住。

这虎爪之势，不用看也知道是谁干的。当年他犯了错误就被这样抓着衣领拎往主帅大帐前，在一个特制的钩子上挂了一天，挂到他想死。

“你又干什么！”林飞白眼睁睁地看着那老仆飞快逃走，气到咆哮。

某人恨铁不成钢地叹：“我又不是地主，怎么就生了你这么个傻儿子哟！”一边骂儿子一边衣袖一拂，一股掌风撞到那老仆，那人往前一栽，竟然炸了。

血肉溅开一地，连带刚刚赶来的楼里的几个护卫都被波及。

林飞白如堕冰窟。

如果那老仆是障眼法和人肉诱饵，那么……

他眼眸微微睁大，再转向方才的长街，那大氅男子哪里还有踪影！

身边，“提堂长老”无奈地轻声叹息，道：“南燕北唐……能和殿下齐名，果然名下无虚。”

第五十九章

情敌很难

林飞白怔了一会儿，明白自己又输了。

大氅男子果然是唐羡之，也是他和父亲今晚要动手的对象，唐羡之知道殿下和文臻的身份，又一定会在长川易家搞风搞雨，决计留不得。

正如燕绥文臻孤身出外就会被他算计一样，长川同样是他孤身潜伏的异乡，大家都狗胆包天，在别人盘子里争自己的食，自然也要面对同样的处境。

只是唐羡之必然潜伏很深，想要找到他并不容易，但是对于燕绥来说却也不是什么难题。

燕绥方才打牌的时候当着文臻的面不好明说，暗示林飞白和父亲出手。并提示他们唐羡之很可能会去十八部族驻地，让两人在驻地外守候便可。

这天下，也没谁能挡住他们父子联手的行动。

但唐羡之太狡猾。

他看出了被跟踪，当即转向胭脂市，算定此时求文长老在胭脂市，敲开了花楼的门。

他还算出了自己的身份，所以把迎接他的花楼女子往自己怀里塞。

这要换成易人离燕绥根本就不会管，但是他不行，他必然要慢一慢。

然后老仆滚进门里，老仆也不是真正的老仆，是个实际身形很像唐羡之的人，引他和父亲以为李代桃僵，老仆才是真正的唐羡之。

他上当了，父亲没有，但是他去追老仆了。

而老仆身上不仅有机关，还带了自杀的炸药。

父亲如果没看出来，他林飞白今晚就死了，父亲看出来了，就不得不停下追逐，先救他。

如此他便可从容退走。

明明是突发状况，这人却瞬间计成，转眼间利用信息、地势、他人、障眼法，和他的性格，布下一道又一道的陷阱，令人眼花缭乱，无暇思考。

若非强大的，善于一眼看清本质的父亲在……

林飞白垂下头，屈辱和愤怒如火焰将他烘烤。

周堂却忽然嘿嘿笑起来，一弹手指，道：“你以为就你吃亏？你拦住那老仆的时候我便出手了，他逃得虽快，到底吃了我一指。”

林飞白脸色这才好看一些。

周堂弹了弹他耳朵：“哎，没能弄死那只小糖果，会被小燕子笑死的。你爹我心情很糟糕，需要喝酒以排遣，我看这里就很好，你去回一声，就告诉那只小燕子，事情没办成。他要嘲你几句，你就给他嘲，他要敢过分，爹回去帮你打他。”

林飞白看一眼那花楼，转头就走。

管天管地管不了他爹，眼不见为净，再说这种花楼还配不上他爹多看一眼。

胭脂市的粉色灯光如浮云般弥漫开来。

裹着大氅的男子已经进了十八部族所在的西坊。

有人默默上来迎接。一间大屋前，门开着，里头严阵以待坐着十来位形容彪悍的人物，大多衣着打扮和本地人相异。

屋子外头的院子里，则高高低低站着各族的人们，带刀佩剑，南北派泾渭分明，目光时不时和对面的人交击，似能碰出火花。

从室外到室内，一路气氛紧绷，令人窒息。

那引路人故意带着他从人群中间过，他走过的时候，两边的人对他咧嘴狰狞地笑。

这种故意造就的鸿门宴的肃杀气氛，并没能对那人产生一丝影响，他行路姿态美妙，似一朵浮云迤逦，转眼便飘出人群，从头到尾，连目光都没移动一分。

大门在他进入之后又关上了，将那些含着敌意又暗藏期待的目光挡在门外。

院子里的人们不耐烦地走动着，听着里头的动静，烛火映在窗纸上，影影绰绰可以看见人影来去。因那孤身入敌营的男子，一开始的气氛颇有些剑拔弩张。但气氛很快就松弛了下来，渐渐开始有了笑声，没多久笑声消失了，转为或者严厉或者疑惑的辩论以及询问，自始至终没有听见男子的声音。

外头的十八部族的人，躁动的心情渐渐也平静下来，开始窃窃私语。

“哎，你们说这事能成吗？”

“成我就服他！天知道我一开始听说有人想要撮合十八部族的时候，差点没笑掉大牙。而且还是个外头的人！你们是不知道当年段夫人没少试着说合十八部族，结果大闹一场，闹得易家主和段夫人夫妻不和，夫人直接远走青州！那可是手上掌着十八部族共同凛遵的青螭刀的段夫人！一晃这么多年了，梁子只有越结越大的，想要说合，哪那么容易！”

“能让南北两派今天在一个屋子里坐下来等他，已经算是他的本事。还敢一个人过来，这事儿啊，无论成不成，我都敬他是条汉子！”

“是，我也敬他是条汉子！等会儿他要是没成功，想走，我不为难他。”

“我倒觉得，这种不知天高地厚的毛头小子，就该给个教训！也不知道是谁家的子弟，年纪不大心倒大，想要踏着我们十八部族建功立业，也不看看自已几斤几两！”

“就是。咱们十八部族，南北两派那是多年积怨。想要两派合一，首先就得大家满意。怎么个满意法？是呔族退还多占的草场，还是我们栗里族让出最好的交易市场？”

人们在困倦中渐渐收了声，却还不肯离开。

今晚很是关键，有大家族的重要掌事者来说合南北两派，虽然觉得荒谬，但众人内心并非没有期盼。

弱小的部族希望能得到更多的草场和扶持，毕竟一半的草原总没有全部的草原方便。

强大的部族也希望重新联合，更加强大，不用再被易家所掣肘。

但是多年龃龉，彼此之间横亘着陌生、敌意，甚至还有血仇。

这不是谁都能解决的问题。

夜最深的时候，门开了。

那个一举一动如行云流水的身影出来，身后相送的是栗里族族长和呔族族长。

南北两派的族长多年不曾出现在同一个场合，更不会以这样并行的姿态结伴而来。

这意味着什么，几乎令全场都轰动了。

众人都站起，赶紧围拢来，看着当先那男子神情灼灼，却不敢问什么，眼看那人对两族族长拱拱手，笑道一声：“既结盟好，便是兄弟，且请留步，无须相送。”

两族族长果然停步，以对待贵客长辈的尊敬礼节，低头抚胸行礼。

那人笑一声，声音醇和好听，对众人又一点头，每个人都觉得他在看自己，每个人都觉得那目光温润晶莹却令人不敢逼视，都慌忙行礼退后，低着头，眼看他如云的袍角掠过。

再直起腰来时，便看见栗里族族长和呔族族长虽然表情还有一点不自在，神情却自如了许多，端着巨大的酒杯，相互一敬，又齐声道：“大家本都是金草原的兄弟，一脉相生，血脉相融，本就不该分出个彼此，又怎么能为那些金银财帛伤了和气。南北之说，今后我们私下休再提起，来，好酒羊肉且上来，我等兄弟多年后重聚，今晚好好喝一顿，不醉不归！”

“不醉不归！”

欢呼声如浪潮，卷过整个巨大的宅子。

也有些人面面相觑，神情阴沉。

两族族长居高临下瞧着，都慢慢喝一口酒，想着方才那男子一席话纵横捭阖。

他进门便笑：“金草原的好汉听闻养得世上最好的马，射得天上最凶的鹰，一日夜可在金草原猎下高山的野兽，最凶猛的狼群也要因你们的马蹄声而惊逃。多少少年以十八部族勇士之名为名。没想到多年后一见，不过是一群整日为区区草场争夺不休，在易家的地盘上苟延残喘乞一口残食的愚夫！”

在众人愤怒阴沉的眼光里，在性子暴烈的兀阿砸碎的一地瓷片里，他又笑道：“明明坐拥草场，族民人人善战转瞬成军，天生强大，怎么就甘心为他人所驱策？怎么就只盯着那指头大的草原？怎么就没想过，重新联合，夺了这长川土地千里，做你们更大的草场呢？”

他道：“我愿与诸勇士结盟，助十八部族索回当年金草原雄鹰的荣光。你我联手，杀朝廷来使，驱易氏子弟，夺长川主城。事成后只求十八部族三年内所有最好的马匹以平价予我唐氏，再无其他。”

他道：“而诸位，从此便不必再为区区草场而争夺，骨肉相残，也不必受长川易氏驱策敷衍。长川之大，可策马千里，届时又是怎样一番潇洒自在光景？”

他道：“诸位难道以为坐山便可观虎斗？刺史无论谁做都必须仰仗十八部族？诸位想想，如果易家败于燕绥之手，长川归于朝廷，卧榻之旁怎能容异族安睡？朝廷一旦掌握了长川，拿下金麒军，便可与徽州邱同驻军联合一处，届时将十八部族往西番之地驱赶，诸位可曾想过要如何自处？”

他道：“诸位何其天真乃尔！长川易家生死之争，诸位无论是卷入争斗抑或旁观，其实都是死路一条。卷入争斗，实力不存，不过是他人手中之枪，终有一日枪断刀折。坐而旁观，是以为宜王燕绥迟早招安？诸位可知那位殿下，行事从无绥靖之风，当年封家一代军神，被亲信属下诬告谋反，全家被斩，直接牵连当时前方与西番的战事，令东堂大军险些惨败，这位殿下回京后，一夜之间查清主谋及从属者近千人，其中更有其伯父叔父等皇族尊亲，当时他的这些尊亲们跪求他留得一命，愿永生流放，以全部家财相抵。然而他当夜便将所有人犯斩杀干净，鲜血从景仁宫流到九里城，至今定州城外犹有千人坑。”

他笑："诸位是觉得自己强过易家呢，还是比燕绥的叔伯更有亲缘会令他心软？"

厅堂里原本还人声嘈杂，那人侃侃而谈，众人渐渐忘记质问，思路被他带着往他想去的地方走。

有人问，数十年仇恨，南北二派火拼都有数次，其间死亡受伤之人不计其数，有毁家灭亲之恨的人们也不在少数，这等人定然不愿合并。如何处理？

他答："动之以情，晓之以理。"

问话的人正要嗤笑，他已经接了下句："如若还是不通情理，便用刀与血，教他懂。"

"大义和未来之前，容不得谁螳臂当车。说得通便罢，说不通便死。血溅三尺，匹夫束手。"

有人问："虽说我族多勇士，但也有人不喜征战不愿卷入争斗。雄鹰只喜在高空飞翔，并不愿意参与鬣狗的撕咬。"

他答："此刻不愿参与争斗为族人的安定未来流血牺牲，以后部族夺取长川重新分配领地自然也没有他们的份。并且从结盟开始，每族的贡献都会登记造册，文字记录，以为日后核对划分属地和牛羊之用。"

"那都是以后的安排。可很多龃龉如今就已经发生，这些不解决，便无南北结盟的可能，公子又有何妙计？"

"不过都为草场和交易。唐氏愿出银两粮草，解弱族今冬燃眉之急，助我南北顺利合盟。"

在族人们的喜动颜色中，他轻轻地抛下了最后一个压倒天平的砝码。

"更重要的是，尔等便纵愿意龟缩于一隅苟且偷安，易家也未必容得下你们。易家已经软禁了段夫人，想要威逼段夫人拿出青螭刀，以此号令你们为对抗朝廷之前驱，简单地说，就是令尔等为替死鬼。"他轻轻一笑，"我欲求安，他人不善，如何？"

攻心为上，步步紧逼，阴谋阳谋，翻覆掌中。

在这样的人面前，只识弯弓射雕的草原汉子的直心眼，根本跟不上那九曲十八弯。

只觉得每句话都击中内心，每句话都无法反驳。

到最后，唐羡之亲点一炷香，烟气袅袅里，栗里族和呔族族长互相磕头，相隔数年，南北两派又成了兄弟。

而长川易家的夺位之争，至此又卷起一幕。

这天文臻睡眠不安，一直到半夜都没睡着，总听着那呼啸尖锐的风声心中发紧，觉得似乎有什么事要发生了。

也不知道是不是因为易秀鼎今晚没有睡在屋顶上，她不习惯了。

她隐约觉得，今晚打牌的时候，燕绥下的一条指令里，好像是针对唐羡之的。

如果是平常也罢了，可这次下指令的执行人，是那对几乎可以说战场上最强大的父子。

燕绥一口就指出了唐羡之的方位，让那两人去解决他……

文臻心里明白，这没什么问题，这两人本就无所不用其极地想要杀对方，可她心里依旧一阵阵地发慌。

实在睡不着，却不敢动弹，因为她觉得燕绥好像好不容易睡着了，实在不愿惊扰了他好不容易的睡眠。

走廊上有沙沙声响，一道人影无声落地。

几乎立刻，燕绥便睁开眼睛，一手按住想要起身开门的文臻，懒懒道："开窗吧。"

外头顿了顿，随即窗户被掀开。

林飞白站在窗前，一眼看清屋内景象，本就不好看的脸色更加泛出了铁青色。

燕绥翻了个身，看见林飞白的第一眼，他便轻笑一声，摇摇头，道："果然女人宫里待久了，人就废了。"

林飞白垂眼站着，一言不发，知道燕绥已经明白任务失败了。

既然已经知道，他不欲多留，转身便走。

本来看这屋子格局，就能猜出文臻和燕绥是怎么睡的，但真的亲眼看见两人怎么睡的，又觉得实在不愿意多看一眼。

不是不知道两人亲密，但总抱着点缥缈的幻想，然而今晚这一眼，他觉得自己经受的打击已经够多了。

燕绥故意要他开窗，实在可恨。

他要走，却忽然看见燕绥背后的文臻对他使了个眼色，做了个口型。

林飞白一怔，掀开窗户飘进来。

燕绥本已闭上眼睛，霍然睁开，正要说话，林飞白已经面无表情点了他的睡穴。

文臻舒一口气，在床上对林飞白双手合十，道："多谢多谢，他这睡眠实在是太差，我就想着你帮忙让他睡一觉吧，谢谢。"

林飞白冷冷道："你就不怕我顺手点了他死穴？"

文臻笑眯眯弯着眼睛："你会吗？"

林飞白默然，半响，哑声道："我是真的很想。"

文臻深表理解地点点头："我明白。他有时候是真的招人恨。"她盯着林飞白胸前，道，“前阵子听说你受了伤，现在可好了？”

林飞白抬头看进她眼睛，目光相交那一刻，他便猛地别开头，淡淡道：“早好了。倒是你，养了这么久，气色还这么差，殿下整天蔑视众生，到头来自己女人都护不好，我要是他，哪还有脸这么刻薄别人。”

说到“自己女人”几个字的时候，他顿了顿，开口有点艰难。

“我那伤可怪不得他。殿下为了救我，自己才是留下了要命的毛病，险些还害了你。”文臻道，“你给他把把脉吧，瞧瞧到底怎么了，可要紧。”

林飞白一抬手，却是捉住了她的腕脉，不由分说便输过来一股热流，冷冷道：“他死不了。你还是顾着你自己吧。你这次内伤比上次海上还要重些，你是用了虎狼之药吧？燕绥什么乱七八糟东西都敢给你！”

说到最后一句，他语气中已经满是怒气，连尊称都不给燕绥了。

“不是他给我的，是我自己拿的。”文臻没有发急也没生气，只抽回手，慢悠悠地道，“这世上每个人都有自己的难处和选择，理解便好。”

林飞白的脸色肉眼可见地苍白起来。

他知道自己心急之下僭越了。

他也发觉，文臻的态度和以前不一样了。

以前她会赶紧安抚，会不在意，会一笑而过。

她是圆滑的，谁都不想得罪的，不会这么直接地把态度摆明，让他有些难堪。

“我既然选择混迹朝堂，选择站在他这一边，就必须跟上他的脚步，不能做他的负累。否则我还不如直接断个干净，回深山老林种土豆去。”文臻慢慢道，“所有在他身边的人其实都给不了他太多的帮助，做好我们自己分内的事，不拖累他就是帮他。而这需要最纯粹的心思，不含怨怼，不携私心，不掺杂多余的感情。如果做不到，那还不如就此离开，只做自己。”

林飞白默然，他知道文臻的意思。

他和燕绥之间，一向针锋相对，怨气丛生，却又立场天然一致，便显得关系别扭古怪。

这种别扭古怪平日也罢了，一旦出现在逐鹿博弈场上，关键时候是可能要命的。

他看着文臻，心底忽然涌上浓浓的酸涩。

他看着文臻的眼睛，本有很多话想说，想告诉她一些她所不知道的，但最终他只是垂下了眼帘，将所有的心思锁在眼里，将所有的目光挡在眼外。却又不愿意此时给她一个表态，他只是站起身，要走开。

文臻却又拉住了他，笑道：“我在这床上闷着憋气，想出去散散，你帮我给看着燕绥，我一会儿就回来。”

林飞白皱起眉，道：“外头冷，而且……”

“就是想散散风，我也有自保能力，没那么脆弱。”文臻不由他分说便下了床，披上大氅，回眸一笑，“拜托了哟。”

林飞白皱眉看她半晌，只得不情不愿地在燕绥床边坐了下来，又道：“你不能走出院子，要让我知道你安全。”

“好好，我每隔一会儿就弹颗石子给你听。”文臻答应得爽快，开门出去。

林飞白还想说什么，最终没有开口。他猜她可能是需要更衣，却又希望他留下来为燕绥检查调理一下身体，当着他的面当然无法进入里间更衣，便干脆外出去院子里给下人们用的茅厕解决。

他自然不能说什么。

回头看了燕绥半晌，看见他眼下微微的青黑之色，最终还是伸出手，搭在了燕绥的腕脉上。

文臻确实是出去上茅厕的，但更多的还是为了让林飞白留下来帮燕绥调理。

她要在，以林飞白那个梆硬的性格，不一定肯对燕绥示好。

她匆匆解决了出来，一时没了睡意，又想让林飞白多给燕绥调理一下，便在院子中散步，一边绕着自己的屋子散步，一边抓了一把石子在手里，有一搭没一搭地弹在墙上，声响不大，但足够提醒林飞白。

她走到屋子背面的一片竹林时，忽然觉得头顶似乎有点异响。

还没来得及抬头看，就听见身后似乎什么东西擦着墙落了下来。

她撤出好几步，直到到了安全距离才回头。

她就看见一个修长人影，斜斜靠在墙上，正看着她。

文臻一惊，随即从面具和眼眸上，认出那是唐羡之。

第六十章

爱恨交织

他披一件纯黑大氅，大氅系带有些散了，露出里头微微有些凌乱的雪白衣襟，衣襟里头隐约有些什么，她下意识还要仔细看，唐羡之却立即发觉了，拢紧了大氅。

他就那么靠墙站着，看着文臻，眼眸里似乎藏着整个大地的海，又似乎什么都没有。

文臻怎么也没想到，在这雪未化的寒冷冬夜，在燕绥下令追杀他并由林帅父子亲自出手，好不容易逃脱之后，他竟然还敢出现在这里。

这实在不像是唐羡之的作为。

她又退后一步，靠着一棵枯竹，手指一动，一柄匕首滑落袖口。

对面，唐羡之忽然笑了。

他抬手，在文臻警惕的目光中，握拳轻轻咳嗽一声，道："好冷啊。"

这大半夜冒着巨大危险来见敌人，就为了寒暄这句废话？

文臻几乎要气笑了，却听见他紧接着道："阿臻，你冷不冷？"

你冷不冷？

文臻觉得那种雪团被塞在心里的感觉又来了，叹了口气，她道："唐先生，你这是在为难我，还是为难你自己？"

唐羡之却只是笑，看着她。他的脸色在雪光下近乎透明。

文臻微微闭着眼，一瞬间心中天人交战。

不管唐羡之如何反常，此刻确实是天赐良机。

他好像状态不大好，态度也奇怪，所以这一刻，她在，林飞白在，燕绥随时可醒，三人联手，唐羡之绝对走不出今晚的小院。

那么，她和燕绥在长川真正的最大对手也便解决了。

她是未来的长川别驾，是接下了铲除长川易家，和平将长川过渡归于朝廷版图重任的人。何况，面前这人已经先下了手，她因此重伤，燕绥因此还有十分危险的后遗症。

于情于理，她都有出手的理由。

前头屋子里，忽然有开门声，可能是林飞白有一阵没听见石子敲击声，想要出来找她。

她想也不想，手中一颗石子弹在屋子后墙上，随即关门声起。

等文臻反应过来自己做了什么并十分懊恼的时候，对面唐羡之已经笑了起来。

他一双眸子微微弯起的时候，这夜雪的寒意都似被春风化却。

文臻一阵恍惚，想起当初无名山下初见，隔着粼粼的水波她仰头看着一片透明外那晃动的人影，似乎也曾见一个如镜花水月般又温暖的笑容。

一晃并未经年，心却似已过千山。

唐羡之一边笑一边走了过来，站在她对面，笑道："我就知道你舍不得杀我的。"

文臻那种恍惚感又来了，总觉得今晚的他很奇怪，定了定神道："我很想杀你。"

唐羡之轻轻地，甚至有点促狭地道："然后？舍不得？"

文臻抿抿唇，她道："我还欠你一条命。"

唐羡之的笑意微微收敛了点，忽然伸出手指，指腹轻轻蹭过她的脸颊。

文臻下意识一偏头，唐羡之对她抬了抬手，指尖一片碎雪。

只是帮你拈去一片雪而已。

他的神情如此轻巧，他总是这样，仙气飘飘，行诡诈之术。

她不想和他争是非对错。火山赤红的熔岩，已经烧得往事如前尘。

文臻定了定神，没再退后，抬头直视他眼睛："我想好了。今晚就当我还了那次欠你的恩情，再有下次……"

"再有下次，你便杀了我？嗯？"唐羡之垂头凝视着她，眼神有细微的柔软和缱绻，"你想过没有，我在平昌对你下手那次，你已经不欠我了。你这样心软，到底是因为你天性良善，还是因为……我是唐羡之？"

文臻笑，犹自不忘弹出一颗石子："当然是因为我天真可爱善良宽容，不忍心杀人。"

她眼眸弯弯，眼角尾端微微上翘，不笑也有三分甜意，笑起来便似乎要漾了满溢的蜜糖。

唐羡之近乎贪婪地望着她，眼神里忽然多了一种奇怪的情绪，忽然低下头。

文臻以为他又要帮自己掸雪，也怕发出响动惊动屋子里的林飞白，没有后退。

颈侧一热，他的唇忽然落在了她颊上。

那唇乍一接触，竟然没有热度，一会儿之后才能感觉出那柔软，他的呼吸特别轻细，轻轻扑在她耳侧，乱发簌簌被拂动，微微地痒。

有什么东西滴落颈侧，湿润的，微微黏腻，她一怔，下意识伸手要摸，又要先把他推开。

唐羡之却已经让了开来，文臻舒了口气，正要退后，唐羡之盯着她微微垂下的眼帘，忽然一偏头咬住了她的唇。

是咬，不是吻。

文臻当即要挣脱，可是唇被唐羡之咬住。

她僵硬地站着，手指已经无声无息戳了出去。

唐羡之避开她的攻击，同时一手横在胸前，衣袖瞬间如铁板，文臻后续的几个动作都被击落。

而他唇间动作不停，舌尖已经撬开她的齿关。

文臻手中一根金丝搭在唐羡之手腕上。

没人能在这样的动作中依旧保持警惕，唐羡之终究还是着了她的道。

然而他动作未停，文臻发现他居然还在一下一下弹着石子麻痹林飞白，简直又要气笑了。

她暂时不能动，因为唐羡之也把住了她的腕脉，此时正有一股温暖却沛然的真气顺着她的经脉游走四肢百骸。

唐羡之在用自己的真气为她调理。

她的内伤，因为这次双倍的反噬，本就缠绵难愈。当初在海岛之上，燕绥、唐羡之、林飞白三人，因为真气互补，三人合作对文臻的内伤很有好处，便放下前嫌，合力为她调理，才使她的内伤加速痊愈。这次一开始林飞白和唐羡之都不在，只能靠每晚燕绥出手，她的恢复也便显得缓慢，今晚先是林飞白帮忙，然后唐羡之也忽然出手，前者也罢了，后者此时这举动，实在让她又不知道说什么好了。

他总是这样，一边救她一边害她，硬生生把恩仇搅在一起，却又在该决断的时候绝不手软。

他可以恩仇俱下，文臻却不想纠缠不清。

身体不能动，机关暗器却无妨，指尖一勒，金丝便切入唐羡之腕间，一道深红乍看不过细线，随即便有血色漫开。

这根金丝本就是文臻当初从燕绥背后钢丝里得来的灵感，极细便也极锋锐，她只要手上使力，唐羡之就要成为独臂唐了。

文臻本有机会把这金丝套上他的脖子，可最终她选择了手腕。

像是更不想难为自己。

然而这人始终在难为她，竟丝毫未动。

文臻只好齿关用力——

随即唐羡之突然离开了她的唇。

她隐约听见他似乎咳了一声，又一声，才低笑道：“早知当初……”

他并没能把这句话说完。

房门开启，林飞白终究还是觉得不对劲，跨出门槛。

唐羡之的身影像一只黑白大鸟掠过冬日枯干的竹林。

文臻立在冰冷的鹅卵石地上，半晌，轻轻地吐出一口发黑的血。

刚刚赶来的林飞白看见这一幕，惊得眼眸都大了一圈，急忙冲上来要扶她，文臻却退后一步摆手：“不是，没事，我……不小心咬破嘴唇了。”

她凝视着那血，不知该喜该忧。

那不是她的血，也不是唐羡之被咬破舌头留在她口中的血，她清晰地知道，她并没来得及咬下去，唐羡之就因为自身体内一阵突如其来的震动，放弃了对她的强吻。

那震动像是一阵努力压制却压不下来的咳嗽。

文臻想起什么，又去摸自己的颈侧，果然在颈侧先前觉得湿润黏腻的地方，摸到一点猩红。

她转头问林飞白：“你们先前去伏击唐羡之了是吧？他有没有受伤？”

林飞白反应却很快：“刚才是唐羡之？”

两人大眼瞪大眼，都不大想回答对方问题，最终还是林飞白妥协，道：“父亲给了他一指。”

文臻垂下眼。

大帅出手，铁人也扛不住。

她听说林擎的武功来源奇特，阴柔与刚猛俱存，当年杀易人离的叔叔，对方身穿宝甲，都没能挡住他的杀手，卷草只破坏了宝甲便再无寸进，真正的杀手是他抵在对方腹部弹出的一指。

据说那位倒霉的易家将军最后整个肚腹都碎了。

他是受伤了来找她，然后妄动真气引发伤势了吗？

林飞白看她脸色发白，脱下自己的大氅要给她加上，文臻现在哪里肯接受任何一分柔情蜜意，摆摆手自己当先往回走，她心里掠过他离开前最后说的那句话。

早知当初……

早知当初不要伤害你。

还是，早知当初就该杀了你？

这一夜文臻终究没睡。林飞白走了之后，她便守着燕绥，林飞白说天亮后禁制自解，她便提前洗漱补妆，遮掩了一些憔悴的痕迹。

燕绥果然在天亮后醒来，他体能非凡，哪怕多日不能睡好，只要偶尔补一次，便能恢复大半。

文臻免不了问了一下昨夜在刑堂黑狱发生的事，主要是就这样救走易秀鼎，只怕理刑长老和易燕吾不肯罢休，少不得又要冲突一场。

燕绥却道无事。他救走易秀鼎后，又去了理刑长老的住处，解走了他刑堂的令牌，留下了蛛丝马迹，线索指向了传灯长老。理刑长老发现令牌丢失，一定会回黑狱查看，然后发现里头一片狼藉，少不了要找传灯长老算账。

而燕绥，令牌根本没打算扔给传灯长老增加嫁祸证据，反正两个长老关系恶劣，易秀鼎又是传灯的人，有没有令牌都不妨碍理刑长老坚定地认为是传灯长老救走易秀鼎搅乱他的黑狱。

而理刑长老明显是有传灯长老的把柄的，从昨晚他带走易秀鼎时两人的交涉便可以看出来，所以当他去找传灯问罪，感到莫名其妙的传灯自然不认，很容易便会天雷地火打起来，到时候无论是传灯胜了理刑，还是理刑一怒之下把传灯的把柄散布出去，燕绥都乐见其成。

所以他让易秀鼎大摇大摆地回来，所以一夜果然无事，想必那俩长老正焦头烂额呢。

燕绥的搞事能力，文臻向来服气，他说无妨那便无妨。

燕绥起身后，便要拉着她散散步。文臻却有些心虚，怕昨夜唐羡之来过的事情被他发觉，便拖延着找事情做，一会儿要燕绥帮着梳头，一会儿又要帮燕绥梳头。燕绥最近和她在一起，在前期一直事无巨细地照顾她，梳头技术突飞猛进，已经抛弃了哪吒头，进化到简单的发髻，当然还达不到单手挽髻的程度，但也可圈可点。

他一边梳头一边道："你的头发好歹算是有点光泽了。当初我刚醒来，你又昏了，我在马上抱着你，你那头发像枯草一样戳着我。"

"那还真不好意思，戳着公主殿下娇嫩的肌肤了。"文臻笑，"那就罚我给公主殿下梳头吧。"

她按着燕绥坐下，象牙梳子轻轻滑过燕绥的长发，燕绥懒懒道："你给我梳头可方便得很。我的头发一向好，你只需将梳子从发端垂下，梳子自然便会落到底。"

“我试试。”文臻兴致勃勃地将梳子放到他发端，果然梳子立即滑落至底。

“真是一把好头发！”文臻赞叹，顺手将一直放在梳子上的小手指收回。

梳子并不能一滑到底。她手指稍稍用力才滑了下去。他的发质，和她那时候重伤以后一样，变差了。

文臻的手指有点抖。

她忽然非常恐惧。

燕绥这样的人，这个年纪，又学的是仙门内修之术，身体状况本应该处于巅峰，万万没有倒退的道理。

如今只是记忆和发质的变化，那么其他呢？

这只是短暂现象，还是他会和她一样，这只是个开始，他会逐渐衰弱，衰退，然后……

她打个寒战，不敢再想下去，燕绥却是个敏锐的，忽然道：“你怎么了？”

“我在嫉妒呀。”文臻反应很快，毫无破绽地接下去，“你说你一个男人，要这么一把好头发做什么，还不如剪下来给我做顶假发。”

为了表示羡慕妒忌恨，她笑着给他编小辫。

燕绥顺手便捉住了她，笑道：“行啊，这便剪。”手指却顺着她的手掌，飞快攀上了她的腕脉。

文臻脸色一变，想要挣脱却知道不妥，只这么一犹豫，燕绥已经放开了她的手，从对面的黄铜镜中抬眼看她，略略沉默，道：“唐羡之昨夜来过了？”

第六十一章

你们都不配

文臻一瞬间心中无奈。

本来想慢慢委婉地说这件事的，但毕竟难以启齿，也怕刺激和伤害他，影响对长川的大计，继而影响他的状态。

黄铜镜里映出他如画眉目，唇角一抹笑意微冷，却又勾人。

“胆子很大啊。”他缓缓道，“在我派人杀他未果后，还跑到我的院子找我的人，是不是顺便还诉了衷肠？真当我拿他没有办法吗？”

他语气平常，不见怒容。

文臻停下手，缓缓趴在他肩上：“对不住，我没能杀他。”

燕绥反手抓住了她的指尖，凑到嘴边轻轻一咬，斜眼看她：“舍不得？”

文臻忽然想起昨晚唐羡之也问过一模一样的话，可当时她是什么心情来着？

抵触、沉郁、无奈、叹惋……

便纵最初有过一霎心动，可给她快乐的，一直都只是面前这个人啊。

她摇摇头，刚想回答，燕绥却又笑起来，也摇头道：“凭他？”

文臻也笑了，贴着他的颊侧，道：“你这无与伦比的自信和霸道，还真是让人讨厌呢……”

燕绥笑道：“那我愿天下人都讨厌我，只除了你。”他顿了顿道，“不杀他是对的。哪怕他受了伤呢，但他敢来，就绝不可能没有后手。你贸然动作，只会置自己于险地。你记住，杀他的事不用你来做，你男人迟早结果了他。不过你万万不许有那种欠他一命的想法，你不欠他的。当初火山那事他只是借机死遁，便纵救了你，昌平掳你便已经抵消，更不要说他还屡次对你下手。你昨晚没动手，只有他欠你情分的道理，明白吗？”

文臻懒懒“嗯”了一声。

她不想再欠唐羡之的，也不想让唐羡之欠她的，断得越干净越好。昨晚没动手，一来如燕绥所说，她也担心唐羡之有后手；二来，当时那个情形，唐羡之近在咫尺，她又不知道唐羡之受伤，只觉得他真要想做什么，还在屋里的林飞白和燕绥绝对来不及救她。

她没感觉到唐羡之的杀气和敌意，便想先稳住他。

结果唐羡之是没敌意，却不知是不是伤后心绪浮动，携了不合时宜的情意而来。

懊恼化去，眼前人是可心的人，在这样的时刻懂她爱她包容她。

“我喜欢的小蛋糕可不是那种心慈手软的软包儿。”燕绥在镜中对着她一笑，“不过你不喜欢杀人，就不用管这些。你只保护好自己便好，其余的事，我来。”

文臻用下巴轻轻地敲他的锁骨以示应答，想了一会儿又笑：“我还以为你要大吃飞醋，怒不可遏，把这屋子都砸了以示不满呢。”

“是啊，你怎么知道？”燕绥忽然一拉她的手，文臻的身子顿时飞了起来，半空中划过一个半圆，翻身落在他怀里，燕绥又顺手一抛，将她抛到床上，在文臻的尖声大笑里，扑上身去，笑道，“所以我要大闹特闹，把这醋大吃特吃，先从吃你开始……”

一室笑闹，耀亮晨光。

静室内段夫人放下书卷，听着那边的动静，微微笑起，半晌，叹道：“少年夫妻……”

她眼神怅然牵念，似乎想起某些沉淀在久远岁月里的同样美好的曾经……

另一边的屋子里易云岑在玩他那个人偶版套娃，一层层地往里塞着什么，听到那边笑闹，看似没心没肺的少年忽然停下手，转头看了那边一眼。

一边屋顶上，易秀鼎盘腿坐着，嚼着一根苦辛，她坐的这方屋顶，已经看不见燕绥文臻的屋子，但不小的动静依旧传入耳中。

她没有睁眼，也没有动作，像忽然被套上一个雪做的面具，将所有的心思都压在那冰冷之下。

屋子里文臻和燕绥笑闹了一阵，便有侍女过来，说是李厨子感谢上次姑娘的赏赐，特地送来了一些点心，现在在外头等着。

李厨子便是李石头，上次文臻向揭露了韩府和刘厨子辜负他的事情，想必这两天他越想越明白，这便来找文臻了。

文臻便换衣准备接待，心中颇有些感触。

燕绥如今真是和从前不同了，昨晚的事一点也没对着她生气。

她准备去前厅和李石头说话，绕过天井时，却看见燕绥在院子一个不起眼的拐角，和一个护卫模样的人说话，但仔细看那人身形气质，好像是林飞白。

两人不知道在说什么，林飞白神情不大好看。

文臻并无意偷听，但走过去的时候，对话声还是随风飘入耳中。

林飞白低声说了些什么，隐约提到唐羡之的名字。大抵是在复述昨晚他看见的情况。

燕绥忽然低低笑了一声。

那一声笑，彻骨地冷。

文臻忽然就能感觉到，燕绥这是已经完全猜到发生过什么了。

林飞白似乎也明白了，默然半晌，再开口语气硬邦邦的："我去杀了他。"

燕绥淡淡道："用得着你？"

林飞白被呛了一下，又沉默了好一会儿，似乎转身要走，但终于还是忍不住，道："你……不要为难她。"

又一阵静默，随即燕绥失笑："林侯，我很好奇，你是以什么身份对我说这话？"

没有回答。

文臻又往墙角避了避，不想看到林飞白难堪又微怒的表情。

"还有，我说你配不上她，你最好早点明白自己是怎么配不上的。"燕绥道，"我为难她什么？她做错了什么？我是该怪她太善良还是怪她太谨慎？作为男人，女人受了侵犯，最好先怪自己不够强大，让她为了保全自身，不得不步步谨慎，不得不再三思量，不敢去痛快尝试，以至于错失良机。"

半晌林飞白长吁了一口气，似要吐出一腔的积郁。

"她心中只有我，这就够了。其余的事，她愿不愿做，能不能做好，谁有资格苛责为难？觉得谁嗡嗡乱飞惹人厌，自己动手就是，要女人来办丢不丢人。"燕绥轻描淡写地道，"你是平常人，你不能懂她，这世上能懂她的只有我，你们都不配。所以走开点，我要去陪她睡觉了。"

一阵静默后，墙忽然响起碎裂之声，随即声音不见。

大概是气得掉头就走的林飞白，终于没控制得住脚下。

文臻听见燕绥脚下那一整条的石板地发生的细微震动。

文臻觉得，如果接下来唐羡之和燕绥有正面刚的机会，大概碎的就不是这一排墙了。

燕绥一直在学着设身处地地理解她，接纳她的想法，哪怕其实不那么认同，也会尽量从她的角度出发。

她何其有幸，从内心深处感激和珍惜。

她先前已经将身上的东西重新装束了一遍，哪怕这样行动起来会有点累赘，也顾不得了。

前厅里，李石头有点拘谨地等待着。他送来了几样小点心，段夫人其实已经被人软禁，这里进出都有人检查，美其名曰府中不宁，需要保护夫人。冠冕堂皇的理由下，能进这院子的人其实很少。

但李石头很自然地进来了，只是身后跟着脸生的侍女。他送的糕点用料倒也普通，是当地著名的一种水塔糕，主料是面粉、白糖、猪油、鹅油、松子这些东西，做成塔状，倒也香甜雪白，每块糕的顶端都镶嵌着一颗硕大的樱桃。

这个季节的樱桃可谓难得，且那樱桃圆润闪亮，红如珊瑚，看着便引人食欲。

李石头也没多说，只笑道："这糕倒也罢了。只是这樱桃还算新鲜，又略略经过腌制，口味颇有些特别，公子和夫人还请不吝品尝。"

文臻便谢了，给了丰厚的赏钱，李石头又谢赏，便小心翼翼告退。

一切都是很正常的流程，等他退出后，文臻目光便落在那樱桃上。

刚取出小刀准备好好"品尝"这特意指出的樱桃，不妨易云岑忽然撞了进来，兴冲冲地道："哎呀桃花姐姐，听说李石头给你们送点心来了？这个石头厨子人虽然钝了点，手艺可是真好，哇，这樱桃好大，我尝一个……"说着拈起一个樱桃便想往嘴里送。

一旁看书的燕绥头也不抬，阴恻恻地道："有毒。"

易云岑顿住，看了樱桃半晌，叹口气放下，道："不想给我吃就明说呗，何必吓人呢。"看了燕绥半晌，忽然靠过去，悄声道，"听我十七姐说昨天是你救了她，还给理刑长老顺手制造了一场麻烦。听说昨夜很是闹了一场，传灯长老手下死了两个，理刑长老的刑堂险些被砸了。文哥哥，你很厉害啊。"

燕绥这回干脆不理他了，翻过一页。

"哥哥你这么厉害，教教我呗。"

"教什么？"

"随便什么。武功不方便指点的话，教我怎么害人骗人也行啊。"

文臻"扑哧"一笑。

"行啊。"燕绥抬起眼皮冷淡地睨他一眼，"去，把'我背叛宜王殿下了，宜王殿下世间最恶，我现在是文甜甜的狗。'这句话写一千遍，贴满你的院子，我就教你。"

殿下活学活用智商了得。

易云岑跳起来，一脸不可思议："怎么能这样？不行，不成！我只是对你有点兴趣！我没打算背叛宜王殿下！你给宜王殿下提鞋都不配！你才心思恶毒！"

他气冲冲地出去了。

文臻鼓掌。

真心佩服。

这孩子话痨，以往只要黏上来没半个时辰打发不了，可几次撞上燕绥，都是分分钟退去。

她笑着，这才去拿小刀去挑那个险些被易云岑吞到肚子里的樱桃。

樱桃外表完美无缺，但是轻轻一拨，那翠绿的蒂便被拔了出来，里头一小圈细微的划痕这才被看了出来。

文臻用她自己夹眉毛的夹子，夹出了一个樱桃核，眯着眼睛看了看，确定果然上头密密麻麻都是微雕的字。

那核比较大，饶是如此这技艺也够非凡了，多亏文臻还有一双微视眼。

几个樱桃的微雕核收集完，文臻细细看了一遍，道："李石头说，易勒石最后一段时间的菜单没有更改，但是多用腌制味咸之物。而易勒石之前因为疾病的原因，一直吃得清淡，但其实他是喜咸的，因此接受程度良好，但是身体却不大好了。"

她之前让李石头打听一下易勒石最后一段时间的饮食变化情况，好确定易勒石是不是饮食被人做了手脚，看能不能对症下药，把植物人状态的易勒石弄醒转来。

她和燕绥也怀疑易勒石可能是在装病，好躲入幕后，看清易家各方势力的真面目，但就目前各方情况来看，这个可能性不大。

"李石头还给了一份关于这易家院子里重要人物的一些饮食习惯爱好。有些很有意思，比如掌馈长老每晚亥时末要吃夜宵，每旬必定要派人去外头翠华楼买他最喜欢的荠菜汤圆做夜宵；比如易修年喜欢拿大院的份例给他外宅的女人送补品；比如在段夫人走后易勒石身边最得宠的女人，一直掌管内院大小事务的宠妾平云夫人，最喜欢吃……"她皱了皱眉，"紫河车？"

她将樱桃核扔掉，冷笑道："本来看段夫人那几人还觉得之前对易家的印象是不是过于偏颇，如今看来，还真是够恶心的。"

"今日注定无事，且多休息吧。"燕绥闭着眼睛，"晚上咱们又得忙活。"

文臻托着下巴，想起之前林飞白和她简单说起易人离和厉笑的事情，有些牵念地道："易人离和厉笑，现在不知道怎么样了……"

易人离和厉笑正在长川主城的城门口排队。

最近长川主城的城门关卡严格，严进宽出，来往人等都要盘查并核对路引。

宜王燕绥的车驾已经进入长川，并向长川易家发出前来迎接的指令。妙的是整个殿下车驾和刺史队伍，都没有派出交涉人员，好像就没指望得到正常的接待待遇，而易家也果然没有理会这样的指令，宜王车驾因此行走得非常慢，以龟速向主城挪动。

在这种情形下，得到燕绥和文臻平安的消息后，队伍里除了一个厉以书必须待在原处维持场面外，有很多人就忍受不了这个速度了。

易人离原本是能忍受的，离主城越近，他的心绪越复杂，所谓近乡情怯，当年决然而去，现在虽有勇气回来，但难免有些感触。

但是这些感触，在遇上了护妹狂魔七个葫芦娃后都化为虚幻。

他这些日子，每每想起救走厉笑之后的遭遇，都忍不住要仰天长叹，泪下两行。

那晚他抱着厉笑离开，听见身后易铭的话，也曾回头看见易铭神情似笑又似哭，看见厉笑的泪水忽然就盈满眼眶。

那一刻他心中亦一痛，明明并不很清楚其间来龙去脉，却也觉出这一刻的青春的逝去和诀别的痛。

厉笑一直都在哭，泪水纷纷洒落覆霜的屋脊，哭泣却又压抑到极处，让人担心她是要把浑身的泪水都从身体里挤出来。他被哭得手足无措，连林飞白都没等，扛着她便走，随便找个客栈住下。本想等厉笑醒来，就走一下回头路，把她送到她哥哥那里，自己再去找文臻。

谁知道厉笑哭着哭着，便睡着了，睡着睡着，发起高烧了。

仓促成婚一路奔波，心思郁结打击巨大，铁人也扛不住，她还不断地说胡话，易人离只好贴身照顾，衣不解带地伺候了一天一夜。

第二天的半夜，厉笑醒了。

易人离大喜，当即便问她好不好，谁知道厉笑也不知道是不是烧糊涂了，直勾勾看他半天，忽然一把抱住了他。

易人离当场就僵硬了。

那少女娇小的身躯在怀，高烧未退身躯滚热，灼烫得他心都在微微抽紧，一双手只觉得无处安放，僵硬地举在半空，却感觉那少女脸贴过来，靠上了他的腰。

“易哥哥，说好的一定会娶我的呢……

“说好的从来只有我并且绝不会有别人的呢，原来是这样啊。

“说好的要和我生三个小小易，以后也不会有妾侍通房。确实不会有了啊……连新娘都没有了……”

她埋在易人离腰间，室内只穿着一层薄袍的易人离，清晰地感觉到衣衫渐湿。

他更不敢动了。

“没有了啊，没有了啊，十年了，我不要爹爹，不要哥哥，不要脸面，一遍遍往西川跑，跑到你们易家的女子笑我不知廉耻，跑到爹爹放话说要打断我的腿，却不知道跑到最后，反而离你越来越远。如今你的话我是懂了，是那天上的月亮啊，看着很近，其实从没在我身边过，我便是跑掉了性命，我也去不了那头顶的高天啊。”

哭声惨痛凄切，听得人心中生怖，易人离下意识转头去看窗外那一轮月，浅浅一弯，平日里觉得优美的月，此刻瞧着也是冷的，光晕如雪。

“你怎么忍心这么对我？你怎么忍心？十年，数千日夜，你真的没有一刻想过要给我一个真相吗？在我奔波时，在我为你和家族抗争时，在我为你冒险为你受难时为你忍受屈辱甚至最后还为你遮掩时，你都没有一刻想过要给我一个公道吗？那这十年又算什么？我算什么？我是你随时可以拿来又随时可以弃用的挡箭牌吗！”

她头埋在易人离怀里，泪流成河，捶在易人离胸膛，压抑了许久的绝望、愤懑、痛苦……像这夜来的风奔腾的河一般从胸臆间滚滚而出。

易人离颤了颤，低头看着那姑娘微微颤抖的乌黑的发顶，犹豫着，将手轻轻搁在她发上。

第六十二章

我们成亲吧

他心中百味杂陈，从未想过世上有这般复杂沉痛的感情。

他出身优渥却又命途多舛，叛出家门时虽是少年，却已经经历过这世间至苦，对情感一事便抱持了冷漠，油滑轻佻表象下藏一颗冷厉的心，并不觉得自己会对那些牵丝绊藤的感情有所触动。

然而从那晚洞房所见，到今夜直面这一场用尽全身力气的哭泣，他忽然也觉得心间微痛。

他的手刚刚落下去，厉笑却似感受到莫大的刺激，猛地一甩头甩掉他的手，放声大号："别碰我，都滚开！你也欺负我！你们都欺负我！"

易人离惊得一跳，眼看她歇斯底里，怕惊动店家，又觉得她情绪过于激烈，怕于身体不利，想了想，一个手刀将她劈昏。

厉笑闹得厉害，易人离注意力都在她身上，因此也就没有注意屋外正有声音接近。

他劈昏了厉笑，把她抱上床，准备替她整理衣服，手刚放上她领口，门被人踢开了。

易人离回头，就看见门口立了七个铁塔一样的汉子。

厉家的宠妹狂魔葫芦娃们，不放心妹妹，顺着易人离留下的记号一路找过来，正好看见"厉笑哭闹尖叫大骂易人离欺负她，易人离把人打昏正准备用强"这样异常狗血的一幕。

这下还了得。

七个葫芦娃一起上，将可怜的易人离揍了一顿。

在狂风暴雨的怒骂和拳脚中，易人离没能为自己解释上一句。

厉家的家风：遇见敌人，先下手为强，遇见没把握一个人搞定的，大家伙一起上。

当年鼎国公以泼闻名，从来没有道理和风度可讲。只要能赢，抱住敌方大将地上打滚掏裆抠眼珠的事情也干过，并以此为傲，家风代代相传。葫芦娃自然完美继承，且葫芦娃人多，这么多年早就形成默契，靠这一手打遍天京无敌手，除了当年有眼不识泰山，在从海外刚刚回京只有十三岁的宜王手中吃过亏外，一般都是别人吃他们的亏。

等易人离被揍得鼻青脸肿，口齿不清，就更没办法解释了。

而此时厉笑闹腾完了，又昏睡了，葫芦娃们心疼极了，把厉笑带回营地，自然也把易人离绑了回去，一路上每次看见憔悴的厉笑一次，就忍不住踢易人离一脚。

易人离在市井混迹多年，自然不肯忍气吞声，何况他本是厉笑的恩人，免不了破口大骂，还没开口，厉家老大就脱下自己的臭袜子塞住了易人离的嘴。

易人离没被揍死，差点被臭袜子给熏死，壮烈牺牲在去长川的路上。

偏巧和他一起出来的林飞白也和他失散了，并且直接去寻找文臻燕绥，根本没有再回大部队。

易人离被绑回营地，自然引起轰动，厉家葫芦娃们还不解开他的绑缚和臭袜子，虽然不会公开宣扬易人离的“劣迹”，却和厉以书私下愤怒地控诉了易人离乘人之危，掳走厉笑，并试图欺辱她的无耻行径。

易人离本来都快绝望了，厉以书也是厉家子弟，肯定听信他兄弟的，这下他易人离救人快要把命给救掉了。

女人啊，除了文臻，都是坑人的玩意！

幸亏厉以书能从众兄弟中脱颖而出，好歹性子沉稳一些。表示一路同行，易人离不像是这种人，其间是不是有什么误会，阻止了葫芦娃兄弟们要将易人离吊出去示众的行为。但出于稳妥起见，也没放开对他的束缚，将他单独关押在一辆马车里，等待厉笑醒了问清楚再说。

厉笑这一病沉重，两天后才清醒些，醒来就遇上哥哥们围床殷殷关切，还表示让她不用伤心，他们已经把那个混账小子易人离揍了一顿关起来，等她病好了，每天三顿地揍。

厉笑吓了一跳，惊得当场就跳下了床。

后来，情况从七个葫芦娃围追堵截要揍易人离，变成七个葫芦娃围追堵截要给易人离赔罪。

易人离吃了大亏，又不能真的把这顿揍还回去。

闹腾两天后，易人离刚松了口气，结果厉笑找到他亲自道歉。

姑娘眼圈红红的，站在他面前垂着头，易人离看她又瘦了一圈的小身板儿，想起那晚洞房里她也是这般垂着头，一摇头洒落一地泪珠，却还是站得笔直。

他自然不能再硬着心肠，再说厉笑何错之有？寻常女子遭受这般打击便是自尽也是有的，她却除了那晚刺激过大后生病发作一次之外，便恢复了常态，在营地里到处帮忙，外人丝毫也看不出她受挫折的痕迹。

易人离虽然目前对女人，尤其对有大量兄弟的女人敬谢不敏，但他向来佩服外柔内刚的女人，自然也就装一回大方，说一句罢了。

厉笑却一向是个恩怨分明的人。终究还是过意不去，便时不时给易人离送药、煲汤。她是武将之女，于男女大防并不在意，易人离也是多年混混，想不到那许多，一来二去的，便时常有人侧目而视。

再然后，七个葫芦娃又来了。

这回不是揍人，也不是道歉，是用一种和他们本人风格完全不符的态度，旁敲侧击，言辞闪烁，扭扭捏捏地问易人离可有婚配，心中可有心仪女子等等。

易人离一开始还蒙着，后来便隐约明白了什么，这下可就慌了。干脆学林飞白，也脱离了大部队，去提前追赶文臻和燕绥了。

今日便到了长川主城城门前，一眼看见阔别已久的高城，易人离心中便是一跳。城墙比当年高多了，护城河更宽更深，守卫的兵丁铠甲森然，一切都似乎有了变化，只有城头飘扬着的还是金背黑腹麒麟，上头的大字还是那个易。

他对那大旗看了一眼，排在了队伍最后。他是长川人，知道进主城需要长川本地的路引，在路上就向当地市侩掮客买了全套的路引和文书，并不担心什么。

谁知道等轮到他的时候，守城士兵翻翻文书，忽然皱起眉，道：“不是长川人？那门券呢？牙牌呢？”

这两样东西易人离都没听过，以前是没有了，顿时明白要么是自己被骗了，要么就是长川因为朝廷使团的到来临时改的制度，严控入城人员。

现在怎么办？

硬闯肯定是不行的，城上城下的士兵粗粗估算也有三千，就此退回也不行，一定会被发现端倪追出去，打草惊蛇就不好了。

他这么一怔，守城人立即警觉地看过来，看一眼他的神情，顿时转头就要招呼一边的巡逻士兵。

忽然一只手自易人离背后伸了出来，手很小，雪白的掌心上放着一只沉香木牙牌，牌子上一只麒麟凛然生威。

守城士兵脸色一变，立即转为谄媚之色，笑道：“原来是大院的人，那自然不需要门券，几位是？”

一个高瘦男子从易人离身后走了出来，笑道：“怎么，连我也不认识了。”

守城兵怔了一下，急忙道：“原来是阳护卫。阳护卫这是办完事回来了？丘少爷呢？”

阳南岳笑笑：“办完了，这两位便是从韩府选出来的厨子。至于丘少爷嘛……他瞧见一些有趣的事儿，多留几日。怕我耽误正事，打发我先把人给带回来了。”

守城兵一脸心领神会的表情，笑道：“应该的，应该的。”不再查看那些文书，让出了道路。

阳南岳一脸从容地走了进去。厉笑和易人离跟着，进了城，易人离舒了口气，刚想说话，阳南岳已经飞了个眼风过去，示意噤声。

易人离和厉笑一边跟着走，一边观察长川主城的情况，今日没有段夫人进城，城内的景象还不如那日齐整，虽然屋舍连绵，人流不绝，但人与人之间，摊贩与摊贩之间，总充斥着一种压抑暴躁的气氛，走不了一段，总能听见人的哭号，大多是女子，撕心裂肺，厉笑竖着耳朵听了一阵，皱眉道：“怎么好像都是在呼喊着儿啊囡啊……”

阳南岳皱眉看看，叹息一声，道：“近两年城中总有孩子失踪，还有许多令人恐惧的流言，人心惶惶的。您瞧着这里人不少，其实已经走了许多……”他犹豫了一下，又道，“易家说是朝廷想要对长川下手，要将长川收归朝廷，以后专门接收各地流民和朝廷罪犯，还派来细作，专门在城内杀人，想要令人心恐慌，逼长川不战而溃……”

易人离冷笑：“编，让他们编！”

“百姓懂什么？百姓天生喜安定厌战火，世代在长川生活，比易家还怕这里忽然变了天。殿下想要收长川，其实拿下易家并不是最难的，真正难的是百姓才是最不乐意看见长川变天的人。易家也早做了准备，今年以来已经散布了很多小道消息，细作杀人还是轻的，还有说宜王燕绥想要拿下长川做封地，说殿下为人荒淫残暴，喜食人心，动辄杀人，草菅人命，是曾经一夜屠千人的魔头……”

易人离：“哎我觉得说得挺好的。”

阳南岳：“还有说朝廷委派的新刺史是厉家的人，厉家一门武将，穷兵黩武，一旦做了刺史，一定会大肆征兵，年满十六以上男丁都逃不了被征，很快就要送到边境和西番送人头了……”

易人离：“我觉得对厉家人的评价也没差。”

厉笑：“……”

阳南岳：“……”

“还有说文别驾，一个女人做别驾，不过是个由头，其实就是宜王殿下的姘头，靠出卖美色上位。其人无耻放荡，穷奢极欲，又极得殿下宠爱。大家也别嫌现在易家的税赋多且重，这几位真要来了长川，以后赋税必加，搜刮更烈……”

易人离：“放屁！老子这回非要这群狗把自己吐出来的屎吃回去！”

阳南岳闭了嘴。带着两人左拐右拐，直到找了个巷子里的小旅舍，开了房间进去，厉笑才和易人离说明自己和阳南岳怎么会出现在这里。

厉笑也过意不去，而且易人离一走，她就变成被七个葫芦娃哥哥展示另类关切的对象，也是一整套的试探，态度更加小心翼翼闪闪烁烁。她在家的时候，就很烦七个宠妹狂魔全方位各角度的呵护，不然也不会一个未嫁姑娘追着未婚夫一追就是十年，每年都有好几个月宁可待在西川。

所以隔了一晚，她也跑了，追着易人离一路出来。最初没有多想，只是想摆脱哥哥们过度的关心，以及给易人离道个歉。她却是个有心眼的，发现队伍里关着几个长川的人，也就是在韩家遇见的长川易家外院管事的儿子丘秋，和丘秋的护卫阳南岳。

当初在韩府文臻被掳，其余人忙于救人，厉以书负责善后，为免走漏消息，拿下了赵府尊，连同他的亲信直接押送回京论罪，就地提拔了和赵府尊不对付的县丞，将韩府的人关进县衙牢狱，最起码得等到长川事毕才能放出来。而丘秋和阳南岳是长川易家的人，考虑到他们长期失踪可能会引起易家注意，因此就羁押在了队伍里一起上路。同时也存有几分必要时候做人质或者敲门砖的意思。

丘秋也罢了，鹌鹑一样整日在队伍中瑟瑟发抖。厉笑却无意中发现，阳南岳对易人离的态度有些不一样，好几次欲言又止，但易人离总是不理会。厉笑对此发生兴趣，和他谈过几次，倒觉得这人可堪一用，而且她也怕自己遇不上易人离，又不清楚长川的情况惹下祸事，干脆便把锁了武功的阳南岳也带了出来，当个向导。

也因为这样，她比易人离还早一步到了长川主城，因为知道易人离可能进不了城，她已经在城门口等了一整天了。

易人离没想到厉笑如此心思通透，竟然能看出他和阳南岳颇有渊源。这渊源说起来也简单，当年他在天星台的时候，阳南岳是看守天星台的护卫，看他年纪小，颇为照顾，而易人离也曾为受到上司欺压的阳南岳解围，主仆之间，多少有一份情分在，后来易人离叛出天星台的时候，他隐约记得阳南岳是最早冲出来的，但当时他一腔愤怒，为求活命不顾一切，连父亲都一脚踢死，哪里还记得那时候有没有对阳南岳下手。

易人离因此有一份警惕和心虚在，厉笑却觉得，阳南岳对易人离的神情，恭谨欢喜里藏着一点心虚，却又不像带有恶意。

几人说清楚了情况，随即便有小二来报信，说有客来找。易人离奇怪地迎出去，发现来的是燕绥的语言护卫。

语言护卫自得了燕绥文臻平安的信，便和文臻的护卫第一时间赶往了长川，却并没有直接想办法进内城，而是由英文联络潜伏的属下进行外围的危险排除工作，并负责里外信息相通的事务。

燕绥经略世家多年，自然在此建立了他自己的信息网。他记忆混乱记不得，负责信息联络的英文等人自然会安排，内城看守严密，高手多，就由武功最高的林飞白带着天机府中人，借着那些之前安排进来的探子的掩护，潜伏在易家，负责保护文臻燕绥并传递消息，外头的事务由其余人贯彻执行。

英文避着阳南岳和厉笑，将里头传递出来的燕绥的命令和任务和易人离做了交割。

“殿下车驾和刺史就任队伍一旦到了长川主城之外，就要逼进易家，在此之前，殿下需要易公子做好以下几件事：杀了传灯长老手下准备竞争长老堂名额的人选。潜入内院，利用你的身份，合纵连横，以什么方式都可以，尽量聚集一批易家的人手。不需要地位太高，地位越高越不可靠。殿下说了，护卫、丫鬟，看守院子的婆子，乃至园子里唱戏的，跑腿的小厮，以身处下层不起眼却出入方便，把守门户以及存在各种便利为标准。最后，需要您选择最适合将圣旨送入的地点，最好是易勒石身边不会被发现的地方。”

易人离只道：“文臻怎么样？”

英文摇头，他也没能直接遇上燕绥等人，未得召唤也不敢随意进入易家大院，只负责传递信息和执行任务。他想着之前听来的一些事，心中满怀感激，轻声道：“我想她一定是很好很好的……”

文臻现在确实挺惬意。

这一晚天气极好，月色与雪色共清朗，耀得院子里一片银华，而屋中红泥小火炉，紫檀木桌上铺开黑白子，文臻和燕绥难得有闲心在手谈。

刚吃完晚饭，时辰还太早，不宜进行夜间活动，便手谈一局消食。

文臻其实不大会下棋，琴棋书画这几种高雅活动，研究所四人组都不感兴趣，棋艺自然无法和燕绥比，好在燕绥和她之间进行的一切活动，都不过是情趣，你来我往之间，怎样都是欢喜。

本来燕绥说输了的要脱衣服，被文臻否了。燕绥又说不管输赢都脱他的衣服，还是被文臻给否了。三番两次耍流氓不成，殿下表示很不满。最后还是依了文臻的意思，贴纸条。

但实打实的以棋局论输赢，对文臻自然也是不公平的，她怎么可能赢得过燕绥。

所以这棋便从燕绥让三子，到让七子，到让十子……但最后还是文臻脸上贴满了纸条，燕绥脸上什么都没有。

贴到贴无可贴，文臻不肯玩了，燕绥忍着笑，将纸条拿下来，在上面写字。

文臻气哄哄地凑过去看，一边吐槽殿下太小气，也不肯放水，一边笑着读：“愿与文臻同观日升日落。”

再看另一张：“愿与文臻伴月长祈福。”

再看下一张：“愿与文臻踏春放纸鸢。”

再一张：“愿与文臻互为对方梳洗。”还有“愿与文臻共舞”、“愿与文臻弈棋”等。

文臻笑：“这是要做什么？”

燕绥也不说话，仔仔细细写了几十张，又叠成一叠，再次看了一遍，将其中一些画了勾。文臻又看，是“互为对方梳洗”“生死相托”“同游集市”“共同泡汤”等等几张纸。她略略懂了，便听燕绥道：“是想要和你一起做的事。画勾的是已经做过的。可你看，还有更多没有一起做的。蛋糕儿，我们被这些红尘俗事耽误太多了。”

文臻深有同感，道：“哎，可惜皇子是终身制的，不能辞职。不然分分钟我们深山老林种红薯啊。”

燕绥想了一下，并没有露出神往神色，皱眉道：“要在泥巴地里种东西吗？那还是你去吧。我在屋子里等你。”

文臻惊笑：“你等我？你等我你做什么？我耕田来你织布吗？”

燕绥又想了一下，道：“未为不可？”

文臻正在喝茶，呛了一下，想象了一下燕绥织布的场景，图案不齐整，剪了！线头没理齐，剪了！颜色不对称，剪了！还有，今天织三米明天就不能织二米九或者三米一，今天织黑色的明天就必须要织白色的……算了还是回去朝廷当皇子吧，感觉皇子还好伺候一点。

她笑了一阵，若有所思地道：“你这个倒让我想起我们那里，网上倒也经常有这种段子，什么要和你一起做的九十九件事，瞧着倒浪漫。当初宿舍里我们看这些，大波最憧憬，男人婆最鄙视，小透视还没发育好不懂这些……”

“你呢？”

文臻眯着眼睛想了一下，不大记得当时自己是个什么想法了，既然不记得，大抵是无动于衷的，但是现在不一样了。

“现在我觉得是挺浪漫的。但不需要九十九件这么多，最起码在我这里感情不需要这么多仪式感，我只想要一件事。”

燕绥的眼眸在此刻的灯下也似星光微漾，瞧来醉人亦动人。

“你想要什么？”

文臻望定他，忽然唇角一弯，给他一个甜蜜的笑容。

她轻轻唱起来。

很多年前，在那个时空，一首近乎家喻户晓的，在无数人心目中代表最为温馨最动人爱情的歌。

“我能想到最浪漫的事，就是和你一起慢慢变老。一路上收藏点点滴滴的欢笑，留到以后坐着摇椅慢慢聊……”

文臻嗓音条件并不好，然而这首歌并不挑嗓子，更多的是以情动人。

燕绥一直等文臻唱完，他才一伸手拂乱棋盘，一把便将文臻抱在了怀里。

文臻靠在他怀中，四周都是他醇和又微凉的好闻气息，此刻的氛围亦如那首总是令人心底安逸的歌所唱的那般，冬夜煮酒，暖火明灯，爱人在怀，静夜悠长。

哪怕身处虎穴，遍地皆敌，可这小院一隅，便能给她此生至此难得的浪漫瞬间。

只要相爱的人在。

头顶上，燕绥的下巴搁在她发顶，说起话来一顿一顿的：“蛋糕儿，虽然这歌很好听，可我还是觉得，九十九件一起做的事，这事儿挺有意思的，我们也在一起做满九十九件事吧。”

文臻靠着他，搔他的下颌，懒洋洋“唔”了一声。

“等到做完那九十九件事……”燕绥轻声道，“我们便成亲吧。”

第六十三章

官兵捉贼

文臻直起腰，回头看燕绥。

烛火明亮，他在笑，但毫无戏谑之意。

他迎着她的目光，在等她的一个回答。

文臻有点恍惚地想，这是求婚吗？

一个没有钻戒鲜花，没有盛大仪式，只有一个疑似撞傻了脑袋的男人看似随口说出来的一句话。

可她怎么就心忽然跳得这么急了呢。

以前看那形容心跳的词，心如鹿撞什么的，总觉得不过是文人的修辞夸张。然而今日她才知道，心真的是可以那样跳的，如被重物撞击，一下下跳得自己都能听见，浑身血液都似乎涌上了头顶，在脑海深处开出花。

灿烂到极致。

以前也觉得喜极而泣这个词很矫情，可现在她心底依旧因为这几个字热潮一拨拨涌动，冲至眼眶底发热。

对面燕绥还在笑看着她。

文臻正要张口，忽然听见外头一阵急促的脚步声，隐约还有灯光晃动，似乎来了很多人。

这一下顿时打断了她的思绪，她下意识起身，燕绥却按住了她。

文臻眼眸一弯，本想回答，忽然一笑，低头咬了燕绥嘴唇，道：“你问我我便要答？凭什么呀。九十九件事做完再说。”

燕绥盯着她，哼一声，将她唇角一扯，似乎有些不满。

“再说，就咱们这速度，九十九件事做完，差不多也可以进棺材了。到时候还真是，你一只摇椅，我一只摇椅，老到哪儿都去不了，接个吻都担心假牙会掉。”

“九十九件事，真想做完一天就够了。不过，你是在暗示我浪费光阴亲你太少吗？”

文臻笑着逃窜开去，躲开了某人捞她腰的手。

此时外头已经隐约有争执之声传来，文臻停下，听了听，叹口气，道：“长川易家还真是一到晚上就作妖。”

害得她和燕绥都不方便出去作妖。

两人走到廊下，看见门口又是一大堆人，一个意态骄矜的婆子正站在前方和这边的嬷嬷说话，而在两个婆子身后的便是各自的主人。段夫人面色平静地看着对面，一个华服丽人在对面低头剔指甲。

文臻听了几句争执，对燕绥笑道：“还以为这辈子没有机会看见狗血宅斗，不想居然在长川易家见识到了。”

这丽人就是李石头小纸条上说的，长川易家之前的女主人平云夫人，易勒石这样的身份，与夫人分居，身边不可能没有女人，毕竟后宅也有交际，院子里没个主事的女人不行。这么多年来，段夫人不在，是这位出身戏班的宠妾主持内院中馈，年节四季安排联谊，陪易勒石出席一些需要有女眷出席的场合，俨然就是易夫人。

如今真正的夫人回来了，虽然地位不低，却脱节多年，隐然受制，十八部族也不如当年忠心，这位平云夫人不管出于彰显威风，打击敌人，还是展示权威，都有必要来嘚瑟一趟。

门口喧闹的起因便是平云夫人假称要进去拜见夫人，却在门口就找借口要处罚段夫人身边的嬷嬷，自然便引发了冲突，直到将段夫人逼了出来。

段夫人立在门口，这女子不管遭遇什么，都气定神闲，只微微抬着下巴，淡淡道：“平云你既然想要拜见我，我已经出来了，也算是见过了。如此便请回吧。”

那位宠妾平云夫人轻轻弹了弹指甲，这才抬起头来，这女子姿态柔媚，容貌却不是艳丽那一挂的。相反，肌肤莹润，体态也不清瘦，带着几分恰到好处的丰腴。

她一开口声音也低而柔，每个字眼都像带个小钩子，在春水碧波里一漾一漾。

“夫人这话就说差了。咱们多年来也没什么机会见面，哪有这样便了事的道理。夫人多少年没回来了？这府中一切都已经不熟悉了吧？您是不知道，平日里这些奴才也十分刁钻，我怕一不小心便怠慢了您，才特地匆匆赶来，夫人需要什么记得和我说，若遇见刁奴也不要客气，派人和我说一声，立马便整治了去……”

文臻听她滔滔不绝，不禁笑了笑。

出身戏班就是出身戏班，多久的荣华生活都洗不去沉淀在骨子里的伧俗，一朝得志，难免张扬。

这句以女主人自居，此种挖苦、讽刺、嘲弄的桥段，大户人家日日上演。但听在文臻这样的人耳朵里，只觉得无聊，然后忽然便惊觉她之前在某些事上走入了误区。

她之前一直觉得皇家危险，豪门难缠，不如嫁个普通人，平安过一生。

却没想过自己起点太高。一步入后宫，再一步入朝堂，一年内连升数级，抬头见皇帝，低头迎皇后，三公为师长，喝酒伴将帅，所见人物都是顶级，所听所闻，不是朝堂风云就是家国大事，自身参与的也都是涉及社稷民生的大事，每一件都可搅动全国风云那种。

她已经不是普通人。

那她要怎么再去过普通人的生活？

怎么去适应平凡家宅里那些妇人见识，钩心斗角，汲汲营营，以及做小伏低？

普通男人能跟得上她的见识眼界，能明白她的与众不同？能懂得她的自尊自爱，接受她的一夫一妻？

到时候，多半还是一拍两散的结局吧。

回过头来再看，和她最相配的人有且只有那一个。

只有同样特立独行睥睨一切的他，才明白她的来处，晓得她的去处，懂得她一切所想所要，能毫无芥蒂地接纳她，还有足够的勇气和能力去和她一起面对或者抗争。

多么困难的条件，这是她的幸运啊。

天予弗取，反受其咎。

她唇角微微一扬，燕绥从阴影处走出来，站在她身后。

两个抬手便是世家朝廷之争的大佬，对这种后宅戏码毫无兴趣，看戏一般旁观。

段夫人多年修佛，清心寡欲，并不动怒，平平淡淡地道："如此，平云你费心了。"

她语气清淡，衣着简朴，但这般面对面站着，气质便明显压了浓妆艳抹的平云夫人一筹，便是外人瞧着，也一眼能看出谁是正房谁是小星。

这话语虽然平和，听着也令人感觉到是她在吩咐下人。

良好出身带来的一切，不是人为的摆谱便可以抹平。

平云夫人想必也感受到了这一点，眉梢渐渐扬起，这使她柔润的面容显出几分隐隐的戾气来，声音也尖锐了几分，"为夫人费心，理所应当。我瞧着夫人这院子久未修缮，有些破败了呢，听说夫人还带了客人，怎么好让客人也挤在这里呢？我刚为夫人安排了既新又大的居处，夫人还是住那里去吧。”

文臻和燕绥对视了一眼。

莫不是其实是来打探他们来了？

段夫人身边一个嬷嬷再也忍不住，怒道：“平云夫人你若真是有心，在夫人回来之前就该派人修缮好。哪有人住下了叫人挪的道理？再说您可别忘记了，夫人这里是主院！是正室才能住的居处！”

平云夫人忽然厉声道：“主子说话，哪有你一个奴婢插嘴的道理，来人，掌嘴！”

当即便有一个婆子上前，可惜还没走到那嬷嬷面前，一直没说话的易秀鼎手一抬，截住了她高高扬起的巴掌。

那婆子想必也不大熟悉这位常年在外头给传灯长老跑腿的小姐，跟着假女主人作威作福惯了，张嘴便要骂，易秀鼎却是个冰雪魔王，还是一言不发，抓住她的手腕一转，一声轻响，手腕被掰折的声音听得人浑身一颤，那婆子惨叫一声，整个人软软倒在易秀鼎脚下。

平云夫人惊得后退一步，正想说什么，忽然又一道人影冲过来，手里还端着什么东西，一把往平云夫人手里一塞，大声道：“既然小妾初次来拜见夫人，怎么不敬茶？来，敬茶！”

平云夫人一声尖叫，手中已经被塞了一个滚烫的茶盏，塞茶盏的易云岑还不罢休，手紧紧抓住平云夫人的手，生怕她怕烫甩开，咧嘴笑道：“来人，递蒲团！既然平云夫人嫌主院修缮不好不肯进来，那就在这门口敬茶吧！”

平云夫人又烫又痛又急，心里明白这门口敬茶，哪怕就做个样子她以后也颜面无存，一边拼命挣扎一边尖声道：“岑少爷你住手！你忘记礼法上我是你祖母辈了吗！你这是不敬尊长——”

“呸，你算哪门子尊长？戏班下贱之流，穿不了正红的妾，来了家人都不算正经亲戚的小星！”易云岑抓着她的手，依旧毫无顾忌的模样，骂起人来中气十足，“跟我说礼法？你今天跑来这里说的哪句话符合礼法，你倒说给我听啊！”

平云夫人脸色铁青，忽然低头冲易云岑撞去。这一撞衣领扯开，脂粉腻人，易云岑眉毛一竖，撒手后退，平云夫人这才脱身，一看自己的手，保养得雪白粉嫩指甲晶莹的手，现在指甲断了两个，手心一片通红，手指也烫出了泡，顿时尖叫一声，哭道：“岑少爷你……”

文臻还想着这下冲动鬼要赔礼道歉了，结果听她哭道：“光天化日之下调戏你爷爷的人！”

文臻：“……”

不仅是她，段夫人一边的人都目瞪口呆。倒是平云夫人身边的人面色如常，看来十分了解自己主子的风格。

当下她的侍女婆子们上来扶的扶，嚷的嚷，乱成一锅粥。

文臻瞧着这女子一副存心闹大的架势，心想着也不知道这位是当了谁的枪，来捅易云岑这一刀，但调戏爷爷爱妾这种事委实杀伤力很大，这女人在这易家大院经营多年必然也有自己的盟友和势力，原本只是闹剧，现在看来倒不可轻忽。

她身子往廊檐外挪了一点，手指敲击着栏杆，想着要不要趁这一出闹剧顺便做点事，一旁的燕绥就像她肚子里的蛔虫，忽然道："这女人跟了易勒石多年，看这模样也是个大胆泼辣又不缺心机的，保不准会知道一些秘密。"

文臻笑道："英雄所见略同也。"

她和燕绥还需要天星台和易家的秘密，需要知道易家大院里是否还有什么后备储藏力量，想要找到易勒石调动金麒军的虎符，甚至想要明白易勒石到底是个什么状态。

这个伴在易勒石身边最久的女人，是个很好的攻略对象。

本来知道她吃紫河车的时候，文臻就想过要不要寻找一个契机接近她，现在正好她送上门来了。

燕绥笑道："你应该说夫妻所见略同。"

他的目光一转，看见易云岑手指抵在唇边，正眼光奇异地看着平云夫人。

两人此时已经走到廊下，文臻闻声一笑抬头，燕绥正低头对她看，一支梅花斜斜逸出，在深青色的檐角下勾画一抹淡红，对视的男女容色明洁如珠如玉。

正在盘算着闹大了请理刑和掌馈长老来，处理易云岑，自己也能获得好几分好处的平云夫人，一转眼正看见廊下燕绥精致的侧面，不由一愣。

燕绥一侧头，似乎也发现了她，他脸转过来时，平云夫人又是一愣。

燕绥看了她一眼，目光对上时，平云夫人已经忘记自己方才想说什么了。

随即燕绥便转身和文臻说了句什么，进了屋。文臻向平云夫人走来。

平云夫人怔怔地一直望着燕绥进屋，直到她走到近前才反应过来，对上笑颜如花的文臻，警惕地退后一步。

文臻就好像没看见她的敌意，笑吟吟施了礼，道："久闻平云夫人美貌出众，治家有方，今日一见，果然名下无虚。"

平云夫人望定她，冷笑道："姑娘这是在讽刺我吗？"

文臻又走近了些，平云夫人撑着没往后退，眼睛一眨不眨看着她，文臻低声笑道："真心恭维，何来讽刺？不过如果夫人再闹下去，那可就真的是个讽刺了。"

平云夫人眼睛一眯，低低笑了一声，道："你说的我可一句都不懂，我就是个深闺妇人。”

文臻道：“所以呀，深闺妇人最重名声，今日夫人闹这一场有何意义？给自己泼污水也不是这么个泼法，平白自降身份，还将把柄送进别人手里。”

诬赖他人调戏自己对这个时代的女性来说是伤敌一千自损八百的招数，就算现在没人能直接管平云夫人了，但她终究只是个妾，将来因这样的事被人栽赃个失节名声，麻袋装了沉塘也不是不可能。

平云夫人脸色变了变，忽然笑道：“小姑娘倒是会说话。”

“会说话就应该多说一点是不是？”文臻笑，“晚来无事，我和夫君正琢磨着玩一局游戏，夫人可有兴致？让岑少爷也陪您玩几把，说到底您也是他祖母辈的嘛。”

易云岑在她身后，闻言眉毛一竖正要说什么，文臻忽然后退一步，脚跟正踩在他靴尖上，痛得易云岑面部扭曲，顿时什么话也说不出来了。

平云夫人似笑非笑看了易云岑一眼，又看了文臻一眼，她能从一群侍妾中脱颖而出，代行夫人之职掌握易家内院这么多年，自然也不是个蠢的，很明白今晚这局游戏一打，方才想要诬赖易云岑的事也就不存在了。

不过文臻的提议她确实动心，她和掌馈长老关系好，掌馈长老对段夫人带来的这对年轻男女很好奇，她今日本就是应掌馈长老所请前来试探，更何况方才惊鸿一瞥，见着的这小娘子的夫君……

她心中一荡，看见文臻又一酸，想了想微微勾了唇角，笑道：“姑娘何止会说话，还如此伶俐，我倒想结交一回了。”

文臻笑着对她做了个请的手势，平云夫人昂头笑一声，当先进了文臻的小院。文臻拽着不情不愿的易云岑，对段夫人和易秀鼎做了个放心的手势。

段夫人看他们进去，吁了一口气，道：“这位易夫人不显山露水，却是再厉害不过。”又看易秀鼎，“年轻人玩乐，你也去吧。还可帮忙看护一下。”

易秀鼎却摇摇头，一扭身回了自己小院。这回干脆屋顶也不待了，将门关得很紧。

段夫人愕然看着她的背影，又看看文臻那边的灯火，良久长长叹息一声。

油灯下四方桌上。

并不是打牌，也没有掷骰子，文臻提议，玩一个“官兵捉贼”的游戏。

四张纸条，分别写着“官”“兵”“捉”“贼”四个字。然后把纸条一撒，四个人去抢，抢到“捉”字的人，要负责把抢到“贼”字的人找出来，只有一次机会，可以问问题，不能动手，如果错了，就要接受拿了“官”字的人的惩罚。如果“贼”被揪出来了，也要接受“官”的惩罚。至于惩罚的手段，也由“官”决定。可以喝酒，也可以回答问题，或者直接罚彩头等。

这个游戏东堂自然是没有的，众人便都来了兴致，平云夫人还提议，为避免有武功的人作弊，抢纸条的时候不许动用任何武功手段。

众人自然也同意。

这个游戏其实考的是人对于微表情和语言的揣摩观察。

平云夫人对一切都充满了怀疑，要求纸条由她来写，由她来撒。其余三人都无异议。

第一把，文臻拿到了“兵”，她看了一眼对面的平云夫人，她瞳孔微微放大，垂在一边的手臂下意识紧贴在腿部，手指竖起——一般表示紧张或者愤怒，愤怒自然是不存在的，那就是紧张了。

她拿到了“贼”。

文臻又仔细看到易云岑嘴角翘起，眼角出现微微的纹路，他挺高兴的。也有一点瞳孔放大的情况，说明有些微的紧张和警惕，但依旧是高兴为主。

以易云岑年轻爱玩的性格，和潜意识里对身份的自我认同，以及目前对权势的向往，他拿到手的应该是“官”字。

那么，“捉”字就应该在燕绥手里。

文臻立即放下心来。

她以前无事的时候，出于兴趣看过一点微表情心理学，所以提议玩这个，一来足够新鲜能引起人的兴趣也不会令人防备，二来燕绥的智商足以应付。

她懂微表情，燕绥懂人心。

只是她觉得易云岑的微表情有点过于细微，有点古怪，却又说不出哪里古怪。

好像警惕的成分太大了一点，以易云岑的性格似乎本不该这样。

果然燕绥看了一圈，目光在易云岑脸上一停，又看看她，随即道：“我拿到了‘捉’字。”

平云夫人立即正襟危坐，神情之中兴奋之色更显，却又微微警惕。

“按照规矩，我可以问每人一个问题，来确定谁是贼。”燕绥道，“请问易公子，如果你是贼，想在这易家大院内逃脱抓捕，你会不选择哪一条路？”

第六十四章

狗粮一把把

文臻笑眯眯看了燕绥一眼。

殿下多智近妖，无须提前演练，自然能百分百配合。

直接问选择哪条路太明显，反过来问，人脑在短时间内选择的还是最熟悉的答案，就算做了掩饰，她和燕绥也可以以此参考推断。

易云岑果然一时反应不过来。

文臻敲了敲桌子：“玩家不可犹豫，需要立即作答，否则也算输。”

“我……我不选择天星台！”

燕绥眼皮垂下，毫无表情，又转向平云夫人：“请问夫人觉得他说得对吗？”

平云夫人早已戒备地挺直了背，但也没想到燕绥会这样问，将这个答案在脑子中过了一下，顿觉脑子打结，发现无论回答对或者不对好像都不大对，只好本着“要让易云岑被怀疑”的目的答：“不对！当然不对！”

燕绥还是没有表情的样子，点了点头，转回身。

留下那两人一脸蒙。

文臻心中大笑了一阵。

其实燕绥想要确定这易家大院的最重要的敏感地，大概率是易家的隐藏地或者秘密出口，易云岑的回答点出了这个地点，平云夫人犹豫的态度证明了这里确实很重要。

至于文臻，她用微表情分析，易云岑听到这个问题的第一反应是眉毛下垂，眯眼，上唇微微抬起。说明这个地方是令他厌恶的。

他是易家难得的健康人，没去过天星台，天星台在易家也是神秘的禁地，他为什么会厌恶?

而平云夫人在撒谎，生硬重复，声音上扬。

燕绥最后转向文臻：“娘子，你猜如果现实里你是贼，我会怎么办？”

文臻笑眯眯：“你会杀了官和捉，和贼私奔天涯。”

燕绥满意地点头：“知我者，娘子也。”

“官”和“捉”同时露出崩溃的表情。

时不时秀恩爱真是够了。

总是乘人不备往人嘴里塞一把把“狗粮”的燕绥，一脸平静地看向那紧张的两人，毫无营造气氛的兴趣，直接道：“夫人是贼。”

易云岑眉毛一挑，平云夫人肩膀一垮。

“怎么看出来的？”易云岑兴致勃勃地问。

燕绥看也不看他：“想要知道？”

“嗯嗯！”

“那么平云夫人得接受双倍惩罚。”

易云岑：“……”然后他就挨了平云夫人一脚踩。

被踩到脸扭曲的易云岑喃喃道：“我感觉这位比传说中无人能驾驭的宜王殿下还难搞……”

文臻忍笑。

平云夫人把手中纸条慢慢摊开，平推给燕绥，笑道：“还真是呢。”

她一直推到燕绥手边，涂了艳红蔻丹的指甲有意无意地蹭了蹭燕绥的指尖：“那么，来惩罚我吧……”

这几个字，她说得又轻又软。

只是文臻却能从媚态底下，看出深藏眸底的警惕来。

燕绥的手很自然地移开，顺手从旁边拎起一壶蜜酒，这是长川当地最不烈的酒，气味芬芳很得闺阁喜欢，他顺手斟了三杯，一杯给易云岑，一杯给平云夫人，一杯给文臻，道：“罚酒一杯，其余两人陪一杯。”

文臻痛快地对平云夫人举杯：“我一直想喝酒，可惜身体不好，夫君不许，如今可算沾了夫人的光了。多谢多谢。”说罢一饮而尽。

易云岑本想抗议，见文臻喝得这么痛快，也只好对平云夫人举个杯，一口喝干。

在平云夫人看来，这是两人陪她喝酒，易云岑这杯还可以理解为赔罪，这让她本来第一局就被罚的小小不快顿时消弭，饶是如此她还是小心地看了看酒，又不着痕迹地嗅嗅气味，才一口喝干。

文臻笑看着她——夫人你要想和殿下比心机，再去修炼八百年成蜘蛛精都够不上。

燕绥这是分明看出了平云夫人的性子，知道第一局罚她，这自矜又自卑的女子一定会敏感，问问题或者做什么都不会有任何结果。喝酒相对能降低戒备，再让易云岑和文臻陪，戒备又可以降低一大截。

但文臻可以确定那酒绝对无毒，也绝对有料。

长川易家擅毒，文臻就不敢轻易在这里用毒，但是殿下一定有办法。

桌子底下，燕绥的手指落了下来，在她裙子边擦了又擦。

那是刚才被平云夫人碰触过的手指。

文臻好笑地捏了捏他的指尖，反而被他逮住，在手心里暖暖地握着。一直到第二局开始才松开。

第二局，文臻看了一圈，确定易云岑是“贼”。

他依旧有兴奋的微表情，却缺少了先前那种自得感，多了一点紧张感，眼球在飞快转动，然后他手撑着下颌，手指挠着鼻子，这是试图掩饰的动作。

他倒是很认真，很入戏。

而平云夫人则是纯然的兴奋，是“捉”。

她自己拿的是“官”。

平云夫人问她：“你觉得谁最有可能是贼？”

文臻眨眨眼睛答：“夫人猜是不是我？”

平云夫人一脸郁闷地去问燕绥：“公子听说过长川八景吗？想必你们南地没有这样壮阔的风光吧？”

燕绥从容地道：“自然听过。但是夫人你弄错了，我并不是南方人。”

挖坑套话没成的平云夫人一脸郁闷，顿时失去了抓贼的兴致，随便问易云岑：“云岑，我觉得你就是贼。”

文臻点点头，觉得平云夫人也是不笨，对易云岑这种直肠子，这样的试探才是最有效的。

果然易云岑夸张地瞪大了眼睛，右肩微微一耸，左手摸了摸脖子，道：“夫人你想好了，猜错了你可得受罚啊！”

说谎的典型动作，然而平云夫人不可能懂这个。

她犹豫了一下，又看了一下众人，最后打赌下注一般地道：“我猜是文公子！”

文臻和燕绥将手中纸条一展，平云夫人神色懊恼。

文臻笑道：“我也想不出罚夫人什么，也没什么问题想问的，那就夫唱妇随，再请夫人喝杯酒吧。为表尊敬，我陪一杯。”

暗促促又被秀了一次恩爱的其余两人已经麻木。燕绥满意地点点头，却道：“你已经喝了一杯，还想找机会再喝？不许不许！”

又被秀一次恩爱的平云夫人大概想摆脱这种连绵的戕害，端起易云岑斟好的酒就一饮而尽，喝得比方才快多了。

文臻这才笑嘻嘻陪了她半杯。

第三局，文臻是贼，燕绥是捉。

燕绥问易云岑：“如果你是贼，偷了宝贵的东西，你会选择将东西藏在哪里？”

易云岑答：“在别人以为我绝对不会放东西的地方。”

这句话文臻判断他没有撒谎。

燕绥问平云夫人：“对夫人来说，最珍贵的东西是不是你唯一自己拥有的东西？”

平云夫人顿了一下，答：“没太明白你的意思。但是对我来说，最珍贵的自然是我家老爷对我的宠爱。”

她再吞了一下口水。意味着对燕绥的问话，心里赞同，但是嘴上不肯承认，同时她在回答的时候，眼球朝右下方，那是在思考假的答案。

易勒石现在的情况，按说和这句话会形成令人悲伤的反差，但是她嘴角一侧微微抬起，这是轻蔑嘲讽的表现，意味着她要么对易勒石的宠爱内心嘲讽，要么就其实根本没有宠爱。

轮到燕绥问文臻，他问：“我觉得你是个贼。”

文臻笑看他。

感觉土味情话要来。果然下一句他笑道：“因为你偷走了我的心。”

文臻笑盈盈摊开手：“既然你这么说，那我就承认好了。”

她掌心里，一个“贼”字仿佛也像一把“狗粮”：“因为我想偷的只有你的心啊。”

易云岑和平云夫人想掀桌走人。

第四局，平云夫人是贼。

文臻是捉。

文臻问平云夫人：“如果夫人是贼，而这个贼的纸条只要不被人找到就不会输，那么夫人会将纸条藏在哪里？”

平云夫人张嘴欲答，又停住，想了一下，道：“将它毁掉，不就永远找不到了？”

文臻问了易云岑同样的问题，易云岑道：“我也觉得毁掉很好。如果不能毁的话，我就把它放在最显眼最常见的地方，所谓灯下黑嘛。”

问问题其实也不是件容易的事，因为既要得到自己想知道的讯息和提示，但又得和游戏有点关系，不能让人察觉对方在查探。

所以文臻这个问题是从极远的地方绕弯子，想要看这两个之前和易勒石都比较亲近的人，对于易勒石身边重要物事的藏匿能知道多少。

文臻觉得两人的答案都很妙。

这一局，文臻自然轻轻松松揪出了平云夫人，平云夫人之前一直警惕的是惩罚，但惩罚一直只是喝蜜酒，因此也就平平稳稳喝了下来，但总是失败，难免生出几分火气，便嗔道："怎么每回你两人都能看出谁是贼？莫不是伙同作弊了吧？"

易云岑立即不服气地道："怎么个作弊法？纸条你写，你扔，各人随便捡，你倒说说怎么作弊啊？"

平云夫人语塞，眼珠一转道："许是他们两人拿到纸条后有自己的信息传递方式呢？只要他两人知道对方是什么，剩下两个还不好猜？不行，隋姑娘，你得和我说说，你方才是怎么猜出来是我的？"

文臻笑道："只有心虚的贼，才会想要一劳永逸，干脆毁掉证据呀。"

平云夫人怔了怔，一时无话可说，文臻已经拿出两条布条，道："下一局开始，我夫妇俩蒙着眼睛，保证不眉目传情，怎么样？"

平云夫人也不羞愧，一口答应。

第五局，燕绥是贼，平云夫人是捉。

文臻蒙着眼睛，自然观察不到表情，听见平云夫人问燕绥："你如果是贼，就自己认了，姐姐回头请你去院子里玩好不好？"

又用上了那种勾魂的语调，易云岑"哼"了一声，文臻只想笑。

对着燕绥自称姐姐，这位可真是胆儿肥。

却听燕绥答非所问地道："夫人。今日有雨，无雪，我如果是贼，根本就不会出门。"

平云夫人显然有点蒙，但规则不让她追问，只好憋屈地问易云岑，她也想不出什么花样来，只不停地观察易云岑，易云岑则对她冷笑，道："我是官。专门抓偷盗抢夺，淫奔无耻之流。"

平云夫人没想到这小子居然也会含沙射影，气得双眉一竖，转向文臻，想了一会儿道："我先前对你夫君说的话对你也适用。"

文臻笑道："这样啊，夫人真好，我被感动了，那么我就告诉你吧，贼是我夫君呢。"

燕绥那句话，所谓偷雨不偷雪，暗示他自己是贼。但这话在东堂没有，还是她和燕绥聊天提过的，她自然能听懂。

平云夫人如果信她，自然能因此对她有好感。如果不信她，那也是自己多疑，输了也不好意思再闹。

平云夫人双眉一聚，仔细盯了她半晌，才一点头，道："那我就相信你一次，我猜文公子是贼。"

燕绥含笑摊开手掌，易云岑大声号叫，怪文臻真真假假，连夫君也卖。

平云夫人好不容易赢了一局，精神大振，笑道："和我玩心眼，这不是自搬石头自砸脚吗？"

文臻笑道："惭愧，惭愧，还是夫人高明。"

平云夫人来了兴趣，道："我不要惩罚喝酒，这样吧，看文公子就是个文采风流的人，又姓文，字一定写得很好，等会去我屋子里，给我写几个字好不好？"

易云岑心直口快地嚷："姓文和有没有文采有什么关系——谁踩我！"

燕绥解下布条，挑眉看了平云夫人一眼，淡淡道："夫人有提出合理惩罚的权利。"

这便是应了，平云夫人眉开眼笑，主动催着再来。

下一局，文臻是兵，燕绥是捉。

文臻判断易云岑是贼，还没开始说谎就已经做好了准备说谎的姿势。

她看一眼燕绥，却发现燕绥以手支额，指关节顶着太阳穴，气色似乎有些不佳，但此时却不是询问的时候。不过等她不放心再看第二眼的时候，燕绥已经放下手，恢复如常。

燕绥展开手里的纸条，问文臻："如果你是捉，你会用什么办法去找贼？"

文臻答："我会随便指一个人说是贼，然后看其余两人的神态。如果我指对了，被指的人会心虚。如果我指错了，另外两个人会有一个人松一口气，只要盯紧他们的反应就行了。"

这是比较聪明又常规的答案了，正常人都会这么答，也就堵住了另外两人这样回答的可能。

燕绥便问易云岑："如果你是贼，想偷一件被所有人抢夺的宝贝，竞争者实力都很强，你会怎么争夺？"

易云岑想了想，道："何必争呢？我不要便是。"他忽然又一笑，"或者我去和其中最强的人套关系，让他最后把东西送给我？"

说完他自己"咯咯咯"地笑一阵，也觉得可乐。平云夫人嗤一声，嘀咕道："天真！"

燕绥转向平云夫人道："夫人一般几时就寝？"

这话问得突兀，平云夫人原本打起精神要应付，没想到居然是这种不咸不淡的话题，一怔之下下意识答：“戌时末与我儿同……你问这个做甚？”

问这个，自然是要确定易勒石到底是真倒还是假倒。

魁阁距离平云夫人的住处最近，平云夫人这个性子，深居简出很是奇怪，易勒石如果没有真的倒下需要人伺候的话，应该最安全最方便的选择就是平云夫人。

因为燕绥知道，易勒石寡人有疾，或者说他为了生出健康的后代，对女色上头很是欲罢不能，有些事一旦成了习惯是控制不住的。

但是平云夫人脱口而出的话，证明了她并没有半夜伺候易勒石。

燕绥一笑，并不回答，转问文臻：“咱们以后有孩子了，你可千万别和他一起睡。”

易云岑将纸条一扔，嚷：“这游戏玩不成了！”

燕绥道：“贼当然不想玩。”

“你又猜出来了？”易云岑睁大眼睛，叹息，“我错了，我就不该和你们这种妖怪一起玩……”

他的牢骚还没发完，外头突然响起喧哗之声，那声音一路接近，好像是冲着这屋子来的，几人都停住了手，凝神等待。片刻之后有急促的敲门声起，一个婆子有点惊慌的声音响起：“夫人！夫人不好了！小小姐不见了！”

平云夫人眼底惊慌一闪而过，看了一眼文臻燕绥，又平静下来，不耐烦地道：“她不是最爱乱跑吗？八成又跑哪儿玩去了呗，急什么！”

门外婆子声音急促：“不，不是的，夫人，小小姐是发作了以后跑的……”

平云夫人腾地站了起来，方才的故作平静已经不见，抬腿就要走，连脚下凳子都没注意，险些被绊了一跤，文臻伸手要扶，她一把甩开，连声招呼都没打，便急急冲了出去。

一群人七嘴八舌吵嚷着拥着她出去，院子里很快恢复了安静，易云岑抱着双臂，看着被平云夫人撞得还在不住晃动的门板，摇头“啧”了一声。

文臻道：“看来岑少爷对你这个失踪的小姨并无好感？”

“小姨？谁？”易云岑对这称呼不能接受，愣了一会儿才道，“是吧。那丫头年纪太小了，所以我总是想不起来她的辈分，再说见着的时候也少。毕竟那么个情形，平云夫人平日都把她拘在屋子里，逢年过节都见不着，今晚如果不是闹了这一出，我都忘记咱们院子里有这么个人了。”

“怎么，这孩子有什么不对吗？”

易云岑皱起了眉，半晌才勉强地道：“你们见着这孩子就知道了。说起来这是爷爷的老来子，生下来就养在他身边的，不知怎的，记得刚生下来的时候还一切如常，后来便越长越……唉，说起来，平云夫人也是命苦。”

他之前一直对平云夫人神色厌憎，此刻竟然冒出这么一句来，可见在这件事上平云夫人确实比较惨，连他也不能不同情。同时他也似乎失去了谈兴，神色暗沉下来，匆匆说一句困了便告辞了。

文臻见他出去，看一眼外头的夜色，那吵嚷声似乎还在耳侧，隐约似乎还有平云夫人急切的叱喝之声，她心中涌起对那失踪孩子的好奇。

总觉得这突发事件里似乎藏着什么秘密，本以为也许是燕绥的安排，但回头看他的神情似乎并不是这么回事，而且之前两人确实也没注意到平云夫人有这么一个孩子，毕竟这事儿连易家人都不大记得。

“这孩子的失踪不是你安排的？”

“不……”燕绥似乎在思考什么，片刻缓缓道，“但我可能知道她在哪里。”

第六十五章

打脸

燕绥拉着文臻一路飞驰，文臻很快认出这是通往天星台的道路。

易家大院依旧戒备森严，乍一看空荡荡没有人，可是不经意地，就会从树丛后，假山后，回廊某处墙壁旁，转出一队队的护卫来，可以说是防不胜防。

如果谁贸然进入，自以为畅通无阻，其实很可能都落在了那些藏在隐蔽处的人们的眼里。

白天的时候燕绥有收到林飞白的飞鸽传书，他带着天机府的人已经基本摸清这府里的路径和暗卫所在。燕绥带着文臻，左一拐右一扭，借着树的暗影、石的角落，如一道流水般飞快滑过，再经过一处颇高伟的建筑时，他带着文臻上了屋顶，一路悄悄地摸过去。

这夜深了，底下还有人在说话，人数还不少，声音有种压低了的嘈杂，像在讨论什么。

"队伍已经逼近主城，最后两天走得如同龟爬。"

"真的不去派人迎接吗？不接的话岂不是更落人话柄，给了对方兴师问罪的机会？"

"接了就不会兴师问罪吗？本来就是来抄家灭门的！"

最后一句几乎咆哮。

文臻掀开一点屋瓦向下看，正看见传灯理刑还有几位面生的男子，大概就是易家的长老们，咆哮的是一位半秃的老者，穿一身火红的袍子，因为发怒而面容狰狞，他身边的人穿一身月白长袍，这种场合还拿着一本书，半闭着眼睛低声呻吟。

易家长老堂剩下五位长老，传灯理刑长老之前都见过，提堂长老已经李代桃僵，这两位自然是掌馈和求文。

此刻室内气氛不是太好，文臻清晰地看见掌馈长老骂完人之后狠狠瞪了求文长老一眼，而求文长老依旧低头看书，鼻子里轻轻“哼”了一声。

这轻蔑的神情激怒了掌馈长老，掌馈长老拍了桌子，之后两人便爆发了一阵争吵，大意是掌馈长老质问求文长老当此多事之秋，整日还吟风弄月不务正业，求文长老则嘲讽掌馈长老果然是管事管久了，什么都想管一管，既然什么都想管，那就不妨多管一点，反正这易家大院也给这几位爱管事的管得水泼不进，他不吟诗作赋还能做些什么?

掌馈长老就冷笑道所谓整日流连花丛吟诗作赋，当真无欲无求? 怕不也是醉翁之意不在酒。天知道每日聚在那些鱼龙混杂之处，大量结交才子名士游侠又是为了什么，怕不是又想讨好段夫人，又想广邀豪强积蓄实力，倒是打得一手好算盘。

求文长老似乎被戳到痛处，把书一扔，细声骂一句莽夫不足以为谋，拂袖便走。

文臻合上屋瓦，把争执声留在身后，看样子车驾已经到了主城，按照燕绥的命令停留在城外，长老堂正在商量怎么应付，而长老们利益当前，现在场面上都撕破了面皮，等他们商量出来，长川可能都换了主人了。

一路到了天星台，燕绥在前天晚上那片碎瓦间梭巡了一会儿，最后在一片平地上拎起了一个小小的身体。

文臻这才看见那片碎瓦底下有个不显眼的洞，一般孩童都钻不进去，所以很容易被忽略。

被拎在燕绥手里的孩子拼命挣扎，却始终没有张嘴大叫，燕绥怕她吵，见她鞋子挣掉了，顺手脱下她的袜子塞在她嘴里。

这一连串动作流利自然，并且从头至尾毫无表情，文臻默然，很为自己将来的孩子担心。

那孩子是个女孩，从头发衣服都可以看出照顾得很是精心，脸皮非常嫩，如同婴儿，但是瘦如骷髅，手腿细得让人担心一碰就折了，且额头上生着一个巨大的瘤，那瘤上皱褶横纹，宛如眼鼻，看上去像多了一个脑袋一样，十分可怖。

那孩子手里还紧紧抓着一个水晶瓶，瓶子上沾着泥土，瓶口也破了一点，瓶子里还有一点颜色诡异的黑紫色液体。细看那孩子，嘴角也沾着一点黑紫色。

文臻听燕绥说过之前在天星台遇见过这孩子，现在看样子这孩子总是偷偷跑这儿来，在天星台下的废墟里找这种还没被完全毁坏的瓶子。

这孩子应该就是易勒石和平云夫人的小女儿，但是堂堂易家的小姐为什么会总往天星台这种地方偷偷跑? 天星台用的药物诡异恶毒，这孩子为什么需要这种东西?

燕绥伸手去拿那水晶瓶，那孩子原本还算乖顺，此时却忽然激动起来，死死抓住瓶子不松手，但她哪里抵得过燕绥，瓶子瞬间到了燕绥手里，那孩子一急，竟然低下头要咬燕绥的手，文臻赶紧伸手去拦，却被燕绥拨开，手指一弹，那孩子便惨叫一声，捂住嘴不敢动了。

燕绥对文臻皱眉："这孩子不知道都吃了些什么，牙齿说不定有毒，你别碰她。"

他顺手将瓶子收起，那孩子眼睛一直围着那瓶子转，燕绥想了想，倒了一滴液体抹在她唇边，那孩子便像得了珍宝一样，过一会儿，小心翼翼舔一口。

文臻瞧着不禁皱眉，觉得这一幕看着令人不适，上瘾似的。

两人带着这孩子一路往平云夫人处走，不需要找路，这半夜里还灯火通明人声鼎沸的那座就是。

去平云夫人院子之前，要先经过段夫人的院子，文臻远远地看见理刑长老从院子里出来，身后跟着易云岑，文臻一惊，以为理刑长老又来找麻烦了，却见易云岑靠在门边，大声道："我这里安分得很，回见吧。"

理刑长老还是那笑眯眯样儿，道："没什么事儿，早些安歇了吧。"

他前脚刚跨出门槛，后头易云岑便关上门。文臻忍不住笑一声，道："这家伙，我原以为他经过秀鼎被栽赃一事后该成熟一些，没想到他还敢和理刑长老单独相处，幸亏没出什么岔子。"

一转头却看见燕绥神情若有所思，不禁心中一动，正想问燕绥是不是想到了什么，燕绥却道："这丫头好臭。"

文臻看看那小丫头那狼狈样儿，赶紧接过了被一路拎着的小丫头，将她的衣服掸干净，被燕绥捏皱的领子抚平，脸上沾上的泥巴擦净，抱在怀里。省得燕绥拎孩子的造型让人家当娘的看见暴力癖发作。

燕绥把孩子递给她的时候，还不忘警告地看了她一眼，眼神虽然平淡，硬是看得那孩子一阵瑟缩，原本凶悍的气势都收了，乖乖窝在文臻怀里不动弹。

文臻抱着孩子，原以为第一次抱孩子的造型可能会引起某人的在意，谁知道他只是淡淡看一眼，便转过头。

文臻忍不住要逗他："哎，我甜，你喜欢孩子吗？"

"不喜欢。"

"你自己的呢？"

"我自己的孩子更烦吧？毕竟要占着你，要你喂奶要你抱，要你陪玩，要你陪睡，每天连轴转地陪着这小崽子，我为什么要喜欢？"

"可那也是一种快乐吧，其实我觉得好像也挺烦的。不对啊，我甜，你自己的孩子和我有什么关系？”

燕绥居高临下看她一眼，笑一声，一脸“女人你又矫情了”的表情。

文臻耸耸肩，也觉得自己是挺矫情的，想了想低声道：“我们几个大概都不想要孩子吧，在这异世界摸爬滚打过日子，也没那个心情和时间早早生孩子，也不知道最后谁最先入了围城当了孩子奴。估计是小珂，特别宜家宜室，是个男人都想娶回家去做老婆，她也是性格最和顺接受度最高的一个。或者大波，奉子成婚什么的……”

她在那儿嘀嘀咕咕，燕绥忽然道：“我记得你还有个男人婆朋友呢？怎么不提她？”

“她？”文臻说，“相信我，全世界女人都结婚生孩子了，她也不会的。”

很久以后，文大人才知道，这一刻她的脸被打得啪啪响。

最热闹的院子果然是平云夫人的，还没走近，就听见平云夫人几乎变了调的嗓音。

“一群废物！白痴！光吃肉不长脑子的猪猡！一院子的人连一个孩子都看不住！

“去哪儿了啊？这是去哪儿了啊！还愣在这里做什么？去找！再去找啊！

“什么？这不是第一次？每天这个时辰她不是早就被送回房睡觉了吗？你们为什么不早告诉我！

“都是你们害的！都是你们害的！都是你这个老不死，什么都不放过！家族的孩子不放过，城里的孩子不放过，连自己的孩子都……”

平云夫人的最后一句话听来声音特别狠戾暴躁，这种音色文臻竟然觉得有点熟悉，而这话里的内容也让她停了脚步，感觉听到了什么了不得的东西。

她转头看燕绥，燕绥点点头：“是从韩府那个女人那里弄来的密罗香，无色无味，诱人发泄内心深处的所有暴戾和恶念，方才玩游戏的时候被我混在了酒里。”

他抬起了手腕，手腕神奇地滑下一层透明皮层样的东西，却形状不定，游动不休。

但随即燕绥便皱了眉。

“按说是发作了，本可以说出更多，但好像被人止住了。”

谁止住了平云夫人的发泄？

两人走到平云夫人门前，院门没关，文臻抱着孩子一出现，平云夫人便冲了出来。

“囡囡！”

她几乎是抢一般将孩子夺过去，一把揉在了怀里，疯狂地抚摸她的身体，她的头发，甚至是她那个可怖的肉瘤。一边抚摸亲吻一边喃喃道：“囡囡，囡囡，你跑哪儿去了？跑哪儿去了啊？这大冷天的，冷不冷？饿不饿？下次不要这样吓娘亲了好不好，啊？好不好？”

那孩子面无表情地任她抚摸，将脑袋埋在她怀里。

四面的侍女嬷嬷都松口气，但也没人上前来表示欢喜，众人目光都飘来飘去，不去看那孩子。

那孩子偶尔一抬头看见众人目光，小小年纪，眸光竟然是阴沉的。

平云夫人摸索了好一阵，确定孩子没事，一低头却看见孩子嘴角还残留的一点黑紫色液体，一怔之下仔细一看，顿时如遭雷击，尖叫一声。

“你吃什么了？你是不是去天星台了！你是不是去吃夜……”

一声咳嗽。

文臻目光警惕地向里望去，只看见虚掩的门缝。

平云夫人却立即从那种焦躁的情绪中挣脱出来，低头匆匆谢过燕绥和文臻，便亲自抱了孩子进屋去了，她进去的时候，文臻眼尖地看见里头似乎有只手晃了一下，然后又有一只手拉了一下。

她的眼力可以判断出两只手不是一个人的手，换句话说，那房里不止一个人。

小姐失踪，下人都出去找，连主人都站在院子里，这是什么人，居然还可以坐在屋子里等消息？

过了一会儿，平云夫人出来，再次正式地向两人道了谢，又请两人入内喝茶，燕绥文臻也便不客气地进去了。进入外厅的时候文臻观察了一下，发现里头安安静静的毫无声息。

平云夫人亲自相陪，和两人娓娓说起孩子的生来带病以及喜欢乱跑，她看两人的眼神和先前又有些不同，先前是全然的警惕，此刻警惕犹在，多了些审视和打量，却又含着些淡淡的感激。

文臻总觉得，这些变化就发生在她听说孩子不见了然后回到自己院子的这段时间内。

她想了想，道：“夫人，我们找到小姐的时候，看见她正在喝一种奇怪的液体。”

平云夫人脸颊抽了抽，勉强笑道：“她自小有病，这是她的药。”

燕绥从怀里取出那瓶子：“药？”

平云夫人脸色比那“药”还难看，失态地伸手去夺：“给我！”

燕绥手一缩，当着她的面又塞回袖子里，淡淡道：“既然是药，正好，我也有病，可以尝一尝。”

平云夫人咬牙，半晌却又笑了：“你爱尝便尝呗。”

燕绥向来是挤对人的红脸，文臻的角色就是个白脸。她笑着拉了燕绥一下，然后对平云夫人道：“夫人莫忧心，我们俩略通医术，自然知道这不是个好东西。拿了这药，是想看看能不能研制出解药来。再不济也要易小姐解了对这东西的瘾，好歹过几天正常日子。”

平云夫人正在喝茶，手一顿，一盏茶险些泼在手上。

过了好一会儿，她才猛地放下茶杯，一把抓住了文臻的手，近乎失态地急切地道：“你看出来了？你有办法？你真的有办法？”

文臻笑道：“不敢说有十分把握，但总得试试。”

平云夫人的手指抖了好一会儿，才松开文臻，转过头，手指轻轻按了按眼角，轻声道：“抱歉，失态了。”

文臻凝视着她，觉得这女子性格复杂多变，也可风流冶艳，不缺冷漠心机，但忠于自己母亲的身份，为人母时便十分端庄。

她对这瓶子里的药也很有兴趣，记得闻家毒经里似乎有提过，和传说中用来“洗血换颜”的一种毒物很相似。

她感叹了一声，道：“囡囡才几岁，要受这样的活罪，我自然要想办法的。”

平云夫人痴痴地道：“十年了，这样的活罪，十年了……”

文臻怔了怔，看那孩子皮肤五官，像才三四岁的孩子，竟然已经十岁了吗？

她心中掠过一丝奇异的感觉，但又捕捉不住。

平云夫人又愣了一会儿，才忽然道：“夜深了，两位也该安寝了，我这便送两位出去。”

文臻燕绥也不惊异，站起身来随她走到院子中，平云夫人斥退下人，才道：“你二位不是普通人，我现在已经不想知道二位来这易家大院所为何事。二位如果真能帮我囡囡解了毒，或者也不用解毒，只要她不用这样贪恋这可怕的东西，我便愿为二位所驱使……”她偏头看了看东首，道，“家主身边有一群影子护卫，伺候他的一切起居，这些人永远不会背叛，藏在家主所住的丹崖居之内。家主倒下应该是真的，因为我曾经被影子护卫胁迫着，带着囡囡试图去救他，但是没有成功。哦对了，囡囡是他的孩子，他受了问药长老蛊惑，说用血脉最近的孩子，从母胎就开始养新血，然后长成之后给他换血，便可获新生。他连亲生女儿都能下手，我还怀着囡囡，便被用了药，囡囡生下来便是……”她哽了一下，泪光泛起，“囡囡生下来后，每旬也会由家主赐一瓶那药，说是治瘤子的，我一直不知道，还十分感恩。直到家主倒下那晚，影子护卫把我们母女带去，要换囡囡的血，却因为问药长老也死了，没人懂怎么做而失败，我这才知道……”

文臻慢慢搓了搓胳膊。

易勒石为了治愈自己的病，这是已经疯了吧？

平云夫人好半晌才吸一口气：“囡囡虽然逃了一劫，但是对那种药已经上瘾，竟是离不开了。而她越吃那种药，她的瘤子就越重，发作起来也越癫狂，她会突然伤人，手段离奇，在天星台待久了的人，最后都会变成疯子。所以我不敢和她睡，我不怕受伤，我怕被她刺死她也活不下去，侍女们也不敢靠近她，我到今天才知道原来她每夜都在外游荡，在天星台废墟里找那药。”她平静地叙说，眼泪却已经无声无息流下来，将镶了珍珠的高领衣裳打湿了一片。

文臻只道：“夫人放心，我会尽力。”

平云夫人稍稍平静了些，想了想又道：“家主虽然倒下，昏聩不能视事，但好像并不是完全没有知觉，他不知道用什么办法，依旧能对影子护卫下令。不过影子护卫并没有想象中的人多，而且家主一开始倒下的时候，我曾经贴身伺候过一阵，每夜子时，是影子护卫人最少的时候。”

文臻笑道：“多谢夫人言无不尽，但是我们并不打算试探易家主的情形，毕竟自己小命重要是不是？”

平云夫人懒懒笑了笑，道：“谁说不是呢？我也不过是随口一提，听没听，在不在意，最后会做什么，我不明白，也不晓得。”

文臻笑：“夫人是聪明人。”

两人客客气气告别，跨出门槛，听着身后院门关闭的声音，文臻问燕绥：“你信她吗？”

燕绥懒洋洋地道：“半真半假吧。毕竟密罗香没有对她发挥作用不是吗。”

这是一大疑点，文臻又回头看一眼平云夫人的院子，灯光很快就灭了，整座院子就和整个易家一样，安静得像个坟场。

而此时，易家大院之外。

提堂长老正在宴请交好的呔族长老。

易人离携厉笑准备逛妓院。

第六十六章

攻心

刘心棠和吴正今晚相约去花田楼喝酒。

两人一人是传灯长老的弟子，一人是传灯长老的养子，是传灯长老的左膀右臂，都是这次长老堂选拔的热门人选。

两人之前关系挺好，但是因为最近这个长老的名额横在中间，两人的相处便显得有些不自然。虽然传灯长老安抚他们说，已经请托了段夫人，两人都有机会，但是两人也都明白，长老堂就两个位置，想要的人却很多，他们都出于传灯长老门下，想要一起拿走这仅有的两个位置，实在很难。

也因此，两人最近做事都暗暗不断较劲。

今晚原本是刘心棠听说了掌馈长老和求文长老在长老堂议事的时候发生龃龉，掌馈长老怒不可遏，发誓要教训求文长老，急于立功的刘心棠忽然便有了主意。

掌馈长老向来独来独往，没什么亲近的人，也没什么人要推荐入长老堂，其他几位长老都在争取他的支持，如果自己能够拿到一些求文长老的把柄，去向掌馈长老示好，不仅能以此获得掌馈长老的支持，也能为师父争取来盟友，师父必然欢喜，在推选他入长老堂的事情上自然也更倾向于他。

这个主意是他的贴身小厮给他出的，他觉得很不错，因此便派小厮打听求文长老的行踪。得知他今晚在花田楼贴榜求诗，便打算亲自去瞧一瞧，谁知道路上竟然遇见了吴正，吴正显得特别热情，嚷着要和他喝一杯，刘心棠无奈，只得干脆把酒局约在了花田楼，打算看看求文长老到底在做什么，又见了哪些人。

两人此刻在花田楼的楼下角落里喝酒，听着楼上雅间喧闹，各自心怀鬼胎。

吴正本来不知道刘心棠的打算，却无意中听见后门看门的一群婆子讨论刘心棠的贴身小厮得了主子一大笔赏钱，又早早出府往花田楼去了。

吴正心思一动，便也往花田楼来，果然截住了刘心棠。

到了这种时候，再隐瞒便做不了事，刘心棠便把计划和吴正说了，吴正仰头看了看楼上，雅间里正出了彩头，若有好诗文便有重赏，还能上二楼与重金请来的花国艳魁同欢。

平日里自然有兴趣，现在却没那么些心思，两人都想上楼去看看求文长老到底在做什么，但上求文长老的楼，佳句华章是唯一敲门砖，两个大老粗谁也没办法，不禁面面相觑。

正在发愁，忽然有人打他们桌前走过，敲了敲手里一个书卷，贼兮兮地道："两位，买诗吗？"

两人愣了一下，抬头去看那人，却见那人戴着斗笠，遮挡了颜容，一手提着一个有点眼熟的罐子，一手将手中书卷递了递，道："两位是新来的吧？不知道这里有人求名就有人求财吗？在下这里颇有些好诗文，两位如果有意，百两银子一首，包你们能上二楼。"

吴正当先嗤笑了一声，道："好大口气。"很不以为然地随手接过那墨迹未干的书卷，心想真要有能写出上二楼的好诗的大才，又何必在这里藏头露尾地卖文？直接自己去不就行了？

然而刚看了两行，他便露出了惊色，忍不住抬头看那人："你写的？"

那人只笑："两位何必管出处？只看这诗值不值。"

刘心棠也接过去看了几眼，二话不说掏钱，吴正还在犹豫，刘心棠道："不过一首词，你我正需要，能害得我们什么？"

吴正心想也是，便也掏钱买了另一首，也不要这人的书卷，两人默背了自己买下的诗词，便踌躇满志地另行请楼里专门帮人写字的书生写了，派小二送上二楼去。

因为确定这诗词必定能助自己上楼，怕被求文长老认出来，等待回音的时间内，两人都贴了面具，又易了容。

果然不过一会儿，小二便跑下来，拉长嗓子叫："长老请两位才子上楼！"

一时众人艳羡鼓掌之声四起，还有人大声笑道："恭喜两位公子今夜得享艳福！"

也有人笑道："花国艳魁只有一位，两位可千万别抢得打起来。"

吴正心中有顾忌，笑笑不说话，刘心棠大大咧咧道："何必抢呢，那自然是谁才情更胜一筹，谁能得佳人芳泽。"

众人都笑，还有人打气鼓劲，刘心棠一边抱拳，一边露出不赞同之色的吴正低声道："就让这些人误认为咱们是冲女人去的，也好少些嫌疑。"

吴正觉得有理，也便默认了。两人上楼来，楼梯口一个小二迎着，笑道："两位请随我来。"

两人都觉得这酒楼的小二颇为热情，也没多想，跟着小二绕过回廊，楼上也颇热闹，每间雅间都有人，这酒楼后头连着妓院，向来生意红火。吴正走了一截，隐约觉得有点奇怪，道："先前我听上头声音明明很近，怎么如今绕了这许久？"

小二回头笑道："那是招待普通士子的所在，如两位这样的才子自然得去上上房，长老也在那里等着两位。"

吴正听着也颇去了疑心，绕着回廊走了大半圈。这二楼是一个回字形的结构，一排雅间被包在里头，和先前的雅间已经完全相背，但却对着楼下天井，动静都能听得清楚。

两人进了包厢。

片刻后，那个包厢里一阵娇媚调笑声起。

底下大堂的人听见，艳羡地抬头看一眼，道一声"那两个小子艳福不浅"。

此时，二楼的走廊上，一个纤秀的身影缓缓自暗处浮现。

那人立在走廊暗影里，旁边就是吴正两人进去的屋子，黑色斗篷下一双手轻轻按在栏杆上，其中一只手戴着黑色手套。

过了一会儿，上头的笑声忽然停了，接着有喝骂之声响起，随之似乎什么东西被推翻了。

众人停下筷子仰头看，有人觉得动静不大对，这时候却有人笑道："瞧，说得不错吧，不患寡而患不均，这是为女人抢起来了？"

这么一说，众人也便觉得是这么回事，都暧昧地笑起来。

这些人中不乏易家的家丁部曲，见着这事，也知道那两人是谁，都撇嘴冷笑一声。

里头声音渐渐激烈，忽然一声娇呼，一个丽人掩面奔出，趴在了栏杆上。

众人看不见她的脸，只看见宽幅红金衣袖遮面，衣袖往下滑落露出一截雪白手臂，十指纤纤，蔻丹鲜艳，云鬓钗横，几分凌乱。

她只在栏杆边略略一停，像是挣扎中逃出，随即门内伸出一只男子手臂，衣裳宛然便是方才刘心棠穿的靛蓝长衫，一伸手便把丽人拽了进去，那女子娇呼一声，腰肢婉转，转瞬没入帘内。

随即大怒喝骂声起，隐约听见也不知谁骂道："你这乡下浑小子也配和我争女人……"

还有风声里的回骂："靠阿谀奉承上位的卑鄙小人……"

众人目瞪口呆看着，半晌有人吃吃笑："这战况……也忒激烈了。"

屋内。

和想象中的混乱旖旎不同，没有点灯的房间暗得吓人，黑暗的地板上，隐约有一道道的红色黏腻的液体缓缓逶迤，空气中弥漫着难闻的铁锈味。

刚才还为女人"争风吃醋"的刘心棠和吴正，都已经衣衫不整倒在地下。

吴正胸口插着刘心棠的剑，刘心棠脑门上钉着吴正的暗器。

而那方才还是猎物的"丽人"，此刻正在匆匆脱衣擦脂粉，一边脱一边不满地道："为什么明明你才是女子，却叫我扮妓女？"

厉笑一边脱了刘心棠的长衫随手扔在地上，一边笑道："你身段好啊。"

"呸，你才身段……"易人离混不吝惯了，顺嘴就回，说到一半才反应过来，咳嗽一声，一回头看见暗影里，厉笑的脸似乎微微红了。

他忽然也似嘴钝了，三下五除二地脱了假扮妓女穿的衣裳，动作幅度很大，露出一截劲瘦的腰，厉笑刚转回头，又猛地转过头去。

易人离再次后知后觉地察觉，心中想着，在这些大家小姐面前就是拘束，一边放缓了动作，一边没话找话："咱们按殿下交代的杀了这两人，长老堂的竞争者又少了两位。"

"不仅如此。人是传灯长老的弟子和义子，却是求文长老邀请上楼的，而求文长老刚和掌馈长老闹矛盾，等下咱们再留下一点关于掌馈长老的线索，这一下，传灯长老、掌馈长老、求文长老，三个人少不得要闹上一通。

"再加上之前传灯长老和理刑长老闹不和，这一下，几乎每位长老都不能互相信任结成联盟，每一位长老都腹背受敌四面楚歌。"

"嗯，看样子直到选新长老之前，他们都没办法作妖了。而且传灯失去了有资格参选的人选，他只能接纳段夫人推荐的人了。"

"恭喜易公子再立一功。如果不是你和阳南岳以最快速度拉拢了一批处于易家底层却很有用的仆役，今日之事也不能安排得这么顺利。"

"这本就是我家的人，我家的事，凭什么要给这些外姓长老折腾？"易人离将鞭子重新缠回腰间，忽然一侧头皱起眉，"什么声音？"

厉笑也听见了，皱眉道："是虫子吗？细细碎碎的，可这种天气哪来的虫子？啊……"

她忽然跳了起来，易人离一低头，已经看见她身边的吴正尸体下，忽然钻出了一条黑线。

再一看那黑线是游动的，仿佛是什么虫蚁。

但厉笑看得更清楚，那是一队毒虫，当先是一只火红的大蚂蚁，后头还有浩浩荡荡的蜈蚣蝎子蚰蜒之类的恶心虫子。

而她方才在黑暗中不查，已经被那火红蚂蚁咬了一口，此刻那伤口处已经开始麻痒。

奇异的是，那些虫子明明经过易人离的身边，却绕过了他，只向她扑来。

厉笑猛然抬头，看易人离，但忽然眼前的易人离脸微微一晃，晃出一个近乎狰狞的笑容。

一个声音突兀地在耳边响起。

“不要相信身边的人。

“这里是易家，易人离曾经是易家的继承人，他既然回来了，自然是要拿回属于他的东西，你觉得他真的心甘情愿被人驱使，将来只做一个傀儡？

“如果他利用交联易家旧人的任务，趁机和长老堂某位长老达成协议，成为双面间谍，要利用双方的博弈，在其中浑水摸鱼呢？

“如果他只是在利用你呢？如果他只是看中了你厉家的身份和军中地位，才救你的呢？

“你被身边的人骗得还不够惨吗？”

最后一句话，像是一把刀，猛地戳进了厉笑伤痕未愈的心口。

她被毒液侵袭的头脑已经不能准确地分辨言语的真伪，只知道那毒虫过易人离而不入，只觉得便是不怀疑易人离此刻也不能和他再待在这暗室里，心中压抑的大恐惧泛起，她现在只想逃离。

和易人离一路相伴，本以为那伤口已经愈合，却不知道长达十年的爱恋的颠覆，造成的伤痕近乎狰狞，非短暂时光可以治愈。

对面，易人离的脸在她眼底微微晃动，显得每个表情动作都狰狞可怕，他似乎走过来在问着什么，还伸出了手，厉笑忽然尖叫一声，猛地蹿起，掀开帘子，冲上走廊。

走廊外似乎什么人等着，一个纤细黑影伸手来拉她。

厉笑虽然中毒，武功却不低，混乱之中身法反而更灵敏，竟然一个扭身，越过了那人，顺着二楼的走廊往里便奔。

里头相连的便是妓院。

那黑袍人的手擦过厉笑的发鬓，收回来的时候指尖已经多了一朵攒珠梅花发饰，这人还要追去，却见易人离已经冲了出来。

黑袍人一惊，立即腾空而起，翻到上一层。

易人离看见这人，也愣了，直觉这是来捣乱的人，但他此刻心系厉笑，也顾不得，顺着厉笑的方向追了出去。

他在二楼追，听得三楼头顶的风声，显然那个黑袍人也在追，他还看见有好几个男子向着厉笑的方向而去，看上去像是寻芳客，实际上不是。

易人离在这一刻心中忽然明镜般一亮。

对方目标是厉笑！

利用他的疏忽和厉笑的心病，在他们得手之后趁机下手，然后掳走厉笑！

不为别的，厉笑的身份太重要了，一方面，她是新任刺史最看重的妹妹，拿了她就可以钳制厉以书；另一方面，文臻目前还在冒充厉笑的身份，拿到厉笑，也立即可以拆穿文臻的身份，文臻还在易家大院内，那立马就情势危急了。

此刻求文长老还在楼内，他不敢大声呼叫厉笑躲避，百忙中只得将腰间的鞭子甩了出去，鞭子越过中空的大厅，在众人头顶卷过一阵风，众人还没看清楚那道黑影是什么，鞭子已经砸在对面那群欲待围堵厉笑的人身前，一声脆响惊得那些人往后便退，而厉笑也似乎得了提醒，发觉对面的人不对劲，猛地一扭身，冲进了旁边的一间房间内。

易人离扔出自己的武器再不犹豫，干脆越过栏杆直扑厉笑进入的房间，冲进去之前眼角瞄到自己的鞭子已经被对方捡起，但此刻也不是去抢回鞭子的时机，他毫不犹豫地冲进了房。

而厉笑先一步进了房，惊起床上一对野鸳鸯，尖叫声里厉笑也傻了，能看不能看的全都看了。

她脸色暴红，就想回头往外冲，结果和冲进来的易人离撞了个满怀，易人离二话不说把她抱起，一脚踢在从床上起来要往外冲的男人屁股上，将他和那妓女一起踢回床上，低喝：“继续！不继续就杀了你！”

那男人苦着脸待在床上，易人离抱着厉笑一个翻身上了床顶，幸好这家妓院的床也是架子床，床顶很是宽阔，床边也有帐幔，正遮住了床顶。

这翻床顶的灵感还是来自于当初唐羡之掳走文臻的操作，易人离活学活用。

门无声无息地开了，一道长长的黑影倒映在地面，黑影旁有一道长长细细的影子在流动，仔细看是那群毒虫。

易人离只瞄了一眼，确定那黑袍人在门口。

厉笑神志还有些不清醒，见易人离紧紧压在她身上，用力去推。不防易人离忽然飞快地将她上下摸了一遍，厉笑一愣，对这样的轻薄浪行还没反应过来，易人离已经确定了地方，一把拉起她的裤腿，嘴唇贴上了她的小腿。

厉笑脑中轰的一声，想也没想，便拔出贴腰的匕首，一刀对易人离捅了过去。

易人离却似早有防备，腰身一侧，那匕首贴他腰滑过，腰带断裂，衣服破开，露出鲜红。

厉笑没想到他拼着受伤也不放开，此刻双腿被压着，感受到他的唇贴着自己腿上肌肤，而身下床上，被翻红浪……她出身大家，身份尊贵，从来出入也是豪门，自小耳不入秽言，更不要说置身于这样的场景。一时羞愤难当，手中匕首抖了又抖，明明再一刀下去就可以结果了易人离，却始终无法插下来。

易人离此刻却顾不了那许多，一边照顾着厉笑一边注意着门口的黑袍人，奇怪的是，那人站在门口，却并没有进来，反而发出了一声似嫌弃似恶心的声音，无声无息又飘了出去。

但这人并没有走开，不算特别高的影子依旧倒映在窗纸上。

易人离也不考虑那么多，猛吸几口，偏头一吐。

这声音令厉笑一愣，此时毒液被吸出不少，她清醒了许多，几乎立刻就明白发生了什么。

易人离吸出了她的毒液，一抬手接过她手中匕首，低声道：“忍着些。”掏出火折子略微烤了烤，在她小腿被毒蚁咬伤的地方划了个十字，挤出了最后的几滴毒血。

易人离尴尬地笑了一下，道：“早知道你有匕首，就直接用匕首放毒了，太心急了，没想到这么多……”

厉笑听见“太心急”三个字，脸微微一红，又白了白，低声道：“对不住，你的腰是不是伤了，我帮你包扎一下。”

易人离正色道：“没有！男人的腰怎么可能有事！”

厉笑又噎了一下，完全不明白这是什么典故，抬头天真地看他，此刻正听见底下那男子忽然“哎哟”一声，然后那女人道：“爷，您着点……”

那男子怒声道：“说什么呢！爷的腰好着呢！”

厉笑：“……”

第六十七章

这就是个坑

厉笑觉得今天脸大概是要一直这么烧下去了。

易人离咳嗽一声，探头对底下道："行了行了，知道你腰好，停了吧。"他看一眼外头，黑袍人的影子还在，显眼是要瓮中捉鳖了。厉笑也看见了，急道："我出去将人引开，你趁乱走。"

"说什么呢，知不知道人家的目标就是你？"易人离白她一眼，探头又问那女子，"你这房里有没有什么翻板夹层密道什么的？"

那女子愣了一下道："有的，马桶后挂着一幅画，画后面其实是空的！可以转到隔壁。"

易人离得意一笑，抱着厉笑要下来，厉笑红着脸推开他，低声道："我自己能走。"

两人跳下床，捂住鼻子进了床的背后，果然马桶后的一幅画后面是一个洞，两人从洞中钻入，原以为又要看见一幕不可描述的画面，不想这间却是空的。

这栋楼格局颇有些复杂，二楼没有对外的窗，也没有可以出去的屋顶，要到三楼才行。否则就要从屋门出去，那就会被外头的人逮个正着。

易人离和厉笑无奈，只得在这个屋子里继续找出路，厉笑一边找一边问易人离："你怎么知道这种地方的房间里有暗道夹层？"

"妓院啊，最脏花样最多的地方，哪能没一些隐蔽手段呢？比如仙人跳，李代桃僵，瞒天过海之类的，多个藏人躲人的地方便多了很多能用的手段，再不济家里大房打上门来，也能方便客人及时躲藏脱逃啊。"易人离哈哈一笑，"所以大多数妓院都有这些机关，当然你这种大家小姐是不会明白的。”

厉笑想，你不也是出身大家，但现在把自己生生活成了一个深谙三教九流花样的江湖小混混。

想到这里她心底微微一酸，同时先前那蛊惑她的人说的话在脑中掠过，她有些发怔，心想那话，真的完全是为了蛊惑她吗？

易人离就真的甘心帮助文臻他们毁了自己的家族吗？

易家这个刺史不是普通刺史，是长川王，他就真的舍得将这荣华拱手相让吗？

同样姓易，易铭为了刺史大位都做了些什么？

她看一眼专心在房间里敲敲弄弄找机关的易人离，易人离似乎感应到她的注视，转头一笑，道：“累了？那你歇歇，我来找，你看着点外面的人就行。那个黑袍的家伙等不到我们出来，一定会一间一间地搜，虽然这人似乎不愿意进屋，但他还有手下，万一闯进来我们就被堵住了，你如果发现不对劲，及时告诉我。”

厉笑这才回神，对上易人离坦荡的神情和笑容，忽觉惭愧。

易人离心无旁骛地找机关，他向来对此道有兴趣，很快便找到了，这回的出路不在马桶背后，在床背后有一个翻板，两人再次翻到隔壁，这回翻到了人家床上，险些把那个正在干活的倒霉家伙惊了个马上风。

厉笑一开始还不能看，看多了也就麻木了，这回动作比易人离还快，手中匕首往人脖子上一架：“继续，房间里有没有暗门！”

嫖客：“……”

易人离：“……”

所以说，人学好可能很难，堕落真的只是一瞬间的事。

天已经黑了。

文臻站在窗前，往香炉里添了一块香。

看看外头，易云岑大概是出来起夜，也不知道是不是睡昏了，对着段夫人的卧室发了一阵呆，似乎抬脚要过去，随即又停住，摇摇晃晃回去了。

身后，燕绥难得地睡得安稳。

这香是她改良过的安息香，疗效好见效快，一整块才能放倒殿下。

一旦开始用药物催眠，形成依赖就不大好了。

但是燕绥不能总不睡觉，他在这易家中心，是所有人的心脏和大脑，总体控制着对易家乃至对暗中所有敌人的对策，一旦精神不济，后果太严重。

而且她发现，睡眠比较好的时候，燕绥似乎好转得也会快一些。

她添完香，顺手给窗台上几盆花花草草浇水，这些花草都是她这些日子在来长川的一路上发现的。比较奇特有用的花草，她采了种子草籽带在身上，住下来之后便在培植。平日里并不搬出来，浇水也在晚上，好在这些花草多半喜阴。

其中有一棵颜色特别绿的草，当初采集的时候没觉得有什么异常，只仿佛和药经上说的一种药草相似便顺手采了，随便种在花圃里，这冬日也没什么花了，只有一些耐寒的草。

这草种了一阵，文臻发觉并不是想象中的药草，便也没管，今晚无意中抬眼一瞧，却发现那一片花圃，原本的半圃草木基本都不见了，地面光秃秃的，只有中央几株绿得发黑的草还在，正是自己种下的那一株。

文臻有些奇怪，她明明记得那花圃里的草是不会轻易冻死的品种，怎么如今都没了？

她去看了看，也没看出什么端倪，顺手采了一株这草，专门和自己采集的各种奇怪植物的种子放在一个袖囊里。

忽然前方传来“啪嗒”一声。

文臻凝目一望，便看见一条长长的东西垂下来，尾端有什么东西在飘，微微闪着光亮。

第二眼文臻便认出了，长长的东西是易人离的鞭子，闪着光的是一朵珠花。

那珠花她之前在厉笑头上看见过。

文臻眉头一皱。

她知道易人离和厉笑今晚领了设计铲除传灯长老两个长老候选人的任务，现在这是任务出了岔子？

珠花也罢了，可鞭子却是易人离唯一的武器，是万万不能落入敌手的。

但文臻站着没动，冷冷看着那鞭子在空中晃了一晃，一张纸飘了下来。

纸上墨迹未干。

“这两人已在我手，若想救他们，你便自己随我来。”

文臻低头看一眼，轻轻一吹，纸片飘落窗下。

外头的鞭子晃了晃，过了一会儿，竟然又飘了一张纸下来。

“易人离准备和唐羡之谈判。愿以战马和粮食，换唐羡之帮他夺实权与刺史位，被厉笑发现，两人大打出手，厉笑不敌易人离，现被易人离掳走。”

文臻又看一眼，再次吹落纸条。

过了一会儿，飘下第三张纸条。

“你信哪个？你想救哪个？主城花田楼，我等你一个时辰。记住，只能你来。你若不来，必死一个。”

纸条第三次被吹了下去。

文臻站在窗前沉思。

过了一会儿，她在窗前点上了一盏灯。随即窗前便多了道人影。

那人像是从空气中忽然冒出来一样，出现得突兀，是司空昱。

文臻却没什么意外之色，道：“烦你亲自看顾一下这里，我去去便来。如果一个时辰内我不能回来，你便告诉殿下我去了花田楼。有人拿易人离和厉笑作人质。”

司空昱微微凝眉。

今晚提堂长老宴请呔族长老，好对十八部族做一番手脚，林飞白去掠阵了，临走前关照他，带着天机府的人，好生保护燕绥文臻。

燕绥的护卫因为常出没于他身侧，怕被长川易家的人画像，也不怎么接近易家大院。

殿下他倒不担心，屋内的机关连他都不敢进入，但是文臻要他们留下保护殿下，她自己孤身一人出去怎么行？

但文臻已经不由分说地出去，司空昱此时才发现，不知何时文臻竟然已经会轻功了。

司空昱左右为难，既不敢丢下熟睡的燕绥去追她，也不能不理她只在这儿给燕绥护法，更不敢弄醒燕绥，想了好一会儿，才命天机府一个听力和轻功和特别好的人去追文臻，剩下的人去花田楼，自己却满地乱转，时不时发出一点声响，指望着燕绥被吵醒，却不知道为什么，燕绥一直没有醒来。

易家大院之外，从花田楼转过一条街的另一座有名的酒楼里，提堂长老今晚宴请呔族长老。

这样的事已经有过很多次，长老堂提堂长老本就和呔族长老交情莫逆，常在一起喝酒玩乐，遇上事也会守望相助。只是最近提堂长老比较忙碌，所以这次是时隔一个多月后两人首次喝酒聚会。

至于为什么事比较忙碌，呔族长老自然明白，所以他也以为，今日提堂长老宴请，必然是要提出请他帮忙的要求。

毕竟还有几天，长老堂就要开始选拔新长老，并同时确定下一任家主了。

但是令呔族长老有点不安的是，提堂长老并没有提起这件事，还是和以往那样，只是单纯喝酒，和他谈谈易家大院里最近发生的一些八卦。

呔族长老望着对面的提堂长老，那男子虽然年纪已经不小，但向来是长老堂乃至易家出名的美男子，美人在骨不在皮，他的魅力和风采少有人及。

所以此刻看着老友举杯相照的潇洒意气，他心中掠过一丝迷茫。

前几日和那人结盟时听见的话，在心中一遍遍盘桓，令他举棋不定。

那人说，小心身边的人，小心你最熟悉的人。

十八部族南北两派多年不和，他身边除了属下，能说得上熟悉的，也就一个长老堂提堂长老了。

是需要小心他吗？

但是问题来了，那位门阀第一人说动南北两派融合，归根结底也是为了他自己的利益，他真的可信吗？

焉知这不是对方的反间计？

毕竟中原人都是这么真真假假，虚伪诡诈。

心中的念头一掠而过，他看一眼陪坐的几人，一个是提堂长老身边跟随多年的亲信，沉默寡言的一个中年男子；一个是一个年轻人，提堂长老说是他刚提拔上来的一个易家子弟。

呔族长老沉吟了一下，觉得接下来的试探还是不要太露痕迹的好。

对面，提堂长老拎起酒壶隔着一张桌子抬手，清亮的酒液在半空中划过一条优美的弧线，落入了呔族长老的酒杯里。

这一手技巧娴熟高超，显然是个酒国老手，也确实是提堂长老擅长的事，呔族长老微微眯眼一笑，道：“你倒酒的花样真是越来越多。”

提堂长老转回倒自己的酒，笑道：“所以你多看，少喝。”给自己那个比呔族长老的大一倍的酒杯里倒满了酒，迫不及待地饮一口，满足地长吁一口气。

童邱默默地坐在一边，头也不抬地帮自己的老上司提前开酒。

他旁边假扮易家子弟跟过来的自然是林飞白，林侯知道大帅今晚接了挑拨南北两派的任务之后，便表示为免大帅酒后误事，需要人监督，跟了过来。

童邱当时默默在心底笑了一下，笑这父子俩性格实在半点不搭。

大帅仓促赶来，就直接选定了提堂长老，但是之前也不是没做过功课。

提堂长老容貌风采好，符合大帅要求。

提堂长老爱喝酒，更符合大帅要求。

提堂长老还和北派首领关系不错，简直是送上门的礼物。

扮一个长老，坑另一个长老，这种活计大帅很喜欢。毕竟他是个为了拿敌方大将人头，连女俘虏都扮演过的奇葩。

只是童邱忽然想到，今晚出门时碰见殿下身边护卫，那个管消息收集的，名字古里古怪的叫什么英文的，听说大帅接了宴请呔族长老的任务，表情似乎有些古怪。

但童邱想着，应该不会有什么问题，毕竟真有什么不对，哪怕殿下和大帅再不对付呢，也不可能不提醒，影响大局。

身边，提堂长老酒爵里的酒也如白虹瞬间到了他腹中。

这馋酒的姿态也像是老样子，呔族长老笑一笑，伸手去拿自己的那杯酒，正好提堂长老伸手斟第二杯酒，这手一伸，便盖在了提堂长老的手背上。

提堂长老：失手，一定是失手。

他一笑，提起酒壶，被盖住的手顺势便要抽出。

呔族长老没动，不仅没动，还抓住了他的手指。

他手指用力，正要将呔族长老的手弹开，对面，呔族长老忽然从袖中掏出一条帕子擦起了他的手指，口气亲昵地埋怨道："喝酒斯文一点成不？瞧手指上全是水。"

他提起提堂长老手指，看了看，那眼神仿佛用帕子擦还不满足，似乎很想再亲上一亲。

虽然呔族长老也是十八部族著名的美男子，年近五旬并不显得老态，对着灯火举起另一个美大叔手指出神凝注的画面也不难看，但对于三个百分百的直男来说，这一幕的惊悚程度不亚于忽然看见燕绥脱光了跳钢管舞。

浑身的汗毛站立起来排排颤抖。

童邱：娘啊死断袖！

林飞白：娘啊觊觎我爹的死断袖！

提堂长老：娘啊居然还有这一出！真的假的？燕绥知不知道？这贱人是不是故意的？贱人！

他僵在那里，盯着那手指，仿佛那不是他自己的手指，而是一把穿肠毒药。

大帅纵横沙场，笑傲天下，从未想过要扮演一个断袖。

更要命的是，他想到了一个要紧的可能。

呔族长老和提堂长老以前的相处模式到底是怎样的？

再厉害的消息探听手段，也不可能探听到这种隐私。那今日这一幕到底是提堂长老和呔族长老的相处日常，还是只是呔族长老的试探？

是他哪里露馅了？

还是唐家那个黑心肚肠的小子，猜出了一些什么，给了这人一些提示？

提堂长老表示深深后悔，后悔他诗词曲艺诸子百家琴棋书画蹴鞠马陆无一不精无一不研究的风流人生里，偏偏就没有拨出一点点时间去了解一个断袖以及断袖们日常到底是怎么相处的。

但现在后悔也来不及了。

他的手指还在对方深情脉脉的目光注视中微微颤抖。

更要命的是，呔族长老微微一笑，竟然真的将他的手指缓缓往自己面前拉。

童邱：壮士！壮士你好，壮士永别。

林飞白：我错了，我今天就不该来，现在走还来不来得及？总觉得出了这个门我爹就会杀我灭口。

提堂长老：燕绥我要杀了你。

红烛高烧，清酒飘香，四双快成斗鸡的眼睛，盯着那根缓缓移动的手指。

感觉下一刻某人就要在部下和儿子的围观中丧失一根手指的贞操。

电光石火间。

提堂长老忽然手指往前一点，点在呔族长老的胸口，不轻不重的力度，伴随哈哈一笑。

“你啊！”

这一声，似嗔怪，似无奈，似随意，似调笑，字越短含义越丰富，越简单越可作多种诠释，单看当事人自己心里怎么解读，怎样解读都说得通。

再声音放低，微微一倾，在呔族长老的耳边：“死相！”

呔族长老一愣，随即笑了，摇摇头，收回手，自己开喝了。

童邱：没想到你是这样的大帅。

林飞白：没想到你是这样的爹。

提堂长老：没想到我是这样的我自己。

感觉又发掘出了一项新才艺。

与此同时，大家都暗暗松了一口气。

好险。

童邱在心底抹一把冷汗，心想多亏大帅见惯风浪，素有急智，又通达人心，换成别人，很容易便冒出破绽。

提堂长老心中也嘘一口气。

赌对了。

赌就算那两人真是断袖，当着属下的面也不会出格。

赌两人关系很近，但还没到那一步。

呔族长老虽是初见，但他一眼便看出这人有一些心机，也颇自重身份，不会轻易失态。

更何况他看自己的，也就是看提堂长老的眼神，颇有些试探和遗憾的意味。

这不是一对情人应有的眼神。

很可能是单方面的，也很可能是一直这样朦胧略带暧昧。

他算是明白英文那个眼神是什么意思了！

想必隐约听说一点，但不能确定，而且也不觉得对方会展露出来，才面露古怪却不提醒。

提堂长老拎起酒壶对嘴狠狠灌一口。

林飞白没来由觉得，他家可盐可甜，可上天打龙可躺倒的万能老爹，刚才那一刻恶狠狠的，活像生吞了燕绥。

第六十八章

气死情敌不赔命

文臻在夜色中奔行。

虽然重伤一直未愈，但她没来由地觉得自己状态不错，果然又精进了。

她知道花田楼的位置，正如她和燕绥林飞白在易家大院将易家的地形图都摸清楚了一样，其余人在外头也将外头的地形给里头的人传递过了。

这样的奔行持续的时间很短。

奔出易家大院之后，她便放慢了脚步。

然后越走越慢，走两步喘一下，拖拖沓沓，一副气力不继的样子。

看这模样，别说一个时辰赶到花田楼，到天亮都赶不到。

如果真的有人在前方等着她的话，看这模样能急死。

前方出现了一条黑黝黝的巷子。

文臻走向那条巷子，想抄近路。

巷子两边的墙很高，因此显得黑沉沉的，文臻歪歪扭扭走了进去，咳嗽几声，喘息几声，靠墙休息了一阵，忽然摇摇头，咕哝道："我还是不要逞强了。"

"就我这个破身体，一个人赶过去也是给人家添个菜。

"易人离和厉笑又机灵，武功都比我高，按说不至于两个都落入敌手，就算两个都落入敌手，他们都敌不过，我敌得过？"她想了一下，拍拍手。

"我也来了，尽力了，然后看命吧。"她又咳嗽一声，转身便走。

脚下却忽然感觉一绊，她抬脚，就看见脚踝上挂着一条乌黑的蛇。

文臻惨叫一声，一脚将那蛇甩了出去。

下一瞬她的后衣领被人拎住，一股大力涌来，拽着她猛地一转。那人一点力气都没留，眼看着就要抡着她砸到对面的墙上。

风声呼啸，墙在眼前放大。

文臻的手却垂了下去，并没有试图找对方的要害，反而一把捏在了对方戴着黑手套的手上。

她捏住了对方小指的位置，那里手感很特别，她手中不知何时已经多了一根针，二话不说往那里一戳。

对方只防着要害，没想到还有人会去抠手指，偏偏手指就是她的新伤所在处，金针戳入手指断口，十指连心，她痛得浑身一软，喉咙里一声低吼。

文臻已经趁着她这一软，翻身跃起，从她头顶翻过，越过她肩膀的时候，还没忘记反抓住对方的手，也是一抡。

那人身子被她活活抡起，黑衣在风中飞扬，砸在墙上，砖石烟尘飞溅，生生砸出一个人形的洞。

那人趴在碎砖乱石上回首，一个愕然至不敢相信的眼神。

都以为文臻没有武力且重伤，她更多防备的是可能跟着文臻的暗中护卫，没想到这女子藏这么深！

这出手的狠毒凶悍，比她有过之无不及！

她反应也算快，瞬间便要弹起。

在她弹起前一霎，她吹出无声的音符，无数鸟儿从四周汇聚而来，冲向文臻。

地下的黑暗角落和洞中，蛇虫鼠蚁蠕行而来。

墙头有不断的响动，不断跳上毛发蓬乱的野狗，幽绿的眼睛居高临下地俯视文臻，露出的白牙利齿间流下透明的涎水。

文臻仰头，露出惊慌之色，嘶声道："是你——唐慕之——"

她后退，退入更黑暗处，忽然惊呼，猛地跳了起来，脚踝上挂了一只蜈蚣。

头顶上野狗早已按捺不住，猛地扑下，连带漫天的飞鸟也化为灰色雾气一般扑来，将文臻的身形生生罩了进去。

唐慕之从废墟上不急不忙地爬起来，一边咳嗽一边笑。

她戴着一个面具，一张惨白的女人脸，唯有那双眼睛依旧深黑幽邃。

她爬起来的时候没有在意自己的脚踝也有点痒，但战胜仇敌的快感超越了一切。

她咳嗽着，不急不忙地向前走，道："文臻，你是想被野狗撕咬死，还是想被鸟啄死？又或者你比较喜欢被蛇缠死？不过这城中的蛇比较小，不够缠，你看——"

她忽然停住脚步。

发现不对。

黑暗中的巷子角落，那些她召唤来的野兽虫鸟都在，但是虫子在文臻脚下进进退退，鸟儿在距离文臻一尺处拥挤打转，野狗簇拥在文臻身前，眼睛幽绿，口水狂流，依旧一脸恶相，却不知道为什么犹豫不前。

唐慕之怔在那里，一时竟然不敢相信自己的眼睛。

自己的驭兽之能失控了吗？

并没有。

她能看出那些鸟兽依旧在试图执行她的命令，眼底对文臻的恶意不散。

但是不知为什么，这些鸟兽都显得很烦躁，像被什么挡在那里，又像有所顾忌，进退不得，无所适从。

以至于那些蛇虫鼠蚁在转圈，鸟儿们烦躁地开始互啄，野狗低声咆哮爪子刨地，肩头耸得老高。

在那些恶物的包围里，那个脸儿白白小小的姑娘好整以暇地对她一笑，顺手抓了一只在她面前盘旋的鸟儿，笑道："哎呀，这鸟很肥啊，多谢你半夜送来，看这数量也够一盘烤鸟儿了，再加上烤蛇肉和狗肉火锅……我选择被夜宵撑死行不行？"

她说话时，俏皮地一吐舌头，舌尖上竟然有一只哨子！

唐慕之猛地回头便跑！

但已经迟了，还没走出几步，她便歪倒在地上。

脚踝上传来火烧火燎的疼痛，她偏头，看见洁白的皮肤上不知何时多了一个小小的咬痕，周边黑紫了一大片。

唐慕之有一瞬的呆滞。她有驭兽之能，自然也有万兽辟易的能力，蛇虫鼠蚁这些东西，往日是从来不咬她的。

文臻笑着对她耸耸肩："哎呀，我没你这份天赋，又不能驭天下之兽去杀你，也不能阻止你驭兽来杀我，顶多让它们陷入混乱，混乱中总有一两个比较蠢的，弄错了指令，咬你一口半口的，真是不好意思了。"

唐慕之霍然抬头看她。

满是血丝的眼底满满憎恶。

每次都是这样，每次都是！

这奸诈恶毒的女人！

她猛地抽出匕首来，二话不说便挖掉了脚踝上一块肉，血淋淋挑在刀尖，对着地下一扔，便有那些恶心的虫子野狗一拥而上抢食，她面无表情地看着。

文臻也面无表情地看着，胃却开始不舒服。

这女人疯魔了吧？

但她没有转开眼光，对上盯着自己的唐慕之，笑嘻嘻道：“就挖了一块肉？你确定这样就搞定了？要么和你断指求生一样，把腿也砍了？”

唐慕之不理她，撕下衣襟扎紧伤口，慢慢站了起来。

她知道口哨已经没有用处，嘴唇一动，野狗奔离，虫蚁退去，飞鸟扑扇着翅膀如大团的云一般飞开。

有一些鸟不知道是不是被相持的指令给弄晕了头，歪歪斜斜飞过唐慕之身边，唐慕之嫌弃地摆头避开，衣襟上还落了一些绒羽。

文臻唇角弯起一抹笑。

对面，唐慕之抬起头就看见她这个笑容，眼底立即浮现憎恶，冷笑道：“觉得自己又赢了？也是，你这种人占点上风便以为有了一切，其实你有什么……”

“我有燕绥的爱。”

唐慕之呛了一下。

对面，文臻笑声清亮。

“你出身卑微，心思深沉，哪里有能和殿下相配的地方……”

“我有燕绥的爱。”

唐慕之：“……”

“就你这种人，自从出现在东堂，什么时候用过光明手段？哪次不是靠着欺骗诡诈，靠着男人的让步和撑腰，又有什么资格……”

“我有燕绥的爱。”

唐慕之愤怒得想杀人，无法和文臻对话。

“唐慕之。”文臻忽然笑道，“运气都算实力的一种，更不要说手段和嘴皮子。但既然你不服气，我就给你一个死心的机会。”她捋起袖子，“来，我们拳头到肉地打一场，下个赌注如何？”

唐慕之冷笑看她。

“其实也不叫赌注，什么谁赢了任谁处置都是废话。我们无论谁赢了都不会放过对方，愿不愿意都得受着。”文臻负手看她，“就加个赌注，你如果输了，必须要如实回答我所有的问题，否则你亲娘永堕十八层地狱不得超生，如何？”

唐慕之浑身一颤，一瞬间看文臻的眼神如见厉鬼。

文臻心底笑了笑。

果然如此。

其实赌注什么的都是废话，她们两人不死不休，没有赌的必要，她真正的目的就是诈这句话。世人都传唐五唐六是双胞胎，可她瞧着这两人除了相貌略有近似，其余八竿子都打不着。

两人的相处模式也很奇怪，唐五对亲妹妹淡漠，唐六对亲哥哥畏惧，地位高下也相差很大。

这两人也许是兄妹，但绝不是双胞胎。

豪门世家的亲缘其实是这世上最淡薄的东西。

“我如果输了呢，我就解了你身上的毒。”

唐慕之低头看自己的脚踝，文臻笑了笑，真是想得太简单。

唐慕之抿着唇，甩下了自己黑色的斗篷，紧了紧自己黑色的手套，她只有断指的那只手戴着手套，而皮肤极为苍白，望去像一只手凭空消失一般诡异。

“那就来吧。”

易秀鼎自从被燕绥送了被子，便再也没去屋顶上睡过，她只在自己陈设简单的屋子里打坐，她的房里连个火盆都不设，和她的人一样，不带人气儿。

梆子一遍遍敲过，她犹未睡。

外头有脚步声，听声音是夜里伺候的侍女。

一人道：“方才好像有道影子一闪而过，你看见没有？”

另一人道：“看见了，瞧着娇小纤细，头发长长的……哎呀你别吓我，不会是女鬼吧？”

易秀鼎听见“娇小纤细”四个字，眉毛一挑。

两人从她窗下经过，一人道：“对了，今天那位夫人要了那许多安息香去做甚？”

另一人道：“许是难以安寝吧。不过要的是最好的那一种，要那么多，这便是十头牛，也能睡个十天半个月吧。”

“这是要做什么？不会是要私会情郎去吧？”

“这人啊，知人知面不知心，你说那对夫妻，素日里多么恩爱？却原来也……”

两个人笑了一阵，脚步声远去。

易秀鼎在窗前站了一会儿，终于从后窗翻了出去。

她身形如飘絮，眨眼就到了文臻燕绥房间的后窗，却看见一道人影，一闪不见。

那身影分明是个男子，看起来还很年轻。那身法太鬼魅，易秀鼎自忖追不上，且对方是向外去的，也便没有追。

她落下来，站在窗前仔细听了一会儿，皱起了眉。

屋内只有一个人的呼吸声，且声息时浅时重，确实不像自然入眠的呼吸。

她不再犹豫，掀开窗户，即将飘身而入的时候，忽然停住，看一眼屋内。

然后她发觉了这间屋子不能轻易踏入。

隔着窗户，她看见床上确实只有燕绥一个人，而文臻已经不见了。

半夜三更留夫君一人在床上，自己溜出去了？

那两个丫鬟说的是真话？

她又听了听燕绥的呼吸，发现他在沉睡。

她在屋顶睡了好几天，隐约听得出燕绥的睡眠状态的，这人整夜整夜失眠，但也不能用这么重的药，那是饮鸩止渴，万一起了依赖，结果只会更坏。

她心底微微起了怒气。

将他迷倒，又留他一人在屋内，虽说屋内全是机关，可万一来个武功高强心怀不轨的人怎么办？

她一时倒不敢走了，但也不敢进屋，便隔着窗，盯着燕绥的睡颜看。

看那人眉目如画，发丝如墨，松松地拥在颈侧，显出几分醉人魅人的慵懒来。闭上眼的他，少了那几分素日的矜贵冰冷之气，气韵安宁而静谧。

令人心思也宁谧如入云端。

她久久地立着，浑然忘却今夕何夕。

屋内有火盆，燕绥似乎有点热，却习惯性睡得板直不乱动，额间微微有了一点汗。

易秀鼎的目光落在床边的柜子上。

片刻后，一条汗巾从柜子里慢慢地钻了出来。

柜子门关得紧紧的，但那条汗巾就这么出来了，从虚幻中出现，直到渐渐完整，而柜子门还是关着的。

下一瞬，那汗巾落在了燕绥的额头。像有人拿着汗巾一样，那汗巾的尾部微微提起，以免落在燕绥脸上，只中间部分在轻轻地擦拭燕绥额头的微汗，汗巾质地柔软，那动作更加柔软。

窗外，易秀鼎紧紧盯着汗巾。

她神情中迷茫和迷醉交融，似乎忘却今夕何夕。

直到屋顶上传来衣袂带风声，似乎有人在接近。

易秀鼎这才蓦然而醒，汗巾猛地往下落。她死死盯着那汗巾，眼看那汗巾在自己意念控制下缓缓落地，似乎此刻才发现自己做了什么，霍然转身发足狂奔。

她一转身，汗巾便落地，但她转身得太快，汗巾落下时发生的一切，她都没看见。

她一阵乱走，心底仿佛反复被火焰烧灼再被冰水浇灌，裂出许多疼痛的缝隙，那些缝隙里无数声音在狂叫，似乎有人在唾弃，又似乎有人在撺掇，嘈嘈切切，私语不绝。

平日里压抑越久，藏得越深，爆发出来越天崩地裂。

像变了一个自己。

也不知道走了多久，忽然听见人声，她一抬头就看见了前方深巷里，一个熟悉的娇小的人影。

唐慕之话音未落，她整个人已经卷到了文臻头顶。

唐慕之竟然选择了抢先偷袭。

一道冷光直射文臻天灵。

文臻没有抬头，双臂一交，拳头一引，那线冷光倏地一闪，擦过她的头顶，击中旁边的墙，将那砖墙击出一个大洞，寒光一闪从洞中不见。

而唐慕之并没有停留，整个人已经翻了过去，冰冷的手直扼向文臻的咽喉。

她这回选择的是没有受伤的手，怕这个缺德鬼再来一手针刺断指。

文臻的身法却像那泥鳅一般滑溜，轻轻一侧便擦那手而过，手一抬已经拈住了唐慕之的指尖，唐慕之立即抽手，结果文臻的手指像没有骨头一般反手一穿，整个手掌竟然都翻了过来，反包住了唐慕之的手，随即往唐慕之五个指缝一插，竟然和她来了个十指相扣。

唐慕之一愣，没想到文臻的武功如此诡异，也没想到世上还有这种打法，但十指相扣本就是对手钳制最紧的手法。她拼命挣扎，甚至不顾自己受伤夹紧手指，文臻一个侧身，将她修长的身躯整个斜斜带着转了半个圈，狠狠地砸在满是泥泞和碎砖的墙面上。

几乎刹那，细微骨裂声响起，唐慕之一瞬间眼红脸青!

但她并没有痛呼，也没有再试图挣脱，反手一抓将文臻的身体狠狠拉向自己，丝毫不顾文臻袖底隐隐的寒光。

与此同时，她大喝：“你来！”

四面没有动静。

不远处的一棵枯树似乎颤了颤。

易秀鼎站在树上咬紧了嘴唇。

她面前就是文臻的后背，文臻一只手被唐慕之抓紧，另一只手抓紧了唐慕之。

唐慕之的那一声大喊，望着的是她的方向，她竟然已经发现了自己。

一霎间无数想法从胸中滚滚而过。

像这午夜的冬风渗入骨髓，连心都在颤抖。

中南天使 CHINA SOUTH ANGEL 爱格 Aigirl

山河盛宴 贰

中
天下归元 著

CNS PUBLISHING & MEDIA 中南出版传媒
湖南文艺出版社
HUNAN LITERATURE AND ART PUBLISHING HOUSE

目录

·中·

第六十九章

痛殴唐慕之

小巷里死一般的寂静。

但寂静过后，文臻轻轻一笑，像什么都没发生。

“唐慕之，你输得真快。”

“不！”唐慕之竟然瞬间弹跳而起，散着满头黑发，眼睛血红。

她不过没有适应文臻诡异的招数，拳掌之间似有黏胶，挣脱不开，一时失手，战力犹在，自然要再来！

文臻一句话将她钉在原地：“我十七岁来到东堂，至今修习武功不过一年。”

腾腾烟尘和砖石碎裂声里，文臻的声音里第一次没有了笑意，反而显出一种瘆人的冷。

她并没有松开紧扣唐慕之的手，以这种近乎亲昵的姿势死死将她扣住。唐慕之没有反抗，文臻那句话出口，她浑身都僵硬了。

满身骄傲，像瞬间被巨鞭抽散。

“我在九里城拿走了你的哨子，摸索以哨子控物至今不过半年。”

唐慕之浑身发抖。

文臻一声轻笑：“还不服气？还想打？唐慕之，你要不要脸啊？”

这比什么侮辱都让人难受，还在和巨大痛苦抗衡的唐慕之霍然抬头，唇角流血，眼神狰狞。

“你不过仗着满肚子的阴谋诡计无耻恶毒——”

文臻唇角一扯，放下腿，扣紧唐慕之手指的手一甩，唐慕之的身子再次腾空而起，这一回砸在了旁边的一株老树上，那树被从中砸断，唐慕之一声惨叫，整个人撅着屁股倒在了半截树桩上。

她浑身颤抖，在月下回头——文臻自来是笑面虎，温软无害像个甜蜜饯儿，还不爱动武爱耍心眼，是个阴死人不赔命的货色，什么时候见过她这般，像个要以丈八大刀横扫十殿的阎罗？

“这一下，为我的他。”文臻一脚踩在她背上，“他本可以平安无事，因为你的变态和疯狂，结果坠崖受了那许多罪。他当时身上扎满了手指长的荆棘，我一根根拔的时候，我就想谁害他受这些伤的，我都要一笔笔给算回来，一根荆棘算一次。”

她每说一个字，指尖便弹出一根金针，冲着人体痛感最剧烈，皮肤最细腻柔软的地方去。

第一根针下去的时候，唐慕之禁不住惨叫，随即便似乎被激出了火气，咬着牙，坚持不吭声，听到最后几个字的时候，眼底流露出几分悔意。

文臻倒有点意外，心想她对燕绥还真有几分情意。

但从今天开始，她要这女人不敢再伤燕绥。

她微微侧过头，指尖一根金针，在唐慕之眼前微微颤动，离她的眼皮只有分毫距离。

“他不喜欢你，不喜欢你，不喜欢你，重要的事情说三遍。而你出身唐家的大家小姐，自以为尊贵得像个公主，在这事儿上却贱得连青楼女子都不如。君若无心我便休你懂不懂？他不爱你你想怎样？抢他，掳他，伤害他，乃至杀他？你这叫爱？你这叫自私恶毒占有欲强。他不爱你多有眼光啊，你这样的女人这辈子真正爱的只有自己。是不是？是不是？是不是？”

“不是！不是！不是！”唐慕之大叫，就好像没看见眼皮前的那根针，“你没资格这样说我！我不是这样的！你算什么东西？我和他才是青梅竹马！两小无猜！我们小时候就在一起，你才遇见他几天！”

文臻失笑。

“那又怎么样？这又不是排队买烧饼油条，还分什么早晚？”她把金针在唐慕之眼皮上擦了擦，擦得唐慕之浑身一激灵，才收了回去，笑道，“你看，我和你从根本上确实不同。这根针我不会戳下去。而你呢？他和你说过吧，做人当有底线，没有底线的人凭什么要别人俯下身去看一个垃圾？”

“你才——”唐慕之一声骂还没出口，文臻手中排成一排的金针一收。唐慕之精神一振便要反击，不想文臻一手成拳，虚虚顶在她后颈，她这么一动，正撞上文臻的拳头，唐慕之的身子如同被吸起一般，向后倒翻半圈，砸入刚才被她砸破的墙洞中，文臻身影一闪，穿墙而入，膝盖一跪，压在了唐慕之的肋骨上。

轻微的碎裂声里，唐慕之的整张脸都扭曲了。

“这一下是你自找。我本没打算太虐你，毕竟我和你一直互相下手，也谈不上谁对不起谁。”文臻淡淡道，“记住了，我不爱杀人，也不爱打人，更不爱害人。但是人若杀我打我害我，我也一定叫她以后想干这些破事的时候得多掂量掂量。哦，我忘了，你没有以后了。所以我得更加抓紧时间，让你死前多感受一下那种被人欺凌的痛苦。下辈子记得活得像个人一点，不要这么既暴戾又卑微，真对不起你的姓氏。”

唐慕之双手死死地抠着地面的烂泥，喘息地道：“是我太心急，太轻敌，不知道你也会了驭兽，算我命运不济……我也不求你早点杀我，老天无眼，给你这种小人暂时得志，但你以为真能长久？别急，都别急，这一局里谁都不会是赢家，谁都不会是赢家。”

她忽然放声狂笑起来，笑得唇角不断溅出血沫，她将一口唾沫吐在文臻腿上，眼底全是轻蔑：“听过一句话没？玩弄阴谋者，必将死于阴谋！”

文臻一笑起身，唐慕之这时候还挣扎着想爬起，刚站起身便被文臻一脚踢得一个转身，脸重重撞在冰冷的墙壁上。

“告诉你个八卦。”文臻高抬的腿一动不动抵着唐慕之的心口，表情转为漠然，“我修习武功的时候学错功法，走入了死路。要么停下学习，几年以后全身衰竭而亡；要么继续练下去，则面临着随时可能爆体而亡的境地。”

唐慕之瞪大眼睛，感到猝不及防。

不远处树梢上，一根粗大的树枝动了动，又动了动。

藏身此处的易秀鼎也难得地瞪大了眼睛。

唐慕之半晌后冷笑：“看，这就是你这种人的报应。”

文臻理也不理她。

“我每时每刻都在被死神追赶，为了不被追上，我在这一年里连上厕所都在运转功法，我不断地爆针，无法休养，伤及内脏。我失去过味觉和嗅觉，至今没有痊愈。我甚至不知道下一次我失去的是什么。但是我每次挺过去，功法内力拳意都会再上一层。这也没什么奇怪的，这是我拿命换来的。一般人一辈子顶多一次拿命去换，而我的命不值钱，每隔一两个月就得换一次。所以，我便是一年速成也天经地义……你凭什么不服气？”

文臻唇角扯出一抹轻蔑的笑。

“我说这些不是为了向你炫耀，而是要告诉你，别以为就你敢，就你执着，就你不顾一切。我拼了这无数次的命就是为了活下来，为了不拖累他，为了长长久久地陪他走下去。

“也为了如果有一天他和我不能在一起了，或者我不适合在他身边了，我可以足够强大，足够有能力自保，足够让他安心，不必因为我日夜难安。

“这才是对一个人好的方式。减少他的烦恼，爱他，尊重他，保护他，体谅他。令他欢喜，令他安心，令他无论有没有我，都能活得自在安适。”

唐慕之安静了下来。

繁茂的枝叶间，露出易秀鼎一张苍白的脸，她依旧没什么表情，眼底方才那暴起的执着迷茫和痛苦却已经渐渐淡了。

“如果之前没有人教过你如何去爱，那么今天我不介意让你死前明白什么是爱，省得下辈子再祸害人，谁被你爱谁倒霉。

“如果你依旧不知悔改，或者不是你，是这世上的任何人，在这条道路上试图阻拦我，或者试图伤害他，我都要和他算得清清楚楚！”

冬风凌冽，如刀似剑，也在这凛冽的话语前转为安静。

提堂长老和呔族长老的酒宴已经到了尾声。

放下心防的呔族长老喝了个半醉，被提堂长老亲自扶着向外走。

提堂长老一边走一边大声道：“老呔你不行了！喝一个时辰酒跑的茅厕加起来有半个时辰！你这是尿遁，尿遁！”

呔族长老辩解：“不是！不是！我最近就是这样，总想上茅厕……”

“你这是肾阳虚弱啊！老呔你完了，这才多大年纪就痿了？”

提堂长老比呔族长老醉得还厉害，两个醉鬼肩搭肩，一边大声交流着最近的身体状况，一边从墙的东边撞到墙的西边，走了好半天，还没走出屋子。

好在呔族长老自己带了人出来，自然还都是他的亲信，当先一个汉子急忙上前将人接过去，走出去好远，还看见提堂长老醉醺醺地对着相反的方向挥手：“呃，长老慢走，下次再来……”

呔族长老的亲信们大多心里嗤笑一声，将长老扶上马从大院西门离开。

等到走过这一段，再转上一个弯，月光便隐在了易家高高挑起的檐角之下。这一段路便黑了下来。

刺客便是在这一刻出现的。

行动间有些散乱，但气势凶狠，几乎出现的第一瞬间，便从四面八方扑向了呔族长老的队伍。

本来呔族长老也不惧，多事之秋，他出门也很小心，带的人很多，只要坚持一时半刻，放出信号，附近自然有人来帮忙。

十八部族独立又融合，有很多人居住在内城之内，从事一些比较下力又不可缺的劳役，而且全民善战，天生勇悍，这些下层的部族百姓没那么多顾忌，和其余部族以及中原人杂居，遍地分布，发出信号便会应召而来。

十八部族的首领自己也无法确定这些人都住在哪里，所以南北部族两派多年不和，却也没闹过刺杀事件。

呔族长老眼看对方人多势众，便去腰间一摸，触及一手湿润，不禁一愣。

不知何时自己身上泼了一身的酒，信号的引线湿了。

呔族长老心知不好，但此时还是不大着急，他武力本就是十八部族可数前三，向来少有对手，在这长川主城之内，还真没怕过谁来，要不然也不敢这时候还去老友门上喝酒了。

然而他一开始确实气吞万里如虎，但接连杀了几个刺客之后，他便发觉不对了。

身体越来越软，气力越来越差，眼前叠晃出重影，看谁都青面獠牙。

中毒了？

酒不对？

还是身体渐渐不行了？

一时心底的惊痛几乎压过慌乱——提堂是他多年的老友。

他没有了对抗的力气，只得闭上眼睛，在心中长叹一声。

金铁撞击的声音刺耳，那冰冷的触感并没出现，他睁开眼就看见面前熟悉的背影。

赫然是提堂长老！

提堂长老看起来有点狼狈，一只靴子跑掉了，像是酒还没醒，拎着半截罐子暴跳如雷："什么玩意儿！啊什么玩意儿！竟敢把我特意给老呔送来的大补的宝贝给砸了？吃我一罐！"然后抡起半罐子，把对面的刺客砸晕了。

呔族长老也要晕了，不明白这是什么路数，但刚刚堕入谷底的心，无声无息便热了起来。

一只有力的手抓住他，把他往后带，他看见是提堂长老身边的那个亲信，而今晚刚见过的那个年轻的易家子弟，已经冲入了刺客群中开始拼杀。

有人帮忙，情势便倒转了，不多时刺客眼看不敌，纷纷退走，这些人逃得很快，慌乱间留下了几具尸体。

呔族长老此刻酒醒了大半，冲上前去查看那些刺客尸体，却是什么标记都没有，他想了想，命人砸开酒铺的门，直接找到人家的大酒瓮，将那几个刺客扒光了往里头一扔。

过了一会儿拎出来抖了抖，等酒液半干不干，就看见每个人的身上的不同部位露出一些刺青的痕迹来，只是有的深，有的浅。

提堂长老捏着鼻子，呔族长老倒不嫌弃，鼻子凑近细细地看，半晌哼一声，不出所料地道："栗里族！"

提堂长老靠着大酒瓮，不满地道："好好地毁了人家酒铺做甚。我闻着这家酒挺香的，还想着和你再来一局呢。你这什么表情，栗里族和你们水火不容都多少年了，刺杀你很奇怪吗？"

呔族长老嘴唇动了动。

原本自然是不奇怪的。

但那晚一个头磕下来，结了盟，去了怨，再动手就惹人愤怒了。

他有一霎的犹豫。

原本因为唐羡之的话，他是对提堂长老有几分戒心的，遇袭那一瞬，也以为自己果然中了多年老友的圈套，一瞬间心灰意冷。

然而当他于生死之际看见扑来的老友背影，惊喜羞惭和自责便如潮水般涌来。

极度的失望之下获得希望，那一霎燃起的心火，几乎可以将任何理智燃尽。

想要害他，刚才袖手就行了，何必再出手多此一举呢?

这刺客无疑来自栗里族。栗里族的人成年之后会以独特药物刺青，这刺青平常不显，遇酒浸泡才会出现。

这刺青隐秘只有少部分人知道，提堂多年来和自己交好，绝不可能和栗里族的人结交。

旁边，提堂长老还在喋喋不休地道："我方才想起有一种补药挺适合你，便拿了来追你，没想到还遇上这一出戏，不过你最近身子亏损也太厉害了吧，这几只小猫小狗如何就让你狼狈成这样了？"

呔族长老打断了他的话："不是身子亏损，应该是毒。"

"毒？"

呔族长老心中苦闷，涌入更多疑惑，此刻便想和自己这唯一知交好好聊聊，顺手拿起那酒铺垒在案台上的酒，拉着提堂长老坐下："前几日，有人来了聚居地，南北两派已经说合。大家磕了头盟了誓，没想到……"

人总是更相信自己的选择。

酒铺是随机选的，门是自己砸开的，这酒就比先前喝得更放心，说起秘密来也就更滔滔不绝，将之前唐羡之出面说合十八部族的事情说了，末了苦涩地道："想不到栗里族那批人果然是养不熟的狼，居然还会冲我下毒……"

“老兄弟。”提堂长老摇摇手指，“你觉得这毒真是栗里族下的吗？你们十八部族这些直肠子汉子什么时候连暗毒都会下了？就算要下毒害你，为什么不一次把你毒死，反而弄那么点剂量，好多天后才发作，然后再派刺客折腾一次？浪费自己的人力不说，还给你留下了逃生的可能，这合理吗？”

呔族长老一愣。

遇上的刺客是栗里族的，自然便会认为毒也是他们下的，但老友说得对，这样太不合理了。

但除了栗里族，还有谁有对他下毒的必要呢？

这话他忍不住喃喃出来，提堂长老笑了一声，道：“你们啊，还是深宅大院待得少，不懂人间是与非。方才听你口口声声很推崇唐羡之是不是？我也挺佩服的，堂堂唐家继承人，年纪轻轻，孤身入川，在十八部族间纵横捭阖，也不怕自己出什么事儿，唐家就完了。”

呔族长老眼睛一张，霍然抬头看他。

提堂长老不看他，只顾喝酒。

“是唐羡之？是唐羡之！”呔族长老喃喃道，“他……他为什么要这么做？”

“为什么？不信任你们呗。一个人与虎谋皮，不得准备点对付老虎的武器？别说你，十八部族当晚在场的所有族长，我怀疑都着了道。”提堂长老喝一口酒，“回去看看唐羡之的行事。他做事从来云遮雾罩，一个目标之后隐藏着许多更深的目标，并且手段频出，胃口极大。说合南北两派，鼓动你们结盟给易家和朝廷捣乱这本意不会假，但是他给你们提供了那许多好处，真的只满足于你们那几匹小马？”

呔族长老愣在那里。

“将你们握在手里，他才有更多的机会。如果我没猜错的话，他说服你们的那一晚，就是他下手的时机。这毒下得妙啊，平日不显，自然衰退，甚至发作的时候也不猛烈，倒会让你怀疑是不是自己身体不行，甚至可能因此怀疑你身边的人。”提堂长老笑嘻嘻指指自己鼻子，“比如这里就有一个。”

他摇摇空了的酒壶，再换一壶，感叹道：“一箭可贯四五雕，翻手为云覆手雨。多厉害的人啊。”

提堂长老这话切中了呔族长老的心思——那一晚唐羡之不是特意提醒他要小心身边的人？

原来在这里等着他呢。

是要他和老友，和易家交恶，然后决裂，最后不得不全心依靠他唐家？

“那今晚的刺杀……”

“这我就不知道了。可能是栗里族自己有异心，毕竟和你关系最差，可能是他和栗里族私下达成了更好的协议。”

任何事都过犹不及，对于阴谋的推断也是如此，点到为止。

真解释得明明白白了，反而容易被怀疑。

提堂长老喝一口酒，对着虚空举了举，像在对什么人敬酒。

殿下，真乃智人也。

设计让唐羡之无法全然信任十八部族，以唐羡之的性格必然要做一些防备，而草原人都是直肠子，最忌讳中原人奸诈，最痛恨被人猜忌防备控制。

唐羡之就算下手，也一定是轻易激发不出来的手段，所以燕绥让提堂长老安排了这个酒局。

提堂长老和呔族长老喝酒的时候，没有下任何手脚，但是出门后所谓的刺客却是假的。

假刺客里混进去几个掳来并下了药的栗里族人，趁黑趁乱送上呔族长老随从们的刀尖。

其余逃走的，自然都是他的人。

而经过这一遭，呔族长老那一点疑心和戒备尽去，自然会把唐羡之做的事和盘托出且有心报复。

至此，唐羡之苦心说合的南北两派已经在暗中崩散。

呔族杀害栗里族人的事，也留下了导火索，随时可以引燃，再添一把火。

但殿下要的不仅仅是破坏结盟。

他要的是十八部族灭，唐羡之狼狈出川。

还有一盘棋可下。

提堂长老笑了笑，笑容里有赞许，却依旧藏着化不开的忧思。

呔族族长果然自己陷入了沉思，一边沉思一边冷笑，半晌后站起身来。

提堂长老一把拉住了他：“你要做什么去？”

“自然要找栗里族算账！把这个联盟给拆散了！唐羡之想要利用我们，做梦！”

“等等，老伙计，你不觉得这样太便宜唐羡之和栗里族了吗？”

“哦？你有什么更好的办法？”

“山人自有妙计，来，且听我说——”

第七十章

史上最牛的门童

小巷子里，文臻一席话，震惊的并不仅仅是唐慕之。

随即唐慕之便闭上了眼，周身的凌厉戾气化为消沉冷漠的懒散："要杀便杀，这么多废话。"

文臻低下头，掌间匕首寒光一闪。

她原本和唐慕之定了赌注，此刻却不想再问。

易人离和厉笑应该没事，如果真的落入唐慕之的手，唐慕之完全可以押着他们等着她就是了，根本不可能丢下他们自己过来一路跟踪下手。

更何况司空昱听她那么说，必定会安排天机府的人去，最起码可以保两人不被掳走。

既然如此，其实是没什么好多说的。

高树上，易秀鼎眼底也寒光一闪。

因为她发现，文臻眼底却并没有多少杀气。

这不该是一个想要手刃恶毒情敌的人该有的表情。

文臻确实在犹豫。

她难以这样冷静地杀人。

身后忽然有风声，她回头就看见了易秀鼎。

夜空下，少女脸容苍白，淡唇抿成一线，刹那间已经越过她身侧，手中剑携着凌厉风声，直指唐慕之心口。

她看见小巷那面破墙的洞边，似乎出现一道淡淡的灰影。

她猛地扑出去，一把揪住易秀鼎，生生将她拉了回来。

易秀鼎的长剑从离唐慕之心口一寸的地方被拉回，同时一蓬如同黑沙的东西也从离她身前一寸距离处呼啸掠过，击在对面的墙上。

随即猛地一震，整段墙崩塌。

墙体崩塌，烟尘漫起，文臻不管唐慕之，拉着易秀鼎疾退。

因为她看见崩塌的墙下随即流出黑水，黑水眨眼便要到自己和易秀鼎的脚下。

等她们退出小巷，巷子基本已经全毁，而唐慕之已经不见踪影，她已被人救走。

文臻并不意外。唐慕之能出现在长川，能在背后搞事一定也有在背后帮助她的人。

这个人也未必就是唐羡之，这俩兄妹性格分歧太大，都不信任对方。

她方才的犹豫，还有一部分原因就是在思考到底杀了唐慕之一了百了，还是想办法诱她背后的人出来。但她怀疑对方和唐慕之联盟并不牢靠，未必会为了唐慕之冒险。

现在看来，对方比她想得忠诚?

身后，易秀鼎语气淡淡："你又救了我一命。"

文臻回头对她笑："不，你明明是看出了我的犹豫，才为我冲出来，想帮我解决她的。"

易秀鼎摇摇头："你未必是不敢杀她。"

文臻唇角一弯："你想多了，十七小姐。"

易秀鼎上上下下打量她，像是第一次认识她这个人一样，好一会儿才道："你真是一个很奇怪的人。说你善良你却很狠辣，说你狠辣吧，你又……"她闭了闭眼，"那是你的情敌？你对所有情敌都这么凶狠吗？"

文臻看着她："我对所有企图对我或对他不利的情敌这样。"

易秀鼎似乎震了震，睁开眼睛看她，好半晌，才道："如果……"

文臻又笑："但我也绝不会接受其余只是痴恋的情敌。"

易秀鼎垂下眼，觉得今晚的自己是疯了。

明明不想问，知道不该问不能问，可这一张嘴就又问了。

像是明知刀会落下来，还是冲过去，想借他人绝情手，斩断那些自己都厌烦不齿的多余情愫。

"你会……"

她话还没说完，文臻已经转开了头，笑着对前方招了招手。

她转头看见燕绥，以及手里拎着的那条方才落地的汗巾。

易秀鼎只觉得脑中轰然一声。

她僵硬地站在那里，第一个念头是逃跑，然而四肢关节却仿佛被钉了钉子，完全动弹不得。

对面，燕绥一手接住向他跑过去的文臻，一手举起那条汗巾，淡淡看着易秀鼎。

易秀鼎此生从未躲闪过任何人的目光，然而此刻她却恨不得自己在这样的目光中瞬间化灰。

后背黏糊糊的，在这寒冷的冬夜里出了一层又一层的汗。

燕绥手一松，洁白的汗巾落地。

好像心脏也在瞬间被摔砸落地。

目光转为模糊，一片朦胧里，只听见他道："她不会，我会。"

午夜的长川主城很是清净，宵禁后的道路空荡荡的。

燕绥首次没有等文臻，扔了那汗巾后便一言不发。

文臻瞅了几眼他的背影，慢吞吞走了几步，看他并没有缓下脚步的意思，撇撇嘴，心想大猫爹毛了。

嗯，是生气安息香放得有点多？

还是生气自己偷跑？

文臻想了想，觉得今晚自己实在得罪燕绥有点多。其实安息香一开始只是想让燕绥多睡一会儿，是迫不得已的选择，后来易人离和厉笑出事，她一来心中怀疑，二来也想趁机把对方引出来。但她知道燕绥绝对不会同意，所以给他又加了料。

她不会如约去花田楼，那里对她绝对危险，所以她假作上当，出了易家就开始磨磨蹭蹭，让对方开始心急。

当她作势要回去的时候，对方的焦灼便会到达最高点。

作恶的人心性凉薄，以己度人，会觉得她很有可能为了自保放弃易人离。因此就急了，不得不放弃原先的布置，在自己不熟悉的地方抢先现身。

由此，她化被动为主动。

她本就怀疑作祟的人是唐慕之了。平云夫人内室里藏了人，但平云夫人能在易家内院掌事就一定是谨慎的人，绝不会把外男藏在自己的内室，那内室里就一定是女人。

在这个时候出现在长川且对她不怀好意的女人只能是唐慕之。

唐慕之要引出她，她何尝不想引出唐慕之？

她对上唐慕之有把握——信息不对等，唐慕之不知道她也会一点驭兽。唐慕之最擅长的手段已经对她没了用。

技能丧失，了解不足，手段智慧她更高，她不能放过这么好的机会。

唐慕之骄傲，想要她真正畏惧并退缩，需要文臻自己展示出绝对能压制她的力量。

燕绥只要在场，效果就会打折扣。

但这些话，文臻不会和燕绥说，燕绥只会比她更明白，但明白是一回事，生气是另一回事。

文臻看着燕绥的背影，看那细腰长腿，长袍如流水伴月光般飘然。

越看越喜欢。

虽然各色桃花很多，让她应付得有点累，但这个人本身却是坚定的。

有了这一份坚定，她的陪伴和捍卫才那般心甘情愿。

她忽然笑一声，张开双臂，大喊一声："啊，我来啦——"

燕绥猝不及防，被她撞得险些一个踉跄，好在他迅速调整了姿势，很熟练地将她往上一托，这是之前背她很久养成的习惯。托完之后才觉得好像对她宠惯太过，将她往上一带，似乎很想把她给扔了。

文臻死死抱着他脖子赖着不下来："夫君，老公，那口子，杀千刀的！"

燕绥默了一瞬，道："娘子，老婆，浑家，贱内？"

"采访一下。"浑家文臻往他耳朵里吹，"被众多烂桃花围绕感想如何？"

燕绥将她往上抬，不怀好意地道："都是太蠢惹的祸。"

"谁蠢？"

"你说谁蠢？"燕绥斜眼看她，文臻从没想过一道斜飘的眼风也可以诱惑入骨。

自作聪明的人蠢。

看不懂燕绥的人都蠢。

她笑起来，问他："今晚算我的错，我给你赔罪，你想要什么样的道歉礼物？"

燕绥看她一眼，想了想道："好久没吃你做的菜了。"

在易家大院做菜是不现实的，文臻的手艺一展身份也便暴露了。但文臻依旧一笑，道："好。"

半刻钟后，文臻踢开了路边一家小吃店的门。

一手银子一手大棒，令小店店主缩在后屋咬着银子再不敢出来。

这边文臻开火洗锅，检查了柜子里的食料，笑道："这是家做小吃的，没大菜材料，只能给你做碗汤圆了。"

"什么馅？荠菜汤圆？"

"这时节除了大酒楼，到哪寻荠菜。"文臻忽然一拍头道，"说到荠菜汤圆，上次李石头不是说，掌馈长老最喜欢派人去翠华楼买他家的荠菜汤圆做夜宵？一旬一次，算时间，是不是就是今晚？"

她出去看了一下道路，道："这里也是去买夜宵回易家的必经之路。"

燕绥一脸兴致缺缺："我只想吃你做的。"

"那就吃芝麻馅的吧。"文臻手脚麻利，案台上点了一盏小小油灯。

两人相视一笑，各自在对方黑白分明的眸中看见自己的笑意。灯光微微，连风也至此处不敢惊扰。

锅台上热气开始蒸腾，一直安静等待的燕绥忽然道："蛋糕儿，如果这一霎已经是五十年后，人生到此便圆满了。"

他看着文臻鬓边染上的一点面粉，乍一看像鬓发染霜，悠悠道："你我发已白，齿已秃，还能守着旧锅台，头碰头吃一碗甜汤圆。"

文臻停下手，觉得"头碰头"三个字最动人。想了一会儿却笑了起来，环顾四周，道："这样？你真的确定？"

这小巷陋室，家徒四壁，殿下真觉得美好并适应吗？

燕绥不满地道："你这女人真是煞风景。我说的是日子不是住这屋子。再说你我在一起，怎么会穷到住这样的屋子？你去卖几份面条，咱们就有大屋子住了。"

一边要过温馨普通生活一边又不肯降低生活质量的殿下，开始毫无愧色地憧憬起吃软饭的美妙蓝图："江湖捞分店越来越多，咱们怎么会穷？就算江湖捞开不成了，以你的手艺愿意开饭馆那是客似云来。"

文臻开始下汤圆，腾腾热气里遮掩不住的笑意，"喂，我挣钱，你干什么？在家吃软饭吗？"

殿下已经知道吃软饭什么意思，想了一下道："我看你开江湖捞，总喜欢弄一群精神些的堂倌迎宾，上次还说要选什么形象大使，你看我如何？"

文臻一个手抖，汤圆放重了，热水溅了一些到自己手上，忙缩了手，一边找凉水，一边笑道："那我店里生意是好了。但全是女客，说不定还会有江湖侠女为你上演全武行，再不然有异能的姑娘给你当面开出一屋子玫瑰花，天啊，这饭馆能开满三天吗？"

她想象了一下燕绥穿着定制服装在江湖捞门口做门童迎宾的模样，越发笑得站不住，也没顾上找凉水，手指忽然被人接了过去，一股微凉的气息拂上指尖。

文臻一顿，刚想继续开个玩笑，燕绥忽然俯下脸，舔了舔她的手指。

文臻剩下的促狭话顿时都从脑壳里挤了出去。

相识至今，情深爱浓，亲昵动作没少做，但因为燕绥有严重的洁癖，有一些行为他并不会做。

她盯着他乌黑缎子般的长发，第一反应就是提醒他洁癖的事，随即觉得无稽，手指上湿润酥麻的触感过电一般，从指尖一直麻到心底，而燕绥还犹自抬头看着她。

满锅台的热气似乎都在一瞬间扑到脸上来。

文臻回到锅台前，道："可是我不要呢。"

燕绥一时没能跟上她的步调，愣了一下。

"我是说，你想要的平凡生活，我好像不是很感兴趣。"

燕绥又一怔。

"我吃了这许多苦，打拼了这许久，一步步爬到三品，长川事了，回去我就有封赏。司农监的活计也不知道开展得怎样，但是我很乐观，土豆一定能丰收，三年五载推广开来，救百万饥民，又是大功一件。将来的我一定有钱又有权，而我想走得高一点，更高一点，要那些曾经使坏的人们都俯伏在我脚下，再也没有机会和能力去给我下绊子。殿下，那时的日子才真叫痛快呢。"她将熟了的汤圆盛起，笑盈盈端到燕绥面前，"殿下，我的目标是朝堂百官之中最高的那个位置。你愿意放弃你的归耕田园吃软饭的梦想，去陪我实现那个愿望吗？"

燕绥低头看着面前的汤圆。

经她妙手，便是一碗汤圆也能散发着诱人的甜香。他心间此刻却不仅仅是甜，还生出一分微微的酸涩。

她一颗七窍玲珑心，他何其有幸得。

明明是他身份敏感特殊，是他无法摆脱，是他不得自由，是她要为了他奔走抗争，不断挣扎，用尽心力，她却非要颠倒过来，说要那朝堂尊位，要他为她努力一回。

她连一点压力一点负罪感，都不想他担。

他一生桀骜，无视天命，拂袖来去，从无愿想。

但他此刻有了。

愿她伴他渡过惊涛骇浪，再落足便是人生坦途。

愿巨浪高头再回首，便有小舟相候，江海余生里，永有屋瓦船篷遮风雨。

愿荆棘丛中穿过不受伤，心若琉璃命似金刚，天年久享。

他愿为此以一生里能拥有的一切交换，哪怕被永久遗忘。

第七十一章

儿子大了不由爹

油灯下，两人安安静静，头碰头吃完了一碗汤圆。

外头梆子声忽然伴随脚步声响起，隐约还有呵欠和抱怨之声。

文臻走到窗前看了一下，笑道："果然是给掌馈长老买荠菜汤圆的人回来了。"她回眸笑看他，"还想吃荠菜汤圆吗？"

燕绥将筷子一搁，头也没回："不，只这一碗便好。"

今夜月光太好，汤圆太甜，这小屋里热气太暖人，他刚刚许过生平第一次的大愿。

这样的时刻，他不想再筹谋算计，行那些不祥的诡诈之术。

文臻有点意外，原本和燕绥商量好，要借这次掌馈长老买夜宵的时机对掌馈长老的夜宵下手的。

但她随即便笑道："好。"

她立在窗边，看着毫无防备的买夜宵人走过窗前。

买夜宵的人是一个人，这种杂事向来是府里的小厮跑腿。

他状似随意地走在街上，抱着棉花套子裹着的青瓷小罐子。在无人看见的地方，那双手却微微有些发抖，手背上迸出青筋。

他便这样发抖地走了一路，越过那些所有可能出现攻击或者意外的地方，走入了易家的大门。

一进门，他的肩膀就垮了下来。

而门后暗影里，悄然走出一人，望着他，愕然道："无事发生？"

小厮答："无事。"

那人更惊愕了，道："李石头不是说已经把消息提供给他们了吗？既然如此探听，为何却没有下手？"

小厮摇头，却将那小罐往那人怀里一塞，道："你要我做的事情我已经做了，你便饶了我吧。"说完急急跑走。

只留下那人立在庭中，皱眉良久，叹一声："莫不是被发现了？"

易秀鼎独自走在空荡荡的长街上。

她心里有点乱，脚步也有些茫然。

忽然身后一声长叹，她反应有些迟钝地转身，握紧了手中的刀。

墙角暗影处站着一个纤秀的身影，风帽掩住了她的脸，从气息来判断，这是个不会武功的女子。

易秀鼎并没有因此放松警惕，手中刀柄握得更紧，刀在一个随时可以横扫出去的位置。

那人却并没有走上前，一缕幽魂一样站在那里，用一种细弱的也如幽魂一样的语调，低低道："易姑娘，你这样的人捧出的情意何等宝贵纯澈，纵不能接受，也当予你一分尊重。那人那样折辱你、轻视你、嫌弃你，你当真就甘心吗？"

吃完夜宵，文臻和燕绥便回易家大院，今晚还有事要做。

文臻不时侧头看一下燕绥，总觉得他神情似乎有点疲惫，这有点奇怪，按说她用了安息香，让他先睡了半夜，以他的体质，应该能补充精神的。

在经过易家大院不远处的一间民房时，门忽然打开了，黑洞洞的门房内没有人。燕绥却带着文臻毫不犹豫地跨了进去。

关上门后，空荡荡的院子里忽然多了好几个人，文臻一见便笑了，打招呼："中文德语英文日语，好久不见！"

四大护卫首领此刻却没了平日的嬉笑或者疏离，都正色看着她，随即中文道一声："跪！"

四人在她面前跪了个整整齐齐，日语的膝盖尤其用力，文臻都怀疑自己听见了骨头和冰冷地面的撞击声。

她吓了一跳，险些吓得跳到燕绥背上去，第一反应是看燕绥，正想质问他搞这一套是干什么。

燕绥一眼望过去便知道她脑子里在想什么，唇角一撇抓了抓她的发，忍不住笑道："想什么呢？"

又踢中文的膝盖："做什么呢？"

中文一让，道："殿下您别打岔，我们有话要和文姑娘说。"

燕绥的眉毛飞了起来，左边眉毛写着'狗崽子胆大包天'，右边眉毛写着'儿子大了果然不由爹'。

中文领着那三位死死地跪在地下，仰望着文臻，诚恳地道："文姑娘，文大人，我们等了这许久，总算能有机会当面和您道一声谢。谢您对殿下不离不弃，生死追随，谢您在那样的局势下护住殿下安好。今儿我们几个代所有兄弟们谢姑娘大恩。并为以前对您的不敬之处真心赔罪，从今以后，您的命令在我们这里与殿下同重。只要您有话，殿下允许的我们去做，殿下不允许，我们也去做。"

燕绥咳嗽一声，阴恻恻地道："你们殿下在这里呢，当面背主是不是？"

中文看他一眼："哦，在这事上差不多吧。"

燕绥气得嗤笑一声。

文臻还没说话，中文已经带着几人磕了响头，日语尤其用力，抬起头来时额头一大片红肿。

文臻看着几人的脸，一段时日不见，这几个人都又黑又瘦，可以想见这段时日他们过的日子。她心中感慨，脸上却笑："话都被你们说完了，我还能说什么？要谢便谢，谁还嫌好处多啊？谢呗，跪呗，有种在这儿跪三天，看谁扛得过谁。"

众人都笑，也便纷纷站起，像完成了一个多日的心愿一般松懈了下来，又纷纷感喟，道文大人就是文大人，寻常姑娘接不住的都能接，跟着这样的女主子大家安心又痛快。

文臻忽然笑道："既然这么说了，我便来试用一下。喂，如果我要你们揍殿下一顿呢？"

中文："……"

只有日语，立即正色接话："只要不是太重……您要揍几成重？"

燕绥："……"当初就该让你在江里被鱼啃死。

片刻后护卫们作鸟兽散，怕再待下去，本就名不副实的德容言工就要被原地解散了。

临走前交换了一下信息。文臻确认易人离、厉笑得到了护卫们的接应，唐慕之带的人大部分逃散，唐慕之自己眼看有人来救易人离，便当先离开。

文臻又给了护卫们几首词。先前传灯长老那俩候选人就是买了她安排护卫送过去的那几首词，才上了求文长老的二楼的。在那两人上楼之后，文臻又安排人故意提醒求文长老，说那两人的词是买的，引得求文长老怒气冲冲带着人去找那两人晦气，结果却发现那是传灯长老的两个亲信，而且已经横死，求文长老惊讶之下，便着人去查怎么回事，结果楼下先前大堂里喝酒的人，有人看见了刘心棠、吴正买诗的过程，说起卖诗人的形貌打扮，提到了他拎着的瓷罐子。

那个时辰提着罐子的，多半是去花田楼隔壁的翠华楼买他家知名的荠菜汤圆夜宵的。而在易家大院内，人人都知道掌馈长老每旬都要吃一次翠华楼的荠菜汤圆，今晚正对日子。

得，这下掌馈长老也被卷了进来，求文长老有合理理由怀疑，掌馈长老因为和他不睦，和传灯长老联手，这是打算对他不利了。

求文长老怒发冲冠，觉得自己很是冤枉，他一个只爱好诗词的人，平日里不争不抢，为了避嫌整日在花楼邀集文人墨客谈诗论词，这也能找他麻烦？

掌馈了不起啊？靠多年经营掌握易家大院主要护卫军和大量武器了不起啊？逼急了他，写首诗天下传唱骂死他！

正在此时，传灯长老得信赶来，看见自己爱徒养子双双被杀，也怒发冲冠。掌馈长老听闻此事过来，本来兴高采烈看热闹，结果被求文长老反咬一口说是他和传灯联合要对求文长老下手，也怒发冲冠了。

此刻，三个怒发冲冠的长老正在花田楼厮杀呢。

等厮杀完，差不多也就元气大伤了。

始作俑者燕绥文臻不过一笑而过，在对易家的作战计划上再去掉几个子。

安排护卫们继续潜伏好，两人回到大院，这回直奔丹崖居。

如今大院内，三大长老已经被调走到花田楼，剩下理刑长老一定会去搅浑水，为了保护自己，也一定带走了很多护卫，所以现下的易家大院是最空虚的。

之所以到现在才去探易勒石，就是需要这样一个时机，并且文臻、燕绥的到来太过刺眼，一开始会被所有人盯着，如果易勒石还清醒着，也一定在等他们。

那就让他先等等，等到警惕降低，耐性消磨，再去会一会。

文臻对易勒石很好奇，因为传说中这位家主一直是和神秘疯狂这样的形容词挂钩的，但见过他的人很少，近十年来，他基本都在天星台内闭门不出，一般事务都交给了长老堂。据说很擅长药理，但关于这个人的性格，以及其余长处，却从来没有任何消息传出。

便是燕绥在长川的探子都因为没什么机会见他，得不到什么有效情报。

不知底细的人便是最易生变的人。

丹崖居并没有院子，立在易家的一片人工湖后，面对着整个易家，像一座沉默的山，俯瞰整个长川。

但湖前有林，湖上无舟。

弄条船也好，另想办法也好，渡湖的时间不能短，这段时间内毫无遮掩，便是明晃晃一个靶子。

丹崖居才是这易家大院，护卫分布最多的一处。影子护卫分十六队，每队六到十人。燕绥得到的消息说，无论湖上还是林中，派出去查探情况的小队都不会超过两个，会留绝大部分力量在丹崖居内守着。

燕绥带着文臻，不急不忙进了林子。

林子里自然是有机关的，但对他等同虚设。

不仅如此，他还顺手收集了几个他看得上眼的设计精巧的小零件，说要回去给文臻做个玩意儿。

但他并没有毁去全部机关，除了不破便不能过的机关之外，大部分他都避了开去，避开的那些完整机关，他顺手会做一些调整。

将这些都做完，到了林子对面，面朝着空荡荡的湖，背对着林子。

文臻时不时回头看一眼林子，怕突然出现什么人或者袭击，燕绥却放心得很，一直出神地凝望着河水。

过了一阵子，燕绥回手，一直扣在掌心里的一堆石块对着林中射了进去。

立刻，林中响动不断——起了一蓬火，飞出一堆毒沙，流出一些毒水，射出万千毫毛细针，地面震动不休，硬生生营造出无数人同时闯阵的效果。

黑暗的林子中影影绰绰，仿佛有人不断闪过。

丹崖居之内。

密室内，一个身躯瘦长的灰衣人站在石板前，纵横都有石条，石条上拴着石珠，石珠后面连着线，线穿过墙壁，隐没在地下，不知道通往何处。

整个石板看起来有点像一个大型算盘。

现在这个变形石算盘上，有些石珠在不断滚动，有些石珠安安静静。

灰衣人看着那些石珠，不断道："震东，流沙井发动。"

"坤西南，毒龙嘴发动。

"巽东南，蝎坑发动。

"坎北，烟花阵发动。"

他每说一句，便有一个灰衣人取下相应方位的石珠，并有一队人悄无声息聚齐。

灰衣人不停嘴说了半晌，那些属下们的神情渐渐凝重。

有人失声道："四角阵几乎全数发动，这是来了多少人？"

另一人道："前所未有！难道朝廷卫队已经全部潜入大院？这不可能！外头还有五大长老呢！"

一直看着石板的人忽然冷声道：“别忘了，无论是易铭还是燕绥，都精通机关。”

这话一出，立时冷场，半晌有人低声道：“不能吧。虽然……那对新客人不是易铭夫妻就是燕绥文臻，但是我还是觉得，这事儿太玄乎了。这两对无论哪对都是千金之子，这种身份进入长川，不说万军围护，还孤身早早潜入咱们易家，这实在也太大胆了些……”

石板前的灰衣人没有说话，似乎自己也不大敢信，默然半晌道：“不管是谁，机关阵破坏到这个程度，总得去看看。从石算盘上来看，对方行进到林中一半，便大量惊动机关，还没能到湖边。但我们做两手准备，角木队和斗木队从水筋走，亢金队和鬼金队在湖口巡逻警戒接应，尤其要注意平云夫人院子那个方向。氐土队一队从湖上划船过去。其余人各守原地，未得召唤，一律不得换班休息。”他看一眼墙边的更漏，“再有半个时辰就……”

他并没有说下去，众人却都明白，各自领命而去。

穿青衣的两队站上房间中央的一块圆盘，按动机关，圆盘带着他们向下沉去。

等他们下去后，圆盘归位，第二队穿黄衣的也站上圆盘下去。

其余人走出房间，散布在丹崖居的各个角落，严加警戒。

领头的灰衣人没有动，食指拨着面前的石算盘，片刻后将其中一颗石珠一推，石算盘背面翻转。槽有三指宽，有的地方光洁无物，有的地方上下黏满了黑色的小珠子。灰衣人将一颗钢珠放在了石板顶端的位置，又将石板旋转回原来位置。

不知何时，其中一块石板后出现了一道门，里头黑黝黝不见光线，灰衣人从容地走了进去。

第七十二章

闯关

文臻和燕绥站在湖边看见一叶小舟，从湖面上出现，舟上影影绰绰有些人影，丹崖居里头的影子护卫终于出来查看了。

按照正常流程，就该埋伏起来，打倒来者，抢走小舟，划船过湖。

毕竟这里除了过湖，看起来也没别的路可以走。

两人却都没动，燕绥还在慢慢嗑瓜子，一边嗑，一边将瓜子壳整整齐齐摆在面前的树杈上。

文臻不爱剥一颗吃一颗，就慢慢剥，剥上一小把，燕绥张嘴来接，文臻手指在碰到他嘴唇之前，嘻嘻一笑，转而塞进自己嘴里，一边嚼一边对着燕绥笑。

燕绥也不生气，又转回去慢慢剥，忽然一双小手到面前，手心里瓜子仁儿粒粒饱满，散发着果仁独有的馥郁香气。

他笑笑抬头，就遇上文臻含笑弯起的眼。

树杈上的两条人影，渐渐交织为一条，远远看去像一朵花的形状。

直到那船上的人悄然爬上了岸。两人没有动，只淡淡凝望底下。

那一队人满是警惕地过来，一路上岸，都没等到对自己下手的人，一时十分惊愕，这几人就是充当诱饵的，如今没人上钩，几人也只好上岸，却又不能等在原地暴露其他人的行踪，只得咬牙继续往林中走。

众人先前在机关总控室已经看过这边的机关发动情况，知道后半截机关还没动，按道理来者还在林中，而且林中机关他们都是熟悉的，无论如何也不会伤到自己，因此便坦然入林。

片刻后惨呼声四起，一队人在改装后的后半途机关中全军覆没。

又过了一阵，林中又有了动静，这回燕绥文臻潜回林中，果然看见林中又多了一批人。那些人忙着抢救前一批人，对付已经被燕绥改动过的机关。

其中有人负责清点人数，绕在林中数来数去，忽然道："怎么多出来了……"但他话还没说完，便喉间一冷，无声倒下。

燕绥一阵青烟般从他们身边绕过，摸走了所有人的信号烟花，回到小船边，将船的缆绳砍断，两人已经观测过今晚的水流，船会自行飘到湖西岸，丹崖居斜侧面的地方，那里离平云夫人住的院子，目测距离很近。

燕绥留下一个信号烟花，将其余的烟花引线都拆掉，接在那个烟花的引线上，再倒空烟花，一个接着一个套上去，算好时间，调整了火药的量，点燃引线。

小船带着燃烧的烟花漂入水中，燕绥和文臻又回到林中。

这回他们确定了那群人出来时候的洞口。

燕绥左手抱着文臻，右手拖着一具尸首，下了那个洞口，并顺手将这边的开启机关毁掉，那群人就算解决了林中的机关，也无法再从水下地道回去，并且船也没了，只能在林子这边干瞪眼。

两人一尸顺着水下地道一路急行，快要到出口时燕绥一摸洞壁，道："有岔路。"

文臻看了一眼，那处洞壁和别处没有任何不同，但燕绥既然这么说，自然就是真的。

"那我们走哪条？"文臻很怀疑这条岔路是故布疑阵。

燕绥指了指上头，文臻会意伏在土壁上一听，果然听见上头有脚步声。

而洞壁处却没有。

文臻对燕绥点点头，两人不再理会那岔路，燕绥看了一圈，便找到了出门的机关。

他刚开门，文臻便把那尸首往洞壁上一扔，一只染血的手往前，五指也做好了抠地面的动作，乍一看就像有人从洞中拼死爬出求救一样。

果然立即有人惊慌地道："斗木队的兄弟回来了！"随即便有人奔来。

来者两人，被文臻、燕绥一人一个拉到了洞里，转眼燕绥便了结了他们的性命。

两人翻身出洞，在剩下两人还没反应过来之前，瞬间解决了他们。

这一小队本来应该有十人，六人因为求救烟花忽然在湖西侧亮起而去救援，剩下的人对上文臻燕绥，自然是瞬间解决，连报信的机会都没有。

将几具尸首都塞在洞里，两人出来，站在了一座看起来有点空荡的厅内，感觉这像一个半地下室，透过一道长窗能够看见外头的地面。

而整座丹崖居并不是想象中的华美，相反，这里更像一个陈旧的斑驳的塔，四壁空荡荡的，只在屋子正中有一道转折的长梯盘旋，那长梯上接楼顶，下入泥土，可以看出这屋子还有地下的部分。

可以想见，哪怕已经被两人分走了一部分影子护卫，楼里每层还是会有。

文臻蹲下身，从怀中掏出一个小瓶，瓶子里有一堆针尖大的黑黝黝的小虫，在瓶子里密密麻麻地爬着。文臻却贴身放着面不改色，不仅如此，还笑盈盈亲了瓶子一口，道：“小可爱，去吧。”

旁边燕绥靠着墙壁，微笑看着她。他忽然转头，对长窗外看了一眼。

窗外空荡荡无人。

文臻打开瓶口，取出一片已经被药水浸泡过的树叶，对着里头招了招，那群虫子便流沙般倾泻而出，在地面团团转了一圈，似乎在分辨方向，随即便排成一线，像一群蚂蚁往楼梯往上方向而去。

文臻紧紧盯着那道游动的线。那是她根据闻家毒经寻找并豢养的毒虫之一，主要的能力就是在一定范围内寻找目标物。它们对身上有病气、毒气、腐气、死气、血气的人特别敏感，找到了就一定会攀附上身。

易勒石就算装倒下，天星台事件却是真的，这楼里只有他，他必然伤病在身，气味浑浊。

以文臻的眼力能在黑暗中看清这道黑色的细线，它一路向上，竟似要到顶端。

她和燕绥立即也跟了上去。

那片药水泡过的树叶只能用一次，她正要扔了，燕绥却接了过来塞进袖子里。

因为那药水对人体无毒，文臻也没在意。

确认了底下几层没有易勒石，她和燕绥只需要顺着楼梯往上就行了，极大地节省了时间。

但这楼梯整个竟然是钢铁所铸，是这整个房子的支撑，而且整个是中空的，设计得无处遮蔽，大厅高而空旷，高达好几丈，在爬整个楼梯的过程中，都会被人一眼看见，无论是上头下来影子护卫，还是底下走过，都会一眼看见楼梯上的人。

听平云夫人透露，影子护卫自小学习柔术，练得浑身柔软，体形大多瘦长，行走无声。

他们又有自己的联络方式，撞上一个就等于撞上一群。

文臻又掏出了一个小瓶子，这回的瓶子里出来的是一个体形颇大的甲虫。

那甲虫飞快地往上跑，文臻燕绥稍慢一步。

在第三层的时候，上头有人失声道：“什么东西！”随即咕哝道，“这湖边就是虫子多！”

旁边有人怒道：“噤声！”

随即便沉寂了下来。

文臻和燕绥在听见声音的时候，便跃上栏杆，燕绥双脚钩住栏杆边，整个身子横着出去，正将身体藏在了阴影里。

文臻身子细瘦，身形很窄，便上前一步。隐约的气流拂过，两条人影一左一右从楼梯上下来，走得都很靠边，正好一个看左边，一个看右边，整座丹崖居尽收眼底。

这样的设计是为了巡逻的人能够同时查看到整座丹崖居的情况，不存在死角。

其中一人的靴子尖，险些踩到文臻的手。好在文臻心细，在出发前就已经戴上了黑色的手套，不然白皙的手，在这黑沉沉的丹崖居里十分显眼。

两人果然毫无察觉，无声地走下去，但右边一人，在走下一层时，随口对外一吐。

他嘴里似乎一直嚼着什么东西，此时随口吐了出去。

这应该是个不合格的影子护卫，因为规矩是巡逻中不可发出任何声音和任何多余动作，所以他身边的人十分不满地偏头看过去。

文臻暗叫不好。

他这偏头一看，很有可能看见横身出去的燕绥。

更不要说那一吐，便会吐在燕绥身上，燕绥这样的人怎么可能受得了？

文臻一直藏在嘴中的哨子吹动。

楼梯上隐约微响。

那想责骂同伴的护卫敏感地偏过头去，却看见一只甲虫爬过铁阶梯。

那人松了一口气，也忘记要骂同伴的事情。

文臻却不敢放松，因为吐唾沫的事情她无法帮助解决，她做好了下来打架的准备。

楼梯上却没有动静，很快那两人就下去了。

文臻吐出一口长气，心想燕绥就这么认了那一口唾沫？

什么时候殿下这么能忍了？

她等那两个人下到一层了，无声翻到正面，这才看见燕绥一脸嫌恶地将手上一片树叶一扔，那片叶子在半空粉碎，连带一些苦辛的褐色碎末也散在空中。

文臻认出那叶片是刚才自己引毒虫的树叶，不禁叹一声殿下未雨绸缪，只是他怎么猜出那人会吐唾沫，在那里等着呢？

但此时也不是疑问的时候，她忽然听见底下有动静。

是那种比流水晚风更大一点的动静，很明显不是一个人。

文臻向下一看，果然看见不知何时大厅里出现了一群人，穿着暗红色衣裳，正向楼梯走来。

她藏的位置也罢了，但燕绥那个位置只能挡住从楼梯往下走的人的视线，从底下看一览无余，这些人只要抬一下头就能看见了。

更何况这些人本就警惕，到处张望。

文臻叹口气，只得又做好打架的准备。

并不怕打架，但是一打架，今晚想要接近易勒石并探查他的虎符的任务就很难完成了。

忽然外头一阵喧哗，随即有人奔进来道："平云夫人来了！"

底下人顿时被吸引了注意力，外头报信的又道："平云夫人说那烟花信号是她放的，说小小姐又不见了，她要来找一找，顺便伺候一下家主。"

底下有人冷声道："今晚情形不对。去和她说今晚不用来了，小小姐也不在这里。"

报信的人为难地道："这话我已经和她说过了，她闹着不肯……要么，大哥你去安抚一下？"

那领头灰衣人默然，随即道："也罢，她好端端放烟花做甚，便去看看。"

众人便随他走了出去，自然也没人有心思抬头打量。

文臻这回终于舒了一口气。

燕绥无声无息落在她身侧，脸色有点不大好看，大抵那口痰虽然没吐到他身上，可也把他恶心得够呛。

看文臻眼神疑问，燕绥做了个嘴里嚼东西讲话的动作。

文臻便明白了，想必那个家伙讲话的时候口齿有点含糊，似在嚼着东西，一般人不在意，燕绥却听出来了，又通过那一句话看出这人不拘小节行事粗鲁，在长川，能随时随地嚼着的一般就是苦辛，苦辛嚼不多久就得吐，燕绥所以提前防着了。

说起来简单，却得心思无比缜密细致的人才能有此预见。

文臻心里叹了口气，想着燕绥的不知是病还是毒的问题，很可能根本不适合如此思虑，可明显形成了习惯。

劳心的最后是什么结果？

文臻跟着燕绥轻捷地一路上楼，一直到了楼梯末端，最后一部分的楼梯有点不一样，文臻发觉虽然那也是黑色的，却只是一种乌木。

她还没想明白为什么最后一截楼梯变成了木头，已经对上了一块巨大的石板。

石板上蒙了一层水晶板，板下沟渠纵横，沟渠有的部分光滑，有的部分上下两端都有黑色颗粒，石板左边竖着一排红色的字，左边是"乾、坤、震、巽、坎、离、艮、兑”各对应八个进口；右边一排黑字，是“天、地、雷、风、水、火、山、泽”对应八个出口，正合八卦。

而这石板上纵横转折，无数条沟渠交织纠缠，看一眼就让人头昏。

在左边石板顶端还有一个小小的凹槽，里头是八颗钢珠，凹槽的位置很高，有一条管道和石板连接。

文臻看那石板的底部似乎有异，伸手轻轻碰了碰，果然石板左右一动，竟然是可以摇晃的。

但燕绥立即就抬手止住了她，低声道：“别动。”

文臻也发觉了，那个凹槽里的钢珠因这一动也在微晃，差点落到沟渠里。

文臻看了一会儿，觉得这东西隐然有点眼熟，忽听细微的“咔嚓”一声，那个装钢珠的凹槽里出现了一条小小的缝隙。

那缝隙在缓慢扩大，大到一定程度，就会有钢珠落下沟渠。

文臻忽觉不妙，再仔细看那沟渠里黑色的颗粒状物，忽然起了一身冷汗。

那东西竟然像是火药？

那么多颗，一旦钢珠滚过，碰到这些火药，必然要爆炸。

站在面前的人必然遭殃。

这地方前方无路，后头是忽然变成木质的楼梯，这一炸，引发动静还在其次，十有八九还会引起联动机关，然后木质楼梯必然炸毁，她和燕绥就会悬空在这门前，成为空中靶子，连逃脱的地方都没有。

楼梯到这里就没了，好像这里就是最顶上一个房间，不管是不是这样，这个房间都非进不可，因为就算还有别的房间，也只能这里找入口。

这设计可谓精绝，文臻盯着那石板，轻声道：“是要将钢珠导入这些路线，一直导到出口，还不能碰着那些火药弹？”

燕绥道：“不止。迷宫设计只是起迷惑作用。看这凹槽开启的速度，应该是找到最短的一条路，八卦相对应，触动凹槽只落下一颗钢珠，凹槽机关关闭，而我们需要引导钢珠顺最短的道路走到正确的八卦位，此时石板才会翻转。否则花费时辰太久，凹槽全部开启，钢珠全部落下，随意落入任一道路，火药弹齐炸，咱们就算不受伤，丹崖居也再来不了了。”

来不了丹崖居，就拿不到虎符，城外那支十万大军就会成为最危险的猛虎，朝廷就算拿下长川，也出不了长川。

朝廷经略长川，本就是与虎谋皮，区区几千人要对上盘踞长川多年大军十数万的易家，如果不是燕绥出马，整个朝堂都会觉得这是个笑话。

文臻已经明白了。

这就是个坑。

可能从她和燕绥站上这里开始，机关就启动了。凹槽开启，钢珠落下。

如果仅仅是导引钢珠走迷宫，避开火药弹，哪怕那道路直径很窄，一旦钢珠要想通过火药弹区域，那真是擦身而过，一丝也手抖不得。

但这还只是考验眼力和手稳，对于她和燕绥并不难。但是这乱麻一样纠缠在一起的道路，要在很短的时间内找到对应的路，还要找到最短的一条路，那难度就成倍增加。

那凹槽已经开了一条缝隙，够一半大小钢珠通过。

文臻急速地道："你看前四卦，我看后四卦。"

燕绥没回答，文臻一回头，却见他微微皱起眉，手指按在太阳穴上。

第七十三章

我的蛋糕儿我的王

这动作她最近看见过好几次，但都是一闪即逝，没给她询问的机会，此刻看见心中不禁一跳。

这种迷宫对人的眼力、精神、观察能力都是极大的考验，一旦错了就会造成加倍的压力，如果燕绥状态不好……

但此刻没有时间去询问，她只能抓紧时间去看，希望早点完成自己的四条，好去帮燕绥分担。

她在看的时候，还分神去关注燕绥，果然燕绥手指揉捏好几次额头，她心中越发急迫。

她掌心发冷，忽然一只手伸过来与她十指相扣。

燕绥掌心的温暖传来，她定了定神，心便没来由静了下来。

很快她就找到了乾对应的风，并估计了大概的长度，在旁边的墙面上大致刻了长度。

过一会儿她又找到了坤对应的泽，记下了大概长度。

第三条，在找震的对应道路时，燕绥忽然道："我的四条好了，现在我来给你看巽。"

文臻一侧头，果然看见燕绥已经画好了四条线。

她心服口服。燕绥明显精神不济，但依旧比她快很多。

看凹槽，钢珠已经入了大半，但她第三条马上就要推出来，以燕绥的速度第四条也不过就是须臾之间。

她刚刚舒一口气，忽然发觉眼前发白，她还以为是自己用眼过度眼花，却听燕绥道："还有后手。"

文臻这才发现石板上水晶板下，忽然渐渐聚拢了雾气，雾气正好遮蔽了石板的中间部分，挡住了汇聚的道路。

再一看水晶板上还有细小的管道，一直连入石壁内，想必雾气就是从这里灌入。

迷宫一旦被遮住一部分，就根本无法看出去处和来处，也就找不到正确的八卦对应。

震卦和巽卦的对应便再也找不到了。

文臻额头的汗滚落。

这实在太缺德了！

文臻正开始思考是不是今夜先退走，忽听燕绥轻笑一声，道："蚂蚁。"

她豁然开朗，想也不想就召回了自己先前放出去的那群小虫。那虫很像蚂蚁，在东堂却叫嗅虫，是一种对味道非常敏感的虫，文臻隔着水晶板在每个进口和出口对应的位置放了一点那虫最喜欢的搀了花草汁和蜜的小面团。每个面团对应一个字。

再把虫子放入凹槽附近，这些石板也好，水晶板也好，古代工艺不能做到严丝合缝，放不了人的手指，进入这种很小的虫是没问题的。

果然那些虫很快进入了那个凹槽，顺着缓缓打开的缝隙，很自然地寻美味而去，顺着八个入口往出口爬。

这些虫子向来军事化管理，列队而行，因为生理原因，行进速度完全一致。

文臻再不用管浮游在石板中间的雾气，只需要在尽头等着就行，哪只虫子最先出来，那条路就是最短的。

峰回路转之际，她忍不住对着燕绥比了个赞。

殿下修长的手指略微舒展，挠了挠她的掌心。

片刻后，坤卦的小虫子最先抵达泽字出口。

此时一颗钢珠落下，文臻把住石板，在钢珠即将滑入乾字入口之前，将钢珠晃入坤字口。

她并没有让燕绥去做这件事。她手臂力量很强，多年掂锅弄勺，手臂也特别稳。

燕绥也没和她抢，信任她的能力。

他也不看，只是斜倚墙角，唇角微弯，偏头看她抱着石板慢慢晃动的专注神情。

他觉得认真做事的少女最美。

为他努力的少女更美。

片刻后，钢珠滚入泽字口下面的小洞，带起一阵机关拨动之声，听来甚是美妙。

没有惊动一颗火药弹。

文臻无声出一口气，仰头笑看他。

她眼眸在这暗处亮若星辰，却又弯成月牙形状。

燕绥低下头，轻轻吻她薄薄的眼皮，感受那眼睫温软而簌簌的颤动，在她耳边轻声道：“我的蛋糕儿，我的王。”

与此同时。

石板无声翻转，露出门户。

进门之后，文臻回头看了一眼，发觉石门翻转之后，燕绥在内墙边摸索了一阵，那原本的迷宫石板便缩入了墙壁，现在的石门已经变成了普通的石门。

她此刻面对的是一间普通的屋子。

房间重帘垂幔，里头有床榻家具，正中间床上还躺着人。

按说应该是易勒石了。

房间里并不见外人，但两人可没忘记影子护卫的名称由来。

不管怎样，文臻心里总觉得和丹崖居影子护卫的力量安排比较起来，自己两人这一路遇见的护卫还是太少了。

过于顺利反而让她有点不安。

文臻垂头看了看地板，嗅虫无声无息地进来了，往正中的大床边缘汇聚。

而身边燕绥对她摇了摇头，这里并没有影子护卫。

文臻心想，也许外头的机关太强大，计算中没有人能过，所以这里根本不需要安排侍卫。

文臻轻轻走过去，俯首看大床上的老者。

符合一个久病在床，枯槁老者的形象，下陷的双腮透出隐约的死气。

在他脸上能找到易云岑，易人离这样直系子弟的细微的影子。

燕绥示意文臻用匕首挑开老者的头发，看见在后脑中央，白发之下一片微红之色。

易家的病会使人皮肤发白发红。

燕绥点点头，文臻便知道他确认了，这是易勒石的少有人知的特征。

燕绥随即又绕着房间走了一圈，又对文臻摇摇头，示意这里也没有别的入口。

换句话说，这个巨大的丹崖居，其实只有这一个房间，从高度计算，这个房间在悬空部分的最顶层。

排除了其余房间的存在，再回头到易勒石身边，之前玩官兵捉贼游戏时候，文臻和燕绥都摸到了一些线索，虎符应该就在这个房间内，在易勒石身边。

根据之前的一些消息，据说易勒石的虎符并不是常规形状，也没几个人见过他的虎符。倒是流传有一个说法，易勒石曾在酒后夸言，他的虎符是自己设计制造的，是这世上最奇妙自然的图案，放在这世上最安全的地方，除了他自己，谁也拿不到。

文臻对燕绥示意，是否要杀了易勒石。燕绥摇了摇头，道："找到虎符再说。"

有些设置可能需要易勒石活着才能进行，文臻也没强求，反正床上躺着的人毫无知觉，身体机能处于停滞将绝的状态。

两人正要翻找，忽然身后石壁开了。

电光石火，文臻扫过四周，帐幔很薄，家具底部很矮，头顶没有横梁。

只有床底有窄窄的一条线人可以挤进去。

她倒地滚入床底，原以为燕绥也会滚进来的，结果她趴在地上看见燕绥的靴子停在床前。

文臻想不明白燕绥为什么不躲，但随即就看见燕绥动了，靴子忽然消失，随即床板微微一响。

他上床去了。

文臻惊得眼睛微微睁大，这样可以吗？

睡在易勒石身上？万一易勒石装死呢？再说那床一眼就能看清楚了。

她还没想明白，忽然床又一响，一个庞然大物被塞进来。

文臻再一仔细看，这不是易勒石吗？

燕绥把易勒石塞到床底，自己躺床上去了？

这思路是挺绝的，进来的人如果是怀疑有人混入，也会先查看可躲避之处，不会想到床上快死的那个人。

如果只是例行进入，更不会想到床上换了人。

但是文臻还是觉得哪里不对劲，反正都是埋伏杀人，她都已经躲入床底了，燕绥为什么不跟过来？

这么想的时候她觉得有些不对劲。

身前是易勒石，颇为高大的身躯，将床前那一片塞得满满的。

她因此被挡在后面，扁扁地趴在地上，床不高，头顶的黑色床架高高低低地延伸往前。

等一下！

床架床板是木头做的，应该是平坦的，为什么会有高高低低的感觉？

什么东西会高高低低？

文臻忽然浑身的汗毛都奓起来了。

她猛地抬头，手中寒光一闪，便向上捅！

眼前忽然亮起一道白光，随即“床架子”向后退了半截，像一条柔软的蛇在蜕皮一样，忽然就缩离了她眼前。

文臻看着这有点玄幻的一幕，感觉整个人都不好了。

更不好的是，那白光是一副在黑暗的床底下都亮闪闪的大牙。

大牙咧得分外开，让人幻觉蹿出来的是一头傻狍子。

文臻受到了惊吓，受到惊吓后她的第一反应就是把这副可怕的大牙给敲掉。

她凶悍却无声地挥起了拳头。

以她独特的拳力，完全可以打下这傻狍子的整副大牙。

那大牙却忽然一开一合，用口型说了三个字。

他说：文别驾。

文别驾一愣，拳头停在那鼻尖零点零一公分处，好半晌才慢慢撤了回来。

看看那人装束，青色的衣裳紧贴在身上，居然是影子护卫。

这才合理，毕竟易勒石的房间里怎么能一个贴身护卫都没有。

但燕绥的探子居然已经混到这个级别，真是厉害。

影子护卫似乎对她也很熟悉，因为那家伙紧紧地把自己贴在床背面，努力地避免靠她太近，幸亏他比较有求生欲，不然文臻方才就得和他上演一出经典鬼片背靠背。

门已经开了，有人走进来，但文臻被易勒石挤在里头，根本看不见外面的情况。

听脚步声像只有一个人。

这脚步声给她一种熟悉的感觉，特别的轻，像一阵风，却又带点奇异的韵律。

她忽然有点紧张。

这脚步声让她直接想到一个人。

唐羡之怎么来了？

他是怎么一路进来的？

文臻的思路回溯，这门口的迷宫炸药机关，四面空的钢铁梯，水底地道，机关密林……然后恍然大悟。

今晚燕绥的真正目标不是易勒石！

是唐羡之！

丹崖居临湖，四面无靠，一看就是机关遍地，唐羡之不擅机关，但一定也想拿到虎符。那么他这个最擅长空手套白狼的，自然盯住了燕绥。

这一路怎么过来的，自然也是燕绥和唐羡之各自螳螂捕蝉的结果。

唐羡之利用燕绥的成功，在她和燕绥的眼皮子底下进入了丹崖居。

然后，燕绥在这里等着他。

唐羡之的脚步声眼看冲着床边去，文臻正在紧张，忽然银光一闪，一声轻响。

这一声近在身侧，听得文臻头皮发麻，与此同时感觉到右手手臂微凉，她手臂微微一挪，侧头去看。

剑尖从挡住她的易勒石背后透出来。

文臻盯着易勒石后心的剑尖，看着那慢慢洇出的血，有点发怔。

易勒石就这么死了？

这出行长川一路，她竟然亲眼看见两位叱咤风云数十年的世家大佬在自己面前死去？

此时她才明白燕绥为何不躲床底，还把易勒石塞下来。

他知道进来的会是唐羡之，知道唐羡之谨慎狠辣，一定会先对床底出剑，将这屋中最明显的躲藏处可能的危险解决。

而易勒石身躯宽厚，正好将床底堵严实了，做了她的挡箭牌。

如果燕绥不代替易勒石，如果他不把易勒石塞下来，现在挨这一剑的，就该是自己了吧？

她趴在地上，有心想出手，却又怕影响了燕绥的计划，正在思考，忽然感觉到地面微微的震动。

不是走路产生的震动，而是地面内部的震动，她耳朵贴在地面，隐约听见地下有种声音，像是什么东西在地板之下在滚动。接着像是一大丛什么东西刷过地板之下。

这声音让她有种不祥的预感。她忘记了上头两人的尔虞我诈，将耳朵贴得更紧了些，努力想明白那到底是什么声音。

此时，丹崖居地下，那先前发号施令的灰衣人，正抱臂站在那一排石算盘面前。

他面前代表外头机关阵的石珠已经停止震动，最底下一排更小一些的石珠，却在不停颤抖。

他看着那些石珠，眼睛往上方扬了扬。

“林中那批伤损如何？”

“对半。”

“现在回不来了是吗？”

“是的。本来前头那两个潜入的带了具尸体，那具尸体却是个假尸首，被拖入地道的时候，在入口留下了缝隙，后头又来了一个，借着那缝隙打开了入口，然后才将入口封死，将我们的两个小队堵在了树林那头。从丹崖居出来的时候也是，那具假尸首被用来诱杀了咱们的兄弟。”

“呵呵，真是各逞心机。今晚房中值夜的是谁？”

“是震风队的震四。原本应该是震三，震三忽然闹肚子，便和震四换了。”

“嗯，藏了这么久的鼹鼠终究出洞了。”

“首领，您为什么在平云夫人故意给他们打掩护之后便下令收束队伍，咱们明明还可以留住他们的……”

“我们可以出手，但要死多少人？我们出手又怎么揪出内奸？不如请君入瓮，不管来几批，来几人，统统都包了饺子，让他们知道丹崖居不是那么容易踏进的地方，看谁以后还打虎符主意。”

“首领英明。”

文臻耳朵贴着地面，眼睛也在看着地面。

刚才她收拢了嗅虫，现在嗅虫就在她眼前，慌乱地转成一团，再也没有先前的整齐姿态。

这地板下有东西。

文臻浑身汗毛都竖起，对着那个影子护卫，指了指地板。

对方一脸愕然，显然不知道。

文臻心底一沉。

她知道怎么回事了。

难怪一路走来，总觉得既然外派到林中查看的人不多，那么最起码还有十个小队在丹崖居中，虽说影子护卫善于掩藏，但那也是针对其余人，真要有人，她和燕绥不可能看不见。

人都去了哪里？为什么不阻止他们找易勒石？

除了这个开门机关比较险之外，其余都谈不上阻碍，那是因为人都去了别处，避免了和他们短兵相接，只用机关和暗地里的安排，对付今晚的不速之客。

床底下这个死得冤枉的，不是易勒石。

问题来了，易勒石如果无事，为什么不出面，为什么容得易家上下里外被人四处点火，被人不断解除力量？他到底藏在哪里？

但现在不是想这个的时候，文臻悄悄掏出匕首，撬开地板，她撬得很小心，果然在那一条缝隙里看见一条管道，片刻后，一颗熟悉的黑圆球骨碌碌滚过了管道。

火药味弥漫开来。

文臻感觉头发都要竖起来了。

这地板之下和门口迷宫一样，横七竖八布满了管道，现在管道的入口被放入了火药弹，可能还有毒虫！

只要有任何震动，这房间就会整个爆了！

不仅爆了，还会涌出大量毒虫！

身下有些濡湿，仔细看是那个假易勒石流出的血。文臻眼睁睁看见有一批红色的虫狂奔而来，奔着那血流的方向，眼看要撞上那黑色的火药弹。

文臻眼疾手快，将那颗火药弹捞起，眼看那批毒虫爬向那摊鲜血，又一匕首将那些虫子压死。

她后背出了一层白毛汗。

还有一层算计！

就算不碰地板也不行，对方算准这屋子里一定会见血，而这血会引诱底下的毒虫，毒虫奔血而来，过快的速度会撞上火药弹直接引爆，而爆了一个，所有的都会跟着爆炸。

这心思之毒简直可怕。

文臻高度紧张，根本没听见上头发生了什么，但感觉上头已经有了动静。

忽然那个影子护卫将她一推！

第七十四章

舍身相救

忽然一截明亮的剑尖从床上插下！

剑尖离文臻鼻尖只有三寸！

文臻想也不想，抬手抓住了剑尖！

剑尖一旦戳破了地板，激发了火药弹，所有人都会死！

剧痛袭来，文臻咬牙，一只手兜住自己衣襟，接住了剑身上流下的自己的血。

对面的影子护卫已经愣了，没明白文臻这是要干什么。

文臻抓住剑尖缓慢地向上送。

持剑人忽然猛地一抽剑。

极薄的剑尖从文臻掌心一刷而过，痛得她也浑身一抽，咬牙将血肉模糊的手掌在衣裳上狠狠一压，止住鲜血。

与此同时，她猛地出拳。

床板裂开时，她一脚将假易勒石的尸身蹬了出去，正撞向站在床前的唐羡之。

床板裂开，唐羡之注意力自然在床上，不料最后文臻还是从床底出来的，他猝不及防被假易勒石撞到腿面，又转向防备地下，向后急退，结果看见跳出来的是文臻，顿时一怔，再一看见她满手血，神情顿时十分复杂，但紧接着影子护卫便纵出，一条软剑刺向他，唐羡之随手拨开，又退一步。

燕绥都没出手，只站在唐羡之斜侧面，逼他只能直线往后，这几步急退，唐羡之便已经撞到了进门的石门。

石门忽然翻转，那一道缩进墙壁里的迷宫石板以比原先快很多的速度出现。

文臻一看那水晶板下面因为过快的速度，飞速打开的凹槽和不住滚动的钢珠，心便狂跳起来。

她明白了燕绥的全部计划。

燕绥今晚探易勒石果然只是障眼法，他一路留下了漏洞，引唐羡之跟进来。毕竟，不擅机关的唐羡之要想最方便地进来，只能利用他。

而燕绥也等着他，特意在每一处都留下了漏洞，在林中时他曾背对密林，其实就是给唐羡之混入的时机。

燕绥入水底通道时，拖着的那具尸首很可能不是真的尸首，是唐羡之安排混入的手下。

燕绥故意被唐羡之“利用”自己的机会，直到进这间屋子，他解除了迷宫炸药之后，在进门的时候收了那迷宫，却改动了机关。

唐羡之不能跟燕绥太近，后一步进来的时候，自然不知道这里曾有过迷宫，就算知道，也会认为机关必然已经被燕绥解决了。

唐羡之跟进来，因为要面对燕绥和文臻两人，他虽自信，也不敢托大，这屋子中只有一个门户，为了方便逃脱，他必须要把石门留下一条缝隙，方便翻转。

而燕绥改动机关，是靠石门拖拽之力来影响迷宫的滑出速度，继而使钢珠和火药弹碰撞引发爆炸。

他躺上床，文臻躲入床下，床下还埋伏了一个影子护卫，不是为了刺杀唐羡之，唐羡之无比谨慎，既然有备而来，不会随意靠近任何物体和人。

但谨慎有时候也是弱点。

强者就是善于利用对手的任何弱点。

唐羡之谨慎，就不得不同时防着床上和床下，燕绥趁机便可以将唐羡之往门那里逼，唐羡之撞上半掩的门，震动引起机关联动，连带迷宫迅速滑出，引发碰撞乃至爆炸。

这个计划，为了体现真实，为了不让文臻卷进去，他没有明说。

所以文臻以手抓剑，从床底冲出，误打误撞令唐羡之更加分神，从而更快更猛地撞上石门，只能说是天意。

但是天意很搞笑。地板之下竟然还藏了布满了整个房间的升级版炸药迷宫。

所以这一招绝对能搞死唐羡之，但也能同时搞死所有人。

文臻冲出来的时候看见唐羡之手臂血迹殷红，竟然先前已经受了伤，她百忙中瞥一眼完好的燕绥，松一口气，来不及多想，站在燕绥和唐羡之的中间，大喊一声：“所有人有伤的堵住伤口！燕绥，收住迷宫！”

燕绥一怔，随即道：“来不及了！”

文臻大叫：“地板下也是炸弹迷宫！还有毒虫！”

只这一句，那两人便已经明白什么意思，齐齐脸色一变。

文臻心急如焚，整个房间随时会爆，本来还有一个门，以燕绥的机关之术可以开门冲出去，但是燕绥用来算计了唐羡之，现在那个门也要爆了，谁过去几乎谁死。

怎么办?

她抬头，却看见燕绥和唐羡之交换了一个眼色。

她一愣，几乎不敢相信自己的眼睛。

唐羡之忽然大喊一声：“拿到了！”

声音极响，传遍丹崖居。

然后文臻就看见门外人影一闪。

燕绥同时动了，一手抓住她，一手抓住那人，将他拖过来，抵住了滑出的迷宫。

那人身侧留下了一条极窄的缝隙。

迷宫板被逼停，水晶板下的钢珠一阵乱响。

燕绥停也不停，将那人的头狠狠撞在迷宫的水晶板上，水晶板瞬间碎裂。

那人的身子整个趴在板上，额头上鲜血狂喷，将大部分火药弹濡湿，但还是有一部分火药弹立即爆炸。

轰然声响里，燕绥猛地一推，将文臻推出了那条窄缝。

他用了全力，文臻的身子如石子飙出，穿过丹崖居上方透气的长窗，撞破长窗。

被推出前一霎，文臻看见燕绥身后，唐羡之竟然没有乘虚而入，而是抵住了向后翻开的石门。

迷宫被引爆后，被炸死的那个人挡住了大部分的爆炸。文臻仿佛看见那一霎地下毒虫的狂欢，如黑云卷过地板下的迷宫，飞快进击，撞上滚动的火药弹……

看见爆炸瞬间发生，黑云浓烟滚滚而升，遮住了那几人的身形，一阵接一阵的巨响后，火焰瞬间升腾，将她模糊的视线烧尽。

她在心中迷迷糊糊地想，上次，他也是这样将她推出的……

然后带给她和他，至今未能完全消解的伤害。

这是要将命运再循环一次吗?

燕绥，这一次，你一定要好好的。

“扑通”一声，她坠入了冰冷的湖水中。

丹崖居之上的暴戾烟火照亮了整个夜空。

易家大院骚动渐剧。

这一晚，传灯长老、掌馈长老、求文长老等在花田楼，新仇旧怨，齐齐爆发，大打出手，最后求文长老断腿，掌馈长老内伤，传灯长老死了很多手下，实力大减。

而次日就是长老堂选举新长老的日子。

这一晚，段夫人一夜未眠。

这一晚，易秀鼎回去后便没能再出门，被易云岑拉着下了一夜的棋，局局输。

而易云岑却雄风大振，纵横捭阖，抱着他的套娃，喜笑颜开。

这一晚，平云夫人被从丹崖居驱逐走之后，便抱着她家的囡囡不肯放开，天快亮的时候她听见那分外剧烈的爆炸声，眼底涌现奇异的神情，半晌，将头埋在了女儿的一头乱发里。

而唐慕之站在她内室的窗前，看着那一边的黑雾和烟云，一边束着衣带，一边沉沉地对身后的人道："你等的机会可能等不到了。"

她身后的人嗤笑一声，道："未必。"

这一晚，易燕吾在自己的院子的小楼上看着那灿烂烟花，微笑着喝了这段时间以来的第一壶酒。

冬夜的湖水冰凉。

文臻在缓缓向下沉落，却并没有晕去。她在半空中就努力调整了身形，入水轻巧。

手上的伤被水冲开，淡红血流如丝带在身侧逶迤，刺痛反而令人更加清醒。

毕竟是从高处坠落，她一时还挣扎不起，她闭上眼，感受到后背的刺痛，好像又有针要碎了。

但此时也顾不得，她准备凫上去，去救燕绥。

谁知一睁眼，她发觉眼前的情景变了。

水没了，眼前是一片冰晶之色，她甚至能看见面前冰晶上结着的六角形美丽霜花。

而身体彻骨之寒，上下浮沉。

隔着冰层，隐约可见淡蓝水波。

她反应过来，她还在水里，却被人凝成了一大块冰！

有异能者在附近！在这水里！

她想转头查看，但是周身已经被冰桎梏，只有脸部位置的冰极细微地留了一条通道，供她呼吸之用。

很快，她就感觉到那种浑身如被冰针刺着的入髓的痛，而被冻在冰里，她还在不住下沉。

这令她心里发冷——这是要在水底让她死得无声无息吗？

但她随即觉得不是这样的。异能总归耗费更多精力，对方真要杀她，完全可以趁她落水那一刻下手。

既然如此，她放下心来，又闭上了眼睛。休养生息最重要。

不去想燕绥后面如何，也不去思考困在冰里的窒息和恐惧感，专心练功。

她想要在这紧促的时间里，以最小的损失把那根针先碎掉。

她的后背紧紧抵着冰块，按照易铭当初给的法门，运气一遍遍往那处尖锐疼痛地猛冲。

冻在冰中时间久了就会麻木，血液流速降低，能适当减缓爆裂那一刻体内的耗损，经脉的伤害，以及减轻痛苦。

受伤之后选择冰敷往往也是这个道理。

出手的人想必也没想到，文臻竟然能在这种心态下，被冰困住后，还能利用这样的劣势为自己寻求机会。

无他，经历过生死，才能在一切噩运之前不堕心志。

哪怕沦为沧海蜉蝣，也必能在巨浪之前寻得生的罅隙。

被冰封住的人始终安静没有动作，甚至没有寻求解脱，让暗中出手的人非常讶异，也让他原本想看文臻绝望挣扎的心思落了空。

他有些悻悻地咕哝：“这女人死人一个啊，怎么都没动静的？”

他招招手，有人上前，用绳子拽住那人形冰块，顺着湖水流向往前游。

冰块渐渐地被往上拎去，毕竟在水底没有氧气。

丹崖居上方的黑烟红火已经渐渐散去，幽蓝的湖水映着月光，倒映着丹崖居上明灭的点点红焰，像一对互相眨眼的鬼魅。

湖水阴影处水色沉黑，冒出一点惨白的冰块，光泽幽亮。

并没有人注意那点惨白之色，便在红焰和黑水之间，一沉一浮，顺水而去。

文臻再醒过来的时候，发现自己置身于一处颇为华丽的屋舍内，看那摆设装饰，水晶琳琅，香粉旖旎，明显是大户人家女子闺房。

她不急着起身，先细细看了看四周情形。

一个艳妆女子坐在她身侧，脸对着外面。

衣着首饰倒也算华丽，透着股精心搭配撑起来的讲究。她小心地拨香炉里的灰，好让那块比较名贵的香燃得慢一点。

文臻将四周打量完了，又检查了一下自己，确定自己身上尖锐的物事，包括簪子都被搜走了，才发出一点声响。

听见她的响动，女子回过头来，对她凝视了半晌，笑道："姑娘你醒了？"

不等文臻说话，她又坐近了些，喜滋滋地道："今晚我去城外灵姑庵烧香，回来得迟了一些，路过青石溪时，看见你趴在水边，身上还有冰块碎片，我吓了一跳，还以为你是死人呢，万幸还有一口气，就把你救回来了。"她亲切地握住文臻的手，用手指搓着她冰冷僵硬的手指，唏嘘道，"瞧，火盆子生了这许久，你还冷着！你好好一个小姑娘，怎么会半夜到那山中的溪水边去？"

文臻一垂眼，顿时来个泫然欲泣，低声道："我……我也是想去拜访灵姑庵的，没想到第一次去，在山中迷了路。然后便遇见一群登徒子，对我欲行非礼，我挣脱欲逃，其中一人还会些奇术，以冰雪将我冻住，我双膝难以挪动，落崖坠入溪水，唉，都是美貌惹的祸……"

那女子脸皮抽了抽，咳嗽一声道："你既然也是去上香，该有亲人随从才是。你且告诉我你是哪家人，我送你回去。不过大夫说你受了伤，不宜挪动，所以最好你且在我这里休养，你的亲人随从定然在心急如焚地寻你，你告诉我他们的特征，或者给我个信物，我帮你去把人找着。"

文臻不答，环顾四周，女子又咳嗽一声，有点赧然地道："不瞒你说，这里是寻蝶院，是青楼，想必你一个大家小姐待不惯这种地方，也会嫌我们这种女子肮脏……要么我还是送你回去吧。"

文臻急忙道："无妨。风尘未必少英杰。我蒙姐姐搭救，怎么会嫌弃姐姐。"

那女子喜笑颜开，拍了拍她的手，亲昵地道："姑娘真是有见识！"亲手端过一碗药，道，"再放就凉了，来，喝了就好啦。"

文臻接过碗，痛快地一口气喝了，那女子更加欢喜。文臻放下药碗，叹息道："可惜我当时奔逃，身上物件都在林中遗落，并没有什么可以证明自己或者召唤他人的信物。"

那女子并不意外地点点头，却听文臻道："但我家倒是住在城中，就在胭脂市后头西水胡同里，倒数第二家，墙头上有三色梅花的便是。"

那女子怔了怔，喜道："既然你家住在城里，我且打发人去通报一声。你便在我这里安心养伤。"

文臻点头道谢，看她端着药碗匆匆出去，半晌，唇角一勾。

第七十五章

算人者人恒算之

有脚步声靠近，似要经过窗前，文臻偏转脸，闭上眼睛。

那脚步声走到窗下不远便停住，随即一阵安静，文臻心中默数，过了一会儿，脚步声往房间来。

门帘响动，门口的侍女低声在请安，随即那人进门来，并没有立即上前，站在原地好一会儿都没动。

文臻一直在假寐，好一会儿才似乎感觉到什么，慢慢睁开眼。

那人站在当地微微偏头，几分欣赏几分轻蔑地看着那少女长长的睫毛微微扇动，扬起一个美妙的弧度，流转的眸光漾着晶莹的水气。

他的眼神也不禁荡漾起来。

文臻张开眼却只看见一个狰狞的面具，和面具下露出的难掩色欲的眸光。

她微微皱眉，适时地露出警惕的神色，下意识伸手摸武器，手却在空中一顿。

那人低低地笑起来，唇角一撇态度十分讥诮。

先前冻住她时，她就已经无法反抗，他这里经验最丰富的护卫和大夫也都看过，确认她体内部分经脉碎裂，现在连动根手指都困难。

那人又打量她一阵，才手按在刀柄上，缓缓上前来。

文臻数着他的步伐。

那人直奔榻前，看文臻始终没动，试探地伸手一摸文臻的脸，另一只手依旧放在刀柄上。

文臻一偏头，让开他的咸猪手，见她没有更多动作，那人眼底露出兴奋之色，又上前一步，倾身来抓文臻的手。

文臻咬牙，拼命后缩。男子神情越发轻松，眼睛却盯着她，怕她有任何动作。

他一倾身，撩动帐帘，头顶帐子金钩晃动，金钩上，一点液体状的东西被摇晃得松散，一点细细的银丝慢慢垂下。

眼看就要抵达他的天灵盖。

忽然，门被大力推开，一条影子风一般卷进来，还没进门哭叫声已经尖利入耳：“杀千刀的！你骗我！你竟然骗我！”

男子霍然转身。

那点银丝坠落，落在床榻边。

文臻心中大叫懊恼——看来西水胡同离这里太近了！

倒便宜这家伙躲过一劫。

冲进来的正是先前那艳妆女子，她此刻妆容散乱，刚进门尖尖十指就往男子脸上挠：“好你个十五爷！骗我说只爱我一个，已经为我散了所有的相好，那西水胡同里那个贱人是谁？啊？你为什么还要勾搭我那个死对头？还让她欺负到我脸上来，骂我不知自量年老色衰，把满屋子的首饰金银砸我脸上，上次我和你要的那个天青梅花瓶也在她那儿，气死老娘了……”

她一边骂一边挠，那男子狼狈躲闪，又要躲她的尖牙利爪，又要防着面具被抓掉，连连怒喝，两人从床边厮打到窗前，再从窗前厮打到床边，女子气力终究不如男子，那女子被怒火上头的男子猛地搡到床边，女子向后跌出，太阳穴正对着尖锐的床角。

女子也发觉不对，惨叫：“拉住我！”

男子下意识伸手去拉，手却似乎被什么不存在的东西一推，手臂摆荡开去，看上去像他不仅不拉还推了一把一样，女子愕然睁大眼睛，心中恨极，抓紧了他衣袖，也拼命把他一拽。

她叫得破了音：“要死一起死！”

刚刚做了手脚的文臻终于等到出手时机，一把接住了女子的肩将她一转，转离了床角并转出半圈，她还拖着男子，正好把他带到了床边，男子猝不及防地跪在床边，额头重重撞在床榻边沿，正在刚才那银丝滴落的位置。

然后他就跪着不动了。

看上去像在给文臻磕头赔罪一样。

文臻唇角一扯，悄声道：“真不好意思。”

随即她慌张地转头看那女子，惊道：“哎呀！你把他砸晕了！”

那女子傻在那里，急忙上前扶起那男子，也顾不得什么了，一把脱掉面具。

果然是易修年那张苍白刻薄的脸。

女子又拍又打，连声呼唤，奈何中了文臻的招，哪那么容易醒。

文臻更加惊慌："哎呀，你把他弄死了！"

那女子也慌乱起来，哭道："我不是有意的，我只是被那小桃红气了一场撒气而已……以前也经常闹一闹，他……他这次怎么……"

"怎么办……怎么办……"女子急得团团转，"他醒过来会打死我的……"

"他醒不过来你也会被打死。"文臻阴恻恻地提醒她。

女子傻了半晌，忽然咬牙推开易修年，撕下一截绸缎床帘，开始疯狂地拉抽屉，开箱笼，将里头的金银器物往绸缎里倒。

这竟是要卷款私逃的意思。

也正在文臻的算计中。

文臻冷眼看她收拾，易修年还真是小气，这女子闺房中大件摆设值钱，却带不走，其余首饰等物，除了一两件镀金的，大多都是银制铜制等物，根本不值钱。

她拢着袖子看了一阵，幽幽叹口气，道："这位姐姐，看来你的这位爷不怎么大方啊。"

这句话击中了那女子痛处，她愤恨地停了手，道："这一毛不拔铁公鸡！如果不是没有钱，老娘早一脚蹬了他！"

文臻笑眯眯地从怀中摸出一块黑色木牌把玩："姐姐，你跟了他多少年了？"

"三年了！到现在金钗儿都没攒几根！"女子一眼看见那木牌，忽然一怔，随即便扑过来，伸手要夺，"你这牌儿哪来的？"

"能哪来的？方才这位爷给我的啊，他不仅给我这个，还说只要我愿意，南市那里三进的院子随便我挑呢。"文臻一缩手，笑眯眯的，"姐姐你说你跟他三年都没几根金钗？我瞧这位爷明明很大方啊。这男人都这样，看脸给钱，你说是不是？"

那女子瞅她一眼，嘴一撇，回头看易修年，半晌，磨牙冷笑："老娘现在后悔了，刚才就该直接摔死你！"

文臻递出木牌："给。"

女子诧异地看她。

"我有条件。这牌子可以调动易修年名下店铺和小厮是不是？我把她给你，你用这牌子能弄到多少钱是你的事，而你找出这屋子里软筋散的解药给我，并且帮我传一个命令，命易修年那些店铺里的掌柜带上这一年来的账本和储存的金银，立即来十五爷这里，十五爷要提前查账。谁若不来，明年的掌柜正好换人。"

女子犹疑地看着她，想是也发觉了哪里不对，伸出的手反而缩回来了。

“你已经弄伤了易修年，坏了他的事，他醒来后你没好结果。所以你已经打算走，既然要走，多弄点钱不更好？至于后续会发生什么，你都走了，你管那么多？你假传命令弄走易修年的打手小厮，将来可能追捕你的人手不是也没了？有了钱，没了危险，你仔细想想，这是不是一笔上算买卖？”

那女子想了一阵，一咬牙，接过木牌，指了指易修年：“解药我不知道在哪，但我知道他重要的物事喜欢放在自己身上。”

她又问文臻：“你不怕我拿了钱，就不管你的事了？”

“我怕什么呢？”文臻似笑非笑地看着她，“你去店铺弄钱，你不怕被人发现追出来？把这些人调走本就是你希望看到的，你没道理不去做。”

女子冷哼一声，想了想道：“他们要把你留在这里，诱惑你的朋友来救你，他们在整个宅子里都布置了埋伏。”

“围城打援嘛。所以我不走，我就在这里，大家玩一玩。”

“那我怎么出去？院子里都是他的人，我刚出过门，马上又出去会被拦阻。”

“放心，我有办法送你出去。”

女子瞅她一眼，并不肯信地摇摇头。

这里到处是人，就算她能出去，这些细软怎么在众目睽睽之下带出去？

但此刻那少女的神情，不知怎的就让她抱了希望。

她继续整理她的鸡零狗碎，一根铜钗都不放过，还用簪子撬床头镶嵌的青玉。

她忽然犹豫了一下，又问：“你早就知道我们的身份了吧？这都是你设计的吧？”

“怎么会，”文臻答，“不过你又何必想这么多，你只需要仔细想想，最后的结果是不是比你在这个小宅子里等着人施舍，一辈子过着无法自由的生活要好？”

现在走投无路，又遇上一条看起来不错的路，无论谁都必然会这样选择。

反正无论什么路，都是她安排走上的路。

文臻笑了笑。

她刚刚醒来，就认出了这里是易修年的外宅所在。

窗纸都是深色的，这是易家人的习惯。

案几上一罐燕窝，罐子上有易家的铭记。

屋子整体布局有种华丽中暗藏的俗气和寒酸，和易家大院总体的风格不符，所以这不是易家。

李石头纸条里曾说过一句：“易修年经常会拿大宅的补品送给外宅的女人们。”

由此可见，易修年此人又小气又贪便宜又爱撑面子，这屋子符合他的风格。

这里想必就是易修年的外宅，在水下对她下手的就是这家伙。

之前得知这个消息时候，她就已经嘱咐英文等人查一下易修年还有哪些外室。

大房固然容不下外室，外室之间更彼此水火不容。

果然便用上了。

引诱外室去内斗，她趁机“勾引”易修年。

她猜到易修年上头的易燕吾，应该会想围城打援，利用她来引诱她的帮手自投罗网，所以会告诫易修年不要招惹她，那么她只好自己开窗展示美貌了。

果然色鬼没扛住，进来了。

本来要弄倒易修年挟持他的，结果小妾发现了竞争对手并惨遭铩羽，将这怒气发泄在花心的男人身上。

她便也将计就计，设计了一出“醋坛子母老虎打伤金主”事件。

这种女人看得见钱，却扛不住事。情与恩在她们眼底不抵白银一锭。

她们也敢于火中取栗，前提还是为了钱。

更何况易修年的吝啬，早已使她积蓄了一肚子的怨气。

至此，一切皆如文臻所想。

她下了床，从易修年身上搜出了几管药物。

解药服了下去，她出了口气。

这次碎针之后，她发现她明明中了毒，但内力全无的情况下，依旧能出拳。

她学的这一门奇怪功夫，已经进步到可以不需要借助内力而依旧有八成效果。

气力完全恢复后，她换上易修年的衣服与和他一样的发型，戴上他的面具。

女子已经准备好包袱，看着她的动作，吸一口气，心想这女人果然厉害，明显没中毒啊。

她更加不敢轻举妄动，还建议文臻：“个子不够，我给你找双高跷来，以前我们玩过这个。”

她找了双高跷，文臻绑上，将最后的身高短板也补齐。

然后两人相携着出去，外头的人其实已经习惯了两人经常打闹，易修年向来自诩是个有情趣的人，哄女人比较有耐心。

他的随从看见两人出来，主子低头哄着三娘子，三娘子怒气已经不见，又是平时情状。

随从护卫们心里都笑一声，转开目光。

听见主子哑声道：“好啦好啦，没有的事儿，拿着去买珠子去，你上次不是说想要画宝坊的明月珰嘛。”说着拎起一个巨大的包袱，笑道，“拿这个去换。”

护卫们看着地面的眼神更加鄙薄。

旁支就是旁支，没一分豪门子弟的教养和风范。

口口声声说自己是未来易家主人，未来易家主人却总是偷偷拿大宅的器物出去当换钱。

护卫们没多看，由着文臻坦然拎着细软把卷款私逃的三娘子送出门。

三娘子挎着包袱跨出门的那一刻，心中满满都是不可思议。

这一个时辰真是一生中最神奇的一个时辰，人生在这里竟然转了一个巨大的弯。

文臻进门之前，在墙上做了一个记号。

她转了一圈，确定易燕吾不在，昨晚易家大院丹崖居的动静太大，易燕吾想必也要去那里处理善后。

丹崖居的动静肯定会惊动潜伏在易家大院的其余人，就是不知道他们的营救怎样了。

文臻很担心因为自己的失踪会让众人分散精力，不能专注地救燕绥。

所以她得尽快回到燕绥那里。走回去的时候，她听见两个护卫在低声说话。

“听说宜王车驾终于到主城之外了……”

“对啊，一大早就派人在城下展开仪仗叫易家人来接。”

“大院那边不是派人去说了吗，昨晚丹崖居遇袭，家主受伤，目前正在全城搜捕凶手，城中可能有心怀叵测者混入，不敢令殿下万金之躯入城蹈险……你说这丹崖居炸得可真巧，长老堂可算有了现成的好借口。”

“不是说宜王那边说殿下病了，既然不方便城内接待，刺史也该出城侍疾？”

“但是地盘是我的，你来抢我的东西，还要我去伺候你，天下哪有这样的道理，刺史可没理他！”

“也不知道后续会怎样。说起来，刺史好久没露面了，昨晚丹崖居那动静你听见没有，易家大院那什么地方，怎么可能给人炸成那样……我这心里总觉得怪不安生的。”

文臻皱了皱眉。

按照计划，宜王车驾终于抵达，正式对上了易家。

易家拒绝接待本就在意料之中，下一步也就是公开宣读圣旨罢官，再将圣旨送入丹崖居，形成事实。

但意料之外的是，丹崖居已经不存在了。

文臻在屋子中坐下来，易修年被制住，在屋子外养睡莲的大缸中待着，这季节缸里都是碎冰，文臻以此聊表他让人将自己结成冰的谢意。

不多时她把易修年从缸里捞出来，冰块落了一地，文臻看看易修年惨青的脸，拎起一块冰块，敲断了易修年刚才摸她的手指。

易修年的惨呼声被她用他的头发塞住。

文臻在他耳边冷冰冰地笑："一根手指是利息，你欲图对我不轨两次，按照我的计算方式，够你死去活来两回。你要想尝试呢，就不要听我的话。"

易修年拼命点头又摇头，然后绝望地发觉这句话怎么回答都是个坑。

文臻也不要他回答，这种人向来没胆气，只适合做傀儡，大家轮流用一用。

"等会你名下铺子的掌柜们来，记住按我说的去做。"

第七十六章

一念天堂一念地狱

过不多时，那些掌柜们果然陆陆续续来了，在门口处还和守门的护卫争执了一番。那群人等文臻同伙来自投罗网，哪里愿意放这一群闲杂人等进去坏事，但架不住这些掌柜为了自己的生计拼命缠磨，只得放了几个人进来。

易修年捂着几层厚被子躺在床上，按照文臻交代的，有气无力地嘱咐了这些掌柜，速速将账上银钱收拢，铺子能盘的立即盘出去，不能盘的进行典卖，务必要在三日内集齐一批银子送来。

他说了一个极大的数目，惊得这些掌柜不敢相信自己的耳朵。

易修年却十分烦躁，根本不解释，苍白的脸上浮着红晕，像是在发烧，一边催促他们，一边低声不住喃喃："得快一点，快一点，早点献了，"又看窗外，"别等大军到了就来不及了……"

掌柜们丈二和尚摸不着头脑，被他催着只得胡乱应了。出了门开始觉出不对劲。

献？献什么？献给谁？

十五爷已经是易家未来的继承人，还有谁值得他献出财产？

很快就有人想到城外刚刚抵达，正引起城内惶恐紧张风潮的宜王殿下及新任刺史车驾。

难道是献给宜王？身份地位合乎情理，但是易家从来没有退让的打算，易修年为啥要抢先倒戈？

再想到那大军两字，众人头皮一麻。

难道是附近的邱同大军打来了？

有消息比较灵通的，便说起最近听来的流言——徽州统领邱同不知何事得罪了神将林擎，被贬到隋州去修筑工程，在隋州找到一条穿过寿山的小道。

穿过寿山就到了彦城县，是易家最强后盾金麒军的驻地，难道金麒军已经遭到了突袭，朝廷军队已经越过防线逼近了长川主城？

所以原本慢如蜗牛的朝廷车驾才忽然加快了速度，在一天内走完了之前十天都走不完的路程，转瞬就到了主城门外？

所以长老堂众位长老莫名其妙各种乱斗？

所以易家最中心最重要的家主象征之地，丹崖居昨夜起火爆炸，一夜之间全毁？

所以地位高的易修年能拿到这秘密消息，这是觉得情势不好，易家大势已去，所以干脆抢先和外头联络，献媚以求维持日后地位待遇？

毕竟朝廷接管长川依旧需要易家人帮衬。

人一旦有了想法，就会为了验证这个想法不断自行添加可信因素，更何况最近三天以来事件频频，易家不断出事，正好从侧面验证了这个猜想的可信度。

文臻不需要易修年说太多，说太多反而坏事，半遮半掩，最好猜测。

掌柜们越想越紧张，匆匆回去，一边盘整铺子，一边便把这要紧信息透露给家人好友。

毕竟大家世代居住长川，这等生死存亡之事谁也顾不得保密。

这些人的关系盘根错节，奔走相告，长川主城，一日之内，便起惶惶之风。

胆子大的还在观望，胆子小的已经开始收拾行李联络城外亲戚，有铺子的关了门聚在一起商讨后路，没产业的赶紧找老板吵着提前结算工钱。

文臻要的就是这个效果。

没有什么流言，比身为易家继承人的易修年手下掌柜传出去的更具有真实度。

何况还有实打实的盘铺子收拢财产的行为。

她要先将主城搅乱，才能更好地做自己的事。

床上，易修年僵硬着身体，转头看隆起的被子后面，用一柄匕首抵着他腰部的文臻。

他万分后悔自己昨晚不该在收到一张神秘纸条后，不顾易燕吾的劝阻，按纸条所说去了那湖里寻人。

文臻让他唤一名和自己身材相仿的侍女进来，易修年只能照做。

片刻后文臻便换好了那侍女的装束，用风帽遮挡了自己的脸，命他喊护卫陪同去易家大院，并在出门前，将他故意卷起的袖子帮他放下来，遮挡住那只断了的手指。

她还给易修年喂了好几种药丸，在易修年惊恐的目光里，轻描淡写地告诉他，她的脑子好像被冻坏了，不大记得清哪种是毒药哪种是解药，那就多吃一点，随便吃，反正总能蒙对。

易修年胃里翻江倒海，对于死亡的恐惧超越了一切顾忌，此刻对于去易家大院的提议倒十分赞同，易燕吾说不定还能救他一救。

因此他十分入戏地和满院埋伏的护卫讲，到现在还没人来，请君入瓮计划失败了，他刚收到易燕吾飞鸽传书，说朝廷派探子潜入了易家大院，让大家速速前去大院。

众人不疑，只好撤去防卫，跟着易修年往大院赶。

易修年说自己伤风了，命备大车，文臻自然跟他上车。

上车的时候，几条人影看见标记，悄然潜入了车底和护卫人群之中。

还有更多的人扮成围观的路人，不疾不徐追在后面。

而经过集市时，文臻也看出来，集市上的气氛果然和之前又不同了，人们匆匆行走，神色紧绷。

易家掌柜们传话的效率果然很高。

当然这也和正在城门外宣旨的朝廷来使队伍给予的压力有关。

街上人都在窃窃议论，关于宜王殿下携新任刺史到来后所展示的强硬作风。面对易家的拒绝，那位传说中暴戾的殿下果然足够铁腕，刚刚直接命人在城门前宣旨，以十三大罪罢了易勒石的刺史位，并以箭将圣旨射入城中。

不管你愿不愿意接旨，我让你接你就得接。

悬在头顶多日的刀终于落了下来，所有人都紧张。

这种紧张也感染了易家人，易修年来到大院时，并没有受到阻拦，长老堂的钟声已经响起，易家子弟们都从城中各处涌入大院，新任长老的提名会议快要开始了。

文臻听见有人和易修年说，因为时机紧迫，所以提名一旦确定，很快就要直接选出长老，定下家主。

文臻在上车之前已经将之前写好的一封信，交由一个潜伏的语言护卫送给段夫人，今日会议之上，如果不出意料的话，就会定下新人长老名额。

易修年不用参加会议，轿子往丹崖居方向去，在离树林数丈之外就被拦下来，文臻让易修年命人把轿子停在靠墙处。

透过轿帘，她看见易燕吾站在不远处，一群护卫正将一具具尸首运出树林，放在另一边的大车上，准备运出去掩埋。

文臻盯着那一具具尸首，呼吸渐渐急促。

这里面，有没有他的……

不，不会……

不可能……

易燕吾那边看起来事情已了，他板着脸走过来，文臻放下帘子，听见一帘之隔的他道："把消息传出去，就说朝廷派人潜入了大院，意图混入丹崖居刺杀家主，被当场炸死。"

文臻克制住方才听见这个噩耗时忽然涌来的昏眩感，一手紧紧扣住了窗栏的木边，一手还不忘记扣紧易修年的脉门。

透过帘子缝隙，可以看见易燕吾一边走一边擦着手上黑灰，冷笑道："在城里散布谣言是吗？谁还不会这个。可惜尸首都炸成了肉堆，一块块的分不清，不然直接挂到大院门口，叫全城百姓都来瞧个明白。"

文臻咬牙，一个手刀劈昏了易修年，掀开另一边的轿帘，从窗中蹿出。

之前她的人混入护卫队伍中，一路上已经慢慢解决掉了易修年的护卫，此刻正好团团站在轿子边缘，挡住了四面八方可能的视线。

这一边的轿窗正好面对一堵墙，文臻趁势上了墙，墙后是一座空院，这些天易家的地形她早已摸熟。

她的护卫们也跟着过了墙。

此时易燕吾过来，一偏头看到了易修年的小轿，愕然道："修年？你不在外宅那里，跑这么来做什么？"

轿子里头没有动静，易燕吾脸色一变，掀开轿帘，便看见了被打昏的易修年。

顿时一片乱象，人声脚步声匆匆，处理尸体善后的人也顾不得了，在易燕吾的厉声命令下，先去搜寻潜入大院打昏易修年的刺客。

没人想到去查就在一墙之隔的文臻等人。

等到这一片寂静了，文臻也来不及和那些眼睛亮亮看着她的属下打招呼，当先越过了墙。

大车里的是比较完整的尸首，看一眼装束，便知道是丹崖居的影子护卫。

林子里还没来得及收拾好的、被火烧的、被箭射的、被刀砍的……文臻一具具翻下去，胃里好像翻腾着一整片的海，波涛激涌水浪飞流，冲得人眼珠发红头脑昏眩，思维成了一片空白，只感觉指下躯体的冰凉，冻得全身都僵木了。

她觉得自己抗拒而恐惧，却又不能不翻下去。

护卫们终于混进来和她会合，站在她身后面面相觑，最初的喜悦被冲淡，原本以为丹崖居是被殿下和文大人他们炸掉的，现在看来，难道还有人折在里面吗？

文臻闭上眼，又回想了一遍被推出去前的景象。

燕绥把影子护卫一把砸在了迷宫水晶板上。

唐羡之在转动石门。

水晶板下冒出黑烟红火。

不，唐羡之不是在转动石门！

还有那个影子护卫……那个时候怎么会忽然有影子护卫上楼？

文臻忽然站起身，奔向树林。

时间回到昨夜，爆炸之前一刻。

鼻青脸肿的唐慕之出现在丹崖居空荡荡的大厅内。

此时大厅之中没有人，她在无声吹着口哨，夜鸟在丹崖居外扑扇着翅膀来回飞，引得那些护卫警惕追逐，将人都引走。

而这巨大空荡的丹崖居里，明明有很多蛇虫鼠蚁，她甚至能听见那些东西如潮水般在某处不断爬行，细碎的声音在她耳中听来如美妙乐章，但是视野里一只都没有，甚至她以哨声也一直召唤不出。

她忽然仰头，看着楼梯的最上方。

她催动口哨更急，过了一会儿，有一条蝎子顺着楼梯飞快爬落。

这只蝎子是从文臻从床底撬起的那一小块地板下爬出，顺着石门的缝隙，听到了唐慕之的召唤，来到了她脚下。

唐慕之拿起蝎子，嗅见了一丝奇怪的气味，她又闻了闻，脸色变了。

火药味！

她立即蹿上楼梯，想了想，却又停住了脚。

她又返身跳下，拎起先前文臻燕绥放在水底通道出口处的影子护卫尸首顶在自己前面，往楼梯上爬。

她到的时候，听见文臻的声音。唐慕之脸色一变，随即又听见燕绥的声音，她下意识将那具尸首往前扔出，好给自己做个掩护。

这具尸首后来被燕绥随手捞来，堵住了最猛烈的第一波爆炸。

燕绥本想引来影子护卫，却不想唐慕之已经赶来。

然后文臻被推出，砸坏长窗，坠入湖中。

她被推出的那一霎，目光只牵念着燕绥，根本没注意到在楼梯下一层的唐慕之。

而唐慕之慢一步冲上来，一眼看见燕绥，和他身侧熊熊燃起的火焰。

她还看见了唐羡之扑向燕绥。

当时燕绥前面卡着迷宫石板，唐羡之只要扑过来，一方面可以用石板压住燕绥，另一方面，燕绥、迷宫和石门，会形成一个安全三角，正好可以在爆炸中护住唐羡之。

但如果燕绥逃脱，迷宫打开，唐羡之就会扑到爆炸的迷宫石板上，被身后石门死死压住，成为两者间被爆开的肉饼。

唐慕之脑中一昏。

她忽然明白了今晚自己有两个不同的选择，会对她，对唐家，乃至对东堂都有莫大影响。

救谁？害谁？

燕绥在门里，身后是唐羡之，身前是她，她只要不动，燕绥便有机会逃开，并让唐羡之自己压死自己。她如果堵住这门，不让燕绥离开，唐羡之就能得救，唐家也能得救。

唐家最大的敌人，从来都是智慧与手段都在巅峰的燕绥。

一念，便是他人的天堂地狱。

一个是所爱，一个是至亲。

唐慕之一瞬间目眦欲裂。

石门之内，燕绥和唐羡之都看见了她。

两人都没呼救，没说话，甚至燕绥都转开了眼睛，低头在看迷宫。

唐慕之一声大叫，猛地蒙住了眼睛，头也不回往下一跳。

她无法抉择，决定都不救！

极度愤怒之下，她凶厉暴躁性子发作，竟然自己跳了下去。

她在混乱之中，却没注意到自己腰上不知何时已经多了两道绳索。

唐羡之和燕绥看似没在意她，却在她混乱的那一刻，同时出手，飞出的腰带缚住了她的腰。

两个绝顶聪明的人都对唐慕之的疯性子万分了解，算准她会是什么抉择，以及做出这样的抉择之后定然要发泄。

在这种情形下，唯一的发泄就是最快地跳下去。

唐慕之跳了下去。

高处下坠的巨大冲力，立即以难以想象的速度，将燕绥和唐慕之带出。

她跳下去的那一刻，燕绥已经一脚将那具水晶板上的尸首踢开。

与此同时，唐羡之一把抓住身后那位也想冲出的，燕绥的卧底影子护卫，手起刀落，血泉都浇在迷宫破碎的水晶板上。

唐羡之一直等到现在才出手，是因为之前迷宫板顶在燕绥面前，他出手不过是帮燕绥的忙，但现在直面迷宫的便是他了。

此时燕绥面前的尸首被踢开，被堵住的迷宫石板马上滑出，一旦合拢，又是一道门户。燕绥本就比唐羡之离出口近，飞快地被唐慕之带出了石门，几乎是擦着迷宫石板的边缘而过。

身后爆炸声已经响起。

唐羡之已经到了迷宫石板之前。他伸手只来得及撕下燕绥一截衣襟。

此时那厚达一尺的石板离石门边缘只有侧身能过的距离。

唐羡之在飞速向前中侧身。然后在烟雾中，他忽然看见了什么。

迷宫石板和石壁之间，仿佛有细细的金光一闪！

唐羡之忽然停住。

手中寒光一闪，腰带断。

唐慕之带着燕绥更快地坠下。

唐羡之留了下来，他微微喘气，转眼。

迷宫和石壁之间，不知何时，连了一条细细的金丝。

金光细碎，在浓烟黑雾之中，几乎察觉不到。

可以想见，方才他如果以高速经过这个缝隙，此刻头颅已经被细金丝收割。

燕绥在方才那样的危机险境中，不仅推断出了后续的每一步发展，还顺手给他布下了这个要命的陷阱。

他刚看见唐慕之时很可能就已经算好后面的步骤，当时看迷宫，其实就是在布金丝。

这是世上最可怕的对手。

除了唐羡之，方才无论谁遇上这情况都已经死了。

只有自少年便以实权掌握唐家，在风浪和谋算中遨游经年的唐羡之能够凭借直觉、经验和智慧，去感受这样无声的森然。

唐羡之甚至不敢去断金丝，他余光瞥到那金丝的一端，似乎拴在迷宫内部，那里还有几颗没有爆炸的火药弹。

在那刹那之间，燕绥很可能已经找到迷宫的漏洞，将金丝拴在了要命之处，一旦被砍断的是金丝，唐羡之就会立即面临爆炸的危机。

充满杀机的阳谋。

他逼唐羡之只能自寻死路。

石板之外，似乎有人在轻唤。

最后一霎，唐羡之只来得及做两个动作。

然后，轰然声响，整个丹崖居都在摇晃，烟火如红黑乱鸦，成片升腾而起。

第七十七章

情敌也有许多种

唐慕之跳下长梯，已经感觉到身后拖拽的力量，她不敢回头，不想去确认是谁被拽了出来。

她反手去拔剑，准备割断腰带，不料眼前地面忽然旋转，转出一个大圆盘，她一惊，却已经来不及跳开，她和燕绥先后落在了圆盘上。

圆盘像一个漩涡，立即将她和燕绥吸了进去。

那力量说大不大，说小不小，如果唐慕之和燕绥能够抱在一起抵抗这股力量，想必还能维持一个平衡，可惜唐慕之还没来得及生出这个念头，燕绥已经一脚将她蹬开，顿时两人都被分散着转了出去，各自跌入一个深坑中。

两个深坑自然困不住燕绥和唐慕之，可随即唐慕之的坑里便发出一声尖叫。

唐慕之站在坑里，这是一个上宽下窄的坑，里头都是五彩斑斓的水，厚重，湿滑，像油一样滑腻，像米糊一样胶黏，散发着一股微腥微甜的气息，唐慕之也是经常驾驭毒虫的人，闻见这样的气息不禁心头微慌，她有点慌乱地向上爬，四壁却如冰壁一般光滑，随着她的动作，头顶洞口竟然渐渐凝起冰来。等她终于发觉，头顶的冰已经基本凝结，居然也是五色斑斓的。

而燕绥和她的待遇截然不同，他落入一个看似空荡荡的坑，坑壁却有着无数密密麻麻的点，仔细看是各种洞口，那大小和形状不一，分布毫无规律的小洞，看在燕绥这样的强迫症重症患者眼里，简直比方才的爆炸房间还恐怖难受一万倍。

燕绥面无表情地在坑里站了一会儿，撕下一截衣襟，将自己的眼睛蒙了起来。

眼不见为净。

但是他不看，这坑里的设计却不允许消极抵抗，燕绥忽然抬起头。

头顶上，结着一层细细的网，现在网上开始慢慢凝冰，一旦冰层封实，他就要被活埋在里面了。

燕绥袖子一抬，一道寒光射向头顶，遇上似软实硬的物体，随即寒光弹射而回。

这网材质特殊，破不了，且淬毒。

而坑壁大大小小的洞里，各种游动、滑动、爬动的细碎声音愈急，像在提醒着燕绥什么。

燕绥自然明白接下来该做什么。

这些洞看似杂乱无章，其实暗合密码，得细细研究，按照这些小洞拼出来的密码分批次解决洞里的各色毒虫，毒虫临死前喷出的毒气应该是能减慢头顶凝冰速度和解决腐蚀网的唯一方法。

但是问题来了。

毒虫的毒不仅能减慢凝冰速度，也能把人毒死。

这种看似精妙的机关与毒联动的把戏，他十三岁时候就精通了。

但是这两种威胁对他虽然构不成威胁，可这个机关本身却是对付他的唯一妙法。

因为那乱七八糟的，不整齐的洞。

仅仅看着那些洞，就能令他痛苦失措。更不要说还必须看着洞研究密码。

可以说设计机关的人要么缺德要么正巧对他极度了解，以至于能解天下机关秘术的燕绥在这里无解。

无解，燕绥也就不解，他蒙着眼睛，立在坑中。洞里细细碎碎的声音听得人烦躁，他割破指尖，洒出一滴血，顿时四壁嘈嘈切切的声音也便安静了许多。

然后他听见又有风声落了下来。

这里是一座圆形的石室，石室上方是一个巨大的管子，管子在不停旋转，对应着下方的四个深坑。管子和坑之间的距离很短，不够人高，让人出管之后根本没有办法挪动身形逃开。

在四个深坑中间，立着先前指挥部下的灰衣人。

他面无表情地听着那两个坑里的动静，只侧头问身边属下："主子那边还没动静？"

那人摇了摇头，灰衣人眉头皱得更紧。

片刻，上方又起轰然撞击之声，随即又落下两人来，被那旋转的管子先后甩出，又各自落入一个深坑。

一个衣裳有些破碎，染着焦黑的火痕，是唐羡之。

一个皱着眉头，还没落坑便翻身而起，神情冷硬，是易秀鼎。

这两人撞在一起也是一个巧合。

易秀鼎回易家大宅后，便远远追着文臻燕绥，看着他们往丹崖居方向去，她犹豫了一阵，最终还是决定跟过去看看，正要出门时却见易云岑从屋子里出来，她怕易云岑问东问西惊动段夫人，干脆绕到易云岑身后，一个手刀劈昏了他，把他塞回了房间。

等她到了树林，绕过树林里那批影子护卫，用自身携带的皮筏下了水，从湖面上划船去到丹崖居的时候，燕绥文臻已经到了最顶上的密室。

而易秀鼎来过这里很多次，借着地形的熟悉和平云夫人到来引发的骚乱，慢慢从湖边摸进了丹崖居，只比唐慕之慢一步。

所以等她冲上楼梯，燕绥和唐羡之已经先被圆盘送至地底，而她顺着楼梯而上，顶层密室已经开始爆炸，头顶碎石簌簌而下，她冲上最上层残破的那层楼梯，正看见两层石板搭成一个倾斜的三角，其中一角抵在墙边，被墙卡死，使人无法将石板推开逃生。

此时石板后轰然之声不绝，隔绝房间的那一块厚有一尺的石板摇摇欲坠。而石板下方缝隙里，流出大量的血液，看那流血量，人是必死无疑。

易秀鼎攀着栏杆往那石板缝隙里看，隐约看见好像是男子的血肉破碎的尸首，这让她心猛地一沉。

她忍不住低喊：“文公子！文公子！”

忽然，她看见一只手伸出石板缝隙，颤颤地搭在边缘。

那手指染血，指节修长，指甲洁净晶莹，是一只优美而又劲健的男子的手。

易秀鼎一眼看见了那袖口的束带，淡淡的银蓝色，光泽神秘而又优雅，正是燕绥的袍子颜色。

易秀鼎再不迟疑，猛地闭上眼。

与此同时她浑身猛颤，额头青筋伴随汗水浮现，脸色猛然涨得通红却又瞬间转白。

随即一个人缓缓浮现。

就好像从石板中忽然穿出，跨越空间，出现在楼梯之上。

易秀鼎大汗淋漓——她从未试过直接空间挪移一个人，只这一霎便仿佛耗尽了全部的血肉精神。

这使她在看见人影穿出石板那一霎便无力继续救援，然后那人便从空中滚落，砸进她怀中。

易秀鼎勉力抱住，然而此刻她已经虚脱了，直接被撞下了楼梯。

她也在坠落，坠落中她张大眼睛，盯住了眼前人的衣袖。

那衣袖是黑色的！

这人浑身上下只有一只袖口的绑带是银蓝色！

他只是把燕绥的衣服缠在了自己的袖口，骗自己耗尽能力救他！

易秀鼎险些喷出一口血。

而此时，底下圆盘再次被触动，如旋涡张开大口要将人吞噬。

这回是易秀鼎拒绝和唐羡之抱在一起，反而一把揪住他的衣袖，拦住了他想要纵身而起的打算，随即两人也被旋转着的圆盘吞下。

再片刻，砰砰两声响，两人再次分别被旋转管道砸出，分别砸进两个深坑里，完美地将四个坑填满。

屋子正中，灰衣人也露出惊愕之色，而后嗤笑一声："配得真齐！"

文臻这回再次闯入丹崖居，并没有花费太多时间。

她来得也太快，以至于那灰衣人还没来得及撤走，就迎面撞上了她。

丹崖居内已经空空荡荡，只留一个灰衣人，在那石算盘前拨弄，文臻冲进地下时，那人正对着一排四个石珠在思考。

看见她来了也不惊慌，只扬眉笑道："来得倒挺快。"

又招呼老友一般地道："哎，杀也只能杀一个，救也只能救一个，倒弄得我为难，你说说，杀谁？救谁？"

他说完便要闪入旁边一道门户，却忽然满室藤蔓摇晃，绿叶妖舞，一片巨大的叶子猛地拍在他脸上，生生将他拍到了其中一个坑上。

他猝不及防，挣扎着要站起来，站到一半就猛地跌倒，才发现就在这刹那之间，整座石室地面密布粗大的盘根纠结的藤蔓，他的双脚已经被藤蔓死死套住。

他拔剑就砍，藤蔓却如蛇一般而上，瞬间缠住他的双腿，双手乃至咽喉，将他一路往里拖。

灰衣人拼命挣扎，想要呼救，无法出声，再说现在也无人可救他。

他的主子好像出了意外，剩下的人都去查看了，再说这坑里掉落的几人也十分厉害，他怕人多了反而容易被人钻空子，干脆就自己留在这里。

在被凶猛地往角落拖的时候，他脑海中还漂浮着一个问题：这些东西哪里来的？

明明石室里除了四个坑，一根草叶都不会有！

这藤蔓绿叶还特别粗壮凶猛，每片叶片都生着密密麻麻的细微倒刺，刺入人的肌肤，挣扎便肌肤割裂，血流不止，还似乎有点麻痹功效，他只觉得身子渐渐僵麻。

随着他被藤蔓拖走，文臻也动了，跟着这根藤蔓，那就能找到燕绥所在地。

果然藤蔓将那灰衣人拖到坑顶，宛如一双巨手，勒着灰衣人脖子一下一下地往坑面上砸，砸得碎冰飞溅。

文臻示意身后的护卫们查看另几座坑的情况，自己奔往燕绥所在的那个坑，她自从进了石室，心中的欢喜便要冲上云霄，她向来心里越畅快动作越狠辣，二话不说，塞了根树枝在那灰衣人嘴里，将他嘴撑得大大的，再把他的脸往网上一摁，大张的嘴正对着底下的坑，燕绥立即嫌恶地让了开去，仰头笑道："算着你也该来了。"

"所以就赖在底下不动等我来干苦力？"文臻嗤笑，"我要是来不了，或者不能及时赶来呢？你还真打算被闷死或者被虫子毒死？"

"怎么会？"燕绥答得十分坦然，"我在这里，你一定会来。"

文臻弯起眼睛，这不是情话，依旧是燕绥风格的极度自恋，可比一千句情话还要入耳入心。

毒冰已经碎了好多，文臻看着底下的坑，一边想着她家殿下这个强迫症真是唯一的软肋，一边眯眼看着那些洞的布局，过了一会儿她念道："世人皆愚……哈，这哪来的自恋狂。"

底下燕绥哼了一声。

过了一会儿，文臻道："你且解开遮眼布吧。正对你九点钟方向，哦不，西北方向，向下数四个洞，你且描一个世字。"

以文臻的眼力，足可以看出那些藏毒虫的洞有细微的颜色和大小区分，以此可以推断出字体走向。

燕绥手指虚空描字，那些小洞在他指下被接连戳开，里面藏的毒虫纷纷逃出，向坑外逃去，喷出各色毒气毒液。

文臻捏住了灰衣人的鼻子，他不得不用嘴巴吸气，眼看着那些毒液毒气都奔自己的嘴而来。

亲手将这些虫放进去的人，当然知道这些玩意儿一旦凑在一起进了肚子会是个什么后果。

他拼命挣扎起来，哪怕有死的勇气，也未必就能面对万虫噬身的恐惧。

颤抖的手指指向石壁一角，早有懂机关的护卫奔过去，四个坑的网面都渐渐移开。

文臻笑眯眯低头看那灰衣人："小孩子才做选择，我们成年人什么都要。"

灰衣人脸色灰败。

想看人左右为难痛苦抉择，结果遇上这种不走寻常路的，还能怎么办？

网还没打开，燕绥忽然道："最外面的那个坑，活捉里头的人。"

文臻目光一闪，明白那个坑里的是唐羡之。

虽然不明白唐羡之是如何也逃了出来并且也落入这里，但她也没问。

敌对者的博弈，只看结果。

丝网缓缓撤开，碎冰散落，坑四周刀剑齐出，寒光闪烁。

然而等到众人看清楚里头情形，不禁齐齐一怔。

那个坑竟然是空的。

文臻转头看灰衣人，他神色惊愕，一脸不可置信。

燕绥似乎在想什么，随即笑一声，挥挥手示意无妨，转头问灰衣人：“虎符在何处？”

灰衣人梗着脖子，不答，大抵这时候忽然又找到了气节。

“你不说，我们就找不到吗？”

灰衣人冷笑一声。

“左不过就在这丹崖居里。”

灰衣人这回的冷笑无声，挂在嘴角，头撇向一边。

“不过已经被我们自己傻兮兮地毁了。”

灰衣人撇向一边的头一动，有一瞬间看着像是要转回来，却死死克制住了。

他唇角的笑容没有了，嘴唇抿得死紧。

文臻紧紧盯着他的表情。

“是就在眼前却无法发现也无法拿到的东西。”燕绥道。

灰衣人干脆闭上了眼睛。

文臻清脆地笑起来；“哟，这是怕自己的表情泄露了真相吗？可是我瞧你的每个表情都在说我的天这人是鬼吗？这也能猜得着？”

灰衣人神情崩溃。

和这两个人打交道，时时刻刻觉得要短寿。

燕绥看看天色，牵起文臻的手，道：“走吧，还有好戏等着我们呢。”

他并没有理会其余人，无论爬出来的是易秀鼎还是唐慕之。

文臻却不能不理，摆在面前的，分明又是两个难题。

易秀鼎出现在这里，就已经明白了她和燕绥昨晚干了什么，但易秀鼎这时候追过来明显没有恶意。

来人家家里搞事，人家不介意还想着帮你，你还想杀人灭口这种事，文臻觉得就算凭自己的黑心肠，也有些干不来。

而唐慕之虽然之前干的事足可以死一百次，但这次她是来救燕绥的。

燕绥不理会，是将处置权交给了她，文臻想了想，还没说话，易秀鼎已经冷然道：“听说你们当初和夫人有约定。”

“是。”

“你们打算违背约定吗？”

“不会。”

“那我也不会违背约定，今天的事我都没看见。”易秀鼎拍拍衣服上的灰，转身就走。

文臻的护卫头领耿光上前一步，“主子，这是易家……”

文臻摆手，耿光停住脚步，易秀鼎直直站在他面前，没有回头，问话却是对着文臻的：“你要杀我灭口吗？”

“不，十七小姐，你同样也在我们约定的范围内。”

“我不需要。”易秀鼎冷淡地走开，“你们护住夫人和云岑便可。”

她干脆地走了，也没看燕绥一眼。

文臻转向唐慕之，“唐六小姐，你看，这世上，情敌也可以有很多种的。”

唐慕之满身的黑灰和斑斓泥水，乱发间一双眸子依旧刀锋般灼灼，闻言冷笑一声，一言不发。

“唐六小姐，那晚平云夫人内室里藏着的人，有一个是你吧？”文臻笑问，“我可不可以问问，当晚我们送囡囡回去的时候，那内室除了你，还有一个人是谁？”

唐慕之慢慢撣了撣衣袖，答非所问：“我觉得你方才那句话很对。”

这世上情敌，也可以有很多种。

文臻舒一口气：“好，多谢唐六小姐。”

唐慕之这才看了她一眼。

到如今才不得不违心地承认，论起智慧，这看起来并不精明的姑娘足够配得上燕绥。

燕绥喜欢的就是她这种又甜又精乖的人吗？

可惜，她一辈子也做不了这种人。

唐慕之有点出神。

她的眼神落在方才自己待的坑里，那一坑斑斓的水，黏腻厚重，让她忽然想起了小时候总日日泡着的那一缸水。

也是一缸彩色的、黏腻的，散发着药味腥味和各种奇怪气味的水。

想起那些寂寥的晨与昏，早春的柳枝盛夏的荷花深秋的荷叶和寒冬的雪，那些似乎隔离了整个小院的四季递嬗，那些无声在门扉和窗棂上走过的日光的阴影，阴影长长地拖出去，覆盖了整个小院，空气里除了那些古怪的气味，就只有经年无人踩踏的青苔的涩涩的香。

无人经过，无人理会，像一株需要精心培植却无须多顾的树一样活着。

那样的人生，要如何养成那般流动的蜜一般的甜呢?

她看着文臻走过去和燕绥说话，拍掉他身上的灰，拉起他的衣袖要看他有无灼伤。

而燕绥，那个记忆中矜贵而又漠然的少年俯下脸对着她笑，主动捋起衣袖给她看那一排被火燎出的泡，那神情竟有些像撒娇。

唐慕之忽然眨眨眼，仿佛是不敢相信。

她偏过头，闭上眼睛，往日盘桓在心底的暴戾在体内左冲右突，似利剑搅在血肉里。

她忽然听见文臻的声音，面对敌人依旧甜美。

“唐六小姐，我现在不杀你，但也不能放了你。只能委屈你，先安安稳稳和我们的人待一起吧。不过很抱歉，我们对你的容忍度为零，只要你有任何轻举妄动，三尺青锋，当头招呼。”

三尺青锋，为汝而设。

或许自己生来，便是要面对这一场剑来如霜锋如水寒。

可在这个生来既战场的命运里，谁又不是这样呢?

第七十八章

接收长老堂

文臻和燕绥走出丹崖居后，林飞白、司空昱等人在湖那边接应。

林飞白昨晚去和大帅宴请呔族长老，布一局离间计，听说丹崖居被炸毁后才匆匆赶回，并以提堂长老名义带人来封锁了这林中一带，方便了文臻等人行事。司空昱支援易人离厉笑后，留两人在大院外接应。正好城外的队伍当众射圣旨入城，司空昱手下的天机府中人，一人能隐身，一人能转移物体，司空昱自己瞬移。圣旨射入后，随即被转移，有人埋伏在一侧以假圣旨替换，假圣旨被城头守兵乱刀割碎，真圣旨被转移后由隐身人接走，入城门后司空昱送往易家大院。

本来要交由易人离安排送入丹崖居的，但此刻丹崖居已毁，司空昱便将圣旨交给燕绥。

燕绥接了圣旨随手往怀里一塞，拉着文臻便走，长老会议已经开始了。

林飞白跟在他身后，有点烦躁地问：“我刚打听了一个消息。长老堂确定家主之后，会立即合并虎符调动金麒军，将朝廷护卫军包饺子。虽然我不知道他们哪来的完整的虎符，但咱们这次也没拿到虎符。”

“谁说我们没拿到？”

林飞白一怔，燕绥已经回头：“别问那么多。回去擦擦剑，准备去金麒大营调兵吧。”

将林飞白抛在身后，文臻将先前和护卫一路过来时得到的消息和燕绥通报：“你的车驾已经到了城外，正式和易家展开对峙。按照你的吩咐，会加紧对城门这一面的警卫，放松背后的警惕，散布金麒军已经被牵制打败的消息，引诱十八部族对城外车驾动手。城内，林飞白所部、我的护卫、你的护卫，以及所有的探子，在易人离安排的人的引领下，能潜入的都已经潜入，随时等着十八部族对易家下手。”

燕绥唔了一声，道：“该去接收长老堂了。早点结束这些事，也能安稳过个好年。”

文臻这才恍然想起，离除夕似乎没有几日了。

难怪刚才一路过来看见了檐下挂了红灯笼，虽然易家人心惶惶，但总有人安排这些事的，只是她挂心燕绥，没有在意。

两人相伴，避过无数个易家暗哨。

谁也没感谢对方，文臻没有谢燕绥爆炸前一刻推出自己，燕绥也没谢文臻及时赶来，还随身带着草籽，趁和灰衣人对话时在石室内悄然撒下，助自己以催生之能脱困。

“虎符是怎么回事？”

“你还记得之前听说的吧，易勒石的虎符是自己设计制造的，是这世上最奇妙自然的图案，放在这世上最安全的地方，除了他自己谁也拿不到。”

“嗯。”

“我们这次去丹崖居，更像是一个陷阱。影子护卫没有全部出动阻拦，易勒石是假的，我们进入了易勒石的房间却一无所获，还险些葬身于此。”

“像有意的安排呢。”

“易勒石及其属下，为什么会如此托大？为什么一定就觉得虎符永远不能被发现找到？我也好，易铭也好，就算是唐羡之，对机关藏匿之术都不陌生，他怎么就这么有信心？除非……”

“除非……虎符就在他自己身上，而且不可割舍！只要他不在那里，你们就永远找不到虎符！”

“跟着我久了，果然很有长进。那你再猜猜虎符到底该是个什么形状？

“我们可以从易勒石的地位心性来分析。这位传说中为人阴鸷狠辣，心思诡谲，所以易家都有点暗黑作风。他独霸长川多年，设长老堂看似民主却又将长老堂死死压制，是个虚伪又控制欲极强的人，这样的人掌握大权久了，不可避免会多疑、自信、自私、自恋……我猜他的虎符形制一定和他自己的某种鲜明标志有关！

“易勒石的鲜明标记是什么，本来我没想到，但是咱们的丹崖居一行，绝非毫无收获，因为我们看见了假易勒石。

“那个假易勒石和传说中的他一模一样，想必不是临时安排，是一个长期的替身，这样的替身，现在不知道出于什么原因，他失去作用了，被抛弃了，但既然长期作替身，必然在所有细节上也和真正的易勒石完全一样。

“所以他头顶那块红色胎记，真正的易勒石一定也有。

“而易家有遗传病，浑身白化，出现大片红色斑块，这种红色斑块极易和易勒石头顶那块红色胎记混淆，一不小心也就被人当成了胎记。

“一片树叶最好的藏匿地就是树林。

“头为六阳之首，以易勒石的自恋自负，自然会把自己脑袋上的天生胎记看得珍贵，说不定还会觉得这是自己为天命所重的标记。”

“所以他会以头上的这块红色标记为虎符图案……但为什么他和他那些狗腿子都觉得我们拿不到虎符？”

“因为正常人想不到啊。”

“你是在说我们也是疯子吗？”

“和疯子斗，本就要比疯子更疯。现在你猜猜这虎符应该是什么材质的。”

“虎符一般是青铜制作。显得厚重沧桑。但我觉得易老疯子一定不会这么没创意……不会是人皮吧？”

文臻看看燕绥脸上欣慰的表情，心情一点都不欣慰，反而有点作呕。

不过值得欣喜的是，有了图形，载体又只是人皮，这虎符就失去了独特性，只要看过，有点技巧就能复制。

但她总觉得这里面还有些疑问，只是一时没想清楚，但看燕绥脸上云淡风轻，她也没继续问下去。

对峙已经开始，时机紧迫，虎符推断了出来，就无论如何都要试一试。

“总得有人冒险。”燕绥忽然说了这么一句。

文臻以为他说的是两人需要不断冒险，也没多想。

既然知道了虎符的形制，两人在赶往长老堂途中，专程路过了易修年的院子，潜入进去，将正在养伤的易修年弄昏拎起来，扔进了他房内的浴池。

浴池里，文臻放好了她调配的药水，被捂住嘴的易修年进池子后，就拼命挣扎起来。

药水有轻微的腐蚀性，片刻后，易修年的皮肤上就出现了大片的红斑溃烂，连头发都掉了许多，看上去倒像是遗传病急性发作了一样。文臻手起刀落，割掉了易修年头顶一块皮肤。

燕绥手指一弹，一株生满倒刺的藤蔓蜿蜒而入浴池，瞬间将易修年捆住。

易修年像一条垂死的鱼。

文臻并没有太多同情，只是不禁想到一个问题，是谁通知易修年在那水下等着的？

如果说之前是易勒石暗中指挥，那易勒石在哪里？为什么对最近被搅得乌烟瘴气的长老堂撒手不管？既然出手对付她和燕绥，那么易家眼看要变天他为何不出手？他打的是什么主意？后期影子护卫撤走又是因为什么原因？

事态渐渐明朗，这位家主身上的迷雾却越来越重，文臻有种不大好的预感。

她在那儿思索，并配合燕绥，按照记忆中的图案大小进行制作。

只是如何迅速做出以假乱真的胎记效果需要手艺，但跟随而来的耿光表示，他最近混熟了长川外城的大街小巷，知道东市有个制作皮影的手艺人，猎户出身，擅长各种皮子的硝制和制作。

当下便由耿光和中文将皮子带出去进行制作。文臻和燕绥直奔位居魁阁的长老堂会议之所。

按照约定，今天段夫人会公布两人的“真实身份”，在朝廷刺史抵达的当天，正式提出两易合并的提议。

之前该做的铺垫都已经做了，比如安定并分散十八部族的注意力，搅乱长老堂，挑拨长老关系，刺杀最有实力的候选人，城内外同时散布金麒被灭的谣言，种种事，在此刻的兵临城下氛围中，便成了骆驼身上一层层加上的稻草。

两人到达时，长老堂正吵得沸反盈天。

会议已经不开了，堂前两帮人对峙，段夫人身后站着易云岑，身前挡着易秀鼎，传灯长老带着手下人拥护在一边。

另一边是理刑长老，掌馈长老，易燕吾，带着不少于前一批的手下，冷冷相对。

求文长老袖手站在一边，不忘拿着本诗词，一脸坦然自若。

提堂长老拎着一壶酒，坐在一边只顾喝酒，似笑非笑看戏。

两人隔门就听见里头掌馈长老阴阳怪气地道：“传灯，你脑子是被马踏了？自个的两个长老人选死得莫名其妙却不说报仇，在这里给别人鞍前马后？你也不想想，谁会杀你的养子和弟子？真的一定就是我们？”

传灯长老冷声道：“证据确凿，你们还想抵赖不成？除了你们还有谁？再说你总往他两人身上扯做甚，咱们今日明明议的是两易合并一事。”

“这么大的事，把所有人蒙在鼓里，到现在才说出来，还想按着脑袋让咱们立即答应？我说你脑子被马踏了还是客气，明明是该被整个金草原的马都踏过了！我问你，你什么时候知道这事的？也是今天？这么大的事连你也瞒着，你也不问问动机内情，也不想想最近这没完没了的事情是怎么回事，就这么跳出来给别人抢旗，你可真心急，易家还没跟你姓李呢！”

“姓黄的你少阴阳怪气，就事论事成不成？不管之前事情如何，现下刺史已经到了，听说城外队伍扎营随意，不惧后方，说不定金麒军真的已经被拔掉了。这个时候咱们还不合力一心，还要内讧，当真是要把易家送给朝廷不成？”

“我看要把易家送给朝廷的人是你！城外队伍不惧后方就一定是金麒军已经败了？如果是人家故布疑阵呢？再说就算金麒军过不来，咱们城内还有十八部族，还有大院里那许多护卫，难道还怕他朝廷区区几千人？”

提堂长老忽然悠悠插了一句：“掌馈长老说的对，呔族族长已经和我说了，誓与主城共存亡。”

他说这一句，掌馈长老等人便是一喜，却听他又道：“不过几位长老总把吴正两人的死分开，这也挺没道理啊。知道的都以为你们为易家存亡着紧，顾不上区区两个人的人命，不知道的还以为你们勾结杀人，因此心虚呢。”

他忽然来这一句，这回换传灯长老一喜，掌馈求文长老脸皮子一紧，掌馈长老脾气暴，忍不住呛道：“周堂你这是怎么回事，你的屁股到底坐在哪边！”

“我啊，我坐在长老堂，堂中第二，掌管易家护卫和信息事务。”周堂笑眯眯地道，“我这屁股，坐定堂中一百年不动摇。只要有位置坐，有酒喝，谁来补这长老位，我都没意见。”

掌馈长老看他一眼，坐在暗处的提堂长老，面容影影绰绰，和语气一样含糊，不由心中冷笑一声，这人最近藏头露尾的，想着也是一根心思摇摆墙头草。

传灯长老已经冷声道：“既然都为了易家存亡，那便好好论论今日之事。易铭以西川刺史之尊，亲自来此，愿和长川两易复合，共御朝廷。此事对我们有利无害，诸位何必又拘泥于久远旧怨，一家之言？”

“亲自来此，真是只是为了两易复合，帮助长川？西川易铭，有这么好心？那昨晚丹崖居炸毁又是怎么回事？传灯，某些人居心叵测，谋夺易家，如此昭然，你居然还能装瞎装看不见，西川易到底许了你什么好处？西川家的新任清客吗？”

“昨晚他们是去了丹崖居。”段夫人忽然开口，神态平静。

众人愕然看她。

“是我请他们去的。之前我去过丹崖居，总觉得家主不对劲。因为我知道，家主就算倒下，也必定有钳制大家的手段，绝不会让你们如此胡作非为。”段夫人冷淡的眼波掠过脸色变得难看的掌馈理刑长老，“所以我就请易公子夫妻去探探丹崖居的虚实，并为他们提供了入丹崖居的道路。否则以他们这样的外人，如何能在机关毒物齐备、到处都是影子护卫的丹崖居全身而退？我还让秀鼎随后照应，这事秀鼎也知道。”

易秀鼎并不知道，但这并不妨碍她依旧面无表情，一脸令人无法怀疑的镇定。

段夫人又看了一眼易云岑，易云岑一脸茫然。

“至于丹崖居炸毁，我们不知道发生了什么，但想来易公子夫妻身为客，是不可能在丹崖居搞出那么大动静，给自己带来麻烦的。想来也只有长期在易家，趁易家群龙无首，掌握了更多权力的人才能做到吧。”

段夫人清清淡淡，一众人脸色难看。

她这番话解释与嘲讽并重，暗示和攻击齐来，偏偏语气从容态度和缓，众人心头有刺却又无法发作，此时才隐隐生出警惕来。

段夫人多年不在，此番回归之后诸般举动，都显得软弱无能，仿若只能依靠他人，众人也便没把她当回事，此时却想起，这位夫人年轻时也曾在父亲早逝之后，凭借弱女之躯镇服十八部族，协助易勒石平定长川，是实实在在和易勒石共治长川的女主人。

“诸位诸位，咱们先别争了。别的且不说，既然会议要补新长老，夫人和传灯长老提议易公子夫妻，提堂长老提议下属童邱，在下提议燕吾，好歹被提议人要在场，但那两位到现在还没来。”他看看沙漏，笑了笑，“一过午时，提议便失效。此时已经是午时了，我看那两位来不来得了还是两说呢。”

“谁说我们不来？”

第七十九章

摸头杀与高级撩

又低又磁性的嗓音听得人耳朵发痒，伴随女子一声轻笑。

众人回首，便看见“易铭”“厉笑”相携而来。

今日难得的好天气，天蓝云白，色泽如画，那一对人儿，如画景里最美的一笔。

燕绥携着文臻缓缓走进院中，从容自对峙的人中穿过，走入堂中，径直找到属于那两位缺失长老的位置，坐了下来，才招手对众人笑唤：“我们既然来了，诸位还不进来？”

文臻忍笑坐他身边，托腮看几位长老进退不得的尴尬样儿，燕绥在的地方，向来不管是什么场，最后都会是他的主场。

掌馈长老勃然大怒：“何来狂妄之徒！长老堂还没选出新长老呢，你这就坐上了！谁给你的狗胆！”

一边说一边还看了段夫人和传灯长老一眼，那两位却根本没理他，自顾自走了进去，段夫人在上座右首坐下，左首的位置是易勒石的，现在空着。易云岑站在那把椅子后面，看不出表情。

他现在没有资格坐在任何一张椅子上，而这场会议就会决定他到底是一步登天，坐上那左首高位，还是依旧没有位置，甚至可能连棺材的位置都没。

段夫人也在看着他面前的椅子，像是想从那空椅子上盯出个易勒石一样盯了半天。最后目光越过椅子，从易云岑发顶掠过。

燕绥向来懒得理咆哮的人，还是文臻笑吟吟接话：“怎么没选上？真没选上现在应该是坐在堂里吵架吧。这不是对结果不满意才会发展成出来单挑吗？”

事情还真是这样。

传灯失去了两个候选人，为了保全自身的利益选择接受段夫人的建议，段夫人本来就有两个名额推选权，加上向来和段夫人走得近的传灯，提堂方才也在传灯一番暗中私语之后，同意了这个推选。最起码在名额推选上，这就已经赢定了。

他之前有试着拉拢提堂长老，提堂长老却似有意避开他一般总不见人，他和求文长老的关系本就一般，经过花田楼事件后更加恶化，求文长老和谁关系都不好，乐于见大家撕咬，干脆弃权。

也正因此眼看事端不可控制，掌馈长老才如此暴怒。之前他对段夫人院中的两个客人确实颇有猜疑，但一来他最近诸事忙碌，二来怎么也没想到，段夫人竟然会有这样一个提议。

两易合并？除了段夫人那个久离长川不问世事的天真人，谁信？

又或者段夫人也有自己的想法。

掌馈长老和理刑长老交换了一个眼光，对方给了他一个少安毋躁的眼神。

掌馈长老冷笑一声。

是啊，后头还有一次集体投选呢。十八部族难道不是一个变数？这几日他和理刑长老，便是去攻略十八部族去了。

两易合并的提议一出来，那些蛮子首先便要炸锅。

“各位啊，我有一个提议。”理刑长老仍是那笑呵呵模样，“既然名额没有异议了，事态又这般紧急，咱们择日不如撞日，就今日把长老和家主都选定了吧？早些选出主事人来，也好奉着新家主去调动军队和十八部族啊。”

虽然“没有异议”这话存疑，但此刻这个提议倒真是没有异议。

有人想速战速决，有人想趁机翻身，当下众人便再次回座，并按例去请十八部族的族长长老们。

等候的间歇里，有人送茶来，众人漫不经心地取了茶，却没人喝。

文臻触及茶盏时，手指一顿，随即以衣袖掩护，慢慢地从茶杯底部抠下了一个东西来。

是加急制作好的假虎符。

文臻将假虎符悄然传递给燕绥。易家确认长老身份的标记，就是另一半的七分之一的虎符，在选定新长老后，要出专门的确认的文书，并由所有长老以虎符纹加印确认。

今天参加这会议的还有一个目的，就是要拿到另一半的虎符。

十八部族的人还没来，她趁着这段时间，从袖子里摸出药膏，要给燕绥敷药。

先前匆匆问了他一句可有受伤，燕绥立即道自然是有的，且把袖子捋起来给她看，手臂上一排火泡。时间紧迫，没来得及处理，此刻文臻便抓住他的手给他上药。

她敷药的手指很轻，看着燕绥时眼睛里有光，而燕绥神情虽淡淡，却目光也从来只在她身上。

众人看着，觉得十足十新婚夫妻模样。

文臻敷好药，正要将药膏收起，忽然觉得燕绥的坐姿有点奇怪，不靠椅子不靠她，她心中一动，一边继续收药膏，一边顺手在燕绥腰侧一按。

燕绥没动，也没吭声，她却感觉到他肌肉瞬间绷紧。

文臻皱眉，二话不说撕开他腰侧衣襟，果然看见整个腰侧，刮伤割伤和被火烧的伤大一片，看着她便觉得心都一揪。

她默默瞪燕绥一眼。

燕绥垂下眼看她，忽然摸摸她的头。

她坦然当众去给他解腰带，一直默默偷窥这边的众人咳嗽着，转头。

果然是新婚亲热，行迹不避，感情真好。

她给燕绥包扎好，满意地听见燕绥一声吸气。

斜对面，长老们不好意思偷窥。易秀鼎看天，站在门口台阶下扮演提堂长老护卫的林飞白看地，只有提堂长老，始终笑眯眯拎个酒壶，倚在椅子上，斜眼看那两人。

看了一会儿，他转头和身后童邱低声道："这俩感情真好啊。"

童邱点头。

随即听见他感慨地道："感情这么好，要怎么破坏，才能报我的被迫断袖之仇呢？"

童邱："……"

提堂长老皱眉思索，这仇是定然要报的。

不多时，服饰各异的十八部族长老便鱼贯而来，依旧是南北分明，连进门都要一个左走一个右走。

易燕吾看得目光一闪，和理刑长老交换了一个眼光。

呔族长老一进来，第一眼就看向了提堂长老。

提堂长老心中掩面而泣，脸上给了他一个欢喜又暧昧的笑容。弧度完美，分寸合适，发自内心。

毕竟他是一个敬业的大帅，一个有情操的大帅，一个形象完美的大帅，一个哪怕扮断袖也要扮得惟妙惟肖的大帅。

童邱站在他身后，面无表情地想，这位最近挑灯夜战，读了一大堆《后庭合欢花》《断袖秘史》《龙阳传》之类的传奇话本以及收集了大量男子之间绝版美图，理论储备已经达到巅峰，表现在实际中果然大有进益，今日这一个眼风，含而不露，媚而不妖，足可以和他当年女装扮演经历，并称大帅演绎角色的双子星。

扮演成提堂长老护卫的林飞白站在台阶下，想他爹看完的《后庭合欢花》《断袖秘史》以及那些画儿，第二天总出现在自己床上。扔了还有，扔了还有。

直到某天他听见老爹和邱统领说，这个犬子估计这辈子也娶不到老婆了，不如从现在就开始调整一下爱好，总比一辈子打光棍要强些。

真是每天都想弑父呢。

呔族长老向提堂长老走来，很自然地坐在了他身边，坐下的时候，袖子很自然地压住了提堂长老的袖子。

童邱心道，活生生的断袖。

提堂长老笑，顺手拿过自己的酒壶，往呔族长老嘴边一送："尝尝我今日的碎月冰！"

那壶嘴还是他刚才自己对嘴喝过的，偏他笑得无比坦荡自然，看着呔族长老的眼睛里有光。

童邱心道，境界！短短时日进步飞速，已经进入"不撩是撩"出神入化境界。大帅威武！

林飞白心道，第一万次怀疑此爹非我爹。

文臻心道，我看见了什么？发生了什么？

燕绥心道，可惜妖妃看不见！

掌馈长老咳嗽一声，迫不及待地将"易铭""厉笑"的身份，以及关于两易合并的提议说了一遍。并没有给传灯长老说话的机会。

传灯虽然是排位第一的长老，但为人优柔懦弱，能上长老第一位，也是因为他这性子，很符合易勒石的喜好，掌控欲强大的家主，都喜欢服从度高的部下，因此独断专行，将这位原本的长老席末位生生提到了第一。

但这并不代表传灯就能够服众，易勒石倒下后，多年掌握易家大小事务的掌馈和掌刑罚的理刑长老，才是拥趸最多的实权派。

但和掌馈长老想象的众人哗然，无法接受乃至当场闹事，破坏选拔的情形不同，南北两派听见这样的爆炸性建议之后，大多只是皱了皱眉，没有什么反应。

南派领头人栗里族族长对北派呔族族老看了一眼，南北两族已经私下和解，也定下了和唐家的交易，无论两易合不合作，都会在今天对朝廷和易家下手。

另外早在几日前，两派就已经派人回金草原，召集草原上的族人，从主城西侧的灵县绕路，今夜偷袭朝廷来使在城外的营地。

金麒军那里有唐家承诺，在边境进行骚扰牵制，不管金麒军有没有受到朝廷大军攻击，都注定不能来管主城的这一摊子事。

等到他们灭了朝廷来使，拿下易家这群长老，拿到他们手中的虎符碎片，唐家那边承诺有办法拿到易勒石那一半的虎符，凑齐整个虎符，便派人去金麒军换将，打散调动，清洗，将金麒军掌握在自己手中。

那么朝廷除了发动大战，将再无希望拿回长川，但贸然发动战争先不说劳民伤财，朝廷还要担心几家世家联合，将战火绵延整个东堂西北西南，或者趁机作乱，将局势演变得不可收拾。

这都是唐家那个继承人给出的谋划和分析，栗里族长那不大的脑瓜仁想起来，觉得真是完美无缺。

一旦开始行动，两易合作定然不成，他们自然不在意这件事。

栗里族长看了一眼呔族长老，后者给了他一个令他放心的眼神。

他又看了一眼窗外，天色已经渐渐暗了下来。

如果不出意外，十八部族联军应该已经摸到朝廷营地附近了。

他想着很快城外，夜色遮掩下，便会展开一幕幕鲜血横流的场景。

此刻，城外，夜色遮掩下。

朝廷的营地连绵出长长的一片，灯火通明。

营地布置十分中规中矩，主帐三座，在营地最中心，面对长川主城和侧翼两面，防守最为严密，护卫来往川流不绝。

而营地背后，来路方向，则稍微松散。

十八部族此刻，正是绕到了背后，从附近一座山脉中穿出，抄了小道和近路。

这条小道也是唐家提供的，十八部族一开始将信将疑，不明白何以一个从没来过长川的外地人，能比他们这些土生土长的还熟悉长川各种隐秘的道路。

为此他们先派人去探路，并确定这条路没有问题，今日才派了部族中精中选精的两千勇士，带了最好的骏马，备好了火油火箭，前来奇袭踏营。

人多了容易被发现，奇袭要的就是出其不意。

更大的联盟军队还在十里之外，要在奇袭成功之后，负责收网，将脱逃的朝廷贵人擒拿，普通士兵斩尽杀绝。

南派领头的勇士是哈撒族的兀阿，他算是十八部族中难得的勇猛又比较清醒的人，也很受栗里族族长的看重，因此承担了这次的指挥之责。

同时和他一起负责指挥的是北派呔族的一名男子，两人潜伏在距离营地三里外的一处高岗上，拿着唐家送来的千里眼，看着前方的营地的动静，千名勇士则躲藏在高岗之下的一片树林里。

说好的一起作战的，但在前来的道路上，呔族那个头领总是神经兮兮地要清点人数，弄得兀阿很烦躁，到了埋伏地点以后，干脆和北派分开，各自占据高岗一边，说好了到时候学鸟叫一起冲锋。

兀阿趴在湿冷的地上，一边警惕地看着营地的动静，一边想着南北合盟终究合不成铁盟，毕竟那么多年的龃龉在，暂时合作谋利罢了。

他在等夜深，忽然看见对面有几条黑影一闪而过。

那方向正对着北派那一批精锐的位置。

兀阿心中一惊，抬起千里眼搜寻，片刻之后果然又看见黑影一闪。

不好，埋伏被营地发现了！营地派人出来反偷袭了！

对方轻功很好，从最后方进行偷袭，北派的人到现在还没发现！

兀阿一瞬间有些快意，随即便陷入了为难。

已经被发现了该怎么办？

行动失败，就该撤走，但是又不甘心。

就算撤走，是自己直接走，还是去通知对面被偷袭的战友？

兀阿只犹豫了一霎，便悄然起身，挥手示意几个手下跟上来，带人弯着腰顺着隐蔽处，一路摸向了北派首领潜伏所在。

他为了避免被人再次偷袭，早早拔出了刀握在手中。

北派的勇士头领，此刻精神也高度紧张。

出发时，呔族长老特意把他叫去，悄悄和他说了唐家的不怀好意，以及栗里族很可能和唐家私下有协议，要对北派不利的消息。长老还说怀疑南派不是诚心结盟，说不定和唐家说好了，要假意结盟，趁机灭了北派，实力不足就和唐家借兵，事后分一半长川给唐家，到时候宿敌也解决了，长川也归南派了。

长老嘱咐他，这次能不能偷袭朝廷营地还是次要的，关键是要小心戒备南派的人，为了麻痹南派，这一千精锐都是族中最强的勇士，可死在沙场，但不能折在居心叵测的人手里。

北派勇士首领因此恨不得把一双眼睛挂在南派身上，千里眼也只对着兀阿那边，果然看见兀阿忽然动了。

看见兀阿贼兮兮地过来，带着他的几个手下，手中利刃出鞘。

果然！

南派果然心怀不轨！

第八十章

逼离唐羡之

这是要乘人不备杀人，再推在朝廷头上，削弱北派实力并激起北派对朝廷的仇恨，回去就可以趁机统领北派八族了！

首领一边心中感叹长老睿智，一边愤怒地站起身来，一声呼哨，便有人弯弓搭箭，一支火箭射穿夜色。

火箭射入树林，冬季干枯的林木顿时燃烧起来，藏匿的人不得不纷纷现身，顿时人影幢幢，纷乱而出。

兀阿回头一看，顿时感觉脑子炸了。

“你做什么！”顾不得再掩藏行迹，他咆哮道。

可等他再回头时，脑子又炸了一次。

不知何时，北派的士兵们已经将他们几个人团团包围。

“册那！”他大叫，“你疯了！”

“你才疯了！”册那比他还愤怒，“说好的一个头磕下来以后还是兄弟呢？你们南派心里想的都是什么？要拿我们北派的人头去卖好邀功吗？战场之上对兄弟背后下刀子，我呸！”

兀阿张了张嘴，感觉脑子和嘴巴一起打结了。

他想说的话，为什么都被这个叛徒抢先说出来了？

好半晌他才怒道：“你胡说什么？我是看见这边有人偷袭你们的人，好心过来示警的。”

册那语气硬邦邦：“我只看见偷袭的人是你！瞧，手里还拿着刀呢！”

兀阿又急又气，一指人群背后，道："我在千里眼里亲眼看见有几个人在杀人！亲眼看见有人死了！我才过来的！你不信你去清点人数，去查，看有没有人。"

册那嗤笑一声，头也不回道："我的人都是按队按组分好的，一眼就能看清楚。都查查，少了谁没有！"

最后一句他是对着属下说的，随即便有人不断回复："没少！我们没少！"

兀阿越听脸色越难看，很明显这边确实没出事，那么就是他上当了，但现在也没有时间再掰扯这个了，火头一起，埋伏便暴露了，朝廷营地里已经喧闹起来，人声都在往这里汇聚。

兀阿再不迟疑："走！"

但是他已经走不了了，册那怎么会放过南派的阴险之徒？

一番血战后，兀阿带去救援北派的一小队人全军覆没，兀阿血战逃出，奔出数里地后回头，就看见浓烟滚滚，人影交织，自己带去的一千勇士看不见人影，也不知道是被冲散还是被朝廷的人杀了。

他终究没回头，他还得回到十里外的联盟阵营里，和栗里长老说清楚，北派不信任他们，北派根本不是盟友，是藏在他们身后的恶狼！北派甚至可能和朝廷勾结！他狼狈的身影消失在地平线上，而之前的埋伏的高岗下，混乱中的南派汉子们，一半被北派趁机泄恨杀了，一半被朝廷营地里少量的护卫出手解决。

北派的士兵则大多趁乱逃出，也急急往大部队赶，要赶在兀阿之前揭穿南派的背叛。

奇袭失败，战士星散，朝廷营地却并没有灯火通明，人影两三只出没，其中几个大汉勾肩搭背从高岗处往回走，高声说笑。

"还是殿下厉害啊，几面水晶镜放在几个地方，就布了一个疑阵，咱们明明在南派兀阿的背后杀他的人，他就能看成我们在对面北派背后动手，啧啧，神奇，真的神奇。"

"这下南派愤怒，北派也愤怒，都觉得对方背叛了自己，打完了杀完了再发现是误会，到时候一定要找个罪魁祸首出来顶，你说这个罪魁祸首该是谁呢？"

"谁撮合他们这孽缘，自然谁就是罪魁祸首啊哈哈。"

"不管是出于安定联盟还是人心，罪魁祸首今晚一定会参与十八部族的动乱，到时候，哈哈哈……"

南北两派联盟的一万人在冬夜寒风中静静等待。

这一批是无法入城的部族族民，长川为了防止十八部族彪悍的族民闹事，对入城居住的族民人数有规定。这是南北两派结盟之后，秘密从附近草原召集而来的族民，打算等剿灭了朝廷来使队伍后，正好大批量进城，和里头已经控制了易家的精锐力量会合，一举拿下整个长川主城。

虽说合盟，但是两边还是各自阵营，还隐隐分出界限，这界限便显得有些尴尬，因此有人非常自然地填补了这个尴尬的界限——唐羡之带领他的护卫，站在了两个阵营的中间。

白衣黑氅的唐羡之，脸色有些不好，他今晚姗姗来迟，两边的新盟友都有些疑惑，却又不方便问，都悄悄地看着他。

唐羡之在看手中一封来自西川的密信，新任家主来信隐晦地告诉他，她已经安定了西川，愿和川北结盟，共御朝廷。

唐羡之看完信，手一撒，信纸在指间化为片片白蝶，落入泥泞不见。

身侧的家将小声和他禀报近期的一些消息，唐羡之眉头慢慢皱紧。

他有点不好的预感。

也觉得自己可能犯了个错误。

不该因为燕绥那雪团里一根骨刺，就心里种下了刺，不能全然相信十八部族，在当日磕头盟誓的时候，在点香中做了手段。

别人猜不到，燕绥不一定，燕绥一旦猜得到就一定会有反击。

他对长川易家没兴趣，只对十八部族的马感兴趣，所以一开始就避开了在易家和燕绥交锋，直接攻略十八部族，有些险不得不冒。

但此刻时辰已过，他的探子却迟迟没有来消息。

眼角瞄一眼那几位今晚亲自出城指挥的族长，他问了家将此刻的时辰，想了想，决断地道："我们走！"

家将愕然，低声道："公子，我们怎么走？大家都瞧着呢。"

唐羡之看定他，笑道："出了可怕的事，不就走得掉了？"

唐羡之忽然俯下身，靠近他，似乎要嘱咐他什么，他急忙迎上去，结果刚靠近，忽听唐羡之怒喝："你……你做什么！"

家将脑袋一蒙，抬起眼就看见面前晶莹璀璨的眸子，那眸子满满怒色，像清池里忽然蹿起火焰，他却觉得那火焰并没有温度，焰心里燃烧着寒气彻骨的冰。

随即他看见公子挥袖，一股大力涌来，他像被飓风卷起，远远地倒飞了出去。仿佛山摇地动一般的震动里，他才想明白，原来可怕的事是出在自己身上。

而那边，唐羡之惊呼，落马，踉跄站稳，紧紧捂住了左胸，有微黑的血从他的指缝间流下来。

四周的人们一阵惊呼，都涌上来，赤那木族族长冲在前面，正要来扶他，忽然唐羡之把他往外一推，嘶声道：“有……有毒。”

有人惊呼：“毒！”

众人这才发现，脚下，唐羡之鲜血落下的地方，好几只蜈蚣、蚰蜒死在那里。

不仅如此，连蜈蚣周围的地面都眼看着变黑了。

好厉害的毒！

赤那木族长伸出的手猛地缩回去，其余人等齐刷刷退开三丈。

在众人眼里，就是这位唐公子不知何事被属下刺杀，对方心黑手狠，用了还能传染的剧毒。

唐羡之看一圈众人眼色，吸一口气，命人：“给我包扎。”又命把受惊的马牵来，一副要继续上马等会参与作战的样子。

众人受到了惊吓，急忙劝阻，再三劝说之后，唐羡之终于勉为其难，离开队伍，先去寻大夫。

唐羡之离开队伍，脸上的震惊之色未消，还记得“安慰”其余惶惶不安的属下，道：“虽然出现叛徒，但我信任诸位的忠诚，不必因此惶然。”

众人不知内情，感激涕零，唐羡之又道，既然出现了叛徒，想来今晚的行动也不再稳操胜算，再逗留下去，我们势单力孤，怕会被留在长川，为今之计，走为上策。

众人这回再无疑问，当下改装轻骑，脱离联盟队伍，连夜离开长川主城。

而那边的十八部族联盟军队，在不过一刻钟后，便遭到了金吾卫的奇袭。

还在等着前锋奇袭消息的十八部族队伍，在被驱赶打杀一通后，逃奔中遇上了几乎同时归来的兀阿和册那。

先锋队的矛盾延续到了残兵败将中，南北两派由互相指责转为兵刃相见，保留了精锐的北派自然占了上风，但此时南北两派的首领们忽然齐齐毒发，北派的人才想到，大家是不是从一开始都中招了。

但这时候，两派都已经元气大伤，北派原本占据上风和舆论的有利地位，理直气壮，此刻也成了违背誓言的背叛之徒，这会导致日后北派无法吸纳其余族民，受到他们所信仰的神的诅咒，北派急需找出一个罪魁祸首来承担这样的责任，当即发誓要追杀唐羡之到天荒地老，不杀此獠誓不罢休。

当然那是后一步的事情，当下，唐羡之的撤离就并不如想象中顺利。

奔出十里，在一条必经之道上，易人离和厉笑相候。

唐羡之有伤避战，使计甩脱，家将损三人。

唐羡之离开前，对易人离一笑，道：“尔今日所为，他日唐鄞必有重礼回报。”

易人离不过一笑，答一句：“夹尾巴逃的狗狗，再会。”

他却不知道，唐羡之早在今日之前，就命家将一人偷偷留下，负责管理留在长川的其余唐氏探子，等长川事定，燕绥、文臻离开长川后，这些人再联络易人离身边的阳南岳，并想办法帮助阳南岳收编十八部族残余和易家部属，归拢于易人离身边。

唐羡之命人打探过阳南岳的消息，连易人离自己都不记得了，当年他叛出天星台，迎面遇上阳南岳，阳南岳手中本有最后一道门的钥匙，可以让他悄然离开，但阳南岳犹豫了。

只这么一犹豫，他被易人离踢开，随后护卫涌至，易人离亲生父亲赶来，阳南岳亲眼看见他踢死生父，杀死了面前所有的人，唯独留了他一命。

那一幕给阳南岳刺激很重，他曾得易人离相救，却没能报答，害得易人离最终成为弑父之人，流落江湖。

阳南岳自幼父母双亡，亲情缺失的人，于这一事便分外看重，因此负罪感也就很深。

觉得亏欠的人总会自作主张，想办法去弥补。

而一个人没有野心，是因为他没有力量。

等他有了力量，有了部属，就会生出更广大的向往。

便是他没有，他的部属也会撺掇他有。

易人离终归姓易，之前流浪在外多年，没有归属感，但当他回到再无实权的易家，便会发现权力和地位如同那最美的酥酪，无时无刻不在散发芬芳。

到那时，他还会如今日，心无旁骛，散漫浪荡吗？

博弈的战场不拘于一时一地，永不停歇。

唐羡之很期待，多年之后，有了力量的易人离会是个什么模样。

奔出二十里，在一处只能容一人经过的狭窄山口。

不得不以蛇形分散而出的唐氏队伍，遭遇了山崖之上的连环箭袭击。

那山崖之上最好的射区，明明只能容几人站立，但那箭绵密凶猛，花式无穷，像头顶来了千军万马。

事实上，崖顶上确实只有六个葫芦娃。

但是将门子弟不是仅仅只会打架，从小弓箭便是唯一玩具的厉家兄弟，玩起箭来就像燕绥玩他们一样轻松。

唐羡之在入山口之前早有防备，命人随身携带折叠铁片，拉开后如一道长篷，确实挡住了大部分弓箭，但厉氏兄弟的箭法千变万化，十分刁钻，硬生生在密不透风的遮蔽中钻进去要人性命。

此战再折三人。

至此时唐羡之发觉不对，察觉易人离在自己家将身上下了引路香，除非流自己的血才能洗掉，为此不得不将完好的家将留下故布疑阵，并拒绝了一直潜伏的唐家探子的跟随护送。

过山口之后又十里。

唐羡之弃马换船，却在渡口遇上大雾，大雾之中，险些被水鬼拖下水。

更神奇的是，当夜其实晴朗，后半夜尤其月明星稀。

雾气自始至终只在江心笼罩着唐羡之的船，像鬼魅缠身不散。

此战再折家将二人。

唐羡之发现了自己身上不知何时也沾染了引路香，想必是那团雾气所为。

这问题不难，但他不得不再次分散了属下来迷惑追兵。

他在离开前，派人去救唐慕之，唐慕之被文臻派护卫看守，文臻本意要拿她做个人质以防备唐家，但熟悉唐慕之的人都被调去追唐羡之了，留下的文臻的护卫，耿光陈小田等人都没和唐慕之打过交道，虽然在文臻嘱咐下十分警惕，依旧低估了唐慕之的凶狠果决。唐慕之拼着重伤在唐家护卫接应下逃走后，以兽群接连拦阻了追兵，这之后燕绥便撤回了追兵，因为这里已经接近金草原。

骑着金草原最好的马，抄着最熟悉的道，没人追杀且骑术彪悍的十八部族的骑士，已经提前一步回到了草原。

之后的路也说不清哪样更难，因为说到底，诡计多端的处处堵截和恼羞成怒的拼死搏杀，都一样地要人命。唐氏兄妹在一次激战后又一次分开。

半个月后唐羡之终于到了长川和西川交界的千阳镇，身边只剩下了一个家将。

但在那里，他遇见了已经等他一旬的西川新任刺史易铭，和自己的接应队伍。

追杀他而来的十八族以为到了最后的胜利时刻，残余的几位族长也出动了，结果被活捉，被擒下后，唐羡之夺走了十八部族最后存留的一批好马，和易铭二一添作五，算着此次长川之行，除了满身伤之外的主要收获。

但这已经是后话了。

而在此刻，城外十八部族内讧，唐羡之聪明反被聪明误被反噬的这一刻，长老堂的投选已经到了尾声。

第八十一章

愿来生再遇成知己

掌馈长老败北，依旧摸不清提堂长老怎么想的，不能确定能不能拉来北派和他的那九票，但是想来总不能去帮传灯，哪怕分散了呢，自己这边也就大胜了。

只是为防万一，他依旧找了几个能人来帮他看票。

是真正的“看票”。特制的小羊皮卷写了名字，被投进箱子里，从传递检验羊皮卷，到笔墨纸砚，到写名字，到投入的整个过程，都在众目睽睽之下。

文臻和燕绥自然还没资格投票，按说今天的投票稳操胜券，但文臻眼睛一眨不眨地看着。

都是一群不好相与的狐狸，掀开盖子之前，就是各逞手段的时机。

她不信那几位没有一点花头。

对面，提堂长老忽然开始笑，笑得浪荡。

等这事完了，塞个大糖饼给你吃，包管齁死你！

掌馈长老心思全部都在箱子里，眼见众人都写好了羊皮卷，亲自当众放入箱中，看了一眼身后的人。

那个面目普通的护卫眯眼看了一阵箱子，在他垂在桌子下的手掌心划字。

掌馈长老脸色一变，用尽全力才压下那一瞬间脸上滑过的震惊。

怎么可能！

除了传灯和段夫人写了易铭厉笑，竟然北派族长们和提堂长老，甚至连可恶的求文长老写的也是他们！

而自己这边，南派不好驾驭，用了很大心思，还是有几个族长要么空白要么乱填。

段夫人一票抵五票，己方输定了。

只要那两人进了长老堂，两易合并势在必行，段夫人真是狗急跳墙，眼看凭自己的力量无法驾驭易家，扶易云岑上位，居然就敢把易家卖给西川！

掌馈长老盯着箱子，脸色阴鸷，对上理刑长老转过来的探询的目光，微微咬牙点头。

理刑长老笑了笑，示意他放心，下巴对着那放箱子的桌子微微点了点。

传灯长老笑眯眯地看着那箱子，他的一个部下走进来，低声和他说了几句话，他笑得更开心了。

看掌馈长老敏感地看过来，他温和地道："掌馈，说到底长老堂选拔，都是为了选家主护持家主，咱们之前有一点分歧，可这分歧眼看着便没有了，咱们又何必再争个你死我活呢？我看这箱子不开也罢。"

他用一种"开了你们也是输，给你们留面子你们最好承情"的眼神看着掌馈长老，掌馈长老刚要发作，理刑长老已经拦住了他，笑呵呵地道："大哥啊，你刚说的话我不大明白，什么叫分歧眼看着没有了呢？难不成您对着我们笑一下，我们就能同意两易合并，将长川拱手让敌这样的荒唐提议吗？"

传灯长老心情好，也不介意他的嘲讽，手指点点桌面道："虽说在易铭厉笑入长老堂这事上有分歧，可是归根结底是为了家主之位不是吗？但是两位继承人中，易修年已经失去资格了，你们便是选上燕吾，最后也得奉云岑为家主，又何必争来争去伤了和气呢？"

"你什么意思？"

"修年发病了。"传灯长老笑吟吟。

掌馈长老眉毛竖起，正要发怒，他的人已经匆匆前来，和他汇报了关于易修年忽然全身蜕皮，出现大量红斑的消息。

掌馈长老脸色阴沉，半晌后冷笑一声道："不要这个废物也罢！"

这个所谓的家主本就是傀儡，长老堂的掌控权才是最重要的。

倒是理刑长老皱起眉，低声道："今儿这个事儿啊，我总觉得哪里不大对劲。你说修年啊，怎么会忽然发病？就没听说易家子弟，有过了二十岁才发病的，不对……有人在背后作祟！"

掌馈长老倒也不是纯然鲁莽，皱眉想了一会儿，低声吩咐手下："去调地龙火来。"

理刑长老眉毛一抽，道："阵仗太大了吧？"

掌馈长老冷冷道："若无事自然大家都无事。若有事还怕什么阵仗大？"

他使个眼色，自有在外伺候的人接到命令匆匆去安排。

此时有仆人上来换茶。

那人端着茶盘，走过放箱子的桌子时，因为茶盘挡住视线，不小心撞到桌子，急忙告罪，又抽了汗巾要擦桌子，被传灯长老身后一个护卫拦住，那护卫用自己的袖子把顺桌子流下的茶水擦了擦。得到传灯长老满意的眼神。

此时大家各怀心思，可不就需要这么小心？

理刑长老呵呵笑。

小心又怎样？那个撞翻茶盘的仆人不过是个幌子，真正出手的其实就是这个护卫。

传灯哪知道他的身边人已经被买通了。

分给不同阵营的羊皮卷表面上是一样的，其实段夫人包括北派的那些人拿的都是药水浸泡过的。

掌馈长老掌握易家大院诸般事务，在这些事上自然方便准备，这也是他底气一直很足的原因。

为了避免被这些人看出来，药水本身用量少，而且平时也不能发挥作用，掌馈长老重金请了天眼之人来看，如果看出来的票有利于自己，自然什么动作都不会有，如果不利于自己，就安排眼前这一出。

护卫擦桌子的时候，将一块摩擦自燃无色无味的药香点燃，那香顺缝隙飘入箱中，遇上那羊皮卷上的药水就能消去字迹。

香放在箱子背面，箱子面对所有人，燃香的时间很短，没人能发现。

看见那护卫暗中做了个成功的手势，掌馈长老松了口气，往椅子上一靠。

他和理刑长老推选的易燕吾稳了。

暗中联合了北派又有什么用？易家从来都只掌握在他手中。

长桌另一边的角落里，文臻双手交叠笑眯眯地看着箱子，燕绥百无聊赖地玩着她的发尾。

文臻犹自未觉，她的眼睛虽然不能透视，却能见细微处，刚才那无色的烟别人看不见，她可看得清清楚楚，正想着哪一种方式打脸最爽，忽然易秀鼎无声走过来，往她身边一站，随即她听见易秀鼎细微的声音：“是不是做了手脚？”

“是。”

“要不要我现在给你们把票移出来？”

“不用了吧。”文臻沉思道，“在别人干坏事没成功时就打断，显得不那么爽。”

易秀鼎：“……”

掌馈长老起身，俨然主事人般吩咐：“开箱吧。”

然后为了谁来开箱又吵了一架，都怕人开箱时做手脚，都不信任对方提出的人选，最后还是易云岑被吵得不耐烦，跺脚大喝一声："既然谁都不相信，那就出门去，从站在门槛上的时候开始数，数到的经过的第七个人过来开箱！"

这个胡闹般的提议最后获得了一致通过，而数到的第七个人居然是平云夫人。

她是出来找又跑丢的女儿的，结果被拖进了堂中。

掌馈长老看见她，脸色顿时和缓，毕竟两人关系一向不错。其余人也没话说。

平云夫人动作十分利落地开箱，捧出羊皮卷，摊开在桌上，瞄一眼，笑了："这么多空白票！"

这话一出，传灯长老等人顿时变色。

平云夫人数了数道："易燕吾，得九人推选。"

然后她便不说话了，传灯长老等了一会儿，忍不住催促："还有呢？我们填的易铭厉笑呢？"

段夫人许诺过他了。易铭厉笑进入长老堂，扶持易云岑为家主，他地位不变，为辅佐家主第一人，并且段夫人会将青螭刀在易云岑成年之前交于他保管。等于将对十八部族的管束权交于了他。

虽然十八部族桀骜不驯，段家的信物已经没有了太大的威慑力，但是总归都在刀前发过血誓，拿着也是个倚仗。

传灯长老的合适人选已经没了，算来算去，目前也只有这样的安排对自己最有利，毕竟易修年和易燕吾上位，他必定没好下场。

他心中关切，目光灼灼，平云夫人脸上表情古怪，道："没有了啊。"

"怎么会没有——"

传灯长老的话戛然而止。

不仅他，所有人都看见了平云夫人对众人展示开的一大堆空白票。

一霎寂静后，传灯长老咆哮："怎么可能！我们明明填了——"

掌馈长老道："空白票自然算弃权。传灯，你还算识时务。"

他挑着眉，微微冷笑。

全部弄成空白是显得很假，但是这时候也顾不得假不假。

赢了就行。

易家大院一直在他掌握之中，真要动起手来，死的绝对不会是他。

传灯长老气得脸发白，文臻瞧着他，心想易勒石当初抢夺大权，架空长老堂，着力将一群长老养成各种蠢材庸才的时候，有没有想到有一天当他自己陷入不利境地，这群人能不能撑起易家？

还是他觉得自己永远不会倒？

她还没说话，忽然一人冲出来，一把抓住那些空白票，摸了摸，道："你们作弊！这上面明明有字，被你们想法子消去了！作弊！你们作弊！"

燕绥眉毛一挑。

掌馈长老："云岑，眼看当家主无望，这就狗急跳墙了？是什么睁眼瞎才会说上面有字啊？"

易云岑脸皮子涨得通红，大声道："我手指能读字！只要写过字，我的手指都能摸出来！这羊皮卷上分明写过字！"

文臻对燕绥看了一眼，眼神有些惊异，燕绥轻轻点了点头。

东堂有异能者十中有一，但除了需要行走江湖卖艺不得不展露外，轻易不会展示。以此为防身保命挣钱之本，这是人之常情。尤其地位高贵的世家子弟的异能，更是秘密，看样子连掌馈长老他们都不大清楚。

文臻还真不知道易云岑有这样的技能。

那边，掌馈长老嘲讽的笑意更浓："你接下来是不是要告诉我们，那羊皮卷上的字就是易铭厉笑啊。"

寻常人给这么一堵，多半就硬气不起来了，易云岑却理直气壮："正是！"

掌馈长老止不住地笑，理刑长老笑呵呵地摇头道："云岑啊，你这话就不必说了。先不说羊皮卷上到底有没有字，单手指读字便十分荒唐，东堂天授者多矣，可没听说过这一种。"

"没听过就没有了？"易云岑冷笑，忽然一扭头对着一直没说话的易燕吾，"七叔，烦你拿一本冷僻的书来。"

他不叫自己这边的人，却叫旁观的易燕吾，易燕吾怔了一下，看向两位长老，掌馈长老阴阳怪气道："去便去呗。"

易燕吾便出门吩咐人去拿书，不多时书拿来，文臻一看，险些要笑。

竟然是一本为明年新制的东堂历。

这种历书由朝廷在当年年前颁布，内容是下一年的阴阳历干支历等多套历法，还含有节气、宜忌、冲煞、吉凶、干支星宿、月相、流年太岁、生肖合害与方位、三元九运、六曜九星等很多内容，指导人们四时耕种趋吉避凶。保证一年和一年不同，文臻忽然觉得易燕吾也是个妙人。

这样一本书，谁都无话可说，易云岑大声道："诸位都来翻翻这本书，好看看我有没有可能作弊说谎！"

他拿了书，往每个人手上塞，虽说书是易燕吾拿过来的，掌馈长老等人并无不信，但被易云岑烦得不行，都随意拿在手上翻了翻，道声“好好好没问题”。易云岑似乎和公平二字撑上了，又气冲冲拿过来，要递给文臻等人也看看。

他走过来时，燕绥袖子一摆，袖子里一块白绢落地，燕绥笑道：“我懒得弯腰，云岑你帮我捡一下。”

易云岑便将白绢捡起递给他，又把书递过去，燕绥拿着那白绢，象征性摸了摸书，道：“这历书印得倒精美。”又拿白绢缠在文臻手上，笑道，“绢脏了，拿你手擦一擦。”

文臻笑：“正好，我先前碰了那斜眼还没洗手。”此时易云岑把书递过来，她裹着白绢的手摸了摸历书，道，“你可别摸封面，这印的字油墨太浓，我都能摸出来是什么字。”

易云岑骄傲地道：“自然不是。最轻的笔写出的字我也能摸出来！”

易燕吾拿过历书，随便翻了一张，易云岑蒙上眼睛，手指摸了一摸，果然都准确说了出来，连试了三张，都是如此。

易云岑解开布巾的时候洋洋得意，文臻捂着额头叹了口气。

果然掌馈长老立即道：“你即便手指能摸字，能证明那羊皮卷上就一定有字？你是家主继承人之一，易铭厉笑是你的支持者，你为了能当家主，什么谎话不能说？”

易云岑张口结舌。

燕绥似笑非笑。

北派的图鲁族族长忽然站了起来，道：“可我明明写了名字！我要去瞧瞧这羊皮卷！看是不是被人偷换了！”

这厅中大家原本相对而坐，箱子放在上首桌子上，图鲁族长身材魁梧，这一跨出座位，两步便走到了掌馈长老身边。

掌馈长老正在冷笑，说了声：“请便……”

“便”字还在口中，图鲁族长忽然手往肩后一探，刹那间，火光漫卷，热辣辣地溅了两边人一身。

图鲁长老这一招用力过度，砍裂了掌馈长老头颅之后，将他面前的几案也劈裂。

坐在理刑长老身边的栗里族长一匕首捅入了理刑长老的肋下。

传灯长老身后，原本挤过去也要看羊皮卷的力嘎族族长，五指张开，指上不知何时已经戴上了尖锐的钢套，狠狠一抓，抓裂了刚刚震惊起身的传灯长老。

南派一个族长踩着凳子飞身而起，半空中抓出两柄铁锤，狠狠砸向站在角落的易燕吾的后腰。

北派一个族长冷笑着，一把扼向段夫人！

易云岑被一个北派族长追杀，大叫着，刚才的偷袭，因为他谦让地给族长们让路，反而逃过了一次杀手的攻击，但胳膊也已经受伤，他又惊又怕，在堂中大叫，也不知道在叫什么。

他在那儿叫，易秀鼎已经扑过去将扼住段夫人的族长踢开，护着段夫人退到墙角。

燕绥正拨开一个长老的铁链，并抢走铁链，将那沉重的东西狠狠抽在对方脸上。

一时间鲜血遍地，惨呼震天。

原本一脸不相干，甚至远远坐在角落的求文长老，反而是运气最好的一位，主要目标都集中在前面那几位长老身上，他中途又出去解手，回来后看了一眼堂中情形，没有坐回自己原来的位置，只靠在门边看书。

杀戮一发生，他便一个跟斗翻出了门。

易秀鼎看见燕绥文臻也受了攻击，倒松了口气，但一时之间，她自己也不知道，松的那口气是因为什么。

是怕这残酷杀戮，自始至终都是对方的筹谋？

还是怕眼帘开阖之间，染血的剑尖便已经隔开了两边？

南北两派的族长们暴起杀人，完全出乎长老们的意料——他们习惯了十八部族为附庸，目光从来只盯着大院和其余长老，盯着那最高权位，从没想过这里面有部族族民什么事。

没有自己的地盘，没有自己的军队，桀骜冲动一盘散沙，还多年不合，能成什么事？又哪来的心思成事？

掌馈长老的眼睛到死不闭，眼眸里散不去的不甘。

也因为太过出其不意，没有反抗机会，南北两派合力，迅速解决了长老们，随即开始追杀阁中几位长老的护卫和仆从，易秀鼎护着段夫人，拉来了易云岑，且战且退，却很快被逼到死角。

她身后，段夫人闭目喃喃自语。易云岑盯着地下，不知道在想什么。

易秀鼎脸色惨白，看着地面的鲜血越漫越高，似无数条赤链蛇，逶迤至她靴底。

她从来都知道争权夺利为流血之始，知道长川易终将有这一日。却也没想过，这一天来得这么快这么突然这么杀气凛然，风好像还没起，漩涡已经张开了巨口。

外头已经起了喧嚣之声，各家长老的护卫们遵令都在附近等候，此刻想必也都赶来查看了。

提堂长老忽然起身，他身材颀长，袍袖一卷间便穿入了混乱的杀场，也不见他如何辗转腾挪，轻轻巧巧地便避过了各种洒血的武器，转到了呔族长老身边："杀差不多就赶紧走吧，小心被外头的包抄。"

呔族长老一点头，道："今日之后易家便是你我天下，等你收拢了易家这些属下，记得给我个信号。"

提堂长老顿了顿，忽然指着后堂，道："不要从前门走，先躲进去吧。"

"你说什么？"呔族长老诧异地看他。

提堂长老眉头一皱，一转头看见燕绥遥遥投过来的目光。

那人就像长着千里眼顺风耳，无论身处何地，什么都能知道。

他挑挑眉，并不理会，拽着呔族长老要往里走，但他只走了一步，其余一些族长，有跟随呔族长老的，有敌对要杀他的，都跟着往后面走。

提堂长老停住了脚步。

有些事，终究是命运安排。

他可以一时心软，却不能给长川留下后患。

他忽然一笑，道："我是怕外头的人追杀进来。"

"怕什么，我们外头有安排人接应。想必现在城外也已经得手，早些出去里应外合，长川就是我们的了。"呔族长老心急，转身便走。

提堂长老护着他，率领残留的北派部族族长和护卫们向外走，一眼看见外头涌来的黑压压的人群，忽然笑道："你说要信号……我现在就可以给你信号。"

呔族长老愕然，回头看他。

此时燕绥忽然拎起掌馈长老尸首向外掷出。

与此同时，提堂长老的声音，忽然变成了掌馈长老的声音："十八部族叛出易家，伤我长老，罪无可赦，地龙火，放！"

对面，早已团团围住魁阁的易家护卫军们，齐齐高举手中的黑色长管，那些长管前端像个喇叭，此刻那些黑色的喇叭里发出沉重的闷闷长音，无数灿红的火焰喷吐而出，漫天散开灿金的漩涡，瞬间将夜的浓郁的黑撕碎。

巨响声仿佛远古巨兽仰天怒吼，灌满了人的耳朵，以至于一时之间什么都听不见。

呔族长老身子不可控制地飘了出去，眼睛还回看着提堂长老，看着他一张一合的嘴巴，然后感觉热浪和巨手同时扑来，将他瞬间吞噬撕裂……

神奇的是，在这充满声音又无声的最后一刻里，他竟然忽然听懂了提堂长老的话。

他说："抱歉，周堂已经先一步走了。"愿我们来生可以再遇，终成知己。"

第八十二章

林飞白的神秘艳遇

掌馈长老和传灯长老死了。理刑长老和易燕吾重伤逃逸，唯一没受伤害的是躲在角落溜得最快的求文长老。

更重要的是，十八部族在对长老们动手之后，北派又插刀南派，将南派砍瓜切菜之后，却又被等在魁阁之外的掌馈长老暗中准备的火筒队收割了性命。

而此时，城外的十八部族战士亦入修罗场。

本该有更大的伤亡的，因为最后南北两派杀出了火气，反而是朝廷金吾卫按照燕绥的指示，将人群围住驱赶，困住却不杀，只给他们留下了通往徽州大军方向的道路，南北两派的残余战士不得不往那个方向走。

燕绥一方面是留下部分十八部族力量，日后好收编为朝廷养马和放牧草场，让季家马场不能再形成垄断地位，一方面也要将十八部族用得彻底，留着给金麒军找点乐子。

在他的计划里，这一战过后，十八部族的野心家大多被灭，其余人将会被迁入长川城内过活，和长川百姓通婚，数代之后，想必也将全部融入长川，而草场全部收回。日后朝廷会抽调林擎的军队，在寿山至洪山一线进行布防。

这才是宜王殿下早已定下的国策，指定草场不过是缓兵之计，想要长治久安，便得不惧青山之下，白骨成堆。

依着燕绥，原本是要将十八部族赶尽杀绝，文臻却劝他尽量留下有生力量。

当初出发前，几乎所有人都不看好这次的任务，三千人对上十万大军十八部族和地头蛇易家，还要进入人家的地盘。这是与虎谋皮，是不可能完成的任务。

所以文臻希望少点戾气，在铲除易家死忠力量的基础上，尽量保留中立或者友好势力，一来方便和平过渡，二来将来少点弹劾，三来万一出现岔子，也可多点谈判砝码。

但是，该杀的还是要杀的。

当日，易家大院的动静近乎毁天灭地，也因此这一夜被称为“断龙之夜”。

这所谓的断龙之夜，也不过是整个长川易家迅速垮塌的开始。

天亮后，冒着青烟的魁阁内，诞生了新鲜出炉的易家家主。

新任易家家主易云岑，下达的第一个命令就是摒弃前嫌，与西川易家重修旧好。

第二件事是宣布理刑长老和易燕吾的七大罪，撤除刑堂，废除并封闭黑狱。

第三件事就是把几位长老所藏的虎符碎片找出来，拼出了另一半交于段夫人保管。

但是这一半虎符其实早已被调换，在这段时间内，易人离靠着阳南岳在易家大院收拢了一批中下层人员，其中有不少护卫。

调换过来的半边虎符，再加上燕绥、文臻已经制作好的易勒石的那一半，终于将虎符拼完整。

林擎和化名童邱的邱同，不能久离大军，在魁阁事件结束后，便连夜赶回了边军，听说永王燕时信在徽州游历时失踪，怀疑是被前来劫掠的西番小股军队掳走，出了这事，总管边军的林擎和统领徽州边军的邱同自然必须回去处理。

等到金麒军被打散或者调走，朝廷金吾卫进城，长川便正式入了朝廷之手。

金麒军一直是决定长川归属的关键，偏偏十分精明，一直盘踞在彦城，不介入主城之内的风云争斗，所有人只能被动地去打它的主意。

易云岑这个新任家主不顾众人劝告，亲自携着半边假虎符前往金麒军调兵。

因为丹崖居已毁，易勒石那半边虎符再也找不到，原则上易家无法再调动金麒军，但是家主本人带着另一半虎符可以指挥金麒军。

但是易云岑得位的过程太惊悚，金麒军会不会承认他这个家主，还是未知数。

为此，易秀鼎劝易云岑不要冒险，手握大军的金麒军统领，面对当前局势，很有可能生出别的心思，易云岑贸然前去，就是羊入虎口。

但易云岑依然天真傻大胆，拍着胸口说自己已经是新家主，金麒军凭什么不认他这个家主？他们可是当初都在金麒旗下发过毒誓的！

再说，就任新家主本就有一个就任后巡视金麒军的流程，如今正好履行，如果因为局势不明就不敢去金麒军驻地，以后岂不是让金麒军，让这易家所有护卫从属附庸笑话？又怎么能在朝廷的进逼下保住易家？

他振振有词，说话又难得如此在理，这回段夫人并没有说什么。

但是刚上任胸怀壮志的易家家主，出门还抱着自己的套娃也是实在让人无话可说。

最后还是易秀鼎拎着他的耳朵，硬生生把套娃塞在了随行马车里才罢休。

文臻在一边看着，心想如果易人离没什么执念，长川又能比较和平地过渡的话，易云岑继续做这个家主也不是不成。

昨夜那幕的杀戮，哪怕她已经见惯流血，也不希望再看见。

燕绥站在她身侧，看着易云岑，忽然道："家主就这样过去，还是显得势单力薄了一些，要么我和内子也一起去吧。"

文臻一怔，转回头刚想提醒他，城内易家的势力依旧不小，理刑长老和易燕吾逃掉后两人还是个变数，自己和他双双离开，又是去金麒军驻地，万一出什么岔子被大军包围，并不妥当。

但她一对燕绥的眼睛，便将自己的话咽了回去，笑道："是啊，家主出巡，岂可不多几个喽啰，以壮行色。"

易云岑怔了怔，跳下车来拉她的手，兴高采烈地道："好啊好啊，正想姐姐一起去。"

他的手还没碰到文臻指尖，燕绥的目光淡淡瞟过去，易云岑下意识缩手，手掌平贴在了袍子边。

文臻忍不住想笑，调教成果显著。

段夫人走过来，她神色颇为憔悴，却仍勉力支撑，道："易公子，方才听前院管家回报，说是城中有些骚乱，流言甚多，情形不大对劲。"

易云岑犹豫了一下，道："还是烦请两位帮衬一下祖母吧。昨晚已经死了那么多人，你们再一走，祖母身边就没人了。"

他说着说着，情绪低落，文臻看一眼燕绥，他颔首，易云岑便怏怏走了。

他的卫队是易家大院配备的护军，两百人的精锐队伍，毕竟去调大军，并不是需要人多，只要保证路上安全就行了。

文臻向队尾看了一眼，林飞白作为提堂长老亲信，在这段时间已经接管了易家大院护军的一个小队，此刻顺理成章地待在队伍里。

他的身上带着完整的虎符。

林飞白熟悉军务，适合去做调军这事，但是拿虎符调金麒军必须要易家有分量的人去才成。

而易家主事人们现在死的死逃的逃，要想顺利调兵，还只能新任家主前去，借易云岑的幌子替朝廷调兵。

易家城门，现在在文臻建议下，严进严出，用文臻对段夫人的说法，是防止朝廷来人的渗透，但其实她和燕绥的人已经进来了一大批，真正严守城门的原因是防止金麒军本身还有探子在城内，将这里的变故提前传给金麒军。

文臻和燕绥回到自己小院，文臻此时才有时间，用之前派人搜集来的药物配了一个药方给平云夫人送去。

她答应过治平云夫人女儿的病，自然要履行诺言。

平云夫人亲自送出门，跨过门槛的时候文臻笑道：“夫人地位尊贵，访客不少啊。瞧这门槛都被磨平了。”

平云夫人道：“易夫人说笑了。我一个未亡人，深居内院，哪有什么访客，便是有，也留不得多久，左不过是一些闺阁怨女，虚应着罢了。”

两句话说得有点不搭，两人却都似不觉得，相对一笑。

有些人阴沟地鼠一样，总在背后作祟，是时候拎出来晒晒了。

快马驱驰一日夜，第二天午后，离彦城还有三里，易云岑的车马便已经被金麒军的前哨拦住。

易云岑作为易家继承人，金麒军自然都认得，得报后，金麒军统领范不取亲自出城迎接，将队伍接入城中，并设宴招待新任家主。

长川人都知道这位低调的金麒军统领当年病重垂死，被易勒石屡次以灵药救护，为此戮力效死，人虽然病歪歪的，作战却是个不要命的，因为忠心和勇毅，最终成为金麒军统领，传说中易勒石最信任的人。

不过如今看他，虽然气色不佳，精神却不坏，倒并没有传闻中那么衰弱，席间范不取态度热情，频频劝酒，易云岑十分欣喜，不住举杯。

易云岑事先有派人去打前站，说清楚了家主变动事宜，提及几位长老叛变之事，范不取席间便提起此事，和陪客的手下诸位将领，便大骂传灯掌馈几位长老，说这几人包藏祸心，以往没少拉拢金麒军，果然心怀不轨，活该如此下场。

林飞白站在一侧看着，心中总有种奇怪的感觉。

虽说城内消息封锁，城外十八部族作乱被朝廷护卫队围剿的消息也封住了，金麒军不知变故，态度如常说得通，但是毕竟朝廷来使已到，接下来总有一番交涉和动乱，为什么范不取的神色还是如此轻松?

也许是觉得朝廷来使几千人，在林擎和邱同军队不能参与的情况下，无论如何也对付不了他们十万人?

但这营中，一路走来，军纪森严，人人来去匆匆，神色肃然警惕，口号军令之声不绝，从入辕门到进入主帐，不下七处关卡暗哨，明明是为一触即发的战争做的战前准备。

林飞白每年总有一段时间在军中历练，对军营和军队情况向来熟悉，窥一斑而知全豹，金麒军的军营安排，士兵状态，关卡暗哨，各方面都算精锐。

这样的一支军队，主将不管什么性格，遇上军务都应该是警惕戒备的，如今所有人的状态却都显得散漫从容。

他在那思量，席上的谈话却越来越无拘，不知怎的居然说到中年谢顶的问题，已经半醉的易云岑哈哈大笑，把脑袋凑过去给范不取看，调侃他道："老范，管军累的吧，这么早就'牛山濯濯'了，你看我这头发厚得经常梳不通。"

范不取也有点醉了的模样，还真凑近去眯眼看，还翻了翻易云岑头发，啧啧称赞："是啊，家主心思开阔，性格疏朗，自然不似我们忧烦，频频落发，瞧这一头乌发发！"

林飞白瞧着，心中那种奇怪的感觉更浓了。

易云岑对范不取道："闲话说完，便道正事。今日我亲自来便是要来调金麒军，将朝廷来使驱出长川。"

范不取笑道："一直在等家主召唤，金麒无有不从。只是家主打算到底怎么做？是直接杀了那群人，还是只是驱逐？如果是驱逐，那就是不打算现在和朝廷撕破脸皮，那又要如何同朝廷交代？"

易云岑挥挥手，道："如果顽抗，杀也就杀了，但祖母说易家元气大伤，最好不要做这个出头鸟，她怀疑唐家很快就要举事，让朝廷和唐家消耗一阵再说。最好是将他们赶出长川，至于理由嘛……想法子推给别的世家吧。"

他明明说了一段废话，偏偏范不取哈哈大笑赞叹了一通，又说今日已晚，等明日家主出示虎符，校场点兵，金麒军就由家主亲自率领，也好让长川军民看看家主沙场风采。

易云岑自然大喜，带兵回去，解决朝廷的威胁，有利于他巩固地位，迅速俘获民心。

大家气氛融洽，喝着喝着兴致便高了，林飞白等人退出去方便他们喝尽兴，很快便有人捧酒出来，说家主犒劳各位一路辛苦跟随的兄弟们，众人自然不能辞。这些人也是段夫人刚刚选出来跟在易云岑身边的，易云岑原先的贴身小厮前不久急病而死，这些新人如今都想获得家主青睐，一个个喝得爽快，轮到林飞白的时候，他看了那酒一瞬，接过来一饮而尽。

送酒人怔了怔，也便大笑，说声兄弟痛快，回了帐。过了一会儿，易云岑跌跌撞撞出来，脸色酡红，一边拒绝着身后人的搀扶一边大声说"我没醉"，但很显然是醉了。

这模样不适合给士兵们瞧见，众人纷纷涌上前搀扶。易云岑一个踉跄，林飞白眼疾手快接住，就势扶着他往范不取安排的营帐走，一边走，一边低声道："家主，家主！"

四面金麒军被易家的人隔开，易云岑懒洋洋“嗯”了一声，却悄声道：“小声些，小心被听见。”

林飞白一怔，道：“家主是觉得……”

易云岑：“哪有准备打仗了还喝酒的道理。这群丘八什么意思，想灌醉了我糊弄我吗？或者干脆灌醉我找个理由弄死我吗？呵呵，我是这么好对付的人吗？”

林飞白倒没想到他说出这么一堆话来，心下一松，又一紧。

他原本今晚的计划就是要趁易云岑喝醉后制住他，把他往外头接应的人那里一扔，把人带走。易云岑失踪，金麒军一定要寻找，带走易云岑的人会留下属于朝廷金吾卫的手法和痕迹，到时候林飞白再拿出虎符，以救主为名要求金麒军统领大军前去追击金吾卫。

而在那里有一座人迹罕至、环境恶劣、地形险峻多变的寒山，邱同悄悄派出的一支精锐，已经在那里安排好了各种陷阱，做好了准备，要把十万军陷在那里。

听易云岑最后一句，林飞白有点心虚。

“这个给你，你帮我保存着。”易云岑把一个小盒子从怀中取出，悄悄塞他袖子里，“这里是半边虎符，我有点怕今晚有人会来偷这玩意儿，我为了取信于他们毕竟喝了些酒，万一疏忽了就麻烦了……你好好收着。”

林飞白正要拒绝，易云岑却已经到了他的大帐前，一个踉跄便跌了进去，金麒军的军士急忙跟进去，招呼洗漱醒酒一大堆的事儿，将易家来的人都挤到一边，之后直接灭了灯，又热情招待林飞白等人去休息，林飞白从头到尾，竟然没找到机会将这东西还给易云岑。

虽然这也没什么，但林飞白总觉得这是个变数。坐在营帐中思考着这件事，忽然听见脚步声，数人沉重，一人轻盈，随即帐帘被拉开。

林飞白抬头，看见范不取的一个参将站在门口，那人有点神秘地笑着，道：“刘兄弟，北地寒凉，帐篷湿气大，我们营中的大夫给大家送姜汤来了。”

林飞白假托的身份是易家内三房护卫队的一个小头目，闻言他抬头，脸上堆出笑，眉头却微微皱着。

送姜汤倒也不算奇怪，今日比前几日更加寒冷，但是笑这么神秘做什么？

那参将身后一条人影慢慢走出来，端着一个托盘，林飞白看着那身形怔了怔。

纤细窈窕，竟然是女子。

他心脏怦然一跳，险些以为文臻混进来了，再一看，这女子身量比文臻高，顿时目光一黯。

那女子将姜汤放在他案上，深色的托盘衬得手指细长洁白，林飞白垂下眼帘，站开一步，冲着那参将道谢。

那参将摆摆手，说声还有军务，自顾自走开，那女子却没随着离开，站在桌案一侧，忽然用指节敲敲那托盘。

林飞白皱眉看着，心想这是催促喝汤？这女人也太爱管闲事了吧？怎么不说话？这莫不是个哑的？

林飞白是守礼君子，虽然心中不耐，还是端起瓷盅，意思意思碰了碰唇，表示自己喝过了。他放下碗，客客气气地道："多谢姑娘，姜汤很好，这碗盘，便麻烦你收了去吧。"

那女子上前一步，竟然掀开盖子看了一眼，又用手指比了一比，然后摇摇头，把碗往他面前又推了推。

林飞白瞠目结舌。

什么意思？是看水位下降多少，确定他没喝？

这还非得逼他喝不可？

少帅的脾气上来，也顾不得装样了，他坐在案后，双手据膝，冷冷看那女子，道："实话和你说，虽然说了你也未必懂。这非常时机，姜汤我不会喝。姑娘不必费心了，请回吧。"

那女子穿着一袭斗篷，帐篷里也不太光亮，她抬起眼来，林飞白看不清她面容，只觉得那眼波流转，明光辉映，不由微微一怔。

那女子还是不说话，端起姜汤，喝了一口，又往林飞白面前一递。

林飞白瞪着她，她看姜汤，一个不接，一个不退，然而林飞白神情冰冷，那女子斗篷下的脸隐约唇角一弯，竟是在笑着的。

帐篷里只余烛火轻微毕剥之声。

好半晌，林飞白接过姜汤。

他也不知道自己怎么接过的，明明心里满满恼火。但不知怎的，对上那女子微笑的唇角，他便觉得不接是一种要命的尴尬。

接下来了，他才发现那姜汤的碗筷勺都是银制的。

这一出送姜汤和喝姜汤都有些莫名其妙，他现在只想把这女人赶紧打发了，垂眼刚要喝汤，却忽然看见碗边一抹胭脂印如零落红樱。

不知怎的，就想起方才那一抹微笑。

林飞白一顿，手一转，换了一边，象征性喝了一口。

他害怕这是一出色诱戏，这汤中没毒却有料，喝完一口，借着拿帕子擦拭唇角，全部吐了。

那女子仿佛没看见，满意地收拾碗筷，端着出去了。

林飞白不敢看她背影，垂眼看见她步伐姗姗，腿动裙不动，眉头不禁一跳。

他在仪态要求最严的宫中长大，见惯了姿仪美好的女子，眼前人的步伐姿态，别人看不出门道，他却一看便知道，此女必定是大家出身。

长川易家军营的一个女大夫，这种身份在别处相当于军妓，一般都是由贫贱女子或者女俘虏担任，怎么会有这种出身的女子？

当夜他也没有睡，等到喧嚣渐收，万籁俱寂，营地中只闻哨兵偶尔来往的脚步声和口号声，他开始换夜行衣准备干活。

衣裳换了一半，忽然外头大亮，示警之声连响，夹杂无数杂沓脚步声，竟然是冲着自己这边来的！

第八十三章

女追男，隔层纱

林飞白一惊，飞快地将夜行衣脱掉，外袍往桌上一扔，刚刚把夜行衣往被子里一塞，自己跳进被窝，“哗啦”一声帐门被掀开，易云岑带着一批人，脸色惊惶地闯了进来。

他的公鸭嗓在这乱糟糟的环境里刺耳得要命：“有人袭营！可能是朝廷的人！”

林飞白只穿着中衣，从被窝里坐起来，一脸惊愕无比自然，但心中也是乱糟糟的，下意识想，有人袭营，他跑我这里来做甚？忽然想到什么，眼光往桌案上一扫。

然后心猛地一跳。

他刚才换衣服，把装有两种虎符的盒子放在桌上，有人冲进来，在来不及的情况下，把外袍扔过去遮挡，但此刻外袍滑落，露出桌子上东西，装着两种虎符一模一样的盒子，此刻只剩下了一个！

电光石火间，林飞白已经明白马上要发生什么。

果然，下一刻，易云岑急声道：“我给你的虎符呢？快拿出来，今晚来袭营的人数不少，很可能朝廷三千金吾卫都出动了，大概又想搞个奇袭，却不知范统领早有防备！快拿虎符，我要调全部大军，沿途追击，将金吾卫全军覆没，易家的危机便解了！”

林飞白盯着那盒子。

里面装的是半个虎符，还是整个的？

如果他没猜错，应该就是文臻千辛万苦去丹崖居才弄到的完整的虎符。

这一遭，等于把完整的虎符又献了回去。

更糟的是，这东西拿出来，文臻燕绥的辛苦白费了不说，还会暴露他，进而影响整个计划。不拿出来，他就要承担弄丢虎符的大罪。

在金麒军的军营里，众目睽睽之下，他走不掉，这样的罪行会令他立刻丧命。

这对于常人来说，自然是先把虎符拿出来，易云岑未必立刻打开看，趁这个时间溜走也不是没机会。

林飞白瞬间便下了决定。

他起身，去拿那外衣，手指一振，外衣重新展开，将那装虎符的盒子遮住。

随即他穿起衣袍，黑色长袍飞云般一卷，遮蔽了众人的视线，这一瞬间林飞白一下将那盒子移到脚下，脚下用力，生生将地面绷紧的帐篷布踩破，装虎符的盒子被踩入泥土之下。

他用脚将一个凳子钩过来，挡住这处破裂。

这几个动作都在瞬间完成，于众人眼中不过看见袍子一展挡住视线，再睁眼面前便是穿好衣服的林飞白，正在伸手摸索自己的衣袖，随即脸上露出震惊的神情。

他这神情动作，看得易云岑倒吸一口凉气，惊道："不会吧……不会是虎符找不到了吧？"

林飞白又在案上找，声音惶急："我就放在袖囊里的！"

易云岑急得跺脚："范不取本就阴阳怪气的，有虎符都未必肯出兵，没有虎符他更有借口了！"

林飞白用眼角余光扫着他。

他不能不怀疑易云岑，可这如果是装的，也未免太令人迷惑了。

到底是范不取自己搞鬼，还是两人勾结？

搞这一出目的是为了什么？如果是对他产生了怀疑，为什么不直接下手？他身在大军包围之中，无论如何都抵抗不了。

林飞白一边思考，一边不动声色借寻找上前一步。

他打算不管是谁搞鬼，先挟持易云岑再说。

如果此事易云岑有份，挟持他自然有用，自己就算闯不出去，饶上一个易云岑也不亏。

如果此事和易云岑无关，他确实就是个傻白甜，但好歹也是易家新家主，除非范不取拥兵自重背叛易家想自己占领一块地盘，否则总要投鼠忌器。

如果范不取连易云岑也不顾，正好可以试探出易云岑无辜，易云岑的护卫队总要保护他的，到时候混乱中一起冲出去便是。

林飞白瞬间做好决定，正好易云岑在他对面翻着书案。

林飞白抬手，对面易云岑抬起头来，目视他背后，露出骇然之色，道：小心！"

与此同时林飞白感到身后起了一阵风，颈后汗毛猛地一竖。

他身子猛地一矮，准备抓向易云岑的手掌往后猛劈。

他动作不可谓不快。

但是竟然慢了一步。

颈后一麻，眼前一黑。

倒下去之前，林飞白脑海中掠过一个念头。

果然和易云岑无关……

林飞白醒来时，感觉自己还是在帐篷里。

但是很快他就发现这不是自己的帐篷，从形制装饰来看，这应该是主帐或者贵客的帐篷。

他并没有被捆绑，好好地躺在床榻上，但是动弹不得，脸上有种绷紧感，仿佛戴上了什么面具。

四面很安静，先前的惊扰喧嚣之声竟然都已经没了，整个营地如什么事都没发生过一样，只留篝火的燃烧之声和四处走动的巡哨兵的脚步声。

林飞白的心沉了下去。

他嗅见了阴谋的气息。

他努力了好半天，才挪了挪脑袋，眼光对上了对面桌子上一面黄铜镜。

黄铜镜正对着他的脸，然而镜中依稀映出的是易云岑的脸。

林飞白心中轰然一声。

帐篷不知何时被风掀开一条线，他看见月色。

他已经明白即将发生什么。

他的行动被范不取猜到了，现在他被扮成易云岑，待在易云岑的大帐内，之后就会有人把他扛出去，交给营地边前来接应的人，大家会以为顺利掳到了易云岑，然后范不取会佯装追击，邱叔叔的兵自然要在陷阱处等着围剿。但范不取一定会分兵绕路，从背后袭击邱叔叔的精锐，到时候徽州军一定会死伤惨重。

而他，如果没猜错的话，范不取一定会想办法令他死在被掳的半道，死在邱叔叔军中，那么当他身份被发现，邱叔叔就无法向父亲交代，神将林擎和他的左膀右臂就会产生永远无法弥补的裂痕。

更不要说父亲和邱叔叔对峙西番，偷偷分兵这种事，成功了自然无事，一旦损失惨重，朝廷难免问责，连带着燕绥也要倒霉。

这一手实在一箭数雕，相当狠毒。但林飞白怎么也想不通，自己的行动是怎么被发现的，如果自己的计划被发现，便意味着燕绥文臻在易家的举动也很可能被人窥知，那么一旦被窥知，何以还会容他们到现在?

不行，不能困在这里，必须第一时间回去，告诉文臻燕绥这里的变故!

然而他绝望地发现，无论怎么挣扎，运气，浑身的麻痹感都无法消解，甚至在渐渐加重。

这很有可能是一种会慢慢发作的毒，被算好了时间，等到他被掳到邱同军中，便彻底爆发。

而他连自杀都做不到。

帐篷外响起细微的响动，有人走了进来，来者身形清瘦，细腰长臂，黑巾蒙面，身形和自己很是相似，腰间的剑也是自己的。

而此时外头也有虫鸣声起，声音细微，却是林飞白和邱同军中精锐接应的暗号。

林飞白咬紧牙关，看见那黑衣人没有回应外头的暗号，却微微掀开帘子，做了个可以的手势。

真是狡猾。

不知道暗号，就弄个人再假扮他，来和邱叔叔的人接头。毕竟他确实本来也应该是这身装扮出现在易云岑这里，将他制住。

所以这时候在易云岑帐中出现一个像他的人，那边接头的人肯定会先入为主认错。

果然，片刻，几条人影掀开帘子，青烟般闪入。

扮成林飞白的人，当着林飞白的面，对着那些人打了个“迅速”的手势，几人一点头，看一眼林飞白的脸，确定这是“易云岑”，便有人上前将他扶起。

几人一言不发，鱼贯而出，假林飞白施施然立在帐篷门口，看他们离去。

林飞白被扛在一个人肩头，事已至此，他只咬牙做一件事，拼命运气，冲击身体经络，期待着自己能动，哪怕动一个指头，都还有机会!

这样调集全部真气毫无章法地冲击自己经脉，难免会对内腑造成伤害，林飞白却顾不得，咬牙忍过内腑一阵阵刀割般的疼痛，忽然手指一抽。

一只手能动了!

林飞白大喜。

此刻他们正避过一队岗哨，在一座帐篷背面潜行，旁边拴马柱上一个火把正在熊熊燃烧，林飞白在和那火把擦身而过时，忽然出手抓住那火把!

火把猛地倒下，眼看那火把就要砸在他脸上!

林飞白手虽然能动，却并不灵活，无法调整角度，眼看那火焰竟然直冲着自己的脸而来，也避无可避。

忽然一样东西飞来，砸在火把上，将那火把砸得稍稍一偏，避过了林飞白的脸，一半火星落在他身上，一半落在帐篷上。

林飞白眼睛一掠，看见那东西仿佛是只绣鞋。

绣鞋？

但此刻也不是观察这东西的时候，火头已经落下，他身上和帐篷同时燃着！

背着他的人一惊，立即将他扔在地上，要将他身上的火扑灭。

但此时已经有一条黑影扑了过来，劈头盖脸将一件衣服在林飞白脸上身上猛拍，低喝：“快走！”

邱同属下也发觉不对劲，二话不说，迅速奔去。

林飞白心中松了一口气，此时觉得身体似乎又松动了一些，眼看营地因为火起已经骚动起来，而旁边帐篷在熊熊燃烧，他一咬牙，便往帐篷里滚去。

不能落到易家的手里！

哪怕死！

反正方才的掳人计划失败。那几位邱叔叔属下回去，邱叔叔就会知道情势有变，不会再给金麒军包了饺子。

他刚滚出一步，便被人拉住，那人气力不大，眼看林飞白只停了一停便继续往起火处滚，干脆整个人都扑了上来，抱住了林飞白，把他往旁边帐篷里拖。

这一滚，林飞白身上火也灭了，那人有点艰难地将他拖到旁边一个小帐篷里，里头一片黑暗，却有幽香隐隐，像是女人住的帐篷。

林飞白立即想到了先前那个来送姜汤的军中女大夫。

帐篷外忽然传来两声轻响，那救他的人掀帘出去，和外头人轻声说了几句，外面的火把很多都燃了起来，火光掩映里人影幢幢，好像很多人都起来了，但却并没有太喧闹的声音。

林飞白看见帐篷上十分矮小的影子，像是孩子一样。

随即女子又回转来，手里拎着她先前扔出去砸火把的绣鞋。

林飞白还躺在地上，女子蹲下来先取了一双鞋子换上，林飞白看着她裙裾微掀，裙角下绣莲花的绣鞋一闪，像一朵花在暗处摇曳，而衣角拂动间暗香浮动。

明明一个换鞋的动作也能姿态美妙，且动作轻巧利落，连脚都看不见。

林飞白直到她换完鞋，才反应过来自己在看什么，赶紧转过眼去。

黑暗中，他的耳廓悄无声息地红了。

换鞋的女子坐在床边，似乎毫无所觉，却在他转过眼后，微微一笑。

随即她将裙子掩住。看看他又看看床，犹豫了一下，大概觉得自己实在无法把他弄到床上，便抱了被褥铺在林飞白身旁，又把他翻了个身，正好翻到被褥上，背部朝上。

林飞白觉得自己像只被翻背晒太阳的乌龟。

被褥上传来淡淡香气，他有点不适应，只得将脖子尽量昂起来，这下感觉自己更像乌龟了。

随即他看见帐篷上女子的倒影，手中忽然多了一把剪刀。

林飞白挣了一下，没挣动，便闭上眼睛，反正这女人救了他，再要杀他的话，也由得她。

紧接着，背上衣裳被剪开了。

林飞白霍然睁眼，下意识要翻身，自然没能成功，火辣辣的背上却忽然传来一片清凉感。

他方才撞倒火把，后背起火，虽然及时扑灭，也已经起了一大片水泡，翻滚中水泡有的已经破了，烧伤疼痛非同小可，他却素来能忍，直到此刻，清凉的药膏轻轻抹上，他竟打个寒战，心间喉头那种火烧火燎的焦灼感顿时散去许多。

他隐约能感觉到那女子的手指轻轻按在背上，打着转儿敷药，动作轻柔，他忽然想起先前她端姜汤来时，白瓷碗边那比瓷还白的手指。

女子把他背上烧伤处理好，才转到他面前，低下头轻声笑道："林侯，别来无恙？"

林飞白一直对她有种熟悉感。此刻听这声音更加觉得耳熟，抬起眼睛，却看见对方脸容虽然陌生，一双眸子却顾盼生辉，眼眸里笑意从容，跪坐的姿态更是端正，从颈项到腰线，便如名家妙手绘就，流畅优美，哪怕此刻身处简陋军营帐篷，也似身在满园春色里。

林飞白心中电光一闪，一时却又不敢相信。

以她的身份，怎么可能现在出现在这里？

女子眼眸弯起，知道他认出自己了，对不解风情的某人到现在才认出自己，欣慰中颇有几分无可奈何。

她轻声道："林侯，我还以为你先前就认出我了……"

林飞白瞠目看她，她凭什么会认为自己会认出她，她不知道他从来不正眼看女人，也不正眼看女人给过来的东西吗？

他自幼在宫中长大，德妃娘娘对他宠爱，德胜宫又煊赫贵重，别说逢年过节，就是平日也少不了命妇宫妃携家中少女们前来请安拜见，他又是神将之子，因此从小受女人纠缠也是家常便饭，烦得他厌恶，形成看见女人就避之唯恐不及的直觉反应便是当初第一次见文臻，也没少寒碜她。

但此刻对上那双清亮眸子，他忽然有点心虚。

女子幽幽道："当时外头有人在听，我不能说话，我敲托盘，是叫你看碗，碗里有我用簪子刻的名字。"

林飞白："……"在下以为你逼我喝汤。

女子道："我开盖子看水位，不是看你喝了多少，是告诉你我的名字就刻在碗的边缘。"

林飞白："……"在下以为你逼我喝汤。

女子道："那汤里放了殿下给的药，喝了能令这世上大多数的毒药药效减轻，我以为你看见了我的名字，喝了汤。但看样子你并没有喝下去，不然现在也不会这个模样了。"

林飞白："……"不，我没看见。

忽然，女子又在他面前蹲下来，女子装束整齐，穿着时下流行的宽领交衽半臂，领口很宽，以林飞白的角度，在这黑暗的帐篷里，能看见颈下一小片雪白脂腻的肌肤，身后一抹淡色月光的朦胧光线里。

而女子神情端庄，眼眸澄澈，显然毫无察觉。

林飞白眼神一垂，没看见对方唇角又微微一勾。

林飞白对着地面道："周小姐，你怎么会在这里……"

周沅芷轻声道："家父在你们起行之后，便得了陛下之令，前往徽、隋、池三州之地巡察民风军情，暂领巡察使之职。我向往北地风光，也便跟着来了。"

她和林飞白简单说了几句，林飞白才知道，这个巡察使是自己老爹的意思，林擎在来长川搞事之前，以收受贿赂交结军官等罪名上书弹劾军中的巡察使。在外统兵大将军中一般都有巡察使，当初皇帝原本没设，还是林擎主动要求的，如今他说这个人不行，证据确凿，皇帝也没话好说，正好周沅芷之父建州刺史任满入京述职重新授职，燕绥举荐他先代皇帝巡察边军，皇帝准了。

周刺史算是宜王门下，正常情况下，以林擎和燕绥的特殊关系，周谦不可能会派到林擎地盘来，以免勾连，但是如今皇帝需要燕绥拿下长川，自然不得不答应他的一些要求。

林擎和邱同双双潜伏到长川的时候，周谦便代林擎监察边军和周边几州内政事务，维持周边诸州县的稳定。

周沅芷跟来之后，原本只是待在徽州，但是前几天她听了宜王殿下麾下护卫和自己父亲通报信息，提到了希望能找到合适的人潜入金麒军，最好是女子，她便找殿下护卫询问，殿下护卫便说，因为统领范不取的身体不好，金麒军一直在招军中大夫，金麒军对士兵筛选管理严格，唯独对大夫向来礼遇。

周沅芷不会医术，但她知道殿下护卫既然这么说，自然有他的办法，果然对方问明了她有心帮忙，便给了她一些药丸，让她去军营毛遂自荐。也不必吹嘘自己的医术，只说家中有祖传秘方，专治范不取之症，并让专人试了药，果然效果极好，当即她就被延为上宾，周沅芷每次都只取一点药，让范不取的病慢慢好转却又不能迅速根治，如今在军营里已经待了好几日。

因为她的重要身份，金麒军中对她极为尊重，但饶是如此，殿下也安排了人保护她，安全无虞。

林飞白沉默了一会儿，问："那为什么不干脆毒死范不取？"

周沅芷笑着摇摇头："范不取这样的人怎么会给人下毒的机会？他看病多，吃药多，手下有一整个大夫队伍试药辨药，有问题的药根本连辕门都进不了，我的药也是经过多重试验，好几天后才送到他面前。再说就算毒死范不取也没用，金麒军将领那么多，大多受范不取和易勒石恩惠，且每人都掌一部分军队，除非全部死了，否则都有人接班，殿下总不能将所有人都毒死。"

林飞白心中还有疑问，比如周谦这个职务明显是临时职务，将来还要回到天京重新授职的，那么周沅芷这样一位千金小姐又何必跟着来回奔波？如今更是亲身潜入敌营冒这么大的险？

还有燕绥是预见到了什么，所以安排了周沅芷混入金麒军？还是只是未雨绸缪？

林飞白和燕绥斗了多年，很了解他，如果燕绥不想让周沅芷出面，周沅芷就不会有机会听说前方的消息。

但他没有再试图问什么。

林飞白转开眼光，不敢看周大小姐平静又微带笑意的目光，只觉得背上的伤更加火辣辣地痛了。他忍着，听着外头动静，道："你有办法把这里的情形传出去吗？"

出乎他的意料，周沅芷摇了摇头："为了确保安全，殿下的人三天才来一次，我身边的两个侏儒扮成小丫鬟保护我，也是被军中记了名了，我们其实被监视得很紧。"

周大小姐还用一种十分悲悯的口气告诉他："而因为你把那药倒了，而那药只有一份且只能提前用才有效果，所以你大概需要三天才能完全恢复。"

"三天……"林飞白额头上沁出汗，方才接应的人是邱同的人，只会回去通知邱同，就算邱同再派人去通知燕绥，一来一回时间也耽搁了，而他猜测金麒军不会再去上邱同的当，却很可能立即直扑长川主城！

"周小姐，你来这里是因为殿下已经知道金麒军有问题了吗？他已经做好防范了吗？"

“不，我不能确定。因为当初殿下的意思，只是说有备无患。毕竟往敌军中插探子是上位者的常见行为。”

“那三天才来一次，若有紧急军情，不就耽误了吗？他就没有安排紧急情况下的传讯方式吗？”

“有，这营地后有条小溪。我把消息装入小瓶中顺水而下，有人等在下游收信。但是最近范不取军营守卫越发严密，看守越发紧，我可能走到一半就被拦下了。”

“不，今晚金麒军营地守卫一定是最少的，我们现在就去！”林飞白猛地抬头，正好周沅芷低下头，道：“你额头上怎么这么多汗，我帮你……唔……”

她的唇落在林飞白微微出汗的额上。

第八十四章

你为何蓄意亲我

周沅芷眼睛睁大，微微茫然。

林飞白眼睛上翻，不能接受。

额头上微软的触感鲜明，那一处竟然开始灼热，他像被扎了一下猛地向后一退，腰骨都因这大力发出“嘎吱”之声。

然后他看见周沅芷的脸慢慢红了。

这大家闺秀，脸红也和别人不一样，那一线红从眼下慢慢漾开，一片胭脂桃粉色，像孤鹜翅尖上牵着的一抹落霞，点染最娇艳的西山茜草，遥遥掠过如秋水的明眸，在晶莹如玉的额角婉转地收束。

让人想起莲塘里风过亭亭俯首的荷。

“林侯，你为何蓄意亲我？”

林飞白：“……”

他有点艰难地想，为什么这句话每个字都懂，组合在一起就让人没法明白呢?

为何周大小姐看起来规行矩步，时时刻刻都可以看出作为大家闺秀操守的准则典范，干起事说起话儿来却这么疯呢?

他恍惚想起，好像第一次知道这位大小姐，就是因为她率全建州小姐追星出海来着。

“我……”周沅芷泫然欲泣，“我还没议亲……”

“我没有，我不是，我只是……”林飞白的“拒绝三连”还没说完，帐篷外忽然起了杂沓的脚步声。

不是周沅芷的贴身护卫侏儒，侏儒的脚步声很轻。

一个男子声音在外道："周大夫在吗？方才营中出现刺客，正在逃逸，我等奉统领命在营内的搜查，请周大夫回避一下。"

周沅芷方才眼中盈盈欲滴的泪水瞬间就没了，那把娇滴滴的嗓子也没了，十分冷静地伸手一按，将听见声音肩头一耸就想起身的林飞白按住，道："别动，我来。"

随即她伸手一扯，将一块黑布盖在林飞白身上，顺手拿起桌上的两块黑色的石头，用力一摩擦，帐篷里顿时多了一种腥臭难闻的气息，那味道熏得人眼前发花，脑海中能顿时联想到一万种最可怕的毒药。

周沅芷戴起一边的斗篷，捏着鼻子一脸嫌弃地走到帐篷口，道："好，各位军爷，不过小女子这里正在试药炼药，略有一些不妥气味，这气味可能对身子也有些不好……"说着掀开帐篷。

帘子一掀，那气味冲出，将毫无准备的众人熏得齐齐往后一退。当先一个将官脸色难看地看着周沅芷，心想这位娇滴滴的女大夫又开始玩她那些乱七八糟的药了，上次有人想要看她的脸闯入帐篷，生生被熏晕了现在还在吐呢。

林飞白趴在地上，原以为周沅芷不会拉开帐篷，毕竟就这么点大地方，拉开了一览无余，一块黑布哪里挡得了？想要挣扎躲藏，偏偏能动的只有一只手，心急如焚，后背伤口又开始火烧火燎地痛，只得咬牙忍着，一只手紧紧攥住自己的剑。

他听见那几人站在帐篷口，因为这毒气一般的味道不肯进来了，就左右探头看了看，随即道："咱们也是例行公事，姑娘是咱们统领的救命恩人呢，怎么会窝藏刺客？打扰了打扰了。"

脚步声远去，周沅芷放下帘子，长出一口气，快步过来，掀开黑布，林飞白眼前一亮，正对上她分外闪亮的眼睛。

林飞白心中诧异，那几个人又不是睁眼瞎，怎么就看不见地上那起起伏伏一个人？但他转动眼珠四面看看，才发觉这帐篷的地面是处理过的，他所在的半边被挖得塌陷了下去，又堆满了东西，很容易造成错觉，别说夜间，就是白天从帐篷门口看进来，很可能也只是看见地面上掉了一块黑布而已。

他心中暗赞周沅芷的聪慧，周沅芷走过来，将他扶起，道："走吧。"

林飞白看着她，周沅芷道："殿下派给我的护卫方才告诉我，营中走空了一大半人，范不取和众位将领大多不在，显然已经悄悄出兵了。我们留在这里，一来已经失去了作用，二来容易夜长梦多。范不取一定会留下一部分士兵来看守大营，也会不断巡察搜索，一旦被发现我们还是有危险。"

说罢她便去扶林飞白，林飞白单手撑地，硬生生把自己挪开半尺，有点艰难地道：

“你那两个护卫呢，让他们来应该方便一些。”

周沅芷也不生气，端庄地笑笑，唤那两个打扮成小丫鬟的护卫进来，那俩人身量极小，扮成孩童倒也灵巧逼真，但是用来背身高腿长的林飞白，实在有点为难，两人合抬倒没问题，只是林飞白觉得这也太夸张了些，可能走出帐篷就得被逮住了。转眼一看周沅芷也在笑，不由又一阵尴尬。

周沅芷一笑便收，走过来道：“我并不是纤纤弱女，自从上次海上遇险，这些日子以来一直有强身健体，也有随着府内教头学些粗浅功夫，别的不行，林侯的分量还是担得的。”说着也不容林飞白再推却，将林飞白背起。

林飞白紧紧闭上眼睛，也不知道是不敢看她还是不敢面对这样的自己。

周沅芷说得轻松，但终究是养尊处优大小姐，腿险些一弯，她身后的侏儒护卫机灵，立即一脚抵住她，撑住了她。周沅芷站直身体，林飞白早已察觉，忍不住道：“周小姐，还是放我下来吧……”

周沅芷转头悠悠瞟他一眼，瞟得林飞白头皮一麻，随即听她不急不忙地道：“何必这么多话呢？难道我身上不香吗？”

林飞白感觉自己好像又听错了。再一偏头看见周沅芷依旧端庄娉婷，有着随时可以入宫面圣的优雅，又觉得果然自己是听错了。

周沅芷吸一口气，一边想好歹撑住不然就辜负了自己这段时间的辛苦，也辜负了殿下给她的这个机会，一边道：“我这个帐篷位置有些偏，从后头绕过去，能避开很多岗哨。”

林飞白含混地“唔”了一声。

他能说什么？他什么都不敢说。

此刻走在黑暗中反而令人安心。林飞白警惕不减，心情却渐渐平复了下来，这时才感觉到身下女子的纤细柔软，感觉到她发丝柔软而颈间肌肤细腻，像一团软玉般近在咫尺幽幽生光，而香气自发间逶迤，若有若无，像八月夜里走在月色涂满的山道深处中，一朵桂花发出无言的邀请。

他有点僵硬，微微偏过头去，尽量避免任何的接触，奈何她一番折腾鬓发微乱，几缕细丝随着步伐动作不断撩着他的耳垂，他让了又让，只觉得耳垂渐渐也热了起来。

却听见周沅芷忽然悄声道：“林侯，这是我第一次背人呢。”

林飞白：“……”

他算是发现了，这位端庄优雅的大小姐一开口，每句话都让人没法接。

周沅芷也不要他接，又笑着柔声道：“男女授受不亲啊，林侯。”

林飞白痛苦地闭上眼睛。

是啊，授受不亲，您能把我从您背上扔下来吗？

周沅芷侧眸看他，忽然“扑哧”一笑，道：“和你玩笑呢林侯。所谓事急从权，咱们也算半个江湖儿女，何必那么拘泥。”

她一忽儿端庄优雅，一忽儿戏谑撩人，现在又玩英风豪气，而林飞白只想逃。

话都给她一人说了。

周沅芷无声一笑，收了眼底的戏谑和怅然之意，忽然轻声道：“林侯，听说当初文别驾和宜王殿下遇险，和你们失散，殿下受伤昏迷，文别驾也曾孤身背着他，在大山中跋涉。”

林飞白心中一酸，勉强“嗯”了一声。

当初知道文臻那段经历后，他便很是自责。责自己无能，早早受伤，令她被掳流落，生死挣扎，受了那许多的苦。自责里也有几分不甘和郁郁——她的挣扎奔波，穷尽心思，那一路全部的勇气、智慧和力量，都献给了自己那个死对头。

周沅芷的声音温柔，像一道风，拂在他耳侧。

“我很是羡慕呢。不离不弃，相扶相携，多么美好的情感。我之前总在想，文大人在背着殿下逃亡时是何等心情。想必焦灼煎迫，度日如年。可今日我才明白，便纵然那时焦虑无措，命运相逼，心内也必有一份安宁喜悦在，因为喜欢的人在，还在一起向前走，便是再黑暗，也是不怕的。”

她轻轻道：“多希望我也能有这样的一个人和我一起，哪怕向黑暗而行，历险境磨折，只要在一起，不分开，便有勇气和力量继续……一生一世。”

林飞白默然，他为了下巴不靠着周沅芷的肩头，始终微微梗着脖子，此刻听着她这番话，和平日每一面的她都有些不一样，却分外诚挚动人，动人里却又隐隐藏几分失落，便知道以这位大小姐的敏慧细腻，已经察觉了他故意的疏离——人以坦诚热血待我，我却以冷漠回之。

然后又觉得脖子真酸啊。

忽然周沅芷回手一按，硬生生将他的脖子按在自己肩上，林飞白高挺的鼻子撞在她肩膀上，鼻端都是少女细腻柔和的香气，他被这个动作惊得瞪大眼睛。

周沅芷回眸，却是和粗鲁动作截然不同的巧笑嫣然：“林侯，莫非我肩嶙峋支离，不堪你尊颌一搁？”

微笑优雅，斜瞟的眼神却满满都是“挺，叫你挺，你累不累？”的意思。

林飞白：“……”心好累。

要嘴巴何用！

他脖子僵硬地搁在周沅芷香肩上，不想埋进去，又怕再抬起来被她再按一次，那他也不大想活了。

正在纠结，忽然前头侏儒身影一闪，打了个手势后不见，周沅芷毕竟经历少，还没反应过来，林飞白猛地向前一倒，带着她滚倒在地上，倒下时怕压着她，林飞白还没忘记翻了个身。

他把周沅芷压在身下，悄悄探头，正看见一队巡哨士兵从隔壁一个帐篷旁走过。

哨兵过去，林飞白松了口气，一低头却发现自己压在周沅芷身上，而周沅芷正眼睛一眨不眨地看着他，林飞白脸色一红，急忙要起身，结果刚才情急之下爆发的力气，此刻却没了，接连挣扎两次都没能挣起身，反而一次次落在周沅芷身上。

林飞白实在忍不住了，只好悄声道："周小姐……我有点没力气，你要么……"

周沅芷眨眨眼，一脸无辜地也悄声道："我也没力气啊……"

林飞白："……"刚才一巴掌按头的力气呢?

看不出你是这样的大家闺秀。

他最后只好以肘支地，侧身翻下，躺在泥地上，觉得自己像只翻肚皮的死狗。

此时周大小姐却灵活地翻身，伸手一把就将他拽了起来，轻轻松松又驮上了肩膀。

林飞白已经不想发表任何意见了。

惹不起，受着便是。

后方忽然传来一声鸟叫，是侏儒发出的声音。随即身后大亮，空气中"咻咻"破空声响，夹杂着一道道的热力袭来，林飞白听惯了这样的声音，来不及细想，唯一能动的那只手猛地将周沅芷一推，自己的外衫瞬间便脱了下来，如黑云狂卷，将射来的火箭都兜在衣裳里，火焰立即燃烧成一个大火团。

轰然一声，西南角一个帐篷火光和黑烟同时炸开，随即便是一连串密集的爆响，有什么东西被撞了出去，带着一股火焰骨碌碌一阵乱滚，几乎瞬间，火焰就如巨蟒一般顺着帐篷边缘游窜，转眼升腾为巨大的火墙，地面上的火像红毯一般迅速蔓延，无数人从帐篷中冲出，在烈火和黑烟中狂呼乱叫。

纷乱中周沅芷回望林飞白，眼神晶亮。林飞白看见这样的目光，也不禁心中一动。这般属于女子纯然的崇拜和欣赏，任何男人都不能抵抗，他抿抿唇，伸手去捞周沅芷，周沅芷咬牙站起，随即又是一歪，很明显不能走了。两个侏儒蹿出来，一个扶起周沅芷，一个拉住林飞白，林飞白经过刚才这一番气血流转，一条腿又松快了一点，便借着侏儒的力拉住了周沅芷，带着她蹿出好远。

只是姿势难看了些。

周沅芷不觉得难看，两个人一个好了左脚，一个右脚没事，跳起来也跳得绝配，她陪着林飞白，一二三起跳，像一对美貌的青蛙带着两只小青蛙，渐蹦渐远。

林飞白在逃命中还不觉得什么，忽然听见周沅芷在某次跳跃奔逃的间歇，迎风感叹道：“看，我们俩连蹦都能如此合拍！”

下一秒，她往上跳，林飞白往下跃，“哗啦”一声水响，两人跌进了一道溪水里。

林飞白抹一把脸上溅上的水，道：“我倒觉得我们挺没默契。”

“能同时跨进一条河里那也是缘分。”缘分大师周沅芷如是说。

林飞白再次不想说话了。

后头喧嚣声起，除了大部分留下来灭火，剩余的士兵都追了过来，林飞白把手浸在冰凉的河水里，这里是上游，水还比较浅，他的眸中倒映着火把的光影：“我在这里解决他们，让他俩带你逃往那边树林，等下我过来和你会合。”

“请问林侯，你打算怎么解决这数百士兵？”周沅芷好奇地道，“用你半瘫的手和脚？还是用你虽然不瘫但是已经烧伤的这只手？”

林飞白默默地把藏在水里的那只手拔出来，周沅芷伸手过来抓住，见他修长的手掌上起了一排巨大的水泡。林飞白要抽回手，周沅芷不让，不仅不让，还用尖尖的指甲试探地戳了一下水泡，林飞白猛地缩手。

周沅芷诧异地道：“还以为你是钢铁之躯，不会痛呢！”

林飞白咬牙，又咬牙，终于怒道：“快走吧！你留在这里又有什么用？用你不会武功的手对付敌人，还是用你已经崴了的左脚踢人？”

他毕竟自小和燕绥斗嘴，虽然很有风度地尽量不和女人计较，但是被撺了这么一整晚，不断地被噎，此刻眼看敌人追来，终究烦躁得有点忍不住。

留在这里没用的周沅芷默默地看了他一眼，抬起自己崴了的左脚，踢了他一脚。

林飞白：“……”

行行行，你能踢。

难受，想哭。

追兵越来越近，这里是靠着山壁的一条溪水，三面都快要被包围。

没法逃了，林飞白吸一口气，做好了死战到底的准备。

周沅芷忽然拉了拉他衣角，道：“林侯。”

林飞白：“嗯？”

“喊我一声动听的，我就给你看看我留在这里到底有没有用。”

林飞白：“呸！”

第八十五章

过年

夜间的易家大院十分安静，仿佛一切都已经随着长老堂事变结束而趋向安宁。

至于那些冻结的冰下涌动的暗流，也仿佛并没有人察觉。

大厨房在易家执役多年的厨子李石头，最后一个熄了炉灶里的火，将布巾搭在肩膀上出门来，一手拿着一壶茶，转身准备锁门。

他的影子长长拖在地上，李石头随意看了一眼，忽然发觉自己的影子后面，好像还有个影子。

他浑身汗毛一奓，猛地转身，看见身后人的刹那，终于舒了一口气。

“小姐你吓我一跳。”

一身青衣罩着斗篷的女子一动不动，“唔”了一声。

“小姐这半夜忽然来，是有什么吩咐吗？”

“李石头你……之前没捣鬼吧？”

“啊，小姐说什么？什么捣鬼？”

“为什么那两人没有对掌馈长老的夜宵下手？我们明明已经布置好了等他们上钩了。”

“小姐……这个我不知道啊……”李石头搓搓手，一脸的尬笑。

女子看了局促的他一眼，觉得这个一辈子老实的人，也做不出双面间谍的事情。

“你再帮我做一件事吧。”

“这个……”

“他们欺负你娘，还颠倒黑白，在你面前挑拨是非，保不准这件事了了，他们还想杀你灭口，即便你自己不怕死，你娘呢？”

“小姐请吩咐。”

“因为你的信息有的是对的，而我们的计划没成功，所以他们对你还是信任的，所以你明天再去送一次点心。这回用豆皮写信吧，把豆皮用这药水浸泡了再写。不管他们吃不吃都会沾上。”

女子递过去一个小瓶子，里头是一些无色的粉末，李石头接过来将瓶子倒着吹。

粉末蓬开，扑在女子脸上。

女子一声尖叫，往后急退，赶紧拿袖子擦脸，也不敢骂人，也不敢呼吸，生怕一张嘴一呼吸就把药粉吸入进去了，那就真的没命了。

她一边庆幸这药用在肌肤上没事，一边用力擦，却发现药粉太细，一时擦不干净，下意识要去找水，李石头手一抬，道：“要水吗？”

女子刚想说要，一壶滚烫的热茶便泼了过来，正正泼在她脸上，她尖叫一声，猛烈晃头，斗篷掉落。

李石头扑过来，一拳头将她捣在地上，把那块脏兮兮的布巾塞在她嘴里，骑在她身上，一顿老拳全冲她脸上招呼：“你还骗我！你到现在还骗我！韩芳音你这个狠毒的女人，明明是你们韩家帮那个狼心狗肺的刘新欺负我老娘，竟然有脸跑来，一而再再而三地耍我，颠倒黑白……你他娘的才是颠倒黑白！”

韩芳音的惨呼声被布巾堵住，只留喉咙里不断绝的呜呜之声，她的脸被烫得飞快红肿起来，再被老拳重捶，很快就烂得不成模样，李石头心中愤怒，拳拳到肉，生生将那一张脸捶成了酱。

女子在地上捂着脸翻滚，李石头打累了，正准备歇个手，忽然后背剧痛，生生把他踢了出去，来人一脚将他踢开，一手拎起韩芳音，转眼不见。

她身法很快，转眼就快到了大院西侧的某处院墙，韩芳音终于挣扎着把嘴里的布巾吐了出来，呕了几声，哭道：“唐六小姐，唐六小姐，救我……救救我的脸……”

唐慕之低头看了一下她的脸，饶是她这样心硬如铁的人物，也禁不住眉毛抽了抽，随即她冷冷道：“救什么救？本来也不好看。”

韩芳音发出一声长长的抽噎声，道：“我们是盟友，我帮你潜伏在这里……”

“那又怎样？不过互相利用，别说得好像出于一番好心帮忙一样，恶心。”唐慕之一步跨上墙壁，“我也不是救你，我只是还有一个问题要问你，有很多事不是你能做到的，帮你的，或者说指挥你的那个人是谁？”

韩芳音忽然安静了，随即道：“想知道，就救我吧。”

唐慕之冷笑一声，此时她正经过一处枯井，作势要将韩芳音往井里一抛。

韩芳音却早已紧紧抱住她双臂，嘶声道：“我不知道是谁！我真不知道！我只知道是易家人！是他们派人从县衙监牢里把我救了出来。我……我不甘心……主动提出想来这里的……”

唐慕之手臂一抖，韩芳音只觉得双手酸麻，险些抱不住她的手臂，急忙叫道：“我虽然不知道对方是谁，但是我有一个重要的消息要告诉你，唐六小姐，城里就快乱起来了，无论是现在出城还是你还想做什么，马上都是好时机。真的，我不骗你，易家有能人，谁想捣乱最终都没好下场。唐六小姐，我也不求你救我了，看在咱们这一阵合作的分上，你把我带出易家大院就行。”

唐慕之瞟她一眼，看她此时目光还在乱闪，心中嗤笑一声。

这女人倒是识时务，发现事不可为就退而求其次，说不定心里还打着万一被逮着可以卖她一次的主意呢。

身后有细微的声音响起，有人追来了，唐慕之不出意料地回头看了一眼。韩芳音早已暴露了自己却不自知，今晚肯定要被文臻按住，她过来插这一手可不是为了救这女人，只是想知道真正在背后出手的那个人是谁而已。

这女人听说之前在韩府得罪了文臻、燕绥，被关押后又逃出，大抵是想报复，又想在易家立功，便自告奋勇来了长川主城，其间和她遇上，便邀她一起去长川主城，之后两人由易家一个蒙面人接应，藏在平云夫人的院中，据她猜测，韩芳音住在平云夫人那里，也有受命监视平云夫人的意思。之后韩芳音先是抢先一步挑拨了李石头，拿出伪造的家信，骗他说他老娘被朝廷刺史队伍欺负，李石头信以为真，按照她的吩咐给文臻递送消息，消息内容为了取信两人，有真有假，比如易修年中饱私囊是真的，掌馈长老每旬要吃荠菜汤圆这件事是假的。但掌馈长老自己并不知道这回事。韩芳音和她背后的人设计了陷阱，等文臻燕绥出手，结果那两人也不知道怎么回事，像是对危险有嗅觉一样，竟然没有动夜宵的主意。这个计划也便失败了。

韩芳音没有武功，能做的事有限，但对于积极发光发热很是热衷。这一出失败后，她顺手救过自己，挑唆过易秀鼎，先后给唐羡之和自己打开过丹崖居暗道的门，到今日，眼看诸般手段都没能奏效，心有不甘，居然想着再用一次李石头。

然后便栽了。

后头有衣袂带风声起，此时唐慕之已经越过高墙，到了街道之上，唐慕之忽然反手将韩芳音往后一扔，韩芳音像炮弹一样砸向后方，脸上的血滴在风中飞出一串。

与此同时唐慕之撮唇吹哨，四面犬吠鸟鸣声起，几乎瞬间，各处黑巷子里便蹿出流着涎水的野狗，狂吠着冲韩芳音的方向扑来。

韩芳音昏头昏脑爬起，看见这一幕吓得魂飞魄散，失声尖叫：“唐慕之我救过你，你不能这么对我——”还没说完，便被一只鸟啄去了一缕头发，脚下仍在拼命踢开一只撕咬的狗。

而前方，黑暗的街道里，午夜的雾气里，影影绰绰亮起越来越多的幽绿色的眼睛。

唐慕之已经不见了，只有她的声音在夜风中毫无情感地回荡：“这种时候还想对我下手，想在我身上留追踪香，然后拿我的下落和文臻他们做交易换你自己一命？那我只好拿你和狗挡一挡追兵了。”

一大群野狗扑过来。

韩芳音后有追兵前有狗群。

最终她转身，扑向来路——和被野狗撕裂比起来，她宁愿落在敌人手里。

但是后头追来的敌人，易人离和耿光等人，停下了脚步，看看前方，一哄而散。

和与这种女人和野狗作战比起来，他们宁愿放弃报复。

反正自然有狗收她。

韩芳音惶然地站在大街上，眼看前方忽然就没了人，而头顶忽然一痛，一只鸟扑扇着翅膀抓着她头发飞起，有血流过脸上的伤痕，更添一层疼痛，眼睛被血糊住，再看不清前路。

她号叫一声，跌跌撞撞撞入午夜的小巷里，一路远去。

溪水旁，林飞白和周沅芷面面相觑。

林飞白宁可去和燕绥斗嘴，和老爹呛声，和西番干上三千回合，也不想再和周大小姐多说一句话。

他默默扭头，对那两个侏儒道：“你们带小姐先走……”

周沅芷忽然一拎裙子，不知何时她已经在河水里脱了鞋，林飞白目光在那水下白生生的脚上掠过，飞快转开眼光，想说一句“冬天河水太冷快点上去”，不知怎的也卡在了喉咙口，却见周沅芷涉过溪水，伸手在旁边山壁上拍拍，又招呼两个侏儒帮忙，三个人齐心协力往外一拉，生生从山缝里拉出一个床板那么大的东西来，又将那东西往溪里一放。

林飞白这才看见这竟然是一个竹筏，做过伪装，装饰了青苔，漆成青绿色，嵌在山壁的缝隙里，别说这夜晚，就是白天走过，藤蔓掩映下都发现不了。

这一手设计非常巧妙，想必是燕绥为周大小姐准备的退路，难怪她一直不急不忙。

周沅芷爬上竹筏，跪在竹筏上对林飞白伸手，月光下溪水反射着粼粼的光，她乌发微微有些散了，如画中仕女。

林飞白垂下眼，没碰她的手，自己挪上了竹筏，周沅芷并不尴尬地收回手。

两人面对面跪坐着，林飞白不自在地挪了挪身子，周沅芷的目光却落在他腰上——他的外衣为了卷去火箭已经脱了，里头的内衣也被火烧了一些，现在焦黑零落地挂在腰上。林飞白看周沅芷那眼神，好像想伸手将那拖挂的衣服碎片给撕了，赶紧先下手为强，自己一阵撕撕拽拽，等到全部弄清爽了，忽然发现自己穿了个露脐装。

他只好把裤子往上提，勉强遮住肚脐眼，却遮不住精瘦的腰，这未免有些唐突佳人，可是刚刚被佳人震惊了个昏天黑地的林飞白，第一感觉却是佳人未必会害羞，说不定还会很开心，但自己很可能又要很不开心了。

果然佳人"目光端庄"地在他腰上看了看，目光尤其在他八块腹肌上盘桓良久，筏子很小，林飞白无处躲，也不能娇羞地一扭身说人家不给看，只能硬撑着，双臂下沉，能挡多少挡多少。

他原想着佳人看几眼也罢了，奈何佳人没完没了，看着看着还忽然捂住了鼻子。

不会是想流鼻血吧？

周沅芷直到看满意了，才咳嗽一声，道："林侯，其实你衣服可以不用撕的，刚才我只是想帮你把烧坏的部分打个结。"

林飞白心里苦，身后有喧嚣声，追兵终于赶到了。

这是林飞白第一次万分感谢追兵的及时到来。

追兵隐约看见几人，大叫："人在那里！"

林飞白十分警惕地挪动身体，挡住了周沅芷，果然立即箭如飞蝗而至，这回不再是火箭，却密集如雨，两个侏儒一前一后，从竹筏的中空处抽出长长扁扁的铁刀，那刀很长，既可以作桨，也方便拨飞箭支。前头一个侏儒将刀舞得水泼不进，挡住了第一拨箭雨，后头一个侏儒手中长刀在岸石上一点，同时大喊一声："抓紧！"

竹筏箭一般地向前射去，这条溪水是下行的，一路向下会越来越陡，林飞白猝不及防，险些一个倒仰栽进水里，幸亏及时抠住了竹筏边缘的皮带，一只手犹自不忘将周沅芷紧紧拉着，而周沅芷也因为惯性，早就摔进了他怀里，她趁势将双臂环抱住林飞白的腰。

此时竹筏急滑，身后追兵不断跳水，呼喊之声不绝，而竹筏速度极快，上头沾水又极滑，半身不遂的林飞白又要稳住身形又要护住周沅芷，十分紧张，听到身后落水之声不绝，水下咕嘟咕嘟在冒泡儿，显然有人精熟水性，竟然也跟过来了。

周沅芷忽然一声尖叫，林飞白侧头，就看见竹筏边竟然扒上了一双惨白的手！

有人跟上了！

眼看那手一动，一条手臂横了过来，对方显然就要爬上竹筏，此时竹筏还没脱离飞箭射程，两个侏儒忙着对付箭雨，顾不上这里，林飞白毕竟还没恢复，稳住身形还要护卫周沅芷已经尽了全力，耳边听周沅芷尖叫如魔音穿脑，林飞白咬牙，一把将周沅芷往怀里一揉，自己把左肩往前一顶，打算拼着受伤的可能，先把对方撞下竹筏再说。

周沅芷："啊啊啊你不要上来啊——"

林飞白肩膀还没侧过去，就看见她一边尖叫一边从怀里拔出一把刀，二话不说砍向刚刚耸起肩膀爬到竹筏的士兵。

那士兵一声狂吼，濒死时刻竟然一伸手把刀拔了出来，鲜血飞溅，溅了周沅芷一脸一身的血。

这下真吓到周沅芷了。

她僵硬在那里，醒神后竟然第一反应就是赶紧擦脸，可那反手拔刀的士兵竟没有立即死，狂吼着挥舞着手里的刀，也要给周沅芷来一下。

但此时林飞白的肩膀已经到了。

他左肩一顶，顶开了那柄已经触及周沅芷发顶的刀。

片刻后，那士兵跌落溪水中。

周沅芷的恐惧后知后觉地到来，把脸埋在林飞白怀里，双手勒住他的腰不肯松开。

"呜呜呜多谢你救我，我吓死了……"

林飞白双眼望天，内心复杂。

易家大院里，文臻披上披风准备和燕绥去看看段夫人。

前几天易云岑一走，城外传递消息的人也来了，段夫人亲眼看见南北两派自相残杀，已经有些受不住，只是一直按捺着，再听说昨晚十八部族竟然出城偷袭朝廷队伍，然后内讧又被反杀，如今踪影全无，顿时晃了晃，竟然晕了过去。

易秀鼎一把接住，惊得脸色雪白，又是一番忙乱地请医救治。

要出门的时候，屋顶上发出声响，这是燕绥属下护卫有要事禀告的暗号，文臻便先出去，听得上头掀瓦声响，隐约有对话声，似乎什么神将……药之类的，她转过头透过半开的门，看见燕绥揉碎了一张纸条，又将一个小盒子顺手扔进了柜子抽屉里。

随即燕绥出来也没说什么，文臻自然也不问，伴他去看了看段夫人。

随后两人告辞出来，站在院门口，抬头看见天色阴沉欲雪。

远处遥遥响起了零落的鞭炮之声。随即越来越多，在全城此起彼伏。文臻这才想起，今天好像是除夕。

易家大院有年节的装扮却没有了年节的气氛，段夫人躺下后更是如此。

燕绥看看天，道："今夜的风向，风俗，都实在是好得很。"

文臻瞟他一眼，知道他又要搞事了，却也不问，只悠悠地道："看样子，今年这个年夜饭是吃不成了。”

这还是她穿越以来的第一次过年呢，原先有过很多期盼，连年夜饭菜单都拟过几次，现在看来一样也实现不了。

燕绥没说话，表情比她还遗憾，看样子对年夜饭这件事也期待很久。

“长川主城不知道过年是什么样子，听说午夜他们会放灯，祈求来年风调雨顺，一年平安。全城放灯啊，一定很好看。”

文臻没亲眼看过百姓庆祝新年的场景。往年研究所到了这一天也会热热闹闹聚餐，在食堂开好几桌席，推杯换盏，完了一起看春晚。年纪小的也分一些烟花爆竹放着玩。

但是那又怎么样？她们说到底是没有家的人。小时候还会参加，因为那红火气氛在人群里蹿来蹿去，沾一点虚假的喜气，渐渐懂事后，都觉得这个年不过也罢。

最后几年都是四人在宿舍过年，保留节目是她亲手做的火锅和丸子，席上喝一回酒，齐声祝愿研究所早日倒闭。

也看春晚，目的是更方便参与第二天的网络群嘲。景横波会通宵，并不是守岁，用她的话说就是要亲眼看着自己又成熟了一岁更加美貌，小珂从来不熬夜，都是十二点之前一定上床睡觉，而太史阑基本上看三个春晚节目一定会被催眠，第二天早上起来，每个人都在枕头底下摸索，看自己得了什么新年礼物。

太史阑给三个死党的永远是毫不走心毫无创意的红包。景横波一般是当季最新款口红，喜欢给太史阑买正红色紫红色，给自己买蜜柚色珊瑚色，给小珂买死亡芭比粉。自己一般是新研究出来的小饼干小点心，小珂最走心，都是自己亲手制作的礼物，有时候是精美的贺卡，有时候是十字绣，有时候是亲手打的毛线手套。

身边燕绥忽然道：“和我在一起，能不能不要想别人？”

文臻被拉回思绪，“你怎么知道我在想别人？我明明在想你为何如此玉树临风英俊潇洒。”

燕绥瞟她一眼，不想和她说话。

想到自己的时候她的脸上表情才没这么温柔牵念，嘴角翘得一朵花儿一样。

他把文臻的手揣在自己袖子里，面无表情地想，以后如果有机会遇见那几个，一定要弄远一点。

“过年了呢。今年这个情形也没法好好做菜了……要么我趁段夫人生病，小厨房无人在意，给你做几个菜吧。”

“不了。”燕绥拉住她的手，飞身而起，“听说长川只有大年夜不宵禁，允许百姓彻夜狂欢，还会有各种庆祝，走，我带你看看大年夜的长川。”

第八十六章

被糟蹋的燕绥小可怜

两人行走在易家大院的屋脊上，薄云之下是彼此飞扬的长发，远处一簇深红的焰火尖啸着飙上天，将天空撕裂出一道赤痕，仿佛名画点染的第一笔，其后便是疏影横斜万花齐放，赤橙黄绿青蓝紫涂满整个苍黑色的天空，如这夜换了朝霞万里，长天之下，万物皆成琉璃。

本来今夜的长川会取消宵禁，易家大院大开，大院门前三丈门楼之下会搭起彩楼，从内城易家大院门口一直到城门口，一路花灯集市，一直到正月十五方休。

但是今年这个情形，便是没有家主的事内乱的事，年夜庆典也是一定没有的，所以易家门楼除了挂了彩灯之外，整个广场空空荡荡，为防有人接近，视野一览无余。

一直到五里开外才有百姓自己汇聚成的花灯集市，这两日因为朝廷队伍的逼近，城中的谣言，人心纷乱，店铺关门，不如往年热闹，但是对于从未在外过过年的文臻来说依旧很有诱惑力。

他们一出易家大院，便有人不动声色跟了过来，文臻看见易人离带着厉笑，从自己面前一闪而过，随即易人离戴上一个花脸面具，厉笑则选择了一个福娃娃面具，两人互相讥笑着对方选面具的眼光差，从文臻燕绥面前走过。

文臻笑眯眯地用慈爱的眼光看着，心中思量着过几年能不能喝上个谢媒酒?

她也来了兴致，拉着燕绥去买面具，摊位上卖的面具一般都是神怪类的，也有一些孩子喜欢的娃娃面具，但文臻居然看见一个白面小生面具，脸虽然清秀，却青色眼睛红色眼影，抽象的画法看起来说不出的恐怖诡异，上面用额头写着一个“宜”字，乍一看还以为是吊睛白额大白虎，她对这个字比较敏感，便指了问摊主：“这是什么面具？”

"这个啊……"摊主忽然凑近，悄声道，"这个是宜王面具。这位主你听说过吧？现在在城门外头等着收了咱们长川的那位。东堂第一凶神，拳打皇帝脚踢宰相的那种恶霸。这种凶神来了长川，咱们都怕得很，这是咱们特地做的一批面具，送到大法明寺去请普善禅师开了光，戴了便可以百邪不侵，嗯，你懂的，最主要是避宜王那个邪。"

文臻："……"

燕绥："……"

很好，很紧跟时代，很因时制宜，很有危机意识。

文臻立即掏钱买了一个，表示她也很怕，委实要多谢摊主想人所想急人所急，这么快推出了如此实用的面具，她愿意多买几个，将这么个好物和自己的护卫分享。

摊主眉开眼笑，三两句就和文臻聊得投机，文臻买了几个"辟宜王"面具，顺手散给身后挤过来的耿光中文等人，道："来来来，避宜王，大家都戴一个。"

没人敢接——虽然内心很赞同这个面具的功用，但委实不敢当着殿下的面戴啊……

燕绥似笑非笑："戴嘛，反正你们穿上龙袍也不像皇帝。"

众人立即纷纷戴上，饱受欺压的内心得到了阿Q式的满足。

燕绥一直在摊子上翻，似乎在找着什么，过一会儿抽出个红色面具，道："这个是什么？"

文臻探头一看，笑得几乎捧肚子："这不是个仓鼠面具嘛，瞧那可以藏得下一整个易家的大红腮帮子。"

"啊，这是厨神文臻的面具。不过这个卖得不大好，毕竟爱做饭的人不多……"

果然进步了啊，伤害值成倍增加啊。

燕绥把那个面具往脸上一扣，文臻悲愤——哪里像我了？这明明就是个仓鼠！

她恨恨地戴上避宜王面具，拉着摊主道："不过啊，老丈啊，我跟你讲，我以前也在天京待过，你们说的这个宜王殿下我也见过，委实和你们说得不大一样。"

"如何不一样？我可以修改。"

"脸也罢了。这人其实老实得很，平日里也就爱泡个茶馆儿。"

"啊？和我们一样爱泡茶馆儿？"

"是啊，要说恶霸，也就是为一个美人砸过银子和桌子嘛。"

"这也不稀罕啊，咱们这里易家为美人打死人的也有过。"

"是吧。"文臻一拍大腿，对着渐渐围拢来的人群道，"他倒是爱钱的，也爱吃，买了很多地和酒楼，平日里就喜欢抱着个茶杯轮流巡视他的酒楼和田庄。我大舅的小舅子的叔叔的隔壁的邻居是个官儿，说他一年都去不了几次朝廷。"

"呀，纨绔子弟嘛，不爱上朝正常的。"众人交头接耳。

“小时候淘气爬墙偷窥大臣们吵架跌断了腿，还因此得罪了那些大臣……

“他娘比较受宠，所以兄弟姐妹们也对他不好，嫉妒嘛你懂的，还曾大冬天把他推池子里……

“皇室子弟功课紧，骑射都经常考校，他这方面不错，兄弟们就经常在他靴子里藏针，书里放蛇……

“他爹虽然喜欢他，但是儿子多，也爱不过来，被那些大臣编排多了，其实也淡得很，不然咱们长川有高大城池，有势力庞大的易家，有十万大军，他一个没有军权的亲王就带着三千护卫来了，能做什么？送人头来的吧？换你家小儿子你敢？你舍得？所以你们说什么霸道我就哈哈哈了。

“他娘要争宠，小时候总掐他，掐得他哇哇哭，以此博得帝王宠爱，啧啧，小可怜……”

文臻把前世看过的所有穿越重生言情小说的库存都用来编“宜王殿下野史”了。

无他，舆论战本就是一个互相攻防的过程。百姓对燕绥的印象建立在易家多日以来的恐怖化和抹黑上，虽然燕绥自己不在意，认为百姓如草，强权如风，风过草木必定偃伏。但文臻觉得，长川收归国有，总是要治理，要得民心的，一旦形成太过恐惧的印象，不利于后头的平缓过渡。

而在百姓心目中重建印象，首先就要拉近和百姓的关系，要接地气，才能获得底层更多的认同感。

宣讲皇室的尊严高贵，塑造高高在上的形象并不适合现在的情形。

所以纵横朝堂睥睨天下的宜王殿下，在文大人的街头说书版本里，变成了一个小时候受欺负，日常争宠，日常表现出纨绔子弟作派，日常因争女人打架和大臣对骂、叛逆父母的小可怜。

拉下神坛，才能贴近人间。

燕绥听着听着，似乎想到什么，竟然笑了，随即做了个手势，不一会儿，中文便不动声色挤到他身边。

中文看见燕绥，便道：“殿下，那个药……”最后一个字还没出口就被燕绥止住，四周喧闹，文臻没听见。

又过了一会儿，中文又不动声色地离开，同时离开的还有他手下的一队人。

人群拥挤，他们的出现和离开都不引人注意。

不断的笑声和讨论声里，文臻的护卫头领耿光一头汗地和英文道：“文大人真敢说，殿下竟然也不生气。”

正说着，得了个小板凳坐下来的文臻一拍手又道：“说到骑马，京中还有个传闻，说是宜王殿下小时候骑马，有人在他的马鞍子里头藏了针。”

“呀——”吃瓜群众们齐齐发出讶然的惊叹。

“呃——”作为摆设的护卫们齐齐捂住了脸。

第八十七章

宜王爱侣

燕绥忽然道："你这些算什么？你大舅的小舅子的叔叔的隔壁的邻居是个太监吧？最关键的秘辛他可都不知道，要我说这个才是最要紧的，这关系到宜王殿下对整个长川百姓的态度，你们要不要听？"

他一开口，文臻便停了下来，对那些被打断八卦一脸不满的百姓介绍："各位各位，这话不假。我那大舅的小舅子的叔叔的隔壁的邻居也就是个倒夜香的太监，离贵人们远，这位可是德胜宫德妃娘娘座下首席大丫鬟的拜把子哥哥，听他的准没错。"

林飞白的部分护卫也在场，听着这话总觉得哪里不对劲——以前好像殿下讥讽过他家小侯爷是德胜宫首席大丫鬟来着……

燕绥整了整他的仓鼠面具，从怀里掏出一个小小的心形石头，石头上还有一个火锅图案，火锅热气腾腾，卷成祥云形状，文臻认出这好像是她的连锁店江湖捞的标志，这个玩意是江湖捞曾经做过的某种周边产品之一，平常送给吃客玩的，燕绥也不知道从哪儿拿的。

燕绥道："这个是厨神文大人的江湖捞的标志。文大人你们知道的吧，是宜王的爱侣。"

文臻坐在小板凳上，托着下巴看他，闻言将面具往上托了托，露出唇边梨涡，而眼眸流光溢彩。

"天京现在流行这个。挂着这个，意味着你喜欢厨神的手艺，并且是江湖捞的贵客，宜王殿下爱屋及乌，对喜欢文大人手艺，照顾了江湖捞生意的人也会客气三分。"燕绥一本正经地说着瞎话。

他说到这里就不说了，立即就有人钻过来道："你一说我记起来了，是有这么回事。据说有次有人狠狠得罪了殿下，本来该是死罪的，但因为那人身上挂着一个这个玩意儿，殿下便只赏了一顿板子。"

又有人远远地插一嘴道："我也有亲戚在天京，听说还有次是有人冲撞了殿下的护卫，也因为有这个东西，护卫直接就放过了他。"

一个少女满脸懵懂地举起手中的一个石头吊坠，也道："是说这个吗？我舅舅请人大老远带给我的，说是说不定能当个护身符用，我还想着呢，一个石头有什么稀罕的，原来是这样啊。"

众人本来将信将疑，都一下涌过去看那吊坠，那少女护着吊坠，大声道："哎哎哎，隔远点看，别抢啊，我还要靠这个保命呢！"

当即有人大喊："你这个卖钱不？十个钱卖给我中不？"

这一句顿时提醒了所有人，更多人大声嚷嚷起来："这么好的东西，这么精美别致，十个钱亏你说得出，姑娘，我出一百个钱，卖给我吧！"

"呸，你们都是不要脸，还不是怕朝廷大军打进来，想靠这个保个心安？既然是关乎性命的东西，拿大子儿算你们亏不亏心？姑娘，别理他们，我给你出三两银子！拿来拿来！"

"我出五两，给我！"

"我出八两！"

"我出十两！"

层层加码，气氛热烈，文臻笑嘻嘻看了一眼托儿耿光，托儿陈小田，托儿厉笑，对托儿们爱岗敬业，灵活机变的表现十分赞赏，决定等会回去要给他们包大红包。

这几日在城中散布的朝廷大军灭金麒军，即将打入长川的流言已经发挥了作用，今日大家上集市，其实也有打探消息的准备。百姓渴望安定，长川即将易主，眼看风云将至，内心难免惶惶，尤其对于已经被妖魔化的燕绥，更有一种发自内心的恐惧，此刻听见居然还有这样的护身符，自然都渴望紧紧抓住。

便是假的，也没多少损失，何况如果是真的呢？

还有什么比性命更重要？

再说宜王殿下和那位文大人的事儿，全东堂如今还有谁不知道？

这边抢得不可开交，忽然有人奔来大叫道："你们别抢了！别抢了！那边有个江湖捞的宣讲摊子，正在卖这玩意儿呢！一大堆！"

这话一出，人潮都卷到那边去了。

文臻险些被人们奔跑的风带翻了凳子，从地上爬起来，看着那边拥挤的人群，认出人群中央摊子的主人好像是易人离，旁边帮忙的几个人是她带出来的准备在长川开江湖捞的掌柜小二们。

这些人也混进来了。

此时众人正在分发江湖捞的各种周边产品和宣传册，忙得不可开交。文臻回头看燕绥，她聚众谈论燕绥八卦本是临时起意，但燕绥忽然来的这一手便显得意味深长。

燕绥对她笑笑，手指一捏掌心的心形石头，“啪”的一声石头开了，里头藏的是一张她的小像。

这石头其实不是石头，只是木头做了石头纹理，中间是中空的，可以放点小东西，这灵感本就是文臻在现代那世盗来的，以前很流行一种里头可以藏照片的鸡心项链，景横波还曾经收到过这样的礼物，来自研究所的一个助理研究员，那位除了科研，完全与时代脱节的真金白银书呆子，送了她一个鸡心吊坠，里头放了他自己的照片，景横波被这样恶俗又老土的礼物震惊得花容失色，当即就把这件美妙的礼物请进了垃圾堆。

文臻记得自己当时笑了好久，后来江湖捞做宣传，设计用以赠送周边产品的时候，便剽窃了这个创意，做了外形像鸡心的中空石头吊坠，可以佩戴，也可以挂腰上，一度很受欢迎。

她拿着那小像看了看，古代可没一寸照片，而且古代画像一般都比较抽象，难得燕绥这副画像竟然是写实的，画得细腻逼真，乍一看真像个照片似的，甚至还模仿了她的3D画法，略有一些阴影，显得人物更加立体，很明显这只能是燕绥自己画的。文臻明明记得燕绥并不爱画画，但这人天资太高，一学就会，一会就精，还能用狼毫大笔画一寸写真。

她回头看易人离的那个摊子，易人离有江湖捞的股份，对江湖捞一贯上心，带着这些东西也不奇怪，但是燕绥很明显要在这鸡心吊坠里做文章。

隐约听见那边易人离大声用长川当地方言，和百姓们唠嗑，说他前阵子去了天京，见识过江湖捞的红火，连小礼物都无比别致，人人疯抢，转手来卖就是钱，所以运了许多过来。

便有人争相掏钱去买，却也有人心思细密，问道：“便是宜王的人对江湖捞有关的人都礼让三分，但是咱们是长川人，明摆着没吃过江湖捞，何来情分？而且什么东西多了便不值钱，人人都佩戴一个，那宜王殿下还能人人都饶过？”

那边托儿们便笑道：“是这个理，但是我且说个道理你听。殿下在门外被拒了好几日，想必肝火正旺。虽说守城拒人的是易家，但殿下可不会把易家和百姓分开来算，这万一殿下一怒之下真带了大军来攻城，城门一开，里头的在殿下看来都是拒绝他的人。你说易家要保自身荣华也罢了，咱们老百姓又何其无辜，要承受殿下的怒火？若是咱们能对殿下展示一个不抗拒的态度，想必殿下火气也能消弭一些。只是咱们也不能去开这个城门，也没接触殿下的机会，莫如换个别致的方式。”

众人一听有理，虽说易家这些日子不断妖魔化朝廷来使，众人抗拒抵触，但是归根结底，自己性命重要，真要给朝廷带兵冲进了城，万一来个屠城怎么办?

便有人发愁，如何展示这“接纳欢迎”之意?总不能跑到城楼上对着底下的朝廷来使队伍说句新年好欢迎殿下来长川吧?

托儿易人离便满不在乎地道：“瞧你们一个个一脸精明相，脑子却不开窍。等会儿不是要放悬空灯？”

东堂这里的悬空灯也就是文臻知道的孔明灯，年节许愿都有放灯的风俗，易人离建议百姓们将挂件用黏胶黏在灯下方的横杆上，放灯出城后，黏胶会慢慢被火焰烘烤融化，肯定会有挂件坠落在城外，到时候朝廷队伍捡起来，就能看出这城中百姓的友好之意了。

众人听着觉得心动，反正也不费什么，就算失败也不会带来后患，都积极响应，易人离搬来的一大筐吊坠，很快就卖完了。

文臻一下就注意到易人离并没有告诉人这吊坠是空心的，而且开启的缝隙也已经用胶封住了。

嗯，又要搞事了。

她戴着避宜王面具和戴着仓鼠文臻面具的燕绥，继续逛街，经过方才那一出，原本有些冷清的集市渐渐热闹起来。

整个花灯市，以长川最有名的花田楼为中心，花田楼的歌舞和美食都名闻主城，听说这回又推出了年夜饭系列，文臻觉得这名头竟然有点现代的意味，一时来了兴趣，便拉着燕绥去吃年夜饭。

在路上她忍不住问了问花田楼的主人是谁，感觉想法挺超前，长川收回之后开江湖捞，说不定还能和这位切磋切磋，谁知道就连消息最灵通的英文也说并不知道，酒楼真正主人从未露面，众人只认得掌柜。但严格说来，这长川所有的产业都和易家有千丝万缕的关系，也不知道和哪位长老有关。

刚到门口，便见人头攒动，花田楼门口竖着的招牌有上一行大字：“厨神文臻亲……”

下头的字被济济的人头挡住，看不见了，但也够文臻竖起眉毛了。

怎么，行踪泄露了？还是被人冒充了？

前方一大群人领了等位的筹子，“呼啦”一下散开了，文臻才看见后头几个字，“……口认输！长川第一厨花田楼今夜献技！”

文臻竖起的眉毛落下来了。

又是这种把戏。她没少听说，自从自己成名后，东堂遍地都有打着她招牌招摇撞骗的，收敛一点的，冒充个徒弟，假充得了某样绝艺；胆大一些的，比为同侪，自称得了厨神认定云云。不过像这样张嘴就吹她认输的，相比之下，特别妖艳风骚就是了。

她本无意理会这些，就当扶贫了，奈何燕绥看见这招牌，抬腿就走进去了。她只好跟着。

屋子中宾客满堂，吃客很多，花田楼一向有大厨亲自介绍菜品的传统，因此两人走进去的时候，正听见那身形高大的大厨道："我在天京去吃江湖捞，吃了一口我就扔了筷子，江湖捞的小二横眉竖目地过来，还说我闹事，我也不理他，让叫掌柜，掌柜来了，还带了人来，要将我扔出去，跟我说，知不知道这店是谁开的？文臻文大人！厨神！厨神也罢了，知道她后头是谁？宜王三殿下！一番吓唬，说要将我报官……"

底下立即有人大叫："哎呀好生霸道，后来怎样了？"

文臻感觉这番说辞好熟悉。

捧哏托儿年年有啊。

"我便说等我说完这番话，你再报官不迟。你这火锅汤底，人人赞鲜美，吃了还想吃，但有谁知道这锅里加的都是些什么料？哎呀，我这话一说，掌柜的就变了色，打手也遣散了，小二也骂走了，把我请入雅座说要上茶说话，好生讨教，前倨而后恭啊这是。我也不走，不去雅座，我说就在这里说清楚，我这舌头品遍天下食材，你这汤我一口便知是什么玩意，引诱得人欲罢不休，不是加了好东西吗？掌柜的这才急了，请了他们文大人亲自来。那个文大人瞧着倒真是年轻，也就十几岁模样，听咱们掌柜说这女人其实年纪已经不小，那想必很有些秘法养颜……扯远了说正事，文大人先是还想拿官威压我，我威武不能屈，文大人又说我是对家请来闹事的，要和我比试厨艺，我们比试了三场，第一场她没赢，第二场我没输……"

文臻敲敲手中筷子，看那厨师滔滔不绝，笑道："你看，贼喊捉贼就是了，福寿膏这玩意是长川流出去的，他们竟然敢以此来诋毁江湖捞？"

第八十八章

身份暴露

也难为这些古人，居然也知道罂粟壳熬汤的妙处？

提到这个她忽然想起，长川既然当初大量向天京供应福寿膏，想必也有大批量种植，这东西说是有害，但是还要看怎么用，比如做麻药就是极好的，等长川事了，得过问一下，看能不能为己所用，这东西如果能在军中使用，能救很多重伤的士兵。

她在这边走神，那边小二已经上菜，而那大厨的故事也已经讲到“秀厨艺万众喝彩，奸文臻倒头就拜”第二折，引起阵阵喝彩。

文臻也鼓掌，觉得这位说起故事来铺垫高潮俱全，语气抑扬顿挫，做菜不知道怎样，说书倒是一把好手，颠倒黑白的能力更是棒。

燕绥也不理会，他本就不是那种冲冠一怒为红颜的角色，殿下姿态比天高，怎会垂顾此蝼蚁。

更关键的是，他和文臻都觉得这招牌，这故事，只怕是故意说给他们听的。

那就听，听完给你捧场，看你怎么作妖。

此时小二已经给两人上菜，但因为这种情况，自然都不会吃，文臻拿筷子在佛跳墙里拨弄，笑一声。

这菜之前东堂就有，却是素的，之前宫中御宴宴请步湛，有一道素佛跳墙，后来文臻在宫中做了正宗的佛跳墙，之后这菜式便传了出来，但是因为完整的做法只有文臻有，所以目前市面上所有的佛跳墙，其实都来自于大厨自己的想象。

那大厨口沫横飞，倒也没对这边看一眼，完了汗巾往肩膀上一搭回后厨，正经过文臻这桌，已经走过去了，忽然回头又看一眼，道：“两位客官，为何菜品一口未动？是哪里不合口味吗？”

他问得客气，厨子看见菜品未动问一声也很正常，周边诸人都看过来，正看见这边不仅不动筷，燕绥文臻还隐隐露出嫌弃之色。

周边诸人本来吃得啧啧赞叹，人就是这样，对于认可的东西被贬低，便有种感同身受的愤怒，当即便有人嘟囔道：“这是来挑事的吧？这佛跳墙这么美味！”

也有人讥笑道：“年轻人，不知疾苦，作践好物！”

燕绥把筷子一搁道：“大过年的，不想委屈自己。”

“怎么说话呢你？”厨子眉毛一竖，“这佛跳墙哪里委屈你了？这里头有海参、鱼翅、干贝、鱼唇、花胶、火腿、猪肚、蹄筋等，哪样不珍贵？哪样不香美？”

“问个问题。”燕绥淡淡道，“六十岁三百斤的嫫母戴上全套翡翠珍珠头面，用上最贵的喜来春的全套胭脂水粉，嫁给你，你乐意不？”

满堂寂静，半晌，有人“扑哧”一声笑了出来，这一声仿佛开启了机关，顿时堂中一片哄笑。

大厨敲在桌子上的手在颤抖，连带脸上的肌肉也在抖。

“怎么？”燕绥扬起眉，诧异地看他一眼，“哪样不珍贵？哪样不香美？”

满堂狂笑里，大厨一拳砸在桌子上，怒吼：“放肆！”

文臻眼睛一弯。

这大厨的气势不像个大厨，倒像个官儿。

这一拳把那佛跳墙瓷盅里的菜品都震了出来，文臻伸筷一抄夹住一只鲍鱼，笑道：“不服气？她那个时代本就以肥为美，人家好歹因为才艺出众青史留名，你算个什么玩意？”

她一边语气甜蜜地骂人，一边夹住了那只肥美的鲍鱼，道：“佛跳墙使用的鲍鱼，只能是乌海沿岸建州及其所辖三县方圆百里内的金钱鲍，那处海域水质极好，所产水产鲜美营养更胜寻常，你这个虽然是金钱鲍，也产于建州附近，却不在那三县范围内吧？”她把鲍鱼凑近鼻端嗅了嗅，“嗯，怕坏，还经过了冰冻处理，啧啧，冻鲍鱼。”

不等脸色难看的厨子说话，她又舀出一勺鱼翅，问：“水发鱼翅去沙去得不错……”

那厨子刚露出得色，就听见她又道：“但是，是整排刷在竹箅上的吗？”

厨子：“……”

文臻：“羊肘，猪肚……嗯？切的是十块？你知不知道正宗做法是十二块？”

厨子：“……”

文臻：“你是把所有料一起下锅的吧？不知道海参蹄筋鱼唇鱼肚要迟一步，等其余的煨一个时辰再下吗？”

厨子：“……”

文臻：“还有这配菜，火腿豆芽，冬菇豆苗也罢了，芝麻银丝卷你是开玩笑的？不知道吃佛跳墙的时候不能吃芝麻吗？还有刚上的这盘爆炒辣子兔丁，佛跳墙也不能和兔肉同食否则相克中毒，阁下开的不是花田楼，是人肉包子店？”

所有人都盯着那佛跳墙看，听见这句，点了佛跳墙加兔肉的都露出惊恐之色，看厨子的目光便如武松看孙二娘。

燕绥只专注地盯着文臻看，他最喜欢文臻做菜和品评菜式时的模样，熠熠似有光。

文臻笑眯眯问他：“上次点评韩府菜的时候我就想问你了，就是没机会——帅不帅？”

燕绥也笑：“也就比我差点儿。”

“够了够了。”文臻一脸满足，“来来来，火箭刷一打！别墅刷两栋！兰博基尼每种颜色来一辆！”

燕绥：“……”又扯那些奇奇怪怪的东西了，每次这种时候都想把她的那几个朋友掳来做一本攻略。

二楼上，求文长老探出脑袋，看了一眼底下的人。这酒楼几乎是他的根据地，佛跳墙也没少点，他没认出文臻燕绥，只听见了关于菜式的讨论，看一眼桌上的佛跳墙和兔丁，便把筷子重重一搁。

厨子脸上的骄傲之色早已被这几句话扫得荡然无存，额头上密密渗出冷汗来，掌柜的急忙从人群中挤了过来，一把把他拉到身后，对文臻躬身赔笑：“小店能得您点评蓬荜生辉，这大堂简陋寒冷，还是请进雅间坐，给我们一个请教的机会，请，请。”

又对众人道：“诸位诸位，今日点佛跳墙的，小店只收半价，还请各位包涵。”

“等等。”厨子愤然道，“先别急着赔礼。她说什么便是什么了？佛跳墙的做法本就没有一定之规，我精心研究出来的做法，但凡吃过的，谁说过一句不好？她空口白牙胡扯几句，就想叫我认了？别想！拿出你的佛跳墙来，大家比比！”

“不比。”文臻起身，笑，“没你皮厚腹空墨水多，认输认输。”

这是在暗骂对方半瓶水晃荡了，众人大多听懂，都笑起来，掌柜的怒瞪厨子一眼，示意小二将他拖下去，那厨子还要争辩，被小二拖走了，边走还边挣扎着怒骂：“你凭什么说我不行，你又不是文臻……”

掌柜一脸的求贤若渴，再三请文臻入雅间指点，又道那厨子狂妄，不知天外有天，众人也便纷纷帮腔，掌柜又给文臻看那雅间，并不在楼上，是大堂分隔出的小间，以雅致的连排隔扇隔开，独立又安全。

此刻雅阁内已经上了一桌菜，都是银盘盛着，热气腾腾。

燕绥看了看外头的天色，起身坐了过去，文臻也便跟过去，掌柜的亲自端上两个精美的瓷盅，殷勤介绍："请两位尝尝我们这里的喜丸。"

文臻探头一看，里头是一颗大肉丸，有点像现代淮扬菜系里的扬州狮子头。乳白色的清汤里是白中透着淡粉色的肉圆，底下垫着碧绿的菜心，狮子头上还点缀着点点橙黄之色，那是新鲜的蟹粉。还没入口，清香醇厚之气已经扑面而来，而那狮子头肥瘦均匀，晶莹柔润。

文臻一看便知道这狮子头已经掌握了蟹粉狮子头的精髓，肉不能斩不能剁，而是一刀一刀切出的肉米，瘦肉粒细，肥肉粒略粗，经过摔打，肉丁表面纤维变松，肉圆便可不用芡粉便在掌心团圆。

这狮子头严格来说，比刚才的佛跳墙正宗了许多，食物本身的色香味也可以看出来，并没有问题，连燕绥都点了点头。

掌柜一脸期待地看着文臻，文臻却只盯着那肉丸，忽然筷子一挑，挑出一点白色的肉丁，问掌柜："肉圆用料，也就是猪肉荸荠蟹黄之物，那么请问掌柜，这是什么肉？"

那肉在她筷尖，白白一小块，看上去和普通肉绝无不同，文臻从来都带笑的脸色却已经沉了下来，眸中跳跃着愤怒的火焰。

掌柜怔了怔，随即笑了，一边笑，一边尖声道："您在开什么玩笑？这不就是您指名要的可以养颜美容的紫河车吗？"

他的嗓子忽然变得极其尖细，一边笑一边往后退，语气却十分惶恐："主子，您怎么了？是不满意今日的紫河车吗？还是刚才那个厨子冲撞了您……主子容谅，咱们要找个厨子做戏，好让您展示厨艺掳获人心，您又要优秀厨子，又要真实反应……这性子也就难掌控些……"

文臻扬起眉看着他。

那人一边退一边撞到另一面墙壁上，墙上的紫檀木板忽然翻转，现出墙后竟然也是人山人海的大堂，刚才那个厨子不知何时站在那一边，竖起眉头，怒道："好啊，原来所谓的重金邀请我来献艺，又撺掇我打出那个旗号，是要拿我做垫脚石，好让你们真正的主子出风头！真是欺人太甚！"

他冲过来就要打，此时也没有人拦住他了，众人都目瞪口呆地看着，那面假墙壁给他一冲就倒，但他还没冲到近前，燕绥轻轻巧巧一指就把他整个人给弹了出去。

那人也是倔性子，人在空中倒飞还在大叫："听见没有？紫河车！他们家是黑店！这女人吃紫河车！"

堂上有点了肉丸的人都急忙丢下筷子，脸色苍白欲呕，纷纷怒骂花田楼掌柜和文臻。

文臻此时已经明白了对方的把戏，但又有些不明白。花田楼掌柜是真掌柜，花田楼在这里经营多年，大家都认识，掌柜自然没有错认主子的道理，这酒楼主人也从未有人见过，掌柜这么一说，自然板上钉钉。

掌柜要把紫河车入菜的事推到自己头上，这是为什么？这事虽然恶心下作了些，却并没有对其他人造成太大的影响，不会引发出大事件，也不能置她于死地。

对方是要逼她自认身份？毕竟真正的厨神文臻是不可能成为长川一家酒楼的老板的。

总觉得不止这样……

她转头看一眼燕绥，燕绥在看外头天色，他乌黑的眸子倒映花灯五色之光，反显得更加深邃。

满堂哗然里，楼上忽然有人探头道："瞎嚷嚷什么，这位是西川的厉笑，咱们的新长老怎么会是花田楼的主人？"

说话的是花田楼常驻嘉宾求文长老。

掌柜抬起头，慢条斯理地道："花田楼就是长老堂的产业，求文长老您忘记了？"

求文长老还要说话，掌柜又笑道："事到如今，我也不瞒长老，你想想，咱们主人既然进入长川，怎么会一点准备都没有？花田楼虽然是长老堂名下，但到底属于哪位长老，想必求文长老也不大清楚吧？再多的我就不好说了，反正我家主人现在已经是你们的长老了，大家都是一家人了，是不是？"

他话说得含糊，求文长老却立即哑了口。

这意思就是指，花田楼早就是西川易家的产业，西川易家和某位长老勾结，将这个产业挂靠在长老堂名下，获取信任，但实际上一直为西川易家提供信息，如今厉笑易铭既然已经入了长川易长老堂，这自然也就不再是秘密，可以说出来了。

从求文长老角度看，这事实在合情合理，易铭厉笑不可能毫无依仗就孤身进入长川，而长川易家和西川易家分裂敌对多年，长川易家在西川又何尝没有布置？

掌柜的又对众人安抚道："诸位无须慌张，紫河车只是我家主人专享的补品，用来驻颜养生的，这东西稀少昂贵，不会放到平常的供应里。"

说话间已经有人蜂拥而来，看那掺杂了紫河车的肉丸，用恶心又稀奇的眼神打量文臻。

却有一个老者，看了一阵，忽然凑上前，细细看那肉丸，忽然拿起筷子去拨那肉，掌柜见状，忙将他一推，怒道："你这是做什么？都退后，退后！不许看！"

那老者道：“等等！等等！我瞧这肉不对劲——”

“不就是紫河车！都告诉你们了这是我家主人的补品，碍着你们什么了！”掌柜却怒起来，伸手一推那老者，将老者推得一个踉跄，又去抢那碗肉丸。

那老者给他推得一个踉跄，脑袋向后，眼看就要撞到身后桌角，燕绥忽然脚一抵，将他抵住，那老者被周边人扶起身，有点愕然地看了燕绥一眼。

身边人七嘴八舌地把他扶起来，有人道：“周大夫你没事吧？”

有人问：“周大夫你发现什么了？”

看来这人是个大夫，且颇有名望，众人大多数认识他，且态度亲热。

那老者只伸手道：“那肉丸我看看！我看看！”

掌柜劈手去抱那肉丸，转头十分着急地看着文臻，文臻本来是静观其变，想看这些人到底要搞什么鬼，但眼看他神色焦急，演技投入，不禁好笑，干脆噘起嘴给他来了个飞吻。

掌柜：“……”

燕绥：“……”

不等燕绥把文臻的手拉下来重罚，文臻已经把按在唇上的手拿下来，按在了燕绥唇上，殿下的脸色才好看了一点。

掌柜被文臻这弄得一愣，那碗已经被旁边的人劈手夺去，递给了那老者。

那老者仔仔细细闻了闻，又仔细看那肉，脸色越来越难看，众人瞧着，虽然还不明白怎么回事，但也心生恐惧，整个大堂鸦雀无声。

文臻看那情状，脑中电光一闪，忽然想起了一件事。

那老者忽然暴怒，猛地砸掉了那盅，肉丸在地面碎成一片肉粉色的渣。

老者的声音都裂了：“这不是紫河车！这是人肉！”

一阵寂静，随即哗然。

站在泼了一地的肉丸附近的人都急忙蹦跳后退，生怕鞋子上沾着一些。

那掌柜脸色一变，转身就逃，身前身后人群涌来，将他挡住。

那老者犹自嘶声未绝：“那是婴儿肉！”

众人的神情更惊怖。

掌柜回头惶然看文臻，文臻的脸色很难看。

她进城那一日，便听闻了城中这几年屡屡有婴孩失踪。

在众人的意识里，花田楼掌柜在此经营数十年，没有人会把自己的主子认错。

此刻她和燕绥对应的易铭、厉笑的身份已经被求文长老和掌柜证实并因此事两人被指控，真正身份虽然能洗脱这样的指控，却不能当众表明。

她此刻不是惊惧，而是想通了这整件事的计划，也不是为这计划愤怒，而是这整件事实在太过分太恶心了。

但她的难看神色，再配合掌柜的求援神情，在众人看来，就是她是主谋，是凶手，是那个真正下令做这种恶心的事的人。

人群团团涌来，将她和燕绥也围住。

有很多人闯去了后厨，要去看这家黑店私下里到底藏了多少人肉。街面上的人听说了这事，很多人也涌进了店中。

有人惊声大叫："那后厨藏有婴儿尸骨！"

有人举着小小的包袱冲了过来。外头人群里，忽然爆发一声撕心裂肺的尖叫。一个披头散发的妇人挤了进来，叫道："是不是我儿？是不是我儿！"

她扑上去，去夺那个包袱，却有更多的妇人冲了进来，都在大喊："是不是我儿！儿啊！"

声音凄厉，大多百姓都露出恍然和痛苦之色，有人大叫："这两年总有孩子失踪！我邻居家的孩子就忽然没了，是不是——是不是——"

"我叔叔家的女儿——"

"我的外甥——"

人们疯了一般去抢那几个染血的包袱，还有更多人往里冲。一时间整个花田楼偌大的大堂里，乱成一锅粥。

那个孔武有力的厨子拼命挤过人群，醋钵大的拳头隔老远就冲着文臻招呼："哎你这个为了自己养颜养生偷窃婴儿吃人肉的怪物！还敢诋毁我厨艺不好！你凭什么诋毁我！今日我不把你这老妖婆的真面目揍出来不算完！"

文臻燕绥的护卫也察觉不对，纷纷涌进，隔开人群，却得了燕绥一个眼色，并没有太多动作。

那厨子眼看就要揍到文臻，那正被众人堵住、围殴，一眨眼已经鼻青脸肿的掌柜，忽然大叫："殿下！殿下救我！文大人救我！"

第八十九章

史上最凶悍的庆年

炸开锅的粥，忽然遭遇了一盆冷水。

所有人瞬间冻在原地，一副众人惊愕的情形。

一瞬安静里，众人眼前忽然掠过一片深黄色的光影，先前一番争斗，很多蜡烛已经被熄灭，略有些幽暗的厅堂内，忽然闪过一片片黄色光晕，似是天际落了一片自苍穹深处而来的星光碎片。

窗棂光影斑驳流过，众人下意识转头，便看见大片的悬空灯，悠悠吊着鸡心的石头，正自长街上升起。

外头有很多孩童在欢笑："放灯了！"

除夕午夜，家家放灯，向苍天许愿。愿来年雨顺风调，河清海晏，战事不兴，百姓安居。

那许多的悬空灯，光泽昏黄柔和，越过青色的长街，擦过红色的年节灯笼，掠过苍青的檐角，向深邃幽蓝的夜空飞去。

如天神弹指，在夜空中忽然撒了一把夜明珠。

无数人仰头，轻轻放开双手，将自己对于收成和平安的祝愿，对于未来和人生的不安，悠悠放飞。

这一霎，屋里屋外，整座长川主城皆陷入虔诚祈祷的静默。

那些纷扰倾轧阴谋阳谋，那些如同黑血一般流满整座易家大院的黑暗，都似要在此刻温柔而静谧的灯光下飞快退避。

漫天灯光下。

段夫人立在窗前，手里把玩着一颗琉璃珠，喃喃低诵。

易秀鼎坐在文臻燕绥住的小院的对面屋子的檐角上，手中一只已经做好，并且写了祝福的悬空灯，并没有放。

她忽然低下头，看了看飞檐，似乎发现了什么，又趴下去，耳朵凑近，仔细地听。

片刻后，她皱了皱眉。

易云岑骑着马，仰起头，眼眸里倒映无数明灯辉光。

湿淋淋的林飞白带着同样湿淋淋的周沅芷，共骑一匹抢来的马在寒夜中狂奔，他不惜流转真力，烘干自己和周沅芷的衣裳，以至于周身热气如白雾流转，远远看去像一对乘风跃马的仙人。

他急于通报消息，无心观赏美景，头也不抬，迎着那天际无数黄色明珠而去，长发被风扯直。

周沅芷窝在他怀中，凝视着那些点缀在山峦和夜色中的黄色星星，忽然轻轻抬头。

像奔驰起伏之中的一次无意触碰，她的唇有意无意地擦过了林飞白的下颌。

已经被冻得有点发僵的林飞白并没有察觉。

周沅芷目光流转，悄悄地笑了笑，往他怀里又窝了窝。

建州也有一个风俗，在看见无数明灯的夜里，对着它们许一个愿，上天会听见。

离徽州大营三十里的寒山，一夜没睡的邱同等到了自己想要的消息，吹熄了自己帐中的灯。

而徽州大营内，林擎放了一个手指大做得十分精巧的悬空灯。那玩意儿小得可怜，以至于一放就看不见了，营地旁的一棵歪脖子树上，挂满了这种小灯，一个比一个破旧。

行军驻守不可放灯，以免为敌人所察，所以每年他都会做两个超小号悬空灯，一个放，一个挂在树上。

一个是给侧侧的，一个他留给自己。

他叫这种灯“蚊子灯”。

深宫里，虽然很晚了，德妃娘娘宫里依旧很热闹，所有人齐上阵，做了一个巨大的悬空灯。

灯大到可以装得下三个德妃娘娘。

这是德妃娘娘的嗜好之一，她喜欢大灯，越大越好。

装得下深宫寂寞，装得下满心不平，装得下四海向往，装得下一个梦中的她。

可想象自己乘灯而去，过山海雄关，落到任何一个自己想落的地方。

她身后，过来帮忙的闻老太太悄悄用朱笔在角落写下自己的祝福。

愿孙女阿臻，如意平安。

漫天黄灯飞起时，连文臻也忘记了方才的喧嚣纷扰，入迷地抬头去看。

燕绥就在她身边，握紧了她的手，忽然轻声在她耳边道：“这是我送你的礼物。”

文臻一怔，转头看他，燕绥眼眸也倒映出那颗颗明珠，将天地将光辉俱收拢在他眼底：“虽然没有年夜饭。”

文臻听出了他的怨念，眼角一弯。

她忽然踮起脚，在燕绥唇边飞快一啄。

便当年夜饭的补偿好了。

燕绥怔了怔，手指按了按唇，也笑了。

那一霎，他眼神如一冬雪下缓缓流动等待着春的碧水。

他轻轻在文臻耳边叹息：“可惜。”

燕绥一边抱怨一边伸手，轻轻拨开了那厨子还高举的拳头。

这一拨，像忽然解除了定身，不仅那厨子，所有人都反应过来，回到先前一刻的情境里——花田楼隐秘的主人疑似抢夺百姓幼儿食用以驻颜养生！

而且他们不是大家以为的西川易家的人！

西川易家的人出现在长川已经够惊世骇俗，可方才那掌柜喊的什么？

殿下！

这周围千里也没一个殿下！

唯一的可能，就是他是那位传说中暴戾凶横，杀人无算，目前正在城外的宜王殿下！

那么这个面貌娇嫩的少女也不是厉家的小姐，而是那个真正的厨神文臻！

所以她看不上这美味的佛跳墙，所以她安排这一出戏想迅速提升名气，获取百姓好感，她这是已经笃定要夺城！

宜王和文别驾已经潜入城中！

人们在看见放灯的时候平静下来的情绪，瞬间又被这个事实搅乱，轰然一声，大部分人在后退，还有很多人涌上前来。

二楼上，求文长老呆呆的，嘴里的一块菜掉了下来。

门外，因为在某件事上有所发现而出来寻找两人的易秀鼎怔在当地。

酒楼回廊一处隐蔽的屏风后，有两人对视一眼，笑了一声。

街那头，忽然出现段夫人的轿子，但行到街口就被密集的人群给挡住，段夫人拦住了要去清道的护卫，仔细听了听长街那头的喧嚣，垂下了眼帘。

她身后聚集了很多十八部族的残余。

花田楼内，那个愤怒的厨子愣在当地，他并不太明白今日自己被用来作为一出戏的一个丑角，只觉得脸上火辣辣的，那拳头挥不下去了。

他挥不下去，却有更多人冲上来，不止一个人借着他高大身形的掩护，鬼魅般闪现，手中各色武器闪烁着幽光，直奔文臻和燕绥。

文臻燕绥早有准备，轻巧地闪过，然而却有越来越多的人涌上。

主城城门外。

高阔的城墙下，不知何时沉默地列开来一队队的士兵，长枪冷锐，铁甲光寒，肩甲之上烙印着金色的麒麟。

铁甲洪流源源不绝从地平线上浮现，汇入夜色，在城门之下，排成整齐阵营，横排竖列，宛如刀锋。

范不取的马如幽灵般从阵营中穿过，马上的黑甲孱弱将军，一双细长眼睛目光阴冷，抬眸注视着苍灰色的城墙，细细聆听风中传来的声音。

他的副将们都顶盔掼甲，冷然看着巍峨高城。

范不取长长吸一口气，对身边人道："这么久了，总算可以结束了。"

身边人哈哈一笑。

"要我说，派一半人去诱邱同入陷阱，让我亲自带一半人来，实在是您太谨慎了。"范不取道，"林擎和邱同确实没有派兵支援朝廷。那么就那满打满算不超过四千人，如何能与我数万大军相对？更不要说两层城门，里头易家大院护卫及附属家族也有万人之数，另外，还有整座城的百姓！没有一个希望被朝廷奴役！满城皆敌！两相夹击，一人吐一口唾沫也够淹死他们！"

身边人道："燕绥、文臻皆才智出众，不可小觑。"

"巧妇难为无米之炊，便再聪明，有神鬼之能，在绝对的实力面前也没有说话的余地。毕竟战争实打实拼的是人数，无论什么诡计取巧都没用。"范不取摇摇头，看见前方无数昏黄的悬空灯缓缓飘来，"我怎么也想不出来，在这样的情形下，他们有赢的可能。"

身边人静默了良久，终于道："我也想不出来。"

范不取十分畅快地哈哈一笑。

"一个黄口小儿仗着矜贵身份，一个女厨子仗着皇族宠爱，被那群一身媚骨的官儿，没日没夜地吹捧着，便以为自己真成了神，指点江山地动山摇，弹指一挥长川连根拔起……小心汲汲营营一番忙，到头来为他人做嫁衣！"

前方，悬空灯悠悠荡荡，即将飘到金麒军头顶。

“城门没有及时开启，对我的信号没反应。”范不取轻蔑一笑，“算有点本事，城外的队伍不见了，这是已经渗入城内，并控制了城门了吗？”

身边人缓缓道：“那就攻城吧。也让他们听听金麒军的声音。”

“得令！”范不取长鞭一指，“攻城！”

城内，众人忽然听见轰然一声巨响。

那声音似乎响在远处，但依旧能压住这满街的喧嚣，穿过这庞大的半个城池，传入众人耳中，可见声势。

花田楼内外的人们都不禁齐齐扭头。

片刻寂静后，有脚步声拍响青石板。

“攻城啦——”

今日的震撼一轮接一轮，众人都快麻木了，有人转过头去，讷讷地问：“朝廷大军攻城了吗？”

“不是！不是！是金麒军！金麒军攻城了！”

半晌又有人问：“这个……金麒军被朝廷策反了？”

众人眼看朝廷亲王出现在主城之内，自然觉得主城已经在朝廷控制之中，再加上之前的金麒军已经被林擎偷袭打散的传闻，先入为主便觉得，朝廷赢了，打进来的应该是朝廷的军队才对，再说金麒军是长川的守护神，怎么会攻打自己的城池？

“不是！不是！”传话的人上气不接下气，几乎破了嗓子在喊，“是金麒军，说已经拔了城外的朝廷来使队伍，要进城将已经潜入城中的朝廷奸细廓清，还我长川往日安宁呢！”

立即便有人道：“那是我们自己的军队！为什么还需要攻城！城门还没开吗？”

那人道：“对！城门不知何时也已经被朝廷渗入的奸细把控，现在还没开！所以金麒军才下令攻城，并敬告各位父老，你们捍卫家国的时刻到了！朝廷的人，自宣王以下，倒行逆施，荒淫无耻，妄图坏我民生，夺我家园，杀我家人，扰我安宁！现在这些人大多已经潜入主城，散布流言，制造恐慌，妄图从内摧毁我长川，因此范统领得家主令后，不辞辛苦，带兵一日夜间长奔来此，只为救我长川，救我黎民！请我主城诸位父老们，勿要为谣言所惊，勿要为谎言蛊惑，坚守本心，坚守长川，助我金麒打开城门，查办奸细，发现可疑者一律格杀勿论！”

他又跳上一处高台，振臂大呼：“非常时刻，无须犹疑！但为我长川洒一滴血，未来都将是易家嘉赏的英雄！”

喊杀声远远传来，配上这人的激昂语气，百姓们眼神灼灼望着他，瞬间将热血点燃！

那人又狂叫：“请老弱妇孺速速回家，青壮者迅速组编成队，先将这里的朝廷皇子和妖妇……”

他话还没说完，燕绥一甩手，他仰天而倒，咽喉上嵌着一块碎瓷片，鲜血狂喷。

仿佛激昂的乐曲被突然打断，那人跌入人群时还在兴奋地挥舞着双手，底下的百姓们下意识接住他，被喷了一身黏腻的血，或许是这样的行为过于凶悍狂妄，以至于人们愣了好一会儿，才猛地转向燕绥，当即有人咆哮一声：“竖子猖狂！”人群呼啸着扑了过来。

燕绥拖住文臻的手便走。

长街那头，刚刚赶来的段夫人再次折返，易秀鼎在长街上愣了良久，直到背上起的那一层汗都干了，才如梦方醒般追了上去。

她步子很快，却很机械，心乱如麻，想哭却又想笑，人在风中奔行，眼前光影飞掠，从当初小镇初见，到不知何时心思萌动，到如今隔着人潮得知真相，似乎十分意外，又似乎并不意外，也许内心深处未必没有想过这样的可能，只是不愿去明明白白揭开，因为真到了揭开那时候，原本以为美好的那些东西便都失去了。

前方，燕绥和文臻并不在意这身份的突然揭露，也不在意身份揭露那一刻那些人心中的各种滋味，他们在月下飞驰，向着易家大院的方向。

他们并没有走大院的正门，而是绕了一圈，绕到了大院的西北角，在那里也有大院的角楼和护城河，不过因为是背面，并没有安排一层冰墙。高阔的院墙后是一片空地，再往后则是一座不小的湖。

追赶的人看见两人往这个地方跑都觉得诧异，跑到这里，易家大院城头上的人就可以射箭，前后一夹攻，这不是自寻死路吗？

但转念一想，如果往城外跑，城外就是金麒军，朝廷的人往哪儿逃都是两相夹击，都是死路。

人们因此更加兴奋，步子追得更紧。

燕绥忽然抬头。

此时满城皆放悬空灯，外城的飘向城外，内城的却还没飘出去，按今夜风向，迟早都会飘到城外。此刻正有一簇簇的悬空灯，从西北角经过。

奇妙的是，这一批悬空灯明明很分散，但飘着飘着，便聚集到西北方向，拥拥簇簇一大群。

此时角楼上的守卫已经看见燕绥和文臻，以及他们身后跟着的一大群人，都吓了一跳，在角楼上吹起长号，又大声警告。底下自有混在人群中的易家子弟，将情况说明，大喝：“快放箭！射死宜王为首功！”

角楼上弩弓轧轧响起，铁甲刀剑摩擦声铮然，有人声音雄浑，喝道：“射！”

与此同时燕绥也喝：“射！”

两声同时响起，燕绥的声音却清楚压过了对方，内城上下听得分明，人们正在愕然，破空之声连起，一部分向下，一部分向天！

向下的，是角楼上的弩弓，射向文臻燕绥。

向上的，却是不知从哪儿射出的利箭，射向那些悬空灯！

无数声响，黄色光芒渐次熄灭，那些灯坠落。

那些悬空灯落地之后，几乎都爆炸了，一部分落在角楼上，顿时弩弓粉碎，护卫血肉撕裂，滚滚黑烟红火之中，城墙塌陷了半边。

另一部分悬空灯落在了西北角，一座黑墙塌陷，赤橙黄绿青蓝紫七色地面翻开，巨大的铜门炸断，将最后一截黑色的地面砸开，缝隙长长地裂开去。露出了底下一些白白灰灰的物事。

那里是黑狱。

易家的刑堂所在地，易秀鼎曾经被理刑长老捏造罪名带走蹲过，没多久又被燕绥带回的七色地狱。

这大概是史上最奇葩的庆年，最凶悍的放灯。

悬空灯带来的黑火摧毁了一半的黑狱，一些人影狼狈逃出，其中两条人影颇为熟悉，赫然是理刑长老和易燕吾。

这两位长老会上的“失败者”，竟然一直藏在黑狱里。

但是更多人的目光却落在黑狱上。

易家大院内城惊变，追来的百姓们也受了惊，随着内城城墙塌陷，神秘的易家大院首次袒露在世人面前，百姓们不禁好奇，探头探脑。

而随即黑狱被炸开地面，司空昱带着天机府的人出现，就是他们将大院内放的悬空灯召唤得凑在一起，集中炸了易家内院城墙和黑狱。

这些易家人放出的灯自然由下人们制作，易人离通过阳南岳，策反拉拢收买了好些人，这些人在做灯的时候已经做了手脚。

火药弹一开炸，易家大院里的人流便迅速向后退去。

然后又一波轰鸣声响起，这回并不比刚才的震撼直接，明显在远处，但是地面绵绵不绝地震动起来。

先前飞往城外的那批悬空灯忽然都不见了，天空瞬间恢复了幽邃阴冷，伴随着那种沉闷的震动，明明爆炸如雷，却有种幽寂的感觉生出，天空像因此震出一条裂缝，将一霎间的盛世繁华收走。

街道那头有人飞快地奔来，大喊：“城外的军队也被炸啦——有人冲进来啦——”

他喊得没头没脑，人群本就惊疑不定，瞬间便陷入了骚动，不断抖动的地面让他们误以为是地震，下意识就往最近的最安全的地方跑，而易家这西北角附近有湖，天黑乱跑落水不是玩的，众人眼看前方易家大院已经被炸开一道缺口，破碎的大块石块垫住了有毒的护城河，里头是一望无际的易家的跑马场，便都跟着那大喊的人，往易家的大院里涌去。

抱着这样的心理，人们就冲进去了，也有人不肯放弃，指着文臻和燕绥道：“父老们！不管怎样，这几个一定是奸细，拿下他们！”

一批人向文臻、燕绥冲过来，燕绥一个转身，带着文臻上了高墙，他的衣袂散在午夜高风中，俯视的眼底没有太多情绪涌动，只有隐约一丝戾气。

那样的眼神，被笼罩的人忽觉自己成了蝼蚁。

有一批人已经冲了过去，忽然有人尖叫：“骨头！死人！”

尖叫的人越来越多，其中也有一些妇人，文臻站在高处看着底下，那是被炸翻的黑狱。

黑狱七层，传说里只用来处置惩罚易家族人，每层都有血池化去这些罪人的尸首，现在血池已经被炸翻，并没有想象中的沉渣泛起，倒是血池之下的土地裂开，现出下头的空间，一层一层的尸首。

午夜硝烟未散，白骨成堆，这样的场景实在太过可怖，以至于人倒抽一口冷气，好多人软着腿往后退。

那个德高望重的周大夫一直在人群中，出于职业习惯，后退的时候忍不住多看了那堆尸首几眼，然后他忽然失声道：“这……这不是上个月失踪的刘老二吗？”

第九十章

我以山河赠卿卿

“这不是西市的刘老二吗？经常来卖草药的那个？他……他不是突然失踪了吗？”

他一说，旁边也有人惊叫起来，道：“这……这好像是我去年死了的叔叔！他早已下葬了的！”

众人都立在原地，他们直勾勾地盯着那地底场景。这黑狱的陈设，这里的成堆白骨，散发着积压的腥气的砖石，都证明了这里从事着人间最黑暗的勾当。

文臻看着底下，虽然早有猜测，依旧浑身发冷。

是啊，黑狱为什么这般血腥可怖？不过是一个易家，自家的刑堂，管束严格，能有多少背叛的人？能形成这积年累月的血池？

是因为黑狱不过是障眼法，传出求救呼声便可以推给刑堂。是因为故意要让它显得黑暗血腥，好令人畏惧退避三舍。

世人都把目光集中在天星台，却不知道天星台不过是个幌子，真正的勾当在黑狱之下。

黑狱之下，此刻已经成了长川百姓的认尸大会。

无数人号哭，无数人怒骂，还有很多人跳下坑中，盲目而痛苦地寻找。

这个世界并没有传说中能将尸体化尽的药物，而且易家也需要尸首用作各种试验。易家为了研究自家的病因和寻找解法，连自家的孩子都不放过，又怎么会不舍得对主城百姓下手？

当初平云夫人在怨恨之下说漏了一句话，令文臻和燕绥怀疑，说城中孩子失踪的传说是不是和易家有关。

后来让人查问，才发现长川主城多年来，人口失踪率一直很高，到了后来，易勒石出事前后，城中孩子失踪人数达到一个惊人的数字，以至于文臻和易人离先后进城的时候，都遇见了寻找孩子的情形。

这时间节点太过巧合，而易勒石后期为了自己的病，行迹近乎疯狂。在长川，除了易家，实在也没有别的人能够这样不动声色，长年累月地掳掠人口。

一开始，燕绥去了天星台寻找线索，却发现了平云夫人的畸形的女儿，摸到了这个秘密，而理刑长老最大的错误，或许就是将易秀鼎带去了黑狱，让燕绥亲自去了一趟黑狱，以他机关大师的绝佳耳力，听出了黑狱之下还有更大的空间。

今夜，除夕之夜，易家酝酿了凶狠的反扑，而燕绥一手撕开了黑狱之下的第八层。

而此刻，同样的黑红色烟火升腾在城门之外。

时间回到一刻钟之前。

林飞白带着周沅芷终于冲到主城之外。

但他在主城之外三里停马，看着前方黑压压的阵营，脸色铁青。

还是来迟了一步。

金麒军果然如他所料，前来包围了长川主城，一旦给他们入了主城，里头易家大院，加上全城对朝廷都有敌意的百姓，燕绥那几千人就等于滴水入洪流，分分钟要被淹没！

林飞白眼一扫，就看出那阵营人数，应该并没有十万，范不取分兵了。

但是分兵也还有一半以上的人数，这又不是奇袭战，两边门一关，从军到民，全是敌人，怎么打？

但再急也没有用，大军横亘在此，他插翅也飞不过去。

他拼命赶路，就是想在大军到来之前让文臻撤出，但他现在只想赶紧入城。

他犹疑地看一眼怀里的周沅芷，想叫她找个地方自己藏起来，一眼之下，身子一僵。

周沅芷靠着他的胸膛，不知何时已经睡着了。

风帽下她脸色微微有些苍白，显得颇为疲倦。林飞白看着那皱着的眉和睡着也分外端正的姿态，总觉得就这样叫醒她好像有点不大人道。

因为他微微一动，周沅芷也微微一歪，靠向他的脖子，温热清甜的香气扑在他耳侧。

林飞白的耳朵又烧起来了。

他僵着肩，不敢转头，竖起一个手指，轻轻挡在自己脖侧。

周沅芷浑然无所觉，便靠在他这一根手指上。

林飞白盯着自己那根手指，一时又觉得这动作也很蠢。

然后他回头看向身后黑暗，另一只手按在身后剑鞘上。

他的另一只手已经能动一些了。

黑暗中无声走出来的却是师兰杰，对他做了个少安毋躁的动作，并轻轻牵着他的马向后退。

林飞白先是一喜，随即愕然，而师兰杰看见他也是先是一喜，随即愕然。

侯爷去一趟金麒大营，还带了个女人回来？

忍不住要抬头看看天是不是太阳出来了。

又忍不住看看那女子是谁，似乎在睡觉，但师兰杰是个成熟男子，也有过几段风流史，只看一眼，便觉得那女子那睡姿虽然特别美好诱人，但正常人是不可能在这种姿势下睡着的。

他心生警惕，上前一步，正要试探，忽然“熟睡的”周沅芷悄悄睁开一只眼睛，向他眨了眨。

她容貌气质都大气优雅，这一眨眼却俏生生的，似雪地火狐一般灵动娇艳。

这一瞬间师兰杰忽然想到了文臻。

那种骨子里的小狡猾，有点像。

师兰杰有点想笑，赶紧忍住，退后一步，当什么都没发生。

他抬头看天际飘来的悬空灯，打算趁这些灯都发挥作用之前，先赶紧许个愿。

让侯爷离开文大人那棵只为别人开花的树吧，可别在一根树杈上吊死了。

让侯爷快点看见别的花儿吧，比如眼前这个就不错。

阿弥陀佛，无量天尊！

许完愿，周沅芷也“醒来”了，非常从容自在地下马，在林侯最重要的家将面前，充分展示了自己的淑女风范。

师兰杰也对她表现了尊敬又略带亲热的态度，作为对第一个成功贴身接近林侯的女性的微妙的赞许和鼓励。

两人相视而笑，瞬间完成了心机护卫和心机追求者之间的默契交流。

林飞白全程目视城楼，目光焦灼。

师兰杰将他拉到安全隐蔽处，忽然轻声一笑道：“侯爷，先前殿下和我说，今夜除夕，侯爷奔波辛苦。不过他也不会让你白跑白吃苦，自有大礼送上。一份您已经收了，还有一份……”他一指前方，“是请您看烟花。”

此刻，金麒军大军中，前方战士虽然在攻城，后方很多战士却对攻打自己的城池并不投入。他们对着那满天黄灯，低下头，双手合十，行了一个本地百姓在悬空灯下都会做的许愿礼。

长川人觉得在灯下许愿愿景最易实现。

就在那万众虔诚许愿的时刻。

他们头顶的悬空灯上，忽然纷纷坠下极小的物件，那些东西在黑夜里几乎让人看不清，大多数士兵还在仰头看着。

师兰杰忽然一抬手，发出信号。

灿亮的烟花在空中炸开。

照亮那些坠落向金麒士兵的小东西。

金麒士兵这回看见了，但是那东西太小，太轻，一看就没什么杀伤力，给人感觉像是悬空灯上落下的浮尘，因此也就没有人躲避。

但随即他们便骇然四望。

烟花一炸，城头之上，破空之声连响，无数箭矢，直奔向天！

向着那些已经被照亮的坠落的小东西。

如同先前易家黑狱上空发生的一样。

悬空灯里头黏着的鸡心挂件里，早已藏好了小型火弹子，经过精密的计算，悬空灯飘到大军上方时，黏胶被烤化，鸡心吊坠掉落。

但是因为外头有一层木头包裹，不经过碰撞难以发挥最大的效果，因此善射的林飞白手下，以及金吾卫里所有神射手，都已经早早分散潜伏在长川主城城门上下，所有箭不向着人，只向着那些飘落的一颗颗心。

就算射不准，这些箭呼啸飞射产生的互相冲撞，也能够将里头火药震动催炸。

“轰！”

下一刻，就是人仰马翻。

几乎和城内黑狱被炸同时，城外平原之上，金麒军猝不及防遭受了黑火药无情的收割。

那些小小的颗粒跃出精巧的鸡心，爆开一朵朵赤焰之花，花瓣舒展之处，便是鲜血和断臂残肢，和不断迸溅开来的染了斑斑血痕的黧黑的土，灰尘和烟气混杂成一片片灰黄色的幕墙，当头向人罩下，再被下一朵怒绽的大丽花冲散。

几乎立刻，铁甲洪流便遭受了几乎毁灭性的打击——范不取为了争取时间，带来了全部的骑兵和少量的步兵，马匹受惊后狂奔乱窜，造成了比火药弹更大的伤亡。

那些灯飞得很分散，因此落下的火弹子也十分分散，且毫无规律，无法做出任何准备和应对，无法灵活变阵的军队遭遇这样随机的火力打击，后果远超在城门上架炮往下轰。惨叫声，怒喝声，马匹的嘶鸣和疯狂的大喊，在此起彼伏的震裂声里一阵阵响起又一阵阵被吞没。

而在城池的另一端，和这里遥遥相对的易家大院里，也同时化作修罗场，和这刻的鲜血和爆炸呼应。

这个年无人相庆，万人呼喊为号，火弹轰鸣为鼓，援兵流离为歌舞，权者仓皇为剧目。

演一场门阀倾毁归我皇的大戏。

雄城崩高台，乱甲碎蒿草，焰旗卷尽处，山河尽灭了。

这才是燕绥真正要送给文臻的礼物。

城门前。

林飞白已经僵硬成了石像，师兰杰满面感慨，想着范不取此刻遭受的打击何止这些？很快，他会冲进城中寻求易家和百姓们的支援，但他随即会遭受到下一轮更凶猛的打击，而他分出的另一部分兵，想要反包围邱同伏军的那支，会被那些仓皇逃奔的十八部族残兵所诱导，邱同的人会按照燕绥的安排，给这两支军队制造误会，让十八部族误以为金麒军是在围剿他们，让金麒军以为十八部族已经暗中归顺朝廷甘为朝廷前锋，等两边打成个两败俱伤，再坐收渔利。

到时候，十八部族丧失力量，金麒军崩毁，易家大院也会很快被解决。

宜王殿下和文大人以三千护卫彻底解决了拥有十万大军，十八部族盘踞长川多年，势力雄厚的地头蛇长川易。

孤身与虎谋皮，能谋得后者肉骨不存。

神人也。

师兰杰看了一眼自家主子，心中叹了口气。

而自家主子不知道有没有反应过来，调兵其实无所谓成功，从头到尾，他是被送出去作为障眼法而存在的道具，甚至被殿下不怀好意地安排了一场相亲。

在这种危险紧张局势下，殿下居然还能记得把情敌给安排得明明白白。

这看似漫不经心的人，实则心思诡谲可怕，孤身潜敌营，谈笑灭世家，顺手还不断挖坑，天下又有谁能敌？

和他争女人……

师兰杰摇摇头，下定决心，一定要把侯爷和眼前这位大小姐凑一块。

周沅芷早已转开了头，不想看这惨烈的一幕，目光落在林飞白先是愕然后是茫然最后是愤然的脸上。

他似乎很快就想明白了什么。

周沅芷看着林飞白，越看越觉得可心。虽然和一手制造了这地狱的那位殿下相比，所有人都显得有些不够看，可她自觉自己是个普通人，不是文臻那种外表甜美，内心强大的女子，殿下这样凶悍难缠的人，她就不喜欢，还是眼前这个性子有点直有点憨的小侯爷才更多一点人间烟火气，让她更有勇气去尝试。

她正想着如何端庄地继续勾引那位有点烟火气的男子，忽听师兰杰道："好像城门打开了，有人进去了！"

"谁？"

易家大院西北角，人群如蚁群涌动，有人爬上高处，振臂大呼。

"父老们！易家就是这么对我们的！"

"税重如山！另加亩税二十钱！每三十亩还有绢三匹、棉三斤！"

"口赋自出生始，每年三十钱，前所未有！"

"杂税杂调多如牛毛！"

"丁钱徭役，头子钱！义仓税！牛革税！蚕盐钱、曲引钱、市例钱、柴米油盐酱醋茶都要收税！从他易家门前走也要收税！"

"这许多年，原来供了一头恶龙，身下拢金银无数，一口口慢慢啖我等之肉！"

"杀了他们！"

"杀了他们！"

百姓涌入了易家大院，得到讯息的人，来得越来越多，一开始还想从被炸毁的断梁缺口涌入，后来有人自己搬了碎石去填护城河，护城河深半丈，生生被全城百姓用手填平。

易家西北角整个被打开，愤怒百姓冲入易家大院，那以往高高在上，在众人眼里和皇宫也差不离的神圣高贵之地，那些白玉地、镂金柱、飞檐斗拱、朱楼玉户……被带着泥水的脚踩破，金龙盘柱金漆斑驳，隔扇花窗大卸八块，白玉拱桥涂满污迹，仙境转瞬成残垣。

理刑长老和易燕吾被堵在人群中，段夫人的小轿停在一侧，易秀鼎带着一群护卫，拔刀站在轿前，看着人群洪流般卷过，脸色雪一般的白。

百姓们大多不认得他们，也没在意那低调的马车，也有人试图去攻击那马车，易秀鼎正要拔刀，段夫人忽然撩开轿帘，伸手一掰。

她面前本是那雕刻着一柄刀的隔断，她一掰，那隔断忽然断了，那刀形状的隔断落在她手中，段夫人一敲，外头的木板断裂，露出里头青幽幽的刀身。刀柄上一条螭龙，盘旋游动，螭龙眼珠是一颗琉璃珠，熠熠生光。

段夫人将刀递给易秀鼎，从容地道："挂在轿子上。"

文臻远远看见不远处檐角上，恍然大悟。

她记得初见段夫人，她那马车上就有刀形的隔断，当时她还奇怪这隔断设计好特别，没想到段夫人用以号令十八部族的青螭刀居然藏在那里。

易秀鼎挂上青螭刀，便有人怔了怔，过了一会儿过来，站在了马车旁。

不一会儿，又有人陆陆续续过来，如同大浪中分离的沙，慢慢地堆积在了段夫人身边。

那些人看打扮没什么特别的，但神情气质便可以看出来是十八部族的人。

是一部分这些年慢慢迁徙过来的普通牧民，和当地人通婚后，渐渐融入了长川主城，但骨子里，他们依旧是金草原里向梦和自由驰骋的勇士。

那一小撮人在愤怒的洪流中慢慢扩大，自成区域，本身暴乱的人群容易造成无差别的攻击伤害，但百姓们久居长川，很多人互相认识，见到那些熟悉的面孔，看见形成团体的人群，会自动避开。

段夫人那一片像奔腾巨浪中的小小孤岛。

她保护了那批十八部族，十八部族的子民也保护了她。

坐在檐角上吃瓜看戏的文臻看着乱流中那个安静又岿然的马车顶，心中有些疑惑也有些感触。

段家既然能掌控十八部族，为何后来人丁寥落而式微？段夫人身为段家最后的血脉，为什么没有学武，没有学武为什么又能镇住桀骜的十八部族？青螭刀本身又还有什么意义？

或者世家大族，百年历史里，总会浮沉许多不为人知的秘密。

她想起了闻老太太。

这些大家出身，经历过风霜变乱的老太太们，有种年轻人不能及的气场，便巨浪当头，也令人一眼瞧去便安心。

段夫人不如闻老太太锋锐刚硬，她更加柔韧，像沉默的水，悄无声息滴穿檐下的青石。

文臻忽然倍加思念闻老太太，这样艰难两相倾轧的日子过久了，只想滚在老太太的怀里撒个娇。

身边燕绥忽然摊开双手，道：“滚吧。”

不会误会他在骂人，只是想他一定是属蛔虫的吧？

远处有喊杀声传来。

在城外被炸成丧家之犬的范不取，攻开了城门。燕绥的几千人各有用处，自然不能久控城门，达到短暂阻拦令爆炸顺利完成之后，那些人便退下城门，范不取轻松进城后，本想召集百姓和易家大院守卫，在全城进行清洗，但整个外城都成了空城，人都流向易家大院，范不取带着两万多人赶到易家大院前三里之地，便再也无法前进。

在那里，他们遭受了来自愤怒百姓的疯狂攻击。

范不取不在乎百姓，但是却不敢轻易杀长川百姓，一旦激起民愤，不是闹着玩的。百姓却手撕嘴咬，恨不得将目光所及的每一个易家人都撕成碎片。

文臻忽然道："易云岑！"

底下，狼狈的易云岑带着一小队护卫，灵活地绕开纷乱的人群，奔向段夫人所在的马车。

易秀鼎看见他，目光一亮，急忙将他拉进来，道："你怎么这时候来了？这一身的血！"

"都是别人的血。十七姐，我们出城吧，百姓都疯了！范将军是忠心的，但是方才他在城外，被朝廷给炸死了一半人马。"

易秀鼎下意识抬头去看那边檐角上的燕绥，但随即她便强迫自己转头去看掀起帘子的段夫人。

段夫人静静地看着易云岑，道："你没事吧？"

"我和范将军顺利联络上了，他说要打朝廷一个措手不及，我们连夜出发，却在城门口遭到伏击，现在连百姓也变成这样。"易云岑也转头去看燕绥文臻，目光不可思议，"方才我听说，易铭、厉笑，是宜王和文别驾？"

易秀鼎扭头不答，段夫人转开眼光，易云岑愣怔半晌，道："他们要杀了我们吗？"

他忽然激动起来，大声道："他们怎么能这么做！祖母！十七姐！我们救了他们，一路护持，带他们进入易家，还帮他们入了长老堂，结果他们骗了我们，还要杀我们！"

檐角上，文臻注视着底下，忽然轻轻叹了口气。

第九十一章

杀王

厉以书在护卫们的护送下进了城，开始在最乱的地方对百姓进行宣讲。

“陛下体恤长川父老多年辛劳，特令赋税减免三年！

“三年后田赋三十税一！亩税取消！绢棉定额取消！

“口赋自七岁始算，每年十钱！

“取消易家自国法之外专程设立之所有杂税杂调！

“金麒军旧罪不究！可就地解甲归田，归家者拨田亩，每丁三亩，免一年劳役！”

一条条一例例，都是针对百姓最大的怨气和军士最深的担忧而定，并未来得及向皇帝请旨，燕绥直接颁行。

百姓揍完了易家护卫，发泄了心中怨恨，再听到这些，都发出由衷的欢呼。

士兵们尚在犹豫，观察着自家将领的眼神，却有数骑飞奔而来，大喝：“禀告宜王殿下！徽州大捷！金麒军五万人于寒山中伏！副将仇木春被邱统领斩于马下！”说罢，高举起手中头颅。

金麒军士兵们脸色大变。

“邱统领挟胜而来，兵发长川！顽抗者格杀勿论！”

片刻之后，武器与铁甲落地之声响起。

数万男儿齐解甲。

烽火历遍渴归乡。

亲历战争者，没有人喜欢战争。

易秀鼎注视着这一切，神情有些茫然。

盘踞长川多年的巨龙，这一刻是彻底被推入深渊了吧。

像一场梦，被天际滚滚而来的火光烧透，伸出指尖，触及现世冰冷。

一阵拼杀声响起，范不取浑身黑灰，带着一小部分亲信人马冲了过来。他一进城就陷入了百姓的汪洋之中，大军被牵住，他心知不好，随即又发现了一个目标，出手便耽误了时间，并没有看见自己副将的头颅。

此刻城门已经重新关闭，而金麒军士兵不断解甲走入百姓人群，去寻找自己的亲人，范不取不能后退，只能向着这场变乱的主事者而来。

他的马头前押着一个人，那是厉笑。

文臻霍然站起。

又有追杀声起，另一支人马从一条巷子里冲出，当先是易人离，七个葫芦娃正一脸愤怒地冲在他后面。

葫芦娃们一边冲一边还在大骂易人离："叫你保护好我们小妹，你吃屎去了吗！"

易人离："要不是你们七个人抢屎一样抢功，我至于被挡住来不及救厉笑吗！"

文臻站在檐角高喊："怎么回事？"

燕绥今日有些烦躁，常常皱眉："就该一人赏一颗鸡心。"

"宜王殿下万安！"范不取一脸病容，声音却挺有穿透力，"殿下神人，一力将我等置于水火之中，我等蚍蜉之身，难撼大树，只能和殿下讨点恩惠。这位厉小姐的性命，殿下要也不要？"

燕绥："不要。"

范不取道："殿下不怕从属寒心？厉家一家忠心耿耿，跟随你远来长川……"

燕绥漠然道："厉以书是来做刺史的，厉家女儿也好，诸位兄弟也好，所出力气，说到底都是为他。而本王以皇子之尊，亲自为他潜入长川主城，将易家地盘拿下送到他面前，谁欠谁？"

这位可真是太不讲究了！

感觉再谈判下去，很可能要把厉笑逼自杀来偿还殿下的恩情。

他只好把目光转向文臻，还没说话，文臻已经道："范统领，殿下说话一向比较直，智商低的人接不住，抱歉了啊。不过在他那儿吃了瘪就来找我，这让我有点不高兴呢，怎么？看我软柿子好捏？我跟你说，厉小姐我要救，条件我不谈。"

没见过这么硬的软柿子。

"看见个人就拎住以为有筹码了？"文臻笑盈盈看他，"我倒要问问你，你打算怎么谈？一命只能换一命，你打算换谁的？段夫人？易云岑？易秀鼎？还是你自己？"

范不取脸色一变，被点到名的几个人盯着文臻，文臻不接他们的目光。

好一会儿范不取冷冷道："文别驾，别忘记我们还有大半大军在城外。"

"哦，忘记提醒你，你那一半兵落入邱统领陷阱，仇木春的头颅方才已经给大家欣赏过了，至于五万人马……预估留存数，可能比你这一场还低一些。"

"那不可能！"

"你可以不信，但很抱歉，好像也没什么可能让你去亲眼验证。"文臻笑，指指他那群不断分流的士兵，"范统领，你想过没有，你的军队都出身于长川，这里的百姓很多都是他们的亲人，所以他们不可能对自己的父老举起武器。可以这么说，当你们进城，遇见的不是欢呼而是怒骂的时候，你们就注定失败了。

"虽然易家人认为你对他们绝对忠诚，但是我觉得所有的忠诚都经不起现实的考验。比如现在，你会用厉笑换谁？我想应该是你自己，丢下易家，丢下最后效忠你的军队，换我们给你开一条逃生通道。你一路如丧家之犬，惶惶从人群过，因为是你自己切断了和易家和军队的联系，所以你心虚，紧张，再无依靠，你好不容易出了城，遍地却已是敌人，你怕逃出的易家子弟报复，你怕遇上恼恨你抛弃他们的属下，你还要应对来自我们的不间断的各种救人的手段，疲倦，劳累，不能休息，你能坚持多久？哦对了，忘记告诉你，我们还有天机府的人。"

文臻满意地笑，最后一句话击中了范不取——天机府的人未必有武功，但是在追踪，传信和抢夺救人等方面手段难以防备。

她很想把之前在丹崖居说的那句话也送给范不取。

小孩子才做选择，我们成年人什么都要。

"又或者，我看走眼了，你打算牺牲自己救别人？那么问题又回到了原点，你打算救谁？"

范不取额头开始冒汗。

他发现这对传说中的男女确实都很难对付，燕绥根本就是个疯子，无法和他谈判，文臻看似好说话，骨子里却非常缜密狡猾。

两人行事风格都和常人不一样，这让人无法按照既有的经验去应对。

厉笑的安危当然很重要，燕绥也许不在意，可她不能让厉笑受任何伤害。

但范不取也别想讨到任何便宜，她得让所有人明白，想要活命，那就配合，其余一切手段都是自己找死。

范不取被逼问得无从选择，段夫人的语声忽然传来："我们谁都不用救。"

众人转头，就看见段夫人从车中出来，对范不取淡淡地道："范将军，把厉小姐放了吧。事情没到绝路，不要自己先把路走绝了。"

她抬头看文臻，凝视她半晌，微笑道："文别驾名下无虚。"

文臻对她微微欠身："夫人谬赞。"

"我想，殿下和别驾并没打算对我几人赶尽杀绝。毕竟易家几乎已经没人了，总得有那么几个老人留着，以示朝廷恩宽。"

文臻就当没听出那淡淡的讽刺，笑道："夫人慧心。"

"金麒军已经散了。十八部族大抵也就剩了我身后这些，长老堂近乎全灭，易家大院被百姓冲毁。我们已经失去了一切。"段夫人看着文臻燕绥，轻轻道，"恭喜两位大获全胜。"

燕绥没有表情，人前，他是永远目无下尘的宜王燕绥。

他没看段夫人，只看着这屋顶的屋瓦，右数第七块瓦片左下角有块缺口，这令他十分烦躁，又不能起身去将那瓦扔掉，扔掉也不对，少了一块更难受。

这让他对易家观感更差，偌大簪缨世家，居然用破了的瓦！

无奈，他只能吃瓜子转移注意力，打开瓜子袋便得到些许安慰——所有瓜子都是选过的，仁儿饱满且不说，关键个个大小如一，连花纹都近似，也没有任何咸味或者甜味，只有属于葵花籽原本的浸透了阳光的香。

这世上也只有她这般懂他，爱他，愿意为他费心。

其余人都觉得费心的事就该是他的。

他不理人，文臻便从容支应，她浅浅一笑，欠欠身。

没什么好说的，解释或者针锋相对都显得苍白。

各为其主，无分对错。

"事已至此，我们还活着，那就是殿下想让我们活。我们自然也应该拿出易家最后的态度和诚意。易家还有庞大的产业，有遍布全国的店铺和关系脉络，有矿藏，有武器，有健马，有即使朝廷都不知道的多年积蓄的资源和宝物。而整个长川的民生、土地、官府、架构、制度……只有易家最为熟悉，这些想必殿下都是需要的。老身愿意尽数献出，诸般事务也全力相助朝廷。"

她没有说想求什么，因为初见燕绥已经说过，燕绥自然明白，点了点头。

既然不打算灭门易家，那么刺史之位回归了朝廷，易家还是需要自己的家主的，那些庞大的事务总需要有人打理或者交接。

段夫人以归顺换取最后这批人的生存。

范不取沉默着，段夫人道："云岑，你作为家主该表个态。"

"表态？表什么态？祖母不是已经都说了吗？"易云岑难得态度强硬。

段夫人只是好脾气地笑笑，抬手似乎想摸摸他的头，最终却没有动。

易秀鼎沉默半晌，道："云岑，这是保住你，保住易家的唯一的办法。"

易云岑的怒气来得快去得也快，半晌低低“嗯”了一声，抬起头，望向文臻燕绥。

文臻燕绥迎上了他的目光。

“我喊了你们这么久的哥哥姐姐。”易云岑指着自己马上的行囊，语声渐渐悲愤，“现在行囊里还有你们送的娃娃，然后，在那些我以为同舟共济的日子里，在我们一直护着你们，帮着你们的时候，你们却毁掉了半个长川城，把祖母和我逼到退无可退。”

易秀鼎垂着眼睛站着，这样就没人看见她睫毛尖上闪烁的泪光。

易云岑又看向燕绥，看了半晌，失望地道：“我以前一直崇敬你，爱戴你，我到处搜集你的话本，听关于你的所有故事，质问所有诋毁你的人，梦想着以后有机会见你一面。现在我见到你了，原来我早就见到你了，而你……”他呵呵笑一声，“我现在只为我说过的每一句敬慕你的话而后悔。”

燕绥剥了一排整整齐齐的瓜子，排在一块瓦片上，连一个眼神都没分给他。

他人对他的爱也好，憎也罢，都只是他人自己的狂欢，与他何干？

世人为不相识的人投注精力和喜爱，却不甘于寂寞，妄想得到同等回报，凭什么？

易云岑仰着脸，声音在渐渐冷寂的夜风中回荡，却得不到任何回应，他的脸有些白，脸上似乎有隐约的两道泪痕，看起来更显得稚嫩。

这一刻的沉默令人尴尬，像巨石投在了空处，半晌，文臻叹息一声，道：“易公子，道不同不相与谋。”

“好一个道不同不相与谋。”易云岑咬牙，伸手到行囊里摸出那个娃娃，娃娃太大，因此他只带了里面的两层，半个手臂大小，他似乎不舍地抚摸了一下，忽然大声道：“还给你！”抬手一扔，将娃娃砸向燕绥、文臻。

文臻注视着那娃娃。

仿佛还是当初小镇上，门槛上迎面相撞，他送了她一只珍珠小兔子，她给他买了一个大大的套娃。

燕绥一直闭目养神，忽然一挥衣袖，道：“接着！”那娃娃便以原先更快的速度飞了回去。

易云岑咬牙看着，眼看那娃娃要坠落地面，最终手一招，将娃娃又收回手里。

他捏紧了娃娃，手指的骨节青白。

不知道什么时候又开始下雪了，雪花很大，一片一片晶莹地贴在黑树青瓦上。

百姓们闹了一晚，多半也累了，扶老携幼地散开，一起回去的还有那些自幼从军的子弟们。

那些焦黑与血红渐渐被一片白色覆盖。

那些人离开时，都没有多看这边一眼。

易家仅剩的几位高层注视着自己的子民漠然从身前走过，像注视近半个世纪的统治终于在眼前落幕。

荣华与权势，像卷起的雪花在风中收束，再顷刻碎去。

厉以书带着护卫们，遥遥地守卫着这里，并没有接近。

文臻和燕绥坐在高处，袍角和裙角在风中飞扬缠绕在一起。

半晌易云岑低头，短促地笑一声，道：“我懂了。我会好好做这个家主的。我就一个请求，祖母年纪大了，不能再长途跋涉，也渴望落叶归根，易家大院，希望能留下一个小院，生与死，我们都还想留在这里。”

燕绥并没有回应他这个请求，却忽然道：“段夫人，你说要交出属于易家掌控的一切。但是你离家多年，易家高层又几乎损失殆尽，那些印鉴钥匙暗号密探等等，你从何得知？”

段夫人抬起眼，隔着风雪看他一眼，慢慢道：“是啊。殿下说得有理，但是殿下还是弄错了一件事，我和易勒石总归多年夫妻，他藏的东西我自然拿得到。”

她微微偏头，对易云岑道：“云岑，去我的马车里，门帘往下一抽，打开试试。”

易秀鼎就站在轿子旁，她却吩咐易云岑，易秀鼎眼底闪过一丝难过，横跨开一步。

易云岑转头看看轿子，想了一下，走过去，弯下身，伸手抓住门帘。

段夫人走过去，伸手道：“不是这样，你斜一点……”

寒光在飞雪中依旧不可被遮掩，带出一道血虹。

易云岑的身体一僵，以一种诡异的姿势弯身斜站着，扭过头，艰难地看着自己的肋下。

血喷射在雪亮的匕首上，匕首上倒映出段夫人平静的容颜。

几乎所有人的眼神都透出不可置信。只有高处，文臻忽然握紧了燕绥的手。

燕绥冷冷哼一声。

易云岑整个脸扭曲了，死死盯着慢慢抽出匕首的段夫人，那一刻他眼神如蛇：“祖母，你和朝廷做交易了？”

段夫人微微俯首，看着他，古井不波地道：“勒石，云岑是我最疼爱的孙子。”

第九十二章

真相揭秘

"易云岑"如遭雷击。

他浑身抽搐了一下，捂着肋下似乎想站起来，但最终没站起来，一个翻身倒在马车边。

"原来你……原来你一直……"易勒石嘶哑地笑起来，又去看燕绥文臻，"你们都知道……"

"我大概是最晚一个知道的吧。"文臻有点怅然地道。

"勒石。"段夫人道，"你确实聪明绝顶，但是聪明的人容易犯一个错误，就是会把别人看蠢了。我和你毕竟夫妻多年，你到底哪里来的信心，觉得能一直瞒住我？"

易勒石凄惨地笑起来，一声声吸气："不可能……你们在诈……"

燕绥忽然开了口。

"如果你是贼，想偷一件被所有人抢夺的宝贝，竞争者实力都很强，你会怎么争夺？"

这是当初四人玩官兵捉贼游戏时，燕绥问易云岑的问题。

当时易云岑答："何必要争呢？我不要便是。或者我去和其中最强的人套关系，让他最后把东西送给我？"

文臻唏嘘一声。

她看得出燕绥有些烦躁，并不想多说话，于是道："易家主，你大抵是一切顺利，得意忘形了。什么话都敢说，也不想想，这句话落在殿下耳朵里，真是一句话就够了。"

易勒石按住伤口，急促地喘息。

“殿下那种人，只要有一点怀疑的种子就能长出万顷良田。当他开始怀疑你，你就完了。”文臻在慢慢梳理思路，“当晚平云夫人的囡囡失踪，我们帮她找到囡囡，平云夫人激愤之下说漏口了一些事。囡囡已经十岁了，看起来只有两三岁，而她对一种药物成瘾，那药物我经过分析，发现有令肌肤恢复青春，显得特别幼嫩的能力，当然随之而来的肯定还有很多副作用。”

“那么这药是不是易勒石为了治病研究的药物之一？在杀了无数亲人和长川无辜百姓和孩子后，他终于成功了？这么好的药，易勒石会不会用？一定会吧，付出那么多，研究那么多年，好不容易看到希望，怎么舍得不用？如果他也用了这药，肌肤状态会是怎样的？

“因为这药炼成功了，也因为炼制过程太过恶毒，以及可能在使用过程中或者使用后会发生某些剧烈的变化，不能让任何人知情，所以，天星台出了变故，家主倒下了，参与这件事最深的解经和问药长老死了。

“但其实易家家主他只是换了个地方，换了个身份，顺带解决掉一切知情人而已。这药物能让人肌肤新生，发质变黑，瞳仁等等都恢复正常，最起码他从表面看起来是个年轻人了。

“而此时，朝廷来使前往长川，要正式褫夺易家的权柄。

“他便有了想法。比如，借用某个健康的继承人的身份再回来。朝廷要来便来，何必要自己硬对上？长老堂一定会出手的，十八部族也一定会闹事的。长老堂妄图分权，十八部族桀骜不驯，他已经厌烦很久，自己动手容易招致反噬，也伤损实力，那么正好让朝廷来解决，狗咬狗，两方一起咬死最好。”

“如果朝廷赢了，很好，为他扫清障碍，把家主之位给他送上。他什么都不用做，等着就行。哪怕就算现在，只要你们没识破他，他还在做着这个家主，那等你们走了，他也迟早能把易家拿回来。如果易家这边赢了，他恢复身份，长老堂和十八部族一定已经元气大伤，他的权势会更上一层楼。”段夫人接了话。

“很妙的计划。”文臻没有表情地鼓掌，“但是漏洞其实很多，看你这样子想必很不服气，那我就一一分析给你听，总不能让你死不明白。”

“其实你前期一直表现很好，最起码我就真的没有想到，你能把一个年轻人扮演得那么惟妙惟肖。我不知道殿下什么时候怀疑你的，但对于我，是从住进段夫人小院后开始有了淡淡疑惑，因为我不止一次看见你夜里眺望段夫人的卧室。

“我还看见过你和理刑长老碰面，理刑长老之前把秀鼎弄下了黑狱，云岑对他很愤怒，见了面怎么可能不吵？但那天，虽然没听见你们说什么，但是显然态度平和没有冲突。这就不像易云岑了。你们那么平和地碰面，在说什么？

“丹崖居爆炸之后，我的疑问更重。因为我发现丹崖居爆炸后，从段夫人开始，没有一个人提出要寻找易勒石的下落。

“十七小姐对易勒石没有好感，性情也淡，她不提还可以理解。夫人为何从来不问？是不是知道易勒石的下落所以潜意识里就觉得不必问？而云岑呢？一个如此纯良的，之前也一直在祖父膝下尽孝，还算受宠的孙儿，为什么对祖父的下落和病况如此无动于衷？

“之后，不知道是不是易家主感觉到了什么，怕露馅，在长老堂选拔会议上，特意展示了一下属于易云岑的异能。却不知弄巧成拙。易云岑可驭风，可手指读字。可是请问一下，为什么殿下先给了你一张染过字的手帕，你亲手捡起，却没读出来？那字虽然用药水泡过没有颜色，可在帕子上写过的痕迹很重，你那么一大本历书都读出来了，那么大的字怎么没发现呢？”

易勒石脸色惨白，嘴角有血流出来，落到雪中，瞬间化为红晶。

原本完美无缺的惊人计划，怎么到了这两人口中，便成了破绽百出的愚蠢主意呢？

“不过我还有一个疑问需要和你亲自确认，你是一开始就扮成了云岑是吗？你是怎么扮得那么真实的呢？直到后期你才露出马脚。”

易勒石淡淡道：“自然要一开始就扮。否则以你们的精明，中途换人难保不会被察觉。云岑被选定为我的继承人后，有一段时间和我同吃同住，他性子单纯，和我无话不谈，我很是喜欢。天星台事件后，我就变成了他，为了能取信夫人，取信你们，我还特意让理刑长老给我进行了意念灌输术，让我觉得自己就是云岑，一直到回到易家大院，理刑给我施术解除，就是你们看见的那次，我才完全回归本我。”

整件事其实还有很多蛛丝马迹，但是当时未必察觉，现在也没有说的必要，有些东西言语并不能解释清楚，其过程也绝没有现在回头剖析这么轻松，最起码她一直被瞒了很久。易勒石能想到这样可怕的办法来解决危机，借力打力出神入化，如果来的不是燕绥，任何人最后都只能是为他做嫁衣。

“所以，易燕吾一直是家主的人呢，那天拿来历书验证自然是事先商量好的。你们故意一直强调天星台，把我们目光引去那里，其实真正炼药的地点在黑狱。我就说易修年什么玩意，也值得人效忠。却原来也不过是草船借箭的草人一个。想想你们易家真可怕，两个所谓的继承人根本从未存在过，从被定下继承人那一刻起，就注定要为人作伐了。”

“还有虎符。”林飞白不知什么时候也来了，一边冷冷看着燕绥，一边道，“他去金麒军大营的时候，和范不取假作寒暄，撩开头发，其实就是给范不取看真正的虎符……虎符属于他的那一半，就是他头上的胎记。”

他语气平静，听起来却很有几分咬牙切齿。

到现在再不明白他就不是林飞白了，他又被燕绥坑了。

燕绥拿到的虎符是对的，但燕绥也怀疑易云岑就是易勒石，那么再真的虎符其实都没有用，让林飞白去那儿一趟，目的就是麻痹易勒石和金麒军，让他以为宜王这边毫无察觉，从而分兵去打邱同和长川主城。

从头到尾，殿下给林飞白安排的不是调兵拯救大局的光荣任务，而是将之作为“障眼法麻痹器”以及军营相亲解决情敌“工具人”。

文臻也恍然大悟。易勒石直接把自己脑袋上那块长了胎记的皮肤作为虎符，必须他本人亲自到场才能凑齐。

所以才有那样的关于虎符无论谁都永远拿不到的极度自信。

那还真是谁也无法调动他的军队，也是他敢这样冒险的底气，无论何时，军权才是王道。

老易的心思也太可怕了。

但她家殿下更牛啊。

她转头笑看燕绥，眼眸里似乎闪着星星，底下人都仰望着看他们。

那些沉默的眼底满满感叹。

文臻转头笑看段夫人：“夫人呢，是什么时候发现的？”

段夫人沉默半晌，才道：“一直有怪异的感觉。直到小庆告诉我，云岑能令河水解冻，所以以前很喜欢在冬天解冻河水去捞鱼，但是今年一直没有。另外他对殿下……”她顿了顿，看了眼燕绥，咽回了想说的话，只解释道，“小庆是云岑的贴身小厮。”

易勒石咳嗽两声，嘶哑地道：“杀他太迟！”

段夫人冷淡地道：“恶性不改。”

易勒石忽然又笑了起来，道：“月情，你对我下手……是提前为自己的谎言向朝廷赎罪卖好吗？”

段夫人道：“我确实没有那些钥匙‘印鉴’宝库地点和你的单线联络人名单。”

易勒石刚想笑一下，就听一个人道：“可是你带着啊。”

随即一只雪白的手轻轻将一个套娃抛在雪地里。

这是从易勒石行囊中掏来的，最后一个小套娃。

还是官兵捉贼游戏。

燕绥问易勒石，如果想要藏东西，会藏在什么地方。

他说：“如果不能毁的话，我就把它放在最显眼最常见的地方，所谓灯下黑。”

他忠实地贯彻了自己的这个想法。

他将自己也置身在了最显眼的地方。

掏套娃的人是平云夫人，转头对易勒石媚笑道："家主，你早该来找我，你现在这么年轻漂亮，说不定陪我几次，我就不背叛你了。"

易勒石喉间发出几声咻咻声响，像烟花在喉咙里爆破了。

但他随即露出一个嘲讽的笑容，又抬头对燕绥道："听说你令人把圣旨送入城，便算我接下了？可是，你知不知道，我当年救过先帝的命，曾得先帝醉后立誓，朝廷对长川的一切举措，必须我亲手接旨亲口应诺才算数，否则皇家后代，必遭天谴。"他狡黠一笑，"我不亲口接这旨意，你爹就要承担遭天谴的风险……此次事了，有的是嫉妒痛恨你的人……等着再接一整个景仁宫的弹劾状，和你爹离心吧……"

"你不是接了吗？"

半晌，他反应过来，看向先前他抓住，后来中刀之后才落下的那个大一点的套娃。

"装悲愤扔过来，我真要接你就赢了。"文臻耸耸肩，"怎么可能呢？我们家殿下报仇从来不过夜的。"

易勒石那一番悲愤的质问，扔过去那套娃，不过是想让文臻心软心虚罢了，里头定然是藏了机关的。

燕绥以其人之道还治其人自身，扔回去的时候，已经把圣旨塞了进去。

易勒石怕套娃落地触发机关暴露自己，不得不接。

接了，也就上当了。

论起算计，燕绥称第二没人敢称第一。

易勒石彻底不说话了。

他眼睛虚虚地阖着，双手向后撒开，倒在马车口，微微偏着脸，雪花落在他颧骨上，半天不化。

他死了。

四面蔓延开无尽的静默，只留风雪声肆虐。

段夫人缓缓地走了过来，她眼神里似乎藏着悲怆。

易秀鼎有点木然地走过来，要帮段夫人将易勒石的尸首拖走，她从方才开始，全部的表情和动作就僵硬无比。

但她并没有来得及帮忙——易勒石忽然眼睛一睁！

他是诈死！

易秀鼎大惊，抢着上前，但是已经来不及了，易勒石狠狠一脚蹬在段夫人身上，将她蹬飞，撞到离得最近的林飞白，自己借着这股后坐力倒蹿进马车，他身前鲜血洒成一线，身后则是车门大开一览无余的马车内部，他倒撞进马车，已经被拽掉的门帘顶端忽然降下一块铁板，然后整个车的车窗车底都伸出铁板，将车包裹得刀枪不入。

那边，一直扣着厉笑没放的范不取也有了动作，他将厉笑顶在身前，向着马车的方向猛冲，他的手下则比他还快一步，早已拍马猛冲上前，护在了铁马车的两侧，而在不远处的湖水里，忽然飞出两条钩锁，钩住了马车边缘探出的两个搭扣，湖底下似乎有机器在绞动，失踪有一阵子的理刑长老穿着水靠，幽灵般从水底冒出来。

而坐在高处的文臻燕绥听见身后风声，一回头看见废墟里站起操弓的易燕吾，拉弓如满月，对着两人。

一时间易勒石最后的所有人手齐齐出动，只求护着他逃出此刻的樊笼。

易勒石已经进了马车，沙哑的大笑声从马车内传来："月情，你还是那么心慈手软，一次杀不了我就永远杀不了我知不知道！明白了吗？我带去青州接你的马车，其实是为我自己准备的……啊！"

最后一声忽然变成了惨叫，比刚才段夫人给他那一下还狠。

所有奋勇做最后一搏的人，下意识地停住了手，惊疑不定地看向马车。

只有那锁链还在不停地把马车往湖里拉，易勒石却没有了声音。

范不取震惊大呼："家主！"

理刑长老在湖里叫道："没事！不会有事！那车里你看见的！没有人！"

范不取知道没有人，还知道那机关不经过家主自己无法启动，知道那轿子没别人进去过，可那样更令人觉得可怕好吗！

轿子已经被密封了，连血都漏不出来。

却有一阵笑声传来。

声音一开始很闷，很低微，在这凌晨幽寂的雪夜里，像是雪花里生出的妖在低笑。

众人面面相觑，四处寻找，随即震惊地盯住了马车。

马车里有人在笑！

一听就不是易勒石！

可里面方才门帘扯下一览无余，明明没人！

是易勒石的鬼魂吗……

不知道谁的牙齿微微有打战声响起，细细密密，听得人心头发凉。

燕绥忽然一抬手，两柄飞箭投入水中，锁链随即停止绞动，马车停了下来，最后的锁链摩擦雪地声响也没了，那笑声伴随牙齿打战声便更加清晰。

燕绥飘下来，他落地的那一刻，马车开始解体，一方车厢板倾斜，易勒石的身体无声无息地滑下来。

他的头顶不知何时多了一个洞。

他的胸口上蹲着一个小小的孩子，手里拿着一柄沉重的，沾血的小小铁锤。

她皮肤幼嫩，瘦如骷髅，头上有个皱褶横斜的瘤，虽然瘤子比之前已经小了一些，但看起来依旧十分可怖。

平云夫人看她的眼神却像面对至宝，充满喜悦和怜爱。

她把女儿抱起来，道："好了，囡囡，小心把衣服弄脏了。"

所有人又一次感到了透骨而过的寒冷。

段夫人俯视着易勒石的尸首——易勒石头顶血洞的位置，正好就是他那块用来做虎符的胎记的位置。

仿佛命运的讥嘲——你所为之骄傲的，终将失去。

"夫人……"易秀鼎颤声道。

段夫人若未听闻，轻声道："没有一次杀了你，只不过因为，你不配死得那么快而已。"

易勒石这回不会再回答她了。

段夫人的目光落在易勒石掌心，那里肌肤光滑细腻，他真的是脱胎换骨了，连当年的旧疤痕都不见了。

原本那掌心里该有一道淡白的疤，那是弓弦勒出来的伤口。

这一霎的大雪收束着卷入苍穹深处，洒下一幕秋色斑斓。那一年的段大小姐二八年纪，坐在山崖边慢慢撕书，山风卷起她绣了凤尾蝶的百褶裙，像无数只蝶儿在青黑的崖间翩翩寻花。

阿爹说了，女人要传家立业，承继祖宗传下来的青螭刀。十八部族英武勇猛的汉子只有在段家的庇佑下才能自如地驰骋，段家的大小姐识得几个字便好了，刀法却是不能不练的，自家独门的传承不能不精熟，更不能拿着那练家传绝艺的宝贵时间总去看那没用的书。

可是她只喜欢书，不喜欢那些生冷诡异的一切。

青螭刀的刀锋青幽幽的，琉璃珠子泛着七彩冷光，每次举刀至平眉，好像都会在那一线冷光里看见无数骏马长嘶倒下，染血的皮甲零落于碧草间。

阿爹说过的那些千百年英风豪烈的故事，在她眼底，是青螭刀振动刀锋时带着血气的浮灰。

但是终究是拗不过，段家嫡支长女生来就该承担起十八部族的安宁和荣盛。

阿爹要烧了她的书，她气不过，带了书到了寒山崖上，自己一本本地撕。

她一边撕一边想，如果阿爹他们追来，看见自己这样，会不会以为自己为了书想要自尽，那么阿爹会不会让步?

想着想着，她笑起来，张开双臂，手一撒，那些散发着墨香的她最爱的书页，在山风中浮沉。

却忽然有人大喊：“小姐不可！”

一柄利箭穿透山风而来，白色的尾羽卷起山岚，一闪便到了她身前。

她大惊，险些真的掉下去，身子刚刚一倾，那箭穿透她的牛皮腰带，将她带得向后一倒，钉在了山崖边。

她惊魂未定，正要大骂，却见一人忽然穿山岚越青崖而来，于半空中向她张开双臂，下一瞬，她被这人扑倒，年轻男子的浓烈气息顿时撞了满怀。

这接二连三的动作彻底乱了她的心神，好一会儿她才反应过来，想要甩一个耳光，却最终只将手里剩下的半本书拍在了他脸上。

那是一张英俊的脸，目光明亮，因为她的举动，惊愕地瞪大了眼睛。

现在想起来，那一刻的他真的很像云岑啊。

那一年山崖之上初见，他以为她要寻死，仓促中先在对岸山崖射箭钩住她腰带，再从对岸山崖冒着粉身碎骨的危险，纵身一跳，硬生生跳过高崖，扑倒了她。

因为射箭时太过慌张用力，他掌心被割破，留下了一个淡色的细疤。

她永远忘不了那个秋日午后，破开浓雾，从空中忽然出现，扑入她怀抱中的青年。

忘不了那场尴尬误会之后的某一日，情深意浓时，他对她说，喜欢读书便去读，护佑部族这些重任，从今以后是他的事。

她只要快乐就好。

那些写在岁月书页上的青葱粉红的回忆，一阵风过，便翻完了。

段夫人似乎有些冷，拢起袖子，偏头看着易秀鼎，轻声道：“秀鼎，易家只剩下我们这些女人……也只能剩下我们这些女人了。”

易秀鼎一直僵硬地站着，从一开始燕绥文臻显露身份，到黑狱被翻开，易家的秘密被曝光于百姓之前，到范不取城外被攻击，到易云岑忽然成了易勒石再两次被杀……所有的事都在瞬间颠覆了她的一切，巨大的浪潮一波一波冲击而来，直到此刻，尘埃于血迹中落定之后，听见段夫人最后温柔而苍凉的感叹，她才忽然晃了晃。

瞬间泪流满面。

第九十三章

天上掉下个公主来

燕绥终于将他的瓜子都排列整齐并一颗颗吃完，他神情有些疲倦。文臻有点担忧地看着他。

这段时间燕绥看似悠游自在，但长川情势复杂，千头万绪，燕绥居于中央指挥，一处都遗漏轻忽不得，心力耗损一定不小。

也许安定下来，还能给他补一顿年夜饭。

文臻一边心里安排着菜单，一边和厉以书、易人离、林飞白商量后续事宜。范不取算是忠心耿耿，在易勒石死亡后反应最激烈，却发现自己无法报仇，干脆一转刀抹了脖子，金麒军群龙无首，便交由林飞白收编管理。

厉以书拿到套娃里的印鉴名单等物，带着自己的兄弟和妹子准备一一盘点接收。

易人离则负责处理易家大院的事务，理刑长老被擒，易燕吾射箭偷袭燕绥被燕绥接住反手一箭刺中，雪地上留下他仓皇逃离时落下的长长血迹，易人离循迹追踪而去。

护卫们则负责清理易家大院，清点安排余下的易家子弟。

易家子弟其实众多，但大多有病，嫡系尤其病重，经过昨夜百姓大闹，逃的逃，死的死，剩下一些大多是不被看重，也没掌管什么要紧事情的旁系，都被看守在易家祠堂中。至于段夫人、易秀鼎、平云夫人几个女人，文臻下令让她们在段夫人小院待着，除了暂时限制自由外，其余供应如常。

段夫人也没谢文臻，静默地看着易勒石的尸首被抬走。

对这些易家人的处置，燕绥可以做主，如果他不打算做主，那就要等朝廷回复。厉以书正要找燕绥商量，文臻却道："我们累了，要先休息。"

她是看燕绥今天似乎气色不大好，情绪也不大对，得先安排休息，看看他情形如何。

燕绥也没说什么，下了屋顶便要走。易秀鼎忽然停下，道："厉……文臻，夫人小院你们住的那间屋子的屋顶檐角，你有时间去看一下。"

文臻愣了一下，应了，看易秀鼎头也不回走了，想起她有阵子一直睡在屋顶上，是发现了什么吗？

燕绥却仿佛没听见，直接往大院里走，中文等人急忙出来，已经给他安排打扫好了一处没人住过的院子，文臻想了想，来不及和两个刚刚赶到，泪汪汪看她的丫鬟叙话，先命她们跟过去伺候，自己则打算去段夫人的小院瞧瞧。

走的时候她看了中文几人一眼，发现这几个护卫脸上也隐约有焦躁之色。她有心想问，但现在她有一件事急着要去验证。

燕绥向来和她形影不离，这回却没有多问，只摆了摆手便去休憩，文臻心想着等会儿回去问他。

跃上小院屋顶，她在自己屋顶的檐角，发现了上面的小洞。

寒冬，大雪，北风呼啸从那小洞穿过，发出一阵细碎的颤音。

文臻又去了易秀鼎之前待过的屋顶，发现那里檐角果然也有个洞，和自己院子檐角的洞几乎在一条水平线上。

她站起身，看了看，然后掠到另一处屋檐上，在那檐角上也找到了洞。

她的身影在大雪中穿梭，片刻后已经走过了近半个易家大院，看过了几十处院子的屋顶檐角。

最后一个院子是易燕吾的。

文臻在他屋子的檐角上不仅找到了洞，还找到了洞旁一个竖立的小铁片，风从这个洞掠过的时候，声音会有细微的改变。

那些不同的檐角上，有的有铁片，有的没有，风穿过这些洞的时候，便会有不同的变化。

文臻立在屋顶上，茫茫风雪里，她眼里那些檐角，那些洞，渐渐飞起，在空中排列成线，最后化成了一支巨大的多孔的笛子。

以檐为笛身，以檐洞为孔洞，以风吹笛，奏天地之声。

这样的心思，这样的手笔，这样出神入化以天地万物为乐器的气魄和能力，除了唐羡之还有谁？

刚来易家大院的第一夜，风声奇异，燕绥辗转难眠。

习惯性睡在屋顶的易秀鼎无意中将手中的剑往旁边一搁，那声音被阻挡，风声淡去，燕绥入睡。

当时文臻就觉得哪里有点不对，只是怎么也没想到，唐羡之还有这样前所未闻的一手在等着燕绥。

后来易秀鼎对燕绥生出心思，又被燕绥寒碜，再也不在屋顶上睡，孔洞没有了阻碍，声声欢唱，干扰了燕绥本就可能有病状的大脑。

所以他的睡眠越来越差。

萦绕在心头的谜团被解开，文臻有点茫然地下了屋顶。

这样的伤害不可解不可逆，唐羡之竟然还留了这么一手。

这个玩意对别人没有影响，而对于燕绥，这笼罩了半个易家的风笛就是他的催命魔音。

事成之后，他肯定还是睡在易家，多睡一日便多一日危险。

如果不是易秀鼎无意中发现并提醒……

文臻出了一身冷汗，有那么一瞬间，她忽然想，或许人生应该修改一下目标。

她不想和这些满身都是心眼的人们斗了，她想找到逆转时空的办法，带着燕绥，离开这些尔虞我诈，去医学繁荣发达的现代。

到时候她的病，燕绥的病，说不定都可以轻松解决。

要什么富贵荣华，万人之上？她只想健康地和健康的他守在一起，天荒地老。

文臻捡了些石子，亲手一个个堵死了那些孔洞。

最后一个洞堵完，就能感觉到易家大院之上的风声有了细微的变化。

文臻搓了搓冻得通红的手指，又搓了搓脸，让冻得苍白僵硬的脸变得红润一些，表情愉快一些，才下来去找燕绥。

燕绥这回搬去的院子叫宜园，倒是很适合他。文臻进去的时候，看见中文正端着茶盏出来，这位侍卫大头领脸上，方才的些微焦虑已经不见了，换了一点隐秘的欣喜和微微的不安。

中文给她请了安便走了，采桑、采云站在廊下，悄声对她道：“殿下睡了。”

文臻便也不进去打扰，在隔壁房间睡了一会儿，起来洗手做羹汤，准备给燕绥补一顿年夜饭。

这一做就是大半天，其间她看见采云采桑打水送进去，燕绥应该是醒了，这让她略略安心，最起码燕绥没什么身体问题。

她在厨房里大展身手，煎炒烹炸。没有用山珍海味，也不玩新奇做法，只走家常风味，温馨热腾新鲜为第一要务。

只是这次做菜，文臻总有种奇怪的感觉，以前她做菜，厨房里挤满了学艺的厨师，外头挤满了闻香而来的食客，燕绥虽然不耐烟火，但也总等在最近的地方，随时等待她的投喂，但这回只有一个李石头诚惶诚恐地给她打下手，不断道歉说自己当初先听信了韩芳音的话险些给殿下大人带来麻烦……外头没有了扒窗户抢食打架的人群，燕绥也不在。

文臻觉得产生奇怪感觉的原因，其实只有最后那一条才是。

一桌色香味俱全的菜做好，她亲自去喊燕绥，结果居然吃了闭门羹。

燕绥又睡了。

面前的门紧紧地闭着，里头毫无声息。

文臻默不作声将菜又端了回去，采云、采桑十分担忧地看着她。

她们不明白，小姐好不容易陪着殿下一路过来，做到了原本不可能做到的事，如今胜利了，怎么反而忽然闹生分起来了？

文臻也不明白，燕绥虽然散漫任性，但自从和她在一起，从未和她使过性子。

发生什么了？

想不明白就不想，直接问便是。

她一脚踢开房门，床上没有动静。

文臻心中一紧，想到某个可能，快步过去，却看见燕绥确实正在安睡。

他面容平静，先前眉宇间那种细微的烦躁在睡着后终于消失，长长的睫毛细而密，弧度优美的眼尾自带阴影。

文臻轻手轻脚放下托盘，给他掖好被子。她又搓搓手指，轻轻给他把了把脉，她放下心来，不是身体出什么问题就好。

端了托盘又出去，看着一大桌没人吃的年夜饭，她想了想，命采云、采桑各拿了一个食盒，带着去了段夫人小院。

段夫人的贴身嬷嬷带着警惕又微微愤恨的神情道了谢，将食盒收了进去。平云夫人亲自出来接着，并当着侍女的面拈了个炸丸子吃了，笑盈盈地感谢。

易秀鼎的菜是文臻亲自送去的，算是感谢她的提醒。

室内没有点灯，十分黑暗，易秀鼎盘膝坐在榻边，面前搁着自己的剑，一个随时可以抓剑奔起的姿势。

她看着文臻布菜，没有谢意也没拒绝。好半晌她道："你这人很奇怪。"

"嗯？"

"你不心虚吗？"

文臻挑眉，笑意中有惊诧："我为什么要心虚？"

"为什么不心虚？"易秀鼎道，"云岑，不，虽然身份不对，但前任家主那句质问你们的话也算实话。夫人待你们不薄，你便一点都没有歉意？还能这么坦然地再次出现在我们面前？”

“保住了你们的性命，我便没有任何歉意。”文臻给自己斟酒，“你要明白，生在易家，已是原罪。易家的罪恶你们都有一份。不要以为自己没有参与作恶就是无辜，你既然享受了易家作恶带来的物质待遇，就应该有承担孽力反噬的觉悟。”

以易家当初在天京作祟的罪名，就够满门抄斩，文臻觉得燕绥也有此意，毕竟斩草除根最清净。只是碍于她，才放过了段夫人等人，虽然文臻并没有开口求情，但两人相处这许久，关于对生命的尊重，燕绥明白文臻的想法。

文臻承情，所以绝不会再开口要求什么，为难心爱的人。

何况段夫人后来明知易勒石的身份却一直保持沉默，心思也未见得有多纯粹。

易秀鼎想了一阵，似乎想通了，点点头，算是接受了。

文臻很喜欢她这种性格，刚硬却不执拗，不钻牛角尖。

一开始觉得她有点像太史，后来又觉得不像，但现在经过一番感情的自我磨折，倒是有点像了。

因此她对易秀鼎有几分移情作用，希望能看见她过得更好一点。

“韩芳音曾经撺掇过你吧？但是你为什么没有下手，还提醒了我屋顶的事？”

易秀鼎沉默半晌，淡淡答：“我如果做了那样的事，我就成了和她一样的人。”

已经失了尊严，不能再失了人格。

这是易秀鼎的底线，而韩芳音没有。情敌和情敌也是不同的。

文臻无声对她举杯。易秀鼎却没有回应，手指扣在剑上，冷淡地道：“我永远不可能感谢你。”

文臻正想笑说我也不需要你感谢，就听她道：“但我可以给你一个提醒，算做最后的回报。”她拿出一张信纸，从桌上推过来。

文臻一眼认出那是燕绥属下互相用来飞鸽传书的专用纸，一边接过，一边疑惑地看了她一眼。

易秀鼎道：“先前有人匆匆路过我身侧，身上露出一个信鸽专用的管子，我给拿了出来。”

文臻隐约知道她的能力，点了点头，扫了一眼，脸色便变了。

她甚至没来得及打招呼，起身便出了门。

留下易秀鼎，沉浸在黑暗中，夹起一块菜，慢慢地吃了一口。

这世上所有的爱恋，都是天上浮云，一阵风来，便都散了。

文臻急匆匆往回奔。

脑海里那几段话撞得她脑袋嗡嗡响。

什么叫永王立功，成功说得西番降服，什么叫西番献药，并求两国交好，什么西番王女恋慕天朝上国繁华，想亲身沐浴上国教化，已将王女送至边境，请宜王殿下一并照拂带回天京？

从哪儿冒出来的阿猫阿狗？

永王殿下不是在边境游学的时候，无意中被打草谷的西番人当百姓俘虏了吗？怎么忽然又成了纵横家，还说服了西番？

西番和东堂经常打架，偶尔求和，反反复复也不少次了，但文臻总觉得这事儿有点离奇。

还有药是什么？

她隐约觉得这事儿和燕绥这几日的反常有关。中文等人这两天神情也不大对。

但她还没奔到燕绥那里，就听见一阵急促的马蹄声。

雪依旧在下，文臻回首，隔着鹅毛雪片，看见当先身着软甲的姚太尉，他身后是一身黑甲的旗手卫和部分军士，人数不少。

文臻停下了脚步，有种不好的预感。

姚太尉为什么忽然出现在这里？千里迢迢的他也来了长川？他什么时候来的？刚到？还是一直跟在朝廷队伍身后？

这意味着什么？朝廷的不信任？

联想到之前听说的关于朝中老臣对宜王出使长川的疑虑，文臻的脸色微微一沉。

姚太尉策马近前，对文臻略一点头，手下的旗手卫自动散开，包围住了段夫人的院子。

姚太尉略一点头，道："拿下。"

她快步过来，小院门忽然开了，段夫人，平云夫人，易秀鼎都站在门口。

段夫人看了一眼面前的阵仗，又看了一眼文臻，文臻瞬间在她的眼神面前无地自容。

平云夫人则惊诧道："什么意思？为何忽然又有朝廷军队前来？我们不是已经献出易家了吗？我对宜王殿下还有功呢！"说着又转头看文臻，"文别驾你说是不是？文别驾这是怎么回事？你们要反悔了吗？"

易秀鼎也没说话，缓缓将剑转到自己一只手能拔出的地方。

姚太尉对段夫人躬了躬身，道："段夫人，陛下有旨，易家上下，悖逆不法，罪同谋逆，着令全员收监。二十岁以上子弟，不论嫡庶，不论男女，一律处斩，二十岁以下者，着令至澹州流放三千里。夫人为皇后亲母，身份特殊，由老夫亲送至天京，日后赎尽罪孽，当可与皇后团聚。”

说完一摆手，对旗手卫道，“带走。”

“慢着！”

文臻快步过来，往小院门口一站，抬头看姚太尉。

姚太尉皱眉看着她，道：“文别驾，此次你辅助殿下，收归长川有功。陛下会给你嘉奖。但为人臣子，当谨守本分，切不可居功自傲，更不可挟功而有所僭越。此事陛下已经下旨，由我全权处置，你退下吧。”

他身后跟来的几人都表示赞同地点头，文臻依稀识得是大理寺的几个文官，还有一位不认识的青年，那些士兵都站在他身后。

长川是燕绥和她以及这许多人辛辛苦苦拿下的，这些人跟在后面，想必是不放心燕绥，生怕他和易家做了什么利益勾当，因而过来抢胜利果实。

这也罢了，燕绥和她本就无意争功，但招呼都不打一声，便要来处置段夫人他们，她还一句话没说，先摆上架子训一顿，这是要给个下马威？

易秀鼎已经过了二十岁，在处斩之列。段夫人与女儿相见，还得加个赎尽罪孽的条件，如何赎尽罪孽？寺庙修行？还是苦役？段夫人并无恶迹，也没享受过多少易家的荣华，这个年纪，还要这么对她？

她先给姚太尉行个礼，笑道：“下官不敢僭越，但是敢问太尉，殿下才是长川事务的总管，太尉既然携旨意一路远来，要对易家人进行处置，是否应该让殿下也旁听一下？”

姚太尉道：“我已经先去拜会过了殿下。”

文臻一皱眉，心想这句话什么意思？字面意思，还是已经得了燕绥首肯？这不可能！

燕绥虽没明说要赦免段夫人几人，但分明已经默许了她的处置。

她对四面看了一下，不知为何，附近没有一个她的人或者燕绥的人。

第九十四章

打你巴掌不嫌多

姚太尉只答了这一句，便又道：“带走！”

那高个子青年身后的士兵上前来，文臻上前一步，挡在路上。

姚太尉的声音已经冷了下来：“文臻，你什么意思？”

“太尉请勿误会。”文臻压了压火气，依旧笑容可掬，“收服长川的整个过程，太尉想必不太清楚。请太尉拨冗听我仔细说过，再……”

“文臻！”姚太尉呵斥，“你以为这是生意场，可以讨价还价吗？听清楚，这是圣旨！”

他身后，一个官员急忙道：“太尉息怒。”又对文臻使眼色，“文别驾，你劳苦功高。但易家诸般行径，罪在不赦，这些处罚是你们离京之后，朝廷便决议定了的。”

文臻认得这人算是单一令的门生，这是为她打圆场，听见他的解释，她的心沉了下去。

长川易家在福寿膏事件中，几乎得罪了整个朝廷，会得到这样的反噬也不奇怪。

这已经不是圣旨的问题，是整个福寿膏事件中遭受伤害和自尊受辱的群臣的报复，其中包括她的老师单一令。

严格来说，对易家的处置也并不过分，前朝也有世家获罪，满门被斩，女子入教坊司。易家是皇后的母族，已经得到了应有的尊重。

所以性情冷厉的姚太尉暴怒，如果她再坚持就是和整个朝廷做对，甚至会被怀疑和易家有勾连。

她可以硬拦，向燕绥求救，但是这意味着燕绥要再次对上群臣，辛苦夺下长川的功劳也会被抹杀，他是皇子，遭受的怀疑和攻讦会更多！

她可以什么都不要，可她不能拖累燕绥！

这不是有人在针对她和燕绥，却是她和燕绥至今遇见的最为难的局面。

冬日寒雪中，文臻瞬间出了一身冷汗。

姚太尉看她神情，皱了皱眉，不赞同地道："文别驾，你此来长川，功劳不小。回朝后论功行赏，也当在前列。切莫有妇人之仁，更勿和这些罪臣家眷纠缠不清。"

那高个子青年嗤笑一声，轻声道："女人啊，就是婆婆妈妈。"

又有人道："文大人如此牵念不舍，莫非别有隐情？"

身后脚步轻响，易秀鼎忽然走了出来。

她淡淡道："文别驾，当初你用尽心思，借我等之力潜入易家，为了取信我等，是说过要保我等性命。但你最终将长川搅了个天翻地覆，杀尽我等亲人，已是我易家上下不共戴天的仇人，又何必遵守当初那个虚伪的誓言？便是你假惺惺要遵守，我也不想领你这个情。"她看着文臻眼睛，一字一顿地道，"因为我一旦能留下性命，一定会杀了你。"

文臻看着她波澜不起的眸子，只觉得什么话都说不出来。

段夫人没动，站在门槛上平静地道："既如此，容老身收拾几本书。"

平云夫人仿佛此时才反应过来，惊喊道："怎么会这样！为什么还要对我们下手！文臻！文别驾！你和他们说，我们不是罪臣家眷，我们是有功的！我们暗中帮助过朝廷拨乱反正，你答应过我要保我女儿性命的……"她眼泪忽然滚滚而下，尖声哭道，"囡囡啊……囡囡啊……"

她一直抱着的孩子被吵醒，用自己那颗变形的头颅贴了贴她的脸，平云夫人哭得更凶了。

那个高个子青年笑了一声，道："好吵。"又皱眉道，"哪来的怪物！"再对自己的手下一摆头，"拿下，阻拦者格杀勿论。"

当下便有士兵拿了锁链上前，要绕过一动不动的文臻，文臻伸手一拦。

她此刻正在思索能缓解此刻局面又不造成任何隐患的方法，拦人的动作完全是下意识的，那士兵看文臻拦他，眼神凶狠，手中锁链对文臻抽了下来。

姚太尉大惊，大喝："住手！"

但这手已经住不了了。

而文臻还在走神，更没想到这士兵居然敢对她动手，等到惊觉抬头，就看见一片沉重的黑影压下来。

她错步扭身，手臂已经躲不开。

忽然，一道细长的黑影猛地搭在了那锁链上，一抖一弹，锁链倒弹而起，砸在了那士兵的脸上，那人惨叫一声，脸上瞬间便开了酱油铺。

文臻抬脚便将他踹了出去，那人撞在墙上发出重重一声响，那高个子青年怒道："你！"

文臻抬头盯着他，目光相撞，高个子青年滞了滞。

一阵风过，易人离带着一身风雪卷了进来，还没到就怒声嚷嚷道："什么人吃了熊心豹子胆，敢在这里对文臻动手？"一边顺手抽回他的长鞭，一边大声对文臻道，"发生什么事了！听说有人来抢功了？晓不晓得外头刚才差点出了事，一个逃跑的重病的易家子弟灌了一瓶自己身上的脓水要投放在城里的水源地，好险地被我给夺下来了。"

易人离虽然看见了文臻这边这一幕，却没当回事，想着大概是哪个没搞清楚情况的傻子，踢死了算完，他急于向文臻报告方才城内发生的险情，顺便也有提醒大家先别争功，共同御外的意思，不防他正说着，忽然身后风声猛烈，与此同时文臻猛地将他一推，道："小心！"

易人离反应也快，一个跟斗翻出一丈，落回雪地一回头，看见那高个子青年不知何时已经下马，正转着手腕，一脸冷笑地看着他。

易人离的眉头竖起，油滑气质中忽然便生了戾气："好哇！"

他上前便要动手，顿时一群士兵涌上，将那高个子青年团团护住，那人负手立着，微带浅淡的笑容，道："易人离？易家子弟，也敢这么嚣张？"又转头问姚太尉，"太尉，方才旨意中，可有对这位易家少爷的特赦？"

姚太尉皱起眉头，他很清楚易人离和其余易家人不一样，但是问题是当时讨论对易家的处置时，很多人忘记了这个例外，便是有人记起，也懒得提醒，反正又不是他们的命。

旨意没提，后头就需要燕绥单独向陛下提请特赦，但毕竟还没提请，祖少宁这么一问，还真不好回答。

这位祖少宁，原是东堂名将封家的养子，封家犯事后，祖少宁接了封家的陷阵营，向来志在超越东堂神将林擎，常年驻守在内陆，这次是准备和边军例行换防，顺便护送姚太尉来传旨的。

据说这位承封家养育之恩，又得封家以女儿相许之诺的有为青年，在封家败落后便迅速撇清关系，为表划清界限，甚至亲自担任监斩官。

这位当年在封家事件中，曾经险些被宜王殿下一刀斩了，是陛下亲自发话才留了性命，也因此和林擎那一系关系向来不和。

姚太尉犹豫，祖少宁便笑了，易人离再次吊起了眉毛："什么意思？什么旨意？"

文臻没有理他，直接看向姚太尉。

“太尉！你难道连易人离也要算在死亡名单上吗？”

姚太尉还没说话，祖少宁接了话。

“为什么不能算？”他高高挑起眉毛，顺手从怀中取出一封信，“我们接到探子密报，称易人离亲信阳南岳，正秘密和十八部族残余联络。长川已经收归朝廷，十八部族也将迁入城中成为我皇子民，你一个易家人在这种时候还在勾连结党，用心何在？”

易人离茫然道：“什么联络？什么结党？你放什么屁？”他没再理祖少宁，转头对文臻道，“我现在知道为什么燕绥一副整天谁都看不上的死样子了，这官场怎么比易家还恶心？”

祖少宁眉毛一敛，却没看他，只对身后兵士摆了摆头。

文臻转头吩咐了身后丫鬟几句，采云、采桑匆匆离开。

陷阵营的士兵扑向易人离，易人离长鞭在空中甩如闪电，割裂空气声里祖少宁道：“易人离，你想清楚，本来你还有微功，说不定还能求免个死罪，这一动手，你最后的机会也没了。”

易人离只回答他一声“呸”。

一只手按上易人离的鞭子，易人离转头诧异地看文臻，文臻扬眉看着祖少宁和姚太尉：“收归长川，易人离功不可没。方才他说的话您也听见了，若不是他，此刻长川就要有一场瘟疫！更不要说之前易家大院的潜伏行动多亏他提供地图，交结底层仆役，传递信息，易家长老堂的候选人也是他出手杀的，他虽是易家子弟，但是早早弃暗投明，当初正宗易家继承人他没做，现在怎么会和其余人勾连再图谋不轨？就他这些功劳，不说封赏，还不够抵他出身的罪？如果他这样的明白人都会被处置，那么以后还有谁敢再相信朝廷？”

姚太尉微微变色，祖少宁却平静地道：“人心易变。何况你和易人离关系匪浅，你说再多都不足以为证。”

“他的功不够抵他的出身原罪和他的嫌疑是吧？”文臻道，“好，那么加上我的呢？”

她讥讽一笑：“你总不能说我的功劳也都是谁编的吧？”

祖少宁嗤笑：“怎么，你要拿你的微功，去换易人离的性命吗？”

文臻摇头：“不止。还要换我身后的女子们。”

祖少宁怔了怔，大笑，随即猛收，换了冷峭的表情：“文别驾，你还真是狂妄。先不说收服长川本就是你的职责，到底算不算功劳还是两说。便算是一点微功，那也是陛下洪福齐天，殿下智慧无双，你躬逢其盛，做了一点分内事罢了。陛下赏你，那是陛下恩典，你只管磕头领受便好，还想以此讨价还价？为人臣子的，可千万别太把自己当回事！”

姚太尉也皱眉，道：“文臻，功劳归功劳，罪人归罪人，你不要混为一谈。更不要试图拿陛下恩典交换什么，这不是为臣之道！”

祖少宁讥诮地道：“一点微功，换数个大逆之人性命，倒打得好算盘！”

“那加上我的呢？”

突如其来的女声令祖少宁一怔，回头一看，不知何时，厉家兄妹，林飞白、周沅芷以及护卫们都到了。众人排排往文臻身后一站，团团护住了她。

说话的是厉笑，她和她家的葫芦娃们都一脸匆忙，厉以书手里还拿着账本。

厉笑拦住了要咆哮的哥哥们，对祖少宁声音清晰地道：“厉家子弟参与此次长川收归事宜，也略有微功，并与易人离并肩作战，可为他一切行为作担保。”

她一边说话，一边顺手把易人离的鞭子收走了。

易人离：“……”

祖少宁眉毛一扬，还没说话，厉笑眉头一扬，道：“怎么？你说文别驾一个人不能换这许多人性命，那我们厉家八个人的功劳总该能保得下一个易人离吧？”

祖少宁怒道：“功劳不是这么算的！你们把陛下的恩典当成了什么？集市买菜的添头吗？”

“咦，一开始这么算的不就是你吗？”文臻一笑。

祖少宁一滞。

“还有我。”林飞白终于开口，盯着祖少宁，“我与我父的功劳，够不够为那几个女子作保？

周沅芷立即很夫唱妇随地接口道：“至于小女子和家父那点微功，自然是不足以担保什么的。所以小女子只想请太尉和祖统领消消气，切莫伤了彼此的和气。”

若不是此刻剑拔弩张，文臻险些要笑出来。

厉笑头脑清晰冷静，周沅芷善于以柔克刚，她知道不必再火上浇油，但她那一句明摆着还是威胁。

姚太尉脸色很难看，但明显已经在思考，想了一阵，慢慢道：“既然如此——”

祖少宁忽然道：“太尉！”不等姚太尉回答，便冷声道，“请诸位明白，功劳归功劳！处置归处置！没谁允许你们拿功劳换赦免！更何况这功劳还没给你们结算呢！今日在下领的职责，便是将这些罪人收监，余者一概不管！诸位要想救人，那就赶紧写折子去天京和陛下要恩典去！来人，拿下易家余孽！”

旗手卫没动，他手下陷阵营轰然一声，水流般上前来。他怕士兵再次被阻拦，自己也下马，大步上前，就要拨开正中间的文臻。

众人都在看文臻，文臻似乎在思索什么，眼看祖少宁的手已经要碰到她肩膀，林飞白第一个按捺不住，周沅芷却在此时忽然歪了一下，鞋子踩在林飞白的脚上。

林飞白一瞬间脸都扭曲了。

绣花鞋的鞋底为什么会这么硬！

他慢了一步，祖少宁便没人阻挡，手落在文臻肩上，众人脸色一变。

祖少宁脸色也一变。

他忽然发现手被黏住了！

祖少宁大惊，下意识用力拔手，这一拔，顿时带得文臻身体向他怀里栽，随即祖少宁手一轻，他正心中一松，却听文臻怒道："祖少宁你做什么！"

祖少宁这才发现文臻向自己怀中跌来，心道不好，正要伸手去扶，忽然小腹剧痛，像是内脏在瞬间被砸烂，整个人又像被一股巨力拽起，猛地向后飞去，摔在一尺深的雪中。

这一切只发生在瞬间，在众人看来就是祖少宁忽然把文臻向他怀里拉，文臻便给了他一拳。

一拳之后，文臻还不罢休，飞身蹿起，跳到祖少宁身上，一把勒住他喉咙，将他半身拎起，抬手就是一个巴掌！

"既然你说我的微功不能换谁的命，打你这贱人总够抵了吧？来来来，我们算算，一巴掌抵一功，看看能给你多少掌！

"我揭穿西川易铭身份使易家陷入内乱不能插手长川内务，算一巴掌！

"我攻心逼走唐羡之，避免身份被唐羡之向段夫人揭穿，算一巴掌！

"我冒险潜伏易家大院，配合殿下套取多方情报，算一巴掌！

"我重伤唐慕之，揪出韩芳音，将背后作祟的人解决，算一巴掌！

"我骗走易修年的令牌，拿到巨额款项准备填充国库，并成功散布流言，使长川百姓心生畏惧，难起抵抗之心，算你一巴掌不多！

"我给长老堂两位候选人提供诗词，使他们能上求文长老的二楼，铲除候选人扫清障碍的同时也成功挑拨长老们使之陷入混战，这该能算两巴掌的，打个五折，算一巴掌！

"我给平云夫人女儿研制解药，因此得她许诺相助，于丹崖居帮我们分散守卫，最终杀了易勒石，这大功算一巴掌我太亏，算你俩！"

一时间，天地只回荡清脆巴掌之声。

文臻出手又快又狠，语速也极快，众人还没反应过来，她一连串巴掌已经把祖少宁扇成了猪头。

姚太尉目瞪口呆，指着文臻半晌说不出话来。

他直觉要怒喝，然而，他又有些感喟，潜伏易家翻覆易家说来简单，却其实步步惊心。

文臻停手，他刚要说话，文臻转转手腕，忽然一笑道："本来不想算那件功勋的，那是我自愿的不该拿来算功劳，但功劳还没完全抵消我不过瘾，只好委屈你继续受了。"

她抬手，又一阵疾风暴雨般的巴掌。

姚太尉觉得自己要晕过去了。

他颤颤巍巍地问："你……你这又是为何……"

"我在唐家和易家的联合追杀下救了殿下！没有殿下就没有长川的回归！这才是大功！这功我不要谁嘉奖我，就求多扇他几下！"文臻笑眯眯地道，"我就不明白了，我们在敌营虎穴打生打死，好不容易完成了这么个艰巨的任务，居然还有人揣测我们，怀疑我们，迫不及待地跑来接收战果，还想趁机整死我们，陛下肯定不会让臣子寒心，自然都是这些嫉妒贤能的小人作祟，我怎么能允许这些成事不足败事有余的佞臣继续留在陛下身边蹦跶！"

第九十五章

精神病人欢乐多

姚太尉感觉那些巴掌终于狠辣地甩在了自己脸上。

在这些沉闷的甩巴掌里，还夹杂着文臻的咕哝声：“我从荆棘丛里就救走他，一巴掌！我带他躲过唐慕之的追兵，一巴掌！我带他逃出陷阱，一巴掌……”

没人听得清，文臻也不想让人听清，姚太尉在一片混乱里不断大喝住手，可惜没人理他。

祖少宁被扇晕过去，又被扇得浑身灼热疼痛地醒来，只觉得腹中似乎有火在燃烧，而整个脑子似乎都成了浆糊，天地变成了一道细细的缝，缝中晃动着文臻在这种时候还挂着笑的脸。

他还没理清楚，又被扇了一下，他已经感觉不到多少疼痛了，也听不清楚文臻在说什么，只知道自己又挨打了，还在当众挨打。

极度的愤怒和不可思议涌上心头，他张开嘴，好一会儿才嘶哑地大喊：“文臻！你疯了吗！”

“对！我被你们逼疯了！我疯了你首先小心你自己！精神病人可不管道理和纲常！”

祖少宁嘶吼着，拼命掀开文臻，跌跌撞撞爬起来，扑向姚太尉，姚太尉猝不及防，被他收不住撞倒在地，祖少宁从姚太尉怀里掏出一封密信，往文臻脸上砸，咬牙嘶声道：“你这疯女人！你敢这么对我！你是仗着殿下一定会护着你是吗？你怎么不想想殿下为什么一直没出现……”

“因为他已经被我药倒了！”

祖少宁正要砸出去的手停住了，瞪大了眼睛看文臻，文臻一把将他手中的密信夺了过去，拿在手里，却并没有拆开。

她忽然恢复了平静，看向姚太尉："西番军队暗中偷袭平州等地，被陷阵营击败后求和，并献上据说可生死人肉白骨之灵药，同时请求让先王长女跟随殿下入京，接受天朝上国的教化。陛下为表对殿下的嘉赏，着令将灵药赐予殿下，西番王女也由殿下护送进京，同时陛下为表对我的嘉赏……"她笑了一下，看着姚太尉微微惊异的眼睛，"授予我长川别驾实职，着令我就地任职，待协助刺史彻底安定长川后再回京。"

姚太尉脱口而出："你怎么知道的？"

祖少宁也十分惊愕，文臻明明没有拆那封密旨！

文臻暗中松口气，一指祖少宁："他泄露的。"

"你胡说！"

"你昨夜派人暗中联络我，将这件事透露给我。你告诉我，陛下为殿下聘西番王女，作为赐下灵药的条件。而殿下因为身体存在隐患急需灵药，已经接受了。"文臻微微侧头冲他冷笑，"虽然你派来的人没有表明身份，但是如此清楚此事，不是你是谁？"

她又问姚太尉："太尉。统兵将领暗中勾连朝中大臣，并试图挑拨皇子和朝臣的关系，影响大局，用心不纯，该当何罪？"

祖少宁瞠目结舌："你——你胡说——"

"如果不是你先来挑拨，我怎么会知道此事？密旨一直在姚太尉这里，你们今天刚刚才到。总不能是太尉泄露给我的？"

祖少宁张了张嘴，发现这真是无可辩解。他们刚刚赶到，之前没有和任何人说过这事，文臻知道了，不是姚太尉就是他泄露的，姚太尉是主官，不可能给自己找这个麻烦。

然而他实实在在没做过这样的事，那么文臻是怎么知道的？

文臻目光冷冷地看着地面，怎么知道的？密旨虽然是密旨，燕绥的消息网却得了部分消息，比如灵药和西番王女的内容，传递过来时被易秀鼎隔空移到手里，告诉了她。

而陷阵营胜西番以及赐药和对她的安排，是她猜出来的。

无他，林擎和邱同一直在长川搞事，西番好端端忽然求和必然先有一败，至于谁胜了他们，既然这个陷阵营统领出现在眼前，自然是他的战果。

既然想要撮合燕绥和王女，自然要给他不能拒绝的好处，所以药是给燕绥的。

皇帝向来不喜欢强硬，既然给燕绥做了这个安排，自然就会让她留下，先分开一段，让燕绥和那王女培养一下感情再说。

她得出推论，一试，果然没错。

顺手把祖少宁坑了。

祖少宁和燕绥有过节，他出现在这里，很可能接下来要陪同燕绥回京受赏，文臻没想到燕绥身边有这么一条狼。

她也正好趁这件事，和燕绥割裂一下。

这么想的时候，心中依旧一痛，说把燕绥药倒了是她的假话，但燕绥为何至今没出现？

他……已经用了药了吧……

用药意味着接受了西番送王女……

文臻立即打断了自己的思路，对面祖少宁还在辩白，她不理祖少宁，问姚太尉："太尉，既然我是长川别驾，那我作为地方官，就有权力弹劾临近统军将领不法事。我现在弹劾祖少宁涉嫌干涉地方政事，有搅乱大局之嫌。"她顿了顿，带笑而轻蔑地看了祖少宁一眼，"以及其人疑似和西番勾结冒领战功一事。"

前一句也罢了，后一句简直石破天惊，所有人都霍然转头，祖少宁失声道："你说什么！"

他已经顾不上追究刚才的暴打之事了，这女人一轮轮的攻击都让他猝不及防，无法招架。

"西番一直在徽、隋、池三州临近一带活动，多年来也多半和神将及邱统领交战，最近十年里，西番和林帅大小交战五十三次，和邱统领大小交战二十五次，和陷阵营交战……七次。

"这么低的交战频率，为什么这次就这么巧，在神将和邱统领都离开大营后，西番不去攻击挡住他们的边军大营，却要绕路去平州交战？西番为什么不怕一不小心被邱统领和陷阵营夹攻？

"那说明西番知道邱统领不在，不会被夹攻，甚至有可能，西番知道这是一场假的战争，他们甚至不会受到陷阵营真正的攻击！

"不论是哪种情况，离边军大营最近的陷阵营统领，都免不了嫌疑！

"西番的求和也十分突兀，对面陷阵营只是小败是吧？当年神将攻西番，最惨烈的一次，西番大将耶律元真死，战死三万人，这样的惨败西番都没求和，现在忽然求和修好，合理吗？

"何况西番掳走了永王殿下，正是谈判以求获取好处的好机会，为什么放弃了？我倒宁愿相信是被永王殿下的光风霁月感召的，太尉你信吗？

"朝廷渴望和平，对和谈一向态度积极，可如果是包藏祸心的求和，甚至可能和统兵大将有所勾连的阴谋，请问太尉，你怎么看？”

一阵静默。

世人只知文臻擅长厨艺，为人圆滑，善于解决问题，但因为那一段宫中经历，难免都有几分轻视她，觉得她不过是先抓住了陛下和殿下的胃，再凭借小聪明和好性格，步步上青云。

毕竟是个女人，能有什么眼光和格局？

却不知有种人不显山露水，掌心暗藏惊雷，一翻手便是霹雳雷霆生。

姚太尉默然半晌，才道：“老单还真是比我们有眼光……”

他定定神，心中发紧。

文臻今日的态度和处理方式实在太出乎意料。

她先讲道理，讲完道理便动拳头，动完拳头再砸罪名。

瞬间把一个有兵有敌意的祖少宁内外夹攻搞到废。

留下态度比较缓和的他，来做这个最后决定。

而她的所有动作都是警告。

如果他也和祖少宁一样拎不清，那么姚太尉相信，文臻一定有本事也给他先煮后炸，从肉体到精神到前途都给他来个全套杂烩。

更何况，文臻弹劾，自己不能不接，祖少宁待罪，自己也就没有了帮手，再得罪文臻，长川估计就是埋骨之地。

但他也有难处。

易秀鼎等人好办，可是段夫人……

姚太尉下意识看了一眼段夫人。想起了皇帝的态度，心下有点为难。

文臻看他表情，心中一动，心想皇帝忌惮段夫人？

忽然外头一阵吵嚷声响，一个旗手卫大步奔来道：“十八部族余孽正聚集在大院门外，说朝廷鸟尽弓藏要杀害夫人，谁动夫人谁就别想走出长川！”

那群汉子平时也没见他们多护着段夫人，为什么这时候忽然跑出来发疯？

她眼看就要翻盘，这下全给毁了！

祖少宁忽然笑起来，一抹嘴边的血，道：“果然！”

他从怀中也掏出一封密信，对着脸色微变的文臻抖了抖，才冷笑着递给姚太尉，姚太尉愕然展开看了一眼，脸色微变。

片刻后他转向段夫人。

段夫人一直平静地站在一边，拦住了易秀鼎让其不要参加斗殴，也挡住了平云夫人不让她逃走，此刻对上姚太尉的目光，她也并不意外地道：“是陛下的密旨吗？”

姚太尉不语。

“是圣旨的后续吧。比如，对我的处置。如果十八部族安分，就押解我上京；如果闹事，就地处决？”

姚太尉沉默，心想，难怪陛下不放心你。

文臻皱眉，心想，陛下是不放心特别桀骜反复的十八部族？段夫人掌青螭刀，段家是十八部族永远的共主，陛下怕朝廷刺史将来镇不住十八部族和段夫人，留下隐患？

段家已经没落了，只剩了段夫人一个，已经没有了直系的子孙。

从稳定角度来说，这么做符合帝王心思。但文臻总觉得这其中还有什么别的原因。

门外的喊杀声遥遥传来，令这一角落刚刚平静下来的气氛骤然又紧绷。

段夫人上前一步，垂目道：“那便请吧。”

易秀鼎惊道：“夫人！”

姚太尉点点头，拦住了文臻的话头，道：“我答应你，易人离和易秀鼎等人暂不处置，但也不可离开长川，等你们向陛下请旨后再说。”

文臻道：“段夫人……”

“段夫人情况不同。我只能答应你不立即处决，但需要羁押，并随我等一同上京。”姚太尉深沉道，“你我同朝为臣，你该明白我的难处，我最多只能做到这样，你再坚持便是为难我，那便连我一起杀了吧。”

文臻默然。

她知道姚太尉说的是实话。

便是燕绥来了，也不可能让老姚再让步，除非燕绥不理圣旨。

可她不能让燕绥这么做。

姚太尉对段夫人一拱手，段夫人自觉上前。易秀鼎忽然道：“我陪祖母去监牢！”

姚太尉点头。

祖少宁冷冷道：“文臻，你对我的弹劾我接着，但我现在也还是传旨副使，你拒不接旨，殴打统兵大将，你也别想……”

“是。”文臻举手打断他的话，“所以我也申请去监牢，就我殴打统兵大将的巨大过错进行深刻的反省！”

祖少宁：“……”

“文臻！”

林飞白上前一步想阻止，文臻手一摆道：“林侯，我现在反正也没什么作用，来个长川监牢一日游也不错。”

“那我也……”

“咱们外头可不能没有人。”文臻意味深长地打断他。

林飞白明白她的意思，随即道：“我非常赞同文别驾对于祖统领的质问和怀疑，我并且怀疑祖少宁和西番勾结，意图破坏殿下和文别驾收服长川的大计，稍后我也会上书提出弹劾。”

厉以书在一边适时地道：“我也弹劾他。”

“本朝三人以上对同一人提出弹劾，那人就应该先暂停职务待勘。”林飞白道，“太尉，盖因祖某是统兵大将，为安全计，我建议请他也在长川监牢内思过。”

厉以书立即道：“身为长川刺史，我可提供该所给祖统领。”

姚太尉吸一口气，感到棘手，现在的年轻人怎么这么难搞？

祖少宁脸色铁青：“行！一起去蹲你长川监牢！记住，今日你们逼我进去了，改日想要请我出来可就没那么容易了！”

“真是英雄所见略同，这话也正是我想说的。”文臻感叹道，“请？”

祖少宁鼻青脸肿地走了。

文臻随后，走之前看了看燕绥院子那一角青色的飞檐。

随即她便转开了目光。

雪地里一行脚印渐渐远去。

人群散开，雪地一株青松后，走出燕绥的几大护卫头领。

他们早就来了，方才却一直没有出面，不是不想出面，而是文臻的丫鬟采云半路将他们拦住了，告诉他们，文臻请殿下一系的所有人都不要介入今日的事。

几人只好在树后听着，越听越觉得不妙。

中文问英文：“那王女是怎么回事？”

英文愕然道：“不知道啊。但是今天出了事儿，一封密报中途被人给截了。说起来也奇怪，我那个手下一向谨慎灵巧，从没出过错儿，他好端端地来给我送信，结果到了地头，信不见了。可他发誓说中途绝对没有接触过任何人。”

“傻了吧。”日语冷笑，“这不明摆着被文姑娘截和了吗？我猜那封信里说的就是西番要送女人给殿下的事儿！”

“那可完了！”德语搓着手，急得团团转，“殿下不知道，文姑娘却知道了，殿下现在还……”

“都是你出的馊主意！”中文怒道，“说殿下脑子撞坏了，眼看着不对劲，神将既然按圣旨派人来送药，这药明显也对症，虽然就是用了以后要睡几天，晚睡不如早睡，反正长川也安定了，就自作主张安排上了，现在怎么办？”

“我怎么知道朝廷这么心急，这么不信任咱们！事情都办完了，现在的长川本该是最安全的，现在不用，难道等到上路再用吗？那更危险！”

“那也得和殿下说啊。”

“说了他会吃吗？”

几个大头领沉默了。

这话没法反驳。药是除夕夜神将派人加急送过来的，是说了西番求和送药的事，但并没有提王女的事情，药到了之后，自己几人查看过这药，欣喜地发现这药虽不能根治，但确实对殿下的病有好处。

可殿下却一直没吃，几人以为殿下是因为要睡几天而心生犹豫，而那药有效期很短，必须在三日内吃了才有用，几番催促无果之后，德语大胆在给殿下的茶里加了药。

现在想来，殿下没吃药，很可能是预见到西番送药动机不纯，以及后续朝廷可能会插一手，朝廷一旦插手就难免冲突，殿下不愿在这时候睡倒。

现在好了，殿下一睡，祖少宁作乱了，文大人进牢了，更要命的是，什么见鬼的王女出现了，还给文大人知道了。

这药没吃还好，吃了，文大人会怎么想？

几个大头领面面相觑。

怎么办？

黄昏的日光反射着厚厚的积雪，光芒刺目地映射在长川府衙的青瓦上。

以往，长川刺史也就是易家家主，府衙虽然有，形同虚设，府衙里的大牢也不常用，还不如黑狱使用率高。

厉以书是个人才，刚接手刺史，就安排人把府衙打扫好了，监牢也紧急做了安排，给段夫人安排了一间条件最好的监牢。

姚太尉原本只想软禁段夫人，段夫人却自愿去坐牢，他也就应了，但当文臻也要住进来之后，他又后悔了。

殿下如果知道，会不会发疯？

然而文臻并不理会他的犹豫，陪着段夫人进了监牢，她觉得只要自己在，大牢说不定还比别处安全一些。

段夫人永远宠辱不惊，进牢房时看见床铺整洁还有桌椅，还和牢头道谢。

她身上有种久经岁月淘洗后的非凡气度，像一卷半旧的兵书。

文臻却并不希望自己成为第二个她。

因为她总觉得，段夫人还是段小姐的时候一定不是这个样子。

所谓琢玉成器，可是被琢的那块玉，到底痛不痛苦，谁知道呢？

段夫人在榻上坐下来，茶几上竟然还有茶壶和茶杯，段夫人亲自给两人都斟了一杯茶。

她把茶盏往文臻面前推了推，笑道：“喝茶吧。”

一切神情姿态，都和以前那些大家闺秀一样。

文臻看着她眼睛，就知道自己是从她那里得不到答案了。

她只是轻轻喝茶，看着牢房天窗上一抹月色光影。

茶杯里的茶叶不太好，蜷缩着干瘪的叶子，像只折了翅膀的蝴蝶。

文臻心不在焉地喝了一口，茶特别地苦，她也就放下了。

段夫人喝完一杯茶便歇下了。文臻和易秀鼎自然不会睡。

本就是怕牢里出幺蛾子，才进来陪着段夫人。文臻没打算在牢里待多久，燕绥醒来自然会处理，燕绥就算被绊住了，她今日已经递出了线索，林飞白自然会通知林擎，林擎自然有办法接着她的话。

把祖少宁解决了，后头的事便好办。

文臻和易秀鼎坐在牢房的角落里，文臻递给易秀鼎一包瓜子，易秀鼎摇摇头，从怀里掏出一包苦辛，抽出一根对她示意，文臻也摇头。

随即她笑起来，觉得这简直像男人见面寒暄互相递烟。

两个人各吃各的，文臻一边嗑瓜子一边低声道：“我有两个方案，你要不要听？”

易秀鼎有点诧异地看着她。

“一个是今晚，里应外合，我送你们走，给你们安排一个山清水秀的地方隐居。本来这个做法我有点犹豫，因为厉以书已经接了长川刺史，你们要是逃走，他便有干系，不过现在没关系了。”

现在她做了实职别驾，被暂时留在长川，她又主动留在牢里，那么段夫人等人逃走，主要责任就可以她来担了。

但这话她不会和易秀鼎说，以免她犯倔脾气。

易秀鼎不置可否，直接问：“还有一个？”

“还有一个是如果你们还是留恋长川，那么我们就再想办法，让你们堂堂正正留下来。”

十八部族既然能被人利用来闹事，那自然段夫人也可以就势把十八部族收拢，文臻想着，要是能发掘出十八部族不可取代的某些作用，而只有段夫人、易秀鼎才能驾驭他们，那么朝廷也只好留下段夫人等人的性命。

一个人能不能活命，关键还是看有没有价值。

易秀鼎还是不置可否，看了一眼段夫人安卧的背影，靠墙嚼着苦辛，忽然道："今天易公子……殿下为什么没有出面？"

文臻嘴里的瓜子"嘎嘣"一声："我不知道啊，也许在睡觉吧？"

"西番献上灵药，表达王女亲近之意。他为了药接受了那什么王女，准备带她回京了？"

"那你得问他。"

"他这么无情无义，你为何还一直在帮他撇清关系，生怕牵累他？"

"在还没有完全了解真相之前，我建议最好不要太早下定论。他到底接不接受那位王女，是不是因为心虚不想面对我，这些事我并不想知道。我只做我该做的。"

"所以你选择直接将殿下撇开，连他的护卫都不让参与此事。你怕他为难，干脆帮他先斩断关系？"

"你这话说得好像我跟个圣母似的。"文臻出了一会儿神，嘻嘻一笑，"其实也不是啦。我不是怕他为难，我信他不会背叛我，所以我帮他做了选择。那药一定对他很重要，我希望他不要拒绝那药，就算拒绝也不能是为了我，那样我会有负罪感，那不是什么好的感受，所以说到底我还是为了我自己啊。"

"是你怕殿下已经选择了药，所以不敢问，你虽然对他有信心，但是殿下这人性格很难把握，你怕失望，所以你自己先割裂了。因为你怕受伤。"易秀鼎没有表情地道，"所以，你能别笑了吗？看着太假。"

文臻往上扯的嘴角顿时落了下来，转身扑在墙上："啊啊啊其实我心里好难受哇——"

第九十六章

意难平

怎么能不难受呢。

在和姚太尉、祖少宁交锋的分分秒秒，看似从容自如掌控全场，其实她每分每秒都在期待都在等。

期待着他忽然出现。

她并不依赖他，只是喜欢那样的感觉——我的爱人顶天立地，随时都能踩着祥云来罩我。

她用了很大力气，阻止自己一遍遍看他所在的方向。

希望在潜意识的等待中渐渐冷却消减。

她派丫鬟去拦中文等人，确实是不愿意燕绥牵扯进此事遭受攻讦，也有试探的意思。

明显燕绥那里没有发生什么事，这种闭门不出的情形，很可能确实是接受了西番的献药。

燕绥不可能不明白西番献药的意思，陛下把药赐给他就代表要他接受西番的王女。

这要她如何看待?

文臻只觉得心里塞了一把乱糟糟的火，她想一把火把这破牢房给烧了。

为国辛苦奔忙，到头来皇帝老儿还是不肯拿她当媳妇。

她何苦呢？她知道陛下的心思，她是个能干媳妇，陛下未必觉得配不上燕绥，但是就是因为她太能干了，陛下疑心病又重，反而更不愿意把她给燕绥了。

如果燕绥是太子，一切反而不是问题，她母家不算煊赫，自身才干突出，做皇后很适合。但不知为何，很明显陛下从未想过让燕绥当太子，那么聪慧的燕绥再配上能干的她，这样的组合，对下一任帝王就太不友好了。

陛下只要她老老实实当官，为东堂谋福利，不会亏待她，但多一步，就会限制着她。

还是那个选择题，摆在她面前，是接受陛下的看重专心搞事业，还是放弃事业和他儿子谈恋爱。

文臻捧着脑袋重重叹口气。

不，现在不是她做不做选择的问题，现在可能是燕绥自己有了答案了。

易秀鼎坐在牢房的阴影里，注视着她，忽然也叹了口气。

她难得叹气，文臻抬头看她，以为她要劝自己和“大猪蹄子”分手算了，却听她道：“就这点事，你就丧气了？”

文臻烦躁地道：“不是丧气！这种情况你叫我怎么办？我让他不要拿药，让那狗血的王女去死？做人不能这么自私！真这样做了你以为他不会鄙视我？再说这“大猪蹄子”也不知道是不是心虚，都不见我！他竟然不敢见我！”

“他不敢见你，你敢见他啊。”易秀鼎嗤之以鼻，“你暴打那什么统领的胆量呢？闭门不见就踹门！装睡不见就打醒！别让我觉得输亏了！”

“你输什么输，你就没参加过好吗？”文臻想象了一下暴打装睡燕绥的场面，莫名地觉得有些跃跃欲试。

对面，易秀鼎并没有因为她说的那句话生气，反而弯了弯唇角。

文臻看着她，觉得她真是熠熠生辉。

“对不住。”她道。

易秀鼎淡淡道：“各为其主而已。”

只这几个字，文臻便感觉到，仿佛一道透明屏障，忽然划开了这监牢的空间。

易秀鼎是个就事论事的人。这并不代表她接纳了这一切。

凡以欺骗为开端，便是过程再怎么美好，到得最后都不会开遍繁花。

友情如是，爱情亦如是。

文臻轻轻叹息，没有再说什么。

段夫人忽然翻了个身，悄无声息地坐起身。

易秀鼎急忙过去，段夫人目光在黑暗中熠熠发亮，问她：“什么时辰了？”

“大抵丑时了。”

不远处隐约还能听见祖少宁愤怒的声音，为了安全，厉以书请他住了另一头的牢房。

易秀鼎要点灯，段夫人按住了她的手，文臻没有过去，靠在一边，让她们祖孙俩说话。

段夫人和婉的语声在牢房中回荡，听得人心情幽幽淡淡。

“丑时啊……秀鼎，我和家主当年成亲的时候，灯火丑时末还没灭，全家老少都在盯着洞房，当时老夫人还在，还派人委婉地问新人是怎么了，如何夜不能寐？据说还传出两种流言，一种说是我太美，新郎官看我看得发痴，忘记了时辰；一种说我太丑，新郎官内心不愿，所以迟迟不肯熄灯。”

文臻在黑暗中挑起眉毛，没想到段夫人夜半而醒，忽然和孙女说起这个。

“其实啊，只是我当日得了一本好书，舍不得，藏在喜服里偷偷带了过来，进了洞房后一边偷吃零食一边把书拿出来看，勒石进来了我都没发觉，我看得入迷，也没在意茶一直是热的，手边一直有最爱吃的零食，直到看了大半，才发现原来勒石一直在我身后添茶倒水。当晚丑时灯火不灭，是因为我们头碰头看那本孤本，看到大半夜，新婚夜在洞房一起看书这种事儿，大概也就我家有了。”

段夫人轻轻地笑了起来，文臻抿了抿唇。

她杀易勒石的时候毫不手软，之前又多年分居，以至于文臻一直以为这是一对怨偶。

可今夜长川监牢里，黑暗中，飘荡着的分明是当年深深爱恋时的声音和场景。

是何时流年风霜换，恩爱缱绻如雪化？

段夫人不再回忆当年，絮絮和易秀鼎说些闲话。

“易家没什么人了，你以后陪着平云，好好把囡囡养大，我瞧着囡囡的瘤子在缩小，说不定能痊愈。以后让她嫁个普通人家，千万不要听平云的，平云是季家远亲，习惯了富贵尊荣，我怕囡囡以后好了，她动念要把囡囡送到季家，你务必拦着，朝廷既然开始动世家，季家、唐家迟早也是一样下场，去不得……

“你自己如果不愿嫁，便不嫁吧。这世上原也没什么人配得上你。万不要在意别人言语，我知你看似不在意，其实心思重，好在你剔透刚介，迟早能明白那些人和事都会过去。只是你记住，过刚易折，以后遇事尽量软和些……

“我还有些私房，并不在易家大院，在外城四季山房，你拿着这个去找掌柜，他会把账本给你。主城之外卖书的茶楼名叫磨石的，整个长川有七八家都是我的，只是挂在掌柜名下，经营得一般，毕竟长川人爱读书的少，你以后想盘了，还是继续经营都由得你，但是那些书你要留下来，不可损毁。长川归了朝廷，听说朝廷要开科举，这些书总归是有用的。”

文臻听她絮絮说着，有点昏昏欲睡，心想段夫人经过这一劫想归隐也正常，但总觉得有些不对劲，易秀鼎已经道："夫人，我不懂俗务，怕毁了您的产业，您还是自己掌着，但有事吩咐我去办便是。"

段夫人笑道："对了，还有青螭刀……十八部族元气大伤，但总归当年在段氏祠堂前磕过头，立过誓，只要还留一个人，段氏都有责任照拂，这事儿以后就交给你。"

易秀鼎忽然大声道："夫人你为什么说这些？"

文臻也一骨碌爬了起来，但已经晚了。

一声轻响。

静夜里听来却动魄惊心。

文臻扑过去，听见段夫人喉间发出细微的格格声响，易秀鼎的喊声低沉痛切，充满不可置信："夫人！"

文臻撞翻了桌子，伸手去摸段夫人，却摸到一截冰冷的刀柄。

她手指猛地颤抖起来，不敢再摸，转而去点桌上的蜡烛，打火石时手也在不断地抖，打了三次火才打着。

火光亮起，她眼前却依旧盘桓着浓重的黑，这黑里弥漫着更加浓重的血气，好一会儿眼前才亮起来，看见易秀鼎抱着段夫人，手抓着青螭刀的刀柄，青螭刀的刀刃深深地插在段夫人腹中。

段夫人今天一身黑衣，她看不到血。

文臻想不起来躲避，她脑子一片混乱，震惊和不解如巨石迎面砸来，她甚至忘记问为什么。

易秀鼎抱着段夫人，她没有流泪，在屡经变故后，她的泪似乎也忘记流了，整个人僵硬着，像裹了人皮的木头，刻出惨烈的五官。

窗外的风雪哭号得越发猛烈。

好半晌文臻才颤声道："为……为什么……"

段夫人半睁开眼睛看她，对她招了招手，轻声道："你的两种办法……都不太好。"

文臻心中一片冰凉。

段夫人看似一言不发，接受安排，其实她是最不愿领她的情的那个。

无论送她们走还是想办法留，都会留下隐患，给文臻带来麻烦。

归根结底皇帝忌惮的只是段夫人，她的地位、身份、才智、心性，以及对十八部族的掌控权都是皇帝心中的刺。

段夫人死了，皇帝才能放心，才会出于歉意，放过易秀鼎等人。

或许，从亲手对易勒石出刀开始，她便不想活了。

文臻慢慢走过去，抓住段夫人另一只手，像抓住了一块冰，冻透了心口。

脑海中一片混乱，她喃喃道："夫人……对不起……"

其实并不知道自己错在哪里，也明白道歉并无意义，她只想打破这一刻死一般的寂静，寂静一般的死。

她也不大明白，段夫人为什么要喊她。

段夫人笑了笑，道："此去不能再见，我……送你个礼物吧。"

她手指一动，一颗琉璃珠子落入文臻掌心，那珠子有些微热。

文臻下意识握紧。

段夫人看她的眼神却似乎含了歉意，缓缓抬手，轻轻地抚着她的脸，低声道："其实怪不得你，但终究意难平。对不住……我还是不甘心，要给你们一个小小的惩罚。孩子，彩云易散琉璃脆。我想看看别人是不是也这样，不过我也给了你补偿。咱们最终还是……无恩无怨，愿你好运……"

文臻听到意难平的时候，就心知不好，她迅速要撒手后退，谁知道段夫人反而先一步放了手，同时指尖在她手腕上一弹，不知道击中了什么穴道，文臻脑中轰然一声，无数画面化为光影从眼前掠过，又有无数声音从脑中响起，那些东西太多太杂，以至于将她此刻的思维瞬间冲得零落，但那些飞速流转的画面并没有在她脑海中留下多少痕迹，大多瞬间便支离破碎了。

文臻并非是没有戒心的人，但她和段夫人相处了这一路，实在不觉得对方是个奸恶之人，尤其在自己拼命护持了她之后，段夫人实在没有理由对她下手。

可她忘记了，当一个人心存死念，万事在她那里便已经没有了道理和逻辑，只有需要了结的恩怨本源。

文臻向后退，撞倒了案几，茶杯翻倒，里头竟然飞出一只蔫蔫的蝴蝶，文臻心中电光一闪，这才明白方才那茶里竟然是真的蝴蝶！

一抬眼看见易秀鼎震惊又苦痛的眼神，还看见段夫人忽然用尽力气，将易秀鼎狠狠抓住，骂道："你……你竟然背叛我！"又向文臻戟指怒喝，"你竟然指使她背叛我——"

文臻头痛欲裂，已经不能思考段夫人此刻这么做的用意。满心里都是一股强烈的，难以控制的愤怒，像积累了千万年黑暗压抑的负面情绪——被背叛、被伤害、被欺骗、被遗忘、被掠夺……没有光明和微笑，像在永久沉沦苦痛折磨的恨的地狱。

她喘息着，看见段夫人最后抓紧了易秀鼎的手，和她说："把那卷《旧南都记》给我再看一眼，然后陪葬吧。"

看见易秀鼎手抖得几次无法拿稳书，而段夫人僵硬冰冷的手指在缓缓触及书面时，倏然垂落。

看见易秀鼎抓着青螭刀的刀柄，浑身颤抖，放声大哭。

看见易秀鼎颤抖着挥手，然后自己忽然出现在了监牢之外。

然而她什么都顾不得了，脑海里仿佛什么都有，又仿佛什么都没有，思维崩散前的最后一个清晰的想法突然蹦了出来。

都说段家掌控十八部族，但是为什么从来没有人去问一问，段家到底是靠什么来掌控驾驭那些桀骜的草原之子的？

文臻一阵疯跑。

她觉得自己现在的情况很奇怪。

并没有失忆，但像是忽然被塞进了大量的负面情绪，或者忽然被放大了内心里所有的阴暗面，对每一件事的感受都好像猛烈了很多倍，心绪非常地暴戾烦躁，简直不像她自己了。

她向来谨慎，善于自控，从未有过这种失控的感觉，像一列火车往幽邃的黑暗而去。

奔行中路过了祖少宁的监牢，厉以书才不会宽待祖少宁，祖少宁正站在牢门前，怒喝着送来的食物是不是喂猪的，看见文臻居然出了牢房，更是大怒，当即将手臂伸出铁栅栏要去拽她："文臻！真以为长川是你的天下？敢这么耍我……"

文臻拔出匕首就砍！

惊得祖少宁忙不迭缩回手，脸色铁青，转眼看文臻神情有异，皱眉想了想，忽然笑起来，道："文别驾瞧来不大愉快？也是啊，今日西番王女就要到了，说不定现在已经去拜见殿下了。西番这位王女据说是那蛮荒之地难得的美人兼才女，出身更不要说，是现今西番王耶律大冶的亲姐姐，尊贵无伦。啊，说是对天朝上国素来仰慕，大抵仰慕的是我们同样才貌精绝的宜王殿下吧，哈哈！"

他一边笑着，一边看着文臻走近来，等到文臻走到栅栏前，忽地伸手，手上不知何时已经戴上了精钢爪尖，猛地去抓文臻肩头，冷喝道："我倒要瞧瞧你这肩膀上什么玩意，有本事再粘一次我的手！"

那钢爪爪尖光芒闪耀，十分锋利，文臻猛地向后一让，肩头衣裳被撕裂。祖少宁精钢爪尖合拢，却是抓到了一点文臻的肩头衣裳和一个琉璃珠，祖少宁"咦"了一声，文臻回头，便认出那是段夫人最后塞到自己手里的珠子。

可当时惊变，自己后退，那珠子明明应该滚到地上去了才对。

她此刻心情烦闷，听见祖少宁的话，注意力就集中在西番王女，王女去拜见殿下这几个关键词上，二话不说就冲祖少宁撒出一堆毒粉毒虫，看也不看转身就走。

因此她也就没看见，祖少宁惊愕的眼神。

更没看见那琉璃珠在被祖少宁夹起之后，忽然弹起，周身五彩闪烁，竟然是一只背甲斑斓坚硬的虫子！

那虫子一弹开，一股淡淡的绿色烟雾也随之散开，祖少宁目光发直，仰天倒下。

那虫子落在文臻肩上，肢体弹动，扭了扭腰，似乎团了太久想要松泛一下，文臻一转头，那虫子瞬间又把自己团成一颗珠子，稳稳地挂在文臻的衣领边。

文臻也没察觉，看一眼倒下的祖少宁，还以为是被自己毒倒的。

她想走，忽然又想起什么，一把将祖少宁拖了出来，开始搜身。

她想搜搜祖少宁身上有无什么可疑物事，能证实他确实和西番有勾连的。隔着栅栏不好搜，她又头痛欲裂无比烦躁，干脆拔出匕首，将这家伙腰带割断，祖少宁的裤子掉落在地，文臻一眼确认了这家伙身上没什么东西，才失望地将光猪一般的祖少宁往他那堆破衣烂衫里一扔，转身就走。

她出了监牢，直奔燕绥的宜园而去，奔跑中觉得脸色木木的，伸手一摸，脸上不知何时起了一些疙瘩，她也没在意，奔到宜园，迎面就撞上日语，日语脸色不大好看，有点奇怪地看了文臻一眼，伸手一指道：“何方人士？此处不可乱闯！”

第九十七章

渣男，分手

文臻一怔，没想到日语竟然会这种态度，她看一眼日语，日语却没看她，一脸的烦躁和陌生。

文臻本就莫名其妙的心火轰一下便暴起，不知怎的，当初日语和自己的过节便逼到面前来，那险些要了自己命的欺骗，和在水底九死一生的痛苦，在此刻分外鲜明，恍惚里似乎这过节也没解开，日语没有道歉，而自己很冤枉。

这么一想便觉得忍无可忍，想要杀人，但她天生自控力极强，灵台尚留一丝清明，拳头捏了又捏，一拳砸在日语旁边的树上，日语吓了一跳，莫名其妙看她，道："哪来的疯女人！"

还没骂完，就看见眼前一个不断放大的拳头，然后"砰"的一声，金星四溅，鼻子开花。

日语仰天便倒，鼻子汩汩地向外冒血，眼前一片天地乱转，忽然感觉胸口一痒，似乎被什么东西吸了一下，浑身真气猛地往外一泄，他大惊，还没来得及挣扎，吸力停止，有什么东西蹦上自己的鼻梁，看上去五彩闪烁的倒挺华丽，然后那东西屁股翘了翘，然后一线细流便流到自己嘴里。

日语昏过去前，脑海中掠过一个念头——这玩意儿刚才是不是在撒尿……

而文臻早已一阵风般越过他上了院墙，她也不知怎的，现在身体非常轻捷，一闪身上围墙后，连院子里梭巡的护卫都没察觉。

她猫着腰一溜烟顺着墙转了一圈，发出四声响动，四角暗中守卫的侏儒们被扔下了墙。

那只鬼鬼祟祟的琉璃珠儿虫儿再次蹿了出来，先是每人膻中穴亲一口，这回却很不满意，立即吐了出来，口中冒出一股淡黑色的气流。随即屁股翘了又翘，也不知道哪里来这么多尿。

文臻一回头，那玩意立即把自己缩成一颗珠，滚到文臻脚下，文臻顺手捡起，往袖子里一塞。

她解决暗卫后奔到燕绥卧室上方，坐在屋瓦上，底下正站着一个华服丽人。

截然不同于东堂女子，果然是西番王女到了。

从文臻的角度看不见她的脸，但从那曼妙身形和傲人身高来看，当是个美人无疑。

美人王女探头对着中庭张望，似乎有点忧伤，不时地叹一口气。

她身后站着两个侍女，一个说："王女，你便进去呗。"

王女说："我怕。"

一个说："王女，我给你望风，进去瞧一眼不碍的，虽说东堂人都盲婚哑嫁，但咱们西番可不作兴这一套。你便进去看看，未来夫君如果长得不够好，就不要他。"

王女说："那是，不过如果我看他的时候，他在洗澡怎么办？或者他睡觉忽然醒来怎么办？我受了惊吓，便不美，不美他便可能看不上我，到时候又是许多麻烦。"

侍女说："王女你又来了，婚姻大事能是麻烦事吗？"

几人嘀嘀咕咕说着，竟然就在中庭的瓷几旁坐了下来。

西番王女道："原本我是不想来的，不过这中华上国，物阜民丰，比西番确实强了好多。比如那护肤的珍珠芳草玉髓膏，用在脸上，肌肤果然没几日便光滑了许多，只是实在太贵，一车上好的蓝狐皮子只能换一小瓶。也不知道这位殿下有没有钱，能不能够供应我每日一瓶玉髓膏。"

一个侍女从袋中拿出风干的羊腿，几个女人围在一起啃羊腿，西番王女一边啃一边叹气，显然对燕绥的财产十分担忧，一个侍女道："听说这位是东堂朝中，年纪合适又没有婚配的唯一一位皇子，十分受宠，定然是有钱的。但是又有说他有未婚妻。"

另一个侍女道："未婚妻又怎么了？王女性子好，许她做个侧妃也便是了。"

王女道："她美吗？性子好吗？进了门玉髓膏要分她一半吗？听说东堂女子大多温柔可人，回头向她取个经。只是我有点担心，据说东堂女子的温柔很多都是表象，内里其实颇有心机，我看过许多东堂的话本儿，这种女子一般都是正房，平日里，在夫君面前对小妾宽容，对妾生子慈爱，其实背地里动不动罚跪、饿饭、鞭打……"说着便开始发呆，似乎已经陷入了被大房笑里藏刀折磨的忧惧里。

两个侍女异口同声道："醒醒！王女！别再瞎想了！你不是妾！你是正房！"

王女："哦……"

她想了想，又愁眉苦脸地道："话本子里说，小妾也有很多凌驾于正房之上的，仗着夫君偏宠，便表面尊敬大房，其实背地里挑唆……"说着语气低沉，这回代入了大房的凄惨忧惧。

两个侍女再次发出振聋发聩的呐喊："醒醒！王女！你是西番王女！是大王最尊敬的姐姐！你的陪嫁可以说是整个西番，哪个妾敢谋夺？"

屋顶上的文臻：果然很仰慕天朝上国的文化。

敢情都是话本子的功劳。

"哦。"王女点点头，"说的也是，谁敢谋夺，杀了便是。"

她一直很丧，瞻前顾后，犹豫不决，然而这句话说出口却非常轻松随意。

此时她已经啃完了羊腿，忽然手一抬，羊腿闪电般射向屋顶上的文臻！

文臻手一抄接住，一个翻身下了屋顶。两个侍女反应极快，一声不吭便拔刀。文臻转出了两人刀下，但一阵金属碰撞声响，风声沉雄，一柄巨大的铁锤已经当头轰了下来。

铁锤抓在那娇滴滴的西番王女雪白的手中，一手一个，也不知道她从哪里拿出来的，锤子上手指长的钢刺看一眼都让人头皮发麻，文臻一个大背身轻轻松松越过锤影，王女身形却极其流畅，杨柳一般的细腰猛地一扭，那看上去足有几百斤的铁锤便交错荡了一个一百八十度弯，这回轰向文臻的屁股。

文臻矮下身子向前一蹿，半空一个倒翻，正踩着铁锤翻起，衣袂翻飞，挡住了王女的眼。王女下意识偏头，文臻的拳头已经击中她手腕，铁锤激射而出，撞飞那俩侍女砍来的刀后，直飞出去，将燕绥卧室的窗户撞破了一个大窟窿。

卧室内几大护卫头领都冲了出来，看见这中庭里的女子打群架，一出手就是铁锤钢刀，目瞪口呆。

文臻击飞王女铁锤之后，就将一肚子的怒火都冲她去了，骑在她身上，看到她的脸便揍她一拳，两个侍女在身后鬼喊鬼叫，却不近前。

她背对两个侍女，因此也看不见那颗琉璃蛋儿又出来作祟了，趴在两个侍女胸前陶醉地吸。

两个侍女也在抖，不明白真力怎么忽然就没了。

琉璃蛋儿光顾完两侍女后，又去了王女身上，本能翻身的王女瞬间便失了力气，任由文臻痛快蹂躏。只是一直努力捂着脸，大抵是怕文臻给她毁容，文臻却只拣肉厚的地方招呼，声音响，打着爽。

王女一边挨揍一边喊："丑丫头你是谁？"

文臻冷笑："我是你欺压大房的小妾和欺压小妾的大房！"

王女："丑丫头你住手！"

文臻："妖艳贱货，住口！"

王女："不要打我脸！"

文臻一拳揍破了她嘴角。

挨了几拳后，王女开始聪明地装死，文臻很快觉得没意思，松了手，一转头，琉璃虫儿又变成了琉璃珠儿，滚进了她的袖口里。

夜里，也没人发现这个细节，雪地上一片狼藉。文臻迎着语言护卫们惊愕的脸冲进了燕绥的卧室。

燕绥果然还在睡觉。

心中的暴戾之气在冲突，段夫人的招数好像要把人心中的阴暗之处都激发出来，但好在这感觉可以消减——采用暴力手段后，会稍微好过一点。

她站在室内，看着安睡的燕绥，那股愤怒的火焰又烧起来了。

不管燕绥有没有接受这王女，凭什么她在那不断遭受刺激他还安然高卧？

吵也要吵醒他！

"嗑药了是吗？"她冷笑。

跟着冲进来的护卫们面面相觑，片刻后中文试探地问了一句："文大人？"

更远一点，赶过来的护卫丫鬟们都倒抽一口冷气。

文臻察觉不对，一偏头看向了桌上的铜镜，里头的那个怪物是谁？

脸还是那张脸，可不知何时，被一片密密麻麻的浅黑色疙瘩盖住了半边，乍一看简直要犯密集恐惧症。

文臻汗毛倒竖，也不知道是那茶的问题还是段夫人摸了她的脸才变成这样。但她随即更加惊恐地发现那疙瘩似乎还在长！

文臻觉得要疯了。

忽然明白了为什么日语第一眼没有认出她来。

她在房中怔了半晌，那股汹汹的气忽然便散了许多，本来想把燕绥从床上拉起来狠揍的，现在觉得揍了也没意义了。

她需要独自一个人静一静，理清楚自己身上发生的事。

"文大人，文姑娘，不是你想的这样……"半晌中文才反应过来，满头大汗地要和她解释。

文臻："都滚出去！"

从没见过文大人发火的语言护卫们愣了，德语还要说话，被中文硬拽了出去。

门关上，随即里头发出声响。

外头的人听得心惊胆战，德语脸色煞白，问中文："文大人不会把殿下大卸八块吧？"

中文咽口唾沫："不能吧……"

"文大人这是怎么了，那脸怎么回事？"

英文走过来，把手里一根装密信的管子掐断了，恨恨地道："一群蠢货，那么关键的信息到现在才来！"

"怎么？"

"段夫人！段家！殿下之前让咱们查段家当年凭什么掌控了十八部族，段家又是怎么败落的，段夫人不学武功何以依旧能成为十八部族之主，还有那青螭刀，除了是掌控部族的象征物之外，还有什么特别之处。现在消息来了。可是好像已经太迟了……原来段家才是这长川掌控异术和蛊物的家族，靠异术和蛊掌控十八部族，但是后来被大蛊反噬，以至于家族衰败，很多人疯癫而死，段夫人为了斩断有病的血脉和摆脱大蛊的纠缠，拒绝学习家族之艺，并将蛊王藏在了青螭刀中。"

中文忍不住感叹："同样有病，段夫人选择不再承续宁愿做个普通人，易勒石却选择牺牲更多人来承续他有毒的血脉。这一对夫妻便是没有长川事变，也走不到底吧。"

耿光忽然飞奔过来，声音惊惶。

"刚才牢中传报，易秀鼎杀段夫人以向朝廷表忠诚，并献上青螭刀。"

耿光："还有……还说，段夫人临死时指认是文大人指使易秀鼎杀害她！"

众人脑子一蒙。

反应最快的中文忽然道："糟了！文大人这疯模样不会是段夫人干的吧？"

众人面面相觑，这消息实在太意外，谁也没想过温文尔雅的段夫人最后会来这一手。

里头的声响以及想到方才听见的八卦，令人发散出无数惊悚的想象。

屋内。

文臻砸了镜子，掰了凳子，用坏了腿的凳子砸裂了云母石的桌面，她也不知道哪来这么大的力气，但此刻也唯有破坏和摧毁，能够遏止她总想掐燕绥脖子的恶念了。

每次她力竭，就会觉得后背一热，随即力气又源源不绝而生。她一度有点疑惑，伸手去背后捞，什么也捞不着。

背后没长眼睛，自然也就看不见每次她的手伸过去，都有一只琉璃珠儿在她背上左躲右闪，滚来滚去，每次都精准地避开她的手指。

文臻最后用镶嵌着云母石的桌子砸塌了燕绥的床。

她一直愤怒，但在最后砸下来的时候，本来对准了床顶，床顶上的架子落下来会砸到燕绥的脸，她的胳膊微微一动，那一砸偏了些许，床架子被砸了出去，撞倒了插着梅花的天青花瓶，瓷片碎了一地。

花瓶碎裂的同时，她脸上有泪猛地掉落。

守在门外惶惶不安的护卫们再也忍不住了。

当他们终于打算冒死冲进去阻止时，屋里的声音停了，众人屏息靠近，就连西番王女也一边掰下檐下的冰敷自己发青的眼圈，一边凑了过来。

前门被推开的时候，后窗处发出“啪”的一声响。

等到人们冲进燕绥卧室的时候，看见的是一地狼藉，燕绥呈V字形睡在已经断成两截的床榻上，险些被一大堆的被子帐子压死，在那些帐子上头，有红彤彤的触目惊心的四个大字。

“渣男，分手！”

望之惊心，再望之眼疼，仅看字体和颜色，震耳发聩的怒吼便似扑面而来。

中文颤抖地看一眼主子，再小心翼翼地摸一下那字，出了一口长气。

还好，是胭脂。

中文又看一眼主子，心里很想哭。

这药太霸道了吧？这样还不醒？

姚太尉带了太医来，专门负责看护殿下吃药，此刻那老太医踩着满地碎片过来，十分敬业地看一眼犹自沉睡的燕绥，欣慰地道：“服药后的休养断不可被人打扰，多亏老夫今早给殿下的补药里添了许多安眠药物，瞧，殿下睡得多好。”

中文：你知不知道，今天殿下睡得好了，咱们可能就要睡一辈子了。

文臻从后窗蹿出去，回到原先自己的房间，收拾了自己的细软，戴上从燕绥那摸来的面具，准备从院子后头的小树林走，拉开门，却看见自己的两个丫鬟抱着包袱站在门口。

采云、采桑从出行开始就丢失了主子，十分不安自责，好容易长川碰头后，便一直守着文臻，文臻在监牢时候她们守在门口，文臻去燕绥院子后她们等在院子后头，虽然追不上文臻，但总等在她的必经之路上。一心一意，不去看热闹，也不管文臻这里到底怎么回事，只是等着她。

文臻想，如果总是主人不在，对她们也不好，叹了口气，便让她们跟了。

她现在不想见任何人。这几日发生的事让她心乱如麻，恩和怨，是与非，纠缠在血色之中，让她第一次对自己所要做的事产生了质疑。

收服长川真的是对的吗？

那么没有沾染过任何人鲜血的段夫人、易秀鼎何辜？

段夫人又是怎么想的？

或许她同样在懊恼自责——她没有及时发觉易云岑就是易勒石，她引狼入室把自己和燕绥带入了易家，导致了最后的结局。

发现易云岑的问题后，她可能也察觉了她和燕绥的身份，或许她也想静观两虎相争，无论谁赢，都是天意。

然而最后，并不是不怨恨的。那是她的家，她倾注过全部爱恋的人。

她还有一份恨是对着自己。

她不愿承她文臻的情，也不想放过自己。

用死亡来报复，来保护那最后一批人。

或许她还有更深的用意，文臻却不想去想了。

朝廷如此纷乱，皇帝难免凉薄，她越努力，越有可能不能和燕绥在一起。

文臻苦笑了一下。

段夫人是多年怨偶，所以不想看她和燕绥恩爱情深吧？

她是想看看自己和燕绥，在现实和情感的双重考验前如何选择。

不过文臻现在并不打算拿自己的人生赌气。

她现在一腔戾气，又碰上西番王女，很容易闹出事端。

为了所有人的人身安全，她如段夫人愿，抛下燕绥。

当然，还有这张鬼一样的脸，在治好之前，她也不想见燕绥。

发疯闹一阵，报上朝廷，说她一怒之下失心疯了，多少也能交代她擅离职守的问题了。

两个丫鬟背上包袱，问她："小姐，我们去哪里？"

"我们啊，去当山大王。杀尽所有渣男，成立渣女教，千秋万代，一统江湖。"

燕绥是在当夜醒来的，比所有人预期的早了一天。

他睁开眼睛的时候，眼前晃动着一张堪称美貌的脸，唯一有点破坏那美貌的，是嘴角的淤青和愁眉苦脸的表情。

愁眉苦脸的美人看见他醒了，猛地跳起来，一边对外面大喊："醒了！"一边殷勤地去端茶，只是端茶的手势很不熟练，茶盏在茶托上晃晃荡荡。

燕绥有一瞬间迷茫，随即便迅速清醒，坐起身来。中文等人立即带人鱼贯而出，低眉顺眼地挤掉了还没把茶端过来的西番王女。

燕绥目光在人群中溜一圈，又看了室内一眼，稍稍沉默。

所有人胆战心惊。

片刻后，燕绥道："药给我吃了？"

他脸上看不出喜怒，中文颤抖着点头。

"西番王女？"

西番王女喜滋滋正要接话，中文急忙道："是。"顺便屁股一歪，不动声色将她挤得再后退一步。

非为争宠也，实为救你小命也。

"铜镜换了，房间被人破坏过？"

中文汗如雨下。

明明房间里的东西全部换成一模一样的，连每件家具摆放的位置都精心用尺子量过，殿下为什么还是一睁眼就看出来了？

燕绥低头看了看自己的亵衣，他一醒来就觉得浑身难受，并不是因为房间的摆设不对，而是他的亵衣被剪去了很小的一角。

中文等人注意力都放在了家具更换上，哪里想得到文臻最狠的招在这里。

燕绥目光越过屋子内济济的人头，落在院子里，易秀鼎一身素衣，手捧青螭刀，面色如霜，立在院中。

雪地上的她从头到脚的白，不仔细看几乎以为那是雪人。

燕绥又稍稍沉默。

"段夫人死了？"

这回他的语气低沉了些，语言护卫们连回答都不敢了，中文连退三步，头垂得更低。

燕绥又看了一眼，姚太尉立在门口，脸色很有些难看。

段夫人忽然身死，易秀鼎捧着青螭刀，称已遵文别驾之嘱，杀了图谋不轨的段夫人，向朝廷投诚。

文臻又忽然疯癫，大闹一场后跑掉了，易人离、厉笑等人已经追去，姚太尉感觉大事不好。

燕绥道："老姚逼的？"

众人心中一跳。

姚太尉退后一步，脸色煞白。

宜王殿下醒来后，不怒不惊，只说了简短的几句话，却每句话都让人惊心动魄，恨不得拔腿就逃。

他一双眼睛看透这世间，说与不说，都在他眼底。

姚太尉本来还想委婉地将事情说明，眼下却只能暗暗叫苦。

燕绥说完的近况，并没有对朝廷决议、陛下表现出任何的愤怒，他只是稍稍沉默了一会儿，所有人却心脏抽紧，恐惧得冷汗横流。

仿佛一个世纪之后，燕绥才问了众人最害怕的那个问题。

“文臻呢？”

一阵沉默。

连原本上来想伺候他穿衣的护卫们都不敢上前，跪了一地。

令人窒息的沉默。

燕绥：“嗯？”

众人额头渗出汗来，只有被挤到人群最后的西番王女踮着脚蹦来蹦去，双手拿着一段轻纱，在头上拼命挥舞。

燕绥一抬眼，就看见那是一截撕裂的纱帐，原本应该在他头顶上，现在那纱上用胭脂写着触目惊心的四个大字。

“渣男，分手！”

一觉醒来便被分手这种事，便是无所不能的宜王殿下也感觉到了老天爷深深的恶意。

西番王女终于获得了燕绥的注意力，艰难地挤过人群，正想和燕绥谈谈自己的想法，就见燕绥头一偏，道：“口臭。”

西番王女：“……”

燕绥不再说话，披衣起身，中文、德语要上前伺候，燕绥淡淡道：“不敢当。”

语言护卫们的手指像被电了一般弹起。

“胆儿也肥了，心也大了，敢自作主张了。”燕绥一笑道，“我用不起这样的护卫，也不敢用，诸位大人请回，宜王府从今以后不敢再留大驾。”

“殿下！”语言护卫们跪了一地，喊得撕心裂肺。

可燕绥已经自己穿好衣服，头也不回地走了出去。

中文绝望地看着燕绥背影，跟随在燕绥身边多年，他深知燕绥的性子，他不和你强调犯错会怎样，因为犯错基本就没机会了。

语言护卫们怏怏地趴在地上，大眼瞪小眼看了一阵，日语道：“怎么办？”

德语说：“我自杀谢罪！”

“殿下只会嫌你的血弄脏了他门前的地。”

中文道：“能怎么办？男主子为了女主子不要我们了，现在只有去求女主子了。”

英文："为了解决很快就要到来的危机，我先前已经去哭求采云了，请她务必给我们留下女主子的踪迹，虽然我们怕触怒女主子不敢追，但好歹我们能及时将消息献给殿下将功赎罪。"

"啊，文大人去了哪里？快说！"

"采云临走前留了信说女主子去当山大王了，或许我们可以去当喽啰？"

"殿下总要追去的，到时候我们把他掳上山做压寨相公，到时候殿下愉快，女大王也愉快，两位龙心大悦，旧事一笔勾销，一举两得，万事胜意。"

燕绥走过院中时，易秀鼎双手举起青螭刀，向他深深拜下。

"殿下。"她道，"夫人已死。青螭刀封刀献出，易家至此，已经跪伏于殿下脚下。殿下满意否？"

原本应该微带愤懑的话，她说出口却语气平平。

所有的苦痛都裹了冰，覆了雪，深深地压在了昨夜黑暗的监牢里。

那张原本就颜色浅淡的脸，只两日夜便又瘦了一圈，透明的皮肤底下，透出淡青蓝色的筋脉来。

燕绥看着那青螭刀，没有接，半晌道："怎么回事？"

易秀鼎略略沉默，道："夫人自裁。临终前给文臻下了药。我不知道是什么药。夫人说，意难平，所以给两位一点小小惩罚。"

燕绥看着青螭刀："我记得刀上似乎原本镶嵌一颗琉璃珠？"

"许是掉了。"

燕绥没有再问。

"我赦你之罪。你愿不愿意帮助朝廷安定长川都由得你。但你永不可对文臻生歹意，永不可离开长川。"

"谢殿下。"

燕绥不再看她，往门外走去，易秀鼎忽然又道："殿下明知我心中怨恨，为何还敢留我在易家？"

"有何不敢？你易家坐拥大军虎踞长川我也没在意过。只余你一人还要小心戒备，用文臻的话来说，那叫内心虚弱。"燕绥并没回头，跨出门槛，"当然，最重要的是文臻想你活。"

她想你活，我便让你活。

哪怕因此可能埋下隐患。

他跨出门去。

易秀鼎立在雪中，看着他背影远去。

这一眼便是最后一眼，此生不能再有交集。

他是天上人，于彼处浮云迤逦，伉俪成双，不愿垂顾人间。

而她还要在这尘世，为那不得不背负的责任而挣扎。

她靠在冰冷的院墙上，慢慢地嚼一根苦辛。

苦辛的滋味在唇舌间缭绕，眼前弥漫开晶莹的雪雾，雾气里段夫人手拿书卷安静地走过，易云岑抱着他的套娃在她身边蹭，传灯长老递过来新得的药，十八部族的汉子们赤着精壮的上身于雪中追逐猎物。

易秀鼎的眼角渐渐凝了一颗晶莹的冰珠，她的发梢在风中扬起，那原本闪烁银光的梢尖不知何时，已经和这冬日大雪同色。

苍天不佑，人间多苦。

燕绥下一步去了监牢，因为忙碌，也因为对殿下醒来后的怒气很是担忧，没人提起要放出祖少宁的事，当然他也没醒。

燕绥隔着栅栏，一眼看见了衣冠不整的祖少宁。也发现了其中一根熟悉的布条。

那是文臻的衣服。

燕绥盯着那根布条看了半天，他的眼眸比牢狱不见天日的阴影还黑还冷。

祖少宁似乎终于感应到了危机的逼近，颤抖着睁开眼睛，一睁眼就看见面前的铁栅栏发出瘆人的断裂声并且当头倒了下来，他想要跑却还没有力气，惊得发出一声惨叫。

一条人影冲入，扑在栅栏上拼命往后一拉，用尽身体的力量将那倒下的整面栅栏堪堪拉住，满头大汗大喊："殿下息怒！不可杀统兵大将！"

燕绥睨他一眼，来救人的姚太尉僵住，忽然感觉到凛冽的杀机。

随即他听见燕绥轻描淡写地道："中文，回头记得给朝廷上折子，祖少宁因罪羁押，行事悖逆故遭天谴，被年久失修的牢房栅栏砸死，享年二十三。姚太尉英勇救人，亦不幸身故，请为太尉遗孀优加抚恤，并追封列侯，谥号……"他还认真地想了一下，"不悔前过曰戾，武戾吧。"

姚太尉："……"

从古至今未有当面定谥号者。

还是个要人命的恶谥。

古人为死者讳，天大的过错也不过是个平谥，眼前这位轻轻松松就给了戾这个字，而且姚太尉能深切地感觉到这绝不是在开玩笑也绝对能做到。

他脑中轰一声，眼前发黑。

士大夫对于哀荣之看重，不下于对生前富贵，甚至有过之，毕竟那关系着遗臭万年还是百世流芳。姚太尉这样位极人臣的人，宁可现在被夺职下狱，也不能接受这个戾字。

他的手几乎立刻就软了。

栅栏轰然砸下去，还好经过这缓冲，祖少宁得以及时爬起退后几步，逃过了死亡一劫。但是他很明白，不代表没事了，燕绥看他的眼神，就跟看个死人似的。

祖少宁又是惊恐又是惶惑，怎么也没想到哪里触怒了这个煞神，姚太尉在他手下一句话都抵挡不住，自己又何以逃生？

祖少宁是镇守边关的将领，离长川也比较远，和周边州县官员以及林擎那一系关系都不大好，也就不大清楚文臻和燕绥的关系，但他也算聪明的，眼珠一阵乱转，忽然福至心灵，大喊道："殿下！殿下！我没碰到文别驾！我隔着栅栏就被文别驾给打倒了！我的裤带……我的裤带就是被她割断的！"

他这么一喊，燕绥的眼光就落在他某处，祖少宁脸色一白，赶紧用手挡住，生怕这位主儿得了提醒，明儿请他入宫做太监。

祖少宁忐忑不安地看着燕绥，却没察觉自己这话其实并没能让人宽心多少，燕绥眼底的冷意不减，忽然衣袖一拂，祖少宁整个身子炮弹般倒射出去，轰然撞倒监牢墙壁，砸进了外头的雪堆里。

燕绥还要上前一步，一阵脚步声，林飞白冲了进来，怒道："够了！"

他冲到燕绥面前，厉声道："擅杀朝廷带兵统领，你解气了，你想过我爹会遭遇什么吗？朝廷会怎么猜疑他吗？文臻可不仅仅是被这些人逼走的，你要撒气，烦请先看看你自己！"

"林侯。"燕绥冷淡地道，"你说的对，说话之前最好先看看自己。"

林飞白冷笑一声："我怎么了？我欠你的了是吧？拿我作伐，拿我做幌子，拿我当猴耍，殿下智计无双，手段百出，我等痴愚，自然由得殿下盘弄。不过得提醒殿下一句，我愿不愿意和你争，都不会影响德妃娘娘对你的态度；我喜不喜欢文大人，也都不会影响皇家对她的态度。殿下你既然不屑我等，那何不把眼光往上抬一抬？看看你真正要解决的人和事，也好给文大人一个现世安稳！"

他一腔愤懑，再顾不得刺着谁，一口气说了一大串，一回头就看见周沅芷站在监牢门口，静静地看着他。

她眼底没有愤怒没有难堪也没有伤心，甚至微带笑意，似乎听见林飞白亲口承认喜欢文臻是件愉悦的事。

周沅芷走过他身边，林飞白在这一刻竟然在想，她走路的时候，裙角为什么不动？

周沅芷一直走到燕绥面前，道："殿下，文大人直接出了城。她的护卫已经去追她。厉大人打算替她向朝廷告病假。家父也有信来，称林帅已经回大营。西番求和，长川事了，家父已经无需留在隋州等地监察，愿来长川，暂时观风，稍后陪同太尉和祖统领送西番王女去天京。只是此事还需要讨殿下钧令。"

林飞白听着，哪怕此刻心情不豫，也不禁暗暗赞叹。

这位周大小姐当真世情通达，一句废话都没有，看出燕绥想要什么，就帮他做什么。算准了燕绥绝不会护送王女回长川，但陛下那里不好交代，直接就把后续安排好了。有周谦在，监督着姚太尉和祖少宁，也就不怕回京后惹出事端，真是安排得妥妥帖帖。

燕绥面无表情地点头，林飞白那些话说出后，他表情没什么变化，四周空气却忽然紧张，直到此刻才稍稍缓解。

周沅芷笑得温婉："只是殿下，家父是文臣，我们护卫有限……"

燕绥道："林侯自然会亲自护送他的救命恩人。"

听见前半句林飞白要抗议，后半句立刻闭嘴。

周沅芷笑得满意，轻松地把林飞白拐走了。

天将暗的时候，被冷落了好半天的西番王女失落地走出自己院子，和自己的侍女们道："一天一瓶的玉髓膏看样子是飞了。"

侍女们心有余悸："王女，东堂这位殿下好看虽好看，脾气却是太差了，他那未婚妻更是泼妇一个，咱们上当了啊。"

西番王女愁眉苦脸地道："是啊，咱们现在反悔回西番还来得及吗？"

两个侍女对望一眼，心想大王如果知道你又回来了八成得疯。

两人各自摸摸自己口袋里刚刚收到的金珠玉镯，一个道："王女回去做什么呢，西番有东堂的珍珠芳草玉髓膏吗？就连羊腿也没这里好吃啊。"

另一个说："王女，玉髓膏又不是只有这位皇子买得起，这东堂还有比他更有钱的人呢，别说一天一瓶玉髓膏，便是一天一百瓶也没问题啊。"

"啊，是谁？"

"中原有句话，叫率土之滨莫非王臣，只有皇帝才能想要什么有什么啊。王女啊，东堂的皇帝好像也不很老，长相嘛，看这位皇子也知道不会丑，还地位更高，要么你试试换一换？"

"唉，"西番王女道，"也不是不行啊……"

墙头上，刚刚完成贿赂任务的中文抹了把汗。

这世上被老子塞女人的儿子千千万，可干得出把女人塞回去给老子这种事的奇葩，古往今来，大概就殿下一个。

为陛下念阿弥陀佛。

永裕十七年长川的雪，从年前落至年后。

那些纷落的碎絮，被天公慈悯地洒下，掩了这夜来号哭，掩了这血迹零落，掩了那尔虞我诈，掩了那红尘里来来去去的恩和是是非非的怨。

雪下这一片辽阔土地上曾经的钟鸣鼎食，旌旗连绵，高墙铜瓦，人丁簇簇，都被那一场凛冽的北风卷去，白茫茫一片。

那一片皑皑白雪上，有数行的秀气的脚印，远远向山那头不断迤逦。

也有武者轻巧的脚印，似迎风飞舞的梅花，浅浅地印在雪上。

还有踏入雪中的马蹄印，每一落足都飞溅碎雪，一路留下鲜明的印迹，向着同一方向奔去。

第九十八章

一碗鉴渣男

三月的春风渡过西川饮冰河的河岸，催开了河岸边的桃花。乌青色的船篷倒影在碎冰中摇荡。

桃花树下的渡口，近日终于解了冻，过往的人也便多了起来。各色人等到了渡口等船，免不了便要去十字坡包子店坐一坐。

十字坡包子店出现不过寥寥几个月。几个月前，几个女子来到此地赁了一间小院，略事休整，挂出了包子店的牌子。此地相隔不远本就有家卖吃食的茶肆，众人都以为这包子店想必也开不了多久，没想到过了几天，包子店的肉香便弥漫了整个渡口，来来往往的人坐下来就再也挪不动，倒生生把那茶肆的生意搅掉好多。

人多了，话就多。

“哎，你们听说了没？咱们新任的刺史，新娘子在新婚当夜和野男人跑啦！”

“啊，谁这么大胆！那野男人死了没？”

“没有！听说那野男人身份也不低呢，是长川易家的公子。你说这新娘子可有意思，转来转去都是易家男人。”

“长川易家不是被宜王殿下灭了门吗？听说是宜王殿下和那位文大人潜伏在易家，将易家直接给掀了，啧啧，好生厉害。”

“我有个远房亲戚在长川易家做个管事，我可是听说了，宜王殿下和文大人是扮成咱们刺史和夫人去长川易家行骗的！消息传到西川，可把咱们新任刺史气个半死。”

“难怪最近关卡严格，和长川接壤的州县更是三步一卡五步一哨，原来是那位被气着了？”

“这些大人物哪像你我草民会为这些鸡毛蒜皮小事在意。最近严格的可不仅仅是关卡，咱们和长川那边私下的商路已经被堵了，倒是通川北那边的关卡松了些。路难走了，税还在加重，田赋口赋杂税……还增加了劳役，往年秋天才开始的劳役，今年春天就开始抽人。”

“这动静……上头莫不是要打仗了？”

“我倒是听到一个消息。说是共济盟在咱们这儿闹了太久，多少年都除不去，今年刺史新任，朝廷给下了旨，说派了人来，帮咱们西川剿匪。务必要彻底灭了。”

“呃，灭共济盟这事……算了我就笑笑不说话。”

“莫谈国事莫谈国事。咱们还是谈谈那位私奔的新婚夫人吧，不知道是怎样的倾国倾城，能让两位易家的杰出少年都神魂颠倒？”

砰！

盘子落在桌子上的声音沉重，吓了聊天的客人们一跳，一抬头，就看见这十字坡包子店的女老板之一，人称孙二娘的那位。

说起来这位孙二娘，年纪不大，虽皮子微黑，但容貌俏丽，脾性也不错，来往客商里好色的，难免心动，时常便也有人搭讪讨好，便是扒门溜户的也干过，但是奇怪的是，这么干的人，最后都不见了。

后来有人传说，看见过孙二娘在河边磨刀，仔细一看好像磨的是人骨头。

说这话的人言之凿凿，听的人半信不信，但从此色胆包天的人便少了。

孙二娘性子好，倒难得见她沉着个脸，别有风味，换成往日众人少不得要欣赏一番，但此刻包子上来，哪里顾得上说话。

埋头干完一大盘包子，才舒一口长气，第一万次感叹一声：“包子做出这么味儿来，什么人参燕窝也不换！”

“人参燕窝哪比得上咱们的肉窝窝。”一声冷笑，一把大茶壶飞来，打着旋儿稳稳地落在桌上，女子的声音爽利，“新鲜豆浆来咯！”

又是一阵疯抢，有人大喊：“顾大嫂，你家相公什么时候做五彩豆浆？哎呀，可想死我了！”说着想豆浆，眼睛却瞟着顾大嫂嘻嘻笑。

顾大嫂身量高挑，一手一个比她头还大的茶壶，看也不看轻轻巧巧抛出去，准准地落在每张桌上，听见这句眼睛一竖，笑一声：“现在就给你！”一脚踢出一只茶壶，半空中那壶一歪，倒了那家伙满头。

惊呼声里众人蹦开，厨房里又探出一个脑袋来，是个清秀男子，慢吞吞地道：“明日新品，七彩豆浆。”主要原料：渣男心、肝、脾、肺、胃、肠、脑浆。

偷偷瞄一眼的众人：“……”

也不知道这家店什么毛病，东西好吃得要命，也新奇得要命，这家店的人却不肯好好说话，每次都拿渣男说事，还一次比一次说得恶心。

众人正要排队等豆浆，大喊顾大哥快点快点，那顾大哥又慢吞吞道：“限量供应。”

众人还没来得及骂，顾大哥又道：“痛揍轻薄汉子者，加限量供应豆浆一杯。板砖爆头者，两杯。打断腿，左腿加三杯，右腿加四杯，中间腿加五杯。”

说着纤纤手指一指，准准地指向方才那个轻薄顾大嫂已经挨了一茶壶的男子。

当即便有人起哄：“顾大哥发悬赏榜咯——”

人群一哄而起，那个轻薄浪子本来被泼了一头豆浆，气汹汹带着家丁要捋袖子，眼看众人狞笑围上来，大叫一声，踩着桌子要逃，却被那坐在桌边的人一弹指，跌了个狗吃屎，一骨碌滚出好远。

那桌边人一直背对众人坐着，这是个青衣男子，坐着也能看出身量高颀，有一张十分吸引人的脸，眼眸细长，眉浓鼻直，乍一看十分斯文，笑起来则可在斯文后面加禽兽两字。

那青衣男子没参与抢食也没参与动手，他面前摊开着一本书，一边看书一边喝豆浆，此刻也不过一弹指便收了手。那轻薄公子哥的随从上去扶他，为了找回点场子，发狠地对他捏了捏拳头，男子视若无睹，低头喝一口豆浆，道：“不谢。”

家丁：“……”

家丁骂着疯子，扶着自家公子狼狈跑走，男子摇摇头。

救了你们的命，知不知道？

他目光忽然一凝，仿佛看见那公子哥儿方才滚过的地方落了一颗宝光璀璨的琉璃珠子，他正想去捡，那珠子忽然自己跑走了。

他眨眨眼。

再眨眨眼。

对，不是滚，是跑走，一扭一扭的，晃动幅度很大，让人想起撅起的肥硕的屁股。

男子在春日阳光下发呆，有点担心是不是最近豆浆喝多了眼睛发花。

他这里发呆，那边，因为轻薄浪子是在他桌子前跌倒的，众人的目光自然追过来，看见这人，便禁不住又开始嘀咕。

“喂，这家伙在这儿吃了一个月了吧？”

“天天过来，却不和人说话，哪来的怪人。”

“莫不是看上了这里的哪位老板娘？顾大嫂名花有主，莫不是孙二娘？”

青衣男子背对他们，充耳不闻，一盘热腾腾的三丁包正送到他桌上，男子看一眼包子，看一眼面前摊开的书，那是一本天京正流行，本地还很少的精装话本，书名叫《梁山荡寇志》。

他翻开的这一页上，第三十二回，“母夜叉川北道卖人肉，武都头十字坡遇张青”。

男子抬头，看一眼送包子来的孙二娘，表情一言难尽。

那边的窃窃私语还在继续。

“瞧他看孙二娘的眼神……一定是色胆包天，看上了！”

青衣男子下意识看了看面前的书页。

那妇人便走起身来迎接，系一条红绢裙，搽一脸胭脂铅粉，敞开胸脯，露出桃红纱主腰，上面一排金纽扣。她说道：“客官，本家有好酒、好肉。要点心时，大馒头！”

再看看面前的孙二娘，穿一身灰扑扑布衣，无插戴无脂粉，声音清脆，笑道：“客官，本店无酒无肉，只有豆浆油条三丁包！”

青衣男子看一眼书。

“武松问，酒家，这馒头是人肉的，是狗肉的？我见这馒头馅内有几根毛，像人小便处的毛一般。我从来走江湖上，多听得人说道：大树十字坡，客人谁敢过？肥的切做馒头馅，瘦的却把去填河！”

青衣男子：“敢问店家，这包子馅……”

西川孙二娘十分熟练：“渣男的xxxx加酱油醋腌制一夜，风干后切碎做丁。风味独特，不可错过。”

青衣男子：“……”

孙二娘嫣然一笑，走了，男子没来得及按照书上的剧情走，问一声“你丈夫怎的不见了？”

不过他觉得真问出来了，自己恐怕就要成为三丁包的主馅料了。

茶座后面的三间屋里，有一间是厨房，此刻热气腾腾的大锅前，还有一个人随手下着饺子。笸箩里包好的饺子雪白圆胖，被她看也不看随手一撒，有时候发呆好像忘记捞饺子了，再手忙脚乱赶紧捞，但只有行家才能看出来，那些捞上来的饺子火候都是正好，哪个先下就先捞，后下就后捞，一个也没有错的。

不过片刻，那一大笸箩的饺子便成了一碗碗热气腾腾的饺子，饺子都是元宝状，圆润可爱，饺子皮玉色透明，隐约透着翡翠碧色溶鹅黄的，是韭菜鸡蛋馅的；浅青柔红如晚霞映江的，是韭菜鲜虾的；肉色如美人颊上胭脂的，是牛肉馅的。

饺子捞得只剩一碗的量的时候，女子随手把一个琉璃珠子扔进去，珠子在滚开的汤水里舒展开身体，晒着白色的肚皮，像沙滩上日光浴一样。

过了一会儿，女子把那碗煮过珠子的饺子连汤装起，随手往那些盛装好饺子的碗里一推。

她探头对外看了一眼，窗外，清风不识字，还在乱翻书。

青衣男子背后还有窃窃私语的声音。

“瞧这两人也没啥猫腻啊，说不定就是冲着美味来的呢，你们听说没有，说主厨虽然是顾大哥夫妻，但扈三娘的厨艺其实更好！”

“可别瞎吹了。顾大哥顾大嫂这厨艺已经是那竹笋顶头尖上尖了，扈三娘还能好到哪里去？御厨吗？”

“扈三娘厨艺再好，我也不要吃她做的，呕，瞧她那张脸……”

“这位该不是为了扈三娘来的吧哈哈哈哈……”

“扈三娘来了！”

一声出而群体惊。

众人从板凳上蹿起，抄包子的抄包子，揣豆浆的揣豆浆，泼泼洒洒，嗷嗷呼烫，除了几个刚来的不知道情况的，其余转眼跑了个干净。

青衣男子将书合上，转头，回望这位让他等了一个多月才等到一面的店老板。

逆光而来的人影看起来有些娇小，轮廓纤秀美好，尤其腰细得似乎掌握可折，一样的不戴钗环，却在两鬓细细地编了辫子，辫子上没有珠花饰物，只用细细的金丝一道一道地绑了，透着点小精致，辫子最后在脑后收束成一股，缀着一颗五色斑斓的琉璃珠子，看上去有点眼熟。

她小小的脸微圆，下巴却是尖的，微微侧头的时候，长长的睫毛覆盖着晶透的眼眸，眼神很远。

整个人透着散漫的讲究，讲究得随意，随意得自如，自如得凌厉。

男子想着这么一位堪称美好的女子，如何就让人闻风退避？

随即扈三娘走到了近前，日光泼下来，男子屏住了呼吸。

那一张轮廓美妙的脸上，密密麻麻都是细小的黑疙瘩，脸颊上一颗最大的黑疙瘩上还有三根长毛迎风飘扬。

难怪这位老板娘轻易不出来，那脸看一眼，生意得降三成。

扈三娘手里端着一个托盘，托盘上是热气腾腾的饺子，顾大哥又一声不吭地挂出了今日新品的招牌。

十字坡包子店从未一天出过两次新品，这使逃开的众人又聚集了过来，探头一看，小黑板上写着：“今日新品：饺子！主要原料：脚上老皮。原料说明：午夜，忙碌了一天，坐在黄脸婆准备好的热水盆前，脱下满是臭汗的靴子，和爬满了虱子的袜子，抠完脚趾缝里的老垢，把脚伸进热水里，一瞬间吁出一口长气，感觉灵魂出窍，而泡完脚撕下的那一道道雪白透明的脚皮，堪称这世上最令人有成就感的妙品。这一道饺子，收集了一千个苦力脚上的老皮，前无古人后无来者，你值得拥有。”

众人坐在桌前，如同僵尸。

吃，还是不吃，这是一个问题。

还有更大的问题，就是扈三娘，女掌柜，听说她不咋出来，每一次出来，都会伴随一个人失踪。

之后便有说法，这扈三娘身怀异术，年轻时候被渣男骗了，就拥有了“一碗识渣男”的本领，她轻易不端菜出来，端出来就是发现了渣男。她的食物大部分都没问题，但会有一碗总是十分巧合地被渣男吃到，然后这个渣男就不见了，再然后大家就吃到了包子、饺子、牛肉面、狮子头、麻辣烫、烤串、冒菜等新品。

这真是一个细思恐极，足以吓哭所有晚上不肯睡觉的熊孩子的好故事。

吃客们僵硬地坐在座位上，一个都没有跑掉。

因为顾大哥顾大嫂和孙二娘以及店小二们都出来了，都在场外梭巡，虽然没有拿凶器，但是手中锅铲雪亮，菜刀锋利，连顾大哥手里的切菜板都是纯铜的，四个角尖得可以杀牛。

这些年被菜刀砧板支配的恐惧，令吃客们无比乖巧。

不是不怕，只是扈三娘难得出来，出来了那个倒霉鬼也不一定是自己，人都有侥幸心理，也都扛不住十字坡包子店的美味杀。

扈三娘走过来了。

那背对着众人的青衣男子，肩背也十分紧绷，他觉得自己有个不大好的预感。

老板娘这传说中的一碗，应该是和他有缘分的一碗。

饺子开始发放，老板娘出场，免费供应，吃了是升仙还是升天，全凭运气。

发到男子面前时，他把书往前推了推，老板娘却像没看见，饺子随意搁在书上，汤水晕染开书中扈三娘的插画。

男子看着面前清汤里浮沉的淡粉晶莹的饺子，心里似乎是不想吃的，身体却很诚实。

心里惊恐大喊：“不，我不想！”

手却诚恳地告诉他：“不，你很想。”

很快，和周边的所有诚实的人一样，他拿起了筷子。

他心里庆幸，那一块写了新品说明的黑板没有挂在他面前，反而搁在了角落里一个倒霉蛋那里，好歹眼不见心不烦，不用对着脚皮下饭。

所有人都幸灾乐祸地看着那个倒霉蛋，这家伙自从坐下一直盯着扈三娘看，肯定是触怒扈三娘啦。

这人好像也是唯一一个没有吃任何东西的人，无论是孙二娘端上来的包子，还是顾大嫂端上来的豆浆。

众人盯着他，想看看他这次吃不吃，青衣男子却在想，这个人之前来过没有？今天又是什么时候来的？这全场的人都在他眼底，为什么对这个人毫无印象？

他也是冲着扈三娘来的吗？

青衣男子有点警惕，心不在焉地咬了一口饺子。

一泡鲜汁涌入口中，是牛肉的。

青衣男子低着头，看似将饺子吃下了肚，下巴处露出一个小袋子，饺子不动声色地落入了袋子里。

他斜眼一瞟，看见那个就着脚皮吃饺子的倒霉蛋果然已经开吃，看一眼小黑板，吃一个饺子。

看上去还挺下饭来着。

倒霉蛋全部吃完，端端正正搁下筷子，筷子搁在碗的正中间，碗搁在桌子的正中间，然后，端端正正倒在椅子的正中间。

偷窥的青衣男子一怔，眼眸一转，这才发现，不知何时，四面吃饭的所有人都倒了。

青衣男子恍然大悟，急忙也往桌上一趴。

有脚步声过来，青衣男子想着，果然是我了。

天选之子啊！

第九十九章

文甜甜改嫁了

脚步走过了他身边。

青衣男子：“……”

桌椅挪动声，人脚拖在地上的声音。

青衣男子一阵紧张。

果然是黑店，果然是卖人肉包子的黑店，果然是看过《梁山荡寇志》的黑店！

接下来是要割人肉做包子了吗？

但为什么没看上他的肉？

一个人从他身边被拖走了，他悄悄睁开眼睛一看，赫然正是刚才那个就着脚皮吃饺子的倒霉蛋儿。

青衣男子心中涌起一阵失望，这种失望的情绪来自于天选之子落选的落差，和是否愿意成为人肉包子馅无关。

拖着倒霉蛋儿的人是扈三娘，她走过青衣男子身侧，掠起一阵暖香，青衣男子看见她两手都戴着璎珞串金的链子，两边都垂下金箔片，金箔片刻着字，左边写着：“去逑！”右边写着：“滚蛋！”

青衣男子：“……”

“去逑！”和“滚蛋！”在那个倒霉蛋儿脸上叮叮当当响了一阵，把人拖走了。

但是随即便有脚步声到了自己身侧，他急忙闭上眼睛，以为是孙二娘来了，结果却是那个瘦弱的顾大哥。

青衣男子正想着顾大哥也好，性情温和，想必拖得会有尊严一些，就见顾大哥一手拎着他的领口，把一个比他还高半个头的汉子直接拎起来，走了。

藏在脖颈袋子里的饺子被这凶狠的一抓，硬生生挤出来，挤了他一脖子的牛肉。

青衣男子：“……”

两个天选之子被拎进了厨房后面的备菜间。

一阵风过，外头的食客纷纷醒来，仿佛根本没发觉晕倒过，如同无事发生一般继续聊天吃饭。

好一会儿有人反应过来，站起来数人头，随即大惊：“今天少了两个人！”

站在门口的扈三娘眯着眼看着太阳，深沉地道：“世风日下，人心不古，渣男遍地数。”

受到惊吓的人群跑光了，可以想见未来三天应该都不会有客人来吃饭了，他们没有挑战人肉包子的勇气。

当然，无须担心生意，因为不会超过三天，他们又会来了。

这是人类永无解药的通病作祟：好了伤疤忘了疼。

“啪”的一下，一个“食材入库，打烊备料”的木牌子挂了出来。

“砰”的一声，十字坡包子店的大门关上了。

现在，摆在倒霉蛋面前的是一桌很符合他要求的菜。

所谓的符合要求，是指两两对称，整齐精致，摆盘完美，颜色对应。

比如正中间一个大盘上是一块黄色的馅饼，饼的周围是十条死不瞑目的完整的鱼，都张开大嘴，嘴眼朝天。

非常的对称，非常的整齐。

旁边有小牌子写着菜名：仰望星空。

还有一道菜是巨大的香肠，粗细均匀，大小一致，都呈乌黑透紫的庄重之色，在盘中盘成完整的几圈圆形。

这道菜叫五谷轮回。

另一边的菜更让人忍不住赞叹，圆形的，像个巨蛋，颜色比刚才的五谷轮回略浅，旁边摆了四片从这种巨蛋上切下来的片，整体从内涵到外延都散发着完美规避色香味的气质。

最后一道菜和前三道菜风格迥异，淡黄色的杯盏形状糕点一碟四块，倒也算喷香诱人，名牌也显得投人所好：护肾精英。

送菜上来的“顾大嫂”君莫晓十分爽快地道：“这位客官，恭喜你入选我们老板娘独家举办的‘渣男品鉴团’第一号候选渣男，现在你已经进入非常重要的一道关卡，题目很简单，把今天的菜吃完，可以获得和我们老板娘一次面对面的机会。”

她笑得十分不怀好意。

燕绥看了一眼几样菜，目光移开，筷子在桌上顿了顿，问：“吃完吗？”

“然也。”

“什么？”燕绥却好像没听清，侧头微张了张嘴。

君莫晓大声道：“把这些菜吃完，就可以面见扈三娘！放心，没有毒，要不要我撕一块尝尝先！”

燕绥立即皱眉谢绝，开玩笑，撕一块还能不能好了。

君莫晓扬起眉毛，盯了他一眼，奈何没本事从这位身上看出个所以然来，也得不到任何自己可以幸灾乐祸的反应，只好悻悻拎着托盘走了。

隔着花窗，扈三娘抱着双臂，静静地看着正在研究仰望星空的燕绥。

她身后孙二娘、顾大哥都在，孙二娘厉笑托着下巴，道：“殿下这般模样我从未见过，真该让我那七个哥哥来瞧瞧。想当年他们吃了殿下多少苦头，说起来真是一把鼻涕一把泪。”

刚进门的君莫晓冷笑一声：“该！”一把钩住“顾大哥”闻近檀的胳膊，“夫君，你可不能负我，不然我肯定比阿臻还要绝情一百倍哟。”

君莫晓笑起来，和众人道：“闻近纯最近不仅把太子赐给她的首饰都当了，连东宫按她的份例做的四季衣裳都当得差不多了。偏偏她又爱出风头，各种宴席诗会花会的办个不休，还总要做主人，衣裳首饰又不能总穿那一套，她也算有本事，总在小玩意上花样翻新，好几次还引领了天京官宦仕女追逐潮流呢。衣服翻翻改改细节式样便又算一件新的，偶尔被人发现了，就借口说年成不好，去年冬好几地雪灾，百姓流离失所，陛下号召群臣捐银赈灾，并以身作则，皇宫缩减用度，身为皇室成员自然更该响应陛下的号召，厉行节俭……反正她都有话说。”

闻近檀道：“上次宫宴，她实在没衣服没首饰，还派人向我借了。当然她没说借，只说西番王女来东宫做客，对汉人衣裳首饰十分喜爱，为了展示我东堂的富足和国力，正号召东堂皇族女性和官员家眷，将自家的别致首饰和衣裳送去东宫，给蛮子好好见识见识，我作为闻良媛的姐姐，自然当大力支持。”

君莫晓冷笑：“然后就一借不还了。”

文臻笑道：“不还才好啊。还有她去的当铺什么的，你们都关照了？”

“关照了。不急，瞧着她呢。”闻近檀叹气，“摊上这么个好赌的弟弟也算是她倒霉。”

君莫晓不以为然：“倒霉什么，这叫恶人自有恶人磨。闻近纯现在有身份有地位，她父母又没有官身，闻近纯真想摆脱这一家子又不难，还不是她自己太要脸面，要撑着架子，自作自受。这人看似狠辣，其实还没我们小檀一半清醒决断。”

闻近檀道：“听说她最近和西番王女走得很近，两人好得跟什么似的，我们不在天京，也不知道她会不会在西番王女面前编派小臻。”

文臻眯着眼睛道：“编派我又不会少一块肉。我倒是想着，这位既然这么缺钱，又和那人傻钱多的西番王女在一起，她舍得不下手吗？”

她想了想这种可能性，倒觉得是个整闻近纯的好机会，只是闻近纯在天京呢，想想也只好遗憾地算了。

厉笑赞同地点点头，又和文臻道：“别人且不提，先说眼下这事，殿下算是有心了。这么老远地追过来找你。你不想见他，他也不勉强，你戏耍他，他不仅不生气，还有耐心陪你玩，我觉得便是陛下也得不到他这般耐心迁就。之前的事情中文他们也和你解释过了，殿下确实无辜，你便也迈过去吧。”

顾大嫂手指顶着鼻子发出不屑哼声：“不，就不。阿臻不理他是对的，嫁入皇室不比嫁给寻常家，殿下再有诚意又怎样？你看看皇帝老子，阿臻为收归长川没少费心思，甚至为了避免猜忌，只尽力配合殿下，一心把实权都收归皇家，这般忠诚，最后还不是说收西番王女就收西番王女？殿下拒了这一个西番王女，下次来个大燕公主，来个南齐公主，怎么办？”

厉笑：“不管怎么办，都应该好好谈谈再办。别拿你的脸说事，我知道最近你脸上的疙瘩已经开始掉了，天天早上还要费劲粘起来你累不累？”

文臻摸摸脸上疙瘩，片刻后怒道：“蛋蛋！说了别再吃我的疙瘩！我说怎么最近粘不满整张脸了！”

一张靠近扈三娘脸的血盆大口蓦然停住，片刻后，骨碌碌滚回了她辫子上。

文臻还要骂那颗球，闻近檀忽然道：“咦，殿下在干什么？”

第一百章

向未婚妻求饶书

备料间里睡得迷迷糊糊的青衣男子忽然听见外头有人声，急忙一骨碌坐起，整理衣襟，抬脸，扬起自己斯文败类的笑容。

然而没有人开门进来，却有人大声道：“把这些菜吃完，就可以面见扈三娘！放心，没有毒，要不要我撕一块尝尝先！”

他眼睛一亮，凑到窗口去看，看见一桌子菜布在院子中，放在那个倒霉蛋面前。

此时他才正面认真地看清了对方的形貌。面容和衣裳都普通，除了看起来特别整齐洁净，气质特别好，身高特别高，身材特别好，行动特别自如散漫，也就是个平平常常的人。

青衣男子这么想着，心底忽然漫上细微的嫉妒。

这种情绪他很少有，他不禁眨眨眼，看向对方桌上琳琅满目的菜式。

看起来是几样大菜呢。

店主给这家伙送菜了？凭什么？

青衣男子感觉空气中酸酸的味道更浓了。

那倒霉蛋却似乎并不珍惜这样的好运，举着筷子梭巡来去，仿佛还在担心下毒，又唤院子中的狗过来吃菜，然而狗不理。

青衣男子嗤笑一声。

他搓搓手，觉得这家伙真是得福不知福，如果这桌菜在他面前……

院子里那家伙犹疑半晌，忽然站起身，捂住肚子，一溜烟往院子后头的茅厕去了。

哟，尿遁了啊。

真是个胆小鬼。

青衣男子搓搓手，推开门，飞快地坐到桌子前，看看面前的菜式，愣了一会儿。

那鱼真别致。

那个圆球形的菜也挺好玩。

那个腌肠颜色瞧着有点不大好，不过味道没什么问题。

那淡黄色的点心……嗯，很有食欲！

青衣男子不再犹豫，抄起筷子一阵大嚼，也顾不上尝味，也来不及看到底是什么东西，囫囵吞枣，拼命咽下。

屋子里。

正在看着这一幕的女人们，大眼瞪小眼。

傻子也能看出来，某人又坑人了。

君莫晓不住地搔着下巴，在屋子里走来走去，大骂："奸诈！奸诈！"

又骂那青衣男子："傻子！傻子！"

八哥在廊下接话："文甜甜傻子！文甜甜傻子！"

君莫晓刚满意地嗯了一声，八哥又叫："顾大嫂更傻！"

"我呸！你再说——"君莫晓拉开窗就要去抓那只破鸟，被忍笑的文臻拖了回去。

外头，一盏茶工夫，那男子狼吞虎咽完毕，全部空盘，放下筷子才察觉好像哪里不对劲，刚才吃的那个肠子，那个圆球……

不行，有点想吐怎么办……

他赶紧停止脑海里的回想，勒住喉咙，以免自己当场吐了一地，白费了一番苦吃。

一抬头看见那个尿遁的家伙从院子后悠悠转了出来，一边想刚吃完他就来了，一边端出一脸平静又微带优越感的笑容。

这是自信的笑容，是属于胜利者的笑容。

等一会儿，这白痴就要快快滚蛋了。

燕绥走到桌前，看一眼空荡荡的盘子，眼神十分满意。

青衣男子坦然和他打招呼："你来啦。菜我吃完了。真是不巧，你要是早来一会儿，我还能分你一点儿。"

"哦，不巧。"燕绥道，"我就是等你吃完才回来的。"

燕绥不理他，转头对屋内道："菜吃完了。"

屋内顾大嫂气势汹汹嚷一声："又不是你吃的！"

青衣男子刚刚燃起希望，就听燕绥平静地道："菜是给我的，奖励也是给我的。你并没有说必须我吃，只要吃完，我就能拿到我的奖励。"

又对青衣男子道："你的任务完成了，可以走了。"

青衣男子："你诓我！"

燕绥："嗯，你的荣幸。"

青衣男子："你骗我代你吃这么恶心的东西……"

燕绥："本来你还有机会的，现在，好走，不送。"

窗子被拉开，顾大嫂的脑袋探出来，大骂："敢说我做的菜恶心？好走！不送！"

青衣男子："……"

因为愤怒，所以没看见一只琉璃珠儿精准地骨碌碌滚到他脚下，顺着他的袍子一路滚，滚到他颈后，弹开，张开血盆大口，贪婪地吸，也不知道在吸什么东西。

廊下八哥忽然发声："文甜甜恶心！文甜甜好走！不送！"

青衣男子感受到了唯一的来自一只鸟的温暖。

幸亏一只雪白的手忽然伸出来，把顾大嫂的脑袋给按了下去，一把甜美的嗓音隔窗道："客人，作弊了啊。"

青衣男子急忙道："正是！不算他的！"

甜美嗓音轻快地道："不算他的，也不能算你的。当然，把两位都赶走，好像也白费我们这一桌黑暗料理。这样吧，加赛一场。给两位一个机会。"

"比什么？"

"我们的'和老板娘一期一会'活动的主旨就是寻找全城渣男。两位只需比试一下谁更渣便可。"

"等等，渣男比试出来的结果是可以见老板娘一面，但是见老板娘一面后呢？不会是要大卸八块吧？"

"阁下真是逻辑严谨，思维缜密。令人佩服。"甜美嗓音道，"当然不是。见老板娘一面可以提一个要求，你可以要求不要把你大卸八块啊。"

"好，我没意见。最后一个问题，什么是渣男？"

燕绥忽然接话："渣男就是形貌高伟，才智双绝，人品端正，家世出众，但凡一出现，仅凭风采，就可以把这世上所有的男子都杀成渣。"

青衣男子："啊，原来是这样的吗？"

厉笑喃喃道："殿下的无耻程度永远在挑战我的想象力……"

君莫晓："我知道这位很不要脸，但我不知道竟有这么不要脸。"

文臻："连日不见，刮目相看，看来西番王女极大地提高了他的杀伤力。"

青衣男子："不过我实在不敢相信阁下。老板娘！老板娘！"

老板娘笑吟吟答："啊，你尽管反着想他的话就对了。我给你一个提示，脚踏两条船，和这个谈恋爱，却受另一个女人的示好，和另一个女人缠夹不清的男中绿茶，就是渣男的一个品种。”

“这个比不了啊，”青衣男子绝望地道，“在下形貌高伟，才智双绝，人品端正，家世出众。想要承认自己渣，全天下女人都不认。”

闻近檀：“你这句话就挺渣的。”

燕绥：“听你这句话，感觉你已经开始出招。”

“不。”青衣男子梗梗脖子，咽下忽然涌到喉咙口的不知道是羊胃还是羊肠的玩意，好一会儿才调整好脸色，对着窗子一揖到地，十分诚恳地道，“各位，在下这便说实话了。在下家住五柳山，山上五棵柳下，便是在下的主人家，主人家中薄有资财，这周围方圆千里之地都有他家的佃户。主人家有三位妻子，另有妾侍数千，日常营生就是打打麻将，收收租子。儿郎们也挺多，在外成家立业数千，留在山上吃老爹的也有数千。在下只是主人家请的师爷，日常帮忙管账，油水倒也丰足，也娶了几房妻子，也有一些儿郎，只是在下其实……”他忽然扭捏了起来，看了一眼窗子，红了脸道，“在下此次虽说想见老板娘一面，说说上头这些话，但实则是为顾大哥而来。”

屋子里，正在喝茶的厉笑和君莫晓齐齐喷了闻近檀一脸。

只有文臻没喷，并且提前让出了喷射范围。

闻近檀一脸茫然，不知道自己怎么忽然就火了。

窗外，那位斯文禽兽一脸斯文地道：“因为在下其实向来好龙阳之道，如今既然有了妻子儿子，传宗接代任务已经完成，接下来也可以好好追求自己心中最爱了。”

文臻喃喃道：“这货也没在现代待过，怎么就把骗婚这一社会热点问题拿捏得这么准呢？”

青衣男子诚恳地道：“在下愿以千金求娶顾大哥，接他上山，许以正室之位。良田美玉，金银绸缎，予取予求。”

君莫晓道：“那你正室呢？妾呢？儿子们呢？”

青衣男子慨然道：“但得一心人，白首不相离。那些女人愿意好好伺候顾大哥也罢了，不愿意的话，一纸休书，一别两宽便是了。”

君莫晓喃喃道：“渣，真渣……”

青衣男子又是一下长揖，退到一边，面带微笑，看来对自己的表现很是满意。

他斜睨燕绥一眼，燕绥却没有打算长篇大论，只在怀里摸出一张皱巴巴的纸。

屋子里的人探头看着，君莫晓冷笑。觉得这个主意实在太妙了，文臻对付这位黑心殿下实在有一手，比渣？对着自己的女人比渣？输了固然没机会，赢了自然更没机会，反正这回也要他滚蛋。

君莫晓牙痒痒地想着之前，她和闻近檀在天京，不知怎的辗转得到老太太从宫中得到的消息，说是陛下赐了西番王女给燕绥，由燕绥一路护送回天京，德妃娘娘很是高兴，宫中大宴庆贺呢。

君莫晓一听便爹毛，正准备收拾行李赶到长川去支援文臻，要打还是走她身边总得有自己人，结果她刚拎着行李出门，闻近檀已经默不作声地安排好了江湖捞的一应事宜，连马车都雇好等在门口了。

两个女人一路赶往长川，通过各地江湖捞分店不断和文臻联络，在池州和文臻碰了头，当即一个转弯往西川走。

去西川是因为文臻想要找到方人和，为自己和燕绥的问题，想找那老家伙试一试。但那个脾气古怪的神医已经不在他原先的所在，文臻猜测，方人和是方袖客名义上的爷爷，方袖客也就是易铭，已经接了西川的家主位，为了自己的健康和安全，一定会将方人和这样的名医接去西川。

之后便去了西川，文臻却没有直接去西川首府益阳城，反而来了灌县这个小城，离灌县春风渡不过十里的五峰山，便是盘踞西川多年，朝廷年年耗费钱粮清剿的共济盟的大本营所在地。

文臻到底打算做什么，君莫晓不想问，闻老太太当初曾说过，想做文臻的朋友，就要能随她一起飞，君莫晓并不十分赞同，不能一起飞也没关系，留在原地，留在她身后，能做一分便是一分，想来文臻也不会嫌弃她，丢下她。

所以她不关心文臻的仕途，丢下长川的功劳这样走掉会否有后果，她只为当初看见的文臻心疼，那个段夫人也不知道用了什么诡异手段，她和文臻会合的时候，她非常的暴躁易怒，脸上更是可怖，那种情形下她不想见殿下，君莫晓觉得非常正常，要按她的想法，就此永远不见才好呢。

她想着文臻甩掉燕绥追踪的方法，又得意地笑两声，忽然听见同伴们的讶声，转头去看。

燕绥已经把那张纸举起来了，纸上几个歪七扭八的大字："妹子！别打我！我不会再和你抢男人了！抢了你男人，你男人和你一起打我，我扛不住！我去当他后娘了！"

这短短一段话信息量好大。

他惊悚地问："敢问兄台，作书者何人？"

燕绥目不斜视："我爹为我安排的女人。"

青衣男子默然半晌。

敢情不止一个渣男，打恋人未婚妻的女人，打未婚妻的男人，消化儿子未婚妻的爹，以及被未婚夫和未婚夫的姘头打了便转而去攻略公爹的未婚妻。

简直是人性的寂灭，道德的沦丧，是对纲常伦理的惊天动地挑战。

“敢问那位女子为何写下这信？”他不死心，还想再挑战一次。

燕绥：“你觉得呢？”

打的呗！

青衣男子咳嗽，退后一步，真心实意地道：“服，真的服。真是绝世无双第一渣。”

燕绥对着窗子弹弹那张纸，示意快点反应，对手已经自动认输了。

屋内，一干女人没话说了。

半晌闻近檀才不可思议地问：“这真是西番王女写的？小臻，你干了什么把人家吓成这样？”

文臻转转手腕，轻描淡写地道：“也就揍了一顿。”

厉笑忍笑看了她一眼，某些人语气和殿下真是越来越像。

长川事了，后续的事情让她心烦，所以她很快追随文臻而去，还真没和那位西番王女碰面。

看样子被摧残得很厉害？

青衣男子有点不甘心，喋喋不休地问：“看来你也是心有所好才故意接近的。那么你心上人是哪位？孙二娘？顾大嫂？这两位下盘利落，行动轻捷，打起人来一定很顺手。再不然我看见刚才一闪而过的两个丫鬟也长得不错……”

燕绥答：“最美的那个。”

“那是孙二娘？或者你觉得顾大嫂更美？”

“老板娘。”

“老板娘也……等等，老板娘？”

青衣男子骇然看着扈三娘，那位可不是易容！他的眼力天下无双，看得出那位脸上的疙瘩都是真的！毛也是真的！

他喃喃道：“对着这么一张脸也能下得去手，阁下真不愧是渣中之渣。”

燕绥举着那张纸看了看四面，往墙边而去，看样子还打算把那张“向未婚妻求饶书”贴在墙上。

君莫晓打开窗户，卷起帘子，大声道：“经过激烈的角逐和评委团同样激烈的争论，现在我们觉得两位渣得各有千秋，难分轩轾，为表公平，老板娘决定给两位都见上一见！”

第一百零一章

互相调戏的那些事

文臻探出脸来，全方位三百六十度展示了她那如满天星一般的黑疙瘩和迎风飘扬的三根毛，她道："好了，见过了，送客！"

又把窗户关上了。

青衣男子瞠目结舌："这就算见过了？"

"是啊。"君莫晓哂笑，"见一面就是见一面，君子一言驷马难追。"

青衣男子默然半晌，忽然又笑了，长揖道："确实如此，那么，在下告辞。"

他倒没有纠结，行事颇有疏朗旷达之风，轻轻松松要向外走，忽然想起什么，问燕绥："兄台费尽心机，也不过如此下场，还是和小弟一起走吧。"

燕绥："不了。你还是快点走吧。"

"为什么？"

"怕你等会太自卑。"

燕绥将纸一扔，大步上前拉起窗户，再一抬手已经把文臻隔窗抱了出来，扛上肩。

一番操作猛如虎，吓倒一二三四五。

因震惊导致的寂静，唯有勇敢的八哥的公鸭嗓子敢于冲破："文甜甜渣男！文甜甜流氓！文甜甜作死！文甜甜作大死！"

"很好。"屁股朝天的文大人喃喃道，"没白花小米钱，好歹把我想骂的话都骂完了。"

燕绥伸手揪下架子，把那只总在亲切问候他的鸟儿扔到了那条土狗的怀里。

"就送你到这儿了。"他亲切地道，"下辈子再见。"

他把十字坡人肉包子店的母夜叉扈三娘打走了。

帮工们召开了紧急会议，就是否需要立即救援老板娘展开了激烈的讨论。

讨论有三个议题：第一，是否需要救老板娘；第二，如果需要救应该怎么救，是以情动人还是以理服人还是以拳头抢人；第三，如果采取以情动人手段，那么是采取哭求手段还是恳求手段还是抱大腿哭求恳求手段？

参加人员有十字坡包子店三女将，采云、采桑两个丫鬟，去县里采买回来的易人离，文臻自己的护卫，现在专职在后厨烧水劈柴的耿光陈小田等人，还有被主子放逐迅速投奔女主子的中文等人济济一堂。

包子店门面小，其实左邻右舍的房却都基本买了下来，男人们平常不咋露面，干些采买打猎打听消息的活计。

耿光等人是一直跟着燕绥的，前不久燕绥找到这里后，耿光等人便被撵了出来，心领神会地直奔十字坡包子店。中文等人来得更早一些，毕竟英文是消息收集和追踪的高手。

桌上摆开零食，满满一桌，会议在紧张活泼的气氛中举行，紧张的是抢零食，活泼的是吃零食。

经过一轮各抒己见，难得一致地达成了救老板娘的决议。第二个议题发生重大分歧，主张拳头抢人的易人离被厉笑踢出门去，和他同一主张的君莫晓被中文打出门去，两人在门口进行了一场全武行迟迟未归……

这边没完没了开会，那边燕绥已经扛着文臻飘出好几里，文臻也不吭声，忙着粘脸上的黑疙瘩——刚才那一颠，掉了好几个。

琉璃珠儿顺着她的辫子倒滚上来，悄悄地往燕绥衣领里钻，燕绥忽然伸手一拈，将那东西拈住，琉璃珠儿想躲没躲掉，急忙把自己团得紧紧的，假装自己还是个珠子。

燕绥瞟一眼，也没理会，琉璃珠儿一步一滚地滚回文臻的辫子上，从此安静如鸡。

“放我下来！”文臻的小铁拳开始捶燕绥后背。

燕绥立即把她放了下来，倒让准备好暴雨梨花针和母老虎连环漂漂拳的文臻颇有点失望。

墙头檐角迎春花灿亮如金，迎面走来的卖花女花篮里装着各色鲜花，她们看见了文臻露在手帕外的那半张脸，顿时卡忘词。

只有一个最机灵的少女，坚毅地接了下去：“……丽的姑娘吧！”

其余众人纷纷对她施以敬仰的眼神。

文臻也敬仰地看她一眼，觉得这样处变不惊睁眼说瞎话的本领需要加以褒奖，燕绥还没说话，她伸手取了一朵花，笑道：“好啊。”

卖花女：“……”

一转身，文臻将花插在燕绥鬓边，凝视着他的双目，深情款款道：“鲜花赠佳人，真是再合适不过了。喜欢吗？”

卖花女：“……”

难怪能让鲜花甘心插在她这摊牛粪上。

燕绥面不改色，摸摸鬓边的花，还没动作，文臻的手已经温柔而坚定地按住了他的手：“亲爱的，不要不好意思，这是我对你的爱，就应该让全世界的人们都看见。”

燕绥依旧在众人敬仰的目光中面不改色，反手包握住文臻的手，也深情款款地道：“我不是要取下来，世间最美的事物，理当都由你我共享。”

他抓着文臻手指，顺手把那花一折，花朵折下来戴在文臻鬓边，花枝横着对自己发髻一插算是个木簪。

虽然相貌天差地别，这两个的鬼性子真是天造地设。

满街目光灼灼的少女捧着一地玻璃心踉跄而去。

文臻满意收手。

吵架归吵架，冷战归冷战，可不代表老娘要把自家的菜地开了门给你们拱哟。

十字坡包子馆的会议还在继续。

最后众人经过无数轮辩论，在吃完老板娘平日藏起来限量供应的零食后，终于达成一致协议，决定先跟在后面，看看再说。当然不能说得这么消极，显得对老板娘被掳的紧急军情不那么上心，用十字坡包子店外交辞令来讲，就是大局为上，小心行事，秘密跟踪，伺机而动。

反正零食也吃完了，包子店也关门了，没事干，一群人浩浩荡荡出门看热闹……哦不，救老板娘去。

老板娘正和男朋友在轧马路。

只是气氛不是那么祥和。

气走一群虎视眈眈的女人之后，花朵已经被取了下来，毕竟文臻觉得戴着这个玩意儿总觉得自己成了转世的吉普赛人。

文臻趴在他对面，侧脸对着他，看着底下的街道，西川城池的建筑风格和长川有些不一样，精致小巧一些，用色比较柔和，文臻想起西川那位前家主，和易勒石截然不同风格，对儿女颇为宠爱，显然是个比较细腻的男子，更不要说接任的家主还是个女子，主政者的性格也会渗透在当地风土人情的各个方面，西川百姓的富裕程度也许未必比长川强，但百姓的精神状态明显比长川要好。

虽然总体感觉温和一些，但该有的城防建设一样都不少，哪怕这灌县是西川的一个三等县，也是如此。在西川待了一阵子，她也探听到了一些消息，比如西川易家的五军，为“虎鹿熊猿鸟”，合五禽戏之名，虎部势力最庞大，也就是所谓的步兵，也被称为铁军。鹿是骑兵，熊是重步兵，猿是密探部门，鸟是信息部门兼斥候，其中虎猿鸟目前都在易铭掌握中，另外两部一个在易铭姑姑手中，一个在她堂哥手里，所以易铭登位后，很多精力都用在和堂哥姑姑的斗争中。

文臻现在也不想和易铭对上，只想找机会和方人和做个交易，如果有可能，趁机搞点事，为自己增加一点立身之本也好。

她侧头，想着自己的计划，脸上的疙瘩被手指压着翘了起来，三根毛欲掉不掉。

燕绥看了一眼，又看了一眼，最后强迫症发作，实在忍不住，伸手给她粘上了。

文臻被惊醒，听见燕绥问她：“好了？”

文臻翻个白眼，心知这种事瞒不了他，女人对脸总是重视的，没好之前不想见他，一旦见他就是已经好了，哪怕疙瘩还粘着，心理上已经不一样了。

两人这是三个月以来，第一次正式对面交谈，但是文臻没有质问西番王女的事，燕绥也没有解释。

能拉开两人之间距离的从来就不是误会。

当日文臻发现自己不对劲，便决然离开长川，以免在那种情境下再留下去，会产生什么不可收拾的后果，比如和西番王女斗殴杀人，或者殴打当朝皇子什么的。

但是她收拾好了包袱，和两个侍女约好了后续会合地点，跳出窗做出拔腿就走的架势，在雪地里留下长长的去远方的脚印之后，顺着自己走出的雪地印记，又走了回来。

文臻走的时候做出了带着两个丫鬟一起走的假象，但实际上两个丫鬟一直藏在长川易家，等到所有的人都去追踪文臻了，才悄悄出门，出门前还按照文臻的嘱咐，先迷倒了燕绥留下的侏儒暗卫。

文臻和燕绥本就是世上最了解彼此的情侣。不过好几次文臻还是险些被发现，半个月后，天京连下三道圣旨催燕绥回京，同时京中对于燕绥迟迟不回也有了猜疑和微词，燕绥根本不在乎这些，连传旨太监表示陛下忧心夜不能寐又生病了，他也淡淡的无甚表示，直到朝中露出要攻击文臻的风向，燕绥才放弃追踪，转而先回天京交差。

西番王女之前已经被护送到了天京，金吾卫专门护送王女到宜王府的时候，宜王府门大开，迎入王女，周边百姓围拢好多人看热闹，都在议论是不是这位殿下终于准备立妃了？原先的那位文大人呢？

天还没亮，西番王女便花容失色地奔出府门，府中人热情万分请她回去用早膳，王女抱着府门前的石狮子把头摇得差点掉了。

随即她便入宫，向陛下表示宜王府待客热情，但她一个女子无名无分入住于理不合，坚决不肯再打扰宜王殿下，皇帝充分怀疑燕绥又用他的机关招待客人了，奈何王女坚决不承认，并表示想要住进皇宫，皇帝却有些犹豫，最后不知怎的，太子家的闻良媛忽然投了西番王女的脾气，两人同进同出，好得穿一条裤子，西番王女顺理成章地要住进东宫，皇帝只好同意了。

太子心中自然乐意，和西番联姻对于他地位的稳固颇有助益，为此近期给了闻良媛不少赏赐。

长川事了，皇帝自然有封赏，燕绥升无可升，护卫自金吾卫中转拨一千人，所属护卫在一字王定额外再加屯长、军侯、校尉三级共十八人，其中校尉四人。食邑加五千户，仪仗增加豹尾枪、长杆枪二，曲柄九龙伞一，入宫城跑马——后两条对燕绥毫无意义，他不喜欢用仪仗，在宫中想咋跑就咋跑。景仁宫他老子头顶的月亮都经常赏，还在乎一个什么宫门跑马？

不过这个仪仗倒触及了某些人的敏感神经，毕竟燕绥现在的仪仗真要摆开，和太子也差不了太多了。对此朝中不少臣子颇有些微词，不过在皇帝郑重召开会议，就以往类似功勋奖赏进行一个直观对照之后，大家便都闭嘴了。

毕竟，这能算得上开疆拓土之功，就算立个太子也没什么不应当目前不过一点虚荣而已。太子便不再装委屈了，他害怕装狠了，皇帝真要认真按旧例封赏燕绥就完了。

对于文臻自然也有赏赐，燕绥回京后和他老子谈了谈，只说文臻为国拼命，最后被易家女主人暗算了，如今正在治病，赏赐可不能少了她的，得一笔笔记着先。对外就说文臻暂时还留在长川，协助厉以书安定局势。

据说那天燕绥觐见，景仁宫大门紧闭，所有伺候宫人一并被殿下撵出，殿内安安静静，只有陛下偶尔几声咳嗽，咳得有点急。

没多久燕绥出来后就直接上马，在景仁宫前真的跑了一回马，然后又亲自去了德胜宫把闻老太太接出来，送回了闻家大宅。殿下是个很讲礼数的人，去德胜宫还给德妃带了装帧精美的土特产：一文钱一包的苦辛。还有神将书信一封，不过当德妃喜滋滋去接的时候，殿下才发现里头的信纸弄丢了。

所以那天德妃也咳嗽了。

之后就有传言出来，说文臻从长川回天京后，怕就要进尚书省或者中书省了。

三省出丞相，如果文臻能在这个位置上再立功勋，走到最后便是女相。

第一百零二章

“猪”你生日快乐

这真是王朝异数，一时嫉妒歆羡纷声不绝，幸亏文臻现在还没回天京。

皇帝在收归长川这件事上尝到了甜头，表示要等文臻归来后便大宴庆祝，随即便把心思动到了西川，想要在西川共济盟上下工夫。

共济盟是盘踞在西川多年的大匪帮，西川年年以此为名和朝廷要钱要粮。年年要了钱粮，匪还是剿不完。文臻入宫第一天就听见皇帝和众臣讨论共济盟的事，到现在共济盟风骚依旧。

易燕然脸皮很厚，在近乎独立的门阀中，唯独他表面保持了对皇室最大的恭敬和忠诚，每年还会象征性上点税，但那点税却让朝廷付出了极大的代价——西川易家是忠诚于我皇乖乖交税的，自然要及时响应易家的需求，比如那个共济盟骚扰得易家很不安，给点钱和兵剿匪吧。

皇帝当然可以不理，但是皇帝需要那点税，以维持朝廷尊严皇家体面，维持住对世家的虚假的掌控权。

如今长川收归，朝廷底气一足，准备好好看看共济盟到底是怎么回事了。

本来这活儿还是燕绥的，一事不烦二主嘛，旨意原本该在燕绥从长川回来路过西川时送到的，结果传旨的人迷路了，走到苍南去了。

燕绥的手指敲在桌面上，微微眯起眼睛——听说太子被他的新仪仗刺激到了，上书要求领兵剿匪呢。

那边文臻忙着将疙瘩都粘好，没好气地道：“还没。”

在出长川没多久，她就发现了那个琉璃珠的秘密，也就是青螭刀的隐藏道具，那颗见鬼的珠子其实是只虫子，文臻高度怀疑那是段家真正的法宝，平常在青螭刀上装珠宝，其实是只大毒枭。

然后她发现了这只毒枭是个大肚汉，什么都吃，最喜欢毒物这是肯定的，这家伙还喜欢人在愤怒焦躁情绪下分泌出来的气息，每次有人暴走后这家伙便冲过去大吸特吸，吸完了浑身抖动双眼迷离，和瘾君子有异曲同工之妙。

大抵人在处于负面情绪中时会分泌出一些物质，是这家伙的爱吃零食，所以这家伙存在的本身就会引发人的情绪动荡，文臻怀疑这东西在身边待久了会引起宿主心气暴躁走火入魔，也就是段家灭绝的原因。

所以段夫人没有学武，脾气淡静，宁可压抑本性，也要让这玩意吸不到养分不能作祟，老老实实地当青螭刀装饰物。

她也想过扔了这虫，一来好像段夫人用了什么手段使这虫子认了主，扔了也未必有用；二来只有蛋蛋吃饱了心情好，给她舔舔，她的疙瘩才会掉。

一开始她控制情绪，不给蛋蛋影响自己的机会，疙瘩就总也不掉。

后来她因为帮一个姑娘解决了渣男，发现蛋蛋竟然对于发现人群中的渣滓颇有心得，一时兴起，和小伙伴们一起开了个包子店，开始了寻找渣男活动，那些被蛋蛋用洗澡水精准挑出来的渣男，当然没有拿去做包子，只是得到了应有的惩戒，被远远打发了罢了。

而渣男们在被惩戒的过程中难免大喊大叫，愤怒惊恐，因此蛋蛋吃得很饱，心情很好，给她舔疙瘩十分殷勤，眼看着脸便恢复了大半，蛋蛋有了吃的，文臻的暴躁情绪便得到缓解，也用不着担心自己每天发疯了。文臻很有志向，想干脆做一票大的，成千上万人的怨念给蛋蛋吃了，不知道会不会让它升级成龙蛋。

虽然渣男们被蛋蛋啃吃的时候大喊大叫，让路过的人传出了一些人肉包子店的传闻，但是文臻觉得这并不是问题，甚至达到了她想要的效果，比如本地地头蛇，共济盟的某些人不就找上门来了吗？

综上所述，蛋蛋的存在是一个难解的命题。能解毒也能下毒，能蛊惑她也能让别人走火入魔。因此文臻也内心复杂，不知道对段夫人该爱该恨，大抵段夫人对她情绪也很复杂，所以这位奇女子的所有举动都交织着疯狂与冷静，亦敌亦友，坑她也帮她，留了这么个玩意给她最后结果也不知道是好是坏，文臻想起她分分钟就要精分。

对面，燕绥问她："为什么要跑？和这只珠子有关？"说着已经一把抓住了蛋蛋，手指用力，眼看就要捏爆。

文臻急忙把蛋蛋抢下来："别捏！"

燕绥十分不满："你自和我出来，还没正眼看我一眼，倒是看这只怪物好几眼。"

文臻：“阁下还记得我是怎么跟你出来的吗？”

蛋蛋愤怒地跳进了酒水里。

燕绥转着酒杯，若有所思正要说话，一个男子经过两人身侧，看见文臻半边脸，骇笑道：“哪来的丑……唔。”

还没说完，燕绥手一抬，被蛋蛋洗过澡的酒水“哗啦”一下都倒进了那男子大张着的嘴里。

片刻后，男子狂呼着奔出酒楼，他的小伙伴们几个人都没拉住。

文臻懒洋洋地道：“你泼他做什么，我现在本来就丑嘛。问个问题啊，如果我的脸真好不了了，你能接受吗？”

燕绥端详了一下：“不能。”

文臻：“哈！大猪蹄子！”

“你把脸上的疙瘩修一修，两两相对，就无妨了。”

文臻：“我收回我刚才的人身攻击。”

燕绥抬起手，似乎要做什么动作，忽然又有人过来，是两个丫鬟打扮的女子，一个丫鬟端着托盘，托盘上黄铜盖子盖着一道菜，看样子颇为珍贵，另一个丫鬟羞答答地对燕绥施礼：“这位公子。我家小姐今日生辰，因此随机选一位客人赠菜。此菜乃我家小姐府中名菜老蚌怀珠，并非此楼堂食供应，是我家小姐今日指点厨子所做，还请公子尝个新鲜。”

这丫鬟看似羞怯，口齿却伶俐，言语里隐隐自得炫耀，却不明显。

文臻托着下巴冷笑一声：“刚才那话还是不收回了。”

男人都是大猪蹄子。

燕绥还是招蜂引蝶的大猪蹄子。

到哪都有艳遇，这满堂的宾客，又不乏少爷公子，偏偏就选中了他送菜，这选得可真巧。

另一个丫鬟将菜送上来，揭开盖子，白瓷盘里一条鳜鱼汤汁金红油亮，浓厚稠美，香气醉人。

那丫鬟上前来，用银筷轻轻揭开鱼腹，鱼腹里赫然藏着色泽金黄“明珠”几颗。周边有宾客探头来看，顿时都纷纷惊叹，都道此菜果然不凡，那丫鬟微带得色，嫣然道：“我家厨子长于‘酿菜’，以鳜鱼煎成两面金黄，鸽蛋煮熟后装入鳜鱼腹中，再加调料烧制成此菜。鱼腹藏珠，彩头既好，味也甚佳，公子请用。”

她微微侧身，对对面雅座施礼，显然那小姐就在雅座里。

燕绥没看一眼那菜，倒是文臻探头看了看，笑道：“多谢你家小姐送菜啊。”

那丫鬟脸色一变，冷声道："送给这位公子，与你何干？"

"只是这菜也太寒酸了吧？"文臻下半句话跟了上来。然后满意地看见丫鬟脸色一变。

"你说什么？"

文臻筷子敲敲盘子。正准备放个大招。

大猪蹄子虽然招蜂引蝶，但她可是全无敌。

忽然响起道清脆的声音："啧，这么个老蚌怀珠也好意思拿来显摆，这家的小姐是外头虎头岭瓜子沟王家村王大牛老爷家的王春花小姐吗？我家灌县叉子巷李秀才家的丫鬟都瞧不上的玩意，也就王春花小姐稀罕了。"

楼板一阵响，上来两个丫鬟打扮的小姑娘，挤开那两个丫鬟，对文臻道："小姐！"

文臻唇一弯，哟呵，她的丫鬟们来了。

采云、采桑将那俩丫鬟挤开，那两个丫鬟怒道："你们是什么人，竟敢如此无礼！"

采桑白眼一翻道："大家都是丫鬟，谁还比谁高贵？你一个丫鬟，自然应该我一个丫鬟来和你说话，离我们小姐远一点！"

那两个丫鬟涨红了脸，其中一个满眼不屑地看了文臻一眼："这丑女也配有丫鬟？"

采云道："你家小姐都能有你这样的丫鬟呢，我家小姐凭什么不能有我们这么优秀的侍女？"

文臻向后舒舒服服一仰，准备看戏。

采云、采桑出身绣娘，还是高端的那种，本就常出入豪门富户，见过世面且不说，人家还是干过大事的绣娘！

闹过事，放过火，挟持过县官！

采桑不耐烦地道："说你们没见过世面还不服气呢。口口声声长于酿菜，真是笑死人了，你们知道什么是酿菜？你们吃过几种酿菜？多的我就不说了，就拿我家灌县叉子巷私塾先生李秀才府上的菜单问你几句——蟹酿橙会做吗？莲房鱼包听过吗？带壳笋知道怎么吃吗？煨冬瓜晓得吗？"

那丫鬟听着听着脸色大变，到最后一句却又一喜，急忙道："煨冬瓜我知道！便是将冬瓜去皮以高汤煨制……"

"错！"采桑大声道，吓了那两个丫鬟一跳。

"老冬瓜切下顶盖，去掉瓤子，以一斤半重池州春江肥鸭肉，加酒、酱、梅子，和诸般香料调和，塞入瓜中。再用细竹劈丝将冬瓜嵌牢固定，埋在灰堆里，用细糠一直铺到冬瓜半截，再用炉灶内带火气的灰埋住瓜，这灰最好是银丝炭的灰，这才是煨冬瓜，一直煨到香气散出方可食……麻烦吧？麻烦就对了，麻烦才是讲究人家的做法，懂不？”

采桑滔滔不绝，采云则笑道：“没见过世面，就应该好好学。再教你们一个带壳笋的做法，选那种又短又肥嫩，皮色棕黄的笋，从大头开始挖，加入……”

雅座的隔扇门忽然开了，一个戴着斗笠的女子走出来，冷冷地横了那两个丫鬟一眼，道：“自作主张，轻浮炫耀，还不给这位公子致歉？”

两个丫鬟急忙含泪向燕绥行礼，燕绥从来不理会路人甲，只摆摆手，但那女子不说话，两个丫鬟就半蹲着，也不敢起，文臻有趣地瞧着，心想这小姐看似大度讲理，却轻描淡写就把锅给丫鬟背了，且明明得罪的是自己，却向着燕绥赔礼，真是好一朵出淤泥不染白莲花。

那女子迟迟不叫起，两个丫鬟不敢起身，居然还是采桑看不过去，将人一拉，道：“这位公子没和你们计较，还蹲着做甚？要我说，你们可想明白些吧！不是什么主子都值得卖命效忠的！不过也是，到哪去找我们小姐那么好的人呢。”

文臻嘿嘿笑，看那斗笠女子仿佛完全没听懂采桑的指桑骂槐，便觉得有意思，笑问：“请问小姐名讳？”

那女子这才转向她，淡淡答：“王春花。”

采桑：“……”

那女子答完这一句，便头也不回走了，两个丫鬟急忙跟上，文臻探出头来，看见底下还有一大堆护卫等着她，上了一辆没有标记，看似很低调，用料装饰却极其讲究的马车走了。

因这女子最后那一句回答，文臻倒觉出了几分有意思，也来了兴趣，想着这位在西川地位一定不低，示好受辱没有发作显然也颇有城府，看这架势，莫不是西川易家的嫡支？是易铭的姐妹还是堂姐妹？

她探出的身子还没缩回来，忽然头顶用来遮光的竹帘放了下来，险些砸了她的头，与此同时，旁边窗户的竹帘也放了下来，文臻愕然回身，便看见厅堂忽然漆黑一片。

一瞬间她险些以为演鬼片了。

随即她大惊，一脚踢向桌子，同时凭记忆两手抓向采云、采桑——有刺客！踢翻桌子挡住袭击，再把两个不会武功的丫鬟给扔到角落里！

桌子一震，没踢动，倒震得她脚尖生痛，采云、采桑此时才发出尖叫，被她一把拖住往桌子底下一塞——

"'猪'你生日快乐，'猪'你生日快乐——"

这声音响起得突兀，文臻霍然回首，险些喊出死党的名字——在这茫茫异世，还有谁会这样为她庆祝生日？

随即她反应过来，这歌不对，只说出词，却没有生日快乐歌的调子，声音也是男人的，更重要的是，她不记得自己生日的准确日子，但肯定不是春天！

她茫然地站在火光里，脸色发黑的燕绥双手按在桌上，及时挽救了自己的头发。

这时，小二上来，道："各位客官，各位客官，方才有人包下了咱们酒楼，还请各位移驾，那位客人说了，扰了各位雅兴，实在抱歉，今日的酒菜钱都算他的，劳驾各位。"

众人面面相觑，听说免单也便算了，纷纷下楼，很快酒楼便空了。

文臻却只盯着那点烛光。

那一点烛光渐渐接近，却是这酒楼掌柜和伙计推着一个小车过来，小车上面是……一个生日蛋糕。

文臻目瞪口呆。

第一百零三章

哄老婆是个技术活

那蛋糕看起来中规中矩，还是个双层，也有看似奶油的东西，奶油也做出了玫瑰花，还有特制的表明年龄的蜡烛，因为不会阿拉伯数字，所以是“十九”这样的数字。

此刻掌柜亲自推着车接近，一张胖脸在烛光映照下油光泛亮，文臻也不知道拿了燕绥多少赏钱才让这饮月楼清场。

蛋糕到了面前，文臻看见蛋糕上还颇为风雅地写了“恭祝寿辰，芳龄永继”字样，旁边小二递上切蛋糕刀，文臻眯着眼睛看着那蛋糕，她就不信了，没有她的太阳能电动小马达，这世上还有什么人能做出原版的蛋糕？

这一看就看出端倪，果然是猪油凝结在蛋糕上。蛋糕也打发得不够，硬邦邦的像铁蛋一样。

烛光下，掌柜和小二张开嘴：“祝你生日快乐……”

受到惊吓的文臻：“打住！快点打住！”

辣眼睛且伤耳朵，瞧人家一脸如丧考妣，燕绥是不是绑了人家老娘？

掌柜小二如蒙大赦，赶紧躬身说句恭贺姑娘生辰，脚底抹油地跑了。

文臻转向燕绥：“你咋不唱生日歌？”

燕绥面不改色：“一切都在蛋糕中。”

“蛋糕？”文臻东张西望，“哪呢？”

燕绥道：“蛋糕就是一个意思。你的秘方怎能给阿猫阿狗？”

文臻用刀子敲蛋糕，声音扎实：“我记得今天好像不是我生日。”

“无妨。”燕绥道，“我和你相遇就是在这样一个春日。所以值得庆祝。”

文臻不说话了。

他好像忘记了，两人的初遇是在三水镇刘家宅院的屋顶上，他把她倒吊在刘家大门下，和闻真真的尸体面对面对称。

真是无比美妙值得纪念的相遇。

文臻觉得自己此刻不翻旧账，就已经是对他此刻安排的最厚道的反应了。

对面的两个丫鬟双手捧心，采云道："从未见过这样庆生，真是别致动人……"

采桑道："这一片黑暗里的烛光，像午夜里的明灯，映照着烛光里的小姐，美貌得闪闪发光，而殿下的眼神也如此缱绻，满满的都是小姐，天地间仿佛只剩下了他们两人，我感觉到我此刻的存在真是多余……"

采云立即善解人意地道："那我们还是先回避一下吧。"

采桑："好，要是有人这么为我庆生该多好……"

文臻："等等，他给了你们多少钱？"

两个丫鬟最终没有退场，因为燕绥终于想起来初遇是个什么样的场景了，为了避免文臻新仇旧恨一起爆发，影响了今日难得的谈心气氛，殿下勉为其难地允许阿猫阿狗一起分享他的浪漫。

但是他始料不及的是，阿猫阿狗越来越多，十字坡包子店的大军正在集结，并对他做给文臻的样品蛋糕进行了全方位的围观，文臻十分热情地招呼大家："来来来，燕绥今天给我过生日，大家都来吃蛋糕！"

君莫晓听见蛋糕就冲了过来，食指大动两眼放光地道："蛋糕！自从你去了长川我就没吃过！给我来一块大的！"

文臻双臂运足真力，尽量看起来轻松地切下一块，笑眯眯递给她，君莫晓接过，手一沉，还没反应过来，张嘴就啃："这蛋糕好扎实的感觉……"

一声牙齿被碾磨的沙沙音。

君莫晓顿住。

众人齐齐看她，目光灼灼。

片刻后，君莫晓艰难地张开嘴，吐出一块砂子："我说阿臻啊……殿下真的是来求复合的吗？真的不是怒极杀妻的吗？我洁白坚硬足可裂核桃的门牙差点都崩了啊……"

"大概殿下原本准备在里面藏个戒指向我求婚，"文臻耸耸肩，"然后黑心的老板贪图珍贵的鸽子蛋给换成了砂子？"

燕绥的表情像是忽然被打开了新世界的大门。

文臻瞬间后悔——如果下次他真的在某个点心里藏个戒指，那她岂不是时时刻刻充满牙齿被硌掉的风险？难道从今以后她每吃一口饭都得先用勺子掘地三尺找一下有没有戒指？

那也太心累了吧。

“不过这个创意真是用烂了，俗不可耐。好像我来之前我家隔壁那个没钱没才没貌的死胖子就想用这个法子求婚来着……”文臻貌似自言自语。

燕绥脸上发现新大陆的表情略略淡了一些。

殿下万万不愿与没钱没才没貌的隔壁邻居死肥宅比肩。

文臻又把切下的蛋糕开始四处兜售，奈何大家现在都变得好客气，一边赞着蛋糕味美一边纷纷逊谢：“你今日是寿星你该多吃些，你瞧这蛋糕做得多精致啊。”

“哦，今天是殿下和我第一次相遇纪念日。那天风和日丽，阳光普照，殿下和我一见如故，在屋顶上赏着月亮谈天说地，短短几句话我欠了一条人命和殿下的一次人情，在结束友好亲切的会谈之后，殿下把我倒吊在那家屋檐下，以期和对面一具死尸形成完美的对称格局……你们说这蛋糕我要不要吃？”

“那我们建议你别吃了，把这个蛋糕盖在殿下头上算做感谢吧。”

“对啊对啊，殿下做这个蛋糕心意满满，劳苦功高，这个蛋糕本就应该殿下多吃。殿下请。”

燕绥：“易人离，我向陛下递了个折子，给段夫人请了追封。因为你溜走了，易秀鼎暂代易家家主位，但是她是旁支，易家几个早已迁出长川的族老最近忽然冒了出来要驱逐她，还不允许她参加段夫人的祭祀仪式……”

他还没说完，易人离已经横眉竖目：“好哇，那几个老不死都是当年犯错被驱逐的，现在易家倒了，跑出来想要作威作福？由得他们！”往腰间鞭子上一拍，转身就走，走了几步又想起来什么后回头。

厉笑一直看着他，他回头的时候厉笑却转头。

易人离却对文臻道：“那个……”

文臻：“走你！砍死他们！”

厉笑：“……”

易人离气吞山河再次转身，走两步又回头，厉笑这回不看他了，转头看窗外。

易人离看她转头，反而犹豫了，张了张嘴终于还是闭上，又要转身，却被文臻一脚踹在屁股上，易人离被踹得吓了一跳，想好的话脱口而出：“厉小姐，你要不要和我一起？”

厉笑没回头，还在专注地看着窗外，脸颊却慢慢地红了。

燕绥瞧着，忽然有点怀念地想起当初刚进宫时的文臻，那时候他经常去她的小院子蹭吃的，有时候对她多看两眼，她的脸也会红。

再看一眼现在那个满脸黑疙瘩飘长毛还在他面前拉郎配的扈三娘。

岁月真是一把杀猪刀啊……

易人离还在等着厉笑，周围诸人都含笑看着，等着一句毫不意外的回答。丝毫没有察觉到宜王殿下又轻描淡写地把话题带歪了。

底下却忽然传来一阵喧闹声。

文臻探头出去看，就见长街之上，仪仗长长地摆开来，拥卫着正中一座宝顶镂空四驾马车，彩带飘拂，璎珞垂挂，十分华丽。街道两侧都有少女挎着花篮，娇笑追逐，不断有人把花朵和瓜果掷向马车。

西川民风相对比较浪漫，男女之防也不甚严，春天有年轻男女互赠鲜花的风俗，走在街上长相俊挺的男子也很容易收到少女们娇笑着隔街掷来的花朵。

文臻的目光却落在马车中人身上，那人斜斜倚着马车，修长的手指在空中一捞，便拈住一朵鸢尾或者桃花，引得车下少女欢呼，一路追逐马车，而这般潇洒的少年郎又生得俊朗，乌发如云，一抹眉目精致艳丽，马车上遍地嫣然花朵，都在他容光之下失色。

文臻觉得自己也快要花容失色了。

这位满大街招摇的美少年不是易铭吗？真想不到她在西川竟然是这样的风格。

她下意识去看厉笑，厉笑一动不动站在窗边，早已忘记了回答易人离的问话，她的半边脸掩在窗棂花影里，绵长的目光下意识追随着那宝马香车。

易人离久久等不到回答，困惑地走近来，探头要去看，文臻忽然抓起一团蛋糕，往他脸上一扔："哎，砸蛋糕时间到！"

那团蛋糕砸在易人离高挺的鼻子上，易人离"哎哟"一声，鼻血长流。

本想解救一下少年的玻璃心，却忘记了这蛋糕这么硬。

易人离哀怨地瞪她一眼，去找店家找水洗脸去了。文臻的护卫也在楼上，耿光是个憨厚汉子，陈小田是个机灵鬼，一个觉得老大说的话就得听，说砸蛋糕就砸蛋糕，一个看出了文臻的用意好像是要岔开什么事，都十分配合，再加上一个凡事爱起哄的君莫晓，三人一人抓一把蛋糕就开始砸，但是又不敢冲着人砸，怕砸出人命，便冲着桌子地面窗子砸，那堪比铁蛋的蛋糕生生砸出了流星锤的效果，文臻、闻近檀、厉笑在流星雨里狼狈闪躲，文臻一边顶着枪林弹雨一边冲君莫晓大喊："下次记得出门带锅……"

忽然一枚流星蛋越过窗户，砸向底下的人群，文臻道一声："糟了！"

燕绥离得远，眉毛一扬手指一弹，终究慢了一步，只将那团奶油蛋糕的底部蛋糕弹了下来，猪油还是落了下去。

文臻扑过去看，正看见那蛋糕无比精准砸在满城最风流的易铭易家主头顶的玉冠上，薄薄的玉簪被击断，易铭满头黑发倾泻而下。

文臻为易铭今日的造型和头发哀悼了一秒钟。

猪油很难洗的。更关键的是，以易铭的精明肯定会发现，文臻觉得不安全。

猪油铁蛋砸上易铭头顶的那一刻，厉笑就缩了回去，但不知道为什么，她缩回去的动作有那么一点拖泥带水。底下，猝然受袭的易铭摸了摸头顶，摸了一手的油腻，愕然抬起头来。

文臻在那一刻原本可以很快地将厉笑拉开，却没有动。

他人的感情必须尊重，无论对或者不对。厉笑不想离开窗户想多看易铭一眼，她就无权为了自己的安全硬生生将她拉走。

所幸厉笑向来明理，一边缩回去一边匆匆地再进行改装，文臻也离开了窗口，却不敢乐观。从窗口的死角看下去，易铭的卫队因为这恐怖的袭击十分警惕，抽刀要上酒楼查看。

易铭却抬手示意不必，站起身来，接过侍从递来的布巾，擦了擦头发，又披上风帽，这才笑道："想必是谁无意失手，就不要大惊小怪了。"

她的护卫队长还要说话，她指了指头笑道："谁会用猪油和糕点刺杀我？"

那护卫队长愤愤道："用此等秽物投掷您，那也是不敬刺史的大罪！"

易铭笑道："猪油珍贵，糕点也不便宜，舍得用这个砸我，说明咱们西川现在物阜民丰，百姓安乐，这便是我这个刺史的功绩与荣耀，只应欢喜，何怒之有？"

她笑容明丽，毫无被袭的怒意，也无被猪油泼一头的尴尬，柔和宽容，气度非凡，街道两旁的百姓因这突然事件，本来都有些惴惴，听到这里，都开始喝彩。

当即就有女子当街为她作舞，有歌姬为她清歌，有士子临风作赋以赞美，有老者叹终遇明主，有说书先生拍案表示要以之编入传说。

文臻耳力好，清晰地听见楼下有人道："都说这位家主得位不正，暗害老父囚禁哥哥清除异己残害同胞，如今瞧着，这般光风霁月人物，不可能，不可能！"

有女子立即接话："是啊，他长那般好看，怎么会是坏人！"

也有人道："人好不好和长得美不美有什么关系？无风不起浪，传言也未见得没几分道理。"

还有人道："岂不闻众口铄金积毁销骨？这想必都是刺史的政敌散布的谣言，多亏诸位把持本心，明辨是非。"

当下便有人开始细数刺史上位后的种种仁政，显然这应该是易铭安排好的托儿了。

文臻摇头一叹。

易铭真是个人物，难怪这才没多久就站稳了脚跟，真是时时刻刻都不放过博取民心的机会。

此时易铭一个转身，文臻忽然看见她胸前别着一朵小花，那花在她此刻满满鲜花的香车上实在毫不起眼，可易铭却那般珍而重之地戴着。

那花的品种也不像是西川的，远远看去有点像干花，文臻好像在唐慕之给燕绥的情书中看见过这种紫色浓重的花。

她下意识看了厉笑一眼。

厉笑却没发现那花，有点出神地喃喃和她道："她就是这样啊，风度特别好，从来不和人计较，只有遇上我被欺负，她才会出头……"

她一转头，遇上文臻目光，突然惊醒，脸色一白，大声道："一直这么虚伪！"

文臻差点气笑了。

然后她就开始头痛了，因为易人离已经洗完脸，悄无声息地走了过来，从他的神态来看，方才的一幕他都看见了。

厉笑一转头也看见了易人离，怔了怔，脸上飘过一丝无措和尴尬，再看看底下一味风骚的易铭，眼底闪过一丝恨意，忽然伸手从窗外墙缝里拔出一根狗尾巴草，对易铭扔了下去。

还好那根飘飘摇摇的狗尾巴草夹杂在到处飘飞的鲜花里，着实不显眼，甚至都没落到易铭身上，在即将落在她肩的时候，就被她身后的护卫眼尖地拈走了。

文臻松了口气。

这口气还没松完，就看见隔壁的酒楼，一只板凳斜斜地对着易铭的脑袋砸了下来。

正想着这是哪位壮士和她如此心有灵犀，忽然反应过来，回头一看，果然，易人离不见了。

文臻又要气笑了。

好吧，好歹还知道要去隔壁酒楼再砸板凳。

人群散开，护卫出手，剑光闪耀，几柄剑交织瞬间将板凳绞成了一堆木渣。

护卫高叫："有刺客！"便要冲上那酒楼去追。

易铭却笑道："回来，不必追了。"

护卫首领急声道："刺史，此人当街刺杀行径恶劣……"

易铭失笑道："你见过谁当街刺杀扔板凳还扔不准的？"

护卫语塞，易铭又道："留两个人去看看百姓有没有受伤，有受伤的记得送去医馆，留下抚恤。我们走吧。"

这话顿时又引得一片颂圣之声，易铭只是笑笑，对百姓们摆摆手，便转身上车。

只是她上车时，忽然微微偏了偏头，看了看酒楼的二楼。

第一百零四章

霸总附身的燕绥

随即她笑着坐进去，手一挥，马车继续前行，但宝顶上的帐子这回全部放了下来。

酒楼上，其余众人看见马车已经远去，本已经做好爬窗跳楼准备的，此刻都松了一口气。

一直没说话的燕绥却忽然站了起来，与此同时文臻也蹦了起来。

“快走！”

众人愕然看她，文臻已经把燕绥推了出去：“你快走！你在这会拖累我们，快点，走你！”

“什么意思？”君莫晓愕然。

厉笑最先反应过来，颤声道：“刚才她只是做给百姓看的，她已经怀疑了，一定会带人查看——”

话音未落，楼板声响。

来得竟然这么快！

文臻揪住燕绥衣领的手顿住了，一时还在思考要不要把他扔下楼去，燕绥忽然一手将她拽到了自己怀里，头一低，亲下去了。

一言不合就亲吻这是要闹哪样？

他的唇压在文臻唇上。

文臻的身子有点发软，双手下意识握住了他的腰。她赶紧去想那所有煞风景的一切，想到春心全收，泡泡破灭，才有那份清醒和理智，猛地抬手去扇燕绥的脸。

当然她的手被燕绥一把抓住。

文臻挣扎出来，大骂："放开我！快点放开我！你这个大猪蹄子！一边听你老爹的话和那个大洋马未婚妻暗通款曲，一边还要来撩拨我！你要不要脸！你把我当成啥了！我砸死你个花花公子……"顺手抓起糊在窗台上的一把猪油铁蛋，恶狠狠地砸出去，却没冲着燕绥，砸在正冲上来准备出手的一个秘卫脸上。

而其余众人，此时也都反应极快地冲上去，拉架的拉架，劝说的劝说，文臻一探身，猛地推开窗子，声音很大。底下人都朝上看，正看见一男一女在窗边姿态暧昧，顿时都来了兴致目光灼灼，文臻大骂大猪蹄子，大猪蹄子抓住她的手坚持调戏，而那边负责劝说的采桑则忽然惊声道："站住！你们是什么人！这里我们公子为了小姐庆生已经包场，你们怎么进来了？出去！出去！"

采云则发出一声尖叫，害怕地拽住采桑，道："别嚷了别嚷了，这好像是刺史的护卫……是不是咱们小姐刚才怒砸文公子点心，不小心砸到刺史，现在刺史派秘卫来杀我们了！"

两个丫鬟声音又高又尖，清晰地传到街上，街上有人脸色顿时一变，上来的秘卫脸色也变了。

刺史方才有发现可疑人物，命令迅速搜查，他们本想迅速控制这楼中人看个究竟，不想一上来就被猪油糊了一脸，此刻动机又被人一口喊破，再给人喊下去，刺史方才在百姓面前营造的形象便白费了，那些原本就难以控制的流言，立时便有机会甚嚣尘上。

秘卫担不起这个责任，领先那人抹一把脸上猪油，一个箭步冲到窗边，大声笑道："诸位误会了，方才刺史发现诸位在楼上庆祝，为表与民同乐，特意命在下前来祝贺。"

文臻狠狠地掐燕绥，燕绥这才不满意地放开了她，文臻摸摸自己的脸，心想这样的脸他也啃得下嘴，殿下虚怀若谷不可小觑。

殿下对易铭的人却似乎虚怀不怎么若谷，冷着脸手一摊，道："拿来。"

燕绥："我等在此庆生，你家刺史既然是派你们来祝贺，自然应当有贺礼。"

文臻扬眉诧异道："怎么？没礼物？刺史真的是来给我们……"

秘卫急忙打断她，笑道："当然是真的来祝贺两位，礼物在此。刺史大人说了，小小薄礼，不成敬意。"说着咬牙从怀中掏出一个小小锦囊，当着楼下仰望的众人的面双手奉上。

文臻这才笑吟吟接了，大声道谢。连声称赞刺史大人爱民如子礼贤下士平易近人出手大方，又道自己两人经过刺史大人爱的加持，感觉到为些许小事争执计较太过惭愧，已经冰释前嫌。

秘卫忙不迭地告辞了，文臻转身对最里头隔间拍拍手，笑道："笑……"

忽然她的嘴被捂住，文臻一惊，正要挣扎，随即发现是燕绥，燕绥一边捂住她往后退，一边对要惊呼的众人使了个眼色。

此时文臻也已经发现不对，她听见了脚步上楼梯的声音。

这酒楼占地不小，有两边的楼梯可以上来，两个楼梯之间相隔一个天井大堂，那大堂最近布置了一座彩楼，因此遮住了视线，两边楼梯上的人都不能第一时间看见对方。

她们现在都集中在东边楼梯，方才大家的注意力也都在上楼来的秘卫身上，现在静下来，才听见那边脚步声响。

而厉笑，方才就趁着文臻转移秘卫注意力的时候，先避到了西面楼梯口正对着的雅间里。

因为文臻燕绥有把握把秘卫打发走，因此也没让她想办法离开，现在厉笑估计以为秘卫已经被逼走，正毫无防备地在雅间里，或者正准备出来。

而那人已经上来，准确地走到那个雅间门口，静了一静，道："笑笑，是我。"

易铭的声音。

雅间里"砰"的一声，好像有人撞倒了什么。

易铭真是太狡猾了。

她竟然声东击西，秘卫只是第一批来试探的，秘卫牵扯了她们和百姓们的注意力，她自己转个弯下了马车悄悄地带人又进来了。

这位排行最小的易家女公子能独得父亲宠爱，击败那许多兄弟姐妹登上家主之位，果然是厉害得很。

更糟糕的是，厉笑遇上她完全没有招架之功，易铭刚才肯定只是惊鸿一瞥，心中怀疑是厉笑，并不能确定，但她太狡猾，她敲门的时候，直接来了一句"笑笑，是我。"

用肯定句诈厉笑，同时这句话也会引起厉笑的心情波动，毕竟曾经是一对爱侣，如此温柔深切呼唤，厉笑没少听过。

果然厉笑心情激动，不打自招。

现在，易铭已经确定了厉笑的存在，如果不小心应对，接下来这位袖中藏乾坤的人间客，能顺藤摸瓜，把所有人都揪出来。

文臻可不想现在就和她对上。

她正思考怎么解救厉笑，忽然燕绥把她一拉，文臻回头怒瞪他，却听燕绥道："人家久别重逢，互诉衷肠，你要作甚？"

文臻怔了一下，感觉好像是这么回事啊，但随即反应过来，怒道："你又在双关什么。厉笑和易铭已经恩断义绝，厉笑知道易铭的身份，易铭怎么可能放过她！"

"尽操别人的心，走你的吧！"燕绥根本不理她，伸手一揽，文臻便被揽了出去，文臻眉毛一竖想要给他爱的惩罚，琉璃珠子滚了过来，弹开到一半，燕绥偏头一盯，那家伙“咻”地一下把自己又圆润地缩起来了。

燕绥拖着她穿窗而出翻上屋顶，文臻指指底下那群她的丫鬟护卫朋友，示意不能不管他们，燕绥一脸漠然：“死了最好。”

算了还是不要她们跟着了，反正她们也有本事自救。跟着自己，万一被这个又恶又狠的殿下看着不顺眼，说不定比落入易铭手中还惨。

她一个手势，君莫晓带着闻近檀，耿光带着采云、陈小田带着采桑，各自穿窗而出，分散逃开，几乎与此同时，一队黑衣人无声无息从楼道里包抄而来。

燕绥已经带着文臻上了屋顶，却并没有离开，两人在屋顶轻巧地游走一阵，燕绥在一处屋顶停住，揭开天窗，文臻探头一看，哟，易人离正躲在那间屋子里，耳朵靠着板壁听墙角呢。

文臻再走几步，来到易人离那间屋子的隔壁，掀开天窗，果然，厉笑正背靠着房门，眼圈通红，胸口起伏，显然情绪波动很是剧烈。

两人无声无息从天窗上落下，落在屋子的承尘上，刚藏好身子，隔着天窗和屋顶，听见头顶一串细密的脚步声。

易铭的人一定会将四周细细搜查，但一定不会搜家主所在的地方。

底下，厉笑背紧紧贴着房门，呼吸急促。

门外，易铭低低的声音传来。

“笑笑，好久不见……你最近还好吗？”

厉笑瞬间红了眼眶。

隔壁听壁角的易人离撇撇嘴。

比起情商，她一根手指就能把某位殿下秒杀。

越想越来气，她本来就因为药物的原因比较狂躁，此刻忍不住龇牙对燕绥竖了一下中指。

燕绥看一眼她伸出来竖得笔直的手指，想了一下，在头上摸了摸，摸出那根被折断用来簪头发的花枝卷成一个环，就要对她手指上套。

文臻受到了惊吓，光速把手指缩回。

底下，易铭在门外道：“笑笑，你怎么来西川了？你不是在长川的吗？长川事了怎么没和哥哥们一起回去，或者和你三哥在长川再待一阵子？外头乱，行路多跋涉，这天气乍暖还寒，你身子单薄，千万注意及时加减衣裳。”

门外易铭深情款款：“笑笑，你来西川是为了我吗？刚才惊鸿一瞥，瞧着是你，我还以为我眼花了。天知道我心里有多欢喜，我就知道你一定舍不得我的。”

厉笑在门后拼命摇头，又把脸深深埋进掌心。

文臻也摇头，把脸埋进掌心揉了一揉，转头唏嘘地对燕绥用口型道："多温情。你要有人家一半能煽情就好了……"

燕绥温情地捡起她因为揉脸揉掉的黑疙瘩，煽情地帮她一颗颗再粘了回去。

文臻："……"跟殿下混，需要一颗强大的心脏。

门外，易铭："笑笑，你一个人孤身在西川，怎么不来找我？你……你还是记着那晚的事情吗？那晚……我也是没有办法，父亲就那么去了，哥哥却在姑姑和叔叔的支持下对我发难，隐藏了十几年的秘密被忽然揭露，我……我连爹临终遗容都没来得及看一眼！"她吸一口气，难过地道，"我知道你要怨我不择手段，咱们那么多年的情分，我那样待你……我不想辩解，是我的不是，可是笑笑，如果那晚我不硬下心肠，等着我和你的将会是什么，你想过吗？权力争夺的失败者，可不仅仅会失去权力，还有生命，还有你……笑笑，我在爹面前发过誓，我的一生要献给易家，献给西川，如果背誓，我和我所在乎的所有人都会不得善终，永堕阿罗地狱。笑笑，我自己便不得好死也罢了，反正我也不是好人，可是你，可是你又何辜……"

易大刺史，摸着你胸口的那朵干花，对老天拿你的生命你的尊严你的下场发誓，你真的是怕牵连无辜的厉笑吗？你在乎的真是隔门为你泪奔的那个傻乎乎的丫头吗？

门外，易铭演戏演得投入，自己也惆怅起来，靠着门边，轻轻道："笑笑，这几个月我几乎没有一夜安睡。五禽军之中两支，多年来被姑姑和堂哥把持，父亲对姑姑有亏欠，以熊军作为姑姑的安慰，堂哥表面对父亲忠心耿耿，获得他的信任，窃取了鹿军。历来赠与容易收回难，现在父亲一去，姑姑和堂哥都蠢蠢欲动，西川外有朝廷虎视眈眈，内有鼠辈蝇营狗苟，今日之繁华荣盛，未知又能延续几日。笑笑，我原不愿骗你，也不愿为这家主之位误你一生，但是从一开始我就没有了选择，只能一错再错。"

厉笑泪流满面，抬袖子抹脸的时候，正看见对她做鬼脸的文臻，不由一怔，随即便红了脸。

文臻明白她的心态，无论如何都是爱了那么多年的人，一颗芳心投注太久是会产生惯性的，不是想收就能收回的，易铭又是那么魅力出众的品貌。

但是对于厉笑来说，这般拖泥带水，就算别人不说，她自己也是过不去的。

她对厉笑努了努嘴，做了个拔刀向后捅的姿势。

厉笑怔了怔，明白了她的意思。

此时易铭就算没靠在门上，这时候拔刀刺门，一准能给她一个痛快。

但文臻并不意外地看见厉笑的手犹豫得很。

她往后一躺，燕绥把手臂伸过去给她靠，文臻拨开，低声呵呵笑道："殿下啊，精神健旺啊，看来药效不错啊。给你送药的美貌王女呢？说好要跟你回京的呢？怎么这次没带来？”

燕绥瞟着她，忽然道：“刚说的蟹酿橙，我很有些兴趣。”

“可惜本地没有好醋。”燕绥慢条斯理地道，“不过现在有了。果然浓厚奇酸，令人食指大动。”

说着他食指还真的动了动，文臻盯着他食指，很想咬上那么一口。

“我吃什么醋？轮到我吃醋？我有吃醋的机会？”文臻呵呵笑，“你爹说安排个人就安排个人，还安排得让人无话可说。你往那一躺，岁月静好。我倒真不想多想，可是见某位殿下收了药，接受了王女，还拒不见我，往好了想是让我安排这女人，往不好了想是请我滚蛋。你倒是提供一个新鲜想法给我啊？”

燕绥：“行啊。你这脑筋确实需要拓一拓。你怎么就不能想：这药殿下没打算吃，王女更不会要，现在只是个误会？”

“是哦。”文臻唏嘘地道，“你被一场突如其来的恶意所攻击，再被一人突如其来的死亡所刺激，再被一脸突如其来的麻子所震撼，最后遇上突如其来的拒绝和闭门羹，以及更加突如其来地位高贵的疑似小三……大概也就你这么强大的心性，会第一时间认为这是个美丽的误会了。”

燕绥难得沉默了，颇有点无言以对的意思，文臻诧异地看着他，还真没见过殿下哑口无言的时候。

半晌燕绥道：“那是不原谅我了？”

文臻倒有些诧异，殿下服软了。

她正想说话，忽然看见底下厉笑有了动作。

厉笑犹豫半晌，眼神忽然转厉，拔刀，慢慢向门刺过去。

第一百零五章

捅得爽吗

门外，易铭静默了一会儿，忽然轻声道：“笑笑，我欠你一声道歉，对不住，耽误了你这许多年青春。”

果然，厉笑的手顿时软了。

她痴痴地靠在门上，眼神里几分释然几分伤。

文臻心底叹息一声。

燕绥忽然轻声道：“你以为就你想到这个了吗？”

文臻看他眼神，浑身汗毛一竖。

易铭会不会也想杀厉笑灭口？

之所以没动手，是因为她一直在试图套话，想看厉笑到底和谁在一起。

如果她发现无法套话，会不会干脆就对厉笑动手？一方面知道她秘密的人少一个好，另一方面说不定能诱出厉笑的帮手？

燕绥看她一眼，再次发挥蛔虫的异能，摇摇头道：“不会。”

文臻撇撇嘴，没好气地坐远一点，她早就发过誓了，脸上疙瘩没全掉之前，才不要和他和好，不为别的，就为他的隐瞒和不信任，明明之前已经接到了关于药和西番王女的消息，却一直瞒着她，怎么，是觉得她不堪商量，还是觉得她会打翻醋坛？

还是不够信任是不是？那就先自个玩呗。

然而燕绥随即挪了挪身子，又坐近了一点。

文臻再挪。

燕绥再挪。

两人已经挪到厉笑的正上方，从横梁上蹭下来的灰都簌簌地落在了厉笑的头上。

厉笑浑然不觉，抹一把含着灰的泪，把自己抹成了花脸。

门外易铭又静了一会儿，才道："说了这许久，到底是不是你呢？也许你不想见我，也许我太想你，看错了吧，毕竟笑笑也不大可能一个人忽然出现在西川。"她作势要转身。

门内的厉笑霍然回首。

就在厉笑回首错身的那一霎，一柄雪亮的刀尖忽然无声无息地从门板上刺进来！

厉笑的表情就像瞬间看见天崩地裂。

文臻也惊讶地瞪大了眼睛，随即回头看燕绥。

易铭套话无望，对厉笑下手了！

这是燕绥第一次推断出错！

燕绥也皱了皱眉，似乎有些意外，随即还是道："不可能。"

外头一声厉喝，似乎是易铭的喝声，带着怒气，盯着刀锋发怔的厉笑被这一声惊醒，反手拔出自己的刀，猛地拉开门就冲了出去。

时间回到方才易铭转身的那一刻。

易铭刚刚转身，忽然一个蒙面人冲了过来，手中一把刀寒光闪亮，易铭下意识一倾身，那人却和她错身而过，手中的刀毫不犹豫地插入了门板！

易铭立即怔住，然而一霎之后她就反应过来发生了什么——居然有人敢在她面前对厉笑下手，栽赃给她！

那家伙动作出人意料又迅猛，一刀刺入再不犹豫转身就跑，易铭一边怒喝下令护卫去追，一边拍门要问厉笑怎么样，忽然门拉开，易铭刚刚一喜，就看见厉笑横眉竖目，一股寒冷如雪的刀风当头卷下，仓促间易铭举剑架住，却忽然觉得后颈细微一痛，浑身力气顿时失了大半，易铭大惊，此时厉笑的刀已经当头劈下，易铭使尽全力将刀一引，那刀落在易铭肩膀上，易铭捂着肩膀一个转身，已经骨碌碌顺着楼梯滚了下去。

文臻冲过来，一把拉住出刀后再次陷入茫然的厉笑："走！"

厉笑还浑浑噩噩的，文臻干脆一把扛起她就走，一边走一边道："谁这辈子还没遇上几个渣男！"

楼底下，那个仓皇逃窜的蒙面家伙远远地给她比了个赞。

被她逼去照应一下逃奔的易人离的燕绥，很想也把这个过河拆桥的女人也一把扛了就走。

易铭从楼梯下起身，看一眼往两个方向逃奔的人，最终还是决定亲自去追那个胆敢当面栽赃她的贱人。

文臻拉着失魂落魄的厉笑一阵疯跑，按照朋友们留下的暗号在一处小巷内聚齐，又趁着易铭还没下令封锁城门，迅速出城，总算把易铭的追兵给甩下了。

回到十字坡包子店，一进门就踩了一脚牛粪，文臻嫌恶地抬起脚，听见那边茶肆老板娘恶声恶气地在踢狗，一边踢一边骂："不知道哪里跑出来的贱货！天天占着地儿勾三搭四，总有一日烧了你屋，杀了你全家！"

厉笑正心情不好，刀一拔就要转身，被文臻拉住，厉笑怒道："这疯女人自从咱们来了，天天指桑骂槐，泼粪倒水，闹个不休，偏你还都让着，一直不让咱们教训她，连嘴都不回一句，惯得她越发蹬鼻子上脸！你当初连陷阵营统领都敢打的气魄呢！"

"狗咬你你也咬狗一口吗？"文臻笑着把她往屋里拖。

"那就一直被狗咬着？"

"不不不，那当然是先养肥了，才好宰了吃肉啊！"

"吃什么肉？吃什么肉？"君莫晓风风火火拖着闻近檀回来了。

文臻笑而不语，转而问两人怎么回来的。君莫晓道两人出城门的时候晚了一步，险些被拦下盘查，是潜入一辆运货的大车之下才躲过的，君莫晓说起此事眉飞色舞大呼幸运，闻近檀则一言不发，事后才悄悄和文臻说起，那大车在出城门的时候忽然在隐蔽处停下，出城门后又在隐蔽处再次停留，两次都方便了君莫晓和闻近檀潜入以及离开，她觉得有点蹊跷，只是对方的车很普通，也没和自己等人照面，因此也就无从查探。

"既然带你们离开，总归没有恶意。示好的最终往往都是有所求，等着便是。"文臻清点着厨房里的食材，一边招呼丫鬟护卫将一些珍贵食材打包，一边建议，"好久没野餐了，今晚开个烧烤派对吧。"

大家跟了她一阵子，也多半懂了她那些奇怪的话，虽然觉得忽然吃烧烤有些奇怪，但看一眼魂不守舍的厉笑，都猜文臻是为了帮她开解，也便各自去准备。

又过了一会儿，易人离回来了，形容有些狼狈，也不像往日那样和厉笑说笑，有意无意避着她和文臻走，他避着文臻，文臻却不避他，非常热情地迎了上去："回来啦？没被追着吧？"

易人离眼神飘忽，顾左右而言他："殿下临时有急事被叫走了，没能跟来。"

文臻："捅得爽吗？"

易人离上前来捂她的嘴："姑奶奶你小点声！"

文臻一脚踩在他靴子上："你也不怕那一刀刺进去真刺到厉笑！"

"我在隔壁瞅着她的位置呢，刺不着她的。"易人离恼火地道，"其实我更想直接刺易铭来着，不过我就猜她身上有宝甲，当年易家分家易燕然就带走了一张大荒泽里的恶兽皮所做的宝甲。”

“采访一下，怎么想出这么缺德的主意的？”

“看不过眼易铭到现在还满口胡扯骗厉笑！”

“看不惯易铭你倒是捅易铭啊！”

“这不是没把握嘛。”

“我看你是妒火中烧，栽赃易铭，好帮厉笑做个了断。既然有这个决心，那现在还躲躲藏藏干吗？去追啊，去表白啊，趁厉笑现在伤心欲绝，对易铭痛恨值达到最高点，趁机拿下啊！”

“这不行，这岂不是乘人之危！再说什么妒火中烧，你瞎说啥，我只是看不惯好朋友这么被糊弄罢了。”

“易人离。”文臻阴恻恻地道，“连和一个女人争女人你都不敢，你可真有出息。”

易人离：“……”

自从这个女人被段夫人害了满脸黑疙瘩，这心眼好像也被传染得满是毒汁了。

“哪，趁着今晚还有点时间，给你办个篝火晚会，抓紧时间把人拿下吧。再换个地方，就没那么方便了。”

“换地方？换什么地方？”易人离随口一问，其余人路过的，好奇地过来听。

文臻：“共济盟啊。”

耿光等人把烤架端了上来，这些原本出身金吾卫的护卫，早就听说文大人以烤肉火锅起家，都十分好奇地看着文臻动作，其余人有的做串，有的配调料，有的整蔬菜，君莫晓道：“好端端你要去共济盟做什么？还有，什么叫趁今晚还有点时间？明天有什么要紧事吗？明天我和阿檀约了去镇上体验那家肌肤养生馆。”

“还肌肤养生馆呢，都说了要美容听我的，偏要去给骗子送钱。”文臻嗤笑，“今儿我们在易铭面前露脸了，信不信不超过三天她一定能找到我们？”

“那也不是去共济盟啊，好端端地人家大匪帮会要你？还是你打算杀土豪劣绅上山落草？你打算杀谁？把陈小田杀了怎么样？他出身富贵，还总喜欢给阿檀献殷勤。”君莫晓兴致勃勃。

陈小田：“我不是！我没有！我冤枉！”

闻近檀默不作声，羞赧低头，手中串羊肉的竹签往君莫晓屁股上一扎。

君莫晓大笑尖叫蹦起，一溜烟跑了，文臻笑眯眯地道：“那小田可得努力了，毕竟咱们阿檀美貌老实，人人追求，共济盟的人都来求亲了呢。”

闻言，易人离愕然看她。

一直神不守舍的厉笑忽然道："今天中奖的青衣男子是向顾大哥求亲的那个？"

"看来你还没被那家伙彻底迷糊涂。"文臻拍拍她的头，感喟道，"人家都告诉咱们了啊。家住五柳山，山上五棵柳下，便是在下的主人家，主人家中薄有资财，这周围方圆千里之地，都他家佃户。主人家有三位妻子，另有妾侍数千，日常营生就是打打麻将，收收租子。儿郎们也挺多，在外成家立业数千，留在山上吃老爹的也有数千。他只是主人家请的师爷，日常帮忙管账，油水倒也丰足，也娶了几房妻子，也有一些儿郎，共济盟山头五峰山，每峰都有很多柳树，五柳山便是五峰山，再说除了五峰山的共济盟，附近还有谁家能掌控方圆千里之地？主人家有三位妻子，是指共济盟大当家下面的三位当家，妾侍数千，儿郎数千，谁家能有数千个小老婆儿子？那自然指五峰山属下，在家吃老爹的，是指总舵日常人数，成家立业的是指分舵，打打麻将是打家劫舍，收收租子是收保护费。这青衣男子应该是个谋士智囊之类的人物，手下也管几个喽啰。"

众人恍然大悟。

"共济盟的人来做甚？"

"换你，山门底下开了个神秘的包子店，店里面的人奇奇怪怪，传出各种诡异传说，那你会不会亲自来看看？"

文臻的羊排烤好了，引发众人哄抢，光速跑走的君莫晓神出鬼没，抢走了最好的一块。

"和易铭打了照面，安全起见自然要走，去共济盟倒是个不错的选择，易铭怎么也不会想到咱们去做强盗了，只是共济盟目前只是注意到了咱们，未必代表一定会接纳咱们。"

文臻给肥大的山菇切出十字口，笑笑没说话。

必须去共济盟，包子店开在这里本就是为了吸引共济盟的注意力，文臻怀疑共济盟多年不灭，十有八九和易家有勾结，如今朝廷据说派出太子来帮西川剿匪，易铭此刻出现在共济盟地盘，要说没点猫腻她才不信。

开包子店引起共济盟注意，再混入共济盟，通过共济盟和易铭身边的方人和联系上，就是文臻此行的目的。

虽然迂回了一点，总比直接去西川首府潜入西川易家来得容易，也更加安全。

易铭出现在灌县更证实了她的猜测。

"但是我们就这样去共济盟？总得有个投名状吧，不然难道是去做厨娘吗？又或者易人离你扮一下被打劫的良家妇女，然后被大王看中抢去做压寨夫人，我们作为娘家人应该最起码能当个五当家吧？"

"呸！不怎么样！"易人离愤怒，"这么多女人，为什么叫我扮女人？"

“因为你最美啊。”君莫晓趁易人离不注意，抢走了他看中的羊腿，顺手塞他一个烤好的串，“你吃这个！年轻人呐，虚，得补！”

易人离低头一看，羊鞭。

正要跳脚骂人，胳膊忽然被捅了捅，易人离低头一看，却见厉笑默不作声给他递过来一盘烤好的羊腿。

易人离顿时安静了，讪讪地接过羊腿，一眼一眼地瞟厉笑，厉笑垂着头，轻声道：“你……你今天生气了吗？你别生气了。”

“不不不，”易人离有点慌乱地道，“我没生气，你别生气，不，是我不该让你生气。”

他感觉舌头打结，停住了，下意识看了文臻一眼，眼神有点哀求。

文臻忍着笑，把那串被他扔开的羊鞭又塞回他手里。

厉笑有点落寞又有点好笑地道：“你让我生气什么啊，是我今天……不说了，总之，我算是明白了，以后啊，就和朋友们在一起，什么别的都不想了。”

“可不能不想。”文臻头也不抬地刷着调料，“不然白瞎了那一刀……”

她还没说完，易人离就扑过来，大声道：“还有什么好吃的！”

厉笑：“什么？你说什么？什么刀？”

文臻塞给易人离一个大盘子，里头有各种烤串。看，她多么善良，易人离惹出麻烦害她包子店开不成，她还操心着他的身体健康。

易人离一边咬牙吃自己最讨厌的韭菜，一边把厉笑拐到一边谈心去了，文臻看着烧烤架前头碰头的两人，心想这样也好，斩断孽缘，才能重新开始，不管厉笑和易人离能不能成，总比和易铭藕断丝连要好。

“今晚开个夜宵，是因为半夜要干活。”文臻和她的小伙伴们说，“刚才说去共济盟要投名状，这就安排上。”

“什么投名状？”

“抢劫太子。”

第一百零六章

东堂版带货主播

半晌闻近檀窒息地道：“阿臻，蛋蛋又把你给蛊惑了吗？”

文蛋蛋骨碌碌滚出来，跳起弹了闻近檀一个愤怒的脑门，以示抗议。

“太子自动请缨，接了协助西川剿灭共济盟的任务，想以此巩固地位。陛下准了。因为燕绥也是往西川方向来，太子怕燕绥抢功，紧赶慢赶，已经到了西川境内；又怕易铭给他埋伏，所以乔装改扮，轻车简从；太子还想出其不意攻击共济盟，抢个头功，压过燕绥收长川的功绩，派大军从僻道进入五峰山范围，再进行包围攻击，一战而拿下共济盟。但太子又特别惜命，并不敢亲身上阵，所以他现在不在军中。”

文臻最近总是接到消息十分灵通的信报，送信人却总是神龙见首不见尾，文臻确认了信报真实可靠之后，便不再追究到底谁是田螺姑娘了。

反正心领神会，心照不宣。

君莫晓感叹道：“太子他老人家想得真多。怎么就不想想自己那瓜子大的脑仁儿能这么折腾吗？”

“感谢他芝麻粒大的脑仁儿，方便我制订如下的惊天计划，走上抢劫太子道路。”文臻拍拍手掌，“不管怎样，太子的进攻计划算得上大胆又谨慎，一旦真的得手，共济盟就算不被攻下，也要元气大伤。而且我合理怀疑易铭和共济盟有勾结，却又联盟并不稳固。”

“何以有此一说？”

“以易家的实力风格，不可能多少年拿不下一个共济盟，卧榻之旁岂容他人安睡？能让你睡自然是有奸情。易家需要共济盟的存在来向百姓示好，同朝廷要钱。但易铭一定也害怕共济盟壮大，影响他的统治。而太子来了，易铭这个地头蛇不可能不知道，然而从今天共济盟还有闲心来我这浪的情况看，他们还对此一无所知。”

“所以易铭不通知共济盟，是想坐山观虎斗，或者坐收渔利？”

“十有八九。她装作茫然不知太子来了，说不定还会暗中安排人做点手段，让太子吃瘪，然后关键时刻英‘雌’救丑，或者可以以此和太子讨价还价，顺便也借太子的刀，把共济盟敲打敲打，让太子和共济盟两败俱伤。总之办法有很多。所以我们要做的就是让太子这一发打不出去，救共济盟这一次，带着这功勋再上山，咱们的地位会高很多。”

“阿臻，我发现自从你和殿下在一起，便越来越老奸巨猾。”

“谢谢，我便当这是夸奖了。”文臻面不改色，“现在，亲们，丢下你们的羊鞭，我们扬鞭出发吧！”

半个时辰后，全副打扮的文臻带着君莫晓、易人离、厉笑，出现在了灌县郊外五十里的停云山下。

她的护卫们没有带来，毕竟这是朝廷的太子，总不能让出身金吾卫的护卫去犯上。耿光、陈小田另行领了任务，要将在灌县城中的易铭惊动，引到二十里外的朝廷一万精兵扎营地里。

不管易铭想要做什么，文臻都不打算让她做得成，只要易铭深更半夜撞入了朝廷大营，那就必须和太子王见王，什么暗中计划都很难得逞了，太子一定会盯死她的。

而文臻就负责照管太子这边，打算用最简单的办法达到最好的效果。

她站在山岗上，绑着所有强盗的标配蒙面黑巾，黑巾上绣着共济盟的日月标志，袖口上还绑着一截闪着蓝色的丝带，这是那天从那个青衣男子头发的发带上截下来的。闻近檀素来有个“经手不穷”的毛病，善于发现并收集所有看得上眼的物品，她看那截丝带看似平凡，却在阳光下光泽闪烁很是特别，便顺手悄悄截了一截。

文臻瞧着，觉得别致，怀疑可能也是共济盟土特产，便绑在了自己手腕上。

“据说底下那处院子原先是一个富商的别院，现在被太子征用了，大得很。中间自然是太子的居住之所，咦，灯亮着好多，这位在挑灯夜战什么？旁边的人来来往往，应该就是他的随从和护卫住的地方，院子偏后的地方是马厩。蛋蛋，你去他今晚的饮用水里滚一下，再干点吸引人注意力的事情。”

琉璃珠儿骨碌碌滚了出去，在黑暗中一弹一弹远去。

文蛋蛋的功用很是复杂，似蛊非蛊似毒非毒，也喜欢吸人类精气、真气、怒气……一切万物之灵自然散发或者苦心修炼成的东西都喜欢，能下肉体之毒也能催人内心之毒，简直是一只在整人花样上日日翻新的万花筒。就算是本主，如这一届的被强按头当了它主人的文臻，也必须要经过先中毒再抗毒的过程，才算有了抗体。

关于文蛋蛋能催生恶念这种特异功能，也就文臻想出了整人以喂养它的缺德法子，平常也不迷恋它的力量，不许它过多靠近自己，不接受它的无形蛊惑，不然就得像段家以前无数代的主人一般，逐渐沉迷于青螭珠带来的方便和强大，直至为它所控，走火入魔。

这世上哪有真正毫无代价的好事？耽溺于任何事物，下场都不会好哪里去。

文臻如今算是理解了段夫人宁可不学武身体孱弱也不用它的原因了，可能会发疯，还可能会变丑，对权力欲望不大的段夫人哪里愿意。

文臻觉得从文蛋蛋的脾性来看，很适合做文甜甜的兄弟，连衣服颜色都很像，所以取名叫文蛋蛋。

把文蛋蛋打发走，文臻和易人离、厉笑、君莫晓直扑院子中心，太子应该住在最里面的院子。

文臻查看了地形，决定从一个稍小的院子绕过去，那里守卫不多，还有点偏僻。

几人飞快地掠过屋檐，底下一群夜巡的护卫，文臻做个手势，几人都趴了下来。

文臻耳朵贴在屋瓦上，听见底下有人说话。

底下是两个女人。

一个女人道："王女啊，你这玉髓膏好像不是最好的那种啊，最好的玉髓膏并不是你这种雪白的颜色，而是微黄的色泽，如黄玉一般，骨髓嘛，哪有雪白的是不是？"

文臻无声地磨了磨牙。

闻近纯啊。

这女人竟然跟着太子来剿匪？这怎么可能，偷偷跟的吗？太子出来剿匪都带着她，看来很得宠嘛。

另一个想必就是那个丧丧的西番王女了，惊讶地道："哎呀，真的吗？我买错了吗？不应该啊，卖玉髓膏的人和我说，这便是最好的一种，我用一车最珍贵的蓝狐皮才换来的！"

旁边又有一个女子，不快地道："良媛你这话说得奇怪，玉髓膏是我去买来的，良媛你的意思是我欺骗王女了？"

闻近纯还是那个温柔如水的语气，笑道："茶吉你别多心，我是提醒王女，东堂人有很多奸狡凶恶之辈，看你和王女美貌良善就会心存恶念。一车蓝狐皮何等珍贵，别说这种次等的，便是最好的玉髓膏也能换上十瓶了。"

"十瓶！"王女和她那侍女齐齐惊呼。

文臻笑了。

蓝狐皮号称软黄金好吗？寸皮寸金好吗？一车蓝狐皮换十车玉髓膏还能饶你一大缸。

闻近纯也要进了江湖骗子模式了吧？

那个叫茶吉的侍女道："竟然这么便宜！王女，果然东堂人都不是好东西，比如这个贩子，比如那个叫什么文臻的……"

闻近纯温良恭俭让地道："啊，那位文大人确实是个人物呢，王女还是少招惹她的好，不然怕你吃大亏。王女，其实我是不大明白，你何以对玉髓膏如此执念？玉髓膏在咱们东堂皇族女子当中，不过是一种普通的护肤用品而已，真正的好东西在这里……"

闻言，文臻立即脑补出淘宝主播们对着手机屏摆开一桌子化妆品的画面。

"所有女生！所有女生！答应我，一定要看看这款，虽然是亚光质地，但是完全不拔干，完全不拔干！黄皮涂上也不老气！好，来，三、二、一，买它！"

"口红！必须拥有姓名！你们看这梅子酱的色调相当的优雅！这款今晚有很大的优惠，一定要买！一定要买好不好？相信我，拥有它，你就成了贵妇！"

底下东堂版淘宝主播："王女，你看这个麝香玉胎丸，半车蓝狐皮便可以买到，珍贵麝香和纯鱼油精华质地，涂在脸上像敷了一层琼脂，不用洗，涂上你便去睡，睡醒了看铜镜你会不认识自己！所有人也会不认识你！这一款号称能让你年龄倒退十岁，未满十八岁千万别用哦！"

"还有这个，红丝绒粉膏胭脂，以金草原雪山上的红冠灵芝、乌海深海海藻、早春八丈原上第一树仙女桃花，以独家神秘配方，九蒸九晒制成，细腻如绒，手指尖沾一点，对，就这样，指腹轻轻一揉，便可以在脸颊上化开，香气喷薄，艳若桃李，王女啊，你知不知道，那个文臻相貌不绝色，如何就令姿容绝俗的宜王殿下倾心？对，就是因为这个心机女子第一次见殿下，擦的就是这个，后来啊她就没法把这妆卸了，卸了就不敢见殿下。这一瓶也不贵，西番紫貂十件便可以换一瓶了。"

"还有这个，王女你一定不能错过，这是珍养深海护肤泥，以深海绿泥和明海珍珠粉制成，深海绿泥需要赶海者冒生命危险陷入海底，还只能采珊瑚上沉积的含有丰富滋养物质的绿泥，每年为了采泥都要死很多人，更不要说那些指头大的明珠，是皇帝用来御赐大臣的精品，一颗珠子价值千金。这个稍微贵一点点，一车狐皮是我才能拿到的优惠价，也就只能让给王女了，别人我可舍不得，这泥全身可用，用久了肌肤能在日光下生光，湛湛如女神啊。"

身后厉笑唏嘘道："闻近纯这是有多缺钱啊！"

文臻听得津津有味，觉得这位真是无师自通，去现代做个微商，不多久就可以喜提玛莎拉蒂了。

闻近纯满面放光殷勤劝说，文臻忽然觉得她也有点可怜，从屋顶的角度可以看见闻近纯虽然衣裳光鲜，但里头深衣边缘有点脱丝，但又被精心地缝补过。

那个侍女茶吉似乎对文臻很有怨念，总在问闻近纯一些关于文臻的事，闻近纯也“知无不言言无不尽”。

闻近纯：“她烧菜是很好的。她在闻府寄住过一阵，那时候我们挺好的，我瞧她乖巧懂事，也教过她几招。她是个聪明人，拿来自己改良，做出菜来，很得宫中贵人们的好评，也就因此飞黄腾达了。后来那些菜我再做，她便说我是抄袭她，我想想也算是吧，毕竟虽然方法和食材选择是我想出来的，但她也有想法嘛，比如加上蜜糖，加上面饼之类的，唉，是我自己笨，不如她聪明会想。”

茶吉：“这怎么可以！这女人太坏了！这是她抄你的还反咬一口！”

王女：“茶吉，快帮我看看这个绿茶白莲清光粉我该选哪一个色号。”

闻近纯：“王女你肌肤呈现最美的淡蜜色，这个自然色最适合你了，这一款虽然相对贵一点，但王女这般尊贵人物，也只有贵的才配得上你身份。”

茶吉：“对。听说那个文臻出身就很不怎么样，听说是乡村山野里出来的。”

王女：“茶吉，你去看看咱们的钱够不够。”

闻近纯：“是啊，文大人是我们闻家三姑奶奶的孙女儿。三姑奶奶是个烈性子，当年婚姻的事儿出了一些变故便离家了，文大人听说从小失散，去了南洋，也不知道哪来的厨艺，大概另有奇遇？不过那性子和我那瞎了的三姑奶奶有些像。”

文臻忽然翻身而起。

编派她也罢了，反正不痛不痒，但是辱及闻老太太，不行。

她刚起身，君莫晓就一把将她按下，偷笑道：“这一行你不行，我和厉笑来。”

她拉着厉笑，两人在一边嘀嘀咕咕，君莫晓还从怀里不断掏东西给厉笑，又和文臻道：“把你的护肤品交出来，别装傻，我听说殿下给过你不少胭脂水粉。”

文臻已经猜到她们要做什么，从怀里掏出一个小巧的木盒子，看似简朴，却是真真正正值一车蓝狐皮的好货，是当初燕绥在宫里天天来她这蹭饭时给她从德妃宫里偷拿过来的。木头是大荒泽的名叫久檀的树，只生在黑水沼泽中，以大荒泽异兽的精华鲜血滋养，十年才长一寸，百年才可成材，用来储物自生异香，经久不散，且可明目清心，抵抗瘴气。因为小巧，文臻便带在身上，只是气味实在太过令人印象深刻，她这种经常捣乱做鬼人士不敢使用。

厉笑是识货的，接过木盒，跃下屋顶。

片刻后，一个端着托盘的婆子敲门，文臻一看，厉笑演技不错嘛，连腰都加粗了。

茶吉来开门，接过“婆子”端来的燕窝汤。闻近纯心思都在骗钱上，王女心思在护肤品，两人头也没抬。

茶吉却是个事多的，把燕窝揭开盖看了看，不满道：“怎么都冷了！”

厉笑扮演的婆子一边致歉，一边低声嘟囔了一句：“不过一个战败番婆，也敢这么吆三喝四。”

声音不大不小，正够茶吉听见，当即柳眉倒竖，怒道：“你这婆子一张臭嘴说什么！”伸手将厉笑一推。

厉笑一个踉跄，跌在门槛上，身上一个香囊摔了出来，香囊里几个东西骨碌碌滚了出来。这响动惊得里头两人都抬头看来，王女起身走过来，正要问怎么了，忽然鼻头耸动，惊道：“好香！”

茶吉也忘记了骂人，伸手将地上的几样东西捡起来，厉笑大急要夺，茶吉一让，将东西递给王女，惊道：“王女你看这几样东西，好精致！好香！好美！”

她掌心正是几样胭脂水粉，除了文臻那个尊贵特异的久檀香，还有厉笑自己的黑螺钿盒装正红口脂，七彩母贝装的轻薄香腻的脂粉，以及君莫晓献出的，由文臻提供方法，闻近檀研究出来的，用水晶琉璃小瓶装的香水。还有一颗七彩斑斓琉璃珠，不过此刻已经没人注意那个珠子了。

几样东西经过挑选，都是看起来并不华丽，却精致有格调。里头的东西更是万中无一的精品，毕竟厉笑是厉家的小公主，从小到大都用最好的，君莫晓等人江湖捞日进斗金，文臻奇思妙想加上闻进檀妙手，香水更是独一份的。

女人对这些东西天然有分辨力，王女、茶吉立刻目光灼灼，闻近纯脸色变了。

她立即道：“一个粗使婆子，没得站脏了王女你的门槛，还不快滚！”

茶吉却握紧手中的妆盒，道：“等等，你这婆子，你这东西……”

她想要问价，却又不敢，这东西一看就比闻良媛的强百倍，这得多少钱啊。

她心中刚刚冒出一个念头，闻近纯已经道：“这婆子哪来这么好的东西，怕不是从哪位贵人屋里偷的吧？既如此，东西我们留下查办，你速速自己去前头交代罪行！”

茶吉大喜，正要将东西往怀里揣，就听见婆子道：“良媛是指这几件小物吗？这是老婆子去集市上买给我孙女儿的，不值什么钱，几位贵人如果喜欢，尽管留下便是。”

闻近纯：“……”

茶吉大喜，急忙道：“多谢多谢。等等，你说什么？不值几个钱？”

第一百零七章

殿下洗澡那些事

婆子道："是啊，一共也就三十文，集市上这些东西多的是，只是那些商贩奸狡，一般不拿出这种来，倒是拿一些劣质货色吹得天花乱坠，骗人钱财，只有我们这种本地的老人熟知，才能买到真正便宜又好的东西。"

茶吉沉默一阵，转向闻近纯。

王女也看向闻近纯。

闻近纯额头上的汗瞬间渗出了一大片。

饶是口齿便给，此刻也禁不住结巴："王女，莫要听人挑唆……这东西……"看看那几样东西，尤其此刻王女已经把琉璃瓶子盖子打开，一股难以描述的香气蒸腾而起，起初似乎是茉莉香气，再转眼化为一片馥郁高贵的气息，最后却化为一抹清淡遥冷的幽香。

王女和茶吉，在这样的香气围绕中，陶醉得似乎要飞去。

这种情形下，闻近纯无论如何也说不出诋毁的话来，连此刻去集市买胭脂对质都说不出口，那婆子狡猾，话里已经把这个破绽堵住了，便是集市上买不到这么好的东西也不是婆子的问题，是商贩奸狡欺生，由此问题又绕回到她自己身上，她可不就是奸狡欺生的那一个？

她只得道："王女……这东西是不错，但我给你的也绝不比这个差……"她在王女的注视下口齿越发艰难。

王女忽然悠悠叹口气，道："闻良媛，我知道在你们东堂人眼里，我们西番人就是野人猪猡，其实把别人当傻子的人，自己才是最大的傻子呢。"

“不，王女，您误会了！您千万要信我！我给你的确实是珍品！至于这婆子的这些，却是万中无一的绝品，便是宫中也没有！真的！这婆子身上绝不可能有这么珍贵的东西，这婆子有问题！”

闻近纯一转头，想要揪住婆子，却看见门口已经没人了。

而屋子里，王女似笑非笑，茶吉抱着臂冷笑，两人正把她围在死角。

闻近纯忽然抬头。

屋瓦上，文臻看见厉笑趁闻近纯翻船，迅速往屋顶上蹿，给她比了个赞。

但厉笑一转身，文臻忽然看见一条黑影，无声无息掠到厉笑身后，伸手就去抓她后心。

文臻大惊，没想到螳螂捕蝉还有黄雀在后，她急忙扑出，要接住厉笑。

心知此刻和人对上，太子也一定会被惊动，大军就离得不远，一旦被绊住，小命都可能交代在这里。

她扑出屋檐，伸出手，手上蓝色丝带荧光一闪。

那伸手去抓厉笑后心的人一抬头看见，不禁一怔，拎住厉笑后心衣裳将她往上一扔。

文臻轻巧将厉笑接住。

那忽然化敌为友的人，还友好地对她招了招手。

文臻看一眼厉笑、君莫晓、易人离等人，都一脸蒙，再看一眼手中丝带，灵光一闪。

她对那人做了几个手势，示意“这里我要动手，阁下可以回去了”。

那人怔了一下，又比画了一下，文臻不能确定那意思，可能是一种固定的交流手势，她不敢再打手势，只坚决地对外不断挥手，示意：回去！回去！

那人犹豫了一下，最终还是微微一躬身，转身掠走，他走的时候，文臻隐约看见黑暗中有几条黑影也随着他一起掠向夜空。

这一批可能是真正的刺客，居然因为她几个挥手便走了。

文臻的目光落在手上的蓝丝带上，看不出来居然还有这妙用。

解决了一大危机，她松了口气，和厉笑等人继续趴在屋瓦上听了一会儿，里头的戏份已经进行到西番王女开始和闻近纯要钱了。

当然这位王女不会亲自开这个口，她甚至和自己的侍女躲在角落叽叽咕咕，一边愤怒一边犹豫会不会得罪了闻近纯，引起一根筋的侍女茶吉的更大愤怒，把里头正在干活的另一个侍女拽了出来，两人对着闻近纯展开炮火，要求闻近纯把之前骗她们的钱全部吐出来。

几个人争吵声音很大，渐渐吸引来了很多人，本来还以为王女和良媛发生争执，结果听着听着发觉竟然是一出皇家丑闻，再听着听着，剧情渐渐发展到闻近纯贱卖蓝狐皮中饱私囊，闻近纯骗走王女首饰，闻近纯卖劣质内衣，闻近纯对下级官员夫人暗示自己可以吹枕头风，逼人家送礼，闻近纯把借来的衣服改改簪环熔掉重新打制然后赖账，闻近纯的侍女竟然捡茶吉不要的衣服，闻近纯侍女瘦得像鬼一定被苛待，闻近纯妆奁匣子里原本空空荡荡最近又搜刮满了，闻近纯妆奁匣子第二层里面厚厚一沓当票，闻近纯的侍女偷偷刮王女房间里的金佛像的金粉，难怪她们每次拜佛都觉得佛又瘦了……

院子里的人和屋瓦上的文臻都听得目瞪口呆，不仅仅是为闻近纯捞钱的一系列奇葩操作，还为西番王女这两个侍女的强大的八卦搜集能力，西番王女被踢皮球到东宫，和闻近纯结交也没多久，这两个侍女连人家的当票内衣都摸清楚了。

一众东宫属下听着尴尬，都想走，奈何那两个侍女冲到门口拉住人家，开始哭诉王女来东堂的时候，带了多少首饰和无数车蓝狐皮，如今只剩下寥寥无几，都是被你们东堂皇室的奸诈女人给骗的，你们这是欺辱诚心交好的友邦。

听着的人面面相觑，发现两个女人的战争不知何时上升成了两国外交危机，眼看东堂的脸面就要因为这件事被按在地上摩擦，显然事情已经超出了可控范围，东宫洗马就要着人去请太子，却有人匆匆而来，在他耳边嘀咕几句，东宫洗马的眉头一锁。

底下闻近纯显然也始料未及，偏偏她每次准备忽悠大肥羊的时候，为了不留把柄都不带侍女，此刻连个帮她和茶吉两人对骂的人都没有。她一开始还好声好气解释试图挽回，后来就开始辩解，待听到茶吉她们提到她窘迫之下的种种丢脸行为后，便觉得脑子轰然一声，一股没来由的怒气自胸臆喷薄而出，卷着咽喉里的血腥气息，恨不得一口全喷到对面两个势利番女的脸上去。

她也不知道自己怎么忽然便没了平日的忍耐，蓬勃的怒气无法自控，令她浑身颤抖，泪眼婆娑中，忍不住便想起忽然花费惊人的弟弟，想起他莫名其妙的各种应酬和奢华，想起弟弟一次次要钱，要空了她的积蓄，她怒骂弟弟一顿。第二天母亲就来东宫非说她不孝，让她跪在院门前，全东宫的人都来看笑话，她无法抗争，孝道比天大，一个帽子扣下来，别说她扛不住，太子也顶不住，最后迟早休了她。

只得当首饰，当首饰的时候才发现珍贵首饰所剩无几，早已被闻少诚拿走，就这样母亲还骂她不早点拿出来，给弟弟当得太便宜，当完首饰当衣裳，最后连赏赐给丫鬟的首饰都要了回来，她开口的时候，浑身颤抖，几乎无法直视那几个丫鬟的脸。

没有钱，还要撑着面子，她只有两件内衣洗换，几个丫鬟内衣都不够，厚着脸皮去和姐妹们要旧衣裳穿，领口磨破了她只能自己细细缝补，现在这种情形，丫鬟们哪里还能好好伺候她，更不要说一逢着应酬，那些用尽心思，东挪西凑，各种看脸色受讥嘲被冷遇。

这段日子积压的种种苦痛潮水般涌来。

她是在骗钱……但如果不是被逼的，她这个东宫良媛，这么高贵的身份何至于像个街头商妇一般，就为了那点银子那般低声下气曲意奉承。

都是这些人害的！都是这些可恶的、蚂蟥一般的贪婪的人逼的！

对面，茶吉尖利的骂声声声撞入耳膜："堂堂一个皇族中人，东宫贵人，我说怎么天天黏着咱们王女，街头商贾妇人一样巴结讨好坑蒙拐骗，就冲着那些银子皮子，下不下贱……"

闻近纯忽然扑了上去，尖尖十指凶狠地往茶吉眼睛抠过去。

"你才下贱！你才是贱皮子！一个番邦贱奴，也敢这么对我说话！"

茶吉尖叫一声，偏头一让，抬脚一踢，闻近纯惨叫着飞了出去，茶吉一摸眼皮子火辣辣一手红，大怒跳起："你想杀我！你竟然想杀我！"

另一个侍女因吉比她脑子清楚，立即扑向脸色大变的东宫官员，哭叫："东宫贵人试图刺杀王女，殴打王女宫人！这是东堂要撕毁两国合约，要对我西番开战吗？"

东宫洗马脸色惨白，怎么也没想到女人之间的战争忽然就上升成了足可引战的两国纷争，急得大吼："太子！快去请太子！"

闻近纯这里闹得不可开交的时候，屋檐上，文臻早已带着好朋友们乐呵呵地离开了。

趁着护卫官员都被吸引到闻近纯那里，文臻几乎没什么阻碍地到了里面那进院子，院子里只主屋里朦胧地点了两盏灯，文臻有点诧异，她明明记得这院子原先灯火通明来着。

这应该是太子住的院子，刚才闻近纯闹成那样，太子没有道理不过去看看。文臻本来想给太子捣点乱让他心生畏惧，以为共济盟有了准备，不敢再偷袭共济盟。如今太子既然不在，她看看太子这里有没有什么作战文书之类的东西，拿到共济盟就是再好不过的证明。

灯亮着，里头有些细微的声音，文臻想过去看，易人离和厉笑已经掠了下去。

窗纸上倒映朦胧的黄色灯光，易人离指尖沾了些口水轻轻戳破窗纸，凑过去一瞧。

然后他不动了。

文臻看见他的侧脸，半晌，有鲜红的印迹蜿蜒地流下来。

里面是何等绝色妖姬，让易人离当着厉笑的面看得流出了鼻血？

以前未曾听说过太子好色，但他和他老娘一样爱装贤惠贤良，在天京循规蹈矩一心要博贤名。

文臻有点兴奋，然后就看见厉笑脸色变了变，狐疑地盯了易人离一眼，不动声色挤开易人离，自己也凑上去一瞧。

一瞧之下，她脸色爆红，忙不迭让开，狠狠瞪了易人离一眼，那眼神又疑惑又鄙夷，还有点诧异和伤心。

两人如此复杂的表情倒极大地催发了文臻的好奇心，她拉开厉笑，凑上去一瞧。

里头热气腾腾，水汽弥漫，正对着窗子是个大浴桶，里头一人正在洗澡，乌黑长发，优美肩背……

文臻转身，万分惊诧地盯着易人离。

看不出来你竟然是个断袖！要么是个双刀？

想不到太子的身材那么好，但是她和厉笑两个女人都没有流鼻血，易人离倒先扛不住了。

文臻和厉笑齐齐用发现新大陆的眼光打量着易人离。

易人离："……"我不是！我没有！我冤枉！

我只是今天晚上牡蛎韭菜鲈鱼羊肉吃多了！

易人离感到绝望。

文臻看他那天崩地裂的表情，不禁对自己的眼神产生怀疑，莫非里面那个其实不是男子，而是个女人？

她忍不住又凑过去看一眼，正好这时候厉笑和她大概是同一个想法，也凑了过去。君莫晓也不甘人后地挤了过来。

三人头靠头挤在窗纸前偷窥。

这回热气散了一点，文臻看见那美人背上好像有一点细细长长的印痕……

文臻忽然左右开弓两巴掌，把厉笑和君莫晓推开。

厉笑被推得栽入易人离怀中，三人一脸蒙地看着她。

文臻和先前对那神秘人一样，开始挥手。

厉笑君莫晓还在蒙，易人离已经想明白了怎么回事，张嘴无声笑了一阵，一抹鼻血，忽然面露凶光。

文臻还没反应过来，就被易人离大力一推，一把推开窗子，把她扔了进去。

水花四溅，文臻被扔进了澡桶里。

外头易人离哈哈低笑声传来："殿下，夜宵送到，千万记得承我一个情哟。"

她一抬头，正对上燕绥微含笑意的眸子。

第一百零八章

你孩子的名字想好了吗

燕绥将文臻一举，举到澡桶边缘，低头吻她。

文臻好气又好笑地想，真难为他对着这样的脸也能吻下去。

她越看越觉得有趣，笑得身体摇晃险些栽下去，燕绥吻不下去了，干脆放弃，双手捏住她脸颊，像捏一只颊囊鼓鼓的松鼠似的，文臻瞪他一眼，踢他，看他不放手，干脆伸脚一踢，水流出去，她自己也落入燕绥怀中。

文臻想溜，燕绥箍着她不放，文臻从他的臂弯里露出一双乌溜溜的眼睛，红着脸道："你不会是偷溜进太子房中洗澡好让我自投罗网吧？这要太子忽然开门进来，我是不介意被看啦，但你的清白可怎么办？"

燕绥低头看她那张胡说八道的嘴，觉得她几个月不见，性子仿佛泼了些，倒也算是可喜可贺。

看来她没被段家的蛊术影响太深，还很好地控制了蛊珠。

脾性虽然有些改变，但她便是捅了天，他也敢搬块石头补上，朝堂生活本就压抑，她想做什么便做什么。

"父皇命我襄助燕缜剿匪，燕缜新得了两个宠姬，为避人耳目，选了个偏僻院子躲着乐呵呢。想来一时没空回来。还让出主院给我暂住，大抵是想我住在主院做他替身。不过明儿我就会对他说，主院有刺客来过，已经不安全，让他搬回来。"

文臻算是听明白了，可怜的太子又被燕绥坑了。

燕绥可能猜到了她想做什么，算准了她近期会来骚扰太子，便骗得太子把主院相让，等她来自投罗网。

如今她来过了，燕绥就要过河拆桥，太子明儿还得乖乖住回来。

宠姬也好，选偏僻院子避人耳目也好，保不准都是燕绥给太子挖的坑。

燕绥不会只挖一个，燕绥算准她来，一定会给太子搞事，住得偏远就可能会来不及处理，比如今晚闻近纯和西番王女吵起来了，太子却躲在某个小院子里淫乐，这肯定是瞒着东宫属官的，属官们找不到太子，轻则不敢处理事端导致事态扩大，重则可能直接飞书回朝廷向皇帝禀报。

等太子匆匆赶来，一地鸡毛，无可挽回。

要她说，燕绥幸亏无心皇位，不然这些兄弟都干脆早点往护城河里一跳算完。

忽然门外一阵吵嚷，有人还没跨进院门就已经号啕大哭起来："殿下！殿下！你要为我们做主啊！"

文臻一听那声音就知道王女的丫鬟到了，顿时竖起眉毛盯着燕绥。

好哇，说得毫无干系，这怎么受了委屈第一时间就来找你撑腰?

文臻忽然从袖子里掏出一把小刀，落在自己身上，将领口剪开，衣袖剪开，衣襟撕开，营造出暴力结果下的衣衫凌乱效果，偏偏又不露一丝肌肤。

最近常在十字坡开黑店打家劫舍，对此等暴力美学积累了很多心得。

撕完之后，她对燕绥霍霍耍个刀花，对他某处指了一指，冷笑一声，示意：下次等着。

燕绥："十分期待。"

文臻威胁完，刀子一收，一时也找不到自己的蒙面布，顺手抓起手边地上的一块布往脸上一挡，一脚踢开大门向外冲。

门上趴着两个正在哭号的侍女一起被掀翻在地。

文臻的哭声已经冲天而起。

"你这无耻之徒，怎可如此强逼良家妇女，已经有两个了还不够，还要逼我……"

她一边哭一边捂脸向外冲，偏偏口齿十分清晰，里里外外赶来的一大堆人听得清清楚楚，东宫洗马、东宫庶子、东宫舍人们都在，听着这不堪言语，个个脸色铁青。

自己的宠妾如此行为不轨，得罪西番王女，败坏本国名誉和两国邦交，闹成这样他却不见踪影，却原来躲在屋子里，聚众淫乐，还强逼良家妇女！

文臻脚步极快，一转眼已经冲到堵在门口的护卫身边，几位东宫属官下意识要叫人拦，文臻已经惊叫起来："啊，还有这么多助纣为虐的随从在这里拦人！你们还有没有王法了？你们今日拦了我，我明日便去告……去告御状！"

她说得幼稚，却击中了东宫属臣的软肋，下意识一犹豫，文臻已经游鱼般滑过了众人身侧，奔出了院子。

奔出来之前她看了一眼一边痴痴跪坐的闻近纯，她被两个西番侍女一路拖过来，钗横鬓乱，衣裳沾满泥土，嘴角一块青紫，着实狼狈凄惨。

文臻一眼扫过，奔出。东宫洗马脸色铁青，愤然甩袖大步上前，也顾不得礼仪了，一把推开房门。

门里，满地水迹，一片衣物凌乱，太子衣衫不整头发蓬乱，衣服上还擦了不少灰，站在一地水迹中，满脸不在状态的茫然。

东宫洗马一看见这模样就气不打一处来："殿下！您是东宫，是储君，是国家之本！怎可如此荒唐无状！放纵宫眷，行为不轨，聚众淫乐，强掳良家子！"

太子张了张嘴，愕然道："不是，我没……洗马你说什么？我……我听说闻良媛和王女那里出了事，就赶紧过来……"

"什么赶紧过来？您到现在才打开您的房门，怎可睁眼说瞎话？"

太子又张了张嘴，忽然发现自己好像无法辩驳——方才他在偏僻小院正在作乐，忽然听护卫传报说闻良媛那边出了事，他只好整理衣裳匆匆赶出，路有点远，半路上碰见了燕绥，燕绥说东宫属官已经押着闻良媛去他的主院了，太子最好赶紧回去，在自己房间等候，可别被人逮着。

太子往日并不是好色的人，初尝滋味便有些欲罢不能。

他也心知不妥，一心想要遮掩，一听属官们已经赶往主院，急忙要回去，燕绥便不顾他推辞，十分"好心"地带他一程，然后又说院子已经被围住，只能从天窗走，把他生生从天窗里塞了下去，落下去的时候太子衣裳被屋瓦钩破，擦了一身横梁的灰。

此刻他隐约明白又被燕绥坑了，但他却不能说明刚才自己不在屋里，看东宫洗马目中喷火一般看着他衣领，他低头一看，内衣领口一抹刺目的胭脂红。

也不知道是方才匆匆起身时哪个女人蹭着的，还是燕绥那个混蛋给擦上的。

太子急忙道："莫要听人胡说！孤方才只是在洗澡，什么女人？洗马你看孤这里有女人吗？"

他侧身让开给东宫属臣们看一览无余的室内，确实没有女人的存在，东宫洗马的脸色稍稍好看一些，正要说话，忽听脚步急响，东宫护卫冲了进来，急声道："殿下！西北角马厩被共济盟匪徒放火，惊了咱们的马，踏伤了好些人，还发现了……"他看了太子一眼，为难地停住。

东宫洗马脸色一变，厉声道："还有什么？现在是什么时候，还要为尊者讳吗？"

"还发现了两个裸身的女人。"

所有人脸色大变。

这时候发现的女子，除了太子弄进来的还能是谁的？

东宫洗马瞪着太子，就差没指着鼻子骂一句朽木不可雕也。

在天京那么规行矩步行事稳重的一个人，怎么出了京便如此放浪形骸？难道平日里只是伪装，骨子里依旧流着易家疯狂的血液？

终究恪守主臣之分，洗马没能骂出口，目光在太子、闻近纯、西番王女和那两个骂骂咧咧的侍女身上掠过，眼神越发失望，最终拂袖转身就走，准备回去写折子。

今晚事儿太大，他担不起，太子也不是能担事的人，就交给陛下定夺吧！

太子一看他那表情，就知道不好，急忙冲上前抓住他袖子："洗马！洗马！今日之事，孤会妥善处理，你万万不可告诉父皇……"

"殿下！你僭越了！事涉两国邦交，一着不慎便会陷民于水火，怎可欺瞒陛下！"男子背影笔直，甩开太子的手，决然而去。

太子怔怔立在夜风中，看着那男子离去的背影。

东宫洗马年纪其实很轻，也就比他大一点，川北寒门出身，自幼才华出众，七岁便佼佼于人前，据说当年唐家都想招揽他，令当地县令早早推举。但他因家中生变，投奔天京亲戚，十二岁便被推举参加察举考试，一举夺魁，之后因为不善交际，仕途多有起伏，但人品才华却是众所公认，皇帝令他做东宫洗马，本就有教导和监督太子的意思。

这样的人是不会和任何人沆瀣一气的。

太子脸色霾云渐起，眼底杀机一闪。

偌大的别院，人人噤声低头。

檐角上，燕绥斑斓的锦袍在夜风中微拂，看着远处火光染红半边天际，近处院子里一片狼藉，半晌从袖子里摸出一盒苦辛，敲出一支，叼在唇间，微微一笑。

文臻顶着白布冲出院子，此时易人离等人已经呼应了她，在西北角马厩那边放了火，好巧不巧地，那里离太子寻欢的小院很近，那两个女子被留在屋里，起火后，仓皇逃出，给太子的一地鸡毛里又加一把毛。

火头一起，偌大别院乱了套，几人很轻松地冲了出去。

文臻抓着那白布一直跑到几里之外才停下来，一边跑一边诧异地问易人离："你总盯着我的手做什么？"

"啊，"易人离在风中道，"我在想……你先前是把殿下……给强了吗？"

"啥？"风大，说话听起来轰隆隆的，文臻大喊，"啥？强盗？"

易人离指了指她手中的白布。

几人停了下来，围拢过来，文臻将那白布一展，道："这布有啥不对吗？不就是一块……"

她停了下来。

易人离："不是！没有！我不知道！文大人凶猛！文大人你孩子的名字想好了吗？"

文臻猛地把那块白布团成一团扔了。

为什么会是燕绥的内裤！

更重要的是，她刚才还把这玩意儿蒙在脸上，顶着它迎风蹿过了所有人面前，蹿出了好几里！

片刻后，永远甜美可爱乖巧蜜糖一般的文大人发出了此生最为狰狞的咆哮。

"燕绥！我要杀了你！"

某处屋顶上，相隔很远的某人端端正正坐在瓦上，嚼着苦辛，眯眼看着天际云淡星稀，又是微微一笑。

第一百零九章

拔腿无情的女人

跑出一半路，愤怒得满地跳脚的文臻忽然一拍脑袋。

被燕绥气得，忘记了一件重要的事。

还需要几具尸体来着。

十字坡包子店那个芳邻，往日没少欺负她，也没少欺负乡邻，据说背后有靠山，什么麻烦都能解决，四邻五舍的不敢惹她，文臻一直“忍气吞声”，就是等着走的时候来一票大的。

她和易人离便折了回去，想趁大火还没扑灭，把先前几具烧死杀死的护卫尸首扛回去再说。

回到别院，文臻和易人离打倒一个护卫，换了护卫衣裳，也夹在人群中假装灭火。反正此刻又乱烟又大，人人脸熏得乌黑，谁也不认得谁。

太子和东宫洗马也在火场之外监督灭火，两人单独站在火场边缘一个有点偏僻的角落，气氛有点不对，周围的人便远远避让着。

文臻和易人离自然也不会接近，但文臻总觉得这两人状态有点不对，便有意无意地蹿过去看一下。

这两人好像是在争执着什么。

易人离搬走了几具尸首，眼看差不多了，打手势要文臻走，文臻看那边好像已经平静下来了，有些不死心，决定最后一次凑过去再看一下。

她晃过去的时候，正听见太子对东宫洗马道：“张大人，你我师生数年，情分非常……”

又听见东宫洗马硬邦邦地道："殿下不必再说了！正因为你我师生情分非常，所以臣才必须为殿下未来计，将今日之事……"

他话还没说完，太子便低低道："是吗，还真是油盐不进呢，那就只好……"

东宫洗马转头道："什么？太子殿下如果心存悔悟，应立即上书……"

话声陡然顿住。

文臻飞快地向暗处一闪。

一蓬鲜血洒在青砖地上。

太子顺手一推，这个起火的马厩院子有一个倾斜的坡道，为了方便救火和隔离外墙已经被推倒了，此刻东宫洗马便顺着坡道骨碌碌滚了下去，一直往火场里滚。

太子立在火场之前，冷冷看自己的老师滚入火场，火光明暗起伏里，一张英俊温和的脸被映得扭曲狰狞，而顺着坡道滚下去的东宫洗马，震惊的眼眸里倒映这苍茫的天色。

这一下实在出乎文臻意料，但她很快反应过来，身影一闪，已经找到一个隐蔽的火也不大的角落，准备冲进火场，把东宫洗马弄出来。

不能确定这么做有没有用，但是她想试试。

只是这样做实在太冒险，四面全是人，偷偷摸摸外围搬运尸体可以，进火场救人就太容易被发现了。

文臻咬牙正准备冲，身子忽然被拉住，她一惊，人还没回头拳头已经砸了出去，结果拳头也被人逮住，肌肤的熟悉触感让她肩膀一松，回头便看见燕绥的脸。

他一言不发，顺势将她往角落里一拨，对着闪身过来的易人离做个手势，易人离会意，翻个白眼，抽出腰间长鞭，纵身闪入火场。

燕绥已经和她错身而过，迎向太子，高声道："太子殿下，你怎么离火场这么近？"

太子一回头就看见这死冤家，刚干了坏事还在怦怦跳的心顿时停跳一拍，随即反应过来，跳起来指着火场大叫："张洗马！张洗马刚才失足滚下去了！快来人救他！"然后一把揪住燕绥，生怕燕绥发现什么。燕绥轻轻拨开他，斜眼一瞟他道："太子殿下，你这么用力揪住我，我很担心你会不会一个不小心，也令我失足滚下火场呢。"

太子如同触电般放手，惊疑不定地瞧着燕绥，燕绥心情很好地对他笑笑，笑得太子一抖。

火场里，易人离跳上横梁，腰间长鞭霍霍甩出。

此刻在救火的人们，都大惊聚拢来，拉着太子向后退，太子热泪纵横地挣扎："别拦我，别拦我！我要去救洗马！"

燕绥：“好的殿下，快去救吧，说不定还来得及呢。”

太子：“……”

燕绥：“殿下快去啊，放心，我一定会为你今日尊师重道，亲自救人的义举大书特书，禀报父皇的。”

太子：“呜呜呜呜呜……”

还好还是有眼色的人的，惊诧地质问燕绥：“宜王殿下，您说的这是什么话！千金之子坐不垂堂，何况太子是国之储君，一身系东堂未来，怎可轻蹈险地！便是张大人自己，也不会同意的！”

燕绥更加惊诧：“这不是太子自己说的吗？太子是国之储君，是我等之君，君有言，尔等岂可抗？你们是要太子自食其言，无信无义，无师无道，为千夫所指吗？”

火场上，易人离的鞭子已经捆住了张洗马的腰，将他拉起，文臻在另一处比较矮的地方接着。

底下，太子额头的汗一阵阵渗出来，燕绥越过他的肩对里头探头瞧，以一种大家都能听见的自言自语道：“奇怪，得往前走才是斜坡，这种情形，一向谨慎的张洗马怎么会往前走？真是太不小心了，方才遇见我还和我说，要给朝廷写折子呢，这下折子怎么写？”

众人听着这段话，渐渐地，形容都有些古怪。

是啊，有点奇怪啊。

太子那么惜命，今晚却拉着张洗马亲自来了火场，还站这么近的地方，以前这种情形他一定有多远躲多远。

两人站在偏僻角落说话，周围人看似救火，也不会全然没有关注，气氛不对也是有些察觉的，也正是因为发觉气氛不对，所以大家都避开了。

先前院子里张洗马关于上折子和太子争执的一幕，大家都看在眼里，此刻一联想，都细思恐极，眼神不由自主地瞄向太子。

太子的冷汗，在这料峭春夜里，已经快要湿透腋下衣裳被人看出来了。

他心中暗暗叫苦，恨燕绥搞鬼，恨张洗马不识时务，恨自己怎么忽然就冲动成这样，怎么就忘记了燕绥这个妖孽还在这里，只要他在，有什么事他看不穿？

还好，张洗马挨了一刀滚入火场，一定会被烧得尸首不全，便是怀疑，也没有证据了。

屋顶上，易人离接住张洗马后又接住了文臻。

“殿下啊，”燕绥问太子，“你说张洗马怎么会……”

“洗马啊！”太子忽然一声大叫，满面泪痕向后便倒。

众人急忙接住。

燕绥笑一声。

很好，装晕。

太子一晕，众人顿时乱成一团，纷纷涌上去救护，簇拥着太子回了主院，火也不救了，也顾不得注意火场的情况了。

燕绥最后一个走，看一眼墙头，已经没有人影了。

也不说谢他一下。

文臻和易人离之前早已雇好一辆大车，将弄来的尸体和张洗马都藏在车上，易人离看了一下张洗马的情况，便道："幸亏太子技术不熟练，那一刀捅偏了位置，滚入火场后又运气很好，躲过了大火，又被及时救出……能不能活就看运气了。"

文臻满怀希望地听着，却被易人离最后一句话呛得翻了一个白眼，两人赶车一路回去，在半途又接了君莫晓厉笑，便匆匆赶车回到十字坡包子店。

包子店里人们都还没睡觉，正和隔壁茶肆老板娘展开一场热情洋溢的问候女性祖先活动，事情的起因是这边烧烤夜宵，茶肆老板娘又扔大粪了，大意是说花园草坪派对的烟气熏到了她家的狗，留守的人得了文臻的授意，之前随便忍忍，现在无须再忍。

文臻悄无声息地回来，装作被吵醒的样子，亲自上阵问候茶肆老板娘。人就是这样，你一开始凶狠也便偃旗息鼓了，你一开始惯着，一旦反抗，对方会分外不可接受，老板娘很快吵得热血上头，抄起手边的茶壶就对文臻那边砸过去。

文臻那边回了一只王八。

几番回合之后，老板娘怒气勃发失去理智，拎起茶肆里终年不灭的火炉子，越过文臻故意弄得很低矮的篱笆，砸到了文臻这边的草地上，在易人离的帮助下，成功撞翻了还有火星的烤架。

然后便起了今晚的第二次大火。

草地上有烤架，草地易燃，房子也易燃，文臻等人大呼小叫，不断泼水救火，火却越烧越烈。

因为那根本就不是水，是沉淀过的油。

茶肆老板娘一开始还笑吟吟看着，和自己的小二们说一句得罪我就是这下场，后来火渐渐大了小二们有些担心，都说要不要去救，老板娘依旧满不在乎，道一声老娘担得起，嗑着瓜子看着那边文臻等人狂叫呼救奔走，笑得开心。

文臻则把属下朋友们分成三班倒，本着演戏也要轮流上的原则，一批人在上面负责奔走救火喊救命，另一批人在屋子早已挖好的地道下面整理细软，带走腌制好的腊肉干粮，护理病人。

还有一批人则把那些从太子别院里拖来的尸首，扔进火烧得最猛烈的地方。

忙碌得差不多了，陈小田、耿光也回来了，顺利把易铭及其护卫引到了太子军队的大营里，两边差点火拼起来，解除误会后易铭脸色很难看，当即表示要去拜会太子，去太子别院了。

文臻笑眯眯地想，太子现在还在装晕呢。东宫洗马出事这件事，如果被易铭察觉，十有八九要做文章，太子想打共济盟捞军权和军功，易铭却不能让他真把共济盟给解决了，就让两个心怀鬼胎的人先斗一斗吧。

对她来说，易铭今晚被调虎离山，她走得也更方便一些。

一切都忙碌停当，一行人背的背扛的扛，顺着密道撤出。文臻走的时候还将那位张洗马身上搜了一下，找出一块玉佩，砸碎后留了一块在火场里。

砸完后她大喊一声："茶肆老板娘杀我！"

她这边潇洒地走了，那边，茶肆老板娘叉着腰看着火势越来越大，却没人出来，脸上的笑渐渐凝固了。

正如包子店母夜叉不是母夜叉，茶肆老板娘也不是单纯的老板娘，在这四面交通的渡口开个茶肆，正是搜集走南闯北的客商口中各种消息的好办法。

老板娘在此多年，一向做得不错，忽然来了个包子店，挤走生意还是小事，关键是抢走客人就没了消息来源。

出于愤怒，也出于上级授意，老板娘开始了对包子店的长期的挑衅和试探，但是对方却如乌龟一般坚忍，也如乌龟一般壳硬，今晚却忽然反击了。

反击的后果却令人发蒙。

老板娘等了又等，听见文臻临走那声大喊，终于发出一声尖叫："救火啊——"

她身边扮成小二的属下急忙抄起勺子水桶，一盆盆的水泼向火场，但是已经晚了，大火已经无法遏制，还险些蔓延到附近百姓家，百姓们早已报官。附近专职救火的巡铺和民壮们都已经赶来，但是火太大无法扑救，又有人指出放火的人是茶肆的老板娘，还说听见包子店孙二娘的凄惨呼救，听见扈三娘最后的死亡指控。

官府当即便把茶肆老板娘看住了，老板娘大呼冤枉，可冤枉什么呢，火可是你放的。

等到火势渐灭，火场里扒出几具烧得只剩半截啥也看不出来的尸首，老板娘彻底瘫倒了。

她有苦说不出，她这个细作，领的是见不得光的秘密任务，是大公子的"百脚"之一，平常能够隐秘地受到照拂，但是出了这样的大事，大公子绝不会出手引火烧身。

灌县县令已经赶来，一边抹汗一边想家主最近正在附近巡察，偏偏就出了这烧死几人的大案，今年的考绩便不要想了，越想越恨，怒道："这女人定然是奸人，在此处别有所图，不然怎会这般心狠手辣，草菅人命！关押起来，好好审问！"

他本是心中恼怒罗织罪名，却误打误撞说对了不少，茶肆老板娘脸色惨白。

忽然有人急急跑来，低低在县令耳边说了几句，县令愣了一下，向后走去，老板娘目光越过黑暗，看见烟雾尽头，几个护卫长身而立，拥卫着中间一顶黑色轿子。

看见那顶低调的黑色轿子的同时，茶肆老板娘的眼底爆出希望的光芒。

灌县县令已经走到那轿子前，恭敬地行礼，里头人并不说话，倒是轿子边的护卫道："大公子回益阳城，路过此地，本想来这里最近很有名的包子店尝个新鲜，没想到已经出了事。"

县令道："是下官失职，护佑百姓不力，给公子带来遗憾了。"

护卫又道："凶手可曾捉拿归案？"

县令道："已经缉拿在案。"

里头咳嗽一声，护卫便道："大人真是才能出众。既如此，捉到案犯也便成了，勿要惊扰无辜百姓，也勿要牵连案犯不相干的家人。"

县令欢喜地弓腰："谢大公子夸赞，下官省得。"

他身后，原本眼眸中满是惊喜的茶肆老板娘，听见最后一句，瞬间又灰暗下去。

几句对话一完，轿子没了动静，护卫也不说话，县令躬身等着，莫名其妙，那护卫忽然指着侧方道："那里好像有人在呼救？"

县令急忙告罪，急急带人去看，火场前冷清下来，轿子里的人道："推我去看看。"

那轿子底下便伸出车轮，轧轧往火场去，轿子毫无顾忌地在那些零落的焦骨上碾过。

忽然里头人道："停。"

轿子停下，片刻后轿子里的人道："扒开底下的灰。"

护卫在半副焦骨下找到了半块玉佩，递到轿子里。

那玉佩原本被文臻扔在火场中，被掉落的横梁和尸骨压在底下，原本很可能就此不见天日，但不知怎的，却被这人发现了。

里头又静了静。

轿中也是一片黑暗，只有男子淡色的衣襟在幽幽闪光，那人细长的手指按在残破的玉佩上，微微闭眼。

好像要在脑海里将这玉佩相关的一切勾勒出来一样。

他睁开眼，随即把玉佩递出来，道："放到比较显眼的地方去。"

护卫依言把玉佩扔在焦骨上头一眼就能看见的地方。

然后轿子抬起，黑色的轿子无声无息穿行在黑暗中，消失不见。

第一百一十章

你好，我来落草

另一边，茶肆的老板娘在轿子走后，也无声无息地倒下来。

她服毒自尽了。

在听见“勿要牵连案犯不相干的家人”这句话，她便知道自己该怎么做了。

县令匆匆回转来，才发现凶手已经死了，查问一番，却连这店里的小二都不清楚老板娘出身何处，家人是谁，县令觉得蹊跷，但却不愿多事，正打算以凶犯畏罪自尽了结这桩纵火案，却听说刺史到了。

县令暗暗叫苦，只得去迎，却见易铭满面春风陪着一个同样满面笑容，笑得却有些尬的青年男子走了过来。

县令官儿不大，却最会察言观色，只一瞧便觉得面前这两个贵人脸色说不出的古怪，虽然都面带笑意，言辞亲切客气，但一个眼神闪动微带怒意，一个目光闪烁心不在焉，偏偏还要凑在一起聊天。

易铭确实很恼火，她在灌县有别院，被刺客闯入，护卫一路追过去，竟然追入了太子剿匪大军的营地，双方撞上，自己这边解释不清，反而被统军的将领认为窥伺军情，对太子图谋不轨。将她的人扣下。

而易家护卫在西川也算是皇室禁军，什么时候受过这种气，也便闹了起来，等易铭闻讯匆匆赶去，双方都已经动了手。

这种情况下彼此身份都显露了且引发龃龉，易铭不得不亮明身份，去向太子请罪。

而她本来悄悄派去别院打算恐吓太子的刺客，也半路铩羽而归，说是遇见了共济盟的人，被逼走了。易铭顿时又是一阵头痛——太子悄悄来剿匪的事，她知道了却没告诉共济盟，如今被发现了，共济盟闹起来怎么办？

双方暗中合作多年，谁手里还没一点对方的把柄？

而对于太子来说，本想悄悄行军一举剿匪再拿捏一下西川刺史，不想大军未行被人刺史撞个正着，更要命的是洗马刚刚出事，火场扑灭之后清点尸体却发现竟然没有张洗马的，这让太子脑子轰轰作响，冷汗出了一身。

不仅没了洗马的尸首，护卫的尸首都不见了几具。

这事太离奇，离奇到让人不得不想到怪力乱神之事，太子恐惧得快要晕了。

正在此时，易铭来了。

太子所有的疑惑顿时都着落在易铭身上——除了易铭这个地头蛇，还有谁能在自己这里不动声色搞出这许多动静？

本来怀疑燕绥，但是太子一直派人紧紧盯着燕绥，燕绥一步也没出过房门。

易铭和燕缜两个心怀鬼胎的人互相试探几句，不得要领，易铭试探地邀请太子住进城中，太子竟然同意了。

无他，心虚，怕鬼。

两人一路往灌县走，结果还没到别院，就听见传报纵火事件，易铭一听那地址便皱了眉——她今日遇见厉笑，之后派人查她下落，疑点正集中在那处区域，只是今夜多事，还没来得及继续摸排，没想到紧接着便出了事。

易铭本想送太子回去自己再去查看，太子哪敢独自去易铭的地盘，也便跟来了。

易铭查问案件，太子便心不在焉地东看西看，目光忽然落在一处焦骨灰堆上，他仔细看了看，忽然浑身一僵。

易铭向来是个敏锐人，立即转头，顺着太子目光看去，看见了那半方玉佩。

再一瞄太子脸色，很是惨白。

易铭目光一闪，立即向那玉佩方向走去，太子反应过来，快步抢上，奈何易铭步伐极快，太子大急，示意属下撞人抢夺，易铭却靴子一抬，将玉佩踩住，轻轻巧巧让过了那个故作踉跄撞过来的太子护卫。

太子死死盯着那玉佩，恨不得扑过去将易铭靴子抬起来，又飞快对身边人使眼色，他的一个伶俐随从悟性很好，当即悄悄走了开去，随即又捂着脸飞奔回来，一边跑一边喊：“不好了！那边！那边有黑影一闪，好像有刺客！”

太子立即“大惊”，迅速去拉易铭：“此地不可久留，我们还是速速离去吧！”

易铭十分爽快：“好！”

太子大喜，死死盯着地面，易铭靴子移开，地上却空空如也，只有一些焦灰。

太子几乎不敢相信自己的眼睛。

他有点茫然地抬头，正撞上易铭眼光，这艳丽少年对他微微一笑。

太子："……"

这边易铭和太子同时当了冤大头，被一对贼男女耍得团团转。

那边文臻拖家带口前往五峰山。

除了语言护卫没带，昨晚收拾火场的时候文臻派他们去周围巡逻了，巡逻是假，扔下他们是真。自从出了长川，文臻对他们鼻子不是鼻子眼睛不是眼睛的，甩下他们毫无心理负担。

语言护卫不带，家当不能不带，连库房里一块腊肉都打包了带走，却差点忘记在廊下睡觉的八哥。

八哥一睁眼发现大火冲天，急得拍翅膀大叫，当时文臻正在收拾最后的细软，没有听见，八哥急中生智，大喊："文甜甜守寡啦！"

这种振聋发聩的诅咒顿时传入了文臻耳中，八哥终于被女主人想起来了。这只八哥是文蛋蛋在路上收的小弟，文蛋蛋发现它的时候，它正在长川边界的林子里用十八部族的十八种方言骂隔壁树上的鹦鹉。

文蛋蛋作为一只比段氏家族存在时间还长的变态蛊王，生平有一恶，有一好。

一恶，恶所有五彩斑斓的东西。

天下之大，只有文蛋蛋可以拥有这样美丽的颜色！

一好，好所有伶牙俐齿的东西。

文蛋蛋限于出身，虽经历漫长时光，拥有老祖宗般的智慧，却始终无法说话。

因了这遗憾，它一直喜欢会说话的鸟，可以做它的代言人。

可惜就是八哥经常无法理解它深邃的智慧。

车厢里，经过一番救治的张洗马睁开了眼，鼻端一股淡淡的、腻腻的烟熏味道。

他瞪着头顶摇晃的一块腊肉，左边的一只咸猪蹄在搔他的脸，右边的咸鸡爪在挠他的头发。

有那么一瞬间张洗马几乎以为十八层地狱又多了一层腊肉地狱。

随即他便对这个想法嗤之以鼻——我一生清廉正直，怎么会下地狱！

文臻走到他面前，看这家伙眼神直勾勾地，十分同情地叹了口气，道："你好，我是马面。"

张洗马："……"

文臻瞬间笑开，挥挥手："开玩笑啦，不过，估计你也很快要去见真的马面了。"

张洗马："我……"

"恭喜你，你快可以重新投胎啦。"

张洗马：“你……”

“我啊，是眉山别庄附近负责倒夜香做杂工的，先前别庄的人拖出一大堆尸首让人帮忙在附近葬了，我收葬你的时候发现你还有一点气，就把你给带回来了。”

“多……”

“先别谢。我都说了，你救不活的。我带你回来，只是看你衣裳光鲜，想必家里也有家人在，给你一个说临终遗言的机会。当然，这么宝贵的机会我给了你，你也别忘记多少给我点谢礼。毕竟快死的人死沉死沉的，累死我了。”

张洗马沉默了。

他此刻的感受自然非常糟糕，自己也觉得自己快死了，如今既然还有一个开口的机会……

“说说，你家住哪里？妻子是谁？可有什么需要我带给你家人的吗？”文臻眼睛发亮，兴致勃勃。

张洗马闭上眼睛，轻轻道：“我……我有一事……”

“没有钱就不要说了。”

张洗马苦笑：“我有玉佩给你。”他艰难地从怀里摸出一个薄薄的小册子递给文臻，但眼睛却紧紧盯着她。

文臻手一缩，大失所望：“不是钱啊。”

张洗马眼底的怀疑去了许多，道：“我身上玉佩……”

文臻：“没看见啊！”

“这……”张洗马艰难地喘息，“我两袖清风。”

“那回见吧您哪！”文臻站起来就要把他往下搬。

“我袖囊里还有一颗九窍玲珑珠……是我家传的……”张洗马犹豫很久，终于说了这句，还没说完，脸上便起了一层薄红。

她本就是要忽悠张洗马，看看他身上有没有带什么对太子不利的东西，如今看果然都掏出来了，也便罢了。

“一颗珠子怎么够？”她继续压榨。

“我实在没有了，如果我能活，我给你做牛做马。可是我也活不了了，欠你的下辈子……下辈子……”

文臻心想够了够了，别再欺负老实人。

“那马马虎虎吧。这册子你要送到哪里去？”

“要送到天京，交给我的老师御史中丞蒋大人。”张洗马眼神里露出一丝歉意。

要让这姑娘单身一人去天京送信，这实在是太为难人了。

文臻倒怔了怔，没想到听见一个熟人的名字。

原来是蒋鑫的学生啊。

那位和她祖母有过婚约的蒋大人为人端方，教出来的学生果然也老实迂腐得很。

倒好像确实听说过蒋中丞有个学生才华出众，早早被选拔了入太子东宫。历代皇太子的老师都必定是当世大儒，这位年纪轻轻就能做洗马，自然不凡。

“那好咧。”她一听是要送给蒋鑫，顿时知道果然是自己要的东西，笑眯眯把册子往怀里一塞，转身就走。

“站住。”

文臻一手撑着车门回身。

“你一个倒夜香做杂工的乡野女子，为什么对需要送信去天京毫无为难之色？为什么连蒋大人住哪里都不问？”

“你伤成这样，居然脑子还这么清醒。难怪未满三十已经是东宫洗马。”文臻笑眯眯点头，“因为我认识啊。”

“你是谁！把册子还我！”张洗马也不知道哪来的力气，竟霍然坐起，牵动伤口，顿时痛得脸容扭曲向后倒去，倒在了一只猪头上。

文臻好心地过去，把充当枕头的猪头给他摆正。

“他啊，是我祖母的有缘无分含泪分手的前未婚夫……”文臻对上张洗马越睁越大的眼睛，有点不好意思地笑笑，“我梦里的。”

张洗马吐出一口血，向后便倒。

片刻后，文臻掀帘出来，小册子在手中一颠一颠。

厉笑紧跟着进去，片刻后出来，文臻道：“怎样？”

“吐出淤血了，没事了。只要你不再来刺激一次就行。”

“估计等他好了还会有一次刺激的……没事反正那时候也快好了。”

厉笑心中为洗马大人哀悼三秒。

文臻抬头，五峰山在眼前高耸入云。

“上山吧。”

耿光把气晕的张洗马背上，其余人都扛着他们最爱吃的东西跟着。

未料兴致勃勃而来，还没走出一百丈，就被人拦住了。

“五峰重地，闲人莫入！”几个面色森冷的蓝衣汉子，一字排开在窄路上。

文臻笑嘻嘻走上前：“各位是五峰山的好汉吗？你们好，我们是来落草的。”

共济盟众人：“……”

见过没眼色打劫的，见过官兵上来剿匪的，见过走投无路被收留最后无奈留在山上的，没见过这么直接上来就说我是来做土匪的。

几个汉子对视一眼，当中一人手一摊："拿来。"

那汉子不耐烦地道："荐书，路引，户帖，随便拿出一样，可以给你进门。"

方才那一瞬间还以为是进益阳城的城门。

没听过做强盗还要查身份证的。

"没有？没有就滚。以为五峰山是你们家后花园，随便谁都可以来玩？"

"不不不，这位亲，我们家后花园，皇帝老子都不敢随便来玩好吗？"

"大当家脾性越来越好了，还让我们都问清楚，以前哪有这回事，到这个范围，早死成八截了。"

另一人道："少和这些无干人等啰嗦，上头要我们等的客人也不知道什么时候来，可别为了阿猫阿狗误了真正要接的人。"

那汉子道："反正无论是什么人也不会是这几个丑女人！"

君莫晓："喂，你说谁丑女人！出来走两步！"

几个汉子根本不理她，一边商量如何接待客人一边往回走。文臻一拍脑门，才想起这五峰山虽然有意招揽她，但是想必也没下决心，估计那个青衣男子是打算再来两次再正式邀请的，但她昨天突发事件，临时决定提前上山，也没来得及和对方要一个信物。

她忽然想起那截蓝丝带还绑在手上，急忙冲那几个守门喽啰招摇："喂！喂！我有信物！是你们师爷给我的，他亲口邀请我们上五峰山，这应该能算是荐书了吧！"

那几个喽啰回头看一眼，怔了怔，对望一眼，随即发出一声哄笑。

中间那汉子不屑地呸了一声，大声道："有完没完！"

另一人道："真是，知道咱们共济盟势大，每年来投奔的阿猫阿狗车载斗量的，也不知道从哪买来的消息，得不到荐书，一个个都弄这个蓝丝带！"

一个说："要我说，他们真的知道这蓝丝带是什么吗？"

一个年纪大的，皱眉看了看文臻等人，犹豫着道："几位尊姓大名？出身何处？"

文臻道："我叫扈三娘，是山下渡口十字坡包子店的老板娘……"

还没说完就被笑声打断，一人笑得捧着肚子："什么时候一个卖包子的也敢来五峰山说要落草，也不知道老板娘的绝技是什么，包子打狗吗？"

还有一人流里流气笑道："不不不，包子打狗也算是本事，人家这不是还有蓝丝带吗？不过请问一下几位，这丝带从何得来啊？"

文臻面不改色道："自然是亲手赠予。"

那边又是一阵哄然大笑。

"亲手赠予！"

“听听！这还是第一次听见这种说法呢！”

“果然一个比一个牛皮吹得大！”

“吹得简直不能听！”

文臻抬头，就看见上方树荫下隐隐探出箭楼黑色的垛口，隐约闪烁着金属的寒光。

她正想着是不是要硬闯，忽然一转头，看见底下正行过一列马车。

那个队伍不算长也不算短，护卫十分精悍的模样，正中黑色的轿子十分低调，轿子四角却垂着光华灿烂的金铃，马车行走间，碧叶间便不时掠过一道金光，刺得人眼睛发酸。

文臻一指那车队，对那些喽啰道：“底下那队马车，看上去是肥羊，你们要不要？”

那群守门喽啰一愣，其中一人道：“这个看样子不是简单角色，我们得禀告上峰……”

文臻：“不用禀告了。既然没有荐书，就拿这个做我们的荐书吧！”

她辫子一甩，一声：“扯呼！”

一群人呼啸着冲向山下，文蛋蛋滚在最前头。

文臻一边奔一边扯了黑布往脸上一蒙，怀揣着占山为王的美妙梦想，大喊：“此山是我开，此树是我栽，要想从此过，留下小命来！”

第一百一十一章

我为当家送压寨

这队伍的护卫果然不是弱者，片刻惊讶后便举刀迎上。

但是哪里敌得过易人离、厉笑、君莫晓，以及金吾卫中的精锐耿光、陈小田等人。

片刻后文臻已经势如破竹，冲入黑轿之内，一把抓向里头的男子。

她手还没抓到，一只苍白的手已经先伸了过来，一把抓住了她的手腕。

轿子里有点黑，看不清那人长相，只感觉很年轻，一张雪白的脸幽幽地浮在模糊的轮廓里，没来由地让文臻后背有点起栗。

那人说话也幽幽的，像午夜拂过长草的风，吹在她的耳边："这位壮士，我是被掳来的，请你带我走。"

那人手指冰冷细瘦，只剩一把骨头似的，力气却不小，像是溺水的人抓住浮木，紧紧扣住文臻，呼吸急促在她耳边："帮帮我……求你帮帮我！"

声音急切，文臻脑袋忽然又有点发昏，她晃晃脑袋，怒道："我是强盗哎！你脑子进水了吗？我是来抢钱的！我！扈大王！要钱不要人，劫财不劫色！"

她甩手，男子不放手，这人轻飘飘的，文臻怕太用力甩死他，也不敢用全力。

"我给你钱！我是被这群人掳来的，我把钱箱藏在了路边，你只要救走我，我就把钱给你！"

"我是这五峰山上的盗匪，你要我救你，焉知不是才脱狼群又入虎穴！"

"我宁可落草为匪！他们……他们要把我送给谷蔚蔚！"

"谷蔚蔚是谁？"文臻摸摸脸，心想谁还能比我凶恶？

"前任易家家主之外甥女，现任家主的表姐，掌握熊军，易家最有权势的女人之一。”男子说话声音越来越低，文臻眯眼打量他镂刻在黑暗里的模糊轮廓，心想这风姿语气，还真像一朵即将饱受摧残的小白莲。

“求求你救救我！我家也算薄有资财，你们五峰山盗匪听说每个月都有抢劫任务要完成，你抢走我肯定能帮你提前完成任务。”

什么？强盗还搞绩效考核的？

随即她也觉得不大对，那些护卫虽然拼命抵抗，但是并没有人大呼小叫，说什么救主子之类的。

她还听见君莫晓在骂人：“怎么身上都没钱？你们配做一个被抢者吗？文蛋蛋都比你们有钱！”

文蛋蛋忙着在受伤怒叫的护卫身上滚来滚去吸取戾气，对君莫晓的话表示不屑。

这世上文蛋蛋最有钱好吗！

文臻有点发愁，骑虎难下，她想想，原本也是打算抢钱抢人随便抢一下，展示武力就行了，现在钱没有，人好歹得安排上，大不了保住他的命，过两天送下山好了。

她只好把这人拎出去，感觉轻飘飘跟稻草似的。

见她把人拎出来，那些黑衣护卫倒真有几分训练有素的样子，紧跟着追了上来，咬了好一阵子耳朵看共济盟的人出来了，这才悻悻退下。

文臻将那男子背着，背着人往共济盟山门奔，听见他在那些人放弃追逐之后，长长出了口气。

她离开山脚以后。

山脚下忽然出现一条人影。

那人眯着眼睛，看着文臻把那男子亲自背上了山，半晌，一声轻哼。

他身后那群低眉垂眼的护卫们，听见这声哼，齐齐抖一抖。

燕绥一直盯到文臻的背影不见了，才转开目光，十分不豫地想，好像她还没有这样背过他呢！

据说长川逃亡的时候背过，可那时候他在昏迷，不算。

“人呢！”他忽然道。

护卫们站成一排：“在！”

“你们会掳人不？”

护卫们气壮山河：“会！”

“那好。”他满意地指指山上，“回头把我也掳上去。”

中文讶异地盯着他。燕绥以为他震惊太过，正想鄙视一番，就见中文露出一脸“英雄所见略同咱们终于想到一块去了”的恶心表情，飞快从腰后掏出一串绳子，略显激动地问他："殿下，这里有缠丝、绳麻、绳鬃、毛绳、绸缎绳，您喜欢哪款？缠丝绳绑得比较痛，麻绳绑得紧，鬃毛绳小倌馆常用，绸缎绳比较符合您的身份。"

英文从身后挪出一个大包袱，抖开："殿下，这里几套装扮，您打算选哪种？这件桃红开衫带网眼比较诱惑，这件绯色长袍颜色娇嫩容易引人同情，这件大红色非常显眼会让女大王一眼就看见您的风采，这件黑色更衬您的肌肤。"

日语则掏出一大堆瓶瓶罐罐："殿下您打算使用哪种妆容？这瓶是胭脂，用了以后娇艳如胭脂分外楚楚可怜，这瓶是浅粉口脂，使唇色娇嫩如樱花惹人怜爱，这盒是玉桃香粉，会让您的肌肤白如新雪令人目眩神迷。"

德语作为吃药事件直接责任人，则掏出了居家旅行骗女人抢男人必备法宝——一瓶颜色呈现非常诱人的淡粉色的液体。

"殿下！这是我从闻近檀那里偷来的，据说叫什么香水，用了之后香气非凡引人动心是肯定的，但是，我最近又呕心沥血对其进行了改良，在里头加入了'上天入地风情万种一眼万年情比金坚迷情水'。"

中文幽幽道："也就是方便献身时不可言说的那啥药。殿下，我们已经准备好久了，我们果然心有灵犀！"

燕绥："……"

那边文臻一直把人背到了山门口，来回花了没一刻钟，这回那几个人终于肯正眼看她了——打家劫舍也需要天分的，这位打家劫舍的速度几乎可以评上共济盟史上前三。

但问题又来了，所谓过犹不及，文臻等人表现得又太彪悍了，共济盟的那群看门喽啰，这回十分警惕地看了文臻半天，便道让他们等着，看上头怎么说。

"喂，我们已经展现我们的武力和诚意了，还想要怎的？你们共济盟是只收天仙吗？"耐性最差的君莫晓忍不住了。

"空有武力有什么用？"守门人斜睨她，"再说，谁知道你们是不是刺史府的奸细？"

文臻赶紧拉住君莫晓，生怕她一个激动，把易家和共济盟勾结的真相给掀了。

她手腕一动，腕上金锁片叮当作响。

那是"去逑"两个字。

既然什么法子都用过了都不许进，那便，去逑。

"打！"

文臻开口说打，那必然金光闪闪瑞气千条，那群喽啰哪里是对手，原本还以为文臻开玩笑，结果易人离一鞭子就把态度最差的那个抽到了千里之外，顿时明白这回是玩真的了。

想到刚才这批人在山下打劫的凶悍，这群人一股脑地往山上跑，大叫开机关！

里头也紧张起来，树丛之间隐约可以听见轧轧声响，这共济盟依托山势。借助树丛、路角、悬崖、拐弯等等地形设置机关，几乎三步一卡五步一哨，守门的大呼求救，里头的关卡便一关关地传递上去，但是共济盟雄霸西川北部已经多年，已经没有了对手，土匪们实操经验直线下降，应对反应便显得慢了，一层层口令上去，再一层层口令下达，最底下一层的机关刚刚开启，人员刚刚到位，文臻已经连冲了三道关卡，到了半山腰。

文臻速度极快，往上猛冲，一边冲一边对上面大喊："我勇敢！我最帅！我为当家送压寨！"

顶头上正掠下一个人来，身形如电，听见这句，一个踉跄。

四周的共济盟众人已经大叫起来："大……"

来人怒喝道："什么大事不好！毛毛躁躁的沉不住气，还有点共济盟的风采吗！"

一阵诡异的静默后，大家都大叫道："大军师，有人闯山了！"

那几个跑得最快的守门喽啰，回身指着文臻几人叫道："大军师，就是他们，这群人非说要上山，又没有荐书，又没有路引，户帖也没有，居然拿了一截蓝丝带出来……大军师……"他忽然顿住，看着那男子脸色，小心翼翼地道，"这个不是您亲自给的吧？"

军师木然道："不是。"

"那就对了！"守门喽啰长舒一口气，挺起胸膛，"我就说嘛，这么一群歪瓜裂枣哪能有您的……"

"是她们从我头上割的。"

"蓝丝带呢……什么？！"

"你们这群蠢货！"军师大人忧伤地叹口气，"我连续下山一个月去吃包子你们都没听见吗！蠢货！你们也配看大门！都给我滚下山去查探苍南派是不是又有动静了！现在就去！"

看来这不是什么好差事，那群守门喽啰走之前还被军师勒令着给文臻道歉再走。

人散了，军师恼怒的嘴脸一收，一揖到地，十分斯文地道："几位光临五峰山，真是蓬荜生辉。"又眯眼看文臻背上，"敢问扈三娘，这位是？"

"是门票。"文臻掂掂背上的小白莲，"你家的看门人其实很尽忠职守，硬是逼得我下山抢劫了一票，这样也好，便当上门礼物。军师大人，你瞧这成色如何？"

文臻把小白莲放下来，此刻才看清对方模样，不由在心里吹一声口哨。

一朵出淤泥而不染的小白莲，不含贬义的。

先前没看清楚，此刻才发现是一个美貌的红衣男子。

对面，军师大人喃喃搓手：“哎呀，这这这，这也真是太客气了，还真送个压寨相公来啊？”

文臻看看那少年，呵呵一声，决然道：“想得美！这样的极品怎么能送给你！”

文臻：“这个人说他自己很有钱，还有一笔富可敌国的财物藏在某处，所以我建议把他关押起来，让他交代所有的财产，这样才符合我们身为强盗的身份。而且，我觉得此人长相如此狐媚，显见得不是什么好东西，莫如先把他的脸给毁了，省得在关押期间，此人凭借美色蛊惑看守，引发什么后患。”

“扈三娘放心。此子如此美色，毁了似乎太可惜，留着或许还有些别的用处，比如……”

文臻：“比如把他献给面首众多的谷蔚蔚，换取共济盟在西川的稳定和平发展？”

军师大人慎重考虑了一下，才道：“我们还是先把他关起来，问出富可敌国的财产去处吧。”

文臻：“丑话说在前头。这么个极品献给共济盟老大，能换我和姐妹兄弟们在共济盟的什么身份？”

“这个……我们得开会议定。不过三娘放心，我们大当家对你极为欣赏。也去吃过你们的包子，一定会让你们满意的。”

文臻脸色一整：“不过这个压寨相公只是个赠品，我倒是有另外的宝物要赠给共济盟。”说着从怀里抽出一条腰带递了过去。

这腰带是她让人从太子亲率的旗手卫腰上抽下来的，用以作为太子曾经试图偷袭共济盟而自己帮忙解决的证明。

军师愕然接过，脸色颇有些诡秘的兴奋，低头看看那腰带，又看看文臻，文臻被他看得莫名其妙，黑人问号脸看他。

军师忸怩半天道：“这个腰带……是三娘送给我的？”

“哦，是啊，送给共济盟的当家们，也算是送给共济盟所有人的礼物吧。”

“所有人！”军师脸色变了。

文臻发现有点不对劲，四面喽啰都用什么暧昧眼光看她！

那眼神，好像她是个色狼似的。

红衣少年忽然挪了过来，在她身后悄声道：“在咱们西川，未嫁女给青年男子送腰带是示爱的意思……”

文臻：“……”

第一百一十二章

狐狸精夜溪遇书生

军师还在忸怩："三娘，我觉得吧，我们两个可能不太相配……"

"是啊是啊。"文臻便把腰带拿了过来，在手中一抛，"我也觉得……"

"是啊是啊……"

"阁下这个智商，如何能配得上我？"文臻哂笑，"看清楚这到底是什么腰带。黑色打底饰金边，天宽地阔展红旗。这金边红旗，共济盟的好汉们难道当真没听说过吗？"

军师怔了怔，略略沉思，脸色一变。

"难道是旗手卫？可是旗手卫远在天京……"

文臻笑而不语。

"旗手卫已经拨给太子，太子亲率……"军师脸上又是一变。

文臻还是笑而不语。

共济盟再僻处西川，也不会连太子来剿匪都不知道，顶多没想到太子来这么快打算偷袭罢了。

文臻在太子和剿匪军那里捣乱了一场，果然太子不敢再轻举妄动，等于间接帮共济盟消弭了一次危机。而这从旗手卫身上搜来的腰带就是证据。这些东西，京城三大卫都是一人一物，代表身份，不可遗失出借，出现在文臻手里，出现在西川，本身就是信号。

军师这回很快接过了腰带，对文臻的态度顿时上了一个档次，表示这腰带是珍贵的礼物，是最好的投名状，是扈三娘及其团队才干的最佳证明，他需要立即将腰带呈送给几位当家，并就此召开紧急会议。并就接下来不能再亲自陪同连连致歉，吩咐了一个小头目来，要将新战友好好安排。

几人说了几句便别过，带路的是共济盟的一个小头目，算是军师的亲信，一路上对共济盟做了介绍。共济盟共有四位大当家，还有一位至高护法，至高护法和四当家都不在山上，另有驻扎之所。在此之下还有金木水火土五行坛，分布在五峰山五个山头，五行坛各领一军，拱卫中峰，也各司其职。五行坛之下便是各地分坛，灌县也有分坛。

军师有个很潇洒的名字，叫萧离风。共济盟是有理想有组织的土匪团体，十分注重组织的发展和未来，因此有专门的谋士团队，萧离风就是谋士团队的老大，地位在五行坛坛主之下，各地分坛主之上，萧离风很得大当家骆闻的喜爱，算是亲信，大当家最近在闭关，他闭关期间的山上杂务，都由萧离风负责处理。

至于一个小小包子店的老板娘何以进入共济盟的视线，还是因为共济盟是有理想的组织，一直都在搜罗各方能人豪强，平日里也常劫富济贫，遇上有难处的好汉，也会帮上一把，就图个江湖义气，四海声名。

共济盟说渡口那个茶肆原先的老板娘很有些古怪，因此周边卖茶食的一般都干不下去，扈三娘等人能够迅速站稳脚跟，显然很有几分本事。而所谓的一碗识渣男，也就糊弄寻常百姓，共济盟自然能查出这些渣男的下落，看那些人受到惩罚却记忆不清，从此浑浑噩噩，都颇以为异，又观察了一个月，越看越觉得扈三娘这一群人有本事，再加上吃上了瘾，便有心招揽，如今三娘上了山，那真是再好不过了。

文臻呵呵一声，道："我十字坡包子店的准则，不优惠，不打折，不赠送，不外送。想开就开，想关就关，不做金钱的奴隶，怎么，你们共济盟招揽我是为了招个厨娘吗？那话说在前头，我的菜，只有渣男肉才最美味，你们共济盟的渣男多不多？库存够吗？啊，看你眼神鬼祟，表情暧昧，莫非你便是个新鲜渣男？"

"啊不！小的在山上以老实厚道闻名！上能侍奉老母，下能给妻子洗脚，唯一的爱好就是给儿子洗尿布，您不信问遍整个山头，有一个字虚言天打雷劈！"

文臻瞟了他一眼。

呵，世上男人如甘蔗，仔细嚼嚼都是渣。

因了扈三娘的毒辣强硬，之后众人们都很恭敬，给一行人安排了单独的院子，风景甚美，位置却并不如何紧要，在飞流峰的半山腰，飞流峰也就是五行峰中的"水"，果然一路都见水源，而文臻分配到的小院子旁还有一条细细的溪流，院子背后就是永远山岚弥漫的深谷，溪流从深谷跌落，到了谷底也自成飞瀑，水汽共云岚生，被薄云间剥落的阳光映射如鳞片般的碎金色，如同蓬莱仙境。

众人都有迷醉之色。

文臻站在那溪流边，垂头看底下的飞瀑，大声赞美："啊，真是绝佳的地段！"

那带路小头目面带得色，正要夸赞，就听文臻继续道："院子前头就一条路，后头是悬崖，想要攻击，正面碾压就够了，人都没处逃。杀了之后顺手往悬崖底下一扔，方便！"

"还有这溪流，真是绝佳设计！落入山底成瀑布，声响轰隆不绝，可催眠，如奏乐，如果觉得正面强攻会令我们逃走，那么从底下爬上来，瀑布声会盖住所有声音，谁都不会听见！方便！

"这飞流峰的地形选择也是不错！左边乌檀峰，右边燧峰，前边藏锐峰，后边落尘峰，都紧密团结在飞流峰的周围，且都比这半山腰地势高，一旦想要杀人，四面峰来，高处架弩，或者随便投个火把，分分钟夷为平地，方便！"

小头目抹一把汗，弯腰大声道："军师为三娘子选此地，本是想着此地的晚峰夕照，平江翠谷，流云飞瀑，为五峰山三大景，是难得的景色绝佳且美景最多的地方，且用水方便，翠色清新。只是如今瞧着，似乎有些太潮湿了，小的这就去禀告军师，让他给换一个更好的院子！"

"不了！"文臻在隆隆飞瀑声中大喊道，"我就喜欢这样的地方！固然被杀很方便，但是杀人也很方便啊！"

小头目一身冷汗地告辞了，也不知道是为了避嫌还是为了表明心迹，他走后，文臻连山间原本出没的哨兵都看不见了，没多久又来了一大堆人再次打扫房间，添置物品，送上吃食，忙碌得很是殷勤。

又和文臻道："今夜且先休整，明日午后和诸位当家相见。"

文臻便应了，院子不小，住得下所有人，连带上山的张洗马也有一间单独屋子，厉笑给他看过了出来，说好了许多，文臻也不多问，这里也不怕这位跑掉，和众人吃吃喝喝，又延续了一次篝火晚会，才各自休息。

篝火晚会举行到一半，易人离和厉笑就不见了，文臻都懒得找，大抵错过了晚峰夕照，就去领略流云飞瀑了。

也不知道易铭什么时候会上山，听说易铭的堂哥和姑姑最近颇不安分，易铭不方便出手的事，交给共济盟应该是个很好的选择。

但是文臻心中还是有些疑惑。

太子领兵来剿匪，此时易铭最好的选择是留在益阳城里装死，出现在共济盟大本营附近，本就容易引人怀疑。

要么易铭故意引人入局，要么就是声东击西。

但文臻现在能做的只有等。

天色渐晚，大家都休息了。文臻去溪水边洗漱。

她将脚泡进水里，将脸上的疙瘩小心翼翼剥下，放入专门的盒子中，以防被文蛋蛋一口吞了。

这一脸疙瘩，比用那些不舒服的易容胶要舒服多了，文臻才不舍得放弃。

她掬水洗脸，对着溪水照影，隐约地觉得脸上前段时间用易容物太多导致的一点斑，好像淡去了不少，顿时心情挺好。

忽然听见身后有响动，她回身，便看见了张洗马。

张洗马一刻钟前醒来，感觉好受了许多，就是干渴得厉害，屋子里却没人伺候，也没有茶，他起身去找水，跌跌撞撞走出了门。

他一个手无缚鸡之力的书生，在这连文臻都要夸一声绝妙杀人地的地方，众人自然不怕他跑掉或者出事，也没人看守，他听着水声出门，一转弯，就看见了溪水边的少女。

彼时月光如洗，覆上地面如银霜，而水流清若玉带，一色朦胧玉白色里，那少女的黑色剪影玲珑有致，乌黑的发在月色中也泛着莹亮的光。

张洗马的目光下意识地在那线条美好的腰臀上落了落，随即转开，正看见少女侧过脸来，半边脸颊线条流畅，下颌小巧晶莹，长而密集的睫毛便是那月色中微弯一翘，正挂在那高远月牙的尖尖上。

说不出的精致美好。

伤病疲惫的张洗马此刻忽然想吟诗，心中缓缓流过诸如“一弯乌羽挑明月，半点唇红压蔻丹”之类既艳又怜的句子，但又觉得唐突，只怔怔立着，不敢动弹，怕这是山间精灵，呼吸稍重，便要惊得她落入飞光雪瀑。

忽见少女肩膀微微抖动，似乎在哭泣。张洗马大惊，快步上前，正看见少女转头，颊上水迹纵横，月下那双清透明亮眸子也似乎盈着一泊水，明明是一副甜美容颜，不知怎的张洗马就看出了委屈和惆怅，大抵倒霉的人看所有的人都很倒霉，共情的能力直线上升，顿时心中又惊又痛，忍不住问：“姑娘，你为何夤夜在此哭泣？”

老娘明明在这里洗脸，想到燕绥的蛋糕忍不住笑而已！

她一时愕然，看在张洗马眼里，便是郁结在心无处诉了，一时触动愁肠，也叹息一声，道：“难道你也是被那恶女掳来的？”

张洗马缓缓走近来，他身体虚弱，想要坐下，一眼看见清澈水底那双微微晃动的白生生的脚，顿时垂下眼皮，老老实实地靠在了一边的一棵树上。

文臻看他那忧郁模样儿，今夜月色好，她终于看清了这位的模样，居然颇为清俊，约莫三十左右，眉间颇有些郁郁，人也过于清瘦，立在月下树影里的身影，有种茕茕又文雅的风姿，让人想起梅妻鹤子之类的称谓。

真正读书人的气质，就该是这个样子。

张洗马也不知道他心中的山间精灵已经把他从头评判到脚，兀自四十五度角仰望星空，忧伤地道：“姑娘你是这山中人吗？你是如何至此的？你认识那恶女吗？那恶女也不知是谁，那般无情狡猾，骗得我以为自己要死了，骗走了我极其重要的……”

文臻适时摆出好奇的表情，又指指他心口，示意他身体如何了？怎么就会认为自己要死了？

张洗马低声道：“也是我自己蠢。今日一醒来我便知道被骗了。不过好歹她救了我，嗯，我确实不该说她的不是，只是那东西落在她手里，这万一拿来作恶……”说着长吁短叹，愁肠百结。

文臻又指指小院，又指指自己的脸，然后做了个呕吐的表情。

张洗马居然看懂了她瞎编的手语，正色道：“姑娘是说那女子是丑女？姑娘不可，那女子虽然无情狡猾凶狠毒辣，但是容貌乃父母所赐，非自身可控，君子不可以戏谑诋毁他人容貌为乐，如此便落了下乘。”

文臻撇撇嘴，张洗马却又笑了笑，垂眸看她，道：“姑娘年纪还小，行事言语，自然全凭己身好恶，日后多读几本书便好了。”他犹豫了一下，轻声道，“姑娘愿意的话，可以来找我，我……我愿教姑娘读书。”

虽然夜色深浓，但他乌发底的眼角也微微现出一抹羞赧的红。

不知怎的，她有些心惊，总感觉对于书生来说，“我愿教姑娘读书”这样的话，似乎也是一种表白了。

虽然觉得这一见面就隐晦表白是不是自己自作多情，她还是摇了摇头，站起身，走上岸来。

张洗马看见那双雪白的脚掠起清亮的水波，踏上青苔隐隐的岸石，一边要错开眼，一边又想去搀扶，一边又慌乱地想，她是要走了吗？赶紧又道：“敢问姑娘……”一时有点精分，跌了个跟斗。

他跌倒的时候，隐约听见一声娇笑，等他面红耳赤地起身，溪水潺潺，月色溶溶，山色朦胧，万籁俱寂，哪里还有方才那精灵般的女子？

张洗马怅然若失，久久立在山间冷风中，想着方才是南柯一梦，抑或是苦等多年的缘分终于悄然叩门，那般美好的女子是这山间繁花凝化而成的花妖狐精，还是只是行走在山野间的红尘普通女子？

在他充满无数遐想的风露中宵里，一墙之隔院子里，文臻在温暖被窝里翻了个身，一句梦话咕咕哝哝：“杀千刀的渣男甜……”

第二天早上，文臻神清气爽地醒来，早已把昨晚那一茬“狐狸精夜溪遇书生”给忘了。

她粘好自己的那堆疙瘩，出门去洗漱，一跨出门口，就看见张洗马扶着栏杆站在廊下，目光在院子中每个人身上扫过，一脸失落。

文臻看见他，终于想起昨晚发生的事，也便习惯性地用熟稔的语气和他打招呼：“早啊洗马，看样子是好了啊？”

张洗马看她一眼，顿时一脸怒色，拂袖回身，“砰”的一声重重关上门。

文臻：“……”

第一百一十三章

拜托能快点抢我吗

半晌她摸摸脸。哦，忘记了昨晚是真容，今天是扈三娘，瞧瞧，这些口不应心只看脸的颜狗！

文臻正要去吃早饭，这山中供应的饮食虽然没有她手艺出众，但胜在食材天然，清香隽永，颇可一尝。

刚刚转身，身后廊上门响，她回头就看见张洗马猛然拉开门，靠在门边，冲她虚弱又微带怒气地道："这位姑娘，请你把我那天给你的东西还给我！"

"什么东西？"文臻一脸惊诧。

张洗马胸口起伏，脸色青白，按住伤口，勉强道："请姑娘不要装傻！"

"哦，你说的是你的临终遗物啊——"文臻脸色一整，大声道，"先生看模样也是饱学大儒，那么我就不明白了，一个读了多年圣贤书的人临终托付一个很大的麻烦给救了他命的人，结果他没死，醒来后不仅不说感谢，也不说给人添麻烦了致歉，反而口出恶言，咄咄逼人，这是个什么道理？"

张洗马一窒，好一会儿艰难地道："可是你满口谎言……"

"是啊。"文臻抱臂笑眯眯看他，"我满口谎言把你救出火场，满口谎言帮你处理刀伤。说不定你身上的烧伤刀伤也是谎言呢，你就没受伤，能自己从太子手下活着出来呢。"

张洗马默然，半晌后，长长一揖，道："是我想差了，姑娘教训的是。"

文臻一笑，还没说话，却听他又正色道："但是姑娘，救命之恩是救命之恩，为人操守是为人操守。欺骗自以为将死之人，骗走他的重要物品，此行径终究不可取。而强掳欺压无辜民女，则已是罪行，还请姑娘悬崖勒马，痛改前非。将人尽快放了，姑娘如有触犯刑律之处，在下愿为姑娘和官府说明作保。”

“无辜民女？”文臻手指捏着下巴，若有所思，“你说那个掳来做苦力的小丫头啊？”

张洗马一喜：“敢问姑娘，她在何处？是否安好？”

“她呀——”文臻慢吞吞地道，“不听话，被我扔下山崖了。”

“你——”张洗马脸色一变，忽然又停下，狐疑地打量她的脸色，想要确定这句话的真假。

可惜他之前没见过文臻，不知道这位久经风浪，现在已经名满朝廷的文狐狸的日常德行，看了半天，实在分辨不出这话的真假，只能从平日里文臻的人品来判断，感觉这是真的。

是真的！

张洗马一声大吼：“你……你怎可如此——”

文臻脸色一变，白牙一龇：“被我救了命就是我的，被我掳了来命也是我的。我想怎么的就怎么的。不服气咬我啊？”

“那般美好的姑娘，你怎么能……你怎么能……”张洗马捂胸要倒。

文臻欣赏着男版黛玉的造型，觉得还怪好看的，嘴上毫不相让：“美好？半夜三更装纯情孤身在野外洗脚，难道不是为了窥视我的美色？也就你才觉得那叫清纯美好吧！”

“恶妇！”君子终于口出恶言，怒极大叫而倒下。

文臻笑眯眯看着，眼角却忽然瞅见大开的院门外一处灌木丛内簌簌而动，她脸色一变，一个箭步冲上回廊，一把拉住张洗马，焦虑地大叫：“先生你怎么了？先生你醒醒！”

张洗马被她气得人事不知，完全享受不到此刻的非常待遇。

文臻眼角一斜，看见那矮矮的灌木丛又是一动。

风把院门吹关上了。

文臻呵呵一笑，手一松。

倒霉的张洗马直挺挺倒下去，脑袋撞上桌腿，声响清脆。

文臻没什么良心地看了看张洗马的伤势，厉笑的医术尚可，张洗马也都是皮肉伤，不会有太大后患。

然后她去了院子外，灌木丛里当然没有人，她从怀里掏出一把药粉撒了撒，文蛋蛋又进去撒了一泡尿。

文臻没什么责任心地想，这些乱七八糟的药粉和文蛋蛋的尿结合在一起，到底会产生什么化学效果，她可不负责。

然后她站在院子门前看了看，让耿光等人下山采买一些东西。

昨天共济盟已经给了她进山的腰牌，从材质来看，品级并不太高，也就方便她从自己的半山腰走到山下。

随即便有小喽啰来，说几位当家有请扈三娘孙二娘，文臻便和厉笑结伴去主峰藏锐峰。

藏锐峰在另一个山头，真要下山再上山，得走个大半天，那小喽啰带着两人并没有下山，而是顺着山路走到一处山石前，掀开山石前的伪装，进入山石。那石头大抵有半间屋子大小，里头竟然铺着简易的铁索轨道，一个简单却结实的吊篮吊在轨道上，文臻和厉笑坐上去，小喽啰在山壁上一个铁环上扣了三下，随即那铁环也动了三下，小喽啰便请文臻厉笑坐好，扳动滑轮把手，吊篮缓缓向对面山峰滑去。

大抵就是个古代版本的缆车了，文臻并不意外在这里看见这些，共济盟分占五个山头，如果没有一些比较先进的通信手段，光传递个信息就得累死。

如果共济盟能和易铭交好，得到这些技术上的帮助并不难。

吊篮等于镂空的，山风在身侧激荡，伸手便似可挽浮云，而苍天青青在顶，大地郁郁在底，人在空中，心神也似空明。

文臻伸手摸摸被山间雾气浸湿的铁索，笑对厉笑道："想要搞个手脚，砍断铁索咱们就死了。"

"砍断这些铁索，五峰便成孤峰。"厉笑答。

她是将门虎女，凡事从军事角度考虑。

说话间铁索已经到了藏锐峰顶，自有人接着，引两人去位于主峰峰顶的四圣堂。

跨入那个院落时，院子里特别的扫地声让文臻多看了一眼，正看见一个堪称曼妙的背影，拿着一把巨大的扫帚在扫地，双脚之上套着沉重的锁链。

文臻喃喃道："扫地僧？"

厉笑不懂，愕然看她。

扫地僧回过头来，却是一张近乎妖艳的脸庞，在日光下熠熠逼人。

文臻失望地"喊"了一声。

那妖艳柔弱少年看见她，目光一亮，拖着锁链和大扫帚颇为艰难地过来，走过来的时候，因了这沉重负担险些一个踉跄。

文臻袖手吃糖，厉笑面无表情。

跟跄的美貌男子也就不跟跄了，过来用扫帚支住身体，低声和文臻打招呼。

文臻笑眯眯看着他，赞许地道：“阁下看来待遇不错啊。我们还在第三峰的半山腰等候召唤，阁下已经被奉为上宾，进入四圣堂这样的核心重地了！可喜可贺，可喜可贺啊！”

他低头，轻声道：“姑娘说笑了。我在这四圣堂是受罚……”

“受罚？”文臻瞟一眼四圣堂院子外的高树，愕然大声问，“谁舍得罚你这样的美人儿？”

美貌男子眼睛一亮，急忙抬起脸，急急道：“姑娘还请再救我一次！昨晚我被这四圣堂的三当家给看上了。她要求我伺候，我不从，她便罚我戴这百斤锁链，扫尽这院中蚂蚁。这是要我活活累死，求求您，救救我。”

“公子啊，这就是你不对了。”文臻愕然道，“三当家看上你，这是你的福气。便是自荐枕席也是该当的，既然人家都纡尊降贵开口了，你便应了又何妨？身为压寨，怎么就没有压寨的自觉呢？不然你以为人家抢你上山要干吗？请你来分大米饭的吗？”

美貌男子：“……”

身为一个女人，你怎么每句话都和正常女人不一样呢？

正想再恳求两句，就听文臻忽然又大声道：“放心，你既然是我带上山的，我自然要对你负责！”

男子一喜，还没道谢，文臻已经从他身侧走了过去。擦肩而过时，男子听见她低声道：“别太开心，我是对孙二娘说的。”

丢下楚楚可怜的男狐狸精，文臻进了四圣堂，堂中却只有一个女子，看她进来，笑着招了招手，道：“三娘，这里来。”

语气亲热，屁股却很稳，坐着一动不动。

文臻也就不客气地自己找了位置坐了，打量这四圣堂，倒和寻常富贵宅院似的，而女子容貌秀丽，像个富家夫人，并无江湖女霸主的气息。上了茶，和她谈谈十字坡包子店，问了问她的出身，文臻自然有早已编好的一系列谎言：自幼父母双亡，流浪江湖，先是跟着戏班，学了一些粗浅功夫，后来又在酒楼帮工，学了一手厨艺，被人欺凌之后，和江湖结识的小伙伴四海为家，来西川是因为听说共济盟势大，有心投靠，以求日后安定，为此特地在五峰山脚下开店，哗众取宠，也不过是为了让共济盟发现而已。

女子便笑说：“共济盟说到底就是个匪帮，时不时被刺史被朝廷围剿，求安定求到了土匪窝里，未免有些拎不清。”

文臻却道：“共济盟这许多年能安然矗立西川，历任家主都不能撼动，自然非寻常匪帮可比，反正流落江湖也是受欺凌，野惯了的人也不能融入寻常百姓生活，不如找个靠山好乘凉。”

双方打太极一样一问一答许久，三当家，共济盟外号黑尾蝶的女当家凤翩翩，终于进入了正题。

“妹子啊。”她握着文臻的手，不胜唏嘘地道，“你单知道共济盟的好处，却不晓得这恁大的家业能支撑到今天，靠的也是一代代儿郎的鲜血和奋勇。现下共济盟五峰山总舵上下人数已经近万，上万人的嚼谷并不是小数目。是以从前些年开始，咱们盟里便有个不成文的规矩，自行上山投奔的江湖好汉，咱们欢迎，但是需要进行考校，也只能担负一个人的衣食住行费用，若有随从，便要另行造册，每月上交钱粮。三娘你是能人，虽是自行投奔，也算是我们共济盟延揽，因此考校也就免了，但是你带了那许多人……”

文臻恍然大悟道：“三当家说得有理，是我思虑不周。钱粮我这里有……”说着对厉笑一招手，厉笑便递上一块纸包的腊肉，腊肉金黄的油汁浸润在淡黄的麻纸上，透着肉类经过腌制后的特有的香气。

凤翩翩脸抽了抽，把手从文臻紧抓不放的手中抽出来，淡淡道：“你们自己带的这些粮食，便自己吃吧。共济盟再寒酸，也不至于差你这一口肉。三娘既然不明白，我便明说了，你带的那些人，要么自行下山另寻地方居住，要想住下，每月得交银两百两或者百金人头一个。从今晚开始，我们便只能给你送一个人的饮食了，三娘可得做好盘算。”

百金人头是共济盟的黑话，是指抢劫富户得到百金以上的收获。

厉笑眉头一竖便要说话，文臻按住了她的手。

“使得使得。”文臻笑道，“三当家真的不吃我们的肉？”

凤翩翩坚决摇头：“不得已要三娘交钱粮已经很过意不去了，怎好再要三娘的东西。不仅是我，这五峰山上下自然都不能吃三娘的。”

“那好。”文臻一笑，将腊肉收了，便告辞。

凤翩翩也不送，临到她们要走出门，才淡淡道：“外头的那个男子，说是有万贯家财，我们派人去查了却没有，想是个撒谎骗人的货色。本想杀了，看那一张脸尚有可取之处，想要留他一命，这人偏偏又不识抬举。三娘可有什么好法子教教他规矩？我可以免你们交第一个月钱粮。”

“为共济盟出力是每个盟员的责任，说什么免不免呢。您瞧着好咧。”文臻笑吟吟走到门边，喊一声，“喂，美人！”

美人应声抬头。

“对自己容貌很自信嘛亲。”文臻看着美人丁零当啷地过来，抬手端起他下颌，左右瞧瞧，道，“美人。三当家方才和我说了，你不识抬举，她很生气。现在给你两个选择，一个是跟着三当家吃香喝辣，一个是跟着我去做苦力，每天不仅要干活，还要陪我。不仅要陪我，还要陪孙二娘，不仅要陪孙二娘，还要陪顾大哥，总之我那一群人但凡有需要你都得陪，你自己选呗。”

“我选你。”美人说。

“耳朵有问题还是眼睛出毛病？”她把脸凑上去，给对方看自己痣上销魂的三根毛。

“看着我！看着我的眼睛！看着我脸上这三根毛！”

“我选你。”美人诚挚地道，“姑娘虽然貌不惊人，但眸正神清，定然是正直之人。姑娘现在迫于三当家淫威不得不劝说我，但内心充满对我的同情和怜爱，我看得清楚。”

身后传来凤翩翩的冷笑。

文臻呵呵一声，正要伸手去摸辫子，忽然又瞅见院子外高树上的枝桠抖动。

她手缩了回来，转头对凤翩翩笑道：“三当家，我瞧这人不大正常。如此美貌的你不选，却非要跟着我，明摆着是个探子。要么我就先带回去，好好帮你审问调教，没有嫌疑了再送给您，到时候保证百炼钢化成绕指柔，身娇体柔易推倒，你瞧如何？”

凤翩翩阴恻恻地瞟着她道：“确实挺有嫌疑的。”

文臻就当没听懂，笑呵呵挥挥手，带了这新鲜美人回飞流峰。

不知怎的，她感觉自己带走美人，凤翩翩好像松了口气。

文臻跨出长廊时，看见凤翩翩飞快转过长廊，往里头去了，那边一间屋子门半开着，一股浓烈的药味隐约散发，文臻细细嗅了嗅，皱了皱眉。

路过四圣堂院子外那颗高树时，文臻偏头看了一眼。

片刻后，那颗生长百年的老树，叶子忽然全部枯萎掉落，从里头狼狈不堪钻出一个矮小的人影，险些被四圣堂的守卫发现，再经过一阵狼狈不堪的隐匿脱逃之后，一溜烟向山下去。

而四圣堂内，凤翩翩端坐喝茶。

四圣堂内明明只有她一个人，却忽然有个声音道：“你瞧着如何？”

凤翩翩皱眉道：“滑溜得琉璃蛋儿似的。现在这时期，这么个来历不明来意不清的人物，为什么要把她弄上山？”

那声音道：“正因为来历不明，来意不清，所以才更要放在眼皮子底下瞧着。”

凤翩翩道：“如果搞出什么事端来呢？”

那声音道：“都放在眼皮子底下瞧着了，还能让人搞出事端，我看这共济盟也别同舟共济了，都送给她得了。”

凤翩翩不再说话，好半晌后，那声音问：“人家好歹确实帮了咱们忙，你如何就那般刁难，连饭都不供，传出去咱们共济盟还要脸吗？”

凤翩翩道：“共济盟有你，什么时候要过脸？她带着那一大帮人上山，谁知道里面都是些什么人，趁早打发了。”

那声音似乎很不赞同，道：“这法子若就能让她打发人，十字坡包子店也不能开到今天。可别偷鸡不成蚀把米。”

凤翩翩不再说话，好半晌后，才又道：“那位打算什么时候上山？”

那声音道：“你想她了？”

凤翩翩噎了一下，道：“我是觉得她怎么还敢上山？山里这些年为她出了多少力气，做了多少她不能做的事情，然后她现在呢，朝廷来剿匪，她一声不吭，什么意思？”

“什么意思？”那声音轻飘飘地道，“自然是你们大可以同归于尽，或者两败俱伤，到时候我是地主，是坐地起价呢还是趁机卖还是趁火打劫，自然都由我说了算。”

“她倒想得美！”

“啊，”那声音忽然道，“你觉得顾大哥美不美？”

凤翩翩已经习惯了这人跳跃的说话方式，立即接上：“顾大哥是谁？”

“扈三娘的同伴，我觉得她甚美。”

“小心是条美女蛇！”

山上的风从树尖过，携几丝山间的岚气和溪流的水汽，到得山底打尖的茶棚时，已经温柔和缓，细细微微。

可惜这脉脉微风，抚平不了侏儒们的胆战心惊。

修长的指尖按在茶盏上，有节奏地轻轻叩。

“张洗马半夜问文大人可愿随他读书。

“晨间两人在院内对谈，似乎相谈甚欢，后来张洗马晕倒，文大人还抢上去扶来着。

“文大人上主峰四圣堂，遇见那红衣少年，颇为垂顾，文大人说既带了他上山，自然要对他负责。

“文大人把那红衣少年带走了。

“张洗马今日支撑着起身，画了一幅画，是昨夜文大人溪边洗濯的场景。

指节不紧不慢地敲着，伴着侏儒们低声叙说，颇有韵律，似乎心情很好的模样。

禀告的侏儒的汗却越来越多。

一直听到张洗马作画《月下美人》后，燕绥的手指终于磕在了茶盏的边缘。

然后他掀掀眼皮，看看前方崖壁后，忽然道：“各位护卫大人，说好的要抢劫我献给女山大王的呢？拜托能快点吗？”

第一百一十四章

大锅饭与美人恩

文臻带着她的妖艳的新欢回到自己的半山院子。众人发现老板娘出去一趟，竟然把那个压寨相公带回来了，都露出了暧昧又忧愁的笑容。

暧昧的是老板娘现在风格和以前颇有些不同，拈花惹草的也不知道是不是被某殿下刺激的。忧愁的是那位醋坛子殿下一旦知道，杀上山来，老板娘是没事儿，自己等人下场堪忧。

出于对自身安危的忧虑，大家对压寨相公表示了集体的排斥，在文臻干活布置院门围墙的时候，便把他锁在院子里。

压寨相公倒是性情柔和，颇有些随遇而安的意思，自己搬个板凳坐在院子里听外头的热闹，还试图和张洗马搭话，可惜人家不理他。

压寨相公自称姓君，名颜，他一身红衣冰肌玉骨，一脸柔弱地对着花朵唏嘘。

耿光等人也采买东西回来了，听说了今日文臻得到的待遇，众人都有些愤愤不平，大骂共济盟过河拆桥忘恩负义，咱们立下的功劳足够当个五当家了，怎么到现在别说安排头衔，连顿饭都要自己出钱?

“不给安排就自己挣。”文臻倒不生气，先用买来的绢布糊了院门，又在绢布上涂色，涂到和院墙差不多的颜色，然后在绢布上画上院墙差不多的纹理，院门的门头让男人们给拆了，和院墙齐平，移栽一些藤萝草木过来，最后还在绢布底端的位置，用深深浅浅的黄色颜料，画上一些飞溅的斑点。

围观的女人们啧啧称奇，君莫晓小心翼翼地伸手去摸那斑驳脱落的墙砖纹理，墙缝里的假青苔，摸到黄色痕迹的时候下意识地一脸嫌恶，忽然她道：“有虫子！”伸手去捏一只从墙缝里爬出来的七星瓢虫，却捏了一个空，然后发出一声惊叹。

易人离回来了，绕着墙转了三圈，惊讶大叫："门呢！门呢！门到哪里去了！"

文臻指挥文蛋蛋在绢布上爬了几圈，又十分有气魄地泼泼洒洒，反正现在她不愁毒药了，一杯白水文蛋蛋洗个脸就成了毒水，每次毒还不重样的。

然后在那原本门的旁边大约半丈的位置，重新画门，这比遮蔽掉原先的门还简单，她把门画好后，耿光等人明明知道门换了，都下意识去推那画出来的门。

闻近檀扣着那画出来的门环惊叹道："感觉眼睛受到了欺骗，明明是个门环，手一摸就不是了。"

厉笑却道："你在门上下这许多工夫做甚？真要有人来攻打，哪会老老实实敲门，翻过墙头不就得了。"

"那自然墙头也要有迎宾套啊。"文臻又开始布置墙头，直接加高墙头，再贴绢布，绢布上画了些看上去是机械的东西，长长的杆子，尖尖的顶端，样式古怪，色彩狰狞，不明觉厉。

易人离道："这是什么机关，我怎么看不出设计的原理？"

"我也不知道啊。"

"啊？"

"这么长的墙头，真要画机关，岂不是要累死我？我就画这几根杆子，几条线，看不懂是吧？看不懂就对了。我问你，假如你是入侵者半夜潜入，看见这墙头的设计奇怪的杆子，你会怎么想怎么做？"

"我自然会认为这是奇特的、要命的机关，不敢从上头过……"易人离恍然大悟，"果然谋财害命你最好。"

"我姑且认为这是夸奖。"文臻呵呵一笑，心想如果某人上山……

她正准备把院子内也做些布置，忽听里头张洗马走了出来，此时院内无人，都去门外看文臻炫技了，张洗马原本只是想散散步，一看院内无人，顿时一喜，摸索着走过每一个房间，轻轻唤："姑娘你在这里吗？"

文臻坐在墙头，看他寻找着不存在的梦中女神，正想要不要吓吓他，就听站在院子外的闻近檀，捏着嗓子细声道："张大人，我在这里呢！"

张洗马听见这一声似乎在院子外，顿时大喜，快步上前，推开院门。

脑袋撞在墙上的声响沉闷。

两个丫鬟忍笑绕过正确的门去扶张洗马，君莫晓看一眼鼻青脸肿的张洗马，倒是心有不忍："小檀你要他做甚。"

"让他识人不明，让他看脸下菜。让他对小臻口出恶言。"闻近檀悠悠道，"我这算是轻的。真要遇上殿下，呵呵……”

山下，未来的文大王的压寨相公宜王殿下正望着飞流峰半山的方向，露出令人恐惧的笑容。

下午的时候，文臻准备做饭。

在她画画干活的时候，男人们也没闲着，按照她的要求，在小院子前的空地上搭起了一个颇大的茅草棚子，又制作了一些简易桌椅，闻近檀按文臻说的，写了个“十字坡食堂”挂在茅草棚子底下，算是有了一个简易食堂雏形。

食堂正在小院前方，简单的篱笆正好遮住了小院的院门。

混迹底层什么事都会干的易人离则盘了个大灶，放好山下买来的大铁锅，厉笑给他打下手，易人离便干得格外起劲，热起来了还想脱衣服，展示一下自己的八块腹肌，被厉笑强力镇压。

文臻这边搞露天食堂的时候，四面峰头便有人不断出没来看，五峰之中飞流最矮，被夹在中间，文臻所在的半山平台暴露在其余诸峰的目光之下。

共济盟上下自有迅速通信的法门，因此文臻被三当家冷待的事儿大家很快都知道了，上上下下的人们都在飞流峰附近梭巡，想看看这传说中的老板娘是受不住这个气拂袖而去，还是乖乖交那只针对她一人的钱粮。

傍晚时果然有人送了饭来，也果然是一人份的，面对众人看好戏的目光，文臻不过一笑，转身就把那份饭倒进了深谷。

而当文臻用上最新的大灶，开始把男人们寻找回来的最新鲜的山间食材进行煎烧烹炸的时候，五座峰都发生了骚动。

一个大锅里炒螺蛳，这种山野溪沟里的小物，在东堂人眼里就和石子儿一样不值一顾，溪畔河边一捞一大把。昨晚文臻就在院子旁的小溪边捞了许多，剪去尾巴，油锅大火，酒姜蒜糖盐辣椒香料，水要少火要大，汤汁黏稠发亮时便可以起锅。这是一锅热闹的菜，被文臻炒出了韵律感，跃出锅面，再落入七寸大盘，文臻的锅铲轻轻一点，碎米椒如雨纷落，青灰色的螺蛳在黑亮的汤水里光泽幽幽，点缀着山野间一种香气特殊的苏叶和红椒，迷人的香辣味儿飘满半山。

一道菜是香油马齿苋拌茶干。茶干是文臻自己做的，文臻对于很多菜的做法其实也没什么特殊的，但她对于饮食的细致了解渗入到各个方面，她所用的作料多半也是自己制作，一道酱油便鲜美至绝无仅有，在天京千金难求，用自己做的调料烧菜，连同火候、天时、用水、用炭，都自有讲究之处。西川气候好，饮冰河水质清甜，四面林木幽深，以翠桐木烧制的炭，加上饮冰河上游的水，配上文臻亲手做的大料，做出来的茶干颜色黑红发亮，表皮上纵横蒲包细密的纹路，柔韧有嚼口，对折不断，越嚼越香。配上春日里携着山野清香的野菜，是人间不可错过的恩物。

另一个大锅里炖着各色杂鱼，也不计较种类，都在溪河里现捞的，还夹杂些手指长的虾和鸡蛋大的小蟹，一锅乱炖。文臻则在揉面，雪白的手掌在锅边一抹一张饼，片刻便贴了满满一锅，正是当初燕绥第一次吃到的她的河鱼锅贴。

但和那一回不一样，这些饼子一般大小，两两相对，顺着锅边一圈圈下来，十分有排列的美感。

这完全是下意识动作，等到文臻自己察觉，瞅着锅里随时可以接受尺子量的饼子，文臻鄙视了自己。

也有大鱼，做了酸菜鱼，依旧是文臻自己腌制的酸菜，青绿色肥厚饱满，在雪白的鱼肉和鲜红的辣椒间浮沉。

大鱼用剩下的杂碎也不可浪费，做一个香辣鱼杂锅，鱼子金黄饱满，鱼鳔雪白糯绵，鱼肠口感柔韧，红汤醇厚，五味俱全。

汤是野鸭汤泡锅巴，这山间野鸭肉质细腻，熬出的汤色透明清香，葱花碧绿可增色，鸭肉嫩红可堪尝，醇厚香烂，回味无穷。

薄如纸的米锅巴吸饱了鲜美汤汁，入口细碎脆响。

而焖着的一大锅饭上铺了一层新鲜的苋菜，加一点猪油和盐，在饭锅上蒸熟。

文臻一敲锅铲，这是饭做完的信号，再一抬眼，整个平台和山道上已经挤满了人。

易人离还拉了一条绳索，将人都拦在两丈之外，文臻一抬头就看见山路上黑压压伸长脖子张望的人群。

有人已经忍不住喊了起来：“哎，三娘子，你这饭做得有点多啊，大家吃一口成不成？我拿我的野猪肉和你换！”

文臻：“不换！”

“钱！我拿钱！咱们也听说了你要交钱粮的事儿。你说你也是的，这点事和大家伙儿说说，一人出一点也就够你们的了。来来来，钱我这里有，三娘子你要多少？”

“不要！”

“哎，要我说，三娘子有气也是应当，明明是咱们共济盟请来的人才，也不是没进贡，咋还和三娘子要上钱粮了呢？要我说，三当家就是女人头发长见识短，来我共济盟都是客，和客人要钱，啧啧……我第一个不服气！”

“我服气。”

易人离、厉笑、君莫晓、闻近檀早已热热闹闹摆开了桌子，选了食堂最好的一个位置，据案大嚼。看得四面人等越发难耐。

共济盟五峰，每峰也有食堂，但是此刻面对这样一桌菜，食堂的鸡鸭鱼肉便分外不可忍受。

香气如杀气，激得人浑身起栗，一大堆人咽口水的咕噜声响亮，听起来像池塘里的青蛙群鸣。

终于有人忍不住道："三娘子，你弄这许多也吃不掉，何不给大家伙儿分一些？你钱也不要，物也不要，你说你到底要啥！"

文臻当地丢下锅铲，抬头，目光闪亮。

"我，扈三娘，要诸位真诚的友谊！"

文臻摆上她经典的甜笑嘴脸。

"方才各位都想多了。我既上了山，就是山中一分子，大家从此都是兄弟姐妹，和兄弟姐妹计较什么？区区一餐饭而已，来来来，大家都来尝尝！"

采云、采桑早就站在大锅后，开始分发，众人大喜，端碗涌上，险些挤倒了锅。

食堂里很快就坐满了人，大锅也很快见了底，来迟的怏怏而去，吃上的满面欢喜。

棚子里很安静——人们吃文臻的菜向来如此，并没有时间品评好坏，都是一口之下满眼惊叹。

吃到半途，忽然看见采云捧了一个瓷碗去了文臻那一桌，一股极其清逸的香气逶迤而过，众人探头去瞧，就看见那碗汤看上去极其平凡，像是咸菜豆瓣汤，可是汤色晶莹透明，咸菜碧绿，豆瓣雪白，香气诱人难言。

有人便忍不住问："这咸菜豆瓣汤，仿佛和我等以往吃过的都不同。"

"自然不同。看清楚，那豆瓣真的是豆瓣吗？"君莫晓得意地舀起一勺汤，众人凑近去看，汤里的豆瓣分外晶莹圆润，但仔细一看，分明不是豆瓣。

君莫晓得意地道："这是一种小鱼的腮帮肉，那鱼叫桃花痴，只在落桃花的深潭里生长，本身肉质就极其细腻鲜美，腮帮肉手指这么一块更是入口即化的妙品，当然这一碗汤得耗费几十条桃花痴，费时费力得很呢。"

众人听着，口水便下来了。

但是就这么一碗，谁也不好意思要，君莫晓笑道："这可分不得，我们自己还不够吃呢……这样吧，大家来抓个阄，抓到的便分上一碗可好？"

众人大喜，急忙应了，当下丫鬟送上签条来，便有两个人中了，君莫晓一边分汤，一边笑道："我们三娘一手好厨艺，每日都有新品。还和十字坡包子店一样，这新品玩些花样，抓阄啊，猜谜啊，哪怕讲故事，说些新鲜事儿，只要能博了三娘喜欢，自然也就有口福了。"

喝汤的一抹嘴赶紧应了，没喝到的也目光灼灼。大锅吃空，食堂也便关了门，文臻并没说每日都开这食堂，一切凭心情办事，众人心领神会，当晚文臻的小院子门口便多了一大堆的猎物米粮。

文臻也便命人收了，她今天展示厨艺自然不是为了赚钱粮，也谈不上拉拢共济盟帮众，前头的大锅分吃也罢了，后头的咸菜豆瓣汤中标的却都是她看中的人。

比如把守共济盟山脚秘密出入口的护卫队小头目。

比如每个峰头负责看守索道的人员。

比如五峰之上负责信息传递的人员。

至于如何知道这些人的身份，这就是食堂的用处了，品尝美食的时候都是心防最弱的时候，人与人之间的交谈总会透露很多信息。

当晚月色如前静谧，张洗马再次在小溪边遇见洗头的少女，依旧的询问身份未果后，他忍不住在那甜美安静的少女身边坐下，一边看她素手浣青丝，一边静静地想着伤好了之后，如何下山，如何去揭露太子的行径。

月色汤汤如流水，在这样的月色下看见那比月色更白的纤长手指，穿过乌黑的长发，像看见一株兰花在窗前含羞半开。

而春光在这一刻极淡又极浓。

张洗马手指藏在衣袖里，不断捻着一颗明珠，那珠子被他微微生汗的手指捻了太久，温润地热着。

这是他家家传的宝珠，母亲给他的时候，说若见了心仪的女孩儿，便送了这珠，娶回来做媳妇儿吧。

此刻这珠子在指尖转啊转，他盯着少女的背影，那一头如瀑的黑发，想着日后的某一个清晨，或许自己也可以亲手将这发绾成髻。

他的心为这想象微微发热，心一横，忽然想男子汉大丈夫，何必如此婆婆妈妈，既然有缘，就当珍惜，想要送珠，那便送。

他的手伸出袖子，轻咳一声刚要说话，忽然院子里头一声惊叫。

君颜似乎是做噩梦了，在院子里赤足胡乱奔走，张洗马一个回头的瞬间，那素手浣发的少女似乎被惊动，转眼不见，转身时她甩起的未干的长发，洒落一串残留香氛的水珠，落在张洗马的颊边。

他怔怔地手指一触，指尖温润清凉，眼前地面覆霜，然后他发现刚才捏着的珠子已经不见了，四面找了一圈，也没找着。

是她早就发觉了他想送珠，趁着刚才那一回头，自己从他手中取走了吗？

张洗马的心忽然雀跃起来。

他忽然觉得，也许这个令他一见钟情的女子是这山间的精灵。

既然是精灵，既然夜夜相见，那么便是和他有上天安排的缘分，那只需等着便是。

张洗马怀着一腔美好的憧憬回去睡了，大抵是梦见了他的山间精灵，唇角犹自挂着笑意。

而另一间房里，他念念不忘的精灵正对着铜镜认真地粘脸上的疙瘩，戴上可令人疯令人狂的琉璃珠儿，抓起了满是乱七八糟毒药的小锦囊，配上了颈间的弩弓，袖子里的暗箭，腰上的软刀，钗上的金针……

全副武装，下山打劫去也。

第一百一十五章

女大王“强掳”美殿下

文臻今天下山是完成共济盟的百金人头打劫任务，不管共济盟是什么心思，人家提出的要求便要做到，如此总能待得更安稳一些。

五峰山横贯西川北部，是连接西川南北两地的要道，无论是南北通商，还是想走更远一点去大燕，都免不了经过五峰山口，想要绕道就得多走上一倍的路。多年来，共济盟占据这处山口，来往客商，为免遭掳掠，都会奉上路银，只有一些本小利微的行商出不起这银子，想着从僻道偷偷过，共济盟何等势力，僻道也在他们掌握之中，有时候睁一只眼闭一只眼就算了，文臻今天就打算在这僻道上逮一只不大不小的鱼。

她今天带了自己的大部分人马，本来说耿光等人毕竟是金吾卫出身，正儿八经地有官身，来和她上山落草已经够委屈了，再去打劫有点说不过去。偏偏耿光等人表示出极大的兴趣和热诚，表示文大人为国落草最是光荣，身为护卫自当追随骥尾，不遗余力。

众人绑了蒙面巾，在路口正大光明地等，易人离和厉笑踏青一样，一边等肥羊一边在挖地皮菜，说回去要吃清拌地皮菜。

前方远远出现了一个小商队，文臻一喜，正准备上去抢了就跑，忽然看见又一列队伍出现在视野里。

君莫晓吐掉嘴里的一种叫甜甜根的野草，道：“后头的那个好像更肥一点。”

文臻眼力好，自然早就看得出后面那个商队，马更骏，车更新，大车更多，护卫更矫健，明显更肥。

她眯着眼，隔着一里的距离，看越来越近的两个商队。目光在第二个大肥羊的车轮，车窗，车帘和诸般细节上掠过，冷笑一声。

“对，第二个更肥，所以我们……”

君莫晓兴奋地开始捋袖子。

“抢第一个。”

君莫晓：“……”

文臻不等她发出疑问，已经一提刀，拍马冲了过去：“此山是我开……”

对面的第一个商队发出惊叫，第二个商队飞快勒马，目光灼灼。

“此树是我栽……”

第一个商队慌乱拨马，大喊共济盟来了，人仰马翻，乱成一团。有满脸麻子的女子从车上跳下来，抓起地上泥往自己脸上涂。

第二支商队看似也受惊了，惊得竟然傻住了，全队停在那里一动不动，看上去十分的傻，中间的马车里还探出一只手，捏着块白手巾，像在摇白旗，那手巾质地柔滑高贵，那手比手巾更白，手指纤长有力，指甲如贝，五根手指，戴四个戒指，祖母绿金刚石黄玉翡翠，宝光璀璨，隔着老远便能够闪瞎人眼。

君莫晓长刀一指，大喊：“三娘，这个亮的值钱！肥！”

文臻：“要想从此过……”

文臻一把抓起那个丑女往旁边灌木丛里一扔，一转身冲到车前，打开大车们，探头看看里头的只配放在她府里厕所里的粗劣器具，惊喜大喝：“好一票肥羊……”

隔壁的第二支商队的护卫在土匪人少且土匪根本不光顾的情形下，惊惶地撞上了大车，里头的东西全部掉了下来。

君莫晓：“你看见过纸糊的大车吗？我见过。”

厉笑：“这有什么。我还看见过纸糊的箱子呢，我还见过纸糊箱子都不带盖儿呢，我还见过有商队拿这种箱子运送黄金呢，我还看见这金子一碰就滚了满地呢！”

文臻：“好一票肥羊！来，帮我运一下！”扛出一箱地摊货，跨过一地乱滚的金元宝。

易人离讷讷道：“世上竟有人眼瞎至此。”

君莫晓冷笑：“那还不是有人先眼瞎，宁肯要一个连玉髓膏都会被骗的白痴王女。”

几个人懒洋洋去扛那些破烂地摊货，依次踩过满地的金银珠宝，君莫晓经过的时候，还嫌弃第二支商队的马车堵在路上走路不方便。屁股一挤，结果就把人的马车板壁给挤破了。

纸糊的板壁一破，里头的车主人就落了下来。

车主人落在一地金银珠宝中央，满地珠光宝气顿时黯然失色，他身着一袭重锦素衣，戴满祖母绿翡翠的手指上拈着一方素巾，一言不发，眼波流转，等人掳他。

满场寂静风萧萧，不是被美色震慑的，而是被某人的无耻给惊的。

只有我们的女大王处变不惊，踩着夜明珠金叶子，大喊：“留下买路财！”然后奔向那个被扔在路边的丑女，一把将人揪出来，细细端详了一下那妇人的满脸麻子和朝天鼻，大喜道，“真是个绝色佳人，三当家一定喜欢，再不济，军师大人也会爱上的！”

五峰山上，凤翩翩和萧离风同时打了个喷嚏……

五峰山下，女大王兴高采烈抓着自己掳来的“美人”，和珠光宝气中娇娇弱弱等着被掳的美人擦肩而过。

美人抬起自己满是珠宝的手指看了一会儿，强自按捺下想要将那些不对称的戒指拔下的冲动，选择了戴着祖母绿的中指，顶在了下颌处，目光对着自己那些已经做好临阵脱逃丢下主人准备，却因为土匪十分有个性不肯光顾主子而骑虎难下，犹豫着不知道该怎么办的护卫们一溜。

本就已经犯了大错，几个月来为撮合男女主子用尽办法的护卫们，虎躯一震。

殿下已经很不耐烦了！

成败在此一举！

领头的中文忽然喊了一声，冲了回来。

文臻眼睛一眯。

很好，可以趁机揍那家伙一顿，再驱赶出共济盟范围！

整天正事不做，尽搞歪门邪道，给他上了山还得了？自己还想不想等到易铭上山，去和方人和谈判了？

中文冲了回来，一个滑跪，将主子往前一顶，大喊：“大王爷爷饶命！大王爷爷您说得对！此山您艰苦开凿，此树您辛苦浇灌，此道您艰难开辟，收些过路孝敬钱，天经地义！我等先前见大王英姿风采，一时凛然，仓皇逃窜，非常不通世道人情！现下我等已经明白了，愿意将功赎罪，向大王献上我们不二商队的最珍贵的宝物……”说着就把他家的主子往前顶。

文臻手一挥：“收了！”君莫晓冲上去，冲过燕绥身边，从背后扯下一个大麻袋，把那堆金银珠宝往袋子里装。

箱子车子虽然是纸糊的，金子却是真的。

中文大喊：“还有这个！”

君莫晓扛着大麻袋走过他身侧，冷笑：“不要，太丑。”

她的冷笑还没完，就听见中文也冷笑了一声，大喊：“我等对大王之心天地可鉴！”把他家主子火速往旁边一座小轿上一塞，那边耿光等人已经冲了过来，接了轿子往肩膀上一扛，喊道：“扈三娘得百金人头一只！”一边便将轿子扛上山去。

文臻大惊，大怒：“老娘不要！”拨开人群便要追上去。

轿子里的人非常满意，伸出手来，拍小狗一样在耿光头上拍了拍。耿光得了鼓励，两条腿几乎转成风火轮。

这一番操作迅雷不及掩耳，且两拨人交接之时，很有心机地将君莫晓易人离文臻隔在了人群外，等到文臻拨开人群追过去的时候，耿光等人已经扛着小轿到了山口，装作完全没听见后头君莫晓大骂：“吃里爬外的耿大光！”

陈小田飞快和守山门的那批喽啰做了交接，而那些喽啰昨晚吃着了文臻的好菜，今日分外好说话，速度惊人地便做了记录向山上传讯放了行，令朝野闻风丧胆的宜王殿下，在西川野匪共济盟的功劳簿上被记成了“千金人头”。

文臻气笑了，难怪今儿个耿光等人分外积极，原来在这儿等着。

既来之则安之，她在山门口将今日“掳”来的金银珠宝随便上交一些，就完成了三个月的绩效。

前头，耿光等人已经抬着燕绥一溜烟地上山了，都不用她这个主人带路的。文臻磨了磨牙，心想这些吃里爬外的，回头一起撵了滚蛋。

等她到了半山小院，就看见院门大开，轿子里新俘虏尊贵地下来，正和一身红衣的君颜，以及靠在窗边翘首而盼的张洗马打了个照面。

君颜怔怔地看着戴了面具的燕绥，只觉得这人面容倒也罢了，偏生风姿身形极美，气度高华，就是看人的眼神让人不太舒服。

君颜忍不住问：“你是……”

“哦，”燕绥道，“我是新任的俘虏。”

张洗马却觉得这身形颇有些眼熟，他虽没见过文臻，却不可能没见过宜王。

燕绥瞄一眼妖艳美丽的君颜，再看一眼清俊沉静的张洗马。

为自己选择迅速上山的英明举措点赞。

新任的俘虏进了土匪窝就像进了自己家，随手一招，身后的土匪们就抱上来一个大包袱，俘虏左右看看，随手一指，道：“便那里吧。”

土匪们把包袱搬过去，君颜看了半晌，忍不住道：“那是三娘的房间……”

燕绥指着自己鼻尖：“我是重要俘虏，重要俘虏自然需要最重要的人物亲自看押。”

君颜一脸“三娘怎么会同意三娘连我都不亲近”的表情，燕绥看也不看他一眼，只吩咐耿光他们：“被子铺平一点。”

耿光等人抱着被子一脸紧张——这位上山自己带被褥也罢了，为什么这些被褥经历这许多还横平竖直可以当量尺？更神奇的是叠得这么横平竖直的被子居然还这么松软，耿光一瞬间心中对中文等人充满了极度的敬佩和同情之心。

这位就不是人能伺候的啊！

现在这样的被子他就不敢抖开啊，抖开之后万一恢复不了原状，要不要自杀谢罪？

张洗马一直看着燕绥，他的注意力在另一方面：敢问阁下是怎么看出这是扈三娘的屋子的？”

文臻走了进来，先把耿光赶出了自己房间，再抱起那个大包袱，一直抱到院子最角落的一个房间，把那包东西往床上一扔，拍拍手道：“最重要的俘虏自然要住最特别的房间，请。”

横平竖直的被子在床上乱成一堆，耿光感激涕零地溜了。

燕绥也不生气，当着文臻的面把门关上了。

文臻也不去管他，打着送战果的旗号求见主峰各位大佬，很快被接到四圣堂。

接待她的依旧是凤翩翩，这位三当家今日态度和煦了一点，盛赞了文臻办事效率之高，表示了对她的食堂的兴趣，又问了问今日掳来的人，文臻道听说是灌县富家公子，留住了说不定还可以和其家人再勒索一批金银，凤翩翩又赞她深谋远虑，两个女人在和谐的气氛中结束会谈，文臻依旧没见到其余几位当家，这回却得了一个飞流峰“管山”的令牌。

凤翩翩道：“这是几位当家对于扈三娘的感谢，感谢三娘帮助共济盟消弭一场祸事，以免被太子大军所趁。”这令牌和职衔，代表她可以调动飞流峰上的所有人手，并拥有飞流峰的自由出入之权。

文臻自然表示了感谢并笑纳了。虽然这令牌对她其实也没多少用处，所谓的调动飞流峰人手，无事自然不能调动，有事便是下山打劫或者跟随共济盟的大部队有所行动，又不能拿来给自己办事，反而人来人往，汇报点卯，等于多上许多杂事和监视的眼睛。

但她不会说破，表现得像是终于得了信任的惊喜和自得。凤翩翩亲自送她出门，转过一道回廊时，文臻忽然探头嗅了嗅，道：“益母草？”

她嗅见了一股浓烈的益母草气味。

凤翩翩神色有点惊异：“你懂医？”

文臻：“略通一二，但是也只懂一点妇科千金之术。家母当年是当地有名的妇科游医。”

凤翩翩神色有点意动，但是想了想终究没有说什么，大抵是觉得略懂而已，实在不值得多问，只敷衍了一句，引着她继续向外走，文臻也不多问，刚要跨出门槛时，旁边一间屋子里忽然响起碎裂之声，接着便有一个妇人声音急促响起，道：“又喝这劳什子苦药！喝了也不见好！都拿走了去，别再来折腾我了！”

她话音刚落，两个丫鬟已经诺诺退出门来，看见凤翩翩站在门口，都急忙行礼，正要说什么，凤翩翩已经脸色难看一摆手，两个丫鬟便噤声退下。凤翩翩看一眼文臻，收回了想要跨进门的腿，若无其事对文臻笑道：“我们走吧。”

只这一句，屋里的妇人却听见了，随即一声冷笑隔窗传来。

“果然寄人篱下难免遭人白眼。凤翩翩，如今连你也嫌弃我了！”

凤翩翩苦笑，隔窗道：“慧娘，你这说的什么话。”

那慧娘声音原本细微娇嫩，有一把少女般的嗓子，但此刻因为病痛烦躁，显得尖利聒噪：“我说的是实话！当年我怎么对你，怎么对你们，现在看我失势了，被背叛了，就……”

文臻忽然掀帘走了进去。

第一百一十六章

燕绥的赠礼

那女子受惊转头，发现竟然还有外人在，顿时住口。

文臻看见她，倒和自己想的刻薄妇人形象截然不同，苗条纤秀的妇人，三十岁左右，清美娇俏，身段颇有些弱柳扶风的意味，只可惜脸色黄白，气色衰颓，显然病了有一阵了。

这叫慧娘的妇人看见文臻，一双泪盈盈的眼眸转过来，目光中竟有几分怯怯之色。

慧娘看了她一眼，揣摩不出什么，便微微皱眉看凤翩翩，用眼神示意她把人带出去，凤翩翩正要说话，文臻忽然道："腰酸，胸痛，口渴，后不利？"

后不利是便秘的隐晦说法。文臻当初和太医院打赌赢了，可学三技能，其中之一便是妇科千金术。而她的冤大头师傅专治尊贵女性，自然不能和太后皇后们说什么"大便难"。

文臻这么说也是故意试探，因为只有各大世家的大夫们，才爱和天京皇族统一步调，后不利这三个字，普通妇人是听不懂的。

果然慧娘一怔，脸色顿时肃然，坐正了身子看她，道："妹妹懂妇科千金术？"

"略通一二。本不该多嘴，只是闻着那药汤味儿不大对。益母草固然益母，可也不是什么方子都该用的。夫人如果不介意，可否容我请脉？"

凤翩翩皱眉道："张老先生是山上乃至整个灌县最好的大夫，也擅千金方，你还能强过他不成？"

慧娘立即垂泪道："也是，已经够劳烦你们了……"

凤翩翩立即露出头痛的表情，把文臻往前一推，道："那就劳烦你瞧一瞧。"

文臻上前去把脉，慧娘此刻倒恢复了冷静，听文臻道：“舌红，有齿痕，苔薄。左寸关细弦，力足……肾阴虚，肝郁成热，先开几副方子吃吃看。”

说着便写方子，又关照凤翩翩：“五灵脂不可多用，我是怀疑夫人内淤不尽，且先试着。”

凤翩翩接了，赞道：“三娘真是博学多才。”却又漫不经心地道，“我这慧娘姐姐吃药也有小半年了，总不见好。所以一两方不奏效，三娘也不必放在心上。”

文臻一听便知道她是不信自己的医术，也不解释，笑着点头道：“是啊，我尽力便行。”

慧娘笑道：“不管成不成，都要谢妹子心意。可惜我寄人篱下，又遭逢家变，也没什么能谢你的……”说着便拭泪。

她笑起来还留几分少女的灵动，一旦落泪，长长睫毛尖一滴晶莹泪将落不落，着实动人。文臻身边女汉子多，便不是女汉子，骨子里也是强人多，还从没见过能把落泪的角度和美感都控制得这般炉火纯青的技巧，忍不住多欣赏了一会儿，同时满嘴甜言蜜语安抚了慧娘几句，说得她破涕为笑，顿时又笑出了美且令人怜的美好角度，引得文臻又欣赏了一阵，并想象了一下自己如果这样笑，燕绥会是什么样儿。

会吓跑的吧？

那边，凤翩翩又露出了头痛的表情，赶紧三言两语把文臻给拉了出去。两人出门去，文臻才听她吐出一口压抑的长气。

文臻笑道：“这位慧娘明明满身富贵，怎么总这么委委屈屈着？”

凤翩翩似乎憋得狠了，忍不住道：“你方才说她肝郁，倒还真有几分见识。她可不就是郁恨着病了的？含辛茹苦把独生女儿拉扯大，结果那女儿羽翼丰满，便占了家产，将她扫地出门，换谁不郁？”

“这女儿可真是不孝。”文臻也唏嘘感叹一阵，再转过一个回廊，就看见这几天都没见的萧离风迎面走来。

文臻眼睛一弯，笑了。

当然她现在这个脸，笑起来实在不敢恭维，萧离风脸皮子抽了抽，似乎怕她太过热情，一丈之外就站定了，两人打个招呼，也没多说，便又各自告辞。

文臻走出院子时，伸手摸了摸辫子，那颗琉璃珠不在发梢上。

院子里，凤翩翩看着她的背影，若有所思地又看了看手中的药方，随即命丫鬟去请大夫。

半晌她道：“不是说尽量避免见她的吗？”

一个声音道：“这不是听说她闯进慧娘那里，担心嘛。”

凤翩翩道：“我现在倒觉得这人没什么问题。”

那声音呵呵两声，道：“我觉得也没什么问题，可我还是有点担心。”

凤翩翩冷笑：“贼当久了，看谁都是贼。”

两人忽然都住口，凤翩翩转身，看见刚走出来的慧娘。

方才还柔弱爱哭的慧娘，此刻冷然站在廊前，道：“你俩鬼鬼祟祟，在商量什吗？”

两人齐齐露出头痛的表情。一个赶紧溜了，溜不掉的凤翩翩按着额头道：“慧娘，心思不要这么重，不要这么草木皆兵。三娘方才都说了，你这病就是……”

“我这病就是被那逆女气的。”慧娘木然道，“软禁她老娘，夺了我熊军，逼我逃到共济盟，寄人篱下……”

“易慧娘你能不能不要再说寄人篱下这四个字！”

一阵静默。

“我就知道你们厌烦我了……”

“我烦你心障不除，迟早气死自己！”凤翩翩抱头，“你对共济盟有恩，对我有恩，共济盟和我都愿意护你一辈子，何必非要说得这么凄惨，整日疑神疑鬼，于病体无益。气出个好歹，不是便宜你那逆女？”

“那逆女刺杀易铭，暗中作乱，散布谣言，勾连官员，最后还全部推我身上，引得易铭和我翻脸，现在连方老的药我也吃不上了，她这是要逼死我……”

易慧娘修炼了半辈子的柔弱腔渐渐又转尖转锐，刺得凤翩翩一脸苦相地逃了出去。

而文臻坐在吊篮里，捻了捻已经悄悄回到她辫子上的琉璃珠儿。

回到飞流峰，食堂也该开业了。

今晚的菜是清炒地皮、笋尖蒸蛋、香茅烤野鲫、脆皮野猪肘。

再次引发抢食的热潮。尤其那笋尖蒸蛋，里头竟然有新鲜弹嫩的虾仁和艳红喷香的火腿均匀分布，每一口蒸蛋的香软嫩滑里，都会同时感受到虾仁的弹性鲜美和火腿的醇香适口。

而今天的特菜是菜包。这菜包选出圆而小，巴掌大的白菜叶，以鸽子肉切碎油炸做成鸽肉松，加上芝麻火腿末蘑菇末鸡蛋末等等，拌上佐料，吃时外脆内酥，白菜的清脆微甜和鸽肉松的香酥柔润完美结合，再一次刷新美食感受。

特菜自然也是做了手脚的抽签，这回中签的是几个不怎么说话的黑衣人，面容平常而木讷，众人看似不在意，都似乎有点避着。闻近檀专门负责收集食堂信息，走了一圈便告诉文臻，这几个人负责主峰四圣堂后山看管，后山路不通，本也没什么可看的，所以共济盟流传的说法是，这些黑衣人肩负着监视全山上下人等行迹的任务，相当于半个密探部门。

这几个人来的目的看样子也不是为了吃，他们似乎也知道自己被人猜疑的身份，往那颇有震慑力地一坐，众人说话声音都小了些。

但文臻的美食让人难以抗拒，中签之后他们在众人艳羡的目光中勉为其难地捧起菜包，吃了一口之后，虽然还是那么面色木讷，但是吃饭的速度明显加快了许多。

食堂红红火火，文臻这个大厨却不能与民同乐，菜刚刚烧好，就被俘虏给俘虏了。

她被燕绥捞进了那间杂物间里。

某些人真的有化腐朽为神奇的能力。

本是一间黑暗的堆杂物的小房，现在杂物都不见了，斑驳的墙变得雪白，半截墙面和地面都贴上了上好的西番长毛毯，地面是深蓝色的，越来越浅，到了墙壁上就转为淡青色，淡青色渐渐淡去，融入一片雪白，像大海上因风簇拥而起的浪花。

当然，没忘记两边对称。

黄杨木新打制的榻榻米靠着临崖的唯一的小窗，榻榻米上自然配有古雅的小案几，案几之上淡青色圆腹瓷瓶自然装的是好酒。

今日的菜式已经在桌上散发香气，菜包中最好最圆的几个大概刚出锅就被偷来这里。

燕绥一胳膊拐着文臻坐在了榻上，文臻本来不想理他。

此刻窗帘卷起，黄昏的阳光暖而轻，为对面青黑的崖壁镀上一层柔和的金光，垂落的水瀑激起的细微水珠因此成霰，在碧崖芳草间折射出一片七彩之色斜斜坠在翠峰之间。

晚峰夕照。

文臻还没来得及惊叹，燕绥伸手来抠她的脸，文臻一让，身体一转，顿时又见一景。

翠峰之外，露一线浅蓝色的天幕，大江源头，奔腾而至，于此处平峰翠谷之间。日色下一段碧蓝如丝绦，一段闪烁粼粼斑斓，似山峰为求美，精心于眉间装饰的发带。迎风飞舞，变幻万千。

平江翠谷。

文臻眯眼看了一会儿，无意识地接过燕绥递来的酒杯，燕绥探身推开一扇窗，文臻眼前景致又一变。

山间垂挂飞瀑如雪练，映衬得色泽硬朗鲜明。那瀑布极长，下贯长河上接青天，薄透浮云迤逦而过，便和那飞瀑连接一起，望去似云成瀑，瀑化云，一入江河阡陌，一上九霄青天。

流云飞瀑。

美到令人窒息。

想不到这杂物房竟能坐拥三处美景，一扇窗纳尽五峰山色，薄酒亦香。

唯一美中不足的就是水汽太大，坐在窗边不过一刻，袖口已经微湿。

燕绥转头看了一眼，忽然一笑，变戏法般摸出一把小伞。

燕绥慢条斯理地将棍子拉长，按动了什么，弹出伞面。伞面银灰色，似缎非缎，光泽油亮。燕绥将伞架在窗口，文臻正想说这样看不见景色了，随即就发现这伞面从内看是透明的，文臻拿过伞，伞面对着自己，发现看不清伞下。

这材质很妙了，很显然伞挡着自己的时候，自己能看见别人，别人看不见自己。

燕绥随手递过来一把小刀，文臻会意，拔出自己的匕首对伞面一割，果然毫无痕迹。

伞骨下垂着金铃，文臻一摸才发现是口哨，口哨还是中空的，可以放自己的各种古怪东西。

文臻又在伞柄上摸索，片刻后，从伞柄下端抽出一支小小的青玉箫。

不等燕绥示意，文臻将青玉箫凑到唇边，悄无声息地靠在窗口，对着底下一吹。

一点流光飞快穿过云雾不见。

隐约有点摩擦声响，又过了一会儿，山谷里发出一声闷响。

文臻和燕绥，眼睛都没眨一下。

共济盟安排人来听壁脚是免不了的，哪怕第一天文臻就点明嘲笑过，共济盟也不得不做。

燕绥道："还有呢？"

窗口上方传来细微响动，文臻一按伞柄，斜斜向着山谷上方的伞尖，忽然飞出明光一片，一声惨呼，一道青色人影从他们面前坠落。

这两人依旧没有看一眼，文臻低头弹弹伞骨，也是中空的，将来想要灌液体，放虫子，放粉末，都非常方便。

伞骨可折叠，伞柄也可折叠，每一段都是杀招。这伞花样多，用途大，收起来的时候竟然还可以一键折叠，文臻亲眼看见燕绥扳动伞柄上一个机括，那伞便自动一截截收了起来，最后成了一个小臂长笛子粗的短棍，十分利落地摆在文臻面前。

文臻摇摇头，把伞面放出来一些，让它还是成为一把伞。这样就是一柄更像是装饰品的闺秀缎伞，可以斜斜背在背后。

文臻向来不喜欢用正式武器，她觉得背着刀剑等于告诉别人自己会武不好惹，所以她练拳头，每日不辍，齐云深给她的那种黏腻的果冻泥，她自学会配制后，有机会就会配一大缸，在里头练拳虽然很难受，但是就和绑着铁块练轻功一样，一旦卸下铁块，身轻如燕。文臻也是如此，在缸里打拳都流畅了，出缸后自然快上好几倍。更不要说那种果冻能够排毒，身体杂质被清出毛孔，换得身轻体健，连皮肤状态都越来越好，所以她一直把这种古怪的练功方式坚持了下来。

这也是她天天要去小溪边洗一洗的原因，可不是要勾引谁。

她的武力值随着练功和不断碎针解锁而提升，提升后的武力又慢慢能带动针化去或者碎去，在历经一年多的修习后，终于形成了一种良性的循环，虽然之前碎针导致的味觉受损没有完全恢复，倒也没有更多的问题爆发。

文臻忽然按了按小腹。

靠近腰腹部的位置有点隐痛，似乎有针要发作，那里就是最初引发她被诊断不孕的重要部位。

这里有了动静，她的毛病是恶化了，还是终于有机会好转了？

第一百一十七章

春心碎

不管怎样，她得抢先在这针发作之前把它碎去或者化去。

这需要契机，她没有多想。倒是对这伞十分喜欢，当下也就不客气地收了。

随即她在一处伞骨里灌了点文蛋蛋的洗澡水，伞还是斜斜倾在窗口，液体自然从伞骨里泻下来。

两人在伞下对坐吃饭，文臻便问太子近况，燕绥道太子最近神不守舍，暂时打消了独占功劳攻击共济盟的计划，拉着易铭一起商讨剿匪。太子生怕易铭背后搞鬼，死命地赖着他，一切吃穿坐卧，形影不离，这要是男人也罢了，可易铭是女人，女扮男装的人，给太子这么纠缠，既要你来我往，还要提防对方发现自己的秘密，也搞得苦不堪言。

易铭也想给太子送女人，分散他的注意力，奈何太子上次吃了燕绥送女人的大亏，最近哪里还敢近女色。

太子想着尸首不见的张洗马，想着张洗马说已经写好最后却没找到的奏章，就好像看见一柄刀吊在头顶，随时要砍下来，每日都被这恐惧压迫得两眼发黑。他偷偷派出无数人寻找张洗马，自然毫无所得，最后便认定了一定是易铭捣鬼，人一定在易铭那里，盯死了易铭便行，所以两人现在连体婴一样纠缠着，而易铭所住的别院也是时常闹刺客，被纵火，那都是太子想要找到张洗马。

文臻想着易铭和太子“秉烛夜谈，抵足而眠”就骇得发笑。

燕绥最后下结论：“迟早有一个得疯。”

文臻倒有点发愁，没想到顺手弄走张洗马引出这许多事，易铭被缠住，那什么时候能上山？

自己下的料，也不知道什么时候能发挥作用。

两人对坐吃完饭，收拾了碗筷出去，下榻的时候，忽然发现放鞋子的小凳，是一种软泥做的。

此刻燕绥的一双便鞋破天荒不对称地落在一边，那软泥小凳上清晰地落下了一双鞋印的痕迹。

文臻忍不住要笑，又忍不住撇撇嘴，以至于脸上表情颇有些古怪。

某些人真是一点亏都不肯吃。

他对人好是坦然的，索要爱情也是坦然的。

文臻扫了一眼那鞋印，就当没看见，昂然出门去。

过了一会儿闻近檀叨咕着出门来："咦，我收藏的那批绒布和上好羊毛呢？还有我纳鞋底的那些物件呢？"

厉笑把她拉了回去："你管那么多呢！"

晚上，文臻练完功，记挂着手头活计，便先去溪边洗一洗。

她近来有意用冷水洗漱，以增强自己的体质。

刚出门，就看见君颜正在溪边洗头。

文臻站住了脚，眯起了眼。

依旧的好月色，好月色里的好人儿，乌发垂落如缎，穿过黑发的雪白的手。

这一幕场景有点熟悉，只是主人公换了角色。

文臻心里咆哮着，抄袭！

她转身想走，忽然眼前一闪，利刃破风声响，有匕首擦肩而过，直奔溪边美人。

美人霍然转身，惊得愣住，竟然不知道闪避，一动不动。

一声轻响，明光越过，一片柔软黑发如幕布被齐齐截断，覆落清溪。

君颜瞬间成了童花头。

文臻看那匕首竟然刁钻地在君颜身侧折了两折，才消失在黑暗中。这要是个懂武功的，下意识闪避，不管往哪个方向闪，最后都免不了要穿个透明的洞。

君颜受到这样的惊吓，猛烈咳嗽起来，咳得眼冒泪花，越发娇弱楚楚。

文臻挥舞着手中的针线匾子，怒道："你占了我位置了！"

先受到惊吓，再被不解风情的女大王呵斥的君颜，甩着他的童花头，咳嗽着掩面而逃。

文臻简单洗漱之后，从容地坐下来，开始纳鞋垫。

她之前看闻近檀做过，厨子手巧，看一遍也就会了，姿势正确，手法熟练，还时不时十分老手地将针在头皮上擦擦。

一旁还有几根竹制的长针，这是准备用来做鞋面勾花的，文臻打算给燕绥做几双不一样的便鞋，比如羊毛拖鞋，比如毛线勾花拖鞋。总之都不是可以穿出去的类型。

她在感情上并不喜欢外露太多。

长针就是那种毛衣针，还做了几对钩针，厉笑看见，也各要了一副去，文臻衷心希望易人离有朝一日能穿上勾花毛衣。

千层底布鞋穿着舒服，做起来却麻烦，文臻纳了一阵子，忽然听见身后有响动。

她以为是燕绥，一转头却发现又是张洗马。

张洗马名叫张戟，挺金戈铁马的一个名字，性子也挺刚，人看起来却是清竹一样，此刻这竹子因风摇摆，看上去像在激动。

文臻正在想他激动个啥，就听见张洗马梦幻地道："这鞋……"

文臻下意识举了举手中的鞋底，一看就是男鞋。

张洗马越发激动了："这鞋是……"

此刻他心中涛急浪涌，万声喧嚣，都是情意有所呼应的激越之声——这山间精灵，倏忽来去，却每夜和他相见，显然和他一般，对这溪边相会也有所期待。

而她在溪边等待并纳鞋底的姿态，和他记忆中母亲临窗缝衣的剪影重合，瞬间便扣紧了"温柔、贤淑、婉约"之类的属于仕女淑女的词儿，也是他心中最美好的词儿。

张洗马年纪不小，还未成亲。他的老师李相便曾有意许孙女于他，但张洗马对京中娇生惯养意态骄矜的小姐敬谢不敏，从来想要的便是那既朴实又柔美，既天然又成熟的真正淑女。

如今他看着那鞋垫儿，心灼灼热了起来，觉得自己终于找到了！

他上前一步，急急地在袖子里伸手掏，又在腰间摸索，这才发现别说信物，一文钱都掏不出来。

文臻愕然看着他，心想莫非看上了我精绝的手艺，想要出钱买？

再低头看看自己的疏影横斜针脚，糊涂纠缠乱线，顿时打消了这个猜想。

忽然一个人轻巧越过了张洗马，走到她身侧，低头笑看那鞋垫，道："针脚比上次有进步。"

张洗马如遭雷击。

他痴痴地站在那里，看着那个忽然出现的看不清脸的男人对他的山间精灵说了句话，那少女抬起头来，月光下翘起的嘴角一弯如钩。

男人牵起少女就走，经过他身边时微微掀起袍角，靴子一闪而过，张洗马并不明白他的意思，人走了好一会儿才反应过来，那是给他看，鞋垫儿大小和对方靴子一样长，是做给对方的。

张洗马脸上火辣辣的，好一会儿才慢慢转身，拖着僵硬的步子挪回去，走了几步忽然反应过来，方才那两人是进院去了？

那姑娘不是山间精灵，是这院子里的人？

张洗马怔怔立在风中，发出了一声长长的叹息。

后来的几天，半山小院的人们，尤其是女性们，都发现张洗马顶着一张脸色白白眼圈黑黑的脸，用一种极具搜索力度的目光，在每个人脸上搜来搜去，好像想要搜出那脸皮底下另一张脸来。

不过他搜遍了所有女子，唯独漏过了扈三娘。

文臻给他送药的时候，他还是把眼光从她头顶上飘过去。

文臻忍笑走了，也不理他，等他伤养好了，看燕绥怎么安排吧。

从他那弄走的小册子上面记录了一些事宜。张洗马是个光风霁月的人，也是个敬业的人，他自做了东宫洗马，便觉得要照管好太子一言一行，因此太子上至上朝，下至起居，交朋唤友，日常喜好，这本子上都有记载。

这些记载乍一看没什么，但因为巨细靡遗，很快就能看出太子日常的交往，银钱花用支出，以及有些日子的行踪和有些言行的问题，另外里头还夹了张洗马就这次太子私下携带家眷同行剿匪，不禁女色且放纵宫人挑衅西番王女引发事端的事情，向陛下一一说明的折子。

如果结合这个折子，再回头看那册子里记的内容，就能发觉太子在天京的贤名也经不起推敲。

再细细追索可能还会扯出更多东西来，所以文臻不会把册子还给张洗马，这东西他怀璧其罪，还想再死一次不成？

张洗马再也不去溪边了。

君颜也不敢半夜出门洗头了。

文臻的日子恢复平静，日常练功，踏青，种菜，烧菜，去四圣堂几回，那位慧娘原本对她的药半信不信，如今态度越来越好，连带凤翩翩对她也有了改观，缴纳钱粮的事儿也不提了。

她又遇见萧离风几次，不过淡淡谈了几句，听他说大当家闭关，二当家出门巡察了，至于四当家，这山上就好像没这个人一般，没人提。

今天文臻照样去了四圣堂，和之前不得召唤不能去不同，这回是慧娘请她去的。

慧娘不再喜怒无常，大部分时候看起来柔弱娇怯，细声细气。她很喜欢文臻做的小点心，口味看似随意实则很挑剔，第一次吃文臻带来的玫瑰酥，就说有天京城的味道。

倒把文臻吓了一跳，她确认慧娘没去过天京，自己也没做厨神出名拿手的点心，想必慧娘自己府中常备天京点心，吃多了就能尝出那细微的特别。这么讲究的家族，这么细腻的味蕾，这身份简直呼之欲出。

她今天还找了个借口，将君颜给带着。君颜一路上心情颇好，分外温柔，到了四圣堂外院，便自觉地站了下来，文臻却道："跟我进去吧。"

君颜惊道："三娘这是说的哪里话来。按说四圣堂我都不该随意踏入，更不要说有内眷的内院……"

文臻笑道："你是忘记了，你本就该在四圣堂啊。三当家托我调教你，调教好了自然该送上来，难道我还能一直自己霸占着不成？"

君颜还要说话，文臻托着下巴似笑非笑看他："我是瞧着你性子挺好，不需要调教，才直接把你送来。莫非你到了四圣堂便要作妖？那我现在便把你带下去再调教一番如何？"

不等君颜想好怎么回答，她又自言自语道："新来的那个俘虏，据说以前在衙门黑牢里当过牢头，交给他也许合适。"

君颜立即道："三娘对我爱护。我怎么不明白。君颜性子如何，三娘也明白。何须再次调教，既然如此，咱们便进去吧。"

文臻展颜："这就对了。三当家在里头慧娘屋子里，一并去见见吧。慧娘有个女儿和你差不多大，算起来也是长辈了，不妨的。"

两人一前一后往里走，此刻忽然飘起毛毛细雨，君颜没有带伞，左右张望，要从旁边一丛芭蕉上折一宽大叶子给文臻遮雨，文臻转头看见，飞快地反手一推，叱道："不可！"

但是已经说迟了，那芭蕉一折，叶片簌簌一阵微响，乌光一闪，君颜大叫一声，跌倒在地，膝盖之上中了一支小箭。

此时又有黑衣人影出现，正是那种传说中承担保卫职责的木讷护卫，原本脸色肃杀，看见文臻倒缓和了一些。

君颜受惊，自知闯祸，抱着膝盖一言不发，只咬牙仰头看着文臻。

微雨之下他眉鬓微湿，幽黑闪亮，越发衬得脸庞雪白如玉，一双眸子眼波流转，暗藏几分苦痛。

她和那几位护卫赔笑解释这位无意中误触机关，几个护卫查看一番，没有表示疑问，却又道这误触也有误触的惩罚，何况这箭上有毒，需要治疗，将君颜带走了。

这四圣堂果然也机关遍地，文臻进了内院遇见了萧离风，萧离风和以前一样嘘寒问暖，还特意问候了顾大哥，可惜他自称妻子悍妒，动不动闹上吊自杀，怕逼出人命，并不敢现在就和顾大哥暗通款曲，请文臻转告顾大哥，务必等他一等。

文臻笑吟吟进月洞门，摸了摸辫子。

凤翩翩不在，慧娘在对镜梳妆。

“夫人还是这般年轻。”丫鬟给她换上一支八宝蝴蝶流苏簪。

“我从小就爱在镜子前捣鼓，但上一次这样慢慢梳妆，还是我年轻时候，”慧娘细长的手指轻轻卷着流苏，唇角一抹笑意柔美，“可惜从婚后，我就再没认真梳妆过。”

丫鬟不敢接话，手上动作更轻。

“我为了大哥，为了西川，嫁给那个糟老头子，受了那许多年苦。大哥给我补偿，是想我以后无论他在不在，都能安享此生。可惜他便有一分亲情又如何，终究抵不过人心崩坏，抵不过我自己都养了只白眼狼。”

丫鬟轻声道：“夫人只是怜惜小姐。不愿对小姐下杀手。否则夫人掌握熊军多年，如何便会没有后手？”

慧娘冷漠地道：“我本来还有一个后手，却被那白眼狼狠心毁了。她可真是心急，十几年后的危险也能惦记上。”她烦躁地闭上眼睛，伸手将刚刚插上的簪子都拔了出来，反手就插在丫鬟手上，冷冷道，“出去。”

丫鬟连呼痛都不敢，含泪捧着手出去，出门的时候正撞上文臻，还要忍痛给文臻见礼，文臻好像没看见她手上的伤，点了点头便进门，却在擦身而过的时候落下了一个小小锦囊。

第一百一十八章

上天梯

丫鬟低头捡起，回房打开，闻见清凉的药味，才落下泪来。

这边慧娘已经恢复了平静乃至柔弱的姿态，和文臻笑谈了几句，文臻又给她把了脉，把药方给她再调整一下，笑道：“再喝上七副，便要大好了。”

慧娘急忙称谢，文臻又道：“提醒一下夫人，即将大好之前，夫人应该会有一次大出血，排出许多血块，这是最后的排淤，夫人届时可千万不要惊慌，可千万别把我当刺客拿了，那我就冤枉了。”

两人便笑。一个笑得目光闪烁，暗暗打量，一个笑得微带暧昧，不以为然。

慧娘的妇科病，说是积郁所致，其实还有一个根子，像是因为突然小产后将养不利，留下了病根，文臻也是后来几次把脉中渐渐发现的。这病不轻，如果不好好调养，是能要了命的。

只是不知道这寡居的女子怎么就忽然小产了。和她私通的人是谁，想必是个很有意思的故事了。

如今这个最后排血块就是个必经过程。

慧娘听见血块两字，心中却动了动，忽然问：“我若排那血块，是不是看起来十分凶险，是不是像……像妇人生产的那种凶险？”

文臻心中暗笑，道：“自然，看起来和妇人产后血崩很像，只是轻一些，所以才特意嘱咐夫人。”

慧娘又出一会儿神，忽然又道：“身为女子，三娘如此医术，令人艳羡。听闻三娘医术师承山野名家，自古医毒不分家，不知道三娘对毒术可知一二？”

文臻道："略懂些。"

慧娘道："请教三娘，如何让一个从不吃外食，不喝别人泡的茶水，也不接触他人，行事万分小心的人中毒呢？"

文臻笑道："自然是要选择让她不得不接触的东西。如果真的什么都不碰，那就得心狠点，拿自己作伐往往效果最好。毕竟，多疑者常死于疑嘛。"

"多疑者常死于疑……"慧娘喃喃重复一遍，不禁一笑，"这话真好。"

她似乎瞬间有了什么想法，目光闪亮，转身拉开抽屉翻了翻，随即道："玲珑！"

方才那个丫鬟急急应声赶来。

"你在我妆奁箱笼里找出那个琉璃珠花来。"

那丫鬟应声去了，过了一会儿，端了个托盘，托盘上有个小盒子。

她经过庭前遇到另一个丫鬟，她急忙行礼道姐姐好，那丫鬟却道："别喊我姐姐，我已经被贬斥了。"

玲珑便苦笑，道："贬斥完了没人用了，姐姐还会回去的。"

"说得也是，下次就轮到你了，便是你现在在她身边，我看还不如我们。"那丫鬟道，"这个珠子，她又要拿去害人了？"

玲珑停住脚："什么？"

那丫鬟道："这种珠花她多着呢，里头有翻转机关，装毒装粉装药装虫都可以。"她比了个扳的手势，"扳一下，就换了一格。往往外头那一面没问题，扳过就有问题了。告诉你是让你防着一点，别哪天她叫你扳你就傻乎乎扳了。"

玲珑吸一口气，道："我省得。"

那丫鬟又探头嗅了下，道："现在这样儿是没问题的，我猜她等会儿用的时候，一定会顺手扳一下，把机关给打开了。"

玲珑点点头，知道这大丫鬟跟在夫人身边久，有些才能。前阵子因为夫人心绪不好被撵了出来，颇有些记恨。她也不多说，点点头走上台阶，正要掀开帘子，就听见里头慧娘道："那丫头磨磨蹭蹭，拿个东西也要这半天！"语气轻飘飘的，玲珑却听出几分狞恶，打个寒战，看看手上伤口，那药很好，只这一会儿已经收口了。

她停住，打开盒子，把珠子轻轻扳了一下，然后盖好盖子，进门去。

慧娘见她把东西拿来，眉开眼笑接在手里，取出珠花把玩一下，那是一朵水晶六瓣珠花，中间的珍珠圆润晶莹，慧娘将珠花递向文臻，道："不值钱的小玩意，算作我给三娘的谢礼。"

文臻便笑着接了，两人又客气了几句，文臻便告辞。

慧娘看着她背影远去，轻笑一声，和玲珑道："接下来有好戏看了。"

玲珑适时露出惊讶的表情。

“那个珠花六片花瓣，藏五种宝贝，方才我已经把机关打开了，接下来就看咱们聪明能干的扈三娘，运气到底怎样了。”慧娘伸手拈一颗文臻做的陈皮梅，“不过我可不信她能逃过五种，偏偏碰上没毒的那个。”她忽然又怯怯一笑，“就算那个没毒，可也有乐子呢。”

玲珑沉默半晌，终于忍不住问：“夫人，扈三娘给您治病，你何必还下手呢？留着这么一个女医，对咱们也有好处呀。”

慧娘笑道：“你是在说我恩将仇报吗？是啊，我也很为难啊，怪不好意思的。可是我的身子，我的脉象她都看过了，如果她看出了什么，你说我以后能睡得着吗？”

玲珑微微一颤，想起自家夫人去年的那些半夜私会，想起她忽然怀孕时自己等人的惊恐，想起小姐得知夫人怀孕时的愤怒以及后来引发的事件，不禁打个寒战。

夫人当年为了前任家主的大业，委身于年纪老迈的临州郡尉，从而借兵驱逐了夺位的叔叔易勒石，灭掉了妄图争位的几位兄弟，之后前家主便把五禽军中的熊军拨在夫人名下，后来临州郡尉暴毙，夫人带着小姐回了西川，自此便过着公主般的日子，谁知道前任家主死了，新家主继位，传出要收回熊军的消息，夫人还没来得及拿出对策，小姐忽然发难，夺了熊军军权，把夫人撵出了益阳。

夫人当年对共济盟三当家有恩，便逃到灌县来，来了不久便小产了，之后便一直缠绵病榻。

至于小姐发难的原因，在夫人病重怒骂的那些日子里，她也听了个大概。夫人和人私通，珠胎暗结，这事不知怎的被小姐知道了，小姐还被人挑唆，说是夫人对她不满，不想让她继承熊军，想要生个儿子，把家产和军队都给儿子，小姐因此一急，便下了狠手……

易慧娘轻轻抚着小腹，想着已经失去的孩子，和那个更加狠心的孩子，唇角露出一丝娇怯的笑意，轻轻道：“既然我病好了，也是时候放出点消息，请我的好女儿来叙叙了……”

她笑得温婉，眼神却冷若冰水。

玲珑垂着头，这又是何苦？军队也好，权力也好，争来了便又怎样？西川刺史不收回，朝廷也要收回，这么多的敌人……长川易听说也闹得翻天覆地，最后呢？死了个干净！

她又打个寒战，不敢再往后想，想那么多做什么呢，也许在这些豪门贵妇的下场到来之前，自己早已先一步被折磨死了。

此刻她心中隐隐有着一丝庆幸夫人如此恶毒，但方才她已经把珠子扳过了。

现在扈三娘拿到的是关闭了机关的珠花，不会有事，也算报了她赠药之恩了。

下山的索道上。

文臻拿着那珠花把玩着，想着先前慧娘递过珠花前手指曾轻轻一捻，珠子发出极其细微的声响。

扳开机关是吗？

她笑了笑，手指轻轻用力，一声轻响，又扳回去了。

一晃又过了些日子。

小院里的人安安静静生活着，除了语言护卫大多又不见了，也不知道被燕绥又派到哪里去了。

这些日子里食堂照样开，大锅饭照样摆，每天晚上有时候会有一点动静，但是那些夜半客不是撞到墙就是撞到檐，还总找不到小院大门在哪里。

这事情实在有些奇怪，毕竟小院门口有食堂，平常人来人往，谁都看见后头那院子院门好好地开着，但到了晚上那门就不对了。

很多人从真正的门过，看见的是一截普通院墙，墙根上还有人撒尿留下的黄色斑点，都嫌恶地赶紧走开。

去夜探过半山小院的人大多撞到头，回去之后意识不清，情绪暴躁，有一回还有人竟然拔刀杀了人。

渐渐就有传闻出来，说那飞流半山，后山深谷又埋了不少尸体，现在闹鬼了，所以鬼打墙。

如此一来，夜里小院也安静了。五峰山在那扇诡秘的门前终于低下头，展现了应有的识相和尊敬。

这段日子是平静安稳的日子，这是半山小院诸人的共识，除了君颜和张洗马。

自从燕绥来了，两人的待遇一落千丈，燕绥称君颜是俘虏，俘虏不可以上桌，从此之后他就只能抱着一个巴掌大的小碗委委屈屈在门槛上，一边吃一边看着另一个俘虏独享一桌。

燕大俘虏还说自己不过住杂物间，君颜怎么能住西间？叫君颜去和鸡挤一挤。

还是君莫晓怜香惜玉，在鸡窝旁边搭了间小屋让君颜栖身，把那间小屋造得很是精美，引得隔壁的鸡总试图往里钻。君颜经常一觉醒来，胸口上蹲只鸡。

张洗马惨遭失恋打击，早已忘记了身外事务，把自己整天关在房里，等伤渐渐好了，在能自如走动的第一天，他便要求下山。

还留在这里干什么？天天夜里看着他的女神和人私会吗？

文臻倒觉得他不必这么急，毕竟折子燕绥已经安排人送往天京，张洗马这个人证在路上如果出了波折反而不好。

燕绥却道无妨，改装绕道便行。文臻倒好奇他会给张洗马安排什么装扮，结果一看，满脸麻子，满头癞子，比她自己恶心一百倍。

文臻严重怀疑是燕绥挟私报复。

张洗马自己居然接受度良好，没有说什么。文臻好奇地问燕绥何以说服洗马大人的，燕绥嗤笑一声道："这种酸儒。任何事只要和他宣讲为国为民为人间大义之类的，他就心甘情愿——这叫癞子？这叫光荣的印记！"

文臻笑殿下深知人性却不屑知。

为表对爱国爱民不惜已身的张洗马大人的敬意，她亲自送张洗马下山，燕绥鼻子不是鼻子眼睛不是眼睛的，只好也跟着，张洗马一直情绪低落，走到半路，忽然转身，问文臻："三娘。多谢你这些时日的照拂。如今我要走了，今日一别，再难相见，别的我也不问了，想必你自有打算。你……你能否告诉我，那夜夜浣发的少女到底是谁，在哪里？"

文臻瞟燕绥一眼，笑眯眯地道："倒也不是再难相见，说不定咱们很快就能再见呢。"

张洗马却没心思听她话里的深意，执拗地看着她。

"洗马大人，不是我不愿意告诉你，而是有些事，不知道比知道更好啊。"

"我愿意接受一切结果。"

"但我不愿意。"文臻挥挥手，负责护送他的德语一把将张洗马扛了就走。

张洗马在德语的背上伸出手："你不能就这样让我带着一生遗憾下山啊啊啊啊——"

他忽然停住嘴。

山道上，燕绥站在文臻侧后一步，忽然伸手，慢慢揭下了她脸上一个疙瘩。

文臻笑着偏头，说了句什么，燕绥摇摇头，手掌在文臻面上一拂，那些疙瘩便都不见了。

他再一抬手，抽走了文臻头上的簪子，黑发倾泻。

燕绥含笑，捞起一缕长发，在唇边轻轻一吻。

山道上，张洗马像一只木鸡被德语扛在肩膀上。

好半晌，他忽然激烈地挣扎起来，德语险些扛不住让他栽下来。

"放我下来！我要打死他们，打死他们——"

"你做什么！安静！安静！"德语咆哮，"激动个啥！我说你激动个啥！自己有眼无珠，还怪人易容遮面吗？"

“告诉我他们是谁！”

“你自己算算，这朝堂上还有谁这么恶劣，这么无耻，这么善于欺骗，这么……”德语忽然发现风向有点不对，可能会把语声往上刮，“这么美貌！”

“燕绥！文臻！”

送走张洗马，文臻便回去准备晚饭，十字坡食堂生意红火。文臻充分发挥了奸商的特质，打着免费的旗号却经常推出点心、小菜、各色调料等。这些东西都不供应堂食，要么拿出市价很多倍的银子来买，要么拿上好的兽皮来换，要么提供一些老板娘想听的新鲜事儿。

这个新鲜事儿比较难以掌握，老板娘今天对四圣堂四圣的爱恨情仇八卦感兴趣，明天对传说中的大当家练功的地方好奇，众人也不知道她到底喜欢听什么，就把知道的都聊一聊。

文臻便知道了今晚原定的守门队被撤回，据说换人守了，但又没人知道换了谁。

那就是夜间有贵客。

今天那些木讷黑衣人一个都没看见。

那就是四圣堂高级守卫被派下去守门并接人了。

来的是谁？

忽然隐约一阵梆子声响传来，众人一怔，齐齐住口，侧耳凝神听。

一旦安静下来，山间便只余了风声，方才的梆子声也便更清晰，仔细听并不是那单调的梆子，而是一种悠长又清脆的声音，那一声脆响长音从山脚下响起，有个雄浑的男声长声道：“上——天——梯——”

与此同时，四面四座山峰，也响起了这脆响声伴随着号子：“上——天——梯——”

那一声声不断往上，往上，在五峰间回荡。而四面峰顶之上，忽然响起了鼓声，鼓声沉厚，仿佛自九天雷霆生，四面黄昏薄云被震散，如飞絮缀了满山。

“上——天——梯。”

五声上天梯，不断地盘旋而上，众人沉默静听，仿佛也见人一拂衣衫，伴清风浮云，拾级而上，且登青云梯。而苍天之上起高台，见众生尘埃。

最后那五声上天梯，在五座峰顶汇聚，鼓声更急，雄浑苍凉。

文臻愕然环顾四周。

只看见众人仰起的脸，光芒熠熠。

第一百一十九章

坑你没商量

鼓声和喊声停止之后，众人才兴奋站起。

“办了办了，真的办了！”

“都说大当家一直在闭关，最近情势也不好，还以为不会办了！”

“老板娘有酒吗？这事儿值得浮一大白！”

没有酒，文臻难得献上小菜，在众人兴奋的叙述中，才明白“上天梯”是共济盟三年一度的才能选拔大会。

共济盟麾下儿郎无数，机构庞大，时间久了，难免会埋没人才。因此早先大当家就定下规矩，每隔三年为大比之年，有才能的儿郎们可以逐级挑战，喽啰可以挑战头目，头目可以挑战队长，队长可以挑战坛主，坛主可以挑战当家……以此类推。

也不一定是武力，只要有才能，就可以找有同样其他才能的更高级的人挑战，一旦赢了，双方位置互换，因为这是一级级的挑战，胜者可以步步高升，所以被称为上天梯。

文臻很感兴趣地问：“那么挑战大当家，是不是也就成了共济盟老大啦。”

众人一阵哄笑：“首先，你得成为二当家。”

“在成为二当家之前，你得先打死三当家。别说我不提醒你，现在的三当家真的就是打死以前的三当家上位的。上天梯上天梯，往天攀登，生死不计。”

“成为三当家之前，你得找到那个神龙见首不见尾的四当家，并战胜他。问题是，有人找到过吗？”

“并没有。历任三当家都是由四当家直接出具认输书跳过这一级的。所以历任三当家，其实都是特殊存在哦。”

“找到四当家之前，你得战胜五峰坛主。”

“战胜五峰坛主之前，你得打死黑木队长。”

半个时辰后，众人终于把文臻想要当上共济盟老大需要走的路给她分析完了。然后用一种同情的目光围观着她。

文臻沉默半晌，掏出四圣堂给的那个飞流峰调动人手出入无忌的令牌，幽幽地道：“说好的这个牌子很重要的呢？我还以为我是飞流峰主这个山头我最大呢，敢情到现在，我的序列还在共济盟山脚下守门的三人小队的队长下面？”

众人抹一把汗：“不，比队长还是要高一点的，大概相当于一个六人队的队长级别……”

又一阵沉默。

半晌，一声惊天动地的“去死”。

满座食客狼奔豕突。

食堂今日吃得热闹，但到晚间，结束清点的时候，老板娘发现有一盒点心不见了，帮工们纷纷表示一定是那群手贱的守门人顺手牵羊了，文臻便提了菜刀追杀下山了。

燕绥作为一个俘虏，并不方便时时跟出去，尤其是在这种明显有客要来，满山警惕的情况下。

文臻带着几个人奔下山，正碰上机关开动，秘密的入山通道打开，一顶大红轿子狂飙而入。

这山路上不能行马车，但能行轿子，那轿子颜色如火，行动也像烈火一样快捷。文臻在岗哨里因为点心失踪的事还没吵出个结果，就听见几声尖锐的哨声，随即树丛分开，灌木移动，吊桥放下，几个神色冷肃，着棕色劲装的高大雄壮男子拱卫着一顶红色轿子，脚程飞快，眨眼就到了岗哨旁，不等那几个临时充作门卫的黑衣护卫发问，一个棕黑色的牌子已经扔在了岗哨面前，再一眨眼，轿子已经上了山道。

文臻原本是抓着菜刀站在山道上和岗哨说话的，对方轿子来得太快转眼就冲到了面前，在对方的眼里，便是文臻持刀站在山道上阻路。

轿子里的人，也毫不犹豫，一声冷而沉的号令传出：“杀了。”

下一瞬，那几个棕衣男子的刀光已经到了文臻面门！

易人离等人因为文臻也就是下山看看来者何人，都不大在意地站在一边，谁也没想到对方竟然会突然动手，抢救不及齐齐一声惊呼。

厉笑眼看那刀光卷向文臻，眼前一黑，心想完了，闭上眼睛不敢再看。

更不敢想一旦殿下知道，会闹出多大的事来。

再睁开眼时，果然山道上已经没了文臻身影，她心中一沉。

刀光卷起，帘子被刀风卷开。

那一霎轿中人冷漠抬头，正对上文臻的眼睛。

文臻眼一眯，笑了笑，无声地用口型说了一句："是你啊。"然后她倒了下去。

在倒下去的一瞬，她竖起了拳头，一拨一引一顶，三个动作，是齐云深教她的那套奇诡拳法里最为精炼的三招。这一年多来文臻只练这套拳法已经把里面的每个动作都练得圆熟如意，毫无烟火气，并在那十来个动作中演变出千变万化的趋势。此刻三个动作一气呵成，引得两柄原本要在她脖子两侧砍下的长刀，在空中交错，撞击，发出铿然长鸣。

山道之下是个满是灌木叶的泥坑，文臻发出一声大叫，摔入灌木叶丛，人影转眼不见。

两个出刀的棕衣护卫对视一眼，眼神惊讶。明明没有击中，为啥这丑女叫得如此惨烈。

还没来得及禀报，轿子里心情急迫的女子以为已经清除路障了，已经不耐烦地催促："走！"

轿子应声而起，顺山道而上，直入主峰，如一道火线直燃上天。

反应过来的易人离等人愤怒地扑了过来。

先到的是君莫晓，二话不说拔刀，对着轿子便砍。

那轿前两人自然立即拔刀，两人本是高手，膂力沉雄，双刀一架，向外一抛，君莫晓一个倒翻，落在丈外。

轿中人怒喝："别磨蹭，走！"

那两人收刀，却忽然看见刀身上米粒大的细微缺口，不由一惊。

但此刻主子下令，也无暇细看，收刀而行。

走了没两步，易人离厉笑又冲来了。

满山的风声都似乎被搅动，轿帘横卷，易人离臂膀一振，轿帘飘落半边。

露出轿中人棕黑色绣着山峦的锦裙。

而厉笑借着易人离鞭子风声掩护，已经无声无息地到了轿顶，手一抬，匕首如冷电直射，此时才喝道："出来吧！"

山道之上刀光剑影，山道下，黑衣护卫们依旧木讷地看着。

其中一人道："上头有令，一路放行。现在人被拦了，我们就看着？"

另一人道："嗯，看着。"

"为什么？"

“不为什么。”

共济盟的高手护卫们依旧束手站在原地，任那火红轿子被频频阻拦报复。

有些理由是不好说出口的。

但是那些清晨的豆浆，中午的盒饭，晚餐的火锅，夜宵的烤串都知道。

吃人嘴短啊。

厉笑出手，那拱卫的棕衣护卫们自然不能让她成功。

一人出刀拨飞匕首，另一人转身和她缠斗。

此刻易人离和厉笑，已经看见文臻从下方的灌木丛中站起身来，遥遥对他们做了一个手势。

两人会意，不再恋战，只合力打倒了一个棕衣护卫，便退了下去。

而那轿子主人果然毫不犹豫地，将刚才拼死护卫自己的护卫丢下。

君莫晓奔到文臻身侧，上上下下看，看她没有受伤，才怒道：“什么玩意儿，这么嚣张！”

文臻笑道：“心急，自然嚣张。”说完指指上头。

“和四圣堂有关？”

文臻笑而不语，过了一会儿道：“原本是要促成另一件事看结果的，现在我忽然有了一个新想法，说不定可以斩去易铭五条腿中的一条呢。”

君莫晓掰着手指头算了算，怎么也没算清楚易铭哪来的五条腿。

“调动我们所有的人手拦这顶轿子。”文臻道，“不求杀伤，只求拦阻，一步一拦，只伤护卫。务必要保证她这条路，成为她有生以来最难走，走得最慢，伤损最大的一条路。”

“记住，对护卫只伤不杀。就那种失去杀伤力但是还能睁眼那种。”

众人并无二话，都去安排，文臻鬼主意多，听着便是。

山顶上，留守的燕绥已经知道了刚才山道上发生的事。

他并无怒色，只微微扬眉，随口道：“派人去拦截那轿子。杀伤护卫，一步一留。”

一直隐藏行迹在他身侧的语言护卫们领命，日语犹自不忿，道：“那轿子里的人呢？敢对文大人动手，不给惩戒怎么行？”

燕绥白他一眼，日语便知道自己犯傻了，得罪文大人的人怎么能有好日子过？文大人自己也不是省油的灯啊。

这边中文去安排拦截，才知道文大人下了一模一样的命令。

夜色仿佛一瞬间就降了下来。

行走在山道上的火红轿子，转过一道弯，还没发现另一侧是山崖，走在侧边的一个护卫就无声无息掉了下去。

再转过一个弯，众人注意力都在路边有无悬崖的时候，头顶上却掉下来大石头，砸断了一个护卫的腿。

再下一个弯，众人一半注意山崖一半注意头顶，结果一个护卫被山中的毒蚂蚁蜇了，另一个护卫被蛇咬了。

能跟来这山上的都是高手，本不可能发生以上那些变故，但事实就是发生了。

这让已经寥寥无几的护卫们紧张，也让轿中人渐渐咬紧了唇。

夜风拂动轿帘，露出女子清秀的脸，这张脸上眉毛分得有点开，因此显得神情有点淡，正是前阵子灌县酒楼上，送菜给燕绥被拒，又被文臻教做人的“王春花”。

王春花自然不叫王春花，正如那日文臻猜测的一样，她叫谷蔚蔚，却算是易家人，是此刻四圣堂里怨妇易慧娘的女儿。而易慧娘便是易燕然的妹妹，曾为他的家主大业出力，因此得掌五禽军中的熊军，是西川最有权势的女人之一。

当然这已经是过去时了，易慧娘忽然怀了孕，令原本就和她关系紧张的谷蔚蔚下定决心，要将军权提前抢到手里，对母亲，也可以趁你病要你命，夺了熊军掌控权，易慧娘仓皇逃奔到共济盟。

而谷蔚蔚未必不知道母亲来了这里，却一时不敢轻举妄动，毕竟共济盟和易家关系复杂，地位特殊，所以她在灌县梭巡，探听母亲消息，然后今日便得了一个令她震惊的消息。

母亲快要生了！

谷蔚蔚发动小型兵变逼走母亲的时候，母亲刚刚怀孕几个月，算算日子，倒也差不多。只是当日那般情形，孩子竟然没事？

谷蔚蔚心中七上八下，最终咬牙决定带人上山，亲眼看一眼。如果这事是真的，那孩子决不能留！

而且易慧娘逃走的时候也带走了府中很多地契田契及一些重要账册文书，谷蔚蔚也必须要找回来。

她直接联系共济盟，表示自己已经悔悟，想要探望母亲，原以为要费一番口舌，谁知道共济盟和母亲都同意了。山门大开，一路放行，谷蔚蔚心急如焚，生怕去迟一步，孩子生了下来被藏起，自己就被动了。

所以看见有人拦路，她也没看清是谁，当即下了令。

谁拦她，谁就死！

她在共济盟山脚下，还留有熊军士兵千人都是精锐！

轿帘里隐约透出灯笼的光影，原本密集拱卫在自己身边的人影稀落了许多。谷蔚蔚有点不安，却没有后悔。

杀一个拦路狗也配自己后悔？

只能说，共济盟越来越不成模样，也不知道易铭怎么想的，既然已经利用完了，还不赶紧处理掉？留着成为心腹之患吗？

如果是她当家主……

这个念头一冒出来，谷蔚蔚心头便一热，盯着前方摇曳的灯光出了神，细细想着这事的可行性。

忽然她觉得那灯光有点异样。

看上去像有个什么东西趴在上面似的。

她正在走神，下意识把头探出窗口想要瞧清楚，那灯上不知什么东西忽然一个弹跳，向她面门扑来！

“小姐小心！”一个护卫正在她身后，大喝抢上，挥刀劈下。

一刀却劈了个空，那个东西从她面前蹦过，爪子一捞，拽掉了她一缕头发，随即跃入草丛不见。

谷蔚蔚痛得一声尖叫，反手就打了那护卫一巴掌：“废物！”

那护卫挨了清脆的一耳光，垂下眼，咬紧了腮帮，一声不吭。

四周其余的护卫眼底隐隐有怒色。

这些人其实并不是易慧娘府里的护卫，谷蔚蔚夺权后不喜欢用自家的护卫，她喜欢用熊军，装备重甲浑身披挂最精锐武器的熊军能够极大地满足她的成就感和虚荣心。

此次上山，因为有人数限制，她带的一千精锐在山下等候，跟上山的士兵有十二人，都是队目级别的精锐中的精锐，为了方便疾行，众人都换了软甲，卸下大部分武器，护送她上山。

护卫是护卫，军人是军人，军人守护疆土，保卫百姓，讲究尊严和荣誉。谷蔚蔚平日也不是不明白这个道理，只是此时心烦气躁，失了分寸，一个巴掌挥出去，自己也有些后悔，却又拉不下面子来致歉，冷哼一声，缩回头去。

那挨了巴掌的士兵默默擦了一下嘴角，和同僚对视一眼，站回原位，轿子继续起行，四周的气氛，越发沉默了些。

山道上忽然一阵翅膀扑扇声响，众人拔刀凝神以对，却见黑暗中忽然冒出一大片黑云，猛地卷过，所有的灯笼都灭了。

熊军训练有素，数人反身护轿，其余人拔刀结阵在前，一阵刀光交织如雪，尖鸣不断，地上落了一层黑色的蝙蝠尸首。

但是蝙蝠实在太多，猛冲猛撞，灯又灭了，山道又狭窄，有人差点被撞下悬崖。

蝙蝠冲了几回，翅膀一收，像受到召唤一般，又隐入了黑暗里。护卫们惊魂稍定，再次清点人数，发现好几个轻伤，还有一个人失踪了，估计是黑暗中又要躲避蝙蝠又要躲避战友的武器，滑下了深渊。

谷蔚蔚猛地掀开轿帘："叫人！叫共济盟的人！怎么能这么攻击我们！说好一路放行的呢！他们到底还想不想在西川活下去了！"

没有人理她。

共济盟负责守卫的黑木队队长忽然伸指弹了弹山壁上一根隐蔽的空心铁管，片刻后，有嗡嗡的声音传来，队长听了，嘴角一撇，袖手不动。

山顶传讯，可放行，不必护送。

上次易家隐瞒太子剿匪的消息，这笔账还没算呢。

谷蔚蔚叫了半天，四面连个人影都没，她看看远处四圣堂里的灯火，咬牙道："回去一个人调人来！"

护卫领命而去。

一处较高的山头上，文臻吃着零食，笑眯眯看着疾驰下山的人影。

调吧，赶紧调吧，调得越多越好。

惹了她，不付出点代价怎么成呢？

比如说，把熊军抢过来？

第一百二十章

这是我的人

轿子继续起行，这回速度慢了许多。

山壁上传来一阵怪笑，众人还未及反应，就看见石块如雨，统统砸向轿子。

谷蔚蔚再次尖叫，也算她还有定力，并没有冲出来，她的轿子是特制的，没那么容易被砸坏。

这回是山崖上的猴子出手，只砸谷蔚蔚，不管护卫，护卫们也无从出手，总不能爬山壁上去赶猴子，这引来谷蔚蔚又一阵大骂废物。

轿子只得停下来，等调来的护卫。

好在备用军队就在山下，共济盟这回很客气，不仅允许调人进山，还提供了内部专用钩索，以最快速度将人送上山来。

至于谷蔚蔚为什么不肯用钩索而是坐轿上山，是钩索的篮子每个篮子最多挤三人，她可不愿和这些满身臭汗的大兵挤一起，而且她也怕就两三个人悬在半空中，万一共济盟做手脚，那就叫天不应叫地不灵了。

这一批来的护卫足有五十人，排在山道上长长一条，谷蔚蔚胆气一壮，喝令继续。

上山继续，骚扰也在继续。

或者被山中野兽侵袭，这些野兽仿佛都忽然开了灵性，有组织有纪律地进行骚扰，甚至有条蛇无声无息藏在崖缝里。等谷蔚蔚轿子经过时，猛然探头入轿张口，险些把谷蔚蔚当场给吞了。

谷蔚蔚惊叫着险些翻了整座轿子。

这座山忽然变得诡异，然而到现在，谷蔚蔚也没想到是因为她得罪文臻了。

现在熊军安排了一批人穿上铁甲，站在轿子两侧，虽然光线因此被挡得死死的，但谷蔚蔚心里总算感觉安全一点了。

这么想的时候她忽然觉得腿上痒痒的，低头一看，一条黑线正缓缓钻入自己裙子里。

谷蔚蔚猛地蹦了起来。

等她拼命把护卫召唤来时，那条黑线已经不见了——那是一串大蚂蚁，瞬间散开了。

蚂蚁散开了，谷蔚蔚却觉得腿上似乎还留着那恶心东西，又痛又痒，却又不能脱下裙子去查看。

她神色不安，浑身乱扭，看在熊军士兵眼里更多几分鄙夷。

熊军本是五禽军中的重步兵，一向自诩最勇猛最雄壮，后来被易燕然拨给了易慧娘，最雄壮的铁军屈居女人麾下，这些骄傲的汉子本就不大乐意，但是易慧娘偏偏是个善于展现女性温柔和弱势的人，这不得不说也是一种激起男性保护欲的方式。女主人虽然并不英风飒飒，但是娇弱善良，对士兵十分亲切温柔，当她用那种楚楚眼神看着大家的时候，每个人都觉得可以为保护她而死。

但谷蔚蔚不同，她没吃过苦，又被易慧娘娇惯长大，自然不能如乃母般放下架子，又自身不大检点，喜好男色，熊军自然瞧不上这样的女人，只是碍于誓言和操守，不得不跟随。

谷蔚蔚倒也并非不明白，接手熊军之后，倒也有一系列收拢人心的举动，只是她刚才的一系列表现几乎要把那些示好都推翻了。

只是她现在还不自知。

山路上依旧频频出事，或者藤蔓忽然落下来，上头无数带毒的叶子划破人脸；或者有黑影系着藤蔓荡过，双腿夹着人脖子把人甩到山壁上；或者山路忽然塌了一截，士兵们抬着轿子小心翼翼过的时候，塌陷里伸出一双手来把人拽了下去。

等到走到上山索道处时，五十人又只剩一小半了，全部都是伤员，谷蔚蔚不得不下令把伤员送回去，再补一批人来。

等第二批人补齐，谷蔚蔚对着索道又犯了难。

去四圣堂的最后一段路必须坐索道，到了这时候，谷蔚蔚也不再在意所谓和大兵挤满身臭汗了，但是三个人的配额和半空索道的危险，依旧让她发怵。

她在半山索道发怵，四圣堂后院内，易慧娘心焦如焚。

她不住问："人呢？人怎么还没来？"

玲珑小心翼翼答："夫人，快了，快了。"

易慧娘躺在床上，肚子处塞了几个枕头，她已经喝了文臻给的最后一服药，感觉肚子里隐隐作痛，本来大戏就要开幕，结果那白眼狼迟迟不至，她也有点急了。

“黑木队给三当家回报了，说是小姐在上山路上好像得罪了扈三娘，被扈三娘报复所以耽搁了。三当家说了，共济盟的规矩，得罪山里的人，人家有权以自己的方式报复，共济盟不会阻拦。”

“那不省事的蠢丫头！出去再打听，哎哟，我这肚子！”

玲珑出去了，易慧娘抱着枕头想心事。

梁上忽然有人悠悠地笑一声。

易慧娘脸色一变，随即冷笑道：“你果然在山上，你居然敢来！”

那人笑道：“你在山上，我怎么能不在？就不为别的，也要看着我的孩儿出生啊。”

“你还有脸提孩子？”

梁上的人语气诧异：“你既有脸怀，我怎么就没脸提了？”

易慧娘气得胸口起伏，好半晌才泪光闪闪地道：“若不是你引诱欺骗……”

“得了吧姑姑。”梁上人无所谓地道，“一个巴掌拍不响，别说得自己贞洁烈女似的。”

易慧娘有气无力地道：“别喊我姑姑，听着心痛。”

梁上人也似很有同感地叹了口气：“好的，姑姑。”

易慧娘也懒得和他说了，静默了一会儿，道：“你为何今晚来？想看我如何教训孽女吗？不管我怎么教训她，熊军都和你没关系，别白费心思了。”

“姑姑，我早和你说过，熊军鹿军，合则利，不合则崩。我们俩不拧成一股绳，如何对付易铭？”

“那行啊，鹿军并入熊军，你来做我麾下谋士，我就同意。”

“为什么不能熊军并入鹿军，姑姑来做我的首席谋士呢？”

易慧娘笑一声。利益面前，没有妥协，哪怕孩子都搞出来了也没用。

梁上人叹口气，道：“不说那些了。我来是要告诉你，易铭今晚很可能也会过来，你我如果还想活命，只能趁今晚这个机会。”

易慧娘道：“听翩翩说，大当家病了？”

“也不知道是不是病。”梁上人道，“易铭应该借此机会带方老上山，给大当家治病。当然他没这么好心，十有八九是跟着蔚蔚来的，想把咱俩一网打尽。”

“大当家为什么会病？”

“谁知道呢，毕竟最近这段日子作妖的人很多呢。”

易慧娘冷笑一声："本领不大，心思倒足。"

梁上人探下脸，眨眨眼："姑姑是在说你自己吗？"

易慧娘笑："是啊，所以你们放过我这个无能的弱女子吧。"

梁上人轻轻笑一声："咱俩能别再这么说话吗？定个章程吧，你要怎么弄死谷蔚蔚我不管，能不能和我合作一下，顺便再弄死易铭和其余碍眼的人？只要成功了，西川我们一人一半，最好的地盘你先挑，怎样？"

易慧娘捂唇娇笑："好呀。"

远处半山索道之上，隐隐的喧嚣之声传来。

谷蔚蔚最终还是挑了武功最高的两名队目一起上了一个吊篮。

怕中途有人做手脚，她想了想，取了绳索系在铁索上，另一头拴在自己腰上，吊篮向前滑去，她一手抓着吊篮边，一手抓着绳索向前滑动，虽然累了一点，好歹心安。

那两个队目各向一边，拔刀在手，警惕地看着两侧。

吊篮很快滑到一半，谷蔚蔚刚刚松了口气，忽然吊篮加快了速度，猛地向前冲去。

慢慢滑的时候谷蔚蔚还来得及同时往前拉绳索，速度一快，顿时来不及，篮子往前冲，绳索还在原地，被铁索钩住，谷蔚蔚一声尖叫，顿时被绳索勒住腰脱离了吊篮，吊在了铁索半空。

那两个护卫猝然之下，下意识去砍绳索，谷蔚蔚大叫："不能！"

护卫也反应过来，及时住手，但这么一慢，他俩就被吊篮带走，只留谷蔚蔚晃悠悠吊在悬崖上空。

谷蔚蔚又忍不住骂："蠢材！"

吊篮里两名护卫捏紧了刀柄。

谷蔚蔚紧张地喊："快来救我！万一有冷箭我怎么办！"

但是此刻护卫们都在吊篮上，没法去救，众人也不如先前焦灼，只默默看着。

黑暗里忽然有空气震动的声音。

谷蔚蔚惊得浑身汗毛倒竖，拼命拔刀挥舞，眼前一片漆黑，假想敌都不知道在哪。

吊在半空无法抵抗，空气的震动之声愈近，未知的恐惧令谷蔚蔚终于崩溃，险些痛哭失声。

两边吊篮里的士兵默默听着，震动声，低泣声，厮打声，谷蔚蔚带着哭腔的怒喝，和最后响起的……一声凄厉的鹰唳。

片刻后，火光亮起。

所有人都看见半空中的谷蔚蔚毫发无伤，只是头顶的鸟粪正慢慢顺着她鼻梁滴落。

众人眼底这回掠过一丝不屑。

此时第二批护卫乘坐吊篮也到了，将谷蔚蔚从铁索上解救下来，谷蔚蔚此时也顾不得羞涩或者不满，挤在三个大男人中间紧紧地盯着黑暗中。

士兵们眼底的不屑之色更浓。

半山上，文臻哼着歌慢悠悠地走，和又一名下山调人的熊军士兵擦肩而过。

君莫晓问她："你们把她玩到现在是为了什么？"

文臻燕绥，向来做事不会只为一个目的，更不会只为报复而报复。

"熊军这样的军队必然不甘屈居女人之下，易慧娘掌控多年已经算是有本事，谷蔚蔚骤然发难夺了军权，可是她妈经营了这么多年的熊军的人心又岂是说夺就能夺的？"

"所以你今天是要让熊军看到他们这个新女主人的暴戾、怯弱、无耻种种方面，从而失却服从拥戴之心？你还不仅让小部分人看到，你不断出手，逼谷蔚蔚不断喊人来，让更多人看见她的无能？"

"而且谷蔚蔚的无能等于反过来也证明了易慧娘的无能。毕竟易慧娘还输给了谷蔚蔚呢。何止是谷蔚蔚失军心，易慧娘也逃不掉。"厉笑接话。

"如果今晚易铭会来，谷蔚蔚的人多，说不定也能搞死她呢。"闻近檀显然也懂。

易人离目光一闪，看厉笑一眼，厉笑不说话了。

"别急。"文臻笑着对山上一指，"真正让熊军三观崩塌的好戏还在后头呢。"

半山索道惊魂，让谷蔚蔚失去了最后的信心，这一回她调来了足足三百人队伍，为此在山下和共济盟的人好一番争执。

等她大费周章把人调来，山顶上吃零食的燕绥和在半山爬山的文臻，同时道："好了，收手。"

所以后半途，谷蔚蔚身边三百人围得密不透风，像个铁桶一样向四圣堂进发，一路引人侧目，险些以为要被攻打了。

然而那种种神出鬼没的攻击却没了。

那后被调来的三百护卫原以为山上一定形势紧迫，结果什么危险都没有，联想到先前受伤兄弟下山说的话，再看看自己女主子风声鹤唳草木皆兵的模样，眼底的不屑简直就要溢出来了。

一直到了四圣堂，谷蔚蔚坚持所有人陪自己进去，为此和四圣堂守卫产生争执，最终还是带人闯了进去。

山道上，文臻不急不慢地坐进了吊篮。

文蛋蛋在吊篮边缘滚来滚去，练习着危险的平衡，文臻一弹指就把它弹了下去。

片刻后文蛋蛋弹了回来，愤怒地滚到了文臻的头上。

文臻的头上戴着易慧娘送的水晶珠花，这个珠花做得极其精致好看。文臻也不怕它有毒，毕竟文蛋蛋在，毒物就是它的零食，所以文臻坦然地戴着。

但她忽略了一件事——文蛋蛋对毒有效，可这世上有问题的东西可不仅仅是毒。

文蛋蛋弹回来的时候正撞在那水晶珠花上，已经被打开的珠花受到震动，几瓣花叶里的好东西慢慢泻出来。

有的是液体，有的是粉末，都被文蛋蛋吃了，只有一个花瓣里一点淡淡桃红色的液体，不是文蛋蛋喜欢的味道，甚至有点嫌恶。

文蛋蛋把那团桃红色对准了正在说话的文臻的嘴，探身一扔。

文臻忽然觉得嘴里一甜，她把文蛋蛋抓下来，文蛋蛋并不心虚地转过身，当然对于一颗珠子来说，实在也分不清前面后面，文臻自然知道文蛋蛋不喜欢的都不会是毒，有时候文蛋蛋也会塞些乱七八糟的给她吃，从来没出过事。

她眼光忽然一掠山崖对面。

那里似乎有一条红影掠过。

而此时，山脚下。

易铭翻身下马，共济盟大门开启，众人神色有点冷漠却又不失尊敬地让开道路。

易铭并没有带多少下人，她身后跟着方人和，老名医冷着一张刻薄的脸，一言不发。易铭亲自拎着一个食盒，站在一个白衣男子身边。

白衣人身量高颀，比易铭高出半个头，身姿清瘦飘逸，若有仙气，半副白银面具遮住鼻梁以上，露出的半边脸线条精美，唇角微微挑起带笑，是个和易铭一样见之可亲的人物。

共济盟的守门人认识易铭和方人和，顺利放行，见他要跟着进来，伸手一拦，易铭已经笑道："这是我的人。"

这言辞本正常，她说的时候面容柔和，便带了三分欣喜旖旎味道，还看了男子一眼。

男子唇角淡淡的笑意仿佛镂刻上去一般，连角度都不曾变过。

只是共济盟的人却是粗人，听不出来，依旧执拗地挡着。

易铭依旧不生气，忽然伸手在守门人身侧的一个黝黑铁管上弹了弹，她的手指弹动若有韵律，铁管发出一阵"嗡嗡"之声。

守门人不说话了，这是共济盟最高层才会懂的铁管传音的通信之术，平常很少用。这根铁管顺着最近的崖壁一直通到山顶的四圣堂，造价高昂，轻易不会启用。

片刻后，铁管发出一阵有节奏的"嗡嗡"声，守门人听了，收回手臂。

易铭一笑，拉住那男子衣袖，三人进山，易铭离开的时候将食盒打开，取出里头淡紫色的点心分发给众人，道："这是紫英糕，很是香甜可口，各位大哥尝尝。"

众人都有点讶异地接了。易铭往日到来，共济盟都会调走普通属下，换专人接待，这些人都知道易铭脾性好，平易近人，但也是一方豪强，万没有今日这般亲切如邻家妇人。

众人拿着糕，看易铭和那男子双双行在山路上的背影，一时竟觉得十分相配。

忽然有人道："这糕名字怎么这般耳熟？"

又有人恍然道："紫英糕？这不是川北特产吗？刺史怎么忽然拿出川北特产来了？"

又有人道："难道西川和川北结盟了？刺史大人从不做无谓之事，他送糕莫非是暗示我们这个？"

还有人道："速报大当家！"

易铭和那白衣人上了山，有专人陪同，在选择上山路线时，白衣人忽然道："听说飞流峰坐拥五峰山三绝美景。"

引路的黑木队队长对天看了看，心想这半夜三更哪来的美景？

易铭目光流转，笑道："既如此，便从飞流峰的索道走吧，说起来那里是最近的一条路呢。"

守卫也不多话，当即折向飞流峰，到了半山便可见那简易食堂，还有食堂后的小院。

白衣人的目光在那十字坡食堂的牌匾上转了转，看了看木桌板凳，看了看屋檐下挂着的菜单，又看了看食堂后面的墙，目光在墙面上斑驳黄色的印迹上落了落。

守卫道："飞流峰最近闹鬼，听说半夜会鬼打墙，客人可千万别靠近那院墙……"

他话音未落，白衣人已经走了过去，并没有朝着那院门的方向走，反而冲着院门旁边那脏兮兮疑似有人在墙根撒尿的位置站定，然后推开了门。

带路的守卫目瞪口呆。

里头站着一个人。一身锦衣，面容平常，身姿极美，一手端着一盘圆圆齐整的芝麻香葱薄脆饼干，一手慢条斯理拈着吃。他吃得香甜，头也不抬。

门外的人就静静看着他。

静夜无声，两个差不多高的男子，一个门槛里，一个门槛外，相对而立，一言不发。

第一百二十一章

中了算计

只有燕绥吃饼干的声音十分清晰。

易铭负手，并没有靠近，似笑非笑。

她一眼便认出了燕绥，这和她的猜测也差不离。

那日酒楼上遇见那批人，之后她这边便麻烦不断，她追查到十字坡包子店，包子店转眼也被烧了，连太子也被坑了，这种手段，除了燕绥、文臻，也没人能干得出了。

之后找不到踪迹，那只能是来了共济盟。毕竟现在也只有共济盟实力够强，地盘够独立，且和她目前关系古怪。

易铭此次来，一来是共济盟大当家生病，她示好带方人和上门诊治顺便解释；二来姑姑母女在这儿，她来煽风点火；三来燕绥、文臻在，她怕这两人煽风点火。

燕绥吃着，顺手把盘子往白衣人面前一递，盘子上已经只剩了一些饼干渣。

他那姿态和平时召唤护卫伺候一模一样。

白衣人好涵养，笑笑，并不接。易铭走上前打开她自己带来的食盒。白衣人温和地道：“我瞧你那饼干不错，要么咱们换换？”

燕绥道：“交换只能发生在同等次之间。”

言下之意，你不配。

易铭自己拈了一块糕吃了，两边依旧，相对而立，各自吃瓜。

易铭悠悠道：“阁下如此嚣张，奈何总为他人做嫁衣。”

燕绥自顾自吃饼干，并不理她。

易铭又道：“何苦来？那个位置既然不是你的，何苦这般为其辛苦奔忙？大家和和气气做朋友不好吗？做着做着愉快了，我送你上青云，你护我一世安，不是更好吗？”

燕绥这才抬起眼皮看她一眼，下巴对白衣人一点：“你俩勾搭成奸了？”

易铭笑：“说得真难听，可是我喜欢。”

燕绥又道：“我需要你送？”

易铭摊手：“总比往下拉你好吧？”

燕绥：“你且拉拉看？”

易铭不说话了，总觉得这样的对话走向有点奇怪，而且特别挫败。

她叹了口气，想着这位真是不负传言，举世第一难搞。

他就没有在乎的，你能拿什么来诱惑他？

他也没有恐惧的，你也没机会威胁他。

他倒是有爱人呢，可那也不是软肋，他那个爱人不整死别人就不错了。

“阁下既然如此坚持。”她慢慢道，“那就只有各凭本事，各自算账了。”

燕绥给她一个“你既能够明白，何必恁多废话”的眼神。

易铭觉得如果不是今晚还有别的事要做，以及身在共济盟不方便，简直想不计代价打死他再说。

父亲怎么死的，这人脱不开干系吧。

易铭依旧笑着，眼底却清明冷冽，一丝笑意也无。

小院安静如常，气场却慢慢绷紧。

忽然侧方屋檐顶上，德语一声低喝：“什么人！”随即一人踉跄而下，跌落屋檐。

他像是被人扔下来的，跌落的位置却离白衣人很近，白衣人一伸手捞向他，那人身子斜向白衣人，下一瞬却被燕绥揪了回去。

燕绥被那人身子挡住，白衣人注意力在那跌落的人身上，因此谁都没注意到，那人手中一个小小的粉色瓶子落入了白衣人的袖中。

但站在一侧的易铭看见了。方人和也看见了，鼻子一动，脸色微变。

那跌落的人被揪了回去，却是君颜，宽大的长袖捂着脸，踉踉跄跄越过燕绥身边往屋里去了。

易铭也没看出这是谁，她的注意力都在那粉色小瓶子上，她站得近，嗅见一股淡淡甜香气息。

她看了方人和一眼，方人和微不可察地微微点头。

易铭眉头诧异地扬起。

院子内，燕绥一挥袖，院门被关上。

院门外，白衣人细细看了看那真假两道门，连同院墙上的假机关，忽然一笑。

他来，只是想看看文臻在不在，既然见不到想见的人，便是看看她留下的笔墨也是好的。

至于燕绥，就当空气了，两人面对面站着，从头到尾眼神都没碰过，各自不屑。

多说无益。既然对上，要么永远留在五峰山，要么永远别出山。

弄死情敌这种事，何必急呢。

白衣人转身离开，易铭跟着，眼珠子微微转，想着到底要不要提醒他，却见他走了两步，忽然停下，从袖子里摸出那个粉色的瓶子。

易铭惊讶道："咦，羡之，这什么东西，怎么来的？"

月色下，唐羡之眸子清透，但瓶子刚刚拿起，忽然便在掌心碎了，仔细一看那根本不是瓶子，是这山中一种红色的花，叶片紧密，稍稍一碰，也就裂开了缝隙。

一点清亮的液体流出来，沾湿了唐羡之的手指，易铭紧张地道："有毒！"

唐羡之却道："无妨。"

忽然一道乌光闪过，那花瓣小瓶被鞭风打碎，香气盈满了整个空间。

唐羡之和易铭都久经风浪，立即屏息退后，可这鞭上力道绵密，将花瓣里的加料香水震成一道香雨，细细密密雾一般，染满了两人鬓发。

人影一闪而灭，易铭和唐羡之都没追，他人地盘，对方熟悉地形，穷追不是上策。

易铭道："易人离！这小子又来做甚？"

她语气难得有点咬牙切齿。

她又对黑暗中看了看，没看见厉笑的影子。易铭的神情有点复杂，悄悄站得离唐羡之远了一点。

唐羡之在溪边洗了手，细细嗅嗅，道："像是一种香料，这香气居然洗不散。"

易铭摸摸头发，头发已经干了，那股香气氤氲不散，确实好闻。

她毕竟是女子，十分心动，眼睛闪亮地道："这什么香，似乎是水样的，只需要洒一点便可？比那些熏香方便好用，气味还十分清新。"

唐羡之浅浅一笑道："女子自然芳华，何须香氛污气息。"

易铭眼波一掠，笑道："你是在夸我吗？"

唐羡之温柔地道："我夸这世上所有好女子。"当先向前行去。

他看似自如地向前走，手指微微垂下，指尖白气流转，他微微皱着眉。

他身后，易铭拉下自己的鬓发嗅了嗅，脸上现出古怪又复杂的笑意。

草丛后，易人离厉笑看着几人身影远去。

"你刚才为什么要出鞭？"

"不为什么，我只是觉得君颜忽然出现并撞向唐羡之，就为了把那瓶香水送到唐羡之袖子里，那瓶香水一定有问题。既然有问题，那么自然不能放过易铭，就该让她也闻一闻。”

“你怎么就……”厉笑话说了一半，微微垂了头。

易人离转过头，看着黑暗里她清丽柔和的轮廓，道：“你是想问我怎么就和易铭过不去？我当然是为了你。她欺你，负你，骗你，还想继续花言巧语蛊惑你，这样的无耻之徒，我留她活着，就是对你不用心。”

春夜山静水软，花香得无边无际，厉笑在这样深情的言语的风中微微轻颤，再抬起头来的时候，眼底有晶莹伴这月色闪烁。

院子中，燕绥若有所思地看着屋檐上的德语，德语还在叨咕那个君颜鬼鬼祟祟的，就该打断腿关起来，燕绥忽然打断他的叨念，道：“你身上可少了什么东西没有？”

德语怔了怔，浑身摸了摸，随即松了口气，道：“没有啊，武器都在……哦，不对，少了一样东西，就是那个，那个那个啦……”

他猥琐地做了个动作，丢的唯一一样东西，是那天他献出来，燕绥却没有采用的“迷情香水”。

那香水里的药可是他当初从无尽天带出来的，厉害得很呢。

燕绥微微一怔，他也没想到，君颜竟然偷了德语身上的迷情药丢到了唐羡之的袖子里，他想做什么？

想以这种有点下作的手段促成唐羡之和易铭？这对他有什么好处？

君颜的身份，燕绥文臻都有点猜测，只是都觉得不必太早揭开，不妨冷眼旁观，毕竟西川这浑水，当然应该他们自己先搅搅。两人都并不想主动对上西川易家。有些事正如易铭所说，何苦呢？

燕绥皱起眉，不，这事儿不对。

他忽然飘了出去。

谷蔚蔚终于到了四圣堂前。

凤翩翩站在廊下，看着有点歇斯底里的谷蔚蔚，冷声道：“大小姐，你今日贸然上门，说要探望母亲，可有你这么带着军队来探望的？”

谷蔚蔚脸色更不好看：“我本遵守了你们的规矩，是你们不断设伏袭击，才逼得我不得不增加护卫！”

凤翩翩冷笑一声：“自己无能罢了。”不等谷蔚蔚发作，她讥嘲地一侧首道，“你娘生孩子，你打算带奴才去瞧？你还有点规矩没有？自己进去，不然就滚。”

谷蔚蔚咬牙半晌，恨极她道破自家秘辛，到此时确实无法再带人进入，只得咬牙走上长廊，掀开重重帘幕，听见里头的慧娘在尖叫，还有玲珑等人端着热水白布进进出出。

谷蔚蔚脸色一变。

娘当日仓皇逃奔出府，一路颠沛流离，孩子竟然没事?

她心中又急又恨又酸又苦，发怔半晌，纠结这事到底该如何处理。今晚原本想悄悄处理，没想到闹这么大，熊军上下都被惊动，自己和娘的隐秘都很难掩住，她原本想好的，如果生下孩子就地解决，从娘那里把她带走的东西都拿回来。至于娘，自然不能杀，随便找个寺庙尼庵让她修身养性也罢了。

此刻要做什么都不太方便了。

但她又不敢进入易慧娘的房内，母女都对彼此十分了解，母亲不是个宽容忍耐的人，待自己再好，在那一场背叛之后，也再没了回转的可能。

谷蔚蔚看看自己身边的两个婢子，两人忠心耿耿，也有武功，等会儿就让她们去试探，自己最后再出手。

她刚想定，就听见里头一阵喧嚣，母亲在嘶喊，侍女在尖叫，婆子声音急迫，脚步匆匆来去，有人似乎太过惊慌撞倒了桌椅，她紧张地捏紧了拳头。

“去看看！”

门帘忽然掀开，玲珑奔了出来，她身上血迹斑斑，双手满是鲜血，犹自滴落，她尖叫：“不好了！夫人大出血了！”

玲珑出来时奔得太急，门帘直接被卷起被钩子钩住，屋内的一切一览无余。

只有两个婆子一个丫鬟在屋内，而谷蔚蔚一眼就看见母亲那汩汩不绝的血块！

这万万做不得假，谷蔚蔚只觉得脑中轰然一声，心中不知是悲是喜，一阵恍惚之后再也无所顾忌地冲了进去。

她一进去，卷起的门帘就放了下来。

谷蔚蔚也没在意，扑向床边，急声道：“娘！娘你怎样了！娘——”

易慧娘脸白如纸，谷蔚蔚看一眼只觉得触目惊心，一边想着这样娘亲绝对活不了了，一边思索该如何趁娘临终索要那些东西，还想也许不用自己开口，娘亲如果能活自然有怨气，可如今都这样了，不给她给谁……她下意识凑了过去。

然后就听见易慧娘冷笑道：“我怎样？我是向你讨债样！”

话音未落，她一脚踹翻了丫鬟手中端的铜盆。

谷蔚蔚猝不及防，被泼了一脸！

浓烈的腥气劈头盖脸，谷蔚蔚一瞬间窒息欲呕，但随即她就感觉到脸面乃至脖子都火辣辣的，咽喉里似乎有什么东西在迅速变大，使得喉咙逼仄，呼吸困难。

她喘息着，拼命拿袖子抹脸，一边迅速往后退，一边狠狠拽下自己的绣囊，用尽全力往易慧娘的榻上一砸！

易慧娘使诈终于骗得谨慎的女儿上山并近榻前，此刻得手，正又解气又有几分痛意，心思一乱，动作便慢，没想到谷蔚蔚这时候还能出手，想逃已经慢了一步，轰然一声，她蹿出的身影带着血花跌落，床榻已经歪了半边，床榻上，留下了易慧娘一条腿。

震动和爆炸声淹没了易慧娘的惨叫和谷蔚蔚的嘶声笑。

易慧娘大骂："逆女！逆女！"

谷蔚蔚咳嗽，声音嘶哑："你又算什么母亲？嫁给那老不死不甘心，给他戴绿帽子生下我，小时候我那假爹欺侮我，你装不知道，等到我杀了那老不死，你倒因此得了舅舅补偿的熊军，回来西川逼我装病，要我喝那些糟蹋身体的药，你就负责哭哭啼啼装傻卖乖，好骗得舅舅的内疚和补偿，好容易过几年安生日子，又想拿我婚事作伐，堂堂易家小姐你也能拿去笼络你的熊军，你眼里既然只有荣华富贵权势地位，就不要怪别人没把你当娘！"

易慧娘："你爹果然是你杀的，你这弑父杀母天打雷劈的东西！"

谷蔚蔚："你自己想杀不杀却装傻逼我，老天降雷先劈你！"

母女俩互吵声里，文臻飘了进来，不理还在吵架的两人，迅速用铁条子将所有的门窗都别住了。

果然她刚关好门，凤翩翩等人已经到了，一推之下门没开，便在门外拍门询问。

文臻迅速回身，两拳打倒两个婆子，一手拎起谷蔚蔚，在她身上摸到一个锦囊，打开一看，里头两个印信，文臻满意地点头。

谷蔚蔚惊骇地盯着她，文臻也不理她，一转身到了易慧娘身边，易慧娘却是比谷蔚蔚老辣，尖声道："你想要我那些印鉴账册是吗？你先救我！"

文臻冷笑一声，正要上前，忽然站住了。

身体有点不对劲，下腹忽然灼热瘙痒非常。

第一百二十二章

你很好，我不要

几乎立刻，她就想到了这女人赠的珠花。

不是毒，却是那下作玩意儿，也不知怎的，她明明应该是锁住了机关，还是中招了。

这女人恩将仇报行事阴毒，还想和她讨价还价？

文臻还没出手，玲珑忽然道：“不用问她！我知道那些东西在哪里！”

易慧娘大惊，怒骂吃里爬外的小蹄子，玲珑也不理她，带着文臻进了内间，将东西翻找出来给她。

文臻接了那些印鉴账册等物，点头致谢，她现在赶时间，只得忍住那灼热感觉，拎着玲珑从后窗出去，出去之前，她一脚踢翻了油灯。

地上本就有硝石火药，顿时火头再起，爆炸连连。

与此同时，在外询问无果的凤翩翩一脚踹断了门闩，带人冲了进来。

文臻已经掠了出去。

这内院爆炸起火，所有人自然都去救人救火。

只有那群纪律严明的熊军依旧笔直地站在外院里——不得召不能擅动。

五禽军向来只认带兵总管的印信。将令下来，哪怕叫他们去死，也不得犹豫。

文臻匆匆挥笔书就，盖上印章，走向前院的熊军。

此时，本该早就到达四圣堂的易铭和唐羡之却被耽搁了。

从索道上下来，唐羡之忽然说了声“我去方便”便匆匆走进黑暗中。

带路的人默不作声等候。易铭和方人和慢慢走到一旁隐蔽处，对看了一眼。

易铭默默伸出手，方人和打下来。

“没有！”

易铭那种古怪的表情又露出来了。

方人和白她一眼：“这种东西哪来的解药？又不是毒药，不就是硬熬和自己解决？再说，你不是乐意的吗？”

易铭指着自己鼻子：“我乐意？您老哪只眼睛看出我乐意？”

“哦？你不是一直希望和川北结盟？”

“那也不至于赔上我自己吧？就算唐五值得我赔上自己，那也不能在五峰山上，我可不想这么轻贱自己。”

方人和呵呵一笑：“唐五也未必愿意这么轻贱他自己呢，这不人都避开你了吗？”

易铭探头对黑暗里张望：“他打算怎么解决呢？”

“心痒就去瞧！”

易铭哼一声。

她在想刚才那个红衣男子是谁，衣袍宽大又遮面，身形相貌都看不出，但很可能是熟人，否则何必这般遮掩？

但是她的熟人，除了忠心自己的人就是敌人。

不，这不对。

易铭一边思索着，一边下意识便往唐羡之消失的地方走。

方人和似笑非笑，站在原地等着。

顺着香气，转过一方巨大的山石，是一条细细的溪流。

易铭没想到这里处处见水，一脚便踏入水中，踩到溪水底下的鹅卵石，身子一滑。

她忍住了没有惊呼，忽然手臂被一只有力的手抓住，她一惊抬头，就看见黑暗里一双眸子。

男子浓厚的气息袭来，她肌肤敏感地轻颤着，不由自主喉间便传出一声喘息。

听见这声喘息，那手却一抖，立刻便放开了她的胳膊，易铭本是身体歪斜被撑住的，对方这一放手，她顺势便栽了下去，栽入一个滚烫又冰凉的怀抱中。

滚烫的是身体，冰凉的是溪水，唐羡之正盘膝坐在很浅的溪水中。

易铭心中并不想放纵，身体却有些难以自持，抱住了唐羡之的腰。

两个人都像瞬间着了火，溪流一阵细微的震颤，倒映其中朦胧的月被震碎。

黑暗中，在遥远的另一边一个高处的山头上，双双伫立窥视这下方动静的厉笑忽然转身向下走。

她默不作声走着，眼底像起了一层雾。

身后，易人离跟了上来，也是一言不发。

两人都有点尴尬，没想到心中存疑跟上来，竟然看见这一幕。

这一幕于易人离自然喜闻乐见，却有点担心厉笑的心情，不是谁都能坦然面对自己投注深情的前未婚夫对另一个男人投怀送抱的。

他偷偷地看厉笑，正巧厉笑一偏头也在看他，两人目光相触，不由自主想起先前那一幕，又都被火烫了一般赶紧转头。

两个人的脸渐渐都微染红色。

厉笑还是走得太快，因此错过了接下来的一幕。

唐羡之忽然抬头，看了一眼方才厉笑站的地方。

随即他手臂一振，易铭猝不及防便在溪水里滑了出去，撞在那起遮蔽作用的巨石边缘，唐羡之在这样的情形下依旧控制力惊人，并没有让她受伤。

但自尊受的伤害比肉体受的伤害重多了，易铭好一会儿没说话，过了一阵子，才发出一声细微而急促的呼吸声。

唐羡之默默垂眼。

易铭看一眼，叹口气，又吸一口气，勉强笑笑，站起身来。

男女之间，情感之事，何来委屈。你既无心我便休。

是这西川锦绣山河不值得用心，还是那群作妖的家伙不够她操心？

易铭笑一声，转过大石，看见一道石棱锋锐，手臂狠狠地在石棱上擦过。

痛一痛，也便不难受了。

方人和见她这个模样出来，顿时便明白了，眼底闪过一丝怒色。

“连你都瞧不上，他还想要谁？”

易铭顿了顿，想起一个人，随即轻笑道：“他要的那个人可能就在这里呢。何况，既然有人设计，我们确实就不应该在一起。”

她忽然住口，想明白了今晚这一出迷情药的真正用意。

原来她不是主角，只是其中被套入的一环。

这感觉让她有点难受有点愤怒，但她只是雍容潇洒地笑着，连把她当孙女从小看到大的方人和都看不出来。

唐羡之从山石后转出来，脸色除了有点特殊的红依旧未散之外，已经看不出什么。

两人对视一眼，神态自若，谁也没有一丝尴尬难堪，唐羡之也并无任何歉意。

看着潇洒一笑当先而行，走路姿态却有点奇怪的易铭，唐羡之眼底飘过一丝淡淡的无奈。

前面的这个女子，身份、地位、心性、才能，处处都为人中之凤，处处都堪与他相配。这世上，寻不出第二个能这般与他相配的女子。

父亲没少暗示他这一层意思，他一直不置可否。

他的不置可否就是拒绝。

她是很好很好的，却不是他想要的。

唐羡之微微抬起头，看天际明月总被浮云遮蔽。

想要的，也似这天际的浮云，一伸手就似能碰着，却原来隔着苍天之远。

院子里，文臻利用这难得的耽搁，忍着一阵阵火燎般的不适，带着玲珑快步走向院子里的熊军。

就在方才匆匆来前院的路上，她简单地问了玲珑，敢不敢帮忙去做一件事，敢不敢用这件事换自己下半生的自由。

玲珑毫不犹豫地答应了。

这个女孩天生头脑清醒，知道自从自己开口后，在夫人面前就没了活路，原本想拿走夫人的首饰逃走的，如今文臻给了她更好的机会，自然愿意。

为了表示忠心，她还很高兴地和文臻说："三娘子，那珠花我提前打开了，夫人递给你的时候一定会拨一下，那就又合上了，你看，你戴着这珠花一点事都没有呢。"

敢情自己那一下又给打开了！

难怪会中招！

她摸摸鼻子——聪明反被聪明误。

玲珑又道："我问过巧容姐姐，她管理夫人的那些药，说大多是厉害的毒药，就算没毒，不及时解开也对女子不利，幸亏三娘子没中招。"

文臻很想哭。

听这口气，这迷情药还不是简单的迷情药。

走到廊口，一院子黑压压的熊军都看过来，不少人认识玲珑，有个领头问："玲珑姑娘，里头发生什么事了？"

玲珑眼底已经含了泪："夫人难产血崩，遭遇刺客，夫人和小姐现在都受了重伤……"

一句话信息量巨大，熊军那些铁汉子脸上的表情一言难尽。

寡居的夫人怎么怀孕的？四圣堂这种地方刺客是怎么来的？夫人小姐何以受重伤？里头的爆炸声又是怎么回事？

玲珑说得含糊，可是越含糊，众人越明白怎么回事，刺客八成就是小姐，而夫人临产受袭也反击了小姐，现在两人两败俱伤。

这里头包含的不伦无耻，道德悖乱，入骨冷酷，简直能把人的三观按在地上蹍得稀碎。

刀头舔血马革裹尸的汉子们愿意为这西川山河抛头颅洒热血，却不愿莫名其妙立在这里听这些豪门巨户后院里脂粉间充满算计的下作伎俩。

文臻笑一声，低声道："贵圈真乱。"

玲珑垂着眼睛，又道："夫人已经不能视事。但是夫人在临产之前因心有不安，所以事先写了一封信，万一事情有变，让我连同这些交给熊军的将官大人们。"说着将一个小盒奉上。

那领头的男子上前一步接过，匆匆展开一看，脸色大变。

随即他将这盒东西给诸人传阅，因为文臻的骚扰，谷蔚蔚这批调上来的熊军，几乎全是将官级别。

众人看过，脸色复杂，有人诧异，有人震惊，有人欢喜，有人忧愁。

玲珑按照文臻教的，款款道："夫人说了，如果出了事，熊军落入不孝逆女手中，她死不瞑目。这许多年仰赖诸位护卫，如今也该到了曲终人散时刻。这盒子里的田产店铺多半是西川之外的产业，以及珠宝等物都赠给诸位，作为之前诸位出力的补偿和之后诸位重新置业所用。"

竟然散尽千金解散军队！

众人震惊之余，也觉得并不是不可能。母女争夺地位和军权，以易慧娘的心性，如果输了，那是宁愿解散军队也不便宜那逆女。

熊军军权本就不能算是世代家传，而谷蔚蔚这个半路头领，没有长时间地相处，也没出众才能来收服这些桀骜的军人，几个月下来，众人看见的是这位大小姐的好色淫荡凶恶自私，方才这一路更是将对她的评价压到谷底。

更妙的是，文臻的一番操作，逼得谷蔚蔚调来了几乎所有有发言权的将官，才能现场开一场能决定熊军存亡的大会。

有老头领的命令，也有新头领的印章，还有摆在眼前的事实，众人几乎立刻便接受了。

但是大多数人并没有动。

领头的将官低声道："我们解散了容易，可是我们有一些人的家小一直都由夫人派人专门安置，不知夫人对此有无安排？"

文臻怔了怔，没想到还有这一出。

却有人接话道："你们的家小一直被夫人安排在西川南部一处无名谷中，由当地土著照顾，稍后会派人将你们家小护送出谷，和你们团聚。"

文臻一回头，就看见英文带着他的几个小弟快步走来，手中拎着几个袋子，他将袋子里的东西抖在台阶上，立即便有人惊叫："那是我娘的东西！"

"那是我弟弟的扇子！"

"我娘子的刺绣！"

"诸位，我们先一步去了那山谷，正发现有人在攻打那里，我们已经将你们家小救了出来，正准备送出西川。"英文掂了掂那袋子，"你们猜猜是谁那么大本事能摸到你们家小被软禁地，并及时出手呢？"

熊军将官们一阵沉默。

熊军本就割裂于其他五禽军，易燕然在位时候还好，易燕然一死，年轻的新家主继位，易慧娘野心勃发，熊军隐约也能看出易慧娘有心夺权。

在这种情形下，熊军就是易慧娘手中的刀，向着西川刺史。

过往的几个月，虽无大的冲突，暗中熊军也没少执行各种破坏任务。

易铭怎么会听之任之？易慧娘和人通奸事端暴露，易氏母女反目的事情就是她的手笔。

她的下一步，自然是想拿住熊军把柄，不能夺回熊军，也要毁了它。

熊军将官们自然能想到，一旦易氏母女失势，熊军必然要被新刺史清算，轻则被问罪，被打散编入各军，重则就此消亡。

更重要的是，熊军已经因为家小被拿捏，不得不效忠了一对无耻母女，哪里还愿意再次被拿捏，卷入西川易家无穷无尽的夺权之争？

现在，家小在别人那里，田产地产，珠宝金玉，和最重要的自由，就在眼前。

怎么选择，无须言语。

领头那男子决然道："我等，领夫人之命。"

他取下腰间代表熊军标志的腰带，头盔上的黑皮毛装饰，腕间的黑色绣金熊的护腕……一系列代表熊军的装备，轻轻地放在自己面前的地上。

其余众人也一般动作，低沉的男声齐齐响起："领夫人之命，熊军就地解散。"

齐声如风，卷过四圣堂的前院，将后头的救火喧嚣之声压下，如黑云腾起于四圣堂上空，掠过翠绿的树梢和奔腾的大江大河。

救火方毕的凤翩翩奔出，愣在长廊上。

一扇门开启，脸色有点苍白的萧离风面色复杂地踉跄而出。

山道上，慢了一步匆匆赶来的易铭和唐羡之忽然仰首，两人眼底倒映此刻沉默的星河。

中南天使 CHINA SOUTH ANGEL

爱格 Aigirl

山河盛宴 贰

下

天下归元 著

CNS PUBLISHING & MEDIA 中南出版传媒
湖南文艺出版社
HUNAN LITERATURE AND ART PUBLISHING HOUSE

目录·下

第一百二十三章

瞌睡逢着热枕头

人群前，文臻微微地笑着，玲珑尚自懵然，不大明白这一事件所代表的意义，英语站在文臻稍侧后一步，满是敬佩地看着他未来的女主子。

一计拆西川，一言散熊军，一手夺熊军。

这是何等的智慧和气魄。

在势力复杂的世家地盘搞事，想要走好其间的平衡是非常困难的事。打压了易铭的敌对方，等于帮助了易铭；打压了易铭，又等于帮助了她的敌人，依旧于解决问题无补。

要让易慧娘母女失去熊军，却不能让熊军落入易铭手中。何其难也。

只有文臻这样顺势而为，易铭辛苦栽下的树，她顺手摘走了果子。

熊军在今日看清了易慧娘母女的真面目，看清了易铭的举措，对整个易家失望才能就地解散。

救下熊军家眷则是殿下的指示，宜王府收集的信报里，本就整理分析了这些将士家眷的可能潜藏地，救下这些人就是掌握了熊军。

文臻拿出的易慧娘的外地田产，借花献佛，也会引得这些人离开西川。

文臻看着那些人卸甲，眼睛微微一眯。

她本不想插手西川事，奈何易慧娘自己作死。

现在熊军卸甲，她却没打算真让他们归田。

未来东堂还有一乱，乱世里最硬的是兵，她可没打算指着皇帝的所谓宠爱过一辈子。

这些人，她要了。

熊军默不作声朝内做个礼，转身便走。

其间，凤翩翩和萧离风虽然尚未搞清楚情况，但已经下意识来阻拦，熊军却去意已决，坚持说领将命令所应为，他人不可置喙，玲珑也一口咬定这确实是夫人的意思，凤翩翩苦笑，里头那两人都已经气息奄奄，哪里还能对质。

英文等人已经悄悄隐去，文臻摆出茫然的样子。

熊军鱼贯而出，按照玲珑的建议走最偏僻的土峰索道下山。在四圣堂大门前，最后几人和易铭撞了个对面。

易铭上山自然不会用真面目，熊军也不认识，正要上前，却被唐羡之拉住："刺史以何留人？"

易铭怔住，随即道："以高官厚禄，以我心赤诚。"

唐羡之摇头："不，现在的熊军最想要的是自由。"

易铭抿紧了唇。

她知道唐羡之是对的。

熊军当年被赠予女子，分裂于五军，易慧娘又是个阴柔奸狡的女人，喜欢玩弄阴私手段，虽然这么多年控制住了熊军，但也因此失去了熊军的人心。

她为了夺回熊军，查找并试图控制其家人，又犯了一层忌讳。

父亲已经死了，现在的熊军并不会立即相信她。

易铭沉默地看着熊军将官们远去，身为西川家主，眼睁睁看着自己麾下儿郎离去，这是历代家主都不曾有过的耻辱。

她觉得身体里的火焰一直燃烧到了眸子里。

文臻、燕绥横行两川，想要谁死就谁死，想要谁败就谁败，可她难道要站在这里引颈就戮吗？

她既为西川牺牲了那么多，就不能允许有人轻易地夺走它。

这里是共济盟，那两人真的以为这里相对独立，能够限制她的力量？

她抬起眼，目光和萧离风一碰。

文臻带着玲珑，是和熊军一起下四圣堂的。

此刻只有在这个群体之中，才能少了许多麻烦。

她将玲珑托付给熊军将官，请他们带着玲珑一起离开西川，这些汉子们同意了。

自然，语言护卫们也会派人跟随保护，以最快速度走最隐秘的道路离开西川。

易铭下山之后一定会立即下令全境封锁拦截，不允许熊军出境，所以之前英文已经找到了一条秘密小道——会走水路离开西川。

熊军总人数三万人，谷蔚蔚不可能全带来，所以燕绥的属下也会带着这些熊军将官的亲笔密信，赶到熊军大本营，至于之后那些士兵是选择留下，还是跟随原主离开，都由其自决。

文臻不指望三万精兵能完全到手，只要能将熊军拆散，并拿到最精锐的那一批就行。

她混在那一批军官中本想一起下山，结果那一群汉子的气味扰得她难受，走出一截便脱离了大队伍，想在这山上找一处潭水来泡一泡。她找了好一阵儿，忽然看见地面有什么东西闪烁，俯身捡起一看，触手冰凉，却是细碎的冰晶。

这个季节哪来的冰？

文臻想起大户人家常年备有的冰窖，心中一喜。想必共济盟也有自己的冰窖，文臻顺着那些碎冰向前走，经过一处崖壁的时候伸手拨开外头那一层藤蔓，再缩回手的时候，手指上果然有了一点细碎的冰晶。

那崖壁原来是冰壁，只是装饰了一层苔藓藤蔓而已。

这处地方已经在藏锐峰顶，常年山风呼啸，气候偏冷，所以这冰也没那么容易化。

冰壁看上去是一整块，靠着就能降火了。

她靠在冰壁上，正要运气调息，把邪火给压下去，忽然身后一空，冰壁翻转，她整个人向后倒去！

这一下来得突然，且冰壁后就是一条向下的滑道，文臻只能头朝下向下滑去，倒下的瞬间还看见文蛋蛋被震得飞起，镶嵌在头顶的冰壁上。

文臻想调整身形，可是这冰道两侧是有隆起的。

文臻双手运劲，要奋起一搏。

文蛋蛋艰难地把自己从冰壁里拔出来，一路以一种夸张的姿态滚下去。

文蛋蛋抢先试水，那头是石头是铁自然能根据回音听出来。

接着她便听见极细微的“咕咚”音，她顿时明白底下是什么。

下一瞬，她果然落入水中。

应该是山腹内本就有寒潭，然后共济盟借此制成冰库以藏冰。

文臻倒射入水中，接着便撞上了一样东西。

似硬，实软，微带弹性。

她整个人把那东西撞得向后一倒，顺水滑出好远，她隐约听见一声闷哼。

这声音听得文臻魂飞魄散。

这竟然是个人！

有人在潭里洗澡！

她立即双脚往后一蹬，想要将那人蹬开。

不过那人似乎也有点受惊，双手撒开，也想把她蹬出去，两人心思一致，双脚眼看就要蹬在一起，都能借着反作用力各自退到一边。

忽然头顶天光一闪，不知道哪里折射来的光落在文臻面上。

经过刚才一番挣扎，她脸上的疙瘩掉了不少，露出光洁的肌肤来。

那人原本要推开她的手一停，随即那手忽然伸了过来，在她脖颈上一按。

文臻给这么一按，浑身一颤，只觉得一股烈火瞬间便从小腹蹿到天灵。她心中暗叫不好，易慧娘这种出身的人用的东西果然不凡。

她的拳头破水而出，一拳便把那只手给打开了。第二拳直冲着对方面门而去，打算把这个倒霉家伙打出潭水。

那一拳落在空处，那人手一抬便抓住了她的拳头，把她往怀里一带。

文臻一头撞入他怀里，被对方的坚实胸肌撞得眼冒金星鼻子发酸，也终于感觉到了对方露出水面外同样滚热的肌肤。

不会吧……

这也是个遭了算计的?

世上会有这么巧的事?

文臻心中暗暗叫糟。

这世上没有那么多巧合，在这个本就不同寻常各方汇聚的夜晚，既然对方也是中了算计，那这个算计就一定和自己有关。

更关键的是对方武力出众，然后也被药物驱使，自己要想驱逐对方就增加了很大难度。

文臻立即双脚蹬在对方大腿上，用尽全力猛蹬。

她扬起的脚腕随即被一只手抓住，对方的应变能力十分惊人。

文臻伸手从腰背后拔出燕绥送的小伞，按动机括，一把小匕首无声无息自水中激射向对方。

那人松手，优美翻身，水波飞溅，他的手抓住了她的肩头，五指如钢，文臻半身都酸软了。

那人扣住她肩头，半边身子便要挤过来。

一幅伞面在两人之间撑开，将人生生挡住。文臻毫不犹豫按下机关。

那人一偏头，躲过伞顶上射出的一根金针。

精巧小伞一晃，伞骨上一滴银色的液体滴落，眼看水滴就要滴上那人的脸。

那人却忽然松手后退，避开了那滴水。

文臻心中暗叫可惜，又暗暗心惊。

燕绥送的这伞在水里用简直绝妙，但这样也能被发现，对方是谁？

她不认为这共济盟有谁能挡得住她这奇妙的武器和手段，除非对方很了解她。

体内燥热，头顶微微泛出白气，她一边出手，一边不能控制地微微喘息，对方也是如此。

任何声息在这半封闭的山洞里本就会被放大，如今这喘息声纠缠回响，听得人尴尬又难熬。

文蛋蛋自山壁滚下，向着那男子靠近。

它不喜水，看了半天，才选准了位置。

那男子忽然一摆手，文蛋蛋身下一凉，低头一看，身下的水已经凝成了一块冰，那冰载着它越飘越远，越飘越远，文蛋蛋在冰上滚来滚去。

水浪翻涌，眨眼间两人对招数十下，文臻越打越心惊，越打越烦躁。

她收伞，那人伸手来揽她的腰，文臻拿伞反手一击，伞柄里滑落一支白玉箫落入那人手中，文臻一边暗骂燕绥又送残次品，一边蹿上冰道。

然后轰然一声，冰道在她面前断成两截。

文臻狼狈站稳，目瞪口呆地看着半截竖起的冰道如利刃向着黑黝黝的洞口。

然后她转身就看见那人已经在水中站起，立在齐膝的浅水中，手执白玉箫，正在无声吹奏。

此地已近文臻进来的洞口，一点星月之光依稀落在那吹箫人的身上。

他一袭白衣半湿，长发披散，衣裳微微半敞，露一抹肌理晶莹的胸口，却并无狼狈姿态。

白玉箫执在手指间，他微微低头，从文臻的角度只能看见一点高挺的鼻梁和黛青的长眉。

芝兰玉树，空灵迥彻，仙姿独绝。

唐羡之。

在唐羡之无声的箫音之下，文臻看见那冰道正一点一点崩碎。

从这里爬回去的路被断绝了。

文臻想起先前那一道天光，在山洞的那头应该还有出口，是唐羡之进来的地方。

但现在这边的路已经断绝，那边的路被唐羡之堵住了。

她吸一口气，看向唐羡之。

唐羡之放下箫，看着她，忽然道："你脸上的疙瘩是因为中毒？"

文臻全神戒备，倒没想到他第一句话是说这个，闻言"唔"了一声。

两人此时都不大好受，偏偏性子都很能忍，面上都不动声色。

“燕绥没有照顾好你。”

“成年人了需要什么照顾？”

“你为朝廷卖命，朝廷待你如何？”

“很好啊，听说又升官了。”

“阿臻，这不是你该过的生活。”

“多谢关心。但只要是我自己选择的，我便是跪着也会走完。”

又一阵沉默。

文臻夹着双腿，唐羡之执箫的手微微颤抖。

好半晌唐羡之深吸一口气，颤声道：“你为何不愿？”

“我为什么要愿意？”文臻答得非常诧异无辜。

但这般诧异无辜最伤人，唐羡之微微垂眼，避开她脸上神情。

“你中了暗算，我也中了。”唐羡之静静地道，“用的药物都不寻常，你我无法以别的方式纾解。但我不愿随便，你想必也不愿，既然相遇此地，便是上天安排的缘分。”

“老天安排的缘分有很多种，有良缘，有孽缘。很不幸，”文臻手背捂着鼻子，瓮声瓮气地笑，“你我如果在一起，肯定是后一种。”

“你在等燕绥？”唐羡之依旧从容，“你想过没有，如果燕绥主动愿意帮你，那他便是乘人之危，人品可疑；如果是你投怀送抱，那么他以后会怎么看你？”

文臻眯眼笑了笑。

“不得不承认你说话挺会攻心。可是哪有那么多如果？为什么不能换个角度想呢？如果是我投怀送抱，燕绥可能会很欢喜；如果燕绥主动愿意帮我，那是他怜惜体贴。唐先生，爱人不疑，疑人不爱。如你这般复杂多疑的人是不会懂的。”

又一阵沉默，片刻后，唐羡之转身向另一个方向走去。

“我不会逼你，我只会等你。”他道，“我在西北方向的出口处等你半个时辰，你想通了便敲击冰岩。”

“你这是强取豪夺！”文臻大喊。

唐羡之就当没听见，留下文臻在黑暗中瑟瑟发抖，不是冷的，是燥的。

她开始寻找另外的出口。泡冷水澡是没有用了，天知道方才那一刻，看着水中出浴般的唐羡之，她一股邪火直往上冲，脑子里什么理智都没了，整个山洞里都似乎在回响着“扑倒他”。

她一直用手背捂着鼻子，就是怕流鼻血就糗大了。

走了一圈，果然没有路，她抱着一个结冰的钟乳岩敲了半天，敲下来都是一片一片的碎冰。

文臻丧气地踢开那些碎冰，挡着头顶碎裂的冰道，四壁光滑，离出口处距离足有三丈。

她刚垂头转身，忽然又猛然回头。

那洞口好像有点什么东西？一根绳子在洞口悠悠晃着。

文臻大喜奔过去，抓住绳子抖一抖，示意她在底下。

文臻便要往绳子上面爬，绳子忽然一阵颤动，一人背着个大包袱滑了下来。

文臻跳下地，看着燕绥跟个夜行贼一样背着包袱出现，觉得这世界很魔幻。

片刻后她大喜。

文臻心花怒放，搓着手笑着扑过去。

“殿下啊，我甜啊，心肝宝贝大蜜糖啊，你来得正好——”

第一百二十四章

该谁翻身做主人

燕绥转身避过，将包袱往旁边石头上一搁。

文臻如同扑空的色狼一般，愕然转身。

燕绥站在那儿，皱眉看着她：“你怎么了？”

文臻老老实实地道：“我中了易慧娘的招，现在需要找个人睡觉。这都怪文蛋蛋，居然驾驭不了迷情药……”

文蛋蛋在冰上滚来滚去，好容易滚到出口，正准备上岸，听见这句气得转个身，小爪子拼命划水，往另一边去了。

文臻眉开眼笑，上前摸燕绥的小手：“殿下啊，我想了一下，这事儿虽然狗血了一点，倒也不能算一件坏事，咱们俩谈恋爱也挺久了，虽然偶有波折，但是一起奔小康的大方向不变，提前那啥什么的……”

“不行。”

“想来你也没意见……嗯？”

燕绥拍掉她的手：“别乱摸。”

文臻茫然看着自己的爪子：“嗯？”忽然脸色一变，踮起脚，想要捏捏燕绥脸皮。

莫不是个假的吧？

燕绥又是一让，再次扑空的文臻挑起了眉毛。

这家伙转性了？

但回头一想，平日里他明里暗里挑逗也不少了，她刚刚还觉得这是他为人君子有底线，现在禁不住要怀疑。

她眼神狐疑，双手控制不住地搁在他腰带上。

燕绥似乎在笑，文臻脸颊肌肤滚烫，贴在他冷玉般的肌肤上，燕绥颤了颤，文臻贴完左脸贴右脸，舒服地叹一声长气。

“别咬别咬，怪痒痒的……你到现在还没松口嫁给我。”

“嫁嫁嫁，马上嫁！你说啥时嫁就啥时嫁！”

“真的？那先签了这个。”燕绥不知道从哪摸出一张纸，还有一支黛笔。

文臻一挥而就，亮给燕绥看一下，顺手扔到一边，膝盖一顶，把燕绥向后压倒。

头顶上忽然有簌簌响动，文臻低骂一声，顺手去捞自己的小伞。

有什么东西张开在头顶，那些沙沙响的东西向两边滑去，滑落之后，似乎有向两人汇拢之势。

一只雪白柔软的手臂伸出来，懒洋洋打了个响指。

“蛋蛋，扫地！”

一颗琉璃珠从水里滚了出来，绕着两人滚了一圈。

像孙悟空给唐僧画了个安全圈，四周沙沙的声音顿时不见了，更多沙沙的声音落在头顶。

文臻抬头一看，是一顶大伞，将两人完全罩在底下。

一阵急响，文臻眼角瞥见一道阴影蜿蜒游来，文蛋蛋前去阻拦，都不起效用。

那阴影几个巧妙的转折就越过了大伞拦截的范围，将一颗生硬的头颅探入伞底下来。

却是一条用竹子木条制作的假蛇，做工粗糙，居然能够绕过燕绥的机关伞，做这条蛇的人是谁，呼之欲出。

那蛇嘴一张，一股毒烟喷出，文蛋蛋抢上去吃了。细细密密的粉末散开，依旧被文蛋蛋当夜宵解决了。文蛋蛋习惯性张开嘴等着，文臻却道：“蛋蛋，回来！”

文蛋蛋滚回来，这回这蛇嘴里吐出一个铁球。

那木蛇忽然散为无数片，在黑暗中消失不见。

那些碎片好像嵌在了墙壁上。

她和燕绥在一起，还有一个百毒不侵的文蛋蛋，这世上绝大多数人都无法下手。

但对方是易铭，她就不敢掉以轻心。

有重物顺着地面的冰滑了过来，瞬间便穿过了方才文臻、燕绥待过的地方，撞在另一面洞壁上。

靠着冰面的反光可以看清，那是一截凝冰的石笋，尖尖的那一头已经撞进了洞壁。

文臻随即明白了，易铭的机关术果然厉害，那条粗制滥造的蛇，其机关在最后一刻分解时，机簧依旧强劲，将碎片崩到了远处的石笋上，制造无数道裂口，导致石笋慢慢断裂，然后顺着地面的滑冰一路滑过来刺杀她和燕绥。

角度和力道的计算精妙无伦，杀招会突然而至。

这还是易铭仓促状态下出的手。

燕绥忽然对上头扬声道："易铭，你现在怎么还有空给我们捣乱？唐羡之宁愿死也不想碰你吗？"

上头终于安静了，冰晶水洞如琉璃花灯，光耀迷离，映鸳鸯交颈。

文臻瞟一眼洞的那一侧。

半个时辰已经过了吧？

唐羡之不会一直守在那边洞口吧？

她拒绝了唐羡之，和燕绥在这胡作非为，然后他还在外头守着？这叫什么？

要不派文蛋蛋去引走唐羡之？

时间往回推。

洞的另一侧是一条细细的缝隙，有藤蔓遮蔽，仅能容一人通过。

唐羡之从洞中走出，坐在一边山石上，看着这夜半分外高旷的群山。

他眼底唯有头顶星月身下深谷，耳边只有风声与虫鸣。

他的眼光忽然落在了脚下。那里，无数虫蚁正鱼贯而出。

此刻并没有下雨的征兆，这些虫蚁却匆匆排成长队从洞中奔出，看上去像是被驱赶出来的一样。

他回身看着那一线黑暗缝隙，脸色微变。

估计文蛋蛋也没想到，自己听从主人命令，驱逐蛇虫鼠蚁，打扫山洞的行为会被唐羡之发现了端倪。

随即他嗅到了一股淡淡且清新的香气。唐羡之闻清楚那香气的时候，忽然退后一步。

月光下他的颜色苍白如雪。他闭了闭眼，嘴唇紧抿，好半晌后才慢慢睁眼。

然后他转身看了一眼旁边暗处，一拂袖，如一片云飘下山崖。

他离开后，那处暗角，易铭无声出现，默不作声将那处细细缝隙填上，并以巨石堵住。

她的脸色很不好看。

她也是机关奇才，偏偏临时孤身上山准备不足，就地做又来不及。

这冰库虽有两个出口，但是地势独特，一旦前后堵死，就是绝地。

本想困死文臻，现在看来不容易了。

她还想绕到前方冰窟入口再做些手脚，黑暗中忽然有红影一闪，追着唐羡之而去，易铭脸色微变，稍稍犹豫，终于也追了过去。

过了片刻，燕绥麾下轻功最好的英文笑着飘了回来，他一身红衣，身材细长，夜色中捂住脸，倒和君颜有几分相似。

他心情颇好地甩了甩长长的袖子，心想殿下算准了打扮成君颜的样子就能把易铭引走，果然一点不错。

轻功最好的语言之队会陪着易家主绕着满山慢慢晃的。至于其余护卫，今晚都有各自的任务。

殿下说了，今晚在山上的易家人，不管是谁，都会收到他和文臻联合送出的大礼。

当然别人是不知道的，殿下虽有心昭告天下，奈何却怕文臻不乐意，哄了几个月才哄好了媳妇，可不能一折腾就又跑了。

英文和刚走过来坐下护法的中文撞了撞肩膀：“殿下这回追回来文姑娘，回头回京该办喜事了吧？毕竟这把年纪了，燕绝第四个儿子都生下来了。”

“是这个事儿，得早点准备着。”中文立即进入情绪，反正长夜无聊，两个大头领，头靠头开始遐想。

第一百二十五章

清音一首与卿听

君颜面无表情地站在峰顶，看着黑暗中的藏锐峰，皱了皱眉头。事情并没有按照他的计划走。

他给唐羡之也下了药，想试探易铭到底是男是女。

如果唐羡之和易铭欢好，一来证明了心中猜疑，有了打击易铭的机会；二来也可以趁此机会出手。如果两人没成，那么，他再顺势而为。

这山中那几人，传说中不是也有情爱纠葛吗？

果然，之后文臻被引入山腹冰库，他便派人将中了暗算想要去火的唐羡之引入半山潭水，这潭水和那冰库相通，唐羡之和文臻必然会撞上。

如今各地高官贵人，谁没听过当初文臻许嫁唐羡之，而宜王殿下追出海的奇闻？

唐五对那位女厨神颇有情意，这干柴逢上烈火，哪有不熊熊燃烧的道理？

而宜王燕绥把文臻当眼珠子的事儿，这满朝又有谁不知道？

以这三人的纠葛，一旦出了这事，燕绥能把这山翻了，把易铭给碎尸万段。

他当初上山就是猜疑文臻身份，也知道易慧娘托庇于四圣堂，想亲自上山解决。现在也算解决了一半，只是……

君颜皱了皱眉头。

唐羡之为何没成功？燕绥又怎么去那么快？

易慧娘母女失败，熊军被解散，自己的计划也没成功，今夜事已不可为，在被易铭燕绥发现齐齐出手对付之前，赶紧走为上计吧。

君颜从一处隐蔽的小路下山，他的骑兵在五峰山下十里外的一处山谷等候。

他一路顺利地下了山，得意自己时机选得好，唐羡之自顾不暇，燕绥文臻急于欢好，这两人又会引走易铭，自己的计划虽然没有成功，但是现在赶回去，说不定还可以收拢一部分熊军为己用。

到时候文臻知道她费心解散的熊军便宜了自己，不知道会是什么表情？

君颜眼波流转，微微一笑。转头便看见对面崖上，有人对着自己弯弓搭箭。

君颜一惊。

头顶翅膀扑扇声响，似乎是什么鸟儿，从自己身边一掠而过。这半山多鸟兽，君颜此刻心思在那对面搭弓的人身上，一侧身避过那鸟，再一抬头，对面空山寂寂，哪里有人？

他怔在那里，怀疑自己眼花，又觉得有些莫名其妙，不敢多耽搁，赶紧下山，向自己骑兵掩藏地匆匆而去。

他并不知道，就在方才他躲箭那一刻，一只黑色的八哥叼走了他系在腰间的锦囊，一路向那个藏着骑兵的山谷飞去。

山谷里人影幢幢，无数马匹蹄子上包着软布，轻轻地打着响鼻，士兵们牵着自己的马，紧张等待主子的信号。

在和这山谷距离五里的官道上，大批被解散的熊军将官正匆匆步行而过。

山谷里，寂静的黑暗中，却忽然有人大喊道："主子遇袭啦，快点前去接应！"

那声音听来刺耳。

随即又有人大喊："主子的锦囊！"

一枚锦囊被抛在大路上，银白的月光下十分显眼。

自然有人认了出来，禁不住惊骇大喊："主子怎么了！陪主子潜伏在山上的兄弟呢？是哪位兄弟前来报信？"

又是那个刺耳的声音大声道："什么时候了，啰唆什么！救主子要紧！你们不去我先去了！"

那声音还用西川土话骂了一句脏话，随即马蹄声响起，有几骑已经当先冲了出去。

黑暗中不能举火，众人糊里糊涂翻身上马，跟着那几匹马疾驰而出。几个骑士僵硬地坐在马上，眼睛瞟着马肚子底下的人。

而最前头那匹马上则根本没人，那个骑士一开始就被解决了，现在那马上站着一只八哥。

八哥很有语言天赋，它来了西川没多久，就掌握了西川土话，灌县土话，共济盟切口，乃至灌县之下十几个村子的俚语。

凭借强大的语言天赋被文蛋蛋收为小弟的八哥。

鹿军骑兵们的视线被前面那几匹马挡住，只看得见自己同袍的背影，看不见第一匹马上的八哥，听那大嗓门嚷嚷，心中焦急，跟着一阵疾驰，很快驶到了官道之上，正遇上了解散了的熊军。

当先几骑已经撞入了对面熊军的人群，熊军猝不及防，陷入混乱之中。

此时，潜伏在鹿军骑兵马下的易人离等人已经解决了马上的人，一部分去帮助熊军，杀伤部分鹿军后，护着熊军顺利撤出；另一部分混在人群中暗算鹿军，又引着一批鹿军进入附近山沟，等骑兵进入后放火烧山。

等到鹿军发觉不对劲，两千人的队伍已经被割裂，一部分人被暗杀，一部分人被熊军的重武器杀死，一部分人被烧死，剩下的人也乱了方向，根本不知道发生了什么。

护送熊军安然出了灌县的人，之后表明身份，自然能再收获熊军好感。

而纷乱的鹿军自然会被人发现，无论是共济盟在山下的探子，还是易铭的护卫。

共济盟的规矩就是不能带太多护卫上山，易家的人上山的时候，都会把自己的护卫驻扎在山下，因此易铭同样有数千虎军也在山脚等候。

狂奔而来的鹿军让虎军以为遭受突然袭击，顿时又是一阵交锋。

此时君颜才下山，迎头便撞上这番乱象，必然要出面解决。先别说他看见鹿军如此凄惨险些要吐血，而虎军发现他潜伏上山，鹿军潜伏山下，那自然是要对家主不利，在西川，这等于谋逆之罪，当即要扣下他，等家主下山后他亲自请罪或者说明情况。

君颜此刻才明白，传说中那两人所经之处，权贵俯首，草木不生，招惹不得。他第一次对自己和西川的未来产生了迷惘。

朝廷有这两人在，自己等人还在争权夺势，西川易还能活多久？

但此刻想什么都是多余，还是赶紧从虎军的围攻下脱身吧！

文臻以一种别扭的姿势赶往四圣堂。走几步便停下来，一身的不得劲。

那种事并没有传说中美好啊。

文臻对贞操自然没那么多固守的想法，一直以来都觉得水到渠成便好。

另外，她还想试一试，某些运动能不能助她碎掉那根下腹处的针。

果然成功了，只是她依旧没有机会调息，她要赶着去见方人和。

过了今夜，方人和不大可能再来山上了。

文臻运了运气，感觉虽然下腹疼痛，但是体内的经脉运转果然更顺畅了一些。

人影一闪，君莫晓出现在她身侧，打量着她道：“你方才去了哪里？我找了你半天没找着，殿下也不见了，还以为你们出事了！”

文臻心里有鬼，含糊了一句就走，君莫晓忽然拨开她头发，大惊小怪地道：“你脖子上是什么东西？”

文臻偏头一看，种草莓种那么明显做什么？

“你中毒了？”君莫晓大惊失色。

文臻对于纯情少女无法解释，纯情少女却忽然凑过来一阵乱嗅：“你身上什么味道？”

文臻这下真有点架不住了，她这不是还没机会洗澡嘛。

君莫晓又上下打量她一阵，道：“你的腰带呢？你头上的簪子呢？”

文臻随着她的眼光，浑身上下一阵乱摸索，想也知道是燕绥干的，可燕绥这么无聊干吗？

君莫晓越来越疑惑。她毕竟是混过江湖的人，忽然脸色一变，道：“阿臻，我得提醒你一句，你和殿下的事情至今还没有定数，你可不要轻易把自己交付了出去。”

“不会的不会的。”文臻撒谎，脸也不红。

“一听你就在敷衍。你可想清楚，殿下行事任性，那是因为他是皇子，有陛下撑腰，而你可还没被皇家接纳，一旦出了什么岔子，你要怎么过？”君莫晓重重下结论，“所以不正式赐婚，不三媒六聘，不皇家入册，你可别便宜某人。”

文臻眨眨眼，她知道君莫晓是诸好友中最不愿意她嫁入皇家的，也是唯一一个敢顶燕绥的人。

文臻不禁有些感动，因此今晚发生的事更不敢告诉她了，故意岔开话题道：“总觉得你特别不喜欢皇家呢。”

“那是。我小时候有一次无意中听见外祖母房里的嬷嬷私下闲聊，好像说家族中有谁曾被某位王爷欺骗又背叛，不过我没听清楚是谁，只是从此便没了好感。”

文臻心想这莫不是君莫晓的娘吧？

此时并不是八卦的好时机，她和君莫晓说一声，打算去找方人和给自己和燕绥看病，君莫晓目瞪口呆地看着她，伸手去摸她的额头：“你今晚真奇怪，方人和是易铭的人啊，怎么肯给你们看病？看了怎么肯告诉你怎么治？就算你掩饰身份，方人和向来古怪，是不给寻常人看病的。万一他瞎讲误导你怎么办？”

“放心，只要够狡猾，这世上哪有解决不了的人和事？”

文臻并没有遮遮掩掩，坦然去了四圣堂，顺着山路向上走的时候，她忽然停住了脚步。

山壁后走出一个人来，白衣如雪，风姿独绝。

文臻此刻看见他，既尴尬又警惕，忍不住退后一步。

她故意没有去看潭水那一头的出口，无论唐羡之在不在，这事儿她都觉得没法面对。

她心中也有疑惑，不知道唐羡之如何也会着道，因此十分防备。

唐羡之的目光落在她双眉之上，心间一痛，转开眼去。

文臻看他注意自己眉毛，更尴尬了，唐五这样的人有什么不懂？这是看出什么来了吧？

看出来也好，彻底死心，大家做一对痛快人。

唐羡之果然没有再提之前的事，却从袖子里取出一个精致的小盒子，递了过来。

文臻一怔。

“饿了吧？”唐羡之声音平和，“我这里有川北特产紫英糕，要不要尝尝？”

文臻忽然就想起当初在驿站两人对面啃鸭翅的场景。

她笑笑，退后一步，算是拒绝了。两人现在的关系没到可以坦然接受对方食物的程度，何必逼人当面验毒呢。

唐羡之自然明白这一点，很自然地把手收了回去，道：“本想让你尝尝我的手艺，这是我照着你当初制作糕点的方法做的。”

文臻笑道：“那唐公子应该先做给易铭尝尝。”

唐羡之坦然道：“她有，不过不是我自己做的。”

“唐公子心意到了便好了，易家主应该很欢喜。”文臻笑，“既如此，恭喜结盟。”

她的目光落在唐羡之腰间的白玉箫上，那是她小伞的伞柄里掉下来的，是燕绥送给她的东西。

她看了几眼，见唐羡之无动于衷，只得提醒道：“唐公子，你腰间那箫……”

唐羡之：“对了，文姑娘，我近日刚刚得了一首曲子，觉得你可能会喜欢，你可愿听听？”

文臻：“用我的箫奏的吗？”

唐羡之抬眼看了她一眼，心中苦笑。

“等我吹完这首曲子，箫便还给你。”唐羡之语气温和，“我们聚少离多，以后也不知道有没有机会，我很希望你能听一听。”

“是啊，已经是敌人，如今两川结盟，再见面很可能是在战场上了。”文臻退后一步坐下来，“请吧。”

唐羡之并没有用那箫，而是抽出他惯用的横笛，面对身前高崖，悠悠吹奏。

文臻坐在一边大石上，凝视着他的侧影。

山风鼓荡，雾气氤氲，他似要隐入这淡白一色中，又似抬脚便可上青云。

她从未听过如此优美却又凄冷的曲子，令人心头发紧，心神失守。

她望着唐羡之，在那婉转长音里，忽然觉得这临崖吹笛的男子风姿绝俗，当世无双。

文臻不由自主地起身向前一步。

唐羡之感觉到了她接近自己，便转了身，指下曲调未停。

他抬眼看文臻，发现她没有系腰带，衣裙是散开的。

但她的腰侧，斜斜挂着一截带子，拴住了最紧要的一部分。

那带子颜色突兀且宽大，一看就是男式的。

流畅的笛音忽然顿了一下。

文臻猛然醒来。

第一百二十六章

文臻燕绥vs易铭唐五

她愣了一会儿，抹一把额头，掌心湿润润的，风一吹浑身生凉。

刚才的感觉如同魇住了一般。

那曲子需要极其高超的技巧才能奏出来。

而也只有唐羡之这样的音律大家，才能谱写和驾驭这样的曲子。

就在方才，她完全顺着曲子心意流转，往事历历在目，有一瞬间，甚至对那崖边吹笛，姿态如仙的男子，生出了倾慕留恋之感。

脑子还有点不清醒，她喃喃道："这若是众多乐器同奏，该是如何的震撼人心……"

听见一个声音道："这建议极好。只是曲调讲究流丽舒畅，这奏乐之人技艺各有高低，难免衔接合奏不畅，但只要有一个音符错了，这整支曲子便毁了。"

文臻想也没想，道："那便一人奏啊。真正才能高超的人，一人奏出一首交响乐也不是不能的。"

那声音静了静，随即恍然道："多谢阿臻点拨。"

文臻一惊，唐羡之在对她作揖。她忽然心跳加急，觉得自己好像做了一件错事。

她对唐五一开始有过好感，很快就因为他的频频出手而收心，如今更是因为立场敌对，对他比常人更戒备。

但今日居然先是动心，继而说错话给了他提醒。这令她忽然心生担忧。

可不要将来惹出什么事来才好。

唐羡之似乎得了大满足，将玉箫递了过来，文臻袖子垂下，一袖里藏着文蛋蛋，另一袖垫着手指，才去接。

她如临大敌，唐羡之却神情淡淡，等她接了玉箫转身走后，才忽然道："阿臻。"

文臻就当没听见，脚步更快。

随即她听见身后他道："这首曲子，是我为你写的，叫《绊心》。"

文臻一怔，身后却有噼里啪啦的声音传来。

唐羡之眼底闪过一丝警惕，但音律大家对于难听之音的容忍度很低，他不得不转身，就看见燕绥坐在方才文臻坐过的大石上，身前堆着一堆乱七八糟的破铜烂铁，他手里抓着一柄簪子随意地敲着那堆破铜烂铁，发出一连串刺耳杂乱的声音。

这声音难听之极，偏他神情陶醉，叫人看一眼都觉得憋闷。

唐羡之的目光却落在了簪子上，明显是女子簪子，而燕绥一身天青色锦袍，却束着一条鹅黄色的腰带，想必都是文臻的。这种炫耀向来是宜王殿下惯用的伎俩。

唐羡之面无表情转开眼光，似乎是无动于衷，神色却黯淡。

燕绥"一曲"奏毕，懒洋洋问文臻："此曲动听否。"

文臻没好气地答："难听！"

"这曲子也是我给你写的。"燕绥笑道，"想不想知道名字？"

"说呗！"

"曲名——《别人的王妃别瞎操心》！"

文臻、唐羡之："……"

人影一闪，易铭出现在唐羡之身边，拢着袖子，笑吟吟道："诸位真有雅兴，我刚上来，还以为这里在开法会。"

她这是嘲笑燕绥的乐曲难听，文臻也笑："是啊，给刺史提前办个法事。"

"我可不打算和文大人斗嘴，毕竟嘴皮子杀不死人。"易铭笑着摇了摇手指，"对面两位，大家既然今夜在这五峰山上相遇，也是老天给的机会和缘分，错过这样的缘分实在可惜，要么咱们二对二，就地比一下如何？"

"比什么？"

"比一下哪方能尽快弄死另一方。"

"我们为何要和你比这个？难得在这五峰山上，我们人比你们多，不趁人多弄死你们，当我们傻？"

"文大人应该知道，共济盟和我合作多年，到底谁人多？"

"哦，是吗？那就试试啊。"

易铭对挑衅一笑置之。

"大家都是尊贵人，群殴什么的太不优雅了。这样吧，以这飞流峰为限，从半山索道开始，到山脚为止。我们两人一组，各自下山且向对方出手，先安全到山脚处者胜。如果路上真被弄死了自然没话说，如果到山脚都还活着且几乎同时到达，则以伤损情况论输赢。殿下输了，殿下和文大人立即出西川；我们输了，我留下我的刺史令牌。”

“唐羡之呢？什么彩头都不给？”

唐羡之接口：“我留下可免川北境内盘查的令牌。”

文臻笑看燕绥一眼。

正如他们想留下易铭一般，易铭也想留下他们，只是双方都有顾忌。

比如共济盟，现在两方都无法确认他们的立场。无论谁落了下风，都有可能被共济盟趁火打劫。

在山上，她和燕绥的人比易铭唐羡之多。在山下，易铭唐羡之的人比她和燕绥多。

她和燕绥两人如果在山上弄死易铭，易铭的人必有办法令他们下山后行路难。

她和燕绥也有可能在与他们两败俱伤后被共济盟黄雀在后。

但是易铭又不会放过他们，正如他们也不会放过这个大好机会。

文臻想过了，剿匪是没用的，太子必将失败，最后西川的担子必然落在燕绥身上。

那么不如早点出手。

这种出手方法，损伤最少，影响最小，在不惊动共济盟的基础上，能尽量达到想要的目的。

她看燕绥一眼，燕绥自从出来后，脸色一直黑如锅底，那就是无所谓的意思。

文臻虽然急着去看病，但很显然现在不是时候，也便应了。

按照易铭要求，不惊动任何人，文臻燕绥所有属下都退到山下。

文臻、燕绥也没什么想法，毕竟对手是易铭、唐羡之，只能两人自己出手。

易铭瞟一眼易人离和厉笑，目光落在厉笑脸上。

厉笑冷着脸，转开眼。

易人离上前一步，挡在厉笑面前，对易铭流里流气地笑笑，做了个捅刀的手势。

易铭咳嗽起来。

厉笑真打算以后跟这个小流氓?

厉笑没看易铭，平静走过。易人离走在隔开厉笑和易铭的那一侧，手一直放在腰上。

擦肩而过时，易铭悄声道：“笑笑怕冷，你怎么都不知道给她加件披风？你这样我不放心把她交给你啊。”

易人离鄙视地瞥她一眼：“放屁，笑笑什么时候怕冷过了？她怕热！诈我是吧？”

易铭把衣袖一卷，冷冷道：“那就开始吧。”

文臻低头看着崖下，藏锐在最中间主峰，这里通往四峰的索道最多，此刻那些索道铁链都若隐若现在云雾之中，其中有些是真的索道，有些却是用来混淆视听的假链子，据说还有会半途断掉的。

如果一路都选择索道下山，会是最快的路，但是索道身在半空，也是最危险的路，还有索道应该怎么搭配怎么选择，也是个问题。

燕绥忽然上前揽住她的腰，往崖底一跳。

留崖上那两人一脸蒙。

易铭也没想到，暗骂一声奸诈，冲到崖边往下看时，燕绥手上不知何时多了一个吊环，他一手揽着文臻的腰，一手抓着吊环，转眼已经顺着那谷中索道下去了大半。

这一条铁链是通往飞流峰的，不算近路。

易铭飞快地道："最近的一条是去落尘峰。再从落尘峰转向遂峰，背面转弯就可以去山脚。"

她站在崖边，从上往下看，那些铁链密密麻麻纠缠在一起，寻常人看一眼都头晕，而她只是低头看了一眼，就迅速理清了脉络，指出了最近的一条路。

唐羡之却道："不，我们走这条。"

易铭看一眼，也就明白他的意图，眯眼笑了笑，往唐羡之身前一站，做好了被他抱下去的准备。

两人合为一体，才能达到最快效率。

唐羡之却扣动了铁链，叮当声响传来，铁链微微震动。

那是对面索道的看守人的回应，接着就会有篮筐荡过来。

唐羡之同时又晃了晃燕绥滑下的那条铁链，片刻后铁链震动更烈。

在等待篮筐过来的间歇，唐羡之摸出他的笛子吹奏，无声的音波在山间荡漾，很快便有无数丝丝之声响起，草丛簌簌响动，各种蛇从石缝里、草丛里、山崖上游来，一条接一条十分有秩序地爬上了那条锁链。

这一幕实在有点令人恶心，易铭却目不转睛看着，赞道："羡之心思真是妙绝！"

随即她闭目算算时间，道："好了！"

云雾遮掩的铁索震动转烈，这是对面崖上滑来的篮筐，阻住了用吊环一路下滑的燕绥文臻。

燕绥和文臻必须爬进向上而行的篮筐，再爬出来继续向下，而这么一耽搁，那些受到召唤的长虫也到了。

燕绥一手吊环，一手文臻，那自然是文臻应付那些长虫。

易铭笑着，她的手一直没停，拔起了很多这崖上的藤萝，这种藤萝有小刺，非常柔韧，汁液丰富，汁液并没有毒，但是喷溅到皮肤上会令皮肤瘙痒生斑，沾到眼睛上会令眼睛红肿不能视物。

五峰山上的植物，易铭还是很了解的。

她手指翻飞，那些藤蔓叶片飞落，在她指尖变为一个个大大小小的圆，她手指连弹，藤蔓飞出去，箍住了那些蛇。

此时落尘峰索道上接人的篮筐也到了，唐羡之优雅地做了一个请的手势，当先掠入。

易铭失望地对天叹了口气，也进了篮筐。

云雾里，燕绥和文臻此时已经遇上了拦路的篮筐，并如唐羡之所料，不得不进入篮筐，再从篮筐里出来，这么一耽搁，再次拉住吊环的时候，那些蛇正好追来。

云雾缭绕，那些蛇无声无息出现，张嘴用利牙咬向燕绥。

刀光一闪，文臻出手，当先那条蛇被斩首，连带绑在蛇身上的那条藤蔓也断裂了，汁液四溅。

这一下猝不及防，文臻又身在半空，怕动作太大会影响燕绥，百忙之下一偏头，那些汁液落在她颊侧。

但脸上疙瘩太多，挡住了汁液……

文臻不能再随便出手了，因为那些藤蔓都绑在蛇身七寸位。

正在此时，铁链一阵剧烈抖动，文臻垂眼一看，下方唐羡之和易铭乘着一个篮筐，正和他们几乎平行而行。

去落尘峰的索道要比去飞流峰的短，能让唐羡之易铭后发先至。

只是虽然是平行，但是距离很远，除了暗器，寻常武器难及。

文臻忽然笑了笑，靴子一震。

一蓬针如牛毛细雨，直向下方疾射而去。

唐羡之和易铭身形一错，唐羡之大袖卷起，易铭披风飞卷，各自替对方挡了。

袖子和披风都同时被腐蚀出无数个小洞，文臻的针带毒。

唐羡之长笛横吹，那些蛇忽然在铁链上开始往下垂，首尾相接。

易铭笑一声，心道：来而不往非礼也。他手一招，那一条“蛇鞭”便落到她手中。

那长度已经超过了上下两根铁链之间的距离，易铭轻巧一甩，那蛇鞭便风声虎虎，向已经快要滑下去的文臻腰间卷去。

与此同时，唐羡之衣袖一拂，飞刀直射燕绥背部。

文臻眼看那蛇鞭袭来，此时燕绥的手松开，文臻一个铁板桥，长裙翻飞避过。

那蛇鞭比她还要柔软灵活，顺势又荡了回来，那些毒蛇从不同角度张开毒牙，有一条和她擦肩而过，有点弯的毒牙险些勾破了她肩头衣裳。

两人身形本已分开，燕绥伸手又将她拉回，文臻借力一转，避开了那条蛇鞭，燕绥手臂使力，文臻再次转入他怀中。

山风激荡，将四人长发吹乱。

一条蛇鞭如龙隐浮云，刺破云雾，森然一现。

文臻围绕着燕绥辗转腾挪，身姿曼妙。

燕绥始终保持一手或者一指和文臻相连，每每在文臻为了躲避蛇鞭不得不离开他时，转眼又能把她拉回来。

两人配合默契，于横山铁索满谷云雾之中，衣袂摆荡翩然，望之如画。

只是说起来美妙，做起来可不容易，文臻刚进行过某种活动，已经有点气喘，低头看一眼底下轻轻松松的两人，心想唐羡之和易铭的合作真是妙绝。

算准了位置、方向，以蛇作鞭，生生创造出绝无仅有的武器，那条鞭子回旋悠荡，灵活无伦，每一寸都能要人命。

自己和燕绥困在半空腾挪不便，他们两个却可以稳稳地在最安全的下方尽情施为。

但是，论算计，谁怕谁。

唐羡之的飞刀射向燕绥，燕绥理都不理，手中吊环一震，竟然弹出一块铁板，将那飞刀挡住，被文臻顺手抄住。

随即他回头看了那蛇鞭一眼，手指一弹。

易铭忽然觉得手上蛇鞭一重。

随即又觉得蛇鞭的颜色似乎发生了变化，绿油油的，那些绿色在眼底越来越大……藤蔓！

藤蔓不知何时在不断地长大，越来越粗，很多蛇已经被勒死。

此刻这鞭子的重量和长度，易铭已无法驾驭，再舞下去非得手腕折断不可，只得松手。

蛇鞭坠落那一刻，唐羡之忽然一把将那蛇鞭抄在手中。

易铭正在愕然，忽觉脚下一空！

篮筐底部忽然断裂掉落！

唐羡之反应极快，一手抓住了篮筐边缘，另一只手抄住的蛇鞭卷住了易铭的腰。

易铭低头看那鞭子，现在已经全部是藤蔓了，但是想到里头包裹的全是死蛇，不禁一阵恶心，赶紧把蛇鞭扔了。

她对着崖底扔蛇鞭，蛇鞭落入云雾之中。

唐羡之和易铭两人现在的筐子没有了底部，两人都攀在篮筐边缘，需要十分小心，因此都没注意到，上头燕绥袖子里萤光一闪。

随即那条蛇鞭停在半空，燕绥又一弹指，那些藤蔓开始枯萎，蛇鞭重量减轻。

但是燕绥却没有把蛇鞭提起来，只让腰间透明细丝吊着那蛇鞭继续下行。

下头的铁链上，易铭问唐羡之。

“筐底怎么会忽然掉了？”

唐羡之平静地道：“文臻的针不是针对我俩。”

原来文臻那些牛毛针，一开始就是对着篮筐底部去的。那针具有腐蚀性，顺着篮筐的底部边缘插了一圈，破坏了篮筐的接缝，一旦动作剧烈，底部就会掉落。

很快，燕绥带着文臻便要到底，而唐羡之的篮筐还在半山。

但燕绥文臻在脚踏实地之前也是始终处于危险之中，因为这索道在半山上，一个不小心能摔死人。

一旦燕绥文臻落地，倒霉的就是唐羡之易铭。

第一百二十七章

殿下天天要吐血

那两人却毫无急迫之色，易铭伸手从身后取下一个不大的包袱。

打开包袱，都是些奇怪的零件。

易铭手势如闪电，随手便装好了一个样式有点奇特的弩弓，连带配好的小箭，递给唐羡之。

易铭先天不足，武艺内力平平，自然不会逞能。

唐羡之接过，随即他张弓对准了燕绥那条铁链底部。

那里是铁索轴承之地。此刻亦有人在那守着，等着收篮筐。

方才铁索莫名地震荡了下，那人正蹲下身看铁索的轴承机关处，那里有个搭扣卡住了铁索，使铁索不能轻易移动或者滑脱。

那搭扣本身就比较隐蔽，还被那人挡着。

唐羡之正在上弦，易铭一抬头，忽然看见篮筐边缘，滚着一颗琉璃珠。

她下意识摸摸自己发冠。

她一向男装打扮，但内心深处难免有对女子身份的留恋，便会在自己发簪发冠上玩点花样，还以为是自己冠上的琉璃珠掉了。

那琉璃珠向她手指滚过来。易铭正要去拿，忽然觉得不对劲。

篮筐晃动，琉璃珠怎么不掉？

篮筐前后晃动，琉璃珠就算滚动也应该是向下滚，怎么会逆向而滚？

她急忙缩手。

琉璃珠忽然一弹而起，落在了她冠上。

易铭下意识去拿，她可不敢让这么个诡异的东西留在头上。

一只手忽然伸了过来，挡住了她的手，随即手中弩弓一转，竟然对上了她的玉冠。

易铭脸色雪白。

对面，男子面容绝俗，眼神静如深水，看不出人间情意与悲欢。

易铭忽然心中颤栗。

眼前的世家第一人对谁都礼数周到，看谁都温柔从容，但于人人都似有情者，往往最是无情。

他长川受挫，自己接应他，他承情愿意结盟，但并不代表从此两家便可以互相信任。

唐羡之杀了她夺取西川和川北合并，也是一样的。

易铭手指悄悄扣紧了腰间。

如果他真的动手，她就……

头上忽然一颤，随即簌簌声响，那颗琉璃珠儿忽然弹起来，落在篮筐边缘，再一弹不见。

这是活物！

易铭浑身汗毛倒竖，这才明白方才那琉璃珠是在诱她去摸，唐羡之则是发觉不对，以弩弓对着那玩意威胁它，将它逼走。

易铭手指悄悄离开腰间，对唐羡之灿烂一笑。

唐羡之也微微一笑，眼神在她腰间一落，转身继续上弦。

易铭的笑意，在他转身那一霎，便成了苦笑。

还是被发觉了。

她一直以来的倾慕和示好，瞬间就被这该死的琉璃珠给毁了。

以唐五的深沉多疑，发现了她隐藏的戒备和敌意后，就会认为她的喜爱追逐全是假装的，以后在很多事上的信任度，也必然会打个折扣。

这对结盟双方都是莫大的伤害。

易铭抬头看一眼。

上头那两个真是坑啊。

一颗珠子，不仅耽搁了唐五出手，还轻巧地在两地联盟上敲出了一丝裂痕。

而此时，唐羡之出箭了。他不像易铭，绝不会浪费此刻的宝贵时间多想。

不管上头是谁，既然注定不死不休，那就全力以赴。

那守卫愕然抬头，正看见一支黑箭，不断旋转放大，向自己眉心而来！

文臻一把将自己先前截获的那柄匕首甩了出去！

她长期练拳，方法独特，膂力最强，此刻全力甩出匕首，那风声完全不逊于唐羡之的箭。

文臻的匕首撞上唐羡之的箭尾，擦出一溜火花。

那守卫大叫着栽倒。

文臻挑眉，这弩弓不简单啊。

此刻箭矢再次袭来，擦过她耳侧，转眼就没入云雾中。

文臻没有再出手，哪怕她已经猜到了唐羡之想要做什么。

武器不能随便扔，再说手甩出的速度无论如何不能和劲弩比。

唐羡之不攻击她和燕绥，是知道十有八九击不中。正如燕绥也没对他们使用这一招。

而且她不断出手，会影响燕绥下滑的速度，很可能得不偿失。

她感觉滑动的难度好像大了一点，特制吊环在铁索上一顿一顿的，影响了速度。

燕绥忽然从怀中取出一个小瓶，手指一弹击碎瓶盖，往吊环上一倒。

一股液体浸染得那铁做的吊环闪闪发亮。

下滑速度顿时加快。

文臻看着那东西："油？"

"嗯。"

吊环上抹了油，下滑速度越来越快。

而唐羡之也发觉了，出箭如闪电。

现在比的，就是唐羡之箭解机关快，还是燕绥滑得快。

云雾氤氲，唐羡之手中弩弓铮铮连响，黑光如电不断没入云雾，他如雪衣袍被箭风掠起，和这山雾同色。

忽然"咔"的一声微响。

随即铁链开始迅速滑动，拴在卡扣处的一截备用铁链，正飞速滑过机关。

此时燕绥文臻距离底部不过三丈。

燕绥抬腿一踢，白光闪过，一根三棱刺穿过铁链缝隙，钉入地下。

燕绥文臻离崖边只有两丈。

唐羡之就像算准一样，一箭又至，力道极巧，射翻三棱刺。

铁链立时弹起，再次飞快倒退抽动，那个先前被箭射倒血流披面的守卫忽然爬了起来，伸手去抓铁链。

燕绥文臻离崖边只剩下一丈距离。

唐羡之遇见任何变故都面不改色，几乎那人刚爬起来还没动作，他下一箭又到了，把人射翻。

燕绥文臻骤然身子落空！

易铭目中露出复杂情绪。

唐羡之放下弩弓，面无表情。他低头向下看去，那两人迅速坠落，穿破云雾。

眨眼间却有一道乌光闪过，荡开雾气，落在崖边的铁索机关铁柱上。

唐羡之色变，立即再次举起弩弓，手一摸，却发现箭没了。

方才他那个位置无法一次以箭打开机关，只能连珠箭一点点推动，箭很快耗尽。

易铭抬手，手中一截银光闪出，可惜此时他们的篮筐也已经到了崖边，五峰交错，落尘峰的半山的位置和飞流峰半山有石崖相隔，什么手段都使不上。

再一看燕绥起死回生的那根绳子，竟然是自己制作并扔掉的蛇鞭，易铭气歪了鼻子。

燕绥带着文臻冉冉上升，所幸那捆住蛇的藤蔓真的十分坚韧，先被催生再迅速枯萎，也没脱落断裂。

片刻后两人踏上实地，文臻回头，便看见唐羡之和易铭消失在云雾中。

而索道机关其余几位值守的人还在屋子里睡觉，文臻命文蛋蛋迷倒这些人，正准备下山，却被燕绥拉住。

“怎么了？”

“走，睡觉去。”燕绥眉宇坚定。

文臻盯着他，很想从他脸上看出这睡觉两字到底是字面意思，还是她想的意思？

燕绥很快给了她答案：“其行必也正名乎。再睡一次，我叫你晓得瓶盖子到底来不来得及拧开。”

文臻推开他：“这都什么时候了！你脑子里都是润滑油吗！唐羡之那条路本就比我们短，他们如果先到了山脚，逼我们立即出五峰山，我们非得陷入他们的包围不可！”

“你错了。”

“嗯？”

“正因为知道你会这么想，所以唐羡之更有可能趁我们一心抢快的机会在这山中偷袭我们。”

“嗯？”

“别把赌约当回事，在我们这种人眼里，赌约不过是障眼法，谁认真谁输。如果谁真的抢着往山下冲，谁就更容易踏入陷阱。所以下一步，唐羡之不会下山，而是会潜入飞流峰，跟着我们的路走。”

“这也就是你选择路远的飞流峰，而唐羡之选择落尘峰的原因？唐羡之做出要赶着下山的假象，但是其实会来飞流峰暗杀你，而你选择飞流峰，是因为这里是我们的地盘，你守株待兔，杀他更方便？那如果唐羡之也猜中了你猜中他的心思了，故意不来呢？”

“他不会不来的。”

“嗯？”

燕绥忽然伸手捏了一把文臻的胸：“我看看发芽了没。”

文臻猝不及防，发出一声尖叫。

燕绥已经收手走开，道：“好了。”

文臻脑子气糊涂了，好一阵儿才反应过来。

这是要故意引唐羡之过来？用这种方式？还有那话什么意思？这狗男人！

“你以为这样就能引来唐羡之？”她怒道。

“感觉经过我的滋润，你的脑筋都润滑许多了呢。”

“是啊，可惜就是时效太短。”文臻声音凉凉。

燕绥一副无动于衷模样，牵着她便往半山小院走。

“干吗？”

“睡觉啊。你放心，多练练也就好了。”

文臻被他拽着走，一边走一边从怀里掏出几张小纸片，随手贴在每个窗户上。

几颗人头冒了出来，却是闻近檀和采云采桑。

按照约定，会武功的都去了山下，但是不会武功的可不在此例。

燕绥一边走一边吩咐了几句，几个女子都点头退下。

燕绥拉着文臻回到自己的屋子，舒舒坦坦在床上一躺。

当然不可能在此刻睡觉，文臻靠在窗边等待。燕绥则从桌子底下抽出一个小册子，在写着什么。

文臻好奇，凑过去要看，燕绥正好翻到空白一页。

有轻微的衣袂摩擦声传来。

唐羡之和易铭无声无息立在小院的墙头。

两人从落尘峰的索道下来，正如燕绥所料，易铭想下山，唐羡之却道趁这个赌约，山上才是解决这两人的最好地方。

不是什么时候都能有这样的机会的。

本身只有在这种双方都有制约，双方也都有倚仗的地方，才能形成这样的赌约。

易铭却有疑问，觉得既然如此，燕绥很可能会猜到两人会跟来刺杀。

唐羡之却道：“就算猜到又如何？这本就无可避免，此消我才可涨，能伤其一分是一分。”

易铭默默无言，心却微微沉了沉。

唐五虽然绝慧，却因为天性和后天环境，心性不够无羁，思虑太多则多绊，无形中便低了行事肆意的燕绥一头。

好在燕绥有个拖后腿的朝堂和皇族。凡事有利必有弊，过于肆意的后果就是无人敢真心信任他。

或许可以从朝廷对燕绥的猜忌入手……

易铭盘算着，还想着要么劝劝唐五，反其道而行之，试试直接下山，忽然听见文臻的尖叫声。

她下意识转头，就看见唐羡之已经掠了出去。

易铭摸摸鼻子，只得跟上。

现在两人对着安安静静的院子，这是一个两进四合院，两人毫不犹疑地进了后院。

这一点不用多猜，以燕绥的性子，无论想要使什么花招都绝不可能委屈自己，不可能在第一进院子看大门。

两人目光在第二进院子里扫过，院子四面八间房，人在哪间？

所有屋子都开着灯。

一间屋子上，透着人影，娇小玲珑，挽着简单的髻，髻上还能看到圆形的饰物。

这影子一看就是文臻，易铭皱起眉头。

易铭还在这是不是实则虚之虚则实之的问题上纠结，咬了咬牙正想试一试，唐羡之忽然拉住了她，然后从怀中掏出一个锦囊给她。

锦囊绣工精致，还镶着银丝明珠，让人感觉里头是无比珍贵的东西。易铭疑惑地打开，却只看见一张纸，非常普通，材质甚至算是粗劣。

她不禁狐疑地看唐羡之一眼，却发现唐羡之目光只凝注着那张纸时眼神里的温柔。

易铭随即自嘲地笑了笑，这样温柔的眼神从没对她有过。

她吸一口气，打开纸，不由一愣，下意识伸手一抓，纸面发出沙沙之声，她又怔了怔。

纸上画了一个妆盒，里面是胭脂、水粉、颜料、大小毛笔等物，笔法和当今每一种绘画手法都不一样，一眼看上去像是真的一样。

易铭从未见过这样细腻逼真的画，禁不住仔细看了几眼，忽有所悟，猛然抬头看那窗上的影子。

她做口型：“画的？”

唐羡之没回答，忙着把那纸放回锦囊里。

易铭偏开头不想看，目光落在那些窗纸上，西屋的窗纸上爬着一只飞虫，东屋明间的窗纸卷起了一角，还能隐约看见一点指尖，看上去仿佛有人在窗纸后窥视一样。

按说这个也很可疑，可是自看过那画之后，易铭看一切都觉得那是画。

问题是那就算是画，这么远也看不出来，想辨认真假，就必须靠近了看。

两人刚要动作，一扇门开了，是那个拥有文臻影子的房间。出来的人果然不是文臻，是闻近檀。她一手拎个炉子，一手拎个铁盘和筐子走了出来，在院子中把炉火点起，把盘子搁在炉子上，从筐子里取出串好的肉串，在铁盘上架好，开始烤肉。

片刻后，香气开始盈满整座小院。

在闻近檀刚开始烤肉的时候，易铭和唐羡之就已经蒙上了口鼻。

虽然一切看起来平静，但是文臻燕绥手段诡谲，不可不防。

窗纸上爬飞虫的西屋的门也开了，采桑走了出来，一边走一边抽鼻子，道："檀小姐又做夜宵啦，好香。不过您好像忘记拿蜂蜜啦。"说着晃了晃手中一罐淡黄色的液体。

窗纸上露出一角手指的东屋门也开了，采云走了出来，笑道："是小姐又饿了吗？让婢子来吧。"

闻近檀让出位置，采桑帮忙把肉串刷上蜂蜜开始烤，易铭瞧着，不知不觉咽了下口水。

唐羡之从怀中摸出一个纸包递给她，易铭接过，却是一包风鸡，便微笑着向他道谢。他看了看风向，选了个上风的位置，掏出一截紫黑色的香悄然点燃。

那香烟气淡白，凝而不散，正好向着底下的烤肉炉子而去。

烤肉炉子本身就有烟气，混入这香的烟完全无法察觉，那三个不会武功的女子头也没抬。

很快采云烤好了，选了最好的几串用盘子装了，往内走去。

易铭看她在东屋暗间敲了敲门，然后闪身进入。

易铭对唐羡之挑眉，示意询问，唐羡之摇了摇头。

过了一会儿，采桑笑嘻嘻拿走了几串，道："这几串有点焦，我和采云吃吧。"一手抓着一串啃，另一只手拿着几根，进了先前窗纸上有飞虫的西屋门。

闻近檀则把剩下的全部都放回筐子里，端着回了那个有文臻剪影的南屋，关上了门。

院子里很快没了人，炉火也熄灭了。

易铭皱起眉头。

三个房间，人到底在哪间？

第一百二十八章

旧梦最美，新欢难离

易铭继续挑眉询问，唐羡之继续摇头。

过了一会儿，那间西屋似乎有什么东西被撞翻，接着采桑踉跄而出，刚撞开门，就倒在了地上。

闻近檀也很快奔出，随即采云奔出，两人手里还端着盘子，盘子上肉串已经不见了。

易铭悄悄指了指闻近檀。

唐羡之不置可否，掠到了东屋暗间，也就是采云出来的地方。

易铭有点诧异，唐羡之轻声道："时间。"

易铭恍然大悟。

混合了毒香的烤肉有毒，是为了试探两人在哪个房间，以免走错房间掉进坑。

采桑最先排除，因为如果燕绥文臻在场，绝不会让她真的中毒。

而闻近檀和采云都是不会武功的。

这些想法一闪而过，唐羡之、易铭已经到了东屋暗间的上方，掀开了天窗。

随即唐羡之一怔。

他看见的竟然不是屋子一角，而是黑洞洞的一截管子。

再看，那竟然是烟囱的管道，只是本该在屋顶上的烟囱被截断了，从外面看不出来。

这竟然是一间厨房，完全不符合这院子的格局。

唐羡之皱眉，偏头看了一下，发现隔壁也是厨房。

这院子外头开了个食堂，需要的厨房比较大，把别的房间征用了做厨房也是有可能的。

既然是烟囱管道，自然是窄窄的，一旦钻进去，也无法应对，是危险的地方。

越是危险，唐羡之和易铭却越心动，这说明屋子里很可能有燕绥和文臻。

这屋子没有后窗，就只能从前门进。

易铭又掏出她那个小包袱，用那批拆散的碎零件，三两下又组装出一个小人来。

那小人只有巴掌大小，易铭扭动那小人背后的机簧，那小人便一圈圈往烟囱下爬，当然那声音极其轻微，还被那外头采云闻近檀救护采桑的声音掩住了。

唐羡之在那小人腰上系了一根透明的丝线，那丝线闪烁着青蓝色的光。

易铭的包袱不大，是为做一些小机关准备的，此刻那机关小人爬了半截，底下还毫无动静。

唐羡之原本心中不确定，打算去另外一间看看，此刻倒越发起疑了，凝神听着那小人的动静。

小人儿爬完烟囱管道了。

易铭已经做好了计算，给小人儿上的机簧够它爬完一截普通的烟囱管道，然后会在触及末端的时候停下，吸附在管道边缘，以免突然掉落，惊动屋里人。

小人一路无事，证明最起码整个管道里没有那种要人命的机关，不然爬到一半，刀剑从墙壁中穿出交剪，又无处躲避，非得穿成肉串不可。

易铭悄声道："小人身上还有机关，一路留下了毒针和毒粉，谁还想在烟囱上下做手脚，只有自己倒霉的份儿。"说着给他塞了颗解毒丸。

然后易铭脱下外袍，她当着唐羡之的面脱衣，唐羡之连脸色都不变。易铭脱下外袍，里面是一件贴身水靠一样的衣裳，上了一层油一般微微闪亮，却又十分有柔韧感。

她并无羞赧之意，微微扬起下巴，微笑面对唐羡之。

唐羡之竟然也没有脸红，更没有避开目光，坦然的目光停留在易铭脖子以上的地方。

易铭心中微微一叹，随即她便嫣然一笑，滑了下去。

这身材质特殊的衣服，可避水火、避毒物、避刀枪，且溜滑无比，令人如水中游鱼，身姿灵活。

能以最快速度穿过这烟囱管道，让人想出手都来不及。

唐羡之顿时看出这身衣服的功用，微微点头赞许，忽觉耳边有什么细微的声音，脸色一变，正想抓住易铭，易铭已经滑了下去。

他立即低头查看，并没有发生什么事。

易铭的身形迅速在黝黑的洞中不见了。

忽然，隐约“咔嗒”一声。

唐羡之一惊。这不对！是那个小人走路的声音。

小人应该已经停下来了，怎么还会再走？

而易铭滑过了先前那小人停下的位置，触动那小人，带动小人又走了几步。

这就是唐羡之听见的那一声了。

而她还在继续向下滑。易铭心中惊骇，在飞速滑过的时候一把抓住了她的小人。

她心中暗暗叫苦。

世上没有这么长的烟囱，这不是烟囱，这就是一个故意摆在她和唐羡之眼前的陷阱！

然后还要她和唐羡之自己跳下去！

这管道一定是穿过了整个房间，直通地下，这么快的速度，这么窄的管道，无法调整姿势，易铭已经做好了撞上满地钢刀的准备。

好在衣服特制，不惧刀剑，但是带着高度撞上来，痛也痛死了。

“扑通”一声，水花四溅，易铭落入水中。

易铭心中一喜。

免去了最大的伤害，便是毒水她也不怕了，这衣服也不怕毒。

她只是及时捂住头脸，避免水花溅到没有衣服遮挡的脸上。

片刻后，她便镇定了。这一汪水很浅，没有太多异味，只有一点酸酸的气味，易铭有点想不通，做了个这么长的烟囱把她给坑下来了，为啥不用刀剑令她重伤，倒用这不痛不痒的水？

她小心起见，把手中小人再次拆解成了两个木爪，套在手上，攀着光滑的壁，离开了那汪水。

离开那汪水之后她舒了口气，探头向上看，黑沉沉的，看不见唐羡之的脸。

还指望唐羡之跟着下来不成？

她慢慢向上爬，这管道又窄又黑，气味不好闻，她屏住呼吸，脑子里便禁不住胡思乱想。

想文臻如果落下来，燕绥定然是要跟下来的。

厉笑如果落下来，她……她忽然摇了摇头，不知道自己怎么忽然想到这个了。

唐羡之当然不能下来，他得守在上面，不然他俩都下去了，来个人把上面出口堵死，她就要成为第一个死在烟囱内的西川刺史了。

如果厉笑在，这个傻丫头肯定跟下去了，然后就成了第一对死在烟囱内的西川刺史和刺史夫人。

易铭心腔忽然一闷，觉得腿有点冷。

她低头，就看见黑暗中什么东西雪白发亮，随即便反应过来那是她自己的大白腿！

她腿上的裤子不知何时掉了！

不是掉了，是竟然被腐蚀了，然后又被墙上暗藏着的极其细小的钩子给拽住了，裤子慢慢脱落，这让她腿上还挂着些黑色的布片，看起来如白底黑花一般。

至于那墙上的细钩，是她戴上那木爪抓墙而行，将壁上一层遮掩的泥土抓掉了，里头藏着的小钩子便露了出来。

这不是机关，所以木偶试验不出来。想上去就得爬，爬就一定会抓破墙壁，抓破墙壁就一定有钩子，那衣裳就一定保不住。

这又是一个逼得人不得不跳进去的阳谋陷阱。

所谓机关之术，不光是结构机簧之学，还包括设计各种陷阱，根据环境天气甚至心理，计算人的行动反应，从而引人不得不入，无法逃脱。

易铭学机关的时候被赞绝世奇才，也在西川从无敌手。

现在她看着自己的光腿，愤怒之余也不得不服气。

既生易，何生燕。

但是这样的感叹很快就被冲散了——她忽然发现烂掉的不仅仅是腿上的裤子！

上衣很快也开始腐蚀，然后被撕烂，易铭在爬到一半的时候惊恐地停下，她不能这样上去！

她只得敲墙壁，上头很快有了回应，易铭此时也顾不得什么了，只好道："衣服，我需要衣服！"

上头静了静，随即一片白色的物事飘了下来，易铭心中一喜，心想果然唐羡之还守着，正要去接，忽觉不对，急忙缩手。

那白色物事忽然冒出了红色的火焰！

易铭目瞪口呆地看着火焰迅速将白衣包围并落下，她只能赶紧贴在一边墙壁，以避免被火衣当头盖下。火衣掠过她身侧时，她猛力一吹，生生将那玩意吹离了自己。

她在半路停下，拿过身后小包袱，里面的组装零件已经不剩下几件，她看了看，这回迅速装了一个伞状物，但是比燕绥送给文臻的小伞简单，只有一个撑起的伞面，底部有圆环可以戴在头上，她将这伞帽戴着，继续往上爬去。

正常女子在这种衣不蔽体的情况下，都会选择先待在里面，易铭却并不在意。

她自幼充当男儿长大，地位又尊贵，于见识心性处事态度上，更倾向于男性思维，裸奔对于其余女子自然是要命的事，可对她来说，世上还有什么事比小命更重要？

她的命维系西川百年基业，不敢轻弃。

另外，她也怕那着火落下的衣裳，还会出幺蛾子。

作为机关大师，她能猜到很多陷阱可能的后续。

果然那着火衣裳落下去后，和那液体混合，生出一股极其难闻的烟气来，易铭感觉到气味有异，爬得更快了。

眼看到了出口，她低喝：“唐五，让开！”

她想好了，等下先去找套衣裳。

一套衣裳落了下来，正落在她头顶伞帽上，易铭一抬眼，看见裙子的边，这是女装。

易铭忽然闻见一股熟悉的香气，一怔，这香气是厉笑的。

而且独此一家，别无分号。

因为这香本就是她赠的，用的原料也只产自西川，里头几种花甚至只在西川刺史府内生长。是她在厉笑及笄那年，专门为厉笑种了一园子的奇花，然后请了制香高手，只为厉笑一人调了这种香，作为庆贺厉笑成人的礼物。

她给这香起名“独艳”，厉笑却不喜欢，改了个名字叫“合欢”。

易铭唇角微微翘起，笑意浅淡。

厉笑不会把这香赠与他人，这衣裳只能是厉笑的。

是笑笑来了吗？

她微微晃了晃兜住衣裳的伞帽，这伞面的材质是银丝的，能验毒。

她伸手往上探去，轻声道：“笑笑。”

一只手伸了下来，借着月光易铭看得分明，那手腕上有小小一道疤痕，易铭心中一喜。

果然是厉笑。

那疤痕还是她有次练剑不小心弄伤的，易铭记得。

但易铭还是提着一颗心，她递出的手指，拇指食指捏紧，呈凤喙之势，随时可啄住对方腕脉。

那雪白的小手一摆，却并没有接她的手，随即明光一闪，易铭听见厉笑低喝：“还你一刀！”

话音未落，一刀当头而下！

易铭凤喙之势一横，击在那刀的刀眼之处，那刀一歪，扎入她肩头，血花四溅。

原本厉笑伤不了易铭，但易铭被烟囱困住，无法转身躲避，两人距离又极近，竟被她一刀命中。

一刀中，厉笑愕然半晌，颤声道：“易……易铭！”

易铭咬牙没说话，半晌，发出一声低低的呻吟。

厉笑怔在那里，一时只觉心里空落落的，不知是痛苦还是欢喜，直到被一阵凉风吹醒，忽然抓起身边一样东西砸了下去。

易铭在看清那东西是什么后赶紧接住。

是一个饱满硕大的石榴。

又一样东西砸了下来，这回是一只梨子。

两样东西都接住了，上头厉笑神色一松，知道易铭没大事，一时又觉得恼恨，搬过早已准备好的机关盖。易铭头顶一黑，只有一线手指粗的缝隙透进一点光亮，易铭挪了挪，没挪动。

头顶出口被堵住了。

易铭在黑暗中苦笑起来。

笑笑啊……一直这么矛盾呢。

恨她，砍她，不想让她出去，却又怕她在这里被憋死饿死，丢下衣服，又丢下水果，然后把出口堵住。

到底要闹哪样？

易铭叹口气，从身后包袱里取出几根铁条，左右交叉了，便在这烟囱中段搭了个架子坐下来，换了衣裙，草草包扎了肩头的伤，靠着墙壁，开始抱着石榴吃。

石榴颗颗晶莹，排列整齐如贝齿，在黑暗中微微闪光，易铭瞧着，忽然一本正经端起那石榴，仿佛端着一张小姑娘的脸，嘻嘻笑道：“笑笑，你今天胭脂擦得好厚。我帮你匀薄一点。”说着凑上去，在那排列整齐的籽儿上亲了一口。

唇间染上甜蜜汁液，她笑笑，眸光流转。

随即又一声叹息。

世间女子多苦难，最恨生为女儿身。

她抬头往上头看，一线微光如弯月。

唐五方才为什么没在上面？他去了哪里？

唐羡之在易铭下去之后，便知道这回错了。

燕绥文臻一定一开始就猜到了他的打算，并且早已做好了准备请君入瓮。

他的目光转向那间闻近檀进去的屋子。

现在是个好机会，文臻燕绥把易铭诱下去了，为了安全他自然要守在出口的，那么文臻燕绥此刻戒心是最低的。

但是就把易铭这么留下，一旦易铭出不来，他这里损失一人，就更不是那一对狐狸的对手了。

但这个难题困不住唐羡之。

他看了看烟囱的边缘，将另一边用刀子削去一层，使出口两边不能够平齐。

能致死易铭的唯一方法是堵死出口，但因为屋顶倾斜不齐的缘故，无论怎样封，都会留下缝隙，都不能憋死易铭。

其余手段，他相信易铭有法子应付。

唐羡之起身，面对着那个有着文臻剪影的房间。

那看似只是文臻的影子忽然动了，窗户被推开，文臻一手支窗，一手拿一串羊肉串，满嘴流油地和唐羡之打招呼："唐先生，晚上好啊。"

第一百二十九章

成亲好不好

她身后站着轻袍缓带的燕绥，衣裳半敞，姿态慵懒，一副海棠春眠模样。

他也不看唐羡之，偏头从文臻的羊肉串上咬走了最大的一块，挑眉嫌弃道："孜然味儿重了些，没你烤的好吃。"

文臻又撕了一大块羊肉堵住他挑剔的嘴，回头正要招呼唐羡之，却见唐羡之神色不动，忽然笑了笑，算打了个招呼，随即便闪电般的退了出去。

这一下出乎文臻意料，她张着嘴，嘴里的羊肉掉到了地上。

燕绥挑了挑眉，也有瞬间愕然，随即便笑了。

唐五虽然与他有很大差距，但确实是个人物。

他一伸手抄起文臻，也追了出去。

"哎，唐五是要做什么？"

"下山。"

"啊？不打算刺杀我们了？"

"都被撞破了还刺杀什么？"

"我还以为他……"文臻脑筋有点打结。费了那么大劲儿，说退就退，这不符合正常逻辑。

"思路开阔点儿。怎么就纠缠在刺杀上面，忘记赌约了吗？"

文臻迅速回忆了一下。

嗯，先下山者胜。

两人一组，各自下山且向对方出手。先安全到山脚处者胜。如果路上真被弄死了自然没话说，如果到山脚都还活着且同时到达，则以伤损情况论输赢。

唐五够狡猾也够狠心。

用易铭牵制他们两个，让他们以为他刺杀是势在必得，然后当机立断丢下易铭退走，抢先下山。

他是一个人，武功和燕绥本就伯仲之间，先走一步占尽先机，而自己两人，自己又不擅长轻功，很难追上。

这些人脑子转得真快。

“不对啊，不是要以伤损情况论输赢吗？易铭都没下山。咱们还是可以赢。”

“易铭被困在烟囱里，有伤损吗？最后一句说的是，如果到山脚都还活着，唐羡之到了山脚，易铭活着，没毛病啊。”

文臻想了想，果然是这样。

易铭玩了文字游戏。

本应该是“如果都到了山脚且活着”，但她说成了“如果到了山脚且都活着”。条件立即变得不一样了，强调的是活着，而不是都下了山。

而赌约中的另一方很可能坠入陷阱，执着以为要一起下山才算胜利，以为胜券在握而掉以轻心，就会失却先机。

“那你还不急？”

既然易铭下山已经不是输赢的必要构成条件，那她和燕绥就必须抢在唐羡之前面了。

但唐羡之已经先走，文臻看过了，他走的还是最近的一条路，她追出来时只遥遥看见影子一闪，无论如何也追不上了。

燕绥依旧在笑，看得文臻恼火，用力掐他一把。而燕绥忽然一把抱起她往后走。

文臻一怔，前头才是下山的路，后头只有山谷深崖。

倒是有索道的，但是索道连接的是那四峰的半山平台，不是下山的路。

但她信任惯了燕绥，笑嘻嘻抱住了他的脖子。

燕绥一直抱她走到崖边，山风从山谷中卷起，伴随瀑布声，燕绥低头看着，面无表情。

文臻闭着眼睛，谷中水汽瞬间湿了她乌黑眉睫，闪烁如碎晶。

燕绥忍不住低头亲了亲她，文臻笑，没有睁眼，懒洋洋“唔”一声。

“回去我们就成亲好不好？”

燕绥又取出一个吊环，这回的吊环有点大，上头方方正正像个包裹，连下来一个吊环和两个搭扣，搭扣上头还有背带。

燕绥揽着文臻吊上去，还拿了那个背带给文臻穿好。燕绥稀奇古怪的玩意多，文臻也没问。

“你爹同意？”

“管他，又不是他娶。”

“你娘同意？”

“她操心林飞白亲事就够了。周谦升了尚书省左仆射，我送了他一座宅子算做贺礼，那宅子在林府隔壁。”

文臻心中默默为林飞白点蜡，顺便为周大小姐加油打气。

吊环已经到了铁索中间，文臻低头可看见底下的溪流潺潺，侧头看见旁边山路上，唐羡之白影一闪而过。

嗯，快要到山脚了呢。

头顶，风声里，燕绥说：“看，他跑得真快，好像条狗呢。”

燕绥忽然松手。

飞速下坠的失重感此刻又来一次，文臻恨不得把某个变态的腰都掐紫。

风声刀一般从耳边穿过，大地向面门砸来，随即背后一震，几次猛烈震动之后，冲势立止，文臻抬头，就看见头顶张开了一顶巨大的伞。

降落伞她以前和燕绥提过一嘴，这本不是难懂的原理，燕绥做出来也不奇怪，绝的是他做出来了能收纳得那么小，她都没看出来。

两条背带已经分开，一人一个不算特别大的伞。

两人悠悠往下落，很快看见底下等结果的人们。

唐羡之也在往下走，看似从容其实迅疾如电，眼看山脚人群已经在望，身后并没有人，也无人阻拦，不禁微微一笑，只是心中依旧有些不安。

山门已经开启，众人已经看见了他，唐羡之心中安定。

只是众人的表情都有些奇怪，都在看他背后的方向，唐羡之心中一紧，也回头看山道，却空空荡荡无人。

他是个稳妥的人，虽然诧异，却不会因此耽搁事情，依旧稳稳向山门走去。

然后他便听见惊叹声，所有人的手指都指向一个方向。

他再次回头，就看见半空中两顶巨大的伞飘飘荡荡，那方向直接飘向山门外，伞下两个人，不正是燕绥文臻。

唐羡之脸色发白。

那边燕绥文臻在众人惊叹的目光中飘下来，燕绥熟悉自己的机关，控制着稳稳落在山门之外，文臻却不知道怎么控制，手忙脚乱的，把自己挂在了山门之上。

燕绥笑一笑过去，陪文臻一起坐在那汉白玉的石门顶，对着只差了一步的唐羡之抬了抬下巴：“来啦？”

唐羡之默然，从袖子里掏出一个令牌抛了过来，然后他转身闪电般的又退回了山上。

“他这又是干吗？”

前一个转身抢了先机，如果不是燕绥将降落伞都捣鼓出来了，两人就输定了。

这一个转身……

“还是抢先机啊。”燕蛔虫回答了她的问题，眼神里有微微赞赏。

文臻也明白了，易铭还在山上呢。

而此时她和燕绥，以及所有护卫朋友都在山下，山上再无人能拦住他，他回去迅速救出易铭，往大山里一钻，自有下山的办法。

说白了，在共济盟的地盘，易铭一定有探子和后手，想要杀人做不了，想要出山却不难。

唐五的应变和机诈真是无人能及。

若是常人此刻还被打击得失魂落魄呢，他已经转过弯来迅速补救了，都不需要心理建设的。

这种人便是落入绝境，也得提防他下一刻忽然便出了头。

“还去追吗？易铭的令牌还没给我们呢。”

“要她令牌有何用？要来过关过路时昭告我们身份吗？说到底，这场赌约只是彼此想找个机会杀死对方罢了，没成功就等下一次。”燕绥一脸无所谓，“再说她能不能从那烟囱里出来，还两说呢。”

文臻抬头看燕绥，总觉得他看唐羡之背影的眼神很奇怪，这家伙是又做了什么手脚？

想了半天想不出来，也就丢开了。此刻天还没亮，这一番争斗说起来复杂花费时间却很少，她还有要事要做，得去找方人和看个病，不能再耽搁了。

文臻一路赶去了四圣堂，直接求见凤翩翩。

凤翩翩脸色不好，看见她就把她往屋里拉，急声道：“你来得正好，帮我看看她们……”

文臻一见这情形，就知道易铭果然还没有和这些当家的说清楚自己等人的身份。

说到底，她敢于这样进入共济盟，就是算准了共济盟和易铭现在的关系尴尬，互相防备，易铭就算确定了自己和燕绥的身份，也不会和共济盟说明。

毕竟对易铭来说，共济盟随时可弃，如今彼此有心结，更不放心。自己等人在共济盟搞点事正好，还省得她动手。

她跟着凤翩翩转过一个弯，就看见了那对母女已经移到了花厅里，如果不是衣裳没变，她险些没认出那两个面目全非的人是易家母女。

然而她心中没有半分波澜。

自从听了那母女两人互揭老底，她的恶心到现在还没下去呢。

她过去一按易慧娘颈脉，摇了摇头。

已经没气了。

谷蔚蔚毕竟年轻，还留有一口气，文臻看出她中毒又被炸伤，便让文蛋蛋先吸掉她身上残余的毒物，谷蔚蔚原本因毒物喉咙胀大，呼吸困难，此刻终于喘过一口气，大声咳嗽，犹自喃喃，仔细听，却是在骂她老娘。

凤翩翩神情复杂地向她道谢，大抵也觉得这对母女真是膈应，不救有违道义，救了便如吃了一个苍蝇。

文臻并没有那么好心要救她，只是留着她还有点用，起身左右嗅嗅，忽然道："我又闻见了药味……"

凤翩翩神色一紧。

她对这话并无怀疑，毕竟当初文臻也是闻出了易慧娘的药才有了后来的治疗，在东堂这里，五感非凡很正常。

她正要扯个理由绕开话题，文臻已经飞快出了门，顺着长廊向前走，凤翩翩要拦，文臻大声道："那药用错了！真要喝下去，会死人的！"

凤翩翩一惊，还没说话，长廊对面的门扇拉开，一个人探出头来没好气地骂："是哪个混账大放厥词！"

文臻一看见那人就笑了。

方人和。

就知道老东西脾气暴躁，听不得人质疑。

她声音更大："哪个庸医误人，就骂谁！"

方人和气得胡子都翘了起来，他今日过来，本就是应共济盟所请，共济盟大当家最近忽然生病，急信请神医相助。

所以他半山就和易铭分开，一直留在四圣堂，绊住所有当家，也有为易铭行事提供方便之意，所以他慢慢把脉，故弄玄虚，其余几位当家已经眼神闪烁，有怀疑之色。

方人和看着形势不好，正准备一展身手，却忽然听见这一句，还以为是共济盟的安排，拉开门回骂，却看见了一个陌生女子。

他盯着文臻看了一眼，忽然笑道："这谁家的女娃子，刚刚云雨一度，就跑来胡言乱语？”

凤翩翩吃了一惊，回头疑惑地打量着文臻。

文臻脸微微一红，好在都被黑麻子给掩住了，笑啐道：“老不修，治不好人，净在这埋汰人。”

这话顺利把方人和的注意力给转移，眉头一竖冷声道：“你说老夫治不好谁？”

文臻探头：“里头的那位，不是你这个赤脚医生能解决的！”

方人和气笑了，就连凤翩翩都哭笑不得，忙道：“三娘，可莫吹嘘，这位老先生是咱们灌县最好的大夫。”

文臻表示不屑。

方人和冷笑：“我若治好这人呢？”

“打个赌呗，你若能治好这个人，我任你处置。如果你治不好，那你一天之内，听我吩咐。”

“我要处置你做什么？你又是什么要紧人物？”方人和不屑。

“那就不比咯。”文臻笑吟吟一拍手，“你一个糟老头子，我要你做牛做马也没劲。”说完悠悠然转身。

“站住。”

文臻笑眯眯转头。

就知道方人和性子辣，争强好胜，而且这是在共济盟地盘上挤对他，一来为了自己的面子，二来为了易铭的面子，都不能不接。

屋子内还有一个老者和一个壮汉，一直用审视的目光看着两人，凤翩翩给文臻介绍说壮汉是二当家司马离，老者是大护法屠绝，都是刚刚回山。

而屏风后的床榻上，是那位之前闭关忽然卧病的大当家，拉着重重帐帘，一言不发，根本看不出是男是女。

只床榻边伸出一只手，给方人和把脉，那手上居然还垫着帕子，所以也无法从手的形状看男女，文臻目光在那帕子上扫过。

方人和把了脉，想了一会儿，肯定地道：“是毒，可解。”写药方，又从药箱里拿出一丸药给帐中人，“等煎药起效太慢，我这有一丸先吃了，当即便可转好，如此，也好让赌约早些兑现。”

说着斜睨文臻一眼：“就你这粗陋模样，要来做个粗使婆子都嫌碍眼。”

“小女子厨艺好呀。”文臻不生气，笑吟吟毛遂自荐。

方人和刚刚有点动摇，就听这女子面不改色地道：“方便随时毒死你。”

方人和胡子又翘起来了，正要反唇相讥，就听见帐内微有响动，那壮汉忙起身一个箭步就要进去，忽然停住，看凤翩翩一眼，凤翩翩急忙进入帐中。

嗯，帐中人是男的。

文臻眼底闪过一丝笑意，随即听见凤翩翩惊喜地道："好了！好了！"

方人和毫无意外之色，抬起下巴："走吧，去做能毒死老夫的美食吧。"

文臻道："好了？万一有反复呢？万一是回光返照呢？万一你用的是什么临时激发透支人的精神，事后更加衰弱的药呢？"

不等那几个当家发怒，方人和胡子已经飞起来了："无知！昏聩！你在侮辱老夫！"

文臻不理他，数："一、二、三、四、五……"

所有人莫名其妙地看着她，方人和怒喝："你就是个来捣乱的，来人啊，拖出去——"

"八，九，十！"

帐内一声轻响，雪帐隐现一抹殷红。

随即凤翩翩惊叫声响起："不好了又吐黑血了！大当家！大当家！"

"啊，里头是大当家啊？"文臻装模作样惊讶道。

方人和已经一步抢入帐中，声音急迫："怎么回事！"

他又是扎针，又是拿药丸，片刻后，帐内安静下来，凤翩翩舒一口气。

帘子掀开，方人和走出来，这回眉头微微皱着。

他有些事想不通。

方才明明已经确定拔毒了，用药不过是调理受毒侵染的肺腑，怎么会忽然又发作了，而且他刚才把脉，明明药效还在，毒性却比先前还要凶猛。

家主并不想与共济盟撕破脸，因此收到共济盟求救很是积极，特意求他出手，好让大当家欠易家一个人情，方人和本来十拿九稳，此刻心中却忽然掠过不祥预感。

他又看了文臻一眼，方才激愤之中答应赌约，此刻冷静下来，不禁怀疑起文臻身份。

方人和无法确定，就算是那位文大人又如何？她又不会医，当初她自己还千里求医呢。方人和不想再节外生枝，也不提要文臻履行赌约的事了，收拾了药箱道："既然已经没事了，我便告辞。"

几位当家还没挽留，文臻已经又蹦了出来："赤脚医生，别走啊，你溜这么快，我有理由怀疑你手段不正当，说不定大当家又是好转一会儿，转眼又……"

她话音未落，帐内又是一声轻响。

第一百三十章

能生不能生

片刻后方人和转回，霍然掀开帘子进去了，又过了一会儿出来，凤翩翩道：“好了好了……”这回语气却没那么欣喜了。

帘子里的人闭目躺着，唇边露一抹苦笑。

这几个人谁也没发觉，床单的褶皱里有一颗五色斑斓的珠子，微微闪光。

方人和也不提走了，干脆在桌边坐下来，取出个样式新奇的洋外钟表，盯着看。

果然过不一会儿，凤翩翩沮丧地喊：“又来了！”

方人和霍然站起，进去看看里头人的脸色，出来颓然坐下。

还是那样，明明已经解了，过一会儿，换一种毒又发作了。

他狠狠扭头看着文臻。

“说你是赤脚医生你还不信，想知道为什么？”

方人和盯着文臻不语。

文臻面不改色。

笑话，给你看好了才叫奇怪。

布了这么久的局，等的就是你啊。

她会给易慧娘治病不就是冲着治易慧娘可以出入四圣堂嘛。

她出入四圣堂，用文蛋蛋给大当家下了毒，文蛋蛋的毒半毒半蛊，十分复杂，这山上无人能解，自然要求易铭身边的方人和。

“要我出手治也行，要我告诉你也行，但是大当家这病凶险少见，是你们行医者一辈子难得遇见的奇症，不具有高深医术的人知道了，不是什么好事。”文臻笑眯眯满嘴胡话，“你懂的。”

这道理方人和自然懂，医者遇见奇症，自然会费尽心思探索研究。

“所以我要看看你的真才实学，再出手给你学习的机会。”文臻坐下，伸出手腕，“来，就拿我试验一下吧，告诉我，我身体怎样，有无恶疾？”

虎落平阳被犬欺。

在西川，他有高超的医术，也有高贵的地位，便是世家子弟，也不敢在他面前拿乔。

今天居然要接受这种侮辱的考校。

如果赌约已经结束，方人和很可能掉头就走，但是他心中疑惑难解，还没看见文臻解决的手段，此刻无论如何也不甘心就这么算了。

他只好按住了文臻的脉搏。

文臻微笑，已经做好了被他喊破身份的准备。

方人和给她诊过脉，知道她的身体情况，万一脉象还是和之前一样，老方很可能猜得出来。

但是没有办法，这已经是她唯一一个能骗方人和给她诊脉的方法。

诊了左手换右手，文臻没在方人和脸上看见诧异了然的表情，自己倒有些诧异了。

过了一会儿，方人和放下手，冷冷道：“这位三娘子，你的身体内有淤结数处，还有一两处位在要害，如果不能及早化去，会有性命之忧。但你的武功路数十分奇特且有疗效，想来还是有希望。另外，你似乎近期曾经中过毒蛊之类，那东西虽对人经脉有益，但戕害心性，极易令人真气逆流，但所幸你心性平和，处理方式得当，使毒蛊和你体内原本痼疾相冲，倒助你的痼疾有提前消解的态势，应该对你有好处……嗯，你今日就有一处淤积散去……”

文臻有点惊讶，没想到老方竟然没能根据脉象看出自己身份。

转念一想，这一年多自己苦练不辍，遭遇不断，金针也碎去很多，体内脉象已经改变，碎去的金针在体内化为淤积，拓宽经脉，方人和再查看的时候，便已经不同了。

她确认了段夫人的毒和蛊不会对自己造成终生影响，不禁松口气。

“此处相当重要。”

她还在想着段夫人的事，心不在焉随口接道：“是啊，不能生育嘛。”

方人和一怔，抬眼看她一眼，正要反驳，忽然想到了什么，冷笑一声，道：“是啊！”

时间倒回易铭被困的那一刻。

她靠着烟囱墙壁，啃着石榴对上头道：“笑笑你在吗？陪我聊聊呗，有点怕黑。”

上面没声音，易铭也不理会，自顾自说下去。

“我瞧你最近瘦了，你到了夏天还会苦夏，再瘦下去可怎么是好？这共济盟夏天很凉快，你没事儿的话，在这多住几日呗。

“但是秋天之前就下山吧，这山里冷得早，九月成霜十月雪，到时候阴冷潮湿，道路湿滑，你容易腿痛。

“没事别和文臻他们混在一起，不是我要离间你们，而是那俩人干的都是要命活计，人又诡诈，你可别被他们带坏了。早些回天京吧，也该陪陪你爹娘你伯父他们了。”

依旧的安静。

“易人离那小子对你倒像有几分真心，就是满嘴胡话，而且争强好胜，不是什么老实性子……嗤……什么你怕热不怕冷？我们在一起十年，你什么时候怕热不怕冷了？”

上头一阵静默后，忽然传来厉笑的声音。

“那天，那个酒楼，那一刀是不是你？”

厉笑坐在屋檐上，看着底下那一线黑暗，心里也似有一线浓黑，慢慢浸染原本明月心境。

她不是笨人，那天酒楼里门板上刺进来的一刀，令她心魂俱碎心灰意冷，但事后再回想，却觉得疑问诸多，而且之后易人离的态度也太奇怪了些。

他应该义愤填膺，提刀去找易铭算账，结果反而看起来十分心虚，一句不提。

但她亦明白，既已成敌，何必再去追寻答案，徒惹烦恼？

但此刻，在屋顶上听着那人絮絮叨叨，那句话便脱口而出，说完忍不住懊恼，她捧住脸狠狠揉了一把。

底下，易铭听见这个问题，张口正要答，手臂一抬疼痛袭来，她忽然停住了。

她沉默着，靠着冰冷粗糙的墙壁，拿起那个梨子慢慢啃了一口，又一口。

半晌她笑一下，自嘲地摇摇头。

上头，厉笑久久得不到回答，她立在屋檐上头，只觉得这四月春夜的风也如此地透心凉。

明明风里花香馥郁，却总令人鼻头发酸。

最终她垂下眼离去。

走出一步，听见底下易铭喃喃道：“笑笑，之前你出嫁的聘礼，你们鼎国公府给我抬回来了，也把嫁妆要回去了。不过你家真的都是粗汉子，三十八抬嫁妆变成三十九抬也没人发现，那最后一抬是我给你备的新婚礼物。从你我相遇定亲那年起，每年我都给你备上一套衣裳和相配的首饰，每套衣裳都有用途，新婚第二日拜见公婆穿的，三日回门穿的，年节穿的，诗会茶会花会穿的。这些衣裳料子都颇别致，你早些回去查点查点，有什么不合适的自己调整，和我生气不要和我的钱生气，用得着……只要你不是嫁到苍南或者极北，都能穿……”

厉笑先还听着，后来便越跑越快，把瓦片踩得“哗啦啦”响，像个不懂武功的人，一路碎瓦落砖地奔远了。

底下易铭停了下来，啃口梨子，又悠悠叹气。

静了一会儿，上头有响动，片刻后光亮重现，露出唐羡之的脸。

屋顶机关有先天限制，无法以重物堵住出口，否则整个屋顶就塌了。

他要把易铭拉上来，易铭却道：“先别动。”先用斗笠遮住脑袋，然后拔下长刀在出口位置又敲了一圈，随即“咔”的一声，靠近出口三尺处一圈，忽然刺出七八柄雪亮的匕首。

唐羡之扬了扬眉。

易铭如果刚才急着出来，现在大概身上七八个对穿的窟窿。

“我们先前已经以机关小人查看过墙壁，当时为什么机关没有发作？”

“很简单，那机关设置的是二次发作，第二次触动的时候弹开。或者这烟囱通道里的机关原本就是开着的，燕绥算准我会想办法先查看，所以查看的时候反而令机关关上了，如果我真的以为这通道就此无事，那我死期就到了。”

更绝的是燕绥在这通道里没设置多少机关，底下大半截都没事，给人造成通道机关果然已经被排除干净的错觉，然后在最后三尺留下杀手。

人总是在最接近成功的那一刻，防备最低。

易铭咬牙缩骨，从那七八柄匕首的缝隙里钻了出来。宁可麻烦一些，也不去动那些匕首。

谁知道一旦碰了，会不会冒出什么稀奇古怪的东西来？

两人站在屋顶上，看一眼浅青的天色，天快亮了，最后的机会已经失去了。

易铭一手石榴壳，一手梨子核，在掌心转，唐羡之带笑的目光扫过，什么都没问。

易铭也在笑，也什么都没问唐羡之。

她和唐羡之多么相像，相配，懂分寸，多么适合结盟的一对啊。

易铭笑着，将水果的壳子随手抛了，转身：“走吧。”

四圣堂内，文臻并没有在意方人和那句有点奇怪的话。

“我给你看过了，现在你可以出手了吧？”

文臻起身，走到帐前，也没把脉，只装模作样闻了闻，目的就是让文蛋蛋悄悄滚回她辫子上，随即她走回桌案，顺手拿起桌上一杯没人喝过的茶。

文蛋蛋借着她衣袖掩饰，在茶水里打了个滚。

文臻将茶递给凤翩翩，示意她给帐内人喝了。

凤翩翩有些犹豫，方人和走过来，看了看又闻了闻，只能确定没毒，冷笑一声道："故弄玄虚。"

凤翩翩知道这是没毒的意思，便将茶水递给帐中人，另外两位当家一直不说话，却隐隐将文臻围住，准备一旦出什么岔子，便将她拿下再说。

不过片刻，帐内人一声轻咳，凤翩翩喜道："这回真没事了？"

"自然。"

几位当家经过先前的折腾，哪里敢就此放心，拉着文臻东拉西扯说闲话，等了好一会儿都没动静，帐内人气息沉沉，竟然睡着了。

几位当家这才放下心，致谢文臻，文臻笑道："大当家这是中了毒，四圣堂守卫森严，还能让大当家中毒，可见贼人真是无孔不入啊。"

众人都露出深思表情，确实，四圣堂若非特殊情况，便是坛主都不能轻易入内院，大当家本身也非常谨慎，吃食用度，都不允许外人接触，这毒中得莫名其妙。众人从中毒发作时间推断，原本是怀疑文臻这一批人的，但是文臻出手解毒，这怀疑便淡去许多，毕竟表面上看起来，扈三娘没什么动机啊。

那么剩下可疑的，就只剩下易铭和她带来的人了。

"大当家这毒幸亏时日尚浅，否则恐怕会传给他人。近几日，几位当家还是莫要接触外人的好。"

易铭唐羡之既然来了，只要能见到几位当家，必然是要揭穿她和燕绥身份的，文臻自然要先尽量避免两人进四圣堂。

好在现在共济盟对易铭心有芥蒂，她随便挑拨一下，并不难做到这一点。

众人便都应了，二当家当即下令四圣堂这几日不见外客，又问文臻有什么要求尽管提，文臻把她那管山腰牌拿出来，笑道："也没什么别的，我好面子，混了这许久，就和山脚三人守卫队队长级别一样，有点不甘心啊。"

凤翩翩脸一红，急忙道："这牌子不过是给你玩的，你对共济盟，对大当家都有大恩，便是坛主也当得，只是咱们五坛坛主都满了，我们稍后给你一个军师令牌，地位等同五坛坛主，如何？"

"那便多谢抬爱了。"

文臻对着一旁脸色难看的方人和一摆头："神医，一天之内听我吩咐？"

方人和一拂袖，愤愤走了出去。

文臻和众人告辞，笑吟吟跟着，出了四圣堂，带方人和去了半山小院。

时辰还早，不过已经有人往飞流峰半山而去，大概是去蹭早饭的，虽然文臻不经常出手，但是闻近檀的豆腐皮鸡丝包子和君莫晓的打卤面也够这些人辗转反侧思之难眠了。

只是这些人也太早了些，文臻走在他们身后，听见几人都在趋奉着中间那人，而中间那人五短身材，话不多，看样子颇有些地位，文臻本来打算扛着老方赶紧越过这些人，忽然听见他们提到了闻近檀。

闻近檀自上山一直还是顾大哥打扮模样，但大家自认为是过客，也没把这易容事业当作如何了不得的事，久而久之，行动举止，难免被一些细心人看出端倪来，如今这群人便是看了出来，笑说那个顾大哥有点女气，莫不是个女人。

当下众人起哄，都道这位若是姑娘，看那气质，和这山中舞刀弄枪的江湖女子都不一样，纤弱文雅，又有一手好厨艺，和老大真是天作之合。

也有人道，那半山小院，连同扈三娘在内的男男女女，除了这文弱的顾大哥，大多数看起来都不好惹，这万一那姑娘不愿意，惹怒了扈三娘那一帮人，也是个麻烦，毕竟本山子弟，除了上天梯大比，其余时候决不允许私下斗殴。

这话一出其余人立即摇头。怕扈三娘那批人做甚？他们来历不明，上头疑心未去，立了偌大功勋一时都不敢委以重任，扈三娘手里就一个管山牌子，地位低到可以忽略，怕她翻了天去？

就是，一旦打起来，老大压不死她！

一语双关，众人哄笑，劲头十足地往山上赶。

第一百三十一章

在乎的人在乎你

文臻笑了一声，扛起老方，抄近路一溜烟先去了半山小院，一到就吩咐：“今天食堂不供应早饭。”

众人立刻应了。

“哦不，竖个牌子，以后都不供应了。”

“来人吃饭怎么说？”

“就说集体来大姨妈了。对了，这些板凳什么的也拆了扔了。”

文臻吩咐完就带了老方去院子里，燕绥早已在那等着，弄了一个小册子认真在写着什么，看文臻来了便收了起来。

文臻一指燕绥，对方人和道：“方老，我还有一人需要看脉，当然，这回是有酬金的。”

她手掌一伸，文蛋蛋很自觉地滚到她掌心，琉璃光彩，淡淡异香飘出。

方人和先是漫不经心看了一眼，随即怔住，又看一眼，凑上前，取了帕子要拿文蛋蛋。

文臻一让，对燕绥努努嘴。

一看老方那架势果然是识货的，既然识货，不怕他不上钩。

方人和盯了燕绥一眼，猜测着他的身份，文臻拿了文蛋蛋，漫不经心地在水里滚，将洗过澡的水随手往地上一泼，顿时四面虫蚁死的死散的散。

文臻又拿出一只水晶盒子，里头是一只蝎子、一条蛇、一只火红的大蚂蚁，都是剧毒品种，这架势一看就是要养蛊。

文臻把文蛋蛋往里头一扔。

方人和目光灼灼盯着，想象中的厮杀并没有出现，文蛋蛋一进盒子便转了一圈，蚂蚁火速后退，毒蛇盘成一团垂下头颅以示敬畏，蝎子干脆高高翘起尾巴，双前肢恭敬地举起文蛋蛋，把文蛋蛋举出了盒子。

文蛋蛋转过的地方，那三只宁可挤在一起，也不敢碰。

方人和眼神灼灼，看样子恨不得也把文蛋蛋捧在手里，好好瞧瞧。

“老方啊，你好好干活，这珠子我便借你研究一天，如何？”文臻悠悠道，“但是你先发个毒誓，如有隐瞒虚假，天地不容，所爱皆失。”

方人和转开眼光，嗤笑道：“我是医者，如实诊治是医者本分，你也忒瞧轻了我！”但最终还是举手发了誓，又给燕绥诊脉，手指搭上去，燕绥忽然道：“三娘，我渴了。”

“小檀，送杯水来。”

“好！”

“还有点饿，想吃你做的酸笋鸭肉馄饨。”

“这个我教给采云了呢，采云！我想吃酸笋鸭肉馄饨！”

“好的小姐，很快！”

燕绥挑眉看文臻，文臻笑嘻嘻看燕绥。

方人和鼻子里发出冷笑，看完左手看右手，忽然道：“有你们这装模作样的工夫，脉都看完了。”又看文臻一眼，这回的笑容更加恶意了。

文臻心里一跳，忍住没有直接问出口。

“要我说，你方才何必要我发那个毒誓？”方人和冷笑，“对你来说，说不定听假话还能活得舒坦一些。”

文臻心一沉。

不等她问，方人和迫不及待地一指燕绥：“话又说回来，你小子运气还挺好的。”

文臻沉入谷底的心刚刚蹦回原位，就听见方人和这老不死又来一句：“按说活不过弱冠年纪，能活到现在，不是运气是什么？”

燕绥不说话，文臻也不想说话了，现在不用怀疑这老货说话真假了，他满满的恶意不让他发泄出来才会憋死。

“但是，也万万活不过三十。不过这又何妨呢……”

文臻一颗心被这恶意吊得快飞了，怒不可遏瞪着方人和。

“赶紧广纳妻妾，开枝散叶，到三十也够生五六个孩儿，什么也不耽误，可喜可贺，可喜可贺啊。”方人和满面笑容，看上去简直像在恭喜燕绥。

“是啊。”燕绥拍他的肩，一脸认同的欢欣，“前景甚是可期，想到娇妻美妾，儿女环绕，我也觉得甚有福气。总觉得比某些多活了几十年，但无妻无子，死了都没人上坟的老光棍还要好一点呢。”

方人和的一张老脸瞬间变色了。

文臻隐约记得这家伙性子孤傲，早先也有家眷，为了学医，生生折了，后来就一直孤身一人，也不知怎的，认了易铭为干孙女。

说到底，最重的血脉传承终是断了。

在老方要发飙之前，文臻有意无意地把文蛋蛋在指尖上转了一圈。

方人和硬生生咽下了那口恶气，手指按在燕绥腕上，继续细细探脉，沉着脸道：“母胎之时便中毒，出生后应该还中过激发此毒性的毒物，本应少年夭亡，但之后想必颇有机缘，用过不少灵丹，将毒性生生抑制，才能安然至今。但这毒年深日久，入骨入髓，戕害真元，搅乱心神，体内但凡有任何不良变化，都会引得毒性深入，比如受伤、患病、大悲之事心神俱丧……以及，”他忽然看了燕绥一眼，又看了文臻一眼，嘴角泛起一抹讥嘲的笑意，“精元有失。”

文臻脑中轰然一声。

怎么会这样？

她一直怀疑燕绥的问题在于中毒，而且一定是幼年便有的毒，他成年之后没人能毒他，可什么样的后果都想过了，就没想过居然有这种限制。

这不会有假，方人和一代神医，能把燕绥的问题的来龙去脉都看出来，编不出来的。

想到几个时辰前发生的事，她一时之间，悔到肠子都青了。

本来心中有个隐约的，并不太愿意面对的想法：怕燕绥不能长寿，怕他就认定她一人，没机会留下子嗣，所以想着，如此也算不辜负他，若有机缘生个一儿半女也好。男女之爱，血脉传承，此生也就无憾了。

如果知道这会影响他，她憋死也不会放肆啊！

方人和看她神情惨淡，有些痛快：“所以老夫收回先前的话，三十岁之前娇妻美妾子嗣众多，想来是不大可能了。死期很可能提前，想必来不及生那么多儿子便两腿一蹬了。这可如何是好？这岂不是要和我孤老头子一样，且活得还没我孤老头子长？”

燕绥早已懒洋洋起身：“放心，一定活得比你长。”

他伸手去拉文臻：“不要理这老货危言耸听，走吧。”

文臻甩开他的手，将文蛋蛋往方人和面前一拍：“办法，解药！告诉我！它就是你的了！”

差点被拍扁的文蛋蛋："……"

方人和用帕子拈起文蛋蛋，呵呵一笑："解药啊……没有！"

"缓解方法也行。"

"还是没有。我说了，他拥有世上最好的灵丹，自小当糖豆吃，所以能安然活到如今，换成常人早是坟中枯骨，你说到哪去寻比那些灵丹更强的？到哪还能有这种灵丹当零食的待遇？做人还是知足一点……哎，安排个地方，我瞧瞧这珠子。"

文臻心灰意冷一挥手。自有人来带老家伙去看珠子，不过是拨间空房给他待着罢了。

方人和走了两步，突然想起什么，道："哦对了，他好像近期已经发作过一次，之后虽然以药物压制，终究不能治本，不过是饮鸩止渴而已。如果不想三十变成二十三的话，从现在开始，最好就要戒酒戒怒戒色戒动武……"

"戒这世上所有喜怒悲欢，做一个清心寡欲麻木不仁的木头人便可。"燕绥冷冷接上。

"然也！"方人和双手一合，捧着文蛋蛋笑眯眯去了。

文臻看着他背影，走了两步，想要说什么，最终住口，转过身对燕绥笑了笑。

"没事啦。"她道，"这老小子可能还是怀疑咱们的身份，故意说严重些吓咱们呢。再说这世上还有解不了的毒？我不信，今儿个一定要把老家伙肚子里藏的货给榨出来。"

燕绥手指敲敲桌面："过来坐。"

文臻坐在他对面，燕绥看她一眼，文臻目光飘来飘去，燕绥忍无可忍，一伸手将她拉坐在自己怀中，文臻叹口气，双手抵住他胸膛，有点疲倦地道："行了，天快亮了，想白日宣淫吗？"

"白日宣淫？"燕绥挑眉看她，"我倒觉得以后我想碰你一下，你可能都会逼我念心经。"

文臻实在是有点笑不出来。

此刻压在心上的不仅是燕绥的奇毒，生命短暂的威胁，还有对先前那一番放纵导致的后果的巨大懊悔。

文臻脑中一片混乱，低低地道："母胎中毒……那德妃娘娘如何没事？"

这话一出口她就心慌，觉得说错话了，险些咬了自己舌头，一抬头看见燕绥神色淡淡，懊悔弥漫心头。

胎儿中毒，母体没事，敌人下手不会这么仁慈，这样做难度也太大。

最大的可能是这个母亲自己下的毒，选择了不利胎儿但不伤自己的药物。

脑海中一晃而过那宠妃的奇特个性，母子之间的淡漠关系，还有德妃与皇帝和林擎之间奇怪的三角关系。

每一种存在都似乎在验证这样的可能。

这太过残忍，文臻后悔自己这一问。

燕绥没说什么，安抚地抚了抚她的发。

两人一时都没说话，文臻隐隐觉得，这个疑问想要得到解答，怕是得天翻地覆。

她看着燕绥在晨光里越发挺秀精致的轮廓，心底涌起难以抑制的愤怒，眉目间的笑意却越发甜蜜。

“有什么关系呢，”她靠在燕绥肩头，舌尖灵巧地拨他耳垂，“你在乎的人在乎你便好。”

燕绥一偏头，粉色的舌尖便舔在他颊上，换成往日便要缩回去了，此刻却并不停留，往下慢慢亲上喉结。

肌肤香腻，气息微微，燕绥仰起头，手指插入她乌黑细软的发中。

他眼底有微微的笑意。

这丫头面甜心苦，看似蜜糖样儿，其实很少从她嘴里听见甜言蜜语，更不要说情爱主动，如今这般待遇，他一时恨不得方人和干脆说他活不过二十三好了。

那估计她不仅天天情意绵绵，说不定还会自荐枕席。

燕绥的手慢慢探上腰带，文臻按住了他的手。

燕绥眯了眯眼。

“还真要白日宣淫啊？”文臻笑。

“那我就在乎这个。”

“你颓废的人生就没有别的需要在乎的事了吗……哎呀你这个混蛋不要这样扛我！”

“对，没有。咱们男人哪怕活得短，都不能时间短！”昭告声气壮山河。

屋子门“砰”的一声关上。

厨房方向，又一声门板撞响，隐约还有人惊叫，却是闻近檀的声音。

文臻的那间屋子里“刺啦”一声，似乎什么撕开了，随即文臻蹿出了门，一边跑一边大骂：“子系中山狼，得志便猖狂！”

身后燕绥关上了窗。

文臻奔向厨房，厨房门大开着，其余人已经纷纷赶来，地上一片狼藉，刚熬好的汤泼了一地。

闻近檀手里还拿着菜刀，菜刀上沾满肉末，文臻特意仔细看了一眼，确定那肉末是猪肉末。

虽然咱们小闻是手无缚鸡之力的弱女子，可是文臻一向认为她的凶残程度足可排女士前三。

但是凶残度排前三的闻姑娘此刻双目含泪，脸色煞白，举着脸大的菜刀浑身颤抖着。

“刚才有个人忽然蹿进来摸……”

闻近檀脸红了，没有继续说下去，但大家都懂了，君莫晓勃然大怒，抓起两把剔骨尖刀就追了出去。

“你给他教训没有？”文臻不相信闻近檀就这么算了，如果能留下点伤痕回头也能找出是谁。

闻近檀红着脸羞答答地道：“我差一点就剁掉了，可惜他太矮，距离估算错误……”

“行了，都散了吧。后头小心些，咱们这地儿也不是谁想来就来的。”文臻驱散众人，想着那群人胆子倒是大，换成以往自然要找过去惩戒，不过等方人和看过病，马上也就走了，不必再节外生枝。

方人和待在小院一间屋子里，将文蛋蛋反反复复看了个遍。

文蛋蛋始终团着身子，只展现自己身为珠子的一面，饶是如此，方人和也表现出极大的兴趣，他用细管银针从文蛋蛋身上采毒，然后惊讶地发现每次采的毒都不一样。

方人和一拍桌子，瞬间就下定了决心。

现在就偷走它！

第一百三十二章

男人与狗不得入内

只是老方擅长的是医术不是偷术，在这半山小院四处看守之下怎么偷，一点头绪都没有。

想了半天，方人和懊恼地摊开手，文蛋蛋滚了出去，弹向后窗方向，方人和看见那窗，忽然眼睛一亮，急忙冲到门口，从门缝里看出去。

外头看守的两个汉子正背对着他啃鸡腿呢。

方人和跳起来，拿过自己的药箱，从药箱底层抽出一个暗屉，里面装了许多长短不一的零件。

方人和传易铭医术，易铭自然也会给他一些机关小物用来防身，这里就是一个简易的万能爪，可以用来爬山，坠落时自救等。

方人和有点艰难地组装好了那爪，安装在自己手脚上，并抽出一卷细丝，一看就非常柔韧。

方人和把细丝拴在床脚上，爬出后窗，双手弹出爪钩，双脚弹出匕首，一步步向下攀援。

看守的人好像毫无所觉，从头到尾都没进门看一下。

方人和小心翼翼往下爬，但是毕竟年纪大了，体力不支，爬到半山时，忽然脚下一滑，没能插入石缝，整个身体顿时失去平衡往下栽去。

忽然有人跃出，一把将他接住，两人落在下方崖壁斜斜伸出的一棵矮松上。

方人和惊得脸色青白，好半晌才记得向人家道谢，那人是个长脸高个汉子，一张口，就说了句共济盟内易铭的探子才知道的暗号。

方人和顿时放下心，这是自己人。

对方说自己在采药，有种药只在飞流峰崖边生长，且只能在黎明和清晨交界之时才会开花，结果遇见有人落崖，便顺手一救。

方人和便报了自己身份，对方又惊又喜，忙将采上的药献上，方人和一看，确实是珍稀药物，便不客气地收下了，对方便又诉说近日身体不适，请老神医给瞧瞧。

人家救了命又送了东西，方人和再古怪也没好意思拒绝，便给他看了看，指出一些小毛病，说明没有大碍。对方看似松了口气，却还是不放心，请教如何调养如何根治，显得十分忧心的样子。方人和急于离开，十分不耐烦，先还指望他背自己下山，便敷衍了几句，听着听着牛脾气发了，忍不住嗤笑道："你这人如此婆婆妈妈，真是枉为男子。你这算什么病？不痛不痒不伤寿元，还愁成这样。这要换我方才诊治的那位，岂不是要当场跳崖？"

"老神医，您说的可别是咱大当家吧？"

"那倒不是。"

"那可真是个倒霉蛋儿。不过如果换了我，真的没治了，那就跳下去一了百了。"

"倒也不是没治。那可不仅仅是个倒霉蛋，还是个蠢蛋，药就在身边却不晓得用，还送给别人了。"方人和山羊胡子一翘，得意地拍了拍腰间。

"这世上哪有这么蠢的人，您老别和我玩笑了。"那人探头看了看山崖，"离底下不远了，咱们这就下山吧，老神医，来，我背你。"

方人和一喜，急忙趴他背上，感觉他下山虽然不快，但是十分稳健，心下欢喜，洋洋得意地道："倒也不是他有多蠢，只是不懂行，坐拥宝山而不知。大燕冀北柳家是名医世家，虽然声名不显，但其实世代相传，底蕴极深，早年有位先祖最喜欢搜集海外奇药，保不准有办法。不过，其实啊，倒也未必非要跑那么远，这玩意儿才是个宝物，拿来做药引煎了，绝对有效。"方人和又拍了拍腰间。

文蛋蛋在他的腰带里瑟瑟发抖。

"那玩意儿？"

"你就不必问了。"

"好咧老神医，我不问。您抱紧我了啊。"那人下山的速度比先前快了许多。

方人和一路只紧紧捂着那个装文蛋蛋的腰带，防人之心不可无。

到了山脚，那人十分热情，还背着方人和绕过了山脚岗哨，一直把他送到了山门之外，放下后也没多停留便告辞了。

方人和松开捂住腰带的手，放心地感叹一句："共济盟的兄弟们真厚道啊！"

他向虎军的集合地走，一边走一边准备再掏出文蛋蛋欣赏一下，总觉得这东西不仅仅是一颗珠子呢。

手一摸，便僵住，再摸，半晌，方人和的咆哮声响彻半山："杀千刀的共济盟！"

文蛋蛋在路上滚啊滚。

说好的，等老家伙说漏嘴，它便自己溜出来回家去。

叫老家伙竹篮打水一场空。

但是它现在滚的方向，并不是回共济盟的路。

文蛋蛋害怕了，不敢回家。

那老家伙说了，拿它煎药，就能治那个黑心鬼的毒。

回去是什么下场？以它百年的智慧，自然知道那就是被自己的便宜半路主人洗洗刷刷下锅熬汤啊。当然不能傻傻回去让自己落得这样的下场。

文蛋蛋想着成为第一个没有主人的蛊王也不错，从此海阔天空，笑傲江湖，走上人生巅峰。

文蛋蛋正这么想着的时候，完成挑拨鹿军熊军任务的八哥飞回来了，文蛋蛋欢喜地一蹦三尺高，八哥小弟果然看见了，飞过来载走了文蛋蛋。

文蛋蛋揪了揪八哥的羽毛，示意它往南边飞，便放心地在八哥的羽毛里滚来滚去，找个舒服的地方睡着了。

它做了一个梦，梦里面，八哥带着它飞到了传说中美丽的海岛上，那里蓝天大海，白沙绿椰，金发灿烂的海妖在碧浪中歌唱，它就睡在海妖同样波涛汹涌的胸上。

飞流峰半山，一身共济盟喽啰打扮的英文，向文臻回报从方人和那里弄来的情报。

老方能逃走自然是文臻放的水，指望老方乖乖说出治疗方法是不可能的，只能用计。

所以把老方安排在有后窗临谷的房间，英文早就打扮好了等在崖下。

文臻听完，脸色一变："那你有没有接回文蛋蛋？"

"啊？"英文愕然，"蛋蛋不是说好了会自己回来吗？"

"听见这个，回来才怪！"文臻一拳击在掌心。

英文他们不了解，她可知道，文蛋蛋这个百年老妖听说自己可能要被当药煎了，不跑才怪。

"你会拿文蛋蛋给我煎药？"对面，燕绥漫不经心地问。

文臻顿住。

会的吧。

什么也没有他的命重要。

如果真到了那一步，别说文蛋蛋，她自己也可以煎一煎的。

她不怕自己成为冷血的人，只怕他活不长。

只是文蛋蛋终究是段夫人临终相赠，也帮助过她很多，她没把文蛋蛋看成宠物或者虫子，某种时候那是比人类还有智慧的奇妙存在，值得珍惜。

她只是想，蛋蛋或许也能给她提供一些思路，这吓跑了可怎么办？

忽然听见翅膀扑扇声响，她一抬头，就看见八哥飞回来了。

八哥身上，做着碧海金沙美梦的文蛋蛋隐约听见人声，迷迷糊糊摊开身体睁开眼——

然后它差点从八哥身上滚下来。它听见了燕绥那句问话。

文蛋蛋屏气凝神，久久没听见文臻的回答。

文蛋蛋忧伤地卷成珠子。

燕绥往上瞟一眼，忽然唇角一翘："别，你真煎了，我也不会喝，怪恶心的。"

文臻也往上瞟一眼，叹一口气："煎不煎的都是白说，都跑了。真是的，怕什么呀，我是那种煎友求生的人吗！"

她惆怅地道："我只是担心蛋蛋，也不问问我们到底怎么想的，就这么跑了，又没什么社会经验，被人骗了怎么办？"

文蛋蛋热泪盈眶地主动从八哥脖子上滚下来了，正落在文臻手心里，连滚了三圈表示内心的惭愧和激动，还在文臻脸上跑了三圈以表谢意。

它跑过的地方，疙瘩纷纷掉落，留下了一层透明的黏液。

这是从未有过的情况，文臻觉得有点恶心，想要去剥，却被燕绥拦住。

文蛋蛋跑完三圈，一个起跳，优美地跃入燕绥的茶杯里，溅起一片水花。

这下文臻也忘记剥黏液了，全神贯注地看蛋蛋在里头游泳，文蛋蛋往常泡澡，都是珠子形状，这回却显露了原形，整个身体舒展开，就是一只有着宝光琉璃外壳的大虫子，虽然美丽，也很诡异，尤其在茶水中扑腾，温热的茶水竟然渐渐沸腾起来，由碧绿转为淡淡的粉红，这下更令人觉得诡异了。

文臻怕燕绥看了之后死活不肯喝，干脆过去，将他眼睛一蒙，燕绥轻笑一声，反手抱住了她的腰。

片刻后，文蛋蛋出了水，躺在桌子上肚皮朝天喘气，身体眼见着竟然缩小了一圈，连带外壳的琉璃光彩都暗淡了一些。

文臻便知道，这是动真格的了。

她心中有些感动，看一眼那茶水，却是脸色快和那茶水一样了。

那茶水已经变成了和文蛋蛋外壳一样的颜色，五彩斑斓。

燕绥这人，茶叶不齐整都不喝，更不要说这颜色诡异的洗澡水。

文臻不等他说话，双手一伸搂住他脖子，笑道：“我们要不要玩一点游戏呀？”端过那杯茶喝了一口，一口下去险些吐出来，咬牙忍住，笑吟吟往燕绥的唇凑过去。

燕绥凝视着她，最终一笑，迎上去，接了她渡过来的这第一口洗澡水。

燕绥脸色虽然不好看，但并无什么异状。

好一会儿，文臻才气喘吁吁地仰头挣脱，她脸上的黏液忘记擦拭，片刻后干了结了一层透明薄膜，此刻耳鬓厮磨，薄膜碎裂，一片片落下来，肌肤滑润无比，宛如刚上了一层细腻的滑粉，手放上去就自动落下，她怔了怔。

燕绥端起那杯茶，一口气喝完。

文臻没说话，眼底有微微的笑意与感动。

燕绥眼神幽深，文臻在他深黑的眸底都能看出自己的脸发光的白，心中一动，掏出小镜子左右照照。

倒也不是像想象中一样，忽然便美若天仙了，就是似乎更白了些，毛孔更细了些。

一夜没睡，文臻打了个呵欠，催燕绥去睡，明日好像就是上天梯之比了，既然方人和说共济盟也有药，而上天梯一路爬上去的，到最后是有奖励的，文臻想着干脆冒险再待几天，最起码把共济盟的药拿了再说。

文臻进了自己房间，燕绥刚要跟进去，“砰”的一声门关上了，过了一会儿，窗户打开，文臻抱着一个大包裹，里头是燕绥惯用的枕头被子，他有时候会在她这里躺一躺。

她把包裹塞在他怀中，挂出一个牌子，窗户关起，牌子在风中飘荡，上面写着：燕绥、男人与狗不得入内。

燕绥：“……”

第一百三十三章

发飙

上半夜无事，很多人睡得很迟，因为在打包行李，文臻想办的事已经算是办完，现在治病是第一要务，接下来她打算去一趟大燕。

下半夜的时候，素来起得早的闻近檀想起昨夜的豆子泡得早，现在可以磨豆浆了，便拿了豆子亲自磨。

耿光在院子外头守夜，便在一旁打下手，一盆豆浆磨好了，他帮忙抱进去，再换一个空盆来。

可等耿光放好豆浆拿着空盆再出来，看见的就是磨盘旁地上流了一地的豆浆，而闻近檀已经不见踪影。

片刻后，文臻等人都穿戴齐整，站在了磨盘旁。

磨盘旁有一些杂乱的脚印，看脚印像是下山去了，但是文臻燕绥都不这么认为，两人示意看看周围草丛，清晨滑草，自然留不下什么痕迹，但是英文很快在草丛下找到半根簪头。

闻近檀有点吃亏，扮了个男人，饰物不多，英文一路追下去，又找到一截簪尾一截玉环，一直追到索道处，很明显闻近檀被掳之后，对方故布疑阵，安排一部分人走山道下山，带着闻近檀的人却从乱草丛中穿过，攀了一段山崖，去了索道入口，从索道走了。

索道连着五峰，不能确定到底是去哪一峰，众人赶到索道前，却见索道前挨挨挤挤的全是人。文臻等人被挤到了几丈开外，别说去询问索道看守者，连个缝都钻不进去。

所有人都神情兴奋，交头接耳，上天梯之声不绝。文臻这才想起来，原来今日是上天梯之比。

上天梯的主场在燧峰，是五峰第四峰，在五峰之中属火，燧峰有离火坛，掌五峰弟子陟罚臧否之事，算是法务和人事部门，又有权，又热门，向来不缺人巴结。

燧峰并不是五峰山最高的山峰，却有一道最长的阶梯，长达九百九十九阶，又称云阶。云阶高耸入云，一眼望去，如接青天，历年的五峰山大比就是在这里举行的，负者坠落尘埃，胜者拾阶而上，是为上天梯。

今天是正日子，各峰弟子，但凡有点野心的，都一早赶在各峰索道处排队。

因为上天梯有个规矩，一步一比，逐步挑战，但如果能尽早走完那九百九十九阶的，一样能获得高位，还能获得共济盟的秘密大礼。毕竟运气和智慧也是实力的一种。

这秘密大礼每一次都不一样，有时候是价值连城的宝物，有时候是珍贵无比的丹药，有时候是奇花异草，有时候是高深武学。

所以众人都想抢着第一个坐索道过山，早点踏上云阶。

耿光等人好不容易挤到索道那头，看守索道的人对他的询问听而不闻，只埋头不耐烦地大声喝："排队排队！任你什么杀人放火找人丢狗都统统给我排队！"

"三娘，这可怎么办？"耿光又挤出来，一头汗地问文臻。

文臻脸上疙瘩都掉了，戴着个面具，看一眼耿光，叹口气。金吾卫那种高贵出身的人，哪里擅长和这些山野土匪打交道。

这些是能和他们讲道理的人吗？

"以情动人，以理服人……如果这都不成，那就以拳头打人。"

"哦……"

易人离早已不耐烦地大声道："诸位！麻烦让让，我们寻人，顾大哥被贼人掳了！"没人理。

"你们吃了顾大哥多少豆腐皮包子，还有没有良心了！"有少部分人让开道路。

前头还是人山人海，还有人推搡君莫晓："走开！自家的人看不好，来这挤什么挤？没看见爷们有急事！"

"人命还没你一个小队长重要是吧？豆腐皮包子都喂了狗是吧？"君莫晓一拳头便撂翻了那家伙，"还上天梯呢！就你们这德行，下地狱去吧！"

人群立即愤怒了，潮水般涌过来："碍事的都滚开！"

易人离捋起袖子，鞭子一抽，便抽翻了七八个。

片刻后，一地落花流水里，文臻问看守索道的人："大约半个时辰前，可有见着有人被挟持而行？去了哪座峰？"

看守索道的人只一犹豫，就被易人离的鞭子甩到了索道上，大头朝下悬空一吊，

“去……去了燧峰……”

文臻皱了眉。

今日燧峰全是人，是最好藏人也是最难追踪的地方。而且燧峰四周都封山了，只留了云阶千层，要去燧峰，只能去爬上天梯。

“现在要坐索道，就等于报名参加上天梯。”守索道的人斜眼看文臻。

“报就报呗。”文臻刚想填燕绥名字，好让殿下活动活动筋骨，以最快速度将闻近檀救出来。

结果看守人提醒：“你们这一群，只有扈三娘在共济盟名册上，只能填三娘名字。其余人虽可参加，但成绩不一定能认。”

文臻大笔一挥填上自己名字，和燕绥坐上篮筐，其余人也坐上篮筐直奔燧峰。

燧峰脚下，黑压压都是人，分别着白青黑红黄五色衣裳，正对应金木水火土五行。

广场四侧有巨大雕塑，西方白虎、东方青龙、北方玄武、南方朱雀。中央牌楼则一左一右各一只麒麟，麒麟门后便是九百九十九层汉白玉云阶，阶梯高接云天，浮云迤逦于腰，半山之上，桃李灼灼，红云遍染，一道霓虹跨越青峰，在薄云妖桃之间挥舞七色画笔，染半天琉璃色。

文臻仰头看了一会儿，愣是看不到顶，觉得这阶梯真是治疗颈椎病的绝佳法宝。

英文跟在两人身边，到了燧峰入口处便消失了，过了一会儿回来道：“痕迹消失了，但应该就在燧峰，对方对此地很是熟悉。”

那就是燧峰的人了。

文臻一抬头，正看见麒麟门后，阶梯上方，人员都已经到位，其中有个五短身材的，特别刺眼。

共济盟的上天梯名字听起来风雅，但真正的规则却充满了土匪才有的随意和匪气，喽啰只能站在最底下，然后十级之上是队目，大抵有五十人，根据排名高低各占一级，百级之上是百夫，这样的中层头目大抵有三十人，四百级上站着五坛坛主，五百级上站着军师，六百级是四当家，七百级是三当家，八百级是二当家，九百级是至高护法，最后一级就是大当家。

每个人可以挑战比自己阶层高的对手，所以地位越低，爬上去越难。

文臻凝视着那直入云天的高梯，对燕绥手一摊：“唐五那个令牌借我一下。”

燕绥向来对她不吝啬，但是唐羡之的东西是绝对不会主动给她的，此时听她开口，斜睨她一眼，终究是明白她的用意，便回头对德语看了一眼。

德语从袖子里摸出那个令牌，文臻摇摇头。

不管唐羡之那个令牌到底能做什么用，但是属于唐家高层是真的，燕绥竟然把这么重要的东西扔给属下，那种睥睨心性真是没救了。

她将那令牌拴在了腰侧，一个有点碍事却十分显眼的地方。

英文和中文忽然揪了一个人过来，文臻认出这个人就是昨天拥卫在五短身材身边的人。

中文道："豆浆包子还是有用的，有人偷偷告诉我们，看见这人昨晚出现在飞流峰。"

"说，你们昨晚把人掳哪去了！"

"你们说啥？俺听不懂。"那汉子兀自装傻，也没见多畏惧，斜眼看着文臻。

文臻蹲下身，盯着他的眼睛："豆浆包子有些人吃了懂得还情，有的人吃了却只晓得奸淫掳掠，早知道还不如喂狗。顾大哥，昨晚你们把她弄去了哪里？说清楚，我就不和你计较，不把你这阵子吃下去的豆浆都打出来。"

"你这话说得奇怪，"那人梗着脖子，"一个汉子，我们掳他做甚？"

"哪来这么多废话呢。"文臻笑，"我管你们有没有龙阳之好？我就管你们要人。"

"本山之内不允许私下械斗……"

沉重的拳头打飞了下半句话和三颗牙齿，白牙伴随着鲜血飙出三尺。

文臻吹了吹拳头，笑眯眯："拳头不是器械哦。"

"呸！"那家伙居然是个硬气的，一偏头吐一口血唾沫，含糊不清地冷笑道，"行啊，告诉你，你去啊。人我们老大看中了，也是我们老大亲自安排的，在哪里我们不知道，只有我们老大知道！我们老大今儿要上天梯，要走到最上头，你有本事，便站在比他高一级的地方问他啊！这过了一夜，想必好事已成，你要是能站在我们老大下一级磕个头道声喜的，我也高看你一眼啊！"

"你是个什么身份？"文臻忽然问。

那人愣了一下，下意识道："我是燧峰火坛天干总队百夫……"

文臻点点头，忽然拎住他衣领，一口气将他推到麒麟门前。

麒麟门前广场上，没有任何职务的喽啰们在向队目们挑战，这是人数最多的决斗场，也是最没看头的决斗，正当大家一拳一脚地打架时，忽然看见文臻单手扼着人脖子，将人抵到了巨大的麒麟兽脚下，便都忍不住收了手看过来。

那男子双手抓住文臻拳头，拼命挣扎，可是文臻双臂本就是打磨得最狠最有力量的地方，她所练的拳法也十分特殊，一旦锁死人的咽喉，对方绝没有挣扎的余地，也因此众人瞠目结舌，看着那身躯娇小的女子硬生生将壮汉一路抵过来，撞在麒麟巨兽的脚上，碎石飞溅。

那家伙给这一撞，只觉得五脏六腑都似乎被撞散了，一阵干呕，随即就听见文臻大声笑道："你是燧峰火坛天干总队百夫！"

文臻一把揪住他的头发，把他脸撞在麒麟柱上，顿时鼻血长流，又碎了半边牙。

"现在，你输了。"

文臻又一甩手，这个整个脸被撞塌了半边的倒霉蛋，被扔到了麒麟门顶上坐着了。

他傻傻地坐在高处，正面对着人影重重的千级云阶，鼻血染红了雪白的麒麟雕像。

而文臻已经奔向百阶，声音遥遥从上方传来。

"留在这里，等着看你们老大被我从上头踢下来吧！"

随即哄笑声起。

"扈三娘好大口气！"

"把老熊揍倒了也算可以了嘛。"

"但是老熊是百夫中最弱的一个吧？靠巴结孙坛主硬提拔的吧？"

"扈三娘那脚步虚浮，真力一看就不怎么样，就这样，还敢登天梯？"

"不不不，不仅是要登天梯，你没听见吗，她说要踢下孙坛主！"

"哈哈哈这牛皮就吹太大了啊，孙坛主可是五坛坛主第一人，这次是放下话，要把凤三当家拿下的！把他踢下去？那是要当二当家吗？"

"不不不，孙坛主击败凤三当家的话，很有可能就是二当家了，踢下他，得做大当家！"

"这真是这次上天梯最有意思的笑话了。"

"我瞧这个扈三娘挺邪门的，说不定真有意外呢？"

"不说别的，时间就赶不上啊。扈三娘就是个管山，按说要从最底下开始挑战，就算现在击败百夫，早了一步，但是孙坛主是从五坛最高的四百九十九级开始挑战的，需要挑战的人数就几个人，这距离和时间，差太远啊！"

燕绥笑吟吟看着文臻向上直冲的身影。

他的小蛋糕儿甜蜜柔软，喜欢阴人算计，不喜欢动刀动枪，这回和他们连招呼都没打，直接冲了上去，是被人触及底线了。

她的人，谁也不许动。

他微微示意，中文心领神会一点头，下去安排侏儒暗卫了。

英文等人很有眼色地搬了椅子茶水来，他家殿下不会亲自出手，他家殿下最喜欢看媳妇雄风了。

"去，开个赌局。"燕绥舒舒服服坐下，准备嗑瓜子，顺便吩咐。

过不了一会儿，广场上开了赌局，很多人对此表示了兴趣，赔率开出来，一赔十。

燕绥招招手，中文便拎出一袋明珠。放在那赌盘之上，引起众人一阵惊呼。

易人离、厉笑、君莫晓等人无法上天梯，都拿出自己的体己，金光灿灿，看得众人眼睛发直。

“都买扈三娘胜！”

“还买扈三娘能破上天梯记录，最短时间登顶！”

“买扈三娘能身在最高层，将那孙子踢下九百九十九阶！”

文臻数步过百阶。

昨晚她借用燕绥的力量把下腹碎针化去，现在身体里隐约多了一丝流动的热流，她现在身体比以前轻，速度比以前快，拳头上的力量比以前沉重。

一拳打倒百夫，在阶梯旁的记录者会记下，她直接拥有了上百阶的资格。

百阶之上，每隔十阶，便立一人，按实力排列。

文臻直接冲上一百一十阶。

那台阶上站着的是个精悍汉子，看见她冲来，移动脚步一声冷喝：“站——”

直到这家伙吐血倒下的那一刻，他都没能明白，明明对方是当面冲来的，怎么这拳头却是落在背后呢！

这人倒下的身影还没砸上石阶，上几级台阶上的第二人刚刚转过头，一道风已经卷了过来，人还没到，胳膊肘已经阴险地自下而上撞了出去，一声轻响，那肘尖忽然弹射出一截明晃晃的匕首尖，血喷了半阶！

血还没落地，人影落在了第一百三十阶之上，那里拄剑而立的百夫已经发现下面似乎有点不对，铿然拔剑，但是冲来的人影手指一点，往他剑鞘里不知塞了什么，他的剑便拔不出来了，然后那人趁着撞过来的冲势，撞进这位倒霉的百夫怀中，膝盖狠狠一顶。

那人没来得及叫出来，在地上滚成了一个葫芦。

再上十阶，第四个还在和人打架，战成一团的两人只感觉到一阵风吹过，两人都是外家高手，正双脚绊着对拳，忽然都觉脚下一紧，低头一看，不知何时已经被牛皮索绊住了脚，而身边的人已经冲了上去，头也不回手一抖，一股柔劲传来，两人双脚朝天，倒栽下台阶，头对头撞了个头破血流。

那道黄色旋风还在往上卷。

第五个刚看清埋头猛冲的文臻，正想笑这样莽撞居然也能冲到这里，看准那白生生的脖子准备一个手刀劈倒算完，却见那白生生的脖子里忽然飞出了一排小箭。

第六个准备好了暗器，看人依旧低头冲来，便猛然蹿起躲避，却不妨文臻双手一扬，两根金针刺入脚底，惨叫一声，滚下三层。

第一百三十四章

狂飙

文臻刚踏上石阶的时候有人在掏钱下赌注，她连冲七十台阶解决七人，那钱还没来得及放在桌子上。

台阶两旁负责记录战况的人，张大了嘴，人们议论纷纷。

“这速度……惊人啊。”

“当年三当家成为共济盟第一任女当家，也是以快闻名，第一次上天梯，据说半日就上了两百阶，但现在看这位，从三当家的速度，拍马都追不上。”

“也不一定啊，目前还只是百夫级别，不算什么高手，底下势如破竹，等会也许就要步步艰危了。”

“是啊是啊，你们看她目前的手段几乎没有真刀真枪，都是各种偏门。雕虫小技应付普通高手也就罢了，对上坛主们乃至当家，那哪里够看？”

“当家？你想多了，我便是夸她快，也就顶多挑战下百夫罢了，还以为真能追上孙坛主？不可能的！”

“上天梯岂是那么好上的？人的精力是有限的，一路打上去能打多久？凤三当家也是经历三次上天梯才打到了现在的位置，更不要说其他人，孙坛主比扈三娘省了五百级台阶，以及几十个高手，这个距离神仙也无法跨越，能追上一半就不错了！”

“来来来，诸位，继续下注，买谁赢啊。”

“这还用问吗！”

从底下看上去，千级台阶宛如一个瘦骨嶙峋的躯体，而文臻的黄色身影便是飞速剖开那身体的金刀。

金刀落处，人影共血液翻飞，躯体上的一道难愈的伤痕，越来越长。

文臻不杀人，选择的却是令人最痛，会瞬间丧失战斗力的位置。她继承闻家家传，又师从太医院学艺，对人体很是了解，而她在缸里练成拳法，因此对肢体和出招都有常人难及的精确控制力，擅长用最少的力气和损失，去形成最大的制约。

越往上，有准备的对手越多，难度越大，这也是上天梯的困难所在。人力有限，时间有限，一般上一次天梯，能上百级已经是少见，二百级已经是奇才，三百级至今未有。

至于文臻要一日挑战千级，那是笑话。

但对于文臻，这还真不是笑话。

因为她不用力气。

她有机变灵活的头脑和千变万化的手段。

第十二个百夫和她斗拳，被她那无比眼花缭乱的拳法硬生生引得自己砸中了自己的脑门。

第十三个百夫擅长轻功，却被她撒金针的假动作逼得不敢跳起身，挨当头一捶，彻底发昏。

第十四个百夫看见前头撒金针的假动作，眼见文臻冲过来还是双手一扬，冷笑一声，不理会这个“假动作”继续扑了下来，正迎上文臻撒的一把毒粉，从半空滚落到台阶上。

斩钉截铁说文臻是笑话的人，脸已经感觉到了疼——已经上了三百多阶了，破了纪录。

但是众人并没有彻底丧失斗志，无论现在上了多少级，也只是小手段，打败的也只是百夫，真正的高手都在坛主一级。

人群黑压压的，也像一道风，跟在那一道黄色的风后面往上卷。

第二十五个百夫决定不理会这道旋风的任何假动作，只管一刀劈下，那强劲凶猛足够将人一分两半的刀眼看就要把那道旋风劈成两半，将这狂飙突进的身影终止在第三百五十阶，忽然他脚下踩到了什么东西，整个人从上头栽下来，刀把台阶劈成两半。

昏倒之前隐约只觉得眼前滚过一颗琉璃珠，忽然那珠儿展开身子，竟似做了个鬼脸。

那家伙顿时昏得更彻底了。

最后一个百夫也是百夫中最强的一个，有信心要让这个一鸣惊人的扈三娘最终停留在百夫这一阶。所以他牢牢站在石阶上，全身劲力充沛，甚至掏出了一面盾牌，并用布蒙住了口鼻。

原本他今天应该往上走挑战落尘峰土坛坛主一职的，但是文臻一路冲上来声势太惊人，为了保存实力，他不得不停下来，准备先把这位挑战者打发了再说。

他盯着越来越近的文臻，底下跟来的人黑压压一大片，站满了台阶，他们看到这阵势，都放下心来，有说有笑地停下来。

"王老四别的不说，实力一流！上一次上天梯，就差点当上坛主！"

"又有了防备，又谨慎。软甲之外还有盾牌。"

"扈三娘手段确实层出不穷，但明显真力平平，我看见先前李大字被她揍了一拳，也没多大事儿。"

"行了行了，这已经是咱们共济盟多年未见的奇葩了，还要怎么？真想爬九百九十九阶上天啊？"

台阶上，那位最高实力的百夫低头望着文臻，叉开双腿，嗤笑道："真想过去，让你也不是不成，"嘴对着自己胯下一努，"从这里钻过去，方便。"

台阶之下一阵哄笑，一个刚刚从地上爬起来的百夫对身边人笑道："我看不是不可以，只是这一钻，王老四就要多一房妾了，就是丑了些。"

身边人道："哪里丑？"

这人道："哪里不丑？不过嘛，身段还不错，瞧那腰……"

他话还没说完，忽然飞了起来。

众人正在看热闹，忽然就看见一个人飞了起来，而且正冲着那上头王老四。

台阶上，文臻忽然跃起，抓住这人腰带，躬身，转背，将这人往前一送。

她送的角度极低，就像擦着地面塞过去一样，一把便塞入了叉腿站着的王老四胯下。

这两下配合极妙，她的动作行云流水，哪怕王老四一直紧紧盯着她，看见她的动作的第一反应也是她会拿这个人来砸自己，肩头耸动，上身做好了准备，却没想到居然还有送人入裆这种操作。

等他大惊终于跳起，已经迟了。

那人背朝上被扔过去，背上还背着刀，一声轻响，王老四一声惨叫。

那被塞入王老四裆下的倒霉家伙跌撞在台阶上，脑门青好大一块，晕头晕脑时，听见扈三娘笑道："韩信胯下之辱终成名将，阁下胯下之辱终成男妾，恭喜恭喜。"

文臻站在三百九十阶上往下看。

挺高的，但还不够高。

一大群男人瞪着巨大的黑眼珠子，齐刷刷仰脸盯着她。

这扈三娘的手段怎么就和她脸上的麻子一样，无穷无尽呢？

这么一想的时候，忽然发现今天并没有看见扈三娘的麻子，众人对她往日印象太过深刻，她又一直狂风一样往前卷，因此潜意识里就还是那疙瘩脸，此刻众人才发觉，她脸上是一方蒙面巾，蒙面巾外的肌肤雪白晶莹，额头平整如玉，而双眸清亮似可倒映此刻半山浮云，长长玉阶。

看上去竟然还是个娇嫩的小姑娘。

但不管怎样，这个娇嫩的小姑娘凭着她并不算强大的功夫完成了一个奇迹。

半个时辰，五十人，四百阶，实实在在是共济盟成立以来前所未有。

先前的蔑视嘲讽渐渐淡了，众人默默往后退了些，江湖汉子崇敬强者，能胜就是本领，小手段不登大雅之堂，但能使出这许多，那也是智慧和能力。

只是，众人想着，到此也该停止了。

该用的手段应该已经用尽，真正的实力高手不是凭手段就能混过去的。

文臻一眼便看清那些人在想什么，唇角一弯。

她转头，上头看不见那个五短身材的孙坛主，看样子这家伙果然去挑战最高处了。

这家伙需要挑战的人少，她得再快一点才行。

上方四百阶上，是土坛坛主殷奎，这人使流星铜锤，一身腱子肉油光闪亮，以力大雄健著称。

殷奎早已注意到下头的骚动，但是刚才文臻赢王老四的手段他颇不以为意。

在别人看来，那个被塞到裆里的人是自己跌撞出去被文臻抓到手的，他居高临下，却看清了那人飞起来的奇异姿势，显然有人帮了扈三娘。

这让他心生鄙薄。

但是也让他心生警惕，坛主级别，再被小女子以这种手段打翻，以后也就没脸在共济盟混了。

因此文臻还没奔近，他的流星铜锤已经霍霍舞起，水泼不进，石阶两侧的树木翠叶都被撕扯过来，混在那团桌面大的银光里，像一面白绢底翠叶扇儿，那扇儿越转越快，那些碧色便越来越碎，最后化成了一片浓绿的光影。

文臻便从那团光影的侧面蹿了上去。

阶梯两侧都有汉白玉围栏，她蹿上围栏，翻过殷奎头顶。

殷奎大怒，底下已经响起一片起哄之声。

“犯规！犯规！”

上天梯有规矩，所有人都必须在阶上正面对敌，不允许从旁穿过，投机取巧。

越过围栏就是犯规，是要取消资格的。

已经有人在大喊取消资格，君莫晓大怒，指着文臻道：“她有翻过围栏吗？”

“她何止翻过围栏，她已经跑到上面去了！”

在众人的骂声里，文臻直接越过殷奎往上冲，殷奎大怒，抓着流星锤跟在后面追：“你下来！下来！还没跟我打过就绕过去，这是犯规！”

“滚下去！犯规可耻！”

“谁说不和你打？”文臻一边冲一边笑道，“我只是节省时间，五个一起打，怎么样？”

殷奎险些一个踉跄，底下骂声顿止，片刻后喧嚣再起，这回不是骂犯规可耻了，改骂扈三娘不自量力。

文臻就当没听见，风一般掠上去，火坛坛主是姓孙的，上去挑战了，木坛坛主还在自己的位置，听见底下的动静，看文臻上来，一脚踏向围栏，以为她是要一鼓作气冲到五百阶上然后一人挑五人，冷笑一声，一掌拍碎了围栏。

结果文臻根本就没上围栏，脚抬到一半忽然灵活地一扭身向后弹出去，正好此时殷奎追上来，看文臻又翻上围栏，手中流星锤飞出撞向文臻背后，木坛坛主那一掌，正好拍在了他的流星锤上，一声闷响，殷奎的流星锤向后倒弹，木坛坛主后退一步。

文臻此时已经落地，头也不抬，一脚向上飞弹，正点在向后倒弹的流星锤上。

她这一脚把握时机妙到言语难以形容，生生将铜锤点向殷奎面门，殷奎眼前，自己的铜锤忽然放大旋转飞来，惊骇之下连忙后退，却忘记了这是在台阶上，一脚踩空栽了下去。

殷奎却也是个高手，这种时候也不忘记抡飞另一只铜锤砸向文臻，那铜锤大概足有几百斤，在空中飞起时风声如啸如泣，投下的巨大阴影足以将文臻掩盖其中。

而木坛坛主已经悄无声息逼近，一柄长枪如毒蛇，直逼文臻背心。

而文臻站在靠近围栏的位置，一旦被夹击，地形对她很不利，正常人此时都该跑开，她却不知为何没有挪动，只在围栏周围跳上跳下。

两大坛主夹攻，众人惊呼，易人离和君莫晓下意识往前冲，被燕绥一手一个拉住。

铜锤眼看就要飞到文臻头顶，链子忽然断裂，锤头在惯性驱使下飞出，砸向木坛坛主，木坛坛主早有准备，长枪一抖，去套那铜锤链，一手还不忘记放出飞刀，把文臻逼下台阶，以免她坏事。

但他忽然不知被谁从背后推了一下，向前一栽，长枪落空，还正正把自己脑袋送到铜锤之下。

木坛坛主惊得浑身直冒冷汗，拼命一滚，滚到一边，一声闷响，他刚刚待过的地方，砸了一个大坑。

木坛坛主暴怒，爬起来大骂：“动用帮手，无耻犯规！”

文臻双手抱臂，笑道："啊？说啥？"

众人也一脸蒙，他们大多都没看清楚刚才怎么回事，只知道木坛坛主忽然往前栽，而文臻那时候还站在他前方。众人原以为是木坛坛主失足，正不可思议，听见这一句，顿时愕然。

木坛坛主怒不可遏："装什么傻！方才背后推我的是谁！"

"你也说是背后推啊，可我一直站在你面前。"文臻一脸无辜摊开手，"我的朋友同伴一直站在十级之下，你说谁推你的啊？"

木坛坛主语塞，眼光往四面一扫，阶梯旁边就是密林，哪怕此刻阳光普照，那林子里也黑黝黝毫无光线，但是上天梯之前，林子是全部清理检查过的，人数也是清点过的，决不允许有人停留，再说这么重要的时刻，这山上所有人，也不会有人有闲心躲在林子里替别人做嫁衣，自己抓紧时间往上爬还来不及呢。

但是方才那被人推倒的感觉却也绝对不会有错。

文臻忽然又幽幽地道："密林深水好埋人，说不定这是哪位被冤死深埋的兄弟和坛主您开个玩笑呢？"

她语气幽深，似笑非笑，众人听着，都缩了缩脖子。

这话没错啊。

共济盟是西川最大的土匪窝，往日里也没少干杀戮强横之事，一些不好处理的尸首多半也是在密林里扔了埋了，何处黄土不埋骨，阴气这么重的地方，有几只冤魂也不奇怪啊。

干刀头舐血生意的，手底下人命多了，往往对这些鬼神之事最为忌惮。

木坛坛主只觉得背后凉凉的，起了一身鸡皮疙瘩，一时也不想追究到底是谁推他了。

他迅速起身，抓紧自己的长枪，冷声道："我还没下阶，再来比过！"

这话一出口，他就感觉气氛有异，愕然回头，只看见众人脸色难看，却一时还没明白过来。

文臻笑眯眯对着他脚下指了一指。

木坛坛主下意识低头，就看见半边倾毁的围栏，一地苍白的石屑。

这是他刚才一掌拍碎的围栏……

而他的靴子，正在那堆碎石屑外面……

木坛坛主脑中轰然一声。

他越过了围栏，犯规了！

脑中电光急闪，顿时明白了文臻跳上围栏以及后来明明情势不利也不离开围栏范围的原因。

就是要逼他先毁了围栏，再诱他为了躲避武器滚出围栏的范围！

这女人奸诈算计无与伦比！

尤其她一路对战上冲并不停留，真不知道她这些层出不穷的花样是什么时候打算好的。

文臻拍拍手继续向前走。

殷奎跌下台阶，蒙了好一会儿才爬起来，越想越不甘心，在她身后大声怒问：“说好的要五人一起挑战的呢！”

因为知道她要等五人凑齐一起挑战，人还没齐他也没做好打架的准备，只是随意出手才会这么轻易就败了！

文臻早已上了几十级台阶，头也没回，只背在身后的手，轻巧摆了摆。

带笑的声音传来。

“我是你妈吗？说什么你都信？”

殷奎：“……”

第一百三十五章

操作一次次

文臻继续往上奔去，腰间的玉牌随她的动作跳跃。

她心中有个疑问，但直到现在也没有得到解决，而这也让她越来越心惊。

往上再走二十阶，水坛坛主站在那里。不是所有人都会在上天梯这日进行挑战，尤其地位稳固的高层，到得今日来之不易，并不想轻易抛去。坛主往上，基本都是安于其位，选择守成。

说起来文臻运气不好，掳走闻近檀的那位坛主正是野心最大实力也强的坛主。当年屈居坛主是因为上天梯那阵子恰好受了伤，也正因为有实力，行事才这么肆无忌惮。

这位水坛坛主看起来斯斯文文的，像个老儒生，看见文臻奔上来，居然还作揖。

人家礼貌，文臻自然不能不礼貌，她目光在对方手上一掠，微微侧身避到一边。

底下众人看着，忽然又安静了，很多人带着窃笑，互相打了个眼色。

不知怎的，这些江湖汉子在那老儒生一般的坛主面前都显得有些安静，眼神里隐隐还有些忌惮。

君莫晓左右看看，纳闷地道："怎么这些家伙一看见这人，就跟个闷嘴葫芦似的？"

她拍拍身边一个汉子的肩，道："求教一下这位兄台，这位水坛坛主是不是武功分外的高？瞧你们这噤若寒蝉的样儿。"

那人不乐意地道："谁噤若寒蝉了？这不是因为水坛老大擅长……"他回头看见是君莫晓，顿时挑挑眉，不说话了。

君莫晓也挑眉："怎么了？看见是我就不说了？你们还有没有良心？那么久的羊肉

面条麻辣烫都喂了狗是吧？”

这话说得那人脸上一红，看看四周，凑近了她道：“顾大嫂，别挤对俺了，上天梯时候不透露比试双方绝技是规矩。不过我可以给你提个醒，这位水坛坛主不走寻常武功路线，小心着了道。”

这位坛主武功也不如何，很少与人动手，但是死在他手下的人可一点不比那几位坛主的少，说到底，这位仗的自然也是千变万化难以辨明的手段。如今遇上扈三娘这样和自己一个路数的人，自然不会允许她从自己的阶梯上踏过去。

那个汉子哈哈一笑：“你们赢不了这一局，准备救人吧！”

君莫晓有点担心，回头看燕绥，用眼神询问。

燕绥嗑着瓜子，嗑一颗，壳儿便弹到前头中文的背上，排得整整齐齐的。

他眼底泛出笑意。

原本还有点担心，毕竟蛋糕儿虽然狡诈，但是出手少，真气低，真要硬碰硬，稳输。

至于其余门道……

“放心，这一局，特别好赢。”

台阶上，水坛坛主又是一礼，文臻这回不回礼了，笑道：“坛主大人，还打不打？不打的话我走了，我赶时间。”

水坛坛主笑道：“不过是个虚名，打不打有什么要紧？我倒是向来有个习惯，或者说是心愿，还望三娘成全。”

文臻：“哦？”

水坛坛主从怀中取出一个册子，柔和地道：“我这册子记载了历年来参加上天梯，走到四百级以上的高手，尤其是成就才能突出的高手。三娘方才以最快速度过关斩将，半个时辰上四百阶，是我共济盟多年来未有之奇事，所以方才在下已经将三娘英姿和事迹记录于其上，现在便要请三娘留下墨宝，以作见证。”

说着一招手，旁边站在围栏外的记录者便走过来，递上备好的笔墨。

那笔是上好狼毫，砚台更是光凝紫玉，都是十分讲究的物事。

那砚台式样也十分别致，台端一边一个团云龙纽，那记录者拿起一个黑色的团云龙纽，在砚台里磨着，片刻后便凝出细腻光泽，色泛青紫的墨来。

只是这山上风冷，刚磨好的墨，只这几句话耽搁，便有点干了。

水坛坛主拿出那册子，笑道：“我还有一笔没完成，先补上。”说着便对着笔尖哈气，勾勒了一笔，又捧着册子仔细欣赏一下，似乎十分满意，才呵呵笑着把册子递给文臻。

只是这么一耽搁，那笔锋和墨又有点干了。

文臻接过，自然也对着笔尖哈气，一笔签上自己的名字，那动作之潇洒，神情之豪迈，让人错觉这是书法大家在作书，以至于那水坛坛主也禁不住凑过头来看她的签名，一眼之下，脸皮一阵抽搐，好一会儿才忍住窒息感，呵呵笑道："三娘这字体甚是独特，甚是独特。"

文臻低头看看那一手狗爬字，也十分满意地点点头。

"坛主，还打吗？"

水坛坛主笑呵呵地看着她："老夫不爱这些打打杀杀的，你但能走，便自己走吧。"

文臻点点头，绕过他，抬腿向上走。

按规矩，她只要过了这一级台阶，就是她赢。

她腿抬起，身后的水坛坛主道："就是不知道你还走不走得动了，一、二、三，倒也！"

与此同时，文臻也道："三、二、一，倒也！"

文臻抬脚，轻轻松松从倒下的水坛坛主身上跨了过去。

台阶上，文臻一边快步向前走，一边整理着头发。

头顶上，文蛋蛋正十分不满地滚来滚去，好把满身沾着的墨擦到文臻头发上，文臻伸手去捉它，这家伙滑溜溜的捉不住。

先前那水坛坛主往那一站，文臻看他两袖清风的模样儿，就知道十有八九是个下毒的行家。

擅毒不擅武的人，手上茧子少，但指腹和指甲上会有些异常的颜色，这是长期研究和接触毒物导致的。

文臻自己就是玩毒玩手段的高手，对这个自然很了解，她也更细腻，捣鼓完这些东西，都会保养双手，去除痕迹。

对方一个大老爷们儿，自然想不起来这些。

对方从作揖时就开始下毒了，大袖清风，一起一伏，够散出许多东西。

文臻位于下方，侧身避让，没让对方看出自己已经看出他的手段了。

之后的册子、墨、笔，自然处处都有机关，但是最主要的手段还是在那润笔的一口气中。

笔尖的墨有毒，呵气靠近嘴巴，毒气自然便进入口中了。

为了保证她会哈那一口气，水坛坛主特意自己先示范了，然后又故意耽搁了一下，让墨再次凝结。

手段算是精妙，尤其是文臻这种原本对他一无所知的人。

但是问题在于，文蛋蛋在手，天下我走。

水坛坛主遇上文臻，算他倒霉。

他目光只盯在笔和墨上，却没想到砚台上的团云龙纽，其中一只早已被文蛋蛋偷偷掰断，然后自己在砚台里滚了滚，沾了一身墨，打扮成一只纽。

当记录者用坚硬的文蛋蛋磨墨时，那笔尖最后沾上的毒就是文蛋蛋的洗澡水了。

水坛坛主不倒，岂不是对蛊王大人文蛋蛋的侮辱？

文臻脚步很快，她隐约已经看见那位孙坛主的身影了。

好像正在挑战凤三当家。

最上头金坛坛主是个身躯高大的壮汉，山上风凉，他却只穿一件薄薄旧袍，露出的双臂肌肉浑然若金，倒真真配得上金坛坛主这个名号。

他使一柄开山斧，看似是个莽汉，却神情内敛，站在台阶上，冷冷看着上来的文臻。

只看他的姿势便知道这位内外功夫都相当了得，看他眼神，也是个冷静不可欺的人物。

底下的人按规矩要站在二十阶之外，都远远看着。君莫晓问先前那位唱衰者：“喂，这位怎样？”

那家伙一脸得意地呵呵笑：“这位啊，号称铁板。”

“啥意思？”

“这位坛主号称‘铁板’，人像个铁板，心也是块铁板，从内到外防守十足，看这回你家扈三娘还能怎么冲过去，这次输定了。”

“呸，小心再打脸！”

“没！可！能！”

文臻没有冲上去。

她想了想，在他下方三个台阶处站定。

她一路狂飙，无论在哪一关都讲究速度，一向都要冲到距离最近的一阶，这是第一次安安静静站着。

金坛坛主眼底掠过一丝诧异，但并没有说话。

文臻细细打量了他一阵，忽然道：“阁下论实力并不低于孙坛主，为何他独享盛名，成为当家的热门人选，而阁下作为金坛坛主，本应在五坛坛主中实力第一，地位第一，却生生被压得毫无光彩？”

她问得突然，又问得犀利，金坛坛主怎么也没想到这紧张时刻她会说这个，眼底下意识掠过一丝愤怒，愤怒之中却又隐藏着淡淡的悲哀，只是那悲哀一闪而过，叫人几乎无法察觉。

文臻自然能察觉，顿时心中一定，知道有门。

铁板不会是真铁板，但凡叫铁板的，往往是内心更有大虚弱大恐惧，因此用分外坚实的盔甲来掩藏。

她的第二问又来了：“坛主很缺银子吧？”

金坛坛主又一怔，随即眼底闪过一丝羞恼之色。

文臻并没露出任何讥嘲之色，她知道此刻自己的表情很重要，一旦有一点不妥，对方开山斧劈下来，自己是挡不住的。

五逢这么大，也不知道什么时候能找到闻近檀。万一出了事，她以后要怎么面对近檀？

闻近檀一直帮她打理江湖捞，负责人事管理这一块，做得十分出色，所以她和君莫晓易人离一起离开天京，江湖捞的掌柜们还在一批批地出人才，再按照定好的计划，由在京的闻老太太调拨，将分店继续一家家地开下去，目前分店已经有近十家，东堂十八州中的内陆诸州基本都有了分店。

更不要说闻近檀不会武功，却从来不畏惧跟在活在腥风血雨中的她身边。当初唐羡之的海上婚礼，大船之上那般危险，她也敢和君莫晓就这么混了进去，如今在西川同样陪她深入险地，是真真正正哪怕只有一分力量都要撑住她的好友。

文臻自认为才能不高，气量狭隘，唯一的好处就是护短，死党们暂时失散了，新交的朋友她更珍惜。

文臻清楚自己的实力，并不够一路飙至顶端，但她也一定要飙至顶端。

那就只有步步算计，用尽心思，不管是毒是计还是……攻心。

金坛坛主的怒色一闪而过，随即便淡淡道：“与你何干？你还打不打？不打就滚下去吧。”

文臻仰头，笑道：“我不滚，我要过，但是我不打。”

不等金坛坛主发话，她指了指上方轻声道：“孙坛主掳走了我的姐妹，我不把他揪下来，我的姐妹便不知会遭遇什么。所以我一定要过去。”

金坛坛主面色和缓了些，道：“此事违犯盟规，你可与当家们言明，另外我金坛也是掌刑罚的，事后我会查证并给你一个公道。”

“来不及。”文臻摇头，“人已经掳走了一夜，那群人向来也没什么规矩，我那姐妹还是清白女子，若是受了侮辱，有轻生之念，便是刑堂打死孙坛主也无济于事，更何况他既然是坛主，估计也不会受那么重的刑罚。”

金坛坛主默认。

“所以我要尽快找到孙坛主问出我姐妹下落，也要把孙坛主从高处踢下去，毕竟我听说你们的规矩，当家是不提倡随意挑战的，为了维护当家们的尊严，如果有人连续挑战当家最后却输了，是要降级的。降级，他才能受到更重的惩罚不是吗？”

金坛坛主冷声道：“你要挑战便挑战他，我又凭什么要以自身地位名声让你踏脚？”

“怎么能说是踏脚呢？”文臻笑，“您不是自己就想待着不往上走吗？当然，您自愿待着和您给我让路是两回事，所以我也不会让您白让，您瞧这个可好？”

说着微微倾身，袖子里已经露出一沓银票的边缘。

金坛坛主：“……”又创纪录了。

由来上天梯，未见银票开路者。

这扈三娘的把戏怎么这么多，连这也想得出？

他神情更冷了，手中开山斧雪亮的斧身映着森然眉目：“你在侮辱我？”

“我为坛主不值。”文臻毫无惧色，立在他斧头一抬就能够着的地方，叹息，“明明实力不凡，却不能去争取护法和当家的地位，倒让那个实力人品皆不值一提的小人，生生压了一头。此等令人扼腕不公事，小女子既然见着了，总要抱打一番不平的。”

“用银票帮我打抱不平吗？”

“还有实际行动。”文臻一指上方，“您既然不能上去，那如果看见有人能上去，代您将那小人得志的家伙踢入尘埃，想来也会心怀大慰。”

“你？”金坛坛主神情微带轻蔑。

文臻笑容不改：“何不试试呢？您没有出手，让我过去，是您胸怀广阔，同情我姐妹遭遇，于您名声地位无损，而又有银子进账，说不定又能看一场小人坠落的好戏，我真是想不出您有什么拒绝的必要。”

一阵沉默。

随即金坛坛主眉眼一舒，眼底笑意一闪而过。

他微微抬起斧头，底下人远远看着一阵紧张，文臻却笑了，袖子一动，银票便顺着光滑如镜的斧头面和平直的斧柄，滑入了金坛坛主的袖子里。

这一手斧头收银票的把戏，两人手脚都极快，玩得纯熟，除了少数几个人，竟没人能看见。

随即金坛坛主斧头一收，让出道路。

人群哗然。

第一百三十六章

夫人凶猛

怎么可能!

这位金坛坛主个性最是古怪，且性情冷硬，颇有些六亲不认。在大家看来，谁都有可能让路，唯独他不可能。

这个扈三娘怎么做到的?

君莫晓笑眯眯问先前那人：“脸肿否?”

文臻对着金坛坛主深深施礼，大声道：“多谢坛主仗义放行，事后三娘定携姐妹来谢。”

擦身而过时，却悄声笑道：“如今坛主有钱了，当可上天梯也。”

金坛坛主眼眸一动。

底下众人听着愕然，君莫晓、厉笑等人便将孙坛主掳人的事儿广而告之了一番，江湖汉子，向来不屑这种欺压强掳弱女的行为，顿时对孙坛主好一阵不齿，对金坛坛主则连连称赞，赞其正直无私、不计虚名、大义为先。

台阶上，正直大义的金坛坛主一脸傲然，淡淡地摸了摸袖子里的银票。

解决最后一位坛主，文臻上五百级。

争斗中用智，本身也是手段的一种，还是最高的那种。

刚才从对方姿态和众人神情中她就判断出，这位金坛坛主实力不会比孙坛主低，毕竟是五坛之首，没道理不如火坛之主，但他却站在那里没动。

而且也不像是个淡泊名利的人物，她看得见他眼底的不甘。

那么不参加上天梯就另有原因了。

她注意到对方的衣裳比别的坛主要旧一些，但不明显，是一种精心掩饰过的寒酸。看见他袖口都经过精心缝补，缝补手艺极用心，可见他有一位十分贤惠的妻子。

他戴着的荷包也极精致，虽然旧了，却理得整齐，他十分爱惜。

他身上有种淡淡的药味，显然不是自己有病，而是亲近之人有病，而他经常亲伺汤药。

他有重视的人，那人需要看病，所以他需要钱，坛主供奉不低，他却如此寒酸，说明亲近之人的病所用药物一定很贵。

五坛坛主直接约束各地分坛，分坛各堂口每月会有例供，还有手下百夫逢年过节孝敬，但这些都是不能放在明面上的收入。

而一旦升上护法和当家，就会失去对分坛的直接约束。

就好比大家长不好贪污自家的东西，底下的各房老爷们却不怕多揩公中的油。

所以他为了钱，不能去上天梯。

但终究意难平。

何况那孙坛主人品不佳，平日里定然没少耀武扬威得罪人，如果有人能去踩一踩他，金坛坛主一定很乐意。需要什么，就给他什么，要钱，要名，要出气，文臻都能给他办到。

何乐不为。

至于最后撺掇的那一句——令那些当家们多一个对手，多消耗一些体力，不好吗？

底下燕绥看着文臻轻松走上去的背影，轻轻给他的小蛋糕儿鼓了鼓掌。

他家蛋糕儿就是强。

这一番来往说起来简单，但是能够审时度势，知其不可为便不为，一照面便能发现对方想要什么并投其所好，这是天分，也是智慧。

智慧也是实力的一种。

燕绥沉吟了一下，想着蛋糕儿已经离开朝堂太久，这不利于她的仕途，为朝廷辛苦奔忙不该白忙，也该兑现一些利息了。

比如去大燕寻药，或者该在大燕接壤的州为她谋一个实缺，这样一边寻药一边做地方官两不误，等两三年后地方资历多了，回京入中枢顺理成章。

燕绥在这边替媳妇儿的青云路做着筹谋，文臻已经上了五百阶。

五百阶上没人。

负责记录的人站在围栏外面，看文臻抬脚还要往上走，急忙出声道："扈三娘，请先挑战军师，再往上行。"

文臻笑嘻嘻指指空荡荡的台阶："这都没人，我挑战谁，空气吗？"

“军师留下了两个问题，能答出这两题的就算胜利，可以继续上天梯。”

“那请吧。”

“第一题，军师说，他就在这上天梯的路上，请问三娘是选择在这里和他斗一场呢，还是在别处？”

文臻毫不犹豫地答：“在别处。”

记录者打开第二页，眼底露出惊异之色，又看了文臻一眼才道：“第二题，军师说，如果你答在别处，则问你，他是谁？”

文臻笑吟吟道：“如果他知道他自己是谁，知道我打算做什么，这一级就该让我过去。”

记录者又翻过一页，看了看，点了点头，将身子一侧。

底下轰隆一声。

这关过的比刚才更奇怪了。

共济盟的军师大人在很多人眼里是萧离风，所以这两个问题在那些人看来莫名其妙。

还有一部分人是知道军师这一职的猫腻的，但正因为如此，对那两个问题的答案才更加惊讶。

文臻自然不会给他们解释，这本就是心照不宣的事情。

她迈步向上走，六百阶上，四当家的位置依旧没人。

按规矩，没有人就意味着当事人自动放弃应战，挑战者自然可以轻轻松松走上去。

但还有一种情况，是当事人有要事或者其他缘由不在山中，那会暂存此位，等人回山之后再比。

记录者站在围栏边，对文臻道：“四当家有事不在山中，此位暂存，你速速下去吧。”

“为何不能让我继续上去，等四当家回山之后再比？”

“一来那对四当家不公平；二来你是低级帮众，已经上了五百阶，实打实到手一个坛主位，让你现在下去是为你好，免得前功尽弃，白费工夫。”

“这世上最愚蠢最自以为是的三个字，便是‘为你好’。”文臻笑，“到底好不好，只能由我说了算。现在我觉得上去好。”

“再说，不让我上去是对四当家公平，那么让我下去对我公平吗？”

记录者道：“我只是转告诸位当家的决议。”

文臻一指上头还在和凤翩翩打架的孙坛主：“那他怎么能上去了？”

“孙坛主本就是坛主之尊，往上走三级之内，任何理由都不能阻拦。”

“如果我没记错的话，你们三当家曾经承诺给我坛主同级的令牌，只是还没有做好，我本可以从坛主这一级开始挑战，但是我守了规矩，从最下端开始，既然我先守了规矩，就不允许别人不守规矩。”文臻提高声音：“三当家！三当家！你确定真的不让我上去吗？真不让我上去，那我就要好好喊一喊四当家了！”

记录者一声冷笑：“你喊四当家？你倒是说说四当家是谁啊？”

底下都哄笑起来。

君莫晓又回头看那个打脸帝了：“哟，又笑起来了，小心打脸的风来太快到时候又笑不出来。”

打脸帝笑道：“这回绝不可能了。方才的军师空缺，还大致有个章程，但四当家……别说扈三娘了，连我们整座山都不知道四当家是谁，这位就从没露面过，历年的上天梯都是空缺的。以至于大家一直在猜测，四当家根本不存在，设置这个四当家就是为了挡住某种情况下异军突起却又不大可信的挑战者，比如……”他下巴往上一抬，“你家扈三娘啊。”

君莫晓一听就炸了：“说好公平公正呢？还能这样！”

“知足些，坛主还不够你家扈三娘折腾？”那人斜着眼睛，“还真想当大当家不成？共济盟是什么地方，容得谁乱来？”

“怎么就不成！今儿你的脸已经被打了很多次了，还想继续被打？”

“呸，这回我倒要看看怎么打我，四当家是谁啊？我们都不知道她能知道？要不要现编一个？就是不知道上头认不认？”那家伙忽然转了转眼珠，放低声音笑道，“既然谁都不知道四当家是谁，那无论你家扈三娘说是谁，上头也可以不认啊！你们啊……输定了！”

君莫晓脸色变了。

是这个理啊，这回真没戏了。

她下意识回头去看燕绥，正看见燕绥的瓜子壳在中文背上排到了第三排。

感受到了她的目光，燕绥并没看她，随手拈起一颗瓜子，淡淡道：“这回啊，赢定了。”

“四当家是谁？”文臻抬头看着上头，凤翩翩微微侧头，看了她一眼。

只这一眼，文臻便确定了。

“三当家，我真说了啊。”

上头没人理她。

文臻嗤笑一声：“四当家啊，死了。”

底下又是一片哗然，那个和君莫晓斗嘴的人笑不可抑，说：“哎呀，这比我想的还要荒唐。”

君莫晓这回不生气了：“来来来，我和你们大家打个赌。”

“行啊，兄弟们，快来，有人给咱们送彩头咯。”

人群围拢过来。

“如果三娘说错了，我给你们磕头；如果三娘说对了被放行了，那你们给我磕头，等会那孙子滚下来的时候，所有人让开，不许挡路。”

“这赌注是硬找面子呢……行！”

台阶上，记录者一愣，便笑起来。但文臻已经不停息地说了下去。

“这位四当家呢，就死在四圣堂。”

上头凤翩翩手一颤，险些被孙坛主一刀砍着，她狼狈转身，看向文臻的眼神几分震惊几分不解。

大护法屠绝和二当家司马离都脸色微沉，司马离给凤翩翩使了个眼色，示意她不要慌张，也许扈三娘只是乱猜。

文臻一直看着他们的反应，唇角掠过一丝笑意。

成了，没错。

“四当家和三当家一样，是个女人呢。看，咱们妇女能顶半边天。幸亏四当家死了，不然等我上去，五位最高当家里有三个女人，有点阴盛阳衰啊。”

正在对战的凤翩翩退后一步，看似自然，文臻盯着她的步伐，笑意更深。

“四当家和三当家关系很好，当年对三当家有救命之恩，所以后来破例进了共济盟占据了一个位置。”

这回文臻不再看凤翩翩的反应，一口气说下去。

“只可惜这位四当家可不像咱们三当家这般洁身自好。本身她身份特殊，手掌重兵，进入共济盟，实在也是共济盟为了自保和牵制，采取的一种平衡之术，但是这位在前几天夜里闹出一个大乱子……”

“够了！”

厉喝声里，凤翩翩跃下台阶，双刀在胸，怒视文臻：“人都死了，不管做过什么错事，也当为死者讳，你还要在大庭广众之下羞辱死者吗！”

文臻退后一步，笑道：“多谢三当家亲口确认。”

底下又是哄然一声，完全不明白何以三当家就这么认了。

文臻微微笑。

能不认吗？共济盟虽是草莽，但因为在西川的特殊作用和地位，土匪们并没有丧家之犬的惶惶姿态，反而很有几分血性和骄傲。要是让这么一群骄傲的汉子知道自己一直以来抱持着敬仰的神秘四当家却是一位无德无行、行事毒辣，且出身易家的女子，共济盟一直骄傲的脸面也就没了。

更重要的是，共济盟和易家的复杂关系是不能和这些山野草莽说明的，而共济盟不仅和易铭有勾结，还和同样出身易家却另有野心的易慧娘有关联，那就更难解释了。

文臻之所以猜测是易慧娘，就是因为易慧娘住在四圣堂。她的身份如此敏感，就算对凤翩翩有救命之恩，那也只是和三当家的私人交情，也只该在山下或者其他山头隐秘处居住，怎么还能住在四圣堂这么敏感的地方，享受当家级别的供奉？

除非她本来就该享受这样的供奉。

如今易慧娘已死，熊军已散，当家们自然不能让死了的人再来影响自己的士气和名声，再加上凤翩翩好歹和易慧娘有几分香火情，自然要为她留下那最后的尊严。

底下，君莫晓的笑声十分嚣张："哈哈哈给我磕头啊！"

台阶上，文臻笑着抬头看凤翩翩："三当家，现在轮到咱们了。"

方才她说起易慧娘，震动了凤翩翩的心神，凤翩翩直接跳下了台阶，等于对孙坛主认输，倒是便宜了孙坛主。

凤翩翩凝视着她，忽然道："三娘，我姑且叫你三娘吧。不管你来这共济盟所为何事，最后又做成了什么，终归你没伤着共济盟，共济盟也没为难你。能做到这一步大家都不容易，那又何必非要再踏这一步，让大家伙儿难做？"

文臻笑笑，心想她和燕绥昨晚那一番出手，易铭和唐羡之匆匆下山，以及山下的动静，终究瞒不过共济盟。或者共济盟从一开始对她的身份便有猜疑，只是冷眼看着而已，相比之下，倒是眼前这位三当家凤翩翩还算是一个实诚人。

"我对共济盟并无恶意，甚至也算帮过你们的忙。既如此，把上头那家伙扔下来，交给我处理，我便不往上走。"

凤翩翩转头看孙坛主，文臻说了闻近檀被掳的事，凤翩翩眉头一皱，还在犹豫，上头屠绝已经冷声道："不行！"

"哦？"

"规矩不可破，上了天梯，除非战败或者自愿退下，否则任何原因都不能停下来。"屠绝上下扫了文臻一眼，面色漠然，"再说孙坛主已经赢了三当家，可以跻身当家行列，处置当家身份者，只能由高层合议，大当家最后决定，怎可交给你一个外人处置！"

孙坛主站在凤翩翩原本的那级台阶上，这是个五短身材的汉子，面色发青，细长的眼睛看人时眼神凌厉如刀锋，此刻扬起唇角一笑，缓慢嘶哑地道："追到这里还有几分本事。不过你既说我有罪，我倒要问你一句，我以当家之尊要你区区一个婢女，这都不成？"

在场大多都是男人，他这话一说，众人都露出几分赞同之色。

男权社会，女人弱势，更不要说在更加雄性的江湖，闻近檀跟在文臻身边，平常亲自洒扫下厨，在众人看来，也就是个婢女身份，堂堂一个坛主要一个下级头目的婢女，那简直是那位头目和婢女的荣幸，便是手段有些不光彩，那也是一开始这婢女不识抬举，没有欣喜交加地接受的缘故。如今孙坛主身份更高，众人想着，便是那婢女先前不愿意，现在想必也愿意了。

当下便有人道："是啊，咱们共济盟堂堂当家，何等身份，要一个婢女怎么了？"

有人道："说不定现在再去问那小娘子，人家知道孙坛主已经是孙当家了，保不齐就改变心意，欢喜应了呢。"

还有人起哄道："孙当家至今还未娶妻呢。可是打算娶这小娘子做正头娘子？"

孙坛主嘴角一翘："那是自然。"

众人顿时很满意地笑起来，道："如此真是那姑娘的福气了，一个婢女成了当家夫人，这是何等造化！三娘，你可莫再闹了。"

孙坛主站在台阶上，居高临下地看着文臻："虽然不知道你这一路怎么混上来的，但既来到了这里，也是巅峰了。做人，要懂得见好就收，也要懂得进退分寸，我要你身边那女子，不过是想她做我的夫人，这是她的福分，也是你的运气。你懂些道理，这便退下，去整治几桌好酒席，回头我们那喜酒便在你那食堂办了。"

台阶下，君莫晓反手去拔自己的刀："莫拦我，我现在就去把那兔崽子宰了，叫他下阴曹地府去教人分寸进退！"

易人离的鞭子一圈一圈缠在手腕上，再一圈一圈弹开来，打得空气"噼啪"作响，他对着上头不耐烦地一抬下巴，道："也别让她累死累活地和这些混账斗了，干脆一起上去踢死算完。"

厉笑一手拉住一个："别冲动，咱们这样冲上去，文臻之前一路打上去的辛苦就白费了！"

众人都去看燕绥，燕绥只顾着吃瓜子，以及欣赏他家蛋糕儿打架的英姿，一不小心瓜子吃多了，吃得口干，换了茶在喝，也不知道中文背后的篓子里怎么随时都能拿出热茶。

燕绥慢悠悠喝完一口热茶，才道："别吵。"

再喝一口："别妨碍我看她骂人。"

再喝一口："别影响我挣钱。"

众人："……"

殿下，让夫人在前头出生入死，你在后头看戏喝茶赚银子，真的合适吗？

第一百三十七章

打人就是要打脸

台阶上，文臻喃喃自语：“槽多无口，槽多无口啊！”

她冲屠绝扬了扬手：“首先，大护法，你既和我说规矩，我也和你讲讲规矩，你说我是外人？我在你燧峰一路上天梯，目前也进了当家之列，你说我是外人？那你们算什么？”

屠绝还没来得及反驳，就听见文臻飞快地又道：“我是堂堂正正报名交了投名状入的共济盟，入盟以来谨言慎行友爱帮众，并无任何不妥处，如今也是堂堂正正按照规矩上天梯。既然你们不是规矩人，我来和你们说规矩。帮规第三十二条，不可奸盗淫邪；帮规第四十八条，不可伤害帮众；帮规第五十一条，不可恃强凌弱。不知道诸位还记不记得，当然，如果帮规只是摆设，或者只是针对下层帮众的条文，那这话就当我没说。”

她说完这段，成功地看见底下普通帮众的脸色难看起来，而屠绝的脸色显然更难看，张了张嘴，却依然没有说出话来。

文臻却已经转向孙坛主，斩钉截铁地道：“不成！”

孙坛主愣了一下，才想到她是回答他先前那句问话，可那句问话他本就是想羞辱文臻，根本没想过要答案，没想到她倒真答了。

文臻说：“你掳走的人不是婢女，是我的朋友，虽不入共济盟的等级，但出身良好，家世清白，而你说到底一介匪徒而已。所以论屈尊，她屈尊；论不配，你不配。”

不等孙坛主说话，她又笑：“我不是瞧不起土匪，我自己现在也是土匪，只是匪也要有匪德，干出欺男霸女这种行径，还摆出施恩的嘴脸，你脸这么大你妈知道吗？”

她手指点点孙坛主：“我们家的女子不需要依附谁过活，也不稀罕什么地位荣华。别说你，便是皇子不合心意，也敢和他说个‘不’字。”

中文等几人深有同感。

敢，太敢了。

孙坛主冷冷道：“你怎么知道她不乐意？”

“当然知道。”文臻抱臂笑道，“她对良人没啥要求。但是一不能坏；二不能傻；三不能矮。”

这句比前面无数句都毒辣，孙坛主脸色瞬间变成了青紫色。

文臻这还没完：“可千万不要潜入她房中，她操起剪刀想剪那啥，拼命弯腰都够不着。”

一阵死寂后，是众人喷口水的声音。

“够了！”大护法屠绝终于觉得听不下去了，“扈三娘，你既然不肯退，那就继续吧，孙坛主已经胜了三当家，你呢？”

凤翩翩默不作声过来，对文臻亮出双刀。

她看了文臻一眼，文臻刚才那番话，她听着其实很舒服，作为共济盟唯一的女当家，她经历三次上天梯，和一番极其艰苦的努力才到了今天的位置，但饶是如此，平日和这些人共事时，依旧能感觉到对方居高临下的姿态，那种淡淡的蔑视和排斥。平日里那些迎来送往，诸般琐事，这些好武的汉子嫌烦不愿意理会，就都扔给了她，还美其名曰看重她锻炼她，这口气她在心里也憋了好久了。

只是欣赏归欣赏，大局归大局，再欣赏，也是不能把共济盟高位让出来的。

她走过去的时候，她身边的屠绝冷然道：“这女子目前为止并未展露多少武功，但是手段百出，十分狡猾，擅用计，通人心，会使毒，甚至还有离奇难以解释的手法，你和她对战，只管快打便是，她真力不足，你全力快打，她一定接不住，她也绝不敢和你硬碰硬相斗。”

凤翩翩点点头，知道大护法一向眼光精准，默不作声过来，连招呼都没准备打，双刀上的细银链悠悠一荡，便要攻过来。

文臻却在此时道：“对了三当家，慧娘当日还有礼物赠我，我如今便给了你，算作最后纪念吧。”

她微笑递过去，掌心里是那朵水晶珠花。

凤翩翩目光一冷：“你以为我不知道那珠花里有机关吗？”双刀一挑，便要将珠花挑起。

她害怕文臻借这珠花布毒散毒，又讨厌文臻竟然拿出这珠花刺激她，这一刀用尽全力，凌厉迅捷，风声如啸，刀光在日光下流转，闪亮的光影一直闪到隔壁的山头上，留下深白色的烙印。

屠绝却在此刻大喝：“别管那个！”

但已经太迟了。

凤翩翩只觉得双刀明明碰到了珠花，刀下却忽然一空，那种真力全数奔涌然后落空的感觉非常难受，她只觉得快不能呼吸，动作顿时一停。

而文臻递来珠花时掩在珠花底下的拳头，就趁这一停的工夫捣了出去。

那一拳极快，那珠花刚在刀光下飘起，拳头就已经到了凤翩翩的颈侧。

凤翩翩大惊，反应却极快，猛力把头一偏，同时肩膀往上一顶，将袭过来的拳头顶开。

凤翩翩很谨慎，她确定文臻直到出拳，掌心和手上都没有毒针之类的东西，而且她另一只手和手上的刀也已经狂风一般甩了过来，能挡住一切暗袭。

这反应准确迅疾，对得住她久经百战的当家身份，但是她忘记了她自己戴着耳环。

女子爱美，凤翩翩也不例外，她耳朵上的耳环原本是一对菱形金耳环，此刻她把文臻拳头顶开，文臻本就微微翘起的指尖正掠过她耳环。

下一瞬，凤翩翩自己大力顶起的肩头正撞上了自己晃动不休的耳环。

她防着文臻，可不会防自己。

随即她觉得肩头微痛，像被针扎了。

这感觉太短，她并没有反应过来，手臂一抽双刀反荡回来，忽然觉得脑袋一昏。

然后就看见文臻竟然停了手，对她甜蜜蜜笑着。

而刀风未休，银光摇曳，那片动荡的风与光里，一片雪白的碎屑缓缓散落，似初雪覆了一阶。

然而初夏将至何来雪？

凤翩翩怔怔注视那碎纸屑，那本该是被她的刀绞碎的珠花，但现在……珠花呢？

近千台阶上下，数百人鸦雀无声，看着三当家几招之下，莫名其妙地倒了下去。

谁都知道扈三娘真力不行，逼她硬碰硬绝对能赢，只要凤翩翩丝毫不停地攻下去，几招就能逼退扈三娘。

但是就是那朵珠花分散了凤翩翩的注意力，逼她全力出手，然后落空反噬，不得不停了一下，给了对手可乘之机。

可是珠花是实物，为什么会让凤翩翩落空？

众人盯着一地纸屑——那珠花是纸做的？

刚才大家都明明白白瞧着那是一朵水晶珠花，十分鲜亮逼真，造型精美。

怎么可能是纸做的？

不对。

纸屑上仿佛还有淡灰色的痕迹，像是笔画的痕迹。

那珠花是幅画？

那就更不可能了啊！

凤翩翩的补救也十分迅猛谨慎，按说扈三娘根本没机会做手脚，三当家怎么就倒了？

屠绝的脸色很冷。

他看出那珠花是假的，虽然那以假乱真的手法让人惊叹，但是更让他不安的是，他都没看出来凤翩翩是怎么着道的！

明明扈三娘没有将任何手段落在凤翩翩身上！

文臻弯起眼睛笑。

论武功，她不如这些人。

论手段，这些人不如她。

她只是算准了凤翩翩的反应，在她用肩头顶开自己拳头时，翘起的手指将凤翩翩的耳环一捏，捏成尖针状，同时指甲缝里的粉末也落在了耳环上。

肩头全力顶出，自然会撞上那纯金的，颇有些重量的尖尖耳环的。

她不想让人看出自己的手段，一来营造神秘感和强大感，对之后的对战有好处；二来一旦对方明白了她擅长的手段，有了防备，她后头就更难了。

那朵珠花是她早就画好的，她没事便会画些画备用，珠花是易慧娘送的，易慧娘和凤翩翩情分不低，这时候掏出这朵假珠花，凤翩翩很容易会被挑起怒气全力出手。

文臻拍拍手，跨过属于三当家的那一级台阶。

而在上方百级之上，孙坛主铁青着脸色，对二当家司马离行了一礼，表示承让。

司马离脸色也不好看，本来他不一定会输，但是方才，孙才这个家伙像个疯狗一样使出了两败俱伤的打法，拼得身上多了好几条伤口，逼退他一步，险胜了一招。

但他的怒气并不全是因为孙才。因为他很明白，孙才这样拼命，全部是被那个叫扈三娘的奸狡女子逼的。

司马离皱眉俯视着往上走的文臻。

底下鸦雀无声，到了这一步，什么赌局，什么脸面，什么追逐，都已经不再重要。

眼看着不可能发生的事情在一步步发生，众人此刻心中都掠过一个不可思议的念头：该不会，她最后真的能走到九百九十九阶吧？

君莫晓转头，找到那个脸色发白的打脸帝，阴阴笑道：“先前不该和你打那个赌的，说不定你们最后，就要全部跪在台阶两边，接我家三娘呢！”

那个家伙脸上慌乱的表情一闪而逝，却忽然想到了什么，猛地“呸”一声。

“大当家是谁，你们还不知道呢！”

“是哦，又玩这一招，神神秘秘的当家们。”君莫晓嗤笑一声，“管你是什么阿猫阿狗，都能被我们三娘拎出来你信不信？要么我们再来打个赌吧，就赌……哎你人呢？人呢！就这么跑了？你要不要脸啊！”

二当家，是个从头到尾都十分符合江湖草莽风格的当家。

这是文臻第一次看见他便得到的结论。

这个当家身上没有带武器，只有两只拳头，拳头比寻常人大许多，戴着黑色护腕，护腕上镶嵌着古铜色的钉子，并且连着链子。另有皮套套住了半截手指，皮套上也是一排铜钉，露出的手指粗而短，每根手指都几乎一样长短，一看就是手上功夫了得的。

文臻心想自己也用拳，人家也用拳，瞧人家那拳头那待遇。

但她是不会给自己的拳头加那么多的花样的，这岂不是直接暴露了“我拳头很厉害”的信息？这不符合她的作战风格。

被这样的拳头砸一下，身上一定会多无数个洞。

共济盟的当家们都不爱说话，或许觉得和她说多了赢面就少了，司马离瓮声瓮气地道：“扈三娘，好本事，看你也是用拳，可敢与我用拳头肉拼一场？”

文臻笑眯眯：“不敢。”

“你的拳头和我的拳头是一回事吗？”文臻举起自己白生生的拳头，“我拿什么和你拼呢？拿体积？拿装备？还是拿你已经比我年纪还大的年数？”

司马离看着那还没他拳头一半大的拳头，脸一红，实在觉得丢不起这人。

他看了屠绝一眼，大护法瞪了他一眼，虽没说话，但意思很清楚。

脸面尊严没有共济盟百年基业重要，总不能这么随随便便让一个来历和目的还不清楚的女子，真就这么闯上九百九十九阶。

司马离咳嗽一声，想了一想，伸手解下那护腕杀器，诚恳地道：“这样行不行？”

文臻也诚恳地道：“二当家你的真力才是大杀器啊，我可不认为你需要这样的铜钉护腕来增加实力。”

司马离被捧得很是舒泰，想了一想道：“那我让你……”

“二当家！”屠绝喝道，“上天梯不论身份，不论手段，不论高低，一视同仁，既然敢闯到这里来挑战你，就该公平对决，否则就是不公！”

司马离给这一喝，抓了抓头，对文臻笑了笑。

文臻也笑。

没上当也没关系，姑娘的法子多。

屠绝还不罢休，又冷声道："解下护腕做甚？你信不信她拳头上虽没花样，可身上的防御和攻击武器比你多十倍？你解下护腕，那她就得先除掉身上那些玩意儿！"

文臻无辜地道："屠大护法你说啥我听不懂，要么你们来搜身？"

屠绝面无表情地道："不会搜你的身。上天梯的规矩就是可不计手段，既如此，你这挤对人的手段也便收了……阿离，把护腕戴起来！"

司马离立即捡起护腕戴了回去。

文臻笑眯眯给屠绝比了个大拇指。

司马离看样子吸取了教训，直接道："既然你挑战我，便是我先出拳！"随即一声大喝。

一拳轰出。

那拳头刚才还在他身侧，一眨眼便到了文臻面前，以至于风中发出一声爆破音，而四周矮树都齐齐一颤，在空中抖了两抖。

这是高手才能形成的力场，在这样的力场中，他就是这个空间的缔造者，是这一级石阶的皇。在皇的领域，不允许退让，也不许人抵抗。

一阵急促的铃铛声响起，听得人心头凛然又心跳愈急，铜钉和细铁链不断叮叮相撞，因为拳头太快，那些嘈杂之声便成了"叮"的一声长音。

司马离脚下坚硬的石阶瞬间被他压碎，然后靴子嵌了进去，整个人像被浇筑的石像。

与此同时，文臻脚下的石阶竟然也碎了，碎得十分齐整，她靴子也陷入，整个卡在了石缝里，让她一时无法转身也无法拔出脚来。

这是一个一身浑然如铁，硬功巅峰造极的强人。

底下君莫晓等人终于变了脸色。

这样的强人的拳头，便是燕绥也要小心，绝不是因病学武才一年多，虽然速度惊人却终究欠缺基础功的文臻能够抵抗的。

更重要的是，这位二当家吸取了之前的教训，绝不给文臻一丝机会，一开始就使出全力硬拳，从上到下封住了文臻所有退路，让她只能在狭窄的石阶之上举拳硬挡。

易人离的鞭子飞了起来，厉笑在摸刀，君莫晓已经踏上了一步。

但一双手伸了过来，一只手压住了易人离的鞭尖，另一只手压住了君莫晓的肩。

君莫晓回头，压低的声音禁不住焦躁起来："你这时候还拦我！你看看那个司马离，这回真是硬点子了！要么你就赶紧出手！"

燕绥的目光在文臻身上扫了扫，着重在她肩头和手臂看了看，一抬手把易人离和君莫晓拍走。

多什么事呢。

真是，对他家蛋糕儿的坏实在太没信心了！

第一百三十八章

阴险

台阶上，文臻陷在石阶里，全身都被对方的拳风笼罩，别说反击，连呼吸都有点困难了。

不能走，那就打。

她的拳头在对方击过来的时候，已经抬了起来，虽然在那样巨大的拳风里，那小小的拳头看起来无力而滑稽，但速度一点都不慢。

文臻的身子因了那灌顶的拳风，身子一转，衣裳因为这急速的一转而被风灌满，然后被那拳头上的细链挂住，发出撕裂的声音。

司马离听见了这一声，却并没有因为女子衣裳被撕裂而放慢速度或者停手查看，他是个性子憨拙悍勇的人，于武道有天生的执念，一旦出手，对手就不分男女老少，只是敌人。

是必须要打败的敌人。

文臻很清楚这一点，对于这天梯中的坛主以上的人的特质，她都了解一点。

司马离的拳头继续向前，却在此时忽然看清了那撕开的衣裳里面的东西。

那竟然是一件黑甲！满是密密麻麻的尖刺，上头闪烁着不祥的青蓝色光芒！

司马离一惊之下，急忙收拳，他也真是了得，一般人这样全力出拳，想要快速如意地收回必然很难，就像先前凤翩翩双刀攻出之后停顿，就会内息紊乱，但司马离完全没有这样的窘状，他那凶狠无比的拳头只一摆，便顺风顺水地转了个方向，击向文臻手臂。

细链子叮当作响，袖子被钩破了，这回里头探出一条小蛇，虽然只有蚯蚓大小，却鳞片乌黑，眼眸血红，细长猩红的舌尖分叉，似乎瞬间就要滴落毒涎。

司马离又一惊，再次慌忙缩手。

两次缩手，形成的力场便有了缝隙，文臻的拳头便终于冲到了他面前。

她的拳头依旧和她本人一样，柔和温软，没有势气，看着是击向肩颈的，忽然便到了司马离太阳穴，司马离双臂上抬一挡，眼看就要挡开，那拳头忽然一滑，顺着他的双臂直接滑到了他面门，只是司马离双臂力量极其可怕，双拳一挡，文臻便再压不下去。

力量本就悬殊，司马离低喝一声，拳头上青筋爆起，就要把文臻整个人推开。

却在此时，文臻的拳头里忽然弹出一截匕首，匕首直向低头吐气的司马离眉心！

司马离霍然抬头，双肘一夹，匕首被紧紧夹住。

司马离眼底掠过一丝愤怒，亦有一点佩服，上天梯本就不计手段，只论输赢。

一声轻响，那被肘部夹住的刀尖竟然又向前一寸！

这一下更阴险，底下的惊呼声如浪。

司马离猛地仰头，那截刀锋擦着他下巴划过。底下喝彩声像要把这千级长梯掀翻。

与此同时，司马离双肘一拍，匕首断裂，刃尖向司马离身上坠落。

后仰的司马离将要站直，他忽然觉得哪里不对。

文臻忽然探头，狠狠一吹。

那匕首忽然化为一堆粉末，散在空中，飘向迎面而来的司马离面门，司马离此时正是一个张嘴准备大喝再出拳的姿态——他这样的硬功夫，张口吐气是一个必经过程。

然后粉末就被这么一吸。

连同那声大喝，一同吸进了司马离肚子里。

一片死寂。

匕首怎么会变成灰？

来自于文臻的想法和燕绥手下原工字队的智慧奉献。文臻当初看毒经，曾发现有一例下毒手法比较特殊，是宫中人在唤人的铃铛中藏毒，宫中检查严格，便是铃铛每日都有人擦洗查看，却不知道那铃铛里头的珠子是用毒粉加胶黏合而成，时日久了干硬如金属，却在每次震动之中，便会落下毒粉来，而铃铛底下，便是经常放置点心茶水的桌几。

下毒手法本就千奇百怪，皇宫更是集大成处，文臻更进一层，用毒粉制造了匕首，司马离根本不需要用那么大的力气去夹住匕首，那玩意儿连他油皮都刺不破。

对面，司马离呆呆地站着，他是个心志坚毅的人，虽然中毒，却坚守不倒，双脚下陷石头深处。

但文臻的操作还没完。

她忽然笑了笑，伸手从衣裳的破洞里掏了一下，然后她掏出了两张纸，一张是黑色的，铁甲的质感，尖刺林立，闪烁毒物具有的蓝光；一张更小，上头一条毒蛇盘踞吐芯，形态狰狞。

但这只是两张纸而已。

而她取出纸的地方，里头就是一片雪白的里衣。所以，如果先前司马离不被这两张纸迷惑，不连着两次收手，现在当然是她滚下台阶。

她抖了抖那两张纸，凑近司马离，轻声笑道："二当家真是君子，多谢多谢。"

司马离有点迷茫的眼神，直直地落在那两张纸上，似乎有点不相信自己看到的。

雄壮的身影倒下时的气势也很惊人，小腿还陷在石坑里，上半身已经倒了下来，文臻巧妙地在司马离倒下的时候一拉，让司马离向后倒。

所以，她又胜利了。

上面，孙才的脸色很难看，屠绝的脸色很复杂。

孙才道："都是阴谋诡计，雕虫小技！"

文臻的表情很惊异。

"孙坛主是说，二当家连雕虫小技都敌不过？"

孙才绝望地发现连斗嘴皮子这扈三娘也是个坑。

文臻眯起眼睛，她发现自己和司马离打了这一场，而本该也斗起来的孙才和屠绝却没有动手。

孙才不动手，就意味着他不能再往上走，那马上自己就可以揍这个王八蛋了。

文臻并不觉得可惜，她从来不轻看任何人，虽然她的手段还没有使完，但她也并不认为凭这些手段就真的可以一路顺利上天梯，成为共济盟的老大。

虽然做共济盟老大听起来很有诱惑很有好处，但是她自己的身份也足以睥睨这些草莽。

只是，不往上走，为什么不下来？

她遥遥望着上方，然后眉头皱了起来。

底下的人们大多还在诧异，因为看见孙才忽然向屠绝施礼，以为两人要对战了，虽然有点失望不能立刻看见扈三娘用什么新手段对付孙才，但是能看见从未有人挑战的大护法被人挑战，也是一件妙事。

但是屠绝回礼之后，忽然便侧身让开一步，然后孙才又向他施了一礼，这回明显是在道谢，随即便轻轻从他身侧走了上去。

过了九百阶。

一阵哗然。

君莫晓气得脸都红了，大骂无耻，又一把揪住那个也怔在那里的打脸帝：“打赌！打赌！打赌屠绝这个老不死一定断子绝孙！”

燕绥停下了嗑瓜子，盯住了屠绝。

这位大护法在共济盟也是个神秘人物，从英文及他手下查到的资料来看，这位在几位共济盟当家中，是个智囊型人才，据说早先共济盟并没有接受西川刺史的私下招安，是这人一力坚持，才有了后来的地下合作，从先前的情形来看，这人自然是个老辣的。

这位的来历也寻常，早早入了共济盟，一步步爬到如今的位置，只是英文及其手下，却查不出更多，比如此人的籍贯、出身、师门、家小……明面上这人是西川人，但除此以外，其余相关都没有，也是件很奇怪的事。

或许，蛋糕儿直到走上这级阶梯，才算是真正遇上了对手呢。

台阶上，对着屠绝明显的放水挑衅，文臻并没有生气，只上前一步。

她腰侧的玉牌轻轻一荡。

屠绝的目光也轻轻一掠，然后对文臻举手为礼。

文臻正要回礼，对方却隔着举起的手，嘴唇微动：“白头才翻身，拿来散酒作应酬。”

文臻一怔，一时有些反应不过来，她眼光下意识往阶下一飘，燕绥就在人群前方嗑瓜子，随即她忍不住一笑，心想隔这么远，屠绝声音又低，燕绥怎么能听见说什么？

但随即她便看见燕绥的眼光在她腰间一落。

文臻心中一跳。

她一直怀疑唐羡之在共济盟也有暗桩，不因别的，就因唐羡之敢单身和易铭上山。

所以她把唐羡之给的玉牌戴在身上，她了解唐羡之，也许这个玉牌有猫腻，但表面上一定和唐家有关联且有一定作用。

如果遇上了看见玉牌表现有异的人物，一来可以借此机会让对方让路；二来也可以了解一下唐羡之的钉子是谁，虽说不打算做什么，但是了解敌人的暗桩总不是坏事。

但是一路并没有遇见任何奇怪的人，包括眼前的屠绝也没露出任何端倪，甚至还分外排斥来着。

这些念头在心中一闪而过，有了方向就有了答案，那明明是“长川”两字的谜面。

但当然不能答长川，她笑道：“大护法就别考我了，公子安全下山了吗？”

屠绝脸色立即缓和了许多，唇角勾起淡淡弧度，道：“三娘提前上山，是为公子上山开路？”

“是啊，易铭狡猾，可不能让公子孤身犯险。”

“公子也是忒谨慎了，有老夫在，能出什么事？再说就老夫瞧着，西川刺史还需要仰赖公子，还是颇有诚意的。”

“护法英明。既如此，那今日……”

“今日三娘为何忽然如此出头？”

“实不相瞒，那被掳走的女子身上还有重要任务，我是怕那孙才是易铭的人，若是给他知道了些什么，那就不好了。”

“原来如此。三娘莫怪，老夫先前就瞧见你了，所以稍候也会放你过去，只是不能太过明显，所以故意处处和你作对，以免咱们被人瞧出端倪。”

“护法果然沉稳精明，智珠在握！三娘佩服。”

一番对话说得又轻又快，随即两人放下手，各自转了一个身位。

面上都恢复了冷峻的神色。

文臻心情颇好，屠绝竟然是唐羡之的人，看到了她的玉牌，认为她也是唐羡之的人，所以才做出处处为难她的假象，这样等会放水就没人怀疑了。

她的目光掠向台阶下，下意识想和燕绥嘚瑟一下，却见他眼神落在屠绝身上，是一个审视的神情，不由愣了一下。

只是一怔，那边屠绝已经道：“得罪了！”抽出一柄奇形怪状的武器来，看上去像把短剑，刀背是灰黑色，刀刃却如雪练寒光闪烁，黑白二色如阴阳二面，有几分诡异。底端却又有些像笛子，有些排列整齐的小小孔洞，屠绝手一抬，那短剑的清光在空中一闪，风声忽然凌厉，一阵尖细哭泣之声当头罩下，倒像是青天白日之下，忽闻鬼哭之声，倒吓了文臻一跳。

她一抬头，在那片清光里看见几孔天际透明的蓝，才明白那些孔洞的作用，是利用出手时风声穿梭形成声音，那声音刺耳难听，十分闹心，但文臻觉得伤害绝不只难听而已。

底下的人纷纷捂耳，自然没人听见屠绝急速对文臻道：“我们得多来几个回合，你最好多使出几个手段。等会我一剑刺你双膝，你跃起时候我会佯攻，送你踩剑上去。”

文臻点点头，屠绝是至高护法，比司马离还强一大截，那个孙才无比狂妄，也一直只敢说挑战到二当家，从未想过要与屠绝一战。

而且屠绝也是共济盟智囊型人物，没道理在她展示那么多花招之后，还会轻易中了她的花招。

两人堂堂正正地施礼，屠绝又叮嘱一句：“你且多支撑一会儿，什么手段尽管使，等会我送你起身的时候往西南方向飞，那一处有树遮蔽视线，不易看出破绽。”

文臻凝视着他诚挚的双眼，笑着点了点头。

第一百三十九章

说好的喜欢呢

屠绝的短剑十分锋利，潇洒流逸的武功路子，如巨扇拂动这天光浮沉，岚气流荡，绿树摇曳，乱花飞斜，本是很美的场景，只是四周那不断的尖泣如鬼哭的风之音破坏了这美感。

那些在剑光里浮沉的花瓣渐卷渐急，化为一个巨大的花团向文臻逼近，花瓣背后隐约间可见利刃的冷光，无法捕捉凶险的真正所在。

文臻浅黄色的身影笼罩在那片巨大粉色花团之下，脚下玉阶如雪，头顶青天湛蓝，尖啸忽然一停，花团炸开，无数粉光激射。

“啪”的一声，一把小伞撑开。

那些柔软又坚硬的花瓣在更加坚硬的伞面上碎裂，而隐藏在万花之下的那一抹清光，也被伞顶忽然弹出的刀刃拦截住。

底下哗然声起。

扈三娘一路上天梯，这还是第一次出正式武器，然而这武器一出手也如此奇诡难料。

文臻却在撑伞的那一霎，手指一抬，便拈出了一条细长的伞骨甩出，黑光一闪，似一条从阴暗角落里忽然探头的毒蛇，舔到了屠绝的喉头。

惊呼声里，屠绝只是极其精确地转头，任那毒蛇般的伞骨擦颈而过，而短剑已经自下而上，以一个极其刁钻的角度撩向了文臻下颌。

但文臻拈出伞骨之后，便风车般团团一转，其余的九根伞骨忽然螺旋状激射而出，分上中下三路袭击向屠绝。

又一阵惊呼，这把小伞每一个设计都令人始料未及。

屠绝向后一倒，脚跟贴地，眼看就要使出一个成功的铁板桥，他的一只手忽然在地上一抄。

琉璃光彩从他指间一闪而过，然后逃开。

想要在屠绝脚下故技重施使绊子让他就此倒下去的文蛋蛋差点被逮个正着。

文蛋蛋在围栏上一弹，回头时却看见银光一闪，不知何时，屠绝的手上已经戴上了一副银丝手套。

这一招出手极其隐蔽，大部分人都没看明白发生了什么，只看见在那伞骨激射时，大护法忽然倒地，以脚跟为轴，飞快而又奇妙地转了半个圈，便将那笼罩全身的伞骨全部躲过，顺手还在地上一抄，也不知怎的，便忽然抄出了另外一把短剑射向文臻。

文臻将伞一合，便是一把精钢铁棍，横臂一抡，一声巨响，那短剑被击开，那伞尖上因为这震动，忽然喷出一股液体，喷向正扑过来的屠绝。

屠绝却在这一刻变戏法一般甩出一块石片，挡住了那些毒液。

文臻眼中的笑意有敬佩之色。

这位大护法心思实在细腻巧妙，不仅及时发现了文蛋蛋，他竟然提前就戴好了手套，还同时抄走了文蛋蛋和另一把袖中剑，并顺手抄了一块石片挡住了自己的毒水。

毒液被挡住，她手中的伞忽然断成三截，一截尖端射面门，两截底部铿然分开，中间以细链相连，被她抄在手中成了双节棍抡了出去。

台阶上屠绝再次躲开了变化的机关，风声激荡，两人瞬间已经来去十数个回合，文臻那把伞好像变化无穷，让人防不胜防。

燕绥靠着围栏，微微闭着眼，手指有节奏地轻轻地敲击在自己膝盖上，似乎在打拍子。

然后他停下动作，忽然睁眼。

与此同时，台阶上那好看又诡谲的争斗似乎也到了尾声，屠绝的短剑破空而至，尖啸嘶嘶之声大作，明明只有一明一暗两柄剑，却像无数条毒蛇自阴暗角落游出，微微仰起头，阴冷的蛇眼盯住了文臻。

文臻的伞这回已经化成了一柄长枪，点在那短剑之上，借着那一振之力，飞身而起。

人飞起的时候，袖中已经飞出两道黑影，射向屠绝，逼得他微微后仰，而将手中剑扬得更高。

下一瞬，便是按照协议，看似出手，实则送出真力一股，送文臻上天梯了。

文臻飞起后，却发现那股大力并不是往上去的，而是往下的！

与此同时那短剑断了！

短剑一断，长枪便失了凭依，文臻便不得不往下落，更不要说还有那股往下拖拽的力量。

文臻低头，在这一霎的清光卷云之间看见了屠绝的双眼。

冷静的，冷漠的，微带讥嘲笑意的眼。

这是一个陷阱。

一个诱她出尽底牌，诱她相信会放水，诱她放松心防然后一举击杀的陷阱。

共济盟的智囊果然是个厉害角色。

这位厉害角色一朝反水，冷静的眼神毫无波动，也没有冲上前，只横臂一振，短剑底部那原本是孔洞的地方忽然射出几团透明的物事，那物事在半空中展开，钻向文臻的七窍！

而短剑底部此刻已经变成了普通的剑，那几个透明孔洞貌似发出怪音扰人心神，其实只有最后一个孔洞是真的，其余几个居然是假的，是某种透明毒物贴在上面，乍一看也像是洞一样。

他那短剑竟然也藏了这么诡谲的暗手！

更不要说他暂退之后，便又是一剑，剑气剑光纵横入网，寒气入骨，隔老远人们都能感觉到那般凛冽厉杀之气，要将那剑网里的人大卸八块。

文臻避无可避。

惊呼声如潮，君莫晓再次破口大骂“老贼”。

屠绝一边出剑，一边迅速塞了一颗解毒丸到口中，冷笑道：“刚才踩剑的时候是散毒了吗？可惜，瞒不过老夫。”

底下一阵惊异，几乎都没看出来文臻在飞身而起的时候，足底震动，散出的烟尘是毒。

文臻落了下来。

但是落得更快的，却是她的鞋底。

硬底子羊皮靴底部忽然掉落，正巧砸向那几个透明诡异的东西，一股烟尘飘起，那柔软如蛇的东西瞬间变硬，硬邦邦往下落。

鞋底也可以作为武器，鞋底也能藏毒，失敬失敬。

那透明蛇状物掉落，文臻一脚飞踢，透明蛇状物飞入剑网，瞬间被绞碎，漫天蛇蜕般的苍白碎屑飞舞，屠绝收剑疾退。

文蛋蛋冲了过来，滚了一圈，以便文臻安然踩在那些苍白有毒的碎屑上。

屠绝却不敢踩，急忙往上掠，却听文臻笑道：“倒也！”

屠绝大惊，却没觉得自己哪里弱了，心想八成又是使诈，但也没敢就此落下，眼皮一抬，一棵大树的树杈长长伸过来，正在头顶，这位置在玉阶范围内，他早就看好了，就是准备着万一需要可以躲避，然后还可以居高临下占领先机。

就势一纵，他伸手抓住了树梢，袖底一振，又是一道冷电直射文臻，淡淡道："你说谁倒？"

短剑激射，文臻却没有避让，甚至不急不忙，低头去捡鞋底，往脚底一靠，"咔嚓"一声，那鞋底又装上去了。

文臻就好像没看见头顶那剑光，一边穿鞋一边笑着抬头对上面道："当然是……"

剑光已将至文臻头顶。

屠绝忽然觉得手腕一痛。

他抬眼看见上方树梢上，一条火红的毒蛇无声无息游过，雪白的利牙在日光下一闪。然后他觉得一线麻痹感闪电般顺着自己的手臂往上蹿，便直挺挺地掉了下来。那袖中有链子连着的短剑自然偏了方向，扎到了旁边的树上。

屠绝跌落，此时他才听见文臻讲完了那句话。

"你啊！"

一片死寂。

文臻蹲着慢慢地安装好自己特制的鞋子，她原本是有点相信屠绝的说辞的。但是，一来燕绥的神情让她觉得没这么简单；二来屠绝要她先尽出手段的提议，让她起了警惕。

再说，唐羡之肯定不会交出一个真正有用的高级玉牌，这玉牌应该是能代表唐家，但一定有不妥处，既然唐羡之的人都已经爬到了共济盟大护法这样的高位，那么这玉牌的猫腻之处，这位大护法十有八九能看出来。

或许，唐羡之那么痛快交出玉牌的目的，就是希望这位大护法发现，回头对燕绥出手。

毕竟，在正常情况下，他的玉牌燕绥不会给她。

这些人互相阴来阴去，人走了都留有后手。

文臻发出一声无人听见的哨音，树梢上的蛇无声无息退了回去。

她抬头向上看。

孙才站在十级台阶上，面色惨白的他忽然反身往上就冲，一边跑一边喊："大当家！大当家！我是这帮中元老，多少年为帮中出生入死，靠自己辛辛苦苦走到如今，您就眼看我被这个外来的疯女子羞辱吗！"

上头石阶上依旧没人，文臻跟在孙才后面追，眼睛却盯着那一片空处。

她的目的也就是追到孙才，打败孙才，至于大当家之位自己也不会坐上去，何必和这共济盟数千儿郎做对。

孙才奔上最后几层台阶。

文臻也奔了上去，忽然停住，看一眼那台阶，那些台阶在孙才跨过之后便一级级翻起，孙才面前的坦途，现在成了她面前的拦路虎。

跨过去很容易，跨过去也很不容易。

文臻看一眼空荡的上头，笑道："你怎么有脸阻拦我呢？"文臻看着前方，忽然压低了声音，冷冷道，"你要以怨报德吗？"

上头好像有人"呸"了一声。

文臻就好像没听见这声呸，皮十分厚地道："再不济，我也帮你们打消了太子的偷袭计划，这回可是实打实的恩惠了吧？"

上头依旧是一声嗤笑。

文臻怒道："说好的你喜欢顾大哥呢！"

这回上头没动静了。

"在下愿以千金求娶顾大哥，接他上山，许以正室之位。良田美玉，金银绸缎，予取予求。"文臻冷笑背诵，"虽然是玩笑，但那一个月你天天等着顾大哥的豆浆喝，一边喝一边看着他嘴边漏豆浆，你当我们都眼瞎。"

依旧的沉默。

文臻对着空气说话："萧离风，我不关心你为什么要故弄玄虚，我也不想弄清楚你到底怎么想的，但凡事都应有底线和准则，为了阻止我获得共济盟的权力，便昧着良心庇护孙才这种觊觎强掳你喜欢女子的恶徒，如此做派，共济盟又凭什么存在于这白山黑水之间？

"我对这共济盟权力没有兴趣，过了今天我就会下山。不管我是什么身份，于这里我是过客，你信也罢，不信也罢，不要挡我的路。"

似乎又响起一声淡淡的笑。

随即她面前的台阶翻了下来，但只有这一级翻了下来，其余还竖着。

底下众人听不见上头对话，都好奇地仰头。共济盟的大当家确实也是个神秘人物，除了少部分他的亲信，很少人见过他，平常事务都是大护法和三当家主持。

文臻看一眼还竖着的好几级台阶，明白了萧离风的意思。

打动他一条，他便退一步。

"让我猜猜，你是不是已经猜出了我的身份？"

石阶再翻落一阶。

文臻上前一步。

“既然猜出了我的身份，那你就不是真的拦我，你只是想看看我的能力而已。”

又落一阶。

文臻再上前，已经可以看见孙才微变的脸色。

“你们共济盟是不是存在问题？你发现了某些危机，或者说，你存在某些担忧？”

又翻落一阶。

文臻再上一阶。

底下眼看那台阶一阶阶翻落，文臻一步步进逼，离孙才越来越近，而孙才这回被夹在两道翻起的石阶之间，连退路都没有，顿时又是哗然一片，不明白神秘的大当家这回又在和扈三娘打什么哑谜。

文臻还在思索，有些事一旦摸出个头绪，剩下的也便简单了。

“你把我引来，是想我帮你解决这个问题？”

这回石板没动静。

文臻想了想。

“或者，你是想借我的到来看看有没有机会触动潜伏的毒瘤，毕竟……”文臻感叹地道，“我是出名的事故体质啊。”

这回石板翻了下来。

孙才那张恶心的脸越来越近，真是个让人又高兴又不高兴的事儿。

一句话翻一阶。

石板不停地翻落，文臻步步上青天。

文臻逐渐开始犯难了。

信息少，台阶多，萧离风故弄玄虚，她能分析的都已经分析完了，但石阶还有好几级。

硬闯过去？那不行，大当家不在上天梯规则内，这是大当家设下的道，她想过去就必须要接下来，否则不能服众，别人就也可以破坏规则。

她仰头看向空荡荡的顶端，眼角下意识地对下面一扫，燕绥果然还在最前头喝茶，明明低着头，明明她才第一次扫过去，但隔那么远，他立即就察觉了，也没抬头，只抬手指了指发冠。

文臻下意识摸了摸自己的发，然后摸到了文蛋蛋。

这让她心头电光一闪。

“对了，你应该知道你中毒是我干的……”文臻向上走了一阶，“但我发现你好像……”

这回不等她说完，石阶一阵急响。

文臻抬头，就看见石阶已经全部落下，一片玉阶明若水，如玉版宽剑，穿越山顶游雾浮云，向青山高天不断延伸。

但妙的是，挡住孙才的那一片石阶竟然没有落下，所以孙才还被阻在最高处。

文臻眯起眼笑了笑。

赌对了。

第一百四十章

放我一马成不成

萧离风有难言之隐，不想让任何人知道，所以甚至不敢冒被她可能说出来的风险，直接投降。

其实她自己都还没完全猜出来，只是由燕绥提示，想到萧离风曾经被文蛋蛋下过毒那件事，故意含糊地说了那句。

她心里有个疑问。

当初她借医治易慧娘之机给萧离风下毒，从而引易铭带方人和上山。为了不引人怀疑，她让文蛋蛋自己找机会，每次下毒份量很轻，分好几次。

只是文蛋蛋毕竟是个珠子，下毒比较随心所欲，好几次文蛋蛋下毒的时候，凤翩翩和萧离风都在一起，文蛋蛋就一起照顾了，文臻知道也没多说，反正都是当家级别，他俩谁倒都行。

但是凤翩翩没事，萧离风反而先倒了。

大当家被毒倒了，文臻便让文蛋蛋不落痕迹地给凤翩翩解了毒，以免倒了太多人引人怀疑，但是问题来了，大当家怎么也不会比三当家弱，为什么会先倒?

联想到这位大当家的神秘和不管事，却又专门花了一个月时间去观察并邀请她，文臻心中便存了疑。

至于如何看出萧离风的身份，自然是那个蓝色丝带，闻近檀顺手牵羊割了萧离风一截束发带，然后在太子别院遇见易铭手下来捣乱的人的时候，丝带一扬，竟然就把对方给逼走了。

这种威势，仅仅靠一个军师身份是不够的。

进山的时候，那些守门的喽啰是知道萧离风的身份的，并险些说漏嘴，但是文臻后来开食堂，并没有在山门喽啰的队伍里发现那批人，说明对方就是萧离风的亲信。

文臻猜到这些，却并没有介入共济盟的意思，共济盟是块大肥肉，她想吃，但是隔这么远，吃下了也很难护住，何必多事。

萧离风怎么想，她不想管，她现在只想把孙才狠狠揍一顿。

她抬头看着被挡住的孙才。

孙才倔狠的脸上终于多了几分惊慌，却强自敛住，狠狠盯着文臻，道："你这个疯女人！"

文臻指指他："你这个贱男人！"

"你说什么！"

"我说你贱。以为自己强就可以予取予求，别人就该跪在你脚下感恩垂青是吗？天外有天没听过？井底之蛙也敢想天鹅肉？"

孙才盯着她，忽然狞笑起来，从身后慢慢摸出几节钢鞭，不急不忙地扣在一起，那闪亮又冰冷的武器上头还沾了几点血迹，衬着森然的银光，看起来让人心底生寒。

随即他又套上一对护臂，那护臂材质看上去轻软不妨碍行动，闪着奇异的光泽。

他身体转侧间，露出腿上一套同样的护膝。

而他外袍内，也露出了同样颜色材质的衣料。

先前那个总被打脸的家伙冒出来，鬼鬼祟祟和君莫晓道："叫你家扈三娘下来吧，追到这里，孙才脸面已经没了，大当家知道了这事，也不会允许他再留着你姐妹，事情已经解决了，这一场就别打了。他当初是给帮中立下大功，得到了一套护身软皮甲，说是大荒那边的异兽皮做的，十分珍贵，也是那种不怕刀枪不怕毒的材料，你家扈三娘的很多手段，在这套软甲面前肯定不起作用，而且更重要的是，孙坛主出名的手重，但凡出手，对方非死即伤，断几根骨头都是轻的，扈三娘好容易走到这里，何必呢。"

君莫晓惊笑道："总算听见你说了句人话！"

"少在这寒碜我，还不赶紧把人叫下来！"

君莫晓双手抱胸，看着文臻背影摇摇头："不，这时候我把她拉下来，我不配做她朋友。"

她这话别人听着没什么，燕绥倒看了她一眼。

这女子性子直爽简单，他有时候难免隐隐嫌弃，觉得这样的朋友待在蛋糕儿身边，保不准还是个拖累，总想着什么时候打发了了事。

如今瞧着，骨子里倒是个明白的。

燕绥手指敲着膝，想着蛋糕儿念念不忘的那几个人，那种深藏于心时刻不散的牵挂总让他隐隐有些不舒服，好像什么时候真要遇上了，蛋糕儿就会和她们飞了一般。

虽然嘴上绝不会承认，但宜王殿下内心里隐隐觉得，如果有一日要蛋糕儿在自己这个已经和她有肌肤之亲的男人和那几个朋友之间选择，答案可能会让自己不太舒服。

想到这个，他就更不舒服了。

或许，该好好培养培养君莫晓、闻近檀、厉笑几人，无所谓助力，只要不成拖累，且懂事知分寸，待蛋糕儿好，那么时日越久，交情越深，蛋糕儿便会越留恋东堂的这些人和事，那几个失散朋友的影子自然也会越来越淡。

台阶上，孙才装备齐全，还往自己嘴里塞了颗药，神情也越来越狠戾，狠狠地“呸”了一口。

“凭着不入流的手段赢了几场，就以为可以教训我了？呸，爷爷杀人无数的时候，你这贱人还不知道在哪卖笑呢！”

台阶下，燕绥看看孙才的嘴，又看一眼中文。

中文立即心领神会地点头。

知道了，这家伙嘴太臭，等文大人惩治完了，再打掉他的牙。

文臻慢慢整理着东西，并不打算和孙才斗嘴：“人在哪里？”

“我也不记得了。”孙才装模作样地想了一下，“玩过了，就随便赏给底下人了，也不知道儿郎们会带到哪里去，要不，我帮你问问？”

他盯着文臻笑，笑容里满满狰狞恶意。

文臻慢慢整理自己的靴子，道：“不用了，你很快就说不出话了，不指望你。”

话音未落，银光一闪，金属撞击声将这半山薄云软雾都震碎，淡白的雾气里十八截贯注真力的钢鞭如长剑，忽然就在文臻耳畔炸开。

这一手是令人不齿的偷袭，但声势太惊人，那炸响让人耳中一阵嗡嗡作响，而银光来得太快，掠动风云，令四面淡雾都猛地散开，现出一方清明天地。

但那一方地面已经不见文臻踪迹。

她那句话刚出口，人就蹿了出去，游鱼般的身体闪了闪，几个巧妙的转折，便躲过了那极其灵活甩的钢鞭。

上头孙才怒喝：“少嘴皮子逞能，上来打过！”

文臻语气犹自带笑：“我上来了！但是我不是来打你的……”

她扬手砸出一包东西，烟尘弥漫里笑道：“我是来虐你的！”

烟尘漫起，孙才立即后退。

他不敢不后退，扈三娘明显是个用毒高手。只是这么一大包毒药哪来的？

这念头一闪而过，脚下忽然感觉有点怪异，软弹的感觉令他浑身汗毛倒竖，下意识就要跳起，忽然嗅到一股腥臭的气息在围栏外的密林里弥漫，整座林子由远及近不断地发出一种令人不安的声响，头顶隐约还有振翅之声，伴随清亮鹰唳，倏忽便至。

孙才只觉得脚腕一紧，随即便感觉到似乎有什么东西咬了自己一口。恍惚里，那利牙和坚实皮甲相撞发出铿然声响，但没能咬下来。

他正松口气，听见头顶扑扇声响，一股大风掠过，急忙抬手时已经迟了，只觉得头顶重重一痛，黏腻鲜红的东西流了下来，视野顿时一片红色。

孙才终于慌乱起来，但他不能输，一旦输了，就从当家之位打回坛主以下，那就真的任人宰割了！

孙才迅速地去抹脸上的血，此时身边腥臭之味更浓，雾气里隐约还有喘息之声，那些喘息声里同样携着浓厚的腥气，让人想起血红的口、雪白的尖牙和尖牙上挂着的肉红色的碎屑……无法视物总会加剧人的想象和恐惧，孙才听见背后风声，以为扈三娘来攻，急忙转身，却撞进一个毛茸茸的怀里，那过长而柔软的毛此刻却比满身钢针还让他恐惧，急忙后退，同时出拳，但那一拳却落在空处，而身体被什么东西抱住，他一摸，又是一条毛茸茸的手臂。

孙才怒极，手腕一振，钢鞭竖起，鞭尖森然向后一转，便要折回去将那手臂打烂，那手臂忽然松了，随即一声尖啸，什么东西往他怀中冲来，孙才钢鞭一横，真气澎湃而出，那东西翻了个跟斗，极其灵活地一闪不见，而上头枝叶一荡，又有什么东西来搂他的脖子！

孙才想咆哮，想怒骂——不管是什么东西，反正不是扈三娘！不管什么动作，为什么都在投怀送抱！

忽然听见一声低笑，扈三娘的声音就在他身侧极近的地方："好女色是吗？那就安排你左拥右抱啊，怎么样？"

话音未落，孙才后背汗毛猛然竖起，上头有什么东西垂了下来，伴随着扈三娘慢悠悠的语调，黏腻腻地缠向他的腰身。

孙才大叫了一声，钢鞭舞成了一团浮沉的雪，护住自己全身就往上冲，但是还没冲两步，就听见比自己那声还要浑厚凶猛的号叫，血红灰黄的视野里有一团巨大的物体正梭巡在上头的台阶上，四面风声呼啸，那些游走的、跳跃的、飞翔的，在此刻忽然都纷纷走避……

他的脸色更白了。

而台阶下，此时的惊呼和议论声几乎要把上头的动静都盖了。

"怎么回事？怎么回事？哪来的那么大的雾气！"

"上头怎么了？我闻到气味不对啊！"

“先前我好像看见一头鹰啄了孙当家一口……是我眼花了吗？鹰怎么可能忽然飞过来啄人？”

“不不不，不是鹰，我看见一条大蛇缠住了孙当家的腿！”

“你们都看错了，我看见了猿猴，不止一只，你们听那声音，那群畜生在笑呢！”

“你们说的都不对，我好像听见了那头虎的咆哮声，那头曾经吃了咱们一个兄弟又被咱们赶走的老虎！”

“不可能，那只虎性情暴烈得很，怎么可能被降伏，你一定听错了！”

一阵静默。

良久有人喃喃道：“扈三娘除了会打架会骗人会用毒会变戏法会使诈之外，还会驭兽吗……”

台阶上，雾气挡住了外头的视线，里头孙才陷在一片混沌之中。

身边鸟嘶猿啼，兽吼蛇潜，头顶上罡风卷过，有黑黄色的鞭状物狠狠一甩，身后咕咕怪笑，猿猴的爪子勒向他的脖子，脚底滑腻黏缠，不知道爬了多少昂头吐舌的毒蛇，满是青苔的阶角还有一簇一簇深黑色的物体在蠕动，久居这山上的孙才自然明白那是山间的毒蚁，他的钢鞭已经顾不上招呼文臻，也顾不上围栏内外的规矩，不停地蹿上跳下，躲避无穷无尽的攻击。

钢鞭不知何时已经被猴子们捡去，抓在手里，叽叽呱呱对他乱砸，他只得玩杂耍一样一一接下，而那只虎又扑了过来，孙才的钢鞭还没组装完，只得再次狼狈一滚。

却在此刻听见文臻的笑声，她的笑声阴恻恻的：“哎呀，这就往下滚了？我还有很多招没使出来呢！”

孙才惨叫：“你放手！你收了这些恶心的畜生！我认输！”

“认什么输？咱们又不是上天梯比试，我说虐你，就要虐你。”

“我告诉你那女子在哪里！”

“我把你腿打断，你还是得告诉我。不急。”

“我给你磕头，给你认罪，不不不，给那位姑娘认罪，当众认罪！我自己滚下千阶，不劳你踢，给足你们面子，放我一马，成不成！”

第一百四十一章

大写的“服”

孙才一咬牙，手指一拨，钢鞭被他再次拆散，叮叮当当落了一地。

“是我失心疯，是我发了昏，是我得罪了姑奶奶，我给您赔罪……您不稀罕我认罪，那您说要什么！”

文臻顿了顿，目光一闪，撮唇一吹，那些鸟兽们便作鸟兽散。

其实也不是真的听了孙才的话动心，而是她的哨声驭兽之术毕竟不够精深，只能维持一炷香工夫，也只能把鸟兽们喊来依本能进行攻击，但是时间不久且不受具体指挥，再待下去，乱七八糟的攻击就有可能给孙才钻到空子，甚至这些鸟兽们有可能不耐烦，反过来攻击她。

说到底她并没有掌握真正的驭兽之术，所以才把这一招一直留到最后对付孙才。

当然，之前她也用过两次，一次是喊来了一只猴子，悄悄推了木坛坛主一把，一次是和屠绝对战，喊了一条毒蛇从树梢上游过去咬了屠绝一口。

她嘴角一翘，吹出一声短促的哨音。

游蛇滑动之音柔曼，飞鸟振翅之音瑟瑟，猿猴们甩动长臂惊动林木萧萧，淡色的烟雾里，山林之王缓缓走过，黄黑色的皮毛若隐若现，皮毛之下肌肉和筋腱无声而有力地弹动。

渐渐都消失在雾气和山林之中。

孙才急促地喘息，平时他并不会这么不济，但是他怕扈三娘的毒，一直闭着气，又怕扈三娘的小手段，穿上了分量不轻的软甲，这些都非常耗体力，和野兽们相斗虽然时间不长，但他浑身衣裳已经汗透，快要虚脱。

感觉到那些莫名其妙出现的野兽们已经离开，而扈三娘轻轻的脚步声到了近前。

他垂下眼，嘶哑虚弱地道：“我这就给你赔罪……咄！”

声音如爆破般在唇间迸出，那是调动全部真力而爆发的余音，而在声音发出之前，他手腕一翻，一道冷光直刺文臻心口！

他还留了一截钢鞭一直藏在腕下！

就等此刻！

众兽驱散，扈三娘防备已去！

而他十二分全力在这极短距离内刺出生平未有的速度，如电如光。

他信这一刺，便是大当家也躲不开！

文臻果然躲不开。

她只来得及转身，刹那间束发带被过于猛烈的劲风割断，长发甩开，共衣裙飞舞，在玉阶上舞开一朵淡黄色的花。

乌黑的长发猛地从孙才面上拂过。

孙才已经感觉到钢鞭和文臻的要害只隔寸许，只要自己的手轻轻往前一递，便是血溅当场的结局。

他唇角绽开一丝冰冷而得意的笑。

他做这些的时候都是半闭着眼睛的。

此时已经是正午，山顶之上，日光刺目，武人对战，哪怕是阳光、环境、风势，有时候也是胜负的关键，但这都是高手才有的认识。

孙才是高手，自然明白这个道理，他自然一直选择的是避开阳光直射的位置，但是刚才文臻走到了他身边的方位，他出了手，就必须半转身，脸正好迎上了正午的阳光。

他只能眯缝着眼睛。

阳光太亮，阳光里某些也很亮的物事，自然就看不见了。

随即孙才便觉得唇角一痛。

有那么一瞬间，他还以为是不是天气干燥，唇角因为笑得太过开心而裂开，但随即他就发现，自己那个笑容竟然收不住了。

像忽然被钉子钉住，就那么凝固在那样的角度。

钉子……

他垂下眼，看见自己的唇角竟然真的钉了一根针。

那根细细的针不仅钉住了他的唇角笑意，还在不断刺激他的肌肤、筋脉、血肉……麻痹的感觉，闪电一般蔓延至脸、颈、胸……

因此那阴险的一鞭，在离文臻心口还有毫厘距离的时候颓然垂落，只将文臻衣襟稍稍划破一丝。

孙才盯着那针尾端，只觉得那小小一点不断放大，最后化成眼底无尽绝望的黑影。

心中惊涛骇浪，不能停止。

怎么可能？

那针哪里来的？

明明他在出鞭的同时，双臂交击，封住了对方一切可能的动作，并做好了迎接对方身上发出的一切暗器的准备。

事实上在那一霎，他确信对方来不及任何动作，只能躲避。

那么针从哪里来？

他抬起眼，正看见扈三娘那一头飘飞的头发。

头发里隐约幽光一闪。

头发！

孙才张大了嘴，他从来没想过，有人竟然连头发也可以拿来做武器！

而方才她走过来时候的站位明显也是计算过的，逼他直面阳光无法睁眼，因此也就无法及时发现那根针。

扈三娘到底有多少手段？早知道就不该招惹她……这个念头还没转完，文臻已经将头发拢起束好，然后转身，唇角盈盈的笑已经换成了愤怒和不屑。

“堂堂当家，竟然偷袭！”

这一声传遍千级玉阶，随即她闪电般一转身，一脚蹬在孙才的背心！

一声闷响，孙才僵硬地倒下去，顺着台阶一路滚下去。

没人帮忙拦住，也没人试图劝解。一来是之前有赌约；二来众人也不齿孙才假作认输，乘机偷袭的下作伎俩。

愿赌服输才是江湖本色。

台阶上，众人仰首看着文臻，看见那女子精巧秀致的轮廓，令人心生赞叹，随即凛然。

这一路上千级天梯，看到的是一个人的胆气和智慧。

是敢于挑战和蔑视既有之规，敢于出拳向天破，不惧任何不可能，只看自己能不能的心志。

这一路遭逢，也并不仅仅是武力，还有欺诈、攻心、骗局和排挤。

今日只有一人上天梯，今日只见一人上天梯，从一级至巅峰，自创奇迹。

就在众人情绪最饱满、最澎湃、最激昂、最殷切地等着今日独领风骚的扈三娘说些什么的时候。

台阶上端，女大王最新宣言果然爆响。

“我知道你们一定开了赌局，快把输了的银子交上来！”

死一般的静默。

一刻钟后，君莫晓在广场上摆了张桌子，眉开眼笑地亲自收钱。

共济盟帮众带着一番偶像破灭的丧气心情排队交钱。

文臻下阶来，燕绥迎着她，将手里只剩的半包瓜子递给她：“打得好看，奖励。”

文臻白他一眼，中文已经拎着孙才过来，道：“这个腌臜货已经交代了人在哪里，我们派人去接了。”

过了一会儿，就看见一行人进了广场，果然闻近檀在其中，文臻远远看见她并无狼狈之相，顿时放心。

就知道小檀不会吃亏！

但随着那行人越走越近，文臻脸上的表情越来越古怪。

闻近檀除了衣裳有点脏，毫无不妥，但是另外几个一看就是燧峰头目的人，怎么那么狼狈？

一个头发烧了半截，一个裤子成了短裤，短裤的下方还有血流下来，一个满脸扎了刺，还有一个嘴肿着，肿起掀开的嘴皮子中间露出缺了的门牙来。

文臻也有点目瞪口呆，她知道闻近檀是只披着羊皮的母狼，但终究不会武功，还是有些担心的，但眼下瞧着，该担心的好像是这些喽啰？

扈三娘这一队就不能惹啊！

文臻一看闻近檀脸上表情就知道没啥事儿，君莫晓倒是好奇，冲过去问长问短，闻近檀不胜羞怯地低头，耐不住周围共济盟帮众好奇急切的目光，羞羞答答地道：“他们掳我到一个山洞里，四个人看守我一个，一开始倒也还好，后来就有些言语不妥，不过也没说什么，我也没计较。”

“然后呢？”

“然后我和他们谈心，但我又不懂什么，只能说吃的，说啊说啊，他们觉得饿了。”

众人：“……”

“然后呢。”

“然后我就自告奋勇帮他们烤一种世上最好吃的肉，只是烤肉得打猎嘛，总得去两个人打猎。”

“然后呢？”

“还得去一个人捡柴是不是，就剩下一个人了。”

“然后呢？”

“然后我不小心打翻了香水，那个人想非礼我……”

您真的是不小心吗？别的姑娘被掳都小心翼翼，生怕引起强盗的绮念，您老人家倒好，您这是故意勾引是吧？

“然后呢？”

“然后我掏出菜刀把他给剁了。”闻近檀羞答答地道。

“等等，他们没搜你身？怎么会允许你身上带菜刀？”

闻近檀羞涩地笑着，伸手理了理袖口。

她男儿装扮，袖口紧束，此刻众人才发现，她紧束的袖口用的并不是带子或者护腕，而是薄薄的精钢片儿。

两只手的精钢片儿连起来就是一把菜刀。

“捡柴回来的人没发现少了个人？地上的血迹怎么处理？”

“我撕了他的裤子接血，放了把香粉掩盖了血腥气味，捡柴的人回来没看见人自然要问，我告诉他人到洞里面去放水了。他去查看的时候我生火，顺手在火里放了一把毒。”

“然后呢？”君莫晓打破砂锅问到底，存心要让那些听得目瞪口呆的共济盟以后再不敢轻视女人。

“然后那人被毒倒，我把他和先前那个一起拖到洞口，让被毒倒的那个压住被砍倒的那个，等到那两个打猎的人回来看见那一幕，都以为是我被……我被那个了呢……”闻近檀再次羞怯地低下头。

共济盟众人：“……”

姑娘你好，姑娘你狠。

不用问也知道，那两个打猎的倒霉蛋回来看见的就是那洞口的风光，被压住的人看不清是男是女，两个打猎的自然认为是同伴不守规矩，恼怒惊惧之下肯定要冲进去，然后就人为刀俎我为鱼肉，被一个手无缚鸡之力的弱女子给算计了。

真丢人啊。

上头有脚步声传来，众人看去，却是坛主以上的大头目们也已经下了阶梯正向文臻走来，众人瞧着，却觉得有些尴尬。共济盟历史上还从未有这样大量的高层被击败的事情发生，也不知道这些大佬们此刻会怎么想。

文臻却面色坦然地迎着众人，并不怎么担心，她还有位大当家没挑战呢。

当然，大当家也根本没站在阶梯上方。

按照共济盟上天梯的规矩，大当家身份特殊，是可以不用站在那里的，毕竟一帮之主身份特殊，不能轻易变动。但是到底大当家可不可以不接受挑战，上天梯规则里并没有规定，大抵就是想含糊了以便留下转机，之前也没人在意这点，毕竟也没人能像文臻这样，一路打上去直到最后一阶。

但含糊就意味着并没有说大当家不应该接受挑战。

文臻眯着眼睛，想着刚刚解了毒的大当家，萧离风萧先生，肯定是没有兴趣再尝一遍自己的毒药的。

她抬起脸，笑出一脸灿烂，道：“各位大佬们好，都下来啦？上天梯就这么结束了？可我还有一级没来得及跨呢。”

众人脸色有点怪异，凤翩翩瞪她一眼，道：“说什么呢，别总装模作样成不成？”

屠绝神情恢复如常，对先前两人互阴的举动云淡风轻，一脸从容地道：“三娘说话真是有趣，不过三娘你自己也算是大佬了，以后多少得庄重些，不然如何服众？”

大护法向来在大当家不在的时候，主持帮务，这话便等于定了基调，人群热闹起来。

文臻有点纳罕地瞧着屠绝，还以为他会不甘心出点幺蛾子，没想到这些当家们这么快就认了。

转眸一瞧，众人神情却没什么意外的。

文臻毕竟来共济盟时间短，不知道上天梯对于共济盟便意味着铁则和规条，既然一路飙上青天，青天就有她的位置。众目睽睽下，哪位当家也不敢冒大不韪，挑战已成圭臬的信条。

破坏规则，意味着动摇共济盟的根基，没人敢冒这个险。

司马离倒是众人中神情最坦然的一个，很平实地对金坛坛主道：“你坛中管不法行为处置事宜，对于孙才强掳帮众之事，开法堂处理。”

金坛坛主很乐意地领命，带着属下，拎起孙才和他的喽啰们远去。

孙才本已经到了极高处，可惜却在最后输给文臻，按规矩现在连坛主都算不上了。

众人再次让开道路，无人求情。

屠绝也没有多看那边一眼，对文臻道：“三娘今日一日上天梯，自底层直上青天，是为共济盟立派以来未曾有之盛事，当开宴以纪之。”

这便是庆功宴了，文臻还没回答，君莫晓已经兴高采烈地道：“好啊好啊，我给你们做几个我的拿手好菜！”说着大声招呼道，“兄弟们，食堂今日再次开放，想吃好菜的去帮忙！”

很多人大声应好，当下就有一帮人热热闹闹应了跟着君莫晓去飞流峰。那个打脸帝喊的声音最高，跟得最积极，中文站在燕绥身边，斜眼瞟着。

文臻也不推辞，这一顿宴席是题中应有之意，想来经过上天梯，也不会有人敢在宴席中做手脚。

也来不及和燕绥说什么，就有一大帮子弟拥过来，簇拥她回飞流峰，她转头去看时，却见燕绥留在人群后头，而他身后一个矮矮的身影一闪而过。

文臻眉头一挑。

燕绥的手下侏儒们主要在外头，负责燕绥和山外的信息联络，毕竟太子还带着剿匪大军在西川，燕绥不可能和她只躲在山中不问世事。

发生什么事了？

第一百四十二章

山雨欲来

不过看燕绥神情，倒并不紧迫。

文臻带着疑问回去洗漱休息，各峰都送来了礼物和菜蔬，准备晚上就在飞流峰半山平台开宴。

文臻稍事休息之后便去敲燕绥的门，还没走近就听见里头哀求之声不绝，她站定，正大光明偷听了一会儿，然后推开门。

门一开，中文英文就扑了过来："文大人，文姑娘，您劝劝殿下啊，陛下有圣旨叫他下山去接，他不去，非要叫我们去把宣旨的人扛上山，这怎么成啊？"

燕绥弹了弹手指，英文就闭嘴了，唯有中文早有准备，灵活地躲过殿下那颗飞过来的瓜子，一边躲闪一边坚强地对文臻道："文大人您快和殿下说，您今晚不喝酒，不闲谈，不对任何臭男人假以辞色，也不理会任何敬酒……"

"好好好，行行行，不理会任何臭男人，不给任何臭男人机会，只记挂着你家殿下，为你家守身如玉，冰清玉洁……"文臻走上前去，笑眯眯勒住燕绥脖子，"占有欲太强，不是家暴就是虐待狂！"

燕绥一伸手把她拽了下来，按在腿上坐着，语言护卫们顿时很有眼色地溜了出去。

"好了，我在门外都听见了，既然太子那边在找你，说陛下有圣旨，你就下山去听一听。传旨的太监不会武功又是生脸孔，怎么能带上山？再说给太子知道你在共济盟，到时候又有话说，你便回去一趟又怎的？"

"倒也没怎的。"燕绥揉着她，若有所思，"就是不想动。"

"你没事吧？"文臻立即紧张。

“自然是没有的。”

“那这件事有诈？”

“现在看倒也没有，负责联络的英文认识那传旨太监，带来的信物也是父皇的。”

“那你至于这样？今晚应付个庆功宴，把人灌醉了，我们也就下山了，你回来的时候也不要再上山，我们约在灌县城外的澹河见面如何？”

燕绥沉思不语。

“你还在想什么？担心安全？易铭已经下山，鹿军、熊军、虎军战成一团，易铭无论是要处理还是趁机收拢鹿军熊军，都忙得很，不会有精力理会共济盟和咱们的事。共济盟这里，今天打了一场，那些当家们最起码今晚不敢轻举妄动，而过了今晚，我们便下山了。”

文臻这分析自然没错，以至于燕绥也没法说出什么反对的言语，却还是不大情愿的样子。文臻却不愿意他行事太过放纵，给太子找到机会攻讦。文臻把他拖起来，直接推出门了事。

燕绥也只得拍拍她的头，道：“中文和日语随我去便行，其余人都留下，如果明早能赶回的话，我便在山下接你。”

那边自有中文等人将燕绥接出去，英文一边走一边对文臻道：“对了，今天我们寻找闻姑娘的时候发现燧峰后面有一条十分隐秘的道，咱们从那边走，一来不惊动人，二来也快些。”

文臻听着心中一动，本想问一下那密道在哪，只是看着中文急迫模样，也便算了。

她自然不会只让中文随燕绥下山，剿匪大营都是太子的人，谁知道太子会不会脑子发昏干出点什么来。等燕绥的身影消失后，便命英文德语也跟随而去，又强迫德语带走了侏儒暗卫。

天色很快暗下来，平台上燃起好几堆篝火，厨房门口堆满了各色食材，还有下午的时候共济盟的汉子们专门去打来的野味，文臻麾下的女子们全员上阵，大展身手，文臻也亲自下厨炒了几个菜，香气引得满山的狼都在嚎。

西川烈酒“冲天炮”的坛子在地上堆成山高，这是本地山民酿的一种酒，口味一般，劲儿却大，也是这些山野汉子最喜欢的酒。

大家脸色都很兴奋，因为帮中规矩不许饮酒，尤其朝廷剿匪大军靠近之后，上头更是下发严令，停了一切宴饮之事，今日大护法发了令，允许众人同乐，实在是难得的机会。

不论新旧，不提古今，酒都是人与人之间产生联系的最好的媒介之一。

另外一种就是美食。

文臻之前已经用美食打通了共济盟下层帮众的胃口，如今用来攻击高层也所向披靡，而在酒与美食的双重进攻之下，人们的眼神很快就开始迷离，脸颊开始起烧，舌头开始发翘。

比如文臻很有趣地发现，当她用能力证明了女子的强大后，这些汉子接受起来也很快，敬酒的人排成了长队。

江湖汉子敬酒这种事，某种时候和比武也没太大区别，可以输，但不能躲，可以使诈，但不能尿，所以燕绥走的时候对此早有忧虑的预见，再三暗示文臻不要喝酒。

文臻满口答应，无心遵守。

敬酒的人多，扈三娘十分上道，表示要喝就要和大家好好喝，专门捡了个桌子坐下，面前一排大大的酒坛，豪气干云。

酒来杯干，绝不推辞，虽然每人只是一小杯，但队伍长到惊人，还在不断增加，所以那几个坛子很快就空了。

只是文臻喝酒的时候，绝不离开那张特别高的桌子。

她仰头的姿势特别潇洒，喝酒的速度特别惊人，放酒杯的声音特别清脆，汉子们的喝彩声越来越诚挚。

桌子的位置有点偏，背后就是墙，所以几乎没人看见，文臻的衣领下隐藏着一根细细的管子，管子从衣摆下拖出，衣摆被桌子掩住，拖出的管子钉在桌子下方，顺着桌腿而下，再流入专门挖好的排水沟里。

厉笑等人看一眼那排水沟。

众人走来走去以掩饰这无耻的作弊，尤其君莫晓，时不时要把鬼鬼祟祟靠近排水沟想偷喝酒的八哥给拎走。

因此没有人注意到，文蛋蛋忽然滚到排水沟内，将那管子的一头塞进了自己的嘴里。

烈酒源源而下。

文蛋蛋越喝身上的彩光越闪烁，但奇怪的是那么多的烈酒进了肚子，也没见它变大一分，都不知道喝哪里去了。

文臻倒是斜眼瞟过一眼，心里有点奇怪。

文蛋蛋确实爱喝酒，但它喜欢喝毒酒，至于这酒，那自然是不可能有毒的，她分辨得出。

那文蛋蛋怎么会对这种劣质酒感兴趣？

大抵是今儿比较兴奋。

文臻转过头去，继续下一轮拼酒。

一轮酒喝下来，汉子们看她的眼神和表情明显亲热了许多，如果说上天梯之后，汉子们表现出来的是佩服尊敬，现在就是真心接纳了。

文臻花这么多心思，要的就是这个效果。

人群有点骚动，高层们举着酒杯走过来，文臻含笑站起，也就顾不得问文蛋蛋了。

桌子下，文蛋蛋打了个恶心的饱嗝。

太难喝了！

但是，难喝也要喝，上次栽了个跟斗，关键的东西没有辨出来，导致女主人被吃干抹净，事后骂了它好几次。

百年蛊王文蛋蛋怎么能允许自己有短板？

不熟悉？闻不出？那就多尝尝，尝多了，就熟悉了。

文蛋蛋伸出短腿，一抹嘴，心里呵呵一笑。

这酒里迷药真多！

今日在这平台上的都是在这共济盟有职司的、有头脸的。

更多的普通帮众还承担着守卫巡逻之责，但是上天梯后的盛会自然不会漏了他们，大护法派了人送了酒菜过去，不过这些人有任务在身，所以每人只有一小杯酒，算是个意思。

夜渐渐深了，霞光收去，星光铺展，夜鸟归巢，晚风游荡于山道，五座山峰渐渐沉没于黑暗的苍穹之下，似五座沧海之上安静航行的巨舟，偶有山间明灭的深红的星火，似巨舟之上，海浪之间飘摇的晚灯。

雅室之内，萧离风端着那小酒杯，看着远处半山的明亮篝火，他仿佛看见穿梭在酒桌中间的那个总是微微低着头，唇角笑意浅浅的纤秀身影。

篝火太远，喧闹太远，人太远，这藏锐峰巅，像一柄剑高高地矗向青天。

就像共济盟一直以来的存在，是一把将西川舞得霍霍生花，用来遮蔽朝廷双眼的剑，一旦这把剑树敌太多，引来觊觎，面临的也只怕是剑折刀断的下场。

有谁能在危险来临时，还能紧紧握住那把剑呢？

至于他这个所谓神秘的大当家……

萧离风唇角一抹淡淡苦笑。大当家是一帮之主，全体帮众的精神支柱，从古至今，就未有听说需要保持神秘，大部分帮众都不认识的。

保持神秘，归根结底，是为了消失和改变时，都不惹人怀疑吧？

剑尖易折啊……

初夏的山风依旧沁凉，起了一层淡淡雾气，像这模糊不可见去路和来路的人生。

萧离风那杯酒端了很久，最终没有喝。

目光落在面前的几样精致小菜上，他精准地挑出了一盘本地山笋干辣子小炒肉。

他知道那一定是那个总喜欢微低着头，女扮男装的姑娘做的。

因为之前的很多个薄雾未散的清晨，他都在四圣堂最高的一棵树上看见她挖笋的身影，草尖的露珠湿了她的衣角，她身后的竹筐里碧绿的笋尖整整齐齐的。

萧离风看了那盘菜良久，抽出筷子坐下来，他只吃那一盘菜，吃得很慢，仿佛要记住唇齿间那属于春天般的香气。

一盏灯摇晃在山路上，那是共济盟山门的位置，不知何时，哨岗里变得安静了很多，忽然门“吱呀”一声开了，一个人提灯走出来，将灯挂在山门上，灯光是红色的，却并没映出这夜的喜庆，深红的灯光铺在浓绿的叶片上，看上去像染了一层不洁的血。

那人挂好灯笼，手指轻巧地在门边一拨，随即他便走开了。

过了一会儿，隐藏了好几种机关的门户入口开了一条缝。

还有一盏灯摇曳在灌县郊外太子临时别苑的大门边，那是前来迎接宜王燕绥的东宫臣子和宫人，提着灯在等候，见燕绥策马而来，东宫臣子和宫人们急忙恭谨地迎上去。

燕绥却没有下马，目光一扫，道：“传旨太监呢？让他来这门口宣旨便是。”

领头的太子舍人抹一把汗，心想这位主真是胆子大得无边无垠，便是太子接旨，也得大开中门迎天使，设上香案跪听，这位怎么说来着？叫传旨太监来门口，自己还不下马？他当这是隔壁邻居传话呢？

心内虽然腹诽，面上却不敢露出分毫不满，只得道规矩礼仪不可废，殿下还请下马，眼看燕绥眼风飞过来，并不凌厉，腿肚子却已经经不住打颤了。

正僵持着，里头忽然有人笑道：“老三你可别为难我家舍人，他胆子小。传旨太监在里头等你，父皇那圣旨颇有些特异处，怎可在这门口随意传旨？你下马随我进去一看便知。”

太子从里头黑暗里走出来，笑得爽朗，之前东宫洗马事件，好像在他心头已经完全没有了痕迹。

燕绥目光在他身上的紧身长袍上一扫，道：“太子殿下今日穿得倒利落。”

他不说精神，说利落，太子眉梢一挑，小心地看他一眼，随即挽住了他的马缰，笑道：“孤现在带着兵，刚和诸将议事回来，自然要扎得利落一些。”

燕绥又看他一眼，总觉得太子今日和平常不一样，气质谈吐忽然变明朗了。

一个人的本性，并不是那么容易改变，若突然改变，那多半是发生了一些事。

太子亲自拽他的马缰，一路进府，眼看要到太子书房，忽然黑影一闪，猛然便撞到了近前，一道冷电无声无息从那墨色里蹿出，直射太子心口！

燕绥一反手便将太子扔了出去！

下一瞬他的手掌如一片冷玉，精准地穿过那一片黑雾，毫无声息地印在了对方胸膛上，伴随一声细微的骨骼碎裂之声，那片黑雾倏忽反弹老远，地上洒落一道深红的血线。

那黑雾弹落在院墙之上，一个踉跄，随即没入残月光影中。

这场刺杀来得突然，去得迅捷，在场的除了燕绥，几乎没人反应过来，直到太子重重落地，发出惨叫，整座庄园立刻沸腾起来，人群从四面八方涌来，伴随着乱糟糟的“保护太子”，“保护宜王殿下”之声，一部分人冲向太子，一部分人冲向那座刺客消失的墙。

那面墙不是院墙，只是里头隔开各院子的花墙，刺客在墙头消失，不代表刺客就离开了这座院子，因此人们还在搜捕。

太子本身有亲卫，还管着一部分的旗手卫，此刻亲卫首领和旗手卫的一位副统领都赶了来，一眼正看见太子倒在地上，宜王殿下站在离他很远的地方袖手旁观。

亲卫首领奔太子去了，旗手卫副统领上前对燕绥一礼，还没说话，燕绥的眼风已经掠过来了：“怎么？兴师问罪本王把你家太子扔坏了？”

旗手卫副统领苦笑着答：“下官怎敢！只是……只是那刺客武艺高超，刚才虽然被发现行迹，但又刺伤了两人，我等武艺低微，想请殿下……”

中文站在燕绥身侧，道：“想请什么？想请殿下亲自出手追捕？你们好大的脸面！”

旗手卫副统领低头，眼神却飘向太子，那边太子爬起身喊：“老三，刚才那人武功好高，孤怎么瞧着是冲着你来的，要么你去瞧瞧，这万一是对你不利，你把他揪出来也是保护你自己啊！”

第一百四十三章

这回你可逃不掉

燕绥幽幽地瞧着他，瞧到他声音越来越小，才淡淡道：“如果是冲我来的，那么根本冲不到我面前。”

太子瞅着他道：“你的意思是，因为是冲着孤，所以你让他冲到了面前？”

燕绥看定他，好像没感觉到这句话里暗藏着的险恶，竟然冲他绽开一个微笑：“不，我的意思是，如果这里是我的院子，刺客冲我来，我的护卫不会让他有机会的。”

中文脸上绽开骄傲的微笑，有意无意挺了挺胸。

这辈子终于在殿下口中听见了一句嘉许！

而一边的亲卫首领和旗手卫副统领脸色大变，顿时什么话也不敢再说，垂头退后。

太子恨铁不成钢地瞪了他们一眼，站起身还想说什么，燕绥望着看似喧闹一片的庭院，若有所思地道：“不过太子殿下的护卫倒也不是全无可取之处。”

那两人刚刚松口气，就听见那个鬼见愁又道：“比如虽然不能及时发现刺客，但是刺客出现之后，倒出现得非常及时，连锣鼓都有，就好像知道会有刺客，提前准备好了一样。”

最后一句话令在场的几个人脸色都变了变，太子干笑道：“多谢三弟夸奖，说来惭愧，孤自打住进来，有不少心怀叵测的人行刺骚扰，自然要准备充足一些。”

燕绥并不答他这句话，只道：“太子，我是来接旨的。”

他的眼光飘过来，太子什么话都说不出，只好示意他跟自己走，燕绥却又道：“接旨是我的事，太子身份何等尊贵，又受了惊吓，怎么好意思让太子亲自带路？”

太子的背僵了僵。

那两个将领又对视一眼。

当然要太子亲自带路，不然还有谁能勉强压着你呢？

“孤不是要亲自带路……”太子叹息回头，“只是确实被那刺客武功惊着，在老三你身边安心一些。”

燕绥望定他，太子眼光飘来飘去。

燕绥不再说话，跟着太子向前走，却对跟来的中文日语使了个眼色，示意他们带着人离开。

中文脸色很为难，轻声道：“殿下，在太子的地盘，您不能把人都赶走……”

燕绥脸也不转一下：“要你们何用？仪仗吗？”

习惯了主子毒舌的中文脸色不变：“便是仪仗，也能挡一挡的。”

此时众人已经走到了太子书房，传旨太监已经在香案前等候，那中年太监手中捧着一个盒子，尖声道：“宜王殿下，陛下有旨，需要您亲自打开。”

日语一看那盒子，眉头一皱。

他掌管宜王府上下所有机关之事，一眼就看出那盒子用了极其复杂的密锁，开起来很费工夫。

这是什么重要圣旨，需要这样小心保护？

更重要的是，这样的盒子，开解方法琐碎复杂，寻常人打不开，精通机关的殿下也要花上一个时辰。

搞这么复杂的接旨过程是为了什么？

时间回到飞流峰酒酣耳热的那一刻。

山门开的那条缝隙忽然闪过一个黑影，黑影身形细长柔曼，背后的刀剑如身形一般细长，刀鞘已去，锋刃在月下寒光一闪。

随即又一个黑影，又一个……无数黑衣人流水轻烟一般自缝隙掠过，背后刀剑的寒芒连绵如冰河，压下这一天淡泊的月色。

山门口明哨暗哨足有五处，没有一处被惊动。

那些黑衣人掠过岗哨，其中一人肩头一动手一翻，长剑刺入岗哨内，却没有惨呼。

又一闪，剑锋抽出，血染半截，黑衣人也不擦，一路滴下浓稠的鲜红。

黑衣人影背后的刀光在山道上旋成了一道冰风，携着血气和杀戮之气。

满山阔叶在夜色中一片近黑的浓绿，被黏腻的血染得斑驳，今夜月色朦胧，渐渐霜色落满桃花。

一路上山明哨七，暗哨十一，巡逻哨六，都在这股冰风掠过时被收割了性命。

有一处暗哨和一处巡逻哨没有倒下，暗哨那人在一处树上发现了不对劲，他小心翼翼爬下树，伸手入怀，准备放出示警烟花。

然后他便听见身后一声短促的叹息。

他回头便看见身后的夜雾忽然出现一个黑洞，洞里飙出一根高速旋转的冷黑色的箭头。

血花四溅，也像那始终未来得及放出的烟花。

厉笑独自站在崖边发呆，易人离拎着两壶酒走过来。

厉笑接过易人离递过来的酒，只喝了一口，便皱眉道："这酒味太冲。院子里有三娘酿的酒，怎么不喝那个？"

众人为了避免露馅，在山上都称呼文臻为三娘。

易人离笑道："那酒酿得少，金贵，平日里那位还守着不许人喝。不过今晚他不在，我给你偷出来一壶，就知道你喝不下这山野粗酒。"说着将另一壶一看就比较精致的酒递给厉笑。

厉笑接过，给他先倒了一杯，道："既然难得，便喝这个吧。"

易人离却摇摇头，喝自己那壶酒，道："我和你不同，我倒是喝惯了这种味儿。"他灌了几口，"今儿个这酒虽然入口冲，但是回味有种极淡的甜味儿。"

厉笑一笑，本想也仔细尝尝那极淡的甜味儿，却见易人离忽然头一歪，倒在她怀中，瞬间鼾声大作。

厉笑一愣，没想到他这么快就醉了，探头一看，那壶酒已经空了，摇头笑笑，嘀咕道："喝这么急做甚，难道是想……"

她忽然停住，随即脸颊微微烧起来。

她低头，看了看易人离，轻轻推了推他。

易人离似乎嫌弃睡得不舒服，在她大腿上转了个身，双手抱住她的一侧手臂。

厉笑的脸更红了，她微微抬起手，其实，她此时只要轻轻推一下易人离，他便会从她的身上掉下去。但不知为何，她的手抬了半天，最后只是缓缓放下来，指尖拨开了易人离眼前的一缕乱发。

沉睡的少年，睫毛色微微有点淡。

厉笑低头看着他，只觉得心间的花也在悄然地萌发，她最终没有动，只将他死死抱住自己的手，轻轻拿开放在他自己胸口。

然后她低头看着下方山道，逶迤缠绵，隐约有光影起伏，也不知道是树的影，还是过路的风。

黑影的队伍乘着风，过了半山，然后各自散开，分成五队，分别掠向五峰的索道入口。

那里的岗哨也睡着了。

等那阵黑色旋风掠过，岗哨里缓缓流出的鲜血，顺着灰青色的崖壁，无声无息地向下蔓延。

索道轻微震动，篮筐一只接一只被放下，流水般向各峰滑去。

所有人都将背后背着的黑布放下来，遮住那些白色的篮筐，好让黑夜和黑布，将这已经发生和即将继续的杀戮再多掩盖一些。

文臻端着一杯酒敬遍全场，看似每次都豪气万分，其实走完一圈一杯酒都没喝完。

她最后向屠绝走去。

这位大护法因为威重和个性，敢去向他敬酒的人不多，他自己也显得有些离群索居，一个人站在小院旁的那道溪水旁，一边喝酒，一边对着溪水似乎在想心事。

文臻过去的脚步很轻，他却很快回头，看见文臻，微微一怔。

文臻发现他的眸子也有点迷乱之色，显然喝得并不少，便对他举了举杯，站在了他的身边。

屠绝喝干杯中酒，道："三娘为何不赶紧去四圣堂？"

"去四圣堂做甚？"

"举告老夫。"

"与我何干？"

"哦？三娘不已经是共济盟当家了吗？"

"屠先生还是共济盟至高护法呢，还不照样是唐家的人。"

"现在护法应该是三娘了。三娘就不打算护共济盟一护？"

"大护法打算对共济盟帮众不利吗？"

"我为何要对他们不利？我只是唐家暗桩，孤身一人独悬西川，我能做的，要做的，只是在少主上山的时候暗中护持，以及平日里他需要的时候，提供他想知道的信息。我便是想对共济盟不利，这无数高手，数千帮众，我一人如何应付？"

文臻看定他，展颜一笑。

在得知屠绝身份时，她的第一个念头也是揭穿，毕竟在共济盟待了一阵子，多少有点归属感，遇见奸细想揭穿是下意识反应。

随即她反应过来，屠绝这样的奸细作用只是个密探，对共济盟本身并无太大害处，相反，他更应好好表现，获得信任，才能获得更多的信息。

倒是自己，贸然揭穿他身份，要怎么解释其中因由？

但她心中还是有些不安，借敬酒之机再来看看这个人，如今听他言谈，倒也坦荡。

“这就是了。听来听去，想来想去，大护法虽然对我不利，但却没理由对共济盟不利，我又何必多心。”

“老夫对你不利，那是职责所在，三娘又何必耿耿于怀。”

文臻一笑：“如果我要耿耿于怀呢？”

屠绝望着她，意味深长笑了笑：“那么三娘想要老夫什么样的赔偿？”

文臻举起牌子晃了晃：“看见这牌子却对我下手。那么这个牌子在唐家真正的意义是什么？见者必杀？”

屠绝笑了笑：“自然不是。这个牌子确实属于唐家，还是唐家的嫡支牌。”

文臻一怔。

她是真没想到唐羡之把这么重要的牌给了她。

但是为什么……

屠绝看定文臻，眼神颇有些奇异，文臻被他那意味深长的眼光看得有点不适，却忍住了，迎着他的目光。

“但这令牌只在唐家最重要的小楼可以使用，使用这牌的人只能是唐家人，只能姓唐。”

文臻知道唐家的小楼，大概相当于长川家的内院，是唐家大城层层护卫下的最核心之地。

能在那里通行的令牌自然非常重要，唐羡之没有违背誓言。

但是问题是，只有小楼能用这个令牌，外头的一概不能，那就是坑人了。

毕竟传说中唐家小楼被包裹在唐家最中心，重重障碍，从无外人能进去。

甚至怀璧其罪，真要拿出这不该在自己身上的小楼牌，死得更快。

好比今天，还在西川上天梯，不就差点被坑了吗？

“如果不姓唐呢？杀了？”

“如果不姓唐，那么只有两种结果，杀了，或者拿下。”屠绝对着文臻举了举酒杯，“当然，我杀不了你，想来少主也不会因此责怪我。”

文臻听他口气，已经猜出了自己身份，也并不奇怪，她举杯笑笑，本准备也是意思一下沾沾唇，不想屠绝当先饮尽，对她一照杯底，眼光在她杯子里走遍全场都没变少的酒液一扫，那眼神饶是文臻皮厚也有点讪讪，终于诚心地举起杯子来。

忽然身后风响，寒气凛冽，伴随惊呼之声，文臻头也没回，手中酒杯猛地砸了出去，铿然一声金铁交击声响里，她错步转身，滴溜溜一转转到背后之人的背后，一个肘拳反手一捣，一声闷响，那人向前一个踉跄，栽进了溪水里。

人们惊呼着奔过来，有人喊道：“李辣子，你这是做什么？”

有人道：“他是给他老大报仇！他对孙坛主最忠了！我今天看见孙坛主被带走他脸色就不对！”

血被溪水冲成一片粉红，栽在溪水里的人抬起头来，眉眼依旧狰狞：“对！我就是替我老大报仇！这贱人诡计多端，害我老大！”

耿光等人冲过来，把这人从溪水里拖起来，要把这人押到刑堂去，那人愤恨地吐着嘴里的血水，偶然一抬头，正看见对面的屠绝在看着他。

那眼神十分古怪，似乎遗憾、似乎苦笑、似乎无奈、似乎叹息。

那人一怔，还没看懂，已经被推着走过了屠绝身侧。

等到文臻眼神转过来，屠绝的眼神已经一如往常，对文臻抬抬手道酒力不胜，需要提前休息，便告辞了。

文臻目送着他离去，发现他没有走最近的索道，反而从平台绕山路下山，大抵是去查看今夜巡哨。

她的目光转向索道，但是还没走过去，有点喝高了的凤翩翩已经跌跌撞撞过来，一把搂住了她的脖子，酒杯便往她嘴里凑：“来，狡猾的妹妹，陪姐姐喝杯酒。这回你可……逃不掉了……”

第一百四十四章

急迫

一小队人最快通过索道，到了藏锐峰峰顶四圣堂，这些人身上的黑衣制式和共济盟的秘密暗哨队黑木队的一模一样。

那些人上山后，领先一人手一挥，其余人散开，领先那人匆匆上前，掠过围墙。

围墙上方树梢微微一动，领先那人手一翻，掌心里一枚古铜色令牌光泽黝黯。

树梢不再有动静，潜伏的黑木队护卫自然没有喝酒，但此刻他们看见的是属于四圣堂的放行令牌。

围墙黑暗处有人低声喝：“为何如此行色匆匆？山下有事？”

那潜进来的黑衣人也沉声道：“无事，只是有些关于扈三娘的要事要和大当家立即禀报。”

围墙处再无动静，那黑衣人飘入院内，直奔四圣堂深处。

他在前头和真正的黑木队守卫对答的时候，其余的黑衣人趁黑木队守卫的注意力都被吸引到前院，从后院的一些隐秘角落潜入。

那从前院进来的刺客很是熟悉路，直奔四圣堂最深处大当家的静室，只是离静室越近，他的脚步声越轻，如落叶如柳絮，掠过深棕色光滑的木质长廊。

一片黑暗的静室内，小菜几乎没动，除了那一盘笋干辣子小炒肉。

黑衣人似无数道流烟黑溪，从四面八方汇聚向静室。

静室内，帐幕后，盘膝坐在床上的萧离风忽然睁开了双眼。

凤翩翩最终没能把那杯酒灌进文臻的嘴里，因为她在即将成功的那一刻，身子忽然一软，整个人瘫了下去，把那杯酒送给了大地。

文臻扶着她一回头，就看见地面上已经瘫了一大片。

喧闹了半夜，大多数汉子都醉了，文臻让人搬了席子过来，众人横七竖八睡了一地。

至于坛主以上的高层自然大多不会不顾形象睡在这里。凤翩翩是女子，文臻把她扛进了小院里。司马离比较随性，不肯回去，就睡在人堆里。其余坛主也都告辞。

文臻一时没有睡意，想着燕绥匆匆下山去太子处接旨，这事儿总有些蹊跷，也不知道太子会出什么幺蛾子，又想太子带着剿匪大军，虽然一开始的偷袭被自己和燕绥破坏，然后又遇上张洗马失踪一事乱了心神，但既然到了西川这么久，就不能拖太久，也不知道太子打算什么时候以什么方式发动。

今夜山中倒是安静，黑漆漆的一片，真是夜黑风高偷盗夜。

想到这里的时候，她脑中忽然一有什么一闪而过。

不对。她觉得有异，抬头看了一下星光闪烁的夜空，再看看下方漆黑一片的山脉，然后恍然大悟。

太黑了！

共济盟盘踞五峰，哨卡严密，便是夜间，各处索道口都有灯，各处明哨也有灯，这个时候应该会看见索道口的星星灯火，和游弋如明珠的灯笼。

但是现在都没有。

文臻凝足目力，去看离自己最近的落尘峰索道口。风中摇晃的灯笼下，一个男子垂着头趴着，看上去像偷懒打盹，很常见的情况。

文臻盯着他后颈不放，那一截脖颈，在视野中不断放大。

然后她看见了脖颈侧面，隐隐露出一线深红。

文臻猛地睁大眼睛。

不及多看，她猛然转身。

要立即叫醒众人！

但是已经来不及了。

她刚一转身，就见天地一黑，有什么东西当头罩下来。

太子别院内，燕绥盯着那个盒子。

那盒子十分精巧，设计十分别致，太子很有信心地看着，他知道老三对机关之术十分感兴趣，见着这么奇特的盒子一定会留下来破解一番的。

如此也就不亏他那一大笔掏给洋外人的银子。

燕绥终于动了，忽然将手一招，那盒子便脱离了太监的掌心，到了他手中。

太子瞠目结舌："燕绥你干什么？"

燕绥托住盒子，道："接旨啊。"

一边说一边象征性对着京城方向躬了躬，将盒子一手揣怀里，翻身上马便走。

太子一急，一把拉住了他的缰绳，皱眉道："老三！你素来放诞无礼也罢了，圣旨怎可如此轻慢！"

燕绥道："我哪里轻慢了？我这不是三跪九叩，迎来圣旨，并且不舍得就这么看完，要带回去供起来细细揣摩吗？"

"那你也要让传旨太监当面宣完啊！不然岂不是他没完成差事，你忍心让无辜的人受累？"

传旨太监哭着给太子磕头："殿下仁慈！"

燕绥皱眉看着他："父皇的神圣圣旨，给这些阉人尖声尖气读出来，要我看这才是亵渎。行了起来吧，我又不会和父皇说你没宣旨，太子如此仁慈，自然也不会说对不对？"

那太监不肯起身，可怜巴巴看着太子，太子看着燕绥，还没说话，燕绥唇一勾，缓缓俯身靠近太子，低声道："太子殿下，今天从我进门开始，你便想尽花招拖延我的时间，你这是在玩什么把戏呢？"

太子微微一颤，随即便掩了眼眸中的惊恐之色，勉强笑道："老三，你在开什么玩笑。"抓着缰绳的手却松了。

燕绥也不理会，催动马腹，太子忽然又幽幽道："老三，你就没问过这圣旨到底几份？"

燕绥回头看他。

太子在这样的眼光下打了个寒战，倒激起几分怒气，咬牙道："还有一份是给文大人的！"

燕绥的眼光更冷，缓缓道："那为何不宣她来听旨？"

太子望定他，冷笑道："文大人不是忙于共济盟事务吗？想来不方便听旨。"

燕绥对于他说出文臻在共济盟并无意外之色，淡淡道："文臻潜伏共济盟，欲为朝廷出力，收服招安经年巨匪。任务重要，想来陛下也能谅解，给她的圣旨便由我代接吧。"

不等太子抗议，他又道："太子殿下不必费心了，文臻潜伏共济盟一事，我早已密旨陛下说明。倒是太子殿下，拦截圣旨不让文臻接旨，用意何在？太子殿下还是赶紧上书给陛下请罪，免得等我去问陛下了，大家不好看。"

太子盯着他，万万没想到老三那么狂肆的人，在文臻的事情上居然一反常态这么小心，竟然将共济盟事务事先报备了，这样他想要攻讦文臻勾结巨匪的打算，就落空了。

攻讦不成，自己还有把柄抓在这两人手中，不趁难得的机会将他们解决，日后怕就是自己死无葬身之地！

他忽然一笑，道："老三，说什么呢，这么剑拔弩张的？我何时拦截圣旨了？我不就是知道文大人任务紧要，所以不欲打扰啊。"

燕绥懒得理他，马鞭一甩。

太子急得大呼："快请宜王留步！"众人顿时大呼小叫地涌上去，但是连太子都不敢拦的人，其余人哪里敢凑到燕绥面前找死？因此场面是热闹的，呼喊是恳切的，动作是迅捷的，但是没一个人真正拦在燕绥路上的。

眼看燕绥就要出月洞门，忽然前方火光跃动，月洞门那头一阵娇呼，那些莺莺燕燕，一边大喊起火了一边从月洞门里冲了出来。

那都是些内院女子多是侍女之流，此时已经是半夜，这些女子自然都衣冠不整，月下袒露着雪白的肌肤，跌跌撞撞一边喊着"有刺客"，一边冲了出来，正拦在燕绥要出门的路上。

闻近纯也在其中，她是唯一一个衣着整齐的人，却也神情慌乱，一边慌着喊着挡着，一边不动声色把前头一个看见奔马要让开的侍女踹到中文马下。

中文下意识停住。

太子大喜，不好直接指挥，便去看闻近纯。

闻近纯一直盯着太子眼神，此刻顿时心中一定，知道自己赌对了。

她自从上次卖假货事件之后，便因为犯下大错被太子禁足，等待着回京的惩罚，闻近纯自然不甘，她的荣华和尊贵都依附于太子的宠爱，一旦失宠，回去便要被母亲弟弟磋磨死。

在这样惴惴不安中她想尽了办法，奈何太子又得新欢，后院都很少去，哪里还记得她。

直到今晚，院子中乱了，乱得有点奇怪，她趁乱出了院子，看了一会儿，便看出了问题，眼看太子拼命想留燕绥留不住，想了又想，决定冒险一试。

她在内院烧了一把火，又到下人房门口大喊，惊得那些侍女衣服都来不及穿便逃出，一大群人，正好堵在燕绥的去路上。

中文一停，燕绥已经到了，没看那些挡路的侍女，只对中文瞅了一眼。

中文被这一眼看得一惊，再不犹豫，甩鞭前冲。

他抢在燕绥前面，是想着万一这些女人避不及真伤到了，那也是自己的错，太子不能以此来污蔑殿下。

中文骑术精湛，他有把握策马越过的同时赶开挡路者。

他甩鞭大喝让开，那些女子受到惊吓，下意识往两边退避。

太子脸上一急，闻近纯眉头一皱，心一狠，猛然扑上。

她一边扑向中文和燕绥的马蹄，一边冲太子哀呼："殿下，救救妾身！"

这般呼喊，一来是自己表功；二来是点明自己身份，她毕竟是有品级的良媛，燕绥不能这样策马从她头上跨过去；三来，她手指缝里夹着一根毒针，毒性不大，但是会慢慢发作。

她打算刺在马腿上，这样宜王殿下就算闯出去了，过会儿马儿也会毒性发作倒毙，总之，拖得一刻是一刻。

她的算盘打得很好。

她冲向燕绥马下的速度也很快，并且这个对自己向来很狠心的女人，已经做好了受伤倒在燕绥马下，赖定燕绥，从而重新获宠的准备。

燕绥神情冷漠，看着她扑来。

他的掌心已经扣住了一颗石子。

他有很多办法能解决眼前的情形，但是他决定用最狠的一种。

省得燕缜贼心不死，没完没了。

只要这个女人敢扑，这颗石子就会送她上西天，至于谁杀的?

自然是刺客。

以为受点伤就可以过他这一关?以为拿自己的命和身体便能钳制他?

这样的人，东堂还未出生!

敢坑他，就要做好付出最大代价的准备。

何况这女人一直对文臻居心不良，今日便顺带解决了吧!

中文最了解主子，也握紧了自己的刀。

真要杀了闻良媛，殿下只怕免不了还是要被耽搁一阵，后续还有麻烦。

闻近纯往前扑，不知道为何忽然觉得浑身一冷，她不知道什么叫杀机，却在此刻感觉到莫大危险。

但扑得太快，已经来不及。

忽然一样东西自月洞门里射出，撞在闻近纯背上，一股烟雾腾开，一个声音喊道："哎呀，拿错毒药了！"

闻近纯被撞得跌出三尺，滚到了一边的路上，四面烟雾腾腾，香气熏人，她不住咳嗽，听见这句大惊失色，赶紧捂住鼻子跑开，也再顾不得拦燕绥了。

不仅她，那群慌乱堵路的女子听见毒粉也迅速散开。

人影一闪，西番王女出现在门前，捡起刚才砸出来的那东西，十分心疼地道：“可惜了我一盒香粉！”

马蹄疾响，燕绥从她身边驰过，并没有说什么，只手指一弹，一张纸片落下。

西番王女看见是一张银票，并没有露出被侮辱的怒色，看了银票金额一眼，笑容就更满意了。

眼看燕绥的背影已经出了月洞门，太子跺脚大喊：“你不看圣旨你会后悔的，文大人在京犯下大错，是要锁拿进京的！”

燕绥策马未停，人却在马上回头，看定太子。

太子心中又惊又喜，忍不住露出一个笑容，想想不对，又赶紧换成沉痛之色，道：“真的，文大人犯大事了，你打开圣旨就知道……”

他话还没说完。

燕绥一抖马缰，马身穿过月洞门，破风之声响起，马已经跑远了。

“出大事了……”太子的后半句话堵在咽喉里，呛得猛咳起来，半晌，涨红了脸大骂，“去追！去骚扰！一定要把他和他的护卫拦在回共济盟的路上！”

燕绥在转弯的地方停了下来，一招手，英文和德语便跌了下来。

燕绥一见他们脸色就变了。

英文德语既然出现此地，自然是被文臻打发出来保护他的，侏儒队想必也跟着出来了，文臻现在身边几乎没有他的人了。

现在也不是问责的时候，燕绥招手示意中文上来控缰，自己开始开盒看圣旨。

但是开这种精密且陌生的机关需要在极其稳定状态下才行，在马上颠簸，如何能开？

中文小心控缰，想让马跑得平稳一些，燕绥却在身后头也不抬地道：“快些！”

“可是……”

语言护卫们虽然不是人人精通机关，但是耳濡目染，也知道这种精细机关不好好处理很容易伤人，尤其还是在颠簸的马上。

但是中文很快吞下了要说的话。

事关女主子，有什么好说的呢。

希望殿下能保住他的手指头！

第一百四十五章

变故

中文将马策得飞快，他到此时也明白了，共济盟一定出事了。

而且应该和太子殿下有关，看太子殿下穿着利落，可能昨夜大军已经向五峰山开拔，太子也即将亲临战场。

但太子没有亲临，而是先以圣旨传来殿下，并不断拖时间，自然是要拖住殿下不能回援五峰山。

殿下回援五峰山也只能是为了文大人，那太子难道是要对文大人不利？

中文这么一想，便觉得汗毛倒竖，文大人在五峰山，太子要对她不利实在太容易了，大军可以趁乱杀人，顺手推给共济盟，如果文大人看不下去出手帮共济盟，那就成了和匪徒反贼沆瀣一气，就算文大人逃出去了，太子也可以栽赃她和匪徒勾结，泄露军情。

然后还可以构陷到殿下身上！

只要殿下不在五峰山，太子有太多文章可做！

只是中文也不明白，他们在五峰山，一直也提防着太子的大军，英文的手下和侏儒暗卫严密监视别院动向，监视着离别院不远的剿匪大军，明明在他们下山之前，都一切如常。

就算他们一下山，暂时断了对那边的监视，这么短的时间，大军都还没来得及到山下，能做什么？

而且五峰山上下，防守严密，易守难攻，斥候直派出十里之外梭巡，别说攻下全山，就是想要进山门，都不是那么容易的。

中文这么一想，又觉得安心了些，只是看主子连坐下来开箱都不肯，急迫得冒险在马上开箱，心又忍不住拎了起来。

他只能尽量快，再尽量稳定，在晚间的风里，向五峰山狂奔。

细微的拨动机簧声不断响起，同时响起的还有急速的马蹄声，被奔马带起的风声，以及更多的追来的马蹄声——太子派的人追来了。

英文德语等人十分恼怒，虽然不能下杀手，下手也绝不轻，不断有人落马倒地，惨叫大喊。

虽然后头乱成一团糟，但燕绥始终很稳定，那个复杂的盒子擎在手中，经过一系列的点、拨、挑的动作，不断发出细微声音，他不时地在呼叫声里凑近听一听，时不时还催一催中文。

“快些！”

“不能再快了啊主子……啊！这哪个兔崽子搬了块石头砸过来了！”

燕绥手下护卫纷纷拦截，奈何那石头太大，也不知道是被太子麾下哪位力士全力砸出，携带着千钧之力和千钧之重，风声骇人，众人的剑光、掌力、刀风，将那石头摧残得一块一块掉落，但是终究有一块不小的石头如流星直奔燕绥的马。

中文猛地一转马头，却看见前面忽然出现了一个急坡。

“主子停手，要收不住了啊——”

燕绥没有停手，他正皱眉仔细地听，机簧在缓缓后退，此时已经到了关键时机，停手就是前功尽弃。

马身忽然猛然一震，随即向下一个巨大的倾斜，狂射而下。

没人能抗拒地心引力，燕绥手向后一撤，刹那又稳稳端住。

但只刹那之间，那盒子里一道黑光吐出，在燕绥手指上一掠而过。

一抹血线飙射在中文的后背上，落在他的青衣上色泽微深。

燕绥眉头一皱，毫不犹豫将手往上一递，再次掠过中文的剑尖。

英文德语已经发觉殿下受伤，骇然奔上，燕绥流血的手抄起马身上配的长弓，手指一抹，一弓五箭，开弓上弦搭箭一气呵成。

下一瞬，五箭出！

五箭成扇，平展快速地呼啸奔掠，四面的空气被急速割裂，发出细微的震动之声，马蹄下的尘土微微腾起，再被这一刻的力场凝固，而垂下的马尾被掠过的厉风扬起，灰黄色的鬃毛一根根散在空中。

下一刻那些箭便到了追兵之前！

于众人眼底，只看见天空中忽然多了个洞，风也碎，云也散，一股仿若来自天地的力量撞到身前，天空便忽然翻了个个儿，人们震惊想要呼喊，却发现自己被那沛然的力量堵住了呼吸，一个字也说不出来。

最前面几匹马上的追兵被那普通的箭带飞而起，又撞上后头的人，最后滚成了一串葫芦。

他们的胸口剧痛，以为自己必死无疑，毕竟宜王殿下是皇族第一人，虽然以前没见过他用箭，但今日一见，便知都说林侯箭术天下第一也未必是实，给这样的箭射中，焉有幸理。

太子气喘吁吁地跑来，看见一地的人，大怒之下又是一喜——追逐的人多半是太子六率护卫和旗手卫的高手，都有军官编制，这么多人在并未对宜王不利的情形下被宜王杀害，燕绥也要吃不了兜着走。

这本就是他的目的，燕绥不领旨而走，他有权派人去追，一方面要阻碍燕绥多一刻是一刻，另一方面万一燕绥暴怒出手杀人，正可以好好做一篇文章。

他正准备命人收尸体，考虑用一篇檄文弹劾，却见那些人已经捂着胸口灰头土脸地爬了起来。

此时太子才失望地发现，那些凶猛的箭竟然在射出的过程中，箭头便已经碎去，击中众人的只是箭杆，只让人断了几根肋骨。

仓促之中出箭，也不知道燕绥是怎么算好并精准令箭尖在抵达目标之前正好碎裂的。

而直到后来人们才知道，那天直接中箭杆的几人连断裂的肋骨根数都一模一样，每人五根。

高坡而下，燕绥在风中疾驰，手中盒子平稳不动，手上伤口来不及包扎，血线长长地逶迤一路。

盒盖弹开，里头果然是两份圣旨。燕绥拿起一份匆匆看了一下是自己的，便扔了下来，拿起了另一份。

片刻后他冷笑一声。

中文忍不住询问，毕竟他也很担心太子所说的大事。

燕绥又冷笑一声：“红薯玉米没有种植成功。”

中文神情惊骇，他知道文臻当初在献上红薯提议种玉米的时候，是下过军令状的。

“宫内暖房试种红薯玉米，由蒋玄亲自负责。红薯不知何故，很多秧子没有结果，便是结果的，也十分瘦小，根据产量推算，亩产两千斤绝无可能。而玉米则根本没有发芽。据说问过有经验的老农，说东堂土壤根本不适合种植玉米。”

中文皱眉道：“宫内暖房种植……宫内妥当吗？”

燕绥没有说话。

当初文臻提议宫内暖房种植，他没有反对，但是皇宫这种地方，没人比他更清楚其间的阴暗，那里每一片琉璃瓦下都藏着阴私。

但是想要尽快看见产量只能种那里，好在暖房在外廷，相对独立，燕绥有派暗卫暗中照拂，只是他和文臻长期不在天京，终究还是着了小人的道。

“那陛下的圣旨是传文大人回京解释？”

燕绥没说话，传文臻回京是必然的，更重要的是，这一下打乱了他要给文臻谋外放大员差事的计划。

圣旨传来，按说就该立即回京，避免耽搁太久朝中攻讦更烈。

却在此时共济盟出事……

他沉默着，接过中文递来的布条，裹住了不断流血的手指。

夜色里他眸子冷光如雪：“不管怎样，先回山！”

一片黑色当头罩下。

文臻身前是杀手，身后是绝崖，无处退避。

她忽然向后翻身，翻下悬崖！

那片黑色擦身而过，出手的人怔了一瞬，下意识倾身向前查看。

一抹冷光自崖下激射，像一朵灿亮烟花扎入对方肩膀。

文臻再次从崖下鬼魅般翻身而起，一拳将另一个大惊欲逃的家伙打倒。

她站定后，手一抄将那想要困住她的黑网抓住一撒，捆住了那两个人，低声喝道：“哪里来的，来做什么，有多少人？”

她警惕地盯着对方的嘴，以防出现死士自戕的情况，但是对方似乎并没有这么勇敢，当先一人颤声道：“我们……我们不是要对你不利……”

文蛋蛋已经飞速在网上滚了一圈，摇摇头示意没有毒也没有什么附加伤害。

文臻再一看那两人穿的虽然是夜行黑衣，但看着竟然有点眼熟，好像之前在山里见过。

这让她有点蒙，随即脑中电光一闪，她想起来了：“屠绝的人？”

对方连连点头，居然还十分恳切地道：“三娘，我们是为你好，和我们走吧。”

文臻冷笑截断了他的话：“屠绝和人勾结，要灭了共济盟，派你们来掳走我，是不是？”

那两人眼神惊异，没想到文臻这么快猜出来。

文臻心中着实后悔。

发现屠绝是唐家的细作，就该直接告诉那几位当家的。不该被自己的判断和他的言语所迷惑，认为屠绝已经在共济盟待了这么久，不会对共济盟不利。

之前是不会对共济盟不利，但自从唐羡之来过，事情就出现了变数。

共济盟山头上数千人，现在想必已经被拔去所有明哨暗桩，这必然是在开宴之后发生的，短时间内想要做到这一点，对方人数不会少。

易铭在现今情形下没道理这样对共济盟下手，那么整个西川境内，目前有实力这么做的只有太子的剿匪大军！

而明显，这里头还有唐家的指使，否则屠绝不会突然发动。

唐羡之和太子勾结！

他为什么要动共济盟？易铭不是他的盟友吗？

不，虽然是盟友，但是共济盟隐然已有异心，对唐易两家的大事，已经未必是助力。

另一方面，唐羡之是要抢走她和燕绥的功劳，将剿灭收服共济盟的大功送给太子。太子名声好人庸常，但毕竟是皇朝正统，向来得群臣支持，只是缺乏功劳服众，唐家送上功劳，帮太子巩固地位权势，目的还是为了打压燕绥。

如果太子在剿灭共济盟的过程中几乎不费一兵一卒，便全歼共济盟，拔掉朝廷头痛多时的毒瘤，必然会获得朝中上下赞誉称颂，其功可比燕绥平定长川，甚至太子还可以在剿灭共济盟的过程中构陷她和燕绥。

这些念头只是一闪而过，下一瞬文臻笑起来，道："哎呀，原来是友非敌呢。"

那两人连连点头，文臻忽然皱眉："但是只救我一人如何能行？我还有那许多好友，抛下她们走了岂不是太不义气？"

对方为难道："首领只让我们带走您一人……"

"要么你们告诉我，哪里比较安全可以躲避，或者有什么暗号可以避免被清理，我告诉我的朋友，让她们避一避？"文臻看着两人神色，决然道，"我不忍丢下朋友苟且偷生，她们有危险，我不会和你们走。"

那两人对望一眼，其中一人道："躲起来是不可能的，会先清理一遍，然后大军进入，最后放火烧山，又有我们的人指引，躲哪里都会被搜出来，至于暗号……"

文臻拍出两张大额银票，道："咱们江湖中人义气为先，两位兄弟帮个忙，日后还有谢。"

那两人眼睛一亮，一人道："我们身份低微，也不知道什么暗号，只是大护法嘱咐我们，遇上那边的人以一指指天，对方就明白了。"

文臻大喜，递过银票，另一人急忙也道："不过可别让你的朋友一起走，因为知道这个手势的人也就咱们大护法和他的亲信们，整座山也不超过十来人，若是太多人一起指天，那还是会被看破的。”

文臻赞道：“你说的有道理。”也把银票递过去，那两人低头看银票，紧紧攥住，却听文臻声音一冷，“只是做人不怎么懂道理，也不想想，我的银票，你配拿？”

那两人霍然抬头，文臻一脚一个踢晕，转回头怒道：“文蛋蛋！”

文蛋蛋委委屈屈地滚了出来。

“为什么没发现酒有问题？”文臻奔向石台，迅速查看众人，果然根本喊不醒。

文蛋蛋委屈——不会说话怪我咯。

再说迷药又不是毒药。

文臻猜测，之所以不是毒药，一来这样需要的毒药分量太多，容易被看出来，且毒药珍贵，也没那么多；二来是怕被她发现，毕竟她是个用毒高手。

采云采桑奔了出来，两个侍女不会喝酒，又要照应酒席，倒逃了一劫。文臻命她们打水试图浇醒众人，但是竟然没用。

文臻并不犹豫：“每人肋下软肉处割一条破口！”

那一处是人体受到伤害会剧烈疼痛，但不会造成任何不良影响的地方，也不会妨碍行动，时间紧急，文臻没有机会去研究怎么解了这迷药，只能先把人都刺激醒。

采云采桑从未做过这些事，采云还有些犹豫，采桑已经毫不犹豫拔出小刀，先刺了君莫晓，刺得她醒来，还没起身就先捂住了头，呻吟道：“好晕……”

脚步声响，厉笑从下头奔了上来，背着易人离，还没说话，看见场中情况，顿时愣了一愣。

文臻一见她大喜，三言两语说了情况，厉笑反应过来，拨开采桑的刀，二话不说掐着易人离的腰后软肉一拧，易人离也叫了一声醒了过来。

厉笑看文臻神色古怪，讪讪解释道：“他就那处儿特别怕人触碰……”

要不是现在情况紧急，文臻险些就要笑出声来。

她嘴上交代，手下控制力道，保证只刺破表皮，那几人被弄醒后，也加入了救人的队伍，凤翩翩和司马离最先被弄醒，好一会儿才反应过来发生了什么，凤翩翩一声尖叫，就要扑下山，被文臻拦住。

“现在下山已经来不及救人了！”

“那我们上山，赶在对方对山上兄弟进行清理之前，把山上的兄弟救下来！”

“上山也来不及了，在我发现变故之前，对方已经上了山，现在便是去了，也不过是迎头撞上对方！”

“那我们点起烟花通知山上兄弟！”

“你是要暴露你们自己所在吗？”

“这也不行那也不行，扈三娘，你是要我眼睁睁看着兄弟们死吗？”

第一百四十六章

虽千万人吾往矣

凤翩翩在拼命晃头，迷药的昏沉感未去，她忽然睁大眼睛，喃喃道："大当家……大当家还在上头！"

她拔出刀，跌跌撞撞往索道口冲，被文臻再次拉住，这回凤翩翩没说话，猛地一甩手，却没能把文臻的手甩掉。

她回手就是一刀，然后被君莫晓的刀架住，金铁交击声里君莫晓大骂："她冒着风险救你们，你还恩将仇报，你良心被狗吃了！"

文臻没理会两人的吵架，她把那两个屠绝手下踢醒，然后一手将其中一人掀进了悬崖下。

这一下来得突然，那刚刚醒来的另一人脸色发白。

文臻顺手又塞了一颗丸子到他嘴里，毒丸子原本没什么味道，她特意在烂泥地上滚过，味道一言难尽，所以丸子一进嘴，那人脸色便大变，想吐。

"不许吐，吐了我就把你掀下去。"

那人看样子快要哭了。

"这是毒丸子，肠穿肚烂那种。"文臻面无表情地道，"吃下这丸子，背着人去找屠绝。屠绝应该下山了是吧。"

她招手示意闻近檀过来，又拉走了快和凤翩翩打起来的君莫晓。

"小君，让这人背着小檀，你们跟他下山。快要到出口的时候，你带着小檀溜出去，迅速去灌县找殿下。"

君莫晓和闻近檀异口同声："不！"

“不行也得行。不要告诉殿下共济盟出事了，不要让殿下靠近五峰山，想办法带他去澹河，就说我已经在澹河等他。”文臻拍拍闻近檀的肩，“如何取信他，这事交给你。”

“要去你自己去。”闻近檀抓住她的手。

文臻却又把采云采桑喊过来，交给君莫晓：“再带两个估计也没大问题，三个不会武功的女人的安全就交给你了。”

她又道：“我不能走。今天来攻的是太子和唐家的人，我要走了，共济盟一毁，太子和唐家可以捏造出无数证据来诬陷我和燕绥与共济盟勾结不轨，那么逃得了今日，也逃不了明日。”

不等君莫晓犹豫，她一掌拍开她：“留在这你们只会让我分心，是朋友就赶紧走！”

君莫晓还没说话，闻近檀已经决然道：“好，不拖累你，我们走！”

闻近檀向来不言不语却有威信，她做了决定，就连君莫晓也没抗拒，文臻把残破的黑网罩在闻近檀身上，让那个剩下的倒霉蛋背着，交代君莫晓看好她，又悄声对两个丫鬟道：“如果情况不对，你们就先离开君姑娘，遇见有人追杀，便说你们是我的贴身侍女，你们知道我和殿下在这半山小院有秘密……无论如何，保住性命再说。”

采云采桑点头，文臻目视几人身影顺山道而下，吐出一口长气。

把几个不会武功的女子先弄走，她就轻松许多。

君莫晓走得很快，因此也就没察觉，自己发鬓上多了一颗彩色琉璃珠。

之所以选择君莫晓带闻近檀等人先走，就是因为文蛋蛋一向在女子身边才功用强大。

屠绝掳她想必是唐羡之交代的任务，那么与进山的刺客和大军一定有协议，这一行人会得到放行，只要安全到了山下，就有机会逃出去。

采云采桑是她的贴身侍女，如果太子想要构陷她，自然要留下人证，所以文臻交代那一句，那么即使被抓住，暂时也不会有生命危险。

文臻没有多看那边，回身的时候发现所有被迷倒的人都已经救醒，都用感激又复杂的眼光看着她，似乎在等她号令，文臻怔了怔，一指索道口道：“诸位，我建议你们现在不要上藏锐峰，也不要回到自己的堂口。不管用什么方式，保住命最重要。在山数月，多承照拂，山高水长，后会有期。”

她说完一拱手，转身便向小院走，攻击本该早就来了，能耽搁到现在想必燕绥的属下在上飞流峰的道上设置了障碍，但很快也就该到了，她今天上天梯，身上的各种装备消耗得差不多了，她得赶紧补充。

没走两步，心有所感，她一回头，就看见众人震惊失望的目光。

文臻心中颇为好笑，这些人是乍逢大难，便把自己当作主心骨了？但共济盟终究是匪窝，在这个太子拼命要抓她把柄的时节，她能救醒众人指点方法就已经够意思了，真要混在一起，可得把太子乐死。

她摆摆手便继续走，好半晌，才有人迸出一声："匾三娘，你现在才是至高护法！"

文臻站定，回转身，眼眸弯弯："那我现在便请辞啦。"

身后又有人喊出一声："大难临头临阵脱逃吗？"

文臻没有回头，她不需要和谁解释。

"别在这质问我啦，有这时间赶紧逃吧！"

话音刚落，她忽然看见蹲在墙头正面对自己的八哥小眼珠子里亮光一闪。

文臻心中一跳，来不及多想，猛地向前一趴，厉喝："趴下！"

声音的尾调还在空中盘旋，身后的黑暗里已经传来撕裂之声，那声音携着夜的寒风和血腥未散的杀气，如风如雷，破空而至！

几乎立刻，连续数声惨呼，伴随着人体接连倒地的声音，从远至近，刹那便追到了文臻身后！

文臻大惊！

听这声音，这得是天京及边境诸重城城墙之上，专用于守城的巨弩，才有这般的威势！

但是这种巨弩十分沉重，构造复杂，只适合在平地安装使用，要两到三个人配合才能发射，向来不出京，更不会为了剿灭区区山匪便动用，更不要说要把这东西推上山该有多艰难。

她原以为目前只是刺客清山，没想到第二批已经到了，还带来这样的杀器！

文臻的心沉了下去。

她把太子想得太仁慈了。

这不是要构陷，要抓她把柄，这是要杀了她！

太子不怕激怒燕绥？

他不怕的，这是他生平第一次带兵，还有唐家相助，军队给了他莫大的勇气，张洗马的失踪给了他巨大的压力，虽然张洗马早就应该到了天京，但是不知道为什么，并没有露面，也没有对太子提出控告。 但文臻觉得，这想必是燕绥的安排，想要留在合适的时机出手，或者让张洗马这团阴云盘踞在太子头顶，牵制着他，让他不敢乱来。

但是谁也没想到，唐羡之的手竟然那样长，也伸进了共济盟，给了太子胆量。

太子一定觉得，不趁这时候出手，自己就再没有机会了。

杀了她，太子一定还有后手对付燕绥……

心中念头电光般闪过，她听着那风声穿透数人后依旧去势不减，完全就是冲自己来的，眨眼便到了她头顶，贴着她背脊穿过，她只觉得头发一松，被风生生散开！

满头黑发飘在风中，那巨箭入小院院墙，激起一阵灰黄烟尘。片刻后，院墙上渐渐出现了一条缝隙，随即第二条、第三条……疏影横斜，密如蛛网，正将她当初画上的门户割裂。

文臻手按在地上，仓促回身，便看见满地鲜血，残肢断臂，几具尸首零落在那箭飞过的轨迹上。

凤翩翩一声大叫，眼睛瞬间便红了，反手拔出双刀，便要往黑暗里冲。

文臻却又在大叫："趴下！"

方才的弩箭只是前奏，更多的弩箭破空而至，收割人命，誓要将此刻的半山小院变成修罗场。

如果不是先前已经冲出去的司马离，听见文臻大喝及时拉了凤翩翩一把，这位共济盟的女当家就要成为箭下之鬼，她被司马离狠狠按在地上，听着头顶如暴雨如狂风的弩箭飞过，看见兄弟们被那巨箭撞上。

凤翩翩的脸贴在冰冷的地上，肌肤碾磨着粗糙的沙石却不知道痛："为什么会这样？为什么！为什么！"

司马离此刻却十分冷静，眯眼看着黑暗深处，道："那些射弩箭的人藏在前面那片山崖背后，我看见他们的靴子上有红边。"

凤翩翩浑身一颤："易家！易铭是要兔死狗烹吗？"

司马离却摇了摇头，看向那方向，沉声道："这是守城巨弩，箭多且重且猛，咱们被困死在这半山平台上无处躲避，再来个几遭，兄弟们便都没了性命……翩翩，帮我。"

凤翩翩抬头看他，司马离冲她点点头，凤翩翩的眼泪"哗"一下落下来。

文臻并不知道那个角落的对话，她如果知道也要对凤翩翩摇个头，顺便还要对司马离摇头，打散他此刻那危险的想法，但她此刻被如狂雨的箭压制得抬不起头，那些箭真正的打击目标就是她，因此落点都在她身侧身前。

易人离、厉笑、耿光等人都在她身边不远处，但是文臻已经严令诸人不能轻举妄动。

她趴在地上一动不动，死死盯着那院墙，墙体被巨箭不停地射击，裂缝越来越多。

文臻一抬手，袖中射出一根系绳的钩子钩在院墙上。

她盯着钩子，在心里默默计算，一、二、三……猛力一拉！

轰然一声，院墙倒塌，烟尘漫天。

趁着这一刻尘土遮蔽所有人视线，文臻身子一弹，冲入院中。

与此同时她也在大喊：“冲进去！”

呼啸声至，还未靠近就能感觉到热力迫人，对方竟然还有火箭！

这一箭角度刁钻，但文臻身形更为刁钻地扭了扭便避开了，随即左踏一步，第二支火箭从她刚才待着的地方掠过，扎在窗上燃着了窗纸。

文臻头也不转，身形流水一般，退后一小步，又一支火箭从她刚才站立的地方掠过，射断了院中的花树。

文臻躲避，那箭鬼一样追着，却总是慢那么一步。文臻的身形看起来也不是十分快，只是分外溜滑，只用极小的力气，在极小的范围内挪动，偏偏动作给人十分精准的感觉，那位神箭手便是根据她的速度计算，射出的火箭依旧也只能次次擦身而过，那些火箭追在她身侧尖啸游移，在空中拖出一道一道深红的弧线，看上去像是为她舞姿般颇有韵律的步伐增色一般。

一连十几步，火光在院子檐角，花树，小菜地，窗台处处燃烧，直到文臻撞开门，闪身进了自己房间。

她拖出自己装各种毒药暗器的箱子，浑身上下武装好，推开窗子往窗下的山谷里抛下了一条绳子。

做完这一切，她冲到门前，对外面大喊：“都过来！”

但是这话说起来容易，想要在箭雨中前行，一切动作都变得无比困难。

更何况众人还都中了迷药，虽然不至于死，但是乏力虚弱难免，应对闪避便显得迟钝，一轮箭下来，共济盟死伤惨重。

文臻冲到院中，一边接应狼狈冲来的耿光等人，一边抛了一个小袋子给凤翩翩。

“想办法把这个射出去！”

凤翩翩手一抄接住，就这么一探手的动作，险些中箭，她绝望地大叫：“不行！这么密的箭，根本来不及拉弓射箭！”

司马离回头看一眼遍地血肉狼藉，忽然狠狠吸一口气，暴风一般冲了出去。

凤翩翩和他多年默契，立即抡臂向箭来处甩出一把飞刀。

刀和箭相撞，激出一溜火花，将一些巨箭稍稍拨离了方向，司马离走踩在山道上，整个山道都似乎在颤抖。

文臻在他身后大喊：“射出之后一定要躲！”也不知道他听见没有。

司马离不再遮掩身形，只求以最快的速度冲到敌人处，凤翩翩的刀在他身后为他护法，向漫天箭雨而行。

其时天光黝黯，青山沉默，唯有火箭如飒沓流星，在苍穹中划过道道鲜红裂痕，漫天坠落如星雨。

司马离的身影已经冲到那片遮掩巨弩的石壁不远处，便是有凤翩翩掠阵，他的肩上也中了两箭。此时对方也已经发觉他竟然逆行而来，轧轧机簧声响，那些森冷的箭尖都转向了他。

司马离在半空中吐气开声，直扑那一排巨弩后面的人。

那些一直冷静收割人命的箭手们，没想到他会冲着自己来，一阵慌乱，急忙拔出武器。

司马离却是虚晃一招，一拳狠狠捶下，轰然一声，一台弩机的机簧崩裂，已经上弦的巨箭四处乱射，有箭手躲避不及被瞬间击中。

司马离的拳头上虽然戴着手套，但这一拳之后手骨也变了形，他却看也不看，一脚踹出，这台已经报废的巨弩向一边歪倒，撞翻了第二台弩机，又是一阵乱射，箭手纷纷走避。

接连两台弩机被毁，凤翩翩拉弓射箭，将文臻给的那包东西射向弩机阵。

司马离在她射箭之时一个翻滚躲开，一声闷响，那包东西在箭手们头顶破裂，淡黄色的粉末簌簌落下。

箭手们大惊，纷纷躲避，司马离捂住鼻子，趁这机会又掀翻了一台弩机。

小院门口，得了喘息的人们纷纷冲过来，再通过挂在后窗的绳子往悬崖下爬。

而巨弩旁边发射火箭的箭手看见司马离破坏巨弩，自然要向他攻击。

第一道火箭刚刚呼啸而来，接触到那浮在空中的黄色粉末，便猛然爆炸！

血肉四溅，断肢乱飞，刚才小院前那一幕，现在轮到了这些箭手经历。

都以为是毒药，其实是火药，文臻看见了那火箭，就已经想好了这一步。

好在司马离还是听见了她的嘱咐，在火箭射来的时候便冲到了安全距离，那里也有一台弩机。

司马离这回却没击打弩机，而是吐气开声，生生将那沉重的弩机抱起，向外挪移。

文臻顿时明白了他的意图。

这半山平台在向下的山路两边，各有石壁，现在成了敌人掩藏身形射箭的场所，也因为石壁的遮蔽，导致那一段路十分狭窄，一台弩机就能堵住。

司马离是要拿这弩机堵住路，然后一夫当关！

他也确实天生神力，趁箭手们躲避火药的机会，将弩机挪到了山道上，堵住了那一截山道，然后自己坐在了弩机后面。

这是个好办法，不仅堵住了对方的路，他的身体藏在弩机后，也不容易被射伤。

文臻刚刚喘一口气，猛然一抬眼，顿时心一跳。

司马离上方的崖壁上有人！

那人站在崖壁一个小小凸起上，手中黑弓和他的黑衣一般毫无光芒，弦已满，箭在弦，如果不是文臻眼力非凡，根本不可能看见。

她大喊："小心——"

可惜火药还在爆炸，完全盖过了她的声音。

远处崖壁上有什么闪了闪。

下一瞬司马离往前一扑，背后一截黑色的尾羽。

鲜血涔涔顺着弩机而下。

凤翩翩大喊一声往前扑，文臻却在发现那山壁箭手的那一刻便已经扑出，生生将她拉了回来。

而司马离也背对着她们，举起了手，示意不要过来。

文臻把凤翩翩往院子里拖，凤翩翩身子已经软了，望着司马离背影，热泪滚滚而下。

文臻心中也颇怆然，这位二当家她并不熟悉，对战时可以看出是个沉厚宽广的人物，然而也许正因为是君子，急公好义，不惜己身，反倒更易被摧折。

山道前，司马离咳嗽着，上弦，放箭。

他躲在弩机的机身之后，上方的冷箭再也射不着他。

那些黑色的箭换了个方向，割裂着空气和那些箭手的性命，将先前那一幕杀戮，偿还到始作俑者身上。

风声、箭声、呐喊声，交织成杀戮之章。

第一百四十七章

反击

不断有人影冲上，倒下，血线在空中飞掠如火。

司马离咳嗽声越来越弱，血越流越急，站在弩机前的背影越来越弯，最后整个人都伏在了弩机上，靠手臂和半个身体的力量，压着机簧击发。

但不论他如何衰弱，哪怕濒临死亡，始终都未曾倒下。

始终在上弦，放箭，哪怕越来越慢，但没有一个人能越过那架巨弩，冲上半山平台。

共济盟的其他人在这段他用性命拖来的时间内进入了小院，从后窗攀绳而下，凤翩翩试图挣扎，被文臻一肘击昏，拖了进去。

她最后踏进院墙已毁的院子时，回看了一眼。

正看见司马离在艰难地将最后的几根箭，一起装进弩机，但是那种弩机虽然可以多箭击发，却需要高手巨力才能做到，司马离平时自然没问题，此刻却已经是强弩之末，手抖出颤影，背上的血如溪流般顺着弩机铁黑色的机身，汩汩流入身下同样黝黑的土地里。

文臻只看了一眼他弩机箭头对着的位置，就知道他想要做什么。

而此时对方也看出了他想射坏斜对面最后一台弩机，自然也下了决心。无数人从黑暗的掩体背后涌出来，不顾一切攀爬上司马离面前的那架弩机，要将他斩于刀下。

而司马离用尽全力也无法把剩余的弩箭一起发射，不由发出一声绝望的怒吼。

文臻忽然一把抓过在廊下瑟瑟发抖的八哥，将一个小袋子拴在它爪子上，指指司马离，又示意它："轻轻飞，不能晃荡。"

八哥不情不愿地翻白眼，刚想骂，文臻伸手指比了个文蛋蛋滚动的手势。

八哥振翅飞起，稳稳地飞到了司马离背后，脚爪探出，敲了敲他的背。

那个小袋子落在司马离的手里，他看一眼，眼睛便亮了起来。

但他并没有放弃装弩箭的动作，相反，他无视那些即将爬过自己弩机的人，做出了即将击发的姿势。

弩机是军方重器，造价高昂，全东堂也不过三十台，一半以上在天京，弩机的机手以及直属长官对弩机具有全权责任，一旦出现弩机损坏，要承担相当重的责任。

司马离看来也知道这一点，所以他想要拖时间，想要报复，就要把打击目标集中到弩机上，如果今晚所有的弩机都被毁，这一支军队回去也讨不了好。

一人越过了他的弩机，一刀砍在他肩膀上。

司马离没动。

又一人翻过，长刀横削，司马离不能离开，只能勉强一躲，半只胳膊离开他的身体，翻滚着落在地上。

司马离还是没有动，用仅剩的手臂，依旧在缓缓拉着弩机的扳机。

更多的人翻了过来。

乱刀飞舞，血流成河，月夜下的苍白半山，半山盘旋的黑色弯道，铁青色的山壁，未散的灰雾，森冷的杀器，如杀人蚁一般密密麻麻的人群，鲜红的花与血。

文臻在最后准备离开前，看见人群中，那血肉横飞已经没了人样的司马离，最后缓缓伸出半截残臂，对她比了个手势。

他缺了手，也缺了手指，那个手势已经看不出意义。

但文臻已经看懂了。

随即，一声爆响，声撼天地。

是比先前那些粉末爆炸更加凶猛的动静，整座五峰山都似乎在这声巨响中颤抖，所有人瞬间失聪，眼里看过去的天地都似乎起了褶皱。

那个小袋子里是经过原工字队研究改良过的火药弹子，杀伤力很大。

文臻本来准备留着万一遇上西川军队使用，却在此刻给了司马离。

半山平台上腾起黑红色的焰火，如一朵可噬人命的巨大毒菇，毒菇的中央喷溅出无数的血肉、残肢断臂，在真正的灾难之前，并没有想象中的狂呼乱喊，一切都在瞬间被吞噬，一切都在天地震响那一刻进行。

并就此结束。

整座山崖上下皆沉默。

忽然又是轰然一声，一道电光劈裂天际。

似壮行的擂鼓，奏雄壮的挽歌。

竟然下雨了。

山间雨来得快，雨水携云而来，一阵猛浇，将所有人浇了个透心凉。

飞流峰平台上的血肉，被狂雨携去，顺着那些被弩箭刻画出的浅浅沟渠，缓缓流入山川大地。

来年花更葳蕤树愈直。

此刻很难说清这场大雨对共济盟诸人有利还是有害，它掩盖了其余峰头的刺客发出的各种声音，方便他们更快地解决那些沉睡不知的人们。而对此刻的飞流峰半山平台来说，雷声和大雨将刚才那一幕黑烟和狂血都瞬间卷去，甚至给方才那一声爆炸的巨响做了天然的掩护，以至于其余山头的刺客们都以为那一声也是一道雷，并没有立即赶到半山平台来。

这雨来得奇怪，文臻却没有时间去伤感或者惊叹。那一声巨响里，她探头看一下底下的情况，将窗台上的钩子取下，换成绳索缠在了屋中的柱子上。

那一声巨响里，她最后一个纵身一跃，在暴雨中跳下后窗。

那一声巨响，震醒了被帮中兄弟背下去的凤翩翩，她却并没有回头，只将头深深埋在那兄弟的脖子里。

文臻下崖，低头一看，最前面负责带路的易人离和厉笑，已经下了半崖，却按照她的吩咐，没有一直下到崖底，而是在半崖处。转过一个弯，能够看到索道的地方，厉笑投出钩索，经过几次试探后，钩住了一条没有被破坏过的索道铁链。

索道口正常情况下是不能走的，一来肯定有人守株待兔；二来篮筐和铁索一定都受到了破坏，所以文臻选择从后山下崖再上索道。对方赶时间，不会来得及破坏所有索道，有些不是上下山关键索道的铁链，可能还是完好的。

果然厉笑已经用绳索试了出来，几条绳索钩在横山铁链上，轻功好的直接荡过去，轻功差的就慢慢爬。

上了索道，会分发吊环，就是上次燕绥带着文臻一路滑过去的吊环。

五峰山大，所有明面上的逃生道一定都被死死把守，在上山、下山、半山平台都走不通的情况下，是唯一的办法。

文臻抬头看了一阵，觉得自己的运气很好，因为没有问题的那一条索道，恰恰是通往燧峰半山的。

她记得英文下山前说过一句，燧峰有密道。

既然那条索道没有被破坏，说明英文探出的密道是安全的，屠绝也不知道。

底下的人在着急地向文臻招手，在他们看来，文臻出来得太迟了，很容易被追兵追上。而且大家一个个顺着向下爬，想超越都不能。

文臻提气向下，虽然大家催促得厉害，她却爬得很慢，动作也很轻，看上去像是怕把绳子拽断一般。

但大家都知道这绳子掺了极其柔韧的金丝和蛟筋，断不了的，但也只能干着急。

最后一个人也荡上了索道，众人一边滑一边伸长脖子焦灼地瞧她。

文臻听着身后的动静。

平台那么大的爆炸声，雨也遮挡不住。她已经隐约听见了上头杂沓的脚步声和呼喝之声。

山间的雨来得快也去得快，沾了水的绳子和索道都很滑，她爬得越发小心，爬到一半的时候，头顶传来呼喝之声，绳索剧烈震荡。

很快就有人顺绳而下，爬得比她快多了，很快离她便不过丈许。

索道上一片惊呼，连厉笑都惊得大叫："快啊，三娘！"

文臻忽然松了绳子。

惊呼声里，她在落下的那一瞬，已经又抛出一条绳索，钩在了索道上。

但是她没有急着荡过去，而是挂在绳索上，面对着小院的方向，好像在静静等待。

山风在深谷间摆荡，啸声如歌。

文臻略有些单薄的身子在风中微微摇晃，像一叶飘摇的草。

众人本来着急想要她快一点，这一刻却忽然感觉到了什么，也都安静下来，一边迅速逃脱一边等待。

那条绳索上那些黑衣人快速地爬了下来，最前面的已经接近文臻，且也准备周全，从腰后掏绳索。

却忽然轰然一声。

不是火药弹爆炸那种震天的巨响，是重物骤然断裂倒地的声音，随即那条挂满了人的绳子飞快地向下滑去，猝不及防的人们惨呼着向崖下坠去。

也有人武功比较高试图抓着崖壁，但随即上头便飞出一根巨柱，顺着崖壁一路滚下去，将那群试图攀附在崖壁上的人再次地砸得血花飞溅。

片刻之后，重物坠落崖下的沉闷之音才自崖底传来，震得还挂在半空中的人们都不由自主地抖了抖。

崖上烟尘弥漫，屋舍还在倒塌，塌下的砖瓦也在向着崖下倾倒，将躲过两轮变故侥幸未死的那些人，摧枯拉朽地再砸下去。

在那些人坠落时，文臻身形一荡，已经荡上了索道，并没有对自己造成的灾难多看一眼。

那根系绳子的柱子自然做过了手脚，承载分量太重就会倒塌，但是要想对方上当，就要有人当着众人面爬下去，那些人才会跟着爬下来。

她身体轻，身法灵活，等着更多的人上了绳子，直到把柱子拽倒，引发连锁反应。

她荡上了去燧峰的索道，接住了厉笑抛过来的吊环，最后一个滑到对面燧峰。

人们并没有散开，都还等在山林间，在凤翩翩的带领下，对着飞流峰半山的方向，跪下。

额头接触地面的声音发闷，如那个以一己血肉拦在飞流峰半山，为儿郎们争取生机，最终骨肉化灰的男子。

再抬起头来时，人人眼眸血红。

等人们再站起来的时候，不知何时，都隐隐围在文臻身边。

扈三娘在危机来临时的冷静和反击的大手笔，让众人自然选择依附强者。

文臻心中叹口气，事情到了这个地步，想要和共济盟划清界限已经不可能了。既然如此，人多力量大，那就一起闯吧。

不必顾忌太多，只有活着，才有更多的可能。

文臻便让众人先报出自己的山头。

目前还在面前的近两百个人都是共济盟的中层头目和精锐级别，是一个大帮派最重要的中坚力量。

属于燧峰的有三十余人，文臻让他们集思广益，想想燧峰有没有隐秘道路。

燧峰的人照管自己的山头，日常都在燧峰里转，真要论起道路，肯定是他们最熟悉，屠绝长居四圣堂，手下也在藏锐峰，不可能知道燧峰的密道。

文臻有点可惜当时自己没有多问英文一句。

众人冥思苦想，大多摇头，都说燧峰上下都转遍了，从未发现什么密道。文臻便道："未必一定需要知道哪里有道路，但凡平常巡逻聊天发现或者听说的可疑事情，都可以拿来说一说。"

忽然有个人犹豫地道："曾经听一个有点痴傻的兄弟说起过，燧峰后山有条溪水，水会变戏法，总是会跑掉。当时听着是戏言，也就一笑了之，这会不会有问题？"

不管真假，总要去看看，此时漫山的灯火已经点燃，隐约可以看见灯火之下黑压压长蛇一样的人群，说明刺客对全山的暗杀已经告一段落，接下来就是大军进山扫荡搜山，共济盟的主要实力已经被拔掉，所以太子的剿匪大军才能这么肆无忌惮地进山。

众人去到了那条溪水附近，溪水很浅，淙淙流动，看不出跑掉的痕迹。

溪水尽头是一片绝崖，崖壁十分峭拔，几乎九十度直上直下，石壁光滑度极高，完全没有任何攀爬的可能。

在崖下不远处，一条河缓缓绕向旁边的落尘峰。

众人上下搜寻着，却都一无所获。

忽然文臻直起腰，注目黑暗中，眸子眯起。

“谁？”

众人一怔，齐齐僵住，神情紧张。

此时大家也已经听见动静，长草瑟瑟声里，有些细微的摩擦之声，草叶断裂之声，听人数还不少，且四面八方都有。

人们的呼吸变得粗重起来。

文臻的护卫们正要警惕地拔刀，凤翩翩却拦住了他们，做了个少安毋躁的姿势，过了一会儿，文臻看见那位高大又寒酸的金坛坛主带着好些人出现在黑暗中，金坛坛主怀中抱着一个小女孩，一手还扶着一个孱弱苍白的女子。众人看起来都很狼狈，大多都带伤。

这批人比文臻等人还要警惕，手中染血的武器紧抓不放，看见最前面的文臻也没松开。

文臻看见他们，心中一喜。

看来共济盟的损失没有自己想象中惨重，还是有人能够幸存的。

她上前一步，正想招呼，忽然冷风扑面，寒光一闪，当头一片似雪的刀光袭下来！

文臻下意识后退，却发现身后是绝崖。

一声巨响，她头顶闪过一片星光，兵器上瘆人的寒气擦面而过，耳畔一缕发丝悠悠落地。

凤翩翩站在她身前，双刀架住了那突如其来的冷斧。

易人离耿光等人都大怒掠来，这回是文臻上前一步将他们拦住。

凤翩翩喝声冷厉：“木卓，你在做什么！”

金坛坛主木卓也怒道：“三当家，你怎么在这里！你怎么和扈三娘在一起？”

“三娘救了我们，我们正在寻找燧峰的密道。”

“这不可能！”

文臻听着木卓语气不对，上前一步，木卓的斧头立即扬了起来。

“扈三娘！是不是你在酒中下了药，开门引杀手入山！”

文臻抱臂看着他。

“这么劲爆的八卦我怎么不知道？谁分享给你的？”

“少油嘴滑舌。我们亲耳听见的！那些闯山的人口口声声遵三娘的命令！”

文臻恍然，险些给太子鼓鼓掌。

一方面和唐家勾结利用内奸毒倒全山，一方面还在这些倒霉蛋面前指认内奸是她。

毕竟她来路不明，上天梯手段百出，还未获得共济盟上下真正的信任。

无论是遭刺客袭杀还是全山围剿，难免有漏网之鱼，这些漏网之鱼一旦遇见文臻必将视她为生死大仇。

那她不仅要对付太子的杀手，还要被共济盟的人追杀，这追杀有可能绵延一生，让她时刻不能安宁。

“是啊。”她抱着双臂，凉凉地道，“我人在燧峰，却能遥控整座五峰山的刺客和士兵来攻击你们，顺便我还和凤三当家混在一起，还能骗得凤三当家给我挡斧头呢。这么一想，我真是好棒棒哦。”

木卓显然接不上这话，眨巴着眼睛，凤翩翩叹了口气，将先前的事说了一遍，木卓脸色惨白怔了好半晌，才惨然道：“我每晚都要起夜照顾内子，所以喝得比较少，回去的路上跌入溪水，撞伤胳膊，便清醒了许多。我知道不对劲，便奔回去通知家小和兄弟们，但是终究慢了一步，只来得及带出一小半的兄弟，刺客便上了山。”

凤翩翩脸色好看了一点，转头对文臻解释道：“共济盟这几年见形势不好，也曾居安思危，我们一些头目在各峰安排了隐秘据点，还在燧峰这里，定了一个发生大事时的集合地，就在这溪水附近……”

“等等。”文臻发现不对，急忙打断她问，“为什么会将燧峰这里定为避难所，是谁提议的？”

提议的人很可能知道那密道在哪里！

凤翩翩怔了怔，似乎不大清楚，木卓却忽然道：“是大当家。”

第一百四十八章

曾几时月下花前

从五峰山最高的藏锐峰可以看见，官道之外还有无数小道，纵横在苍黄的大地上。

那些小道或极细如羊肠，或者歪曲弯扭看得人眼睛发花，或者颜色斑驳一看就知道全是坑，总之都不是正常人会选择的道路。

但如果此刻有眼力极好的人俯视，可以看见那条细如羊肠的道路上有十几骑如飞蚁一般，头尾相接，眨眼便越过长长的路途。

那速度实在惊人，马蹄刨起的烟尘沙土，扑打在两边的草叶上，再被疾速驶过的马腿拨动，又扫回骑士的袍子上。

中文是语言护卫中骑术最强的一个，但是他此刻觉得自己像一只累得直吐舌头的狗，明明跑出了疯子的气势，前面的肉骨头还是越来越远。

肉骨头自然是他家主子殿下。

宜王殿下尊荣贵重，宜王殿下目无下尘，宜王殿下万事不理，宜王殿下叱咤朝堂。

在众人的心目中，宜王殿下无论是哪一款，总之都不会是急若星火的那一款。

中文一边拼命挥鞭，一边摇头。

世人想象不到的，他已经见过两次，两次都是为了文大人。

真是卤水点豆腐，一物降一物。

中文的目光落在燕绥染满灰尘污迹的袍角上，没敢提醒他换衣裳，只大叫："殿下，前头拐出去就有茶亭，去喝杯茶吃点东西吧！你昨天到现在还没吃上口热的呢！"

燕绥没回答，只伸出一只手，中文叹口气，抬手把干粮袋子扔过去，被燕绥精准地接住。

干粮袋子里是牛肉干和杏脯，还有金丝橘糕以及纸袋封装好的小米油炸锅巴。分成一小袋一小袋，方便取食，一看这般匠心巧用，便知道都是文臻亲手制作的零食，文臻出品，自然不是寻常干粮可比，但饶是如此，在这尘土飞扬的小道上吃干粮，依旧不会是好的享受。

对于殿下来说，简直可以说是旷世难逢的艰苦。

于是一向跟着殿下享受的护卫，此刻也只能默默在后头干啃锅盔。

十数骑风一般卷过。

前头岔道大路上，茶亭里，几个面白无须的男子焦灼地在茶亭转来转去，不住地向来路张望。

一人道："太子殿下让我们提前在各个休憩点等待，可宜王殿下如何现在还不来？"

一人道："莫不是走了小路？"

另一人断然道："没可能！宜王殿下那个人讲究享受到令人发指，这周边回五峰山的小道是有，一条极窄极脏，一条绕路，一条满是陷坑淤泥，无论哪条，宜王殿下都不可能走！也许是被太子殿下派人追上了？咱们且先等着！"

先前那人道："若是殿下不肯随我们回京呢？"

另一人冷笑一声，回头看了看自己身后黑压压的军士，道："这许多人干什么吃的？"

"若殿下还是不理呢？"

那人古怪地笑笑，没有回答。

不知道宜王殿下看了给他的那份圣旨没有。

今年以来，东堂和南齐相交海域频频发生摩擦，大皇子领东堂海军驻守海峡，几次小型交战后，发现对方总能抢得先机，怀疑军中有奸细，经过一番清查，目前的几个怀疑对象都和季家有千丝万缕的关系。

季家季怀庆跟随大皇子在沿海效力多年，难免要培植一批亲信，季怀庆在乌海之上被燕绥阴了一道，被庶长子季怀远反水断了双腿，之后季怀远接替了季怀庆的一切，包括这水军的暗中势力。

大皇子查出的这几个可能和敌国勾连的水军将领，果然也和天京有着秘密的往来，最后的指向也是宜王燕绥，而关于燕绥当初在乌海之上策反季怀远的种种行为，也早已秘密报上了朝廷。

这是叛国重罪，朝廷自然要立即宣召宜王殿下入京，而按照规矩，殿下一旦接到这圣旨，一秒也不能耽误。

现在殿下接了旨，却没有当众开启，太子也就没有了强硬令他立即回京的机会，但太子对燕绥的行事心中也有数，特地提前命人等候在回五峰山的各处必经之处。只要一处能逮到燕绥，无论他跟随回京还是抗旨不从，总归都是太子的胜利。

那内侍想着拦截到宜王殿下，太子许诺的厚赐，忍不住唇角一勾，意味深长地道："便是殿下没从这儿走也无妨，终究，他是到不了五峰山的。"

君莫晓也带着闻近檀在山路上奔驰。

采云采桑已经送出了山。闻近檀不和文臻浪费时间纠结，爽快答应下山，由那个吃了毒药的喽啰背着，一路遇上刺客和军队就一手指天，果然安然下山，但是走到半路，闻近檀便坚持从那人背上下来，换了采云被背着。

君莫晓一路护送，在接近山下的时候将那倒霉蛋打昏，命采云采桑藏在山脚下一处隐蔽的暗哨山洞，那里已经被刺客扫荡过，不会再来看第二次。

采云采桑躲在满是血迹和尸体的山洞里，等待着危机过去，君莫晓则和闻近檀返回山上。

文臻这俩闺蜜从来都没打算去通知燕绥。文臻满心想着要他避开危险，两位闺蜜却认为男人这时候不用，那要他何用？

宜王殿下平日里懒惰傲娇，睡觉都恨不得把小臻当抱枕，难得有他出力的机会，凭什么置身事外？

两人连商量都没有，也没对文臻表露这种危险的个人想法，很干脆地折回山上。

"我们去哪里？去帮小臻吗？"君莫晓拉着闻近檀的手在山间穿行。

"是，不过不是去飞流峰。"闻近檀待在文臻身边日久，也练出了免疫力，面不改色地道，"我们去燧峰后山，从山道走。"

"为什么？"

闻近檀没有立即回答。

她脑海中浮现出飞流峰平台上的小院，小院前的食堂，食堂边的水磨。

水磨边的她……和他。

很少有人知道，那些食堂每天早晨的豆浆，需要前一天夜里用水磨缓缓碾磨，而她向来多虑少眠，难眠的寂夜里，缓缓推着石磨，看着那鲜嫩的黄豆被轻轻挤压、破裂、渗出洁白的液体，顺着青黑色的石磨沟渠奔流，心间的旧事和寂寥，仿佛也在这样花影乱摇的春夜里，无声无息破了。

一开始，她一个人推磨。

后来，乱摇的花影里，有一个人看她推磨。

再后来，那个站在春夜花影里的人走出来，帮她推磨。

一开始，她警惕他的存在。

后来，她习惯他的存在。

再后来，她会在他推磨的时候默默递上汗巾。

那些洁白的液体缓缓流下石磨，时光在那一刻被拉长。山间的月色总是罩着岚气，长长的身影刻在被月色洗白的地上。

影子是很奇妙的东西，两个人隔着一方石磨，影子却你中有我地纠缠着，有时候山谷的风蹑足而上，将他的发吹落她的肩。

那是无言的表达和隐藏的拒绝。

她知道他是这山上的军师，她知道他在十字坡包子店喝了一个月她磨的豆浆，她觉得他是冲着文臻而来，但是他求见文臻的理由，却是那仿佛玩笑般的求娶顾大哥。

那时候她觉得，不过是一个接近的理由，轻飘飘不够庄重，自然也不够放在心上。

到后来她依然是顾大哥，他是军师萧离风，他人每夜花前月下，她和他在花前月下推磨。

推到后来推出了默契，他停下她便知道他要添豆子，她抬眉他便知道今天的豆浆够了。

有时候她坐在一边，看他推磨时微微起了汗，便好笑地想，好歹也是土匪窝里的大土匪，如何这般不济。

有时候她在发呆，看那些汗渐渐凝成滚圆的一颗，顺着光洁的额缓缓地流，流过同样光洁的颊，秀挺的下巴，再顺着那一道英秀的弧线，流过尖锐清晰的喉结……

她总在那时候仓皇地收回目光，而他似乎没有注意，却在她一低头时微微一笑。

她至此便会及时递帕子过去，他也不客气，并没有指尖相触的旖旎，也没有目光相对的含羞，彼此都自然从容，从容到她有时会恍惚，觉得这样的日子从来便有，以后也有，像一对普通夫妻，在红尘里染满身烟火气，无须言语，便知道彼此会这样相携着长久地过下去。

然而随即她便知道这是虚妄。

她是过客，是敌人，是青山那一头流水里的舟。

后来她便有点生硬笨拙地打破了那默契的沉默，开始说些不痛不痒的话。

他眼底似乎有些失望，但依旧微微笑着，也顺着她的话来说，她却又发现，他天生玲珑，便是不咸不淡的话题也能给他说得妙趣横生，静夜里那些言语如妙手，同样能拨动心弦声声。

到后来，她又沉默了，换他来说。

他的话题却让她有些讶异。

他说这五峰山的设置，说这共济盟的由来，说那数十年前辈的热血和为人手中刀的苦痛，说这山峰何处有水，何处又见山。

那些话当初清淡如风，她却一直都记得，并随着他说得越来越多，心中的猜测也越来越多。

她不知道他为什么要说这些，却知道绝不是无聊所致，所以他说的每一个字，她都清晰记得。

直到今夜，黑暗笼罩下的五峰山在静静流血，她忽然明白了他的很多话。

她慢慢地道："我想，我到今天终于明白了一个人。"

时间回到黑衣人包围四圣堂那一刻。

萧离风在帐幕中张开双眼，那一刻并没有立即去拿自己挂在床前的剑。

他飞快地从床下暗屉里摸出一颗黑色的药丸，却并没有立即吃，只拿在手里凝视半晌，眼神稍显萧索。

少顷，外头的声响更明显了一些，他眼神一厉，毫不犹豫将药丸吞了。

片刻之后，他脸上泛上一层如血的红色，一直上涌到眼底，这红色转瞬褪去，化为淡淡的青白色，只在眼下还残留有一抹深红。

他随即长身跃起，摘下了帐前剑。

一道黑影长射而入，人未至，刀光已如流星呼啸而来。

然而另一道更雪亮更灿然也更快的光，先一步迎上了他的刀，碎裂声里，刀光碎成千万轮月亮，尖啸着反扑向那个黑衣人，地上瞬间洒落一蓬蓬血色梅花。

下一瞬萧离风的身影已经掠过那血花喷溅的黑衣人，一步上长廊，那些黑色的鬼魅般的影子，自檐角、屋顶、栏杆后翻过来，向这位共济盟神秘的大当家发动拼死的攻击。

萧离风却比所有人都快，一柄剑在前开路，一柄剑藏于肘后，在前的如电如霹雳，挑落血花无数，藏于肘后的是冷电一抹，悄无声息收割性命，他行过的长廊人影闪过，血迹一路逶迤过深褐色的木板。

等到前院的黑衣人发现不对冲过来时，黑木队也反应过来了，这些共济盟同样隐秘的高级护卫队，默不作声，狞狠地扑上来截杀刺客，却听见萧离风大喝："去救人！"

"木甲队去金坛，木乙去木坛……当家们不用管了，先救坛主，再让坛主们解救收拢的兄弟，能救多少救多少……"萧离风将一张纸和一个令牌塞给一个冲过来的护卫，"救了人之后再在这里会合，如果遇见几位当家就听当家们的号令，如果当家们都不在……"他闭上眼，"就听扈三娘的！"

不等那些人震惊质疑，他已经越过长廊，扑入了刺客堆里。

萧离风双剑一长一短，长剑堂正光明，大开大合，一路自长廊洒血而行，身边的黑衣刺客越来越多，远远看去白衣的萧离风如一点蕊心，团团围困的黑衣人如黑色花瓣，那绽开的不是深红的花丝，是不断飞溅的血。

他几乎把所有刺客都吸引了过去，带着那人群往外闯，黑木队甚至跟不上他的速度，不得不放弃了保护大当家的想法，趁着空当四散下山去救人。

而此时君莫晓正拉着闻近檀去往燧峰后山，她们眼前是一条岔道，分往几个方向，闻近檀往藏锐峰方向看了一眼，仍决然拉着君莫晓走向通往燧峰的那条山道。

但是这条道盘旋于山体，周边都是悬崖，没有任何可以遮蔽身形的地方，一旦半途遇上人，就会进退两难。

为此，君莫晓和闻近檀都穿着共济盟帮众的衣裳，男装打扮，一路急行，眼看转过一个弯就能到燧峰，入山之后可遮掩之处变多，两人都松了口气。

但随即两人就听见了对面的脚步声。

君莫晓探头一看，看见一队黑衣人正从燧峰的山阶上下来。

此时要退已经来不及，君莫晓和闻近檀也只能硬着头皮迎上去，伸手指天，示意自己是屠绝的人。

对方的领头人点点头，没有多看一眼便走了过去，君莫晓刚刚松了口气，擦身而过的人步子忽然一顿，两人心中一跳，齐齐回头，便看见前方山下隐约可见一道烟火飘摇直上天际。

两人还在莫名其妙，并不知道那是屠绝示意他的人已经全部撤走的烟花暗号。那领头黑衣人已经转身，忽然怒道：“拿下！”

他转身的那一刻，正和他擦肩的闻近檀反应极快，手指间寒光一闪，毫不犹豫抹上他的咽喉！

闻近檀终究不会武功，出手虽然及时狠辣，却不够快，其余人闻声回头，就看见领头人喉间血线如丝带曳起。

刺客们大惊扑来。

闻近檀绕开那领头人的尸首，拉着君莫晓便跑。

君莫晓随即便反应过来，反手拉住她，另一只手撒出一包药粉，大叫：“看我毒粉！”

众人纷纷闪避，两女已经从人群中冲了出去，两人都没有选择看起来更容易的后退，而是坚持冲向燧峰方向。

看到面前的岔路，君莫晓推闻近檀：“你先躲起来，我去引走他们！”

闻近檀却道："你听后头追赶声音似乎在变弱？"

君莫晓回头，正看见一个黑衣人在狭窄山道上忽然失足滑倒栽入深渊，一个黑衣人无缘无故在笑，还有一个人停下来在抓痒，露在外面的肌肤不知何时已经满是红疹，追在最前面的那个毫无预兆便倒了下来。

君莫晓愣了愣，忽然道："文蛋蛋！"

文蛋蛋从一个黑衣人的脑袋顶上蹦出来打了个招呼。

闻近檀一看见它脸色就变了："蛋蛋，回去！回小臻那里去！"

文蛋蛋滚了开去。

虽然它也觉得回小臻那里比较有必要，但是什么阿猫阿狗都来命令它，百年蛊王颜面何在？

闻近檀："蛋蛋你不回去，以后你的酒水、饮料、点心……就让八哥给你安排吧！"

文蛋蛋五彩琉璃的壳顿时暗了。

食堂大佬发话，文蛋蛋灰溜溜滚下了黑衣人的头顶，一闪不见。

两女都松了口气。

文臻那里更危险，却把文蛋蛋派来保护她们，两人心中更急，顺着燧峰的入山石阶向上攀登，攀登到一半则改道从林间走，闻近檀在前带路，她明明没有来过燧峰，却显得对此地很熟悉，君莫晓虽然有点疑惑，却也没有多问，听话地跟着她走。

之后两人也遇见过几批黑衣人，但因为天黑林密，两人及时发现躲藏，对方也没有察觉她们的存在，闻近檀仰头看看天，再看看地势，觉得离萧离风当初说过的地方应该已经不远，眼底不由露出一丝喜色。

正在此时，她忽然听见身后一声尖叫。

第一百四十九章

世界太魔幻

一路奔驰，到了快出那条羊肠小道时，燕绥的锦衣已经脏了。

他这才低头看了看自己，嫌弃之色一闪而过，双臂一振，锦衣飞起，在空中碎成无数肮脏的碎片。

他里头是一身黑色的劲装，宜王殿下一向很少穿劲装，以至于连中文都眼睛一亮，多看了好几眼。

当他撞上燕绥瞟过来的目光时，立即十分自觉地低下头——殿下的身材，自然是留给小蛋糕儿欣赏的，别的阿猫阿狗，再看挖了眼睛。

小路到这里就是尽头，前方必须上官道，再往前是一条河，河水蜿蜒，往五峰山静静流去。

燕绥拍马往前，刚上官道没多久，就看见前方一队骑兵驰来，对方在远处就打出暂停的旗号，且就在马上躬身，表现出恭谨的态度。

既然不是敌人，看来是有事，中文等人下意识勒马看向燕绥，结果燕绥眼角都没抬一下，反而一甩鞭，策马冲向对方。

那边吓了一跳，想拦不敢拦，下意识让开道路，燕绥从领头两人身边冲过，甩了两鞭将那两个领头的抽晕在地。

众人架不住他的不按牌理出牌，乱成一团去抢救自家头领，燕绥早已带人冲了出去。

对面却又有一批人颠颠地跑了出来，一边跑一边尖着嗓子呼喊："殿下！殿下！陛下有令……"

在那批太监背后，有重甲士兵稳步而出，齐齐架上弓弩。

燕绥依旧看也不看，听也不听，只在冲过去的时候，做了个手势。

后头的护卫们心领神会，各自做好了准备。

前方路边就是那条奔涌的河流。

这一幕看来颇有些滑稽，十几骑在前狂奔，几个太监鸭子一样摇摇摆摆跟着，大队弓弩兵在更前方拦住了道路，最先出来迎的骑兵则堵住了退路。

往前冲的燕绥忽然飞身而起，离开了马鞍。

抬手时手中已经多了一支箭，一箭扎在马颈上，那马狂嘶一声，发了疯一般向河水冲去。

燕绥又拔出箭，把那染血的箭小心地往自己肩头衣裳褶皱里一插，看上去像是被射中一样。

他一连串的操作再次冲击了人们的智商和世界观，以至于所有人都忘记了动作。

看他一转身，落在马头上笔直地站着，面对着两边将要汇拢的追兵。

他长身玉立于马头之上，马身颠簸，他顺着那健美躯体的起伏而微微摇晃，黑色的身形美妙地镂刻在粼粼闪光的河水与苍青的天色之间。

道路上的人们目瞪口呆地看着他，然后听见中文的声音响彻天地。

“要命啦！杀人啦！太子殿下埋伏金吾卫，暗箭围攻宜王殿下，射伤殿下，射死殿下坐骑，驱赶疯马入水，令殿下落水而亡！”

有个太监反应比较快，尖吼一声：“快！快！快拦住殿下的马，他要装死水遁！”

但是已经迟了。

燕绥的受伤的马已经冲入河流，只剩一个马头，燕绥依旧稳稳地站着，对着满头汗看着他的所有人微笑，优雅又轻蔑地一抬手，手掌在眉梢一碰。

再会，再会。

然后他在马头全部没入水中时，轻轻巧巧跨进了水里，瞬间便化为一道涟漪远去。

只留下一片泛红的水面。

在他身后，语言护卫们纷纷策马入水，入水的马堵住了河口，让后来的人一时不能及时下水，等他们终于绕过那些惊马也下水时，水面上早已恢复了平静。

倒霉的事儿这还没完。

就在众人飞马回报太子今儿宜王殿下新操作的时候，不知何时，那个“太子出动大军围剿宜王殿下，射伤殿下及殿下坐骑，逼殿下落水，尸骨难觅”的传言已经轰轰烈烈传了开来，传遍西川，传过中原诸州，传向朝廷。

燧峰之上。

文臻等人在溪水边寻找出山密道的时候，不断有各个峰头幸存的人前来汇集。

当初大当家提议以燧峰后山为紧急集合地的时候，因为人多口杂，并没有明说具体的聚集地，凤翩翩派人在不远处的林子前面守着，眼看着守来了好几批人，眼底不由露出喜色，但随着渐渐没有了动静，凤翩翩的眼神也暗淡了下去。

五峰山上下常驻子弟有近万人，如今来的不过其中一部分。

夜很静，风声里隐约传来杀戮和惨呼之声，飘到林深草密的燧峰后山，声音显得细弱扭曲，像寂寥鬼哭。

共济盟的人脸色都很难看。

人多好办事，文臻吩咐众人展开地毯式搜索，自己则和比较熟悉机关的易人离重点观察那溪水。

那条溪水和飞流峰半山平台旁的那条有些相似，都是靠着悬崖，一路向前，区别就是这条在崖边断流，没有形成瀑布而已。文臻看着溪水那侧青灰色的崖岸，不知怎的，总觉得哪里有些不对劲。

她正想蹚过溪水看一眼，忽然感觉身后气氛有些不对，回头看众人正神色焦灼，围在凤翩翩身边议论纷纷。

大军已经入山，迟早都能搜到这里来，众人却迟迟没有收获，大家一时都有些疑惑，有人便提议，既然找不到密道就别找了，不如干脆聚在一起向外闯。对方就算有几万大军，但到这山里到处搜寻，肯定不可能出现千人队，众人一起往外冲，哪怕遇上百人队也是稳赢的局面，如此趁机一路杀下山，不是更好？

这提议听起来很有道理，连凤翩翩都心动，看向文臻，文臻却摇了摇头。

大军不会入山太多人，先派刺客入山消灭了大部分的精英和中坚力量，再派部分人搜山剿灭残余，主要军力一定在山下把守，将五峰山所有的出口都堵住，从那些出口撞出去，就是自投罗网。

她将这顾虑说了，有人赞同，却也有人鼓噪起来，指着此刻忽然点燃的满山灯火道："你瞧那么多的火把！太子剿匪大军也就五万人，看这火把数，现在应该都在山里，你不让我们突围，又找不到密道口，是要将我们困死在这里吗！"

易人离一听这话就火了："什么意思？你什么意思？三娘要害你们？三娘要害你们至于冒大风险救你们到这地儿来？自己跑不更快吗！"

那人一撇嘴道："咱们可不是扈三娘救的，再说大家都是在飞流峰那里中毒的！"

又一人阴阳怪气地道："扈三娘不是最擅长毒药吗？"

"保不准是欲擒故纵呢。毒倒了我们，再帮助我们，骗我们相信她，再把我们困住，回头岂不是不费一兵一卒就俘虏了全部的共济盟头领？这可是天大的功劳呢！"

“是啊是啊，我听说飞流峰上可没来刺客。”

易人离暴怒：“飞流峰上没来刺客，却来了军中强弩！”

立即有人反唇相讥：“军中强弩也是我们二当家拿命挡下的！”

文臻站在一边，看着这纷纷扰扰，弯弯眼睛，和凤翩翩笑道：“危难之前见人性，国人真是最容易内讧的种族。”

凤翩翩明白她的意思，皱眉道：“不能这样越吵越凶，不然真内讧了咱们怎么经得起？”

“那就是三当家的事了。”文臻微笑，根本没有上前去解释的意思，示意厉笑把易人离拉出来，转身继续研究溪水。

她确定密道一定在这里，如果说先前因为一个傻子的话猜测密道所在还有些荒唐，但当她听凤翩翩说大当家把集合地定在这附近的时候，便知道没错了。

至于共济盟那些后来的人对她的质疑，找出密道就能解决了。

便是这些人不信她，自己要去作死，与她何干？说到底她对共济盟可没义务。

忽听一声惊惶的低喝，一个负责守望的汉子快速奔来，急声道：“有军队往这个方向来了！”

众人也已经看见底下不知何时已经聚集了一大片的火把，那点点深红移动着，正往燧峰这个方向而来。

气氛顿时紧张起来，大多数人丢下了查找的事情，将焦灼的目光投向凤翩翩。

凤翩翩却看向文臻，文臻依旧摇摇头，她的心思还在那崖上的古怪处，始终想不出所以然，因此有些烦躁，无心和这些人解释。

火把未必都是人抓着的，便是那些人往燧峰来，偌大的山头也未必能很快找到这里，何必先自乱了阵脚？此时往燧峰山下冲不是更容易撞个正着吗？

她无暇解释，人心却因此更加浮动。

身后有脚步声，听声音就是高手，文臻回头，正看见金坛坛主木卓，一手扶着妻子，一手牵着女儿，对她点了点头。

他身后站着几十个人，神色冷峻地看着文臻。

气氛渐转肃杀，有共济盟的汉子默默地走过来，挡在了文臻面前。

走过来的人越来越多，虽然大家都一言不发，但隐然已成对峙之势。

文臻一看这架势就明白他想要做什么，叹了口气。

汉子们将她挡住，她仰头看着那些背影，心中微暖，这才觉得今夜的选择不亏。

木卓对她拱了拱手，道：“三娘，我并不怀疑你，但我不能和你一起继续留在这儿了。”

文臻看了一眼他的孱弱妻子和才几岁的孩子，终究心里不忍，道："木坛主，你可以不信我，可是你想过你带着妻女现在下山，万一遇见大军怎么办？"

"我现在走，还可能仗着熟悉地形，避过搜山的人群；如果不走，所谓的密道又迟迟找不到，那我们迟早要被包围。三娘，我妻子病弱，孩子幼小，我不能让她们葬送在这里。"

"如果你现在走，才可能葬送了妻儿……"文臻还想劝说，但一看他神色，最终叹口气，挥了挥手。

她这边和木卓说话，那边易人离勉强压住火气继续查找，想要尽快把密道找出来打这些人的脸，他气哼哼地不住皱眉捶头，显然迷药的劲儿还没完全消散，厉笑不懂机关，见他发愁，便递了块点心给他。

易人离接过，食不知味地尝了一口，忽然抬头看旁边的树。

厉笑脸一红，知道他是想起了两人之间的一些小甜蜜——有时候两人会漫山遍野地逛，带着些点心，肩并肩坐在高树上吃，看前方山海绿林，云蒸霞蔚。

易人离一抬头，文臻也下意识抬头，随即又意识到什么，猛地看向溪水那边的山崖。

随即她不理木卓，三两下爬上那棵树，低头对溪那边的山崖看去。

那里没有积水，也没有树的倒影。

这不正常。

山间崖石，久经风刀霜剑，天然有沟壑无数，先前一场暴雨，虽是短雨量却巨大，崖上必然有积水，倒映那满山树影。

但是她先前隔溪望崖的时候，看见的就是青灰色的崖面，没有水，没有倒影。

文臻忽然跳下树，跳入溪水中，她这个举动令众人一惊，连要走的木卓都停了下来。

文臻蹚过溪水，果然发现水很浅很浅，水势向下走，她一直走到边缘，临近崖面的位置，手指敲敲崖面，发出空空的声音，显然里头是中空的。

而从手指的触感来看，这片崖面材质非金非木，十分坚硬，但可以肯定不是石头。

她回眸笑道："找到了！"

易人离也越水而来，一番查找，最后连整个身体都趴在崖面上，倒看得文臻心惊胆战，生怕里头冒出什么机关来，过了半晌易人离笑道："原来如此！"

他的手指摸在那崖面下一点的地方，那里隐约有一点接缝，却并不像是可以开启的开关，那个接缝看起来像是可以将崖面抬起，但易人离和文臻用尽九牛二虎之力也没能抬起，此路不通，易人离长鞭一甩，击打在那处，果然，崖面下一阵轧轧微响，隐约有水流之声，随即惊呼声起。

文臻回头，就看见溪水水位肉眼可见地在下降。

果然应了那傻子说的，溪水会跑掉，可是在这崖面之上，溪水能跑哪里去呢？

易人离坐在崖上，跷着二郎腿，和厉笑洋洋得意地道："你瞧我一鞭子把溪都给甩干了……"忽然向后一倒，险些一屁股滑跌崖下。

文臻和厉笑双双拉住他，厉笑又好气又好笑，瞪他一眼，易人离却满脸愕然，回身去摸崖面，道："刚才这底下有东西拱我！"

这话说得众人都吓了一跳。他屁股底下就是山崖，怎么可能会有东西？

忽然有人惊呼："崖，崖在动！"

文臻已经发现了不对，她盯着那崖面，那比平常山崖要平的崖面，此刻确实在动，在缓缓抬升，像一个巨大的盖子，被掀了开来一样。

她若有所悟，回头看一眼溪水，果然，溪水几乎要干了。

文臻终于明白这是怎么回事，这溪水后连接的山崖是假的，其实是一个储水机关类的设置，崖下和溪水连接，大抵像个闸门，打开开关，闸门开启，溪水被引流入内，然后将上面的崖面抬起，如果没猜错的话，这个机关经过精密计算，溪水几乎全部被引入闸门内之后，崖面被完整抬起，下头就该是密道了。

这竟是一条垂直的绝密崖道！

就连文臻也啧啧惊叹。她在燕绥身边见过巧妙机关无数，可也从没见过这般有想法有气魄的。

果然，没多久，溪水全部被引流，伪造的崖面完整抬起，露出下面黑黝黝的地道，那地道几乎九十度，与山崖垂直，黑漆漆的洞口隐约可见有点残破的青色石阶，有仿佛从地狱吹上来的风迎面冲来，吹得探头观望的人脸色发青。

没找到密道心急如焚，找到密道之后就成了胆战心惊。

实在是那密道看起来太不像个密道，活脱脱一个陷阱。

文臻心中暗骂英文害人，顺嘴提的一句密道，害她寄托了偌大希望，结果是这个坑爹模样，谁敢下？

她往前走了一步，底下蹿上的风立即吹散了她的额发，自变故发生一直站在她身后的耿光立即也上前一步，道："三娘小心！"

文臻回头看了一眼，别说那些本就怀疑她的，一些先前得她相救一直护着她的共济盟头目都脸色难看。木卓探头看了一眼密道口，叹了口气，扶着妻儿道："告辞。"

他转身就走，但他身后那些原本就不省事的人，却不肯就此算了，有人冷声道："我说这扈三娘不安好心！就是存心拖时间！瞧瞧，这叫密道？这叫唯一逃生处？"

“说屠大护法是奸细，我瞧扈三娘才更像，她来了，共济盟便没了安宁，她上了天梯，共济盟便出了事，现在这个劳什子密道，你们谁敢下去？”

忽然有人冷冷道：“既然扈三娘一口咬定唯有此处方有生机，那便请扈三娘先来探路吧！”

文臻正站在密道口沉思，想着这看起来怕人的密道到底是不是直通底部，忽觉身后有一股大力袭来，身子往下一栽！

第一百五十章

替老婆出头

燧峰入口山道上，闻近檀和君莫晓听见了一声熟悉的尖叫，两人赫然回首，果然看见了采云正被押在一群黑衣人当中，却不见采桑。

当时两人正半掩在一处灌木后，闻近檀先站起身，看见采云的那一刻，立即按下了君莫晓的脑袋。

“你先别出声。”她悄声道，“让我先出面看看情况再说，不要大家一起栽进去。”

她把一块布塞进了君莫晓的手里。

“如果事情有变，你先走，去找小臻。这块布上记着共济盟最重要也最隐秘的一处密道所在，我们要先去找到，放烟花通知小臻过来……”

君莫晓一把把布推出去，怒道：“让你一个不会武功的人顶着，然后我一个会武功的自己逃？你做梦！”

闻近檀望定她，泪眼蒙眬地道：“不然怎么办？让你顶着，我一个不会武功的人带着密道图能跑出几步？”

君莫晓语塞。

“共济盟现在能出的山口一定都有重军把守，那是唯一的出路，如果我没猜错的话，共济盟那些人一定跟着小臻，那么多条人命小臻担着，你就不去帮她一把？”

“可是……”

“可是我有办法保全自己。”闻近檀忽然一笑，又是她那种惯常老实的笑容，眼底的光却狡黠。

她凑近君莫晓，微带羞涩地悄声道：“那个萧离风是共济盟的大当家，之前很多次夜里，他有来帮我推磨磨豆子……他告诉了我很多共济盟的事，我对这里很熟悉，放心，我有办法自救。”

君莫晓张开嘴。

她听见了什么？

萧离风是大当家？

萧离风对小檀有意？

信息量太过巨大，一时把单细胞生物君莫晓冲击得脑子转不过弯来。闻近檀要的就是这个效果，忽然一个手刀劈在君莫晓颈后将她劈倒，自己已经站起身扑了出去。

她冲出去，看见采云，双眉一竖，怒道：“你这出卖主子的贱婢！”

采云看见她出来，又听见这句，一时有点傻。

她本和采桑躲在山门暗哨处，看见大军进山，大气也不敢出，眼看大军已经离开山门上山，两人便悄悄溜出来，采桑身子灵活，闪出了山门，她运气却不好，前方不知何事落单了一个军士，偶一回头发现她正要溜出门，当即一箭射在她面前的铁门上。

随后采云就被抓住，她的衣着打扮说明她不会是共济盟女贼，太子早已令幕僚暗中传令全军，将文臻一行的人数、身份、简单形容都通报过，此刻剿匪军一看，便知道这应该是文臻的侍女，当即便押着采云去找文臻。

虽然文臻在飞流峰坑了剿匪军一把又一把，但是军队散于大山之中，信息传递不及时，直到此刻军队都还没确定文臻在哪里，这一批军士打算去飞流峰，此处正是通往各峰的岔道。

采云听明白了这句，再看闻近檀神情，也便明白了她的用意。

她颤声道：“小姐，你原谅我……”

闻近檀转身便跑。

那些军士听得这句，知道这便是文臻了，顿时大喜，都追了过去。

闻近檀奔向藏锐峰。

这条路是最长也最崎岖的，并不适合逃生，她却依旧往上而行。

冒充文臻被大军追逐，她知道自己已无幸理，但在死之前，她想要再见他一面！

她虽然不会武功，但为了能适应在文臻身边的生活，也一直跟着君莫晓强身健体，比寻常女子要轻盈，但这么奔波半夜，体力也渐渐透支，虽然仗着熟悉地形，带着那些人绕来绕去，随着体力耗尽，脚步渐缓，那些平日轻松抬脚就能跨过的石阶，此刻也变得仿佛高耸入云，腿面抬起似有千钧之重，肌肉绷得酸痛。

偶一回头，看见石阶之下黑压压的人头越来越近，而石阶之上，四圣堂依旧遥远如在云端。

闻近檀抬手拭汗，看着前方黑黝黝的天和惨白的石阶，苦笑一声。

然后她停了下来，背对着四圣堂方向，两手都伸进了自己的袖囊里。

没有人知道，她身上总带着三件东西。

一柄匕首，一瓶文蛋蛋洗澡水，一个火药弹。

匕首用来在危险时刻杀人或者自杀，后两者就完全是为了让杀伤力更大一些。

她等着最先冲上来的垫背。

身后隐约有呼喝打斗之声，她没回头，反正能在这里公然出现的都是敌人，那么多来几个，多几个垫背。

一个军士最先冲了上来，闻近檀有点嫌少，面露惊惶之色向后退，惶然道："别杀我，我有东西给你——"

这话一说，有更多的人争先恐后挤了上来。

而身后风声急掠，寒气逼人，闻近檀一侧头，一滴血溅上她脸颊，也不知道是谁的血。

她依旧没回头，算着这血溅射的距离，身后的人也来得很近了，她干脆多退几步，让两拨人聚齐一点。

前方的军士的靴子已经踏上她下方一级台阶。

身后的男子带来的风已经掠起了她的长发。

就在此刻！

闻近檀左手泼洒瓶子，右手将火药弹狠狠往下一砸！

一声轻响自她耳侧响起，那风尖锐，冷意渗骨，一蓬鬓发猛地飞起，化为黑雾悠悠散于天地间，而洁白如玉的耳垂上慢慢渗出一颗鲜红的血珠如珊瑚。

闻近檀睁大眼睛。

预想中的爆炸声并没有响起。

看见一截雪亮的剑刃紧紧擦着自己的脸颊，平行于眼前，剑尖之上，一颗黑褐色的弹子正滴溜溜地转着。

而自己的身前另一侧则是另一柄长剑，和刚才的细窄不染血的短剑不同的是，那剑身宽阔平直，血迹斑斑，此刻剑身上满是水迹，被那些鲜血一混，化为一片粉红。

然后一个有力而温暖的臂膀伸了过来，将她一搂，姿势随意而熟稔，随即又轻轻一压，闻近檀被他搂在怀里低下了头。

那人手一伸，修长的手指一弹那柄长剑，那一片粉色的水便化为一蓬细雨，笼罩向此刻已经汇聚在山道之上的两处追兵。

雨落无声，山道上瞬间倒了好几个人。其余人虽然站着，动作也迟缓了一瞬。

那人再一纵身，搂着闻近檀上了旁边最高的一棵树，他纵身时，手中短剑依旧平端，火药弹依旧转动，直到他稳稳上树，才将短剑向下一倾。

轰然声响。

巨响声里，那人俯下身替闻近檀挽了一下刚才跑散的发，手指在她凝血的耳垂旁停了一下，才似笑似叹地在她耳边道："方才，你是想谋杀亲夫吗？"

文臻向下倒去。

她甚至都能感觉到那一刻密道底里的风更加凶猛地撞了上来。

她正要启动自己身上的机关自救，又想这可怕的地形可能无论什么机关都不能避免自己受伤，忽觉身子一停，撞上了什么温暖的躯体，然后向后一弹，她踉跄一下，站住，被扶稳。

与此同时，她听见一声物体坠落在地的声响。

她顾不上看是谁扶住了她，挣脱开扑向密道口，正看见一截黑黄色衣襟消失在黑暗里。

那是耿光的衣裳。

就在方才她要被推落的那一刻，一直担心着她的耿光拿身体垫了一下她，自己跌了进去。

文臻二话不说便要下去，易人离推开了她，冷声道："你先处理上面的，耿光我来救。"说着便下了密道。

文臻明白他的意思。

这批共济盟的人里面很可能还有奸细。

对她存疑很正常，不愿意信任要离开也正常，但是趁机出手就不正常了。

她冷冷扫向人群，人们脸上都是惊愕神情，方才那几个出言攻击的人躲藏在人群中，黑夜里也无法辨明。

凤翩翩神情有点难堪，低声道："三娘，先别……"

文臻手一抬，凤翩翩住了嘴，文臻转头看她，眼睛弯弯，却无笑意，看得凤翩翩心头一震，下意识退后一步。

"凤三当家。"文臻缓缓道，"我接受不理解，接受有分歧，接受没义气，但是我不接受恩将仇报。"

凤翩翩脸色一阵青一阵红，讪讪低头。

底下忽然传来易人离惊喜的呼声："哎呀，这密道没有想象中那么陡，也没那么深，有转折！”

众人喜动颜色。

密道通风，本就说明有出口，只是因为太陡，仿佛要直线爬下悬崖，让人担心这是陷阱，此刻听易人离这么一说，那么密道就没什么危险性了。

大喜之下，木卓和他的手下当先动了，木卓抱着女儿过来，他的一个手下抢先要去试。

文臻横臂一拦。

那些人的脸色立即冷了下来。

“什么意思？扈三娘，孩子的路你也要拦？”

“坛主的妻女可以下去，我派人亲自护送。”文臻平平静静地道，“但是除此之外，任何人都不许先下。”

这话一出，鼓噪顿起。

“扈三娘，你是要绝了大家的路吗！”

“凭什么不许我们下去！”

“这么多人，马上大军就要到了这里，你是要独霸密道，把我们都葬送在这里吗！”

文臻盯着人群，大部分人其实还是没说话，吵闹的还是那一小撮人，依旧隐在人群里不露面。

但是大部分人看着山下渐渐逼近的火把，面前被拦住的密道，听着这些挑唆的话语都十分惭愧焦灼。

厉笑脸色比他们还不好看，大家小姐，翻来覆去只会骂一句：“不要脸！”

文臻倒一切如常，还笑眯眯听着，悠悠道：“密道是我发现的，我说了算。”

“密道是共济盟的人修筑的，自然我们说了算！”

“那你来，来，从我面前下去。”文臻对那方向招手。

没人走出来。

底下易人离忽然“哎哟”一声，声音很大，似乎遇见了什么意外。

鼓噪戛然而止。

厉笑紧张地扑到密道口，什么都看不见。厉笑喊了几声，易人离却没回答。

死一般的寂静。

片刻后，先前那准备下去的男子向后退去，道：“既然不许我们下去，那坛主我们便走吧。”

木卓叹息一声，摇摇头，扶着妻女便要转身，有一些人从人群中走出来，要跟在他后面。

文臻忽然道：“慢着。”

她走向人群里一个低眉顺眼的男子，神情自然，看似只是想问句话，那人也坦然看她。

文臻忽然一笑，劈手抓向他肩头。

那人立即后退，退得极快，大喊：“扈三娘抢夺密道杀人了！”

文臻哪里在乎他喊什么，手中寒光一闪，已经射向他肩头，这人身形却极其灵活，一扭身换了个方向，往密道那里冲去，与此同时，文臻只觉得脚下有风，她腾身跃起，几道黑光从脚下呼啸掠过，不知道撞在什么东西上瞬间炸开，一片黄雾顿时遮蔽了人们的视野。

黄雾漫起时，刀剑连响，乱箭飞射，不知道有多少人向文臻的方向出手！

有人奔过来试图援救，有人茫然不知所措，有人皱眉原地旁观，有人悄悄站到了密道口。

凤翩翩大呼：“住手！”又喝叫自己的属下，“快去救人！”

却有刀风急响，竟然是对她当头砍下，她急忙避开，只觉得心中混乱。

想不明白平常团结友爱的大家怎么变成这样了。

想不明白这一场突如其来的危难面前，那些平素忠勇的、憨厚的、直率的、热诚的汉子们怎么忽然就现出了一张张自私龌龊的嘴脸。

文臻并不奇怪。

危难本就最为考验人性，更何况共济盟出身草莽，良莠不齐，且成分杂乱。

大部分的好人在无所适从的情形下，遇上一小部分的心思不纯的人挑唆，也会走向与心意相反的方向。

她无意做救世主，更无意在这种时刻浪费宝贵时间去救赎谁。

哪怕看见木卓叹息着，最终还是离开战团，带着妻女下山，她也没再试图阻拦。

她趁着混乱，躲过攻击，招呼了自己的人，往密道口冲去。

这里只有她和易人离知道密道开关的方法，等自己人下了密道，直接关上门，让他们继续去和剿匪大军厮杀吧。

文臻扑到那个不大的密道口，却发现那里已经密密麻麻都是人，甚至将口子都堵住了。

有些人是要试图下密道，有人是要拿别人来试密道的危险性，但还有一两个人，文臻瞧着动作不大对。

那好像是在尝试关上密道！

军队在上山，溪水倒灌需要时间，密道一旦被关上，就再没有机会打开了！

文臻扑了过去，还没扑到，就看见其中一人，手指已经够上了崖面下面的机关处。

那人一边抵着那机关一边大叫：“三娘，在哪关？在哪关？”

文臻隔着黄雾清晰地看见他唇角那一抹诡诈的笑容。

文臻怔了怔，一时气得时时挂在唇边的笑容都挂不住了。

感觉自己快要成了河豚，受了刺激的那种。

这句话何其险恶！

不仅要绝她的路，还要栽赃，还要把这崖上所有的人，一瞬间都变成她的敌人！

已经有人听见这句话，开始怒骂，对厉笑和她的护卫展开攻击。烟雾渐渐散去，她身边的人看见她，也愤怒地向她劈下武器。

文臻不得不闪躲开一柄大刀和一根枪，以至于明明看着那诡诈的笑容要气炸了，也无法及时阻止。

“来不及了！”

这个念头刚刚闪过文臻脑海，她眼前就忽然爆开血色的花！

仿佛密道下的风忽然怒吼，巨大的力量从地底冲出，无声无息却又凶猛无比，瞬间将密道口的所有人掀了个底朝天！

人们向四面八方散开，四面飞溅开长长的血丝。

那个想关门又嫁祸的家伙最倒霉，永远地留在了密道口。

一只手忽然从密道中探出，轻巧一抓，便抓住了她。

文臻盯着那只手。

清瘦修长，指甲如玉，骨节分明，非常漂亮的一只手。

只是那只她很熟悉的玉雕一般的手上，食指上却裹着一截布条，布条沾染了泥土，脏兮兮的，布条底下还隐隐透出血迹。

这就让她感觉很陌生了。

以至于她明明很肯定那只手的主人，一时也不敢呼唤。

几条人影蹿了出来，却是易人离和中文英文，以及他们各自的属下。

易人离怀里还有一个人，却是耿光。

文臻舒出一口长气。

易人离一出来，就呸了一口，大骂：“一群白眼狼！”

文臻却只盯着那只手的主人，和先前那出手如狂风巨浪般的霸气不同，这人不急不忙地压轴出场，拎着那个奸细缓缓出了密道口。

文臻看到那一身黑衣裹着的修长的身影，眼睛顿时一亮，连眼前的局势都忘记了。

众人怔怔地望着眼前的男子，他戴着面具，但饶是如此，风采也迥异于常人，也正因为他的特别，所以明明戴着面具，众人也能察觉到，他很不高兴。

无形却令人窒息的杀气，以至于共济盟上下没有一个人敢发声。

另一个不敢发声的原因是，所有从密道上来的燕绥的手下，手中都端着一把奇形弩。

弩上有刺下有钩，青光闪烁，分外狰狞，箭已上弦，抱着弩的人面无表情站成扇形，青黑色的箭尖森冷地对着每个人，包括凤翩翩。

而四面风声瑟瑟，黑暗中似乎还有一团一团的黑影盘踞在头顶，虎视眈眈。

众人不知不觉便大气都不敢出。

这种肃杀紧张的氛围里，燕绥发布命令的口气却十分平淡。

“一起杀了。”

第一百五十一章

你有了

“慢着！”

文臻忍不住苦笑。

周围那些没等到审判就要被宣判的人，此时才来得及震惊，听见文臻这一句出口，且端弩的人们果然没有立即出手，便有两三个人飞身要逃。

然后电光追越，厉风呼啸，几个人同时惨号着翻落溪水中。

所有人都安静了。

杀人对于这些江湖汉子来说并不可怕，可怕的是中文等人出手的干脆利落，从头到尾，眉毛都不曾抬一抬。

便是这些杀人如麻的江洋大盗，看着也心里发怵。

文臻叹口气，心想土匪就是土匪，见识眼力都不够，以为殿下是她这样的慈悲心肠？

她不理众人看向她的复杂目光，走到燕绥身边，看着他的手指，道：“怎么回事？”

见她第一句话便是问自己的伤，燕绥的眼神微微一动。

周围的共济盟众人顿时觉得那种无处不在的杀气消散了许多，感觉又能活了。

“燕缜害的。”他把手指直递到她面前。

文臻抽抽嘴角，心想，殿下您这时候当着这么多人面撒娇告状合适吗？

何况还抢我台词。

燕绥的手指一动不动，这是要她现在重新包扎的意思，文臻叹口气，看看已经很近的火把，只得从怀中抽出干净布条给他重新包扎。

解开布条她才发现那真不是一点小伤，就凭太子，能把他伤成这样？

想到方人和说的燕绥不能受伤的事情，她顿时心情也很不爽。

只是现在不是叙话的时辰，她麻利又轻巧地给燕绥重新上药包扎，轻声道："这些人不能全部杀，很多人还是向着我的，杀伤无辜，有违天和。"

燕绥答得漠然："在你危险时并没有以身相护，算什么帮？"

"他们不信任我是正常的，要么，让他们自生自灭得了。"

燕绥唇角一扯，忽然提高声音："既然说你勾结刺客，何必担了那个罪名？干脆就杀了他们，回头剿匪大军叙功，你我斩杀共济盟头目百十人，无过有大功，何乐不为？"

文臻没有反驳，只给他的绷带打了个漂亮的蝴蝶结，还弯下腰，煞有介事地吹了吹："呼呼就不痛了。"

中文等人杀气腾腾端着弩，背对他们，听着这二人任性对话，想笑却不敢笑。

文姑娘就是这样，看着温软，实则强大，这一夜逃亡中被攻击背叛栽赃陷害，如果不是殿下赶回正好遇见，她大抵是一个字都不会和殿下说的。

好在殿下也迥异于常人，不然对于一个强大的男人来说，女人太坚强，怪伤自尊心的。

燕绥低下眼看着自己的小蛋糕儿。

她抬起的眼眸乌黑，他心底那一点烦躁和愤怒，在风里静静地淡了。

只是还是不愿放过，别的事惯着她也罢了，这些腌臜货何必怕冤枉他们，一起清理了才干净。

伤我蛋糕儿者，虽远必诛。

"给我一个理由放过他们。"

"唔……"文臻拖长声音，眼珠转了转，凑到他耳边鬼兮兮地道，"就当为咱们的娃积德？"

燕绥眉头一皱："你有了？"

"当然没有。那就当我们为要个娃积德？"

燕绥："我倒觉得不杀了这些混账，我们的娃会嫌弃我们懦弱，气得不肯来这世上呢。"

燕绥抬起手指点点自己的脸，文臻嘿嘿笑着，踮起脚，在他颊侧亲了一口。

燕绥笑着转身，对中文摆摆手。

中文等人转身，钩着绳索跃下了山崖，往下降了一半，然后齐齐对着底下飞流峰半山平台的小院方向，按动扳机。

众人好奇，好些人偷偷探头去看，燕绥也不拦着。只是众人脸上表情都颇有些不以为意。

此地离半山平台的距离就算是直线也有一百余丈，这个距离实在太可怕，便是巨弩弩箭也达不到。

然而一声巨响，人人变了脸色。

十几道黑光流星电射，下一瞬半山平台残破的小院，再次轰然着火。

那火燃得又快又急，几乎没给人反应时间，比先前炸毁弩弓的火药弹还要凶猛。文臻心中暗赞，她原本离开时候也想放火，但是刚下过大雨，无法点燃屋子。

燕绥这里，想必不仅弩弓改良了，火药弹也改良过，这个射程和效果足够震慑共济盟这些人。

果然文臻回头再看的时候，众人神色都非常凛然。

片刻后中文等人回来，众人都悄悄后退一步。

燕绥也不理他们，伸手挽了文臻示意她随自己下密道，文臻回头看看，木卓带着老婆孩子早已不见，那个爱钱的坛主并不是奸细，但因为精明，是对她最不信任的人之一。

她心中叹息一声，知道此刻燕绥还在气头上，说要带共济盟的人下去他定然不愿。

何况这些人当中藏有奸细，此刻也来不及一一辨明，真要一起都带下去，底下黑暗，地势狭窄，发生变故的可能性太大了。

她救下他们带来这里，给他们留下了生机，也算仁至义尽。

那就就此江湖别过吧。

文臻心中本有个隐秘的想法，想要像收服熊军一样收服这些共济盟的精锐，但现在看来，土匪果然不能和军队比。

她和燕绥下密道，中文等人走到密道开关处，那架势让众人都变了脸色，但方才都见识到了改良弩的威力，不敢发声。

凤翩翩忍不住道："三娘……"

文臻回头，对她一笑，道："三当家，我不叫扈三娘，我叫文臻。"

凤翩翩顿时哑了口，神色复杂地看着她。

众人谁都听过东堂厨神，官场异数文大人的名声，一时哗然，顿时那总藏在人群背后的声音又响了起来："你果然是奸细！果然是你故意带我们来这里的！"

"是啊，我在飞流峰只要装看不见走开，你们就死翘翘了，我非要辛辛苦苦把你们带到这里来再弄死，我这是和你们一样有病哦？"

一阵静默后，文臻唇角翘了翘，只看着凤翩翩：“三当家，我知道你们一直怀疑我的身份，你们怀疑没有错，不过你们还是想多了。我来共济盟本身只是私事，对共济盟毫无恶意，今夜我本来应该悄然离开……当然现在离开也来得及。”

她招招手，便要跳下密道，却听有人道：“离开可以啊，带兄弟们一起啊。”

她毫不犹豫地答：“你兄弟们可没把我当兄弟……”忽然住口，探头对外一瞧，诧然道，“晓晓！小檀！”

又更加惊诧地道：“大当家！”

她喊前两个名字的时候大家还没反应，最后一句则令很多人惊诧，纷纷转头去看走来的那个男人。

萧离风尴尬一笑，知道文臻这是在报复。

文臻看他一眼，发现他衣裳染血，看起来实在有点狼狈，想来是一路从藏锐峰上冲杀下来的，怀里还抱着一个小女孩，看样子是木卓的女儿。

她目光不禁向他身后投去，萧离风略一沉默，沉声道：“木坛主从僻道下山，本来那条路应该没人知道，但是不知怎的就被军队堵截了，正好遇上我，木坛主将孩子托付给我，并请我代他向三娘致歉。”

“他人呢。”

“木坛主说他知道自己错了，大家一再质疑三娘，三娘想必已经寒心。他愿领兄弟们在山下作战阻拦大军，一来以此向三娘表示诚意和歉意；二来请三娘大人有大量，再救兄弟和他唯一血脉一命。”

他态度诚恳，微微躬身，从头至尾只看着文臻。

文臻默然。

这种时候在山下阻拦军队，等于是敢死队。

此刻木坛主便是在托孤，拿命来祈求她的原谅和庇护。

她不怕硬碰硬，但一旦共济盟转变了风格，她倒觉得为难。

闻近檀忽然悄悄上前一步，文臻扫了她一眼，确定她果然毫发无伤。君莫晓也安好。

这自然是萧离风保护之功。

又一个人情。

文臻承了他保护两个闺蜜的情，叹息一声，按住了燕绥有点不耐烦的手，示意听听他说什么。

萧离风开门见山：“三娘，我还是叫你三娘吧，方才的事我都知道了，兄弟们多有得罪，说到底还是我们的错，是我们一直没有信任三娘，才有今日的恶果。如今追兵将到，还请三娘大人有大量，携我等自密道逃生，事后我等定有回报。”

他悄然上前一步，低声在她耳边道：“共济盟这许多年的积攒，自然不能便宜了太子。”

文臻眼睛一亮。

共济盟家大业大，盘踞西川多年，之前她就想过他们一定有自己的宝库，如今这密道修筑得如此离奇隐秘，显然绝不仅仅是个逃生的密道。

只是这些人当中隐有奸细，带到底下也绝不妥。燕绥已经受伤，她要为他的身体考虑。

“至于奸细，三娘放心，到了底下自有办法甄别。”

文臻顿时下定决心，笑道：“大当家太客气了，这密道本就是你们共济盟的，我们怎敢鹊巢鸠占。”

她转头笑眯眯握住了燕绥的手，道：“一顿打卤面。”

“不行。”

“两顿！”

“不行。”

“再加一个杯子蛋糕，一份最新研制的芝麻鱼松。”

“再来一个老坛酸菜牛肉方便面，以及睡三晚。”燕绥顿了顿，还加了句解释，“那种睡的睡。”

文臻：“……”

为什么话题忽然就跳到少儿不宜?

“成交！”

燕绥满意地摆摆手，中文等人收了弩箭退开一边。

但文臻并没有立即安排人下去。

她并不在意萧离风所谓甄别奸细的话，她一向最相信自己。

哪怕不能将人一起杀了，一时无法将奸细全部拎出来，也不能就这么便宜了他们。

文臻和燕绥低语几句，燕绥点点头，随即从人群中拎出了那个先前被文臻发现而暴起发难的奸细。

那人想逃，但是被弩箭震慑住，躲在人群后，还是被拎了出来，拼命转动着眼珠，想着托词，然而文臻燕绥根本没理他，中文直接把他拖到了林子里，片刻后几声惨呼，听得众人神经紧绷。

过了一会儿，中文走了出来，神色平静，衣上带血，对燕绥点点头，和英文走到一边，商量了几句，便由英文带两个人往山下走。

众人看得莫名其妙，不知道这是打的什么哑谜，文臻笑道：“方才那位兄弟经过我等谆谆教导，洗心革面，痛改前非，决心拨乱反正，交代了和大军的秘密联络方式，并为了表明心迹，愿意为马前卒，带领我们兄弟去伏击大军。”

人群一阵骚动，有些人目光闪烁，脸色苍白。

文臻又道：“孤身一人去拦截大军，想来也没什么机会回来。那位兄弟英勇可嘉，对我们说，牺牲也要牺牲得有价值，所以他一旦被俘，会向大军交代，他的诸位兄弟都因为大当家的许诺弃暗投明了。”

人群里骚动又起，方才那些脸色苍白的，现在已经很难看了。

这一招釜底抽薪很是毒辣。英文是去布陷阱，只要军队有人吃了亏，就会怀疑暗桩的忠诚度，隐藏在这些人里头的奸细，不管是哪方的，出于什么目的，经过文臻这一招，都失去了和大军联系或者投诚的机会。

后路被断，也就只能老实一些。

虽然这样做也有弊端，可能会导致这些人从此深深潜伏，找出来的难度增加，但考虑到马上就要下危机四伏的密道，还是先让他们安分一点比较重要。

文臻说话的时候，她身后众人都紧紧盯着人群。

神情有异的，都默默记下。

萧离风在一边看着，眼神闪动，微带赞赏，似乎还有几分得意，也不知道在得意什么。

然后文臻才开始安排人下密道。

中文带一部分护卫先下，占据先机，然后便是共济盟的伤员，接着是那批可疑的人们，集中在一起，不给他们突然发难在人群中到处制造麻烦的机会，之后是燕绥易人离，再是共济盟的高层和完好的人们，最后是文臻、君莫晓、闻近檀和萧离风。

燕绥为了保证安全兼顾头尾，走在了中间，颇有些不甘愿，频频回头。

萧离风本该走在中间，却死皮赖脸地要走在最后，文臻看一眼闻近檀微微泛红的脖颈，笑了笑，同意了他的要求。

萧离风最后关闭密道的时候，听见了木卓的惨叫，他的手颤了颤，决然按下了机关。

水流奔涌而出。

须臾后，一群士兵奔上山之后，看见的便是奔涌的溪水和青灰色的山崖。

木卓和他那一批手下，为了让追兵发现不了机关的秘密，拖着伤残的身体越过溪水，爬上崖面，用自己的血染红了整座突出的假山崖，然后跳了下去。

那些追兵先是被溪水挡住，然后亲眼看着这些人全部跳崖，只得悻悻放弃，认为众人散入四面山林，便转身去四处搜寻。

他们在崖上爬行的时候，萧离风和文臻还没走，两人靠着冰冷的山石，听着相当于一道门距离之外，那些人用鲜血和性命为兄弟们铺路的声音。

密道的密封做得很好，那些涂满崖面的血流，流不入这黑暗的空间。

萧离风手里的火把光芒跳跃，映着他微微发白的脸，文臻忽然发觉他双眉之间似乎有一道青气。

这一点也令她想起自己一直以来的一个疑问，刚想叫文蛋蛋来看看，一摸辫子想起文蛋蛋不是跟着君莫晓闻近檀的吗？

文蛋蛋傻兮兮地回半山平台去找文臻，险些被燕绥那一发火药给炸死，好容易滚出火场，勉强在硝烟里找到了文臻的气息，现在正顺着后山索道一点一点滚向燧峰呢……

等他滚上燧峰，估计文臻都回天京了。

但此时来不及回头去找文蛋蛋，文臻想想，蛋蛋那么一颗珠子，也就多滚一些日子，绝不可能遇到什么危险，也便罢了。

她自然又问起采云采桑的下落，君莫晓刚要说话，就被闻近檀狠狠捏了一把手心。

捏得她把要说的话生生咽了下去，瞬间也就明白了闻近檀的意思。

文臻如果知道采云落入敌手，一定会回去救她，此时外头满山大军，怎可让她再入险地？

闻近檀也不想自己冒充文臻的事情被文臻知道。

更何况在闻近檀和君莫晓看来，虽然文臻允许两个丫鬟在危急时出卖自己自救，但身为忠心下属，这种事情无论如何不可为。采云遇上大军后却真的带他们去找文臻，忠诚度已经不过关。

何必为忠诚度不过关的丫鬟去冒险？

君莫晓有些不忍，闻近檀对她示意，已经拜托中文去找，中文在外头留下了一部分侏儒暗卫，潜伏在山中做一些后续事宜，不会允许采云真的出卖文臻。

“她们当然安然出去了，她们在快要下山的时候才和我们分手，我亲眼看着她们出了山门。”闻近檀的语气很平静。

“外头也有大军，希望她们两个机灵一点，找地方躲好。”文臻舒了一口气，也没有多想。

实在这密道也不是个叙话的好地方。这里说是密道，其实就是在绝崖上人工修筑了一条路，生生凿出了一级级的台阶，在最上端搭建假崖以遮掩，人力多能创造奇迹。文臻向下走的时候都小心翼翼，总觉得大地即将迎面冲来，真是很难想象人们是怎么能在这样的崖壁之上凿梯的。

这是一项非常浩大、需要大量人力物力，非数十年不能竟全功的工程，绝非萧离风一人能够做到，但看共济盟上下，竟然除了他没有人知道这处密道，这就很奇怪了。

而且这密道也有些残破，看来是有些年头了，只是被萧离风发现了这一处的秘密，那么他为什么没有告诉别人？文臻总觉得这位大当家身上有太多的秘密，她回头想问几句，便看见萧离风扶着闻近檀，一步步向下挪，神情十分专注。

文臻心中一动，又看了一眼闻近檀，目光在她下意识紧紧握住萧离风手腕的手上落了落，然后转开了目光。

原本应该为闻近檀感到高兴的，可不知怎的，她心中总有淡淡的忧虑萦绕不去。

第一百五十二章

我在乎的人最重

身后，萧离风忽然悄声道：“这条路不会一直往下，等会儿会有个转折，走入落尘峰的山腹，你记得在那个转折之后，观察人们的手掌。”

“怎么？”

“奸细或者别有异心者，会想办法在密道重要转折处留下记号，先前入口你们的人持弩盯着，没人敢做手脚，但是等会进入山腹之前也有机关门，我在那里涂了萤石粉，只要悄悄碰过那门，手上难免沾染。你等会注意谁的手发亮，谁就是奸细。”

文臻打了个响指表示称赞。

一路向下，并无多话，果然走不多远，坡度渐缓，直到双脚平平落地，众人都舒了一口长气。

前方出现一道门户，有萧离风在，自然也不需要多费力气便开了门，文臻正在想如何把辨认奸细的方式告诉在前面的燕绥，就看见燕绥忽然背对她举起了手，她顿时明白燕绥已经看出问题所在，倒是不需要她多操心了。

过了那道门，萧离风提醒所有人都熄了火折子，说是山腹中有一种石头很容易燃烧，带着明火会十分危险。

这也是有异心者下手的好机会。

文臻走在后面，能够很清晰地看见前方一闪一闪的淡绿色萤光，很微弱，不仔细看很难觉察。

应该就是隐藏在共济盟里的别有用心的人了，或者是易铭的人，也说不定还有唐家的人。

队伍还在继续向前走着，随着几声细微的声响，那些绿光不见了。

文臻知道燕绥动手了。

殿下行事狠辣干脆，连废话都没一句，语言护卫们穿梭在人群中间收割性命，动作太快也太突然，很多共济盟的人都没察觉。

只是文臻的眼底忽然多了淡淡的疑惑。

她眼神好，透过面前广袤的黑暗空间，隐约看见极远处，似乎也有星星点点的绿光在闪烁，时有时无。

那个距离，不可能是他们这一批人。

这些绿光又是什么?

这山腹应该也是自然形成，空间并不憋闷，因为空旷而回声不绝，文臻听着身后萧离风的脚步声有点拖沓，声响因此更大，盖住了她想要问萧离风的话。

前方停了下来，说是发现了一座吊桥。

因为这里地势平坦，不需要再排成蛇形长队，因此众人都聚拢在平台边，看那吊桥。

虽然光线很差，但也能看出那吊桥年久失修，朽烂不堪，和外头共济盟的铁索道安全度无法比。这样的吊桥，先上和后上都很危险。

而底下深不见底，隐约有腐臭气味，可见如果落下去，和落崖也没什么区别。

中文安排几个护卫抢先上了桥，忽然黑暗中爆开一朵火花，落在那破烂吊桥之上，顿时熊熊燃烧起来。

火光亮起，愤怒的中文挥刀便砍，一人惨呼着坠了下去。

文臻心中暗叫一声不好。

方才斩杀奸细的时候有漏网之鱼!

这一点并不奇怪，毕竟也许有人比较审慎，没有立刻在机关处留下暗号，自然也就不会沾染萤石粉。

这人发现了同伴几乎都被杀，知道自己暴露了，一旦出了密道走入阳光下，也难逃性命，于是先下手为强，以火箭毁了吊桥。

吊桥实在朽得厉害，只一点火星，就让火势不可收拾，吊桥瞬间断成无数截坠落。

飞鸟也难越两边的距离，。索道也没这么长的，一群人顿时就堵在了这里。

更糟糕的是，因为这山洞温暖干燥，里头的石头大概含很多易燃矿物质，被这吊桥的火一激，顿时很多石头爆出火花，点燃了一些洞穴植物，燃烧会迅速消耗洞内的氧气，产生的毒害气体对人体又是莫大伤害。

燕绥立刻撕下了一截衣襟，接过中文递来的水囊浇湿，给文臻捂在了口鼻上。

此刻情况危急，文臻却禁不住地想，他衣襟这下不整齐了，比闻烟雾还难受吧？

念头还没转过，燕绥手指划下，另一边的衣襟也整整齐齐断落，捂在了他口鼻上。

两块衣襟一般大小，一样形状，就连连着的布丝都长差不多。

此时共济盟中的人已经陷入了慌乱。

毕竟刚刚逃离追杀，又入绝地，有人开始往回奔跑，试图回到地面上，但是跑没几步，隐隐一声闷响，整座山腹都似乎微微晃了晃，簌簌落下一些燃烧的石头来，惊得众人纷纷走避。

文臻霍然回首，望着那个方向，虽然不知道发生了什么，但她预感入口处一定发生了变故。

微微的火光里她看见萧离风惨白的脸色，有气无力地冲她笑了一下，道："不用看了，入口那里应该被破坏了。"

他声音很低，想是怕那些人听见，但是众人已经有所猜测，绝望惊恐的情绪悄然蔓延，有人经不住这起伏跌宕的命运，一屁股坐在地上。

文臻抬头看一眼远处的绿光，伸手入怀，取出哨子，开始她无声的吹奏。

萧离风本想说什么，看见她这样，翻了个白眼。

无声的音波在山洞层层回荡，远处那点绿光似乎有了变化，闪动愈急，文臻心中一喜，越发卖力吹奏，过不多久，隐约有一些黑点伴随一点绿光飞掠而来，在人们眼前划过黑色的弧线。

是一些黑色的蝙蝠。

文臻却很失望。

先前她看见那绿光就怀疑是洞中的蝙蝠，一眨一眨的绿眼睛看上去像小灯泡在闪烁，那么远的距离还能看见蝙蝠眼睛的绿光，要么蝙蝠变异了且变得极大，要么蝙蝠非常多，无论哪一种，都有可能载人过天堑。

但是现在飞来的，只是很少的一些蝙蝠，个头也很普通，无论如何也搭不成送人过谷的鹊桥。

也不知道是她的驭兽技术终究不正宗，还是这山洞的蝙蝠太有个性。

那些蝙蝠直冲她而来，还没抵达，就被燕绥一袖子卷了出去，尖叫着四散。

"这是血蝠，还是其中最厉害的一种，只吃腐肉和毒血。"萧离风在她身后轻声道，"不过其实我……"

文臻无视他，转头问燕绥："有什么办法吗？这样大家坚持不了多久。"

燕绥说："有。"

文臻一喜。

燕绥指指上头："我以轻功带你贴壁过去。"

文臻抬头往上看，上头穹顶深黑，怪石嶙峋，正常人看一眼就心中冒凉气的那种。现下这许多人中，能做到带人上去安然渡过的，大概也就是燕绥了。

这话说了等于没说。

萧离风又凑了过来，似乎又想说什么，然而文臻和燕绥今天眼睛好像散光，愣是看不见他，只管自顾自聊。

"还有一个办法。"

"怎么说？"

"我刚才说了，这种血蝠喜食腐肉毒血，肉要腐的，血却是要鲜的，你的口哨召唤不来它，毒血说不定可以，但这毒血的毒得越离奇越好……比如我的血说不定可以一试。"

萧离风眉梢一挑，诧异地看着燕绥，感觉自己听见了一个了不得的秘密，又似乎失去了一个巨大的筹码。

然而文臻立即否决了燕绥的提议："不行！老方说了你不能受伤！"

燕绥的眉梢微微挑起，眼眸难得地似带了桃花色："哦？牺牲一点毒血，救这么多人，也似乎不是不可以。"

文臻望定他，忽然笑了，抱住他手臂，鼻头在他胳膊上胡乱蹭了蹭，道："又来试探我，你无聊不无聊？都说了我不是圣母，我首先只会考虑对我好的人，然后才是其他。我可做不出拿爱人的生命去为天下苍生献祭之类的事儿。在我心里，我在乎的人最重。"

燕绥垂头看着她，彼此的眼眸里都有光，穿越人间幽黑，抵达爱与信任的天堂。

两人相视微笑，氛围柔和美好得让几次想说话的萧离风都开不了口。

好半晌文臻幽幽地道："那就没办法了？"

燕绥："嗯，没办法了。"

萧离风："也不是……"

文臻："那护卫们怎么办？"

燕绥："自生自灭吧。"

萧离风："不不不，就算你们不管护卫，那小檀她们呢？"

君莫晓："宁死不做累赘。"

闻近檀："自生自灭我可以。"

萧离风："其实我有……"

文臻："唉，文蛋蛋偏巧又不在，那就只好一拍两散，各走各路了，反正死道友不死贫道，来，抱抱我……”说着双臂一张，扑向燕绥。

“哎，我有办法，我有办法！”萧离风蹿起来，拦在了两人之前。

文臻转头幽幽看他：“算了，不必费心思了，此刻无论什么办法，都注定有人牺牲巨大，凭什么要人牺牲呢？不如各自逃命去吧。”

萧离风急促地道：“不，不用别人牺牲。”

文臻笑了一声，转身就走。

萧离风拉住她：“算我求你，算我求你听一听行不行？”

文臻转身看着他，燕绥盯着他抓住文臻胳膊的手指，萧离风慢慢地松开手，忽然苦笑了一声。

文臻凉凉地盯着他。

君莫晓莫名其妙地看着这几个人打哑谜，闻近檀倒似明白了些，眼神一黯。

萧离风揉揉鼻子，咕哝一声道：“一点亏都不肯吃……”

“我吃你的亏还不够多吗？”文臻呵呵笑，“从一开始你就知道我的身份，故意找到了十字坡包子店，故意引我们上山，故意举行了上天梯，甚至这个密道，也可能是你故意漏出点线索，引英文发现的，不然英文急着搜索小檀下落，也没那么多工夫去发现偌大燧峰的这么隐秘的一条密道。大当家，你说是不是啊。”

“是是是。”萧离风谄媚地笑，“我这不是发现三娘骨秀神清，才华卓著，一心结交，这才出此下策的嘛。”

文臻就当他放屁。

在她看来，萧离风是怕兔死狗烹，想攀上她和燕绥这个靠山，为共济盟寻求出路，这才故弄玄虚，诱她上山。

只是萧离风似乎在试图通过一系列的手段，一方面巩固她在共济盟的地位，让空降的她尽快被帮众接受，另一方面，他也在试图施恩于她，让她和燕绥迫于人情，不得不接受他的“好意”。

所以方才萧离风本想让她和燕绥去求他，借此提出一些要求，但是她既然已经看出来了，怎么肯配合？

他需要搞清楚，到底谁才是有求于人。

“大当家，你再不爽快一些，你的人很快就要被闷死了。”燕绥凉凉地提醒。

萧离风苦笑：“殿下，您能不能把火先灭了？我就不信您先前已经走过一次密道，发现这些能点燃的石头，会完全没有准备。”

燕绥瞟他一眼，挥挥手，中文等人换了一种弩箭，射出时一阵水响，石头上的火焰渐渐灭了，四面又恢复了黑暗。

紧张的气氛稍稍缓解了一些，但是担忧仍在，毕竟天堑在前，围困在后，众人依旧被堵在中间。

黑暗中萧离风声音很低："毒血我这就有，已经准备好了，是这边巨蝠最喜欢的口味……"说着还笑了一声。

文臻怀疑地看着他，这洞中有巨蝠，想要吸引这种大东西，几滴血是肯定不够的，但流血过多会要命的，这就是她不敢用毒血吸引巨蝠的原因。

但如果萧离风有准备就好办了。

他指引文臻去到旁边山崖上，敲了一阵，找到一个空心的岩石，打开开关，果然立即有黏腻的液体流了出来，文臻闻了闻，有血腥味，便放下心来。

"这血新鲜吗？过期变质人家不爱喝。"

黑暗中萧离风声音懒洋洋的："放心，定期更换，保质保鲜。"

文臻还有疑问："吊桥之前没断，你怎么就准备血诱蝙蝠了？"

萧离风对答如流："吊桥没断，可蝙蝠有时候会攻击人，两边我都备了毒血，就是用来引走巨蝠的。"

潺潺的血流声里，他提醒文臻："你们每人涂一些在靴底。"

文臻招呼了大家来涂靴子，忽然发现燕绥离开了自己身边，走向了靠在岩石一边的萧离风，然后萧离风身边的闻近檀也走开了，燕绥似乎单独和萧离风说了几句话。

她心中一动，想要走过去，正好这时候有人黑暗中摸索不到血流所在地，询问文臻，文臻不得不指引他，等到她忙完，那边燕绥已经走了回来，由中文帮他在靴底涂毒血。

而此时洞中忽然起了风，卷起一阵腥臭的气流，远处隐约有躁动之声，众人顿时安静下来，知道巨蝠已经被吸引而来。

片刻后，大风渐起，夹杂着尖锐的鸣叫，在整个洞中回荡，须臾间便到了断桥上方。

文臻看着那一片黑色的云，飞得极其散乱，她看见那巨蝠体型的时候，心中一沉。

巨蝠单个的体积没有想象中大，不够载人飞行！

而巨蝠也不受她哨声驱使，那么就只能想办法使这些巨蝠聚拢搭桥。

文臻冲过去，在崖边坐下，将脚一翘，果然立即有巨蝠飞来，她大喜，急忙呼唤厉笑："你快过来！上了这头巨蝠再往前走一步，引第二头巨蝠来！"

厉笑轻功好，只要她能迈出去，后续的人一步步接上，就有可能成桥。

厉笑冲了过来，一脚跨上那只被文臻吸引来的巨蝠，然而那畜生猛地身子一歪，如果不是文臻一直抓着她的手，厉笑就能被这巨蝠给掀下去。

易人离吓得脸色都白了，鞭子甩出，将厉笑卷了回来，和文臻道：“不成！”

确实不成，谁也没想到，这巨蝠的性子如此凶悍难搞。

文臻凝视着前方深沉的黑，想着那就只剩一个办法了，然而那办法……

她打个寒战，但此刻已经不能犹豫，不能立即搭桥，大家还有可能因为那血被巨蝠攻击。

她正要咬牙起身，忽然一道影子闪电般掠向崖边。

是燕绥！

此时洞中还有少量岩石在燃烧，能看见燕绥的影子眨眼便掠到断崖上方，眼看就要力尽坠落。

文臻的心已经提到了嗓子眼。

这是最危险的一着，蝙蝠来了，却不听驱使，那只能是有人先冲到悬崖悬空处，然后以靴底血迹吸引巨蝠聚拢搭桥，但这需要对方有绝高的轻功。

现在，最糟糕的事情好像已经发生了。

大家都涂了血，到处都有毒血，燕绥靴底那一点血不够吸引足够多的巨蝠的注意力。

巨蝠没有立即过来，燕绥的身体开始下坠。

文臻大喊：“中文发暗器接应！其余人双足相抵！”

因为人多而毒血有限，众人都怕太早踩在地上，血迹留在了地上浪费，便都坐着将脚跷着，因此处处都有毒血气味。

听见文臻大喊，众人纷纷和就近的人靴底相抵，再拿袍子遮住靴子，尽量遮掩气味。

“咻咻”声连响，中文手中弩弓连着绳索连射，在空中飙出一条条血线——他连暗器都涂了毒血。

箭尖射到燕绥脚下，他足尖一点，稳住下坠的身体，接连三箭，他的身体在空中动三次，都稳稳地点在了箭上，崖上气流涌动，他黑发伴衣袂飘飞，翩然如仙人凌空。

文臻却没有心情喝彩，紧紧盯着燕绥，她眼力好，看见燕绥靴底的血被细微震开，周身晕开细密的血雨，这一手着实妙绝，她却知道这对于超级洁癖的燕绥来说多么难受。

血滴被化成无数极其细微的血滴漫开，果然巨蝠都被吸引，当先就有几头最大的巨蝠争先恐后地落入了燕绥脚下，然后以他为中心，飞来的巨蝠越来越多，越来越密集，从半空看去，就能看见悬空之上一点黑点，逐渐变大，向两边蔓延，巨翅扇动，绿光连闪间，如巨鸟的双翼凭空生成，不断扩展，闪电般向两边悬崖延伸。

像在半空中凭空生出一道黑羽之桥，而燕绥便单足而立于桥心，微微垂下雪白的脸，衣袖摆荡，像拥有了一对巨大的双翼。

场景浩大而又诡异。

第一百五十三章

真飒爽，我喜欢

众人都怔怔看着燕绥，直到文臻跃起，将君莫晓和凤翩翩当先推了过去。

这两人，一人浑然不惧世间事，一人勇于承担世间事，被文臻推出后立即回神，毫不犹豫踏着巨蝠桥往对岸奔去。

她俩先后越过燕绥身边，到了对岸。

而两个女子顺利过桥，给了众人信心，文臻又令共济盟的人和自己的人穿插过桥，以示公平。

不过人刚过了一小半，燕绥忽然道："蛋糕儿，过来。"

文臻："就来！"却不动脚步。

她知道燕绥不肯让自己断后，但是她却更怕自己过了桥，燕绥就撤了。

殿下随心所欲，她却不想已经走到了这里，再折了不相干的人的性命。

好在后来众人也都学会了燕绥的办法，将毒血震开，笼罩着巨蝠，那桥一时倒也安稳。

中文对闻近檀示意，打算保护她一起走，闻近檀却转头扶起了萧离风。

萧离风似乎怔了怔，想要拒绝，然而对上闻近檀的眼神，最终没有说什么，勉力起身，扶住了她的一边胳膊。

此时人已经走得差不多了，文臻看着闻近檀和萧离风的背影，有些欣慰地笑了笑，想着也许以后不多久，就有喜酒喝了。

却见萧离风跨上巨蝠桥之后，忽然大笑着道："三娘，今日多谢你想出这毒血诱巨蝠之策，共济盟上下都赖你所救，大恩不言谢了。"

文臻一怔，脑子忽然一蒙，觉得这句话里好像有什么不对。

诱巨蝠是她想出来的，但这话说得怎么好像毒血也是她提供的一样？

萧离风又把功劳不要钱地往她头上送干吗？

而且他忽然对她表示感谢，却背对着她，只对着共济盟的人喊那么大声做啥？

周围众人听见这句，上桥之前都对她拱手或者躬身，经过先前的连番变故，一直走到现在，再加上奸细基本清除，所有人都明白了很多，再无先前的浮躁和怀疑，眼神诚恳。

文臻一边还礼，一边也大声回答萧离风："大当家过谦了，这毒血明明是大……"

话音未落。

巨蝠桥上萧离风忽然好像脚滑，身体往下一倒！

变起突然，大家都在巨蝠桥上，走得小心翼翼自顾不暇，中文英文虽然在那附近，但是两人注意力都在闻近檀身上，文臻还在崖上，谁也救不及，惊呼声里文臻风一般地冲上，但心已经沉了下去。

下一瞬又是惊呼声起，文臻再睁开眼，就隐约看见不知何时闻近檀已经横身在巨蝠之上，一手紧紧抓住了萧离风的一只手腕。

而她的脚腕和另一只手腕，分别被英文的绳索和中文的手紧紧拉住。

空中，萧离风睁开眼，眼底诧异一闪而过。

他并不意外闻近檀会救他，但他真没想到在这种情形下，没有武功的闻近檀能够救他。

闻近檀脸色苍白，看上去比萧离风还要难看。

倒在巨蝠身上，那感受比走在巨蝠身上还要恐怖一万倍。先不说那种滑腻冷凉的触感被无限放大，那巨大的头颅就在脸侧，闪着绿光的眸子侧过来阴森森地盯着她。

她腿都软了，她的手却更有力了，她不能让他这样跌下去。

她甚至不知道自己对他的感情，或许只是好感，或许也就是寂寥之余的慰藉，她未曾真正想过那些月下推磨的日子代表着什么，也未曾期许过未来，但她向来是个知道自己要什么的女子。

她要他好好活着。

她死死地盯着萧离风，眸子里是不能说出口的万语千言。

萧离风仰望着她，看到她苍白有汗的脸颊，和她细白颤抖的手腕。

他也不知道他对她的感情，或许也只是好感，或许也只是一份淡淡的吸引，正如她这个人一般，不起眼的，乍一看甚至可能是懦弱的，像山花在角落悄悄地开了，还要垂下头，将花苞谦卑地靠近泥土。

可很快他就知道，她并不是那样的。这女子便是低下头将花苞靠近泥土，那也是为了隐藏那花蕊里暗藏的刀。

他一开始并没有在意。

一开始他就是奔着那位传说中的女子而去，想看看她的才华，想为盟中兄弟们寻找下一个掌舵人，可最后他却不知不觉地注意到了顾大哥。

看她心细如发，看她表象下的狡猾。

她把装昏的他拖到后厨，悄然摘走了他的发带，他当时是欢喜的。

以为她亦有一份对他与众不同的心思。

上与下，目光相撞，心间已过千万年，于时光里不过一瞬。

萧离风最终只是向闻近檀笑了笑。

他笑容微微疲倦，也微带歉意。

闻近檀的眼圈顿时就红了，却强忍着，手上使力。

这时候其余人已经纷纷帮手，将萧离风拉了上来，又将闻近檀扶起，燕绥看过来，又转开了目光。

文臻此时已经冲上巨蝠桥，看危机解除，松了口气，催着众人赶紧过去，燕绥在中间控制巨蝠首领，时辰越长消耗越大。

好容易众人都过了蝠桥，燕绥起身，脚下用力，那只最大的巨蝠便头颅崩碎，只来得及尖鸣一声便向深渊坠去，其余巨蝠顿时受惊散开，梭巡着不敢靠近众人。

而燕绥也借着力，跃到了对岸。

此刻众人瞧着他和文臻的眼神，如视天神。

然后眼前忽然一暗。

最后一块燃烧的石头也灭了。

黑暗中，文臻感觉到有人走到自己身侧，一股奇异的味道传来，随即又消失了。

耳边响起的是闻近檀的咳嗽声。

文臻一边关心地问她：“你没事吧？”一边又对着她身边道，“萧大当家？你也没事吧？”说着伸手去给他把脉。

她总觉得萧离风气色很不好。

手指却忽然触及一截干瘦的手腕，指下皮肤皱褶如老人，她怔了一下，随即听见旁边一声老者的咳嗽。

好像共济盟这一批人里是有老者。

但萧离风呢？

这个念头刚刚闪过，就听见萧离风道：“放心，我没事。”

他的声音很轻，风一样拂在文臻耳边，文臻有点不自在，便让开了。她又有点担心燕绥，便走到他身边，耳边听着闻近檀和萧离风低声在说话，不由笑了笑。

萧离风靠在闻近檀身上，并没有入如文臻所想的在说情话，他只是在和她絮絮叨叨。

“前头虽然暗，倒也没什么危险了，等下会走过一条山腹热河，河上有大石可供踩脚，水温很高，还会有一些耐热的水兽，会在水下偷袭人，但是并不怎么厉害，提醒大家一声便可躲过。

“巨蝠不要担心，这山洞里各自有各自的地盘，过了它们的地盘，它们便不会往前面去，它们和我一样怕水。

“过那条热河的时候，记得不要踩着石头上的黑泥，那种黑泥是可燃的，而热河过了就是一段看似平常的土地，那地上会有一些零碎的灰黑色石头，那里没有机关也没有野兽，但是走路一定要小心，要慢慢走，不能快，不能蹭，走得越轻巧越好。

“等到地面重新变成黄色土地的时候，这路就到头了，出门的机关宜王殿下应该知道，毕竟这路他们已经走过一次，不过你不要觉得这样我就是在说废话了，他们走过不代表他们就知道了所有危险，只是他们那帮人武功高，通各种机关手段，他们会在行进时下意识趋避，采用了最安全的方式，所以才能避开种种危险之处……你可不要逞强。”

闻近檀一直默默听着，感觉到手臂上承担的分量越来越重却一声不吭，她知道这一路过来，萧离风确实受了伤，以至于血腥味至今不去，但是心底却有些疑惑始终不能散，便忽然打断了萧离风的话。

“你为什么一直和我说这些？”

一阵沉默，片刻后，萧离风轻轻道：“因为我想和你说啊。”

“你应该和殿下说，或者和文臻说。”

“小檀，你需要变得更重要些。”

这是他第一次当面唤她的名字，以前一起月下推磨的时候，他会戏谑地唤她顾大哥，彼时他眼中带笑，她看似脸红，眼眸冷静。

这是他的想法吗？

他看出了她内心些微的自卑吗？

君莫晓厉笑都会武功，能帮上文臻，唯独她天资所限，不可能练成高深武功，她能拿得出手的只有厨艺，而这也不是独一份的，她一度找不到自己的位置，总觉得自己可有可无，也因此在遇上事情时，她总想多做一些。

所以她包揽很多活计，就是想和她们一样，不成为小臻的拖累。

她看向萧离风，黑暗中只看见那双眸子温润流光，向她展开另一方天地。那天地里只有一个卑微又不甘卑微的自己。

她忽然伸手扣住了他的手指。

换萧离风缓缓低头，看着她扣紧他的手指，无数言语在此刻狂涌而来，然后齐齐在咽喉堵住。

他直觉这样不妥，但是却不舍得放开，手指轻轻地摩挲着她的指尖。

闻近檀也心中激荡，以至于没有察觉他手指冰冷。

她轻轻道：“我不需要变得更重要，小臻从未因为我的无用而嫌弃我。”

她又道：“但是我需要你更加了解我。大当家，我们相识也不算短，一直都是你在对我说，你从未听我说过。”

萧离风笑了笑，轻声道：“现在，你愿意说了吗？”

“我从未不愿意说过，我只是觉得，你也许不愿意听。”

“不，小檀，我愿意用一生里所有剩余的时光去听你说。”

萧离风的声音似乎有些颤抖，可闻近檀的声音也在发抖，因为紧张，因为内心里此刻澎湃却又忐忑的那些情绪。

“大当家，我只是闻家一个不受宠的女子。更重要的是……”闻近檀咬咬牙，“我嫁过人。”

萧离风声音平静：“我知道。”

“我前夫是被我杀死的……”闻近檀闭上眼，像不敢面对属于他的审判。

只有文臻和君莫晓知道她杀死前夫的事情，闻近檀以为自己一辈子不会再提起这事，也一辈子不会后悔这件事，然而此刻，她却突然开始后悔。

如果早知道会遇见他，她会努力做个他喜欢的贤良淑德的好女子，如她一直在他面前表现的那般，而不是那个骨子里凶狠毒辣，注定会让他失望的真正的她。

或许这就是命运，总在你未知的时刻逼你做决定，并在未来的某一个瞬间教你深深明白，它的凶猛和强大。

耳边萧离风的声音像隔着水波一般，忽远忽近，他说：“是吗？”

闻近檀的心深深沉了下去。

果然还是……

随即她听见他道：“真飒爽，我喜欢。”

第一百五十四章

聘礼

闻近檀猛地睁开眼睛，眼神愕然。

萧离风已经笑起来，在她耳边用气音道："小檀，我并不在乎你嫁没嫁过人，杀没杀过人，我既然喜欢的是这个你，那这个你就是最好的，难道我还不相信自己的眼睛，却要相信那些世人的流言？"

闻近檀霍然转头，转得太快，以至于刹那间，他的微凉的唇擦过了她的颊。

明明只是蜻蜓点水的一触，她却猛然一僵，全身的血都在瞬间冲上脸颊，就集中在方才他触及的地方，她整个人好像都着了温暖的火，将心灼烧成了灰，再软软地罩在天地间。

萧离风却没想到她竟然反应那么大，眼底闪过笑意和怜惜，如此美好的女子，凭什么要活得如此沉默而卑微?

如果可以，他想每日都献给她这世上的美好，令她日日焕发光彩，让她明白她配得起这世间一切。

他叹息，微笑着牵起她的手："小心，到那条热河了，来，抬脚。"

闻近檀刚才扣住他手指毫不脸红，此刻却悄然转过了脸颊。

有点麻木地听着他的指令，轻轻抬脚，上了一块大石头，感觉那石头底部不牢，仿佛漂浮在水上，她站立不稳，跌入萧离风怀中，萧离风趁势揽着她坐下，底下河流的热气扑面而来，她的脸红得滴血，也不知道是不是被热气蒸的。

萧离风在她耳边轻轻道："有点累了，我们歇一会儿吧。"

闻近檀觉得在此处休息实在不是个好提议，但是此刻她人到心都在晕眩，哪里还能提出反对意见。

有人从身侧掠过去，那是易人离和厉笑，两人在半空回首，看着石上那两人相依的轮廓，眸中带笑，随即又相视而笑。

有人在他们侧方停下，那是燕绥和文臻，文臻笑眯眯看着两人，燕绥却将目光移了开去。

闻近檀隐约感觉到众人的目光，只觉得心中温软，她嘱咐了文臻两句这热河的注意事项，让文臻告知众人，萧离风饱含赞叹道："小檀，能得你这样的朋友，应该是每个人的幸运。"

闻近檀笑了笑，道："真正的朋友都是互相成全的。"

萧离风又叹息一声，闻近檀却从中听出一些淡淡的遗憾，她刚要回头询问，却见萧离风已经向她靠了过来，她微微一怔，以为他是想要占些便宜，虽有些怨怪他太过风流，但推了推之后发现推不动，也就罢了。

她本就是个看似懦弱实则无畏的性子，骨子里颇有几分离经叛道。和文臻一起待久了，礼教之防也渐渐淡了，觉得既然彼此心悦，机会难得，错过了老天是要打雷劈的。

萧离风靠着她，轻声笑道："之前咱们尽说些不相干的事儿了，现在便说说我们自己的事吧。"

闻近檀微微红了脸，半晌才似乎迟钝地"嗯"了一声，却又道："大家都在等着我们呢。"

萧离风却似乎没听见，轻轻道："等此间事了，咱们去各处走走吧。走到哪里走累了，就选一处最美的地方停下来，结庐而居，我就住在……"

闻近檀轻轻哼一声。

萧离风笑道："你隔壁。"

闻近檀却没和他斗嘴，只低头笑了笑。

结伴走天下看遍河山景，固然令人向往，可他有共济盟的责任要担，她则还要帮小臻把江湖捞开遍全国，要创办厨艺学校，要管好书屋，彼此要做的事情都那么多，闲云野鹤终究只是梦想。

但是梦想终归是很美的，留在心间，便是宇宙星海，天际虹霓，远而闪耀，令人日夜不忘。

那么，又何必煞风景地打破呢？

"我挺会打猎的，你又会厨艺，到时候我的猎物换你的豆浆好不好？如果你觉得占了便宜，你可以帮我硝制皮子，完整的皮子在市面上挺值钱，回来咱们二八分，我二你八。晚上咱们一起磨豆浆，只是不要再那样一磨一整夜了，够咱们两人喝就够了。也不需要卖豆浆，我打猎够养活你，但如果你喜欢，那也可以开个小食肆。”

闻近檀唇角含笑，并没有说好不好，半晌只轻声道：“我做肉也是很好吃的。”

“我最喜欢肉了。”萧离风欢喜地道，“对了，我前些日子做了一顶帽子，没好意思送给你，你回头有机会记得去拿……”

闻近檀沉默半晌，忽然道：“是聘礼吗？”

四周忽然安静了。

前后左右偷听的人固然傻了，连萧离风都失了声。

众人见惯这女子不声不响，走路都顺着墙角走，谁想过她一旦敞开心怀，竟是一腔热血如沸。

安静半晌之后，萧离风忽然笑了起来，大抵是有些激动，他一边笑一边咳，眼底晶光闪烁。

“不不不……”

闻近檀神色一黯。

“给你的聘礼怎能这般草率？”萧离风笑声分外舒朗，“小檀不计较虚名富贵，我却不愿委屈小檀。聘礼就在前面……”他附到闻近檀耳边，悄声道，“在抵达最后出口前的那一片灰黑石地，我嘱咐你不能快步走不能停留的地方，底下藏着共济盟这么多年来积攒的宝贝，原本我是要献给文大人，作为共济盟以后安身立命的资本以及……总之现在我改变主意了，珍宝为聘，献与闻姑娘。一求姑娘垂青一顾；二愿姑娘眉寿万年。”

闻近檀静静听着，面上神情纹丝不动。

她心中有些茫然，想要回应，又觉得此刻无论什么回应都显得不够有力量，这样的黑暗，这始终萦绕不散的淡淡血腥里，她不想说那些以后注定要回味一生的话。

所有的话，她要在日光下，看着他的眼睛回答。

她的手指无意识地垂下，触及萧离风垂落在地上的发，便轻柔地抓起，忽觉有点戳手，她不禁一怔。

大当家的头发什么时候这么干枯了？

萧离风忽然直起了身，闻近檀以为是刚才自己动作唐突令他不快了，赶紧放了手，萧离风却又在黑暗中一笑，有点唏嘘地道：“小檀，但望你日后学会放开些。无须谨小慎微，无须看人眼色，无须考虑太多他人所想，遇事先想着自己便好。”

闻近檀不说话，她的手指按在石头上，触及一些短短的戳人的东西，她将那东西一根根拈在掌心，当她终于明白那是什么的时候，刚才还火热的掌心忽然便冷了，那一根根的物事像冰刺一样，刺得她不能呼吸。

沉默好半晌后，她颤声道："大当家，你……你怎么了？"

然后她听见轻微的一声"扑通"，像是人体倒下，却不够沉重，她心头电光一闪，猛地伸手一抓，抓住了萧离风的袖子。她的手不断颤抖起来，越抖越厉害，那颤抖随即从她的手一直传递到她的唇，好一会儿才挤出支离破碎的几个字："你为何这么轻了？"

萧离风似乎笑了一下，声音嘶哑，他刚才躲开的手指又伸过来拉住了闻近檀的手，这一触，闻近檀只觉得仿佛摸到了一截枯干的木头，她心中轰然一声，对着黑暗中大呼："小臻！小臻！"

文臻此时已经过了河，却心中若有警兆，站在河边没有继续向前走，听见这一声，毫不犹豫返回，在转身的那一刻，她听见燕绥似有若无叹息了一声。

她落足在闻近檀所在的大石上，一手按住她不断发抖的肩头，一手便要去掏火折子，却听见萧离风忽然喘息着出声："不能点火……"

文臻停了一下，伸手去怀中摸，她身上有夜明珠，燕绥送给她的小玩意之一。

但是萧离风忽然道："能给我留下最后一点尊严吗？"

文臻停了手，她站在热河黑石之上，滚滚热气蒸腾而上，心情却忽然苍凉，像隔着朦胧的窗明明看见春花秋月，一指戳破后却看见茫茫的雪。

她没有再试图蹲下身去查看萧离风的情况，她已经知道先前她把过的那手腕，确实是萧离风的。

她迅速塞了一颗燕绥师门的补气药丸到萧离风嘴里，好让他能把该说的话说完。

别的，也就无能为力了。

好半晌文臻涩涩地道："大当家，为什么？"

闻近檀半跪着，木着脸，将跌到一边的萧离风抱在自己怀里，她记着他方才的话，扶他的时候，没有触及他的任何肌肤。

她垂下头，一口口咽下哽咽，将热泪也无声地咽下去。

萧离风的声音越来越轻，越来越模糊，却依旧在笑。

"听说过傀儡吗？我就是。

"不仅我是，我爹也是，你们在共济盟这么久，很少听人提起大当家吧？那是因为大家都觉得，没有经过上天梯，直接从父亲手中继承共济盟的所谓大当家，说到底，也不过是个摆设罢了。

"这也是我想要的。我父亲逝去时和我说，再利的刀也有用钝的时候。到了那一日，也便飞鸟尽，良弓藏，而这个日子随着老家主逐渐老迈衰弱，想必也已经不远了。

"我父亲是被毒死的。萧家上上一代在老家主暗中扶持下创立共济盟，自此之后，代代都被种毒，如提线木偶般吊在易家家主手中。

“不如此，西川易家何以能允许卧榻之旁有虎成长？

“我自接位，不露面，不出头，将权力下放给诸当家护法，在易家看来，我是因祖父和父亲的死，因自身的毒而心灰意冷，不愿管事。易家乐见其成。

“毕竟一个神秘的大当家，如果哪一天死了，想必大部分人也不知道，那么再来一个大当家接替也比较轻松一些。一个颓废的，没有野心的大当家麾下的共济盟，也比较好毁灭。

“但是我不要共济盟毁灭，被随时扔出来为他人鱼肉。这是我们萧家一门一直以来的坚持。我父亲死时，要我跪在他榻前发誓，无论付出什么代价都要保留住共济盟的精锐，要报仇。

“所以我在接位之初就着力壮大各地分坛力量，不断将本山留守子弟打发出去，山上只留能够维持运转和有声势的几千人。好让万一变故来临，损失能减到最低。只是我被监视得厉害，共济盟里探子极多，四圣堂尤其多，我被看得很紧，而且我那毒也困住了我。探子定期会有人与之联络，一旦发现有谁少了，我小命不保不说，共济盟也随时会遭到打击。我只能忍，等待机会。但我知道时间越来越紧迫了，朝廷加紧了对门阀的动作，西川易家家主更迭，易铭登位之初忙于铲除异己，一时顾不上共济盟，但是等她腾出手来，要么迫于朝廷压力献上共济盟，要么和朝廷彻底撕破脸皮拿共济盟做炮灰，无论哪种，共济盟都只能是最先被牺牲的角色。

“我做过努力，试图联系过其余易家人，易慧娘想要做共济盟四当家，我也秘密吸纳了她。那个红衣美貌少年是易铭的堂哥易铮，也曾上山和我密谈，但是他们的力量都不足以和易铭抗衡，又没有足够的胸怀气魄放弃争斗联合对抗易铭，然后他们都输在了殿下和文大人手里了。”

文臻忽然打断他，道：“你不必说了，你的心思我都明白。”她转头大喊，“文蛋蛋！文蛋蛋！”

文蛋蛋和她之间有感应，说不定能及时滚过来呢。

萧离风笑了一声，道：“你那个虫子没用的。”

文臻倒没想到他也知道这个，随即听见他道：“说起来，要多亏文大人你那只虫子呢，不是它一次两次三次地给我下毒，以毒攻毒，我早就该毒发，拖不到今天……”

文臻默然，她早就该想明白的，当初她借着给易慧娘看妇科病的机会给萧离风下毒，如果萧离风真的不想暴露身份，为什么每次她来看病的时候都在她面前晃？

他就是在给她下毒的机会！

一来是想看看蛊王对他的毒有没有用；二来是送她人情，好借此事诱易铭带方人和上山；三来他也可以借此机会看看她有没有办法对付易家那一窝。

而对于这位心思缜密的大当家来说，无论是她还是易家那方的损失，对他都不是损失。

“文大人不必对我抱有歉意，因为我对文大人也没存多少好心。”萧离风轻飘飘地道，“我把易家当成试刀石，试图磨砺出文大人的光辉。我听说了长川事件之后就有了想法，之后十字坡包子店引起了我的注意，而太子的剿匪大军也到了，我日日去十字坡包子店，试图引起文大人的注意，就是想诱文大人上山。”

“之后我算是通过了你的考察，所以你提前举办上天梯，想要替我巩固在帮中的地位和声名？”

“是，只是我也没想到，灾难来得这么快……”萧离风转向闻近檀，“小檀，对不住，孙才的事情，我知道你被关在哪里，我也知道……其实我一直有在看着你……”

闻近檀垂下眼，她从大当家开始说这些便明白了。

她并无失望伤心。她从很小的时候便明白，世间事从来不是非黑即白，人间情也从来不是非爱即恨。

总有很多为难苦痛的隐情，横亘在那些爱与恨之间，混淆界限，是非难分。

可是她觉得，在永恒的分离和死亡面前，那些又有什么关系呢？

她甚至可以接受一切都是骗局，只要他好好地站在她面前，笑着问她：“今天打算磨几斤豆子？”

“所以密道的蛛丝马迹也是你趁英文等人寻找小檀的时候故意透露的？”

“是的。”

“先前用来诱惑巨蝠的毒血，不是事先藏在石头里的，那巨蝠需要极其新鲜的血，那石头是假的，只是个容器，是你割开了自己的腕脉，不让血凝固，然后通过管子将血灌了进去，可能里面还有稀释血水的工具吧，稀释了再给我们使用……所以你的血已经流尽了。”

“是的，反正都是要死的，物尽其用，最好不过。”

“你先前在桥上是故意失足吧？”

“是的，那一瞬间，我忽然不想让小檀看见我最后的样子。反正你们都是聪明人，有些事我不交代，你们也能猜到。”

“你把这功劳也推给我，你一直在努力提升帮众对我的忠诚度和接受度，你想把共济盟交给我。”

“是的。”

“你想过没有，我是朝廷命官，私下接下江湖匪帮，会让我自己陷入死地。”

“文大人是怕这些的人吗？文大人真怕，就不会私下收拢熊军这样的敌藩军队，那可是满门抄斩的罪名。文大人最怕的只是自己不够强罢了。”

“不，我怕自己不够强，不代表我就要为此退让或放弃原则。你的提议我不接受，我从不接受别人自作主张对我的安排。萧离风，想要保住共济盟就自己保，不要总指望别人接你的烂摊子。”

萧离风咳嗽起来，文臻以为他要发怒，然而他轻轻笑了，忽然转了方向。

“殿下，你不觉得你家文大人为了你东奔西走，长久不在中枢，难掌重权，因此身边实力有些不够吗？”

燕绥遥遥站在对面的一块石头上，大概对“你家文大人”这几个字比较满意，终于应答了，语气却很漠然：“她终究会有的。”

“只是她现在还不够。”萧离风道，“风刀霜剑，一日不休。殿下久经风浪，自然觉得这些魑魅魍魉之辈不值一提。可是殿下终究不能时时守在文大人身侧，比如今日……文大人麾下丰足，才最能令殿下放心，不是吗？”

“你不必从我这里入手。”燕绥淡淡道，“要不要共济盟是她的事。她想，抢我也会替她抢来，她不想，我也绝不会伸手代她去接。”

萧离风碰了钉子，却不生气，还轻轻赞道：“殿下待他人铁石心肠，待文大人却是一腔柔肠，萧某真是替文大人感到欣慰。”他又转向文臻，“只是文大人……你就没想过壮大实力，可为殿下臂助，于风刀霜剑之前，有机会为殿下挡一挡吗？”

第一百五十五章

当时只道是寻常

文臻叹息一声。

萧离风七窍玲珑心，一番话在她和燕绥之间翻转周折，句句其实都合了她和燕绥的心意。

他甚至先问燕绥，明知道燕绥会拒绝。他的目的，只是要她感受到燕绥的难处和心意，因此更加坚定接下共济盟的决心罢了。

她当然想要助力，想要扩充实力，入官场一年多，她最深刻的体验便是想要声音大，想要不受伤，先得拳头硬。

不武装到牙齿，如何应付那一次一次的明枪暗箭。

所以她打了熊军主意，如今自然也不会拒绝共济盟，只是一直不想被萧离风挟制而已。

“这密道，从我祖父开始集中亲信秘密建造，前后断断续续历时数十年，内藏我们所能搜罗到的所有武器和金银珠宝。密道打通山腹，占地广阔，也是一处绝好的退路……如今……我以共济盟精锐和数年收藏相赠，求文大人笑纳。”

他并没有提更多的要求，一切尽在不言中。

文臻沉默半晌，答：“好。”

萧离风似乎舒了口气，将一块牌子轻轻搁在石头上，又道：“三当家。”

凤翩翩和其余人都等在河边，含泪向这边看着，听见这一声，凤翩翩越石而来，半空中听见萧离风道：“翩翩，带众人重新见过文大当家吧。”

他这一声提起了最后的力气，十分清晰，所有人都听见了，凤翩翩心中一乱，险些跌到热河中，勉强在石上站稳，定了定神，二话不说，对着文臻拜了下去。

她一拜，河边众人也便跪了，一路走到现在，奸细已除，文臻所表现出来的能力心性也令众人心服口服，都拜得十分用力。

萧离风为了能更好地令帮众接受空降大当家，也一直游离于群体之外，大部分帮众对他并无太多归属感，因此也就没什么悲伤和抗拒的情绪。

文臻默然，想着眼前这人，为了共济盟机关算尽，到头来这些承他恩惠的人们，能记住他的又有几人？

这么一想，只觉怆然。

天地悠悠，世间之大，最寂寞的，不过是知己不长伴，奉献无人知。

半晌她才道：“起来吧。”

顿了顿又道：“大家小心退出前方那块地域，高抬脚，轻放下，不可奔跑，不可磨擦，不可有任何稍重的动作。”

宝藏什么的还是先别挖了，出山要紧。

众人依序退去。

萧离风一直吊着的气息，在文臻终于接下了大当家之位并发布命令之后，终于衰弱下去。

听得人声渐渐远去，他转向闻近檀：“小檀，我对文大人用了心，但对你没有……我那毒性不宜多思，多思多虑则早夭，我这么多年想了太多，时日无多，夜来常难眠，便在山中乱走，后来遇见你便停住了。”

自此日日只去飞流峰半山，伴瀑布声与她夜推磨。

闻近檀低声道：“我明白……你放心。”

怎么能不明白呢，萧离风告诉她的那些，本该拿去向文臻邀功或者诱惑她，却直接告诉了无关紧要的她。

说到底，他是怜惜她找不到自己的位置，想要帮她变得更重要一些罢了。

萧离风似乎笑了，终于主动拉了拉她的手。那枯干的手指轻轻一碰，便似要碎了。

“但是我终究是对不住你。我本不应招惹你，不该说那些撩拨你的话……只是我没忍住……”

“不，”闻近檀静静地道，“你若不说，我这辈子就再也没机会听见了。”

“小檀……以后还是忘了我吧。让文大人帮你找个好男人……不要像我……对你好就行……”

“离风。”闻近檀忽然唤了他的名字，“你努力点，早点投胎，我也努力点，尽量维持美貌……过二十年，你再来找我便好。”

她一句一哽咽，却终究没哭。

萧离风沉默了。

文臻转过身去，不知何时燕绥已经站在她身侧，把她揽进了怀中。文臻额头死死抵着燕绥的胸，拼命忍住即将奔涌的热泪。

她家小檀实在太苦了，太苦了。

君莫晓怔怔坐在河边，觉得这世事便如秋叶一般，眨眼便碎在了金风里。明明刚刚听小檀微带羞涩地说起和大当家的事没多久，明明她才看见小檀眼底的希冀和期待亮起没多久，怎么一眨眼，就要生离死别了呢？

凤翩翩也知道大当家为了共济盟颇费心思，但她竟然不知道费了这许多心思，更不知道这些心思，是在这人时日无多的情形下，日日筹谋而来的。

可笑她之前还偶有怨念，觉得大当家太过散漫，总把事务扔给她。

人为什么总是要到无可挽留的时刻，才能看清一个人呢？

厉笑早已哭倒在易人离怀里。

好半晌，萧离风道："也好。"

闻近檀笑了笑，抱紧了他，只觉得怀中那人也如枯叶，即将飘进这千万年的黑泥里，从此再无可觅之处，也再无相见之期。

"最后求你一件事……"萧离风却似乎心情很好，语气竟然是轻快的，"不要点灯……不要看我。在前方那片易燃地直接把我烧了吧……我要留在这里守着祖辈积攒的一切，看着西川倾覆……我也希望你最后还记得的，从来都是十字坡包子店前喝豆浆的我……"

闻近檀握紧了手掌，指甲掐进掌心，然而肌肤是冷而麻木的，她的回答也是麻木的。

"好。"

便不再见吧，她也希望他记得的是当初月下推磨的自己，第一眼便喜欢的自己。

这样再过二十年，他来找她，一眼之下，便可再续前缘。

萧离风的手缓缓往上伸，似想抚一抚她先前破了的耳垂，那是他最后吃了能压制毒性的丹药后，无法准确控制力度，令她留下的伤痕。

闻近檀却把脸凑了上去，她的腰弯得如此之低，以至于朦胧中看去便如要折断一样。

那只手却忽然无声迅速地落下去。

在即将触及她脸颊前一秒。

像一朵早已枯萎的花，将被采撷之前，静静自风中散了。

四面沉寂如死。

没有呻吟没有呼救也没有哭泣，时光在这一刻奔流而过，携往事生涯如碎花片雪，那些绝望苦痛，怨恨筹谋，算计人心，终将暗香渐隐，雪化无声。

不知过了多久，闻近檀起身，抱着那人，却感到轻飘飘的，像捧着一张纸。

她就那样捧着，稳稳地走过其余的石头，其间甚至还自己避过了水下一只水兽的攻击。

她一直走到那片黑土中央，一个靠着石壁，相对平整干燥的地方，将萧离风放了下来。

火头忽然便起来了，像是一直在等待着这场燃烧一般。

那些未能出口的诺言，未能挑破的心意，未能延续的欢喜，未能明了的未来，就都寄托在这一夜的黑暗和火焰中，一起烧化了吧。

闻近檀就坐在火前，认真地看着那火在烧，烟气熏腾而来，君莫晓想来拉她，被文臻拦住。

两人紧紧站在闻近檀身侧，生怕她一时冲动，自己也扑到火里。

也许闻近檀和萧离风只在好感朦胧阶段，并没有到生死相许那一步，但文臻却觉得小檀此次受到的打击，并不仅仅是失去心动的人。

她失去的是好不容易重振的自信，好不容易挽回的对爱的期待。

遇人不淑，自甘卑微，是那个男子夜夜月下推磨，推动了她干涸坚硬的内心，天长日久，亦有甜美雪白的蜜浆，即将汩汩流出。

却最终在这的一团火光里重新被燎干。

眼看火焰将尽，燕绥招招手，中文腾空了一个弩箭匣子，捧了过来。

火焰还没全灭，地上多了一层灰白色的灰，闻近檀忽然把手伸进火中，文臻一惊，赶紧拉出她的手，她的手指手背已经起了一层的晶亮的泡。

手里却紧紧攥着一根指骨。

也不知怎的，萧离风瞬间成灰，这指骨却完整地留了下来。

闻近檀不要任何人帮忙，亲自收殓了剩下的骨灰，装在匣子里。

她神情如此认真，近乎虔诚。

众人沉默看着她又扯出一个香囊，小心地将那节指骨装在了香囊内，挂在了脖子上。

最后她借来君莫晓的剑，将匣子埋下。在埋葬匣子旁的石壁上刻了一行字。

“先夫之墓。”

不能写名字，不能留下任何的线索。

此身成灰终化土。

也没关系，棺木会朽，墓碑会倒，唯有写在心上的人和事，在流年里永久存在。

前方隐隐现出一线光亮，像苍天不知人间悲欢，时时睁开含笑的弯眼。

提前过去的英文，打开了最后的门户。

闻近檀伏在地上，最后拥抱了埋葬了他的大地。

就当这一生，最后一次拥抱。

然后她起身，整整挂在心口的锦囊，轻声道："走吧。"

闻近檀指引着众人，走完了这条漫长的密道的最后一段路。

在出门前最后一刻，闻近檀在门侧的暗匣内，取出两本册子交给了文臻。

一本册子是整个共济盟，包括各地分坛的主要主事人员的名单，非常详尽，包括姓名籍贯出身，入帮缘由，优势缺陷。有了这东西，就能最快速度掌握庞大的共济盟。

文臻直到拿到这名单才知道萧离风的强大，他是如此居安思危，远见卓识，他不理五峰山诸事，一直暗中培植各地分坛，分坛不仅遍及西川，在西川之外各州也有，势力不可小觑。

他将真正的精英投放于整个广袤大地，五峰山上其实只等于一个拿高层人物做幌子的空壳，太子和唐家以为他们已经剿灭了共济盟，到最后他们会知道这只是个笑话。

而他最后将共济盟交到了文臻和燕绥的手上，大抵打的也是将来还有机会报仇的主意。

而另一份册子记载的是共济盟成立壮大数十年间，和西川易家的一切暗中交易和往来，作为西川易家明面上的要钱借口和暗地里的刀，共济盟知道西川易家太多的秘密。

里头甚至还有萧离风探听到的，关于西川易家和朝廷命官的一些不大正当的往来，只是因为信息渠道问题，这部分都有点含糊不清，多以暗语记录。

西川易家不会想不到这一点，据凤翩翩说，四圣堂经常遭遇刺客，因此负责保护四圣堂的精锐队伍黑木队应运而生，日常将四圣堂围得铁桶似的，萧离风也长久坐镇四圣堂，一切给人感觉像是最重要的东西就在四圣堂一样，引得刺客探子一次又一次地往四圣堂冲。

但实际上，这个重要记录一直埋藏在密道里，而这密道自修成后，只开启过两次，两次都在昨夜，一次是燕绥回山救文臻，一次就是方才众人通过密道逃生。

数十年间，共济盟不可能完全没有遭遇危机，但是萧离风都没有开启密道。

他坚持到了最后，将这个秘密只告诉了喜欢的女人，他做的所有准备都只肯在能发挥最大作用的时候才拿出来。

他的隐忍和筹谋，令文臻也不禁叹息。

在和西川易家，和唐家，甚至和朝廷的斗争中，这个江湖草莽组织的头领，大获全胜。

想必，萧离风此刻正在地下偷笑吧。

当他们穿出密道的时候，已经脱离五峰山的范围，眼前是一座不知名的矮山，从山巅望过去，隐约可以看见远处落尘峰里，还有一些如蚂蚁一般的军队在出没搜寻。

燕绥手下善于改装的护卫在帮共济盟帮众进行改装，数百人的队伍太显眼，待会大家便要分头走。

文臻和燕绥都没打算带着这批人，共济盟是地头蛇，在西川经营多年，想走很容易。

尤其萧离风接手后这次逃出来的都是头目，屠绝想集中精锐一网打尽，最后却便宜了文臻。文臻和凤翩翩商议后，结合自己这段时间的了解，当即就地提拔了一批人，除了当家和护法还没定之外，重新选了五坛坛主，并命他们赴西川最大的五分坛，就地收拢帮众，以最快的速度出西川。

这需要打好时间差，易铭现在要么在试图收拢熊军鹿军，要么在得知共济盟被大军围剿后，要趁乱上山，将一切可能对她不利的证据销毁，总之暂时都不会顾得上先拔除共济盟江湖势力。

这些人凭着多年经营的当地关系，人脉熟，路途熟，先出了西川，然后在燕绥属下的带领和护送下直接前往苍南州。

苍南天高皇帝远，山多林密，民风彪悍，地图上没有的无名山谷无数，随便找个山谷一钻，出动大军都找不到。

而苍南是季家的地盘，季怀远是燕绥的人，在燕绥的扶持下，最近做了几件像样的事儿，渐渐得到了季家的接纳，已经完全取代了季怀庆，成为季家的继承人。

共济盟的新盘口和即将收拢的一部分熊军精锐，都将在那里默默扩充实力。

闻近檀也成为新一任的金坛坛主，这是她自己要求成为共济盟一员，文臻和凤翩翩商量后的结果。

从文臻的角度出发，她希望闻近檀能放下这段过去，重新开始。可是她了解闻近檀外柔内刚心志坚定的秉性。

她知道，小檀这辈子再不可能走出那条密道了。

第一百五十六章

告御状去

既然如此，那就由着她吧，只要她觉得好，便好了。

众人也没有什么异议。萧离风临终前对闻近檀表露求聘心意，在众人眼里，她是前任大当家的未亡人，担任当家也使得。

按照大家商议的结果，闻近檀将跟着金坛残余的汉子下山，收拢堂口后出西川转道苍南。

众人在山口分别。

闻近檀抱起了前任坛主的女儿，她收养了这个小姑娘，从今天开始，她是个有夫有女的女子，她继续用一生来保护萧离风用命保下的共济盟。

苍南还没有江湖捞，稍后文臻会调一批掌柜过去，闻近檀也会接管江湖捞在苍南的生意。

天地太大，天涯很远，一阵风吹来，身边的人就会散去如浮萍。

这是文臻站在高岗上，看着闻近檀的身影，渐渐远去的时候，心中飘过的念头。

闻近檀走的时候并没有流连，也没有落泪，也没有煽情地拥抱，只是微微笑着，将她和君莫晓厉笑看了又看，然后留下了一些她自己研究出来的香水方子。

她一向是个干脆的女子。

文臻也就不做小儿女姿态。虽然这个时代车马缓慢，信息难通，一次分别可能就是永别，可她坚信，终有一日，她会在繁花葳蕤间，再次看见那个微微羞涩笑着的女子。

易人离也向她告辞，他打算离开西川后，直接进入长川，长川那边，听说易家原来的一些远房老亲趁着易家倾覆出来捡漏，欺负独木难支的易秀鼎，他打算回去，把那些老家伙一个个揍回去。

他说话的时候，眼睛瞟着厉笑，可惜厉笑也来向文臻告别，她打算回天京了，伯父来了好几次信，说她父亲这些年身体不太好，还说自己也不大好，让她不要再和臭男人混在一起了，赶紧先回去尽孝。

孝道大如天，谁也阻拦不得，易人离不禁悻悻，但是文臻悄悄在他耳边说了几句，他便又兴奋起来，当下走得也不那么拖泥带水了。

文臻让他回去，好好接手易家，好歹先摆脱江湖混混的身份，才有资本去和厉笑提亲，到头来她可以鼓吹殿下帮忙做媒。

易人离畅想了一下，觉得宜王殿下亲自做媒不仅有排面，还有效果，不怕那几个老家伙作梗，欢天喜地准备回易家，去捍卫殿下的劳动果实了。

萧离风的精锐卫队黑木队没有随着众人离开。他们坚称黑木队不属于共济盟，是大当家的私人卫队，只负责保护历任大当家。

黑木队在变故中负责收拢帮众，损失也颇惨重，现在只剩下了大半。

文臻接受了之后，立即拿出大当家的威风，下令众人分散去保护厉笑君莫晓等人，完成任务后再回来保护她。

众人都来告辞，是因为感觉到她不会立即回天京，而且看宜王殿下的意思，恨不得这些人快点滚远，越远越好。

最后山头上只剩下文臻燕绥和几个贴身护卫，看着人群分散如涓流，细细汇入各条道路。

燕绥此时才把两份圣旨给她看。

文臻笑眯眯地看完，把圣旨一合，问他：“怎么办？”

“看你想怎么办？”

“哦？愿殿下有以教我。”

“其一，立即驱驰回天京，离京十里便弃马步行，去冠带，着布衣，于陛下阶前和百官之前痛陈冤情，剖白心迹。这是官场上惯常以为的上策，足可见忠君之义，为臣之道。”

文臻觉得自己从殿下的眼眸里看见赤裸裸的“恶臭”二字。

“其二呢？”

“还是回京。省去那些恶心做作的表演，直接反告大皇子在外和南齐有所勾连，告太子暗杀东宫洗马，在玉米红薯种子上做手脚，在西川为抢功诬陷你我，不把朝堂搅个血雨腥风不罢休。”

“听起来有点爽。”

燕绥却在文臻的眼睛里看见赤裸裸的“无聊”二字。

两人对视一眼。

没说第三条。

文臻问燕绥：“你有准备？”

燕绥反问：“你也有？”

文臻：“西川这里，我没有；但是天京那里，我有。”

燕绥：“那就好。天京那里我有，西川这里，也会有。”

半个月后。

天京。

夏末喜雨。

一夜的细雨淅淅沥沥，到了清晨正好收束。

闻老太太和平时一样，卯时正便起了床，伺候她的侍女十分明白老太太的严谨讲究，数十年如一日不变的习惯，准时进来给她梳头，梳头的时候分外小心，生怕引发老太太心情不好。

近日府内外都听说了那几个消息，都很是紧张。

文大人立下军令状，以性命身家担保的红薯玉米的种植，没有成功。不仅没成功，听说唯一种出来的一个红薯块茎，还吃死了宫中一个太监。

那一批红薯只种出了一个块茎，本来没人动，还打算扔了，但是一个小太监被人撺掇，吃了那个唯一的红薯，当时没事，但是过了一个时辰人却死了。

太医署查过了，并不是下毒，当天小太监吃的食物也很平常。

问题应该出在红薯之上。

随即又有流言传出，说是那批红薯，当初并不是文臻找到的，而是唐家继承人唐羡之找到的。

牵涉到唐家事情就很微妙了。还有人别有用心地提起，文臻和唐羡之那一段赐婚。

流言再发展下去，就变成了文臻在唐羡之的授意之下，以有毒作物进献朝廷，想要戕害整个东堂百姓。

这消息一传出，顿时引爆天京。粮食是百姓的命根子，在粮食上做手脚，是百姓最不可承受的恶，天京百姓义愤填膺，江湖捞生意大损，甚至还被流氓地痞砸过两次。

而长久在外的宜王殿下，在刚刚平定长川得到封赏之后，却又被爆出和南齐勾结导致东堂水军失利的事儿。

都是绝密的消息，不知为何却传得街头巷尾都在议论，闹得满城风雨。

而前几天消息又开始出现了变化，说宜王殿下在西川被太子殿下动用剿匪大军逼迫，中箭后落水身亡，而太子殿下挟剿灭共济盟大胜之功，还在试图压下此事。

然后没几天又说其实是宜王殿下拒接圣旨，太子不得不追赶阻拦，宜王殿下嚣张跋扈，打伤太子随从，假作受伤入水诈死，以此逃脱国法。

昨天又有消息私下悄悄流传，说太子之所以对宜王殿下穷追不舍，是因为有个极大的把柄被宜王殿下抓在手中，宜王殿下不死，太子殿下可就要倒霉了。所以太子要趁着手中有兵的时候对宜王殿下出手再正常不过。

消息不断反转，各大茶馆酒肆生意最近天天爆满，老板们笑得合不拢嘴，但是茶客们大多忧心忡忡，担心着马上要变天。

多少年来，天京百姓也听惯了宜王殿下的跋扈嚣张，气焰更胜太子一筹，而太子温良，从不与弟弟争竞，因此地位稳固。他俩一个受宠，一个地位尊贵，各自强大，却因为宜王对皇权无意，因此多少年相安无事。天京百姓自然也习惯了这种模式，如今这皇家最强大的兄弟俩却龃龉不断，纷争越闹越大，竟然已经闹到了你死我活的境地，这是要争夺帝位的架势？

在这些纷繁的消息中有那么一点微弱的声音，提到宫中太医院最近全员好久没放假，但是这么个毫无爆点的消息，在那一大堆劲爆八卦中自然没有竞争力，一点水花都没激起。

和外头的许多人关注皇家夺嫡大事不同，闻家大宅更关心的是出去的几个女子。宜王殿下出事了，那文臻呢？君莫晓和闻近檀又怎样？

闻老太太天天让闻家大爷亲自出门打探，但是得来的消息都很含糊。

文大人？听说宜王殿下落水身亡，文大人就投水殉情了。不殉情能怎么着？还准备杀了太子报仇吗？

闻老太太听说这个消息时，眉头一挑，闻大爷胆战心惊地望着老娘，随时准备上前抢救，结果听见他刚硬的老娘硬邦邦抛出一句："荒唐！"

也不知道是说宜王殿下落水荒唐，还是说文臻殉情荒唐。

又有人说，文大人啊，你们知道不，宜王殿下就是因为她，才和太子殿下杠上的。不然何以那么多年相安无事，这两年忽然事端不断？不就都是殿下遇见文大人之后才发生的？听说文大人想做皇后！

说者神秘兮兮，听者一片哗然。

闻老太太："胡扯！"

消息传来传去，所有人都在等着当事的几个人回京，但是太子都回来了，那舆论的中心人物却迟迟不见踪影。

大家便有些慌了，发生了这么大的事，无论如何都要回京待罪的，那两人竟然毫无消息，这难道……真是出事了？

梳头的丫鬟轻轻地给老太太梳着头，想着这消息一日一个的，今日可莫要再出什么乱子了。

她还不知道的是，今日最大的乱子就要由她身边这位老太太亲手制造了。

闻老太太闭着眼，手中摩挲着一个盒子，那里面是一封信，是昨夜有人偷偷送到她床边的。

文臻写给她的信。

这几日的流言听下来，闻老太太早有些不耐烦，只是她一直在等一个消息，如今终于等到了。

她睁开眼，像是看见窗外花开盛景，忽然道："窗外木槿花是不是开了？采一朵给我戴上。"

梳头丫鬟十分讶异，老太太从来不喜欢戴花，这是怎么了？

这大红木槿，老太太是有什么喜事要庆祝？

梳头丫鬟折了一枝花给老太太端端正正戴上了。

闻老太太起身，道："去花房。"

闻家大院有专门的花房，花房里头还有个小暖房，养一些矜贵的花儿，那些花儿老太太亲自照料，从不许人进去。

大家也没见过老太太把里头的花端出来欣赏过，未免有几分好奇。

老太太谢绝搀扶，独自进了花房里的小暖房。

片刻后，捧出一个罩了红罩子的大缸，老太太捧得吃力，闻大爷忙小心接过。

老太太便带着儿子，捧着那缸，上了自家的马车。

老太太吩咐了马车夫几句，马车开动，闻大爷才小心翼翼问老娘："娘，这大清早是要做什么去？"

闻老太太八风不动的回答，让闻大爷险些把手里的缸给砸了。

"告御状去。"

同一时辰，天京一家普通客栈里。

一个年轻高瘦的男子穿过底下口沫横飞正在议论宜王殿下和太子的人群，上了门口等待的一辆马车。

他眼底闪耀着愤怒的火焰，手里紧紧捏着一张纸。

与此同时，一队鲜衣怒马的旗手卫押送着一辆铁黑色的马车穿过了城门，因了那车头有明黄标志，一路畅通无阻。

偶尔有些反应迟钝的路人不知避让，当先军士就会一鞭子甩过去，大喝：“押送重犯，闲杂人等回避！”

德胜宫内，一贯爱睡懒觉的德妃娘娘今日却起得早。

不仅起得早，她还逛去了后殿。

她原先从来不去后殿，她未做德胜宫主位的时候，曾和人合住德胜宫，后殿就曾住过一个妃嫔，是皇后的眼线和小跟班，日日监视着她。

后来，这位妃子先是成了冰面下的尸首，后来做了花园里的花肥。

后殿多年未曾住人，前阵子闻老太太被送过来，德妃娘娘不怀好意地将后殿赐给了老太太住，指望着夜里飘几个鬼魂吓吓老太太，结果那老太婆更会搞事。

德妃从后殿出来时果然脸色不大好看。

德妃忧伤而惆怅地道：“我怎么这么倒霉，儿子不省心，儿子看上个女人不省心，连儿子看上的女人的奶奶也不省心……”她负着手看着殿内，“派人看好后殿。”

德妃娘娘背着手走了，菊牙一低头，正看见她家娘娘保养精致的指甲内有一点泥土。

咦，娘娘最讨厌泥土，这是做什么去了？在后殿种花吗？

第一百五十七章

正阳门下打石狮

宫门之前有一道门，是正阳门，百官在此下轿，白丁在此停步。

不过在正阳门外百步，还是允许一些百姓摊贩进入，以示亲民之意。

此时正是早朝时辰，官轿川流不息，百官们脸上带着倦色，顶着稀薄的晨曦下了轿，却忽然被一阵香气所吸引。

众人闻香而去，却发现今日那些不多的摊贩中间，多了一个不大的摊子。中央放着一个很大的铁桶样的炉子，旁边还有一个小锅，有人正在锅子上摊着什么金黄色的饼，有特殊的清香气散发开来。

又有人从那个铁桶里掏着什么，但是铁桶上有遮挡，看不出什么，隐约有人看见是一团团黑炭样的东西，看着很没有食欲，但是把那黑团子一掰开，便露出里头黄中透红的瓤，那瓤看着细腻鲜亮，日光一般酽酽的黄色，掰开的时候还拉出长长的金黄色细丝，看着便觉得甜得仿佛能滴出蜜，而掰开那一刻的香气那般温暖甜香。

明明都是吃过早饭来的，但此刻忽然觉得无法抗拒，想再来上这一看就又香又暖的一口。

于是便有人走过去捧着个焦炭样的东西回来，众人有点讶异地发现，先过去的竟然是那个端正严肃，平日里最不好凑热闹的御史中丞蒋大人。

众人看见蒋大人一口下去，鼻头上沾了焦炭都没顾上擦。

众人都是人精，顿时都命家里的下人去购买，汉白玉广场上到处都是三品以上大员捧着个“焦炭”在啃。

那个摊子后有一道帘子，后头似乎坐了人。众人虽有些奇怪，对口中食物也很好奇，但此刻已经快要上朝，众人急着吃完这东西，还要净手脸，也没来得及去讨论，纷纷忙着站好队。

一辆金顶大轿过来，是太子来了，众人纷纷让开道路。

太子最近挟剿灭共济盟之功，风头正劲，拥趸愈多。现在朝中隐隐已经有了一些说法，说太子剿灭共济盟，且几乎本身无伤亡，此等军事才能实在非凡，之前都说宜王殿下平定长川是大功，如今比起来，那些阴私手段，哪里比得上皇家正嗣勇武光明？宜王风头一直越过太子，说到底，不过是储君胸襟广阔，看小丑蹦跶罢了。

虽然也有些关于他杀宜王殿下的传闻，但一来没有证据，二来宜王殿下素日名声实在太差，满朝文武谁没吃过他的亏？满朝文武谁不知道他手段狠辣强大？这样一个人被温良恭谨的太子逼死？这简直等于要德妃娘娘当众给皇后娘娘端茶。

没可能。

虽然蒋鑫掌管的一向公正的御史台，也有御史递上几个折子弹劾太子滥用公权，疑似欺凌亲王，但也没激起多少水花来。

而太子挟此大胜归来，在朝中人望更上一层楼，他关于杀宜王的辩解，听起来倒更符合众人心目中的既有印象一点。

今日大朝会，东宫之前已经派人私下暗示过众臣，燕绥文臻罪名还在其次，如今迟迟不回京，不露面，连一个自辩折子都没有，这不仅仅是藐视陛下和朝廷，是否还存在心虚畏罪，叛逃他处的可能？

这个他处其实指的就是西川，毕竟如今西川明面上还是东堂属州，自然不能直接说。

张洗马事件像一个炸弹随时悬在太子头顶，他一定要趁这个炸弹引爆之前，先把那两人打下来！

再说文臻到如今还没叙收复长川之功，有传言说宜王殿下已经替她向陛下要了未来的入阁机会，这要真给她入了中书，太子觉得自己以后也别想好好睡觉了。

陛下一如往常，对于弹劾折子十分慎重，留中不发。

这两年，朝廷减免商税，扶持商贾兴建各类作坊，允许商户招募农工，最近又收了长川，国库肥了一大笔，目前正准备改革税制，先提出了官绅一体纳粮，后头听说，陛下还想要趁着长川被收复，西川共济盟被平之机，将隐然独立的那几州也纳入税收范围，集中天下财富至中央，这些都是可能动摇国本的大事，陛下心思都在这些天下大事上，并不愿意看见儿子们争斗。

但对于太子来说，这些事都有燕绥和文臻的手笔，别看那扶持商户的事似乎和两人没关联，拍板这事的时候他可是在现场，刚进宫的文臻，一碗汤引老臣们回忆当年，君臣交心定百年国策，这已经成了佳话，外头还有话本流传呢！

做得越好，那两人声望越高，此消彼长，等到陛下万年之后，他能有什么好结果？

太子觉得憋闷，虽然陛下对于弹劾他的折子也是留中，但是他可不觉得这是公平，所谓老三被他害死，一看就是胡扯，能和老三对他的实际迫害比吗？

父皇还是偏心老三！

所以近日大朝会，会有四分之三的官员上书，他也会带去证据，一定要在今日要陛下给出个明确态度！

罪还是疑罪，但是不敢露面，就是心虚！

真要说被逼落水，那有种就一辈子装死不露面，不露面就没了亲王实力，还不是由他捏死。

再露面，那就是欺君！

太子在轿子中左右盘算，觉得今日胜券在握，心情颇好，也没注意一个路边摊。

他的车轿后还跟着一辆普通马车，并没有跟着他进正阳门，留在了正阳门边等待传唤。

承乾宫高高的阶梯上，太监甩鞭，众人在意气风发的太子带领下，带着一身暖甜气息进殿。

广场上恢复了寂静，摊贩们也收了摊，只有那个今日刚出现的摊子留了下来，几个江湖捞的掌柜将摊子收了，恭谨地拉开摊子后的布帘，闻老太太戴了一朵木槿花走了出来。

她凝目看着巍峨的宫殿，等了一阵子，看见一个高瘦年轻人走了过来，两人对视一眼，没有说话。

然后闻老太太从怀里取出了一根擀面杖。

金殿上，皇帝正在揉着眉心。

昨夜和诸臣商量改革税制的事儿，意料之中遭到了那些老成持重的大臣们委婉的反对，让他不禁有些想念文臻当初第一次进宫，一碗汤摆平一群老家伙的场面。

而底下纷纷扰扰，都是些混账事。

“陛下，宜王殿下落水一事并无实证，而如今太子已回朝，宜王殿下接诏却未奉诏，至今迟迟未归，此乃欺君行径啊！”

“陛下，太尉已经发文苍南，着令东南水师副将季怀远入京述职，季怀远却诸般推托，明显有所依仗，心怀鬼胎，臣请将季怀远就地解职，由安王殿下亲自押送进京严加审问。”

“陛下，红薯和玉米都是司农监监正文臻所寻觅及大力推广，如今这两种作物种植都出了问题，粮食作物关乎黎民生计，此事不可不慎。如今圣旨早已发往西川，文大人却一直不见踪影，这定是畏罪潜逃，请陛下下令有司立即缉拿。”

“陛下……”

皇帝凝眉看着底下，今日朝堂之上分外纷扰，似乎下定决心要对燕绥文臻的事讨个说法。

大部分官员并没有站出来，倒不是他们都赞同对宜王和文大人进行处罚，主要对于种种指控，总要当事人出来自辩，他人才有判断并决定立场的机会。如今燕绥文臻双双不冒头，真相不明，主角不在，便是要做好人也是做在空处，官员们自然乐得闭嘴。

大司空单一令本算是文臻的师傅，可他因为年纪大了，现在一般也不上朝。之前鼎国公也嚷嚷过一阵子，左仆射周谦因为是明面上的宜王的人，也没法说话。

听着朝堂纷扰，周谦和鼎国公对视一眼，心底掠过一丝无奈和焦灼。

不管有什么冤情内情，好歹出来说啊！

别的不说，再拖下去，就算有冤情，也要被一句“蔑视圣旨”给压过去了！

皇帝听了半晌，实在头痛，觉得今日如果不拿出个章程，国事也别想讨论下去，只得道：“既如此……”

忽然一阵有点急促的脚步声传来。

随即一个太监略有些仓皇的脸出现在承乾宫高高的门槛上方。

宫人都经过严格训练，都讲究姿态从容端正，不是急事大事，绝不会有一丝失态。

众人都心中一跳，皇帝面色一凝，还没开口，那太监已经急声道：“陛下……正阳门外有人打石狮！”

年纪大的臣子立即转身，年纪轻的，不熟悉规矩的臣子还在疑惑地问：“什么打石狮？什么意思？”

“什么意思？告御状！”鼎国公忽然大笑，挺着肚子就向外走，“哟，这可是新鲜事，从陛下登基以来，好像就没人敢告过御状，还是打石狮这种，臣去瞧个新鲜！”

他武将出身，别人自然不敢跟着，都伸长脖子瞧着，有人在低低科普：“正阳门打石狮是当年开国祖皇帝立的规矩。给天下百姓留一条直达天听，诉冤陈情的门路，也就是告御状。只是这告御状也有规矩，若是以民告官，便是赢了也得流配三千里，所以本朝以来，还未有人敢惊动陛下。”

“鼎国公的语气好像是说打石狮尤其少见，这是什么意思？”

“因为正常告御状在正阳门下喊冤就行，打石狮意味着告的是皇族。”

皇朝规矩，有人打石狮是必须要接的。

不多时，告状者便跟着太监到了承乾宫。众人伸长脖子，只看见一个年轻男子弯着腰扶着一个老妇人，两人都垂着头，那老妇人手中还拿着一根擀面杖，擀面杖上沾着的白色碎屑，不是面粉，是狮子头上的。

太子紧紧盯着那个高个年轻男子，一种可怕的猜想几乎立刻就占据了他的全部思绪。

那好像是……张洗马！

这颗火药弹还是要爆了！

多方寻觅和试探过张洗马后，太子确认了他不在易铭那里，那就只能是文臻燕绥出了手。

太子没有办法找到并灭口张洗马，也不能坐以待毙，所以一方面加紧对两人的攻击，一方面也下令城门领加强九城查禁，暗中画了张洗马的画像，日夜盘查，不让他进天京。

太子也想过是不是先构陷张洗马，彻底绝了后患，却又怕引起其余人的猜疑，但他对此也做了一定准备，此时虽然紧张，倒也不至于失态。

此时那两人已经走到殿中，对御座下拜，两人抬起头来，在场包括皇帝陛下，大多数人倒是都认识，顿时一阵窃窃私语。

闻老太太一贯的精神利索，站得笔直，鬓边一朵红木槿衬着一头银丝，十分招眼，这般鲜亮的对比，却令人生出几分凛然之意。

皇帝望着闻老太太的擀面杖，瞧着有点害怕，总感觉老太太的擀面杖是打算来抽他的。

皇帝熟悉老太太，毕竟接进宫住过，安置在宫中第一鬼见愁德妃那里，结果听说德妃在她那里吃了瘪。

皇帝对闻老太太的战斗力略知一二，顿觉头更痛了。

而另一个人令他更惊讶，他亲自给太子安排的年轻有为的师父，太子回京还特地和他报说，剿匪过程中张洗马身亡，他还唏嘘一阵，下令优加抚恤。

如今活生生站在面前，他看了太子一眼，却见太子也盯着张洗马，倒没看出多少心虚之色，他心中一动。

“闻老夫人，何以今日当众鞭打石狮叩阍？”

“陛下，老妇今日未曾叩阍。”

众人齐齐看向擀面杖。

擀面杖抽石狮的事儿不是你干的吗？那坚硬的石狮泡泡头都被抽掉了一层皮。

现在你说你不是告御状？

你用这种方法顺利进了承乾宫，然后赖皮说不是告御状，你老人家的脸呢?

再回头一想，闻老太太是文大人的祖母。

明白了，一点也不奇怪。

“陛下，老妇今日本是来敬献祥瑞，不想刚到了正阳门，就听见了一件令老妇愤怒的奇事，老妇一怒之下，挥舞擀面杖，陛下您也知道，老妇双眼已盲，激愤之下，可能不小心碰着了石狮，老妇惭愧无比，稍后一定出资修葺石狮。”

这无耻而险恶的辩词。

但是闻老太太是个瞎子，她说她无意中碰到石狮，这谁也不能硬指着她鼻子说你就是故意的。

这让殿中几个得了太子授意，本想以擅自叩阍惊扰朝堂罪名给老太太点教训的官员都讪讪闭了嘴。

皇帝的目光落在了闻老太太身后，两个太监捧着一个盖着红布的大缸进来了。

“老太太，祥瑞何在？”

闻老太太侧身一让，笑道：“陛下，祥瑞在此。”

第一百五十八章

揍你个棒槌

红布掀开，众人首先看见的是一堆土。

别人还不明所以，长庆郡王司空群最先发声："这莫不是种的红薯？"

当初文臻在献出红薯玉米种子的时候，曾请燕绥当殿催熟，几位重臣当场尝到了红薯和玉米的味道，才下了决心种植。这事儿普通官员不知道，高等级官员还是都知道的。

红薯玉米种植出了问题，朝廷下诏令立了军令状的文臻解释，最近的腥风血雨也和这事有关，听见这一句，众人立时哗然。

闻老太太点头道："正是。"

皇帝若有所思地看着那缸。闻老太太不理会任何人，和张洗马两人动手将那土刨开，从里头拎出一串一串的红薯。

司空群冷笑："这祥瑞啊，你孙女儿已经献过一次，当时确实哗众取宠了一番，请宜王殿下出手催熟，一缸子里面产出来好几十斤，文大人当场就下了军令状，要达到亩产千斤。可如今瞧着，怎么没有宜王殿下妙手，这产量远远够不上亩产千斤啊。"

众人原本觉得不少，此刻一听，顿时觉得文大人果然吹了牛皮。这离千斤差得远呢。

只是司空群这话险恶，暗搓搓暗示宜王和文臻勾结作假，众人一时都不敢接。

闻老太太抬起厚厚眼皮，瞟了司空群一眼，这一眼瞧得司空群一怔。

这老太太明明是个瞎眼老妇，眼神竟然忒吓人。

随即他便听见闻老太太慢吞吞地道："郡王少安毋躁，老身这是歇歇手，这还没挖完呢！”

闻老太太不急不忙又继续拉，红薯越拉越多，一个不算太大的缸里，变戏法似的拉出一串又一串，感觉好像永远都挖不完。

人们神情渐渐变得惊异。

传说中红薯产量极高，如今看来倒是不虚。

李相等几位重臣当初就看见过红薯高产的场面，关于红薯玉米种植失败其实并不是什么大事，一种粮食的试种和推广本就需要时间，特别是外来作物，水质、土壤、风、太阳，每一种都可能对作物产生影响，这次种不出来，再种一次便是了。

太医署倒是有人说，这红薯对于身体强健，常吃荤食的人并无伤害，但是对于常年食不果腹，体质羸弱的人却有可能会损伤体质，之前瘦弱的冷宫太监禁不住这红薯，所以吃死了。

这终究是未经证实的流言，就算立了军令状，文臻因此仕途折戟，在老臣们看来也不算要紧事，年轻人仕途太过一帆风顺不是好事，多经历打磨方能成才。

因而几位重臣都冷眼旁观。他们心中有些不满，觉得文臻确实太心虚了，都不明白这一层道理，竟然不敢回京，生生把事态恶化，实在愚蠢。

殿上，闻老太太道：“陛下，您瞧，这一个三尺方圆的缸只用寻常沙土竟然产出这么多红薯，此物易种且产量高已是不争之事，一旦推广天下，东堂将再无饥馁之民，这不是祥瑞吗？”

李相神情惆怅，他幼年全家饿死，最后一点粮食只活了他一个人，因此对于红薯玉米推广最为在意，此刻再次看见那产量，不禁十分扼腕。

司空群看着那一地红薯，怒道：“这是已经证实能要人命的恶物，你竟然还敢拿出来谎报祥瑞！”

“是吗？”闻老太太面朝着他，淡淡道，“那郡王赶紧回府去准备后事吧。”

她转身又对群臣道：“诸位也请加紧一些，毕竟棺材铺存货有限，去迟了怕没地方躺。”

“闻老夫人！”李相沉声道，“朝堂之上，陛下驾前，岂可胡言乱语！”

“老妇不敢。”闻老太太不急不忙施礼，“只是这便不得不提起老妇为何在正阳门外愤怒了。说这红薯能毒死人，那老妇也吃了，老妇的儿子媳妇和府中婢仆都吃了，也没人……”

“你口说无凭，谁知道你吃没吃！”司空群冷笑。

闻老太太再次“瞟”他一眼：“郡王，老妇这次话也还没说完。”

司空群的脸涨得通红。

“诸位大人也都吃了，如今也过了一阵，老妇也没发现哪位大人有不妥来着。”

有人咳嗽一声，问：“闻老太太，敢问方才外面那个摊子是你设的？我们吃的就是红薯？”

说话的是一向话少的御史中丞蒋鑫。有人恍惚记起，第一个去吃那东西的好像也是这位。

原来那就是红薯和玉米？确实很美味啊。

众人对这两样作物一向只有耳闻，今日才得见真面目。

闻老太太一双无神的眸子，直直地看向蒋鑫：“蒋大人，味美否？”

“美哉。”

“可有不适？”

“并无。”

“黄色的是玉米烙，如何？”

“清香甜美。”

“等一下。”这回司空群忍不住了，接道，“红薯玉米是文臻首献，那丫头一向怪里怪气的，按说这是皇家亲自培育的重要新作物，便是首献者也不能私下截留自己栽种，这点本王先不和你说。只是文臻既然精通这些，为何她种在自己府中的能丰收，种在皇宫的反而不能？总不能说皇宫专门用来培育良种的土壤还不如你府中的？那么你这红薯玉米是否有特殊的种植方法？是否又经过了处理？”

众臣一听，都觉得司空群这几个问题问得很是诛心。

司空群将问题转向了文臻自己做了手脚，就变成了文臻有私心，甚至有有害邦国的重大恶念。

虽然之前辟了种植园，但是种植园无法大批量使用暖房，所以收获季节还没到，先收获的这一批是皇宫暖房。

“郡王与其询问文臻是否有别法料理作物，倒不如先问问宫中暖房是如何料理这红薯玉米的？”

司空群露出一抹得逞的笑意。

“皇宫暖房这里也不是宫人照料这些作物，而是司农副监蒋玄亲自料理。”

蒋玄也在场，闻言眉毛一挑露出怒色，众臣眼色却都往御史中丞蒋鑫飘去。

在场很多人都知道闻老太太和蒋中丞早先有婚约，本以为涉及夺眼之仇，早就恩断义绝，可瞧蒋鑫方才那做派明显旧情未了。

结果一眨眼的工夫，闻老夫人的砖头就砸到他侄儿蒋玄那里去了，也不知道会是蒋鑫先发作呢，还是闻老夫人自己先把砖头捡回来。

众人一脸看八卦的表情，结果蒋鑫八风不动，闻老太太不动八风，仿佛没听见那句暗含挑拨意味的话，只道：“陛下，老妇请求去宫内暖房瞧瞧。”

“准。”皇帝起身，对众臣笑道，“朕坐了这半日，你们站了这许久，都累了，便都去松快松快。”

众臣便都跟着，浩浩荡荡往暖房去，暖房就设在内外廷的交界处，并不算远。

进了暖房，暖房里第一批红薯几乎没有收成，但是为了验证，第二批已经种了下去。此刻都已经出了秧苗，密密麻麻，众人进去几乎无处下脚，甚至还有人一进去就绊了一跤。

几位重臣之前经常关注这些红薯，这架势几个月前就见过，当时都十分兴奋欢喜，觉得秧苗长势这般好定然丰收，然后经过一次打击，再看见这般模样，脸色都不大好看。

闻老太太听着张洗马对于暖房内秧苗的描述，让一直跟在身边的张洗马蹲下身来摸摸那些土和秧苗，还没说话，就有赶过来的太医道：“土壤我们都已经检查过，确认没有毒物。”

闻老太太脸上的皱纹毫无松动，只淡淡对张洗马道：“数数植株。”

众人都瞧着张洗马，不知道这位传说中失踪的东宫洗马怎么会忽然和文臻的祖母凑在一起，而且对太子不理不睬，众人又忍不住一眼一眼去瞟太子。

太子适时露出了微带惊愕难堪又强自按捺的表情。

这个人敢出现，还敢以这种方式出现，他心里也一阵慌张，随即想到这也许就是张洗马以这种方式公然出现的原因，一来走到阳光下众目睽睽让他有所顾忌；二来也是攻心之计，要他猝不及防之下自乱阵脚。

太子提起心气，越发稳稳地站着。

张洗马倒神色自若，皇帝还没对他发问，他便一切如常，数了数植株，告诉了闻老太太，闻老太太听着，脸上一松。

随即她转身对皇帝道：“陛下，这红薯不结果实原因有二。”

皇帝凝神。

“土确实没问题，问题出在种植和养护上。不知道出于什么原因，植株的种植比原先文臻定下的要多上许多。植株过密，难以结果。”

蒋玄脸色一变。

他原是光禄寺官员，喜欢农事，被调入司农监，虽然对这份任命不抗拒，却对于顶头上司颇有几分不满。在他看来，一个厨子去掌握农事，实在是风马牛不相及，别的也罢了，这么关乎天下生计的重要作物，怎么能听她的？

尤其他听说了那个亩产两千斤的军令状后更觉得荒唐，这是根本不可能达到的数字。

他很看重专门设立的司农监，觉得这是利国利民的部门，因此便不能有失，眼看着文臻拟出的计划书，要将司农监种植园搞成充满商贾气息的地方，和那些俗不可耐的商人挂上钩，他就觉得不自在，觉得这个女厨子非常不可靠，明显是追名逐利浮夸之徒，而司农监刚成立，就要承担亩产两千斤的重要任务，万一给这女人搞砸了怎么办？

此刻众人目光射过来，蒋玄铁青着脸色答："是，本官在种植之前，询问了一些老农的意见，都觉得达到亩产千斤有难度，因此不断增加土壤肥力，也增加了一些植株。"

他擅自更改了文臻的种植要求，增加了将近一倍的植株，但他考量过土壤肥力，还在不断施肥，以为不会有问题！

闻老太太将那土壤在手中捏了捏，闻了闻。

"蒋大人加了很多肥啊，让老妇猜猜，发酵煮熟的豆子瓜子？麻籽？甚至还有……人的尿液？"

蒋玄镇定地道："都是老农们教导的上好肥料，有何不妥？"

"有何不妥？不妥的是蒋大人的榆木脑袋。一种陌生作物，不听他人良言，仅以过往旧经验胡乱作养，惹出大祸而不自知！今日老婆子便代我那被你害了的可怜孙女揍揍你这个棒槌！"

闻老太太一棒槌就轰了过去。

也不知道瞎眼的老妇出手咋那么准，蒋玄的官帽掉了。

听说这位老太太性子很烈，但平素算得上端庄谨严，断然没想到，撒泼起来令人发指。

敢当着陛下的面揍四品官！

这老太太和她孙女一样狡猾，入宫不可带武器，可她先在正阳门外摆摊，再以需要支撑为名顺手从摊子上拿个擀面杖，谁也没话说。

话说回来，这位老太太当年被娘家拖累，害了未婚夫一只眼睛，居然敢找上门去，生生挖了自己眼睛赔了，这份胆气心志，不是寻常人。

这么一想，仅仅揍掉官帽不算啥，好歹没挖蒋大人眼睛，把多给蒋家的那只眼睛给要回去。

闻老太太脸不红气不喘掂着擀面杖站着，她想揍人很久了！

孙女儿在外为国出力，明明为国为民，却被这小人每日胡乱编派，总想把她踩到泥坑里！

孙女儿在信中提出了对于红薯种植出问题的猜测，如果是宫中人下毒所为，请老太太务必要忍着，等她回京来处理，如果是如她所猜测，是蒋玄自以为是自作主张，那么就不必客气，好好帮她教训一下！

闻老太太想着孙女儿说有急事，暂时还回不了天京，想来定然是重要的事，不然不至于面临攻讦都不回来，她心中忧虑，看这蒋玄更是鼻子不是鼻子眼不是眼。

得亏这是在驾前！

不然那一擀面杖招呼的可不是官帽！

要这愚蠢脑袋何用！

第一百五十九章

不尽耳光滚滚来

蒋玄当众被揍掉官帽，脸涨得通红，看一眼伯父，看他神色尴尬，便知道碍着这老太太身份，不会替自己出头，他心中的怒火也就更甚。

这老婆子说到底还对不起伯父，仗着和伯父的旧情欺负人！

“闻老夫人不问缘由，擅自对朝廷命官出手，不怕治你个驾前失仪之罪！再说我这明明是经验良方，你说不出个章程，却要在此胡搅蛮缠，岂有此理！”

“谁说我说不出章程？这豆子麻籽之类的肥料养花种菜很好是不错，却是催发根茎叶之物，这红薯藤本就容易生长，再被这肥料催发，越发长得不可收拾，看似繁盛，实则夺取根茎养料，致使块茎无法长出。且你不知红薯产量擅作主张，这一处暖房方圆，最多只能种植千株，你却种植了近两千株，再催肥茎叶，挤挤挨挨，块茎却又从何处生长？”

李相急忙问：“那应该用什么肥料合适？”

“不用肥料也可，真要用，淘米水，剩茶水都可。红薯不择地，沙地也能活，只是易生虫害，用这些预防虫害便行。”

司空群忽然道：“那小太监又怎么会死？”

“或许是红薯保管不善已经坏了，或许红薯发了芽，那唯一种出来的红薯是放了好几天才有人吃的，吃它的人又是冷宫小太监，想必也不甚讲究，因此中毒而死。”

众人静了一静。

过了片刻，一个黄门侍郎道：“说到底都是闻老夫人一面之词啊。”

有人道：“这东西到了闻老夫人这里便种得好，文大人这是藏了私，将来好作为要挟朝廷的砝码吗？”

又有人忽然道：“怎么我觉得有些不适……”

司空群也皱起了眉，捂住肚子弯下腰呻吟道：“是有点……”

又有一个官员道：“闻老夫人，虽然你的辩解听起来都很有道理，但是红薯致人死亡的确是真，此事尚未定论，你便把你自己种出来的红薯不经事先告知，诱哄我等吃下，这万一真有问题……”

张洗马在闻老太太耳边道：“度支尚书杨元，太子门下。”

闻老太太冷笑一声，并不理会那些装不舒服的恶心家伙，只向着皇帝的方向躬身：“陛下，这种红薯，除非遇上傻子，否则确实易种，无须费太多心思，在哪里都可存活。文臻一心为国，红薯是她首献，也没必要对陛下藏私。诸位大人如若还是心中存疑，或许这宫中还有一处可为诸位大人解惑。”

皇帝愕然道：“宫中有人种？朕未听说啊。”

太子和司空群对视了一眼，当初薯种是被严格控制的，只有皇宫暖房和种植园才有，还有专人看守。文臻留了一手，让祖母私下种植，虽然让他们有些意外，但也不是完全没有想到。太子也早已想好了，便是文臻种出来也没用，皇宫没种出来，她种出来了，那正好给她扣上个心思不纯，故意藏私的罪名，顺便追究一下私藏薯种的罪。

只是皇宫里也有人种就让人意外了，这里是死角，太子在宫中多年，不能控制也能俯瞰一切，他确定宫中除了暖房，并无别处种植红薯。

文臻担任官职了便是外臣，手不可能伸到宫里。

太子瞬间想起德妃，随即自己便否了，德妃娘娘那里是他唯一无法探听消息的地方，但是德妃和燕绥的关系，比他和德妃的关系还差，德妃也是出了名的不喜欢文臻，怎么可能帮她？

此时众人已经在皇帝带领下往内宫走，还没走多远，就经过了德胜宫，德胜宫的宫门恰好在此时打开，一身宽松黑衣的德妃娘娘出门，手里还亲自拎着个篮子，似乎准备送什么东西去，看见皇帝带着一大群人走来，也不惊讶，也不羞涩，合掌一笑道：“可巧，陛下来了，妾算着也该下朝了，正准备送些好吃的给您呢。”

又探头看了看后头的人群，挑了挑眉道：“哪来这许多人？陛下，我的东西不够这许多人吃，几位老臣以下的，便让他们外头等着呗。”

后宫妃子敢这样公然鄙视群臣的也就眼前这一个，被鄙视惯了，大家都没了脾气。

德妃眼眸在闻老太太脸上掠过，顿时脸一沉。

太子的心顿时放了下来。

听说闻老太太在德胜宫里住着的时候和德妃有些龃龉，如今看来，果然不错。

皇帝却笑道："你别拉我，我还要陪着闻老夫人去宫里转转。"

德妃却眉头一竖："我最近用了个好厨子，时常有新鲜玩意，今儿这点心第一次做，据说就要趁热吃，等您转回来就不好吃了，既然撞上，那就是有缘分，不能不来。"说着便将皇帝拐了进去。

皇帝一边往里走，一边道："来便来，但你不许对诸位大人不恭敬，都是我东堂股肱之臣，哪容你一个后宫女子嫌弃。"

"哪儿敢嫌弃呢，都是英明神武的大人。菊牙，打开宫门，请各位大人在前殿都歇歇脚。"

都是外臣，自然不能进内殿，就在外殿各自坐了。德妃安排众人坐好后，便给每人上了点心，点心十分别致，金黄色的一条一条装在淡碧色的小竹篓里，香气扑鼻，底下还垫着乳白色的名贵的玉版纸，纸上浸润出金黄的油花。

在场之人多大儒，笔墨纸砚常放心头，一看那么名贵的纸只用来垫点心，又想起传说中宜王的奢靡，顿时坚定了自身的正义信念——妖妃和跋扈皇子，人人得而诛之！

李相早上并没有吃那烤红薯，半日朝会下来，饥肠辘辘，拈起便吃，众臣听着他齿间碾碎油炸之物的清脆细声一响，异香便喷薄而出，顿时便觉得腮帮发紧，有点抵受不住。

有人开了头，便陆续有人吃了起来，那油炸之物果然香脆润美，并无作料，只蘸了点细盐，中和了油炸的微腻感，口感更加丰富醇美。

有人问菊牙这点心是什么做的，可是用面炸的，菊牙笑吟吟答："是啊，这叫炸酥条。"

众人本就觉得和家里的炸面点差不多，只是口感更加细腻香美，便都点头赞一句。

菊牙又道："咱们宫里有个小宫女喜欢琢磨吃食，最近不知道怎的开了窍，做出来的好多食物都颇有野趣。"说着便将那小宫女唤来，让她给众位大人磕头，笑道，"向诸位大人讨个赏儿。"

众人也便都赏，太子素来扮演平易近人角色，还问了一句："都以为天下厨艺十分，七分都在文厨神。没想到你也有这般悟性，可是文厨神调教出来的？"

那小宫女忙谢太子，又道并无福气得厨神调教，只是自己随意以宫中栽种之物做些不登大雅之堂的点心。

菊牙却微笑带着煞气地道："太子这话奇怪，您可去翻入禁册，看看文大人有什么机会进我们德胜宫？"

太子一听，便放下心来，心想果然如传说中所说，文臻在德妃这里是个忌讳。

他含笑拈了点心，随口道："如此美食，回头教了孤方子，给母后也尝一尝。"

众人忙夸殿下孝心可嘉，菊牙讶然道："这东西皇后娘娘那里也有，早就吃过啦。"

这话让太子一怔，随即便听里头脚步声出来，皇帝一边走一边擦手，道："确实香脆甜美，就是油大。这是何物所制？"

德妃看向那小宫女，小宫女却露出为难之色，一旁一直没说话的闻老太太忽然道："方才菊牙姑娘已经说了，这是炸薯条。"

太子："是啊，我们知道啊，炸酥条，面点而已嘛。"忽觉不对，蓦然变色。

闻老太太已经盯着他，一字字又道："炸、薯、条，红薯的薯。"

死一般的静默。

片刻后，最先爆发的竟然是德妃："什么？红薯？我宫里哪里来的红薯？"

众人原本都觉得是她和闻老太太下好的套，此刻见她神情惊怒，顿时一怔。

德妃看向那小宫女，小宫女两股战战，勉强磕头道："娘娘……奴婢不知道是什么红薯，奴婢只是在后殿园子里发现了这东西，试做了以后姐姐们都说好吃，且吃了以后，有胃病的桃夭姐姐病都好多了，奴婢便想进献给娘娘尝尝……奴婢该死！"

"种在哪里！带本宫去瞧！"

小宫女爬起来跌跌撞撞进去，德妃气势汹汹地跟着，众臣们此时隐约明白又被下了套，无可奈何地跟上去。

德胜宫招待人的前殿陈设简单，越往后却奢丽，但到了后殿，忽然一个冷清清还挂着点蛛网的殿门出现，众人都愣了愣，一看就知道这地方德妃娘娘肯定不来的。

小宫女战战兢兢推开殿门，在后殿的一个单独的小院子里，竟然也有个小小暖房，想必是以前住在这里的受宠宫妃独自开辟的。果然那小宫女说，有次腮帮肿痛，听说这后殿杂草中有药草，便进了来，然后看见这小暖房，又发现里头长了些秧苗，便偶尔去浇水，后来便收获了一些红色的块茎，一开始不敢吃，后来无意中放入炭火烤了，发现非常美味，也并无任何毒性，这才邀小姐妹们一起吃，然后进献给娘娘的。

德妃阴恻恻地道："本宫怎么不知道这里种了红薯？"

今日燕绝也在，定王殿下自从瘸腿，性情沉默阴鸷了许多，很少说话，此刻忽然笑道："娘娘不知道？一个荒废的后殿里居然也会设暖房，还一直维持着。"

这话正中要害，维持一个暖房是要铺设地下火道并维持长久燃烧的，荒废后殿怎么会一直有暖房可以用？

德妃手一伸，菊牙递上帕子，她随手擦了擦沾油的指尖，曼声道："德胜宫地方小，没别的地方设暖房，这后殿本宫不来，暖房却还是要的。定王殿下这么说可提醒本宫了，陛下，您看臣妾的宫殿如此破烂——"

她随手将擦油的帕子往地下一扔，转了眼风，笑吟吟看向皇帝。

从皇帝，到所有臣属，瞬间齐齐感到头晕目眩。

一是被美人轻颦带笑晃花了眼；二是被那话刺激得太大。

转头看那雕栏玉砌，珠宫贝阙，朱甍碧瓦，绮罗竟列，和占地几乎要接近凤坤宫的面积，众人心中齐齐掠过一个念头：您这是终于想要住进凤坤宫了吗？

这个念头令太子心中一跳，所以竟然是他把话题给转到别处，慌乱之下竟然问：“那这红薯怎么会莫名其妙出现？”

闻老太太立即接上：“是老妇在德胜宫居住时随手所种。”

她那“随手”两字咬得很重，噎得众人翻白眼。

果然这老太太直接道：“先前诸位大人认为老妇手中的薯种，可能得了特别培育，可能是文臻藏私，总之种种可能，种出来的都不能作数。但是万幸老妇是个闲不住的，在德胜宫居住的时候也种了几棵，秧苗刚发，老妇就回了府，之后再未进宫。”

她这话一说，众人都沉默，出入皇宫自有记录，这个说不得谎。而闻老太太寄居德胜宫是个人质身份，和德妃并不相得，在宫里又必定处处不便，定然谈不上对薯种精心培育，且刚种出就出宫，一个小宫女也顶多就是来浇浇水。

那么，这红薯就彻底证实了“随便养，好养活”的论调。反对派再想扯到文臻藏私种子有问题上面便显得私心卑陋。

太子觉得方才说错了话，心中不甘，半晌温和笑道：“闻老夫人所言有理。不过老夫人种出秧苗之后便回了府，想来也不知道后来红薯是如何种出来的。”

他这话暗示德妃撒谎，和闻老太太勾结合作，虽然涉及不到红薯的问题，却可以令陛下想一想燕绥和德妃的真正关系，以及德妃平日里对文臻表现出的不待见是否真实。

一旦帝王猜疑谁在做戏，那么那人便很难恢复帝王的信任。

德妃笑吟吟地踱过去，随手抓了一把已经冷掉的薯条递给太子：“给东宫润润嗓子。”

太子莫名其妙，却不得不接，手刚伸出来，就见那丽色惊人的妖妃微微俯身凑近，淡淡幽香沁人，他心中一荡，随即便听见妖妃轻声道：“你们以为红薯就种在这儿吗？”

太子心神一震。

原先以为红薯只有宫内暖房和种植园有，结果德胜宫也种了。

皇宫里另一处玩笑般的成功种植，等于一个耳光扇肿了他们的脸，也打肿了嘴。再无法牵强附会地攻讦。

那如果别处还有呢？以这两位的风格，既然防着他们到处都种，那自然选择的是种出来能打脸的所在，比如……

太子忽然看见德妃手指微翘，向东北、西北两个方向指了指。

心中有鬼的太子，脑子一炸。

那两个方向，一是凤坤宫，一是东宫。

如果凤坤宫或者东宫也发现了成功种植的红薯，那么他这个在此事上跳脚颇欢的东宫，首先就要挨冷板凳了。

陛下并不介意朝中争斗，这是帝王心术。

但他不会容忍连国计民生这样的千秋大事都被人用来构陷党争，一逞私欲。

太子闭了嘴，他一闭嘴，麾下臣子也就都缩头不语。都知道此事断断不能再纠缠了。

闻老太太却不肯停了。

她对皇帝施礼，沉静地道："陛下，已经证明红薯没有问题。至于玉米并非文臻寻回，种子也不是她管理，老妇并没有试种玉米，但是红薯的情形已经能说明其间另有玄机。宫中暖房种植失利，那几位明明很懂稼穑之术却给了蒋玄错误指导的老农很是可疑。而那几位也照管着种植园，很可能种植园秋后也没有收成。这是朝事，老妇无权置喙。老妇今日来，一是为了替红薯申冤；二是为了我那孙女向陛下求一个公道。"

皇帝眼神一凝，众人眉毛一皱。

老太婆牵着大家转了半天，从各个角度把红薯事件的各种阴谋论彻底堵死，现在要反将一军了。

皇帝正要说话，太子忽然道："闻老夫人，求公道这话，还是莫说得太早的好。虽然红薯这事，文大人可能确实无过，但是文大人更重的罪责并不在此。在本宫看来，文大人其罪有三：接旨不回，蔑视君上，此重罪一；勾结悍匪，心怀不轨，此罪二……"

第一百六十章

来自南齐的预言

“红薯这事可能文大人确实无过。但是文大人之罪并不仅仅是红薯种植失利，微臣以为，文大人其罪有三：其一，接旨不归，蔑视吾皇；其二，心怀不轨，勾结悍匪；其三，勾连大臣，诬陷东宫。”

文臻一拍桌子，挑眉怒喝：“还不速速跪下领罪！”

对面，燕绥用筷子挑着碟子里的菜，不满地睨她一眼：“有这时间编派太子，还不如去给我做几个菜，这所谓风味山珍素席只配给三两二钱吃。”

文臻笑一声，叹口气道：“我这不是担心老太太嘛。我猜她肯定上殿去揍人了，就希望她不要太用力，闪了腰。”

英文匆匆过来，听见前半句还以为文大人要担心老太太触怒陛下，听到后半句不禁摇头一笑。

这里是相邻西川的并州治下一个偏远县的酒楼。并州临近六州通衢，水陆枢纽，交通发达，往南可经过苍南州一直到和南齐静海遥遥相对的斜月海湾，往北可前往唐氏三州之地。从斜月海岸线的三千里大山斜插而过，可以直抵大燕的云雷高原。

之所以接了圣旨宁肯诈死都不回，是因为文臻发现燕绥手上的伤经久不愈。她一路求医，无论内科伤科，无论大夫多信誓旦旦说这伤不重，一定可以痊愈，但燕绥那一处看似不大的伤口，始终没有收口的迹象。

解决燕绥的问题迫在眉睫，文臻可不希望某日醒来发现燕绥失忆或者干脆拿刀砍了自己。

但天京的一切动向还是要掌控的，这几日英文和他的手下的快马，几乎把地皮都跑掉了一层。

英文讲一排纸卷放在燕绥面前看，纸卷一字排开，各种颜色标注，文臻之前还没注意过燕绥这边消息收集的细节，此刻看见不禁惊讶：“怎么这么多？天京的事儿很棘手吗？”

燕绥将红色的几个纸卷拨给她，道：“青色的是大燕的消息，黄色的是大荒的消息，紫色的是南齐的，黑色的是西番的。”

“你连别国的消息都搜集？”

“最近刚开始，自从老大开始搞事情之后。”

燕绥展开紫色的纸卷，看了一眼，嗤笑了一声。

文臻一边看天京的消息，啧啧不休，一边问：“怎么了？”

“天授大比结束了，东堂输了。”

文臻诧异地抬起头来：“天授大比？”

她记得自己隐约听说过这事，一时却想不起细节了。

旁边的英文解释：“这是咱们和南齐那边的一种比试。你也知道咱们这里天授者比较多，最初先圣武帝组建刺客组织天刺，渐渐尾大不掉，为了管束好这些天授者，殿下想方设法将之从地下转向地上，设立了天机府。后来又和南齐合议设立了天授大比，约定哪个国家连输三次，就要开放一处口岸，允许自由通商，给予最惠政策。”

文臻恍然道：“对，当初我还夸殿下年纪轻轻如此老奸巨猾来着。”

“南齐那边都是好大喜功之徒，比如他们那个人妖国公，满心以为天授大比可以占咱们的便宜，却不知道咱们天授者本就多，且经过专门训练，岂是那些南蛮子可比？”

“南齐已经连输了两次，这次再输，就要开放通商口岸了，咱们这边已经瞧好了静海城。大皇子一直带着海军驻守静海黑水峪对面的斜月海峡一带，在周边海域实力雄厚，一旦能得了静海城，就能在南齐南部打出一个缺口，未来想要以此开疆拓土，也不是不可能的事。大皇子出发的时候踌躇满志，立下军令状半年之内必定拿下静海城。”英文指指那纸卷，叹了一口气，“可惜输了，还输得很惨。带队的人统统受伤，连大皇子都受伤了。”

“怎么会输？”

“据说那边出了个厉害人物，硬生生反败为胜。”

“我们这边带队的是谁？”

“是司空昱。他身具多种能力，可见极远处，见极微处，可无远弗届……他本该是赢定了的。但是南齐有人才横空出世，那也是运气。”

文臻忽然心中一动，急忙问：“那人叫什么名字？”

谁知英文竟然道："不知。因为我们打听的重点不是天授大比的细节，而是其中出现了一个神语者，也就是擅长预言者，我们听说了一些很重要的事情，才飞马驱驰告诉殿下，否则，以往无关中枢和世家的事我们是不管的。"

文臻有点失望，又问："那对方是什么异能？有听说吗？"

"当时我们的人比较远，不过那人明显具有毁灭之能，没有武功和内力，却挥手可断一切物事。"

文臻直起的身子，顿时弯了下来，对后头的事情顿时失去了兴致。

她刚才想到了三个死党，但三个死党都没有毁灭之能。

燕绥看她一眼，他听文臻说过几个死党的事情，但文臻并没有细说过朋友的能力，文臻的反应，导致他也觉得那几位的能力想必也有限，自然不能够在这样国家级的比试中力挽狂澜。

"不想听了？"他道，"这个打听到的其中一个预言的一半可能和你有关呢。"

文臻诧异抬头。

一张纸卷铺在她面前。

"你看着那个最高的位置，可是，别想了。那不是你的，甚至不是现在那个人的，那个该坐位置的人从来都等在那里。不过他原本也没这个命，但是天降星煞，命盘推动，他的命数改了，那个流星般越空而来的少女……"

文臻骇然抬头。

虽然预言只打听到了一半，但是她已经明白了。她盯着燕绥，想看他明白了没有。

对面，燕绥眼眸里透着冷漠，似乎这上面惊世骇俗的预言，和他完全无关。

"忽然想起初见你，你便在屋顶上，奇装异服，言语古怪。你不是闻家人，你是怎么来到东堂的？"

文臻望定他，良久，忽然笑了。

"真好呢，看这预言，感觉你可以活很久，不会被毒死。"

燕绥一怔，看了她半晌，眉毛一扬，笑了。

这样一个令人心神都会崩裂的预言，她关注的竟然不是那预言中隐隐暗指的最终荣华，而是从中推断出他不会短命。

他的小蛋糕，只有他才有福品尝的宝贝。

"便是皇帝，也有短命的。"

"若皇帝真短命，那在这个预言上会体现出来。若皇帝短命，东堂必定大乱，皇子必定争夺皇位，那么最终皇位会很快落在别人身上，那预言也会变化，所以，这个预言就是说明了你会没事。"文臻信心满满。

燕绥却笑着摇摇头。

文臻观察他的神情："怎么，不想做皇帝？"

"我若想做，太子之位轮得到燕缜？"燕绥将纸卷焚毁，"只是咱们家老大要失望了。"

"这预言是对他说的？"

"嗯，神语者对咱们这边的人，只说了两个人，一个是大殿下，一个是季将军。大殿下那个预言，因为当时在场的护卫很多遭到了灭口，我们的人也只来得及传出半句话。但是季将军的相对不那么重要。"英文给她看另一张纸卷："你会拥兵百万，荣宠一时。可是天命自有定数，你的荣宠注定伴随一生，可你的一生注定很短。这是给季怀远的判词。"

文臻点了点头："小心这个季怀远。"

燕绥唇角一弯。

文臻将看完的天京消息递到火上烧了，想了一会儿，忽然道："你让祖母告御状，派出张洗马，甚至那么远的地方你都安排了，你是要搅乱天京？让朝廷和太子把注意力放到这一系列冲击中，从而不能及时得到关于这个预言的消息？"

这个预言对她极为不利，一旦被人查出她就是这个所谓扭转命盘的少女，她就要陷入狗血的"得文臻者得天下"的命运。

"可惜老大知道了。虽然老大一定不会将这个消息放出来，但是也一定不会放过你。何况这个预言的另一半是什么，我也很想知道。"燕绥忽然笑道，"蛋糕儿，我们绕个道，去斜月海峡把老大解决了吧？"

"为什么？不过一个预言，大皇子也对我还没有所动作，就直接对他下手？咱们还是不要节外生枝了吧？"

"没有动作吗？"燕绥摇摇头，给她看一张纸卷，"咱们离开共济盟没多久，就有很多陌生人进了五峰山范围，也在搜寻咱们，英文他们查过了，对方身上虽然没有任何标记，但是肤色黧黑，身上有股散不掉的鱼腥味，脚掌特别宽大，下盘坚实，显然是常年海上作战的水军出身。老大可能已经在怀疑你的身份。既然他派人来找你，紧跟着阴魂不散有点烦，那我们调转去找他算了。"

文臻皱皱眉。

"斜月海峡那边，老大一定不甘心失去静海受到惩罚，咱们就快和南齐开战了。"燕绥淡淡道，"巧得很，听说南齐静海新任总督就是那位天授大比中的力挽狂澜者。"

文臻"哦"了一声。

"那就走吧。"燕绥长身而起。

文臻愕然睁眼："现在就去？大皇子是皇子，你还真能杀他？再说你的伤也最好不要再耽搁了。"

"只要对你存在不利，就该早点掐灭。不一定要杀，但也一定要他打消任何心思。"燕绥慢慢地戴上一只手套，那是只非常细腻宛如真实皮肤的手套，能遮住他不能痊愈的伤口，"本来可以尝试把这事交给季怀远，但是这个预言说明季怀远也未必可信，那就需要我亲自去一趟了。"

"而且我听说了一件事，大燕冀北柳家，祖先曾经游历天下，在南齐静海蓝湾遇过海盗，得救后收了救命恩人的孩子做徒弟，在南齐留下了自己的传承。方人和就是这一脉的记名弟子。据说这一脉的弟子在经脉气血治疗上颇有独到之处，倒可以给你看看体内经脉现在如何了，方人和毕竟只是个记名弟子，当初教你的那个法子又太过霸道。如今绕道一趟，如果顺便能把那位隐世名医请出山，给父皇瞧瞧，想必就算给老大吃了点苦头，也差不多能抵消了。"

文臻一听这个打算，便不说话了，这是燕绥的孝心，谁也不好置喙。

只是她隐约觉得最后这句话里有些什么，转头去看燕绥神情，却没发现什么异常。

她一点也不想莫名其妙地和皇位扯上关系，皇权有什么好？承天下治江山，经人间至烦至苦，幸福安宁都是奢求。

她想做权臣，不然做厨娘也行。

就她看来，燕绥也不适合做皇帝，他太随心所欲，对尘世的羁绊感太淡，这样的人要他夙夜匪懈，为国事操劳，听着都觉得不靠谱。

两人相携着向外走，隐约有谈话声传来。

"其余几国有什么新闻啊？"

"什么叫新闻？轶事吗？大燕是我们下一个要去的目标，我打算从尧国进大燕冀北，听说尧国新采出了祖母绿矿，还是上好的六芒祖母绿，路过的时候给你抢一些来。不过咱们得快一点，不然说不定尧国就打仗了，道路封锁，抢钱不利啊。"

"怎么好端端就打仗了？"

"撞到祖母绿大运的是步湛他爹，这位本就有钱有实力也有野心，不出一年，一定会试图染指皇位。"

"那步湛将来岂不是尧国皇太子？这次借道尧国可以看看故人啊，顺便还可以多借一点盘缠。"

"看他做甚？想他了？"

"哟，怎么闻着一股酸味儿，正好回去配蟹吃。"

"他啊，也配？这个皇子，我看他没这个命。"

“这好像还是在酸啊殿下。”

“你知不知道尧国的镇国公主？步夷安是个人物，当年实际掌控尧国的铁血公主，扶立弟弟后被皇室逼嫁大燕冀北王。但据我所知，这么多年，她对尧国的暗中渗透并没有停止。华昌郡王不反便罢，一旦反了，步夷安绝不会坐视。”

“终究是女性啊，还远嫁了，再回国干涉内政也不方便了吧？”

“以她在尧国的威望地位，华昌郡王不会让她回国。但是我觉得，她一定有办法回去，而这两人对上的时候，就是尧国战火燃起之时。”

“那咱们得加紧了。那依你看，真要打起来，谁会赢？对整个大陆局势会有影响不？”

“谁会赢，要看大燕怎么出手。大燕皇室代代皇帝似乎都有怪病，容易早死，因此对藩镇十分警惕，我猜他们早有削藩之意，就是不知道会在尧国生乱之前还是之后削冀北藩。大燕如果趁机吞并了尧国，再收拢云雷，我东堂便要腹背受敌，或者该给他们找点麻烦，比如去柳家的时候，顺便把大燕目前颇受器重的皇太孙请去喝喝茶……”

“殿下，在人家地盘上，想着把主人掳走喝茶，您的胆子有宇宙那么大吗？”

“宇宙又是什么？你不要总说怪话，不然我总想起那个鬼里鬼气的预言，什么天降星煞，越空而来……以为你是扫把星吗？”

“哈哈哈那叫哈雷彗星！”

“说到扫把星，还有件新闻。大荒那个野蛮之地，去年也有个天降女王的传闻。他们的国师起了祭坛，一个女子一屁股坐碎了祭坛，国师便说那就是命定女王，当真继位了。”

“这么荒唐？不会是有心人设计，以女王为傀儡吧。”

“你跟在我身边真是越来越聪明了。宫胤那个冰块心高气傲，双膝岂会跪寻常女子？”

“唉，那女王，可真是可怜……”

第一百六十一章

刺驾

文臻和燕绥行万里路一路逍遥算计，金銮殿上还在继续争吵。

迎着众人惊异的目光，太子心中暗暗叹息，他素来要做贤王，不喜出头，如今事涉西川，他是当事人，不得不跳出来打头，心里郁闷得很。

但随着老三和文臻功勋越来越大，越来越碍事，他总得抬起脚，将那拦路石头给踢掉的。

他从袖子里抽出一封文书，呈给皇帝。

“这是儿臣收到的一封证词。来自共济盟原匪首之一屠绝，称文臻得共济盟大当家萧离风邀请上山，时常与几位当家来往密议，参加共济盟上天梯比试夺取护法位，更曾给西川刺史易铭之姑母易慧娘治病，且在易铭和唐羡之上山时与其密会……种种般般，都显出文臻动机不纯，说是潜伏共济盟为卧底，但并无任何对共济盟不利之举，儿臣领兵剿匪，也未曾得文大人提供任何线索……甚至在剿匪当夜，文大人明明在山上，随即离奇失踪，并将其居处炸毁，儿臣怀疑，文大人此举为消灭证据，很可能她当夜曾对剿匪大军出手，且救走了共济盟的零散匪徒。”

太子捏了捏手中纸卷，他不敢说文臻带走的几乎是全部的共济盟的精锐，那样会减弱他的功劳。

他也不敢说共济盟剿匪的后续——易铭给他来了信，说共济盟的各地分坛一夜之间走空，明明之前有被严密监视，结果走得让人猝不及防，易铭在信中提出，剿匪定然未尽除，共济盟精锐力量未曾受损，否则不能如此顺利撤出西川。

太子心中暗恨。这一手，坑的何止是易铭，还有他。

易铭来信就是暗示他，这是他的把柄。他在回京之前，就已经派人在朝中、民间将自己这次的丰功伟绩大书特书，传得天下皆知，如果给朝中知道所谓的剿匪，只剿灭了五峰山上一些小毛贼，对共济盟真正实力丝毫无损，他这个太子位恐怕就要坐不稳了。

但是现在已经顾不得考虑被易铭钳制的可能，他得打起精神来，无论如何也要把文臻给打下去。让她要么回京问罪，要么永远不敢回京。

想起那辆马车里关着的两个人，他的心微微定了些。

群臣此时神情惊骇。太子话虽然说得温和，但其间意味不言而明。文大人在共济盟事件中涉及的已经不是无所作为的问题，还涉嫌和匪徒勾结，甚至还可能和易家、唐家，都有勾连！

唐季易三家，虽然还没和朝廷撕破脸，但是等同外藩，朝臣不可与外藩结交是铁例，但凡擦着点边，不死也要脱层皮。

皇帝接了那证词，看了一遍，又递给李相、姚太尉和尚书令等几人，几人看完都神色凝重。

李相出身寒门，对文臻最有好感，沉吟道："此等指控太过骇人听闻，口说无凭。"

太子立即道："还有人证。请父皇移驾承乾宫并传证人。"

皇帝看了他一眼，太子迎上他目光，只觉得那眼神颇有些奇怪，微微一怔。

随即他听见皇帝道："传。"

"传证人——"

正阳门外的黑色马车，被旗手卫里三层外三层地看守着。

这辆马车一直不许任何人接近，只是在快要驶到正阳门的时候，和一个官员的车马不小心撞在了一起，也并没有起纷争，对方一看旗手卫出示的东宫标志，立即连连道歉，让开道路。

所以也就没人看见，两辆马车撞在一起的那刹，马车之下有一团非常小的黑影掠过。

旗手卫非常小心，撞车后便检查了一遍车子，但是没有查看车底。

为了防止有人在车底作祟，这马车是特制的，底部特别矮，正常人根本不能进入。

马车里两个人，一人神色镇定，一人面带惊惶。

神色镇定的屠绝，松松垮垮戴着个镣铐，打量着对面面色惊惶的小丫鬟。

听说是文臻的贴身侍女，太子在剿灭共济盟的那天夜里抓获的，经过一番威胁利诱，成功取得这女子的口供，便与他一起，送到天京做证。

至于他自己自然也是唐家与太子交易的一环，他出卖共济盟之后下山，本想回归唐家，却中途得公子之令，要他装作被太子俘虏，上京为太子作证，扳倒文臻和燕绥。做证后自然不会要他性命，会在大牢中寻找死囚替死，而他金蝉脱壳回到川北，之后自然会得到公子厚赏。

至于公子和太子交易，太子自然也应有所回报。具体的他不清楚，只隐约听说了公子有和太子提及，临近横水南部的中原腹地，湖州的刺史一职希望太子在人选上用用心。

唐家世代掌控川北、横水、定阳三州，这些年也没少往周边州县渗透，只是刺史这样的位置终究非唐家所能操控。屠绝觉得公子所求定然不小，不管因为什么要掌握湖州刺史，只要此事能成，他就是功臣，功劳远非拿下共济盟可比。

屠绝想到这里，不禁有些唏嘘，公子对那文大人明明有情，却反手就毫不犹豫地把她卖了，这份心性果然是成大事者。

屠绝在心底将自己马上要说的话细细想了一遍，鄙视地瞟了对面小丫头一眼，将目光转了过去。

为奴者忠心乃第一要务，他屠绝虽然没做过几件好事，但对公子忠心耿耿，这小丫头深受主恩，却背主求荣，真是不屑多看一眼。

虽然要做的事是一样的，但屠绝依旧不齿这女子的为人。更何况，他在出发之前，公子特地派人嘱咐他，如果遇上了文臻或者燕绥的人万万不可理会，最好能避多远就避多远。

屠绝虽然尊敬公子，但对这话也不敢苟同，宜王和文大人这样的人，要避着也罢了，怎么他们身边一个小丫鬟也要他退避三舍？他本身是唐家武比选出来的高手，还是智计出众掌控共济盟多年的最高护法，用得着避个小丫头？

公子也太长他人志气灭自己威风了！

不过还是小心为上，他不用避着这丫头，让这丫头自己不敢靠近不就得了？

听说文臻善用毒，她的贴身丫鬟可能也会这一手，倒是要防着些。

马车忽然一晃，坐在对面的小丫头一个不稳，便往他身上倒，屠绝盯着她的手，果然看见她留着指甲的手指轻轻一弹——

屠绝一脚就把她蹬开去，撞在车壁上“砰”的一声响。

车顶上簌簌落下无数灰尘，呛得屠绝直咳嗽。

车门猛地被拉开，旗手卫警觉地探了进来，屠绝皱眉指着那小丫头：“检查她的指甲！”

护送的旗手卫都是太子亲信，知道他的身份，二话不说拉起那丫头检查。

原本就已经仔细搜查过，毕竟燕绥文臻凶名在外，他们的身边人也没人敢掉以轻心。这姑娘连头发都被散开检查过并再三洗过，浑身上下，连根头发都藏不住。

指甲再检查一遍，并没有问题，屠绝有点悻悻的，但依旧不改疑心，道：“还是把她另行看守吧，省得看着碍眼。”

旗手卫便另外赶了辆车过来，将那女子押了上去。屠绝这才安心，挥手驱去不散的烟尘，闭目养神。

再睁开眼时，他眼眸一片血红。

等皇帝率领大臣们回到承乾宫时，两名证人已经在殿前等候。

太子向皇帝禀告两名证人的身份：“一人是共济盟的至高护法屠绝，他亲眼见证文臻化名扈三娘，在五峰山上的可疑行径。另一人是文大人的贴身侍女采桑，她陪同文臻在五峰山飞流峰居住多日，其间燕绥也曾上山，并陪同文臻上天梯。”

之前太子一直避开谈论燕绥，此刻忽然说出这句话，众臣心中都一紧。

都知道太子攻讦文臻的真正目的是要将燕绥打落尘埃，现在既然敢这么说，自然是这两位必将给出非常有力的证据。

“宣。”

屠绝上殿来，一步一步走得非常稳当，眼睛微垂着看着地面，像是在思索着什么。太子站在他正前方，语气平静：“屠绝，将你所知一切，御前细细道来。”

屠绝直挺挺站着，盯着御座上头发苍白、荏弱的皇帝，那眼神颇为侵犯，众臣都皱眉，但也更加相信了屠绝不听教化的匪首身份。

押送他的已经换成金吾卫，喝道：“狂徒，竟敢见君不跪！”一脚踹在屠绝膝窝。

这一踹，像是开启了某个机关，屠绝忽然狂叫一声，向前猛扑。

他蹿起时像平地起了龙卷风，锁链乱响，太子站在他正前方，一抬眼心神俱裂，下意识拔腿就逃，狂叫：“救命！救命！”

他跑开时觉得有什么不对劲，一眼忽然看见一名门下官员，正拼命对他打眼色，太子心中电光一闪，此时才想起皇帝就在自己身后，自己如果逃开，就等于让陛下直面刺客，别说受伤，便是受了惊吓，也是百死莫赎。

而他带来的证人忽然刺驾，那他又怎么能说得清楚?

不能跑!

不仅不能跑，还应该勇猛冲上，冒着受伤的危险，也要将这老东西拦住!

就算拦不住，他如此奋勇，也能洗清嫌疑!

电光石火间太子脚跟一旋，脚步转回，大喝：“恶贼竟敢伪装证人刺驾——”向屠绝扑了过去。

忽然一片黑影向他当头砸下，风声急促，转过去的脚退了两步。黑影砸在他的脚尖，他的脸瞬间就扭曲了。

再看一眼砸到他的东西，太子脑中又是轰然一声。

那竟然是屠绝身上的锁链，在他飞起的瞬间掉落的。

太子惊恐地想，这下糟了，为了表示对屠绝的体谅，锁链锁得很松，这下就光是锁链掉落，他就要说不清了。

但是他一抬头，发现更惊恐的事还在后头。

屠绝顺利冲过他身边，向着御座上的皇帝去了。

他并没有高喊什么昏君拿命来，他的所有动作凶猛悍然，脸上表情却非常扭曲，眼神透着恐惧和绝望，像是被人忽然装了另外一个灵魂，在那个灵魂驱使下做出自己死也不敢做的事情来。

而此时大殿之上一片混乱，群臣惊呼的惊呼，逃跑的逃跑，守在殿门口的卫士狂扑而来，却被混乱的朝臣给拦住道路。最前面几个都是老臣，李相扑过来想救人，却一口气没喘过来差点晕了，姚太尉和鼎国公两人情急之下向前扑，却因为几个臣子的慌乱撞在一起，姚太尉怒骂："老货让路！"一把抓起鼎国公的玉佩就向屠绝砸去。

鼎国公痛呼："我的千年翠山玉！"怒极之下干脆抓起姚太尉，大喝，"把老姚砸了出去。"

老姚气得在半空中生生吐了一口血。

皇帝惊恐的眼眸倒映屠绝怒鹰般扑来的身形。

屠绝已经踏上最后一层玉阶。

玉阶上有人眉毛一抬。

忽然一个物体砸在屠绝后脑上，随即又是一样东西砸在同样的位置，这回这棍状玩意砸在了屠绝后脑骨上。屠绝晃了晃，身子僵在了台阶上，他勉力想回望一眼，看看谁还能在这样慌乱的时刻这般准确地出手，然后他对上了一双眸子混沌神情却坚毅的脸。

是一个老太太。

为什么是一个老太太？

这是屠绝倒下去之前最后的一个念头。

第一百六十二章

只有眼前人最重要

大海湛蓝如镜，白云之下是一艘艘形色各异的大船，飘着各家标志的七彩旗帜，犁开波浪，划出一道道长长的白色印痕。

这是从海外归国的各地商船，从斜月海域穿过，一部分船会回到东堂的黎州斜月港，一部分则属于南齐的商船，会穿过这片海域，回到南齐的静海港。

这批商船并没有很多，因为今年下半年，南齐和东堂这一处遥遥相对的海域，海盗猖獗，两边海军摩擦不断，随着南齐最大的海上霸主海鲨及其势力被铲除，以及天授大比东堂方的失利，大皇子安王殿下的半年内拿下静海的计划流产了。因此，两天前，东堂海军悄然绕过海峡，抵达南齐蓝湾，在黑水峪和南齐发生了一场大战，击沉了南齐一艘战舰，获得了初战的胜利。

也因此，这一批经过斜月海域的商船等于要穿过两层炮火才有可能回家。

一艘中等大小的南齐商船上，船主正用一支洋外的远目镜看着前方，两筒圆圆的视野中依稀可以看见前方不远处一片黑色。

船主放下远目镜，忧愁地叹了口气。

船上另一个方向，文臻也在眺望海面，燕绥随手拈着她的头发把玩，道：“看到了什么？”

文臻叹了口气：“船，军船，将前方封锁了。这一队商船，很可能暂时回不了家了。”

燕绥不以为意地一笑，此时看见军船并不奇怪，黑水峪发生战事，若是以前他会有兴趣凑个热闹，此刻却不想带文臻去战场这种危险之处。

这些南齐商船途经东堂港口的时候会趁机停一下，卖上一些货。东堂建州港以前就是舶来品集散地。所以哪怕双方在打仗，按照规矩，东堂方面也不会为难这些南齐远洋商船。

如今沿海一线已经实行战时管制，燕绥和文臻现在不宜暴露身份，两人便买通了南齐商船上的人，在建州港以捎带一程为名上了船，打算跟着商船到斜月海峡，传说中的医家在那附近。

南齐东堂有了战事，南齐船再让东堂人上船就存在风险，不过燕绥银子使得足，船主无法抗拒。只是船上人因此都对文臻燕绥十分戒备，有时候他们讨论两边战事，文臻走过去想听听，这些人就立刻闭嘴，再加上这几日商船被盘查得非常紧，如今看南齐那边也设立了封锁线，想要过去，就不能再跟着商船了。

两人还没说几句，又有军船靠近，旗语打亮，要求检查。

船主叹着气把搭板放下，那一队东堂军士搜查了很久，又命所有人站到甲板上，对着上报的名单再次查核人数，好在这船上本就有两个人在建州港生病滞留，文臻和燕绥正好顶了两人的名额，那群士兵搜寻无果，便匆匆离开，去下一艘船只了。

文臻看着那艘军船离去，道："他们在找人。"

这些人并不查看货箱，倒是对人数非常着紧，显然目标是人。

"刚刚发生过海战，应该有对方将领落海。海军自然不会放过。"

文臻对战争存在天生的厌恶感，又怕燕绥这个爱作祟的家伙跑去搅事，生怕讨论多了，引起他的兴趣插上一脚，干脆对远方海峡的战事一句不问，也不接这话。

天色将暮，晚霞在天际抹开七彩，霞光后日色隐隐，镀了一层闪亮的金边，而船侧半天艳红如火，半天湛蓝如水，景致绮丽斑斓。

文臻忽然想起在现代时看过的某著名大片，骗了很多无知少女眼泪的那部，再一转头看见船头正前方的桅杆，来了兴致，拉了燕绥道："来，我们来泰坦尼克一下。"

"什么？"燕绥皱眉，他就不爱听她的各种怪话，总觉得每次她说这些的时候便仿佛和他隔了一个时空，那个时空里没有他和东堂，是一片令人不安的空白。

他睥睨东堂，万事尽在掌握之中，对于"无知"和"失控"有天生的反感。

文臻拉着他飞身而起，衣袂在风中一荡，张开双臂，迎着壮丽的晚霞和海风。

燕绥自然而然地在她身后抱住了她的腰。

文臻的发被海风吹荡，拂在他面上，滑润如缎，隐隐透着花和乳交织的奇异香气，燕绥微微偏头，贴住她的颊侧，霞光映在他乌黑的眉睫，他眼底的只有她含笑的唇。

海风鼓荡更烈，文臻衣袖兜满了微湿的风。

高处见天际幽远深邃，沧海似要蔓延至天尽头，天尽头一线深黑处，却有月色悄然探头。

阔大而静寂，浩然而永恒，像看见天宇之外不断炸开行星星火，千万年宇宙却恒定如初。

“原来，当年杰克和露丝看见的是这样的景色。”

“杰克和露丝是谁？”

“是一对苦情人。”文臻把那个凄美的故事说给燕绥听，末了不怀好意地问他，“如果落水的是我和你爹，而你只来得及救一人，你救谁？”

燕绥稍稍沉默，道：“我爹会水。”

“那就是救我？”

“你也会水。”

“嗯？”

“我不会水，所以问题来了。”燕绥问，“如果闻老太太和我同时落水，你救谁？”

文臻：“……”

她只好再次岔开话题：“这个故事你都不感动吗？当年可是骗了我们寝室两个人很多眼泪呢。”

“那两个人中一定没有你。”

“哦？为什么？在你眼里我是这么铁石心肠的人哦？”

“不是铁石心肠，而是你不会相信。我敢说你当时听这个故事的时候一定在想，露丝好像有点不厚道啊，一边享受着有钱未婚夫的资助和厚待，一边和漂亮穷小子眉来眼去，是不是有点自私？还是她谈不上有多真心，只是被未婚夫管束太过想要寻一点浪漫？你说不定也会分析杰克的心理，一个美貌的富家小姐，一段船上的浪漫奇遇，听起来好像也没几分靠谱。”

文臻听着听着就笑了，闭着眼睛将脑袋搁在他肩膀上：“你倒是了解我啊。”

“这不是碰壁多了摸索出来的吗？”燕绥的语气听起来竟然有些像怨妇。

文臻转头看他：“碰壁？你？殿下你是不是记忆发生错乱了？”

“没有吗？”

“有吗？我待殿下不是一直笑脸迎人，百依百顺吗？”

“你对谁不是笑脸迎人，百依百顺？我问你，当初你研制新菜的时候，内侍总管老孙送来的新品种调料，你为什么不用？”

“孙总管我又不认识，他送来的东西我怎么敢随便要……等等，难道这些不是孙总管送的？”

“有次你被烫伤了手，晴明给你一支药膏，你为什么不收？”

“我当时已经用过药了啊，效果很好，干吗还拿人家的……等等……”

“有一次膳房拨给你一批苍南州的野味，你为什么说不会烹调野味？”

“那些野味我都不认识，而且野味多病菌，也不知道能不能处理好，皇宫大内，我怎么敢把那些东西随便拾掇，这万一吃出什么问题……等等那也是……”

“有次皇后要你做药膳，你按照太医院请的脉案做了，要送去的时候，却有人提醒你那脉案不大对，按照那个脉案做出来的药膳，皇后很可能吃了会出现不适，然后给你提供了正确的脉案，这事你肯定不记得了。”

“我记得！我后来还寻找过那位侍卫，但是皇宫那么大，一时也无处去寻，我还奇怪呢，一个路过巡逻的护卫是怎么看出我盖着盖子的药膳不对的……等等又是……”

文臻瞠目结舌地看着燕绥。

殿下的眼眸中明明白白写着“你无情，你无义，你忽视我的感情，你就是个虚伪的玩弄我感情的女子”。

这些事情都是他做的？

那段时间她在宫中大展身手，新菜不断，全心全意为皇帝调理胃口的时候，没少暗中腹诽宜王殿下，一天三顿来蹭饭，还挑三拣四，没少给她添麻烦。

但是此时想起来，却忽然发觉，那段时间对于一个刚进宫，没有根基没有靠山，又火箭一般迅速获得帝王宠爱的女官来说，日子似乎太顺利了些？

没有攻击，没有陷害，就连排挤嘲讽都很少，还经常遇见各种好意，比如那个眼睛长在头顶的皇帝近伺小太监晴明居然会好心地因为她烫了手指而给药，她当时怎么就那么傻没有多想一想呢？

随即她又“扑哧”一声笑了起来。

难怪她后来被殿下似有若无的追求时还觉得有些突兀，因此有点抗拒，现在想来，在燕绥自己看来，他可是示好无数次，是她不解风情。

“怎么样，感动了没？”燕绥把下巴搁在她肩上，声音因此显得低沉几分，分外动人。

文臻笑眯眯捋了一把他的发，声音拖得长长：“就算这些是你做的，还不都是为了自己的口腹之欲？毕竟我这个厨娘倒霉了，可没人给你开小灶。”

“真是无情无义的女人啊。”燕绥叹息，“行，你说我是为了口腹之欲，那就先满足我的口腹之欲吧。”

长风之下，桅杆之上，泰坦尼克经典姿势已不见，只能隐约看见燕绥飘起的宽大的锦袍，一只海鸥落在桅杆不远的甲板上，偏了头。

好半晌，文臻才气喘吁吁地抬起头来，只觉得脸颊发热，嗅见他的气息还是忍不住深呼吸，抚着他的肌肤还是心间痒痒，嘴上说着不要，身体无比诚实。

燕绥一手依然搂紧她，另一只手的手指忽然一弹，那只偷窥的海鸥忽然发出一声凄厉的尖鸣，随即向后倒飞落入大海。

这煞风景的一幕令文臻一怔，抬头看燕绥眼睛时，却只看见一抹淡漠眼光。

她忍不住皱眉，道："一只什么都不懂的鸟，何必弄死？"

燕绥怔了怔，眼里迷茫的光一闪而过，随即淡淡道："死便死了。"

文臻凝视着那蓬未散的血雨，心中再次后悔不该绕道。

燕绥在改变。

以前的他根本不会有这样暴戾的反应。

这一路来，她已经隐隐有一丝感觉，燕绥在很多事的处理上越发的狠，倒有点像两人见面之初的感觉，人间气息渐渐淡去，那种已经消失了一阵的空无感又来了。

和这次受伤始终不能愈有关，还是和他体内的毒逼近发作期有关？

文臻回想起她第一次听说燕绥名号的时候，那时大家对于宜王殿下的描述，就像现在这样给人感觉他会越来越暴戾，越来越冷酷，越来越反人类。

她对此没有什么好办法，只能尽快去找名医，并越来越温柔，想用儿女情感拉回他。

她轻轻抚着他的眉端："你现在已经不是以前的你，你已经有了我。我们是要相守一生，生儿育女的。所以将来你会有更多牵绊，有更多在乎你，爱你的人。所以请你记住，任何时候做任何事，请多想想我，想想未来，想想还有更多美好的日子在等候。对这个世界多点温柔，好不好？"

燕绥抬手捏了捏她的两腮。

她凑上去，脸颊贴着他脸颊："我香吗？我暖吗？"

燕绥也贴了贴她："嗯。"

"当你心中有恶时，当你心情冰冷时，当你想把全世界都踏在脚下时，你便记得这一刻我的香和暖吧。"

燕绥抬起手抱紧了她。

文臻在他耳边轻笑："那些都不算什么。只有眼前人最重要是不是？你日后，每听了我一次话，饶过一个该饶的人，救了一个该救的人，我就奖励你，怎么样？"

燕绥："成。"

牺牲巨大的文姑娘一脸壮士断腕的神情，点了点头。

眼看风有些大，她便准备下桅杆，忽然目光一凝，看见远处海浪间有沉浮的小点。

“有人落水，救人！”她一溜烟下了桅杆，就要招呼水手，船主忽然放下远目镜，快步过来拦住她：“等等，不能救！”

第一百六十三章

你们家主是谁

文臻诧异地看着他。海上船只遇见落海者，救人是规矩，毕竟谁都有落难的时候。

“不能救，方才的军船你看见没？那个方向是先前黑水峪大战处，落水的肯定是士兵，东堂人是敌人，我们没必要救，南齐人……东堂军队查这么紧，一旦我们被发现窝藏南齐士兵将领，全船的人都活不了！”

“那就眼睁睁看着人死？”文臻眼力好，已经看见海中浮沉的是一男一女，男子似乎已经昏迷，露出海面的肩膀上有一个血肉模糊的洞，显然是被炸伤的，女子则正拖着他在海中挣扎。

文臻明白船主的难处，海里求生的人的命是命，船上几十人的命也是命，只是不知怎的，那女子拖着男子海中挣扎的一幕触动了她，她做不到视而不见。

船主很警惕地盯着她，又看着上头还没下来的燕绥，水手们也聚拢来，文臻并不想在这些不相干的人面前显露武功，引发麻烦，正思考着，忽见上头燕绥手指一弹。

文臻心中一动，退后一步，呵呵笑道：“你说的有道理，不救便不救。”

船主松了口气，文臻又道：“但是上天有好生之德，如果人家自己能靠近这船，你们再不给人救上来就不大好了哟，小心海神娘娘降怒。”

那船主看看那两人挣扎的距离，笑了笑，心想天黑浪急，这距离似近实远，那两人又受了伤，便是神仙也游不过来，便慷慨地道：“那是自然！”

船主放心地带着水手下船舱去了，文臻抬头看，燕绥在桅杆上，弯起手指，一只手比了个圆，一只手摊平，做了个手势。

文臻瞪着眼睛看了半天，忽然明白过来。

没多久，船舷边海波翻涌，又有人声嘈杂而去，随即文臻听见水手惊呼：“有人爬上船来了！”

文臻过去，果然看见那一男一女筋疲力尽，湿淋淋地坐在甲板上，女子身上还缠着一根无比粗壮的海带。

有催熟高手燕绥在，这满海里都是可以救人的工具。

那男女两人精神萎靡，男子苍白瘦弱，水蛇腰长条脸，女子面容倒算清秀，神情坚毅平静，文臻一看她那神情，不知怎的便觉得亲切。

像某个故人。

此时船上商客们赶来，倒有不少人怕惹祸上身反对救人的，那男子晕迷了过去，女子一言不发，勉强支起身子，背起男子，看那样子，竟然打算背着男子再下海去。

船主也匆匆赶来，燕绥看一眼文臻，手指连弹了三次，船主在舷梯上，连着摔了三跤。

等他终于赶到面前，已经心惊胆战，还没说话，正遇上笑吟吟的文臻，对着上头一指，以示神明在上，小心天谴。

船主脸色连变，最终上前，道：“既然已经上了船，还能逼人再下去不成？终归是两条人命，两位先留下养伤吧，且在底舱待着，万万不要上来便是。”

众人还有些不愿，忽然有人道：“你们看他们腰上……”

大家目光转过去，脸色顿时微变，文臻也好奇地看过去，视线却被遮掩，她上前一步想看的时候，那女子忽然拔刀，一刀割断自己和同伴身上的腰佩，转手抛进了海中。

这明显是被人发现了身份，为了遮掩销毁物证了。文臻怕马上就会爆发冲突，上前一步要护在那女子身前，谁知道那些刚才还十分抗拒的海商们对视一眼，忽然便换了脸色语气，十分殷勤地涌上来。

“快，快把人抬下去！”

“派人去底舱先收拾一处干净地方来！底舱太腌臜了！”

“我去准备吃食和伤药，另外去传船上大夫！”

“来，来，慢点，小心！”

文臻目瞪口呆地看着众人众星捧月地把这两人送下了甲板，十分殷勤地抢着安排一切，商量如果东堂军船再来查该如何遮掩，又互相告诫保守秘密万万不可说漏嘴，讨论得十分热火朝天。

她忽然感觉这世界非常魔幻。在她看来，这两人武功不弱，可也不强，气质虽然不差，但明显也不会是什么高贵出身，行动举止之间倒有些从属家将的味道，如何会得人这般尊敬？

但是她一走近试图打听，这些海商水手就停止了讨论，各自散开，文臻知道他们是警惕自己外来人的身份。

一直等到吃完晚饭，众人休息，文臻带了一些药出了舱，早有潜伏的英文给她指示了那两人在底舱的位置。

那是一间不大的屋子，虚掩着，门缝里透出一点光来。

里头两人在说话，文臻毫无声息地站在最后一层阶梯上静听。

“不知道大人会不会封锁海域，如果这些商船不能及时回去，那咱们也要滞留海上，大人如果以为我们已经……”

“我现在就希望小佳争气一点，不要被咱们的失踪吓到，回去告诉大人，惊扰了大人……”

“战事失利，大人是一定会知道的。我只希望咱们的消息传回去的时候，不要正好逢上大人生……”

那有些沙哑滞重的女声，似乎惊觉自己说了不该说的话，自己停住了口，文臻在黑暗中皱起了眉头。

生什么？

这两人果然是南齐将领，但是南齐将领的顶头上司，自然也要参与战事，怎么听这两人口气，这位大人并没有上战场，甚至这两人还不希望惊扰他？

这说的不会是生产吧？

文臻下底舱，自己都不知道是为了什么，仿佛冥冥中有什么在促使着她，总想从这两人身上探听出一些消息，然而此刻听着这些，又觉得兴味索然。

她和燕绥不打算靠近战争区域，也绝不会插手，对方两个将领关她什么事。

不想再听，她弯身准备放下药丸就走，刚刚起身，劲风扑面，冷光耀眼。

她一惊却不乱，肩膀一低，整个人已经游鱼般撞入了对方怀中，与此同时手腕一托手指一旋，那砍下的刀锋便在指尖一转，狠狠打在了对方额头上。

一声闷哼，那人捂着流血的额头踉跄后退，果然是那个女将。

文臻笑眯眯看着她，心中却起了恶感。这人不问缘由便下杀手，也真辜负了她一番相救。

她不想多说，指了指小袋子装的药丸，笑道：“你两人被火炮所伤，还受了刀剑之伤，那刀上还有毒，我送你们几颗更好的毒药，可以死得更快一些，免得那毒发作时太痛苦……不谢，再见。”

她转身就走，并不理会那两人怎么想。回到舱房，燕绥正在灯下看信，见她来了，抬头笑道：“季怀远知道我来了，来信请我一叙。已经派了船来，明早咱们便换船……

你方才去做甚了？”

“没什么，看出那两人身上有毒，去送解药，结果好心被当驴肝肺了。”

“人家是南齐将领，你却穿着东堂服饰，对你拔刀相向才是正理。要记得你为了这两人答应过我的事哦。”

“哼，我现在就把你给推海里去！”

笑闹声渐歇。

燕绥修长的手指穿过文臻的长发，贪恋着她肌肤的柔腻，两人都流了汗，肌肤在黑暗中莹润生光，他的眼眸亦熠熠生光，燃烧着自己都不能理解的狂热的欲望，他素日其实是个淡漠的人，便是正当青春年华，虽说不上清心寡欲，但对于男女之事也无多少执念。他曾以为自己便是一辈子不近女色，也没什么奇怪的。

然后他至此时方才得知，原来人间欢乐还有这一种。

天色将明的时候，文臻躺在床上，呆呆地看着殿顶，轻轻地抚了抚自己的小腹。

她偏头看了看燕绥，其实自从找方人和诊了脉，她就很少和燕绥亲近，怕引发他的毒性，虽然她对方人和的说法有怀疑，但是小心终究无大错。

日头还没出，她悄悄走上长廊，对着海风伸展身体，月影镀上一层淡淡的银光。

文臻体力惊人，换成寻常女子，此刻已经爬不起身，但对于她来说，也就是有点酸痛而已。

今天就要下船，去季怀远那里探探口风，顺便寻访一下那个大夫。

文臻正准备回去收拾行李，忽然听见身后轻轻的脚步声，转头一看，是那个得救的南齐女将。

文臻一看她便知道她已经吃了药，解了毒，眼眸不由弯起。

她的笑容素来以甜蜜著称，让人一见就很容易心生好感，果然那女子原本有些绷紧的肩微微松了些。

文臻甜甜地道：“姐姐体质真是强健，这么快就能起身啦？”

那女子仿佛对她的自来熟不大能适应，抿了抿唇才道：“还没多谢姑娘赠药之恩。”

说着深深施了一礼。

文臻摆摆手，笑道：“小意思，小意思啦。不过我还以为你们不会吃呢。”

那女子犹豫了一下，道：“家主教过我们，当我们落难时，说好话的未必是好心，出恶言的也未必一定要害人。如果到了绝境时，在立即死和可能会死之间，宁可选择可能会死。我瞧着姑娘对我等并无恶意，遂冒险一试。”

文臻从身上摸出两包瓜子，随手扔了一包给她，道：“你们家主听起来倒是个人物。”

“家主是这世上最优秀的人。”女子接住瓜子，却没有拆开，紧紧捏在手中。

文臻回头，看见她眉宇间的坚定之态，显然这女子是全心全意这么认为。

文臻笑而不语。

她心中忽然一动，试探地道：“我昨晚好像听见说……”

女子忽然背脊一挺，目光一厉，文臻清晰地看见她手中的瓜子纸袋快要被捏破了。

“你们家主是个女子？快要生了？”

第一百六十四章

谁最刚

朝堂上的纷乱在屠绝倒下去之后，宛如沸水遇冰，瞬间死寂。

尤其当众人看清楚屠绝身边那一只鞋子和一根擀面杖之后。

众人呆滞了好半晌，目光缓缓转向闻老太太。

闻老太太今日上殿身份特殊，又年高德劭，之前也一直站在太子身边，太子逃开之后，就变成她离屠绝最近。

而闻老太太也是最镇定的一个，她眼瞎多年，所以嗅觉听觉反而越发得强，屠绝行动带起的风声，让她很早就确定了屠绝的方位，先是扔出了一只鞋确定方位，拖慢屠绝动作，再扔出擀面杖。

这一棍可比揍蒋玄那一棍狠多了，用力太过伤了手腕，老太太在摩挲手腕，张洗马附在她耳边，将方才的情形一一细说给她听。

此时李相等人终于缓过神来，姚太尉从半空落下，揉着胸口，众人齐声下令将刺客拖出去，又赶紧询问皇帝是否安好，以及赶去感谢闻老太太。

太医也急急赶来，太子咬牙忍痛从地上爬起来，带着太医前去查看皇帝情形，殷勤地要去扶皇帝："父皇，您受了惊，还是先退朝回景仁宫休息吧。这边后续的事务由儿臣来便好。"

皇帝看他一眼，将他的手推开，道："去瞧瞧老太太，老太太似乎受伤了？"

太子只得转身去看望闻老太太，闻老太太也手一挡，随即躬身道："殿下可千万别对老妇太好，不然老妇怕等会有些话便不好意思说了。"

太子又是一僵，骇然看着闻老太太。

随即他上前一步，咬牙低声道：“闻老夫人，今日你我各退一步如何？”

“老妇算什么，配和太子讨价还价？”

“闻老夫人，莫要逼人太甚！你便能中伤孤，焉知孤没有后手！”

“那就请殿下都拿出来吧！”

闻老太太推开太子，往前一站。她这一站，纷扰立止，皇帝也看过来。

“闻老夫人有话说？”

“陛下，老妇有三问。”

“请说。”

“一问罪人锁链何以轻易掉落？

“二问太子的证人为何暴起弑君时，避开首当其冲的太子？

“三问太子为何不顾君父首先逃离？”

朝堂这一刻死一般的寂静。

这样的问题，谁也无法当殿确认，而一旦没有当场认定，辩论博弈之中，往往会偏离人们心中的第一看法。

但是老太太剑走偏锋，不谈刺客，只进行诛心之问。

这三个问题抛出来，皇帝心中的刺被狠狠拨了一拨不说，一旦传扬出去，太子何堪为储君？

蓦然一声嘶喊，太子猛地扑了上来。

素日风度翩翩气度温良的太子，此刻头发披散，面目狰狞，一声大喊炸得人耳朵嗡嗡作响。

“父皇，儿臣冤枉！罪人乃儿臣带上金殿，一旦出事儿臣难辞其咎，儿臣怎么会这么蠢？此人既然为刺客，想必也有帮手试图救他，之前也许就已经损坏了锁链！刺客也并没有放过儿臣，他锁链掉落的目的就是对儿臣出手！儿臣一心要挡在父皇身前，是被这锁链所砸才无法挪动！”

几位老臣诧异地看着太子。之前一直觉得太子温暾得近乎懦弱，如今看来，却是颇有急智，这般情形之下，头脑还能如此清醒，四句话将三问都辩了回去。虽然依旧有些牵强，但已经给了陛下台阶，且这几个理由也是这情形下最好的理由，几位老臣扪心自问，都觉得换了自己也不过如此。

老臣们心中升起几分欣慰，储君不仅需要贤明，也需要才干，太子今日表现倒让人觉得东堂未来可期。

只是转念一想到人都不在天京，弄个老太太出来就能把才干不弱的太子逼到如此狼狈地步的那两人，又不禁扼腕若有所思。

当下又有司空群及太子门下的官员纷纷上前表示此事蹊跷，太子忠心可昭日月，想必遭人陷害，请陛下明察云云。

太子并没有因为自己的精彩辩词便松口气，看一眼神色不着喜怒的陛下，磕一个头，道：“父皇此事蹊跷！屠绝是儿臣抓获的共济盟匪首，却忽然当殿反水刺杀父皇，儿臣怀疑这是屠绝和文臻勾结，故意被儿臣抓获，以行此大逆之事栽赃陷害儿臣！此事，儿臣有证据。带那女子上来，不可进殿，就在殿门外跪着！”

便有金吾卫将采桑带上来，在殿门外跪着，太子道：“父皇，此乃文臻贴身侍女，她知道文臻上山前后一系列行径，包括文臻先在五峰山下开包子店吸引共济盟注意，引得共济盟当家亲自下山延揽，以及和易铭在五峰山私会之事……采桑，还不速将你所知道的一切如实招来！”

金吾卫将采桑一推，采桑向前一扑，趴在门槛上，一眼看见了闻老太太，立即哭道：“老太太！老太太救命！”

众臣都嗤笑一声，有人低声道：“卖主求荣，还有脸求老太太救命！”

“求老太太救救我家姑娘！”

不等有人发问，采桑已经哭叫起来。

“陛下，各位大人，我家姑娘费尽心思混入共济盟做卧底一直未有动作，是因为姑娘觉得共济盟在五峰山上只有区区数千人，与传闻中的强大实力不符。姑娘担心共济盟留在五峰山上的只是少部分力量以作幌子，真正的实力还在民间。如此，便是将这五峰山上下数千人都杀尽，也动不了共济盟的根基，因此，姑娘决定等待上天梯之机，掌握共济盟高位，弄清楚共济盟的秘密之后，再从长计议，这样，无论是一网打尽，还是招安归降为我王朝再添助力，都于国有利。”

皇帝长眉一抬，太子惊骇神情未去，指着采桑，抖索着嘴唇说不出话来。

这丫鬟之前表现得贪生怕死，他才带她上殿，未想到文臻身边一个小小丫鬟也会骗人！

大臣们却都已经信了三分。

这一番心思可不是区区一个丫鬟能编出来的，必然是文臻和贴身侍女透露过这样的打算。

更重要的是，这一番话直接揭了太子的功劳！

如果剿匪根本没有伤及共济盟筋骨，那么太子的所谓平匪之功就是一个笑话！

“我家小姐明明功夫微弱，却为了陛下的大计不得不用尽心思，一路上天梯，夺得至高护法之位，却因此引起护法屠绝嫉恨，庆功当夜，屠绝忽然对小姐下手，将小姐掳走，奴婢无意中发现后尾随下山，谁知道因此反而逃过一劫，就在屠绝对小姐下手同时，剿匪大军忽然进入五峰山。奴婢仓皇逃窜，最终还是被屠绝的手下抓住，可不知为何，奴婢醒来后却到了太子手里，太子要奴婢指认小姐和共济盟匪徒勾结，奴婢不从，太子便命人给奴婢下毒……奴婢不得已，只得假意顺从。老太太，奴婢死不足惜，您快想办法救救小姐吧，奴婢当日跟在掳掠小姐的人身后，听那人说要将小姐送给唐家……求您了……救救小姐吧！”

群臣哗然。

这一番话信息量可太大了。

竟生生将太子扣给文臻和燕绥的所有罪名都反过来扣在了太子头上！

屠绝掳走文臻，剿匪大军就进入五峰山，采桑被屠绝手下抓住却落入太子手中，说明屠绝和剿匪大军有勾连，变相坐实今日屠绝的刺杀和太子有关。

但屠绝却又不像是太子的直接手下，毕竟共济盟几名大头目，朝中臣子也都听说过，这位屠绝在共济盟时日已久，地位又高。如果真是太子的人，以太子的性子，早就会要求他里应外合，请旨剿匪了。

所以采桑最后一句话就回答了这个疑问，屠绝是唐家的人。

等于是说，太子和唐家有交易……

实在太惊人，太子当真这般胆大，竟敢把自己做过的事全部推给宜王和文大人？

偏偏这一段话又合情合理，无懈可击。

采桑涕泪横流，死死扒住高高的门槛，指甲深深地抠进门槛中。

她不敢看皇帝，就将目光死死盯住老太太，多看一眼老太太八风不动的脸，就多一分勇气。

她是在代小姐攻击当朝皇太子啊！

身为一个小小侍女居然能有这样的成就，采桑虽然心中害怕，仍旧骄傲地觉得，就是下一刻像戏文里一样被拖出去午门斩首，这辈子也值了。

如果站在这里的是采云，那么事情就糟糕了。

但采云在被大军押解找文臻的过程中被殿下派的暗卫给救了。但暗卫得殿下指示，并没有将采云送回小姐身边，反而找到了逃出去的她，和她说了采云的事。

采桑记得当时自己的震惊和后悔，当初小姐要在绣娘中选丫鬟，采云找过她，她也觉得采云稳重，便向小姐推荐了采云。

如今采云疑似变节，采桑觉得仿佛自己变节一样，无颜见小姐。

殿下像是猜到了她的心思，让暗卫问她，可愿将功赎罪。

她当然愿意，于是她很快就被那批丢失了采云的军士抓住了，那批人丢失采云，不敢向上汇报，一口咬定一开始抓住的就是她。

因为有了之前"带领大军去找文臻"的行径，所以太子这边接收她的时候，也就去了很多疑心，她也表现得分外畏缩配合，和太子那边说，危机来临时，文臻竟然不管她这个手无缚鸡之力的侍女，令她寒心，因此也就不必再忠心于她了。

侍女没有武功，单身流落也是事实，所以太子最终相信了她。但也没少对她进行一次次搜查并长期监视，但她记得殿下所说，无须她带什么药物，也无须她和任何人联系，只需要在有异样的时候配合，在该说话的时候说话。

死寂之后，太子再次爆出一声猛烈的嘶喊。

"不，不是这样的，这无耻贱婢竟敢当殿构陷太子！"

采桑伸出双手，不知何时她十指指甲全部脱落，露出发白的甲床，看着甚是可怖。

"这是太子殿下令人对奴婢刑讯逼供的证据！"

太子怒声道："你胡扯，孤什么时候对你用过刑……"他忽然看见那甲床，不禁一怔。

那十个手指的甲床并不是鲜血淋漓的，反而苍白皱缩，一道道地凸起，显然是用过刑罚且已经愈合后才有的伤口。

如果此刻鲜血淋漓，太子便可以说是这奴婢自毁，但是这种旧伤，再这么解释就显得苍白。

太子死死盯着那伤口，实在想不明白，对着押解她的旗手卫看了一眼，旗手卫头目惊骇地微微摇头。

确实没有用刑，因为这女子一开始便合作得很，何必再用刑引得她怨恨。之前也检查过她，从车上下来时候指甲都是完好的。

指甲是什么时候脱落的？

只能是刚刚脱落，但又怎么会形成这样的旧伤口？

采桑也有点惊异地看着自己的指甲。

当初殿下令侏儒告诉她，门槛内有药，手指插进去须臾，就会弄掉指甲且并不疼痛。虽然有轻微毒性，但是无妨，稍后会安排人为她解毒。

可宜王殿下是怎么算到她不能进殿，最终会扑在门槛上的？

他是把今日殿上所发生的一切都提前算到了吗？

还有，正殿门槛下面竟然有毒药！

是殿下提前埋下的吗？还是小姐的意思？这药好像曾经小姐那里见过。可他是什么时候埋下的呢？他为什么要埋这么可怕的东西，这殿中还有没有别的地方悄悄埋着这样可怕的东西？

细思恐极。

采桑想起小姐说过殿下是孤臣，目无下尘，从不屑于结党营私，在朝中没有势力，还活得嚣张。

一个没有势力，敌人无数，却依旧活得嚣张谁都不能拉下马的男人。

采桑打了个寒战，再次为自己的选择庆幸。

她有些发怔，不知何时长庆郡王司空群已经到了她身侧，上前一步，抬脚便踢，怒声道：“你这贱婢，信口雌黄！”

这一脚风声凌厉，冲着采桑侧颈，踢实了，采桑以后只怕都很难说话了。

虽然踢证人会引起陛下疑心，但是让这婢子再说下去，牵扯的人和事就实在太多了。

司空群一向以脾气恶劣闻名，是个连宜王殿下都敢找茬的角色，他来这一脚情理上合适。

鼎国公厉响站得也不远，怒喝一声正要拦阻，他身边的定王燕绝有意无意上前一步拦住。

太子看着这两人，眼底掠过一丝感激之色。

风声凌厉。

采桑霍然抬头，却已经躲不过去。

忽然一条人影蹿出，扑在采桑身前，那人被一脚踢中肩头，撞在采桑身上，两人一起扑倒在门槛上。

皇帝怒喝：“在做什么！都按住了！”

皇帝很少发脾气，这一声惊得众人一起告罪，司空群被金吾卫立即拖到一边。

那人捂着肩头抬起头，正是一同上殿一副告状姿态的张洗马，他搀起采桑，转头盯着太子。

太子也盯着他，眼神阴冷。

他今天本来是要对张洗马发作的，但随着对方一次次的意外攻击，他心底已经打算放弃，怕节外生枝，甚至在想着，如何在殿上想办法安抚一下张洗马，提出私下谈判的可能，好歹先渡过这一关再说。

可眼瞧着，这人也要来落井下石了！

来就来吧！既然情势已经对孤不利，那正好拿你岔开话题！

你不仁，不要怪孤不义。

他缓缓上前一步，一字一句道：“张！洗！马！”

张洗马站起身，对着太子一礼，却并不看他，转向陛下，磕头道：“陛下，东宫洗马张钺历劫归来。

“陛下，先前闻老夫人上殿是献祥瑞，而微臣上殿，却实实在在是为了叩阍。”

皇帝沉默了一会儿，道：“你所要举告之人可是太子？”

“正是！”

太子冷声道：“张洗马，你做下那腌臜之事，孤不与你计较，放你一马，可如今你是要恩将仇报，当殿落井下石吗？”

张洗马回头静静看着他：“腌臜之事？张钺不明，求太子教我。”

太子唇角勾起一抹冷峭弧度：“你窥视东宫，垂涎东宫女眷，更趁着孤携良媛出行之机，潜入良媛所居内院欲行不轨，被孤亲手拿获后逃逸至今。孤念着你是孤的老师，放你一马，你却不念孤的恩情，反而和文臻勾结，欲构陷孤，如此无耻奸狡之徒，不愧和文大人是一丘之貉！”

第一百六十五章

后院起火的小甜甜

“你们家主是个女人？怀孕了？”

甲板上，这句问话一出，对方就绷紧了身体。

文臻一看便明白了，她心中又掠过一丝失望，随即嘲笑自己，也真是奇怪，为什么忽然会想到太史阑？

是因为这女子说的家主名言？还是因为这女子的神态举止有几分太史阑的味道？还是因为有次路过饭堂，隐约听见那些海商提起南齐静海总督好像是个女的？

但是穿越二年未满，太史阑便是神，也不能爬到这样的高位，掌握军权，这样级别不低的将领都是她的手下。

除非当了皇帝的娘。

更关键的是，太史阑可能怀孕了？可能这么快就怀孕？

照文臻的记忆，男性生物能接近她身周三尺都是奇迹。本性难改，太史阑并无厌男症，但就是那种自然散发的对男性的蔑视和排斥才最叫人吃不消。

现代社会都无人敢于接近，更不要说这古代男权社会。

就算太史阑有缘遇见能看得上的人，以她的性子也绝对不可能早早结婚生子，让家庭拖累。

更关键的是，如果太史真能爬上静海总督那样的高位，又怎么会在战争之时怀孕生产？

文臻笑着摇摇头，心中念头万千，洒落失望万朵。

真是太荒唐了。

她意兴索然，举起手中瓜子，对着那女子象征性一举："祝你家主安康。"

那女子稍微放松了一些，也虔诚举手："愿家主安康，南齐安宁。"

文臻笑笑，伸手唤来英文，道："她那个底舱真要遇到东堂军船，还是很容易被搜出来。你带两个人去做点障眼法，帮人帮到底吧。"

英文领命而去，文臻看着前方，一点白帆出现在海平面上，季怀远来接她和燕绥的船快要到了。

半个时辰后，季怀远亲自来接宜王殿下，文臻上了季怀远的船。

这次对南齐的战役，季怀远因为上次和南齐的天授大比，重伤未愈，并没有去一线战场，而是带领部分海军，留在东堂这边的明海海湾，一方面防备南齐从另一处海域进入，攻击东堂南方诸州，另一方面协助就近边军，监督滇州连绵群山中时常冲出来抢掠的山民。

其实更主要的原因，还是天授大比中，关于季怀远的那个预言，让自认为是他主子的大皇子吃了心，干脆把他打发去战场，和一批南蛮子打交道去。

因此，季怀远感觉地位不稳，对燕绥便更加攀附，秘密亲自来接，一上船便开宴。

而在上船之前，文臻改了装，打扮成燕绥身边的护卫。

她的身份也足够重要，现在一样处于"被追杀失踪"之中，不宜显露人前。

虽然她自己觉得已经和燕绥不可割舍，燕绥和她同时出现也没什么奇怪的，燕绥却坚持要她改装，季怀远没那么可信。

文臻只好站在燕绥身后，燕绥喝酒她喝风。

席上季怀远单独相陪，频频举杯，燕绥不过略略沾唇，悄悄把酒倒了，问了南边的很多事情。

文臻也因此知道了苍南州不安定，部分熊军和共济盟帮众已经到了苍南州和滇州边境的留山境内，却无法安营扎寨，临近的寨子和市镇对外来人十分排斥，已经引发了好几起小冲突。

只是大山连绵，道路曲折，发生在深山里的事，再传递出来不方便，现在得到的消息已经是好几天前的，目前事态发展到什么程度，季怀远并不清楚。

文臻心中微微焦灼，她猜得到熊军和共济盟在苍南发展可能会有一定阻碍，却没想到这么难。按说这一批势力在站稳脚跟之前，应该自己亲自主持，但是因为心悬燕绥的毒，她选择了陪在燕绥身边，把这个重担交给了不会武功的闻近檀，现在既然兜兜转转还是到了这附近，再不去就说不过去了。

只是去留山又要耽误时间，她颇有些两难。

燕绥那边，季怀远正和他窃窃私语，两人不知说些什么。

文臻瞧着，心中颇有些不大好的预感。

船行大半日，在东堂黎州港停泊，早有一队马车等在那里，飞快地将燕绥一行接到季怀远在此处的别院。

疾驰的车轮飒飒压过南方微微湿润的土地，溅起的泥点落在隐藏某处的铁轮上，也落在铁轮椅上苍青色的袍角上。

码头上，坐在轮椅上的人从墙壁的拐角处缓缓转出，看着那一队马车远去的影子。

黄昏黯色的光影下，那双眸子密布血丝，满是阴毒。

季怀远的别院并不大，但是颇为精致，可见他这一年来在季家地位果然不同以往。

进入别院的时候已经是夜间，因为又有消息传来，燕绥并没有进后院，便留在了前院书房，继续和季怀远议事。

文臻还想跟着，听听留山那边有没有消息传来，却被燕绥一个眼神止住，随即她发现其余护卫也没有跟过去，就知道燕绥要和季怀远说些比较私密的事，不宜护卫在场。

如果是她自己真实身份，自然没问题，但她现在是个护卫。

文臻只好悻悻地表示要先回后院去给殿下做些准备。

季怀远听了，便笑着吩咐中文等人："给殿下安排的是暖音阁，都已经打扫好了。也给殿下安排了解闷的好玩意儿，护卫也安排好了。诸位无须多操劳，在前头下房里吃席便好，只需命人多烧些水备着便罢了。"

文臻心不在焉听着，心想要喝很多酒吗？

去了暖音阁，果然阁外一排下房里已经摆好了席面，文臻知道自己如果在场，中文等人吃饭不能尽兴，当下便道："我吃不惯这些，我自己进去做些，也给殿下备上夜宵，顺便等会帮他换药，你们便不必再进来了。"

中文等人便应了。

文臻便往暖音阁走，谁知道刚走到门口，便被两个婆子拦住。

当先一个婆子，操着一口有些难懂的南地口音，道："这位官爷，这是贵人的下榻处，闲杂人等，不可进入。"

文臻掏出燕绥的令牌："主子下榻之处，护卫怎可不亲自查看？请两位让开，我们要关防。"

她原以为这理由天经地义，谁知道那婆子竟然看也没看那令牌，只垂着眼皮："这里是季将军的府邸，奴婢只认得季将军令牌。"

另一个婆子更不客气："里头我们将军已经派了秘密护卫，也再三检查过，绝对安全无事。这位官爷，你硬要闯，莫非别有用心？"

“有啊，我要当着你们面进去刺杀贵人呢！”文臻气笑了，将令牌收起，上下打量两个婆子，“对了，我既然想进去刺杀贵人，那自然是要把看见我的闲杂人等，都杀人灭口的哦。”

那两个婆子却各自撇嘴一笑，轻蔑地看她一眼，竟然是不当回事。

文臻怔了怔，嘴角一撇，心想俺要是在天京说出这话来，分分钟人跳出三丈开外，偏偏这偏僻南疆，民风彪悍又少见识，竟然以为是吹大气。

遇上浑浑噩噩的，也就只好来硬的。

其中一个婆子又看了她一眼，忽然道：“原来是个女娃儿，哟，难怪这吵着闹着要进去。”

文臻想这话是什么意思，摇摇头，懒得多说，一步跨了过去。

她刚走过，两个婆子便无声软倒了。

文臻看也没看一眼，进了屋，此处果然布置得精雅整洁，更关键的是，横平竖直，两两对称，诸般器物，极其讲究齐整之美，让人恍惚以为回到了天京，季怀远果然是个心思很足的人。

空气中弥漫着淡淡香气，文臻嗅了嗅，不是迷香，文蛋蛋也从她发辫上滚了出来，示意一切如常。

文蛋蛋在她离开五峰山密道后便追了上来，文臻对于它当初明知五峰山上酒中有迷香却不提醒之事，很有意见，颇冷落了它一阵，所以文蛋蛋现在很是殷勤，恨不得逢山开路，遇水架桥，每到一处，每个角落都会先滚上一遍清查。

文臻看过房间没问题，又打开提前送进来的行李，换了一件夜行衣，跃上了屋顶。

她凭着先前记忆，往季怀远书房而去，没敢从屋瓦上走，提前老远落下来，躲过两批巡逻护卫后，伏到了季怀远书房的外墙上。

再不能往前走了，瞒不过燕绥的。

她从怀中取出一个小铜盅倒扣在墙上，隐约的谈话声传来。

“那人大概在静海城，可能得殿下您亲自走一趟，可现在战时管制，您想去静海，可能很难瞒过大殿下。”

“不用瞒。咱们堂堂正正地去，我正好去和老大做个交易。”

“可是静海不比东堂，又是战时，又是敌国重城，静海那位女总督是个十足铁血人物，心狠手辣，以殿下身份，何必为一个只会些跌打损伤术的大夫深入险地呢.”

文臻眉头一皱。

要寻访的那位大夫不是说擅长经脉之术吗？怎么忽然又变成擅长跌打损伤了？

里头燕绥却不接季怀远的话题，两人接着说到了留山之事。

“殿下，这是留山另一封消息。您上次来信要求帮助安置的那些人，现在进入了留山境内，然而当地人十分排外，不断阻扰，前后发生冲突好几次，虽然您这边的人武力不弱，将之驱散。但是对那些地头蛇光凭武力是不行的……”

文臻听着，才知道留山绵延数千里，位于苍南和滇之间，是三不管地带，村寨隐于大山之间，号称九部，大小无数，一直也没什么有效管理，等于半自治。

朝廷也好，季家也好，没少招揽，不过表面上都没什么效果。信奉山神的村民更推崇他们所谓的神的代言人，大祭司和祭女是留山九部的精神领袖，他们的话在某种程度上，比朝廷的圣旨和季家的命令管用。

大祭司和祭女据说也颇神异，是留山传说中最接近神，掌管并传达神的意旨的人。

所以这样的土著，想要镇服难，想要收拢更难，他们的领地意识十分强烈。燕绥选定的山谷本来并不在任何村寨的势力范围内，众人也未惊扰对方，但对方却十分霸道，不允许九部之外的人长居留山境内。大家一开始好言相劝，后来不得不拔刀捍卫，打退土著之后，对方开始骚扰。今天说挖地基触动了他们的地神，明天说引水惊动了他们的水神，后天在山谷内放毒虫，大后天在水源里放瘴毒，没完没了，扰得一日不得安宁。

季怀远说他已经派人相助，但是他毕竟得势不久，在留山势力有限，又不能公开帮忙，因此能做的也有限。

而今日刚传来的消息，说是营地里接连被毒倒了好几人，闻近檀终于忍不住，带人去和当地寨老们谈判去了，结果传回来消息，说是谈判时，大祭司发现闻近檀根骨奇佳，有近神之资，是百年难得一遇的通神种子，可为下一任祭司或者祭女，当即转了口风，表示可以留下这批外来人，但是闻近檀要进祭坛受戒，受祭女培养。

文臻听着，眉头一皱。

里头燕绥已经嗤笑一声道：“那群傻子不会信了吧？留山村寨如此保守排外，大祭司和祭女又是他们那里最重要的传承，自己村寨的人不要，莫名其妙要一个外来人？”

文臻想的也正是这个，心里微微焦灼，近檀可千万不要信了！

近檀要是有个闪失，她怎么对得起萧离风？

近檀也是为了萧离风才一力承担起共济盟的重任，但是她江湖经验不足，乍然面对复杂险恶环境，要保持清醒很难。

共济盟是交给自己的，该承担责任的是自己，怎能让近檀因此损伤一根汗毛？

她正在焦灼，里头季怀远和燕绥却都似乎没将这事放在心上，季怀远聊起了当日预言的情况，将关于大皇子的预言的后半段告诉了燕绥，又提起大皇子最近对他的防备，以及季怀庆断了腿，失了宠，最近搬出了季家堡，但是他却放心不下，总觉得最近行事颇有掣肘，担心季怀庆经营多年，贼心不死，求殿下指教云云。

文臻听了一会儿，越听心中越有些不快，觉得燕绥瞒着她的事情太多了。

这人太过高傲，什么事都放不在眼里，什么人都不放在心上，所以很多事在他那里大抵是觉得不值得一说，但对于她来说却容易生出不被信任感和隔阂。

她无声叹口气，实在没有心情听下去，正准备走，忽然听见季怀远笑道："按殿下吩咐，给殿下准备了两件礼物聊慰寂寞。"

没听见燕绥回答，似乎"唔"了一声，首肯的意思。

文臻也没多想，怏怏地回去，心情十分复杂。

她急于赶到大燕去帮燕绥看病，但是燕绥为了她免除后患绕道到了南境，已经很耽搁时间了，如果自己再去留山处理共济盟的事情，那就要耽搁更久。再说闻近檀这事看起来也不是坏事，这理由有点说不出口。

但就是因为看起来不是坏事，所以她才特别担心。

她满怀心思地回去，想着要怎么和燕绥提这件事，不过燕绥应该会和她说吧……

门口守着的两个婆子已经不见了，她直接进了屋，洗漱了，吹了灯，钻进了燕绥的被窝里，如果燕绥又是老习惯一样不爱多说，她就多撒撒娇，给他占点便宜……

她示意文蛋蛋不要跟进内室。

下一刻她猛地坐了起来。

被窝里有东西!

光滑的、柔软的、不着寸缕的!

燕绥被窝里有女人!

不穿衣服的女人!

第一百六十六章

暖床人

文臻有一瞬间傻傻地愣在那里，完全反应不过来这个突发状况，然而有一句话忽然非常清晰出现在她的脑海。

“按殿下吩咐，给殿下准备了两件礼物聊慰寂寞……”

她瞪大了眼睛，身侧两个女子还以为她是燕绥，低笑着道：“殿下……”

光裸的柔软的手臂便攀上了她的腰和胸，随即女子躯体便如柔滑软缎般裹了上来，伴随着如兰似麝的香气和娇痴低笑。

其中一人却忽然低低“咦”了一声。

文臻猛然出手。

她双手张开，闪电般探出，一只手已经触及那滑嫩肌肤，另一只手却忽然抓空。

文臻一怔，心中警兆忽起，猛地收回手，一个翻身跃起。

下一瞬，两道风声掠过，“咔嚓”一声，那片床板裂了，一只柔美的手插在床褥中，如果她刚才还在那里，那么这只手插入的就是她的胸膛。

而就在那只手旁边还插着一把黑色的刀，仔细一看，好像是先前挂在墙上的匕首装饰。

但那面墙是隔壁的墙。

床上两女厉喝：“何人敢冒充殿下！速速受死！”

文臻翻身落下，落在床边椅子上，黑暗中看见其中一个女子手一挥，点亮了油灯。

三人相对，文臻看清对方是两个面貌姣好的女子，一个清瘦些，双眉清越，气韵如兰，一个丰腴些，粉嫩团团，眼眸如水，两人用被子裹着身子，神情间虽然有些媚态，却不令人感觉低贱，显然不是一般的风尘女子。

那两人也惊异地打量着文臻，尤其文臻还是一身内衣，这半夜三更，脱了衣服往宜王殿下床上钻的会是什么人？

“你是什么人！”

文臻差点气笑了。

好像被捉奸在床的是她们吧，怎么就变成她被质问了？

“你们又是谁？”

右边那个丰腴些的女子道：“我们是贴身伺候殿下的人，是季将军安排来的，殿下也知道，你还没回答我们的问题！”

文臻看着她，不知怎的觉得有点熟悉，再想想，恍然大悟。

这风格不就是像她嘛！

这个认知让她很是不爽，笑容却越发甜蜜了：“哦，原来是这样，我是殿下的暖床人。”

“殿下有很多奇怪嗜好，比如他睡觉得有小厮帮他先暖被窝。”文臻笑道，“不过今天开始有两位姐姐在，想必这差事也用不着我啦。”

右边丰腴些的女子又仔细看了她一眼，目光在她腹上落了落，忽然眼睛一眯，眼底掠过一丝诧异，随即一笑，在那清瘦女子耳侧低声笑说了几句。

那清瘦些的女子便也看了文臻肚子一眼，眼底不屑一掠而过，淡淡道：“既然知道，就早些出去吧。这里不用闲杂人等，有我姐妹伺候便好。”

“是咧，有劳两位姐姐了。”文臻弯弯腰，抓起自己的外衫，笑道，“那等会殿下回来了，还请两位姐姐不要提起我，免得殿下以为我失责。”

“行了行了，出去吧。”

文臻笑眯眯出去，还不忘带上门。

她在外间穿好衣服，沉思了一会儿，去了这院子配的小厨房，去做夜宵。

过了一会儿门响了，她从厨房里探头，看见燕绥进门，便笑盈盈招呼道：“回来啦，我也是刚回。刚才出去了一趟，买了些当地特产，现在打算做夜宵，今晚想吃什么？”

“五色汤团。”

“好。”文臻去拿面粉，随口道，“和季怀远聊了什么？这么晚才回来。”

“没什么。”

文臻手一顿。随即笑道：“你先进去洗手吧，或者先躺躺去，汤团一会儿我端到你床前。”

燕绥伤口一直不愈，连带精神也懒懒的，文臻最近颇照顾他，燕绥应了一声，便往内室走。

文臻垂头，揉着面团。

燕绥进去了好一会儿，没有动静，没有料想中的怒喝尖叫，也没有任何人从房中出来。

文臻的手慢慢停了下来，手拄在案几上，良久，吁出一口长气。

随即她弹指，文蛋蛋滚了进来。文臻指指已经放满水的大碗，文蛋蛋舒服地进去泡澡。

泡完澡，文臻顺手把那水加进了面团中。

金殿之上，张钺瞪大眼睛。

他之前听宜王殿下提过一句，说太子得知他被救，可能会构陷他一些比较不堪的罪名，让他有个准备。

他也做好了面对匪夷所思的罪名的准备。

可他怎么也没想到，居然不堪到这个地步！

太子转开眼，道："父皇，此事原本儿臣深以为耻，且有辱皇家尊严，所以才按住不提。谁知此人狼子野心，心术不正，竟欲构陷儿臣，意图动摇国本，如此，若再轻饶放纵，伤的便是我东堂根基和天下安定。因此，儿臣也不必再拘泥于内眷之私，这便请旨，宣闻良媛上殿。"

"宣吧。"皇帝的神色露出一丝疲倦。

东宫离承乾宫不远，不多时，闻近纯袅袅婷婷上殿来。

她面对满朝文武并无怯色，经过张钺身边时，却面露惊惶，急急收袖而走，生怕自己的衣襟碰着张钺一点衣角，嫌恶之态十分真切。

张洗马险些咬碎了牙。

"臣妾见过陛下及诸位大人……这位张大人，臣妾素来尊敬，因其为太子之师，一日为师终身为父。因此几次花园遇见，此人对臣妾多番挑逗，臣妾也没立即告诉殿下，怕坏了洗马和殿下的师徒情分。未曾想有一晚，此人竟然翻墙进入臣妾寝室……臣妾拼死反抗，险些被他所杀……"说着微微卷起衣袖，便见洁白手臂上有清晰可见的伤痕。

时隔已经许久，伤痕还如此明显，显然当时受伤不轻。

张钺怒气填胸，一时竟然说不出话来。

随即闻近纯手一翻，掌心竟然现出半块玉佩来。

张钺眼神震惊。

他那碎了的玉佩怎么会在太子手里？

文大人当初救走他时，故意留下他的玉佩，是想要以此令易铭和太子狗咬狗，拖延太子剿匪时间，好让她安然等到方人和上山看病，事实上这一计奏效了，可是落入易铭手里的东西，怎么又回到了太子的手里？

“搏斗时，臣妾无意中拽落此人玉佩，玉佩落地碎成两半，当时太子已经赶来，此人惊惶之下未全部捡回，留下这半块玉佩。老天有眼，让这玉佩落地，好让这小人不至于指鹿为马，诬陷殿下……”

太子手指默默揉着自己袖口，盯着那半块玉佩，心中庆幸，当初火场中发现玉佩，易铭抢先一步把玉佩拿到手里，并且想到了玉佩的可能用途，话里话外暗示要挟他，逼得他不得不先放下剿灭共济盟的事务，先后派出无数护卫高手，想要夺回这块玉佩，为此折损了不少人手，最终还是趁易铭匆匆上五峰山以及忙于平定熊军和鹿军变乱的时候，将这东西拿到了手。

那晚事件发生时，在场大部分都是东宫的人，虽然不免有人猜出了端倪，但谁也不会拿自己的身家性命冒险。唯一比较不可控的是西番王女和她的侍女，如果不是对方身份特殊，太子早想杀了她们，最后还是听了闻近纯的计策，好生伺候着她们，并以赔罪为名，用香粉和美食将西番王女诱去了闻家。

先将人留在那里，只要熬过了这段时间，待西番王女回京，说什么也迟了。那位王女看似憨，其实也是个聪明人，不会多嘴的。

昨天接到信报，王女和她的侍女们现在还都在闻家呢！

太子上前一步，在御前长长行礼，哽咽道：“父皇，儿臣也不知道做错了什么，也不曾伤害过任何人，只不过一场剿匪，儿臣第一次得父皇寄托重任，不敢有丝毫懈怠，尽心竭力，只求为我皇分忧解劳。可剿匪前后，却发生了太多离奇之事，先受内宅之辱，后蒙不白之冤，这些宵小像是约好了一般齐齐扑咬，连递送人犯，都能当殿刺杀。儿臣真的不知招惹了谁，又或者儿臣德薄才鲜，不配这般功勋，恳请父皇收回对儿臣的一切封赏……”他话锋一转，忽然又厉声道，“只是张钺这般颠倒黑白，丧心无耻之徒，请陛下务必将其严办，以儆效尤！”

他语气先是哀切，后转愤激，情绪拿捏恰到好处，言语暗示相当到位，别说门下官员纷纷声援，便是几位中立重臣，也不禁微微动容。

张钺已经过了最愤怒的时刻，直挺挺站着，想着他原先担忧此事告发太子并无证据，殿下却说，到了京城不必着急鸣冤告状，且等上十天半月，证据自然便有了。可如今，他的玉佩莫名其妙出现在太子这里。

罢了，就把这条性命抛却在这金光熠熠的冕旒之下吧。

太子说完一挥袖，道：“拿下张钺！”

金吾卫正要上前，张洗马忽然道：“太子殿下。陛下尚未退朝，什么时候轮到您发号施令了？”

张洗马盯着他的眼睛，又道：“殿下，你我师徒三载，臣虽然才薄，辜负我皇厚爱，未曾教好国之储君，但殿下的性子，臣还是了解一二的。殿下素来恭谨守仪，度量弘深，喜怒不形于色，若非心神慌乱，从不恣意妄行，今日何以急躁至此？”

太子一凛，深吸一口气，随即冷笑道：“孤今日屡逢意外，又屡屡被污，你还要孤平心静气不成？”

“殿下慌乱时，会习惯性抓自己袖口，可别揉皱了。”

太子脸色一僵。众人目光都落在他袖子上，果然皱巴巴的一片。

闻近纯却忽然道：“殿下揉袖口这个习惯，据臣妾所知，并不是慌乱时所致，倒是愤怒时，会不自觉揉袖口。臣妾是殿下身边人，想来比洗马要多知道一些。这些无关紧要的小事，洗马就别说来惹人发笑了。”

张洗马目光掠过闻近纯有些旧的裙摆，眼底厌憎一闪而过。

他可以使诈，让闻近纯露出近况窘迫的破绽，从而引出那件事真正的原由，然而，他不愿。

和这女人多说一句话，他都觉得恶心。

他转向皇帝：“陛下，您令臣为东宫洗马，是期许臣教导辅佐东宫，臣有负所托，心下惶愧。臣本想不惜此身，为太子讳，为尊者讳，只可惜此事真相，关乎国体，臣不敢隐瞒。”

“此事确因闻良媛而起，但绝非良媛所说那般。事实上，是闻良媛因为家中兄弟沉迷游乐，屡屡要钱，手头窘迫，便借机和西番王女交好，将劣质香粉以次充好卖与王女，被王女发现后引发纠纷，而当夜太子却与歌姬彻夜厮混。”

他将那晚的事细细说了，听得皇帝众臣目瞪口呆，都用不可思议的目光打量着太子。

太子面色铁青，闻近纯垂下眼，心中怒火亦是腾腾升起，她的窘迫何尝不是被当殿揭开，此事她虽然有错，但太子薄待，导致她手头窘迫，才有那后头的不得已之举，而这些日子，她为了补偿，也没少为太子出谋划策，可恨这人看起来温良，实则也不过是个自私自利的货色！

等张洗马说完他因为要弹劾太子而被太子灭口，众人不可思议的表情就变成了目瞪口呆，燕绝第一个大声笑起来，不断摇头：“荒唐，荒唐。我说张洗马，你什么理由不能找，你编这种谎？太子殿下多年来是个什么名声，是什么样的人，满朝文武谁不知晓？”他指着自己鼻子，斜着眼睛道，“你说的这些还不如套在本王身上呢，说起来还更像一些！”

司空群也阴恻恻地道：“先前说某人欲对太子不利，我还不太相信，如今瞧来难怪啊，这是连太子身边人都买通了，还有什么做不出来的。”

张洗马看看众人神色，心中叹息一声。

他就知道会是这样。

太子多年韬光养晦，苦心经营，贤明形象已经深入人心。谁又能想到他一旦出京，多年压抑的本性如猛虎出柙，竟像生生变了一个人。

嫖宿歌姬，内宅混乱，纵容妾侍，杀人灭口，这桩桩件件，哪件看着都不像面前这温良英俊光明的皇储所为啊。

再说就算是真的，为了朝廷颜面，也不可能当殿认下这指控。

但是，便是一死，他也要把这人的面目撕下来，就当为了文大人，恶心这两人一把也好！

太子忽然冷笑起来：“这一段编得甚好。只是有一点孤不明白，既然西番王女受了委屈，为何至今一言不发？这是西番王女，孤可胁迫不得。”

张洗马默然，半晌道：“臣不知。”

太子一拂袖，厉声道：“破绽百出，漏洞遍地，竟然用这等下作罪名来构陷孤！”他转向皇帝，拜伏于地，“求父皇给儿臣一个公道！”最后几字，近乎哽咽。

皇帝看了他一眼，皱眉看着张洗马：“张钺，此指控事关重大，你可有证据？”

张洗马稍稍沉默，才道：“臣有一事，可为证据。”

“说。”

“臣心中倾慕，另有其人，又怎会对闻良媛心怀不轨？”

第一百六十七章

老娘很生气，殿下请倒霉

“自然是有证据的。”张洗马从怀中掏出一本册子，“这是臣在回京路途上，买到的开墨堂刊印的近年来的诗词文章集。臣惭愧，里头有几首臣的旧作，其中便有寄托情思之作。”

他微微垂下眼，脸色微微发红。

众人也不奇怪，张钺这样的大儒，一旦写了诗词文章就会被流传天下，而开墨堂会定期搜集刊印天下好词好文，收录张钺的诗词理所当然。

张钺将册子递上，皇帝翻看了几眼，赞道：“好词。”

又看了看时间，这册子是在张洗马随太子去西川之前刊印的了。

册子被众人传看，果然张钺那几首诗词，一反他素日忧国忧民之风，多以桃花明月寄情，描写女子情态，描写人间烟火，描写宫墙乱柳，写那女子当炉执炊的贤惠静美，婉转细腻，绰约有情。

若非心中有情，断不能写出这般婉约缠绵语句。

司空群淡淡道：“有种人，心思浮华，看着这个小娘子美貌，写几首词撩拨，看那个小娘子风情，又再动一番心思，也不是不可能的。”

在座的多是男人，自然都明白，大多拈须点头。

张洗马沉默了一会儿，终于道：“诸位大人没看出来我思慕的是谁吗？”

皇帝怔了一下，又细细看了一阵，脸色忽然变了。

“臣之所以不敢言明，是怕毁人清誉。毕竟此女子其实并不识得臣，也不知道臣这一番暗中思慕。只是臣无意中得见，又久闻朝堂中她的传说。惊其才智，感其大义，心向往之，不敢或忘。”

众臣听着，脸色也渐渐变了。

这女子，既然能被称为朝堂传说，现在除了文臻，还有谁？

燕绝倒吸一口凉气，失声道：“你是说文臻？”

张洗马肃然：“正是。”

燕绝沉默半晌，忽然哈哈笑了起来，手指一翘，心悦诚服地道：“好，好，服气！”

众臣看着他，脸上都写着“阁下大胆，阁下作死，阁下走好”。

谁不知道目无下尘的宜王殿下视文臻为至宝，如今竟然有人敢当殿直诉倾慕文大人，这不是找死是什么？

燕绝心情甚好，只要是燕绥不高兴的事儿，他就高兴，也就懒得再说了。

人群里，周谦微一皱眉。

册子的事是沅芷的计策，沅芷也不知怎的猜出了太子那边可能会用女人来诬陷张洗马，遂建议张洗马写上几首情诗，然后由燕绥麾下的能人拿开墨堂刊印的诗词文集来做手脚，将那几首词重新印了然后做旧，夹入去年的诗集中，以备不时之需。他交给张洗马的时候本不以为意，居然真派上用场了。

只是没想到，张洗马那几首词竟然是为了文大人写的，还当堂认了。

张洗马将那诗集在闻近纯面前摊开，静静道：“闻良媛。文大人是你的姐姐，她走的是和你完全不一样的路。我既然思慕她那样的女子，怎么会再对你这样的女子，有任何妄想？”

闻近纯盯着那墨迹，只觉得张洗马的话，像一个个耳光狠狠扇在了脸上。

而他眼神里的不屑蔑视，更如利剑，戳得她的自尊如筛网，瞬间千疮百孔。

她嘴唇颤抖，舌尖紧紧抵着齿关，霍然抬头盯着张洗马，满心的愤怒和屈辱仿佛瞬间便要冲出。

为什么是文臻！

为什么又是她！

她拿清白做抵，却在这朝堂之上被她再次将清白踩在脚下。

不用看，她都知道，那些官现在看她的眼神都不对了。

之前他们都相信她，现在这个姓张的，说一句倾慕文臻所以无心于她，所有人便立即信了！

那是因为他们都觉得文臻是云，她是泥，文臻是天上人，他们再怎么攻讦文臻，内心里都不敢不尊敬认可，却真正将她视作一个连清白都可以拿来诋毁他人的低贱女子。

喜欢了文臻，怎么还会看上她呢？

闻近纯浑身颤抖——比起被打脸，这种关于身份和尊严的天上地下的落差感，才更刺心得让人无法忍受。

一样出自闻家，论容貌文臻还不如她。文臻不过是运气好，迷住了皇子，自此飞黄腾达，享尽荣光。而她有那样的母亲弟弟，那样的凉薄夫君，费尽心思，苦心操持，还要被这样轻贱！

不，她不能输。

今日如果输了，她要如何再在皇家立足？

她盯着张洗马，忽然凄怆地笑起来。

“张大人，为了开脱自己，你就该这样再次践踏一个无辜的弱女子吗？

“我没有办法，我说的话没人相信，我满身的伤不足信，我清白被毁的证词不足信，几首词，一个名字，便压下了我的冤屈，那我还能说什么呢？”

她慢慢地上前几步，凄凄冷冷地盯着张洗马：“不过，连太子说的话都没人相信，我一个东宫良媛又算什么？”

她忽然一个转身撞向殿中金柱！

“我只能拿我的命来证明清白了！”

燕绥步入内室。

内室的灯已经再次灭了，他却走了两步便停了下来，沉默了一会儿，道：“起来。”

床上两个女子急忙从被窝里钻出来向他磕头。

她们望着立在门口的燕绥，朦胧月影里那人身姿修长，如玉树如修竹，一头长发散披肩头，微微闪耀着乌缎般的光泽，而眼眸在暗夜中，也似这千万年的星光，闪动之间便是光辉星雨纷落。

郎艳独绝，世无其二。

燕绥仔细看了看两人身形，才道：“下去。”

两个女子陡然一醒，慌忙下床，都不敢穿衣服，燕绥手指一抬，被子翻卷而出，裹住那个清瘦女子，那女子刚刚一喜，床单又飞了起来，裹住了另一个女子，两人还没反应过来，枕头，床褥，床上大小物件连同帐子统统飞了起来，劈头盖脸地砸在她们身上。

两个女子不敢躲藏，裹着一身乱七八糟的东西跪了下去。

“选你们来做护卫，就是做到我的床上？”燕绥的声音依旧听不出喜怒。

两人磕头，清瘦女子低声道："季将军说，让我们……"

"滚。"

两女子急忙再磕头，裹着那一堆东西站起身来，燕绥忽然一挥手。

两道寒光，向两人呼啸而来。

清瘦女子霍然抬头，身形一闪不见，下一瞬她出现在床后。

丰腴女子手一抬，手中已经多了一面铜镜，"当"的一声，一柄装饰匕首撞上铜镜落地。

两人急忙再次跪下，燕绥却没有再说什么，也没再出手，挥了挥手。

两人隐约明白这是殿下在考察她们的能力，如今看来是过关了，都松了一口气，急忙再次捡起被单要走。燕绥忽然道："方才可有人进屋看见你们？"

两人对视一眼，急忙道："没有！"

"出去。"

"是。"

"等等。"

"殿下……"

"把你们碰过的所有东西都统统带走，从侧门走，不许经过前庭。"

"是……"

文臻端着一碗热腾腾的汤团跨过门槛，笑吟吟招呼燕绥："汤团好了！"

燕绥从室内出来。

文臻抬眼看他。

他已经取了冠带，散了发，换了一身便袍。

他最近很懒，除非她帮忙，自己是不会做这些事的。

燕绥在案几旁边坐下，低头见文臻在吹手指，便将她手指牵了，往自己耳垂边凑，这是两人惯常的小动作，文臻的手指顿了顿，依旧在他耳垂上捏了捏，笑道："你看看这汤团好不好看？"

清亮的汤水泛着晶莹色泽，漂浮着一个个龙眼大的汤团，汤团每个都呈五色，芝麻的黑、桂花的黄、猪油的白、猪肉的粉红、青菜的翡翠绿，透过透明粉糯的皮，可以看见五种颜色泾渭分明，像一簇簇花儿盛放在清塘玉池。

五色汤团别处也有，但一般都是五种颜色分开，个头也比较大，像文臻这样能做到五种颜色清晰分明，那就是绝顶的技巧了。

燕绥看看汤团，又看看她，道："没你好看。"

他的小蛋糕儿近日肌肤越发润泽，眼眸晶莹，总似含着一汪水般，转侧间流光动人，此刻汤团热气氤氲里，她越发显得眉黑目清，绰约雾气里，一双唇粉嫩绮丽，也像那碗中美食一般诱人。

燕绥的身子在自己都未曾发觉的时候便缓缓倾了过去。

文臻却含笑起身，十分自然地避开了他的索吻，道："还有几盘小菜给你开胃。"

燕绥笑道："吃不了这许多，来，喂我。"

文臻笑着推他："你伤的是手指，不是手，想得美。"

她走了开去，走到门边，回头看他，正看见燕绥舀起一个汤团要吃。

她忽然道："我总觉得季怀远有点鬼鬼祟祟的，他没和你说什么不妥当的吧？"

"没有。"燕绥放下勺子，轻轻地搅拌汤水，漫不经心地道，"他告诉了我预言的后半截，据说老大如果不收手，只有六年性命。但我看老大可不舍得收手，特别是太子马上就要吃瘪了。"

"权欲、财富、美人，本就是这世上男人都难以抗拒的东西。"文臻耸耸肩。

她脑海中忽然掠过先前那两个女人看她肚子的一幕，突发奇想地道："还有子嗣，你们男人是不是也很重视子嗣？"

燕绥正要吃，闻言"扑哧"一笑。

文臻盯着他。

"不，最起码我对以上这些都没兴趣。"

燕绥舀起一个汤团，慢条斯理吃了，文臻嘴唇动了动，最终没有开口。

"尤其子嗣。"燕绥吃完才道，"我为什么要一个小崽子来隔在你我之间，让你把无数精力心血都花费在他身上？他会哭，影响我睡觉；他会到处便溺，脏臭不可闻；他会占据我们的床，让我没地方安睡；他会要你整日抱着，他会……"

"停停停——"文臻听不下去了，竖起手掌，"这是每个婴儿必经的阶段，你自己也是……"

她住了口，因为她看见燕绥放下了勺子。

他没有表情，密密眼睫垂落，像美人开扇掩娇容，遮住藏了万千心思的眼神。

文臻知道自己说错话了，燕绥的童年如此不可言说，她不能揭人疮疤。

静默里，好半晌，燕绥淡淡道："我大抵是没给德妃娘娘添过这些麻烦，因为我听说我刚生下时险些死了，直接抱进太医院住了三个月。据说德妃娘娘当时身子也不好，三个月后才第一次见我。"

文臻不语。

一个未曾享受过家庭温情的孩子，你叫他如何会期待延续自己血脉的下一代呢？

因为所得太匮乏，所以他一旦遇见自己想要的，就会紧紧抓住，不允许任何人来分享或者掠夺，这任何人，甚至包括他的血脉。

这不是自私，这是贫瘠荒漠的童年生涯投射下的阴影，笼罩在他看向芸芸众生的目光下。

她叹了口气，问他："那如果你有了孩子，你要不要？"

燕绥干脆地答："不要。"

"哪怕是我的？"

燕绥抬眼看她："你体内的问题还没解决，你不能怀孕。"顿了顿他又道，"万一怀了，对你不是好事，我不允许你冒这个险。"

文臻望定他，忽然笑了，耸耸肩道："别这么凶神恶煞的，反正我又怀不了。不过，如果以后我病好了，能怀呢？"

"那还是不行。"

"为什么？"

燕绥没有回答这个问题，也没有再吃汤团，文臻忽然笑道："怎么不动勺子了？还真想我喂你啊？那行，"她拿过勺子，舀起一个汤团，眼眸弯弯，"来，啊——"

燕绥看她一眼，很配合地张嘴吃了，忽然道："今天的汤团是单数。"

文臻以前给他做食物，只要是按个数来的，那肯定是双数。

文臻托腮看着他，弯唇一笑，道："是啊……倒也。"

燕绥抬头看着她，不一会儿，他身子缓缓向一边一倾，他却用胳膊撑住，依旧盯着文臻。

文臻并没有避让他的目光，笑道："殿下，我觉得需要给你一个教训。"

燕绥直直地看着她。

"你来斜月海峡不是为了寻找那个所谓名医，你是直接来找大皇子谈判的。接下来你可能让我去找那个所谓的名医，你直接去静海，虽然我不知道你打算做什么，但很明显，你要在南齐东堂的海战中插一脚，从中博取一些利益，来要挟大皇子或者和他做交换，逼他以后老实一点，不要试图给我添麻烦。但是这件事，你从一开始就把我撇在了一边。

"你接到了共济盟在苍南不顺利的消息，却不想告诉我，因为你分身乏术，又不愿意我独自去解决。你被窝里有女人，我想你并没打算睡她们，但是你依旧不告诉我，你觉得你自己明白就够了。你认为我不能生孩子，那以后想必我想生也没机会，那是不是什么事只要你觉得，就不能再有我觉得？

"之前你不是这样的，但是我最近觉得你有在变化，你渐渐不再相信任何人，你的心思越来越难捉摸。这不应该，我们已经是最亲近的关系，我们还要面对很多的恶意，如果我们之间都不能互相信任互相坦诚，那我们会越来越容易被别人撬动关系，路越来越难走，最终分道扬镳。

“所以我想，我们还是分开一段时间吧，你不要再丢下一切，跟着我，护着我，不肯放开我。你该看见我的能力和强大，不需要你掠阵也可以走天下。我不希望西川的事情再发生一次，为了早点赶回五峰山你不惜受伤，我感激你的心意，但是根源在于你不信我会有办法自救。这不行，这有点伤我自尊心。”

燕绥的眼睛终于慢慢闭上了，脸依旧冲着她的方向。

在他意识彻底模糊之前，他听见文臻声音轻快地道：“其实啊，以上都是废话。最关键的是……今天老娘很生气啊！”

第一百六十八章

骂殿

承乾殿上。

惊呼声起！

谁也没想到闻近纯如此烈性，也没发觉她走的那几步已经绕过面前的人，正对着柱子，她身边最近的是太子，太子惊呼着伸手去拉，却还是慢了一步，眼看就要血溅当场，忽然人影一闪，伸掌将闻近纯发髻一拉，闻近纯惨叫一声，脑袋撞在了柱子上，她身子一软，晕了过去。

出手的人动作太猛，一时也没站立住，向他身边的人撞了过去，那人身子一转，如流水如游鱼，手掌一抬一挡间，轻松便将撞过来的身体拨了出去。

这都发生在一瞬间，等众人惊魂初定，才发现出手救人的是鼎国公厉响，以奇异手法化解他冲撞之力的是永王燕时信。

这位殿下难得上朝，上朝也从来不声不响，是个毫无存在感的人，但刚才那一招行云流水，毫无烟火气，轻松就将分外高大的厉响给拨了出去，着实令人惊艳，众人都不禁多看了他一眼。

但随即太子的怒喝声使众人的注意力再次转移。

“张钺，你逼人太甚！父皇！父皇！闻良媛素日贤惠知礼，此事她不惜将清白受损之事公之于众也要为我诉冤，却被这贼子逼至如此，这是我皇家的媳妇啊！若不惩治此人，儿臣何颜再为储君！”

几位老臣对看一眼，都摇了摇头。

今日之事已经乱成一团麻，不能善了。

无论如何，皇家媳妇被逼迫撞柱以表贞烈，皇家尊严不可侵犯，张洗马这罪不认也得认了。

张洗马一旦入罪，太子就有机会从张洗马入手，将整件事翻盘。

周谦眉头皱得更深。

总觉得张洗马今日发难是一着臭棋，生生将先前已经定给太子的罪名翻出了变数，再加上张洗马自承倾慕文大人，虽说抬出她容易让人相信张洗马无心闻近纯，但是更容易被人抓住把柄，拿来攻讦张洗马和文臻燕绥早有勾结。

除非确定张洗马一定会赢，否则都不该现在说明。

殿下和文大人太自信了……

皇帝的脸色也很不好看，今日殿上的事，桩桩件件都在扫皇室颜面，再纠缠下去，还不知道要怎样不堪。

“朝堂并非审判之所，既然各执一词，一时难明，那就慢慢审。张钺，别事且不论，你轻慢皇族便有罪，暂且先……”

“陛下！”太监的尖利嗓音刺得皇帝眉头又皱了起来，“西番大王有国书递来！”

皇帝诧异地抬头，这不年不节的，东堂和西番近日又正是“蜜月期”，好端端地递什么国书？

众人都莫名其妙，皇帝展开国书，扫了一眼，脸色立即变了。

随即他看了太子一眼。

太子愕然，被这一眼盯得后背冷汗直冒。

皇帝看完国书，将国书卷起，抵住额头不语。

众人齐刷刷看着他，此刻把这半天的纷争都忘了，心中打鼓。

陛下性情温和，少见有情绪。

正要被带走的张洗马目光却亮了。

太子忍耐不住，试探地唤道：“父皇……”

皇帝霍然睁眼，手中已经揉皱的国书，猛地向太子砸了过去！

国书砸中太子额头，太子却如遭雷击，腿一软跟跄跪下。

他心中隐约已经猜到了国书上说的是什么了。

燕绥太狠！

他不敢再说一句话，趴伏在地，瑟瑟发抖，心中绝望。

他斗不过。

他怎么都斗不过燕绥。

从小到大，无论大事小事，他这个太子，从未能在他手中讨到一分好。

他错了，之前是燕绥无心对付他，让他错觉自己可以与这个弟弟一战，所以才敢下手，却没想到，燕绥都不用亲自出面，就可以轻松将他打入尘埃。

可他本无心和燕绥争竞，只要他不试图染指皇位。

如今看来燕绥心意未改，为什么忽然就选择对上他？

仅仅是因为他对文臻下手？

李相捡起国书看了一眼，眉毛便一挑。

国书是西番大王亲自写来的，说西番王女在东堂受了欺骗侮辱，东宫的妾竟然敢拿劣质香粉冒充高级胭脂卖给王女。王女表示汉人不可信，要回西番。西番王在信中质问东堂，欺辱王女便是欺辱西番，两国既然已结盟好，何以背信弃义，令王女失望回国？是觉得西番的战马太肥了，再也越不过燕山关了吗？

李相忽然想起听说的一个传闻，据说年轻的西番王十分害怕他的姐姐，一心要将这位王女给送出去，如今看这态度，这位王更愤怒的好像并不是姐姐被欺骗这件事，而是姐姐要回家这件事。

李相苦笑一声。

国书这一手果然厉害啊。

哪怕是西番王女亲自作证，太子都有可能翻转局面，但是从西番国内发来的国书，谁又能翻案？

皇帝坐在御座上，一言不发。整座殿中落针可闻。

这个时候没有人敢说话。

当然，这个人不包括闻老太太。

她好像完全没有感觉到此刻的肃杀气氛，上前一步，开了口。

她一开口，太子就一抖。

“陛下，老妇先前说听见令人愤怒的奇事，因而挥杖伤了石狮，如今也该说说此事奇在何处。老妇想先求问陛下与各位大人，张洗马是陛下亲自简拔为太子之师，以陛下圣心烛照，以诸位大人识人之能，当真会认为张洗马是无耻贪色之徒吗？”

众人默然。

自然不会那么容易轻信，但是事关皇家颜面，又有太多话不能说。

“女孙文臻自入宫入朝以来，不说颇有建树，也当得起为国尽忠，为民谋福这八个字。她献出美食无数，创立夜市，江湖捞开遍东堂，以实业接纳救助无数贫民，更以江湖捞一成收益，拨建三问书屋，亦遍及全国，免费借书，惠及无数贫苦士子。她寻回红薯，找到玉米，免天下饥馁之苦，更不要说协助宜王殿下，不费一兵一卒，平定长川，使我国土免分裂之灾，百姓免流离之苦……十七八岁女娇娥，别人家闺中绣花待嫁，她在两川凶险之地奔波，就这样，还要遭受风刀霜剑，背后攻讦！

“老妇山野之人，也知为臣当为国尽忠，为将当马革裹尸。但为国尽忠者不可死于国，马革裹尸者不可受背后箭，为众人抱薪者不可使其死于风雪！

“老妇还记得一件事。当初长川易以福寿膏暗害满朝文武，是文臻最先发现并救助，那段时间文臻日夜不休，奔走于各位府邸，护持各位大人渡过难关。在座者想必亦有受惠者，但是现在老妇瞧着，众人皆是漠然，世人趋利避害、独善其身，记仇不记恩之丑态，原来并不独于民间！”

在场官员人人不能安坐，俱汗颜垂头急退。

“福寿膏之害，诸位大人心中应该明白，文臻救的不仅是各位的仕途，还有性命身家。文臻不求回报，也未曾以此为功。但这般的恩惠，就算不足以让各位大人为她挺身而出，难道把持本心，不随波逐流落井下石也做不到吗？诸位大人的性命、仕途、身家，难道都不值得撑起一回铁骨吗？”

满朝文武齐垂首，没有一个人能接话，敢接话。

诛心之问。

闻老太太笔直向圣而立，嘴角撇出刚硬的弧度。

文臻并没有要她驾前骂群臣，相反，她只是分析了一下红薯没种出来的原因，让闻老太太有空对德妃娘娘提一嘴。再三称此事无妨，等她回来也一定能轻松解决，请祖母不必担忧，万万不可强出头。

可她意难平。

她这把年纪了，多活一天也是多浪费一天粮食，怕什么打击报复？这些无情小人，她今天得把他们骂服气了。

不仅要当面骂，还要变着花样骂，骂得让他们长记性和教训，骂得他们从此以后，再也不敢随波逐流，落井下石！

她知道今日得罪的不仅是群臣，还有皇帝，口口声声，亦在责他看似温厚懦弱，实则凉薄。

闻老太太面向表情淡淡的皇帝，心中冷笑。

“老妇眼盲之人，半截身子已埋黄土，想来便是这样在宫中为孙女说几句的机会，也难再有。但一朝为臣，官声如何，自己知道，百姓知道，三间书屋的贫苦士子们知道，未来百年之后，便史册不载，民间散卷也知道！”

众臣霍然抬头。

皇帝眼皮一跳。

所有人瞬间出了一身汗。

三间书屋恩泽士子无数，这些穷苦书生，想必都视她为恩人，一旦得知她被冤枉，被亏待，可想而知，会流传出多少影射当今的话本，而这些话本，自己想必也要扮演一个不光彩的角色，百年之后，都要在人们的嘴里车轱辘嚼！

史笔如刀，士子手中笔也是刀！

皇帝深深吸了一口气，半晌站起，竟对着闻老太太微微一揖："闻老夫人一席话，朕听着，汗颜无地。老夫人女中豪杰，见识卓越，真是今日殿前的祥瑞。您一席话，朕和诸臣都会铭记在心。"

众臣大惊。皇帝素来宽仁谦和，但这番当殿行礼举动也前所未有，众人急忙转身，跟随着皇帝向闻老夫人行礼。

皇帝又道："只是朕也要代诸位大人向老夫人解释一句，文臻所涉案情，也需要时日辨别查明，诸位大人并非谄媚阿谀无骨之人，只是朝堂之事需持重深省，从长计议。诸卿都为朕肱股之臣，无论于朕内心，还是将来千秋史笔，自有美名流传。"

老臣们凄声喊："陛下！"

臣子们齐刷刷跪了，红着眼睛不住磕头。

得皇帝亲口维护，代为致歉解释，这是千古未有之恩遇，众人此刻心中感激涕零，恨不得立即剖出丹心，为陛下死上一回，才能诉尽心中激越澎湃。

得明主如此，此生夫复何求！

闻老夫人也深深吸一口气。

并不是为了皇帝纡尊降贵这一揖，她多年前便和还是普通皇子的皇帝打过交道，多少知晓一些他的脾性。她只是有些懊悔。

本想骂醒臣子，为孙女儿日后铺路，未曾想这也能被皇帝用来示恩。

明明是皇家无情，亏待功臣，最后却令皇家得益，文臻却可能因此要得罪人了。

她心中忽然掠过一个念头。

这一届皇帝如此宽慈仁厚，史书必将留美妙一笔，而继任者的压力也就随之增大，见识过这一届仁厚之主的大臣们能接受宜王殿下那样的主子吗？

好在，殿下无意于皇位，自然也就不必担心殿下为皇位举步维艰，牵连孙女了。

她退后三步，深深躬身："老妇于金殿之上狂妄僭越，大放厥词，都赖陛下和诸位大人宽慈。老妇今日冲撞陛下，但有罪责，皆由老妇一人担当，还请勿要牵连老妇那完全不知情，还在西川遭受追杀掳掠，下落不明的孙女儿……"说着两行泪已经无声落下。

这老太太一直刚硬直率，此刻落泪，众人更觉震动。李相当即上前扶起闻老太太，低声劝慰。皇帝道："老夫人放心，朕这就令姚太尉调拨当地军队寻找解救文臻。至于你等今日朝堂所告之事，涉及皇族的，由宗正寺主理调查；涉及凶杀之事，由大理寺查办。”他顿了顿，缓声道，“太子就先在东宫自省吧。东宫诸人一并自省，无朕圣旨不可出宫一步，待有司调查清楚所涉罪状再议。”

说完他便起身，神情疲倦，太监高呼退朝，众臣领旨退去。

这般涉及东宫的大案，要想在殿上就给个结果是不可能的。闻老太太目的已达成，再不多话，也在张洗马搀扶之下离开，张洗马跨出大殿时回望一眼，只看见大殿之上一片狼藉，血迹斑斑，太子失魂落魄坐在满地凌乱之中，背影茕茕。

他叹息一声，转开眼睛，迈出高高的门槛。

“屠绝今日为何忽然发难？”

“不知，想必还是着了道儿。那两人手段实在太过厉害，令人防不胜防。”

“您瞧如今该怎么办？趁势把太子解决，一劳永逸？”

“解决他又怎样？安王有军，宜王有势，踩倒太子，便宜的是别人。”

“那……”

“我们要的只是乱，东堂越乱，大家越有机会，准备时间就会越长。所以，你派人去天牢，仿照燕绥那边的手段，把屠绝杀了吧。”

第一百六十九章

抢老婆这种事

黑暗的天牢里，先前如疯虎一般的屠绝已经平静下来。

他知道先前发生了什么，却不知为什么会发生。

事已至此，必死无疑，他反倒平静下来，也不去想原因，打定了主意，审讯的时候一定咬紧牙关，谁也别想从他嘴里撬出一句话来。

他伸手摸了摸颈项，他颈项上有个小小的痦子，那里藏着他为自己准备的毒药。

如果熬刑不过，那就自戕。无论如何不能把公子牵扯进来，让朝廷过早地盯上公子。

头顶忽然一道风声掠过，他霍然睁眼，还没跃起，一道人影已经掠到他面前，手掌一翻，掌心里一道令牌令屠绝大喜："公子！"

他翻身而起。

公子派人来救他了！

那人点头，道："快跟我走！"伸手来拉他。

屠绝正要去接，那人忽然手掌一翻，掌心里寒光一闪，屠绝一惊，下意识伸手一挡，随即一声轻响，屠绝只觉腹部一凉一痛，骇然低头去看，只看见肚子已经被划出一道长长的血口。

若不是他警觉，重镣挡住了大部分的刀锋，这一刀就能要了他的命！

屠绝猛然向后翻倒，带出一地血液，他睁大眼睛，不可置信地看着那黑衣人，嘶声道："你……你们……公子……"

那人眼神掠过一丝懊恼，又要挥刀扑上，忽然外头隐约有声响传来，那人一跺脚，纵身而起，再次从天窗上跃了出去。

那人临走时，手掌一挥，一点黑影落入乱草堆中，随即烟气腾起，屠绝盯着那烟气，眼底掠过一丝绝望。

他认得那黑丸，是唐家小楼里的秘密毒药之一，一旦散发，皮肤沾上一点都会立即毙命。

他猛地蹿起来，捂着腹上伤口，扑到牢门前，将栅栏摇得山响。

“我要招认！我现在就要招认！快来人啊！快来人！”

留山在东堂南部，在地图上看起来像个弯弯曲曲的大蜈蚣，长长的身躯是连绵千里的山脉，两边的支脉和河流则是延伸出的无数蜈蚣脚。

而在这只蜈蚣的中段就是文臻和燕绥当初选定的留山千秋谷所在，那一处山脉最宽广，河流最丰富，林木最茂盛，是当地最优秀的猎手也不常去的地域。

文臻坐在饭桌边，对着三个铜板一张的简易当地地图，圈出了留山当地百万土著最信奉的大祭司和祭女所在的古田山寨。

而她自己的位置离千秋谷和古田山寨都算近，赶路一日可至。

这里是一个颇为繁华的聚居地，一半当地土著，一半汉人，是附近数百村寨交易所在地，自然也是信息流动最频繁的地方。

千秋谷大得很，周围地形复杂，她不确定具体位置。但是那些人总要采买物资的，她在隐蔽之处留下了接头暗号，现在在等自己的属下前来接头。

“客官，菜来了！”小二托着一个热气腾腾的大托盘来上菜。

文臻放下地图，眼神对四周一瞟，周围人不少，聊得热火朝天，看上去没什么异常，但她总有种被人盯住后背的感觉。

她不动声色，看着小二上菜，一盘……油炸蝎子。

再一盘，酥蚂蚱。

再一盘，炸蝉蛹。

好容易上了一盘看着正常的东西，再仔细一看，全是一节一节的虫子，形状十分容易引人产生某种不太好的联想。

文臻看着这些玩意，胃里酸水一阵阵地向上涌，她只得拼命往下咽，生怕一个不小心吐出来。

本地民风彪悍，十分排外，还颇有地域骄傲感。文臻为了不引人注目，还特意换了本地少年的装束，彩布包头，两边挂一红一黄两个丝穗儿，自己觉得像一左一右挂了两串红黄辣椒。

但在当地人眼里却觉得这少年容颜娇嫩，眼眸圆大，十分可爱。小二为此特意多赠了一盘炸蝉蛹。

文臻听着小二笑眯眯表功，盯着那一盘盘黑黄色的物事，满心唏嘘。

最难消受虫子恩。

嗯，那种背后窥视的感觉又来了。

她对着盘子久久不动，周围已经有人看过来了，一个当地汉子喝了一口烧酒，斜着眼睛笑道："这位小兄弟，对着如此美味怎么不动筷子啊，莫不是个外来人吧？"

这话一说，竹楼上原本热火朝天的气氛顿时一静，人人回头。

随即便有人窃窃私语。

"听说千秋谷那边最近来了一大批外来人，而且个个行踪鬼祟，还会武功，杀了好几个当地老乡！"

"不是说被大祭司和祭女拿下了吗？现在都老老实实缩在千秋谷里头不敢动呢。"

"难说会不会跑出来一两个，这些北蛮子不会是来捣乱的吧？立火节快要开始了，这些北蛮子这时候跑来，可别闹出什么事来。"

"看他吃不吃。北蛮子都不爱吃这个，说咱们化外之民，他不吃，就拿下他！"

文臻叹口气。

诸位，悄悄话可以不要说这么大声吗？

她不怕这些人出手，却不愿意现在就惊动那所谓的大祭司。

她只得操起筷子，忍住恶心，将面前炸得微黄的虫子夹起一条。

她的动作忽然一顿。

白虫底下……拿筷子一拨，确定了，居然是白米饭。

她心中一动，又把筷子伸进其余的菜当中，果然，炸蝉蛹底下埋着茄子条，炸蚂蚱底下是酥里脊牛肉末。

谁这么好心？

文臻有一瞬间险些以为是燕绥追来了，但一想，燕绥可不是默默改装跟在她身后的人设，他要在，这些菜就没机会上来。

此时众人都盯着，她也不好查问，趁势拖过碗，一阵风卷残云。

众人打消了怀疑，土著们回过头去，继续喝酒谈笑，说着一年一度大祭司主持的节日大会，提到在会上能够喝到的圣水，吃到的圣餐，得到的赐福，以及大会之前必定会有的抢婿，会上的各种活动，和未来一年的愿望，个个眉飞色舞。

文臻默默听着，这才知道立火节原是当地土著的传统节日，是为了纪念留山传说里一位带领土著们抗争魔王的英雄所设。每年由留山留族中世代相传，具有极高地位的大祭司主持，节日从十月十一开始，会一直持续一整个月，在这一整个月里，整个留山区域全民狂欢，会有满山绕火把、花亭比巧、平湖连歌、斗牛、赛马、乐器连弹等等一系列庆祝活动。这一个月里，留山村寨相互开放，女子走娘家，亲戚多聚会，交易盛行，既是祈祷来年风调雨顺，也为当年的冬季做物质储备。

而整个立火节的重中之重，便是第一日和最后一日分别由祭女和大祭司主持的祈福仪式，今年据说还要选出下任祭女，所以整个留山的女子都很是兴奋。

茶楼上正说到祭女，文臻凝神听，这才知道祭女并不是她想象中的选青春少女，而是要已婚女子。留族早年生存环境恶劣，磨难颇多，因此对血脉延续就很看重，很是尊重女性，对于“母亲”这样的身份颇推崇，所以选祭女也是选已婚的，面容端庄，性格柔和慈悯的女子。

而大祭司在每年向上天祈祷的祭坛上，也会随机选择已婚女子对她们进行祝福，帮她们祈愿，所以每年立火节前，就会涌现出一大批成婚女子，立火节后，则会有一大批女子怀孕。

也因此，慢慢衍生了一种新风俗，立火节开始之前，有些地位较高的姑娘会到处捉婿，看见中意的就捉走，好尽快实现已婚身份。

文臻对于这种以手段促进族群繁衍的手段不置可否，她比较感兴趣的是众人八卦大祭司和祭女。说起大祭司的神通，呼风唤雨，无所不能，又说大祭司身边的神通姑姑，其中一人可令世间一切破碎之物复原；一人可瞬间消失又瞬间出现在别处；一人可见他人五脏六腑内所藏的污浊魔气，看破一切隐秘和伪装；一人能隔空驭天下万物，控制水火。

文臻听着听着，手中的筷子就捏紧了。

这是异能！

更重要的是，这几种异能听起来无比熟悉，也无比巧合！

太史阑的异能是复原，君珂的异能是透视，景横波的异能是瞬移！

会不会？

文臻的心脏怦怦跳起来，一时觉得不可能，哪有这么巧的事，一时又觉得未必没有可能，许是她们三个当时落在了一起？

她随即想到了东堂天机府，建州离苍南州不算太远，天机府在大皇子的管辖之下。当初她就曾经因为听说天机府有和君珂形貌相似的女子试图赶往建州，被燕绥给逮了回去。后来此事被证明是陷阱，她也就把这事给忘记了。

文臻勉强按住自己此刻激动的心情，冷静下来想这件事里头的另一个信息。

按照规矩，大皇子对天机府只有照管权没有调动权，可如果这大祭司和他的人是异能者，那和大皇子可就有脱不开的关系了。

这天高皇帝远的，谁知道大皇子会不会把天机府当作自己手中的一把刀？

东堂的异能者虽然算是多，但是大多被搜罗进了天机府，尤其南部，寻常百姓能见到的已经很少，这些天机府中的异能人物随便展示两手，也足够愚弄百姓，一旦留山百万彪悍的百姓被几个异能者所掌控……

那大皇子想要做什么？

她一边思考，一边将菜都挖完，那种后背被盯着的感觉又来了。

她想了想，招呼来小二，道："店家，你家的虫餐做得比我们寨子还地道，我吃着欢喜。这样吧，我做东，请在座各位再吃一盘！"

一时皆大欢喜，纷纷道谢。

文臻向来是个有亲和力的人，店家用大托盘将虫子餐送上来之后，她亲自陪着，一桌桌去送，逢人寒暄，半天下来，知道了这附近村寨的很多事。她送菜的时候，那种被人盯视的感觉果然没了。

文臻更加确定人就在这竹楼上，果然，大半圈转下来，走到一处角落时，她明显看见那里有个戴斗笠的人侧身坐着，脊背僵了一下。

她看了一眼，特意找了一盘看起来最不能接受的炸白虫过去，托到那人面前，笑道："兄台，赏个脸？"

说着十分殷勤干脆地挖了一大勺，往那人嘴里送。

那人一偏头，伸手挡住了她的手，一边去接盘子，一边低声道："多谢……"

文臻伸手去扳他的脸，忽然触及那人猛然红彤彤的耳朵，顿时一怔。

只这么一怔，外头忽起欢笑吵嚷之声，一阵锣鼓乱响，一群女子大叫道："午时正，捉婿了！"

随即一阵脚步急冲上来的声音，还有茶楼上的人欢呼起身看热闹的声音，有人哈哈大笑道："娇姑娘，来捉我，来捉我！"

文臻一转头，正对上一个冲上来的姑娘，那姑娘束着彩裙，满头叮叮当当的银饰乱响，黑色的眉毛涂成一线，红唇艳得像要着火。一眼看见了文臻，顿时眼睛大亮，指着她大叫道："我要这个！"

顿时一大群人冲了过来将文臻围住，有人笑道："满花寨子最美的花儿，今儿终于要捉到自己心爱的儿郎了！"

文臻偷溜的步伐已经迈出，听见"满花寨子"，顿时不动了。

刚才看过地图，满花寨子位于千秋谷和古田寨子之间，离两处都近，且路程也是相对最好走的。

她正愁不能尽快进入大山呢！

她停住了，不仅停住，还迎着那姑娘笑了笑，那姑娘原本看她动作有点犹豫，见她这一笑，那姑娘顿时大喜，手一扬，一段火红的丝带套上了文臻的脖颈，娇笑道："我的人，跟我走吧！"

文臻也就笑眯眯准备跟她走了。

谁知身后那个拼命躲避她的家伙忽然站起身，咳嗽一声。

那姑娘顿时将目光转过去，然后眼珠子就直了。

文臻眼睁睁看着她伸手去抽自己脖子上的丝带，看样子准备转献给那个家伙了。

她人生的第一次艳遇就这么快被艳压了吗？

文臻顿时急了。

无论是要解决闻近檀和共济盟的问题，还是要看看那几个神通姑姑是谁，抑或是想摸清大皇子是否控制了留山土著，她都必须尽快去古田寨子一趟。

这最好的机会可不能放弃。

她转头看那斗笠人，果然是个英俊的青年，但那张脸很陌生，文臻看见他耳后面具极其细微的接缝。

眼看那丝带就要被抽走，她急忙伸手按住，正色对那姑娘道："这位妹子，你确定真要换人？我可是咱们寨子里最英俊的小伙儿！不仅是咱们寨子，你去打听一下，整个留山比我英俊的也没几个了！"

那姑娘一怔，转头看她一眼，笑道："是不是最英俊我不知道，但这性子可真讨人欢喜。不过嘛……"她瞟着旁边面色僵硬的英俊男子，"这个就比你英俊，像我最喜欢的侠客！"

文臻："那就是个绣花枕头！我才是真正的侠客，我会舞剑！"

姑娘："舞剑啊……这位哥哥你会不会？"

英俊男子："……"

文臻笑吟吟看着他们，大姑娘这回一定要失望了。

看这人肢体僵硬，拳头紧握的不自在状态，明显没兴趣就这样当街被捉婿嘛。

结果她听见那男子咳嗽一声，看了她一眼，才艰难地道："我……我会。"

姑娘大喜："好好好，舞剑的汉子你威武雄壮，就你了！"

文臻："等等，留山最美的花儿，我还会做菜！"

男子："我也会。"

文臻："我还会打鱼打猎、会织布补网、会建屋筑房、会缝补衣裳……我上得厅堂下得厨房浪得大床，捉了我去你买不了吃亏买不了上当……"

男子："我也会！"

文臻大怒："我还会涂脂抹粉、画眉制香、裁剪绣花、打扮化妆！"

男子："我也……"

文臻："你再说一句我也会试试？信不信我现在就叫你把你的假眉毛重新画？"

男子："……"

第一百七十章

爱情指导老师

那姑娘眼睛在两人间转来转去，似乎觉得好玩，笑个不停，拖长声音道："哎呀，为我打起来了呀。"

文臻忽然叹息一声道："既然我会的这位兄台也都会，还比我英俊，那我也没什么竞争力了，我自愿退出。"说着将那丝带往下一抽。

那男子傻眼，立即道："那我也退出！"

那姑娘脸色一变，忽然变戏法般从袖子里又抽出一根绿丝带，往男子脖子上套狗一样一套，道："两位哥哥都这么出众，都这么喜欢妙银，那便一起随妙银走吧！"然后看一眼那脖子上绿油油的男子，顿觉心情舒畅了许多。

那男子正悄悄看她，见她眼神掠过来，急忙转过头去。文臻注意到他的耳朵又不动声色地红了。

她上下打量了一下那家伙的身形，嗯，笔直修长，肩宽腰细，姿态尤其挺拔，便是那般站着，哪怕戴着个僵硬面具，周身都透出与寻常男子迥然的俊挺肃杀气质，是非常招眼的风采和身材。

相比之下，自己充其量也就是俊秀少年，少了那般铁血男人味儿，难怪竞争不过。

四周的人在喝彩。

茶楼下有人吹着奇形的乐器过来，声音悠扬，四面八方的人们欢笑着赶来，立火节前的捉婿本就是一件乐事。

茶楼下停着一辆滑竿状的轿子，上下都编满了鲜花蔓藤，还缀着鲜艳的红绸布，挂着金黄的铜铃，几个健壮的赤着小腿的妇人抬着，笑嘻嘻地向着那妙银招手。

妙银便笑道："我的哥哥们，请上彩轿。"

文臻瞄了男子一眼，哪怕隔着一层面具，都能感觉到那男子都露出了崩溃的表情。

这让她心情愉悦，十分欢欣地当先上了彩轿。四周顿时一阵欢呼，文臻笑眯眯挥手，挑衅地看着那男子。

那男子僵硬地站在原地，文臻对妙银笑道："媳妇儿，你瞧，我还有一桩好处，亲切随和！"

妙银道："那就要你吧，两个我也养不起。"

那男子立即长腿一抬，跨上了彩轿。

妇人们哈哈大笑，肩膀用力，将轿子抬起，四面吹乐器的人们越发起劲，声响震天，妙银翻身上了她带来的披红挂彩的驴子，笑着冲四面的人招手："我把我的哥哥们带走成婚啦，一次两个夫君，这次祭女一定是我的！"

有姑娘嫉妒地尖声大叫："妙银，你今晚先要了哪个？"

"哪个听话就要哪个！"

笑声里，文臻也笑，南地民风开放，有自己的风俗，对礼教嗤之以鼻，认为人伦大礼，是上天赐予子民繁衍生息的礼物，无须受太多约束。这本身也是从发展族群的角度出发。既然如此，入乡随俗也就是了。

能被舒舒服服一路抬进留山深处，总比找不到向导一路跋涉要好。

唯一的不好是轿子简陋，原本只打算一人坐，如今挤了两个人，其中一人还身材高大，两人只能挤在一起。

轿子很快被抬走，众人欢笑着散开，等着下一轮的捉婿乐子，却有几个男人挤出人群，拿出袖子里一张画像，对着远去的文臻看了又看。

半晌一人道："看着挺像。"

另一人道："既如此，便跟着阿龙，你先回去报四当家，就说他要找的人可能已经到了。"

燕绥立在船头，看着手中的纸条，发出一声意味不明的叹息。

中文走了过来，用一支远目镜看海那边的风景，道："南齐那边下了严令，一艘舢板都不可下海，稍后会有静海城内应安排的小船趁夜来接，大皇子说了，他安排的护卫将会跟随殿下，请殿下做好准备。"

燕绥只是"唔"了一声。

中文又道："徽州那边有消息传来，林帅那边似乎在查咱们……"中文看着他的脸色，忍不住道，"殿下，真不派人去沿途保护文……"

“不用了。”燕绥唇角微微一翘，也不知是笑意还是讥嘲，“会有人保护她的。”

中文瞅着他，心想，殿下你老人家确定真的不是因为不敢派才不派人去的？

你是不是怕派了人暗中保护，万一被文大人发现，会火上浇油？

“再说，她都敢毒我了，我怕你们跟过去，会被她毒死。”

中文忍了忍，终于忍不住：“殿下，文大人不会想毒我们的，她只想……毒你。”

燕绥转头，没有什么表情地看着他。

“我错了吗？”

语气平淡，隐有杀机。

中文已经习惯了：“当然，文大人没有选择第一时间毒死您，只让您晕上一夜，还控制得毫无后遗症，属下十分感佩她的善良厚道。”

燕绥：“嗯？”

中文：“殿下，您不说人话，就不要指望别人干人事。”

燕绥：“嗯？”

中文：“一个连自己孩子都不要的男人，没有女人愿意给他做妻子。”

燕绥不说话了。

中文叹息一声，颇有些恨铁不成钢的意味。

“殿下，您明明从一开始就对文大人另眼相看，明明一直都很在乎她，但是您要么不表达，要么表达得过头。您得到的太少，因此遇见真想要的，就要得太多。您太过强大，因此也就不信任所有人的能力，我们的，别人的，甚至文大人的。

“如果您遇见的是一般庸碌女子，您这样的强大而有力，暗中包揽、保护一切的男子，会让她们欣喜若狂。但是文大人，她是可以和您并行的女子，从相遇到如今，她没给您拖过任何后腿，任何她单独面对的事情，也没有让谁失望过，她有能力自己飞，也有能力陪您一起飞，甚至可以帮您飞得更远。她也并不是一个愿意牺牲委屈自己的人，她有野心，有与野心相配的能力，但她却为了成全您的保护欲，愿意退后一步，让着您，守着您，这是她给您的信任和尊重，可是您呢，不懂文大人这样的女子，您把她的成全当成理所当然，把她的牺牲当成天经地义。您给出全部，却不知道她真正想要什么。

“就好比当初在宫中，您明明以各种方式保护了她，但是却根本不让她知道，那些温情和爱意，如果没有传递出去，那和没有给有什么区别？那些当时便可以给予的欢喜和幸福，文大人并没有享受到。

“也许于您自己也是委屈的。属下可以猜到您的心思，您大抵怕自己时日无多，所以想为她多做一些是一些，想让她少操心一些是一些。您不愿意留下子嗣，一来是怕自已早死她孤身带着孩子危机更大；二来是怕自己身体有隐患对孩子不利，将来对她更不利。但您想了这许多，却不去想文大人是怎么想的。”

燕绥：“你说完了？”

“还没有。”不怕死的中文觉得既然已经当了殿下的爱情指导老师，那就应该敬业到底，“属下奉劝殿下一句，既然您喜欢的是文大人这样有才能有主见的女子，那就凡事都要商量着来，给她真正的尊重。”

燕绥抬起了脚，中文早已做好了准备，挺了挺胸。

他已经穿好了水靠，就等骂完了被踢下海，游走去捞珊瑚去！

下一瞬他飞到了桅杆上，高处风声鼓荡，他脱去外衣，之后听见殿下淡淡道：“腿长在我身上，你凭什么以为还是下海？”

中文：“……”

燕绥转身走开，大抵再有半个时辰，他就要乘上静海城东堂内应派来的小船，进入战时的南齐静海。

静海城已经进入戒严状态，东堂这边潜伏在静海的所有力量倾巢而出，要刺杀南齐那位静海女总督。

而他直接拜访大皇子，提出他要找的名医就在静海境内隐居，他打着为父皇寻找名医的幌子，大皇子不得不安排人接应。

但他找名医是一回事，最主要的是想会会那位女总督。

然后杀了她。

杀南齐主将的功劳落在他手上，便可以洗清老大对他的全部指控。

然后他会利用南齐静海总督被杀的消息，刺激南齐军队悲愤奋起，热血出勇夫，东堂的下一仗就会输，一旦输，他会挟杀南齐主将夺帅之功，联合季怀远，反击大皇子作战不力，勾结静海总督，意图引狼入室，在南地拥兵自立。以兵凶战危之名，临阵夺取大皇子海军军权，打败东堂之后，便可借海岸线布防之机，顺势围困季家，将季家收在手中。

这是早已布好的一盘棋，只一着，便可再除去一世家，避免唐家合纵连横，顺带打下大皇子，将季家的势力收归手中，再去经营留山，以熊军和共济盟的实力，夺取留山，将整个东堂南境打通，南方势力收归朝野，或者自己。

他无心权欲，却在这越来越频繁的攻讦中惊觉，要想保护她在他离开后依旧安然，无人可以撼动，就得先收这天下有用之兵。

或许她比他更早地察觉到了这样的危机，所以才选择上五峰山，火中取栗夺熊军，先他一步做了抉择。

如今她去了留山，留山迟早是她囊中之物。

中原腹地诸军层层密布，位于朝廷眼皮子底下，能经营的只有偏远之地。

但他如果动静太大，在徽州一带总管边军的林擎的军权就会受到影响。

燕绥站在船头，他举起双手对着阳光，想起幼时在宫中那短暂而又漫长的三年。

想起那些黑夜里黑色的眸子，跃动着的情欲和跳动的火焰，想起午夜长廊上不能自抑的喘息声，想起殿室内迤逦不去的腻人甜香，想起丝帘拨动金钩时琳琅作响。

宫殿华堂、锦绣幔帐、玉阁翠笼如电闪，将对往事的回溯劈裂。

他放下手，慢慢皱起了眉头，想着也许中文说得对，他还是不懂爱。

因缺失而故作无谓，因无谓而不知进退，因不知进退而自以为是，因自以为是而最终缺失。

他挥挥手，中文从桅杆上滑下来，还没站稳，就急急道：“殿下，您不能去南齐静海。静海正当战时，局势紧张，那位女总督是个极其厉害的人物，您这样的身份，怎么能孤身冒险入敌国直接对上敌酋？您这归根结底还是为了冒险帮文大人铺路，她知道了一定会……”

燕绥一挥手，把他又送回桅杆上挂着了。

有些事，纵然她不喜欢，终究还是要做的。

她的岁月还长久，不能总在危机重重中活。

燕绥思索着，慢慢进入船舱，想着之前还打算，把杀南齐女总督的大功让给文臻，现在看来是不能了。

桌上放着一碗五色汤团是昨日吃剩下的，吃了一颗晕倒后再醒来时，他便命人将这五色汤团撤下去，用冰好好镇了，然后明日再拿出来热热。

那混账丫头带走了所有零食，一点牛肉干渣渣都没给他剩下，只剩这一碗汤团。

热好的汤团看起来和昨日一般，色泽香气都没变，他满意地坐下，拿起勺子。

这回他吃了三颗，身子才慢慢向一边倾倒下去。

倒下去的时候，他满意地叹息一声：“还是小蛋糕的东西好吃。”

加了药还是好吃。

下次估计就能吃四颗才晕了。

等到我安然无事把这一碗吃完。

看你以后还能拿什么来毒我。

第一百七十一章

文杯酒

彩轿在山路上悠悠地晃，并没有继续深入，在一处山口停了下来，妙银转身拿过文臻脖子上的丝带蒙住文臻的眼睛，道："我的好哥哥，这条路比较险，怕你看了害怕，让我牵着你们走好吗？"

文臻深情地道："只要我情妹妹牵着我，便是牵到十八层地狱去，我也乐意的。"

妙银笑弯了眼睛："哥哥嘴真甜。"

又有人请那男子下轿，牵过来一头同样披红的驴子，那人别别扭扭用绿油油的丝带蒙了眼，被带上了驴子。可惜身高腿长，腿一直垂到了驴子的腿部，文臻的眼睛哪里是一层布能挡住的，差不多也能看见，咬牙忍住笑。

之后便是驴子行路，那奇形乐器还在吹着，遮掩了四周的很多动静，文臻在驴子上摇摇晃晃，这是一条崎岖的小路，显然是属于少部分人知道的秘密，是两山之间的捷径，嗯，经过了一座水潭，再过去一片潺潺流水的山涧。这里的风有着茶叶的气息，附近应该有茶园，不远处应该有村寨。

前方出现一个岔路，三条路，左边是一大片黑色的岩石，右边的路有一块小小的石碑，写着"古田"二字。

文臻眼睛一亮。

左边是往千秋谷，右边是去古田。千秋谷的入谷之处就有大片黑石。

看来满花寨子就在这两处的中间，果然都不算远。

妙银带着文臻下了驴子，有人过来将驴子牵走，剩下的路是步行，走过一段茂密得仿佛迷宫的草叶林，再穿过一片草甸，爬过一段有些陡峭的山壁，才赶到建在山崖高处的满花寨子。

进了寨子，蒙眼布依旧没有拿下来，文臻听见四面都是女声，无数女子娇笑着唤着大花儿，又有人笑着去拉文臻，说要看看大花儿的吉祥郎。

吉祥郎在留山一带就是指新郎。文臻笑眯眯任她们牵下来上下其手，解下蒙眼布一看，果然大多是女子，原来这就是满花的意思。

而这个妙银显然是女寨主了，文臻看了看寨子的规模，再看看寨子的地势，笑而不语。

寨子中年轻女子不少，有很多都神色戒备远远看着，也有人欢笑着道大花儿怎好一次娶两个，那个高个子的就让给大家吧。

文臻立即大声道："是啊媳妇儿，你有我一个便够了，做甚还要这个傻大个儿？肯定能吃不能做，白费银钱。走，咱们去洞房花烛去。"

她拽了妙银就要走，那男子立即上前一步，道："我……我也……"眼看文臻似笑非笑盯着他，咬牙道，"我只喜欢妙银一个，别人我都不要！"

妙银心花怒放，一手揽了一个，对众女大笑道："那只好姐姐一个人享用啦。"

正要转身，忽然一个妇人装扮的女子上前道："寨主，我瞧着你这两个捉来的新夫婿，似乎不大妥当。"

妙银的脸色立即沉了下来，盯了那女子一眼，道："阿节，我的事轮到你管？"

阿节却似乎没感觉到她的敌意，指着文臻道："这两人的长相口音，说话语气，并不像咱们留山的人。现在外来的探子很多，朝廷的，季家的，最近听说还来了一批来历不明武功很高的江湖人，就在千秋谷那里占山为王，这么多不怀好意的人，你怎么能随随便便就把人往寨子里领？"

妙银冷冷道："我是寨主，我的夫婿怎么能算是外人？阿节，你别忘了，你也是个外来客，什么时候轮到你来管寨子里的事？"

阿节并不生气，笑了笑道："寨子大阿花，我很感激你当初救了我。但是你有一句话说错了，我是留山人，因为我掌握着这留山最高等的蛊术，至于我有没有资格管这寨子里的事，只要你答应我……"

妙银忽然截断了她的话："行了，不用说了。我保证，过了今晚，我这两个夫婿就是留山满花寨子的人，永远不会有异心，行了吧？"

说完她拉起文臻的手就走，那男子紧紧跟着。

文臻感觉到她掌心冰冷。

那阿节在她身后，犹自道："妙银，你害怕了，你不敢和我比试蛊术是吗？满花寨子里蛊术最高的人当寨主，这是千百年的规矩，现在你要把这规矩破了吗？"

妙银就像没听见，匆匆拉着文臻走了，一直带着她走到村子中央最大的一座竹楼下，两个小姑娘迎了上来，妙银脸色很不好看，吩咐小姑娘好好照应两位新人，晚上接出来一起篝火庆祝，便走了。

文臻和那男子对视一眼，当先走进了竹楼。二楼是卧房，披红挂彩颇为喜气，桌子上有好些点心肉类，文臻先前没有吃饱，如今瞧见，肚子叫了一声。

那男子听见，不动声色取出一根银针，将食物都试了试，看银针没有变色，便将食物往文臻面前推了推。

文臻嗤笑。

那男子抬头看她。

文臻在桌子边坐下来，弹弹手指，文蛋蛋滚下来，往桌子上一坐，噗地吐出一口口水。

几乎是瞬间，整座竹楼都似乎起了骚动，随即，竹楼缝隙、床下、桌子下、垫子下、盘子里……到处都是一片细碎之声。然后那男子就目瞪口呆地看着，缝隙里游过一条条毒蛇，床下爬出无数挥舞着双螯的蝎子，桌子下蚂蚁蜿蜒足有几米长……还有各种不知名号但看起来都一样恐怖的虫子，浩浩荡荡，列队而过。

而盘子里鲜红金黄的点心忽然都变了色。

男子一手搂住文臻，用力将她整个抱起，向后急退！

文臻猝不及防，被困在他的怀抱中，淡淡的松柏气息传来，十分清逸。

她毫不犹豫，手指敲在对方胸膛。

男子胸间一痛，急忙松手，文臻险些掉入蛇堆里，结果那些蛇比她还快地拼命爬开。

男子看见这一幕急忙要拔剑，被文臻按住。

他停手，目光落在文臻按住他手的手上。

文臻收手，有点忧愁地叹了口气。

男子此时也发现不对劲，看了她一眼，又看了洋洋得意的文蛋蛋一眼，道："你怎么知道这里有很多毒物？"

文臻在怀中摸出零食袋子，递给同样肚子叫的男子一袋，道："留山各寨子的地势，关乎着寨子的地位。这寨子全是女子，也不会武功，按说地位应该很低，住在山坳才是正常的，为什么能占据地势这么高、环境这么好的半山中部？那自然是因为她们有特殊技能，被人们所忌惮，联想到留山有些女子擅长蛊术，自然可以确定这寨子里都是蛊女，妙银既然是寨主，自然是比较强的那一个，她的地方怎么可能没这些玩意儿？"

"而且方才她和那个阿节说，我们是外来人也没关系，过了今夜，就要我们彻底成为寨子中的人，所以她指的就是给我们下蛊，让我们从此死心塌地？”男子接话。

“孺子可教也。”

“那么你打算？”男子捏着零食袋，不看她。

“我打算先吃饱肚子。”文臻指着零食袋，“吃啊，不吃白不吃。”

男子又犹豫了一下，才非常小心地用指甲揭开零食袋子，取出一块点心吃了，完了又小心封好，封回的形状和原来几乎一模一样。

文臻看着，觉得头更痛了。

转眼一看，文蛋蛋已经把桌上那些加料的点心肉脯之类都吃了大半。

文臻满意地点点头，示意文蛋蛋去男子身上滚上一圈。

男子也明白这是文臻制住蛊虫的法宝，任文蛋蛋滚来滚去，文臻看见文蛋蛋在男子头发上撒了泡尿。

文臻笑眯眯看着，完全没有提醒的打算。

天色渐渐暗了，外头燃起了篝火，伺候的小姑娘前来邀请两人去参加篝火庆祝会，目光落在已经吃了一半的点心上，满意地抿唇一笑，便去烧水，准备被褥，文臻听见她俩悄悄商量是不是要安排两个房间，好让寨主今晚可以轮流睡新人。

文臻一边下楼一边道：“哎，不用两个房间，我们已经商量好了，我们两人同时侍寝！”

她身后的男子一个踉跄……

寨子中间的空地已经清理了出来，燃起了一簇巨大的烟火，已经有很多姑娘下了场，拉成圈儿跳舞，彩裙翩然，在艳红的光影里飞扬，如一段斑斓的河流。

妙银和她的两位新夫君自然是人群的中心，大概是大家都知道两位新人已经吃了点心，算寨子的人了，这回大家的神情都亲切自然了许多。

文臻坐下后就很自然地接下了烤肉的任务，当地的烤肉都是大块的，文臻便把烤肉拍松、挖孔，填入蜂蜜和调料，她烤出的肉油脂四溢，甜香扑鼻，引得妙银都赞不绝口。

那男子一直默默坐在文臻身边，忍不住咳嗽。文臻瞧他一眼，和妙银嘻嘻笑着咬耳朵：“瞧，吃醋了呢。”

文臻举起烤好的第一块肉送到妙银嘴边，妙银一口下去，眼睛一亮，忍不住亲了文臻一口。

男子：“……”

文臻就好像没看见他深邃的眼神，撩起另一边的头发，风情万种地冲妙银笑：

“来，对个称儿！”

妙银喜笑颜开，果然对称着来了一口。

文臻眼眸一掠，看见男子躲开了目光，唇线抿紧。

她笑笑，将第二块烤肉递给了男子。

男子有点诧异，抬眸看她的眼睛，文臻眼眸里满满都是笑意，却存着三分戏谑。

妙银故作不满：“你还挺大度，看来不够喜欢我啊。”

文臻笑嘻嘻勾住她肩：“这还不是为了你吗？我和他搞好关系，不让你后院起火，你才能好好做这个寨主啊。”

妙银神色微微一暗，随即笑着捏了捏她脸颊，道：“你可真伶俐。”

她凑近文臻的脸仔细看她的毛孔，道：“咦，你这皮肤怎么比我还细腻，像个……”

男子忽然举起酒壶，干巴巴地对妙银道：“寨主，这酒我敬你。”

妙银的注意力顿时被吸引过去，却不接那巨大的牛角酒杯，笑道：“叫我什么？”

文臻眼尖，火光中发现，男子的耳朵顿时又红了。

他捏酒杯的手指紧了紧，好半晌，才哑着声道：“夫人。”

妙银哈哈大笑，接过酒，却又道：“你不陪我喝吗？”

男子无奈，只得拿过另一个巨大牛角杯。

文臻身上有文蛋蛋，文蛋蛋现在对迷药都已经有了经验，知道酒菜没有问题，也便笑眯眯看他们喝。

两人碰杯，妙银转头看文臻：“山外头不是有交杯酒这一环节？来来来，我们……我们三个喝！”

文臻：“……”

某人如果知道了，会不会血洗山寨？

东堂的交杯酒，是各自饮了自己杯中酒的一半，再交换杯子共饮。如今是三人行，三人都饮了自己的那一半后，便交换酒杯，三人互相对望了一眼，妙银手往文臻方向递去，偏巧那男子的手微微一动，似乎也是朝着文臻的方向，随即发觉不对，顿住不动。

文臻眼角已经瞄到他的动作，飞快地伸手去拿妙银的酒杯，又把自己的酒杯塞给妙银，笑道：“媳妇儿，可不能冷落了人家哦。”

妙银反应倒也快，伸手又拿起一个酒杯，喝了一半，递给男子，道：“我是一家之主，这交杯酒自然是我和你们两个喝。”

男子垂下眼，接过酒杯，却没将自己的酒杯递给妙银，好在那杯子大，妙银连喝两个半杯已经有了点醉意，也没在意，更没注意到男子接过她酒杯后，看似喝了，半杯酒却都泼在了自己衣领上。

文臻瞄了一眼，笑而不语。

妙银醉醺醺地一手搂住一个，道：“你们两个都很好玩……”

“那好好喝酒吃肉，等会好好玩呀。”文臻又递上一个巨大的牛角杯。

妙银又是一饮而尽。

她臂力挺大，把两人搂得紧紧的，四面都在笑闹，有人在偷看，文臻笑眯眯任她搂着，那男子却明显不自在，正要挣脱，却见文臻递来一个眼色。

此时两人都被妙银搂在胸前，彼此的脸靠得极近，从他的角度，正看见文臻一双眼睛波光流转，微微翘起的睫毛，似要撩到他脸颊上。

他看了一会儿，忽然便转开目光，连动作也忘记了。

妙银很快放开他们，因为文臻又敬她酒了，妙银就着她的手喝了一口，醉眼迷离地道：“哎呀，娘子们，我怎么到现在都还没问你们名字。”

“叫我小真好了。”文臻道，“至于这位姨娘……一个姨娘，名字不重要，你瞧他这么白，叫小白好了。”

小白：“……”

第一百七十二章

刺杀

妙银明显有心事，文臻拉着她叽叽咕咕，一边劝酒一边哄人。不多时，这寨子的人数、武力、道路、四面设置，以及妙银所知道的整个留山妙的各种信息，都进了文臻和男子的耳朵。

那男子不知道为什么也开始喝闷酒，越喝越放得开，到后来已经能配合着文臻，一起探听留山情况。

妙银喝着喝着，忽然笑着凑到了文臻耳边，道："相公……你和咱的姨娘是不是一对儿？"

文臻一时自己都没理清这诡异的称呼，随即便笑了，看了对面喝闷酒的男子一眼，也悄悄对妙银道："你看出我是女人了？"

妙银也笑："我只看出他对你不一样。"她拍拍文臻的肩，"我也不管你们，我只需要个人成亲。你们只要不害我和寨子，回头想出去，我给你们解了蛊送出去。"

文臻一怔，也拍拍她的肩："娘子，就冲你这句话，为夫一定好生把你嫁了。"

夜深了，面前的牛角杯摆了一排，众人开始围着篝火跳舞。文臻松开搭着妙银的手，妙银"咕咚"一声，便滚到了一边。

忽然有人笑道："寨主大阿花今天怎么醉得这么快？洞房夜也不要了？"

"莫不是怕阿节挑战她？毕竟阿节说过很多次了，她都不接话。这次干脆喝醉了，法子倒挺多。"

"也是啊，赶紧弄个人来成婚，就有了资格竞争祭女，一旦成为祭女，还怕阿节夺什么寨主之位？"

“祭女？凭她也配？”

一群人走了上来，一个女子踢了踢妙银，见她未醒，便转头看人群中的阿节。

阿节唇角一抹笑，从袖子里抽出一封黑色的信笺：“这是我的约战帖。”阿节柔声对醉成死猪的妙银道，“按说你是我的救命恩人，我不该挑战你，但是立火节上会有蛊术比试环节，优胜者会获得大祭司的赐福以及总寨未来一整年的援助和最好的田地茶园，这种关键时刻，当然要选最优秀的人担当大任。”

众人都深有同感地点头，也有一些人面露不忿，却不敢出声。

一个女子上前来，要把约战帖塞到妙银手中。

一旦到了谁手里，就算谁接受约战。

忽然一只手伸过来，截住了那张帖子。

众人愕然抬头，就看见文臻笑吟吟两指夹着那帖子晃。

递帖子的女子变了脸色，怒喝：“你怎敢毁坏约战帖！”

又有老妇人道：“快将帖子还回去！外人胡乱接帖子是要被推下山的！”

那男子一直默默看着，听见这话，就要上前一步，文臻正好后退一步，靴跟踩住了他靴尖，痛得他脸一抽。

“不是说接帖即应战吗？”

众人沉默，随即那递帖子的女子道：“你？”

“是啊。”文臻笑道，“我已经是妙银的人，夫妻一体，我接自然也是一样的。”

众人一阵骚动，又看阿节，阿节沉默一瞬，忽然柔声一笑，道：“自然是一样的。那么比试输赢结果也是一样承担，对不对？”

“对。”

阿节笑得更愉悦了，颔首：“好，那就约定明日午时？”

“行。”

阿节等人满意退走，四面其余人都用微带怜悯的眼光看着文臻，片刻后，阿节那边的人上场翩翩起舞，显然心情甚好，又招呼文臻去跳。

文臻也便欢快地应了，走上场的时候，听见一个女子道：“赶紧跳吧，过了明日，就再没机会跳了。”

文臻就像没听见，走上场前偏头问男子：“小白，跳一跳？”

男子急忙摇头，文臻也就客气问问，知道他不会去，便自己上场跟着蹦跶，偶尔一回头，隔着火焰光影，看见那人眼眸深邃，一直盯着自己。

焰色深红，在他黑眸中跃动，每一簇火花都映一个小小的裙裾飞扬的她。

忽然一大群少女涌上来，嬉笑着去拉那男子，大抵是觉得妙银寨主做不久了，这英俊挺拔的男子大可以提早染指，那男子随着人群来到篝火边。

他却很是僵硬，偶尔朝文臻的方向走两步，却总被人流有意无意地冲开。

文臻瞧着，在他又一次转身寻找她的时候，转到了他身边，一拍他肩头。

男子回头，那一瞬眼中露出的惊喜让文臻怔了怔。

正在此时大家笑闹着拉手，文臻看见他推开左侧少女递来的手，眼神却落在右侧她的手上。

文臻抬手拍了拍，笑道："有妇之夫，授受不亲，就免了吧。"

旁人听着没什么，还以为指的是她和妙银，但男子显然是明白了她的意思，眼神定了定，随即转开，退开一步。

他退后一步，顺手抄起旁边不知道谁的酒，灌了一口，抬眼看到文臻很快适应了群舞的节奏，旋身、扭腰、伸臂、踏脚……当地的男装是宽大的裙袍，色彩艳丽，翻飞间似芍药一层层在风中绽开，而瓣尖之上，是如花蕊一般娇俏的少女容颜，那般的莹莹似雪，皎皎如月，文臻额头渗出一层晶莹的细汗，衬得眉愈黑唇愈粉，皓然玲珑，温润生光。

满场的少女都是好年华，满场的女子都娇艳如花，他却只看见那一个她。

他端着酒壶，忽然看见篝火堆的火焰猛地剧烈燃烧起来，几乎要遮蔽天空，在深红火焰的掩盖下，前方黑暗中似乎白光一闪。

他抬手便把酒壶掷了出去！

一声脆响，酒壶和一柄匕首擦过文臻肩头，相撞落地。

文臻十分灵敏，甚至都没回头看一眼，踏前一步，身形一闪，已经混入了人群中。

这让对方的下一招没了目标，随即冷光又一闪。

"啊！"一声惊呼，一个少女忽然倒地，背后血淋淋插着一根箭。

人群立即骚乱起来，文臻大喊："立即散开，各自找遮蔽物！"文臻一脚踢翻一旁的水桶，浇灭了火堆。

对方是从远处发出的武器，篝火一灭，寨子陷入黑暗，对方就不能继续杀人。

忽然有人发出痛苦的呻吟，文臻低头，借着远处竹楼的灯火看见是一个老妇，大概是在方才的纷乱中被踩踏，此刻挣扎着却爬不起来。

她下意识伸手去扶。

忽然一声厉喝："让开！"

此时文臻也心中也忽生警兆，去扶的手迅速化为爪形，抓向老妇。

但此时一道风撞了过来，风势猛烈，将她撞开，与此同时，文臻听见一声轻微的"哧"声。

她听见这一声毫不犹豫双腿一夹，夹住那老妇颈项，带着那老妇在半空中整整翻了一圈，将那老妇狠狠掼在地上。

她自己踩着老妇的头翻出，落地时一手已经抓满了泥巴石头，狠狠往那老妇嘴里一塞，而文蛋蛋早已翻身而出，在那老妇身上滚了一圈，以防对方狗急跳墙施展蛊术。

这一系列动作做完之后，她手一伸，正好扶住了身边微微有些踉跄的身体。

熟悉的松柏气息，果然是那个家伙。

黑暗中目光相对，各自莹莹闪亮，她无声叹一口气。

随即她嗅见了淡淡的血腥气息，她凭着记忆一摸，果然摸到了对方胁下一片濡湿，她道："文蛋蛋。"

文蛋蛋跳上对方伤口，滚了一圈，又跳上她发辫扯了扯，示意无毒。

文臻这才微微放了心，人群渐渐散开，遁入各自竹楼，而不远处隐约有脚步声传来。

她将老妇拎起，一手架住了男子，又让他将妙银背在背上，道："回竹楼。"

男子也没反对。现在敌方不明，贸然向外闯是件非常危险的事。

没有冷箭再射来，隐约听见阿节在发号施令，安排蛊女去巡查寨子周围，竟然已经开始履行寨主职责了。

几人很快回到竹楼，文臻正准备审问那老妇，却见那老妇随即气绝了。

文臻清晰地看见她胸口突然塌陷了一块，好像忽然被人隔空打碎了胸骨。

她霍然扭头，看向外面的黑暗。

然后她看见了大开的窗户，老妇的位置正对着窗户。

文臻蹲在老妇身边，将她身上搜索一遍，又摸了摸脸皮，确认这就是一个普通老妇，眉头一皱。

随即她绕开窗户，从旁边将窗户关上，又将老妇的尸首拎起，堵在窗子边，才回到桌子旁，点起蜡烛，一手拿着解酒丸塞进妙银嘴里，一手去抽男子腰带。

男子避开，文臻手停在半空，顿了顿，轻轻一拳打在他腰间。

男子整个人顿时弯成一团，脸上的面具都皱了起来，文臻趁势抽出他腰带，匕首一晃，已经割裂了他腰间的衣裳，露出血淋淋的五个洞。

文臻皱起眉头。

这伤看上去像人的五指抓的，但是文臻可以确定，击中他的人绝不会是当时在人群中的人。

那风声和出手的人明明是在远处，她原以为是暗器。

这样的伤口让她凛然。

她取了伤药来，跪坐在他身侧，给他敷药。

男子似乎有一瞬间想躲，最终却没有动，他微微侧头，看着文臻撕出干净布条，手指翻飞，熟练地清理创口、上药、紧紧包扎。

他比常人坚冷的目光，也因为这些熟练轻柔的动作，渐渐缓和至温柔，像雪山那边掠过了关内的春风，携着杨柳的清逸和桃花的艳，所经之处，暗香不散。

妙银睁开眼的时候，看见的就是这样的一幕。黑暗在视野里渐渐剥落，显出那一对窗下裹伤的人，受伤的人身躯依旧笔直，微微侧头落一段目光于那人肩，低头的人身姿婉丽，从肩到腰到腿，弯折的剪影柔和美好。

妙银忽然便感觉到这一刻对于某人的珍贵，她并不想打扰，却不能自控地发出一声咳嗽。

与此同时，文臻拍拍伤口，道："好了。"

男子仿佛微微一惊，随即便见文臻毫不犹豫地向妙银走去，眼神一黯。

妙银坐起身，一眼便看见了桌上的帖子，顿时大惊："哪来的！"

"阿节给的。"

"这是约战帖！阿节怎么能就这样放在这里？不行，得让她拿回去，我不接……等等！"妙银忽然想到了什么，震惊地抬起目光，"你接的？"

"是啊。"

"你……"妙银瞠目半晌，颓然往下一坐，"你害死我了！"

"不就是个挑战吗？接了便是。总躲着难道是办法？还是你就这么喜欢当寨主？"

"不是我非要当这个寨主！是这个阿节心术不正！她被野兽咬伤，在山下动弹不得，是我救了她回寨子养伤，这人一开始表现得温柔良善，乐于助人，又蛊术高超，将寨子里的大部分姑娘都笼络了去。但我渐渐就觉得不对劲，阿节蛊惑寨子里的姑娘，去总寨那里争地盘，争地位，说大祭司在这次立火节后，要商讨留山九部彻底合并一事，但因为有些寨子的寨主不乐意，我们身为蛊术最集中最优秀的满花寨子，要为大祭司早日分忧，将来留山九部合并，满花寨子就能拥有最高的地位，好好地扬眉吐气。"

文臻从妙银的叙述中，才明白满花寨子之所以全是女子，大多是因为在情场或者生活中受挫失意，一开始是觉得同病相怜便聚集在一起，后来遇上一位蛊术出众的前辈，在她的指导下大家都学会了一两种蛊术，从而能保护自己，在这地形复杂，瘴气毒虫遍布的地域从容生活。而当满花寨子成了气候，渐渐就有很多生活不如意的女子投奔而来，就有了现在的规模。

但是当初教导诸女蛊术的前辈也曾说过，蛊术驭天地之毒，伤人间天和，非到迫不得已，不可随意使用，更不可以使之成为他人手中的利刃，肆意挥舞，戕害同胞。

妙银这一脉就是当初那位蛊术大家的徒弟的后代，这一脉代代相传，以保护寨子的安全为己任。

到了妙银这一代，妙银天资所限，蛊术平平，本就难以服众，偏巧还救了个白眼狼，这阿节巧妙地唤起了众人心中的不平和欲望，一心要将妙银取而代之。

妙银知道自己比不过阿节，一旦比试必输无疑，但是又决不能将满花寨子拱手相让，她虽然并不是很明白阿节那些言语是否有害，但直觉地想要避开所有的权欲争夺，更不想让姐妹们对留山同胞出手。

心中的猛虎，一旦出了柙，那便再难避免血雨腥风。

她为此忍受避让阿节不断的挑衅，并试图在立火节前捉婿，想试试看自己有没有机会做祭女，做了祭女，地位提高，阿节和大家应该就能安分了。

文臻听着，心想眼前的姑娘虽然智商平平，但还算灵台清明。只是女人本就心胸狭窄些，这么多怨气不散的女子聚集在一起，又掌握了一门可操纵他人生死的奇术，实在好比一个巨型炸弹，迟早都有阿节这样的人来点燃。

只是这阿节出现得奇怪，行动更奇怪，这肯定不是她的个人行为，她背后的人是谁？

合并留山九部只是个说法，寨子零落大山之中，要统合很难，留山土著一向也自给自足，不愿与外界多来往，但其实这是一个非常有潜力的种族，他们有的村寨善于养马，养的马能走山地；有的村寨常年翻山越岭，骁勇劲健，更有满花这样的全员能使蛊术的强大村寨，真要能统合，那力量不可小觑。

满花寨子出现了一个阿节，其余寨子呢？

熊军和共济盟所在的千秋谷，在这关键时刻出现，是会被视为可以统合的对象，还是必须要拔除的变数？

如果被视为后一种，那么留山这里那些背后操控的人们，那位神秘的大祭司会对千秋谷做什么？

文臻的手指搭在一起，微微弹动，心中有种风雨欲来的兴奋。

身边的妙银已经过了沮丧期，忽然一弹而起，一把抓住文臻，又拉起那男子，道：“走，我送你们走，快走！”

“做什么？”

“是谁接的帖子，就是谁去比，你又不会蛊术，上去就是死。这不行，这本就是我的事，所以你们今晚就走吧。”

“可是你比不过阿节。”

“比不过就比不过，反正总比你强一些。别说了，走吧，走吧！”妙银拖着文臻往竹楼下走，文臻纹丝不动，垂头看着她，忽然笑了。

“你这样让我心情很好。”她笑道，伸手按住了妙银后颈。

妙银眼睛一翻，再次倒了下去，闭上眼之前，她听见文臻道：“放心，阿节拿不走满花寨子。不仅是满花寨子，整个留山，谁都拿不走。”

第一百七十三章

静海城

“太史阑是个人物。”燕绥行走在静海城的街道上，一边打量着四周风物，一边随口点评。

他身边是日语，只晓得眨巴眼睛，看着他家殿下。

燕绥不由有点怀念中文。但回头想想，这时候中文若在，八成会说：“殿下，我就说了，太史阑是个人物，您就不该来冒险，这要被文姑娘知道……”

文姑娘知道会怎样?

燕绥想了一下这个问题。

嗯，文姑娘如果知道，应该会给他做升级版八色汤团。

燕绥立在深秋的风中，微微扬起唇角。

日语忽然仰头看着他，并警惕地看了看四周。

因为在殿下笑起来的一瞬间，他清晰地发现四周投来无数灼灼的目光。

满街的女性都在盯着他家殿下，他家殿下脑子里只有毒汤圆。

日语仔细看了看他家殿下，觉得他气色不大好。

“殿下，您还是早些回客栈休息吧。静海这边我们得到消息，他们的总督近日闭门不出，也并没有参与战事，总督府警备森严，这事儿咱们不能急。”

“再逛逛。”

“您还得回去换药呢。”

“不换。”

“药汤也应该熬好了。”

“不喝。”

“殿下，是不是文姑娘来了，您就肯换，肯喝了？”

“那你让她来啊。”

这天没法聊下去了。日语想了半天，最后只能问：“殿下，您方才说太史阑是个人物，什么意思？”

燕绥还是那懒懒的样儿：“你看这集市，这人流。”

日语看了一圈，一脸蒙：“很热闹啊。”

燕绥叹口气，再次怀念起中文。

“静海正当战时，然而这城中人并不见太多慌张姿态，集市开业，商埠繁华，百姓乐居，平静安详。说明官府清明，治理有方。”

“也许是离海域还远，总督府封锁消息，百姓还不清楚战况？”

“我们方才进城时，有不少车队出城，而且不是商队，像是大户人家的家眷，车队都不小，显然也不是出城进香，那就是有部分士绅已经开始逃难。所以应该没有封锁消息。”

“我听说这位总督来静海时日不久，风格却狠辣决断。一出手就灭了盘踞静海海域多年的大海盗海鲨，断了大皇子的海上势力的一只手，又以最快速度掌握了静海的兵权，将一盘散沙的静海治理成了一块铁板，废了大皇子花了五年工夫的经营。不然今年下半年，大皇子很可能就拿下静海了。”

“说起来，这倒算太史阑帮了东堂一个忙。如果老大拿下静海，真不知道会出什么幺蛾子。”

“既然如此，殿下你就不要再去杀她了，让她和大皇子拼个你死我活不好吗？”

“真要能拼个你死我活也罢了，但就凭老大，是她对手？太史阑不除，未来十年，必成东堂之患。既然她一定要死，那自然是最配死在我手上。”

两人一路走一路逛，前面就是静海最大的集市，燕绥以前是从来不去集市的，日语下意识要走开，却见他家殿下直直地走过去了。

日语跟上去，这集市很是热闹，可以说是摩肩接踵，但他家殿下所经之处，明明也没见他闪躲别人，也没见别人让路，但就是衣角不沾，点尘不染。集市也很大，一眼望不到头，但燕绥转眼就逛完二分之一，日语原以为他逛街是想给文臻买些别致玩意，然而眼看过了脂粉摊、绢花摊、杂货摊，只好提醒殿下：“殿下，再过去，就不卖女人们的东西了。”

燕绥忽然在一处摊位前停下了。

那是一处卖海货的摊位，摊主为了表示自己的东西货真价实来自大海，很多东西都保留着从海底捞出时的原样——生着水锈，气味腥咸，斑驳发绿。

但是摆放得很齐整。这摊主大抵也有点强迫症，东西都按样式、大小、颜色分得清清楚楚，只是因为多半脏污斑驳，顾客零落，倒入了燕绥的眼。

他的目光落在一块密布水藓绿斑的玉佩上。

那玉佩被各种海底微生物侵蚀，已经快要看不出原本的纹路，那摊主看燕绥看那玉佩，热情招呼："客人，您可真是慧眼，这是深海沉船底捞出的好东西，据说关联着一个巨大的秘密，如果能破解，保您一辈子富贵荣华啊。"

燕绥瞟他一眼，唇角一勾。

"荣华富贵吗？"他戴上手套，拈着那滑腻腻的丝绳，"抄家灭族也有可能。"

玉佩在他指下反射出暗绿色的光芒，他端详半晌，手指在玉佩上缓缓滑动。日语眼尖地发现，玉佩上的纹路渐渐变得清晰，其中有几处，原本的纹路被燕绥抹去，又勾勒上了新的图样。

片刻之后，已经微调的玉佩被扔回了摊位，摊主刚要变脸色，燕绥淡淡道："虽然你这个荣华富贵是假的，但我人比较好，也送你一场可能的荣华富贵。你记着，以后摆摊时，把这个玉佩放到最显眼的位置。"

不等摊主回答，他已经转身离开。

日语跟在他身后，悄声问："殿下，我瞧着那玉佩图样有点像……"

"对，英文三年前搜集到的一个消息上有这个图样。"

日语暗暗咋舌他家主子的记忆力，却又有些不明白："这图样……"

"南齐有一个神秘大族五越，早年盛极一时，现在已经衰微了。但是英文有次无意中探听到消息，说是五越死灰复燃，可能有意复国。他觉得这信息有用，提交给我看过，并且附上了五越的一些重要标记，其中这个玉佩图样就是五越的传国玺。"

"那这个玉佩……"

"假的。"

"啊？"

"应该是当年五越之主令人仿制的赝品，因此在某些细节上有些不同，我刚才修改过了，修得和原版一样。"

"那您的意思……"

"如果五越想要复国，那么一定在寻找这个传国玺。毕竟这东西拿到手就能号令百万五越遗族，确实可以带来无穷权力和荣华富贵。这世上又有几人能够抵受这样的诱惑？一旦拿到这玉佩，又有几人能收住手？收不住手，南齐的安宁还能有几天？"

日语：您是不是太操心了，这种随手就给别的国家挖坑是要闹哪样？

“那您还不如干脆自己拿了这传国佩搞事好了……”日语嘟哝。

“小蛋糕说我要养生，不要太费心。”燕绥理直气壮答。

燕绥抬脚继续往前走，前面有个店面，装潢甚是别致，有些洋外风范，燕绥进去后，发现卖的是一些成衣，他穿衣向来讲究，不穿外头买的衣裳，因此也便意兴索然要走，忽然看见角落里的一样东西后便停住了。

那一角有帐幕挡着，女店员在那看守，见燕绥过来，正要阻拦，一瞧见他的脸，顿时什么都忘记了，眼睁睁看着他进去。里头几个女子正在选衣物，没想到有个男子就这么进来了，顿时一阵惊呼。

燕绥却是向来不把这世上除了小蛋糕之外的女人当成人的，看也不看那些人一眼，只拿起柜台上包装精美的一件衣裳看了看。

说是衣裳，其实就是内衣，是他曾经在文臻那里见过，并且自己也亲手做过的那种内衣。他一边拿起看，一边伸手挡，将也要跟进来保卫的日语给推了出去。

手中的内衣是黑色，颜色十分大胆，但是那内衣的用料和制作精美程度，却远远不及当初文臻的那件，样式也差很多，不过燕绥对这内衣的颜色十分欣赏，心想小蛋糕那奶白的肌肤，穿上这样的颜色，黑白分明，想来定然是很好的。

殿下捧着黑色内衣，那些女子目瞪口呆地看着他，再看看他旁若无人地捧着那东西，顿时都尖叫一声，一窝蜂拥了出去。

燕绥很快放下了内衣，他对这样粗劣的东西没有兴趣，只是决定以后要给文臻多做一些黑色的。

他的眼神又落在了柜台下遮遮掩掩的一个小包，也不等小二拿出来，自己一抽，入手软滑，有点像水靠，他展开一看，正好探头进来的日语脸瞬间红了。

那什么衣裳?

看样子是女子的，十分窈窕贴身的感觉，材质轻薄滑溜还有微光，但是为什么只有半截!

裤子在哪?

还有那么窄小，穿上以后一定……

日语捂住了眼睛。

他退了出去，片刻后又进来，殿下要付钱。

付了一笔令人咋舌的银两之后，日语十分怀疑殿下是把这家店给买了下来，然而殿下出来的时候两手空空，像是什么都没买。

日语的眼神往殿下怀里瞄，他严重怀疑殿下把那玩意塞到他自己怀里去了。

第一百七十四章

为卿骨断犹不悔

满花寨子里，文臻将妙银放在地毡上，招呼男子："去床上睡会儿。"

男子不看她，手按在剑柄上，"你去睡。"

"我和妙银在地毡上休息。今夜可能不会安宁，睡床上可能危险更大，我需要你帮我挡一挡。"

男子立即起身去了床上。

文臻在屋中翻箱倒柜，似乎在找着什么东西，男子忍不住低低道："你在找什么？我来帮你好不好？不要动静太大惊动敌人。"

"我找针线。"

"找针线做什么？"

"哦，你衣服撕破了，我帮你补补呀。"文臻一边找，一边漫不经心答。

"那个……不用了吧。"男子的声音越说越低。

然后被文臻的欢呼声打断："找到了！"

文臻翻出一盒针，不是普通绣花针，比较长，可能是蛊术要用的针。

文臻低头嗅了嗅，又命文蛋蛋在上头撒了尿。

她找出一块比较结实的布，将针均匀插在上面，然后裹在自己的脖子上和心口等要害部位。

床上的男子已经将自己的衣裳准备好，看见她此刻动作，语气似乎有些失望，道："你这是……"

文臻回首一笑，然后猛地将挡在窗口的老妇尸首掀开，自己站在了窗口。

男子大惊，立即扑下床，隐约听见和先前那个老妇受袭击时候一样的声音，惊得浑身一抖。

但随即他便听见文臻又爽又甜的笑声。

笑声里，隐约听到远处一声痛呼。

“第一个。”文臻笑眯眯对黑暗中点点头，关上窗户。然后取下了裹住要害的带针的布。

那些针上已经凝了鲜血。

果然猜中了。

之前她就怀疑，敌人中有人能隔空伤人，那个老妇就是这么被杀的。

但是异能也是有限度的，千里之外取人首级这种事不会发生，她试了一下，对方要想出手，必须没有物体阻挡，且限制在一定距离内。

这种异能在某种程度上是身体的部位在转瞬间卸下又重组，也就是说，就算隔空杀人还是要用手的。

所以她打开窗户，以身为饵，对方果然出手，想必现在手已经废了。

她没有回头，道：“你的箭呢？”

男子垂眼，从身后摸出弓箭。

“做好准备。等会我指向哪里，你射哪里。”

文臻一边说话，一边点燃了蜡烛。

此时点燃蜡烛是不明智之举，男子却没有问，对文臻十分有信心。

文臻举起蜡烛，走到窗边，今夜无风，烛焰忽然一跳。

文臻辨准了那个方向，将蜡烛狠狠一扔，火焰割裂黑暗，画一条鲜明的红，虽然去势很快，却奇异地始终不灭。

利箭破空，追蹑火焰而去，比火焰后发先至，越过那一线红，将那火苗长长扯成一片血红的旗。

然后一声闷响，爆开血雾。

那是从胸口带出的鲜血。

黑夜中立在窗口的文臻，声音冷如长夜：“第二个。”

随即她离开窗口，就在她离开的一霎，支起的窗板忽然落下，只差一点就撞到她的鼻子。

然后“咔嚓”一声，整个窗板脱离窗框，闪电般向文臻飞来。

文臻还没动，身后男子已经收弓飞扑而至，一把抱住文臻，向后猛地一滚，窗板撞在床栏上，碎了一地木屑。

他抱住文臻的时候，文臻还没忘记顺手拎起地毡上的妙银。

三人都跌撞在床上，文臻落下的时候将妙银甩到了床底，却没注意自己压着了男子的伤口，男子咬牙，一声不发。

文臻也没注意到此刻两人的姿势，她没有时间注意，她落到床上的那一霎，便一拳击打在床上，被子翻腾而起，展开，她又一拳送出，被子四角展开，平平搭在床架上。

“钉住被子！”

男子反应也快，连发四箭，将被子钉成一个厚厚的屏障。

屋子里此时已经乱了套，室内所有的东西，都在呼啸飞舞，一次次撞击在被子上，奈何被子厚，稳稳挡了下来。

文臻探出手，抄住了一套弓箭，大概是妙银平时打猎用的，低头看了一眼身下男子的身高，这一看，才注意到自己的姿势，赶紧要起身，谁知男子忽然眼神一厉，猛地伸手，将她重重一按。

文臻被压在他胸膛上，嘴唇正贴在他锁骨上。

“哧”的一声响，就在她方才坐着的位置，刀尖刺破了被子，刀光森寒地亮在她头顶，照亮两人的眉眼。

挂在墙上的腰刀，在飞舞中落了刀鞘，又刺穿了一点被子，如果她还坐着，脸就要破相了。

黑暗中两人双目相对，男子眼底光芒猛地一跳，似一簇烟火从天幕挣脱。

文臻感觉到了唇下的温热，还感觉到对方下意识抬起的双臂。

她猛然翻身，手肘按在床上，从对方身上凌空翻过，半点肌肤都不触。

随即她起身，将拿好的那副弓箭架在床的上方，露出一点弓的形状，随时就要击发。

随后她把妙银往床底再推推，在她身上又加了几个枕头防护，对男子做了个从侧面下床的手势，男子会意拔剑，剑气凌厉如白练，竹墙无声无息碎裂。

两条人影悄无声息从侧墙蹿出，文臻那双眼睛在黑暗中熠熠生光，向上一看，就看见对面一座竹楼顶上，一人正遥遥站着，双手挥舞着。

她对着那人一指，道：“应该是最后一个。我去吸引他，你去暗杀。”

不等他回答，文臻已经冲了出去。果然她一出现，那高处的人立即注意到了她，手一伸，一柄刀已经破空而来。

文臻疾退，却在退后的时候，看见身边竹楼上垂挂着很多沉重的兽骨。

这让她不禁一怔。

既然是隔空控物，那自然是离她越近越有效果，为什么对方舍近求远？

然后她便见那人似乎是要追她，但在抬脚之前，却忽然反手一甩。

那人身后那轮月色光影里，已经无声无息多了条修长的黑影。

那是去潜伏偷袭的男子。

这一甩，便有一道冷光，忽然从黑影身后出现。

文臻心中暗叫不好，她忽然出现是要吸引对方注意力，好让男子偷袭，但现在很明显，对方的注意力不在她身上，反而反攻了偷袭者。

男子在月中的剪影柔韧，从头到脚的凌厉峻拔，如一支弦上将射的箭。

他背后长剑在月中寒光闪闪。

已经拔出的剑身一横，正迎上那道冷光，剑光毫无阻碍击飞那冷光后，便如星河倒挂而下。

血光爆现。

竹楼高顶人影坠落。

坠落时，那控物者的眼睛还紧紧盯着文臻，笑吟吟踏月而来。

控物者将一直高举的手摆了摆，那个奇怪的手势还在。文臻道："第三个。"

尸体落地，男子也飘身而下，神态警惕，道："都解决了？"

文臻道："这是异能者，也就是你们所说的天授者，你应该知道这种人才不会有很多。"

"你怎么知道有三个？"

"你猜？"

"从你最初遇刺，天外飞刀，你猜出有人能控物。之后那个老妇被隔空灭口，和我胁下的伤，你看出有人能隔空伤人。"

"然也。还有一个人能控制火焰，我记得遇刺那一刻，篝火忽然爆燃，就是他在出手，以此掩盖第一个能控物的家伙的飞刀。如果不是你砸出酒壶，可能我就中招了。不过能控火者，体质必然吸引火焰，所以我抛出点燃的蜡烛，火焰不灭，便指明了他的所在。"文臻忽然上前一步，对着黑暗道，"天机府成立多年，至今精锐也不过数十人，每个人都是从千万人中苦苦寻觅而来，每个人都经过十年以上的训练培养，如今一下在这里折损了三个，我想请问黑暗里的这位大侠，你有多少精锐经得起这样的消耗啊？"

她声音不高，却传得远，对着黑暗，像闲聊，也像宣告。

四面寂静一片，仿佛她真的只是对着空气自说自话。

文臻并不在意，又道："不信邪，不怕没法和主子交代，尽管派人来，来一个我宰一个，来两个我宰一双。看是你们天机府的精锐多呢，还是我的手段多。"

她说完，蹲下身看了看眼前的尸首，是一张普通男子的脸，身材较矮，文臻瞧了一会儿，目光落在这人手上，感觉到了违和感，于是伸手去揭这人面皮。

一层薄膜揭开，里头露出的脸，竟然是那晚燕绥床上的两女之一，长得有点像她的那个女子。

这个人，她原先就发觉了她们是天授者，猜想她们可能是燕绥要来保护她的，但季怀远想要讨好燕绥，授意她们用身体献媚燕绥。

以燕绥的性子，不相干的人他只会嫌脏，这两个女子一旦做了这种事，她又气走了，燕绥再留对方也无用。

那这女子为何出现在留山？还参与了谋杀她的行动？

她忽然想起先前这个女子对上她的时候，那些有点奇怪的动作，以及最后对眼前男子的出手。

她的心猛地一跳。

男子十分警醒，立即道："你认识？"

文臻笑笑，将面具扔回去，道："怎么会。"

她说完，拍掉手掌上的灰，道："走吧，明早还要比试蛊术呢。"

男子也没反对，四周没了动静，想来连杀了三名天授者，文臻最后还对他们威胁警告了一番，让对方也觉得这损失承受不起，暂时撤走了。

两人往妙银的竹楼走，男子落后文臻一步，文臻知道敌人来自寨子外，他是在用身体为她挡住可能的刺杀。

两道人影，一前一后，踱在地面一片莹莹的银白月色中，文臻看着对方虽然受伤却依旧笔直的身影，心中微微叹一口气。

此时，她忽然心中一动。觉得自己好像忽略了一件很重要的事。

但一时却又想不起来。

对于想不起来的事情，最好的办法是一件件回溯，文臻便从方才的出手一步步往回想，杀掉控物者、偷偷出房、杀掉控火者、杀掉隔空杀人者、老妇的死……

老妇！

文臻忽然明白了问题出在哪里。

她仔细看过那个老妇，是个普通的寨民，没有任何武功的底子，甚至连蛊术的气味都没有，她唯一适合对自己下手的原因，是当时她离自己最近。

那她为什么会对自己下手？

是不是因为最近，所以被选中？

用什么方法选中的？

还有一个天授者！

这个念头刚起她便低喊：“还有一个！”

同时一个箭步猛蹿了出去。

但是已经迟了。

身后一声疾响，一直保护她的男子向她当头罩下！

寒气瞬间渗骨，这速度和力量，距离又这么近，文臻知道自己绝对躲不了。

但她绝不放弃，头也不回，拼命往前蹿，低声喊：“林侯！林飞白！我是文臻！”

“我是文臻！”

像雪山忽然从头顶倾倒。

然后被天神之手倾力一挽。

那似乎可以笼罩天地的寒光微微一顿。

随即文臻听见了一声清脆的“咔嚓”声，像是骨头被生生打断的声音。

她扑倒在一丈外，后背凉飕飕的，背后衣裳已经撕裂开。

长剑落地。

文臻还是没回头，再爬出一丈，才喝道：“文蛋蛋，唤小弟！”

文蛋蛋滚了出来。

刹那间嘈嘈切切，细细碎碎，似梦呓似低语似噩梦里发出的压抑之音，群山都似乎因这令人牙酸的声音而微颤，于风的乱和叶的颤中，无数细小的黑影从寨子的各个角落爬出来……

全寨的毒物和蛊虫，都在刹那被文蛋蛋催动。

文臻动了怒。

这藏在暗中的最后一个天授者，无论他藏在这夜山中何处，她今日都要叫他来得去不得！

黑暗深处，忽然爆发一声惨叫。

文臻没有去看。

所有毒虫被催动，那个人活不了，而刚才杀掉的那三个也肯定留不下尸首。

倒省了她处理尸体的麻烦。

文蛋蛋大范围催动毒虫很耗它的体力，文臻轻易不愿使用它，就是不愿意让自己对文蛋蛋太过依赖。

但终究是大意了。

居然还漏了一个控人心神者，这人控制老妇刺杀她不成后，便隐在暗处，一直等到林飞白和她同时出现，杀了他其余三个同伴，放下心防之后才悍然出手，一出手便控制住了林飞白，对她下了杀手。

她转头看向林飞白。

其实早就认出他来了，但既然他要装样子，她也懒得揭穿。

但刚才生死之间，再不叫破，小命不保。

一回头，她脸色就变了。

林飞白站在那里，剑落在脚下，持剑的那只手，以一种奇怪的姿势软垂着。

一看便知道，那是断了。

文臻忽然明白了。

林飞白练的剑和他的本人风格一样，一出必定见血，一往无悔，要的就是那破釜沉舟的杀气和烈性，因此他剑一出，自己也收不回，那一声骨断之声，是他自己生生砍断臂骨发出的。

第一百七十五章

我信他

文臻怔了半晌，揉了揉脸，心底叹息一声。

那么能撩的周大小姐怎么还没收服这头神兽呢。

看她家饕餮都被她搞定了，明明她段数比周大小姐差远了。

果然心志坚定的人一旦钻进牛角尖，就会死死嵌在那里。

她扶着林飞白回到一片狼藉的竹楼，拆下被子，将妙银挪出，扶着林飞白在床边坐下，便急着去找夹板等物。

林飞白一直凝视着她，道："别忙了，这都快天亮了，天亮后还有事，你赶紧休息一会儿，我看你气色不是太好。你今天吃得很少。"

文臻端着东西过来，一把撕掉他的面具，果然看见他额头冷汗一片，却强撑着不露半点疲弱声音。

"自己更难看就不要说别人了。"文臻给他包扎，"你怎么会来这里？师兰杰他们呢？"

"近期陛下让我去军中历练。父帅接到密报，说西番大将耶律靖南潜入东堂境内，往南一路来了，怕他心怀不轨，父帅命我一路追踪，一直追到留山附近，我无意中发现了你的踪迹。师兰杰他们跟踪另一路，很可能已经被耶律靖南发现，派人引到别处了。"

"这个耶律靖南是谁？"

"西番重臣耶律家族的人，前阵子曾进攻南齐，据说大败而归，小命都险些丢了，因此受了一阵冷遇，大抵不甘心，又想在东堂作妖，换取功劳做进身之阶了。"

文臻抬头和林飞白对视，两人心中都想到了一个人。

西番的大将乔装改扮，出现在大皇子的势力范围。

联想到现今的海战，和留山的诡异动向，大皇子这是想做什么？

文臻忽然道："安王殿下拥海军守东南，有军权，却远离中枢，看上去很安分。"

林飞白："大皇子所统带的海军虽然号称有二十万，但面前有连绵三千里大山横亘，侧方就是林帅所带的边军，海军无法涉山地，父亲随时可以越徽州一线钳制他，海军再多，想从斜月海峡一路打到中原腹地，也几乎是不可能的事。"

文臻："但如果大皇子拿下留山，以留山土著为先锋，开拓出出山道路，再勾结西番，由西番出兵牵制林擎，再借和南齐海战之机，出苍南一路挥师北上……"

两人再次对视了一眼，都觉得心中有寒意泛起。

"你刚才说了，大皇子多年都很安分，为什么忽然动作频频？还有太子，近期我觉得也很是怪异，居然失心疯地要招惹我们。"

文臻对这位大皇子安王殿下并不熟悉，只知道他是一个普通嫔御之子，那位嫔早已死去，娘家式微，一个嫔位还是在大皇子封亲王之后追封的。那位嫔在世的时候，是容妃宫中的低等嫔御，因此大皇子和容妃关系不错，大抵也是受了容妃嘱托，驻守海峡之后对季家很是照顾，麾下有不少季家一系的将领。

林飞白犹豫了一下，才低声道："听说，陛下的身子……"

文臻皱眉，忽然道："我给你一个建议，你这就写一封信给林帅。请他无论听见了什么消息，遇见了什么事，受了什么言语诱惑，都不可轻举妄动，不可随意调拨大军，自己也不要离开大军。

，也不可尽信身边人，如果一定要动，一定要等到殿下的建议。"

"你什么意思？"林飞白剑眉一挑，灯光下目光慑人。

文臻沉默。

她没法说，她没有任何证据，她只觉得这些事情虽然都很合理，但是总让她心里有些不安。

不管出什么事，林擎守住自己，守住大军是首要的。在外统兵大将，树大招风，太容易成为目标，也太容易给人钻空子了。

她手下一紧，林飞白眉头一皱，额上顿时又出一层汗，也就忘记继续追问了。

两人都不再说话，林飞白垂头，看着文臻细心地给他上夹板，他紧绷的心情渐渐放松下来。

他细细看她眉眼，总觉得每次与她相见，都和前一次容颜略有不同，那甜蜜和初见的自然微甜已经不同，更多了几分狡几分辣，几分深沉几分慧，几分朦胧几分……远。

最后一个字从脑海中浮起时，他忽然又想到天京府邸隔壁那个笑颜如花的女子。

想起那每天清晨练剑时，墙头都会准时出现的品种不同，但姿态都同样亭亭的花。他每日伴那香气舞剑，回屋后从襟袖间拈下落花。

想起庭院里每夜变戏法般出现的汤水，天阶夜色凉如水，总有热汤在上头。

想起邂逅偶遇之后的并无攀谈，一笑而过。

想起整座府邸的下人也不知道是被燕绥威胁还是被谁收买，总在配合隔壁的动静，悄悄出卖他的行程。然而墙头那人得知他的一切后，却并不大张旗鼓，也不惹人讨厌。

那七窍玲珑心女子，就这么一日一日将自己的身影绵绵密密印在他所能及的每一处，直到他觉得那网越收越紧，快要不能呼吸，逃跑一般奔向了山阴关。

他不敢想，不愿想，想便是一种背叛。

对自己的背叛。

他看着眼前的女子，截然不同的类型，唯有眼底的灵动狡狯，似曾相识。

四面忽然变得极静，静到他能听见文臻睫毛缓缓眨动的声音，像刷在了他心上，簌簌地痒。

他忽然就忍不住想说些什么，来打破这一刻。

他干咳一声，轻声道："文臻，我……"

文臻忽然收手站起，笑道："好了。"

酝酿好的话被打断，林飞白抬头看她。

文臻对他眨眨眼："想不想知道我怎么包扎得这么熟练？"

林飞白下意识"嗯"了一声。

"最近照顾燕绥照顾习惯了。"文臻笑容加深，"殿下受了点小伤，非要赖着要我亲手包扎，每日换药，换成了熟练工。"

林飞白盯着她的笑容。

在说到燕绥的小伤时，眼神关切，说燕绥耍赖的时候，带着无奈的宠溺。

那般意韵无限的眼神流转，他很陌生。

文臻永远甜蜜糖儿似的，可越是这样的人，越难见真实情绪，他在此刻忽然惊觉，原来他一直见到的，也只是蜜糖般的她。

而不是此刻提到燕绥，便眼眸丰富得如同星辰大海的她。

心间一层层凉下去，一层层乱起来，有些事从来都明白，也并不曾有过向往，但总在看见她的那一刻，意难平。

他心底微微烦躁，忽然道："这次我追踪西番大将而来，还有一个原因是查出那位西番将领和季怀远有过直接联系。"

文臻脸色一变。

林飞白不会说重复的话，这时提到季怀远，指的是季怀远私下是燕绥的人。

他的意思是，林帅那边查到西番将领勾结的对象也有可能是燕绥？

文臻心里清楚，林擎看似是燕绥的人，其实他这样潇洒任侠的人物，心底系的只是疆土百姓，或者还有秦侧侧。皇帝或者皇子，皇家的争权夺利，他定然没兴趣参与。

所以他其实是中立的。

线索指向谁，就查谁。

那么，消息灵通的燕绥到底知不知道这件事？

如果燕绥知道……

文臻忽然想起先前那个在燕绥床上碰见，刚才又死在满花山寨里能控物的女子。

她是天机府的人，是季怀远送给燕绥的人，但是她出现在满花山寨，参与了对她的刺杀，这个女子放弃了对她下杀手的大好机会，却对林飞白出了手。

而最后一个能控制人神志的天机府中人，看似对着她出手，但最终伤及的，还是林飞白。

如果对方很了解林飞白，就会知道他宁可自伤，也不肯伤了她。

联想到所有人的出手，她心中隐隐冒出一个念头。

会不会今晚的刺杀对象其实不是她，而是林飞白？

为什么要杀他？是谁要杀他？

大皇子有可能，燕绥也有可能。

文臻不能否认这个可能，毕竟目前在苍南境内，能驭使天机府的，除了大皇子，就是燕绥。

林飞白忽然道："还有谁知道你在留山？"

今晚对方有备而来，而她进入满花寨子是临时决定，对方除非一直追着她，否则绝不可能这么快找上她。

"不，不会是燕绥。"

"燕绥确实不会对你动手，但他不会对我客气。宜王殿下，从来不会允许任何人对他有任何不敬，哪怕只是怀疑。"

林飞白紧紧盯着文臻的眼睛，文臻沉默了一会儿，抬起眼直视他。

"他确实是这样的人。但是我知道不是他。"

"文臻，你知道他是这样的人，你知道他能做出这样的事。我不是要你因为我被他刺杀就和他决裂，我也不介意他的出手。但我希望你审慎一些，殿下这个人的心思如风云乱卷，难以捉摸，我希望你能保护好自己。"

文臻站起身来。

“不，我信他。我信他不会伤害我，也不会对你下手，哪怕知道了你们在怀疑他。林侯，你不要忘记了，在这件事之前，燕绥就有一百个理由杀了你，他虽然对你冷若冰霜，时刻不忘踩一踩，却在你有性命之忧时，不止一次救过你。”

她语气平静，甚至还微带笑意，看人时的眼神却忽然卸去素日柔软，冷而坚定。

林飞白的表情仿佛被人忽然扇了一下，白皙如冷玉的肌肤微微透出一抹红。

“确实只有燕绥知道我来了留山，也只有他可能派人暗中跟随，甚至刚才死掉的一个杀手，我在他身边看见过，但是我还是觉得这事情没这么简单，还是有别人可能知道我的下落，能布置这一出离间计的。”

“谁？”

文臻不答，微微叹了口气。

“好了，伤筋动骨一百天，最近不要动手了。等我回头联系上人，我让人护送你回你父亲那里，你不要待在留山，你是林帅的儿子，身份太敏感，不能留在这里。”

“不行，我必须留在这里。”林飞白一口拒绝，“放心，我不会拖累你。你不要使用你的手段，你是能将我弄走，但我一定会自己回来。”

文臻瞪他半晌，最终放弃，林飞白既然这样说，就一定会做到。与其让他带着伤再冒险，还不如留在她身边，她好歹能照应着。

“那就好好休息吧。”她伸手一按，将林飞白按倒在床上，林飞白反应不及，就那么被她按倒，怔了怔，方才有点微红的脸上，色泽越发红润。

文臻就当没看见，出去将那几具啃得只剩骨头的尸首扔下了山崖，回来又休息了一阵，天便亮了，一大早就听见杂沓的脚步声传来，昨夜的女子们已经在竹楼下聚集。

妙银也被惊醒，睁开眼一看见她还在，而天光大亮，大惊失色。

“你们怎么还没走！”

文臻笑得云淡风轻：“这不还要比试嘛！”

“比试什么？找死是吗？”妙银探头对底下看了一眼，看见黑压压一片人群，“糟了，现在走不掉了，你听我说！”她抓紧文臻的手，“蛊术比斗，你来我往。而是从约定的时辰开始，大家各出方法，斗倒算赢。昨晚我醉倒了，不然昨晚我就可以帮你布置一些蛊术，好歹可以自保……所以你从现在开始，到今日天黑之前，不要喝水，不要吃饭，不要触摸任何东西，不要和任何人说话，也不要接受任何人的东西，熬到今天晚上就好了。”

“那假如阿节的人要进来呢。”

“有规矩，蛊都放置在外头，不影响家里人。”

“那如果我在这里一动不能动的时候，对方又有人来刺杀我呢？”

妙银：“……”

半晌她一撒手，气道：“不知好歹，我不理你了，被整死拉倒吧。”

文臻笑笑，整整衣裳，笑着弯弯腰，捏了捏她的脸颊，道：“那我去了啊。记得我万一被毒死了，死后要和你合葬，不许要姨娘葬进来。”

“什么胡话！”妙银打下了她的手，怔了半晌，忽然仰首看她的脸，道：“如果你不是女子，我觉得我真的要喜欢你了，你可真有意思。”她忽然转头对林飞白道，“二太太，你说是不是？”

林飞白没想到她会忽然问自己，怔了怔，咳嗽一声，转头不理她，耳根却又慢慢红了。

文臻就当没看见，下了竹楼，底下已经围了很多人，阿节站在最前面，面带微笑看着她。

文臻走到最后一层阶梯时，忽然发现阶梯断了半截，文臻趔趄了一下。

阿节眼底露出一丝笑意。

第一百七十六章

来，张嘴

文臻这一趔趄，却越过了最后一级，一点灰尘从靴底扬起，扬到了阿节裙裾上。

阿节没有避让，笑容不改。

这地面上有她下的蛊。

她看见文臻一脚踏上黑土地面，笑容更深。

居然没有辨认出这地上洒了蛇蛊，一脚踏上便入人身，很快她就要上蹿下跳了。

文臻慢吞吞地走着，先是踢到一块石头，不多时，又踢到一片篾片，那篾片很是奇异，一踢之下竟然落到了她膝盖上，文臻好奇地拿起来，对着阳光看看，道："谁家扔的篾片，很有弹性呢。"

众人笑而不语，眼神轻蔑。

就这么短短几步，她已经先后中了撒在土里的蛇蛊，踢到了石头蛊，被篾片蛊跳上了膝盖，甚至还傻乎乎地把篾片拿在手里看过。

这些蛊有的发作很快，会在短期内被蚕食血肉内脏，让人痛不欲生，也有慢的如篾片蛊，会令人双腿细如鹤膝，阴雨天酸痛，渐渐不能行走，四五年后要人性命。

但不管哪种都无药可治，必须以死亡结束。

围观的人渐渐觉得没什么看头，既没有发现蛊术，也没有精彩的反击，何必围在一起看一个傻子等死，平时见的还少吗？便都三三两两散了。

阿节和她最忠诚的拥趸们倒还没走，她是个审慎的人，总要看到文臻在她面前倒下才甘心。

文臻一路走，看到路边一簇黄白色的花，惊喜地道："这花颜色真别致。"采了一朵别在襟上，又采了一朵道，“回去送给娘子。”

四周有笑声。

真是个傻子，连能让人内脏融化的胡蔓草都不认识。

妙银病急乱投医，撞上这样的夫君，也是好命到头了。

文臻走了几步，忽然道：“怎么忽然有点渴。”正好经过一户人家，顺势在人家水缸里舀了一瓢水，正要喝，看见水里有竹叶，顺手便拨了拨，那竹叶忽然化成泥鳅，在她指尖一闪不见。

文臻揉揉眼睛，惊奇道：“咦，明明瞧着是竹叶，怎么忽然变成泥鳅了？”

一个少女忍不住道：“你连蛊术中会化形的泥鳅蛊都不知道吗？”

文臻抛掉水瓢，诧异道：“你是说我中了蛊？怎么可能！”她指指水中，“就是竹叶！我看得很清楚！”

那少女对天翻个白眼，懒得和她再讲。

文臻绕着寨子走了一圈，又走回来，对阿节笑道：“你的蛊呢？怎么一个都没看见？”

阿节笑着伸出手：“你挺有本事，值得庆贺。”

文臻也便伸出手去，阿节在她掌心拍了拍。

文臻热情地握着她的手不住摇晃：“你好你好，幸会幸会，你看，我们这样和和气气的多好？何必要闹得剑拔弩张呢？你要真想当寨主，回头我劝劝我那娘子，让给你也便是了嘛。”

人群里有人嗤笑，不屑地转过头去。

也有人笑看阿节，觉得这位即将上任的新寨主也太小心了些，对方中招中得如此准确，把她下的所有蛊统统中了一遍，她竟然还不放心，最后还要拍一下手。

阿节眼底也露出一丝笑意，漫不经心地任文臻握了握。

“比试还没开始是吗？那么阿节，咱们开始比试吧。”文臻兴致勃勃地提议。

姑娘们哈哈大笑，都觉得这个俊俏小子实在太可乐了。

阿节抽回手，抿唇笑道：“算了，不比了，赢你实在胜之不武。”

“哎，不比了？那敢情好啊，可那新寨主怎么说……”

“那自然是明天就知道了。或者，今天晚上也就明白了。”

明天谁还能活着，谁就是新寨主。

“这样也好啊，那我就等明天了。”文臻高高兴兴和她挥手道别，“明天你一定要来找我玩啊。”

“明天会有很多人陪你玩的。”阿节笑得意味深长。

送葬全村寨的人都会去，可不就是很多人。

文臻脚步轻快地上了竹楼，底下哄笑声不绝，人影渐渐散去。

妙银早已在楼上看见这一切，几次要冲下来，都被林飞白喝住。

这是文臻的嘱咐，要求林飞白看住她，不要试图拦阻，林飞白没说什么。

妙银此刻看见文臻上来，眼圈顿时便红了，跺了跺脚，道："你……"说着又开始翻箱倒柜，寻找药物，"我先试着给你解一解。"又扒着文臻眼睛和指甲看，还要撩她的裤子，文臻一手按住，笑道："喂，男女授受不亲啊。"

"呸，你一个女……"妙银忽然想起什么，转头看一眼林飞白，林飞白原本目光有些担忧地落在文臻膝上，此刻却正飞快地转过头。

妙银自以为发现了什么，忍不住笑了笑，一转头想起文臻目前的情况，顿时又愁了起来，左看右看，惊道："阿节下蛊的手法越来越厉害了！我竟然一点异常都找不到！"

文臻笑，本就没症状，到哪去找？

"好了，我说了没事儿，别瞎操心。"文臻过去看了看林飞白的伤口，笑道，"病人要吃些好的，我去给你下厨。"

林飞白嘴唇动了动，想要她不要操劳，却又贪恋这一刻的情分。

如果没有记错的话，这应该是她第一次亲自为他一个人操持食物。

说不定也是最后一次，毕竟燕绥黏她那么紧。

为君洗手作羹汤，人间哪得几回尝。

文臻看他一眼，吩咐妙银把食材多备些："请你觉得顺眼的，今天没有和阿节一起过来的姐妹们，一起来吃个散伙饭吧。"

妙银听到最后一句，眼泪汪汪下去准备食材了。

文臻一侧头，看见林飞白眼底一掠而过的失望之色。

她有点抱歉，却并不后悔。

我本无意，便不可给予希望，耽误了人家的大好幸福是要下地狱的。

沅芷小姐姐绝对是良配，不可错过。她要做的就是狠狠地将眼前的少男的心踩了又踩，叫他知道，文臻毒辣冷漠，不堪为妻。

妙银拎了好些野味腊肉给她看，文臻看了一眼，又看看林飞白，想着熏腊制品对身体不好，想起先前看见竹楼下养的走地鸡，还有遍地肥大的菌类和新鲜的竹子，便亲自下楼去抓鸡。

妙银跟着文臻下楼，以为她不过是动动嘴皮子，结果文臻踏着满地鸡屎，亲自挑鸡，一边挑一边还道："你这鸡是正宗的吃草籽的走地鸡，定然肉味细嫩清香，如果用花生椰子米饭等喂养，那么会骨软皮薄，更加细腻嫩滑……这只鸡嘴、羽、脚都是黄色，颈部一圈黑羽，鸡冠三岔，鸡胸人字骨柔软有弹性，大概是十八个月的鸡，芳龄合适……这个好，就这个！”

妙银听得眼睛发直，林飞白坐在窗口，一探身便可以看见她，在满地鸡屎中踩来踩去，亲自选一只鸡。单看她那认真又随意的样儿，谁也想不到她是民间传说中的厨神，朝堂传说中的文狐狸，江湖传说中的共济盟神秘新大当家。

他的目光又落在了满地堆着的腊味上，这么多食材，她却去亲自选一只鸡，在那些腐朽的木头上和潮湿的青苔间亲手采菌子，她这是为了他吗？

是因为他的伤吗？

林飞白垂下眼，握紧了腰后的剑，手背上青筋缓缓凸起。

文臻如果知道此刻他心中所想，必然要大叹，钢铁直男在感情中，居然也能这么细腻！

她选了两只鸡，采了好些松茸松露和本地有名的菌类，进了厨房。

一只鸡和松茸菌类煲汤，天生天养好食材，无须太多调料。

另一只做白切鸡，文臻一直认为，鸡的做法千变万化，各有好处，但唯有白切鸡才最见真味，最能考验鸡的品质和烹饪的精妙之处。

食材的处理本就讲究存本味。

妙银蹲在她身边，本想帮忙的，结果刚一个转身，文臻就已经放完了血，再一个递水的工夫，鸡毛已经一根不剩，再一个转身，鸡骨都抽完了。寻常人没有这一步，文臻却一向对厨艺要求完美，残留在鸡骨中的血，会影响鸡肉的味道。

选了最大的锅，水滚下鸡，没过鸡近一半，文臻默默数到二十八，便熄火。水彻底降温后再重复开火，如此循环几次。

白切鸡以肉质细嫩鲜美，本味存真为上品，文臻有点可惜，随身带的自制酱油用完了，不然白切鸡配上她的酱油，她不信这些人不吃跪了。

又浸泡糯米，准备做腊味竹筒饭，将腊肉和菌类切碎加调料腌制，放入竹筒中。

她还顺便挖了些淮山茯苓，等下配着菌类，做药膳四臣汤。健脾益胃，补气宁神，给林飞白养养身子。

当地特有的红葱头，香气内蕴，微辣开胃，焖肉有独特香味。

黑松露拿来煎蛋，这道菜有特殊意义，文臻做的时候，便想起初进宫那一夜。那一夜她初遇齐云深，自此陷入生存的挣扎之中，不知是福是祸地到了如今；那一夜她用一道汤锅大桌餐，帮皇帝卸下了诸位老臣的心防，挣了个开门红；那一夜她怀着忐忑的心情仰头看着殿门层层开启如在云端，却在那一室荧荧烛火中看见那个懒懒倚着吃瓜子的人，心便忽安。

有种依赖，不知不觉渗入，如风过三春，不经意间，便满襟花香。

留山寨子不吃中饭，主食只有早晚两顿，今日一大早的无数炊烟里，有一户的香味极其飘香四溢极销魂。

以至于压过了所有人家的饭香，引得众人出门翘首，张望今天是谁家的烹饪如此不同凡响。

不多时，有三三两两的姑娘走出自己的竹楼，受妙银的邀请，带着好奇和怀疑的神情去赴宴。

本地烹饪食物方法简单，食物能饱腹就行，篝火聚会也是寻常烤肉，此刻闻着那香味似乎还是那些食材，众人面面相觑，没听说妙银会烧菜啊？

阿节和她的一批拥趸，今日正聚在她的竹楼上，听说妙银请客的事，有人便笑了："怎么，这是提前给她的新夫君办丧事吗？"

"或许也是给她自己的寨主之位办个纪念宴席呢。"

也有人道："寨主，这些现在还敢去妙银那里赴宴的，日后必定不安生，不如……"说着做了个手势。

阿节目光闪动，微微一笑："等她们吃完饭，你们去问问她们，都吃了什么好东西？"

阿节这是允许对同寨子的人下蛊的意思了，众人都应了一声。

而此时，妙银的竹楼下面的露天的大桌子边，众人刚刚坐下，吃上第一口就进入了疯狂的抢菜模式，筷子很快就被抛了，换成手去抓。妙银担负着洗脑的任务，要在今日的宴席上好好和寨子里还支持自己的姐妹们谈谈，把阿节的野心，寨子的规矩，破坏规矩未来可能的变数，以及阿节可能给寨子姐妹们带来的悲惨命运都好好地讲一讲。因此她只能压抑住抢菜的欲望，老老实实地坐在凳子上，含着委屈的眼泪，一边讲一边觉得，还管什么寨子，还管什么女扮男装，夫君大人厨艺这么好，干脆丢下这些破事，跟着她离开这里，天天享用美食好了。

她想了一圈所谓的大餐，忽然想到厨艺这么好的夫君大人活不过今天晚上，顿觉悲从中来，干脆也不说了，抓紧时间吃这最后一顿算了。

文臻早有准备，别说这些大山深处的寨女，便是当朝大臣，对着她精心烹饪的美食也少有不失态的。

她早就留下自己和林飞白的份，并且先将林飞白的端了上去。当她上楼的时候，正看见林飞白对着饭菜发呆，这才想起，林飞白右手断了，左边肋下有伤。

她犹豫了一下，以往这种情况，她就直接上来喂了，此刻却不愿多事。想起妙银有个小婢女，干脆唤来喂林飞白好了，正要退下楼，忽然听见身后有一点动静。

她转回头，没有看见人，她盯着旁边竹楼的后面，那里翘起的顶棚的木头上，有一点细微的痕迹。

运足目力之后，凭她的微视远视“钛合金眼”，很清楚地看见了一个变体的“臻”字。

文臻微微一怔。

她记得宜王府的暗记，以前是个变体的“宜”字。

她目光一扫而过，随即脚步轻快，上了竹楼，笑道：“没法吃？我来喂你。”

林飞白霍然抬头，眼底惊喜一闪而过。

文臻心中有气，笑得越发甜蜜，拿起碗筷，跪坐在林飞白身前：“来，张嘴，啊。”

对面竹楼顶棚后，英文面色严肃，拿着一支极细的笔在布条上写：“遇林侯，林侯伤，姑娘喂饭，称：来，张嘴，啊。”

第一百七十七章

吃醋没商量

老大说了，只要文姑娘平安，未必需要事事汇报，免得将来殿下因此再惹文姑娘不痛快，但是如果遇上什么登徒子，或者有人不知自量示好之类的，一定要巨细靡遗，写给殿下知道。

如今倒不是有什么登徒子，看起来反倒文大人比较像登徒子，但是做事认真的英文还是详细记录了下来，以供殿下参考。

至于参考了会不会吐血，英文表示他只擅长追踪和收集消息，想来殿下应该能理解他。

竹楼上，林飞白看定文臻，目光先凝在她的筷子尖，再慢慢上移，落在她脸上，文臻却不接他目光，很自然地转头去盛汤："来，你喝喝我这汤，这山地竹林间放养的鸡，比寻常的土鸡更多一种清逸香气，尝尝。"

黑色的勺子里，鸡汤泛着淡金色的油光，香气果然浓烈，勾得人心间发痒，林飞白目光却只落在文臻脸上："这鸡汤是你特意为我熬的吗？"

他的目光微含希冀，文臻却根本不接。

"嗯，为我们自己熬的，我也一夜没睡，黑眼圈都出来了，要补补。"文臻一偏头，脸靠近勺子嗅了嗅，随即抬起手，道，"这么香！喝不喝？再不喝我自己喝了！"

英文抽出第二张纸条，写："文大人喂汤，为林侯吹冷。"

文臻声音此刻冷冷的，林飞白陡然一醒，急忙喝了，咬住勺子那一刻，微微抬眼，看见对面女子并不避让，却十分坦荡的目光，心中一酸，齿尖"咔嚓"一声，险些把勺子咬裂了。

文臻拿回勺子，就像没看见那个忽然多出来的裂痕，很自然地换了一个勺子继续喂，然后还解释道："这个勺子我没用过。"

林飞白轻声道："用过也无妨。"

文臻道："我有妨。"

林飞白不说话了。

英文抽出第三张纸条，写："林侯勺子坏了，文大人将自己的勺子给他。"

林飞白目光落在那盘黑松露炒蛋上，虽然他没参与当初文臻在宫中的第一宴，但是当晚的菜式很快就流传了出去，尤其这道黑松露炒蛋。都说文大人就是凭这一道菜得了陛下欢心，飞黄腾达，太子更是当场下令苍南和滇州着力寻找松露，并将之列为贡品。天京重臣贵胄府中，一度盛行研究此菜，凡大宴必有此菜，且以此为最尊。

他听闻过，却没尝过，如今得见，心中不由微微一动。

文臻见他看那菜，便夹了一筷，林飞白眼色柔和，文臻笑："燕绥也挺喜欢这个，可惜他不在，不然这一盘咱们谁都吃不着。"

林飞白微微一顿，再将黑松露咀嚼在口中时，总觉得味道有点怪怪的。

英文抽出第四条布条，写："文大人以黑松露炒蛋馈赠林侯。"

文臻喂完了汤，又让林飞白品尝腴嫩香滑的白切油鸡。那鸡呈淡淡金黄色，泛莹润油光，宛如松脂黄玉，一看便知肥嫩臻于极品。文臻一边给他撕鸡一边笑道："沅芷好像挺喜欢吃鸡的，你要有时间就和我学学这一手吧，回去做给她吃。"

林飞白盯着她，眼色微冷，侧头让开她递过来的鸡，道："免了。"

"那么让她学了做给你吃？"

林飞白又是一侧头，声音也转冷："文姑娘，你何必和宜王殿下一般，尽做这罔顾他人心意拉人作配的事情？"

文臻面色不变："罔顾他人心意的人很多，不独殿下，也不独我。"

拉郎配这种事，她没兴趣，但是该说清楚的话，还是要说的。

林飞白觉得胸口微闷，他觉得自己是疯魔了，不知道在做什么，好像靠近文臻的身侧，就可以避开隔墙的桃花，然而真的靠近了，却又觉得自己荒诞。

文臻微微凑近了他，从他的角度刚好可以看见她稍稍上扬的眼眸，睫毛不算浓密，却长，睫下的眸子内黑外褐，也透着冷意。

让人意外的感觉，毕竟她素来是那样的甜蜜柔和。

"原来……"他忽然有点迷茫地喃喃。

文臻像知道他在想什么，笑道："原来，文臻是这么无情的一个人。"她偏偏头，看一眼后方竹楼顶棚，"因为，我的情从来都只给了一个人啊。"

她语气温和，给林飞白喂饭的姿态神情，柔和似含情，言辞却极冷漠。

林飞白看着她，觉得有种分裂感。

两人之间气氛清冷，靠得却极近，尤其从后面竹楼的顶棚上看过来，近得快没了距离。

英文抽出第五条布条，写："文大人屡次劝菜，交谈甚欢。"

等到英文写完五条布条，文臻已经收拾好碗筷下了楼，竹楼间离得很近，她在一边棚子下停了停。

燕绥又出门逛街了。

日语跟在他身后，明白殿下大概是在踩点。

知己知彼百战百胜。殿下在熟悉静海的道路，也在了解静海的民生，通过市井的风貌和百姓的风评，去尝试分析太史阑这个人。

想要杀一个人，就得先了解她，熟知她的行事风格，从而揣度可能她的反应。殿下这样的智慧人物，知道这些自然不在话下。

只是他不明白，为什么殿下要熟悉静海的道路，他就算要刺杀，也是在总督府中出手，不是应该想办法先了解总督府吗？

燕绥自然知道日语在想什么，却不想解释。

两天逛下来，如果他没猜错的话，太史阑现在应该处于一种衰弱的状态中，她没有出现在战场，就是最大的信号。

老大总觉得太史阑已经秘密去了战场，或者在憋什么大招，燕绥却不这么认为。这两日侧面了解下来，他确定，太史阑无论如何都不会在这样的战时退缩，也不会在战事失利的时刻还玩韬光养晦诱敌深入那一套，她不出现，那就一定是有不能出现的理由。

这样的女人就是断了腿瞎了眼，也一定会奔往战场。

燕绥心中有一个大胆的猜测。

所以他不急着去总督府，总督府一定固若金汤，防备非寻常可比，去探路一次，就有可能打草惊蛇，他不做这蠢事。

他只是在观察着总督府，看着那些府中进出的送菜送杂物的大车，以及从府中撤出的施工队伍。

总督府这时候在大兴土木。

做地道是吗？

太史阑可不像是肯藏在地道里的人，除非……

燕绥笑笑，觉得事情越来越有意思了。

逛了一阵，燕绥便露出疲惫之色，日语知道主子状态不佳，很自然地道："殿下，英文那边也该有信来了。"

燕绥随意地"唔"了一声，似乎不在意，还在继续逛。他走路的动作十分轻，明明只是负手在人群中，和别人一样慢慢走，但是转眼便越过人群，像一道无人察觉的风，无人能掠过他的衣角，有些擦肩的人察觉到这人的风姿不凡，回头想看的时候，已经找不着他的人影。

日语轻功不弱，却在这种步伐压力下，走了短短一截便开始气喘，再一抬头，客栈已经到了。

整座客栈已经被燕绥包了下来，日语手下的护卫等在院子里，递上了一排纸卷。

英文这是写情书吗？这么多？

再次怀疑殿下是不是连文大人洗澡都要求汇报。

院子里很快没了人，燕绥坐在桌前，摸了摸那纸卷，手势很轻。

这里记录着小蛋糕的衣食住行。

也不知道她吃得怎样，睡得怎样，夜里还踢不踢被子，把留山祸害得怎样了。

大抵林飞白也到了留山了，如果没猜错的话，一定会留在那里。

燕绥的手指敲了敲桌面，仿佛正在敲着某个讨厌情敌的头。

但敲归敲，其实也不怎么在意。殿下觉得，虽然他正在遭着文大人嫌弃，但某些人连被嫌弃的资格都没有，文大人看似甜腻软和，其实心硬得很哪。

他拆开第一个纸卷。

"遇林侯，林侯伤，姑娘喂饭，称：来，张嘴，啊。"

轻松敲桌子的手指一顿。

她下毒溜走的那一夜，也曾舀起汤团，笑盈盈对他道："来，张嘴，啊。"

然后喂给他一颗毒丸子。

生怕他自己吃的那一颗毒不倒他。

没想到没隔几天，这样的台词又出现在她嘴中，还是对着另一个男人。

不过，他能确定，喂给另一个男人的东西保证没毒。

这让他有点满意，不是什么阿猫阿狗都能让她出手的。

"文大人喂汤，为林侯吹冷。"

燕绥扯扯嘴角，没事，她喂只鸡也会尝尝饲料味道的。

"林侯勺子坏了，文大人将自己的勺子给他。"

燕绥勉强扯起的嘴角放平。

文臻在分餐这种事上颇有执念，宫中大宴不提，私底下只要她在，每个人的餐具都必须是固定专属，不提倡互相夹菜，也会备专用的筷子给大家夹菜用，用她的话说，这叫公筷。

她说国人的共食风俗，一个盘子里夹菜，虽然拉近人与人之间的关系，但是从卫生角度上来说是最糟糕的一种吃法，谁知道谁身体里有没有什么隐疾？有没有什么传染病？那么多人的唾液混合在一盘菜里……

他当时听了之后，愣是很想把自己过去几十年吃的菜都吐出来，后来仔细回想了一下，发现自己其实也很少和别人在一个盘子里夹菜，才舒服了一些。

所以，他还真的没有用过她的勺子。

他想了想，写了个纸条，示意日语回头传给英文。

日语封装的时候瞄了一眼，原以为是什么要紧事需要英文细查，结果一看。

“换勺之事，查林某勺子有无毁坏，若毁坏，下毒让他牙痛一个月。”

文臻绝不会随便把自己的勺子给别人用，他都没享受的事，别人绝不可能有机会。既然换了，只能说明，一来文臻勺子没用；二来，林飞白勺子坏了。

勺子不会无缘无故地坏，文臻也不会笨到随便撞碎勺子，那就是被咬坏的。

林飞白在文臻喂他的时候咬碎了勺子。

这是满腔春情逆行涌，连嘴都控制不住了吗？

那还要嘴何用？

“文大人以黑松露炒蛋馈赠林侯。”

黑松露炒蛋啊……是道很有纪念意义的菜呢。

这样有纪念意义的菜做给林飞白吃，不觉得浪费吗？

燕绥：“日语，再吩咐英文一声，把留山满花寨子里的黑松露都给我拔了。”

日语：“……”

“文大人屡次劝菜，交谈甚欢。”

算了，作为一个厨子，总是喜欢自己做的食物被人追捧，劝菜也正常。

就当喂猪好了。

殿下全然没有想到如果这样推论的话，自己以前吃的那许多顿，也在喂猪范畴之内。

他手指一揉，五条纸卷无影无踪。日语提心吊胆地打量他，觉得殿下虽然看不出有什么异常，但是好像人气儿又少了几分，眼底波光微冷，有杀气。

有杀气的殿下转了几圈，送来的饭连门都没进就被打发了出去，也不听日语关于吃饭的劝说，忽然就走了出去。

日语噤若寒蝉地跟着，心想这是谁又要倒霉了？

跟了一阵，一抬头，忽然发现前面不远就是总督府。

静海总督府的位置有些偏，周围竟然都是些妓院小倌，这对于讲究端肃庄严的衙门来说，有点不可思议，燕绥对此却颇为赞赏，认为就凭这一点，就可以确定太史阑绝非传说中的冷漠无情之人，对于太史阑蔑视礼教规矩的风格，也颇有几分惺惺相惜之意。

此女心内有丘壑，也生柔情，规则约束不住她，真要想动她，最好从情义入手。

不过燕绥今天不想大费周章，因为他心情不太顺。

满花寨子里，妙银这一顿宴席，主人未必满意，客人却是有生以来从未有过的满意。以至于众人走出竹楼时，连气色都多了几分光彩。

这让那些观望的阿节的拥趸们都很是诧异，忍不住走出竹楼，去和这些人攀谈，打听了半晌，却只听见这些人不住夸赞菜如何好吃，以及妙银的那些老调重弹，并无任何有价值的信息，这就是一顿散伙饭。

那些人都觉意兴索然，便回到阿节的竹楼继续吃饭休息，等待着晚上妙银那里的一声哭号。

日头渐渐降落，晚饭的炊烟再次升起，这回有很多人再次聚集在妙银家楼下，那些先前吃了妙银一顿饭的姑娘们，有的还好心地准备了丧葬的白布。

阿节的竹楼里，众人在开宴。

有人看了一眼那些聚集在妙银竹楼下的姑娘们，不由嗤笑一声道："想不到现在还有这么多傻子愿意和她在一起。"

"真是不明白，咱们受了这么多欺负，好容易有了扬眉吐气，将那些负心人都踩在脚下的机会，妙银那傻子凭什么拦着？旧规矩？旧规矩就一定是对的吗？"

"就是，咱们一手的好蛊术，为什么不能用？为什么就要白白浪费在这深山里？"

"不过，妙银的话似乎也有几分道理，她说我们会被当枪使，对着留山同胞下手，会遭天谴……"

"怕什么，不是有阿节在吗，阿节会保护好我们的。"

阿节转着酒杯，笑意淡淡："是啊，怕什么，我会带领你们成为留山最强大的一族的。"随即她笑着放下酒杯，看向妙银竹楼的方向，"倒也，倒也。"

话音方落，妙银竹楼之下，忽然响起几声尖叫，好几个人倒在人群中，有人尖声大喊："中蛊了！中蛊了！"

人群纷纷散开，有人惊骇地朝妙银楼上望，阿节竹楼的窗户打开，有人大叫："妙银想要保住寨主之位，对你们下蛊了！"

第一百七十八章

目光灼灼似贼

这一声出，众人越发惊惶，有人大喊：“妙银！我们好心支持你安慰你，你竟敢害我们！”

窗户打开，妙银探出头来大声道：“阿花，你中的是鹳蛊；阿金，你中的是癫蛊；阿豆豆，你中的是放蜂；查欧，你中的是羊毛疔；云妮，你中的是针蛊……”

她一口气滔滔不绝将众人中的不同蛊都列了出来，镇住了所有人后才大喊：“这么多种蛊，凭我妙银一个人能做到吗！”

众人顿时沉默不语。

蛊术并不容易练，需要主人花费多年精力心血才能练成，为了专精，大多数人一生只练一两种，就算阿节那种蛊术超群的也不过会三四种，大家都知道妙银资质平平，不可能练出这么多种蛊来。

不过很多蛊都有隐蔽性，不是精通蛊术的人认不出来，妙银一眼看出这许多蛊种，倒也长进了不少。

竹楼内，文臻盘膝坐着，面前是妙银搜罗出来一排各式各样的蛊体，文蛋蛋在那些蛊虫面前滚着，妙银说到哪种蛊，文蛋蛋就在哪里停一停，文臻认真地看着那些蛊虫，时不时用指尖拨弄一下。

林飞白看着她认真的神情，心中升起淡淡的感佩。

任何将自己的事业做到极致的人，多半都是好学，且具有极大自制力和毅力的人，文臻就是这样的人，看似柔和软嫩，内中自有钢骨。她不放弃任何一个学习的机会，厨艺顶尖已经够她获得帝宠行走天下，还有燕绥那样强大的人愿意时刻保护，她完全可以安然逍遥度日，和一般女子一样，做个万事不管的蛀虫。

然而她学医术、毒术、武功、哨技，如今又学上了蛊术。

不如此，她又如何能朝廷纵横至两川呢。

林飞白忽然感到一阵怅然。

他原本只想留在她身边，好歹有个能保护她的借口。但现在看来，也许连这个借口都不成立。

忽然想到燕绥会不会也有这样的感叹，对于燕绥和文臻的情况，他自然不会刺探，但是就燕绥那个黏人劲儿，忽然被文臻甩下，两人之间一定发生了什么事，而且文臻一定比燕绥还要强势。

这么一想，林飞白感觉心情愉悦了很多。

妙银镇住了竹楼下众人，再一指阿节的竹楼，道："想想！擅长这些蛊的人到底在哪里！"

众人目光转过去，随即便恍然，发现擅长那些蛊的人都在阿节阵营里。

当下就有人怒道："留山九部规矩，蛊术不可对同族下手！你们这么做是要惊动地下的老祖宗吗？"

阿节竹楼里那一群人便笑，有人道："不过是让你们明白，谁才是蛊术高手，谁的话才能听，阿节已经是寨主，你们还在捧前寨主的臭脚，给你们点教训怎么了？"

"谁说阿节是寨主？我这还没死呢。"文臻忽然笑吟吟探出头。

众人看见她忽然露面，都傻傻地愣在原地。

算时间，这人早因该各种蛊毒发作而死了啊！

"约定的发作时辰是晚上，现在月亮已经出来了。"文臻抬头看天色，"我还没死，那么有人就该死了。"

她话音刚落，刚才还在微笑的阿节忽然脸色一变，随即猛地跳了起来。

她跳起来的时候，膝盖发硬发直，像个僵尸。

与此同时，她腹中忽然鼓动，一会儿像有无数条蛇在游动，一会儿像有石头般沉沉下坠，一会儿像有气不断地往上顶，或有东西在突突向外鼓，而她的脸色赤红，脸上，手上，所有露在外的肌肤都开始爆出大量的红黄疖子来，她一边惨叫着一边撕衣服，胀大的肚腹便露了出来，而她大张着的嘴里开始冒出无数黑红色的虫子，肌肤也开始崩裂，爬出无数的密密麻麻的东西来，随即她又开始呕吐。

这一幕看得人浑身发冷，这明显是中了蛊，还不止一个蛊，从表现看，阿节擅长的石头蛊、泥鳅蛊、拍花蛊、癫蛊、阴蛇蛊……一个不少。

蛊有反噬的，但只在对方对这些蛊十分精通的基础上，阿节对这些蛊已经非常精通，掌握得又多，这世上哪还能有人，蛊术比阿节强。

众人不敢置信地看向竹楼上的妙银，却见妙银更傻地看着她身边完好无缺的文臻。

众人还没来得及再问一句，忽然又是几声惨叫响起，这回是阿节身边的人，那些刚刚还在嘲讽众人的女子们，有的在吐羊毛，有的浑身起针点，有的大喊大叫，吐出青黑色的血液。

有人挣扎着起来，吹起竹哨，想要催动自己豢养的毒虫们反扑，却惊恐地发现毫无反应。

众人再次被惊住，又听见阿节的惨叫变成了大喊："主子救我！主子救我！"

她好像看见了虚空中的谁，挂着满身的血肉和呕吐物挣扎着爬起身来，向虚空搂抱过去，大叫："主子，救我！救我！我是为了你的大业才这样的啊……"

文臻原本面无表情地看着，听见这句，立即喝道："文蛋蛋，去给她解一半！"

文蛋蛋应命而去，然而终究迟了一步，阿节一句话还没喊完，忽然向后一倒。

她死了。

文臻挑眉。

自作孽不可活。

文臻在和她比试的时候下的蛊太多太狠，七八种蛊同时发作，最快速度要了她的命。

只是可惜了，本来说不定有机会问出些什么的。

文臻在请客时，就在客人们的身上下了文蛋蛋的蛊，她算准了阿节的人，不管是出于栽赃还是示威，都很有可能去为难这些赴宴的人。

文蛋蛋的蛊一方面压制了那些人下的蛊，另一方面也把蛊沾染到了那些人身上。

文臻的声音冷冷从楼上传来。

"看见了吗，这是作恶者的下场。没有那个本事，就不要想着做野心家。阿节临死前喊着主子，她的主子是谁？一个奴才，唯一能做的事就是把更多人变成她主人的奴才，你们不要妙银这样一心保护寨子的寨主，却抢着要去做奴才，做他人手中的枪，把这些残忍的手段用在自己的留山姐妹身上，你们脑子里都是蛊吗？"

竹楼下，很多人低了头，更多人惊讶地看着文臻。

原来她才是蛊术高手？

妙银道："看！这些人对姐妹下了手，这么快就遭报应了！"

有人喊："谁赢谁当寨主，我们服你，你说啥，咱们听啥。"

文臻脑袋却又缩了回去，"我和妙银夫妻一体，我赢了就算她赢，自然还是她当寨主。"

众人都没有异议，寨子里的人本就分成三派，一派倾向于妙银，一派拥护阿节，一派中立，如今阿节的拥趸都已经收到了教训，众人亲耳听见阿节喊主子，亲眼看见对姐妹下蛊的那些人的惨状，自然不会再有以蛊术求上进的想法。

文臻却让文蛋蛋去解救一下阿节的那些狗腿子们，她让文蛋蛋下的蛊本就是反噬蛊，谁对别人下手越狠，自己便被反噬越狠，下手轻的，自然便是还可以挽救的。

悄悄救活了几个，留下了一口气，文臻盘问了她们一些阿节的日常生活细节，得知她每隔半个月，都会去寨子外的一处潭水中独自洗浴，一有人撞到她半夜方回，神色便难看。

还有一个人说，昨天其实阿节也有出寨子，只是去的时辰很短，大概只有她注意到了。

几个女子准备去收阿节的尸首，文臻忽然站起，示意等一下，她走过去查看了一下阿节的手，又看了看妙银和其余人的手。

妙银等人因为从小修炼蛊术，和各种毒虫毒草打交道，手上不可避免会留下各种伤痕以及青黑痕迹。但是眼前的阿节的手，十指纤纤，洁白娇嫩，连茧子都没有。

难道这位其实会的也不是蛊术，而是异能？

阿节也和天机府有关？

她示意人们将尸首抬走，随后回到桌案前，翻着妙银拿出来的，她老祖宗留下来的蛊术书，忽然指着一页问妙银："这个换脸术你会不会？"

"这是最高等级的蛊术，已经失传了，便是阿节也不可能会。"

文臻笑了，将书一合，顺手盖在文蛋蛋头上："交给你了。"

文蛋蛋拨开纸页，圆溜溜的眼睛瞪着她。

"我要成为阿节，会会留山大祭司。"

时间在留山等待立火节的欢欣鼓舞气氛中和静海城平静下暗藏的杀机中流逝。

九月二十一，文臻杀天机府中人，杀阿节，实际掌控满花山寨，当晚，荧荧灯下，文臻立在妙银面前，明明还是那张脸，妙银抬头看她，诧然惊呼："阿节！"

那天晚上，文蛋蛋下令满寨蛊虫封锁全寨，不允许任何人出寨，以免泄露阿节已死的消息。

当晚，文臻依旧做了一桌好菜，给林飞白补养身体，但是她自己却有点厌油腥味，只用清汤泡了一碗饭便罢了。

九月二十一日，文臻的最酷闺蜜，在四人中最先怀孕的南齐静海总督太史阑生下双胞胎。

因为出现了内奸，在她生产的最虚弱时机，府邸里各方来敌，只是在刺客们大多都像没头苍蝇般乱找的时候，燕绥轻轻巧巧找到了太史阑生产所在的地下密室，精准地找到了控制地下室的开关座钟，并十分谦让地让大皇子派来的侍卫抢先下地道，因为地道机关逢单数开启，宜王殿下让大皇子的侍卫下了两轮，死了好几个，才潇潇洒洒地下了地道。

然后他逛园子一般欣赏了整个地下室的设计，对太史阑的才智表示了一定的认可，准确地找到了逃生通道，上了无人的地道，在厨房后面精准地剑指太史阑。

他亦会永远记得初见南齐最传奇的女子的那一刻。

女子高挑却纤细，软软地靠在背着她的少年肩上，一缕黑发湿淋淋黏在额头，衬得脸色如雪而眼眸苍黑。

她仰头对着他的剑尖，看似一动不动，燕绥却已经看见她手腕微微一翻，腕间隐约一点彩光闪耀，那东西的刺尖却是对着背着她的少年的。

她看人时眼眸的坚毅冷静，让敌人觉得这是一头蛰伏的虎，看似奄奄一息，随时抬头，便可咆哮山林令天下风从。

燕绥却只觉得熟悉。

不是相貌，甚至说不清这熟悉感从何而来，他却在这一刻再次想起小蛋糕。

那一刻，他心中忽然掠过一个奇异的念头。

蛋糕儿如果遇见这女子，一定会喜欢她的吧？

他原本不喜欢眼前的女子，不喜欢她过分冷静的眼眸，未见太史阑之前，他已经对这个女子警惕万分，见了她之后，他便确定这女子比他想象的更加强大，若她是野心人物，必成各国之患，这样的人，此时不除，他会后悔。

然而此刻，掠过心头的影子，入过耳的言语，让他忽然愿意放下心头执念，给敌人更多一点时间和机会。

不知对错，也不必理会，冥冥之中，自有定数。

九月二十二，文臻以满花寨子新任寨主的身份，带领着妙银和阿节身边留下已经臣服的几个亲信前去拜访千秋谷。

文蛋蛋的换脸术已经研究成功，但并不是文臻想象的那样，自己吃什么，就会变成阿节的脸。

相反，她还是文臻的脸，但别人看着她神奇地就成了阿节。

文蛋蛋反其道而行之，它是蛊王，身具百种蛊毒，节制天下异蛊，但本身并没有炼蛊的本事，只能吸纳，而阿节等人都不会换脸术，它自然也不能。

文蛋蛋独辟蹊径，对别人使用迷幻蛊，让别人能够按照文臻心意，把文臻看成是她想要假扮的人。所以当文臻自我介绍是阿节时，中蛊的人看文臻就成了阿节。

只是这样文蛋蛋就累了点，得对见到文臻的每个人都施术。

文臻表示不介意，反正又不是她累。

至于为什么去千秋谷，是因为她心中有个疑惑。

她来满花寨子完全是临时行程，就算她是个外人，就算阿节是天机府的人，她的到来引起了阿节的警惕，但阿节似乎也没必要这么快就对她下杀手，甚至调了四个天机府杀手来。

所以这四个天机府杀手不是阿节调来的，出现杀手那晚，阿节并没出手，篝火晚会遇袭时可以看出来她也很惊讶。

那还有哪方势力知道她秘密去了满花寨子？

那就只有她留下记号通知的千秋谷了。

是熊军还是共济盟出了问题？

所以她要以阿节身份去试一试。

满花寨子离千秋谷不远，半日就到。

她出发的时候，林飞白坚持要跟着，说自己腿没伤，一只手也能应敌，文臻也不和他多说，只道："为了麻痹他人，我们必须全部是女子，你要么扮女装，要么留下，自己选吧。"

林侯的脸色很精彩，被对面竹楼上的英文再次记录。

片刻后，林飞白回了竹楼，文臻以为他放弃了，笑着点选了几个人，正准备走，一转头，看见一个高挑英气的女子大跨步地跟了上来。

一瞬间文臻险些以为太史阑出现了。

定了定神，她才反应过来，林飞白真的扮女装了！

更想不到的是，他扮女装这么好看！

林飞白冷着脸，一只手紧紧地攥住裙摆，始终不去看文臻，眼皮微微垂着，看着地上。

文臻心里在狂笑，狂笑之余也有些愁，这人真是太倔了。

林飞白左脚绊右脚地走到她身边，僵硬地侧身一站，也不看她，道："走吧！"

文臻垂目思考了一秒钟，她知道如果自己现在放声大笑，林飞白这性子就没法再坚持下去，然而当她抬头看见林飞白往前直视的目光，和微微咬紧的下唇，最终还是没有笑出来。

拒绝的话已经说清楚，无论如何不应践踏他人自尊。

她没有再说什么，甚至没有多看林飞白一眼，转身便走，身后，隐约听见林飞白松了口气。

不远处竹楼上，英文奋笔疾书。

“林侯为追随文大人，不惜扮成女子，甚美。”想了想，又添一句，“文大人目光灼灼似贼。”

第一百七十九章

急，在线等

文臻当然知道那竹楼上头有猫腻，不过如果她知道英文无时无刻不在打小报告，她刚才一定会出手。

气死某人拉倒。

在路上，她遇上一行商队押着一排大车上山，看她带着几个姑娘步行，坐在车辕上的掌柜就招呼文臻："姑娘们，这大日头的爬山累不累？你们去哪，要么捎你们一程？"

留山土著对外地人都很警惕，妙银刚要拒绝，文臻已经跃上了车辕，笑嘻嘻招呼众女："都上来都上来……哎，谢谢大爷了啊。"

那掌柜呵呵笑，看着文臻的眼神有几分慈爱，道："无妨，老夫家里也有个孙女和你差不多大。"

"大爷这是去哪里啊？"

"我啊，就去前面，前面。"那掌柜忽然脸色一冷，开始含糊其辞。

文臻笑了笑，心想看这方向，说不定是给千秋谷的人送物资的当地商家。

她陪着老家伙聊了聊，眼睛却注意着四周的动静，前方就有一段狭窄又隐蔽的山路，杀人放火毁尸灭迹的绝佳场所。

她之前已经听说了，自己的人占据千秋谷之后，留山土著没少捣乱，其中也打劫过运送进山的物资，不知道今天会不会撞上。

她看了一眼四周押送大车的护卫，明显是雇了镖局。

可是，在这留山不是武功好就有用的。

摇晃的马车上，她眯着眼睛问那掌柜："大爷，你们带着这么多东西，走这山路安全吗？"

那老者眼底露出一丝忧色，随即又笑道："我们每次都走不同的路，这条路是这阵子第一次走，想来不会有人知道。"

说着他怀疑地瞅了文臻一眼，打了个手势，有两个汉子悄然靠近了这辆车，盯着文臻。

文臻就当没看见，对老头子的警觉性表示赞许。

车子刚刚转过一个弯，前头押车的汉子喊道："有大蛇！"

文臻身边的老掌柜十分有见识，大喊："别管！直接过去，不能停！"

他话音刚落，劲风扑面，文臻已经抬手，一胳膊肘把他扫进了车厢。

老头跌进车厢，整个车厢震了震，文臻身子一歪，避过了第二支呼啸飞来的箭。

那箭饰以彩羽，比寻常箭要短，箭尖色呈暗蓝，显然是本地土著常用的毒箭。

忽然一只手飞快地拎住她的后领，把她扔进了车厢，正砸在了那掌柜身上。

文臻哭笑不得地爬起来，心想林飞白这臂力真了得。

外头箭声连连，文臻发出一声呼哨，妙银等人都穿着十分鲜艳的衣裙，在晦暗的天色下十分显眼，各自张臂一招，将手上黑色的戒指一亮，大叫："七王画地盘，来者何人！"

箭雨立止，那些簌簌攀爬之声也停了一停，随即上头有人道："满花寨子？"

七王是留山擅长蛊术的人们对于七种蛊的尊称，即"蛇、蝎、蜈、蚰、蜂、蛛、蚁"。这话只有留山人懂，而能拿这七种毒虫做切口的，也就只有满寨都会蛊术的满花寨子了。

文臻探头出来，笑吟吟冲上面打招呼："是哪家寨子的兄弟？"

她知道自己此刻在对方眼里是阿节的容貌，正有心试探对方和阿节的关系，果然上头一个黑脸汉子，一看见她，脸色立即和缓下来，道："原来是阿节妹子，怎么，这一趟你们也要？"随即又皱眉道，"只是为何事先不说？临时来抢，这可不合规矩。"

文臻笑道："我初任寨主，要给大祭司献上礼物，这一趟昨晚就盯上了。不过也不能让哥哥白跑，那最后一辆车的货物让给你如何？"

那人脸色和缓了一些，道："既然这样，就让给阿节你，算是哥哥给你当上寨主的贺礼。"

"谢谢哥哥。"文臻笑得温柔，"哥哥，大祭司近来可好？我什么时候去拜见他老人家合适？"

"大祭司最近正在……叫什么闭关？不见外人，待过几日，立火节开始之前，会召集各位寨主齐聚商讨各项事务，到时候自然就能见了。”

文臻笑着应了一声。

闭关？

留山土著对这个词没有概念，是属于江湖中人的称呼，这位大祭司难道真的不是留山人？

此时对方已经没了戒备，招呼了自己的人都下来，文臻的目光落在最后一个人身上，那人神情有点闪躲，站在人群背后的暗影中。虽然穿的也是留山土著的服饰，脸上画了点油彩，看不清长相，可文臻瞧着他神情举止并不像本地人。

她凝足目力，盯住了那人的手指，五指粗短，指甲缝隙里有些红色的粉末。

目光一掠便收，她笑着让几个寨女将最后一辆车赶上来，那领头汉子看了一下，见都是些布匹干粮等物，甚至还有少量铁器，满意地点点头，便赶了车要走。

文臻便也笑眯眯挥手告别，忽然身后车厢里一阵震动，那掌柜的用尽全力狠狠将她一推，大骂：“你这个趁火打劫的无耻女人！”

文臻猝不及防，也没想到这老家伙忽然出手，跌了个狗吃屎。

林飞白急忙去拉她，手肘在腰后剑上一撞，长剑出鞘半尺，冷光如电，刺向那老掌柜。

文臻：“慢着！”

她目光一转，看见本来要走的对方，因为林飞白这神来一剑，都面露惊异之色，停住了脚步。

她心叫不好，不该让林飞白扮女装的。

林飞白微微低头，眼前剑锋拉开半截，如秋水半泓，倒映他森冷眼神。

既然鲁莽犯错，也无话可再说，稍后便是拼着性命不要，也要护她周全。

他静默不动，周身杀气却逼得衣角轻拂。

忽然看见明洁剑锋如镜，映上一张笑靥。那双眸子灿灿生辉，流转间夺天地之色。

文臻笑吟吟伸手一搂林飞白的腰，对那汉子道：“哥哥你瞧，这位是大祭司派给满花寨子的神通姑姑，这神通是不是很了得？”

文臻一边说话一边掐紧林飞白的腰，低声道：“我知道你没有天授之能，但我不管，你必须立刻表现出一点神通来。”

林飞白被她一搂，神魂已经飞到了留山之外，但很快被这狠狠地掐了回来。

随即他默不作声，剑尖微微一抖，对面站立的男子一截衣角便飞了起来。

虽然不会隔空摄物，但林飞白这样的内家高手，隔着一些距离，以剑气伤人还是能做到的。

果然一出手，对方怀疑尽去，神情转为恭谨，急忙行了一个本地的礼，连带对文臻都施了个礼，甚至连那车货物都不敢拿了，连说冒犯。

文臻那车货物有大用，怎么肯让他收回，连忙灌了他一堆迷魂汤，那人才赶着车带着手下离开。

文臻看着他们离开，示意妙银派个人跟上去，寨女走惯山路，跟着人不难。

看着人群离开，文臻才吁一口气，回头看见老掌柜还站在车辕上怒瞪她，捋着袖子一副随时准备和她拼命的架势。

文臻似笑非笑地一挥手，道："绑了！"

当下就有寨女将那老掌柜绑了，还要往他嘴里塞臭布，掌柜一边挣扎一边大骂："你这留山妖女，你知道你打劫的是谁家的产业吗？你的寨子不想要了吗？"

文臻笑吟吟看着他："管他什么阿猫阿狗，姑娘我想要就是我的。"

"奉劝姑娘一句，悬崖勒马犹未晚也，此时把东西还给老夫，你们还有机会！"

"大爷，真好奇你主子是谁。怎么调教你们的？"文臻抱胸偏头看着他，"一把年纪活得甚是糊涂。若不是我，你们今日命都留不住，赔上一车货物算个什么？这般拎不清，还做生意？"

"别说一车货物，便是少了一件货物，都是老夫对不住东家！你有本事便要了我老命去！"

文臻摇头："冥顽不灵！是谁雇佣了这老家伙！"

话音未落，就听见老头咆哮："我家大人迟早灭了你留山！"

哪个大人？

好像自己也是个大人啊。

她盯着老头，老头却好像发现了自己说漏嘴了，文臻忽然一个箭步过去，蹲在大车下方挡板下，用指甲刮了刮泥。那个不起眼的地方刻着一个袅袅冒烟的火锅，那是江湖捞的标志。

打劫到自己头上该怎么下台？

文臻傻傻地蹲在那里，脑子转了转，终于想起来，熊军和共济盟到千秋谷之后，在还没落脚稳定，自给自足之前，她曾命当地的江湖捞负责千秋谷中人的金钱粮食供给。

看样子这是送钱粮入山的车队。

她挂心的事太多，把这件事给忘了。

因为千秋谷中人身份要保密，所以这位掌柜也很谨慎，平常江湖捞车马都有自己的标记，这掌柜全部都给抹了，护卫也请的外人。

只是，文臻觉得，回去还是要对苍南和滇州这边的江湖捞员工进行培训，既然运送物资进山，怎么能邀请路过的女子搭车？这些家伙凭什么以为女子就无害？留山满花寨子可以名列留山最可怕的寨子前三，如果不是她已经以最快速度收服满花，现在这整个车队都可能在阿节手里了。

抬头，迎上老掌柜疑惑审视的目光，文臻摸了摸鼻子，觉得糗大了。

实在不好意思再把身份说出来。

忽然她想起什么，猛地跳起来。

“妙银！妙银！快点派人想办法，把刚才那车货物给追回来！”

早知道是她自己的钱，打死也不送出去啊！

妙银派了两个人去追货物了，也不难，只要和对方说不小心下了蛊，对方肯定立即就还。

大车上的东西确实下了蛊和毒，本就是文臻准备赠给留山总寨大祭司的礼物，都是延期发作的那种。

货物要回来，该下的毒还是要下。文臻让姑娘们追回东西的时候，故作不小心撞翻掉落一些，对方为了示好一定会一起帮着收拾，那就够了。

之后便赶着车往前走，很快到了千秋谷。

那被绑的掌柜看见来的居然是千秋谷，不禁瞪大了眼睛。

谷口有人巡逻，左边一排熊军，右边一排共济盟，站得那叫一个泾渭分明。

文臻挑挑眉。

她明明和闻近檀、凤翩翩都说过，熊军和共济盟想要最快速度融合在一起，首先就要从衣裳配给上趋向统一，之后打散建制，同吃同睡，共同训练，训练中再荣辱与共，再加上共同迎敌，应该可以很快融合。

但现在看来，这第一步还没做。

她早已下令全国江湖捞拨出相当一部分收益制作订购了衣服和诸般用品，至于武器等物，由燕绥那边的属下供应，但文臻也不占他便宜，早已默默给他在江湖捞多算了一股。

至于燕绥的武器哪来，肯定不可能是和外国买卖而来，文臻怀疑他在东堂境内私下开采铁矿，制造武器，否则他不能接下这活。但这是大忌，文臻连问都不想问。

她和燕绥骨子里都是胆子比天大之人，燕绥是根本没有顾忌，文臻则是任何时候，自保最重要。皇权之重，她会谨慎忌讳，绝不轻易挑战，但也不会因此就束手束脚。

所以，千秋谷蓄私兵是要命的事，她决不允许出现任何变数。

她在谷口报明来意，自称是满花寨新任寨主阿节，路遇前来给千秋谷送物资的车队，因为车队主事给她提供了帮助，所以她投桃报李，帮助车队解决了一场打劫，顺便护送来千秋谷。

她说话的时候发现熊军根本没有动，只互相聊天，偶尔冷冷对这边看一眼，完全置身事外。

而共济盟的属下则显得有些意外。自从来到留山，他们面对的都是当地土著的排斥攻击，何曾有人表示过善意？

随即他们态度便热情了许多，其中一人道：“寨主稍候，待我去禀报四当家。”

文臻愣了一下。

共济盟什么时候有了四当家？

如果闻近檀已经去了总寨，那么现在当家的应该是凤翩翩，哪来的四当家？

文臻皱起眉，她当初叮嘱过闻近檀，用人要小心，要先长期观察，不要轻易提拔，这才多久，怎么就冒出个四当家，还一副大权在握的模样？

不多时有人出来，却还是那几个守门的人，道：“四当家有请。”

车队的老掌柜已经被解了绑，站在一边，那守门人招手道：“哎，你，把东西就在门口卸下来，便回去吧。”

那掌柜的一怔，随即脸色便气白了。

文臻也没想到居然是这个态度，眉头一皱。

江湖捞大老远进山，辛辛苦苦送物资，路上还遭遇打劫，不说热情感谢招待，好歹得让人家进去喝杯水，压压惊，就这么叫人放下东西就走，不知道的还以为是江湖捞在乞讨。

随即她又看见那共济盟汉子招呼熊军那边：“来，你们，来帮忙卸货！”

文臻眉头皱更紧。

熊军当初被她使计解散，最后接受她的招揽，往千秋谷来的多半都是当初军中精英级别的人，这样的人，共济盟怎么可以这样呼来喝去？

这些人又怎么会受这个气？

果然那边的人脸色黑沉，愤怒地走了开去，聚集在一起不知道在说什么。

文臻心中也一沉。

那喊人的共济盟汉子似乎也不在意对方听不听话，喊完就笑嘻嘻地道：“人家高贵着呢，官家人，不理咱，那咱就自己卸呗。”

他招呼着众人去卸货，那老掌柜却上前一步，道：“且慢。”

“做甚？”

“这些钱粮物资都是我们滇州江湖捞三家店上上下下辛苦所得，便是奉命要交出去，也不能这样糊涂地交。请你们当家出来，亲自清点，造册签字，并给老夫回执，这货才能卸。”

“老家伙，你这是糊涂了吧。江湖捞是谁的？是文臻文大人的。共济盟是谁的？现在也是文臻文大人的，江湖捞的东西送给共济盟，就好比文大人的东西从左手送到右手，还需要什么清点，什么回执？”

“我不管这些，我只管按章程办事。别说江湖捞和共济盟是两处，便是我们江湖捞各店，从一分店往二分店送物资，也同样需要这些章程。”

“那是你们江湖捞的臭规矩，不是共济盟的！懒得和你啰嗦，兄弟们，来卸货！”

“你！”

第一百八十章

逼迫

文臻一抬手，拦住了那个掌柜。转头笑眯眯地道：“各位大哥，需要咱们帮忙吗？”

“哪能要美人做这粗活，妹子们还是赶紧进去见四当家吧。”

文臻笑笑，对妙银使了个眼色，妙银会意点头。

文臻看那些人手脚很快，已经卸了一辆车，便一手拎起老掌柜，连带将他带来的几个护卫连踢带打，都塞到那辆马车上，道：“老家伙，既然任务完成了，就赶紧滚吧。”

她塞人的时候按住了掌柜的麻筋，老掌柜动弹不得，还不忘探头出来骂：“等我回了滇州，一定要报给我们东家，有你好看！”

文臻笑道：“你东家说了，你是挺好看的。”

她一抬手拍在拉车的牛屁股上，老牛慢慢转头，文臻对着空中一摆手，道：“好好看着！”

谁也不知道她对谁说，也不知道没人赶车，这一车子人怎么下山。

但共济盟的人也不在意，都在笑呵呵地清点物品。

文臻一转头，看见先前派出去跟着那批打劫的人的姑娘已经回来，悄悄对她指了指人群中一人。

那人混在那群正在卸货的共济盟属下中，衣裳已经换过了，脸上也洗干净了，但文臻又看见了他指甲缝里的红色粉末。

再一看千秋谷山门旁边，果然一大片岩石和土壤是红色的。

文臻心中冷笑一声。

之前她就怀疑，既然江湖捞送物资，经常选不同道路，那就没道理次次被打劫。

除非有内应。

果然如此。

那边卸货完毕，就开始乱糟糟地就地分发，卸货的几个人，捡着好的往自己带来的箩筐里揣，熊军的人看着，便有人走过来，道："我们的呢？"

"哟，喊你们卸货你们不来，要东西倒积极？"

"还没轮到你们，等着！"

熊军的人脸色铁青。

这边乱哄哄，那边又有一大批人从里头出来，当先的人怒喝道："怎么不造册不登记就开始分发！"

"这是四当家同意的！"

"经过三当家同意没有？"

"三当家这不是闭关吗！四当家做主！再说我们也没开始分发，我们这不正在清点吗！"

"我看你们是在先下手为强！这是给大家的东西，你这是强盗！"

"放什么屁！"

一片乱哄哄里，文臻已经不动声色地走进了千秋谷。

门口的事且不用管，既然有第一桩就有第二桩，不如揪出来一次性管个够。

谷中倒比想象中好一些，屋舍已经起好了，分成住宿区、生活区、训练区，还有菜地和水源，算得上井井有条。

当初整个千秋谷的图纸和初期的训练融合计划，是她亲自安排了交给凤翩翩和闻近檀的，看来两人执行得很好。

但为何现在乱成这样？从谷内还在操练的情况来看，应该就只是近期的事，是闻近檀前往总寨谈判，被大祭司看中留下之后开始的？

她并没有去拜访那个四当家，而是根据自己当初的设想，找到了应该是高层们居住的地方。

那是几个独院，她当初只是给了个建议，但具体凤翩翩等人会选什么，还是要靠猜的。

她环顾一圈，觉得虽然闻近檀、凤翩翩都是女子，但绝不会选择远离帮众的最里面的小院。

但也不会选择最近的。

她目光落在一处小院，靠着一排花树，树后也有溪流淙淙，有点像当初五峰山飞流峰的半山小院的格局。

她走了过去。

那小院自然有人看守，她走过一圈，那些隐蔽在花树中院墙后的人便倒了一片。

林飞白跟在她，侧后方一步远的地方，看着她闲庭信步，几乎没有犹豫就选定了目标，也几乎不用停留就跨进了戒备森严的小院。

她已在不知不觉间成长。

他想起朝中消息，闻老太太叩阍骂殿，洗刷文臻冤屈，群臣垂首，皇帝折节，太子软禁，朝堂风云悄然变幻，听说为了应对悠悠众口，挽回朝堂颜面，陛下会下旨嘉奖抚慰文臻，并将她外派至湖州任刺史。

封疆大吏。

虽说文臻之前任过长川别驾，再任湖州刺史也符合章程，但问题是文臻厨子出身，在朝野没待过几天，司农监监正的板凳都没坐热，就要任一州主官，实在是官场异数。

不少大臣心中腹诽，但是那日殿上给闻老太太骂得实在心虚，也给这两人对太子的反击搞怕了，因此风声出来，竟然没有人前赴后继地上折子阻止。

而且众人也听说，西川之事，虽然看起来是太子剿匪有功，但后来证据显示，太子这个匪剿得很不干净利落，而文臻燕绥在共济盟期间，先后对易慧娘易铮下手，散了熊军，乱了鹿军，使易铭疲于奔命，并失去了共济盟这把刀，实实在在是有功的。

又有人说文臻这个湖州刺史只是临时职位。据说湖州那边不大干净，出现了储备粮失踪的事情，湖州产粮之地，天下粮仓，一旦粮米有失，影响绝非一地。

而他这边的消息更深入一步，怀疑湖州那边和唐家有勾结。

而文臻入朝以来，治理政事能力虽然还未得到验证，但是解决问题搞破坏的能力有目共睹，大抵陛下又想借所谓补偿之机，拿她去救火了。

但无论如何，哪怕是暂代，也是一州刺史，跨过这一层台阶，再往上就是金銮殿前，未来百官之首的那个地位。

这升迁速度，大概也就仅次于南齐那位女总督了。

林飞白原本觉得这并不是一件好事，倒不是说女子德容言工，而是仕途如倒走巅峰，越往上罡风越烈，沟壑越密，一着失足便是粉身碎骨。

然而其人如锥在囊，如明珠在匣，长夜亦不可掩其光。

还能做什么呢，愿以身铺路，成就她脚下坦途。

这些念头闪电般掠过，文臻已经走进了院中，只稍稍一看，便选定一间屋子，走了过去。

两个高层女子肯定是住一个院子，东屋明亮，窗台前有簇簇山花，西屋素净，幽香深远。

院中无人看守，文臻推开东屋的窗，看见凤翩翩在床上盘腿入定，果然是闭关的模样。

文臻看见她眼皮急速颤动，面皮时不时掠过扭曲的神情，那是在焦虑和挣扎。

果然被制了。

文臻正要进去，忽然林飞白将她一拉，文臻此时看见一个小姑娘小心地匆匆跑来，看样子是找凤翩翩的。

两人闪身躲在墙后，看见那小姑娘果然进了屋子，从袖子里掏出几根紫色的药草，低声对凤翩翩道："三当家，我打听到这种药对蛊可能有用，你试试……"

说着便将那药草碾碎，给凤翩翩喂了，文臻看了一眼那药草，知道是留山一种叫乌钱的藤，确实对很多蛊术有缓解效果，因此也就没有阻拦。

凤翩翩用了药草以后，终于睁开了眼睛，身体还不能动，却是勉强能说话了。她一开口便让那小姑娘赶紧去找闻近檀。

小姑娘却很犯难，文臻在门外静静听，才知道这姑娘是共济盟的普通女帮众，对三当家向来仰慕，无意中发现三当家被制，这几日一直努力帮她解蛊。两人匆匆说了几句，文臻这才揣摩出到底发生了什么事来。神色渐缓。

事情没有她想象的那么糟糕。

千秋谷一开始的安排很是井井有条，熊军和共济盟编成无数小队，同吃同住同训练，闻近檀甚至对熊军士兵分外照顾一些，起初气氛很是和谐。两个女子商量着，又选拔了一些优秀人才，填补了高层的空缺，原本是西川揭阳分坛的坛主杨庞同，因为揭阳分坛的人最多，最受拥护，升为四当家。

杨庞同一开始表现得十分精明能干，也忠心耿耿，提出了很多好建议。但是很快，千秋谷的安宁被打破，留山土著不停地骚扰和拦截物资，出山采买的人们经常死亡和失踪，在这种情形下，出外巡逻和采买的人员就成了死亡名单预备役，闻近檀是个公平的人，在熊军和共济盟中轮流选人，但因为人数悬殊，且文臻嘱托过闻近檀，熊军来的多半是战场上的精锐，是难得的人才，要尽量保护，所以苦事难事肯定是共济盟占了大头。

杨庞同很快就表示了异议，认为大家既然都同属一体，自然应该公平起见，让共济盟保护熊军，不公平。

是人都怕死，在他的煽动下，有一部分共济盟的人员也开始不满，渐渐聚拢在杨庞同旗下和熊军作对，双方渐渐对立。

这事儿就是个恶性循环，一旦情绪对立，就容易起冲突，频繁的小冲突会导致更大的对立，直至你死我活。

所以在留山还没给共济盟造成重大打击的时候，千秋谷内部已经产生了问题，因此闻近檀才会焦虑不安，不得不接受总寨的邀请，去见那个大祭司，希望通过外部压力的减少来解决内部的问题。

文臻一直知道共济盟的问题，因为易铭的插手，和萧离风的故意游离，共济盟一味发展却缺乏强有力的领导，人心一直有些散，只是之前都没机会整顿，如今既然来了，自然要好好揉搓揉搓。

那边的小姑娘还在劝说凤翩翩逃走，凤翩翩却有些犹豫，觉得杨庞同短短时日内，不可能发展出太大的势力。又觉得杨庞同虽然长久在分坛，但素日行事稳重，应该不至于太丧心病狂，只是一时利欲熏心而已，她试图让那小姑娘去联络她信任的部属，小姑娘却道她提出联络的那几人，这几日也在杨庞同身边出现过，她怕也不妥当，因此不敢贸然联络。

小姑娘突发奇想，说不管怎样，杨四当家和熊军肯定没有勾连，要么去向他们求救？

凤翩翩一口回绝，道共济盟的事不可给外人看笑话。

文臻听着，慢慢将手揣进了袖子，唇角微微翘起。

林飞白打手势问她，为何不立即出手救凤翩翩？

文臻唇角一弯，笑得天真可爱。

文臻附在他耳边，悄悄说了几句，林飞白有点惊异地瞧着她，最终点头而去。

过了一阵，外头有喧嚣声传来，凤翩翩听见，急忙让那小姑娘避到床后去。

文臻隔着窗看见，来人是个中等身材的男子，脖子上有一颗痦子，脸还算清秀，被众人围拥着过来，众人喊他杨当家，显然是杨庞同了。

这当家喊得，不知道的还以为是唯一的当家。

杨庞同做了个手势，众人留在院中，杨庞同走了进来。

凤翩翩怕被看出已经解了部分蛊毒，再次闭上眼睛。

杨庞同却从怀中拿出那小姑娘带来的那种药草也喂凤翩翩吃了，凤翩翩无奈，吃完之后只好睁开眼睛，一眼看见杨庞同的脸，顿时咬紧了腮帮子。

杨庞同俯身低笑："三当家，可想好了吗？"

他靠得极近，呼吸都喷到凤翩翩脸上，凤翩翩嫌恶地想避开，身体却不能动，只能勉强扭过头。

“三当家这样就没意思了。明明是好事，何必做这般姿态？只需要你出个面，说闻近檀得大当家授意，要将共济盟卖给朝廷，留山大祭司愿意助我们铲除异己，和我们结盟互助，已经扣住了闻近檀。你只需要和我召开临时当家会议，废了大当家之位，我便奉你为大当家。你看，好处我也给你，位子我也给你，你怎么就这么不开窍呢？”

凤翩翩声音沙哑：“然后我做你的傀儡？任你和外人勾结，将共济盟卖给居心叵测的人？”

“三当家何必这么多疑呢？总之就是你我合作共治共济盟不好吗？至于什么卖不卖的，你又焉知文臻不会将共济盟卖给朝廷呢？她可是朝廷大员，要我说萧离风就是疯了，费尽心机将共济盟留给一个朝廷官员。这才叫卖了共济盟！”

“杨庞同你不许侮辱大当家！你也别忘记了，是文臻救了我们也救了你！她如果要卖共济盟，用得着千里迢迢把我们骗到这里再卖？我倒是要问问你，既然心里有想法，当初在地道里为什么不说？你不服气，你当初倒是别下地道逃生啊！”

“啪。”一声清脆的耳光，惊得悄悄回来的林飞白眉头都颤了颤，他转头看文臻，文臻竟然还是笑眯眯听着，连嘴角的弧度都没变一丝。

这让他心中感喟，眼前这位当真是蜜糖包裹的石头。

凤翩翩被扇得向后一倒，她霍然转头，散乱的发丝间露出一双血红的充满憎恨的眼睛。

杨庞同却不以为意，双手相握扭了扭，发出一阵骨头扭动的格格声，随即起身，曼声道：“劝了你三天，你还是冥顽不灵，我可没这时间和你慢慢耗。”说着起身，拍拍手。

在院子中等候的一群人应声而入，逼向凤翩翩。

“你们做什么！”

“没什么，只是我单方面已经卸了你当家的职位。作为一个普通女帮众，有为其余兄弟排忧解难的义务是不是？你瞧咱们兄弟们都血气方刚的，自从来了这荒山野岭，十天半月都开不了荤，你就忍心看得下？”

“杨庞同，你怎么敢！”

“我有什么不敢的？”杨庞同施施然回身，“是你生性淫荡，耐不住寂寞，勾搭帮中兄弟犯了帮规，与我何干？”

“杨庞同你如此下作还想给我泼污水！我凤翩翩掌管共济盟七年，是什么样的人，天地知道，帮中兄弟都知道！”

“这谁知道呀。人是会变的，或者你倒霉沾染了什么毒物蛊术心性变了呢？不过你放心，我会不顾一切替你报仇的，想来那些拥戴你的兄弟们见我如此赤诚，一定也会对我卸下心防。你看，虽然麻烦一点，但是我并不是劝服你只有一条路可以走是不是？”

他拍拍手，手指一弹，凤翩翩衣领被扯开半边。

杨庞同走出门去：“招呼好我们三当家。”

一群男子狞笑着。

凤翩翩咬牙，眼眸血红地盯着最前面的人。

林飞白拉了拉文臻的衣服。

文臻手握成拳，笑眯眯把他的手推了出去。

林飞白低头看了看自己的手。

忽然一道人影蹿了出来，扑挡在凤翩翩面前，凤翩翩方才还算镇定，此刻急得声音大变：“小堂！快走！走！”

正是那躲在床后的小姑娘，众人一见她都一惊，回头看已经走入院中的杨庞同，杨庞同头也不回，只挥了挥手。

凤翩翩眼底露出绝望之色，眼看着那小小身子倔强地张开双臂挡在自己面前。

想到接下来会发生的事，她心底一阵阵发冷。

她不怕被侮辱，不会让这些人碰到她一根指头，别的力气没有，自杀还是能的。

但是怎么可以牵连无辜？

“杨庞同！我答应你！”

杨庞同回身，古怪一笑。

“晚了。”

“你！”

“你逼我用了这种手段，我们便已经不死不休，我怎么敢再信任你，再给你活着的机会！”

“杨庞同，你便不怕报应吗？”

“报应？谁啊？你吗？别开玩笑了，咱们本就是刀头舐血的江湖汉子，谁手下没有几十条人命，真要有报应，你我现在都已经化成灰了！”

“或者有人能给我报应，比如咱们的大当家啊，你喊啊，你现在喊啊，看能不能把她喊出来，给我一个比你下场更惨的报应？”杨庞同的笑声听来竟然是爽朗的，只是隐约有几分丝丝之声，像一条藏在阴暗角落的蛇。

林飞白又看文臻。

现在总可以出手了吧？

文臻在笑眯眯吃软糖。

林飞白皱眉。

文臻一转头，看见他眼神里的不赞同，笑了笑，递块软糖给他。

林飞白手一抬，动作有点快，软糖滚落。

文臻低头看了看软糖，挑了挑眉。

林飞白有点懊悔，觉得自己方才动作太粗暴了些，可他确实有点不喜欢文臻方才的散漫和冷漠。

像隔着山海和风雪看世间，眼底有种真实至不可触摸的冷漠。

这冷漠让他心慌。

就算文臻另有打算，最终会出手，可身为女子，怎么能从容面对这样的场面？

是官场风霜打磨出了一个陌生的她，还是她本性便是如此，内心坚冷不可焐热，隔岸看花？

文臻瞄一眼他的眼神，唇角一勾，并不在意。

只是想着，如果燕绥此刻在，想来定然是不会拒绝她的软糖的。

人生哪来那么多知己呢，大多不过是同行一段路的缘分罢了。

第一百八十一章

一路孽缘

“人生哪来那么多的情深爱重呢？大多不过是不得不同行一路的孽缘罢了。”

说话人声音懒懒的，听得人总会泛起淡淡的倦，像行路遇春水，愿投身溺于其中。

“娘娘，陛下宣您前去景仁宫。”

德妃站起身来，笑一声，道：“我这德胜宫啊，总是盛不下我们陛下的御驾。”

菊牙撇撇嘴。

陛下从来不来德胜宫找娘娘，都是宣娘娘去景仁宫。外人都道娘娘盛宠，可谁又知道，上次陛下因为闻老太太叩阍来德胜宫，是最近十年来的首次呢?

“带着我们小厨房新研究出来的红薯饼给陛下尝尝。”

菊牙应一声，随手从桌上拿起一碟德妃没动过的红薯饼，油炸过的食物再经过放置，泛着腻腻的油光，看着实在很难引人食欲。

菊牙不在意，她知道德妃也不在意。

因为就算带了新鲜出炉的点心去也无意义。

但是娘娘还是要带的。妖妃嘛，总要显出几分配得上这妖和宠的姿态。

德妃随便披一件薄氅，经过前庭花园的时候，花匠正在伺弄花草，德妃不喜欢那些养在盆子里的娇贵的花，她喜欢大株的，需要在地里直接种植的花。

花匠的花锄下得深了一点，翻出一点雪白的东西来，花匠的脸色并无异常，却在看见德妃过来的时候，一锄头将旁边的土翻过来，将那东西盖住了。

德妃却已经看见了，转头对菊牙笑一声：“看这位置，大抵是我们的清仪姑姑。”

菊牙道：“听闻那边现在每年清明还会给清仪上一炷香。”

“倒真是情深义重。”德妃这语气听来竟然颇有几分诚恳。

菊牙在心里叹了一声，娘娘懒，懒得扮宠妃姿态，她就得把这份劲儿撑足了，这么多年，她也算是明白了，有时候韬光养晦就是傻。

景仁宫里，皇帝正在看一封奏章，菊牙看一眼那奏章封面，黄底黑边，不是正式奏章文书，是封疆大吏为了和皇帝联络感情用的问安折子。

一般只会说些家长里短，对皇帝嘘寒问暖，汇报一下自己忠君爱国的日常心情，而陛下的回复也多半以“朕躬安”开头，以“爱卿好生为国保重”结尾。

皇帝也不待进来的德妃施礼，便招招手示意她坐过来，将那折子往德妃面前一推，笑道：“我答应过老三，不随便安排他的事情。但老唐这折子里话说得恳切，现今局势你也知道，唐家的态度至关重要，你是燕绥的母妃，你且来拿个主意。”

德妃打开折子，眉一挑，笑了。

“唐孝成想要把唐六嫁给燕绥？”

千秋谷内。

屋内的狞笑声又起。

凤翩翩眼底含泪看着那双肮脏的手，快要触及那已经浑身发抖却依旧不肯走的小姑娘的衣襟。

怒火一把把灼热地揉在胸口，烫得从喉管到胸腹，都含着血般的疼痛。

这个人是她选的，是她不顾闻近檀的反对提拔的，是她相信共济盟铁板一块，不会为人所趁，依旧没听闻近檀的建议，给了这人掌握大权的机会。

她还听信杨庞同的话，对闻近檀产生了怀疑，因此没有阻止闻近檀去总寨见大祭司。

就在先前一刻，她还想着杨庞同不过是排斥闻近檀，名利心重一些，想要劝说他迷途知返。

是她太天真！

一口血激涌在咽喉口，下一瞬就要喷对面一头一脸。

她忽然觉得腿一痛，然后身子向后一仰。

她狂喜——腿能动了！

凤翩翩猛地蹿起，一手拎起小堂，一手便要拔刀，却发现自己竟然只有右手能动，左手抬不起来。

她只能含恨放弃出手杀人，拎着小堂蹿了出去。

屋内众人原本注意力在小堂身上，没想到三当家突然暴起，下意识纷纷让开，凤翩翩一步便蹿到了院子里。

杨庞同惊讶转身，凤翩翩看见他便恨得眼睛滴血，一把推出小堂，喝道：“快跑！”一手就去腰间摸刀。

今日就算死在这里，也要将这人给杀了！

然而这一摸，手忽然又软垂下来，力气又没了。

更糟糕的是，小堂也不知道是受了惊吓还是怎的，双腿发软，竟然跑不动。

眼看杨庞同一边上前来一边抓向小堂，凤翩翩只好咬牙再次放弃，拖起小堂背到背上。

原本以为自己的手没力气把人拎起背上的，结果忽然力气又变大了，轻轻松松把小堂甩上肩，凤翩翩心中希望又起，冲出去的时候再次拔刀，结果手倏地又软了。

凤翩翩背着小堂蹿出院子，她本想冲到训练场去，此刻大部分帮众都在训练场练武，但是不知怎的，要往左走的时候，脚刚踏上地面，腿便一软，往右边一退，又正常了。

好像真的被下蛊了……

她只能向右走，右边往前是共济盟帮众的住处，一排一排的连绵屋舍，她背着小堂狼狈地跑过，担心会随时被拦住，但不知怎的，后面并没有人立即追来，她顺利地蹿到了那排宿舍。

她也很快看见了熟人，都是老部下，她实际掌管共济盟多年，在共济盟忠心的属下最多，最有威信，要不然杨庞同也不会一直关着她想说服她。此刻看着那一张张惊异看过来的熟悉面庞，她大喜，打算将杨庞同的恶行说出来。

结果她一张嘴，发现自己竟然说不了话了！

小堂不知道什么时候昏过去了，也无法开口了！

她想停下来，却一停下来就浑身发痒发痛，一旦跑起来，却精力充沛，她不得不继续向前冲，眼睁睁冲过了自己部下的地盘。

前方就是熊军的宿舍，凤翩翩此刻可不愿被熊军看见自己的狼狈状。虽然嘴上不承认，但内心深处，她对熊军也难免有几分戒备和疏离，因此她愿意冲向共济盟宿舍求救，却不愿被熊军发现。

刚才的事情又重复了，她完全无法控制地，直直冲向熊军的那一排屋舍。

她没有看见的是，在她身后不远处，文臻始终负手，笑眯眯跟在她身后。

凤翩翩吸引了所有人的注意力，大家都跟着，因此一时还没人注意文臻悄无声息出现了。

而熊军的营地也有了动静。

因为凤翩翩已经在共济盟宿舍闹出很大动静，熊军的人都出门查看，并且已经在自己的院子前排成一行，此刻见她冲来，当先一人喝道："布阵！"

共济盟追来的人大惊，有人喊："不可伤害三当家！"

熊军却根本不理，隔开了追来的乱糟糟的人群，避免他们冲入熊军营地，另一队人围住了凤翩翩，堵住了她所有的去路。凤翩翩左冲右突，面前却始终维持着三人阵，一人刀背向前，一人横枪于前，另一人佯攻，她不得不退，使枪的人已经枪杆一挑，将她背上小堂挑起。

小堂的身子飞出，凤翩翩要抢，后三步一个枪手又是一挑，再次将小堂往后挑，然后下一个接力，竟然就这么一个接一个，生生让小堂无法落地，一直挑到了后方，由最后面的熊军擅医的人接着查看，片刻后道："无妨！"

而此时凤翩翩不仅无法抓回小堂，也无法冲出，包围圈在不断缩小，很快她也会被毫发无损地挑飞。

至于那些冲过来想要救她的共济盟帮众，已经被熊军分割成无数小块，押在熊军宿舍一丈之外，无法冲进。

熊军也不和他们打，就死死押住他们，深黑色重铁盔甲，遮蔽日光，仰望如山。

文臻站在角落里。

本想看一看熊军的反应，不丞想还能看见这么精彩一幕，果然是训练有素的军队。

也好，就让共济盟今日看清楚悬殊。

只是也不能让凤翩翩止步于此。

她今日的每一步都有所安排，凤翩翩不能留在熊军营地。

她对身后跟的妙银等人使了个眼色。

妙银等人已经趁乱换了共济盟帮众的衣裳，此刻混在人群里，接收到眼色，各自手指连弹，放倒了一批熊军。

蛊术有很多种，妙银她们现在用的就是最浅显的，只会短暂让人丧失行动能力，没有什么副作用的那种。

熊军人数本就相对较少，靠训练有素的防御阵形才镇住了共济盟的人，此时阵形被破坏，凤翩翩和共济盟的人便冲了出去。

凤翩翩冲出去后，发现自己又只能向后方的训练场冲，她到此时也认命了，老天安排，指哪冲哪，反正也收不住，反正也停不了。

训练场上正热火朝天，熊军的部分将士和共济盟的大部分子弟都在，正在以切磋之名打斗，看见传说中闭关已经好几天的凤翩翩忽然十分狼狈地冲进来，顿时都愣了。

凤翩翩冲进去，却发现自己依旧无法说话，正着急时，先前一直没追上她的杨庞同等人，在文臻暗示手下们放手之后，终于冲了过来，杨庞同手臂上不知何时多了一道血淋淋的伤口，他一边捂着手臂，一边嘶声道："大家拦住三当家！她失心疯了，要把咱们卖给朝廷，我劝阻她几句，她竟然冲我动手！"

众人哗然。

凤翩翩霍然回首，怒火满胸，一时连眼眸都是血红的，却依旧说不出话来，她憋闷得狠狠抓住了自己的领口，吐出一口带血的唾沫。

隐在角落的林飞白又看向文臻。

文臻脸色沉了几分，但依旧没有动。

她如何不明白凤翩翩此刻的悲愤焦灼，但是想要达成的效果还没达成，这心上一把刀，还拔不得。

凤翩翩掌管共济盟多年，对共济盟的深厚感情和对熊军的天然隔膜，都不是一两件事可以抹杀的。

然而在千秋谷立足艰难，留山情况复杂，如果不能迅速融合，那么迟早都有灾难。

凤翩翩作为千秋谷实际掌管者之一，她必须脱离天生的情感倾向，冷静而客观地看待共济盟和熊军，并在任何时候都能做出公平的裁决。

对共济盟上下盲目相信，是她的致命弱点。

文臻作为空降大当家，又没有时间在盟中培养感情树立威信，她今天可以强硬处理杨庞同和他的帮手，但是不知道杨庞同全部面目的凤翩翩和其他帮众，就会留下心结。

处理那帮人，也不能看清楚共济盟全员的立场到底如何。

今天，便要她看清楚，也让所有人看清楚。

杨庞同冲了进来，一脸焦灼，他身后跟着先前宿舍区的共济盟帮众，也就是说，几乎所有人都毫无心理准备地聚集到了训练场。

文臻一路驱赶凤翩翩，目的就是这个。

随着杨庞同的喊声，众人神情也有了变化，震惊、疑惑、喜悦、不安……有一部分人立即跟在了杨庞同的身后。

有一部分人大惊失色地冲到了凤翩翩身前，有人脱下衣服给她遮挡，有人张开双臂拦在她身前，大喝道："你胡说！三当家不是这样的人！"

杨庞同身后立即有人大骂："放屁！四当家都伤成这样了，你瞎了！再说三当家要是没做这事，她为什么不反驳？"

两边吵了起来，更多人则是满脸惊疑地站在一边，谁都不靠。

熊军收了操练的家伙，冷笑着走到校场边缘看热闹。

只是刹那，校场之上，泾渭分明。

林飞白再看向文臻时，眼色便发生了变化。

原来她等在这里。

故意让凤翩翩受到一定的刺激；故意扩大事态让凤翩翩冲出去，惊动所有人；故意控制凤翩翩的路线和行动；故意放过杨庞同让他没有准备时间，不得不追到校场，都是为了一次性看清所有人的立场，好为之后的血洗做准备。

听起来简单，但是执行人的冷酷和心性得非常人所能及。

而在此时，文臻轻轻笑了一下。

情况比想象中好。

这个姓杨的掌权时间短，行事又太急躁狠毒，因此真正支持他的人并不多。

萧离风将共济盟交给她，那就是她的了，她可不会为了保全共济盟的完整性委曲求全。

凤翩翩忽然能说话了。

几乎立刻，那些堆积在咽喉口的话瞬间喷吐而出：“杨庞同！你和留山大祭司勾结，想要栽赃陷害闻近檀，夺取大当家位，被我阻止后就将我囚禁，劝降不成还要反咬我，你还是不是人！”

文臻挑了挑眉。

凤翩翩可真是太看重面子了，这时候都不肯说杨庞同真正的恶行。

在她身边待久了的，对礼教便会存了几分不屑。

片刻后，杨庞同笑道：“看，临死反扑，反咬一口的嘴脸就是这样的。”

他忽然从袖子里抽出一封书简，对着众人张开：“各位，我掌管着谷中对外消息往来等诸般杂务，昨日刚刚从凤三当家那里截获了一封书信，来自安王殿下府。信中嘉奖了闻坛主和凤当家向朝廷投诚的大义之举。信中说，让闻近檀和留山大祭司联合，凤当家里应外合，引大皇子的军队前来围剿千秋谷，送一份天大的功劳给大皇子殿下，安王府自然会赐两位进身之阶。”

当下就有人凑近看，大声道：“啊，还有安王府的印章！”

“原来如此，难怪闻坛主去了总寨，会被看中当祭女。我就说一个外人怎么会被大祭司看上担任那么重要的职务，原来早有勾结！”

凤翩翩目眦欲裂：“你捏造！你污蔑！”

杨庞同用信纸遮住嘴，凑近她，悄声道：“是啊，我捏造又如何呢？你有证据推翻吗？这信中的内容可是大家最怕的，只要心中种下怀疑的种子，谁又会冒天下之大不韪来帮你呢？”

凤翩翩狠狠瞪着他，杨庞同又轻声道：“哦不，你还是有几个忠心的属下，但是我建议你，如果不想属下被你牵连，无辜枉死，还是早点认了的好。我答应你，只要你认了，我就放你走。”

他对凤翩翩眨眨眼，笑道：“别这么瞪着我，怪怕人的。别不死心，你硬要闹，也不过是闹得共济盟更快分崩离析，你乐意吗？还是你到现在还指望谁来救你？熊军？闻近檀？大当家？要么我帮你喊喊人好不好？”他装模作样地四顾，细声道，“熊军——闻坛主——大当家——大当家！”

他原本是戏耍凤翩翩，声音很轻，最后一声却不知为何，忽然喉咙发痒，一喊便喊破了嗓子，他自己和周围的人都吓了一跳，随即他便听见一声清脆的回答。

“哎！”

第一百八十二章

镇服

杨庞同心中恼火，刚要怒骂谁这么大胆敢接话，忽见人群后转出一个人来。

留山少女的打扮，少女眉目间有俊朗的气宇，眼眸间流转着森然之意，转眼便又见唇角笑意如蜜糖。

杨庞同一开始有点恍惚。毕竟文臻当初扈三娘的形象很丑，之后虽然疙瘩尽去，但又掩了部分容貌，众人对她都只是一个朦胧的印象。正疑惑间，忽然听见凤翩翩含泪哽咽：“大当家！”

四面哗然声起，杨庞同耳中嗡嗡作响，一时止不住浑身颤抖起来，禁不住连连后退几步。

他一抬眼，撞上文臻的眼眸，这位不熟悉的大当家，这种时候还在对他笑，唇角和眼眸弯弯，笑意甜得似乎像有蜜汁溢出。

这种时候还能这样笑的人，绝不会是一般人。

此时他才察觉，人聚得太齐了，他已经不占人数优势了。

明明近期在他的故意唆使下，共济盟内部都快成了散沙，各自不理，不通信息。

怎么就让凤翩翩那个模样撞出去了呢？

他忽然想起一个可能，顿时浑身发冷。

大当家不会先前就在凤翩翩屋里吧？

然后眼睁睁地看着，并出手推动……

他不敢想，拼命收敛心神，仔细看了看文臻身后，不过是寥寥几人，心定了几分，急忙行礼：“不知大当家远来，有失远迎。”

他虽然行礼，身子却在向后撤，却架不住文臻虚伪的热情，她眉开眼笑地应了那一声，快步上前，热情地去搀扶杨庞同：“这位是新任的四当家吗？快快请起。”

杨庞同心虚，又想后退，不料文臻伸出来扶的双手忽然换了方向，抽走了他指间的那封信，笑道：“什么信？我瞧瞧。”

杨庞同大惊要夺，手还没碰到文臻，就被横过来的手臂挡开，那手臂宛如铁铸，劲气回荡，震得他连退三步，他骇然抬头，就看见文臻身边不知何时多了个身形修长的女子，那双眼眸英锐微冷，目光有如剑光，刺得他下意识转头。

文臻将信纸拿在手里，扬扬信纸，笑道：“就这造假水平，天京葫芦巷最烂的摊位都不敢拿出来骗人，杨四，你可真是胆之大，一个天装不下啊。”

“大当家，信是假的？”有人惊问。

“当然。官府用印，有用印的规矩，为了防止假冒，都会随机在印章上敲出少许裂纹，但这信末尾的印鉴光滑完整，显然刻印的人不是官府的印匠，忘了这一重要的步骤。

“另外，我朝规制，正规官员印鉴是正方形，临时外派官员是长方形，皇族是圆形。安王殿下是皇族，这印鉴怎么是正方形的呢？

“而且这用的是什么纸？麻质，留山当地的疏麻纸？奇了怪了，安王殿下常驻斜月海峡一带，王府在滇州定县，定县本地的纸很有名，生罗纸十分名贵，是整个滇州高层官员必备用纸。我就不明白了，堂堂安王殿下自己所在之地的名贵纸不用，用数百里之外的偏僻山区的劣等纸？

“这印鉴上的字体是篆体。但是咱们的杨当家有所不知，皇族用的印鉴虽然也是篆体，却是最为繁复的九叠篆……当然，九叠篆是什么杨当家肯定不懂，我也就不浪费口水和你解释了。”

“这印鉴所用的印泥印油……”文臻看着众人神色，笑了笑，“遍地漏洞，还需要我再说吗？”

杨庞同脸颊抽动，怒声道：“你是朝廷官员，你乱说一通，谁能反驳你！”

“你能拿出私通朝廷的假信，我也能拿出你私通留山大祭司的证据啊。”文臻手一招，先前离开的一个姑娘送上一块小小的石头，文臻把玩着那块石头，忽然轻轻一掰，里头滚出一朵红莲石雕，“杨当家，你从凤当家房间里搜出来的信是假的，可我从你房里搜出来的这块代表留山大祭司的红莲标记，用的是留山总寨独有的红石假不了吧？”

众人中有人也听过大祭司的红莲标记，脸色微变。

妙银心疼地摸摸胸口，这东西确实是大祭司的标记，却不是什么稀罕东西，大祭司每年立火节上都会给有缘的子民赐福，赐的就是这红莲石，她还是当上寨主那年得的。

不过小真说了，这一块她奉献出来，以后要多少有多少。

妙银对她家小真很有信心。

杨庞同瞪着那石头——他和留山那边有勾结，双方单线联系，何曾有过什么石头标记？

这明摆着是以其人之道还治其人之身，他此刻也体验到了先前凤翩翩被栽赃有口难言的滋味。

文臻瞟他一眼，又是伸手一招，林飞白一脚便把一个汉子踢了出来。

“我先前随着江湖捞的运送物资的车一起来，诸位应该有人看见。江湖捞的车在山道上又被打劫了，当时我在场，拦下了打劫者，却发现其中一人鬼鬼祟祟，就命手下一路跟踪，然后一直跟到了这里。”

先前那些门口的人仔细看了看文臻，眼神都露出疑惑之色。

他们先前看见文臻的时候是阿节的脸，但现在文臻需要露出真面目，就没有让文蛋蛋再施蛊。

文臻抬手和他们打了个招呼：“嘿，各位，当着我的面排挤熊军，欺负我江湖捞掌柜，是杨四给你们的胆儿吗？”

那些人听出声音，浑身一颤，惊惶地看杨庞同。

杨庞同吸一口气，冷冷道：“大当家，你才来多久，怎么什么巧事儿都被你碰着！你上下嘴皮子一碰，便说人是内奸，是叛徒，你一个朝廷官员，我们凭什么信你！”

“凭证据！”文臻一笑，“我才来几天就受到了追杀，我行踪保密，只给共济盟留了暗号要求接应，追杀者是怎么知道我行踪的？千秋谷原本是我们选定的安定之地，运送物资的大车每次都改换道路，为什么次次被打劫？为什么短期内便和留山起这么多不痛不痒的冲突？为什么冲突忽然又停止了？杨四，你这个掌管诸般庶务的临时当家，怎么你一当家，什么糟心事儿就都来了？”

“哪位兄弟去一下这位内奸的房间，找一下他房里有没有留山土著的衣裳。注意拿衣裳过来的时候，不要用手指直接接触。”

当即便有人去了，不多时捧了衣裳来。

“他穿着这件留山土著衣裳去给强盗带路，我们的人在追踪他的时候，在他衣裳上撒了满花寨子才有的九虫草。大概半个时辰起效。现在时辰差不多了。”

衣裳被扔在地上，片刻后，簌簌之声连响，无数蛇虫向那衣裳涌去，其中一部分还往那内奸身上爬，那内奸一声惨叫，拼命后退，文臻凉凉地道：“我刚来，不认识这些人，更不可能知道一个喽啰住在哪间房，现在还有人怀疑我是栽赃陷害吗？”

熊军一个将官忽然冷笑道：“你们这些江湖草莽脑子大抵都长在脚上，最简单的道理都想不通。共济盟是大当家的，江湖捞也是大当家的，江湖捞的物资次次被劫，难道大当家还会和自家的产业过不去吗？”

他是在讽刺，有人忍无可忍叫道：“可行了吧，当初五峰山，咱们胡乱猜疑对不住大当家的还少吗？到了现在，还要被那几个利欲熏心的小人挑拨离间，还有什么脸站在这儿！”

原本站在凤翩翩面前的人护得更紧，站在一边的人大部分都走了上来。

文臻眼神温和了一些，看来这回大部分人良心在线，只是一小部分人受利益驱使使坏，这在哪里都难免，不算人心崩坏。

那个内奸被越来越多的蛇虫逼到发疯，四面的人又有意无意堵住了他逃走的路，他只得惨叫着扑向杨庞同：“四当家，救救我，是你……”

一声轻响。

刀拔出时带出一道血泉，在日光下十分刺眼。

杨庞同在众人惊愕震惊的目光中收刀，皱眉踢了身前缓缓跌落的人一脚，骂道：“什么玩意儿，这时候还敢攀诬我！”

他拎着血淋淋的刀，也不看四周众人，道：“大当家舌灿莲花，可我还有别的证据，等我去取来！”说完使眼色示意拥趸们打掩护，转身就要走。

文臻忽然伸手，一把拔出林飞白的剑，甩手一掷。

长剑风势凌厉，所经之处众人都觉得冷风割面，下意识纷纷缩头，杨庞同听见惊呼骇然回身，转眼就看冷光耀目，下意识要躲，然而他刚一扭腰，那剑像算准了他的反应，忽然诡异一折。

杨庞同低头，看见一截剑锋明晃晃插在自己腹中，剑锋极薄极锋利。

剧痛随之传来，但更多的情绪是不可思议，他骇然回首瞪着文臻——好歹是堂堂当家，怎可以未经审问，未得供词，就这么众目睽睽之下杀了他？

文臻这个空降大当家就不怕其余兄弟不满？

他带着满怀不能解的疑问，栽倒在尘埃里。

他看见的最后一幕，是凤翩翩飞扑过来，一脚踢向他腹中剑柄，想要断绝他最后一丝生机。

那些跟在杨庞同身后的人之前紧密团结在一起，现在都在悄悄散开，可惜校场地方太大，之前凤翩翩闯入了校场中心，那一小撮人也便站在了人群的中心，此刻便是想躲，也没地方躲。

他们刚一抬步，便纷纷摔倒，呼喊惨叫，众人惊骇地看着文臻，文臻笑着摊手：“小小惩罚。”

凤翩翩那批最忠心的属下当先纷纷道："该！"

文臻道："营地可有设监牢？"

凤翩翩咬牙道："就算没有，现设也要设一个出来！"

她挥挥手，那些人便哭号着被拖走。

文臻笑眯眯目送这些人被拖走，只有她知道，不出意外的话，这批人是最后一次看见太阳了。

小小惩罚当然是骗人的，她来就是为了彻底清洗共济盟，不会再留下任何隐患。

只是人命一旦累积就触目惊心，这百把号人一起当众杀了，给人造成的冲击太大，会令人心浮动，不是好事。

文臻不怕杀人，但也不喜欢杀人。

当众不经审问毫不犹豫杀杨庞同，是为了震慑立威。

这批人清理干净，凤翩翩上前来，文臻解下自己的披风给她裹着。

凤翩翩一脸惭愧："大当家，我负了您的嘱托……"

文臻打断她道："三当家，对不住。"

凤翩翩愕然看她。

文臻缓缓道："我先前就在你屋里。"

凤翩翩先是反应不过来，随即慢慢瞪大眼睛，文臻没有说什么，迎着她的目光。

凤翩翩的目光有着惊疑、愤怒、挫败、了然……几经变幻，半晌却笑道："我明白了。"

她笑道："所以你是大当家，我只能做三当家。不过大当家你放心，这事已经过去了。"

文臻笑着握了握她的手。

今日她冷眼旁观凤翩翩受欺辱，并驱赶着凤翩翩一路冲到校场，把她的耻辱暴露于万人面前，于她来说，是要让凤翩翩摆脱偏见与软弱，下定决心，也是因为她觉得成大事者不可心软，但说到底是对不住凤翩翩的。

凤翩翩将来自己总能想明白，到那时，一旦心生怨恨，便又是一个隐患。

文臻吸取教训，要将一切火苗都提前吹熄。

"我在留山不会太久。之后留山不管变成什么样，共济盟终究还是要交给你和小檀管理的。我们是女子，担了这责任，比男子有更多难处和阻碍。但于我们自己却切不可将自己当成弱者看。"文臻给凤翩翩整理乱了的发，"其实啊，论起韧性和生命力，女人其实比男人强。但这些强大，总要你自己先看见，才能让别人看见。"

凤翩翩低头想了想，抬头一笑："你放心，江湖儿女，还能比谁弱了去？"

两人相视一笑，文臻这才放下心。

之前有点担心凤翩翩会因为今日之事自卑自轻，影响心境，如今看来，江湖儿女，久经打磨，不怕心上尘埃。

林飞白站在一边，将两个女子的低语听在耳中，心中微微一叹。

文臻这个人无情又多情，柔和又森冷，漠然又细腻，亲和又独立，交织出平常表象下的独特心性。

总叫人牵扯难断。

文臻看看四周，道："三当家，你重新推举当家主事人并没有错，共济盟需要男性领导。只是之后无论选拔谁，心性为第一要务，且财权和布防，人事调动等要务，务必掌握在你和小檀手中。稍后召集所有坛主以上高层，重新确定权力分配和制定帮规，共济盟现在和熊军合并，规矩必须要有所变化，帮规首要，就是要求对熊军一视同仁。为了更好地融合，共济盟的这个名称回头换掉，熊军原将官要进入高层……"

她说到共济盟要改名字，周边众人虽然微有变色，倒还安稳，听见后一句，很多人欲言又止。

熊军已经由一位男子领着过来，那男子三十余岁，脸庞黝黑，眉目平常，气度却颇大方，先看了林飞白一眼，才淡淡对着文臻施了一礼，道："大当家，我们是来告辞的。"

文臻微微敛了笑意，问他："为何？"

"为何，大当家既然微服来此，应该也看见了。熊军虽然已散，凋零跋涉至此，但依旧是矫矫男儿，当初愿意跟随殿下和大人是一时不知去向何方，受殿下和大人照拂，愿意戮力报效。如今瞧着，倒也不必我等多事，我等亦不愿居于僻地，仰人鼻息。今日就此别过，祝愿大人仕途通达，鹏程万里。"

他身后众人草草抱拳，便要转身。

"且慢。"

熊军的人并没有停。

文臻也没有发怒，只看着众人背影道："我有三问三许，请诸位听完之后，再决定要不要走。"

第一百八十三章

愿以百金求娶

“侧侧，这事你怎么看？”

皇帝并不是个喜欢摆架子的人，他日常在嫔御面前都不自称朕，对德妃尤其特殊，不称爱妃，只直呼她的名字，听来更是亲昵，曾引得无数宫妃嫉妒，也成为朝臣们常常腹诽陛下专宠德妃的一个重要佐证。

德妃对这样的恩宠并没有太多反应，扬扬信纸，笑道：“臣妾倒是想问问陛下怎么想？”

“现今的情形你也知晓，长川已平，西川易铭自顾不暇，这两处和唐家虽然都不算接壤，但是相隔不远，唐家万一有反心，只要出定阳，顺湖州一路打过去，长川西川再配合出兵，三地同气连枝合并一体并不是难事。现下这个可能已经被掐灭，唐孝成有可能心思暂灭，这是向朝廷示好来了。”

德妃将折子一合，薄薄的唇角一撇：“陛下当真这么认为吗？”

皇帝笑笑，喝茶：“不然呢？”

“陛下觉得是那便是。”德妃手指轻轻弹着信纸边缘，“臣妾就当他不是想派个探子入宜王府，或者不是想麻痹朝廷。”

皇帝笑道：“自然有这个可能，可是你别忘记了老三是什么样的人。他那府里这么多年，兄弟姐妹有谁能送进探子去？唐六真要抱这个心思来，也不过是白耗青春罢了。至于麻痹……便是朕被麻痹，老三也不会的。”

“看来陛下是已经想好了。”

“于公义讲，朕与诸臣自然希望这门亲事能成。唐家首次服软示好，朝廷接下了，燕绥又镇得住唐六，那便又能安抚唐家，又无后顾之忧。以燕绥之能，只要他愿意，唐六做不了探子，他倒可以趁机探唐家一个虚实，岂不是比现在唐家水泼不进，朝廷束手无策要来得好？”

“陛下说得太对了，有句话尤其对——只要燕绥愿意。”

皇帝正在喝茶的手一顿，抬头笑看德妃：“你不愿意？”

德妃含笑给皇帝斟茶：“陛下您是知道我和老三的关系的，这事儿哪轮得上我愿不愿意？”

“朕还以为你很不喜欢文臻，对唐六却印象不错，乐见其成呢。”

“是这样没错。但是陛下，我怕我应下了，老三回来会放火烧宫啊。”德妃一把抓住了皇帝的手，苦兮兮道，“陛下，您可不能自己怕老三发飙，就把这得罪人的差事推到臣妾头上啊！”

“你这说的什么话！”皇帝又气又笑，反手打了德妃手背一下，声音清脆，他吓了一跳，嗔道，“你怎么不躲！”抓起德妃手背，低头吹了吹。

满殿太监宫女都转开脸，唇角微含笑意。

菊牙直勾勾盯着。

德妃低头看着皇帝俯下的脸，眼波流动，似笑非笑，待到皇帝再抬起脸，看见的便是她满是笑意的眼，语气却也是微嗔的：“陛下自己手重，倒怪臣妾不躲了。”

虽是顶嘴，语声却难得的娇，尾音微挑，情致满满，听得满殿宫女满脸绯红地垂头，心想之前一直想不通，德妃又懒又骄纵，如何就合了性子宽厚的陛下的意，却原来美人勾魂，早已修炼成精，一颦一笑，都在其中。

皇帝似乎有点依依不舍地放开了德妃的手，忽然道：“闻老太太在你那似乎住出了几分交情？”

德妃笑道：“我可不敢和那位老生姜有交情，不怕被辣死。”

皇帝也笑，道：“闲暇无事便邀老太太来宫里坐坐，上次的事皇家也当给予安抚。她是大臣祖母，朕不好随意召唤，想来想去，也就你比较合适。”

这便算圣旨了，德妃便起身领旨，皇帝按她坐下，又道：“也可以问问闻老太太，文臻可愿卸去官职，为宜王侧妃。”

德妃意味不明地笑了下。

皇帝凝视着她，又道：“老三上次的事受了委屈，朕心里明白他断然没有通敌通匪之事。只是老大正在和南齐作战，阵前大将不可乱其心，便暂时搁着罢了。我听说他去了南齐想刺杀南齐静海总督，他也是，何必赌气为自证清白，行这冒险之事。回头朕便派人和他说早些回京，之前的事迟早会给他清白，西川他也是有功劳的，回头该给他的自然会给他。”

德妃懒洋洋托腮，吃着皇帝面前碟子里的小点心，漫不经心地道：“要我说，老三那个性子就该多磨练才好，陛下您龙体也不如何壮健，就不要为他操心太多了。这糕不错，陛下多吃点。”说着纤纤十指递上糕点。

皇帝就着她的手咬了极小的一口，还没咽下，忽然一阵咳嗽。

德妃急忙起身转到他身后给他捶背，又唤人换热茶。皇帝喝茶有个习惯，喜欢在茶里加点姜末，他的炕桌上常年放着一个青铜九龙浮雕三足小盅，里头永远有最新鲜的姜末，一般这事儿都由小太监晴明处理。

德妃端起茶盏，伸手去揭那小盅的盖子，皇帝却已经抢先揭开，自己加了姜末，德妃便又命人唤太医，自己却不等太医到来，便向皇帝辞行。

皇帝脸色涨红，随意摆摆手，德妃便和赶来的太医擦肩而过。

她迈出门槛，看一眼隔壁，太医来这么快，显然之前一直在偏殿等候。

她走得很快，看来似乎完全不想参与皇帝诊病之事。

直到转过九曲回廊，已经看见德胜宫的大门，四面空荡荡无人，她才停下，顺手扯了一根藤蔓，在掌心慢慢地折。

菊牙在她身后唏嘘一声，道：“好累。”

德妃面无表情地道：“还好，累的时候不算太多。”

“陛下想殿下娶唐六小姐，想娘娘出面同意？”

“我没同意。”

“然也，娘娘您什么时候能做殿下的主了？”

“说点好听话你会死吗？”

“娘娘恕罪。不过娘娘，陛下说话可好听了。”

“是啊。他叫我去和闻老太太谈，想让闻老太太出面，劝说文臻自己放弃。什么卸任官职为侧妃，他这是算准了文臻不可能接受这样的建议呢。”

“好虐啊，简直比让娘娘直接替殿下做主还虐。娘娘您首先会被闻老太太骂死啊。说不定以老太太的性子，不用去问她孙女儿，直接就当面帮文臻和殿下断情了吧？”

“这不正好吗？女方断情，燕绥可怪不着陛下。我家陛下是个慈和人，怎么能被骂呢。这事儿自然是妖妃干比较合适，当初闻老太太做人质进宫，按说该住在皇后那里，却进了我宫中，如今但凡这边的事定然是我出面。咱们的陛下看得可真长远。”

菊牙笑了一声，将许多未说出口的话都留在这笑中。

“咱们陛下双管齐下，一方面从闻老太太文臻入手，一方面安抚燕绥。为人君者，能为一个儿子的婚事下这许多工夫，真当得上仁君之称啊。”

“是啊，好棒，娘娘咱们还是回去洗洗睡吧。”

“哦，睡醒之后，你去传闻老太太吧。”

“还真请她来说这个啊？娘娘，我怕。老太婆不骂人不打架，但是一张嘴，我就发怵。”

“我也怕，不过说什么，怎么说，学问可大了呢……”

声音渐渐远去。

千秋谷内。

熊军领头的人顿住脚，一挥手，众人停下，却没有回头。

“愿闻其详。不过大当家可能要枉费口舌。”

“一问，西川易铭已经发榜，将熊军上下都列为叛军。现在原先很多没有跟随你们走的熊军士兵都已经悄悄出了西川，有的携家带口往苍南而来，西川已非家园不可归，如果你们再走，他们来了能投奔谁？

“二问，留山位居苍南和滇州之间。苍南有季家，滇州有定王府，你们不出谷便罢了，一旦出谷，不可避免会被这两家盯上，到时候你们聚在一起，携家带口，大批队伍，必遭当地军队攻击，如若散开，那更无法抵抗任何恶意。你们要如何保护自己和家人？

“三问，便是你们脱下兵甲散入这茫茫大山，成为这留山普通猎户，但是你们并不是这留山土著，你们在内陆长大。你们现在住的千秋谷是我们好不容易寻觅出的一块安稳之地，除此之外，这山间瘴气、毒物、蛇虫、湿气，各种难以分辨的毒花毒草，你们如何能适应？便是你们身体强健能应付，你们的家人能适应吗？便是没有家室，可以娶当地人，先不说当地人是否能接纳，便是娶了，也就成为留山土著，子子孙孙留在这大山之内，这样的未来你们是否想要？”

有人忍不住道：“最后一问，我倒要问问大当家，那我们就算留下来，留在千秋谷，那不还是等于这样的结局吗？”

“这就要说到我的三许。第一许，我许平等相待熊军和共济盟，真正实行共治。以此为帮规第一条铁律。但凡衣食住行，各般供应，再有任何区别差池，杀无赦。

“第二许，我许熊军十年之约。十年之内，熊军为我所用，并按照当前边军规矩发放军饷。十年之后，熊军将士若愿得自由之身，我赠金置产，保各位安享余生。如不幸身死，则优加抚恤亲属家人，定保家属一生生活无忧。

“第三许，我许熊军子弟未来。熊军将士但有正当所求，比如娶妻生子之类，尽情随意，若需帮助，尽管和我开口。另外，但凡熊军后代可择一人优加培养。朝廷即将开科举，愿意读书的，可送去临近的三问书屋读书，书屋长期有寒门学子充作私塾先生，教授经义，都是饱学之士。若学有所成，也必倾力相助；愿意学手艺的，由江湖捞负责，按其个人兴趣送往各处学艺。定教诸位子孙皆有所学，不必拘困于大山。”

第一条熊军岿然不动，第二条众人相互顾盼，说到第三条的时候，人们纷纷转过身来。

文臻并不意外。

关于熊军的安置她之前就想过，在山门口看见熊军的待遇之后，她便有了章程。

忠诚不是靠喊口号就能骗来的，总归要给一些实际的东西。

熊军因她一言而散，凄惶无依之下不得不依附于她，远走他乡。但这样的经历不能铸就忠诚，现在也缺少契机凝聚军心。所以就要从每个人内心最担忧最在意的事情着手，而这些人在意的，不过就是自己和家人的生计和未来罢了。

令老有所养，幼有所依，看得见未来，才看得见光。

第二条其实有点雇佣军的意思，想必为正统所不齿，但文臻一个来自现代的人，最清楚自己此刻一无国家大义，二无感情经营，三无把柄挟制，能做的也就是平等相待和利益交换。

你为我卖命，我给你将来。

熊军的军制接近于军户，也就是说世代为西川兵，父死子继，永远为西川卖命，虽然家庭安定，经济保障却也是一道枷锁，永远没有挣脱的机会。

而每个人都有传宗接代，子孙后代光宗耀祖的梦。

给他们的后代出头的机会，未来有家族荣盛的可能，才是真正击中他们的条件。

片刻后，还是那个男子带着众人转身大步踏来。

文臻唇角一弯。

妙银望着文臻，她身边，一个姑娘悄声问她：“寨主她在说什么，我怎么一个字都听不懂呀。”

妙银也学着文臻，弯起眼睛，悄悄道：“哎，你不需要懂，你只需要和我一样看着她，然后跟着就好啦。”

那男子在她面前站定，忽然拔出一把匕首。

凤翩翩神色一紧，立即上前一步要挡住文臻，文臻拨开她，道：“拿碗来。”又拔出腰间匕首。

林飞白一眼看见那是卷草，他没想到她竟然随身带着。

他凝视那匕首的眼眸黑白分明，眼神专注而动人，侧面的轮廓精美，那领头熊军将官再次看了他一眼。

文臻倒没想那么多，卷草好用，她便用着。此刻凤翩翩也明白了，拿了碗装了清水，连同在场的所有共济盟高层和熊军将官，歃血为盟。

文臻割手指的时候，林飞白唇一动，想阻止，终是没有说话。

鲜血滴落融入水中，文臻当先举起碗，凝视着那淡粉色的液体忽觉一阵反胃，险些当场吐出来。

所有人都盯着她，她这一刻微变的表情，大家都看见了，熊军的人脸色顿时就不好看了。

文臻喘一口气，坦然笑道："抱歉，自从听闻千秋谷出事，我一路赶来，已经多日未休息了。"

众人释然，纷纷表示关心。

妙银撇嘴。昨晚睡到日上三竿的人是谁？真是撒谎不眨眼。

文臻喝了一口，微笑将碗递过去，神态从容。

只有林飞白紧紧盯着她的手，她捏紧的掌心已经被掐出了血痕，显然是用尽全力才压下了呕吐感。

那熊军将官又看他一眼，接过碗的时候，忽然道："大当家，属下是原熊军统带潘航。方才大当家说，熊军将士但有所求都会相帮？"

"那是自然。"

"那我现在就有一个请求。"

"请讲。"

"属下年过三十，尚未娶妻，瞧着您身边这位姑娘十分英气美貌，心向往之，愿以百金求娶。"

第一百八十四章

懦夫何敢配我

德胜宫今天颇热闹。

因为大家颇为想念的闻老太太又进宫了。

满殿的小宫女们今儿都无心干活，一遍遍地往正殿跑，想看看有什么机会和老太太偶遇一下。

上次老太太金殿骂群臣的事儿，外头都编成了传奇本子在偷偷传唱，更不要说，德胜宫的小宫女们了现在对闻老太太的敬仰如长河之水，滔滔不绝。

可惜向来喜欢大开门窗的德妃娘娘今儿正殿门闭得很紧。

殿内，她和闻老太太相对而坐，两个性格相貌都相差很多的女人，骨子里却是一般的冷硬强悍，完全不搞宫廷里迂回曲折那一套，闻老太太一坐下就问："娘娘难得找臣妇，可不是又有什么新人物册子要给臣妇看？"

德妃笑道："这回我要操心的可不是你家孙女儿的婚事，我操心我家那个老大难的事儿。"

"娘娘瞧着也不像是会为宜王殿下操心婚事的样儿。"

"皇恩浩荡，不得不操心。"德妃笑吟吟，"且问你，文臻做我的媳妇儿可好？"

闻老太太腰背直得可以裁衣，脸上每道皱纹弧线都纹丝不动。

半晌她问："第几个媳妇？"

德妃立即笑起来，笑得十分痛快，拍着桌子道："老太太真是妙人。真的，就冲着你这话，我再不喜欢文臻，也觉得可以试一试啊！"

这便是回答了。闻老太太平静地道："上次臣妇就和娘娘说过，孙女儿的事臣妇不能做主。”

“那你可以问问她啊。”

“那么请问正妃是谁？”

“唐家六小姐。你知道的，她对殿下倾慕多年。”德妃道，“文臻如果愿意卸去官职回归家庭，从此相夫教子，陛下和本宫都很欣慰。当然，若她不愿意，只想继续效力朝廷，朝中有望再多一位名臣，陛下和我也一般欢喜。总之无论如何都不会影响文大人在陛下心中的地位。”

闻老太太又沉默半晌，忽然道：“臣妇想去向陛下谢恩。”

德妃眼底笑意更浓，道：“你这是答应了？”

“不是。臣妇只是感念陛下仁德，愿意为臣妇孙女如此操心，给了文臻自主抉择的机会。顺便也为上次孟浪之举，向陛下赔罪。”

“陛下最近精神不是太好，可能会谢绝。”

“不，陛下最是尊老，一定会见臣妇。”

“那便去吧。”德妃当先起身，闻老太太跟在她身后，经过德妃梳妆台时，德妃长长的衣袖一拂，妆台上一样首饰落地，刚刚进屋来的菊牙正要过来拾起，听力出众的闻老太太已经蹲身捡起，摸了摸，道：“娘娘这件首饰倒别致。”

她这举动失礼又突兀，菊牙脸色一沉，德妃却毫无意外，偏头看一眼，笑道：“啊，您喜欢啊？您喜欢就拿着吧。”

菊牙敏感地注意到了德妃用了一个“您”字，这事儿太破天荒。她不禁看了闻老太太一眼，又看了她手上的首饰一眼，那是一支钗子，用白玉雕成了鹅毛状，缀着红蓝宝石和明珠，大小形状如一柄匕首，虽然别致，却有点沉重累赘，因此德妃平日都是收在匣子里的，今日却扔在了桌上又弄在了地上。

掉在地上也没什么，偏巧却被闻老太太看中了。

菊牙忍不住多看娘娘一眼，却在此刻看见那两人对视着，娘娘眼神灿亮又激赏，那样的目光惊得菊牙心中一跳，再一定神，却又看不见了。

菊牙以为闻老太太要推辞的，明显娘娘就是客气话啊，结果闻老太太随口谢一声，当真便将那钗收在了袖中。

菊牙目瞪口呆，觉得整个德胜宫都让她看不懂了。

德妃和闻老太太一前一后出了门，往景仁宫去，果然，传报之后，很快就有人传召。

但引路的太监只将两人带到门槛处，便道：“太医院正在给陛下请脉，陛下说里头药味浓，怕熏着老太太，老太太有什么话可以由我等转告，在门口磕个头便回去吧。”

闻老太太冷笑一声，道：“老妇一腔挚诚，怎么能给你们这些阉人乱传？”

太监不敢说话，前朝曾有宦官误国之事，后世皇帝多引以为戒，所以东堂的太监地位很低，时常被大臣喝骂也只能忍气吞声。

闻老太太也不多说，笔直地在门槛前跪下，正跪在正中，道：“既如此，老妇也不进去。只是老妇满腔感激和愧疚之意，绝非区区几句话可以表达，老妇便在这门槛前跪上一个时辰，大抵也就心安了。”

太监一脸被雷劈了的表情。

这是景仁宫议事殿，大臣们时常要应召而来议事，你老人家堵在门口，人家怎么过去？又怎么行礼？

太监回去禀报了，旁人纷纷来劝，有几位大臣匆匆而来，一时也迈不过这门槛，只得蹲下来，加入了询问劝说的大军，闻老太太对太监宫女的劝说一概像没听见，对大臣们则侧身行礼，一脸“我感恩我忠义我以我血荐轩辕”的表情。门口很快堵了一群人，直到传报太监匆匆赶来，道皇帝请老太太进去。

闻老太太起身快步进去，一群挤在门口的太监大臣反应不及，目瞪口呆看着她背影，一直闲闲袖手站在一边的德妃这回也反应很快，紧跟着进去，顺手把门给关上了。

皇帝脸上几分倦色，看着闻老太太，笑道：“老太太，您今儿又是哪一出啊！”

此时因为先前太监都出来劝老太太，殿中除了一个请脉的太医再无别人，皇帝本来笑得从容，一眼看见闻老太太身后闪出德妃，再看看面前的两个女人，眼神微微一动。

但随即他便笑了，招手唤德妃：“来，坐这里。”

德妃不动，矫情地道：“陛下啊，景仁宫正殿哪有我的位置。这要叫外头的大臣看见，又要骂我妖妃啦。”

皇帝笑骂道：“你哪来这么多事儿。”德妃这才踱过去，在案几另一边坐下了。

闻老太太跪下，跪得却离皇帝有点近，皇帝下意识往后仰了仰，手撑住榻边。

“老妇得娘娘传召，提起文臻之事，才知陛下如此苦心。”闻老太太双肘贴地，皇帝目光一转，紧紧盯住了她的袖子。

那袖子的边缘压出一条长长的，半个巴掌宽的，顶头尖锐的物事形状。

闻老太太还在说话，手臂微微一动，那被压住的袖子底隐约白光一闪。

皇帝忽然向后一坐，一只手摸上了案几。

与此同时，德妃忽然笑道：“陛下这茶加了姜末儿我总想尝尝，要么今儿就赏我一口吧！”说着便去端皇帝面前的茶。

她的广袖越过桌面，将整个桌子都遮住，皇帝立即伸手一拨，将她的手拨开，眼神还死死盯着闻老太太的袖子。

闻老太太直起腰，袖子里掉下那个白玉钗。

皇帝目光一直，这不过是刹那间的事儿，皇帝的手还停留在拨开德妃的动作上，手腕一转，顺势便握住了德妃的手，笑道：“我这茶新斟的，小心烫着。”

底下宫人们顿时齐齐低头，陛下对娘娘真是越发宠爱了。

唯有闻老太太直挺挺跪着，纹丝不动，好像上头左边坐的是萝卜，右边坐的是白菜。

白菜笑吟吟让萝卜握着手，和他谈了几句自己新换的护手膏脂的香气，对闻老太太不理不睬。

皇帝抚慰了闻老太太几句，便拿起了折子，闻老太太和德妃便告退了，出了景仁宫，一前一后，默默无言。

闻老太太要直接出宫，在景仁宫外分手时，两人一左一右，各自走开，刚走出一步，背对着德妃的闻老太太道：“娘娘，找到了吗？”

德妃道：“以前是猜疑，今日终于有机会确定。”

“今日我帮了娘娘一把，还望娘娘以后遇着文臻的事温柔些。”

“老太太这话说得奇怪。今日到底是谁帮谁，还说不准呢。”

千秋谷里，一阵尴尬的沉默。

潘航看看文臻，又看看林飞白，问：“难道这位姑娘已经是大当家小星？只是我瞧着还是姑娘妆扮啊。”

文臻干笑：“自然不是。”

都说燕绥招蜂引蝶，没想到林飞白招起来更惊悚。

她这是什么命，到哪都要面对各种奇葩“情敌”吗？

惊完之后，就是扼腕。

好可惜。

如果不是林飞白，她还真不介意把人给“嫁”了。

当然不能轻易地“嫁”，比个武招个亲，总要潘航输得不得不给她卖命才成。

一阵咳嗽后，文臻道：“潘统带，咱们是一家人，我也不瞒你。你瞧瞧，这位哪里好看了？太高了是不是？素日我宠爱她，她性子也不温柔，并不宜家宜室，我怎么能让这样的姑娘害了你一辈子呢？”她指了指自己带来的满花寨子的姑娘们，“看看这些姑娘，个个貌美如花，温柔可人，这才是适合你的好姑娘啊。”

满花寨子的姑娘们看着颇有男人味的潘航也很顺眼，性子也都大方，当下就有姑娘笑道：“是啊，哥哥瞧瞧我，我也是满花寨子的一朵花哟。”

潘航摇头："大当家有所不知。我喜欢的就是高挑英气这一种，如果我想要温柔美丽的，早就娶妻了。多少年寻觅不得，如今好不容易遇见，怎可错过？"

文臻目光落在他还端着的碗上。

这打脸来得猝不及防。

言犹在耳，盟约还未完成，她如果反悔，这台阶没法下。

关键她看得出来，人家不是刁难，人家是真的看上了林飞白，真心求娶。

这就更难办了，说明身份，立刻伤了这位内心很有个性的熊军领头人的自尊，那她之前的话就白说了。

但是林飞白何许人也？神将独子，少年封侯，柱国后代，德妃要是知道她的心肝宝贝被她给糟践了，会掐死她吧。

就算不因为这些，她也不能拿林飞白开这个玩笑。

文臻心中叹口气，决定接受这个耳光，实话实说。

她还没开口，一只手忽然伸了出来，那手上平端一柄长剑，倒映持剑人同样明镜般的眼神。

"想娶我为妻，可以。"

潘航惊喜抬头："你连声音都这么合我胃口！"

林飞白平素声音如碎冰撞玉，清冷沁人，此刻有伤在身，微微低哑了些，语气却又冷淡从容，听来确实是有一种中性特有的动听。

文臻脑海忽然又乱入太史阑，心想这个迷恋女汉子的潘航如果看见太史阑，不知道会怎样神魂颠倒？

随即她忽然便明白林飞白的意思了。

想不到素来正得笔直的林侯居然这回和她心有灵犀。

果然便听见林飞白接道："打赢我，就嫁你。"

众人露出被雷劈的神情，潘航却兴奋起来，眼眸发亮，将外衣一脱，道："越来越合我胃口了！好！"

"等等！"文臻一拦，"潘统带，我的丫鬟身上还有伤呢！"

潘航朗声道："我让她一手！"说着把左手往身后一负。

文臻："你这样我家丫鬟不要面子的啊？"

林飞白又是一拦，将自己那只断了的手也往身后一负，道："不用让。"

潘航："好！有骨气！我喜欢！"

文臻扶额。

林飞白好像在深呼吸，然后平静地道："来个约定。你输了，从此奉文臻为主，你和你的部下不许提十年之约，终生忠诚，永不背叛；我若输了，我就是你的人，同样听命于你，永不背叛。”

文臻：“小白！”

这个赌约，林飞白要的是熊军从此真正成为她的家将，那么不仅仅是卖力的问题，是要卖命的，以后遇事也再不能作壁上观，和共济盟的联合不会再有任何问题。

但是林飞白若输了，照他这意思，同样愿为潘航的家奴。

这自然不行。

潘航皱眉道：“我自己答应这个赌约没问题，但我可做不了所有兄弟的主。”

林飞白上下打量他一眼，道：“哦，原来我让你一手，你也没信心会赢。这样的懦夫何敢配我？”

潘航满脸通红，他身后的熊军将士们纷纷道：“统带你且去！你什么时候输过？回头我们等着喝你和嫂子的喜酒啊。”

林飞白道：“若输了呢？”

一个士兵大声笑道：“那自然随统带一起给大当家卖命啊。”

林飞白不说话了，长剑对潘航斜斜一挑。

只一个起手式，剑尖的光影微微一颤，黄昏的日光便如金针般向四面八方刺去，人人遮目后退。

潘航是行家，立刻便收了刚才的随意姿态，脸色肃然，被那凛冽剑气逼退一步。

只这一步，文臻便放了心，比武这种事，气势很重要，林飞白又是凌厉型选手，潘航一旦在一开始气势落于下风，后头就绝不会再有翻盘的机会。

她放心地去一边嗑瓜子，和共济盟谈心去了，刚才许给熊军的一些好处自然也不能落下共济盟。那些汉子们听到她许诺，眼底都露出感激之色。

文臻虽说是置身事外的态度，却让文蛋蛋去掠阵，如果林飞白真的力有不逮，就让文蛋蛋搞倒潘航，反正哪怕就是赖呢，也不能让潘航赢。

熊军的人群渐渐把比试的两人围拢，神情紧张，看来林飞白虽然受伤，出手依旧精彩，军中崇尚武者，文臻自觉和林飞白比起来，还是林飞白这种人更能镇服军心。

果然，当她和众人谈了一半，忽然听见一声铿鸣，再抬头，就见人群上方挑出一柄宽刀，在日光下闪着明光，钉在校场边的柱子上。

文臻笑了，起身大力鼓掌。

人群散开，林飞白还剑入鞘，看一眼满脸通红的潘航，道：“是个好手。”

于他便是赞誉了，潘航却羞得无地自容，看见文臻笑着走过来，一把端起那碗血酒喝了，又上前要给文臻下跪，文臻拦住，在他耳边轻声说了几句，潘航霍然抬头看向林飞白，眼神惊诧羞愧。

随即脸色爆红。

第一次心动，第一次求亲，结果却求到了那样的人物头上，还是个男人！

潘航看一眼单手执剑的林飞白，日光镀他一身金边，那崖岸般高峻的气质世间难寻，潘航恨恨一捶头。

先前怎么就只顾沉迷美色呢？

文臻拍拍他的肩，对众人笑道：“今晚大家聚一聚吧，我亲自下厨，不过倒不是为你们庆贺。”

迎着众人诧异目光，她笑眯眯指指自己鼻子：“我要恭喜我自己，共济盟铲除宵小，留下的都是好兄弟，熊军芥蒂尽去，我又得忠心能干部属。”

众人都笑起，纷纷道今日有口福，潘航低头对文臻施了一礼，这一回神情恳切，犹带感激。

感激文臻告诉了他林飞白的身份，他在最初的惊愧之后，便更深地体味到了文臻的心思体贴。林侯身份这般敏感重要，但她为了令他心安，还是告诉他了。

感激她明明被他为难，依旧愿意顾全熊军的体面，一句话便化解尴尬。

遵守承诺并不代表就此信任，智慧深沉的人物他也见过不少，但能遇见心思细密体贴的上位者才最难得。

林飞白也看着文臻，这女子似有魔力，总能令人如沐春风，见之欢喜。

素手可染血、可拨弦、可执炊，也可调弄人心。

（敬请期待山河盛宴完结篇）